济公全传

（上）

［清］郭小亭 著

中国出版集团公司
華文出版社

图书在版编目（CIP）数据

济公全传 /（清）郭小亭著. -- 北京：华文出版社，
2021.11
（中国古典小说丛书）
ISBN 978-7-5075-5328-4

Ⅰ.①济… Ⅱ.①郭… Ⅲ.①章回小说－中国－清代
Ⅳ.①I242.4

中国版本图书馆CIP数据核字(2021)第144776号

济公全传

著　　者：（清）郭小亭
策　　划：刘超平
责任编辑：寇　宁
出版发行：华文出版社
地　　址：北京市西城区广外大街305号8区2号楼
邮政编码：100055
网　　址：http://www.hwcbs.com.cn
投稿信箱：hwcbs@126.com
电　　话：总编室 010-58336239　责任编辑 010-58336222
　　　　　发行部 010-58336270　010-56249152
经　　销：新华书店
印　　刷：三河市三佳印刷装订有限公司
开　　本：710mm × 1000mm　1/16
印　　张：69
字　　数：880千字
版　　次：2021年11月第1版
印　　次：2021年11月第1次印刷
标准书号：ISBN 978-7-5075-5328-4
定　　价：158.00 元（上、下册）

目录

第一回
李节度拜佛求子　真罗汉降世投胎…………………………………………… 001

第二回
董士宏葬亲卖女　活罗汉解救好人…………………………………………… 006

第三回
施禅机赵宅治病　说佛法暗中救人…………………………………………… 012

第四回
扛韦驮周宅捉妖　病服神怒打老道…………………………………………… 017

第五回
周员外花园见妖　三清观邀请老道…………………………………………… 022

第六回
周望廉细说见妖事　刘泰真捉妖被妖捉……………………………………… 027

第七回
见佳人痴呆起淫心　想美丽花园遇妖女……………………………………… 032

第八回
练法术戏耍刘泰真　李国元失去天师符……………………………………… 036

第九回
赵文会西湖访济公　醉禅师西湖盗灵符……………………………………… 040

第十回
赵斌夜探阁天楼　英雄仗义救公子…………………………………………… 044

第十一回
兄弟相认各诉前情　主仆逃难暂寄李宅……………………………………… 048

第十二回
济公善度韩殿元　寒士舍子遇圣僧…………………………………………… 052

第十三回
广惠僧狂言惹祸　济禅师妙法惊人…………………………………………… 057

第十四回
济公游戏耍广惠　郑雄为母求圣僧…………………………………… 060

第十五回
狗度董平改恶为善　荤酒回庙耍笑众僧……………………………… 065

第十六回
济公庙内卖狗肉　万善同归修碑楼…………………………………… 070

第十七回
假相谕拆毁大碑楼　显神通怒打恶都管……………………………… 075

第十八回
兵围灵隐锁拿疯僧　戏耍班头醉入相府……………………………… 080

第十九回
秦相梦中见鬼神　济公夜来施佛法…………………………………… 085

第二十回
赵斌夜探秦相府　王兴无故受严刑…………………………………… 090

第二十一回
遭速报得长大头瘟　荐圣僧秦相请济公……………………………… 094

第二十二回
施妙法鬼入闹秦宅　治奇病济公戏首相……………………………… 098

第二十三回
找妙药耍笑众家丁　联佳句才惊秦丞相……………………………… 103

第二十四回
认替僧荣归灵隐寺　醉禅师初入勾栏院……………………………… 108

第二十五回
尹春香烟花遇圣僧　赵文会见诗施恻隐……………………………… 113

第二十六回
救难女送归清净庵　高国泰家贫投故旧……………………………… 118

第二十七回
寄柬留诗别妻访友　拜请济公占卦寻夫……………………………… 123

第二十八回
苏北山派人找寒士　高国泰急难遇故知…………………………………… 128

第二十九回
故友相逢知恩报德　小人挟仇以德报怨…………………………………… 133

第三十回
余杭县清官逢奇案　殷家渡济公捉贼人…………………………………… 138

第三十一回
拿贼人完结奇案　施邪术妙兴定计………………………………………… 143

第三十二回
云兰镇恶道兴妖　梁万苍善人遇害………………………………………… 148

第三十三回
设阴谋恶化梁百万　发慈悲戏耍张妙兴…………………………………… 152

第三十四回
施妖法恶道害人　显神通济公斗法………………………………………… 156

第三十五回
烧妖道义收陈亮　访济公路见不平………………………………………… 160

第三十六回
逛西湖酒楼听闲话　气不平夤夜入苏宅…………………………………… 164

第三十七回
听奸言苏福生祸心　见济公皂白得分明…………………………………… 168

第三十八回
苏北山酒馆逢韩老　济禅师床底会英雄…………………………………… 173

第三十九回
圣手猿初入灵隐寺　济长老被请上昆山…………………………………… 178

第四十回
济公舍银救孝子　赵福贪财买巨石………………………………………… 183

第四十一回
昆山县巧逢奇巧案　赵玉贞守节被人欺…………………………………… 188

第四十二回
贞节妇含冤寻县主　济禅师耍笑捉贼徒…………………………………… 193

第四十三回
巧取供审清前案　赵凤鸣款留圣僧…………………………………………… 197

第四十四回
诱汤二县衙完案　两公差拜请济公…………………………………………… 202

第四十五回
华云龙气走西川　镇八方义结英雄…………………………………………… 207

第四十六回
贺守正花群雄结拜　逛临安城巧遇王通……………………………………… 212

第四十七回
遇节妇淫贼采花　泰山楼复伤人命…………………………………………… 216

第四十八回
赵太守奉令捉贼　昆山县迎请济公…………………………………………… 221

第四十九回
秦相府太守审贼　如意巷刺客捉拿…………………………………………… 226

第五十回
捉贼人班头各奋勇　办海捕济公出都门……………………………………… 231

第五十一回
救义仆同赴千家口　见拜弟各诉别离情……………………………………… 236

第五十二回
美髯公拜请济公　会英楼巧遇贼寇…………………………………………… 240

第五十三回
绿林贼偏遇路劫　设奸谋画虎不成…………………………………………… 244

第五十四回
显神通戏耍雷鸣　舍妙药义救王忠…………………………………………… 248

第五十五回
天兴店施法见贼人　小镇店吃酒遇故旧……………………………………… 252

第五十六回
郑雄途中见济公　王贵林内劫孤客…………………………………………… 256

第五十七回
避难巧救遇难人　雷陈误入黑贼店…………………………………………… 261

第五十八回
董家店双杰被害　济禅师报应贼人…………………………………………… 266

第五十九回
济公火烧董家店　雷陈送信找云龙…………………………………………… 271

第六十回
众匪棍练艺请英雄　登山豹赌气邀拜兄……………………………………… 276

第六十一回
托义弟英雄离故土　见嫂嫂李平生疑心……………………………………… 280

第六十二回
暗访察路遇乾坤鼠　得私信雷陈遇盟兄……………………………………… 284

第六十三回
四英雄马宅谈心　济禅师酒馆治病…………………………………………… 289

第六十四回
李平为友请济公　马静捉奸毗卢寺…………………………………………… 294

第六十五回
律令鬼王宅捉妖　醉禅师古寺治狐…………………………………………… 299

第六十六回
卧虎桥淫贼杀和尚　庆丰屯济公救文生……………………………………… 303

第六十七回
二班头饥饿寻和尚　两豪杰酒馆求济公……………………………………… 308

第六十八回
看字柬寻访赵家楼　见孝妇英雄施恻隐……………………………………… 313

第六十九回
钱心胜黑夜偷银两　圣手猿暗探赵家楼……………………………………… 317

第七十回
见美丽淫贼邀知己　遇故旧三人同采花……………………………………322

第七十一回
奉师命趋吉避凶　华云龙镖伤三友…………………………………………327

第七十二回
镇八方赌气找张荣　乾坤鼠毒镖打杨明……………………………………332

第七十三回
大柳林济公惊淫贼　小酒馆班头见圣僧……………………………………336

第七十四回
施佛法戏耍豪杰　杨雷陈又遇淫贼…………………………………………341

第七十五回
猛汉听言找黄云　义士见信收陆通…………………………………………346

第七十六回
蓬莱观四英雄谈心　密松林猛豪杰受骗……………………………………351

第七十七回
德兴店班头见凶僧　蓬莱观济公找淫贼……………………………………356

第七十八回
丢公文柴杜被捉　说假话圣僧投案…………………………………………361

第七十九回
龙游县日办三案　二龙居耍笑凶徒…………………………………………365

第八十回
听闲言一怒打和尚　验尸厂凶犯吐实情……………………………………369

第八十一回
看字柬心皈圣僧　追尸身路遇班头…………………………………………374

第八十二回
济公饭馆打贼人　徐沛旅店遇故友…………………………………………378

第八十三回
小神飞夜刺开风鬼　济禅师耍笑捉飞贼……………………………………383

第八十四回
陈玄亮捉妖铁佛寺　马玄通路遇济禅师……………………………… 387

第八十五回
显神通捉拿盗贼　施妙术法斗铁佛 ………………………………… 391

第八十六回
华清风古天山见妖　金眼佛一怒杀和尚……………………………… 395

第八十七回
济公斗法金眼佛　云龙二次伤三友…………………………………… 399

第八十八回
施佛法暗度华云龙　见美色淫贼生邪念……………………………… 403

第八十九回
遇张荣二人谈心事　买铁镖淫贼见公差……………………………… 408

第九十回
蓬头鬼劫径遇英雄　华云龙逃走逢故旧……………………………… 412

第九十一回
五英雄送友古天山　恶妖道自炼阴风剑……………………………… 417

第九十二回
黑风鬼害人终害己　金眼佛杀人被人杀……………………………… 422

第九十三回
古天山华清风炼剑　铁佛寺济禅师救人……………………………… 427

第九十四回
僧道斗法凌霄观　弟兄送信马家湖…………………………………… 432

第九十五回
三英雄避雨金家庄　猛豪杰正气惊妖女……………………………… 436

第九十六回
奉师命投书马家湖　赛专诸见字防贼盗……………………………… 440

第九十七回
二班头当街擒贼　济师父酒馆辑凶…………………………………… 444

第九十八回
董士元欺心求圣僧　孔烈女被逼投古井……………………………… 449

第九十九回
马家湖济公救杨明　八里铺和尚挑和尚……………………………… 454

第一〇〇回
济公火烧孟清元　贼道智激灵猿化……………………………… 459

第一〇一回
施佛法智捉蓬头鬼　仗妖术炼剑害妇人……………………………… 463

第一〇二回
杨雷陈仗义杀妖道　十里庄雷击华清风……………………………… 468

第一〇三回
雷鸣夜探孙家堡　陈亮细问妇人供……………………………… 473

第一〇四回
孙二虎喊冤告雷陈　常山县义士闹公堂……………………………… 477

第一〇五回
论是非砸毁空心秤　讲因果善度赵德芳……………………………… 481

第一〇六回
找医生鸣冤常山县　断奇案烈妇遇救星……………………………… 485

第一〇七回
雷鸣陈亮双失盗　踏雪无痕访贼人……………………………… 489

第一〇八回
三豪杰偷探吴家堡　恶太岁贪色设奸谋……………………………… 493

第一〇九回
五里碑医治小昆仑　曲州府巧遇金翅雕……………………………… 498

第一一〇回
鹞子眼杀人头送礼　张太守派班头拿人……………………………… 502

第一一一回
知府定计拜贼人　济公巧捉华云龙……………………………… 506

第一一二回
众百姓公告田国本　二绿林行刺济禅师…………………………………… 510

第一一三回
济公法斗神童子　罗汉制服沈妙亮………………………………………… 514

第一一四回
郑玄修酒馆逢和尚　沈妙亮听歌识圣僧…………………………………… 518

第一一五回
金毛海马闹差船　济公善救冯元庆………………………………………… 522

第一一六回
赵太守明断奇巧案　济禅师开棺验双尸…………………………………… 527

第一一七回
奉堂谕监斩华云龙　听凶信二鬼闹法场…………………………………… 531

第一一八回
提首级寻找杨明　见魔怪二人遇害………………………………………… 535

第一一九回
报弟仇灵隐访济公　搬运法移钱济孝妇…………………………………… 540

第一二〇回
双义楼匪棍讹人　借还魂戏耍老道………………………………………… 545

第一回

李节度拜佛求子　真罗汉降世投胎

诗曰：

闲居慎勿说无妨，才说无妨便有妨。
争先径路机关恶，退后诚言滋味长。
爽口物多须作疾，快心事过必为殃。
与其病后能求药，不若病前能自防。

话说南宋自南渡以来，迁都临安，高宗皇帝建炎天子四年，改为绍兴元年。在朝有一位京营节度使，姓李名茂春，原籍浙江台州府天台县人，娶妻王氏，夫妻好善。李大人为人最慈，带兵军令不严，因此罢官回籍。在家中乐善好施，修桥补路，扶危济困，冬施棉衣，夏施汤药。这李大人在街市闲游，人都呼之为李善人。内中就有人说："李善人不是真善人，要是真善人，怎么会没儿子？"这话李大人正听见，自己回至家中，闷闷不乐。夫人王氏见大人回来闷闷不乐，就问大人因何不乐。大人说："我在街市闲游，人都称我为李善人，内中就有人暗中说，被我听见。他说我隐恶扬善，又说善人不是真心，要是真心为善，不能没儿子。我想上天有眼，神佛有灵，当教你我有儿子才是。”夫人劝大人纳宠，买两侍妾，也可以生儿养女。大人说：“夫人此言差矣，吾岂肯作那不才之事？夫人年近四旬，尚可以生养儿女。你我斋戒沐浴三天，同到永宁村北天台山国清寺拜佛求子。倘使上天有眼，你我夫妻也可生子。”王氏夫人说：“甚好。”

李茂春择了日期，带着僮仆人等，夫人坐轿，员外乘马，到了天台山下，只见此山高耸天际，山峰直立，树木森森，国清寺在半山之上。到了山门以外，只见山门高大，里面钟鼓二楼，前至后五层大殿，后有斋堂客舍，经堂戒堂，二十五间藏经楼。员外下马，里面僧人出来迎接，到客堂奉茶。老方丈性空长老知道是李员外降香，亲身出来接见，带着往各处拈香。夫妻先至大雄宝殿拈香，叩求神佛保佑：“千万教我得子，接续香烟。如佛祖显灵，我等重修古庙，再塑金身。”祷告已毕，又至各处拈香。到了罗汉堂拈香，方烧至四尊罗汉，忽见神像由莲台坠地。性空长老说：“善哉善哉，员外定生贵子，过日我给员外道喜。”

李员外回到家中，不知不觉夫人有喜。过了数个月，生了一个公子。临生之时，红光罩院，异香扑鼻，员外甚喜。这孩自生落之后，就哭声不止，直至三朝。这日正有亲友邻里来庆贺，外面家人来回话，说有国清寺方丈性空给员外送来一份厚礼，亲来贺喜。员外迎接进来。性空说：“员外大喜。令郎公子可平安？”员外说：“自从生落之后，直哭到今朝不止。吾正忧虑此事。老和尚有何妙法能治？”性空说：“好办。员外先到里面把令公子抱出我看看，就知道是何缘故了。”员外说：“此子未过满月，就抱出来，恐有不便。”性空说：“无妨。员外可用袍袱盖上，可以不冲三光。”员外一听有理，连忙把孩儿从里面抱出来，给大众一看。那孩儿生得五官清秀，品貌清奇，啼哭不止。性空和尚过来一看，那孩儿一见和尚，立止啼哭，一咧嘴笑了。老和尚就用手摸那孩儿头顶说：

莫要笑，莫要笑，你的来历我知道。你来我去两抛开，省的大家胡倚靠。

那孩儿立时不哭了。性空说：“员外，我收一个记名徒弟，给他取个名字，叫李修缘罢。”员外应了，把孩儿抱进去，出来给和尚备斋。吃罢，众亲友都散去，性空长老也去了。员外另雇奶娘扶养孩儿。

光阴似箭，日月如梭，不知不觉过了几年。李修缘长至七岁，懒说懒笑，不与同村儿童聚耍。入学读书，请了一位老秀才杜群英先生在家教他。还有两个同伴，一个是永宁村武孝廉韩成之子韩文美，年九岁。还有李夫人内侄，永宁村住，姓王名全，乃是兵部司马王安士之子，年八岁。三子共读书，甚是和美。就是李修缘年幼，过目不忘，目读十行，才学出众。杜先生甚奇之，常与人言：“久后成大器者，李修缘也。”至十四岁，五经四书诸子百家，背诵极熟，合王韩二人在学房时常作诗，口气远大。

这年想要入县考取文童，李茂春卧床不起，人事不知，病势垂危，派人把内弟王安士请来到床前。李员外说：“贤弟，我不久于人世，你外甥与你姐姐全要你照应。修缘不可纵性废读，吾已给他定下亲了，是刘家庄千户之女。家中内外无人，全仗贤弟分心。”王安士说：“姐丈放心养病，不必多嘱，弟自当照应。”员外又对王氏夫人说：“贤妻，我今五十五岁，也不算夭寿。我死之后，千万要扶养孩儿，教训他成名。我虽在九泉之下也甘心。”又嘱了修缘几句话，自己心中一乱，口眼一闭，呜呼哀哉。李员外一死，合家恸哭。王员外帮办丧事已毕，修缘守制不能入场。是年王全、韩文美都中了秀才，两家贺喜。

王氏夫人家中有一座问心楼，一年所办之事，写在账上。每到岁底，写好表章，连同账一并交天，一年并无一件事隐瞒的。李修缘好道学，每见经卷必喜爱，读之不舍。过了二年，王氏夫人一病而亡，李修缘自己恸哭一番，王员外帮办丧事完毕。李修缘喜看道书，到了十八岁，这年孝满脱服，他立志出家，看破红尘，所有家中之事，都是王员外办理。李修缘自己到了坟上，烧了些纸钱，给王员外留下一纸书字，竟自去了。王员外两日不见外甥，派人各处寻找，不见外甥。自己拆开字来一看。上写的是：

修缘去了，不必寻找。他年相见，便知分晓。

王员外知道外甥素近释道，在临近庵观寺院各处派人寻找，并不见下落。派家人贴白帖，在各处寻找："如有人把李修缘送来，谢白银百两。如有人知道实信，人在何处，送信来，谢银五十两。"一连三个月并无下落。

书中交代，且说李修缘自从家中分手之后，信步游行，到了杭城，把银钱用尽，到了庙中要出家，人家也不敢留他。他自己到西湖飞来峰上灵隐寺庙中见老方丈，要出家。当家和尚方丈乃是九世比丘僧，名元空长老，号远害堂。一见李修缘，知道他是西天金身降龙罗汉降世，奉佛法旨为度世而来，因他执迷不醒，用手击了他三掌，把天门打开，他才知道自己根本源流，拜元空长老为师，起名道济。他坐禅坐颠，还有些疯。庙里独叫他颠和尚，外面又叫他疯和尚，讹言传说济颠僧。他本是奉佛法旨所为度世而来，自己在外面济困扶危，劝化众生，在庙内不论哪个和尚，有钱就偷，有衣服偷出去就当了，吃酒，最爱吃肉：常有人说和尚例应吃斋，为什么吃酒？济颠说："佛祖留下诗一首，我人修心他修口，他人修口不修心，为我修心不修口。"自己就是与庙中的监寺僧广亮不对。庙中除去了方丈，就属监寺僧为尊。广亮新作了一件僧衣，值钱四十吊。他偷了去当在当铺中，把当票贴在山门上。监寺广亮一见僧袍没有了，派人各处一找，把当票找着。和尚挂失票不行，把山门摘下来，四人抬着去赎。广亮回禀老方丈，说："庙中疯和尚不守清规，常偷众僧的银钱衣物等物，理应按清规治罪于他。”元空长老说道：“道济无赃，不能治他。你等去暗中访察，如要有赃证，把他带来见我就是。”广亮派两个徒弟在暗中访拿济颠。

济颠在大雄宝殿供桌头睡觉，两个小和尚志清、志明每日留神。这天见济颠在大殿里探头出来，往各处偷瞧了多时，后又进去一看，蹑足潜踪出来，怀中鼓棚棚的。方至甬道当中，只见志清、志明由屋中出来，说：“好济颠，你又偷什么物件？休想逃走！”过去一伸手，把那济颠和尚抓住，一直竟到方丈房中回话。监寺的先见长老说：“禀方丈知道，咱们庙中济颠不守清规，偷盗庙中物件，按清规戒律之例治罪。”元空长老一听，心中说：“道济，你偷庙中物件，不该叫他等拿住。我虽然护庇你，也无话可说。”吩咐人：“把他带上来就是。”济公来至方丈前屋内说：“老和尚你在哪里？我在这里问心。”见了方丈永远是这样，元空也不教他磕头，说道：“道济不守清规，偷盗庙中物件，应得何罪？”广亮说：“砸毁衣钵戒牒，逐出庙外，不准为僧。”老方丈说：“我重责他就是。”就问道：“道济，把偷之物献出。”济公说：“师父，他们真欺负我。我在大雄宝殿睡觉，因扫地没有盛土之物，我放在怀中。你等来看罢。”说道，把丝绦一解，哗啦落下土片。老方丈大怒，说：“广亮误害好人为盗，应得重责！”吩咐看响板要打监寺。众僧都来瞧热闹。

济公自己出来，到了西湖，见树林内有人上吊，济公连忙过去要救此人。正是：行善之人得圣僧救，落难女子父女相会。要知后事如何，且看下回分解。

第二回

董士宏葬亲卖女　活罗汉解救好人

话说济公长老在西湖见一个人方要上吊，自己按灵光一算，早已知道。书中交代，那人姓董名士宏，原籍浙江钱塘县人，为人事母至孝。父早丧，母秦氏。娶妻杜氏早死，留下一女名玉姐，甚伶俐。董士宏锤金匠手艺，他女儿八岁时，秦氏老太太染病不起，董士宏小心进汤医。家贫无力赡养老母，把女儿玉姐典在顾进士家作使女，十年回赎，典银五十两，给老太养病。老母因看不见孙女，问："我孙女哪里去了？"董士宏说："上她外祖那里去了。"老太太病重，一连七日不起，竟自呜呼哀哉。他就把家中些银两尽力葬母之后，自己到镇江府那里忍耐时光。十载光景，好容易积凑了六十两纹银，想把女儿赎出来，另找婆家。在路上无话。这一日到了临安，住在钱塘门外悦来店中。带了银两，明日到了百家巷。一问顾宅进士，左右邻居都说："顾老爷升了外任，不知在哪儿做官。"董士宏一听，如站万丈高楼失脚，扬子江断缆崩舟。自己各处访问，并不知顾大人住在哪里，也不知女儿下落。到了钱塘门外，在天竺街酒店吃了几杯闷酒，不知不觉，醉入梦乡。出了酒店想要回寓，不觉自己走错道路，把银子也丢了。及至酒醒，身子一摸，银子丢了，这一惊非同小可。无奈走至树林，越想越无滋味，想："女儿也不能见面了，自己不如一死，以了此生之孽冤。"想罢，来至树林，把腰中丝绦解下来，拴上一个套儿，想要自缢身死。忽然对面来了一个和尚，口中说："死了死了，已死就了，死了倒比活的好，我要上吊。"解下丝绦，就要往树上拴。董士宏一听，猛吃一惊，抬头一看，只见那僧人长的甚为不堪。怎见得？有诗为证：

脸不洗，头不剃，醉眼乜斜睁又闭。若痴若傻若颠狂，到处诙谐好耍戏。破僧衣，不趁体，上下窟窿钱串记。丝绦七断与八结，大小鹩鞑接又续。破僧鞋，只剩底，精光两腿双胫赤。涉水登山如平地，乾坤四海任逍遥。经不谈，禅不理，吃酒开荤好诙戏。警愚劝善度群迷，专管人间不平气。

董士宏看罢，只听和尚说："我要上吊了！"就要把绳子往颈里套。董士宏连忙过去，说："和尚，你为什么去寻短见？"济公说："我师父同我化了三年之久善缘，日积月累，好容易凑了五两银子。我奉了师父之命，派我买两身僧衣僧帽。我最好喝酒，在酒馆之中，因为多贪了两杯酒，不知不觉，酩酊大醉，把五两银子丢了。我有心回庙见我师父，又怕老和尚生气。我自己越思越气，无路生活世上，故来此上吊。"董士宏一听这话，说："和尚，你为了五两银子，也不至于死。我囊内尚有散碎银子五六两，我亦是遇难之人，留了也无用。来罢，我周济你五六两银子罢。"伸手掏出一包递给和尚。和尚接在手中哈哈大笑，说："你这银子，可不如我那银子那样好，又碎又有成色潮点。"董士宏一听，心中不悦，暗想："我白施舍给你银子，你还嫌不好。"自己说："和尚，你对付着使用去吧。"和尚答应一声，说："我走了。"董士宏说："这个和尚真真不知人情世务。我白送给他银子，他还说不好，临走连我姓没问，也不知谢我，真正是无知之辈。唉，反正是死。"

正在气恼，只见和尚从那边又回来，说："我和尚一见了银子全忘了，也没问恩公贵姓？因何在此？"董士宏把自己丢银之故，说了一遍。和尚说："你也是丢了银子啦，父女不能见面。你死罢！我走啦。"董士宏一听，说："这个和尚太不知世务，连话都不会说。"见和尚走了五六步又回来说："董士宏，你是真死假死呢？"董士宏说："我是真死，怎么样？"和尚说："你要是真死，我想你作一个整人情吧。你身上穿了这身衣服，也值五六两银子。你死了，也是叫狼吃狗咬，白白的糟蹋。你脱下来送给我吧，落一个净光来净光去，岂不甚好？"董士宏一听此言，气得浑身发抖，说："好个和尚，你真懂交情！我同你萍水之交，送你几两银子，我反烧纸引了鬼来。"和尚拍手大笑说："善哉善哉，你不要着急。我且问你，你银子丢失，你就寻死。五六十两银子也算不了什么，我代你去把女儿找着，叫你父女相会、骨肉团圆好不好？"董士宏说："和尚，我把赎女儿的银子已丢了，就是把女儿找着，无银赎身，也不行。"和尚说："好，我自有道理，你同我走吧。"董士宏说："和尚，宝刹在哪里参修？贵上下怎么称呼？"济公说："我西湖飞来峰灵隐寺，我名道济，人皆叫我济颠僧。"董士宏见和尚说话不俗，自己把丝绦解下，说："师父你说上哪儿去？"济公说："走。"转身带了董士宏往前走。和尚口唱山歌：

走走走，游游游，无是无非度春秋。今日方知出家好，始悔当年作马牛。想恩爱，俱是梦幻。说妻子，均是魔头。怎如我赤手单瓢，怎如我过府穿州，怎如我潇潇洒洒，怎如我荡荡悠悠。终日快活无人管，也没烦恼也没忧。烂麻鞋踏平川，破衲头赛缎绸。我也会唱也会歌，我也会刚也会柔。身外别有天合地，何妨世上要髑髅。天不管，地不休，快快活活傲王侯。有朝困倦打一盹，醒来世事一笔勾。

话说和尚同了董士宏往前走，进了钱塘门，到了一条巷内。告诉董士宏说："你在这里站着。少时有人问你生辰年岁，你可就说。你可别走，我今日定叫你父女见面，骨肉相逢。”董士宏答应说：“圣僧慈悲慈悲。”和尚抬首一看，见路北有一座大门，门内站着几十个家人，门上悬牌挂匾，知道是个仕宦人家。自己迈步上了台阶，说：“辛苦众位。贵宅赵姓么？”那些家人一瞧，是个穷和尚，说：“不错，我们这主人姓赵。你作什么？”和尚说：“我听人说，贵宅老太太病体沉重，恐怕要死，我特意前来见见你家主人，给老太太治病。”那些家人一听和尚之言，说：“和尚，你来得不巧。不错，我家老太太因我家小主人病重，心疼孙子，急上病来，请了多少先生皆没见好。我家主赵文会最孝母，见老太太病重，立时托人请精明医家。有一苏员外，字北山，他家也是老太太病了，请一位先生绰号赛叔和，姓李名怀春。此人精通岐黄之术，我家主人方才上苏宅请先生未回来。”

正说着，从那面来了一群骑马之人。为首三个人，头一匹白马上人，五官清秀，年约三旬，头戴四楞巾，上安片玉，绣带双飘，身披宝蓝缎逍遥员外氅，上绣百蝠百蝶，足登青缎官靴。面皮微白，海下无须。此人就是赛叔和李怀春。第二位是双叶宝蓝缎逍遥员外巾，三蓝绣花，迎面嵌美玉，安明珠。身穿蓝缎逍遥氅，足下青缎宫靴。面如古月，慈眉善目，三绺长髯，飘洒胸前。这就是苏北山。第三位也是富翁员外打扮。白面长髯，五官清秀。和尚看完，过去阻住马说：“三位慢走，我和尚守候多时了。”赵文会在后面，一见疯和尚截住去路，说：“和尚，我等有急事，请先生给老母治病，化缘改日来，今日不行。”和尚说：“不行。我并非化缘，我今日听说府上老太太病势沉重，我是许下心愿，哪里有人害病，我就去给调治。今日我是特意来给治病。”赵文会说：“我这里请来先生，乃当代名医。你去吧，不用你。”和尚一听，回头看了李怀春一眼，说：“先生，你既是名医，我领教你一味药材治什么病。”李先生说：“和尚，你说什么药？”济公说：“新出笼热馒首，治什么病呀？”李先生说："本草上没有，不知。"和尚哈哈大笑，说："你连要紧的事均不知道，还敢自称名医。新出笼热馒首治饿，对不对？你就跟我来。"赵文会、苏北山也不好拦住，只好同着和尚进了大门，来在老太太住的上房之内落座，家人献上茶来。

李先生先给老太太看看脉，道："是痰瘀上行，非把这口痰治上来不能好。老太太上了年岁之人，气血两亏，不能用药。赵员外另请高明罢。"赵文会说："先生，我又不在医道之内，我知道哪里有高明之人？你可荐一人。"李先生说："咱们这临安，就是我和汤万方二人。他治得了的病，我也能治；他治不了的病，我也不行。我二人都是一样能为。"正说到这儿，济公答说："你等不要着急，我先给老太太看看如何？"赵文会本是孝子，一听和尚之言，说："好，你来看看。"李怀春也要看看和尚能为。济公来至老太太近前，先用手向头上拍了两掌说："老太太死不了啦，脑袋还硬着呢。"李怀春说："和尚，你说的什么话？"济公说："好，我把这口痰叫出来就好了。"说着，走到了老太太跟前，说："痰啦痰啦，你快出来吧！老太太要堵死了。"李先生暗笑说："这不是外行吗？"只见老太太咳出一口痰来。济公伸手掏出一块药说："拿一碗阴阳水。"家人把水取来。赵文会一看说："和尚，你那药叫何名？可能治我母亲之病吗？"济公大笑，手托那块药说："此药随身用不完，并非丸散与膏丹，人间杂症他全治，八宝伸腿瞪眼丸。"济公说罢，把药放在碗内说："老太太因急所得，一口瘀痰上涌，立刻昏迷不醒，你等给她好好扶养，吃了我这药，立见功效。"赵文会一听，知道和尚有些来历，说的原因真对，忙忙说："圣僧，你老人家慈悲吧！我母因疼孙子，急的这场病。我有一小儿方六岁，得了一宗冤孽之症，昏迷不醒。我母一急，把痰急上了。师父要治好我母病，再求给小儿治治。"和尚叫把药灌下去，老太太立刻痊愈。赵文会过来给老太太请安，复给和尚磕头，求和尚给他儿子治病。济公说：

“要给你儿子治病也不难，须依我一件事，方能治好。”赵文会问哪一件事。济公不慌不忙，说出这件事来，叫董士宏父女相会，赵文会全家病好。要知后事如何，且看下回分解。

第三回

施禅机赵宅治病　说佛法暗中救人

话说济公把赵文会之母治好，还有六岁孩儿求济公治。济公说："我可能治，就是药引子难找。非有五十二岁男子，还得是五月初五日生人，十九岁女子，八月初五日生人，二人的眼泪合药，才可治好。"苏北山、李怀春见和尚真有来历，便问和尚在哪里住，贵上下怎么称呼。和尚全皆说明。赵文会至外面派家人找五十二岁男子，五月初五日生人。众人觅问一回，就连本宅及外来亲友家人皆没有。岁数对了，生日不对；日月对了，年纪不对。大众直找至门口，见外面站了一人，年约半百以外。家人赵连升忙过去抱拳拱手，说："老兄贵姓？"那人说："我姓董名士宏，本钱塘人氏，在这里等人。"家人说："老兄五十二岁吗？"答曰："不差。"又说："五月初五日生辰吗？"答曰："不差。"家人忙过去一拉，说："董爷你跟我来，我家主人有请。"董士宏说："贵主人怎么认得我？你说给我听再去。"家人就把找药引子之故，说了一番。那董士宏就跟他到了里面，见了济公、赵文会等，家人回明，皆引见了。济公说："快去找十九岁女子，八月初五日生人来。"董士宏一听，这岁数及生日，合他女儿一般，心中辗侧不安。只见家人进来说："姑奶奶的丫环春娘是十九岁，八月初五日生辰，把她找来了。”只见由外面进来一个女子。董士宏一看，是自己的女儿，心中一惨，落下泪来。姑娘一看是她父亲，也是啼哭。和尚哈哈大笑说：“善哉善哉，我今一举三得，三全其美。”伸手取出药来，托在手中，叫家人用二人泪水化下药，叫人给赵公子灌下去。少时神清气爽，病症全好。和尚告诉赵文会董士宏丢银子上吊，自己救他父女团圆之故。赵文会帮了董士宏一百两银子，把春娘教他领去，自给姑奶奶再买一个使女。李怀春一问和尚，方知和尚是灵隐寺济公长老。苏北山过来给和尚行礼，求慈悲慈悲，给母亲治病。和尚站起身来说：“我到你家里去吧。”苏北山说：“很好。”赵文会也不好相留，拿出白银百两，给济公作衣服。和尚说：“你如谢我，附耳过来，如此如此。”赵文会说：“师父请放宽心，我是日必到。”说完，同苏北山出了赵宅。董士宏父女谢济公送走不提。

且说和尚到了苏北山家中书房落座，和尚问苏北山：“令堂老太太之病，可曾请人治过？”苏北山说：“实不相瞒，请过多少先生皆不行。前者有一位神医活人汤万方先生给治，并未见好。又转请李先生给治，也不见效。皆说上岁数人，气血两亏，不能扶养也。我也尽人力凭天命。今日得遇圣僧，真乃三生有幸，该当老母沉疴痊愈。”说着，就同和尚出了书房，来至青竹轩西院上房门首，是路北五间，至内落座。只见老太太在床上躺着，那些婆子丫环均站旁边，笑和尚身上破烂不堪。和尚说：“你等休笑我这件衣服，且听我道来：世人休笑僧衣破，本来面目世上无。”家人献上茶，济公掏出一块药，托在手中。苏北山一见，其黑似槟榔，异香扑鼻，伸手接了灵丹妙药，问：“此药何名？”济公说：“那是我和尚的妙药，名叫要命丹。比如人要该死，吃了我这药去，把命要回来。又名伸腿瞪眼丸。”苏北山用水化开，给他母亲灌下去，少刻老太太病症全愈。苏北山吩咐摆酒，请和尚在书房之内，落座吃酒，谈论些古往今来之事。济公胸藏锦绣，满腹经纶。苏北山方知是一位世外高人，便拜和尚为老师，要给和尚换衣服。济公一概不要，说："你要谢我，只须如此这般。我要走了。"苏北山说："师父，我这里就同你老人家俗家一般，哪时愿意来，哪时就来，在我家住着。"和尚答应说："好说，我今天回庙去了。"和尚出了苏宅，到街市之上，口唱狂歌说：

自古当年笑五侯，含花逞锦最风流。如今声势归何处？孤家斜阳漫对愁。嗟我儿辈且修修，世事如同水上鸥。因循迷途归愿路，打破迷关一笔勾。

济公回到庙中，他在大碑楼上睡觉。广亮要害济公长老，以报前仇，知道济公在大碑楼上睡觉，派徒弟必清夜内放火烧死济公。头次放火，被济公一泡尿撒了小和尚一脑袋，把火浇灭。二次又放火，把大碑楼点着了，只见烈焰腾空，火光大作。有诗为证：

凡引星星之火，勾出离部无情。随风照耀显威能，烈焰腾空势猛。　只听忽忽声响，冲霄密布烟升。满天遍地赤通红，画阁雕梁无影。

这大火一起，庙中众僧皆起来说："不好了，快救火！疯和尚道济在楼上睡觉，要被火烧死！也该遇着劫吧。"大众把火救灭，监寺广亮以为这次把疯和尚烧死，无人知觉，正喜悦之间，只见济公由大雄宝殿出来，哈哈大笑说："人叫人死天不肯，天叫人死有何难。"广亮一见济公没死，心中不悦。他至方丈那里回话，说："火烧大碑楼，理应治罪于他。"老方丈说："火烧大碑楼，此乃天意，与道济何干？"广亮回禀方丈："国有王法，庙有清规。咱这庙内一人点灯，众人皆点灯，按时刻吃斋睡觉。道济点灯火不息，连夜点灯，凡火接引神火，有犯清规，理应治罪于他，砸毁衣钵戒牒，逐出庙外，不准为僧。"老方丈说："太重，派他募化重修可也。"吩咐："叫道济进来见我。"不多时，只见济公从外面来，立在方丈面前打一问讯，说："老和尚在上，我问讯了。”方丈说：“道济，你不守清规，火烧大碑楼，派你化缘重修此楼，必得一万两银子工程。问你师兄给你多少日子限。”济公说：“师兄，你给我几日限？”广亮说：“三年你可化来一万两银子吗？”济公说：“不行，太远，还得说近着些日期。”广亮说：“一年你化一万两银子，修大碑楼工程，行了吗？”济公说：“不行，还远，你往近说吧。”广亮又说：“半年吧。”他摇头还近些。广亮说：“一月。”济公仍嫌远。广亮说：“一天你化一万两银子可行吗？”济公说：“一天化一万两银子，你去化吧，我不行。”济公说罢，哈哈大笑。众僧皆议论道：“一百天限期，叫他去化。如化了一万两银子，将功折罪。”济公也答应，每日出去化缘，在临安舍药救人，普度众生，记名徒弟收了无数。装疯作傻，也不露本来面目。

那日在飞来峰后山坡之上，见两猎户扛着兔鹿狐鹳。他阻住去路说：“二位贵姓？哪里去？”那人说：“我叫陈孝，绰号美髯公。那是我结拜弟，病服神杨猛。由山上打猎回来。师父何人？”济公说明了，又哈哈大笑说：“每日在山穴，终将来打猎，你命养你生，他命就该绝。”杨猛、陈孝知和尚是高人隐士，立刻跪下行礼，拜济公为师，说：“我二人从此改行，同朋友在镖行找碗饭吃，想个安身立命之处。”和尚说：“好，你等必日见茂盛。”二人走后，和尚在庙吃酒开荤，并不化缘。广亮也不催他，想到了日期，好把他逐出。

光阴荏苒，日月如梭，过了一个多月，他一两银子没化。这日济公见看山门的和尚不在，他到了韦驮殿，看神像威仪，甚为可观。有诗为证：

> 凤翅金盔耀目，连环锁甲飞光，手中铁杵硬如钢，面似观音模样。　足登战靴墨绿，周身绣带飘扬，佛前护法大神王，魔怪闻知胆丧。

济公看罢，说：“老韦同我出去逛逛吧。”伸手把韦驮扛起来，出了山门，循西湖往前行走。来往行路之人就说：“众位，我瞧见过化缘和尚，有拉大锁的，有打木鱼的，没有过扛着一个韦驮爷满街化缘的。”和尚哈哈大笑说：“你不开眼，少说话，这是我们庙中搬家。”众人听和尚之言都笑了。

和尚正往前走，猛抬头一看，只见一股黑气直冲霄汉之间。济公按灵光连击三掌，口中说：“善哉善哉，我焉能不管。”正往前走，只见大街路北有一座酒饭馆，是醉仙楼。上挂酒牌子，写的是：太白斗酒诗百篇，长安市上酒家眠。天子呼来不上船，口称臣是酒中仙。两旁对子是：醉里乾坤大，壶中日月长。里面构只响，济公一掀帘子，说：“辛苦了掌柜的。”里面掌柜一看，只当他是化缘的小和尚，说：“和尚，咱这里是初一十五才给钱。”那济公说：“是了，我们这里是初一十五才卖哪。”站在门外，只见从东边来了三人，是米粮店掌柜请客来。济公一伸胳膀说：“三位要吃饭哪？这里初一十五才卖哪。”三人一听往别家去。一连来了三四起人，都被济公挡回去了。饭馆掌柜的大怒，从里面出来说：“和尚，你都把吃饭之人挡走，是什么居心哪？”济公说：“我要吃饭，方一进门，你就告诉说初一十五。我知道你这里是初一十五才卖饭呢。”掌柜的一听说：“我只当你是个化缘的哪，故此才告诉你初一十五给僧道的钱，你知道吗？”济公说：“不对，我是吃饭的。”掌柜的说：“你请进来罢。”济公扛韦驮到了后堂，找了一张净桌儿坐下，要了几样菜，吃了四五壶酒。用完，叫跑堂的过去，算一算，一共算一吊六百八十文。济公说：“写账罢，改日吃了一同给。”掌柜的早就在这里留神了，听说没钱，掌柜的过来说：“和尚，把吃饭之人都给支走了。今日吃完，你不给钱走不了！必须要给一吊六百八十文。”济公正与伙计口角相争，只听外面一声呐喊，如雷霹之声。来了两位英雄，要大闹酒饭馆，引出许多事来。要知后事如何，且看下回分解。

第四回

扛韦驮周宅捉妖　病服神怒打老道

话说济公在酒饭馆吃完饭没钱，正合铺中人口角相争，只见从外进来两个，来至济公跟前行礼。众人一看，头走的那人，赫扬扬身高八尺以外，头戴翠蓝扎巾，擂金抹额，二龙宝，迎面茨菇叶乱晃，身穿蓝箭袖袍，腰系丝绦，足下青缎快靴，外披蓝缎绣团花英雄氅，面皮微黄，长眉阔目，二目神光满足，准头端正，四字方海口，海下一部黑胡须，飘洒胸前。后跟那人是二十以外年岁，头上粉缎色软包巾，绣团花分五彩，身穿粉色缎绫箭袖袍，上绣三蓝花朵，足下快靴，闪披英雄氅，面如白纸，白中透青，并无一点血色。头一位乃是美髯公陈孝，后跟病服神杨猛，新从外保镖回来，要上灵隐寺瞧瞧济公，正走至这里，听见饭馆中一阵喧哗，二人掀帘进来，见济公正与伙计争吵。他忙过来给济公行礼，说："师父，你老人家因何来到这里争吵？哪个欺辱你老人家？告诉弟子，我将他的脑袋给他拿下来。"陈孝过来说："兄弟不可莽撞，问问倒是因为什么。"饭铺伙友见这二位形象，吓得战战兢兢，说："二位达官老爷别生气，原来这位大师父吃完饭没钱，反出口不逊，因此争吵起来。"和尚说："好的，你们二个徒弟来得好，这饭铺把我欺辱苦了。"陈孝说："师父，他们因为什么欺辱你？”和尚说：“我吃完饭，他们不放走，要钱。”陈孝一听这话，不由一笑，说：“这应当给钱。”回头说：“掌柜的，你们不认得这和尚，勿论吃多少钱，不要跟和尚要，三节我还钱。这就是灵隐寺活佛济公长老。”掌柜说：“我们实在失敬。”和尚说：“你们二人吃了饭没有？”陈孝说：“我们吃了。”和尚说：“你两人给我扛着韦驮，跟我化缘去罢。”陈孝说：“你老人家的弟子，都是缙绅富户，用多少我不敢说，十两八两现成，何必你老人家化缘？”和尚一摇头说：“化缘那是我和尚的本事。杨猛你给我扛个韦驮。”杨猛答应扛起来。

三个人出了酒饭馆往东走，街上来往的人有认识杨猛、陈孝的，低声说：“二位达官，怎么跟和尚化小缘哪？”陈孝臊的脸一红，蹲在一旁，跟熟人谈话。杨猛浑人，不懂的害臊，跟着和尚往前走。见眼前路北新开张的大茶叶铺，济公叫杨猛把韦驮放下。和尚心中一转：“我必须得如此这般这样。”想罢，一上茶叶店台阶，说：“辛苦，辛苦。”茶叶铺伙计一听和尚道辛苦，赶紧过来说：“和尚买茶呀？”和尚说：“不买茶叶。你这铺子是新开张，我来道喜。”伙计说：“原来和尚你来道喜，请里面吃茶罢。”济公说：“一来道喜，二来我要化个小缘。”伙计说：“你化小缘化多少钱？”和尚道：“你给二百两银子我就走，并不多要。”伙计一听说：“化小缘就是二百两！和尚你别处去化罢，我们这店施舍不起。”济公闻听哈哈大笑说：“这时候化你二百两，你给就算完；要等太阳一正午，就是四百两；太阳一斜西，就是六百两；太阳一落，就是八百两。我要叫化一天一夜，把你的铺子给我，还算不清账。”掌柜一听这话，知道是个疯和尚，来这搅闹。旁边有买茶叶的人爱管闲事，过来说：“和尚，人家大新开张的，你别在这里闹。你要化两股香钱，我给你，要化三吊两吊的，换换衣裳，改天来，在我身上。”和尚说：“在你身上，你驮得动我吗？”那人一听和尚话不正经，说：“和尚，别玩笑。我不管你，你可准化出银子来，化不出来不算好和尚。”济公说：“不用你管，你瞧着我必有个转身。”济公说："杨猛，回头你瞧，由南胡同出来一个老道，你揪住，把他打死这铺子门口，叫茶叶铺打一场人命官司。"杨猛本是浑人，听见济公说，他点头答应，瞪着眼瞧着胡同内，静等老道。

果然工夫不大，由胡同出来一个老道，身高八尺，细腰扎背，头戴青缎子九梁道巾，身穿蓝缎子道袍，腰系丝绦，白袜云鞋，背上背着一口宝剑，绿沙鱼皮鞘，黄绒穗头，黄绒腕，真金什件；面如三秋古月，慈眉善目，五官倒也清秀，三绺长髯，飘洒胸前，根根见肉。一面走，老道口中作歌说道：

玄中妙，妙中玄，三清教下有真传。也非圣，也非仙，长在洞中苦修炼。口服金丹原神现，方显三清真有传。

杨猛一看，勃然大怒说："好妖道，我在此等候多时，哪里走？"赶过去抡拳就打。

书中交代，这个老道从哪里来？济公长老因为什么叫杨猛打他？只因为这临安城内太平街，住有一家财主，姓周名景，字望廉，外号人称周半城。家中称百万之富，跟前就有个儿子，名叫周志魁，二十一岁，尚未有室。周志魁长得相貌甚美，每逢提亲，是高不成，低不就。官宦人家又不给，小户人家又不要，因此总未定亲。周员外七十余岁，就是这一子。这天周志魁忽然染病，在花园书房调养，请了许多高明医生，吃药永不见功效。老员外心中烦闷，这天晚上，自己点上灯笼要亲自到后花园书房看看病体如何。刚来到书斋门首，就听屋中有男女欢笑之声。老员外心中一动："这必是婆子丫环勾引我儿做那苟且之事，这还了得！败坏家风，我倒要看看是什么人？"来至窗棂外，将纸窗湿破，望里一看。这屋中是顺前檐炕，炕上搭着小桌，摆着几样菜，一枝蜡烛。东边是他儿坐定，西边坐着一位如花似玉的女子，生得芙蓉白面，珠翠满头。老员外细细一看，认得是东隔壁街邻王成王员外之女，名叫月娥。老员外大吃一惊，心说：“我与王员外是孩童携手，垂髫之交，这两个孩子做出这不要脸之事。”自己也没敢进去，怕二人害羞难当死了。自己转身回归前面上房，一见安人，把灯笼熄灭，老员外叹了一口气，说：“安人，你晓得儿子哪里是病！他与东隔壁王成之女王月娥，在那里吃酒取乐。你看这便如何是好？”安人说：“员外不必着急，明天你亲到那院，见见王贤弟，跟他谈谈，问问他女儿有婆家没有，如没有婆家，赶紧托媒人去说。一来保住两家名节，二则依了他二人之心愿，倒是两全其美。”员外一听此言，深为有理。夫妇安歇，一夜晚景无话。

次日早晨起来，吃了早饭，带着家人，老员外换上衣服，出去要拜王员外。刚来到门首，就见由正西尘沙荡漾，土雨翻飞，一骥马二乘小轿，来者正是王员外。那王员外翻身下马，就与周半城行礼。王成说：“兄长久违，一向可好？”周员外说：“贤弟你哪里去了？轿里是什么人？”王成说：“轿里是你侄女王月娥，她在她娘舅家住了两个多月，只因我给她说停当婆家，明天放定礼，故此今天一早，我亲身前去接她回来。”周员外一听，心中一动：“此言差矣，昨天我看见王月娥在后面同我儿吃酒，她怎么又会在舅舅家住两个多月？莫非我眼花了，认错了人？决定不会！”想罢，说：“贤弟，你把轿子搭进大门，我瞧瞧我这个侄女。”王成叫把轿子搭进来。婆子下轿，把小姐轿帘打开，搀王月娥下轿过来，给周员外深深万福。周员外一看，果然跟昨天看见在书房的女子长的一般不差，心中一想：“了不的了！那个王月娥是非妖便则怪，非鬼便则妖狐。”自己一着急，几乎跌倒。幸有人扶住。王员外说：“兄长，见你侄女为何这样？”周员外说：“贤弟，我看见侄女，想起你那侄儿来了，现在病势沉重。”王成说：“我实在不知道，过一天必要来看望。”说罢，员外告辞。

周员外回到家里，唉声叹气。安人一问缘由，也是着急。员外说：“你我夫妻活不成了。这怎么是好？”夫妻正在烦恼，由外面进来一个书童叫得福，十五六岁，甚是伶俐，说：“员外不必着急，在清波门外有座三清观，有个老道刘泰真，善能捉妖净宅，退鬼治病。员外去请他来，准能把公子爷病体治好。”员外一听有理，赶紧吩咐备马，带着四个从人，书童引路，来至清波门外三清观门首，下马叩门。由里面出来一个小道童，问：“你们几位找谁？”家人说：“我们是城里周员外那里来此，请道爷捉妖。”道童往里面通报。这庙一层殿，东西配殿，有东西跨院。老员外来到东跨院，老道降阶相迎。周员外见老道头戴旧道巾，蓝布道袍，五官生得清秀。员外说：“久仰仙长大名，如轰雷灌耳。现在我花园有妖作乱，变了一个女子，是我们邻居王月娥的模样，将我儿志魁迷住。求仙长大发慈悲，去捉妖净宅，退鬼治病。”老道知道周宅是大财主，连忙答应，说：“员外请回，小道随后就到。”老员外吃了一碗茶告辞。老道送出来，回到庙中，问：“道童，我的新道冠新鞋，押多少钱？”道童说：“那天打酒押两吊。”老道说：“拿磬和蜡扦换出来。我那道袍丝绦当多少钱？”道童说：“当五吊。”老道说：“拿围桌和幔帐顶去换出来。这一去得穿好点，好多进钱。”道童赎来，老道穿戴齐了，就步进清波门。他又绕着进钱塘门，为是显显这身衣裳。正往前走，只听对面一声呐喊，杨猛抡拳就打。济公要戏耍老道，周宅捉妖，且看下回分解。

第五回

周员外花园见妖　三清观邀请老道

话说杨猛过去抡拳就打，打了老道几拳，把道冠打坏，金簪落地。济公赶过来拉开。这时陈孝赶去说："杨贤弟，你还不走！帮着师父疯闹，打出人命官司来。"拉着杨猛竟自去了。老道气得两眼发直，口中直嚷："反了，反了，无冤无故，揪我就打。我上钱塘县去告你去。"济公说："得了，道爷瞧着我罢，这么话说，把道爷的磬、蜡扦也打掉了地下，把五供围桌、帐幔也脏了，我给你掸掸罢。"老道一听这话就一愣，心说："我顶当他怎么知道？"拿眼上下一瞧，和尚长得其貌不扬，身高五尺来往，头上头发有二寸余长，滋着一脸的泥，破僧衣，短袖缺领，腰系丝绦，疙里疙瘩，光着两只脚，拖一双破草鞋。老道问道："和尚宝刹在哪里？"济公说："我在取马菜胡同黄连寺，名字叫苦核。"老道说："你上哪里去？"和尚说："我上临安城内，有一家财主在太平街，姓周叫周望廉，是临安城内第一家财主，人称叫周半城，请我前去捉妖净宅，退鬼治病。"刘泰真一听，心中大大不悦，心说道："周员外就不对，既请我就不该请和尚，既请和尚就不该请我。我到那里瞧，要恭敬我，我就捉妖；要恭敬和尚，我急速退步。"想罢，说："和尚，你我一同走罢。"和尚扛起韦驮像一同走，说："刘道爷贵姓？"老道说："你叫我刘道爷，又问我贵姓，你是个疯和尚。"济公哈哈大笑，信口说道："说我疯，我就疯，疯颠之症大不同。有人学我疯颠症，须谢贫僧酒一瓶。"

说着话，二人进了钱塘门，来到太平街路北大门，见门口四棵龙爪槐树，门里有几块匾，上写："急公好义。乐善好施。义重乡里。见义勇为。"来到门口叫门，管家出来一瞧，说："道爷来了。"老道说："辛苦，劳驾往里回禀一声，就提我山人来了。"见和尚扛着韦驮一言不发。管家瞧了瞧僧道，转身进去，来至书斋。

员外正在书房等候老道。家人进来回禀员外："清波门外三清观刘泰真来了，还同着一位和尚。"周员外一听一愣，问："和尚是谁请的？"周福说："必是老道请的。你老人家出去，倒要恭敬和尚，给老道做脸。"其实都闹错了。员外疑惑和尚是老道请的，老道只道是本家请的，其实全不对，原本是和尚开味来的。员外由里面出来，济公睁眼一看，见这员外身高八尺，细腰扎背，头戴宝蓝缎大叶逍遥员外巾，三蓝绣花，迎面嵌美玉，镶明珠，绣带双飘，身穿宝蓝缎逍遥氅，腰系丝绦，白袜云鞋，面如三秋古月，慈眉善目，三山得配，五岳停匀，海下一部花白胡须，根根见肉。员外出来迎和尚，抱拳拱手说："和尚请了，道爷里面坐。"老道心中有些不悦，心说："这是恭敬和尚。见和尚抱拳拱手，见我就嚷道爷。走罢。"有心不进去罢，又想自己好容易拿五供蜡扦赎出衣裳来的，指望着来得几十两银子好赎当，无奈，只得同员外进去。来至书房，是西配房三间，当中条案八仙桌，两旁两把椅子，墙上名人字画，甚为清雅。和尚老道落座，家人刚献上茶来。和尚说："摆酒罢。"老道一瞧，和尚比我熟识，必是常来，很够着自己，不分彼此。老员外立刻吩咐摆酒。少时家人擦抹桌案，杯盘碗箸，将酒席摆上。和尚并不谦让，就在正当中坐下。老道心中虽不愿意，也不好说出来。吃了三四杯酒，见周员外很恭敬和尚，老道实忍不住了，问员外道："这位和尚你老人家怎请的？"周员外一听，此言差矣，连连摇首说：“不是我请的。我不认识，是跟道爷来的。”老道说：“我不认识他，他说是员外请的。”和尚说：“不用提这个，再喝一盅罢。”周员外说：“好和尚，你敢是蒙吃蒙喝的？来人，快把他轰出去！”家人过来，见和尚还端着酒杯要喝，周福说：“好和尚，蒙到我这里来了，快出去！”拉拉扯扯，把和尚推出大门。关上门进来一瞧，和尚把韦驮像落下。过来回禀员外，已把和尚赶去，没拿韦驮像。员外说：“回头来拿给他，不准难为他。”

老道喝着酒，问：“员外，现在贵宅有什么妖精把公子爷迷住？我回头给烧古香瞧瞧，画道符。”本来老道长瞧香画符，也没有多大能为，无非倚靠三清观的神仙找碗饭吃。周员外说：“现在妖精变了一个女子，是我们隔壁邻居王月娥的姑娘模样，天天晚间同我儿在花园吃酒。”老道一听就是一愣。老道一想：“我也无非瞧香画符，妖精善能变化人身，我别捉妖不成，反叫妖精捉我去了。”自己踌躇了半天，这才说：“员外，我捉妖须用七个人，连我是八卦连环式，才可以捉妖，以保万全之策。”员外说：“可以。”叫：“周福，你跟道爷去捉妖。”周福说：“不行，我闹肚子，不能当差，员外派别人罢。”员外吩咐：“周禄，你去。”周禄说：“不行，我害眼呢。”周员外是位善人，一听都不愿去，自己明白：重赏之下，必有勇夫，人不为利，谁肯早起。员外说：“谁要去跟道爷捉妖？不白去，一夜一个人，我给十两银子。可就要七个人，谁愿去谁去。”旁边周福说：“员外，我去。”员外说：“你不是闹肚子吗？”周福说：“我方才得了个仙方，买一棵芍药要粗的。”员外说：“要那个做什么？”周福说：“熬水喝了，就好。”员外说：“你这是听见了银子了，混账东西！”周禄说：“我去。”员外说：“你不是害眼吗？”周禄说：“不是。员外没听明白，我在家碍眼。”少时七个家人都有了。员外问：“道爷用什么东西？”老道叫拿笔，开了一个单子：用高桌子一张，太师椅子一把，五供堂蜡扦、香炉一份，素蜡一对，长寿香一封，钱粮一份，新笔一枝，朱砂一钱，砚台一方，黄毛边纸一张，香菜，无根水，五谷粮食，白芨一块。员外吩咐照样预备，问："道爷，这东西搁在哪里？"老道吩咐："搁在后花园公子书房的院内，我随即就去。"

少时天已掌灯，老道同员外带着七个从人，各拿顺手的兵刃。来至花园，老道睁眼一看，这花园甚是齐整，花卉群芳，树木森森，楼台殿阁，水榭凉亭，曲院雕栏，真有四时不谢之花，八节长春之草。老道往前走，见对面白灰墙花瓦堆的窟窿钱，当中棋盘心。老道进去一看，这院子三合房，北房三间，东西配房各三间，见院中所要用的东西，预备齐了。众人来至院中，屋内公子听见有动作，说："外面什么东西？快滚出去！"家人说："公子爷别嚷，请来道爷给捉妖净宅，退鬼治病。你给妖精捉住了。"公子说："混账胡说！"老道也不答言。员外回前厅去，净听老道的喜信。

老道叫众家人在上房外间屋中给他助威。老道在院中椅子上一坐，候至天交二鼓，把蜡烛点上，恭恭敬敬烧上一股香，心中祷告："三清教主神佛在上，信士弟子刘泰真，我乃三清观老道，现在周宅请我捉妖净宅，退妖治病，望神佛保佑，将妖怪退去，我得几十两银子，回庙挂袍上供还愿。"祷告完了，将道冠摘下，包头解开，披散了头发，抽出宝剑，用香菜沾无根水往宝剑上一掸，把五谷粮食搁在宝剑上，拿白芨研浓了朱砂，画了三道灵符。老道说："周福，你看我这头道符一烧，狂风大作；二道符把妖精拘来；三道符用宝剑斩了妖怪，叫她立现原形！要是人死变为鬼，鬼死化为聻，当时结果了她的性命。"周福等大众看着老道作法，把头符贴在宝剑尖上，见老道口中咕哝咕哝念念有词，不知念的什么。就听念完，老道说："太上老君急急如律令敕！"点着头道符，拿宝剑一晃，真有冰盘大的火光，把符一甩，众人看着一点风也没有。周福说："你们瞧老道是造谣言。"周禄说："别忙，且看他第二道符。"老道口中又念咒，把二道符用剑挑着，点着扔出去，又不见动静。老道一瞧真急了，把三道符贴在剑上，口中念念有词，刚扔出去，只见一阵狂风大作。这阵风一过，老道睁眼一看，吓得魂不附体！来了一个妖精要吃老道。不知性命如何，且看下回分解。

第六回

周望廉细说见妖事　刘泰真捉妖被妖捉

话说老道三道符烧完，一阵狂风大作，只听有脚步的声音。老道只打算这妖精必是青脸红发一身毛，仔细睁眼一看，却原来是一位千娇百媚的女子，果然芙蓉白面，杨柳细腰。怎见得？有词为证：

只闻异香阵阵，行动百媚千娇。巧笔丹青难画描，周身上下堆俏。　　身穿蓝衫称体，金钗轻拢发梢。垂金小扇手中摇，粉面香腮带笑。

真是梨花面，杏蕊腮，瑶池仙子、月里嫦娥不如也。这女子扑奔老道说："好贼泰真，你敢拘起你家姑姑来了。"周福同众家人说："敢情不是外人，跟老道都是亲戚。"老道吓得魂飞魄散，说："仙姑不要生气，你听小道，我天胆也不敢拘你老人家。只因周宅请我来给公子治病，把仙姑请来。我给你说，哈哈哈，仙姑必是深山幽谷之中修炼，道德深远，何必贪恋凡尘？劝仙姑你老人家可以修炼个万世不化金身好不好？"妖精一听此言，说："你放屁！我多日不曾吃人，今天我要饱餐一顿。"说着话往前扑奔老道，就见把肚子一瘪，由嘴内喷出一口黑气。老道哎呀一声，就地栽倒，宝剑也扔了。周福等众家人吓得亡魂皆冒，往床底就挤。众人挤不下，周禄就拉周福的腿，说：“你出来，我藏进去。”周福吓昏了，说：“姑姑别拉腿。”众人正在乱藏，只听外面山崩地裂一声响，有胆子大的往外面一看，见外头红光一片，有一位金甲天神在门口站着，正是韦驮显圣。众人也不敢出去，直至天色大亮。

老员外在前面一夜没睡。天亮，员外带着一个胆大家人，来至花园瞧老道捉妖怎么样。来到这院一看，见老道在地下躺着，脸都青了，宝剑在旁边扔着，过去一摸，身上都凉。来至书房一看，见众人也有在床底下的，也有在桌底下的。过去一拉腿，众人说：“姑姑别拉腿，饶命！”老员外说：“哪里来的姑姑？你等还不出来！”周福众人一瞧，说：“员外呀，可吓死我们了！”周员外一问是怎么一回事，周福就把夜间老道捉妖之事，如是情形一说。员外叹了一声，说：“真是福无双至，祸不单行。妖没捉成，老道在这里死了，只得报官相验。”有钱的人最怕打人命官司，赶急吩咐先把院子打扫打扫。员外回至前面，自己一想：“和尚这个韦驮倒不错，在前厅搁着，怎么跑到后面显圣？等和尚来取，别说给他，问要多少钱，我买下可以镇宅。”正在这般景况，就听外面打门，说话是和尚声音，叫：“开门！取韦驮来了。我那韦驮有了主人，给六百万银子也不卖。”员外一听，赶紧往前面奔来，向门口一看，见外面不是和尚，站立一人，身高八尺，头戴宝蓝缎逍遥员外巾，身穿宝蓝缎逍遥氅，粉底宫靴，面似三秋古月，慈眉善目，三绺黑胡须飘洒在胸前，后面跟着小童十四五岁。周员外一看，认识是拜弟苏北山。周员外问：“是苏贤弟叫门？”苏北山说：“不是，我给兄长引见一位朋友。我常跟兄长提西湖灵隐寺济颠活佛，昨天晚上到我家去，提起扛韦驮化缘，说兄长家中闹妖精，到这来捉妖，被兄长轰出，将韦驮像留在这里。昨天住在我家中。我想兄长必然是不认识，要知是济公，兄长决不能待慢。我今天陪着来，一来捉妖，二来取韦驮。”周员外说：“贤弟，可了不得了，现在三清观的刘老道来捉妖没捉成，反给妖精喷了妖气，至今昏迷不醒。我正要给老道庙中送信，报官相验，听外面和尚叫门，贤弟你把大师父让过来。”苏北山一瞧，和尚在影壁墙根蹲着。苏北山说：“师父请过来，给员外相见。”周员外往里让，来至厅房，家人献上茶来。周员外说：“圣僧，我等不知，望希恕罪。”赶紧吩咐摆酒给和尚陪话。济公说：“我今天不喝酒，我先捉妖净宅，退鬼治病，然后才喝酒。你带我到后面去瞧瞧。”周员外说：“是。”立刻头前领路。

来至后面，见老道还在地下躺着。和尚说：“老道，昨天许是遇着亲戚了。”周福说：“不错，昨天我们听见是老道的姑姑。”济公说：“我先把老道治好了罢。你们去拿半碗开水，半碗凉水，我灌他点药，拿阴阳水一送，老道就好了。”家人把水取来，和尚把药化开，给老道灌下去。少待片刻，老道呕吐了半天，睁眼一看，是那穷和尚同着周员外、苏员外都站在眼前。老道都认得，自己站起来说：“惭愧惭愧。”和尚说：“员外，你给老道五十两银子，把他回庙，好拿五供蜡扦赎出来。”员外吩咐家人把银子拿来递给老道。老道谢了谢员外。老道说：“这位大和尚的宝刹在哪里？”周员外说：“是西湖灵隐寺的济公活佛。”老道一听，赶紧趴地下磕头，说：“我实不知是圣僧，昨天多有冲撞你老人家。”济公说：“道爷不可行礼，你回庙还想替人家捉妖不想了？”老道说：“这一回几乎要了我的命，我可怕了。从今以后，再不敢捉妖了。”说完，老道这才告辞回庙，来至三清观，叫童子去换银子赎当，把外头的捉妖净宅的匾摘下，嘱咐童子：“勿论是谁来请我捉妖，就说我入山采药去了。”

不言讲老道，单说济公见老道走后，和尚说：“员外，我先给公子退鬼治病，然后再捉妖。”员外说：“好，圣僧大发慈悲罢。”带领济公来到公子周志魁屋中。见这屋子顺前檐炕，公子头向东脚向西横躺着，面上焦黄，一点血色没有。周员外一看，心中甚为难过，连叫数声：“志魁儿呀！”公子并不言语，睁开眼看了看员外，又把眼闭上。周员外一看，说：“我这儿子素常是风流人物，这些日不见，大改了样子，脸上也没了血色，抬头纹也开了，大眼极角也散了，鼻子翅发讪，耳朵梢也干了，这便如何是好？”济公说：“不要紧，我给他点药吃就好了。”周志魁是一向的虚弱，白天昏昏沉沉，晚上彻夜无眠，精神恍惚，心中却也明白，见老员外、苏员外同和尚进来，睁眼瞧瞧，见和尚伸手掏出一块药来。周员外说：“圣僧，这什么药？”和尚说：“这叫要命丹。你儿子的命是没有了，拿我这药把命要回来。”和尚把药搁在口内嚼了，拿手一拨周志魁的嘴，和尚一喷，把药喷在公子嘴里。周志魁一见和尚真脏，要吐没吐出来，把药咽下去，觉着肚子里咕噜一响，药引血走，血引气行，五脏六腑，觉着气爽，身上如去了一座泰山。和尚说：“周志魁，你父母跟前有几个儿？”周志魁公子说：“就是我一个。”和尚说：“你既知道就是你一个，不孝有三，无后为大，你在花园以邪招邪，做出这桩事来，我和尚越说越有气。”说着话，照周志魁的天灵盖就是一掌。本来公子是病虚了的人，当时一伸腿，呕吐一声没了气。周员外大惊。和尚一回头说：“员外，你倒不用着急。是儿不死，是冤不散，这是该死。合该我庙中有了买卖，接三堂焰口。”员外心疼儿子，点头答应。

书中交代，周志魁这病怎么得的？皆因他在花园念书，这花园有三间艳阳楼，那一日公子上楼，扶着栏杆看花，厅东隔壁有妇女说话的声音。周公子一看，是王员外的花园，姑娘王月娥叫丫环摘鲜花。公子仔细一看，见王月娥果然长得天姿国色。公子暗说：“头几年我与月娥在一处玩耍，见她长的平平无奇。这几年不见她，会变的这么好看，真是女子十八变。我周志魁娶个这等媳妇，也一辈子不委屈。”心中想着，二目就瞧出神。那里王月娥正叫丫环摘花，一抬头见西院楼上站定文生公子，见周志魁右手一揪绣带，左手拿了扇子，往身后一背，伸着脖子睁了眼，往这边瞧。姑娘臊的脸一红，告诉丫环：“荷花，快下楼吧。”公子直看着姑娘下楼，这才叹一口气：“唉，我恨不能胁生二翅，飞过去跟月娥成其好事，才合我心愿。”由这天，公子就中了迷，在书房闭上眼，书房内童子一倒茶，公子就说：“月娥贤妹来了！”吓的书童撒腿就跑。这天晚上闷坐，一闭眼就仿佛月娥在眼前，睁眼又没了。天天跑到花园叫道：“月娥妹妹快来吧！”闹的小书童真骇怕。有一天晚间，公子闷坐无聊，说：“我这条命给月娥要了，要得单思病，茶饭怕吃。”正在思想，见帘板一起，进来一位如花似玉的女子，正是王月娥。公子如得了斗大明珠，赶过去用手相拉。不知该当如何，且看下回分解。

第七回

见佳人痴呆起淫心　想美丽花园遇妖女

话说周志魁在屋内枯坐无聊，思想王月娥，天有二鼓之时，听外面有脚步的声音，那帘板一起，进来一位千娇百媚女子，果然品貌秀艳，姿容绝代，风雅宜人，有诗为证：

但只见头上乌云，巧挽盘髻，髻心横插白玉簪，簪押云鬓飞彩凤。凤头鞋趁百子衫，衫衲半吞描花腕，腕带川镯是发蓝，蓝缎官裙捏百裥，裥下微露小金莲，莲花裤腿鸳鸯带，带佩香珠颜色鲜，鲜艳秋波芙蓉面，面似桃花柳眉弯，弯弯柳眉趁杏眼，眼含秋水鼻悬胆，胆垂一点樱桃口，口内银牙细嘴含，含情不露多姣女，女中国色，好似九天仙女临凡。

周志魁一瞧，正是月娥，忙说："贤妹，你可来了！我正想你如大旱之望云霓，你今一来，真遂我生平之愿。"书中交代：来者并非是真王月娥，原本是天台山一个精灵，有三千五百年道行，天天至城隍山前去听经，从此路过，见周志魁想王月娥发疯。她倒是好意，变出个王月娥度脱度脱他。她也见过王月娥，自己摇身一变，变的一点不差，来至公子屋中，说："周大哥，你天天站在墙根叫我的名字，倘若婆子丫环听见，岂不败坏我名节？你若真有心爱慕于我，可托媒人前去提亲，大概我父母不能不允，那时名正言顺，以合我二人之心愿。”周志魁一听，说：“贤妹你别走，我自从那一天看见贤妹，我时刻想你，恨不得你我一时成其夫妻，今天你既来了，我今焉能放你过去。”拉住苦苦不放。妖精本打算来劝解，见周公子死不放手，又见周公子长的美貌，自己一想：“我何不盗取他真阳炼补内丹？”想完，这才说：“君既有情意，妾岂可不为你铺被叠床。你我这也是前世俗缘，惟恐你父母知道，多有不便。”公子此时神魂飘荡，一概不顾，真是色胆比天大。当时二人携手把腕，共入罗帷，鸾颠凤倒，如醉如痴，直至更交四鼓。妖怪说：“我走了，恐其被人查出。”公子说：“你多时来？”妖怪说：“明天来。”由这一天，就天天初鼓来。二人喝酒谈心，追欢取乐，食则同桌，寝则同床，天天如是。人有多大精神，闹的周志魁精气神三宝损亏，饮食不进，面如白纸，一日不如一日。员外不明底细，以为他念书用功，劳神过度，焉知他净在夜里用了功。今天和尚一掌，把妖气打散，公子当时没了气。员外心疼儿子急呆了，苏北山也是后悔：“真是荐卜不荐医，这怎么好？”正在为难，见公子悠悠气转。和尚说：“我越瞧你越有气。”过去伸手要打，给苏北山阻住。员外见儿子好了，也放了心。

公子此时定了定神，要一碗白糖水，妖气也散了。和尚说：“我们捉妖。”叫周福、周禄二人，把韦驮拿过去。二人前去，也抬不动。周福心说：“看这韦驮不很重，怎么两人会抬不动？”和尚说：“我就知道你们抬不过。”说着，过去伸手，就把韦驮拿开。原来妖怪押在韦驮底下，一股黑风起来，要大肆横行，本来见和尚其貌不扬，济公又闭着三光，妖怪要拿妖气喷和尚。济公哈哈大笑道：“好孽畜，你也不知我是何人。”自己用手一拍天灵盖，透出佛光、灵光、三元，别人瞧和尚照旧肉体凡胎，妖怪一见，吓得惊魂千里，见和尚赫扬身高六丈，头如巴斗，面如獬盖，身上穿铁铎，赤腿光脚，活活一位知觉罗汉。用金光一照妖怪，照去五百年道行。和尚摘下僧帽一扔，霞光万道，紫气千条，竟把妖怪照住。只见一阵狂风，现出原形。大家过来一看，乃一个大狐狸，跪在地下叫。人有人言，兽有兽语，求和尚饶命说："师父，你老人家别气，弟子本打算解劝他，公子苦苦揪着不放，我不从他，他也是想死。师父呀，你老人家慈悲慈悲，放了我，再也不敢滋事了。"和尚这才过去，把帽子拿起来，说："好东西，我今天便宜你这条命，你再遇到我和尚手里，我定用掌心雷霹你。"妖怪自己走了。

老员外见儿子也好了。把和尚请至书房摆酒，邀苏北山陪着。喝了两杯，周员外把北山叫到一旁，说："贤弟，你看你侄儿也好了，妖怪也捉了，我这家当你说句话，我在和尚面前尽点心。你只管说，我不驳回。"苏北山说："兄长，你打算要给济公银子，那可不行。圣僧的脾气古怪，最不爱财，前次给我家治病，给赵文会治病，我们皆打算要给银子，奈和尚分文不要。依我倒有个主意，兄长至轿铺要顶八抬轿，全分执事，把韦驮抬了，送回灵隐寺，那倒体面，圣僧定愿意。别提给银子，他的徒弟富户施主很多。"二人商量好了，回至书房，见和尚还喝着酒。苏北山说："师父，方才周兄长叫我到外面同我说，师父给捉妖治病，打算谢你银子。"和尚说："好，我这两天正需银子。和尚按口也就同俗家差不多，我和尚也得吃饭。"苏北山说："师父，我知你老人家素不爱财，我已给拦了，不叫他给银子，叫他雇顶轿子，把韦驮送回去。"和尚说："给银不给银倒不要紧，千万别给我惹事。这回用轿把韦驮送回去，以后我一出来，他就磨我，别提多跟脚了。回头我扛着走在街上，找个地方把他脑袋撞个窟窿，下次他就不想跟我出来。"周员外说："既是如此，我送师父点银子，换换衣裳。"和尚说，"你若给我银子"，附耳如此如此，"须紧记在心，不可错过"。大家点头。

和尚扛着韦驮告辞出来，往前走不多远，睁开慧眼一看，有股怨气冲天。和尚点头，见路北一座酒馆，和尚往里走。众人一看，说：

"和尚化缘吗？"和尚说："不是。"众人说："和尚，你怎么扛了韦驮满街走？"和尚说："我是贩韦驮的。"众人说："和尚，这韦驮打哪贩来？卖多少钱？"和尚说："我由外口一百两本，卖二百两。我这韦驮供在哪庙，哪庙就灵，有人烧香。"说着，要了一壶酒，把韦驮搁在一旁，吃了两杯酒。和尚告诉伙计给他看着："我到外头一行。"和尚刚一出去，就由外面进来八九个和尚说："在这里呢。我们庙里一个疯和尚把韦驮偷出来，到处讹酒喝。奉老和尚之命，叫我等来找。"掌柜的一听说："你们众位扛了去吧，一个泥像，我们要了没有用。"掌柜的短一句话，也没问是哪庙来的。众僧七手八脚，把韦驮搭走了。工夫不大，济公回来，一进门："呦，我的货哪里去了？"掌柜的说："你们庙里和尚扛走了。"济公说："他是哪庙的？"掌柜的还不出话来。和尚说："你给人家蒙了去，你赔我二百两银子。没有，咱们是一场官司。"众饭客皆说："堂倌，这是你不是。方才那些和尚来扛韦驮，你就该问是哪庙的。"回头说："和尚瞧着我们吧，他本是苦人，一月才能挣两吊钱，他哪赔得起二百两银子。我们给你凑几吊钱。"和尚说："凑几吊钱，我不能要。得了，既你们众位出来管，我钱不要了，韦驮也不要了，我走了。"说罢，出了酒馆往前走，见一股怨气直冲霄斗，和尚往前飞跑。济公施法力大展神通，要知后事如何，且看下回分解。

第八回

练法术戏耍刘泰真　李国元失去天师符

话说和尚出了酒馆，正往前走，想起要到三清观找刘泰真，见股怨气冲天。和尚按灵光三击掌，点了点头，说："善哉善哉，我焉能不管。"嘴里念念道道，出了清波门外。至三清观，见门口捉妖的牌子也摘了，冷冷清清。和尚拍了两下门。老道自打周宅回到庙中，拿银子把当赎出，叫童儿把捉妖的牌摘下："如再有人请我捉妖，你说我入山采药去了。"小童点首答应，老道天天看书解闷。今天童子正在院中玩耍，听外面叫门，童子出来开门一瞧，门口站了一个穷和尚。道童道："找谁呀？"济公说："找你家刘道爷，到我们那儿捉妖，请他退鬼治病。"道童说："不行，我师父入山采药去，不定几天回来。"和尚说："你到里面告诉在屋内看书的那个老道，就提我老人家，他就得见我。"小童一听一愣，心想："呦，他怎么知道我师父在家看书？"赶紧说："和尚，你等等。"忙奔到里面说："师父，外面有个穷和尚，说请你捉妖净宅，我道你采药去了，他说你到里面告诉那看书的老道，就提他来了准得见。"老道一听一愣说："许是他老人家来了。"小童说："对了，和尚也说我老人家来了。"老道忙跑到外面一瞧，果是济公，忙说："圣僧，你老人家从哪里来？弟子这里稽首了。"济公说：

“好，你头前领路，我到你庙里坐坐。我问你一件事，你这不捉妖净宅，师徒几个靠着什么吃饭？”老道说：“师父，我这里素常就指着给人治病，蒙碗饭吃。自从周宅回来，吓的我哪敢捉妖？我这庙并无分文进项，你老人家给我想个什么主意吃饭？”说着来到里面落座。和尚说：“我教你个搬运法。你如学会，要金银，一念咒就有；要好衣裳好食物，一动念就来。”老道说：“我就学这个好，别的全不学。师父，你老人家教我练练。”和尚说：“你练不了。要练先得一天磕一千个头，磕四十九天。你须认我为师，你跪在地上念声无量佛，磕一个头站起，念声阿弥陀佛，才算一个。”老道说：“我练。一天磕一千头，只要我四十九天练成了，想要什么就有，我愿意练。”和尚说：“还不行，我和尚喝酒谁打去？”老道说：“我叫童子打去。”和尚说：“我每顿饭要吃肉，谁去买？”老道说：“我去买。早晚两遍点心，三顿饭，全是我的。”和尚说：“就是，由明天早晨起来就练。你先叫道童给我沽酒买菜，我先喝酒。”老道忙叫小童去买了酒菜吃了。

次早，和尚出了个主意，用二个笸箩，买一下黄豆，和尚坐在蒲垫，老道念一声无量佛，磕一头念一声阿弥陀佛，由黄笸箩拿粒黄豆，搁在红笸箩内，省记着。老道磕了几十头，就觉腰酸腿痛。磕至二百，见和尚闭着眼打盹。老道一想：“我捧过一把去，少磕些。”见和尚睡熟了，忙捧了一把，往红笸箩内搁下。和尚一睁眼，说：“好东西，炼法术偷私，重磕！”把豆儿又抓回去，又拐了三百多去。老道磕了五六天，把剩的银子也花完了。和尚叫打酒买菜，老道叫童子：“把我的道袍别顶金簪当了，等我炼好搬运法，再换好的。”童子给当了，吃了五六天又没了钱。老道叫当铺盖，卖大殿的桌椅板凳。

话不可重叙，直到了一个月另六天，老道就剩了一条裤子，四个道童光着屁股。老道说：“师父，我可真没了钱，你教给搬运法，搬了来再吃吧。”和尚说：“我要会搬运法，为什么叫你给我打酒？”老道一听说：“对呀，师父冤了我，怎么样呢？”和尚说：“你没钱我走了。”

老道说："圣僧一走，我同徒弟一同吊死完了。"和尚说："我教你念咒，你学的会。"老道说："什么咒？"和尚说："唵嘛呢叭㖿吽。"老道没听明白，说："叭了，你就轰。"和尚说："对了。"一连教了三遍，老道会了，和尚叫他在院中跪着念。老道刚一念："唵嘛呢叭㖿吽。"济公在后面用手一指地下，由地下飞起来一块小砖，照着老道脑袋吧哒一下，打了一个小疙瘩。老道说："师父，这怎么的？"济公说："你一念咒，砖头见你就打，这就是你练的能为。"老道说："我不练了。"和尚说："不要紧，我教你几句话，你见砖头就磕头说：'砖头在上，老道有礼，我不念咒，你也别起。'"老道说："师父，我怎么好？"济公说："把我僧袍给你穿上，僧帽戴上，教你几句话，到钱塘门西湖苏堤上，有个冷泉亭，往上一站，你说：'李国元，李国元，不必上西湖灵隐找济颠，十两纹银交于我，腰里还带着三百六十钱。'"老道要不去吧，庙里一文没有；去吧，真难看。每常出去衣貌整齐，今天老道没法，穿了一身和尚的破衣裳，说："师父，我到那里去说三遍，就有着落吗？"和尚说："你只管去，高嚷三遍，就有人问你。我和尚说法，化个小缘，就够你一辈子用。"老道没法，出了三清观，低头恐怕碰了熟人。这溜老街旧邻，认识老道的不少，有人瞧见这个说："这不是三清观的刘道爷吗？怎么这个样？平常很有钱。"那个又道："这必是输掉了。道爷没别的，就爱赌。"老道听了，也不好答言，自己往前走。

来到西湖苏堤冷泉亭，这里是一条大道，来往人不少。老道就站在亭子上一嚷："李国元，李国元，不必上西湖灵隐找济颠，十两纹银交于我，腰里还带着三百六十钱。"道爷嚷了三遍，围了好些人，大家纷纷议论。有说这老道是疯子的，有说这也许找李国元的。正在纷纷议论，由那旁来了两个人。这个说："贤弟，你看济公真有先见之明。"二人来到近前，老道一瞧，头里走的这位是富翁员外打扮，后面一位文生公子打扮。二人一瞧老道，这位员外道："你这老道把济公害了，这身衣裳你穿着。”老道说：“我倒没害济公，他把我害了，吃的我剩一条裤子。二位贵姓？”书中交代：这位文生公子叫李国元，家住临安青竹林四条胡同，本是财主，乃是文生秀才，娶妻蔺氏，甚为贤德，无故这天得了疯病，请多少先生也瞧不好。李国元甚为烦闷。他有个朋友叫李春山，在杜大夫家中教读。一天李国元去找春山，二人本是知己，李国元就提妻子得了疯病，请多少先生瞧不好。李春山说：“我们杜大人祠堂里，有一张五雷八卦天师符，是镇宅之宝。我说给你借，他准不借。我偷着给你拿来，你挂在家中，有什么妖邪皆去得了。”李国元说：“好，倘能把你弟妹病治好了，我再送回来。”李春山到了祠堂，开开箱子，把天师符拿出，是个楠木匣装着。李春山说：“这是杜大人传家之宝，我私自借给你，可千万小心留神，你挂两个时辰邪去了，可速送来。”李国元说：“我明天送来。”拿着告辞，自己出来一想：“呦，还没吃早饭，本打算约李春山吃饭，一提这轴画，把饭忘了。我也不便回家吃去，跟前路北就是酒馆。”自己进来一看，真是高朋满座。众人皆站来，让说：“李先生一同喝吧。”李国元说：“众位别让，我还同着人说话。”自己到后面找张桌，要了酒喝了两杯。自己一想：“人让我，我不让人家，这可不对。”忙站起，过去回让，让完，转身回来，睁眼一瞧，吓得目瞪口呆：五雷八卦天师符踪迹不见。欲知后事如何，且看下回分解。

第九回

赵文会西湖访济公　醉禅师西湖盗灵符

话说李国元只顾让人，回头见画轴不见，自己酒也不喝了，饭也不吃了，心中暗想：“丢了别的东西，我可以赔人家。这种东西有钱没处买，这是杜宅传家之宝，倘若走漏风声，岂不把李兄长馆散了？”自己忙叫堂倌算账：“给我写上。”堂倌说：“你怎么不吃了？”李国元说：“我还有要紧事。”也并没有声张，跑至家中，派几个心腹家人，说：“我方才在某酒馆吃饭，丢了一轴五雷八卦天师符。你们去访查访查，是哪路贼偷去。不怕托个人花些钱买回来。这是人家东西。”家人答应出去。工夫不大，李升出来说：“方才我打听明白，你在那里喝酒，这个东西叫白钱贼偷去，已卖给博古斋古玩铺的刘掌柜，刘掌柜是三十两银子买的。他跟秦丞相府要好，现已卖给秦丞相五百两银，挂在阁天楼镇宅。”李国元一听：“可了不得！要在古玩铺，我可以多花钱买回来；落在丞相府，论人情势利，均比不了人家。”正在踌躇，外面打门，叫家人出去一瞧，原来是李春山之子少棠说：“方才你走了，听说杜大人宅里明日有祭祀，我父亲叫我先把五雷八卦天师符拿回去，等过了明天，再给拿来使。”李国元说：“你先回去，我这轴画方才一挂，撕了一点，送在裱画铺去，少时立刻送过来，你不必来了。”

李少棠走后，李国元更急了，正为难之际，家人报赵员外来了。李国元走出去一看是赵文会，二人知己之交，赶紧上前行礼说：“兄长久违。”赵文会说：“我今天约贤弟先逛城隍山，回头上天珠街望江楼吃酒，逛逛天下第一江。”李国元说：“大哥，今天小弟不能奉陪，我有心难的事，兄长请里面坐。”来至书房，国元把丢天师符情节一说，赵员外说：“不要紧，这事我给你办。西湖灵隐寺济公长老，他是在世活佛，你我去走一趟，求他老人家，天师符也可以找回来，弟妹病也可治好，真是神通广大，佛法无边。”国元一想：“我闻其名，未见其人。倘若回来，约他来吃饭，我得带着银子。”赶紧拿了十两银子四百钱，同赵文会出来，买了四十钱茶叶，一直往前。真是十里长堤跨六桥，一株柳树一株桃。这是怎名？曰苏堤春晓。乃是苏东坡做此地太守时，修的这道堤。到了三春之时，桃柳争春。湖中有湖心亭，南望南屏山雷峰塔，北山坡有林和靖的梅园，西眺有岳王慕、苏小小坟。

二人将走至冷泉亭，就听人群中有人喊说：“李国元，李国元，不必上西湖灵隐找济颠，十两纹银交于我，腰内还带着三百六十钱。”赵文会一听说：“贤弟，圣僧有先见之明，在这里等候你我。”及至分开众人一瞧，是济公衣裳，不是济公。赵文会过去一揪，说：“好老道，你把济公长老害了，你是蒙事来。”老道说：“我倒没害济公，济公把我们师徒吃的一件衣服都没有，交给我这几句话，叫我到这里来说。”赵文会说：“济公在哪里？你带我二人去见见。”老道这才带着二位来至三清观。赵文会一看这庙，穷的什么都没有，四个道童赤身露体，济公赤着背在椅子上坐着。文会说：“师父在上，弟子赵文会有礼。”忙叫李国元参见圣僧。国元一瞧和尚，直像乞丐，冲着赵员外的面子，不能不过去行礼，作了个揖。和尚说：“你二人来此何干？”赵文会就把丢五雷八卦天师符情节一说。和尚说：“不要紧。”叫老道把衣服脱下，和尚穿上。把国元银子要过来，给老道赎当。

和尚同二人出三清观，来到国元家中。和尚说："我先给你妻子治病，然后再找天师符。可有一件事，我给你妻子治病，回头我跟她揪在一处，滚到一处，你可别管。"国元一听，半晌无语。赵文会说："贤弟，不必生疑。济公乃是在世活佛，决无差错。要是不敦品的人，我亦不能请来。"李国元说："就是吧。"带了济公直奔上房。门也锁了，蔺氏也用铁链锁着，丫环婆子早躲开，怕疯子打。刚一开锁，蔺氏见外面是穷和尚，忙往外追。和尚跑至院中，有口大鱼缸，和尚就转鱼缸，口中直嚷："可了不得了！要一追上，我就没了命。"说着跑着，蔺氏摔了一个筋斗，口内吐出一堆痰来，心中也明白了，自己说："我怎会到这里来？"这才有胆大婆子过来，搀扶起来。和尚掏了一块药，叫人拿水化开给她吃。

书中交代，蔺氏这病本是痰迷心窍，被事所挤。皆因她家有个兄弟叫蔺庭玉，在家把一份家业皆花完了，所交些匪人，这天找姐姐借钱，说去做买卖。至亲骨肉，焉有不疼之理？瞒着丈夫借给他几百两银子。蔺庭玉拿去，跟狐朋狗友一花花完了，这天又找他姐姐，说他"拿银子去做买卖，走在半路被强盗劫去，你再借给我几百两银子做买卖，赚了钱连先前银子一并交还"。蔺氏又给了他。这天蔺氏在花园坐着，见庭玉又来了，身上褴褛不堪，心中一着急，一口痰上来迷住，因此疯了。今天和尚一溜，把痰溜开，吐出来。

国元很佩服和尚，请他书房摆酒款待。正在喝酒之际，外面家人进来回禀："李少棠又来催五雷八卦天师符。"李国元叫家人出去告诉他随后就送去。李国元说："师父怎么办？"和尚说："回头我雇我庙里的韦驮给你把五雷八卦天师符盗来。"李国元说："师父，你庙中韦驮是泥胎，怎么能偷东西？"济公说："能行。我们那韦驮专管些闲事。"李国元说："师父，怎样去请？"和尚说："我得就去跟他商量，得拿钱雇他去，白叫他去不成。你们喝着酒等我，我先去，回头再喝。"和尚站起身，往外就走。二人送出回来。李国元说：“赵兄长，你听和尚这话是真的吗？”赵文会说：“我也不知真假。前次在周半城家扛韦驮捉过妖，这事在两可之际，也许是真的。”

再说二人摆着酒，直等到掌灯以后。二人甚为焦急，恐怕关城，将济公关在城外。正在说着话，就见济公进来。二人说：“师父回来了。”济公说：“可气死我了。”赵文会说：“师父同谁生气？”济公说：“跟我们庙里韦驮。真可恨！平常我一出来，他就说济公要有事，给我张罗着。我今天回去，他瞧我奔了他去，他把脸一扬不理我。我就答讪着跟他说：老韦，我给你找了个事。他问什么事？我就提叫他到秦相府花园阁天楼去，偷五雷八卦天师符。问他要多少钱？他一嘴就要大价。”李国元、赵文会齐说：“他要多少钱？”和尚说：“他要五吊钱，我给他五百钱。”李国元说：“五吊钱也不多。”和尚说：“头里他倒让了个价，说要三吊钱，少了不去。我说你落了价，我给你添了凑满五百钱，多了不要。他说少了不去。故我们俩散了。我由庙里出来走大佛寺，碰见大佛寺的韦驮，远远的就问我上哪去。我说给你找个事，你去不去？他问什么事？我就叫他去找符。说你没跟你庙里老韦驮说吗？我说说了，因为他要钱太多。他要三吊，我给五百钱，没雇停当。他说我也不能少要，少要对不起我们庙的韦驮。我说我要多花了也不对。因此又散了。”李国元一听说都没停当：“这怎么办？”和尚说：“我又往前走，走至紫竹林，那庙韦驮饿的都打了晃，远远就喊我。我一提这个事，他就愿意。他说回头就来，价钱随我开。”李国元说：“他什么时候来？”和尚说：“我们吃完了饭，院子预备桌案，我一叫，他就来。”李国元忙摆饭吃完了，叫家人预备应用东西，搁在院中。和尚说：“你们大家不消慌，一眨眼等星斗出全了，那时我请韦驮来。”和尚说：“我乃非别，我乃非别，西湖灵隐，济颠僧也。韦驮不到，等待何时！”只听半空中一声喊嚷：“吾神来了！”不知来者是谁，且看下回分解。

第十回

赵斌夜探阁天楼　英雄仗义救公子

话说济公在院中烧香请韦驮，只听房上一声喊嚷："吾神来也！"书中交代：来者可并非是真韦驮。这部济公传，虽没请神请鬼，并非奇怪之事，总得合乎神理。书有明笔、暗笔、伏笔、顺笔、倒笔、岔笔、惊人笔。此来者乃是一位惊天动地的英雄之子，祖贯镇江府丹阳县人，姓赵名九州，绰号人称一轮明月，东西南北中五路总镖头，娶妻梅氏，膝下单生一子，名叫赵斌，生来天真烂漫，混耀闷愣，跟他父亲练了一身拳棒，好上天。老英雄一生就教了两个徒弟，一个儿子。大徒弟乃江西玉山县的威震八方杨明，二徒弟是东路镖头上伙计，叫尹士雄。赵九州这天病在床上，把梅氏叫至跟前，说："我死之后，千万别叫赵斌保镖。他眼空自大，狂傲无知。留下我这点虚名，传留后世。"说罢竟自呜呼哀哉。他母子办理丧事安葬已完，就剩下他母子度日。赵斌游手好闲，他父亲留下这点家私，也可享受着度日。他在外头交了几个本地朋友，一个叫秦元亮，绰号人称飞人火祖；有一位马兆熊，人称立地瘟神，二人皆是绿林，跟赵斌颇为知己。这天三个人在一处吃饭。秦元亮说："赵贤弟，你知我们是做什么的？"赵斌说："我不知二位兄长做何生意。"秦元亮说："我们都是贼，可不是下贱采花淫贼。我等专讲究偷富济贫，杀赃官，斩恶霸，除暴安良，专管不平之事。只因爱贤弟这身能为，要约你入伙，这叫行侠做义。我这里有身夜行衣送给你。”说着递给赵斌一个包袱。赵斌打开一看，里面全分皆有。赵斌就由这天跟这二人，夜间时常出来偷富济贫。

这天赵斌把包袱落在家中，梅氏打开一看，是夜行衣。赵九州之妻，也是开过眼，什么皆见过，正瞧着，赵斌由外面进来。梅氏一见，勃然大怒，说：“赵斌，你父亲保镖一辈子英名，被你弱尽。你敢情做了贼！好孩子，我是一头撞死，决不活着。”赵斌说：“母亲不要生气，不叫孩儿做贼，我就不做贼。”梅氏说：“你趁此把这衣服烧了，刀砸了。”自己一想，要在这里住着还不成，得给他把这班朋友断绝了，不然，仍怕有人勾引他。老太太要学孟母三迁之法，急把家中房产变卖，带着细软金银，同赵斌来在京都临安，租的青竹巷四条胡同卖果子王兴的房。

赵斌仍旧没事可做，王兴的母亲王老太太可就说：“赵老太太，为何不叫你儿做个买卖？在家闲了，坐吃山空。”梅氏说：“他自幼没做来，也不懂的什么。”王老太说：“可叫他同我儿上果子市买点果子买卖，操练操练。”梅氏一想也好，同赵斌一商量，也愿意。次日拿上两吊钱，同王兴上果子市买了点北鲜。王兴说：“你这货买的便宜，总得找对半利，赚两吊钱才卖呢。你合算去卖。”赵斌吃完饭，拿了小筐出去，见人也不敢吆喝。走了几条胡同，人家皆以为是送礼的，不像做买卖的，也没人买。赵斌走到凤山街，见路北一座大门，像官宦人家，门口有大板凳。赵斌把果筐搁在地下，坐在门首，瞧了果子发呆，就见由里面出来一位员外送客。这员外长的身高八尺，虎背熊腰，面如乌金纸，环眉阔目，姓郑名雄，人称铁面天王，本是世家。他是武进士，素常在家见义勇为，乐善好施，今天出来送客，见赵斌相貌一表非俗，坐在那儿发呆。郑雄很爱慕，说：“朋友，你在这作什么？”赵斌说：“卖果子。”郑雄说：“卖多少钱？”赵斌说：“我两吊钱买的，四吊钱才卖呢。”郑大官人吩咐家人把果筐倒在里面水筒里，给他拿四吊钱来。家人答应。郑雄说：“朋友，你没做过买卖吧？”赵斌说：“我今天头一回。”拿起果筐四吊钱回家，告诉母亲说赚了两吊钱。次日仍然同王兴上市，点名买两吊钱北鲜，回家吃完饭，提筐出来，不上别处，一直赶奔凤山街来，至郑宅，把果筐搁下一坐，候至晌午。郑雄要出门，刚一出来，赵斌说：“别走，我给你送果子来了。”郑雄说：“谁叫你送来的？”赵斌说：“你拿进去，我不去卖了。”郑雄说：“你愿意我不愿意，我不如天天白给你两吊钱好不好？”赵斌说：“好。”郑雄一听也乐了，说：“我今天留下，明天可别送来，我不要了。”叫家人给拿四吊钱。赵斌一听，说：“好丧气，好容易卖出主来，又散了。”自己拿钱回家。由此练着做小买卖，有赚钱的时候，有时赔钱。

这一天在西湖，因花花太岁王胜抢人家逛西湖的姑娘，他路见不平，打死恶霸的三条人命，被济公把他救了，他认济公为师。济公今天由李宅出来，正碰见赵斌卖果子，和尚说：“赵斌，跟我喝酒去。”赵斌跟和尚到了酒馆喝酒。和尚说：“你今天给当一回韦驮。”赵斌说：“怎么当韦驮？”济公就把李国元丢五雷八卦天师符，落在秦相府花园阁天楼，叫他给盗回家。到李宅装韦驮，遮盖众人耳目。赵斌说：“我不认识李国元家。”和尚说：“我带去。”吃喝已毕，给了钱，带着赵斌直奔李宅门口。和尚说：“你晚上来。如此如此。”赵斌点首，回至家中告诉母亲说：“师父济公叫我今天晚上给当韦驮去。”梅氏说：“什么叫当韦驮？”赵斌说：“师父叫我到相府，给人家找五雷八卦天师符，充韦驮神。”梅氏知济公是好人，若非济公的事，也不叫赵斌晚上出去。

赵斌换好衣服，带一把切菜刀，天有初鼓，跳出墙外，省的母亲关门。自己直奔李宅，蹲在上房，在暗中等候，听济公喊：“韦驮不到，尚待何时！”赵斌这才答说：“吾神来也！”和尚说：“老韦，你到秦相府花园阁天楼去，把五雷八卦天师符取来。”赵斌说：“遵法旨。”就转身蹿房越脊，奔和合坊来。至相府的花园一看，这园地势很大，不知哪座楼是阁天楼。真是水阁凉亭，楼台小榭，四时不谢之花，八节长春之草。跳下墙，各处一找，找得东北角单有一所院子，是北房，暗五明三，东西各有配房。北房屋中灯光闪闪，人影摇摇。赵斌来里间窗外，用舌尖舔破窗纴纸，往里一瞧：顺前檐的床，靠北墙是一张八仙桌，二把椅子，墙上一口单刀，桌上搁着蜡灯，两个人坐在对面椅上喝茶。靠东这人，有六十以外年岁，面皮微白，两道剑眉，一双三角目，花白胡须，头戴蓝绸四楞巾，身穿蓝绸篆花袍。西边这位有三十来岁，头戴青缎壮士帽，身穿青缎箭袍，腰系丝绦，闪披皂缎英雄大氅。就听那老人说：“壮士，我把你扶养好了，所为叫你给我办这件事。真要给我办好，我给你一百两银子，你拿着，天涯海角，决叫你打不了人命官司。”说着话，就见老者由怀内掏出两封银子，放在桌上，真是白花花。那壮士说：“多蒙老丈之恩，栽培之德，却之不恭，受之有愧，敢领不恭之罪。”老者说：“壮士，恭敬不如从命。”就见这位壮士把银子揣在怀中，伸手摘下那墙上挂着的刀说：“老丈，外面无论有什么动作，你千万别管，少时自有人头前来见你。”说完话，往外就走。赵斌赶紧找暗处一隐身，见他走过，赵斌后面跟着，心说：“这不定是上哪去杀人吗？我倒要跟了瞧瞧。”见往西走了两层院落，路西是四扇绿屏风，门内有北房三间，灯光隐隐，似有读书之声。见这人提刀进去，赵斌湿破窗纸一看，见里面一张八仙桌，两把椅子，椅上坐着一位文生公子，正在念书，旁边老家人伺候。这人进去把刀往桌上一扑，说：“你主仆二人快说明来历，我特来结果你们性命。”公子同家人吓倒在地，说：“好汉爷饶命，你要问我，是如此这等这般。”赵斌一听，气的肺都炸了，拉切菜刀要闯入室中，多管闲事。不知所因何故，且看下回分解。

第十一回

兄弟相认各诉前情　主仆逃难暂寄李宅

话说赵斌在暗中观看这人拉刀进去，要杀那主仆二人，公子吓的战战兢兢，跪在地下，求“大太爷暂息雷霆之怒，容我慢禀”。那老家人也跪倒。那壮士说：“你主仆二人是怎么一段事？快说！”老管家说：“你老人家要问，我家主人姓徐名志平，原籍建安县人氏，老太爷名徐占魁，跟这秦相府花园总管韩殿元是知己之交。韩殿元有一女，跟我家公子同岁。他情愿把女儿给公子为婚，自幼下定礼。后来我家老爷去世，家中遭了一把天火，将万贯家财烧得片瓦无存。我就同了公子来到这里投亲。韩殿元一见我主仆衣服褴褛，他就有悔亲之意，嫌贫爱富。明看他留下我主仆，叫公子在这花园读书，谁想到他叫你老人家来害我主仆。”拿刀的这壮士一听说：“原来如此，我实不知道。”说着话，由怀内掏出那一百两银子说：“我赐你主仆，赶紧拿了逃命吧。找个地方，用心攻书，等待大比之年，好去求取功名。你们不可住此，恐他还想害你们。”赵斌在外面一听，说：“这事办的好。”他是个直性的人，自己忘了是偷听了，心中一爽快，不觉失声说：“办的好！”那壮士一听外面有人说话，窜出来摆刀照赵斌搂头就剁。赵斌用切菜刀急架相还。两人走了几个照面，赵斌心中一动："怎么他使的刀法同我一样？"那壮士也是心内纳闷，忙往圈外一跳，用刀一指说："你且慢动手。你姓甚名谁？住在哪里？这刀法同谁练的？来此何干？"赵斌说："我姓赵名斌，绰号人称探囊取物。你要知道我的利害，不必前来讨死。"那壮士一听，忙把刀一扔说："原来是贤弟，这可是大水冲了龙王庙，一家人不认得一家人。"赵斌说："你是谁？"壮士说："我姓尹名士雄，贤弟你把哥哥忘了。"赵斌一想："我八九岁的时候，尹士雄正跟我父亲练艺。这话有十几年了。"赵斌这才把切菜刀一揣，赶过去行礼，二人叙离别之情。尹士雄说："我自从东路保镖，回头听说师母同贤弟来到京都，我特来访查，也未找着。我病在三顺店，腿上长一个疮，遇见这花园总管韩殿元。他是三顺店东家，给我瞧病，接到花园给我把病养好了。今天他给我一百两银子，叫我来杀他的仇人。我来至这里一问，方知怎么一段事。贤弟你来此何干？"赵斌把别后的事略说一番："今天是奉济公之命，来此盗五雷八卦天师符。"尹士雄说："你今天幸遇了我，若不遇了我，你也盗不了符去。你先同我把徐志平主仆救走，然后我帮你盗符。"二人这才进到屋内，叫徐志平："赶紧收拾好逃命，这一百银送你作盘川。"徐志平问了尹士雄的姓名，老家人徐福给尹士雄磕头："谢谢恩公。"忙把琴剑书箱收拾好了。徐福说："尹恩公，这黑夜光景，我二人上何处去？这京师重地，巡更查夜甚多，要把我等捉去，如何是好？"尹士雄一听有理，说："赵贤弟，你有地方安置，帮叫他二人去，明天再给找店。"赵斌说："尹兄长在此少待，你主仆跟我走。"带着二人出了花园角门。

赵斌本打算把他二人带在自己家去，不想才一出园门走了不远，就见眼前站定一人，正是济公。赵斌一见说："师父你来了？好。现在他主仆是如此如此。"济公说："好，我正为这件事来的。我在书房同他们喝酒，我说出来出恭，来到这里。你赶紧给我办事去，把他二人交给我。”徐志平一瞧，见个穷和尚，连忙问道：“这位大和尚怎么称呼？”赵斌说：“这是灵隐寺济公长老。”徐志平一听忙行礼。济公带了他二人来至李国元的家内，叫徐福把担子放在院中，带了二人走至书房。赵文会、李国元正然喝酒，见济公带进一位文生公子，一个老仆，忙站起来说：“师父，你老人家从哪里带来这二位？”和尚把徐志平的根由一说，李国元这才明白。和尚说：“你借给他几间房屋，叫他在这里念书，有什么差池，有我和尚一面承当。”李国元见徐志平很文雅，说：“师父，就是罢。”连忙让坐，一同喝酒。

天有三鼓之时，就听外面一声喊嚷：“吾神来也！济公长老在上，吾神将五雷八卦天师符盗来。”济公赶紧出来，房上是赵斌、尹士雄二人。原来赵斌把徐志平主仆交给和尚带走，赵斌复返回花园，一见尹士雄，二人够奔阁天楼。这二十五间阁天楼地面宽大，拿火折纸一照，在当中有悬龛。尹士雄上去，一见上面有个硬木匣，打开一瞧，正是五雷八卦天师符。赵斌说：“得了，师兄，你我一同走罢。”尹士雄说：“你我这要一走，这个乱子大了。”赵斌说：“有什么乱呢？”尹士雄说：“你想他是当朝宰相，他把传家之宝去了，岂有不跟本地官要的？那时官府彻底根究，未免又拉出好些是非来。不若给他个翦草除根！”说罢，掏出引火之物，就把阁天楼窗格点着。二人跳出楼，只见火光大作，金蛇乱蹿，烈焰腾空，怎见得？有赞为证：

凡引星星之火，勾出离部无情。随风逐浪显威能，烈焰腾空势猛。　只听忽忽声响，冲霄密布烟生，满天遍地赤通红，画阁雕梁无影。

二人早窜出墙外，施展飞檐走壁之能，来到李宅上房一嚷：“吾神来了！”济公出来把符接下，拿了个小黄口袋，装上五百钱，一香炉米，五碗炉食饽饽。和尚说：“老韦你拿去罢，这是本家的谢礼。”上面赵斌接去就嚷：“吾神去也！”同了尹士雄回家看他母亲不表。

单说和尚把五雷八卦天师符拿进来，打开一看不错。李国元赶紧派妥当家人，给拜兄李春山送去。这里喝了一夜酒，天亮济公告辞，李国元要送给金银。济公说，“你要谢我”，附耳如此如此，“我和尚领情，你好好照应徐志平念书”。李国元答应。

济公告辞，正往前走，见眼前立定一人，家丁打扮，说：“济公上哪去？”和尚说：“哪位？”家丁说：“我家店东挨了四十棍，伤痕颇重。听说你老人家有仙丹妙药，求你给治治。”和尚说：“你家店东是谁？”家丁说：“是开三顺店韩殿元，乃秦相府花园总管，因昨夜花园里阁天楼失火，秦相大怒，说韩殿元失于检点，打了四十大棍，现疼痛难忍。”和尚一听，跟着到了三顺店。一进柜房，见韩殿元躺着，哼声不止。有几个伙友正在劝解，见和尚进来，众人说：“得了，这位师父有仙丹妙药。大师父慈悲罢！”和尚哈哈一笑，用手指点说：“妙药难治冤孽病，上天速报狠心人。”韩殿元听着心中一动，暗说：“这和尚真有点来历，夜间我派尹士雄去杀我未过门的女婿徐志平主仆，也未见回来。他主仆走了，无故阁天楼失火。”想罢说：“圣僧，你老人家救我罢。我昧心了。”和尚说：“我给你治好了，你把女儿给徐志平不给？”韩殿元说：“我好了，情愿把徐志平找回，把女儿给他，我也无悔。现秦相已把我赶出，我决不敢再生异心，如再生异心，叫我天诛地灭。”和尚给他一块药吃了，棒伤立止疼痛。和尚叫他到李国元家内去接徐志平，韩殿元点首。

和尚出了三顺店往前走，见眼前围了一圈人，里三层外三层，拥挤不动，怨气冲天。和尚按灵光一算：“哎呀，阿弥陀佛，我和尚焉可不问！”真是一事未了，又接一事，忙分开众人挤进去一看，有一宗岔事惊人，且看下回分解。

第十二回

济公善度韩殿元　寒士舍子遇圣僧

话说和尚分开众人，挤入一瞧，只见里面站着一位穷儒，头戴旧文生巾，烧了窟窿一个，穿一件旧文生氅，上下补钉七条，怀内抱一小孩。此人有三十多岁，一脸枯槁，站在那里说：“众位，我抱的这小孩，生一年零二个月。他娘死了三天，我又雇不起奶娘，岂不要饿死。哪位愿意要就抱去。”书中交代：此人叫马沛然，原籍常州府常熟县人，自幼在家读书，娶妻周氏，把一分家业坐吃山空全完了，只懂的念书，不知营运，直过的上无片瓦，下无尺地，跟前就有个小孩，带了妻子逃难，来至临安，住在钱塘关外吴伯舟家中。这位吴伯舟，他就在西湖使船，是有游西湖的，多雇他的船。手下有百余条船，同马沛然原系故交，知道马沛然原是位文士，就留他在船上管账，每天挣个二三百钱，也够他夫妻糊口。不想大运不通，西湖出了四家恶霸，时常在西湖抢人，闹的没人敢游湖了，船也没人赁了。马沛然没法，只好歇工罢。这西湖头一个恶霸，就是秦丞相之弟花花太岁王胜仙。那时高宗皇帝手下丞相是秦桧。他本姓王，过继给秦家。王胜仙是秦相亲兄弟，他倚仗哥哥势利，时常带了打手游湖，瞧见美貌的妇女，就叫打手抢，没人敢惹他，因此皆不敢游湖，故吴伯舟的船也赁不出去，马沛然也没了事。他妻周氏是位贤德人，说："你我夫妻莫非饿着么？你在家中看看孩子，我出去做点针线活，你我也好度日。"连说了好几句，马沛然一语不发，周氏便把孩子留在家里，竟自走了。马沛然坐在屋中，自己一想："男子汉大丈夫，不能养妻育子，等着媳妇给人家做生活吃饭，算怎么回事？"自己越想越烦，实在无路，抱了孩子打算跳西湖一死。又一想："这孩子投爹娘来了一年，又要死了，怪可惜的，不如把他给了人，我再一死。"这才来至十字街一站，说："众位谁要这小孩谁抱去。"连喊了几声，旁边有个老者一瞧，这孩子生的不错，自己一想："我也没儿，我倒可以留下。"刚过去抱，旁边有人说："老者别要，你要一抱孩子，他就要跟你去。过两天他娘也来了，同你借银，过两天他爹也来了，你可别上当。"那老丈一听也不要了。

济公说："你把孩子给我罢。"马沛然说："和尚，你要小孩作什么？你是出家人。"和尚说："我收他作个徒弟。"马沛然说："和尚，这孩也不会吃饭，还不能离乳，那如何能行？"和尚说："不行我不要。你说实话，这孩是他娘真死了吗？我的庙在你住家隔壁，你住吴伯舟的房对不对？"马沛然说："他娘虽没死，我可不是生意，指着孩子讹人。"和尚说："我知道。你跟我走罢，我带你找你妻，叫你夫妻孩子见面，给你找点事。"马沛然一听，问："和尚宗刹在哪里？上下怎么称呼？"和尚一一说明，带着马沛然往前走。济公信口作歌：

谁能谁不能，能者在五行。五行要不顺，能者也不能。众公不信细叮咛。看那众富翁，骑骡押马身受荣。再看那贫军寒民与百姓，无吃无穿受困穷。皆因前生造定。

济公带马沛然往前走，来到酱园门首。和尚说："掌柜的，给我三文钱的大头菜。"里面答应，给拿出来。和尚说："太少，我给两个钱。”掌柜的过来说：“和尚，咱们这作铺的买卖，并不二价，还价不卖。”和尚说：“倒不是我还价，我这兜子里就剩二文钱，我化你一文。”掌柜的说：“你是出家人，就是罢。”和尚伸手一摸兜子说：“呦！我这兜子漏，又丢了一文钱。先给你一个罢，明天我给你带来罢。”说罢往前走，对过就是青菜摊。和尚来至切近说：“掌柜的，给我一个钱蒜。”掌柜的说：“一文一头。”拿了一头蒜给和尚。和尚给了一文钱，接过蒜来一瞧说：“掌柜的，一文钱一头蒜，你还给我一头烂的，你给换换罢。”掌柜的又抽了一头给和尚。和尚也没把烂的交还，给人家一文钱买两头。和尚原本就带了两文钱，要买四样礼去给人家上寿。马沛然瞧了和尚太贫，跟和尚走了半里路，见路旁一个卖狗肉的。和尚过去说：“这肉真肥真香真烂，五花三层，要吃肉，肥中瘦。”夸了半天，说：“掌柜的，饶给我一块吃。”卖肉的正没开张，见个穷和尚夸赞了半天，要一块吃，卖狗肉的一高兴，拿刀给切一块有二两。和尚接过来一瞧，说：“你要多给吃点。”卖狗肉的说：“你没够？”和尚说：“不是我没够，和你要不给添，连这块人情皆没了。做情做到底。”卖狗肉的又切给吃一块。和尚一文钱没花，白得两块狗肉。和尚又前走，听那边卖馒头的，和尚叫卖馒头的：“过来，我买。”那卖馒头的过来，和尚说：“热不热？”卖馒头的说：“才出笼。”说着把挑子搁下。一掀盖，热气腾腾。和尚伸手一拿，就是五个黑指头印。和尚刚往嘴里咬，赶紧扔下说：“我忘了，没带钱，我没敢吃。”卖馒头的瞧了有气，这个馒头卖不出去了，又是牙印吐沫，又是黑印。自己一想：“我有心怄气罢，刚出来，他又是个出家人。”愣了半天说：“得了，我这馒头就算扔了。”认了晦气。和尚说：“你既要扔，别扔，舍给我和尚罢。我明天碰见你，我要带着钱还给你。”卖馒头的说：“你拿了去罢。”

和尚拿了馒头，带着马沛然来到凤山街，见路北大门悬灯结彩，车马盈门。这家乃临安城头等富户，姓郑名雄，人称铁面天下，今天给老太太做寿，临安的绅士财主都来给祝寿。和尚来至门首，告诉马沛然，附耳如此如此，“在这等候，自有机缘可遇”。马沛然点头。和尚上了台阶，说：“辛苦众位。”由门房出来一个家人，见是一个乞丐穷和尚。家人说：“和尚，你来得太早，还没坐席。你要杂会菜回头来。”济公说：“你胡说！我知道这里老太太生日，买了四样礼，特来拜寿。”家人一听，暗想：“素来我们大官人最爱施舍，挥金如土，仗义疏财，遇见穷苦的人必要周济。也许我们大官人待他有好处，他知道今天寿辰，要来报答报答，我倒不能小觑他。穷人也有一分尽心，或许知老太太爱吃什么，买点什么。也许送桃面点心酒席票。”想罢说：“和尚，你在哪庙里？”和尚说：“我在灵隐寺小庙出家。”管家说：“你的礼物是自己带来，还是随后有人挑了？”和尚说：“我随身带来。”家人说：“你把礼物拿来，我给你回禀账房去。”和尚由袍袖里拿出五个馒头，两头大蒜，两头咸菜，两块狗肉，递给管家。和尚说：“给老太太吃狗肉就蒜瓣，吃馒头就咸菜。”家人一瞧，赌气给扔在地下说：“你快走开罢，跑来搅我们。”刚扔到地，过来两条狗就要吃，和尚赶紧轰开：“花脖四眼，你们两个给吃了，老太太吃什么？”和尚捡起来说：“你不给回禀，我会嚷。”大声喊嚷：“送礼来了！”拿手抓住往里扔。众家人瞧了，全都说：“这和尚是疯子，不管他。”

书中交代：这郑雄原本是临安头一等绅士，又是武进士，为人最爱交友。他叔父在外省做总兵，今天给老太太做寿，临安城上自公侯，下至庶民，都来送礼拜寿。今天有美髯公陈孝、病服神杨猛、赵文会、苏北山、姜百万、周半城，皆在客厅，真是高朋满座。郑雄的母亲，今年七十整寿，可就是双目失明，有二年多了，请了多少先生并未治好。今天郑雄正在厅上应客，家人拿进一个礼单来，说：“三清庙的广惠师父前来拜寿。”郑雄一听，一愣说：“我素日跟他并无来往。”接了礼单一瞧，上写：“银烛一对，寿桃全堂，寿酒一坛，寿面一盒，寿帐一轴，山羊四只。”郑雄忙迎进。众人一看，此僧有五十多岁，衣貌鲜明。书中交代：广惠来给郑雄送礼，他有贪心，知郑府的花园闹妖，他会捉妖净宅，打算以送礼打进步，好给捉妖赚点银子。今天来到这里，众人一让，把广惠让至杨猛、陈孝这张桌坐下。杨猛爱说话，说："大师父来了。"广惠说："来了。"杨猛说："我同你打听一位和尚，你可知道？"广惠问："谁？"杨猛说："西湖灵隐寺济公长老。"广惠说："济颠和尚，疯疯颠颠算什么，我倒同他师父相好。论起来他是师侄，常要跟我学能为，我没那么大工夫教给他。"杨猛一听就恼了，一想："这东西，说话真可恨。他说我师父是他师侄，我成了他孙子了。我去找我师父去问问，如果是真便罢，如没有这回事，我把这秃头给砸碎了。"想罢站起来，才要往外走，就听外面喊嚷："上寿送礼来了！"杨猛一听是济公的声音，说："我师父来了，好，我倒要问问。"忙往外跑。济公这一来，要大闹寿堂，法斗广惠，且看下回分解。

第十三回

广惠僧狂言惹祸　济禅师妙法惊人

话说杨猛忙往外跑，陈孝也就跟来。二人出了客厅，到外面一看，正是济公，说："师父，你老人家因何大喊小叫？"济公说："我来这里给老太太上寿，他等嫌我破烂，不给我回禀。"陈孝、杨猛说："他们本是势利的。"郑雄也从里面出来，一见和尚甚穷，说："二位贤弟不在厅上吃茶，来此何干？"杨猛、陈孝说："我给你二位引见引见，这位上人就是我常合兄长提说，灵隐寺那位济公禅师。"郑雄说："原来是圣僧，久仰大名，今幸相会，真三生之幸。"和尚说："今天老太太千秋诞辰，我特前来拜寿，送点寿礼。"郑雄见和尚衣服褴褛，像那讨饭化缘之人，怎能往客厅里让？看看陈孝、杨猛，又不好不让。心中犹疑未定，只听和尚说："我来送点礼，拜拜寿，我也不能客厅去坐，贵府高亲贵友不少，我也没衣服。"郑雄一听暗喜，不免虚让让说："和尚既来之，则安之，请进罢。"杨猛也愿济公进去，对对广惠那话真假。和尚说："郑大官人这么一让，我倒不能不去给老太太拜寿要紧。"郑雄也不好阻拦，同和尚来至客厅。

和尚叫茶房把八仙桌放在正中，上铺红猩猩毡，济公把狗肉等物拿出来，上边竟坐，郑雄眼都气直了，当了陈孝、杨猛未便发作，还过去谢承和尚，叫家人扔了。在座之人，济公认识一小半。茶房摆上酒菜，济公立起来各桌上都让，让到广惠那里，广惠傲然高坐，一语不发。让完回座吃酒，只听广惠说：“郑大官人，我今一来拜寿，二则要在老太太面前孝敬个天上飞的，地下跑的，河里浮的，草里蹦的戏法。你去后面回禀一声，我在这里变，老太太那里就瞧见。”郑雄一听说：“好。”到了后面，见众亲友的女眷都陪老太太说话。郑雄说：“娘呀，现有三清庙广惠僧要变戏法，给娘瞧瞧。”老太太一听，气得颜色更变说：“你同和尚取耍笑我，快叫秃头滚出去！老身眼睛已坏了二年，你还叫我瞧戏法。”郑雄一听，这才悔恨，忙说：“老娘不必生气，孩儿一时忘了。”旁边有几位女亲友，都说：“伯母，你老人家叫他变个我们瞧瞧。”又有几位小姐都说：“奶奶，你叫他变与我们瞧瞧。”老太太这才说：“郑雄，你叫他变去罢。”郑雄这才回至客厅说：“大师父，你变罢。”和尚要了一把剪，一张纸，剪了许多蝴蝶。和尚有点能为，口中念念有词，吹一口仙气，就见一对对蝴蝶直奔后堂飞，大家齐声喝彩。杨猛同陈孝一起说：“师父，你也变献点手段。”济公立起来大嚷：“我也要变了！”嚷罢，说：“唵嘛呢叭咪吽！唵，敕令赫。”只见有三十多条小长虫满厅乱飞，大家一愣，低首一瞧，筷子皆没了，哄堂大笑。济公用手一指，长虫没了，每人跟前一双筷。大众称奇。广惠见众人夸济公，他脸上无光，说：“郑大官人，我孝敬老太太一碗汤罢。”站起来就要了一块包袱，盖在桌上，口中念念有词，把包袱一掀，见变出一大碗三鲜汤，仿佛有人托着似的，飘飘悠悠，就往外走。济公用手一指，那碗汤在广惠头顶上一反，正泼了广惠一身，脑袋也烫红了。众人拍手大笑。广惠赌气用手擦了，说：“众位，我本想今天在人前显耀一番，没想有小人把我法术破了。我再把我掏心窝玩艺施展施展，变些仙桃孝敬老太太。”众人一想：这时正在四月里，陈桃早没了，新桃尚没长成，正在青黄不接之际，这倒新奇。广惠才念咒，济公过来说：“你变出来，别掀开包袱，我能猜着。”

广惠说："就是罢。"口中说道："寿桃一盘献堂前，献与堂前不老仙。今日变出芙蓉果，寿比桃儿还在先。"念完，就见包袱鼓起。济公说："你说这话不对。"广惠说："我不对，你说。"济公说："黑果一盘献堂前，献与堂前不老仙。今日变出带把果，羊肉熬着占醋蒜。"广惠打开一看，是四个茄子。哄堂大笑，广惠臊的面红耳赤。郑雄怕和尚难过，叫家人拿出去。家人郑福端出大厅一看，是四个大桃，说："这东西真可恨。我再端回，叫众人瞧瞧。"不料到了客厅，众人一瞧还是茄子。郑雄说："郑福你疯了，端来作甚？"郑福气的转身就走，出来还是大桃。一想："这该当我吃。"才要吃，济公追出来说："郑福你干什么？"郑福说："人家变的是桃，你用什么法子遮盖的？我要吃这桃。"济公手一指说："你吃。"郑福拿起一咬，把牙崩了。原本木头桃，济公说："你拿去给老太太吃。"郑福拿进去，见老太太一吃，顺嘴流水。郑福一想："真奇怪。"回身出来，济公一瞧广惠在那里默默无言，济公说："郑大官人，今天我要变个戏法，请老太太正瞧个真切。" 罗汉施佛法，大展神通，且看下回分解。

第十四回

济公游戏耍广惠　郑雄为母求圣僧

话说济公要笑广惠，变了几个茄子。济公叫郑雄："去到里院把老太太请来，我要变个希奇戏法，叫老太太瞧个明白。"郑雄说："不行。老母二目失明，足有二年，怎可瞧见的？"济公说："我因老太太二目失明，我才叫他老人家瞧。要是有眼之人，也不算能为。"郑雄知和尚有些来历，这才到后面把老太太请出。两个丫环搀住，来至外面。众亲友皆站起来说："给老太太拜寿，但愿你老人家多福多寿。"老太太落了座，郑雄说："娘呀，现有灵隐寺济公长老，他要变个戏法，能叫你老人家瞧的明白。"老太太点头。济公来到老太太面前，说："寿筵开，寿桃色色鲜，寿酒霞杯筵，五福寿为先。寿绵绵，福长远，真正是寿比青松不怕风霜减，恰好似福如东海寿比南山高。"念完了这几句，济公用手在老太太眼睛上一画，暗念六字真言："唵嘛呢叭嗾吽。"老太太果然眼睁开了。老太太说："郑雄呀，我这左眼瞧得见了。"郑雄还不信，一招手，叫过一个丫环来，说："娘亲，你见这是谁？"老太太说："这是春梅。"丫环说："正是。"老太太大喜："真瞧得见了。"郑雄一听大喜，赶紧过来说："娘亲，你看孩儿怎么样？"老太太说："日月消磨，你也半老。"郑雄赶紧给济公行礼说："圣僧，你老人家慈悲慈悲罢，既把左眼治好，再把我老娘右眼给治治。”老太太说：“我就是左眼瞧得见。”济公说：“我可不能治右眼。现在你大门外有一个抱小孩的，他叫马沛然，把他请来一治就好。”郑雄赶紧派人出去把马沛然请进来。郑雄赶忙行礼，说：“先生，求你把我娘亲的右眼治好，我必要重谢。”马沛然刚要说不会，济公过来说：“马沛然，你给治罢。”过去暗递给马沛然一块药。这个时节，众仆妇丫环都来在门外站着，瞧给老太太治右眼。内中过来一个妇人，就把马沛然抱的小孩接过来，给小孩吃乳，小孩哇的一声就哭了。马沛然也是福至心灵，拿着这块药说：“用无根水化开，这是佛爷赐的仙丹妙药，叫老太太与水一擦眼就好了。”这才叫家人与药化开，果然给老太太一擦右眼，立时眼就好了。

郑雄见新来的仆妇抱马沛然的小孩接过来给乳吃，不知是怎么一段事，赶忙问马沛然。马沛然就把夫妻怎么贫苦，妻子出去，我怎么要跳河舍小孩，遇见济公，把自己的事由头至尾一说，郑雄一听，方才明白说：“得了，我这里正少个管账先生，你就在我这里罢。这单给你夫妻顺出一所房子居住。圣僧你老人家的慈悲，我给圣僧你换换衣裳。”济公说：“你倒不用给我换衣裳。我和尚化你的缘，你把清波门外的两顷稻田地，施舍给三清观刘泰真，做为那庙的香火地，就算谢了我和尚了。”

广惠在旁边坐着，一看济颠大展奇才，他有些气忿不平。广惠站起来说：“郑大官人，我知道你这后面花园内有妖怪作祟，我情愿到后面给捉妖净宅，我分文不取，丝毫不要。我所为跟济颠比并比并法术，看我二人谁行谁不行。”济公说：“好，你既这等说，我就同你去到后面捉妖净宅，退鬼治病，还叫你先施展法术。你捉了妖精，就算我输了，你捉不了，我和尚接后场！”广惠说：“也好，咱们这就去。”济公说：“你别忙，咱们吃完饭再去，也没有白天就捉妖的，妖精也不来。”郑雄说：“我这花园，我不知道是妖怪可是仙家，时常家人在后面楼上睡觉，就把家人给扔下楼来。再不然屋中的东西乱响，乱掷地下。或者楼上没人，就点上灯。可是终没人瞧见什么，也不知是妖是怪，我也不解其意，直闹了有半年了。”广惠说：“不要紧。今天晚上，我也不管他是妖是怪是鬼，我拘了他来，拿戒刀将他结果了性命。”

众人大家谈话，天色已晚。郑雄问：“二位和尚用什么东西？”广惠拿笔开了单子，郑雄就叫家人照样预备，放在花园，一概安置停当。两位和尚来到花园内一看，是八仙桌一张，椅子一把，香炉蜡扦一分，长生料香一颗，钱粮一分，砚台一方，白芨一块，朱砂一包，新笔二枝，黄毛边纸一张，香菜一棵，五谷粮食一盘，无根水一碗。广惠看了一看，先点着了香烛，然后祷告过往的神祇：“保佑弟子广惠把妖怪捉住，回庙烧香上供，答谢上苍。”祷告已了，用无根水拿白芨研了朱砂，拿笔画了神符三道，自己一烧，化作灵符，口中念念有词说：“头道符一烧，狂风大作；二道符，把妖精拘来；三道符，用戒刀把他结果了性命。”郑雄带着一个胆大的家人，在旁边瞧着。济公在那里拿着一把酒壶，一声不语，见广惠口中念念有词，把头道符点着扔出去，并无一点动作，也没一点风。众家人无不嘻笑，都说：“广和尚造谣言，没有能为。”广惠又把二道符扔去，也并无动作。广惠真作急了，把三道符往外一甩，只见就打外面一阵怪风，刮的是沙灰荡漾，尘土翻飞，怎见得？有赞为证：

无影又无踪，卷杨花，西复东，飘蓬叶悟空。江湖常把扁舟送，推白云过岭，过园林乱摆花枝动。吼青松，穿帘入户，银烛影摇红。

这阵风过去，就见对面三间楼，楼门一开，由里面走出一位年迈的老翁，面如童子，鹤发苍髯，头戴古铜色四楞巾，身穿古铜色大氅，白袜云鞋，手拿蝇拂，向广惠一指说：“好，广惠，我与你往日无冤，近日无仇，你何故特来惊动我？所为何因？”就使用蝇拂一指，一股白气扑奔广惠。广惠觉得头晕眼黑，翻身倒在地上。济公拿着酒壶哈哈一笑说："你本是修道之人，无故蹈入红尘，还敢欺凌三宝的弟子。"和尚说完，把脑袋一拍，露出三光。那仙家本是修道，在楼上住着，有几千年的道行，只因郑雄的家人常不清洁，冲撞了他，他才在楼上闹。今天见济公现出三光，那仙家是修道的，他不敢过来，恐被济公的三光照着，就得除去他五百年的道行。人有人言，兽有兽语，这位狐仙既能变人，道法就深远，赶紧说："圣僧不要动怒，这倒不怨我，只因郑雄的家人冲撞了小狐，他等不知自爱，我叫他等知道知道。"济公说："你急忙给我快走！如不走，我要请雷劈你。"就见那仙家当时化作一阵清风而去。济公才拿出那一粒药，把广惠治好。广惠臊得面红耳赤，自己告辞回三清庙去了。

济公住在郑雄家中，次日清早起来，郑雄款待酒饭，想济公给母亲把眼治好，自己心中甚感激，要给济公换衣裳。济公说："此番你要谢我。"随附耳如此如此，郑雄点头答应，济公方才告别。出了郑宅，向前行走，一直够奔钱塘门而来。

来至钱塘门外，见大道旁边有一个卖狗肉的担子。这个卖狗肉的，在玉皇阁对过大影壁底下蹲着出恭。济公睁开慧眼一看，按灵光三击掌。济公说："真乃世界之中第一孝子。我和尚不来救他，雷必取他。"想罢，和尚就问："这狗肉担是哪位的？"连问三声，并无人答言。书中交代，这个卖狗肉的姓董，叫董平，住在钱塘门内，家中就是他母亲。娶妻韩氏。董平为人的性情，最好生疑，时常在他母亲面前不孝。虽没有什么大过，无非言语中不顺。清早起来，他就跟他母亲辩嘴，说他母亲不知好歹。他妻子韩氏是一位贤良妇人，常时劝他，说："老娘这大年纪，你就不应该无事生非，惹老娘生气。"董平也就不言语，出去做买卖。这天董平在家中煮肉烧上锅，叫韩氏看着，他出来买狗。宋时年间，准许人买狗卖狗肉，董平走到一条胡同。见路北门首站着一人，有三十多岁，买卖人的打扮，说："你买狗是卖狗肉去吗？”董平说：“不错。”那人说：“我本不愿意养狗，由去年来了一条野狗，轰它它也不走，晚间关门，就把狗关在院里。我夜间听狗叫，我起来一看，原来有贼拨门，我把贼赶走。一想，此狗倒也有用，故此我留下养了。今年又生了一个小狗，两个狗争打架，我怕碰了孩子，我有心把它卖了，哪有恩养仇杀之理，我也不要钱，你白拿了去罢。”董平一想，这是顺事，用绳子把大狗一捆，扛着小狗，谢了谢那人，拉着狗回家。到家把大狗搁在院中就走，进屋中拿了一把刀要杀狗，把刀搁在院中，到屋内拿盆子出来，一瞧刀没了。董平问他妻子：“你拿了刀去？”韩氏说：“没见。”董平一找，见小狗把刀衔在东边，藏在身底下，露出刀柄。董平过来一脚踢开小狗，拿刀过来要宰大狗。小狗跑过来往大狗脖子上一趴，龇着牙瞧着董平。小狗眼泪一滴一滴往下落。董平大嚷一声，就把刀扔在地上，往屋中就跑，吓得韩氏目瞪口呆。不知所因何故，且看下回分解。

第十五回

狗度董平改恶为善　荤酒回庙耍笑众僧

话说董平要杀狗，只见小狗儿趴在大狗脖子上，只落眼泪。董平愣了半天，自己想：“狗都知道身从何处来，何况我生个人来。”自己把大小狗放开说：“我也不杀你了。你母子愿意在我这里，我有食水喂养；不愿意在我这里，任你自去。”他到屋中给他母亲跪倒说：“孩儿我自己时常在你老人家面前无礼，罪该万死。”韩氏说：“只要你好好在老娘跟前尽孝，我们夫妻自有好处。”董平说：“我今日把这一锅狗肉卖了，明天改行做个小本经营，这血盆子里的买卖我不做了。”把狗肉挑前去，到了外面。每日挑出来一卖就完，今日走了十几条胡同也没开张。走在钱塘江大街玉皇阁照壁前，觉得腹中疼痛，把肉担儿放在道上，只见从东边来了穷和尚问：“这肉担儿是谁的？”董平也不言语：“昨天在大街白要了我两块狗肉，今日又来问我，不答他，看他如何？”济公见董平一脸黑气，按灵光一察，知他乃是世界上第一孝子。“我若不救，雷必取他。”书中交代，董平怎么是第一孝子呢？按善书有云：比如这个人要做了半辈子的善事，他要做了一件恶事，那书上注写他是第一之恶人，把从前半生的善事全没了。比如那人做了半辈子的恶事，忽然自己知道不好：“我须当改，不然，我要遭报。”

定能改过迁善，痛改前非，把从前恶事全勾了，书上注写乃第一之善人。嫠妇失节，不如老妓从良。董平虽不孝母，自己忽然知道改悔，要在他母亲跟前尽孝，乃一片至诚之心，并无半点虚浮，这就算第一之孝子。

济公问肉挑是哪位的，连问两声，无人回音，济公挑起肉担就跑。董平一瞧急了，赶紧站起来扣中衣迈步就追，刚往前一跑，只听后面山崩地裂一声响，原来是那影壁墙塌下半截，董平吓得目瞪口呆，心中说："若非是和尚抢我的肉担，被土墙压死了，真乃好险好险！"书中交代，和尚说雷必取他，怎么土墙压死是雷劫呢？谚语常说：天打雷劈五雷轰。莫非天上还打五个雷么？原来是金木水火土谓五雷，刀砍死谓之金雷，木棍打死谓之木雷，水淹死谓之水雷，火烧死谓之火雷，土墙压死谓之土雷。要被天雷殛了，那必是罪大恶极的。

话不多叙。董平一想："我去找找和尚，跟他要挑子，还得谢谢他。"想毕向前走。哪想济公他挑着担子，来到热闹街上，把担子一放，拿刀就切狗肉。切完了，和尚用手一点指，这狗肉变的好像有一斤重一块，济公喊卖六文一块。那走路的人走在这里，远远就闻着这狗肉的香扑鼻。素来不吃狗肉的人，今天见肉块又大又香，又甚便宜。这个三块，那个五块，那个十块八块，眨眼就卖了一堆钱。肉已快完了，剩了几块，和尚不卖了。买不着狗肉的，也有懊悔说："可惜这样便宜的狗肉，我未赶上买着，实在懊悔。"有一位买了四块肉，心中甚喜，心想："这肉足够一斤一块。"走两步，他闻一闻。俗话说的不错：肉贱鼻子闻。心想到家给老娘们两块，剩两块找大哥约老弟可以喝点酒。闻了闻，走了两步，打开瞧了一瞧，这肉剩了有半斤一块。心想："我莫非挑花眼了？我瞧着有一斤一块。"自己纳闷。又走了两步再瞧，一块剩有四两；再走几步瞧，四块肉也无四两。买肉的一想："今天叫那和尚冤了我。"赌气回家去了。

济公这里卖一堆钱，狗肉也快完了。董平赶到说：“和尚，这肉担是我的。我来把话与你说明白了，今天你要不抢我的担子，我便被土墙压死了，我倒要谢谢你。”济公一翻眼睛说：“对，今天大早起来，你许是没跟你妈妈辩嘴。”董平听和尚一说此话，他倒一愣，连忙问：“和尚，你在哪庙里？”济公如此如此一说，叫董平“你把卖的这钱拿了去作个小本经营”。董平说：“我明天改行，不做这杀生的买卖，我卖鲜果子去。”济公说：“好，你把担子钱都拿了去，我就要这几块狗肉就得了。”董平谢了和尚，济公兜住狗肉，顺着西湖苏堤往前行走，信口唱起狂歌。歌曰：

狐衾独拥，睡熟转浓，梦见登科第，圣恩优宠，官居极品，父母褒封，衣锦归故里，拜友祭祖茔。一虚忙惊醒，依然敝帐枕樵童。只听窗外寒虫叫，原来残蝉唱古松。世人忙碌碌，都在一梦中。也梦为寒士，也梦做庄农，也梦陶朱富，也梦范丹穷，也梦文章显达，也梦商贾经营，也梦位登台鼎，也梦执掌元戎。离合与悲欢，寿夭共穷通。仔细从头看，都在一梦中。方知父母与妻子，儿孙合弟兄，俱是梦里来相共。纵然衣紫腰金，出拥花骢，也是南柯一梦中。

济公顺着西湖苏堤口唱狂歌，过了冷泉亭，来至飞来峰灵隐寺山门外。看守山门的和尚静明、静安说：“济师父，你拿着是什么东西？”济公说：“我带来是狗肉。你二位吃点？”静安、静明说：“不行，我二人吃素，你也不能往庙内带。咱们这处庙是长素，荤酒莫入。提笼架鸟，都不准入庙，你白骨喧天往庙中带不行，快扔了罢，你犯了戒啦！”济公说：“我不知道。身上疼痒，疥又犯了。”说着，和尚低头在身上找。静明说：“不是身上长的疥，是犯了咱们和尚清规戒律。出家和尚讲究三规五戒。”济公说：“什么叫三规？哪叫五戒？你说说。”静明说：“可惜你还是和尚，连三规五戒都不懂。咱们出家和尚，三规是佛规、僧规、法规。五戒是杀、盗、淫、妄、酒。你快把狗肉扔了罢，要到庙里，连我二人都有失察之罪。监寺要看见，他也有罪。”济公说：“你二人懂的什么，别阻我高兴。我到庙给监寺狗肉吃。”两个门头僧也不敢阻止，由他去了。

济公到里面，在大雄宝殿前面把狗肉放下，坐在旁边，说：“有买肉的来买。”众僧人来了十几位，内中善心的和尚都道：“济师父别卖了，要叫老和尚监寺的知道，必要治你之罪。”济公说：“你不要管。”旁边就有恨济公的和尚说：“你卖了，谁敢管你？”济公也不理论。只见监寺广亮从那边过来说：“济颠你卖狗肉，我也不管你。就是杀两条狗，我也不管你。我竟问你，今日是什么时候了？自从火烧大碑楼至今日，派你化缘，我要问你，这一万银两工程，该当怎样呢？”济公说：“一万我可没有，我倒有个几千。”广亮说：“我不同你胡闹，我带你见老和尚去。”济公说：“别忙，火烧大碑楼之时，我与你说话是天交正午，此时还短一个时辰，少时没有一万两银子，我再合你见老方丈去。”广亮一听说：“好，你就多待一个时辰，我看你哪来的一万两白银！”

监寺广亮方要走，只见从那边进来两个门僧，一伸手把监寺僧拉住说：“广师父，外面有一件新奇事，只因我二人在山门坐着，见由西湖大路来了有二三百位，内中有官绅富户，也有商贾人等。头前有二位员外骑马，衣帽鲜明。一位白面长髯，一位清奇古怪，都带着有二三十个家人，到了山门外，把我二人唤过去，问：‘此庙可是灵隐寺？’我等答应是。那二位问：‘活佛可在庙内？’我等说：‘我们这庙内没有活佛。’那二位员外又问：‘罗汉可在庙内？’我说：‘庙内罗汉堂有五百零八尊金身罗汉，不知你二位给哪位烧香？’那二位员外说：‘不是找泥像，是找活佛罗汉。’我们说：‘没有。’那二位员外说：‘善缘不巧，我等往别处施舍去罢。’我等说：‘员外别走，这活佛倒是叫什么名字？’那二位说：‘若说活佛的名字，得损阳寿十年。’我二人说：‘员外你说活佛的名字，我二人替你损寿。’那二人先叩头说：‘我二人损了三十年阳寿，你看如此如何？'”监寺说:“活佛是哪位呀?你二人说话不明白。”静明说:“不行，我二人不能说了。算命排八字，都说我活五十三岁，今年我二十二岁了，方才损了三十年，敢早敢晚，明年必死，再说了没的往外找。”监寺的说:“不要紧，你二人说罢，我替你二人损阳寿十年。”那静明和尚不慌不忙，说出活佛的名字。要知后事毕竟如何，且看下回分解。

第十六回

济公庙内卖狗肉　万善同归修碑楼

话说监寺广亮听静明之言，他要问问活佛是谁。静明说：“我要一说，可是你损寿十年。咱们这庙道济。你损寿十年。”监寺一听：“哎呀！道济呀？”静明说：“得二十年。”监寺说：“那个道济不要紧哪。”静明说：“你也三十年。”广亮说：“你别闹了。每日他在庙里，也不卖狗肉。今日凑巧有人来访他，这如何是好？哦，有了。”几个和尚披偏衫打法器，迎到山门。那些人一看，内中没有济公，二位员外先恼了，说：“众位，尔等来看，这些僧人都是妖言惑众，装模做样。此处善缘不巧，你我往别处施舍去罢。”广亮连忙说：“众位跟我去见活佛来。”

二位员外带着众人到山门内，只见济公在大雄宝殿前闭目而坐，口中还说：“狗肉六文钱一块。”那两位员外一看，这才说：“尔等大家来看，这才是活佛罗汉的气象，你我大家上前磕头。”监寺的广亮一听，把气都气歪了，心中大大的不悦，心说：“我等大家披偏衫，打着法器迎接他们，他说我们妖言惑众，装模做样。道济这里卖狗肉，他们倒说是活佛罗汉。”就见众人跪倒，给济公磕头，济公扬扬不理。广亮恐怕施主不悦，连忙过去说道：“济公太不知事务，众位施主来拜访，汝怎么不应酬？”济公尚未回言，这两位员外先恼了，站起来说：“你这和尚太似无礼，汝敢呼喝活佛！”吓得监寺广亮往后倒退，不敢回言。济公不慌不忙，睁开二目说：“众位施主来了。来此何干？”就听那穿白的员外说：“弟子久仰圣僧大名，特地前来拜访问禅。”和尚说：“你馋了，吃一块狗肉罢。”那员外摇头说：“我不吃。”那边穿蓝的员外说：“我也是久闻圣僧大名，特地前来请问禅机，我来问机。”济公道：“饥者饿也。饿了吃一块狗肉。”那员外说：“我二人原本是来问禅机妙理，并非是馋饥，乃是音同字不同。”济公道：“这二人原来问馋饥二字，我和尚可知道。”那二位员外说：“只要师父说对了，我二人情愿修盖大碑楼；如说不对，善缘不巧，我二人往别的庙施舍去。”济公道：“你二人听着。山里有水，水里有鱼，三七共凑二十一。人有脸，树有皮，萝卜筷子不洗泥。人要往东，他偏要向西，不吃干粮尽要米。这个名字叫馋饥。”二位员外一听，连忙摇头道：“我二人是问的佛门中奥妙，参禅之禅，天机之机，师父说的这个一概不对。”和尚道：“这二人好大口气，也敢说佛门奥妙禅机。好好好，我和尚要说对了怎么样？”那二位员外道：“要说对了，我二人助银子修盖大碑楼。”和尚道：“你二人且听来。”和尚便说道：“须知参禅皆非禅，若问天机哪有机；机主空虚禅主净，净空空净是禅机。”二位员外一听，拍掌大笑道：“罗汉爷的佛法，顿开弟子茅塞。来，监寺的看缘簿伺候。”广亮赶紧拿过缘簿，文房四宝。那穿白员外让道：“贤弟先写。”那员外道：“大水漫不过船桅去，还是兄长先写。”那穿白的员外拿过笔来，又让那面三百多人：“众位写缘簿。”众人道：“水大漫不过鸭子去，还是员外爷先写。”众人哈哈大笑：“水长鸭子浮，这话更对。”那员外拿笔写上，头一笔是“无名氏施银一万两”。穿蓝的员外拿过缘簿一看，心想：“我等皆是来助济公一臂之力，他既写一万，我也不能写九千。”赶紧写上“无名氏助银一万两”。剩下众人也有写三十两的，也有写五十两的。写银就给银子，写钱立刻就给钱。这些人原来是临安城的绅董富户，都是济公平时早化下的，今天特来现场。写完了，那穿白的员外到里面坐下，便告诉道："我城里关外有十六座大木厂，把大木厂也舍施在灵隐寺庙内修盖大碑楼使用罢，盖完为止，不拘多少。"众人说完了话，告别而去。济公方才问道："师兄，这些银子可够修大碑楼么？"监寺的广亮一看说："富足有余。"济公说："你就叫人动工修罢，我到我的施主家住几天去。"说完了话，济公兜起一兜狗肉，出离了灵隐寺竟是去了。

监寺的广亮找瓦木作，择黄道吉日开工动土，兴夯定磉，立柱上梁。过了些日子，砖瓦俱已齐备，抹缝灌浆，一切修理好了，就少油漆彩画。哪想到好事多磨，那一天有人进来报告：现在秦相府四位管家，带着四位三爷，在山门外下马。监寺的广亮一看，赶紧往外迎接。

书中交代，这几位管家无事不来。只因秦相府的花园，有五五二十五间阁天楼，前次被火烧了，打算要重修此楼，叫管家到大木厂购买大木料。十几家木厂子都说，东家把木料施舍在灵隐寺，修盖大碑楼。管家一回秦相，秦丞相说："灵隐寺一座大碑楼，能使多少大木？派秦安、秦顺、秦志、秦明四个人去到灵隐寺，就提我暂借些大木修楼，转年等皇木来了，我必如数奉还。"四个人答应，转身刚要走。秦丞相说："回来。你等到灵隐寺去，和尚借是人情，不借是本分，赶紧回来，千万不可倚着人情势利，欺压和尚。"四位管家答应出来。到了门房，秦顺就说："这个苦差使派上咱们，一文钱的找项都没有，当这个黑差使。"秦安说："兄弟，你好糊涂。这件事咱们四个人每人有二千银子进款。"秦顺说："大哥你穷疯了，跟和尚借大木，他借了，咱们给相爷派人取来；他不借，咱们回复相爷，哪来的进项？"秦安说："兄弟你不行。吃这碗饭，寻岔子多。到哪去不提说借，就说相爷有谕，拆他的大碑楼盖阁天楼。和尚必不叫拆，必托人见咱们，就得给咱们三千两五千两的。然后再跟和尚借大木。和尚借了，咱们就回相爷，说和尚卖给相爷，相爷再给几千，咱们四个人一分，这不是两头剩钱？”秦顺一听，说：“还是兄长高明。”吩咐外面备马，带着十余个从人，二十多匹马，出了秦和坊，一直奔至钱塘门外，来到飞来峰灵隐寺山门下马。门头僧一看是秦相府的管家大人，赶紧过去行礼，往里回话。

广亮出来迎接，让四位管家来至里面禅堂，吩咐小沙弥献上茶来。广亮说：“众位管家大人，今天是游山还是逛庙？”秦安说：“并非是来游山逛庙，奉我家相爷堂谕，叫你们把大碑楼拆了，修盖相府花园子阁天楼。”监寺的广亮一听，口念南无阿弥陀佛，说：“这大碑楼工程浩大，独力难成，多少贵官长者，善男信女，惠助资财，共成善举。好容易修盖起来，尚未工竣，今再要一拆，不知何年何月才能重修，望求众位大人在相爷跟前说几句好言语罢。”秦安尚未回言，秦顺道：“相爷堂谕，不亚如圣旨，哪个敢违背？”这不会说话的人，一句话关了门。秦安瞪了他一眼，心想：“应该说：我给你回上相爷，若是相爷答应，你也别欢喜；相爷不答应，你也别烦恼。等着有人来给了我们钱，就算相爷答应；不给钱，就说相爷不答应。”他这一句话说出来关了门，秦安也不好再改说。监寺的广亮一听此话，说：“众位大人既是要拆，我得回上老和尚。”秦顺说：“你回老和尚也要拆，不回也拆。”广亮赶紧来到后面禅堂，一见老和尚元空长老。广亮说：“回禀老和尚，现有秦相府四位管家大人来到咱庙，说相爷有谕，要拆大碑楼修盖相府阁天楼。我不敢自专，特来回报老和尚。”老方丈一闻此言，口念南无阿弥陀佛，说：“广亮，老僧已是上了年纪，这大碑楼是道济化的，你与他商议去吧。”广亮说：“道济自从修楼动土那天出去，至今未见回来。”老和尚说：“你出去到山门，看道济可曾回来。”广亮听老方丈之言，赶紧来至外面山门一看，见四位管家派了众位三爷，在那里传相爷堂谕说：“众工匠人等听真，相爷有谕，拆大碑楼修盖相府阁天楼，哪个敢说不拆，立即送交钱塘县治罪！”瓦作、木作、油漆、土匠工人等，哪个敢违了秦相爷的堂谕？立时铣镐乱动，尘土飞扬，眨眼之际，把一座大碑楼拆得瓦解冰消。监寺的瞧着，心中甚是难过，自己又一回想："还幸亏疯和尚没在庙里，他要在庙里，必要惹出大祸来。"正在思想，只见疯和尚一溜歪斜，脚步踉跄，直奔山门而来，要怒打四位管家大人。不知后事如何，且看下回分解。

第十七回

假相谕拆毁大碑楼　显神通怒打恶都管

话说监寺广亮正在这里慨叹，见济公由西湖苏堤冉冉而来。书中只表济公自那日灵隐寺出去，在苏北山、赵文会两家住了这些日子，今天正在苏北山房内与苏员外下棋，忽然打了一个冷战。济公按灵光连拍三掌，早已占算明白，说："苏北山，我可不能在你这里，我要走。秦丞相派人拆我庙里大碑楼，我要斗斗这个秦丞相！"苏北山说："圣僧不可，他乃是当朝宰相，位显爵尊，师父一个出家人，安能惹得起他？"济公也不理论，站起来就走。苏北山连忙送出来，见济公已走远了。和尚一直奔至钱塘关外，顺着苏堤一边向前走，一边口中唱歌，说道是：

> 人生百岁古来少，先出少年后出老。中间光景不多时，又有闲愁与烦恼。世上财多用不尽，朝内官多做不了。官大财多能几时？惹得自己白头早。月过中秋月不明，花到三秋花不好。花前月下能几时？不如且罢金樽倒。荒郊高低多少坟，一年一度埋青草。

和尚唱着歌来至山门，广亮一瞧说："师弟，你回来了。可了不得了！咱们庙中现有塌天大祸！”济公一听，明知故问说：“师兄，什么塌天大祸？不要紧，都有我济颠呢。这个可不能容他。谁会得欺压本庙的和尚呢？”广亮说：“师弟，这你可惹不起他。是秦丞相派了四位管家大人，来拆咱们庙里大碑楼，修盖相府阁天楼。”济公说：“呵，他是当朝宰相，传堂谕要拆大碑楼就得拆？过两天京营殿帅来传谕，拆大雄宝殿，也得叫他拆？那还了得！再过两天，临安府来个信，要拆东西配殿，也得叫他拆？再过两天，钱塘县仁和县来个信，要拆藏经楼，也得叫他拆？那还了得！这大碑楼是我化的，我不能给他拆！”广亮说：“师弟，你既敢挡不叫拆，四位管家大人现在里面禅堂坐着，你去找去。可怕你找出乱子来，你接不住。”济公微微一阵冷笑说：“师兄不要你管。”说罢往里就走，直奔禅堂。

这院是三合房。院中站着十几位三爷，四位管家在北上房屋中正在吃茶。见进来了一位穷和尚，衣服破烂不堪，三爷连忙止住问道：“什么人？”济公道：“是我。”三爷道：“你是谁？现在众位大人在此谈话，你一个穷和尚来此何干？你是哪庙的？”济公说：“我是姑子庵的。”这个三爷一听说：“你这不像话，你是和尚，怎么在姑子庵，男女混杂？”济公说：“你不知道，那姑子庵老姑子死了，小姑子跟人家跑了，我在那庙里看庙。听说众位大人来要大木，我们大庙里房柁房梁堆积如山，真大真粗，比如把房柁放躺下，这边蹲一个人，那边蹲一个人，这边的人都会瞧不见房柁那边人。”众三爷一听说：“好大的房柁。”和尚说：“我们那庙的房梁放躺下，这边蹲一个人，那边蹲一个人，这边人瞧不见那边的人。”众三爷一听说：“好大的梁。”和尚道：“我们那庙的房椽子要放躺下，这边蹲一个人，那边蹲一个人，这边人也不得见那边的人。”众三爷一听此话，都乐了，说：“和尚，你打算怎样子呢？是要卖呀？是要送给我们大人呢？”和尚说：“我倒不卖给大人，叫大人赏给我几文，我换条裤子就得了。”里面秦安听得明明白白，一想这是便宜事，赶紧吩咐叫和尚进来。三爷说：“和尚，我们大人叫你。你见了我们大人规矩着点，别那么猴头狗脑的。”和尚也不回言，迈步掀帘栊进去。

秦安、秦顺、秦志、秦明四个人一看，是个穷苦的和尚。秦安问道：“和尚，你庙有大木？”济公二目一翻，说：“你们四位是哪来的？”四个人说：“我们是秦丞相府派来。大人堂谕拆大碑楼，修盖相府花园阁天楼。”济公说：“你们四位是奉你们家里大人的堂谕，来拆大碑楼？”四个人说：“我们家里哪有大人？”济公道：“你们家连大人都没有，怨得你们怎么不知事务。你回去告诉你们大人说，就提我和尚说的：他官在首相，位列三台，调和鼎鼐三公位，燮理阴阳一大臣，理应该行善积福做德，为什么要无故拆毁佛地？你回去告诉他，就提我老人家说的不准！”这几位管家，哪里听他这些话，盖不由己，怒从心上起，气向胆边生。秦安说：“好一个无知的和尚，我先打你！”抡起一掌，照定济公就打。济公往旁一闪道：“你要打？咱们俩外边来。”秦安站起身到外面跟定和尚，吩咐家人：“给我打和尚！”这些三爷往上一围，个个挥拳就打，按倒和尚，拳打脚踢，只打的哼声不止，只听嚷道：“别打！是我。”那些三爷说：“打的是你。你就不应该跑到我们这里来送死，你真是太岁头上动土。”正打着呢，只听那旁秦顺出来说：“别打，我听见声音不对，瞧瞧再打。了不得啦！和尚在东边站着呢！”众家人一看，果然和尚站在那里直笑，再低头一看，被打的这人正是大都管秦安，浑身是伤。那些家人过来说：“管家，怎么把你老人家打了？”秦安说：“你们是公报私仇，叫你们打和尚，你们把我打了。我说是我，你们还说打的是我。好、好、好。”秦志、秦明二人走出来一看，秦安被打的伤痕很重，说：“好，这定是和尚妖术邪法，大家替我去打他！”众三爷一听，个个怒目横眉，齐奔和尚而来。济公说：“好，善哉善哉。人善有人欺，马善有人骑。”口中念六字真言：“唵嘛呢叭谜吽！唵，敕令赫。”吓的那些三爷都打了个寒噤，彼此都有气。张升看着李禄说：“我瞧见你就有气，早已想要打你一个狗头。”李禄说：“好，咱们二人分个上下。”那边也是这样，甲合乙抓在一处，子合丑二人要一死相争，十八个家人打了九对。秦明一看秦志，说："秦志，你的外号叫秦椒，我知道你定然是难斗，非打你不可。"挥拳打在一处。秦顺一看秦安浑身是伤，说："告诉你秦安，我一瞧你就有气，你叫大众打了个鼻青脸肿，你要合我生气。"过去就是一个嘴巴，二人也打在一处。济公站在一处，竟支嘴笑说："好，你怎么竟叫人家打。"那家人说："我不是他的对手。"和尚说："我帮个忙儿，你打他几下，把这人给反上来。"和尚看着他们打，有一个人一歪嘴，把那人耳朵咬下来。那人也真急了，一回头把那人鼻子咬下来。

众人正自乱打，监寺的过来一看，说："道济，你这个乱子惹的可不小！你把那秦相爷的管家大人打的这样狼狈不堪，这还了得吗？你还不把那咒语撤了吗？"济公说："师兄，要不是你说情，我定然把一伙坑人贼生生打死。今日饶了他罢。你们别打了！"只这一句话，果然众人都明白过来，彼此埋怨。那个家人说："张升兄，你我二人知己之交，你因何打的我好苦？"张升说："我哪里知道？你看看我的耳朵，也叫你给咬了去啦。"那人说："别说了，我的鼻子不是你嘴里吐出来的吗？"众三爷都埋怨秦安无事生非。秦安向监寺问道："那个疯和尚是哪个庙里的？别放走了他。少时我没有疯僧，我合你要人。"吩咐三爷带马，出了灵隐寺，一路之上鞭上催马还嫌慢，进了钱塘门到相府方下马。只见从里面出来一位同事，一见众人说："你等怎么这样回来？"秦安把上项之事，由头至尾说了一番。那人说："见上相爷，别照实话说，求相爷作主，拿这一伙凶僧。"

秦安到书房，秦相正在看书，一抬头说："你四个人到灵隐寺借大木，为何这样回来？"秦安说："奴才奉大人之谕，到西湖灵隐寺借大木。那庙中和尚都肯借给大人，只有一个疯和尚不但不借，反行殴辱，求相爷作主。"秦相一听，说："灵隐寺又出疯僧了？胆敢打我的家人，真是可恼！”即用朱笔一标牌，传到京营帅府，调两员将五百兵，府县衙各带官兵围困灵隐寺，锁拿济公。要知后来之事毕竟如何，且看下回分解。

第十八回

兵围灵隐锁拿疯僧　戏耍班头醉入相府

话说秦相听秦安等回话，勃然大怒，传谕发传牌知会京营殿帅府县衙门，兵围灵隐寺，锁拿疯僧。这道传牌一出，京营帅即派两员将五百官兵，临安府派八位班头，仁和县派八位班头，各带散役，来至灵隐寺，把庙一围。众班头进庙问老方丈：“疯和尚哪去了？”老方丈说：“不知道。”众班头铁链一抖，把老方丈元空长老锁上说：“你这和尚胆子真不小，胆敢打秦相爷的管家大人。”侍者过来讲情，不叫锁老和尚，班头把侍者锁上。知客过来庇护侍者，把知客锁上。连监寺的共锁了五个和尚，带着来至秦相府，往里一回禀。秦相立刻升坐花厅，外面有七十几个家将在两旁伺候。当差人等上来回禀：“现把灵隐寺方丈带到。”秦相吩咐：“把僧人带上来。”两旁传话：“相爷有谕，把僧人带上来！”当差的把五个和尚带到堂帘以外，老方丈坐在那里，这几个都跪下。相爷在里面隔着帘子瞧的真，众僧人往里看不见。相爷在里面问道：“这几个和尚哪一个是疯僧？通上名来。”下面僧人俱各答话。老方丈说：“我叫元空。我是那庙方丈。”那个说：“我是那庙的监寺广亮。”那个说：“我是那庙的知客德耀。”那个说：“我是那庙侍者宗瑞。”那个说：“我是那庙斋头惠陵。”秦相一听，说：“你们这里头没有疯僧？我派人去锁拿疯僧，他竟敢把我管家打了。”广亮说：“回禀大人，我们庙里疯和尚济颠，本是老方丈的徒弟。众位管家去，他施展妖邪法术，把管家大人打了。我等阻不了，求大人格外开恩，与我等无干。”秦相在里面一听，吩咐手下家人传谕各府县头役拿疯僧。

钱塘县几个班头在庙内找到拆大碑楼的那里，见疯僧指指掇掇，瞧拆大碑楼。这些瓦木作土工，听说有秦相府堂谕拆大碑楼修盖阁天楼，哪敢违背。内中就有好人，一想：“和尚庙里不容易，不定费多大事化的缘修盖这座楼，一旦之间就拆了，作孽不小。我别作孽，我用铁铣把瓦掇拢，反正也正二百钱，不犯上作这孽事。”正在这里思想，济公在旁边用手一指，这人从楼上一滑，吊下来，七八丈高落在地上。下脚实地，并未摔着。自己一想：“好险，我幸亏未拆楼，我要拆楼，定然摔死，必是有点说处。”自己站起来溜了。就有真拆的，自己想得开：“拆完了修秦相府的楼，做两个月的活，修秦相府楼完后，那庙还得动工，又做两个月工，半年的活工有了。”正在那里拆卸，济公用手一指，那人由上面摔下来，正坐在一块三尖石头上，把粪门剟破了，这小子扒着家去歇了半年的工。

济公施佛法正在报应那些瓦木匠土工人等，过来几个班头，哗啦一抖铁链，把济公锁套脖颈，说：“好和尚，你惹的这祸多大，你还在此指指掇掇瞧热闹呢！”和尚抬头一看，是八位班头：赵大、王二、张三、李四、孙五、刘六、耿七、马八，拉着和尚就走。和尚说：“我惹这个祸有多大？”赵头说：“难比给你瞧，到相府去，你就知道了。有你个乐。”和尚说：“这样叫我走我不走。”赵头说：“你还叫我费事吗？”和尚就地上一坐，口念：“唵嘛呢叭咪吽！唵，敕令赫。”赵头用力拉也拉不动，叫王二过来帮忙。王二用尽平生力也拉不动。王二说：“你们几位别瞧着，大家拉他。”张三、李四、孙五、刘六、耿七、马八齐过来用力拉，和尚如同泰山一般。众人说：“这真可怪！”只听背后有人哈哈一笑。赵头回头一看，是仁和县的两位班头。一位姓田叫田来报，一位姓万叫万恒山。这两个人在仁和县当差，那任官都是红差事，人也精明强干，跟赵头众人还是连盟的兄弟，见赵头众人拉和尚不动，不由的一阵狂笑说："你们众位就会吃饭，没事坐在班房胡吹乱嗙，今日有了事，你们全没有主意了。"赵头一听说："你们二位先别说现成话，你们二位要把和尚拉起来，算你们全能为。"田来报说："我要拉不起和尚来，我把田字倒过来。"万恒山说："我要拉不起和尚来，我不在六扇门混饭吃。你们躲开！"赵头众人躲开，见田、万二位用手按上缨翎帽，整了衣服，紧了皮带，蹬上靴子，向前赶走几步，就在和尚面前跪倒说："圣僧，我等跟你老人家无冤无仇，皆因是你老人家惹了秦丞相，秦相派我们老爷带住我等来请你老人家。你老人家既敢惹他，就敢见他。你要不去，秦相一气，参我们老爷，我们老爷得担处分，必要革我们的职，我们把差事一丢，一家大小挨了饿，求你老人家大发慈悲罢。"和尚一听，一阵冷笑说："要照你二人这样说来，我和尚早就去了。田头，贵姓呀？"田头一听也乐了，说："你知道我姓田，还问我贵姓。"和尚说："你名字不是叫来报？"田头说："我叫来报。"和尚又说："万头，贵姓呀？"万恒山道："师父不要怄人，慈悲慈悲，跟着他们去罢。"和尚说："走就走。"田来报这才说："赵头，这个差事得对付着点，我给央求好了，你们带着走罢。"赵头过来，方才拉着和尚出了灵隐寺。

往前走了二里之地，那西湖苏堤一带，全是酒铺。和尚走到一个酒铺门首，就向地一坐不走了。赵头说："师父怎么不走了？要歇歇么？"和尚说："我倒不是要歇着。我且问你一句话，你们当差讲究靠山吃山，靠水吃水，指皇树，穿皇陵，无多有少，无大有小，得有朋友见过我和尚。你把我带到相府，算你们能办案，当好差事，可得在我和尚身上花点钱。不然，我不能太太平平跟着你们去。"赵头一听，心里说："我当了这些年的差事，头一回遇见打官司的跟原差要钱。"

赵头说：“师父，你一个出家人，要钱做什么？”和尚说：“我得喝酒，犯了酒瘾走不了。”赵头说：“喝酒行。师父喝多少酒罢。”和尚要了二十壶酒，酒铺给拿过来，和尚一仰脖就是一壶。一边喝着酒，一边说道：“酒要少吃性不狂，戒花全身保命长。财能义取天加护，忍气兴家无祸殃。”眨眼和尚把酒喝完，赵头一掏钱，带整剩了二十壶酒钱，一个不多，一个不少。赵头说：“师父，你再多喝一壶，我的钱不够。少了一壶，我剩下钱。”和尚说：“赵头，你早上起来，是你女人给你装的钱不是？”赵头说：“是。”和尚说：“那是我和尚昨晚上给她的。”赵头说：“师父别玩笑，快走罢。”拉着和尚往前走了有二里地。和尚说：“赵头，你换个人拉着我罢。”赵头说：“做什么？”和尚说：“你没了钱啦，换个人罢。”赵头叫王头拉着。王头接过来说：“师父，走呀！”和尚说：“不走。你知道赵头因为什么不拉着我？”王头说：“不知道。”济公说：“他拉着我和尚，得给我花钱。”王头说：“师父要钱做什么？”和尚说：“吃酒。”王头说：“师父喝罢。”和尚说：“给我来十壶酒罢。”王头说：“对，我就带着四百钱整够，多了我也没有。”济公把十壶酒喝了。书的节目，叫醉入秦相府。王头拉着和尚往前走有二里地。和尚说：“王头，你也该换人拉着。”王头说：“师父你不讲理。赵头拉着出了灵隐寺有二里才喝酒，喝完了又走二里，共四里才换我。我接过来半步未走就喝酒，方才走了二里，怎么就换人！”和尚说：“赵头是二十壶酒，你是十壶酒。”王头说：“我也不跟你争论，张头你来拉罢。”张头说：“师父，你要喝酒只管喝，此地醉仙楼酒铺我有账，你尽量喝罢。”和尚说：“给我来三十壶酒。”张三一听，暗中一伸舌头道：“师父，你老人家一天喝多少酒？”和尚说：“我喝不多，早上起来喝二斤，吃早饭喝二斤，吃晚饭喝二斤，一到起更天，我就不喝了。”张三说：“你就睡去了。”和尚说：“我跳在酒缸中泡着去。非是泡着，不能过瘾。”张头这三十壶酒他也喝了。

话休烦絮。那八位班头都喝到了，才来至秦相府的门首，仍翻回赵头拉着。和尚喝的酩酊大醉，府门口当差人直催说：“你们这差事怎么当的？相爷叫带疯僧，你们必得等相爷怪下来才带呀？”赵头说：“来了，来了！”领着济公进秦相府。和尚抬头一看，只见相府里好生威严。怎见得？有诗为证：

阁设麒麟玉做琛，堂前窟窍翠屏门。
洞门高宏入宝辇，琅琊深广藏雅琴。
锦绣丛中古玩润，珠玑堆里词赋分。
除却万年天子贵，就让当朝宰相尊。

和尚看毕，赵头带着往里面奔去。罗汉爷施佛法大展神通，要去戏耍秦相。不知后来之事毕竟如何，且看下回分解。

第十九回

秦相梦中见鬼神　济公夜来施佛法

话说济公来至相府，有听差人等往里回话，秦相吩咐："把疯僧带进来。"左右一声答应。还是赵头拉着济公来至里面。一看，老和尚、监寺的、侍者都在这里，两廊下站着七十二个家人。济公到来，立而不跪。秦丞相在里面往外一看，原来是一穷僧。在上面一拍桌案说："好大胆的疯僧！我派我家人到庙来借大木，借是人情，不借是本分，胆敢施展妖术邪法，打了我的管家。从实说来！"和尚就应该照直说来，怎么要拆大碑楼，我不叫拆，怎么打起来的。济公并不说这个话，和尚说："大人，你还问我。你官居首相，位列三台，应该行善积德作福，今无故拆毁佛地，我和尚越说越气呀！把大人拉下来，给我打四十板子再问！"秦丞相在上面一闻此言，勃然大怒，说："好大胆的疯僧，竟敢欺谤大臣。来！左右将疯僧拉下去，给我重打四十竹棍！"原来这竹棍是秦相府的家法，最利害无比。在竹子当中灌上水银，无论多坚壮的人，四十竹棍能打得皮开肉绽。今天要用竹棍打疯僧。济公听说要打，一回身蹲在老方丈监寺的五个和尚当中，过来三个家人，伸手揪着济公按倒地上说："好，和尚，你藏在此就算完了？"一个按住肩头，一个按住腿。和尚头向西，掌刑的拿着竹棍在南边请相爷验刑，抡起竹棍打了四十下，和尚并不言语。

三个人打完了，往旁边一闪，秦相在里面一看，说：“你们这一干狗头！我叫你们打疯僧，为何把监寺的打了？”三个人一瞧，暗思奇怪，方才明明揪的是济颠，怎么会变了监寺的广亮？广亮才可说出话来：“哎呀，打死我了！”方才干张口喊不出来，四十棍打了，皮开肉绽，鲜血直淋。秦相吩咐：“再换一班掌刑的人，给我重打疯僧四十竹棍！好疯僧，我要不打你，誓不为人！”又过来三个掌刑人，一揪济颠说：“和尚，这可不能揪错了。”济公说：“该我，我就去。”三个人道：“和尚，这还待我们费事吗，你躺下罢。”济公说：“你铺上被褥了么？”家人道：“你别不知道什么了，这就要打你，还铺被褥。”用手把济颠揪倒，一个骑着肩头，两手揪着两个耳朵，一个骑着腿，这个把三片中衣一撩，拿起竹棍。秦相吩咐：“打！打！打！”掌刑的用力把竹棍往下一落，距济颠的腿还有一尺，不由的竹棍拐了弯，正在骑肩头那人的腰上扑咚一下，把骑肩头的那人打出三四步远去。那人拿手按腰腿，哎呦哎呦直嚷：“打死我了！好好好，你早间跟我借二百钱我没借，你官报私仇！”秦相大怒，叫下去吩咐：“再换掌刑人来，给我重打疯僧八十棍！我不打你这疯僧，誓不为官！”济公说：“我要叫你打了，我誓不当和尚。”又过来三个人。这个说：“可是我骑肩头，秦升按腿，你掌刑。你可别拿竹棍满处里混打。”掌刑家人答应，对准了和尚的腿，棍刚往下一落，就拐了弯，扒叉一下，正在骑腿的那人背脊上，打的那人往前一栽。

里面秦相一看就明白了，头一回错打监寺的，二回打了骑肩头的，这回又打了骑腿的，这必是和尚妖术邪法。吩咐家人把堂帘撤去，自己打算拿当朝宰相之威，可以避掉他那邪术。家人撤去帘栊，秦相迈步出来。这个时节，济公在地下躺着，翻二目一看，秦相好生威严。怎见得？有诗为证。但只见：

头戴乌纱帽，方儿高，长展翅，摧遥遥，翅起玫珑攒细巧，当朝一品一顶丞相貂。身上罩，蟒翻身，龙探爪，攒五云把海水闹，寿山永固一件紫罗袍。腰系有，锦恒腰，搅八宝，白翡璧，吐光毫，富贵高升玉带一条。足下蹬，墨尼皎，时样好，细篆白底把毡包，寿山永固一双方头皂。看相貌，真不好，甚难瞧，五官丑恶相貌，奔楼头，下巴梢，瓯口双眼睛暴。怒冲冲一喘白玉带，喘吁吁二件紫罗袍，急尖尖汗流满面把乌纱摇，恶狠狠连踩朝靴才把圣僧瞧。

秦丞相那一番急怒相貌，令人可怕，吩咐家人："给我打！打！打！"众家人哪敢怠慢，这个抄起竹棍，恶狠狠过来要打和尚，一举竹棍往下一落，用力大些，一甩棍出了手，棍奔秦丞相打去。那家人吓得亡魂皆冒！秦丞相见此光景，气往上冲，弯腰捡起棍来，要亲自打和尚，猛然听内宅錪响，秦丞相大吃一惊。原本秦相治家有道，内宅没有男子，就是婆子丫环三尺的童子，非呼唤不能入内宅，有要紧事才能打錪。今天一听錪响，秦相正在一愣，由宅内跑出一个婆子说："大人可了不得了！大人的卧室失了火！"秦丞相一听说，知道是和尚妖术邪法。连忙吩咐家人二十名："把和尚锁在空房，三更天我要审问和尚。"用手指着济公，秦相说："疯僧，你就把相府烧个片瓦无存，我也要把你解到有司衙门，打你八十竹棍，方出我胸中之气。"说罢，吩咐秦升："带二十家人看守和尚，我到内宅去看。"带着几十名家将到了内宅，见夫人站在院中，吓得战战兢兢，婆子丫环那里连忙救火。夫人问："由哪里引的火？"仆妇说："是由大香炉内引出星星之火，把窗棂之上碧纱引着。"秦相立派家丁人等，大家去把火救熄，自己把香炉拿起来摔在地上，吓得众仆妇连忙收拾起来。看了看香炉并未损坏，乃是生金铸的。谚云："金盆虽破值钱宝，分两不曾短半分。"

秦相见火已灭，到了房内。夫人问："大人所因何事，这般大怒？"秦相便把疯僧妖术打家人，兵围灵隐寺，把庙中和尚锁来，"我正要责打疯僧，不想一连三次，都被他邪术躲过去。我方要自己打他，后宅火起，我仍是把众僧锁押在空房之内，三更天定要责打疯僧。”夫人说：“大人何必向这些无知之人较量。”正说之时，家中仆妇回话：“晚饭已好，请示相爷在哪里用？”秦相说：“就在这里用罢。”丫环摆上杯箸，秦相满心怒气，吃不下去，稍吃两杯，就撤下去了。在屋中看书，点上灯光，秦相看了几遍，也看不下去，伏几而卧，曲肱而枕之。方一迷离之际，似乎要睡，昏觉之间，只听：一阵阵冷气吹人，一声声山林失色，咕噜噜声如牛吼，哗啦啦进来一个，的溜溜就地乱转，原来是地府魂魄。

话说丞相一看，从外面进来一个大鬼，身高八尺，面似黑烟，头戴青缎六瓣壮士帽，身穿青布小袄，腰扣青纱包，大红袖子中衣，足下青缎快靴，环眉大眼，手持三股烈焰托天叉。后面又跟进来一个，身高八尺，帽子够二尺，浑身皆白，面皮微紫，紫中透黑，手拿着哭丧棒，冲着秦丞相一站。后面又进来了个头戴如意巾，两个朝天如意翅，身穿绿缎子袍，足下官靴，面皮微白，四方脸，手中拿一支笔，一本账。后面又进来一个，头上蓝缎子软帕包巾，绣团花分五彩，青缎软靠，青布快靴，面皮微紫，重眉阔目，手拉铁链锁定一人。项带大锁，手上有铐，脚上有镣，一脸枯槁，发髻蓬松，一团胡须如乱草一般。秦相一看，正是他爹老太师秦桧，回煞归家。后面跟定一个小鬼，头上绢帕罩头，面上青泥，两道朱砂眉，一双金睛暴出，身似刷漆，腰系虎皮战裙，手执巨齿钉，狼牙棒，紧跟后面。秦相说道：“老爹爹，孩儿我打算你老人家早升了天堂，谁想你还在阴曹地府，受这般苦楚。你老人家先回去，孩儿明天定请有道高僧，超度你老人家早早升天。”秦桧说：“儿呀，为父在阳世三间，久站督堂，闭塞贤路，在风波亭害死岳家父子，上干天怒，下招人怨，现在把我打在黑地狱，受尽百般苦楚，今奉阎罗天子之命，回煞归家，劝戒于你，你身为宰相，就应该行善积福做德，你不但不行善，你反要拆毁佛地，罪孽深重。因为你拆毁灵隐寺大碑楼，锁拿和尚，要听我良言相劝，赶紧把僧人放回去，大碑楼重修。”正说在此处，就见那拿叉的大鬼说：“众家兄弟拉着走！”哗啦啦一抖阴阳铁叉，摔拉着秦桧就走。秦相说：“爹爹慢走，孩儿还有话禀告。”众鬼卒不容分说，拉着就走。秦相忙上前用手一拉，只听得当啷一声响。秦相睁眼一看，有一桩岔事惊人。要知后事如何，且看下回分解。

第二十回

赵斌夜探秦相府　王兴无故受严刑

话说秦相见众鬼卒拉着他爹爹秦桧就走。他一急，用手一拉，只听当啷一响，睁眼一看，原来是南柯一梦，把蜡灯摔在地上。外面有值宿的丫环，进来把蜡灯捡起来，照旧点上。夫人那里也醒了，问道："大人因何这等大惊小怪？"秦相说："我方才在灯下看书，偶然心血一迷，已睡入梦乡中。方才得了一个兆，见老太师回煞归家，带了手铐脚镣，众鬼卒押解，述说我在阳世三间之恶。我打算要把大碑楼止工，将众僧人放回，夫人你看意下如何？"夫人听了一笑道："大人乃读书之人，你怎么也信服这攻乎异端、怪力乱神之事？"秦相一听夫人之言，他又把善心截住，问丫环外面有什么时光。丫环说："方交三鼓。"秦相说："传我的堂谕，三更天我在外书房审问疯僧，非重重责罚他不可。"正说着，只见屋中这盏蜡灯呼呼呼，灯苗长有一尺多高。秦相爷一愣，冒然间这灯又往回缩，缩来缩去，灯苗剩了有枣核大小，屋子里全绿了，如是者三次。秦相把镇宅的宝剑摘下来，照着灯头就是一剑，忽然献出两个灯光，秦相复又一剑，献出四个灯光。秦相一连几十剑，满室中灯光缭绕。就听婆子叫："大人，门外面站着一个大头鬼，冲着我们直晃脑袋！"丫环说："可了不得！桌底下蹲着一个支牙鬼，冲我们直乐。”那丫环说：“快瞧，在帘子那里有个地方鬼，直点头。”秦相吩咐叫婆子打鐄，叫家人进来打鬼。婆子丫环到门外一呼唤，外面众家丁往里跑，听内宅闹鬼，都要来在相爷面前当差。刚要到了内宅，就听声音一片喊叫：“了不得了！相爷，看那破头鬼的头上直流血。了不得了！相爷，有了抗枷的鬼。了不得了！相爷，有了吊死鬼。了不得了！相爷，有了无头鬼，又有了淘气鬼了，净打了拧人。”

书中交代，此乃是济公施的佛法。只因秦相派了二十名家人，在外面廊房之内看押和尚，内中秦升说：“咱们这差事可不是玩耍，昨夜我就一夜未睡，今日又有这个差事。我出个主意，咱们大家每人出二百钱，做一个公东，买些酒菜来，入夜二更之时，大家喝了酒，至三更相爷要升书房审问和尚，也误不了事。你等想想怎样？”众人都说道：“好好好，就是那样办罢。”众人凑了四吊钱，叫一个人去沽酒买菜，都办齐了。天有初更之时，只见内中有说：“咱该喝了。”众人把酒菜摆上。济公说：“众位慈悲慈悲，我和尚喝一杯酒呀。”秦升说：“和尚不准饮酒，你因何要喝起酒来了？和尚说的是杀、盗、淫、妄、酒，此为五戒。你要喝，岂不犯了戒么？”济公呵呵大笑道：“管家但知其一，不知其二，内中还有许多好处呢。天有酒星，地有酒泉，人有酒圣。酒合万事，酒和性情。仲尼以酒为道，但不及乱耳。”秦升说：“和尚，你知道这些事，我给你一杯吃。”伸手斟了一杯给和尚。济公接过来说：“好好好，日长似岁闲方觉，事大如天醉亦休。”把那杯一饮而尽，说：“众位再给我一杯吃罢。”秦升说：“已然给你一杯吃了，还要，真不知自爱。”和尚说：“你要不给这杯，连那杯人情也没了。”秦升又给他斟了一杯。和尚喝了说：“来，再给一杯，凑个三杯。”秦升说：“没有了。不是我不给你，合别位要罢。”济公哈哈大笑说：“好，我自己会喝。”拿着酒杯连说：“唵，敕令赫，来来来。”就见杯中酒忽满了，和尚连吃了几杯酒，把酒杯放下。那些家人都要喝酒，一个个向前伸手倒酒，那瓶内连一滴皆无。众人都说买东西那个剩下钱啦，又把那个酒瓶拿过来，也是点酒皆无。秦升一语未发，一闷气就先躺下了，众人东倒西歪都睡了。

济公先点化了几个鬼，想要把此事完了，也就省心了。不料秦夫人一句话就给挡住。和尚见家人睡了，和尚把铁链锁盘起，就到内院去报应。那些恶仆平日倚主人之势，在外招摇是非，和尚打一下，拧一下，正是报应众人。只见北房上有一人，手持钢刀一把，要杀秦相，代济公报仇。罗汉睁眼一看，来者非别，正是探囊取物赵斌。只因前次赵斌帮着济公盗五雷八卦天师符，装韦驮在秦相府遇见尹士雄，两个人回家中，见过赵老太太，有了两天，尹士雄告辞就走了。赵斌仍是做小本生涯，倒不为赚钱。老太太因叫赵斌有个养身之道，省得胡作胡为。这一天赵斌正在西湖买鲜果子，见有无数官兵围住灵隐寺。赵斌见有认识的人，过去一问，方知是济公打了秦相府的管家，秦相发传牌调兵围灵隐寺，捉拿疯僧到相府，要把济颠活活打死。赵斌一听大吃一惊，自己一想："济公待我有救命之恩，他老人家遇难，我如何不救。"又想："我娘亲晚上又不叫我出来。有了，我说个诳，等我娘亲睡着，我带上切菜刀一把，奔那秦相府把奸相杀了，给我师父济公长老报仇雪恨。"自己慢慢回家。老太太问："今天因何不卖了？"赵斌说："我今天身子不爽。"老太太说："既是身子不爽，在家休息罢。"及至晚饭后，赵斌正望他母亲睡觉，忽听外面打门。赵斌一听，心中大大不悦，心想："我母亲将要睡，又有人打门。"出来一看，乃是对门街居王老太太。一见说："赵斌，我烦你一件事。只因我王兴儿清早起来卖果子，去到秦相府门首摆摊，正午的时候，来了一乘小轿，说我儿得了子午痧，把我媳妇接了去，直到这个时候，还不见回来，我甚不放心。家中又没人，我烦你去代打听打听。"赵斌连忙答应。他本是实心做事的人，进去告诉母亲，换好了衣服，揣上一把切菜刀，出来一直奔至秦和坊，来到秦相府门首。此时已晚，见王兴的果摊尚未收，有看街的郭四在那里看守。赵斌一看熟人，说："郭头，我王贤弟哪里去了？"郭四道："原来是赵爷。你问王兴，别提了，今天一早秦相府二公子把他叫进去。他叫我给看着，也给他卖了钱不少。我尚有忙事，他一进去，就没有出来。我进去打听，他们都不叫我问，我也不知是什么事。"赵斌也不知王兴是怎么一件事，别了郭四，便在各处访查，也未打听着，直至天有二鼓，自己就奔秦相府，找僻静之处，将身蹿上房去，打算要刺杀秦相给济公报仇。哪想到将来到里面，在房上一看，院中灯火绿沉沉的，照得那些家人直似一群怨鬼，吓得赵斌战战兢兢，穿房越脊，往西奔去。

来到一所花园，赵斌站在房上东张西望，心说："这所花园子，不是秦相府里。在他这相府隔壁，是谁家的？"看了够多时，只见在东北上有一所院落，灯光闪灼。赵斌跳下来至切近一看，周围栽的桂树，路北的垂花门。一进门，目前一带俱是花墙子，当中白灰抹的棋盘心。这院子是北房三间连月台，东西配房各三间。赵斌抬头一看，见上房屋中垂下竹帘子，里面现着灯光，由外向里看的甚真。见里面是一张八仙桌，桌上摆的干鲜果品，冷荤热炒，上等高粮，是一桌海味席，赵斌想："这倒是活该给我预备的，叫我吃饱了，喝足了，再杀那狗娘养的。"赵斌往前刚走了两步。猛然心中一动，自己叫着自己："赵斌你太粗卤了！倘若屋内有人，我便往里走，岂不被他看见？那时多有不便。我不免找块石头，探探有人没有。"在院中找了一块小砖头，照定帘子打去。绿林人讲究投石问路，用石头一打，要有人必有答话："这是谁砍砖头呀？"有黄狗听见有响动，汪汪一叫，也就探出来。赵斌今天用砖头照帘子一打，并不见动作，自己满心大悦，知道是没人，这才往前行走。刚上一台阶，只听上面叫："哎呀，大哥来了。快救命呀！"赵斌大吃一惊，抬头睁眼一看，原来是王兴夫妻二人在房梁上倒吊，浑身是血。不知这夫妇二人因何在此遇难，且看下回分解。

第二十一回

遭速报得长大头瓮　荐圣僧秦相请济公

话说赵斌抬头一看，见王兴夫妻在这里吊着，身受重伤，不由大吃一惊。书中交代，这一所花园，乃是秦丞相的二公子秦桓的花园。平日秦桓就不安本分，他倚仗着他父亲是当朝的宰相，他哥哥已死，就剩了他一个，他任意胡为，手下养活着许多的打手，时常在外面抢夺人家少妇幼女，抢了来就要霸占了。如其本家找来，他叫手下的打手一阵乱棍打死。到府县告去，衙门不敢接呈子，都知道他是宰相的公子。因此大家给他起了个绰号，叫追命鬼。今天是他在花园内看书，看书也不瞧正书，也无非是淫书邪说，正瞧的是唐明皇信宠杨贵妃。瞧到得意之处，自己便乃拍案惊奇。旁边有管家秦玉，平常最得脸的人，说道："公子爷为何这样喜悦？有何得意之处？"秦桓说："你不知道，怪不得唐诗有云：虢国夫人承主恩，平明骑马入宫门，却嫌脂粉污颜色，淡扫蛾眉朝至尊。这个杨贵妃果然是生的好。"秦玉道："公子爷，是你亲目所见么？"秦桓说："这奴才竟说浑蛋话。那是唐朝，此是宋朝，我如何能亲眼得见？"秦玉说："目今有一个人，比杨贵妃生的好，真是天下少有，世上所无。我自出生以来，就瞧见这样一个美人。身材不高不矮，模样不瘦不胖，眉毛眼睛，都是生得好看。”秦桓本不是好人，一听此言，眼就直了，连忙说：“秦玉，你在哪瞧见的？”秦玉说：“咱们府门口有一个摆果摊的王兴，他家就住在木头市。那一天小人买了两张楠木椅子，想要雇一个人替我挑到我家去，偏巧没有相当人，我就上王兴家找他去了。一叫门，正赶上他的妻子出外。小人一见，果然长得是国色天香，天下少有，第一等美人。打那一天我瞧见，我就要告公子爷，只因未得其便。”秦桓道：“不行呀！好与不好，在王兴家里，还能算的是我的人吗？你可有什么主意，想法把美人给我弄来，我必定多赏你银子。”秦玉说：“公子要这个美人不难，你能花二百银子，奴才有一条妙计，保管今天美人到手。只要公子爷舍得赏我二百两银子，我就替你出个主意。”秦桓说：“去至账房给拿。”二百银子到手，就在秦桓耳旁说道：只须如此如此。秦桓一听，哈哈大笑说：“你就去叫他去。”

秦玉到了外面一瞧，见王兴正把果摊摆好，说：“王兴，公子爷呼我来叫你。”王兴赶忙托付看街的郭四照应果摊，跟着秦玉往里走。王兴笑嘻嘻，只打算是要卖几两银子，必是公子要什么好果子。来到花园里丹桂轩，一瞧追命鬼秦桓正在那廊子下坐着，两旁站着有几个家丁。王兴连忙过去行礼说：“公子爷呼唤小的来，有什么事情？”秦桓说：“王兴，你家里有什么人？你多大年纪？照实说。”王兴不知是什么一段事情，赶忙说：“公子爷要问，我家里就是小人，我母亲今年五十岁，我今年二十二岁，我妻子十九岁。家中就是三口子度日。”秦桓一听，这小子一阵狂笑，说：“王兴，我听说你女人长得不错，我给你二百银子，再娶一个，把你女人接来给我罢。”王兴一听此言，打了个冷战，心想：“我若一说不答应，必然一顿乱棍把我打死。”心中一忖度，王兴说：“公子爷在上，小人有下情上告。我娶妻并不为别的，为的服侍我老娘。待我老母死了，我把我妻子送与公子爷，我也不敢领二百银子赏。”秦桓听王兴之言，正要说你去罢。那旁秦玉过来说：“公子爷，你休听他此话，明明是搪塞你，他母亲今年五十岁，再活三十年，他媳妇已五十岁了，岂不送了来养老吗？”秦桓一听勃然大怒道：“好一个狗头！你敢在你家公子爷面前搪塞，实在可恼，来！把他替我吊起来！”众恶奴就把王兴吊起来。

秦桓说：“秦玉，你有什么主意？把他女人给我诓来。我叫他看着跟他女人成亲。”秦玉这小子眼珠一转，计上心来，到了外面，把跟他的三小子叫过来，交了几句话，雇了一乘二人轿子，这个三爷跟着来到王兴的住家的门首。一叫门，王兴的母亲由里面出来，说：“什么人叫门？”这个三爷说：“老太太，你不认得我了？姓张，在秦相府花园子有二分小差事，跟我王大哥至相好。今天早起我王大哥刚摆上果摊，他摔了一个跟头，口吐白沫，不知人事。我等把他搭到花园子去，请个先生给瞧。先生说他的病太利害，要有他的亲近人在旁边看着，才给治病呢。我王大哥叫我来接我嫂嫂。”老太太说：“也好，我去看着。”那人说：“老太太，你老人家这样年纪，如到那里见事则迷。再者留下小妇女看家，尤不方便。”老太太一听此话甚为有理，到家中合儿妇吴氏一商议。那吴氏也是知三从四德之人，听说丈夫病了，心内乱了，忙换衣服说：“孩儿去看来。”到外面说了几句客气话，上了轿子，抬起来竟奔相府而来。到了花园之内，放下轿儿，把帘子一掀，吴氏看见上房廊檐之下，端坐一位公子，他丈夫王兴在旁绑着，吴氏不知所为何因。见那公子打扮的整齐，怎见得？有诗为证，但只见：

头上戴，如意巾，绣带儿飘，羊脂玉，吐光豪。身披一件达子袍，团花朵朵金线绕。粉底靴，足登着。看相貌，甚难瞧，贳拉头，下巴梢，瓯口眼，双睛暴，伸看脖子似仙毫，活巴巴的一块料。愿当初，做成时节手执潮。

吴氏看罢说：“公子，你是什么人？因何把我男人绑上了？”旁边家人说：“这是我公子，乃是秦相爷之子，还不过来叩头。”那吴氏尚未回言，只听秦桓说：“娘子，你休要害怕。我本是一举两得，三全其美，不料王兴这个狗头反不愿意起来。我已久仰小娘子这一分芳容，真乃倾国倾城之貌。我想你跟着王兴，无非吃些粗茶淡饭，穿的粗布衣衫。我才把王兴叫进来跟他商酌，打算给他二百两银子，再娶一房。岂不是一举两得，三全其美？二百银子他再娶一个也使不了，又可以发点财，又省得你跟他受罪。把你接来服侍我，我也有一个得意的人。同他一商议，他倒好大的不愿意。因此我把他捆上。”吴氏一听此言，蛾眉倒竖，杏眼圆睁，说：“公子爷，依我之见，趁此把我夫妻放回，万事皆休。你乃是当朝宰相之子，宦门之后，家中姬妾满堂，何必与我等作对？公子理宜行善积福修德，这件事要被御史言官知道，连尊大人都要被参。”王兴在那里也说：“公子爷，我在你府门口做买卖，没有得罪你老人家，你开恩把我夫妻放了罢！”秦桓听此言，反冲冲大怒，吩咐一干恶奴：“把他二人替我吊起来打！”手下人就把这小夫妻两个吊起来，用鞭子一抽，这夫妻是把心横了，就让他打死，也不能从他。

这件事直到晚间，他只摆着酒喝着，又拷打二人。忽听东院相府闹鬼，手下人回报道：“公子爷快瞧瞧去罢。”秦桓一听，急忙吩咐家人：“前面提灯，快去看看。”家人也要去看闹鬼，众人一同走了，这里一个人也没有。王兴夫妻在此忍痛。王兴说：“娘子，你同我受这般委曲！”吴氏说：“该是我二人死在这里，但是死后再到阎王爷面前告他便了。”正说之间，外面来了一人。王兴睁眼一看，原来是探囊取物赵斌。王兴说：“哎呀，赵大哥救命罢！”赵斌见王兴夫妻周身是伤，走过去先把王兴由上面放下来，然后把吴氏放下来。赵斌伸手解王兴的绳扣，解不开，捆的太紧，正是着急。后面有一人抱住赵斌。赵斌要使脱袍式把那人捺个跟头，自己好逃走。哪知道用尽平生之力，后面那人如泰山一般，把赵斌抱住不能转动。是这样的英雄，今天都会被获遭擒。不知究竟如何，且看下回分解。

第二十二回

施妙法鬼入闹秦宅　治奇病济公戏首相

话说赵斌正要给王兴解绳扣，忽有人在后面把赵斌抱住。赵斌打算要夺身出去，哪想到摇不动，回头一看，原来是济公长老。赵斌说：“师父，你快放开我。只当你老人家为秦相所害，不想到师父还在这里。”济公方才松手，说：“赵斌，你把他们的绳扣挑开，跟我往屋中来，我有话说。”赵斌把王兴夫妻解下来。济公掏出两块药，把王兴夫妻被打的伤痕治好。和尚进了屋中，上面一坐，大口喝酒，大把抓菜，满面抹油。赵斌说：“好，这桌酒原给师父预备下了。”和尚说：“赵斌，你往西厢房北里间屋中，有四只箱子，第三只箱子内有黄金一匣，重百两，有白银六封，重三百两，你给拿来。”赵斌急忙到那里去一找，果然济公说的不错。赵斌把金银拿过来，济公方才问：“王兴，你是哪里人？”王兴说：“我原籍是余杭县人。”济公说：“王兴，你把这金银拿去，明天可同你母亲雇只船逃回余杭县去罢。你家中破坏的东西，给赵斌罢。你有这金银，到家买些地作个买卖，也足够你们度日子了。”王兴一听，急忙趴在地上，给罗汉磕头。济公说：“赵斌，你可送他夫妻走罢。”赵斌说：“师父，你在这里不要紧么？我原打算杀了秦相，给你老人家报仇。”济公说：“不要你问，我自有道理，三日后你必听得到信。”

赵斌点头答应，正要走，只听那旁有人说：“小子们跟我走，看看王兴的妻子从我不从。”众恶奴答应说：“是。”只见打着灯光，原来是二公子追命鬼秦桓，由相府回来，领了一群恶奴。原来是听说东府闹鬼，他便去给秦相请安。秦相疼儿子，怕他害怕，不叫他进去，叫他回自己花园养息，故此率领众人回来。方一到花园子，就想起王兴之妻，说：“小子们，去看那王兴之妻从我不从。如其不从，我活活把她打死。”赵斌一听，大吃一惊，道：“师父，可了不得了！要不咱们躲到屋里。”济公说：“不要紧。”和尚用手往外一指，口念六字真言：“唵嘛呢叭㘑吽。”秦桓偶然打了一个冷战，扑咚栽倒在地。众家人上前搀扶，大众一乱。赵斌趁他一乱，领着王兴夫妻直奔花园子角门，由角门出去，送王兴夫妻到家。第二天一早，王兴同他母亲、妻子叫船逃走，把家中破坏东西给了赵斌，这话不表。单说济公见赵斌等走后，吃饱喝足，仍然回归东府空房。

且说这里秦桓摔了一个跟头，心中觉得惊慌。有众家人把他扶至房中。秦桓说：“哎呀，好热！”秦玉把帽子给摘下来，秦桓说：“热！”家人又把袍子脱下来。秦桓仍叫热，连忙把趁袍脱下来。秦桓说：“热。”秦玉又把靴子、袜子脱了。秦桓说：“热。”秦玉把大褂、中衣又脱了。秦桓叫热，秦玉吩咐快给打扇。打扇也是热，秦玉叫抬进两块冰来。手下人才把冰抬进来，秦桓叫好冷，即把冰抛去。秦桓说：“冷。”照旧把褂裤穿上。还叫冷，又把袜子、靴子穿上。秦桓说：“冷。”穿上趁袍还叫冷，套上袍子还是冷，加上帽子还是冷，盖上两床被还是说冷。秦玉叫上火盆，才把火盆引着，秦桓又嚷热，把火盆拿出去，还是热，仍然又脱衣裳。书不多叙。如是者冷了热，热了冷四五次，天色已不早了。秦桓忽然说：“脑袋里痒，痒的难过。快来人给我搔！”秦玉过去用手一搔，哪知道越搔越大，倾刻间脑袋长的如麦斗相仿，吓的秦玉也不敢搔了，众家人一个个目瞪口呆。

天已光亮了，秦玉说："快给东府送信罢。"天色明了，秦相本是告假，也不上朝，闹了半夜的鬼，也没有审问和尚，正要休息，外面有家丁进来报告说："有人来送信，公子爷病了。"秦相一听，父子关心，急忙带着从人来至秦桓花园子。秦相到了屋中一看，见秦桓躺在炕上打滚，脑袋大的如斗。秦相就急了，说："你们这些奴才，真正可恼！公子爷的这般重病，为何不早送信与我？"秦玉说："相爷有所不知，昨天夜间公子由东府回来，偶然跌了一个筋斗，到屋内就叫热，脱了又说冷，穿上又叫热，如此者数次，后来就叫脑袋痒，奴才就替他搔。越搔越大，这病来得奇怪。"秦相连忙吩咐："快请有名先生来调治。"家人答应。

那临安城内有两位名医，一位叫指下活人汤万方，一位叫赛叔和李怀春。家人忙至李怀春家相请。李怀春一听是秦相府，不能不去，随同家人来至相府门首，去往里回报。秦相心急如火，赶忙吩咐有请。家人带领李怀春来至里面。秦相见李怀春头戴四楞逍遥巾，身穿蓝袍子大氅，篆底官靴，气宇轩昂，一表非凡。连忙请到屋中，有人献上茶来。李怀春给公子秦桓一诊脉，便心中纳闷。眼瞧他脑袋甚大，看寸关尺六脉十二经，并没有病。察看多时，不知他脑袋之病，从哪经所得，实在自己无法用药。方才说："公子这病，小生才疏学浅，相爷另请高明罢，我实不能治。"秦相说："我怎知道谁是高明？李先生你必知道，给引荐一位。"李怀春心想："我要治不了，汤二哥也不能治，他治不了的病，我也不能治。除我二人之外，还有谁可引荐？"想罢说："相爷，我实无人可荐。"秦相一听真急了，说："你既不能治我儿的病，又没人可荐，你今天休想出我这相府！"李怀春一听："只知以势力压人！"猛然心中一想："我何不把济师父荐来？"想罢说："相爷，要给公子治病，只有一个人，就是酒醉疯颠，衣衫不整，恐相爷见怪。"秦相说："这有何妨，只要他能给我儿治病。"李怀春说："可是出家人。"秦相说："不问出家人，只能治病便好。你可说来，快请去！”李怀春说：“乃是西湖灵隐寺济颠。”秦相一听，说：“原来是他呀！现在疯僧在我东院里锁着。”李怀春一听锁着济公，心中方才明白：“怪不得他长大头瓮。”秦相赶忙吩咐家人：“去把疯僧叫来，他要能把我儿的病治好，我放他回庙，免他之罪。”

家人急忙来至东院空房一看，众和尚都起来。家人说：“和尚，你这造化大了。”济公说：“灶火大，费点柴。”家人说：“我家相爷叫你去替公子治病，你能治好了，放你回庙。”和尚说：“你们相爷他把我锁来，要过堂审我，一叫我就到，叫我和尚给治病，你就说我说的刷了。”家人一听说：“好，我就照你这话回相爷去。”家人就回来，见秦相说：“回相爷呀，我去说丞相叫和尚去治病，他说要过堂审他，一叫就到，叫治病他说刷了。”秦相不懂这句话，问李怀春什么叫刷了。李怀春微然一笑说：“这句话，乃是一句戏言。相爷要叫他治病，须下一请字。”秦相疼儿子，说：“好，你等去，就是我请他来治病呢。”家人想：“真是和尚走运。”连忙来至东院，见和尚说：“和尚，真真你的架子太大了，我家相爷叫我来请你治病。”和尚说：“你家相爷安居首相，位列三台，我和尚同他平日并无往来，他要交结僧道，叫御史言官知道，就把他给参了。”家人一听说：“好，和尚，你说的好，我去给你报告，见我家大人去。”自己到了西花园之内见了秦相，说：“回相爷，我去到那边面见和尚。奴才说，大人请他给公子治病。他说大人官居首相，位列三台，他合大人素无来往，说大人交接僧道，要叫御史言官知道，就把大人给参了。”秦相一闻此言，勃然大怒，说：“好大胆的僧人！”李怀春说：“相爷不要生气，要教和尚给公子治病，大人必须亲自一往。”秦相见公子满床乱滚，没奈何道：“李先生，你要随我同往。到了那里，看和尚怎样！”李怀春答应：“是。”随同秦相到了东府空房院内。

秦相咳嗽一声，谓是叫家人知道我来，你们都要规矩点。果然房中众家丁听见都站起来，说：“大人来了。”济公说：“众位，那里这是狗叫唤。”众家人连忙止住：“不要胡说，我家大人来了。”只见秦相同李怀春进来，到了济公面前。秦相说：“和尚，只因我小儿得了奇怪之病，本阁特来请你治病。”和尚说：“我是被大人拿锁子锁来的，并不是请我来治病的。”秦相一听，便勃然大怒道：“好好。”李怀春一见事情不好，连忙说：“大人暂息雷霆之怒，我前去必要把济公请来。”秦相只得往后一退。只见李先生过去说了一席话，圣僧便施佛法，大展神通，要来戏耍秦相。不知后来之事毕竟如何，且看下回分解。

第二十三回

找妙药耍笑众家丁　联佳句才惊秦丞相

话说李怀春到了济公面前说："师父久违了，弟子有礼。今日秦公子得了奇异病症，我把你老人家荐了去给公子治病。不论什么事，都看在弟子分上。"济公说："好，李怀春，你要给人治病，都拿锁子锁了去呀？"李怀春一看说："好，秦大人，请你老人家派人把圣僧铁链撤去。"秦相立刻把和尚链子撤去了。李怀春说："师父，你老人家可没有别的话说了。走罢！"和尚说："李先生，我师父、师兄、师弟都在这里受罪，我哪有心来给人治病？"那秦相听见，立刻叫把众僧人都放回庙去罢。众僧人走了。李怀春说："师父，你老人家可没的说了，走罢。"济公说："李先生，兵围灵隐寺，拆毁我庙中大碑楼，我要给人治病，我哪能情愿呀？"秦相知道和尚要把兵撤回来。他也没有话说，连忙吩咐手下人去传堂谕："去把拆楼之人一并撤回，连兵丁也撤回来。"李怀春说："圣僧，你老人家可没有话说了，走罢！"和尚说："走。"站起来说："行善积福作德，作恶必遭奇祸，贫僧前来度群魔，只怕令人难测。"和尚谈笑自若。秦相想："和尚放荡不拘，真要把我儿的病给治好了，我要不拆他大碑楼，我是被人耻笑，他白打了我的管家，我白把他锁来。就是他把我儿的病治好了，我也要拆他的大碑楼。”济公在后面哈哈大笑说：“好好，善哉善哉，我和尚唱个歌给大人听罢：皂帽丝绦第一人，难略紫绶罗袍，一品还嫌小。量尽海波涛，人心难忖着。翠养翎毛，谓谁头上好。豕养脂膏，谓谁肠肉饱。千寻鸟道上云霄，是处都经到，平地好逍遥，世人知事回头少。”和尚一唱山歌，秦相暗暗点头，知道这和尚甚是明白。

一同来至西花园秦桓的书房，听秦桓在那里咳嗽不止。和尚到了屋中一瞧，说：“呦，原来是这么大的脑袋，可了不得！”李怀春听和尚这话大吃一惊，心说：“费这大事把他请来，他若不能治，可就糟了。”秦相也是一惊，连忙问道：“和尚你会治不会治？”和尚说：“会治。不要紧，这是三小号，我连头号大脑袋都能治，这病有个名，叫大头瓮。”说着话，和尚伸手往兜囊一摸，说：“可了不得了，我把药丢了！”秦相说：“什么药？”和尚说：“治大头瓮的药。”秦相一听一愣说：“和尚莫非是你来到我这相府，就知道我儿长大头瓮么？”和尚说：“不是。只因有一位王员外，他儿子也是这个病。每逢得这个病，必不是好人，定在外面行凶作恶，抢占少妇长女，才有此病。王员外儿子不法，得了大头瓮，请我去治。我带了药刚要去，被相爷派人把我和尚锁来。我进相府的时候，摸兜子药还有呢，这时候会没有了！”秦相吩咐：“尔等快给和尚去找药！”众家人一听，说：“和尚，你这药是丸药？是面子药？告诉我们，好找去。”济颠说：“是颗丸药，有小米粒大，像瓜皮颜色，也没有纸包着。”众家人一听说：“我去罢。”和尚说：“大人，他这病可有转，这是小三号，要一转了大脑袋，就没法治。”秦相说：“那怎么办呢？”和尚说：“我得吃饱了再治，要不吃饭了治，越治越冤。”秦相一听，怕儿子转冤大头，赶忙吩咐家人摆酒，在大厅上摆下三桌酒，让和尚先行奔厅上去吃酒，吃完了再治病。

李怀春同着和尚来至厅上，和尚一看是三桌酒，并不谦不让，就在正面上头落座。秦相一看，虽是心中有些不快，暗想道：“这个和尚是有点来历，我如今为当朝的宰相，他竟占我的上座。”秦相也没法，只可主座相陪，倒让李怀春在东首坐下。和尚酒过三巡，说："大人这个闷酒没喝头。"秦相说："依你便该如何，可以不吃闷酒呢？"和尚说："出个灯谜，说个酒令，对个对子，批个字意，都可解闷。"秦相说："和尚，你还认得字么？"济公说："不敢云认字，也略识一两个。"秦相说："要说酒令，是喝酒，是赌什么？"和尚说："不赢酒。大人出个对句，我和尚如对上，我赢大人一万两银子；要对不上，我和尚输一万两银子。大人想我一个穷和尚要输了，哪有一万现银子？大人不是要拆我那个大碑楼么？我要输了，把大碑楼给大人好不好？"秦相一听，心中甚为欣悦，说："和尚，我先试试你的文理，要真有才学，我再跟你打赌。我先出两个字你对。"和尚说："大人说罢。"秦相说："幽斋。"和尚说："对茅庐。"秦相点了头说："开窗。"和尚就对"闭户"。秦相说："读书。"和尚说："写字。"秦相说："和尚你输了。我这六个字凑成一处，成一句话，是：幽斋开窗读书。"和尚说："我那六个字也是一句话，凑成一处，是：茅庐闭户写字。"秦相说："我给你出个拆字法的对子，你对上，我输你一万银子。"和尚说："也好。"秦相说："酉卒是个醉，目垂是个睡，李太白怀抱酒坛在山坡睡，不晓他是醉，不晓他是睡。"和尚吃了一杯酒，哈哈大笑说："这个对子好对！月长是个胀，月半是个胖。秦夫人怀抱大肚在满院逛，不晓他是胀，不晓他是胖。"秦相一听连摇手说道："和尚不要诙谐。"秦相想："这个和尚真淘气。我再出个对子，叫他知道我秦相本是满腹文章，怀揣锦绣，腹隐珠玑。"大人说："佛祖解绒绦，捆和尚扣颠僧。"济公说："哎呀，大人这个对子可真好，我和尚才疏学浅。"秦相说："你对上，我再输银一万；对不上，我要拆你的大碑楼。"和尚说："好。"喝了一杯酒说："我对一个天子抖玉锁，拿大臣擒丞相。又赢你一万两！"秦相想："和尚果然满腹奇才。对对子赢不了他。"方才说："和尚不用对对子，出酒令吧。"和尚说："出酒令就出酒令。大人说的，还是大人出。"秦相说："我要说两个古人，两种物件。这两个古人要一样的脸膛，做事相同，落在两件物件上，要一活一死的。说上来算赢，说不上来算输。"和尚说："大人先说吧。"秦相说："和尚，你听我道来，你要听着。远看一座楼，近看一只牛，吕洞宾醉卧岳阳楼，孙膑架拐骑牛。"和尚说："远看一座庐，近看一尾鱼，张飞顾庐，敬德吊鱼。"秦相说："和尚，你输了一万。张飞顾庐，三顾茅庐还可以说。敬德吊鱼，鱼哪有腿？"和尚说："甲鱼不是有四条腿？"秦相无法，又让和尚赢了一万。秦相想："我总要想法赢他。"出来告诉秦安："你拿个捧盒装点凉糕，你在外面等着叫和尚猜。他要猜盒子里没东西，你装着凉糕拿进去，他要猜有东西，你拿空盒子进去。"秦安点头。秦相回到里面说："和尚，我久闻你能掐会算，善知过去未来之事。我已派家人去拿个盒子来你猜，猜盒子里有东西没有。你要猜着，我照数输给你一万银子，如猜不着，我要拆你的大碑楼。"和尚说："大人，你输急了吧？"秦相说："我并非是输急了，我倒要试试你的能为。"和尚喝了一杯酒，定了定神说道："秦大人出的主意高，这件事情真奇巧，捧盒本是空空物——"这第三句，和尚拉着长声。秦安听和尚说是空空物，把凉糕装上拿进来。刚走进来，和尚又说道："里面装的是凉糕。"秦安一听一愣，到底被和尚猜着。

秦相想："天也不早了，给儿去治病要紧。"想完说："和尚，你的酒如何？可以吃饭，给我儿去治病。"和尚说："我已然酒足饭饱。哎呀！你们给我找着药没有？"众家人说："我等趴在地上把鼻子都沾好些土，也没找着。"和尚一伸手掏出一个包，说："我这有点药料，再加两味药就成了。"秦相接过来一看，上面的字太草率，看不出来。打开一看，白的很，李怀春一看，认得原本是吃的白面，问："和尚，此是什么？"济公说："这叫多磨多罗多波罗散。"秦相说："还有什么东西？"和尚说："朱砂一两，白面四两，盒子一个，用开水一冲，又用刷子一把。"秦相吩咐赶忙照样预备。家人答应。少时，回报相爷，所有应用的东西俱已齐备。和尚方才放下杯筷，随同秦相够奔书斋。罗汉爷便大施佛法，来治大头瘟，度化秦桓。不知后事如何，且看下回分解。

第二十四回

认替僧荣归灵隐寺　醉禅师初入勾栏院

话说济公听家人回话，所有应用俱已全备，站起身来，同秦相、李怀春一同往花园书房之内。早见家人秦玉端着一盆朱砂红糨子，里面放着一个刷子。和尚伸手拿起来，说："大人要什么样都行。"照秦桓头上一刷下去，立刻是粘着糨子的，都消肿归原。和尚一连数下，秦桓立刻肿消病止。和尚说："这病可有反复，必须好好休息。我今给写下一纸药方，如要犯病，看我这药方便好。"秦相知道这是和尚妙法，请济公到前厅。李怀春说："我可不能相陪。我要告辞，还有几家请我看病，我要走了。"秦相派人送出相府。那济公在书房合秦相一谈，甚是投机。二人高谈阔论，和尚对答如流，秦相甚为喜悦，说："和尚，我哪能如你跳出红尘，在古寺参修，也不问国家的兴亡，也不问非是之成败，奉经念佛，打坐参禅，说是一段乐事。我虽然在朝居官，终日伴君如伴虎，有一些不是，便有身家性命之虞。"和尚说："大人说哪里话来，大人官居宰相，位列三台，有佐理皇猷参赞化育之才。一人之下，万人之上，察吏安民。"秦相说："哎呀，和尚，你休要提那当朝一品，位列三台。不提当朝一品犹可，一提起来，更觉心中发慌。俗语云：'官大有险，树大招风，权大生谤。'我自居官以来，兢兢翼翼，对于王事，诸凡谨慎，外面尚落了许多怨言。哪里像你和尚如此清闲自在，无患无忧。常言说得好：‘铁甲将军夜渡关，朝臣待漏五更寒，山寺日高僧未起，算来名利不如闲。’我打算要认你和尚作为我的替身，不知你意下如何？”和尚说：“大人既是愿意，我和尚求之不得。”

正在说话之间，外面家人进来报告：“大人，公子爷病又反了，脑袋照旧大了。”和尚说：“我也不用去，你叫他打开我那药方瞧，照那药方行事，他自好了。若不依我那药方行，他的病是越来越重。”家人赶忙回西院去告诉秦桓。书中交代，秦桓他病好了后，便想起王兴夫妻，问家人：“我的美人在哪里？”秦玉说：“丢了。”秦桓说：“好东西！你们敢把我的美人放了，那可不行！”方一着急，脑袋呼呼又长起来，吓得家人急向西院里回报相爷。只才听得和尚一说，家人回来告诉秦桓。秦玉道：“公子爷，方才和尚说的话，叫你照那药方行事，病自好了。”秦桓说：“快把药方拿来我瞧瞧。”家人连忙呈上去，秦桓打开一看，上面写的是：“自身有病自心知，身病还须心药医。心若正时身亦净，心生还是病生时。”秦桓一看，心想：“哎呀，我这病都是自己找的，我抢掠人家的妇人，作恶多端，我由此要改行为善，我这病就可好了。”想到这些，脑袋呼呼呼就小了。家人连忙来至东院报告相爷：“公子爷的病，一念和尚的药方就好了。”秦相说：“很好，汝等要好好服侍公子爷。”家人答应去了。

只见东府家人进来说道：“夫人得了篆风疼的病，满床乱滚。”秦相说：“知道了。圣僧，你可会治篆脑风？”和尚说：“夫人必是错说了话啦。不然，不能得这样病症。我去看看。”秦相说：“夫人也未说什么话呀。是了，昨夜是那里闹鬼，我做了一梦，见老太师回煞归来，劝我良言。我醒来就要传谕大碑楼止工，把众和尚放回。夫人说：这不过是心头想罢了，把我的善念打断，少时就闹起鬼来了。”济公说：“我去照定夫人一抓就好。”秦相同和尚到东院内宅上房，听见屋中咳声不止。和尚说："夫人，不要着急。我来，管待立时就好。"说完，口中念念有词，冲定房中一抓，立刻夫人里面好了。和尚说："大人，你看好不好？"秦相连说道："好，好。"济公说："我会神仙一把抓，一抓就好，抓出来还得捺出去。你看。"照定那里一条卧着的癞犬一扔，只听汪汪叫了两声，一滚竟自死了。秦相说："好利害！错说一句话，就得篆脑风。久后我在朝中居官，说话总要小心谨慎。"秦相同和尚到书房内坐定，派人预备酒菜，就在此作通宵之乐。

天有三鼓，只听外面风起。秦相说："不好，又到昨日闹鬼的时候了。"济公说："大人不必担心，我去给大人捉鬼去。我合鬼打在一处，千万不可管。"和尚出去了，只听那外面和尚说："好鬼好鬼，把我吃了，我去合你一死相拼。"秦相在屋内一听，心中大为不安，候至天色大明，出去一看，只见那边和尚躺着不动，叫家人过去把和尚唤醒，到了里面坐下。秦相说："和尚，我这里给你换换衣服，送你荣归庙宇。"叫家人去到外面，给和尚买僧衣鞋袜。家人答应，去不多时，给拿了三身僧衣，都是上好之物，一身黄云缎的，一身白缎绣花的，一身蓝缎子的，三身连鞋袜，一百二十两。秦相派书童侍候，和尚沐浴更衣。济公头一回洗脸换上衣服，到了书房坐了。秦相把和尚赢的银两给他兑好，派家人把自己所乘之马备好，打全班执事，送和尚荣归故庙便了。和尚说："大人，可恨我与大人缘浅，相见已晚，离别甚速。今日一分手，不知何年才能相见？"秦相说："和尚，你哪时愿意来只管来。这也不是离着千山万水，我正要无事合你盘桓盘桓。"济公说道："和尚要常到大人这里来，大人，我那里有些门包？"秦相吩咐把门工叫进来。不多时十几个家人都来，站在书房以外，大人说："济公是我本阁的替僧，哪时来，不问我有什么公事，不许阻他，须回我知道。"那些家人连声答应："是是，奴才待谨依命。"济公道："这几个人我和尚要赏他几个钱，大人意下如何？"秦相知道和尚有赢到的几万银子，必是做个脸，想罢说："和尚，你自己酌量。"济公说："众管家，每人我赏给你们一百文。"秦相说："和尚，你多赏他们几两，我给你垫上。"济公说："不是，我赏他们每人一百文，今天给明天不给了。我和尚来，这一百文，雇他们回话；我和尚不来，有一天算一天，每月每人加工钱三吊，大人你替我垫上罢。"秦相说："是了。"和尚这才告别，秦相派二十家人护送："传我的堂谕，所有各庵观寺院，必须跪接跪送。他乃是本阁的替僧，送他荣耀归庙。"众家人答应，外面备马。和尚告别秦相，出了相府上马。家人打着引马，头前边牌锁棍旗锣伞扇，赶退闲人。街市上看热闹的人就多了，都要来看秦丞相的替僧。

和尚骑马来至灵隐寺，鸣钟擂鼓，聚集众僧。济公先叫监寺的："过来。我后面有银子，你给称五十两一封二十封，十两一封一百封。"监寺的答应。济公说："众管家，当着我和尚，代我传传堂谕。"管家说："是，不知圣僧就传什么堂谕？"济公说："你们这庙中和尚听真，济公和尚乃是秦相爷的替僧，今天荣耀回寺。圣僧要同你们这些和尚借钱打酒，要有钱不借，登时送有司衙门治罪。"家人照这传谕，众僧人一听，"这也不错。"济公又说："众管家来，再给我传传堂谕，久后我和尚没钱，跟他们借钱，屋内没人，偷点什么，不许言语。如瞧见，不叫偷。如违，当时推出庙门立斩。"管家一听也笑了，只可含糊答应。众僧人一听，心想："这庙里由他反了。"虽心中不悦，敢怒而不敢言。济公把银子赏二十家人，每人五十两，打执事的人每人十两。一个个欢天喜地，竟自去了。

和尚把新衣裳脱下来，包在包裹之内，仍披上旧衲衣，拿住包袱，信步出了钱塘门。见眼前一座当铺，和尚进了当铺，把包袱往柜上一捺。掌柜的一瞧，一个穷和尚，穿着一身破坏，拿了些衣服，都是件件新，再瞧和尚直掀着帘子东瞧西看，仿佛是后头有人追他，他像害怕的样子。当铺掌柜的说："和尚，你这衣服从哪里拿来的？趁此说实话。"济公说："掌柜的，你看估多少给当多少，不然给包上，我上别处当去。”旁边二柜过来说：“你别不开眼了。这位大师父，不是方才骑着马由门口过去，做了秦相的替僧，你不认得了？大师父当多少钱罢？”济公说：“给我当一百五十吊钱吧。”二柜说：“和尚要银子要票子？”和尚说：“我要现钱，暂把当票存在柜上。”掌柜的叫人把现钱搬在门口，和尚就嚷：“谁来扛钱？”由那边过来一大汉说：“和尚，我给你扛。”和尚说：“你心坏了，不叫你扛。”和尚叫些穷人这个扛三吊，那个扛二吊，大众一分，还剩下五吊，和尚说：“叫那大汉扛着吧。”大汉扛起来趁乱就跑，和尚不追。众人说：“和尚，把钱扛到哪去？”和尚说：“随便吧。”众人各自散去。和尚找胡同一蹲，那大汉扛了五吊钱跑了十七条胡同，和尚过去一把将大汉揪住。不知后事究竟如何，且看下回分解。

第二十五回

尹春香烟花遇圣僧　赵文会见诗施恻隐

话说济公过去，一把揪住大汉。和尚说：“好东西！你没造化，你要在那里多站一刻的工夫，我把五吊钱就给了你；你打算抢了走，那可不行。你只有五百文的命，若要拿五吊跑，我把你揪到钱塘县打场官司。”那大汉一听一害怕，用力一扯，撒腿就跑。和尚说：“追。”那大汉忙不择路，刚一拐胡同口，正遇见一个磁器担子。他没存神给碰了，摔了十七个碗，两个碟子，一算四吊五百钱。大汉没法，不得不赔，给人家四吊五，剩了五百，不怪和尚说他心不好。

和尚把钱都施舍完了，正往前走，见前面来了两位员外，一位是赵文会，一位是苏北山。一见济公，苏北山二人赶过来行礼，说：“师父，你老人家的官司冤了。我们听说师父被秦相府锁了去，我等甚不放心，今日特地到灵隐寺去探访。”济公说：“我官司已完了，秦相也未把我怎么样。”便把相府之事向二人说了一遍。苏北山一听说：“今天可曾吃过酒了？”济公说：“我正要想吃酒。你二人这时上哪去？”苏北山说：“我等听家人传说，有一官家之女落在烟花，只不知是真是假。我二人要去瞧瞧。”和尚说：“好，我也去瞧瞧。”赵文会说：“师父，你老人家要上勾栏院，有些不便了。你是出家人，讲究修道参禅，要到那个地方去，岂不被人耻笑？”和尚说：“逢场作戏，也未为不可。你我三人，就此前往。”苏北山哈哈大笑。

三个人一同向前行，见前面是东西的一条胡同，上写烟花巷。进了胡同，是路北第二个门，见上门高悬门灯，门上有一副对联，上写的：“初鼓更消，推杯换盏多美乐；鸡鸣三唱，人离财散落场空。”和尚看毕，三个人往里面走，才一进去，门房便让：“原来是赵老爷、苏老爷二位员外来了！”和尚抬头一看，迎门是照壁，墙头前有一个鱼盆，里面栽的是荷叶莲花。照壁上有四句诗，上写道：

下界神仙上界无，贱人须用贵人扶。
兰房夜夜迎新客，斗转星移换丈夫。

三个人往里面走，只见那院中方砖铺地，北上房五间，前廊后院，东西配房各三间，东西配着还有院子，院子里搭着大天棚。北上房柱子上有一副对句，上面写的：“歌舞庭前，栽满相思树；白莲池内，不断连理香。”横批是：“日进斗金。”三个人方到院中，见由上房出来一位仆妇，说：“苏老爷、赵老爷来了！今天怎样这等安闲？”高打竹帘，三个人进到上房一看，见靠北墙一张花梨俏头案，头前一张八仙桌子，一边一张椅子，条案上摆着一个水晶鱼缸，里面养住龙睛凤尾的蛋黄鱼，东边摆着一个果盘，里面又有许多果子，西面摆着镜子，墙上挂着一幅条山，上面是画的半截身子一个美人。有人题了四句诗，上写道：

百般体态百般姣，不画全身画半腰。
可恨丹青无妙笔，动人情处未曾描。

下面写着：“惜花主人题。”两旁又有一副对联，上面写的是：“得意客来情不厌，知心人至话偏长。”赵文会看罢，点了点头，果然是风月天生一种人。三人落座，老鸨儿说：“老爷，今日是哪阵风把你老爷刮来？许久不到这里了。”苏北山说：“我等听家人说，你这里新接来一个美人，把她叫出来，我们见见。”鸨儿说：“我这院人皆是新接来的，我唤来你们老爷看罢。”说了一声：“吩咐见客！”只听外面姣滴滴声音婉转，软却却万种风流，进来四名美妓，个个皆是光梳洗头，淡敷胭脂粉，轻扫蛾眉，身穿华服，到了赵员外、苏员外二人跟前站定。问了姓名，都瞧有一穷和尚也坐在那里，众妓掩口而笑。济公说：“好好，苏北山你二人看这几人如何？”苏员外说：“也好。”和尚说：“你看那些人都好。按我说，芙蓉白面，尽是带肉骷髅，美丽红妆，皆是杀人利刀。”说罢，提起笔在桌子上拿了信纸，随手写了一首七律：

烟花妓女俏梳妆，洞房夜夜换新郎。
一双玉腕千人枕，半点朱唇万客尝。
装就几般姣羞态，做成一片假心肠。
迎新送旧知多少，故落姣羞泪两行。

赵文会二人看了，哈哈大笑。只听鸨儿说：“老爷吩咐叫哪个伺候？”用手指定报名：兰香、秋桂、莲芳、小梅。苏北山说：“不是这几个，你家新接来那个，我听说还是宦家之女，误入烟花，我等是访她而来。”那鸨儿素知道这二位是临安首户有钱，连忙说：“二位老爷不提那新买之人，倒也罢了。提起那新买之人，一言难尽。原来我们吃这行饭的人，一老就不行了。我有一个女儿，叫花花太岁王胜仙大人买去作妾。我虽得几百银子，指着它吃，坐食山空，我才买了一个人。此人原来是金陵人，她父亲先年作过刺史，母早亡，因被议在京，住在胡万成店。她父亲叫尹铭传，要在京找个门路，哪想到被骗子骗了几千银子，功名也未得着。他一口气病在店中三个月，把积的几文全行用完，便死了。他女儿春香就卖身葬父，我用了三百五十两买来。及至过来，她一看是烟花院便恼了，要寻死。我一细问她，合共使了一百两，都叫胡万成转了。胡万成告诉她，是卖与官家为妾，她一见是勾栏院就要死。还是我苦诉我的苦处，这三百五十两甚不容易，你若死就苦了我了！她也好，说暂在我这里避难，如遇知音之人，把她赎出去，银子少不了我的。她亲笔写了首诗，说：如有绅商文雅之人，可给他一看。”苏北山说：“你拿来我看。”鸨儿取来展开一看，二位员外一愣，上写：

万种忧愁诉向谁？对人欢喜背人悲。
此诗莫作寻常看，一句诗成千泪垂。

济公三个看毕，问：“尹春香在哪院？我等要见此人。”鸨儿说：“在东院，本是我女的住房，三位爷跟我来。”苏北山等站起来，同她出了上房，向东有四扇屏门，进去也是一所院落，三合房，北上房前出廊，后出厦。掀帘而入，只见北壁上挂住四屏条，两旁有联。头一条上画一个女子在门首站立，有五六个男子都不走，站在那里瞧女子。上面有人题的诗句：

一蜗凤髻绿如云，八字牙梳白似银。
敧倚门前翘首立，往来多少断肠人。

第二条上画的是一个女子，在那里梳头。一个男子仿佛要走，那个女子仿佛不叫男子走。画的甚是传神。上面也有人题了四句诗：

姻缘本是百年期，相思日久岂肯离。
描神画影传体态，二人心事二人知。

第三条上画的是一个女子，一位公子拉着手，仿佛要去安睡的样子。

上面也有人题了四句诗：

欲砌雕栏花两枝，相逢却是未开时。
姣姿未惯风和雨，嘱咐东君好护持。

第四条上画的是一张床，上面有帐幔，露出男女安眠半春的意思。上面也有人题了四句诗：

鸾凤相交颠倒颠，五陵春色会神仙。
轻回杏脸金钗坠，浅扫蛾眉云鬓偏。

两旁边的对联上写的是："室贮金钗十二，门迎珠履三千。"二位员外瞧了一瞧，果然是别有一番的风景。进了屋中坐下，见东里间垂着落地帐幔，西里间也是如此。东墙挂的条山，上画的牡丹富贵图，有人题四书两句："素富贵行乎富贵，素贫贱行乎贫贱。"两旁又有一副对联，上面写的是："名教中有乐地，风月外无多谈。"鸨儿到里面说："姑娘，今有赵老爷、苏老爷特前来过访，久仰姑娘这样的高才美貌。"就听见里面姣滴滴的声音说："原来二位老爷来此探访，待奴出来看看。"用手掀起帘子，由里面走出一位女子来。赵文会、苏北山连济公睁眼一看，果然是国色天姿，一种柔情玉骨，婉转动人。不知尹春香见了苏赵二员外，毕竟如何，且看下回分解。

第二十六回

救难女送归清净庵　高国泰家贫投故旧

话说赵文会、苏北山、济公三人，在外间屋中坐定，见东里间帘子一起，出来一位女子，长得是姿容秀美，大约在十八九岁，头梳的盘龙髻，身穿的是素服。苏北山一见，便知她是个良户人家之女。一问女子的出身来历，那女子现出一种愁容，就把卖身葬父，后为奸人拐卖，误入烟花巷的事，由头至尾细述了一遍。二位员外一听，心中甚为悲惨，便问道："春香姑娘，你可能吟诗？"尹春香说："我粗通文理，略知一二。"赵员外说："你既能如此，可以做两首诗，如感怀绝句我看看。"赵员外方才见那诗句，疑惑不是春香自己写的，故此要当面试试她的文理。那尹春香并不加思索，提笔就写：

教坊脂粉喜铅华，一片闲心对落花。
旧曲听来犹有恨，故园归去却无家。
云鬟半绾临妆镜，两泪空流湿绛纱。
安得江州白司马，樽前重与诉琵琶。

写完了，递与苏赵二人观看，连济公俱是赞美，可惜这样的高才、这样的人品，坠落在烟花院中，甚是可惨，甚是可叹。正在太息之间，又见尹春香又做了一首七律诗，上写的是：

骨肉伤残事业荒，一身何忍入为娼。
涕垂玉箸辞官舍，步蹴金莲入教坊。
对镜自怜倾国色，向人羞学倚门妆。
春来雨露深如海，嫁得刘郎胜阮郎。

济公将诗看完，连声说好。赵文会说："来来，我作一首七绝。"鸨母取过文房四宝，赵文会不加思索，提笔一挥而就，上写：

误入勾栏喜气生，幸逢春香在院中。
果然芳容似西子，卿须怜我我怜卿。

苏北山也是信口做了一首绝句诗，上写的是：

红苞翠蔓冠时芳，天下风流尽春香。
一月饱看三十日，花应笑我太轻狂。

济公说："我也有一首诗。"便说道："今天至此甚开怀，且呼春香上前来。"尹春香听说："师父，你老人家修道的人，叫我作什么？"济公说："快快解开香罗带，赠与贫僧捆破鞋。"众人听了，连声大笑。和尚说："二位员外可以作一件功德事。"苏北山问："尹春香，你愿意把婆家，还是怎么样？"尹春香说："但能有好善之人，救我出这火坑，我情愿出家作一小尼，我尹氏之门三代感恩不浅。"苏员外问："鸨儿，要多少身价？"鸨儿说："我花费了三百五十两之多，还不算她在我家来这两月日用吃穿。"苏北山说："好办。"赵文会说："苏兄这件事，你给我作吧。我花五百两，把她救出，送在城隍山上清贞老尼姑那清净庵中，叫她照应她也好。"吩咐家人立刻取了五百两银交与鸨儿，叫家人雇轿，把春香送往尼庵。春香一听，连忙给三位叩头，求三人亲自护送。济公说：“很好，我三人先走，前头在那里等你。”家人赵明等候跟轿。济公三人出了勾栏院，一直奔城隍山而来。和尚信口说道：“行善之人有善缘，作恶之人天不容。贫僧前来度愚蒙，只怕另人不惺忪。”

罗汉正往前走，只听上面有人喊叫说：“济公，你老人家可来了！我连到灵隐寺去了三次，并未见着，今日你老人家可来了。”说着，跑到面前双膝跪下，向上叩头。济公一看，是一个六十以外年纪老者，头戴四楞巾，身披土色铜氅，腰间束丝绦，白袜云鞋，五官倒也纯正。书中交代，来者这个人是怎么一段原故呢？只因城隍山有一位老尼姑，名叫清贞。她娘家有一位侄女，名叫陆素贞，配夫高国泰，原籍余杭县城里南门内儒林街住家。那个高国泰本来家中甚有钱，后来他只知道念书，不懂的营运，家中过的一贫如洗，只剩他夫妻二人。上无片瓦遮身，下无立足之地，日无隔宿之粮，柴无一把，米无一粒。陆氏娘子可就说：“你我夫妻莫非待守坐毙不成？常言说的好：人挪活，树挪死。莫如你我投奔临安城，我有一姑母在城隍山出家，你我投奔到那里找个学馆，一则也可度日，二来官人也可用功，待至大比之年，官人再求取功名。不知官人意下如何？”高国泰说：“你我二人也只是可，走吧！也没法可施。”夫妻二人才变卖些破坏的家伙，零星的物件，凑成了盘费。夫妻起身，那一日到了城隍山。老尼姑一见，心中甚悦，特给他打扫三间房子，叫他夫妻这里居住。陆氏娘子帮助做些针线，高国泰在庙中发愤读书。在此庙中，夫妻甚是平安。

过了有一个多月，这天合该有事。老尼姑有一个大徒弟，名叫慧性，看高国泰是玉堂人物，文质彬彬，满腹经纶，文雅秀士，品貌端方，两个人常时在一处高谈雄辩。这位慧性乃是宦门之女，文理通达，高国泰也是对答如流。这一天屋中寂然无人，慧性就拈笔挥毫，做了一首七绝诗，呈与高国泰。高国泰接在手中一看，上面写的是：

身在白衣大士前，不求西度不求仙。
但求一点杨枝水，洒在人间并蒂莲。

高国泰一看，颜色改变，说：“少师父不必如是，人生世上，男女只因片刻欢娱，坏一生名节，遗臭万年，被人耻笑。况且这乃是佛门善地，岂可污秽？”慧性一听此言，便面红耳赤，竟自去了。从此慧性再见高国泰自知羞耻，急忙奔避。国泰也知多不便之处，便求老师父：“在山下找两间房子，我夫妻搬在山下居住，庙中多有不便。”老尼没法，就在山下给找了三间屋子，单门独院，是周半城周员外的房子。周员外问老尼：“什么人住？”老尼说：“是我一个亲戚，由余杭县来，在庙中居住，是我内侄女，就是她夫妻两人。我这内侄婿姓高，名叫国泰。他是念书的人，他因住在庙中多有不便，故此要找房住。”周半城说：“明天你把高国泰带来我看看。”老尼次日把国泰带去见房东。周员外一看高国泰举止端方，文文雅雅，欲有心周全他，初次相见，又恐高国泰不受，自己又觉卤莽，暗中吩咐家人，“高国泰房钱如有拖欠，不许催讨”。这是周员外一分恻隐之心。果是他夫妻搬下山来，国泰以卖卜为生，得一百吃一百，得二百吃二百，夫妻度日，甚为窘困。

不知不觉，已是半年六个月的房钱，尚未交付。这日合该有事，收房租的家人告假，就托伙计代收房租。伙计不知细情，把房租折子一查，只有高国泰欠房租六个月。他就想：“高国泰项长三头，肩生六臂，头顶着，脚踏着，人家的产业，不给房租，我去找他去！”那家人到国泰门首叫门，里面陆氏问道：“什么人叫门？”那家人说：“是周宅来取房租的。”陆氏说：“我家先生不在家，回来告诉他罢。”家人说：“人不在家，钱也不在家么？六个月都不在家吗？住人家的房子，你们头顶着，脚踏着，不给钱，挨便挨过去就算完了。”陆氏说：“待我家先生回来，给送钱去罢。”家人说：“不用送，我们在口外头修理房屋，把街门借与我们使罢。”家人就把街门扛走了。至晚高国泰回来，一见街门没有，便问陆氏。陆氏说：“房东来索房租，家人扛了去。”国泰一听，气冲牛斗：“好个大胆周半城，竟敢欺辱斯文！我要往钱塘县把他去告状！”陆氏说：“官人，我们没钱，就是没理。六个月的房租都未把还，要告人家，岂不于理不合？”夫妻二人正在商议，就见老尼姑清贞来了，见他夫妻正在焦烦。老尼一问，陆氏便把房租扛门之故，说了一遍。老尼说：“先生不要在外面住了，仍是回我庙内去罢。在外面找钱甚难，先生指着算卦，如今一天卖了三件假，三天卖不了一件真。先生口太直，不必在外面了。”就叫陆氏收拾收拾，老尼代交房子，同他夫妻仍回城隍山。哪想到他夫妻到庙住两天，那天一早，国泰不言而去，临走给陆氏三张字柬。陆氏一看，吓得魂飞魄散！不知因何原故？且看下回分解。

第二十七回

寄柬留诗别妻访友　拜请济公占卦寻夫

话说高国泰二次回城隍山，仍在旧屋子居住。那天晚间，同陆氏对坐，国泰说："娘子，明天我要访友去。"陆氏说："官人明天出去，我还有二百钱，是我姑母与我买针线的，官人拿去作茶点之用。"说完便拿出来。国泰含有愧色，接在手中，说："娘子，安息罢。"陆氏安眠，国泰坐在灯下，痴呆呆发愣，仰天长叹，徒唤奈何，心中一阵难过，提笔写了三张字柬，押在砚台之下。待至天明，意欲唤醒妻子，又怕烦闷，站起身来，硬着心往外便走。庙中有一位香火道姓冯叫冯顺，今已六十多岁，老者起得早，在院内扫地，见高国泰出来，问道："高先生因何起得这般早？"国泰说："老丈你开下门，我要下山访友去。"冯顺开了门，高国泰下了城隍山竟自去了。

陆氏醒来，不见丈夫，不由的大吃一惊，连忙到外面各处寻找，听冯顺说："高先生清早就走了。"陆氏连忙到屋内各处找寻，只见那边有三张字柬。头一张字柬上写的是："时衰运蹇度日难，含羞无奈住尼庵。佛门虽有亲情意，反被旁人作笑谈。"陆氏看了这首诗句的意思，云是自己因为贫寒，不能养家立业，与妻子托身庙中，岂不为人耻笑。再看那第二张是："此去他乡少归期，生死存亡自不知。大略今生难聚首，有缘来世做夫妻。”陆氏一看这二句诗是绝话，此番一去，没有回来之订，死活不定，大概不能团圆，再结来生之缘。又看那第三首是：“留书落笔暗含悲，恨我无能更恨谁。寄与贤妻细参悟，托身另找画蛾眉。”陆氏一看这第三首诗，放声痛哭，五内皆裂。正在悲惨之时，老尼姑过来问道：“侄女因何这般伤感？”陆氏就把高国泰留了三首绝命诗走了，大概是九死一生。老尼姑说：“儿呀，不要着急，我倒有个主意。现在西湖灵隐寺有一位济公，乃是在世的活佛，能掐会算，善知过去未来之事。我派香火道冯顺去到灵隐寺，把他老人家请来，给占算占算，高先生上哪去了？落在哪方？派人去把他找回来。”立刻陆氏说：“既是如此，赶速派人去请济公。”老尼姑派冯顺下山去请济公。第一次到灵隐寺，济公不在庙里。第二次去请，见兵围灵隐寺。第三次冯顺一打听，济公被秦相锁了去，因此耽误了三四日。

那天冯顺又下山去找济公禅师，见罗汉爷同着赵文会、苏北山正往山上来。冯顺赶忙跑过来行礼说：“师父，你老人家可来了。我连次到庙里去找你老人家几次，今天你老人家为何这般消闲？此时上哪里去？”济公说：“我要到你们庙里找老尼姑，我们送一个人出家。”冯顺说：“好，好，好。我们当家的，正要请你老人家有要紧事。”赵文会、苏北山问道：“你们的庙里有什么事？”冯顺就把那高国泰之事，由头至尾，一五一十，详细说了一遍，众人方才一同奔进庵来了。冯顺前面引路，进了庙来，到得西院。那院是三合房，东西房各三间，北房三间。冯顺同众人进了北房。赵员外一看，屋中甚是清洁，北墙旁一张条桌，上面摆了许多经卷。头前一张八仙桌，两旁有椅子。济公在上首椅子上坐，赵文会在下首坐下，苏北山在旁面椅子上坐定。抬头一看，见正面墙上有一副对句，写的甚好。当中一张大挑，上写的是：“惟爱清幽远世俗，靠山搭下小茅屋。半亩方塘一鉴水，数棵柳树几行竹。春酒熟时留客醉，夜灯红处读我书。利锁名缰全撇去，一片冰心在玉壶。”两旁又有对句，上写的：“青山不改千年画，绿水长流万古诗。”下面落款，写的是高国泰拙笔。苏北山一看说：“圣僧，你看高国泰真是风流才子。方才听冯顺之言，果然不差。你看这对句，写的笔迹甚佳。圣僧，你老人家大发慈悲，把他找回来，我成全成全他，给他找个学馆，待至大比之年，我再赠他银两，叫他求取功名。”和尚说：“好，这也是员外的功德。”

正说之间，老尼姑清贞领着徒弟侄女，一同前来参拜圣僧，求罗汉大发慈悲：“这是我侄女陆素贞，只因她丈夫高国泰把她留在我这庙中，不言而别，今天已三四日，求圣僧大发慈悲，给占算占算。”和尚说：“那个容易，我们今天救了一个人，乃是名门之女，误入烟花。她意欲出家，我等打算送到你这庙里来，你收个徒弟罢。”老尼姑说：“师父吩咐，弟子从命就是。”赵文会说：“少时就送到，我施舍给你庙里二百两香资。”老尼姑谢过赵员外，还求：“圣僧先给占算占算，高国泰落在哪里？”济公按灵光连拍三掌，和尚说：“呵呀，完了，完了！”陆氏娘子在旁边一听，吓得面色改变说：“圣僧慈悲，设法搭救搭救。”清贞也苦苦哀求。和尚说：“此刻有了什么时光？”冯顺说：“天已到了午初之时。”济公说：“这个人刻下距此有一百八十里路，天要到落日之时，他有杀身之祸。”苏北山说：“师父，你老人家慈悲罢。”和尚说：“我要找他回来，你可以代他成一个学馆。”苏北山说：“弟子成全他便了。”济公说：“你派家人同我去叫他，带二百银子盘川。”苏北山说：“苏禄，你快去到钱铺之中，去取二百两银子，同圣僧去找高先生。”清贞说：“冯顺，你同济公前往。”陆氏连忙叩首。济公说：“赵文会、苏北山，你二人待尹春香来，送她出家，你二人再走。”二人答应。

苏禄把银子取来，济公同二人出了清净庵，到了山下，往前走三步，往后退三步。苏禄说：“师父，你老人家到黑还走一百八十里路，连八里路也走不了，你老人家要换个样走容易哪。”和尚说：“换个样走不难，向前走两步，向后退三步。”冯顺暗地只是笑，说：“师父，你至黑走回去了，这样走如何是好呢？”济公说：“我要快走，你跟的上吗？”二人说：“跟的上。”济公说：“好，我就走。”说完，彳亍彳亍，往前就跑，展眼就不见了。那二人连忙追下去，只跑了有二三里之遥，二人走的浑身大汗，说：“咱们到树林内休息罢。”二人方一进树林，和尚说：“才来呀。”二人说：“我等连休息都没有，你老人家早来了。”和尚说：“我倒睡了两个盹了。那腿是你两个人的？”二人说：“我们腿长在身上，这不是我们的是谁的？”和尚说：“倒是你二人的，我一念咒，他就走。”冯顺说：“好好，你老人家来念咒罢。”和尚见二人都站好了，说：“我念咒了。”口中念念有词，说：“唵嘛呢叭咪吽！唵，敕令赫。”那二人身不由自主，两腿如飞的跑下去。苏禄只叫道：“师父，可了不得了！前面皆是树，撞了准死无疑。”和尚说：“不要紧，都有我哪，到了那里就撞不上。”二人果然到了那里，穿着树就过去了。

正跑着，见由树里出来一人，手中拿了一个碗。济公睁睛一看，这是一个逆子。此人姓吴名叫云，家里就是他寡母。今天吃包饺子，他母亲都做好了。吴云回去一瞧，没打醋，他就恼了，说他母亲“年纪越老越昏，哪家吃饺子不打醋？你真是没用！”他母亲也不回言。他赌气出来，拿了碗打醋，被济公看见。济公早已占算明白，用手一点指，这吴云也就跟了冯顺二人跑，不由的喊叫道：“我不往那里去呀！这是什么一段事？我的腿要疯呀！”三个人耳朵内，只听呼呼风响，仿佛驾了云一般往前跑去。见眼前白亮亮是河，苏禄就叫：“圣僧，休叫我跑了，面前是河呀，跌在里头就死了！”和尚说：“不要紧，加点劲就过去了。”来到河这里，仿佛如飞，就过了河。苏禄想：“我快找株树抱住就得了。”好容易见有了树，苏禄忙一抱，栽倒在地。冯顺也跌倒在地，那打醋的人也跌倒。和尚来到说：“你们起来。”

三个人说："起不来了。"和尚掏出一块药来，分给三个人吃。三个人觉得身体能活动，站起来，吴云直发呆。由那边过来一位走路的，苏禄道："借问这是什么所在？"那个回道："这是小刘村。你们几位上哪里去？"苏禄说："我等由临安城上余杭县去。"那人说："你们走过来了，只离余杭县二十里地面。"吴云一听：哎呀，把醋碗也摔了，饺子也没有吃，出来二百里之远，如今怎么回去？和尚说："我还把你轰回去！"吴云说："可别轰了，我一个站不住，上了北塞，我怎么回来？"自己由这里走了两天一夜，才到了家。自此见了化小缘的和尚就跑，把穷和尚怕在心里。这且不表。

单说苏禄向圣僧问道："你我今日可是往余杭去找高先生么？"济公说："正是。"三个人于是直奔余杭而去。罗汉爷又做出一件惊天动地之事，搭救高国泰。不知后来之事究竟如何，且看下回分解。

第二十八回

苏北山派人找寒士　高国泰急难遇故知

话说济公带着苏禄、冯顺，来至余杭县南门外。路东有一座饭店，和尚抬头一看说："苏禄、冯顺，你我进去吃杯酒，可休息休息再走。"二人点头，进了饭店，要了几样菜。苏禄说："圣僧，你我已至余杭县地面，高国泰现在哪里？可以把高先生找来，一同喝酒好不好？"和尚说："咱们先喝点酒，回头再找他去，离这里的路甚远。"三个人说着话，把酒吃完了，给了饭钱出来，离了酒饭店，进了南门，来至十字街，往东一拐，路之北头就是县衙门，和尚放步就往衙门里跑。苏禄说："师父往哪里去？"和尚说："你两个人在这里等着，我到里面找个人。"和尚才一到大门，就听见里面叫喊："抄手问事，万不肯应，左右看夹棍伺候！""把高国泰夹起来再问！"和尚闻之，就打了一个寒战。

书中交代，高国泰因何来至此处吃官司呢？这内中有一段隐情。只因那日高国泰下了城隍山，自己因回思细想："若要投往地方，又没有亲故，也没处安身。"自己一想："莫如回归余杭县。"自己搭了一只船，也是乡亲给了一百文船钱，吃了东西，来至余杭县，二百文也是用完了，心想："此时回往故土，也是没处投奔。一无亲戚，二无宾朋，想借几吊钱的地方都没有。在外思想回家，即至回家，又该如何？有几家至亲，也可以代我分忧解闷；有几个知己的朋友，也可以谈谈肺腑之言。真是应了古人那两句话：贫居闹市有钢钩，钩不住至亲骨肉；富在深山有木棒，打不断无义亲朋。”自己想了半天。高国泰本是一位有志气的人，又不屑求亲乞友，越想越难过，倒不如一死方休！来至南门外城河，打算跳河一死。站在河沿一看，来往船只不少，心想：“死了死了，一死便了，万事皆休。生有时，死有地，这就是我绝命之所。”想罢，将要往下跳，就听背后有人说话：“朋友，千万勿跳河，我来了。”高国泰回头一看，见那个人身高七尺，细腰扎背，头戴青壮帽，身穿青布裤袄，青抄包，外罩青绸子英雄氅，面皮微紫，紫中透红，红中透紫，环眉阔目，准头端正，三山得配，五岳停匀，年有二十以外，说：“先生乃读书明理之人，何故寻此短见？”高国泰说：“兄台，你不必问我，是阳世三间没有我立足之地，我非死不可。”那人说：“先生，你有什么为难之事？何不与我谈谈。”高国泰见那人诚实，说：“兄台尊姓大名？”那人说：“姓王名成璧，就在此地居住。我在河沿这里当一个拢班，所有来了客货，都是我找人来卸。先生是因何事寻此短见？”高国泰说：“我也是此地人，王兄。我在南门内居住，姓高名国泰，只因家世式微，我带着家眷，到临安城投亲，把家眷住在尼庵之内。我想男子立身于天地之间，上不能致君泽民，下不能保养妻子，空生于世上，因此我想生不如死。”王成璧说：“兄台，你聪明还被聪明误，何必如此轻生？你先来同我到酒饭馆中吃点酒，我给你再出个主意。你不必呆想，人死则不能再生。”高国泰方才同王成璧来到酒馆里。

两个人要酒要菜，吃了个酒醉肴饱。王成璧说：“我现在手底下没有一文，也没有一项进款，还要等上半天才能到手，今天你先去拉船纤。”高国泰说：“我手无缚鸡之力，哪里能个拉纤？”王成璧说道：“先生，你不要这样子说，人得到哪里是哪里。你可记得古人有两句话，‘君子之身可大可小，丈夫之志能屈能伸’，才能够行呢。今天你先去拉纤，等我的钱到手，我再给你些银两去接家眷，然后我再托朋友给你成一学校，你看好不好？”高国泰想：“我今与你萍水相逢，如此劝我，我也不可过于固执。”想罢说：“兄台既是这样厚爱小弟，我就去拉船纤。”王成璧说：“好。”站起身来，领着高国泰来至河沿，见有一只杂货船，早已装好，少时就开船。王成璧说：“管船的，我这有一位朋友，叫他同你们拉拉船纤。管船的多照看点，到了卸了货，千万仍把他带回来，可不必管他。”管船的道：“是了，有王大爷在里头，我们决不能错待了。”高国泰就在这里等候。工夫不大，管船的开船，众人都拿起纤板。人家皆是行家，高国泰也不懂，有人把纤板递给他。当时开船，别人拉纤都喊号子，高国泰想起念书来了，念的中庸右第十三章：“君子素其位而行，不愿乎其外，素富贵行乎富贵，素贫贱行乎贫贱，素夷狄行乎夷狄，素患难行乎患难，君子无入而不自得焉。”他只念他的书，众拉纤人一阵大笑。

那一日到了殷家渡，货船卸了，高国泰累的疲困不堪，就在船中睡了。次日船装上别的货往回走，高国泰又拉起来。这一日回至余杭县，正到了码头口，见王成璧在那里站着，国泰即赶过来。王成璧说：“先生，这一次多有辛苦了。我在此盼望你，合是你我弟兄有一段前缘，今天我进了一笔款三十五吊，你先同我来吃碗茶，用点心，回头再进城换银子，明天你去接家眷。今天沽酒买肉，你我痛饮，以尽通宵之乐。”高国泰说：“很好，很好，我与王兄初会，兄长这般厚待，我实深感谢。”王成璧说：“你我好弟兄知己，不必客气。”国泰想：“这个朋友倒很诚实。”跟王成璧吃了些点心，天已不早了。王成璧把钱交付高国泰，进城换银子，拿了酒瓶，打酒买肉。高国泰拿了钱入城，换了五十两银，打酒买肉。买完了东西往回走，正要关城。国泰刚赶出了城，只见由对面来了一人，飞也是直奔，仿佛有急事的一般，正与高国泰迎面相撞。那人连忙说：“先生不要见怪，我一时太急，因有要事，我给先生陪罪。”拱手作揖，说着话，竟自出城去了。高国泰本是文雅之人，虽被他碰了一下，自己一想：他也不是有心。这有何妨。国泰出城往前走，忽然一想：“方才不要把银子碰去了！”用手一摸，银子形影全无，把国泰吓得目瞪口呆！原来方才那个是个白日贼，早看见高国泰换银子。真是贼有贼智，故意撞高国泰，把银子搭了去了。高国泰越想这件事越不对：“回头我见了王成璧，无言可答，莫如我一死。昨日要死没死了，是还有两天罪未受完呢。这真是阎王注定三更死，哪敢留人到五更？”到了护城河岸，打算要投河。自己叫道：“高国泰，高国泰，你好命运不通！不想我今天死于此地。”

正自怨恨，只听那旁有人说话：“莫非是恩兄高国泰吗？”来至切近，把高国泰一拉说：“恩兄可想死小弟了！我往各处去找，并无下落，不想今日在此相见。”说着话，就过来叩首。高国泰一看，并不认得。看来似面熟，一时想不起来，因说道：“老兄不要认错了人。”那人说：“兄长，你连我小弟李四明都不认识么？”高国泰一听，说：“哎呀，原来是你呀！”且说那李四明幼年家贫，寡母住在高国泰家左右，比邻而居。高国泰一家全好善，时常周济他家，后来李四明就在高国泰家念书。他母亲死了，也是高家花钱给他安葬。高国泰问李四明：“是要求功名，还是去作买卖？”李四明说：“要我找个铺子去学生意才好。我家又没钱，哪有这样花费去求功名？”国泰说：“也好，我给你找一个买卖罢。”便在本城天成米店去学生意。凡上工一切衣服被褥，全是高家代给。李四明也用心练习，并不荒误，专心做那生意。三年已满，东家到店算账，见李四明各事勤俭，心甚爱悦，把他带到家中，另给他开个米店，在清江做买卖，甚为得利。东家没儿子，只有一个女儿，把李四明招做养老的女婿，把一分家业全给他。后来他们老夫妻也死了，李四明一手成运，全是他经理。想起当年若不是恩兄，我哪得有今日？就带着家眷，收拾细软物件，要回故土，去访恩兄高国泰。到了余杭探访，并无人知道高家移住何方，皆云穷跑了。李四明叹息不已，就在西门外买了一所房子，又在南门外开了一个粮店。今天是要回家，遇见高国泰，二人相见，悲喜交加，各诉往事。高国泰说：“老弟，我今日要不丢银，你我也见不着。”李四明说：“你先跟我到家，咱二人有话再讲。”二人站起来，往前走了不远，高国泰脚下一绊，伸手拿起一宗物件来。有分教，小人怀仇挟恨，误害良民，忠良尽公，判决寄案。要知后事如何，且看下回分解。

第二十九回

故友相逢知恩报德　小人挟仇以德报怨

话说高国泰捡起来伸手一看，原来是两匹缎子。借着皓月当空，打开一看，上面有兴隆缎店四字。李四明说："那两匹缎子，还不是咱们本地余杭县的字号。我们余杭县有两家绸缎店，字号是天成、永顺。这兴隆缎店不知在哪里？"高国泰说："咱们在这里站着等等，有人来找好给他。要是本人丢得起，还不要紧，倘如是家人替主人办事，一丢了可就有性命之忧。"那二人在此等候多时，不见有人来找。李四明说："天也不早了，你我回去罢。待明日有人找，说对了，就把他；没人找，我们四门贴起告白，也不算瞒昧这东西。"高国泰说："我今天理该去见见王成璧。我拿钱出来买东西，并换银子，他还待我回去吃酒。我因为丢了银子，才要寻死。今我不回去，恐其多疑。"李四明说："兄长先同我回家，然后再派家人去给他送信，明天你我弟兄再回拜。"

说着话，两个人向前走。来到西门李四明的住宅门首，大门虚掩，推门进去。高国泰见二门外有西房三间，屋中灯光闪灼。高国泰说："今天天已晚了，明天我再至里面，我们就在这屋中坐罢。"李四明说："这三间房，被我租出去，我倒可不要房钱。因为我常不在家，再招一家街坊，彼此皆有照应了。”高国泰点头，来至二门叫门，里面出来一个婆子，开了门一看：“大爷回来了。”李四明说：“你进去告诉你主母，就提我恩兄高国泰来了。”老妈进去不多时，听里面说：“有请。”二人才来至里面上房，见屋中倒也干净。里面何氏出来，见了高国泰行完了礼。李四明告诉婆子：“给收拾几样菜，我们弟兄两个，到东配房去吃酒。”两个人来至东配房，在灯光之下，又把两匹缎子打开一看。李四明说：“两匹缎子倒是真真宝蓝的颜色，只不知这兴隆缎店的字号在哪里？明天咱们四门贴上告白条，要有人来找，说对了就把他。没人找，合该你我每人做一件袍子穿。”高国泰说：“是，明日贤弟你要带我去谢那王成璧大哥。若不是他救了我，我早已在九泉之下。那位朋友倒是一位忠正诚信之人，笃实仁厚，大有君子之风，同我一见如故，我心中甚为感念，良友颇不易得。”李四明说：“好，明日我同兄长去见见那个朋友。”二人吃完酒安息，一夜无话。

次日天明起来，二人净面吃茶，只听外面有人叫道：“李四明，你家住着一位高国泰吗？”连声叩门。二人站起来，到了外面，门开了一看，门口站定两个头役，带着四个伙计，头戴青布英翎帽，身穿青布衬衫，腰扣皮廷带，足下穿着窄腰快靴，个个手拿铁尺木棍。这两个头儿，一位叫金陵寿，一位叫董世昌。一见高国泰道：“朋友，你姓高叫国泰罢？”高国泰说：“不错，二位怎样呢？”那头儿一抖铁锁，把高国泰锁上。李四明走来一拦，把李四明也锁上了，拉住说：“进院搜赃。”到里院各屋一找，由东屋找出那两匹缎子来。李四明二人问：“头儿，你二人因什么事，把我二人锁上？”金头说：“这里有一张票子，是我们本县老爷派我们来急速拘锁，我二人无故也不敢误锁良民，诬良担不了。你二人作的事，自己也知道，尚来问我们吗？”那些头役说：“拉着走，休要多说。到了衙门，你们就知道了。”立刻拉着二人，抱了二匹缎子，到了县衙班房之中坐下。

此时老爷迎官接差未回，候至日色西斜之时，老爷方回衙署之内，立刻传伺候升堂。三班人役喊堂威，站班伺候。壮班管的是护堂施威，皂班管的是排衙打点，快班管的是行签叫票，捕盗捉贼。三班各有所司之事。老爷姓武名兆奎，乃是科甲出身，自到任以来，断事如神，两袖清风，爱民如子，真正治的路不拾遗，夜不闭户。今日升堂，吩咐:“来，带差事!”只听下面有人说:“殷家渡抢夺缎店，明火执仗，刀伤事主，抢缎子五十匹，银子一千两，贼首高国泰、窝主李四明拿到。”“哦!”两旁一喊堂威，立刻带上高国泰、李四明。二人跪下，口称:“老爷在上，生员高国泰叩头。”“小的李四明叩首。”老爷在上面一看，只见高国泰文质彬彬，品貌端正，五官清秀，面不带凶煞之气，遂问道:“高国泰，汝等在殷家渡抢夺缎店，明火执仗，同伙共有多少人？抢去缎匹归于何处？讲!”高国泰说:“老父台在上，生员乃读书之人，不知殷家渡抢缎店之故。至于明火执仗，生员一切不知。”老爷把惊堂木一拍，说:“呔，抄手问事，万不肯应。来，拉下去，给我打!”高国泰说:“老父台且息怒，生员有下情上达。殷家渡明火执仗，刀伤事主，生员实不知情，要严刑拷打，就是叫我认谋反之事，生员也不认。”老爷说:“据我看来，你这厮必是久惯为贼之人。既是抢缎店你不知情，因何这两匹缎子在你手？”高国泰说:“生员昨日晚在城外拣的。我本打算今日四门贴帖，如有人来找，生员必还他。不料老父台把生员传来，这是一派真情实话。”老爷把那两匹缎子拿在手中一看，吩咐:“带兴隆缎店守铺王海。”

不多时，只见由外面上来一人，年约五旬以外，五官丰满，面带忠厚，跪下给老爷叩首。老爷叫差人:“把二匹缎子拿下去，看是你铺中卖出的，是贼人抢了去的？事关重大，不可混含。”王海拿过来一看，说:“老爷，这两匹缎子，是贼人明明抢了去的。”老爷一听，问:“你怎么知道是被贼人抢了去的？有什么凭证？讲。”王海说:“回老爷，有凭证。在小的铺子内，架子上的货，就有兴隆缎店，没有我们铺中的图记兑印。要是有人上我们那里买的缎子，临买好之时，单有一个兑印，图记是篆字：生财有道。这缎子上没有兑印，故此知道是贼人抢去的。”老爷吩咐下去，高国泰跪在一旁听的明白。老爷说：“高国泰，你可曾听见了么？给我上夹棍，夹起来再问。”高国泰说：“老父台的明见，生员这两匹缎子实是拾的。就是贼人抢了去，也许遗失，被生员拾着。老父台说生员明火执仗，有何凭证？可以考核。”老爷一听勃然大怒，把惊堂木一拍，说：“你这厮分明是老贼，竟敢在本县面前如此刁猾，你还说本县把你判屈了。”吩咐左右：“把见证带上来。”高国泰一听有见证，吓的面上失色。

只见从旁边带上一个人来。高国泰一看，并不认得。只见此人有二十余岁，头戴青布头巾，身披青布小夹袄，青中衣，白袜青鞋，面皮微白，白中带青，两道斗鸡眉，一双瓯口眼，蒜头鼻子，薄片嘴，窄脑门，撇太阳，长脖子，大颏落素。李四明一看认得，原来是同院的街房姓冷行二，外号叫冷不防，住李四明外头院三间房，平时与李四明借贷不遂，他怀恨在心。冷二就是人口两个过日子，他养不了他媳妇，他媳妇去给人家佣工做活，他一个人在家终日盘算，可恨李四明有钱不借给他。那天晚上，他正在屋中着烦，听李四明的家中请人。冷不防想：“李四明平时未在家内请过朋友，莫非有什么事？”他暗中偷听，请的是高国泰，李四明同了进去。冷二站在二门一听，听四明说拾这个两匹缎子，是兴隆店的，没人找，我们二人做两件袍子。冷二听的明白，心中想：“我听说兴隆缎店在殷家渡，前次闹明火执仗，此案尚未拿着。我明日到衙门去，给他贴一贴膏药，就说他是窝主。李四明真是可恨，发此大财，我去借几吊钱都不借，叫他知道我的利害！假使我再借钱，他就不敢不借给我了。”因此他第二天一早，奔县公署来，问：“哪位头该班？”有人答话：“是金陵寿金头的班。”冷二进来说：“金头，殷家渡明火执仗这案，你们办着没有？”金头说：“没办着。”冷二说：“我们院里房东李四明，他窝藏汪洋大盗，昨天有贼首高国泰住在他家，两个人商酌一夜，我听的明白，特地前来送个信息。”金头儿一听说：“好哇，我带你见见我们老爷罢。”叫人往里回话，老爷立刻升堂，带上冷二回话。冷二上来跪下说：“老爷，小的住的李四明的房子，常见有形迹可疑之人从他家出入。昨夜晚间，有贼首高国泰在他家里，诉说殷家渡的明火执仗，刀伤事主。我合房东并无冤仇，怕老爷访知，小的有知情不报、纵贼脱逃之罪。”老爷吩咐先把冷二带下去，派金陵寿、董世昌把高国泰、李四明一并锁拿到案，及二人一到，说带见证，便把冷二带上来。不知如何判法，且看下回分解。

第三十回

余杭县清官逢奇案　殷家渡济公捉贼人

话说冷二上堂来，老爷问道："冷二，你说高国泰明火执仗，现在已把高国泰带来，你可认得？"冷二说："认得。回上老爷，他与李四明在屋中谈心，小的听得明白。"高国泰在旁说道："回老父台，我生员并不认得他。"李四明往前扒跪半步，说道："老爷在上，这个冷二原来跟我同院，住我的房子，皆因他欠着小的房租不给，时常同我借钱。借了几次不还，他还要借，我不借给他，因此借贷不遂，他记恨在心，诬赖好人，求老爷格外施恩。"老爷说："好，我用刑拷你们。拷明了谁，我办谁。大概抄手问事，万不肯招，把高国泰并李四明一同夹起来再问。"两旁衙役等答应。将要用刑，忽然间公堂之上起了一阵狂风，刮的真正好利害，对面不见人。少时风住了，老爷再一看，见公案桌上有一张纸，上写"冤枉"二字。老爷也不知是谁写的，自己揣度，其中必有原因。吩咐："来，暂把高国泰、李四明二人押下去，把冷二也押下去。"老爷退了堂。

书中交代，这阵风乃是济公来到，把手一指，起了一阵怪风，迷住众人眼目，在公案之上写了"冤枉"二字，自己出了衙门，领了冯顺、苏禄二人到了西门外。他也并不说住房，仍是往西走了有二里之遥，说："二位，你等看这是哪里来的银子？"苏禄、冯顺二人立刻收拾起来，一起往口袋里装。济公说："这必是保镖的达官遇见贼，把银子抢了，这是剩下的，咱们拣个便宜。"三人说着，一直往西走，到一个镇市叫殷家渡。由北往南走了有一箭之地，只见路东有一段白墙，上写黑字是"孟家老店，草料俱全，安寓客商"。济公立于那座门外叫开门。里面问："做什么的？"外面说："住店，快开门。"里面说："没房，都住满了。"济公说："找一个独屋就行了。"里面说："没有。"济公说："我这里银子甚多，走不了，如何是好？"里面听的明白。

书中交代，这座店乃是孟家老店。店东孟四雄、李虎，两个伙计，一个姓刘，一个姓李，久惯害人。要有孤行客，行李多，被套大，他们立刻用蒙汗药酒，把他治倒杀害。上房全有地道，因此这店不只做买卖，竟专门害人。伙计一听外面说有银子，连忙到门口往外一看，见三人扛着有无数银两。伙计连忙来至柜房说："掌柜的，外面来了两个人，同着一个和尚，带着许多的银子要住店。"孟四雄说："你何不把他们请进来？"伙计说："我已经告诉他们说没房。"孟四雄说："我教你几句话，你就说我们掌柜的说了，怕你们三位带着银两一路走，年岁饥荒，倘若遇见贼，轻者丢银两，重者伤性命。我们掌柜的最喜行好，给你们三位顺一间房，叫你们住罢。"伙计听明白，回身出来开门，见三个人还站在门口。伙计说："三位没走呀？"济公说："你们掌柜的听见了，顺一间房叫我们住，怕我们丢了银子是不是？"伙计说："不错。"济公说："好，前面引路。"伙计前头走，济公三人大步走进了店门，见迎面是个照壁，东边是柜房，西边是厨房，里面东边一溜房，西边一溜房，正北是上房。和尚站在院里不走，说："你这院内有什么味？"伙计说："什么味呀？"和尚说："有点贼味。"伙计说："和尚别打哈哈，你们住上房罢。"和尚说："好，上房凉快，八面全通的。"伙计说："只是没有糊窗户，你进去罢。"

和尚同苏禄、冯顺来至上房西里间一看，靠北墙是坑，地下靠窗户是一张八仙桌，两把椅子。冯顺、苏禄也困乏了，坐下休息休息。伙计先打洗脸水，然后倒茶送来，说：“你们三位要吃什么？”和尚说：“你随便给煎炒蒸煮，配成四碟，两壶酒。”苏禄、冯顺说：“我们两个人可不喝，已困乏要去睡了。”和尚说：“你们不喝我喝。”伙计下去喊了煎炒蒸烧四个菜，“白干两壶，海海的迷字。”和尚说：“伙计回来。”伙计问道：“要什么？”和尚说：“你代我要白干两壶，海海的迷字。”伙计一听，大吃一惊，心想：“这和尚可了不得了，真是内行人。要不然，他怎能也说江湖黑话？”伙计回道：“和尚，什么叫海海的迷字？”和尚说：“你说理不说理？你如不说理，我打你一个嘴巴。”伙计说：“我怎么不说理？”和尚说：“你才说海海的迷字，你倒问我，我还要问你什么叫海海的迷字。”伙计一想：“这话对呀，方才可不是我说的吗，倒叫和尚问住我了。”伙计方才说：“我方说的海海的迷字，是给你打些好酒。”和尚说：“我也是说要点好酒，你去拿去罢。”伙计到外面把酒拿来，和尚便睁开一只眼直向酒壶内瞧。伙计说：“和尚你瞧什么？”和尚说：“我瞧瞧分量多少，贵姓刘伙计？”伙计说：“你知道我姓刘又问我。”和尚说：“我看你这个人倒很和气，咱们两个人一见就有缘，来罢，你可喝杯酒？”伙计说：“不行，我是一点酒不喝，一闻酒便醉了，人事不知。”和尚说：“你少喝点，一杯罢。”伙计说：“不行，要叫我们掌柜的知道，我跟客人喝酒，明天就把我散了。”和尚说：“你不喝我的酒，倒叫我好疑心，仿佛酒里放搁上什么东西似的，你不喝我也不喝了。”伙计说：“和尚，你喝你的。倒不是我不喝，如我们掌柜的知道，不是买卖规矩。”和尚说：“你喝一口酒，这也不要紧，一段小事。”伙计说：“我把酒给你温温去，也许凉了。”伙计拿住酒壶来至柜房说：“掌柜的，这个和尚真怪，拿了酒去，他叫我喝，我不喝，他也不喝。我先换一壶没麻药的，他叫我喝，我就喝。”掌柜的给了一壶好酒，伙计拿到上房来说：“和尚，小店本没有这个规矩，你既叫我喝，回头我喝。”和尚说：“你把酒温热了？”伙计说：“温热了。”给和尚，和尚一仰脖子，把一壶酒都喝了。和尚拿那壶有麻药的给伙计。和尚说：“你喝这壶罢。”伙计赌气往外就走。和尚说：“你不喝，我也不喝了，一个人喝酒没趣。”吃了些饭菜，撤去残桌，和尚闭上门睡了。伙计到前面柜房说：“掌柜的，这三个人可就是和尚扎手。回头动手的时候，可得留神和尚。”李虎说：“不要紧，回头叫伙计拿刀去，你在此休息，不用你问了。”刘伙计点头答应。

待天交三鼓后，李伙计拿了一把刀，就奔北上房。来至里面，把上头门插棍挑开，再挑底下。把底下挑开，用手一推，门上头又插上。伙计一想：“怪呀。”又挑上头，把上头又拨开，一推门，底下又插上。伙计把窗户捣一个小洞，往里面一看，见屋内三个人睡的是呼声振耳，沉睡如泥。伙计又拨门，拨了半天，依旧没拨开。他方才直奔上房西边，单有一个单间，有地道通到上房。李伙计一轴画卷起来，桌子移开，由地道而入。方一低头向前走，走不动了，仿佛有什么阻住。掌柜的李虎在柜房等了半天，不见李伙计出来，叫刘伙计去瞧瞧。刘伙计拿了一把刀，来至上房，见那门也没开，也不知李伙计往哪去。刘伙计便直奔上房东边，也有一个单间通到上房，有地道。他到了那东间把桌子挪开，画条卷起，打算要由地道进去。及下地道，向前走不过去。把李虎、孟四雄等了半天，不见李刘两伙计回来。二人等急了，各持钢刀一把，扑奔上房。见门闭了，也不知道两个伙计往哪里去了。李虎用刀将门拨开，二人来至外间屋中，入神一听，西里间屋内鼻息如雷，方才把西里间帘子用刀一挑，往屋中一看，见和尚头向南，伸着脖子脑袋，将炕帘搭拉着，那两个睡的人事不知。李虎想：“合该你三个人该死。”放步向前，举刀方欲杀和尚，见和尚冲他支牙一乐，把李虎吓了一跳，回身便要走。见和尚又睡了，李虎想：“敢是和尚做梦呢？我怎么刚要杀他，他冲我一乐？”愣够多时，复又近前把刀举起来，往下一落，和尚用手一点指，用定神法把他给定在那里，李虎也不能动。孟四雄在外面等了半天，看李虎举刀不往下落，心中着急，方才闯进屋中，伸手拉刀。罗汉爷施佛法大展神通，要捉拿贼寇，搭救高国泰。不知后事如何，且看下回分解。

第三十一回

拿贼人完结奇案　施邪术妙兴定计

话说孟四雄拉刀要杀济公禅师，罗汉爷翻身扒起来，用手一指，口念六字真言："唵嘛呢叭謎吽！唵，敕令赫。"就把贼人用定神法定在那里。和尚一脚把苏禄踹醒，一脚把冯顺踹醒，这才喊嚷："了不得了！有了贼人，要杀人呢！"和尚站起来要往外跑，苏禄、冯顺二人睁眼一看，只见孟四雄、李虎二人，各执利刃，站在那里不动。二人立刻跳下床去，往外就跑，站在院中喊嚷起来，说："有了贼啦，杀了人啦！救人哪！"外边正遇巡夜官兵到来，听说店内嚷有贼，本汛千总刘国斌带着有二十名官兵，正因前街兴隆缎店明火执仗，刀伤事主，失去缎子五十匹，银子一千两，并未破案获贼。今日听见店内有人喊嚷有贼，连忙叫兵丁登梯子上房，跳在院中，先把大门开放。刘老爷从外边进来，先把苏禄锁上。苏禄说："众位先别锁我，我不是贼，贼在屋中哪！我们同伴三人，还有一个老头儿冯顺，一个和尚济公，共三个人，是由临安来找人，昨日住在这店内。是贼人执刀要杀我们，故此我们喊嚷。"官兵说："好，我们要不是上过当的，我们还不先锁你。只因我们前番在绸缎店内捉贼，进院内有人嚷，我们疑是本家，没拿。进屋一看，把本家全上了锁，贼倒跑了，我也是出于无法，这次不能上当了。”苏禄说：“你们先到房内看看贼，找我们同伴两个伙计。”

众兵丁到上房一看，原来是孟四雄、李虎、刘大、李二。先把四人刀给夺过来，然后都锁上。出来各处一找，并不见那二人，正自着急，听见马槽底下有沉吟之声，过去一看，原来是冯顺爬在那里。出来一问，合苏禄说的一样。先把苏禄放开，再找和尚。众兵丁帮着苏禄、冯顺找和尚，各房中都找到了，并没有和尚。找到厕中，听见里面呼声振耳，到里边一看，果然是和尚站在那边，身倚墙睡熟了。冯顺过去一推说：“济公，你老人家还睡呢，官兵来了，把贼拿住了。”和尚一睁眼，说：“了不得啦！有贼啦！救人哪！”苏禄说：“有贼，你老人家为什么会睡着了呢？”济公说：“只因贼人一闹，把我睡着了。”众人说：“到上房拿你们的东西。”三人到北上房再看，那些银子全变了石头了。苏禄问和尚：“银子怎么会变石头了呢？”济公但笑而不答。官兵把三人带到武汛衙门之内，问冯顺，把已往之事述说一番。刘国斌问了贼人的名姓，一并办好文书，连济公三人解往余杭县衙门。

且说余杭县老爷正因高国泰这案为难，不知如何办法，只见殷家渡武汛千总解上这案来。先把济公叫上来一看，是个穷颠和尚，站在那里。老爷问：“和尚是哪里的？来此何干？见了本县，因何不跪？讲。”济公哈哈大笑：“老爷，我是西湖灵隐寺济颠和尚。只因西湖有座城隍山，清贞礼拜我济颠，只因寻找高国泰，谁想公堂来鸣冤。”知县一听，说：“原来是济公，弟子不知，来人安座！”和尚坐下，述说住店情由。苏禄、冯顺二人磕头，起来站在一边。

知县叫把贼带上来，两旁答应，先把孟四雄带上来，跪下叩头。老爷问道：“孟四雄，店是你开的？”贼人答应：“是。”又问道：“因何害人？开贼店共有多少年？共害了多少人？讲！”孟四雄说：“回老爷，小的务本做买卖，并不敢害人。只因昨天夜内小的店中闹贼之时，小人执刀追贼，正遇官兵巡夜，把小人捉住当了贼啦。”知县说：“你先下去。”叫上官兵问问，是怎么拿的？官兵把捉贼的情形，大概说了一回，老爷叫把李虎带上来，不准叫他二人串供。带上李虎来跪下，堂上老爷一看那贼人，五官凶恶，定非良善之辈。年有三旬以外，一脸横肉，短眉圆眼。看罢问道：“李虎，方才孟四雄已然全招，你还不实说呢？”李虎想：“他既实说，我也不必隐瞒。”说：“老爷，既是他说，小人我也说罢。我二人都是殷家渡本街人，自幼结义为友，开这座店之时，也是我二人同伙开的，今年整开了十年多。每有孤行客商，行囊褥套大，下些迷魂药酒，把人迷倒了，害人得财，共害了有三四十个人。今年上月二十六日，我们店内来了山东蓬莱岛的三个人，全是绿林中朋友。为首的净江太岁周殿明，还有他两个徒弟翻浪鬼王廉，破浪鬼胡方。他三人因为买缎子，合兴隆店口角，相争打起来了，晌晚邀我等去抢兴隆缎店，抢去缎子五十匹，银子一千两，持刀押颈砍倒更夫，有我们店中四个人。抢回来因为分赃不均，周殿明赌气走了。我等只因和尚带着二人到店之内，见他等银子多，我等派伙计去暗害他三人，不想被官人拿获。这是已往之事，小人并不敢撒谎。”知县问明白，把两个伙计叫上堂来，一问，刘大、李二二人也都招认了。再把孟四雄带上堂来对词，都讯问明白。把高国泰、李四明、冷二三人带上堂来，叫招房书班先生一念招供，抢兴隆缎店，并无高国泰、李四明。先吩咐把二人开放。冯顺一见高国泰，连说：“先生久违，我等都为找你而来。”高国泰下堂站住，见冯顺过来先行礼，然后把上项之事，从头至尾，述说一番。只见堂上把冷二打了四十板子，钉枷示众。把孟四雄打了四十板子，连李虎带两个伙计，一同钉镣入狱。济公见把这案了完，立刻站起身来，谢了知县下堂。见高国泰，都引见了明白。李四明说：“先请高兄同济公、二位管家先到我家，明天再走。”济公说：“也好。”一同往前走。

方出西门，济公问高国泰说：“王成璧周济你的银两，被何人偷去？”高国泰说：“弟子不知是谁，圣僧莫非知道？”和尚哈哈大笑，说：“你来跟我看那边。”用手一指，只见从李四明院中出来一人，年有二十多岁，青白面皮，短眉小眼，两腮无肉，头挽牛心发髻，身穿青布小夹袄，青布中衣，白袜青鞋，两只眼似篱鸡，东瞧西看。李四明一看，认的是冷二的妻弟，名叫夏一跳，久在街市窃取偷盗，是个白日贼。那天高国泰在钱铺换银子，被他看见。贼起贼智，假作进城，故意把高国泰撞了一个斤头，把银子掏去，在赌博场中两夜的光景，把五十两银子输净。今日找冷二借钱，到这里一问左右街坊，才知道是冷二打了官司。自己方一出门来，正遇见济公带着众人，用手一指，夏一跳说：“众位你等看我，今天报应临头。”伸手自己打了几个嘴巴，跑在河沿，跳下河去，往上冒了一冒，登时死了。地方官人知道，报无名男子一个，本地面该管职官相验已毕，就地葬埋。李四明请众人到家，整理酒筵，款待济公。高国泰说：“李贤弟，你到南门外去找王成璧，把我的事都说明白，你替我谢谢罢。”李四明说：“明天我就去。”留济公住了一夜。次日天明，济公带高国泰、苏禄、冯顺由余杭县起身，顺大道直奔临安。

这日正往前走，到了一座镇店，见街市人烟稠密，买卖甚多。正走在十字街，只见东边路北有一座大门，门内高搭一座法台，三丈六尺，上安法桌法椅，头挂五色彩绸，分东西两边。济公看罢，按灵光连击三掌，说：“善哉，善哉，我和尚既遇此事，焉有袖手旁观之理？且慢，我必须如此如此。”书中交代，这座镇店名叫云兰镇，路北这家姓梁名万苍，家私巨万，膝下一子，名梁士元。老员外为人乐善好施，专好修桥铺路，斋僧布道，创修寺院，印造经文。只因有一个老道在这里化了一百两银子，说修佛殿，及至给了他银子走了。老员外在西街拜客，正看见老道由烟花院出来。老员外回到家中，对家人说：“我施舍这些钱，原来老道前去问柳宿花，我是不能再舍施的。”家人梁修德说：“老员外乃好善之人，咱们这里连年失收，米贵如珠，员外何不修些好事，设立个粥厂，赈济这一方之邻里乡党，倒是一件好事。不知意下如何？”梁万苍一听，心中甚喜，立刻禀明本地该管官长，择日放粥。每日早来，打粥之人吃粥一份，外给钱一百文，好叫众人种地。梁员外每日在门外看讨粥之人，过了半月之久。

这日梁士元在门外闲立，天有晌午之时，只见从正西来了一个老道，年约半百以外，头戴青布道冠，身穿青布道袍，白袜青鞋，背后欹斜宝剑，手拿蝇拂，面似乌金纸，黑中透亮，粗眉大眼，一部连鬓落腮胡子。一见梁士元，恶念顿起。正是妖人妄兴害人计，罗汉长施恻隐心。要知后事如何，且看下回分解。

第三十二回

云兰镇恶道兴妖　梁万苍善人遇害

话说梁士元正在门外站立，见从正西来了一个羽士道人，站在面前："无量佛，善哉善哉。贫道闲游三山，闷蹈五岳，访道寻仙，善观气色，能治吉凶。看公子这分相貌，五官端方，定是翰院之材。"梁士元连忙躬身施礼，说："道爷贵姓？在哪座名山、何处洞府参修？我要领教。"道人说："贫道就在这正北五里之遥，五仙山祥云观出家。我姓张名妙兴，专好相法。"梁士元说："道爷既是好相法，奉求给我看看。"老道一听，正中心怀。他此来原因他游方回庙，见围墙已倒，大殿失修。张妙兴就说他师弟刘妙通，不知化缘修庙，尽在家中吃饭。刘妙通说："我不能化缘了。如今云兰镇梁善人概不书缘，家中立了粥厂，竟赈济我们这一方穷人。也是道中人自己坏事，前者有一位道门中朋友，在梁善人那里化了一百两纹银，说是修佛殿，后来不修佛殿，他把一百两纹银全皆在烟花院中嫖了，被梁员外看见他从烟花院出来。老员外因此不施舍僧道，我还往哪里化缘？"张妙兴说："好，我要化不了梁善人，我给你磕头，明天我去。"故此今日他来到这里，见公子梁士元在门首站立。他眉头一皱，计上心头，过来一相面，见公子问他，张妙兴要施五鬼钉头法、七箭锁阳喉恶化。张妙兴他先拉公子的手来，说：“公子这分相貌，是上等相法，看尊像眉清目秀，生在诗书门第，礼乐人家，祖上根基不薄，真乃是石中之美玉，花中之丹桂。彼时不但泮水游香，定然科甲有准。此时官星未露，遇而不遇，达而不达，好比冲云之鸟，落在荆棘之内；吞舟之鱼，临于污池之间。未得三江之水，焉能脱鳞为龙？公子把生辰八字说明，我给细细掐算。”梁士元把自己生辰八字全说明白，恶道记住，暗中掐诀念咒，照定梁士元，冷不防一掌！三魄勾去一魂，七魄勾去二魂。梁士元一愣，反身倒下。老道自己回庙中，叫师弟用干草绑一个草人，用朱笔写了生辰八字，用七个新针，把草人之心钉住。刘妙通是个忠厚之人，见他这样行为，问他所害之人是谁。张妙兴说：“你不要胡说，我这不叫害人，我要恶化梁员外。”从此每日往云兰镇上走走。

书中交代，那梁士元自老道走后，家人出来一看，公子爷倒在门外，立刻叫同事之人，把梁士元抬至内院上房。梁员外一听，吓的惊魂千里。自己六十多岁，就是这一个孩子，倘有不测，那还了得！连忙派人请高明先生来，就给儿子治病。把先生请来一看，都说：“是失去魂魄，吃药不效。”急的老员外求神祷告上天，许了大愿。一连两天，并不见好。这天早晨，梁善人站在门首，看那讨粥之人，来的不少。他自己本是烦闷，只见从南来了一个妇人，头里跑着三个小子，都有十一二岁，后面跟着两个小子，也有七八岁，背后扛着一个男孩，有三四岁，怀中抱定一子，也有一两岁。梁员外一看，说：“哎呀，这个妇人把街坊孩子全带来了。来人把那位娘子请过来。”家人过去说：“娘子，我家员外有请。”那个妇人过来，慢慢先把孩子都放下，然后叩头：“惟愿员外三多九如，多福多寿多儿女，福寿绵长。”梁员外问：“这几个孩儿，都是你家的吗？”那妇人说：“我姓赵，只因丈夫在外贸易未归，我这几个孩儿幼小，人口甚重，又过这样荒年，故此我来这里讨一分粥，我一家人也好活命。”梁员外吩咐家人：“取十吊钱赏给这几个小孩子。”那妇人叩头谢了，拿钱去了。老员外自己一想，方才那个妇人，虽然穷，现有七个孩子，久后要是长大之时，倒是造化。我虽有百万之富，这一个儿，如今病的这样儿。我看人生世上，大概也是命中所定，该当无子，苦求神佛也徒然。

正是思前想后，只见正西来了一个老道，穿青色袦，面如刃铁一般，一部连鬓落腮胡子，背后敧插宝剑，口中说："无量佛，善哉善哉。贫道闲游三山，闷踏五岳，永未见这样房煞！这房犯五鬼飞廉煞，家中不利小口，主于有恶病缠身。"梁员外一听，连忙过去说："仙长请了，我家这房犯五鬼飞廉煞，求仙长给破破。"老道说："员外须带我到宅院之内，细细看个真实。"梁万苍带着老道到了里院，往各处一看，然后到了书房之内。老道说："员外明日在大门内，高搭法台三丈二尺，上面预备八仙桌一张，太师椅子一把，再预备长寿香一封，五供一堂，黄毛边纸一张，砚台一方，笔一枝，白芨一块，朱砂一包，香菜根无根水一碗，五谷粮食一盘。法台头前预备五色绸子，青黄赤白黑五色，按金木水火土五行。预备五百两银子，我给你散散福，你这房子的劫煞就没有了。先把这五鬼解了，然后我再给你儿治病。"员外一听，心中甚为喜悦，赶紧吩咐家人倒过茶来，说："未领教道爷贵上下？怎么称呼？在哪座名山洞府修炼？"老道说："员外是贵人多忘事，我常到员外这里来。我姓张名妙兴，在这村北五里地五仙山祥云观出家。"员外说："原来是街坊，我实在失敬了。"赶紧吩咐摆斋伺候。老道连连摆手，说："员外不必费心，容日再扰，我还得回庙预备应用的东西，明日好来除煞。"说罢，站起身来告辞。员外亲身送到外面，拱手作别。老道去后，员外赶紧吩咐家人，在大门内高搭法台一座，把应用的东西照样预备。众多家人直忙乱了半天，到日落之时，诸事俱已齐毕，大家安歇，一夜晚景无话。

次日众人起来，净等候老道来。天有巳正，老道倒没来，和尚来了。原来是济公带着高国泰、苏禄、冯顺从余杭县回京，由此经过。和尚睁眼一看，大门内有法台。罗汉爷早已占算明白，心说："好孽畜，竟敢在此放妖作怪！”吩咐高国泰、苏禄、冯顺三人在此等候。和尚迈步直奔大门，见门口站立几个家人。和尚打一问讯说：“辛苦众位，我和尚从此经过，由早晨尚未用饭，我要在尊处化一顿斋吃。”众家人说：“和尚你来的晚了，看我们大门上，这里贴着概不书缘。原来我们员外本是善人，最喜斋僧布道，现在勿论是僧是道，我们员外一概不施舍。你要早来粥厂，可以讨一分粥，你来迟了，明天再来罢。”和尚说：“我由早晨没吃饭，你们众位慈悲罢。”旁边有一位老管家，最好行善，见和尚说的怪可怜的，他站起来说：“和尚，我由早起身体不爽，有一碗白米饭，连菜都一点没吃，我拿来给你罢。”说罢进去，把饭端出来递给和尚，和尚伸手一接，老管家一撒手，和尚往回地一撒手，叭嚓，连碗带饭掉在地下。老管家说：“你这和尚，我好心好意，给你端出饭来，你怎么把碗碰了？”和尚哈哈一笑说：“你叫我和尚吃这个剩饭？”老管家说：“你不吃剩饭吃什么？”和尚说：“要吃干鲜果子，冷荤热炒，粉拌蜜饯，鸡鱼鸭肉整桌的。把我和尚请在上面独坐，叫你们员外陪着我，我才吃呢。”家人一听这话，气往上撞说：“你这穷和尚满嘴胡说，我们员外陪你吃饭？你这是说梦话呢。要叫我们员外陪你吃饭，你还得转世投胎。”和尚说：“你说的话算不算？我和尚要化不出这样斋来，我对不起你们。”说着话，和尚就嚷：“化缘来了！喂！”拿手往嘴上一抓，往大门里一扔。众家人掩口而笑。和尚连嚷了三声，就听里面说道：“外面什么人喧哗？”由里面出来一位员外。和尚看这位员外身长八尺，头戴双叶逍遥员外巾，三蓝绣花，身穿宝蓝缎子逍遥员外氅，衣领紧系，足下篆底官靴，面如三秋古月，慈眉善目，海下一部花白胡须。从里面出来，一见济公，要请罗汉爷给儿治病。有分教，行善之人有善终，作恶之人天不容。要知后事如何，且看下回分解。

第三十三回

设阴谋恶化梁百万　发慈悲戏耍张妙兴

话说济公正自喊嚷化缘，见梁员外从内院出来，说：“什么人在我门首喧哗？”和尚过去，先打一问讯，然后说：“员外要问，是我和尚，从此路过，久仰员外是个善人，我一看这所宅院，犯五鬼飞廉煞，家中定有病人，我要给净宅除煞，退鬼治病。一到你这门首，这些家人先问我要门包。我说我又不是来求员外，哪里有门包给你？因此争吵起来。”梁员外一听说：“这些奴才！不知在门首做了多少弊端。”家人说：“员外不是，他来到这里，先说化缘。”就把上项之事，也学说一回，员外也不理论，问：“和尚宝刹在哪里？”和尚说：“我在杭城西湖灵隐寺。我名道济，讹传济颠僧就是我。”梁员外看和尚那样，半信半疑，说：“既是济公慈悲，随我来。”济公跟着员外，一直来到里面上房东里间。济公见炕上躺着公子梁士元，昏迷不醒，两旁有许多婆子家人伺候。梁员外忙说道：“儿呀！梁士元醒来！”连叫数声，见梁士元昏昏沉沉，人事不知，连头也不抬。济公说：“员外不便着急，我叫他说两句话，吃点东西，少时立刻见效。”老员外甚喜，说：“既是如是，圣僧慈悲慈悲罢。”罗汉爷伸手把帽子摘下，叫人把梁士元扶起来，慢慢把帽子给他戴上，口念六字真言：“唵嘛呢叭

�叶！唵，敕令赫。”见梁士元慢慢眼睁开，叹出一口气来，说：“来人，给我点水喝。”老员外一看，甚为喜悦，连连称好。和尚说：“冲这一手，值你一顿饭不值？”梁员外说：“圣僧何出此言？慢说一顿饭，就是我常常供奉你老人家，也是应当的。”和尚说：“那倒不必。”员外说：“圣僧你要吃什么？叫他们预备。”和尚说：“你把你们管厨的叫来，我告诉他。”家人去把厨子叫来。和尚说：“你去预备糖拌蜜饯，干鲜果品，冷荤热炒，一桌上等高摆海味席，就在这外间屋中吃。”厨子答应。本是大富贵人家，一应的东西俱都现成，家人摆设桌凳，少时厨子菜已齐备。员外请和尚上座吃酒，老员外旁边，陪着开怀畅饮。老员外心说：“和尚这个帽子倒不错，比什么灵丹妙药都强。我问他要多少钱，把帽子留下，给我儿戴。”员外见梁士元在屋中也说出话来，要喝糖水，要吃东西，心中甚悦。员外说：“圣僧的妙法，果然是手到病除。”和尚说：“员外你瞧我这帽子好不好？”员外说：“好。”和尚说：“好可是好，我打算找个主儿，把它卖了。”员外一听，心中欢喜，说：“和尚你要卖多少钱？我留下。”济公说：“员外要留下好办，把你这分家业买卖房产地业给我，我把帽子给你。”老员外一听，连连摇头说：“我买不起。”说着话，家人把菜上齐，员外陪着和尚喝酒。和尚说：“员外，你把你门上看门的那位管家叫来，我有话说。”员外当时吩咐家人叫去，少时来到里面说：“员外叫我有何吩咐？”和尚说：“我方才说要吃上等高摆海味席，干鲜果品，冷荤热炒，糖拌蜜饯，叫你们员外陪着我。你瞧我没说错罢？对得起你。”家人说：“是。”和尚说：“员外你还得慈悲，我还带着三个跟班在外头等着，没吃酒呢。”员外吩咐请进，预备酒席。家人心说：“他还有跟班的？连他都没有整衣裳，他的跟班的必然更穷了。”想着，来到外面喊嚷：“哪个是跟穷和尚来的？”高国泰说：“是我。”家人一看，是一位儒流秀士打扮，俊品人物，一表非常，穿的甚是整齐。家人说：“还有二位在哪里？”苏禄、冯顺二人过来说：“我们也是跟和尚的。”梁福一看，

这二人更阔了。本来苏禄是苏北山的家人，穿的更齐整。梁福心里说：“和尚有钱，全打扮了跟班的。”赶紧把三位让到门房，摆上酒席，让三个人吃饭。里面老员外陪着和尚喝酒，说闲话。

正在高谈阔论之际，外面进来一个家人，走在员外耳边，说话不敢叫和尚听见，“回禀员外，道爷来了。”这一句话不打紧，梁员外为了难。有心陪着和尚说话，又怕老道挑了眼走了。有心走出迎接老道，应酬老道，又怕和尚挑了眼。老员外的心思，谁也不肯得罪，不拘和尚老道，谁把他儿病给治好了，老员外都要谢的，自己正在心中为难。和尚说：“员外你必是来了亲戚，你倒不必拘束。”这一句话，把老员外提醒。员外说：“是。”和尚说：“你去应酬亲戚要紧，多一半还不是外人，许是你小姨子来了。”老员外一笑站起，吩咐家人给圣僧斟酒。“我去看看，少时我就来陪圣僧喝酒。”说罢站起奔外书房来。这院中是小四合房三间，西配房作外书房。老员外进到书房一看，见老道早已进来坐定，有家人在一旁献茶。梁员外赶紧行礼说：“仙长驾到，未曾远迎，面前恕罪。”老道说：“员外说哪里话来，知己勿叙套言。”梁员外赶紧吩咐摆酒，问：“老道用荤用素？”张妙兴说：“荤素皆可。”家人擦抹桌案，杯盘连落，摆上一桌酒菜。老员外亲自给老道斟酒，一旁相陪，闲谈叙话，梁员外说：“仙长，我跟你打听一个人，你可知道？”老道说：“那个有名便知，无名不晓。”梁员外说：“西湖灵隐寺有一位济公，你可知道？”老道心中一动：“我要说济公有能为，就显不出我来。”想罢老道说：“员外你提的就是那西湖灵隐寺的酒醉疯颠的济颠僧，乃无名之辈，不足挂齿。”这句话尚未说完，就听院中有人答话：“好杂毛老道，背地里说人。”只见帘栊一起，由外面来者正是济公。老员外一见，心里说：“这些家人们实在可恨，我叫你们陪着和尚吃酒，你们为何放他出来？这老道一见面，倘若辩起嘴来，多有不便。”

书中交代，和尚在里面喝着酒，家人在旁边伺候，无故的和尚站起，来到里间屋中，把梁士元头上的僧帽摘下来。梁士元正然坐着，又说又笑，和尚把帽子一摘下来，梁士元翻身躺下，人事不知，仍然昏迷不醒。家人说：“和尚，你为什么把帽子给摘下来？”和尚说：“一桌酒要戴多大工夫？”家人说：“好，你拿帽子换酒喝了，也不用我们员外吩咐，再给你摆一桌，你还把帽子给我们公子戴上。”和尚说：“我不饿了，等我饿了再吃罢。”说着话，和尚往外就走。家人说：“和尚上哪去？”和尚说：“我上毛坑。”家人说：“我们带你去。”和尚说：“不用，要有一人跟着我，我就不能出恭。”家人也不敢跟了。和尚出来，就奔西跨院，刚到这院中，正赶上老道跟员外说酒醉疯颠的济颠乃无知之辈，何足挂齿，被和尚听见。和尚这才说：“好杂毛老道胆大！背地骂人。”一掀帘子，口中说：“好杂毛老道！”张妙兴刚要答言，济公一抬头说：“呦，这屋里有个老道，你可别挑眼，我没骂你，我骂那个老道呢。”梁员外赶紧站起来说：“圣僧请坐，仙长请坐，我给你们二位引见引见。”济公说：“员外不用给我们认识。”说着话和尚坐下了。家人给添了一份杯筷，和尚斟酒就喝。老道见和尚褴褛不堪，坐下就吃，还牙问道：“和尚你是哪庙里的？”济公喝了一杯酒，把眼睛一翻说：“你要问我，就是那西湖灵隐寺酒醉疯颠无知之辈，不足挂齿的济颠。”老道一听，有些个心中不悦。和尚说：“张道爷贵姓呢？”老道说：“和尚你这是成心，你知道我姓张，你又问我贵姓。”和尚说：“我跟你打听一个人，你可认得？”老道说：“哪个？”和尚说：“我有个徒孙叫华清风你可认识？”老道一听，气往上撞：“他说我师父是他徒孙，待我结果他的性命。”想罢说：“和尚你满嘴胡说，待我山人结果于你！”老道当时手中掐诀，口内念咒，要跟济公斗法。正是强中更有强中手，能人背后有能人。不知僧道二人斗法胜负如何，且看下回分解。

第三十四回

施妖法恶道害人　显神通济公斗法

话说济公同妖道二人正自口角相争，老道说："和尚我叫你三声，你敢答应我三声？"济公说："慢说三声，六声我都敢答应你。你叫罢！"老道一连叫了三声，那老道口中念念有词，把酒杯往桌上一拍，说声："敕令。"只见和尚正自吃着酒，忽然间翻身躺地下。梁员外一见吃惊，连说："老法师这是怎么了？"老道说："你要问哪，我略施小术，就把他给治倒。我这酒杯在这扣一天，和尚躺一天；我把这酒杯拿起来，或给他吃药了，他才能活哪。"这话方说完，只见和尚站起来了。老道说："我这酒杯并未拿起来，你就活了。"和尚说："来，你还没给我药吃，我再躺下就完了。"老道说："和尚你敢把生辰八字告诉我吗？"和尚说："那也无妨，我就告诉你，我是某年某月某日生人，都告诉了你，你怎么样罢？"老道立刻口中念念有词，说声："敕令。"照定和尚头顶之上击了一掌，说声："急！"站起身来，说："员外，我走之后，你急速把和尚放走，要不然鸡一鸣他准死，你可要打人命官司。"梁员外一看那济公昏迷不醒，人事不知。

老道往外就走，员外在后面紧紧跟随，说："仙长爷慢走，我来替和尚赔罪。"老道并不答言，一直到五仙山祥云观之内，叫师弟刘妙通："快给绑个草人来！"刘妙通问："你又害谁呀？"张妙兴说："我这不是无故害人，只因我化梁员外，这和尚济颠僧，他胆敢戏耍于我，我是要暗害济公，报仇雪恨，方出我胸中之气。"刘妙通也不敢违悖他，立刻用干草绑个草人来，放在那里。恶道又派刘妙通制办物件，吃完晚饭，自己先把八仙桌儿放在那大殿之前，然后把香炉蜡扦五供应用东西物件全都排好，把两个草人按放在两旁。恶道候至星斗出全，他到外面先把道冠摘下来，把扎头绳一去，包头条一解，把头发散开，把宝剑拉出来，立刻点上香，口中祷告说："过往神灵，三清教主，保佑弟子，我要把济颠害了！我化了梁员外银两，我给烧香上供，挂袍还愿。"说完，把剑用无根水担了，拿五谷粮食一撒，研了朱砂，撒了黄毛边纸条，画了灵符三道，把剑放好，粘上符咒，口中急说道："快。"把宝剑一抡，那道符的火光，越抡越大，口中说道："头道灵符，叫他狂风大作！二道灵符，把济公魂魄拘来！三道灵符，我叫他人死为鬼，鬼死为聻！"正自扬扬得意，只觉背后一股冷风，抡刀剁来。老道往旁一闪身，抬头一看，来了一位绿林英雄，借灯光细看，头戴透风马尾巾，鬓边斜插一枝守正戒淫花，身穿皂缎软褂，靠周身密排寸扣，缎皂裤，花裹腿，蓝缎袜，倒纳千层底跤鞋。面如白玉，目如明星，眉似漆刷，鼻梁高耸，唇若丹霞，五官俊美，手执利刃，照定老道剁来。张妙兴往旁边一闪，用手一指点，口中念念有词。说声："敕令。"那人翻身栽倒。老道要过来抡剑剁，只听屋中说："师兄你千万别杀，那是我小弟的朋友。"过去先把那人扶起。

书中交代，来者乃是镇江府丹阳县人，姓陈名亮，家住陈家堡，自幼父母双亡，跟着叔父婶母长大成人。他还有一个胞妹玉梅，他叔父陈广泰，开白布店生理。陈亮自幼爱练拳脚棍棒，他合保镖之人学了一趟进步连环腿的工夫。后来结交本地有一人，名叫雷鸣，绰号人称风里云烟。二人情如骨肉，把陈亮引入绿林之内。在江西玉山县，有保镖头姓杨名明，绰号人称威震八方夜游神，乃是行侠仗义之人，专爱管一个路见不平之事，杀贪官，斩恶霸，平生好交结天下英雄。陈亮自入绿林之后，也就跟这些侠义在一处，人称玉山县三十六侠，内中何等人就有。只因这日是杨明之母寿诞之辰，众人都来祝寿，俱有寿礼。陈亮来了，并未带来一物。雷鸣就说：“贤弟，你今理应制办些礼物来，以表你孝敬之心。老伯母生辰，叫别位观之也好看。”陈亮说：“我有礼物，少时取来，与众不同些。”此时正值四月初旬，夜内三更之后，他偷来一盘北鲜十个大桃，众人一看个个称奇。此时新桃未熟，陈桃已完，他会找来十个大桃，真不容易。众人给贺了一个号，人称圣手白猿，从此人都以此号呼之。陈亮这一年回家探望叔父，到家，他妹子陈玉梅合他叔父可就说：“陈亮不该身入绿林。咱们陈氏门中，世代虽说没有做官的，也都是诗礼人家。你这一入江湖，绿林为贼，一则上对不起祖先，下也对不起这里街邻。一日为贼终身寇，事犯当官，难免云阳市口，身受国法。上为贼父贼母，下为贼子贼孙。依我等相劝，你早早回头，急速改过自新，家中买卖也无人照应。”陈亮一听这些话，一语未发。这就是：酒逢知己千杯少，话不投机半句多。次日也未告辞，他自己离家，却另有一个主意。他想：“我这一走，到京师求访高僧高道，自己一出家，了一身之孽冤，上无父母牵缠，下无妻子挂碍。”

这日到了云兰镇，想要找点银钱作路费使用，夜间换上夜行衣，到了大户人家，盗了几十两银子，因天晚想要到祥云观看看刘妙通兄长。来至庙前，也没扣门，由东边蹿房进来。一看那大殿头前，有一张桌子，后面站定老道，发髻散乱，黑脸带煞，手执宝剑，正自作法。陈亮并未识认，自己一想：“这厮定是把刘妙通兄给害了！他在此兴妖作怪，真乃可恼，不免我杀了他，一出我心中之气。”想罢，跳下来一刀，未砍着老道。老道一抖袍袖，把陈亮治倒在地。那陈亮闭目等死。只见刘妙通跳出来说：“师兄，这是我的朋友，看我份上别杀他。”张道说：“好。原来你勾串外人要害我，你好独占这座庙。”陈亮说："不是，我是一时粗率，只当是你把刘妙通害了，你自己占这庙，我不知你们是师兄弟。"刘妙通给他二人见了。陈亮认了自己之错，然后到屋内问："张道爷在那里作何法术？"刘妙通说："贤弟，你早不来晚不来，单候至今日来，他这是要害那灵隐寺的济公长老，拘人家三魂七魄。我也听人说过，那济公是一位得道之人，恐其未必能把人家魂给拘来。"陈亮一听，心中说："我正要访高僧高道，想要出家，不想今日在此相遇。我今看他二人谁的能为好？"正在思想，只听外边老道又做起法来，口中说："济颠魂魄不来，等待何时？"又把那二道符抡起来，火光大作，方往外一甩，只见由西边起了一阵狂风，怎么见得？有赞为证：

扬罢狂风，倒树绝林。江声昏惨惨，枯树暗沉沉。海浪如山纵，浑波万叠侵。万鬼怒嚎天烟气，走石飞沙乱伤人。

这阵风过去，只听有草鞋之声，随风彳躅彳躅。响不多时，只见桌案以前，站定一个穷颠和尚。张妙兴说："好胆大妖僧！我拘你魂来，你怎么人来见我？"济公哈哈大笑说："孽障你好胆大！你不知善恶到头终有报，只争来早与来迟。"要知僧道斗法胜负如何，且看下回分解。

第三十五回

烧妖道义收陈亮　访济公路见不平

话说张妙兴正在大殿作法，想要拘济公魂魄，焉想到济公亲身前来。老道一见，勃然大怒说：“好颠僧，我拘你魂魄，你怎么人来了？”书中交代，老道自从云兰镇梁家出来，梁员外没追上老道，梁员外只当是济公死了。及至回到书房，见济公在那房里坐着喝酒。梁员外心中甚为喜悦，说：“圣僧，你老人家没死呀？老道说把圣僧魂魄拘了去。”济公说：“他把我的魂魄，你儿子的魂魄，一定是拘了去。我今天晚上去找他！”老员外说：“不必，他一个出家人，这等作恶，早晚必遭天报，圣僧不必跟他一般见识。依我之见，由他去罢。”济公也不还言，在这里喝酒，直到天晚。济公说：“我到外面方便方便，少时就来。”老员外信以为真。

和尚出离了梁宅，一直正奔五仙山来。到了祥云观，见老道正在作法。陈亮来，济公也看的真真切切，见老道第二次书符念咒，济公这才随着风来到桌案以前。按说老道自己就应当醒悟：拘魂把人拘来，济公这点道德就不小。可是老道倒冲冲大怒，用宝剑一指，说：“颠僧，我化梁万苍，与你何干？你无故坏我的大事，你好大胆量！你今天要知时达物，跪到我法台以前磕头，叫我三声祖师爷，山人有一分好生之德，饶你不死。如要不然，当时我用宝剑结果你的性命！”济公说：“好妖道，你在这里兴妖作怪，无故恶化梁万苍，你还敢见了我这样无礼，我和尚越说越有气。”冷不防济公打了老道一个嘴巴，打的老道脸上冒火，气往上撞，抡剑照定济公搂头就剁。二人就在大殿以前，各施所能。老道恨不能一剑把和尚杀了，和尚跟他来回乱绕，掐一把，拧一把，气得老道哇呀呀直嚷。老道身子往旁处一闪，由兜囊掏出一宗法宝，口中念念有词，就声：“敕令。”白亮亮一宗物件，扑奔济公打去。罗汉爷睁眼一看，见半悬空刷啦啦一响，白忙忙一宗物件，扑奔顶门而来。济公一看，认识这宗法宝，名叫混元如意石。这石头能大能小，要大真能有数丈大，要小如鸡子一般，可以带在兜囊。这石头要打着人，准打个头碎血出。济公禅师用手一指，口念六字真言：“唵嘛呢叭㖿吽！唵，敕令赫。”这石头滴溜溜一转，现了原形，落在济公袖口之内。老道见济公把他的法术破了，气得三尸神暴跳，七窍内生烟，伸手又掏出一宗物件。老道站在正北，用宝剑一晃，口中念咒，手内掐诀，由就地起了一阵狂风，刮的毛骨竦然。济公再睁眼一看，原来是一只斑斓猛虎，摇头摆尾，扑奔济公而来。罗汉一看，好生利害，真是：

头大耳圆尾小，浑身锦绣难描。牧童一见胆落，樵夫闻声魂消。常在深山抖雄彪，万兽从中招讨。

济公一见，哈哈大笑说：“好孽障，你用这等法术，也要在我跟前卖弄，真乃是江边卖水。”说着话，用手一指，那老虎变作一个纸老虎，现了原形。老道见连破了两宗法宝，不由气往上撞，说：“好，和尚真乃大胆！叫你知道我山人的利害。”伸手由兜囊掏出一根捆仙绳，在手中一托。老道说：“人无害虎心，虎有伤人意。我本不打算害你，这是你自找，屡次讨死，休怨山人。我今天要开开杀戒！”他这根捆仙绳，最利害无比，勿论什么妖精，捆上就得现原形。和尚一看，连说不好！老道口中念咒，把绳扔起来，只见金光缭绕，扑奔济公。和尚连声喊嚷："救人哪！可了不得了！要捆和尚！"转眼就见这根绳把和尚捆了三道，和尚翻身栽倒。张妙兴哈哈大笑说："颠僧，我只当你有多大神通，敢情原来你就是这样无知之辈，待我结果你的性命。"老道说这话，举剑照定和尚脖项就剁。宝剑砍上一道白印，见和尚睁着眼瞧看老道，也不言语，并没砍动。老道想："怪呀！我这宝剑怎么会砍不动和尚？"老道一连又是数剑，仍未砍动。老道豁然醒悟，心中一动："莫非这是假的？"想到这里，再一瞧，捆仙绳捆的是一个石香炉。再找和尚，踪迹不见。老道正在各处寻找，和尚由后面掐了老道一把。老道一回头，气得直嚷，说："好颠僧，气死我也，我今天与你誓不两立。"伸手由香炉内把那点着的一柱香拿起来，大殿旁边堆着一堆柴草，口中念句火咒，把柴草引着，一团火扑奔济公而来。老道今天下毒手，要用真火把和尚烧死。老道用咒语一催，这团火扑向济公。济公用手一指，口念："唵嘛呢叭咪吽！唵，敕令赫。"这团火卷回去扑奔老道，老道胡子也烧了，头发也烧了，衣裳也着了，往大殿里就跑。活该应当老道遭报，这火把大殿勾连上，少时凡火勾天火，烈焰腾空，火鸽子火蛇乱窜，就把老道烧在里面，尸骨化灰，连东西配殿火也连上。和尚也不管他，先过去把老道害梁士元做的草人拿起，把七个针拔出来，将梁士元的魂魄收在袖口里，也不管刘妙通死活，和尚往外就走。

陈亮此时在东配房里，全都看的真切，见火连配房要连上，陈亮一脚把窗户踹了，跑出来就追。济公和尚紧走，陈亮紧追。和尚慢走，陈亮慢追。跟着和尚来到云兰镇，见济公奔到梁员外的门首。门口有家人，一见和尚回来，家人说："圣僧，你上哪里去？我家员外都等急了。"和尚说："好。"迈步奔向里面，来到书房。梁员外一见说："圣僧，你老人去哪里去了？"和尚说："我给你儿找魂魄去了，现在已把你儿的魂魄找回来。”说着话，济公来到梁士元的屋中，只见梁士元昏迷不醒。济公立刻先把他魂魄给入了壳，少待片刻，梁士元能活动了。老员外在外间摆上酒席，款待济公。

二人落座，吃了有三四杯酒。济公问：“员外，你这里闹贼不闹？”梁员外说：“我这里不闹贼。好贼知道我是一个良善之家，也不肯偷我。那下流贼他也进不了我这宅院。”济公说：“好，我题几个好贼，你可认的？”梁员外说：“我不认识是谁。”暗中陈亮正在房上偷听多时，听见要题说几个贼，自己心中一动，不知济公说是哪路的英雄。就听和尚说：“那有一个踏雪无痕柳瑞，你可知道？”梁员外说：“不知。”济公说：“这个人外号人称踏雪无痕，是从雪地上走，全无脚印的，多轻妙。”梁员外说：“好轻妙，人从雪上走都无脚印。”济公说：“他走雪地无脚印，可是拿着扫帚扫着走。”梁员外一听，也就乐了。和尚又说：“有一个登萍渡水陶芳，这个人能从水面上走，落不下去。”梁员外说：“世界上尽有这些能人，可真少，我实未见过。”济公说：“那不算出奇，可是冬天冻冰之时。”员外说：“冬天我也行了。”和尚说：“梁士元已然好了，我明日急速回临安。”梁员外说：“圣僧何必忙，我还要留师父多住几日，报答你老人家救命之恩。”济公说：“叫一个家人来。”梁福过来，和尚附耳如此如此，梁福出去。陈亮在房上暗中观看，听济公说那些笑话，所说这二人，都是陈亮的朋友，心中说：“他一个出家人，为何也知道我们绿林中之事？”正自思想，只见四方人都围满。梁福带着看家、护院、更夫、壮丁三四十名，各执刀枪器械，口口声声，叫捉拿房上之人！把陈亮吓了一跳。原来是济公吩咐梁福如此如此，就是派他叫人暗中捉人。陈亮站在房上，把手中刀一擎说：“呔！你等闪开，我也不是偷盗，无非借路行走，如挡我者死，躲我者生。”翻身跳下房来，济公从屋中出来，有分教：英雄得登三宝地，罗汉广开大乘门。要知后事如何，且看下回分解。

第三十六回

逛西湖酒楼听闲话　气不平黉夜入苏宅

话说济公出来，见陈亮早进蹿至外面，和尚随后追至在村外，只见陈亮跑的甚快，围着村庄只绕，至天明之际，济公见祥云观已然烧了一个冰消瓦解，一概皆无，尺木未剩，片瓦不存。外边有无数人救火，西边围着有十数人。济公临近一看，只见刘妙通在那里烧的浑身是泡，并无一处无伤，堪堪要死。济公动了恻隐之心，过来道："道爷，你这是怎么了？"刘妙通一看是济公，说："圣僧，我没得罪你老人家，我师兄他行为不端，已然遭报。求师父慈悲，救救我罢！"和尚哈哈大笑，说道："你既知循环报应，你可知道他自作孽不可活？来罢，我给你一粒药吃。"那边地方官人说："不行，和尚你别惹事。你给他药吃，倘有错误，那还了得。"刘妙通说："无妨，我吃死与和尚无干，是我命该如此。"旁边众人说："他既是愿意吃，何必拦他呢？"济公叫人给他找了一碗热水来，把药化开，给刘妙通端过去。刘妙通喝下去，工夫不大，觉着肚腹咕噜噜一响，浑身烧的泡立刻全化开，流出毒水，也不疼了。旁边众人齐说："好药！"

在济公身背后站立一人，说："罢了，真乃神也仙也！灵丹妙药！"济公回头一看，见那人身高八尺，细腰扎背，头上戴宝蓝缎六瓣壮士帽，上按六颗明珠，身穿一件月白绸箭袖袍，鹅黄丝鸾带，足上薄底靴子，闪披宝蓝色缎英雄大氅。面如白玉，眉分八彩，目如朗星，五官清秀。济公回头一看，照这人脸上“呸！”啐了一口，这人拨头就跑，和尚就追。头前跑的这人，非是别人，正是圣手白猿陈亮。只因他被和尚追了半夜，好容易听不见草鞋响了，自己止住脚步，把白昼衣服换上，打算瞧瞧刘妙通是生死存亡。刚到这里来，见和尚给刘妙通药吃。陈亮一说“好药”，和尚回头一啐，陈亮拨头就跑，和尚随后就追。陈亮跑着，自己一想：“我可就是个贼，他也没拿住我，我何必跑？我问问和尚为什么追我？”想罢，止住脚步，见和尚也赶到了，陈亮说：“和尚，你为甚追我？”和尚说：“你为什么跑呀？”陈亮一听也乐了，说：“和尚，我知道你老人家是一位高僧，你老人家收我做徒弟，我跟你出家罢！”济公连连摇头说：“你是个贼，焉能跟我出家？我们出家人，讲究三规五戒，三规是规佛、规法、规僧，五戒是戒杀、盗、淫、妄、酒。你要出家，你如何能改得了这几样？”陈亮说：“我上无父母牵缠，下无妻子挂碍，了一身之孽冤。师父所说的话，我都能行得了。”济公说：“你既是行得了，你到临安城去等我。我把这里事情办完，咱们在临安再见。”陈亮一听，说：“师父你叫我临安等你，临安城的地方大，叫我在什么地方等你老人家？”济公想了半天说：“咱们在临安城床底下见罢。”陈亮一想：“必是临安城有这个地名。”这才给济公行完礼，说：“师父我这就起身，直奔临安去等你去。”济公说：“你头里走罢。”

陈亮告辞，也不到祥云观瞧刘妙通，自己顺大路直奔临安。在道路之上，饥餐渴饮，晓行夜宿，这天来到临安。陈亮本是初次到京，见人烟稠密，甚是热闹，就在钱塘门外天竺街找了店住下。次日由店中出来，打算要逛西湖，散步而行，见西湖上有冷泉亭。站在苏堤上，四下观看，一眼望不到边。信步来到灵隐寺门首，见有两个门头僧在那里坐定。陈亮过去说：“二位师父，这庙里的济公长老，可曾回来？”门头僧说：“他没在庙里。时常不在庙的时候多，也许十天八日不回来，也许三五个月不回来，没有准。”陈亮听罢，转身回来，见人就打听，逢人便问：“借问床底下在哪处？”一逢人问这个地方，问了好几位人，俱皆不知。自己无法，心中一烦，打算找座酒楼喝点酒，回头问问跑堂的。想罢，转身往回走，来到小天竺街，见路北有一座酒楼，字号是天和，挂着酒幌子，里面刀勺乱响，过卖传菜。陈亮进了酒楼，登楼梯上去，靠楼窗临街有一张空桌。陈亮坐下，伙计赶紧过来擦抹桌案。陈亮要了几样菜，两壶酒，自己自斟自饮喝着酒。陈亮把伙计叫过来。伙计说：“大爷还添什么菜？”陈亮说：“不是添菜，我跟你打听一个地名，你可知道？”伙计说：“你说罢，大小地名，我都可以知道。”陈亮说：“这临安城有个床底下，你可知道？”伙计连连摇头说：“没有这个地名。”陈亮也不往下再问，心中暗想道：“济公老人家不能跟我撒谎，没有这个地名，我哪里问去？”

正在心中发闷，只听下街上一阵大乱。陈亮往下一看，见有一乘小轿，跟着有许多人，各拿刀枪棍棒。听轿子内有人哭，仿佛这个样子，大概是抢人，由西来往东去。陈亮站起来，瞧够多时，又见由西来了一人，浑身的血迹，跟着许多看热闹的，奔到这酒馆，在这楼下争争吵吵乱嚷。陈亮也听不明白，把伙计叫过来说：“伙计，这楼下方才进来那受伤的人，是被何人打的？因为什么事？”堂官说：“老爷，你老人家不是我们这本地人，要问这件事，实实可恼，令人可恨。你可见那位受伤的人，他姓王，跟我们掌柜的是磕头的弟兄，因为管闲事，路见不平，被人家打了。他们门外有一家邻右，姓韩名文成，开钱铺生理，只因把铺子荒闭了，欠下苏北山员外二百两银。今日苏宅管家去要银子去，韩文成说，等卖了房再还。苏管家不依，带着人把韩文成的妹子金娘抢去作押，把韩文成也打了。那位王三爷多管闲事，要合人打架，被人家打了，来找我们掌柜的给他出气。这位苏北山，是我们临安城内绅士，又是头等财主，结交官长，谁惹的了？”

陈亮一听，说：“这天子脚下，要是这样没王法，要到了外省，应该如何呢？这是恶棍，他在哪里住家？”跑堂的说：“在城内青竹巷四条胡同路北头一大房，门也高大，门外有四棵龙爪槐树。”

陈亮听了，吃完了酒，会钱下楼，进城在青竹巷左右，探了道路。各处一看，自己找了一座茶社吃茶，心中说：“帝都之所，有这样恶棍。我今既见，就要多管闲事，今夜晚我到他家，把他一家人全皆杀死，也叫他知道天网恢恢，自有报应。”想罢候至天晚，吃了晚饭，找到无人之处，换好了夜行衣，把白天所穿衣服包好，斜插式系在腰间，蹿房越脊，走了有几所院落。到了苏宅，往各处探听。到内宅，见是四合瓦房，前出廊后出厦的上房，西里间屋中灯影摇摇，听有人说话。就听见说：“秋香，把茶给我斟上。”陈亮到窗外一看，见那边有个小小窟窿，眇一目往里看，只见靠北墙是花梨俏头案上，摆上好古玩，顺前檐是一张大床，上放着小几。桌西边坐着一个半老妇人，年约四旬以外，五官清秀，有两名丫环，两个仆妇，正伺候吃茶。听那个妇人说：“员外这时候也不回来，是往哪里去了？内宅又无男子，好叫我不放心。”那使女说：“太太，咱们员外不回来，也应该给送个信来。这内宅男子非呼唤是不能来的，太太你老人家破个闷儿，我们猜猜谜。”太太说：“我说一个，你们猜去：花姐最贱是油头，送旧迎新一夜床，来往客传情不尽，谁将玉体肯轻揉。”两个老妈猜了半天，也没猜着。使女秋香、秋桂叫：“太太说了罢，别闷人了。”那太太说：“是芝麻楷。”秋香等全笑了，又说：“你老人家说个浅近的，我们猜猜。”那太太说：“呦，我可不说了，说了你们猜不着，又来搅我。”秋香说：“这回我们不问了，太太说罢。”那妇人说：“一条白蛇在乌江，乌江岸上起红光，白蛇吸尽乌江水，乌江水尽白蛇亡。说完了，你们猜罢。”使女正是思想要猜，忽听那外边叭嚓一声响亮。众妇人往外一看，一片红光，只冲斗牛之间，有一宗岔事惊人！正见：眼见之事由然假，耳听之言未必真。不知陈亮在苏宅做出何等事来，且看下回分解。

第三十七回

听奸言苏福生祸心　见济公皂白得分明

话说苏北山之妻赵氏夫人正同使女仆妇屋中闲谈，只听外面一声响。大家回头一看，外面火光冲天，见院中那些花盆架和桃柘槐树上俱有火光。仆妇丫环过去一看是火，用手一掐就灭。书中交待，原来是圣手白猿陈亮使的调虎离山计。陈亮见众人出来，自己由房上下来，滴溜一转身，进到房中一看，见屋中极其幽雅，墙上名人字画，挑山对联，山水人物，工笔写意，花卉翎毛，顺前檐一张湘妃竹的床，挂着床帏幔帐。地下桌椅条凳，摆着古玩应用物件。陈亮正在屋中观看，听外面婆子丫环说："这必是福儿、禄儿两个孩子淘气，弄的这火。"说罢，众人往屋中直奔。陈亮正在屋中观看，听众人要进来，自己一想，叫人躲到屋中，可不像话。急中生巧，一撩床帏，钻在床底下隐藏。众人进来，也不知屋中藏着人。方才落座，只听外面有脚步声音。秋香赶紧问："什么人？"外面有人答话，原来是家人得福。秋香说："什么事？"得福说："员外回来了，同着和尚。这位和尚，也不在书房坐着，也不在客厅坐，要到太太屋里来坐着。员外说：赶紧叫太太躲避躲避。"太太一听，赶紧叫丫环把屋中收拾收拾，心想："员外太不对，外头有客厅，又有书房，为什么卧室里让和尚进来？"

正在思想，外面得禄又进来说：“太太快走，员外已然同和尚进来。”太太赶紧躲出去，丫环尚未收拾停妥，只听外面员外说话：“师父请你老人家来到我家，就如同你老人家自己俗家一样，不要拘束，愿意哪屋里坐都可以。”陈亮在屋中床底下藏着，心中暗想：“恶霸他往家里让和尚，也没好和尚，必是花和尚。”外面济公哈哈大笑说：“没有好和尚？我怕你等急了，早来约会了。”苏北山一听：“好呀，和尚跑到我媳妇屋里，拿约会来了。”说：“师父你老人家醉了。”和尚说：“没醉。”说着就往里走。陈亮一听，大吃一惊，来者非别，正是西湖灵隐寺济公长老。心想：“济公怎么会来到这里？”

书中交待，济公自从打发陈亮走后，回到云兰镇梁员外家中。梁员外说：“圣僧来了，我这里甚不放心，自从夜内追贼出去，不见回来，我派家人各处寻你，你老人家上哪去了？”济公说：“我到五仙山祥云观瞧了瞧，那座庙烧了个冰销瓦解，片瓦无存，尺木未剩。”梁员外吩嘱摆酒。把酒摆上，梁员外陪着喝着酒说：“师父你从哪来？外面带着都是什么人？”济公就把被城隍山老尼姑清贞所请，到余杭县寻找高国泰，带着苏禄、冯顺找着高国泰，要回临安。从头至尾，已往从前的事，细说一番。梁员外说：“原来圣僧去找高国泰，是通家之好。他父在日，合我是金兰之好，不想他家中一穷如洗。”叫家人把高国泰请进来。不多时，高国泰进到里面。梁员外让高国泰落座。梁员外说：“高国泰，你家中从前的事情，你可知道？”高国泰说：“我略知一二。”梁员外说：“你父亲名叫高文化，乃是余杭县的孝廉，我等乃是金兰之好，那时你尚年幼，提起这话，有十数年的光景。后来你父亲去世，你也年幼，也没给我送信，因此就断绝往来。不想这几年不见你，落的一穷如洗。方才我听圣僧提起你的名字，我才知道是你。”高国泰一听，曾记得当初母亲也提过，赶紧才站起来行礼，说：“原来是老伯父，小侄男有礼。当年我听我娘亲提过你老人家，只因这家道寒难，不能应酬亲友，未能常常给伯父请安。”梁员外说：“现在你兄弟梁士元，正在用功读书，也少个人指教。你也不必到余杭县去，我把你家眷们接来，你同你兄弟读书，一同用功。等大比之年，你二人一同下场。”高国泰点头答应。济公说：“梁员外，我和尚要化你的缘。”梁员外说：“圣僧有什么话，只管吩咐。”济公说：“你花几百两银，把祥云观烧的地基买回来，把刘妙通叫来，给他五百两银，叫他回古天山。你把祥云观仍然修盖起来，改为祥云庵，把城隍山老尼姑清贞连高国泰的家眷接来，叫他们住，这段事算我和尚化你的缘。要不然，老道张妙兴也得讹你几千银子。”梁员外说：“是了，谨遵师父之命，赶紧派家人去找刘妙通。”此时刘妙通烧的伤痕已好了，来到梁员外家中，梁员外给了他五百两银，刘妙通知恩感德，拿银两告辞，自己回古天山凌霄观去了。梁员外把高国泰留在这里，把冯顺也留下，派妥当家人直奔城隍山迎接老尼姑清贞等，并高国泰的家眷一同接来。把诸事办妥，济公禅师这才告辞。梁员外给拿出数百两银，叫济公换衣裳做盘费，和尚哈哈大笑说：“员外不必费心，我和尚常说：一不积钱，二不积怨，睡也安然，走也方便。我不要钱。”济公带领苏禄，告辞出了云兰镇，顺大路直奔临安。一路之上，见天气晴和，和尚信口歌曰：

> 参透炎凉，看破世态。散淡游灵径，逍遥无挂碍。了然无拘束，定性能展才。撒手辞凡世，信步登临界。抛开生死路，潇洒无静界。初一不烧香，十五不礼拜。前殿由他倒，后墙任他坏。客来无茶吃，宾朋无款待。谤的由他谤，怪的由他怪。是非临到耳，丢在青山外。也不逞刚强，不把雄心赛。学一无用汉，亏我有何害？

济公带着苏禄往前走，顺道路饥餐渴饮，晓行夜宿。这日到了临安，见眼前坐西朝东一座酒馆，和尚说：“苏禄，咱们这里吃杯酒再走。”苏禄点头答应，刚一进酒店，只见苏北山带着苏升，正在这里吃酒。一见济公进来，苏员外赶紧站起来说：“师父，你老人家回来了，一路之上多有辛苦。可曾将高国泰找来？冯顺哪里去了？”济公就把高国泰的事，已往从前之事，述说一遍。苏北山说：“原来如此，师父多受苦了，请坐一同吃酒罢。”

济公同苏员外刚才坐下，忽然从外面进来一位老者，苍头皓首，须发皆白，手执拐杖，慌慌张张进来，举拐杖照定苏员外搂头就打。苏员外赶紧往旁一闪，吓得惊慌失色，说：“韩老丈你我素有相识，再者你我远日无冤，近日无仇，你为何见我用杖搂头就打，所因何故？”老丈说：“苏北山我今天给你一死相拼，我这条老命不要了。我儿已然上钱塘县去告你，我老汉上你门口上吊去，我这里有阴状！”苏禄、苏升赶紧把老丈拦住，见这位老丈气得直哆嗦。苏北山也不知所因何故，两个家人把老丈搀扶在板凳上坐，苏北山说：“韩老丈你不要着急，有什么事要跟我拼命？你说明白我听听。”韩老丈坐在那里，缓了半天，叹了一口气说：“苏北山，可是我儿欠你二百银子，把买卖关闭了，应着卖了房子还你钱？你不但不等，你竟敢派家人带着许多匪棍，把我女儿抢了去，把我儿打了，将账目折算人口。我韩氏门中，世代商贾传家，无故你把女儿抢去，这了得么？”苏北山一闻此言，说：“老丈此言差矣！这件事我实不知道，这其中定有缘故，这不是我手下家人。你问问，我如何能做出这样伤天害理之事！什么人去找你要钱？”韩老丈说：“明明是你的家人，当初给我儿子送银子，就是他送的。”苏北山想了半天，想不起这个人来。济公哈哈大笑说：“苏北山，韩老丈，都不用着急，我带你们去找这个人去。先叫人去把韩老丈的儿子韩文成找回来，不必叫他钱塘县告去。”打发苏升去不多时，把韩文成找回来。韩文成一见苏北山，仇人见面，分外眼红，说：“苏北山，我这条命不要了！”苏北山说：“贤弟你我知己相交，你欠我二百银子，我并没打算跟你要。什么人去抢人？把这件事遗在我身上。”韩文成说：“分明是你的家人，去把我妹妹抢了去，打了我一身伤。我正要去告你，你还不承认？”苏北山说：“这不是济公在这里？

这件事求济公他老人家给办。”和尚说：“你们不便争论，少时你等自然知道，跟我去。”说罢，给了酒饭账，带领苏北山、韩老丈父子出了酒馆，一直往南。进了一条胡同，来到一家门首，和尚就嚷：“苏管家，给你送银子来了。”只见由里面出来一人，苏北山、韩员外众人一看，说：“原是你！”和尚要捉拿行凶作恶之人，不知出来是谁，且看下回分解。

第三十八回

苏北山酒馆逢韩老　济禅师床底会英雄

话说济公带着苏北山、韩文成来到一家门首叫门，只见由里面出来一位管家。韩文成一看，说："不错，找我要银子，带人抢我妹妹就是他。"苏北山一看，原来是苏福，苏北山赶紧叫苏禄、苏升把他揪住。这个苏福，当初他本是金华县人，他父亲带他逃难，把他卖给苏员外家五十两银子，充当书僮。自从来到苏员外家，老员外待他甚厚，苏福自己很积聚两个钱。就有一样不好，苏福最好喝酒，喝了酒，不是英雄仗酒雄，坐在门房不管是谁张嘴就骂。这天同伴伙友就劝他，大众说："苏福你自己不可这样胡闹，你常常骂人，倘若叫员外听见，你是自找无趣。"苏福借着酒性说："我告诉你们众位，慢说是员外，我拼得一身剐，敢把皇帝打，就是打皇上一个嘴巴，也无非把我剐了。员外也是个人，叫他听见，他敢把我怎么样？"正说着话，正赶上苏北山由外面回来，听见苏福在门房里大嚷大叫。苏员外一想："苏福这东西，真是无法无天。"本来素常苏福在外面胡作非为，声名就不好，苏员外就灌满了耳朵。今天听见苏福在门房里胡说，苏员外气往上冲，来到里面，吩咐把苏福叫进来。少时有人把苏福叫进来，苏北山说："苏福，你这厮素常在外面指着我招摇撞骗，任性胡为，喝了酒胡闹，我早就要管你。现在如今你这样任性，实在难容！我本应当把你送到衙门办你，无奈我这家中乃是积善之家，我不肯做损事。只可你们不仁，我不能不义，你这卖身的五十两银子的字据，我也不要了。”当时就点火烧了，叫家人：“把苏福给我赶出去，是他的东西，全叫他拿了走，永不准进我的门。”

苏福自己有几只箱子的衣裳，还有二百多两银子，由苏宅出来，自己住店。手里有钱，年轻人无管束，自己也没事，遂终日游荡，结交一个朋友，姓余名通，外号人称金鳞甲，在二条胡同住家。家里就是夫妻两口度日，素常就指着女人过日子，在外面说媒拉纤，余通他也往家里引人，他还装不知道，假充好人。见苏福年轻又有钱，余通就把苏福带了家去，跟苏福拜盟兄弟。苏福就在余通家住了一年多。余通见苏福没了钱，就要往外站。苏福常跟余通抬杠，口角相争。金鳞甲妻子暗中告诉苏福说：“你可想法弄钱。你要不想主意，余通说了不叫你在这里住着。说你没钱，在我们这里吃闲饭，养活不起你。”苏福一听急了，钱都花完了，没有主意。忽然想起开钱铺的韩文成，当初借过我们员外二百银子，是我给送了去，我找他要去。

这天苏福去找韩文成，韩文成应着卖了房给银子，韩文成也不知道苏北山把苏福赶出去。这天金鳞甲说：“苏福你要真打算找韩文成要钱，我倒有个主意。现在净街罗大公子，要花二三百银子买一位姨奶奶，咱们带着人去找韩文成要钱，他给钱便罢，如不给钱，韩文成有一个妹子长的十分美貌，带人把她抢了来，卖给罗公子，可以卖三二百现银子。你想好了不好？要等着韩文成卖了房给钱，知道几时能把房卖出去？”苏福一想也好，说：“你给约会人，明天就去。他如不给钱，就把他妹子抢来。”余通出去，就找了些地痞光棍，有二十多位，都是不法之徒。苏福带着余通，连余通之妻马氏，一同来找韩文成要钱。韩文成出来一看，说：“苏管家，我已然着你说，叫你回禀你家员外，等我折产业给银子，你怎么又来了？”苏福说：“我家员外说了，这么等不行，你不给钱，我们员外叫把你妹子带了去，就不跟你要钱了。”说着话，马氏带人进去，就把姑娘抢出来，搁在车上，拉着就走。韩文成一拦，这些人把韩文成打了；韩老丈一拦，把韩老头推了几个斤头。隔壁邻居出来，路见不平，要管闲事，这些人把邻居也打了。大众就把姑娘抢到余通家中，马氏又转了一个媒人，跟净街罗公子说要四百银子。罗公子说：“回头骑马到余通家看看，再还价。”余通、苏福众人在家中，静等候罗公子来瞧人。

外面济公叫门，苏福只打算是罗公子那里有人来了，赶紧到外面一看，原来是苏员外同着韩老丈、韩文成、济公众人。苏北山一看，勃然大怒，叫苏禄苏升过去，先把苏福揪住。余通出来要拦，苏员外吩咐把他揪住，先叫本地面地保来，别放他二人走。苏北山此地人杰地灵，立刻地保来把苏福、余通二人揪住。一面韩文成到里面一看，韩姑娘倒捆二臂正捆着，要不捆，姑娘早就自己撞死。正在危急之际，韩文成进来把姑娘放开，带出来找了小轿，叫韩老丈把他女儿送到家去。此时天已掌灯，苏北山说：“师父，苏福这两个东西，是把他们交官厅，是送到钱塘县衙门去？”济公说：“不必，暂为把他二人带到你家去，我自有道理。再者我还有事。”苏北山深信服济公，就吩咐苏禄等押着他二人回家去。

众人来到苏员外家中，天有起更以后，叫人看守着苏福、余通。苏北山让济公来到里面书房，济公说：“我今天不在这屋里坐着。”苏北山说：“师父，要上哪屋里坐？”济公说：“我要到你住的卧室里坐坐。”苏北山一听，说：“师父你老人家到我家，如同你自己俗家一样，愿意哪屋坐哪屋坐。”叫得福快给太太送信，把屋子腾出来，立刻太太躲避出去。和尚同着苏员外由外面进来，刚一到房门，和尚说：“来了么，约会？”苏北山说：“师父你跟谁定约会？”济公说：“有约会，不见不散的准约会。”说着话，苏员外同着济公连韩文成一并让着来屋中。陈亮一听是济公，隔着床帏一看，见济公进来。这屋中地下一张八仙桌，两边有椅子，济公在上首椅子坐下，韩文成也坐下了。

苏员外说："师父，先喝酒先喝茶？"济公说："先坐堂，先把苏福给我带来。"员外吩咐家人："就把苏福给我带来。"济公说："苏福你今天给我说实话，是谁出的主意抢人？说了实话，我和尚饶了你。你不说实话，把你送当官治罪。"苏福一听这话，自己也知道济公为人，善晓过去未来之事，不敢撒谎，说："圣僧要问，我是被主人逐出去，在店中住。金鳞甲余通把我让至家中去，我有衣服银钱，他就帮着使我的，银钱完了，他就往外逐我。他妻子告诉我说，因为我没钱，不叫我在他家住了。我是被穷所困，想出韩文成欠我主人二百两纹银，是我经手给送去的，我想要过来，我先使用。不想他当时没钱，余通听见，他给我出的主意，叫我抢他妹子，卖给净街罗公子，以账目折算人口。不想被主人知道，把我拿来，这是已往之事，并无半点虚话。"和尚一听，说："来人，把他带到床前头，叫他冲床跪着。"陈亮在床底下听的明明白白，心中暗想："哎呀，这件事我错了！敢情苏北山苏员外是好人，一概都是他这家人假传圣旨。这件事亏得济公他老人家前来，要不然，还许错杀了好人。"和尚在外面用手指点说："我叫你认准了他，明天你要报应他，无故的想要拿刀杀人，你好大胆子！你自己知道是错了？"苏北山一听说："师父，你老人家跟谁说话呢？"济公说："你不知道，你不要多说。来人，把余通带进来！"家人把余通带到里面，跪到和尚面前，和尚用手指点说："余通你这厮好生大胆，你打算你做的事，我不知道呢？趁此说了实话，我饶你不死。要不说实话，我把你呈送到当官治罪。"余通说："众位，这件事实实不怨我，实是苏福他要找他主人家账主要账，与我无干。"和尚说："虽然是苏福他要找他主人的账主要账，你就不该给他出主意。"余通自己一想，"这件事大概不说不行，莫如我实说了，央求央求和尚，倒许把我放了。"想罢，说："圣僧，你老人家不必往下追问，这件事是我的错。皆因苏福他在我家住着，想起找韩文成要钱，去要不给，我们商量着，以账目抢他的人卖钱。”和尚点了点头，说：“叫他冲床跪着去，你可听见了。”陈亮心中一动，“这是叫我听。”和尚在外面答话，“可不是叫你一听！”陈亮一想，莫非济公他老人家知道我在这里？和尚哈哈一笑，说：“那是知道，要不知道呢，我还不来呢！我叫你认准了这两个人，明天你好报应他们。”苏北山道：“师父，你跟谁说话？”和尚说：“你不要管。”苏北山这才吩咐摆酒。摆酒上，苏北山说：“韩贤弟，你我虽系买卖交易，总算有交情。我素常为人，大概你也知道，我焉能做这伤天害理之事？”韩文成说：“也是懵懂，我既往不咎。”苏北山说：“给圣僧斟酒。”和尚说：“斟酒倒是小事，我闻你这有味。”苏北山说：“什么味？”和尚说：“贼味。”苏北山说：“哪里有贼味？”和尚说：“床底下。”苏北山赶紧吩咐拿贼，大概陈亮要想逃走，势比登天还难。不知该当如何，且看下回分解。

第三十九回

圣手猿初入灵隐寺　济长老被请上昆山

话说济公告诉苏北山床底下有贼味，苏北山立刻叫家人拿了绳，往床底下扎了数下，也没见动作，这时吓的陈亮惊魂千里。书中交代，怎么会没扎着陈亮？原来陈亮往上一蹦，贴在床上，全仗提着一口气的工夫，家人连扎几下，并未扎着。陈亮以为是躲过去了，心中说：“师父，这可是跟我玩笑，这要是叫人把我拿住怎么好？”只听家人说：“员外，这里头没有贼。要有人，拿棍子还试不出来？”和尚说：“什么没有贼？你拿灯笼照照，或者你们四个人把床翻过来，瞧瞧有没有？我说有贼，准有贼。”苏员外叫家人进来，把床翻过转来瞧瞧有没有。家人果然进来，四个人把床一翻，陈亮如何隐的住？自己执刀往外一蹿，登时把众人吓了一跳。旁边家人用木棍一戳，陈亮刀正剁在木棍之上。众人一围，陈亮一害怕，往外一跑，刀已撒手。众家人一片喊叫：“拿人哪！”陈亮早已上房，吓的不敢久待。到了外边无人之处，先把夜行衣服换上，然后在暗中等候。

天光已亮，到了苏宅门外，只见从里边大门一开，苏福出来自言自语，“员外也不要我了，我可往哪里去呢？”正自为难，只见陈亮过来说：“你站住别走，我正想要找你。”那一伸手先把苏福抓住。抡拳就打，正打的恶奴苦苦哀求。陈亮正打的高兴，只见从那边过来二位，是一早上果子市。正走至此，只见二人打架，过来说：“二位别打，清晨早起来，为什么争斗起来？别打了。”陈亮抬头一看，说：“你们二位来劝解，我好说话。堂前生瑞草，好事不如无，既是你们二位来劝，冲你们二位完了。”这两人一看，这架倒好劝，一劝就完，又一看，认得是苏福，“这不是苏管家么？你们二位因为什么打起来？”苏福说：“我也不知道，我跟这位也不认识，无冤无仇。我今天早起，由我们宅里出来，他叫我站住，揪住我也不知因为什么。”这二人说：“苏管家走罢。”苏福也不敢不走，打又打不过，自己无奈走了。

他刚才走，余通由苏员外家里出来。依着苏北山要把他二人送县治罪。济公说：“不必，他二人既是苦求，只要叫他二人知道知道，如再要不改过，必遭恶报。”苏北山说：“既是师父给他二人讲情，便宜你这两个东西。”等到天亮，苏员外这才吩咐把他二人放了。先放了余通，刚一出来，那陈亮一瞧，气往上冲，心说：“好东西，要不是你二人，我焉能涉险？”想罢，赶奔过去，揪住余通，不容分说，抡拳就打，连踢带踹，直打得余通满地乱滚。这一顿比打苏福还利害。偏巧有个路人一劝，陈亮也就不打了，连说：“完了。”余通也不知因为什么，忍痛而去。

陈亮在这里立着，工夫不大，见济公出来，手里拿着陈亮那口刀。苏员外说：“师父，你吃了饭再走，何必这么早回庙？”济公说：“我得回庙，我甚不放心，有半月之久，我也未曾回去。”说罢，往前走。走了不远，陈亮在那里看看，四处无人，要过去合济公要刀，又不敢过来，只听济公那里说：“你真好大胆，还要合我要刀，你一过来，我就拿刀剁你。眼见之事犹然假，耳听之言未必真，无故要杀人家满门家眷，也不访察真假虚实。我把这刀一卖，谁要买我卖给谁。”只见那边有一位是专买古玩字画、书籍刀剑，一听济公之言，过来一看，那刀是纯钢打就的。看了看，说：“师父，你老人家要多少？我买。”和尚说：“你给我两瓶酒钱，你就拿去。”那人说：“师父，你要喝多少钱一壶的？”和尚说：“我喝十两银一壶的。”那人一笑就走了。陈亮这跟到西湖冷泉亭，过来跪倒说：“师父，我只是一时间懵懂，做错了事，你老人家慈悲罢。”济公说：“你起来，把刀给你，跟我回庙。”陈亮答应，跟随在后。

到了灵隐寺山门，见了门头僧，济公说：“二位师弟，我收了徒弟了，你二人看好不好？”净明一看，连连说：“大喜大喜，师兄请罢！”济公说：“也得引见引见，陈亮你过来给你师叔叩头。”门头僧只是说：“不敢当。”济公说：“你不必说虚话，头是要叩的。你二人受了礼，给徒侄多少钱罢？”二人说：“没有，没有，哪里来的钱？你不要取笑。”济公带陈亮进了山门，只见那边监寺的正在那里站定，济公说：“陈亮快过来给你师太爷叩头。”广亮说：“别叩头，我没钱。”济公带陈亮到方丈屋内，先给老方丈行礼。然后行到大雄宝殿，先拜佛，后鸣钟击鼓，聚集大众僧人，说：“众位师兄师弟，我可收了徒弟了，你们众位都要照应。可有一件，陈亮你是我徒弟，我要想酒喝，你就给我沽酒，我要想吃肉，你就给我买肉。”陈亮答应：“是，徒弟理应伺候师父。”济公说：“你要没了钱呢？”陈亮说：“徒弟有钱没钱，我有地方去找。”和尚说：“不必找，要偷在本庙偷，都是你师叔师太爷，哪个看见也不能嚷，我说这件事对不对？”众僧一听都笑了，说：“好，你先教他偷，有什么师父，有什么徒弟。”

自此日起，每日陈亮给沽酒买肉供奉济公。陈亮把所有的钱也都花完，把衣服也当了，不到十几天把衣服也都当完。这日实在没钱了，自己一想：“我今夜出去偷些钱，好供奉师父。”候至天有三更之时，只见济公睡着了，陈亮自己起来，先拿夜行衣包，拿起来要走，只听济公那边说：“我告诉你在本庙里偷，你不听我的话呀！

好的，先给你落了发，我好管你。”济公站起来，到了斋堂之内说：“伙计们，给我一把开水壶。”那监斋僧说：“好，你黑夜要开水何用？”济公说：“给徒弟剃头落发。”先抢了一把开水壶。到了外边，此时众僧听见喊嚷都来了，说：“黑夜之间，你又犯了疯病。”陈亮不能动转，众人作好作歹，把陈亮拉到外边，说：“你快去罢，他是疯子。”陈亮此时也能活动了，到了外面，换上夜行衣，偷了几十两银，天亮把自己衣服都赎了来换上。找了一个小饭馆，进去要了四样菜，紧靠后门坐下。喝了一口酒，自己心中盘算：“本打算要出家，不想闹的这样。我想济公乃是有道行高僧，进庙之时，先不给我落发，莫非我不应出家？”自己正自后悔，只听外边说：“好一个酒馆，我今日要一醉方休。古人说的，‘人生有酒须当醉，一滴何曾到九泉？’”说着话，由外边进来，正是济公长老。只因众僧把陈亮放走，他恼了，讹了监寺广亮两吊钱，一早出庙，到西湖把两吊钱都施舍了，一个也没留，来到酒馆门首，他一看里面人多，一边说着话，就进来了。陈亮一看，吓的跑了。

济公到了桌儿一旁落座，拿起酒来就喝。过卖一看，说：“要菜的走了，和尚喝上了。”和尚一边喝着，口里说道：“酒要少吃性不狂，戒花全身保命长，财能义取天加护，忍气兴家无祸殃。”吃了酒足饭饱，站起来要走，过卖一拦，说：“和尚，没给钱哪，别走！”济公说：“你到柜上说，给我写上，改日来我还你，好否？”过卖说：“和尚，我们这里没有账。”济公说：“没账好办，叫你们掌柜的去买一本账。”过卖说：“你不要开玩笑，我们这里有账的。和尚，我们不认识你，故此说没账。”济公说：“敢则是你不认识我？你可是胡说，你们都认识我。”过卖说：“我们要认识你装不认识，我是个忘八。”和尚说：“你发了誓了，你长这样大，连个和尚都不认识？”过卖说：“我知道你是个和尚，不知道是哪庙和尚。”正合他争斗，那掌柜的过来说：“和尚你打算搅我可不成，没钱走不了。”正自二人争嚷，只见从外面进来了两个人说道：“和尚吃了多少钱，我们给罢，我们找和尚如同攒冰取水，轧沙求油。师父，你老人家快跟我们来呀！”济公一看，不知来者二人是谁，且看下回分解。

第四十回

济公舍银救孝子　赵福贪财买巨石

话说济公正自同过卖耍笑，从外面来了两个人。是长随打扮，先给还了饭账，然后过来给济公行礼，说："圣僧，我二人赵福、赵禄，是这临安太守衙门的。我二人伺候太守老爷，只因我们太夫人双目失明，我们老爷接着信，遍请名医调治，请了多少先生，都说治眼科不行。有一位赛叔和李怀春先生，在我们大人跟前把你老人家荐举出来，说你老人家在秦相府治大头瘟，在苏宅治过紧痰绝，知道你老人家是一位世外的高人。故此派我二人前来请，好容易才得找着来，求你去给治病。望圣僧大发慈悲，跟我们走罢！"济公说："我一个出家人，哪里懂得医道。你二人回去罢，我不会治眼。"赵福、赵禄苦苦哀求，济公方才应允。

跟随二人来到知府衙门以外，赵福、赵禄二人进去回话，工夫不大出来，说："我家大人说了，衣冠不整，在书房恭候。"济公哈哈大笑，口中说道："行善之人有善终，作恶之人天不容。贫僧前来点愚蒙，只怕令人不惺松。"济公跟着来到里面，只见太守降阶相迎，头戴四楞青缎方巾，双飘秀带，身穿翠蓝袍，腰横玉带，篆底官靴，面如三秋古月，慈眉善目，三绺黑胡须飘洒胸前。和尚一看，就知道是一位干国忠良。太守一见济公，忙躬身施礼，说：“弟子久仰圣僧大名，今日得见，真乃三生有幸！”济公打问讯答礼相还，让着来到屋中落座，家人献上茶来。原来这位太守姓赵，叫赵凤山，乃是科甲出身，为人极其精明。他有一个兄弟，叫赵凤明，自幼父母双亡，跟着婶母长大成人。近来接到家信，知道婶母老太太把眼坏了，连忙请先生打算到家中给老太太治眼。无奈请了几位先生都说不行，这才有李怀春荐举济公，说：“济公精通歧黄，手到病除。”故此今天把济公请来，赶紧吩咐置酒款待，说：“求圣僧到昆山前去治病。”和尚慨然应允，说：“老爷既是吩咐，我和尚焉敢不从命？”赵太守说：“我派赵福、赵禄二人伺候圣僧。”和尚说：“不行不行，老爷派这二位伺候我，他们二位穿的是什么衣裳？我和尚这个样，他们二位伺候我，有点不像样罢！”太守说：“这倒好办，我给圣僧拿一身衣裳换换。本来圣僧衣裳太烂，换一身就行了。”和尚说：“不行，我不爱穿新衣裳，我就是这个样。既是老爷派这二位管家伺候我，我可有一句话，只不是当着你们老爷，我要把话说明白。你们二位伺候我，走在道上，我说走就走，我说住就住，可不准违背我。那时要一违背我，我就回来不去了。”赵福、赵禄二人连连点头。太守立时写了一封家信，多带黄金数锭，问：“圣僧是坐轿是骑马？是坐车是坐船？”和尚说：“我骑路。”太守说：“圣僧骑鹿，我哪里找去？”和尚说：“我骑道路之路，全不用，多带点盘费就得了，给我带二百五十两银子。”太守点头答应。把银子备好了，和尚告辞，带着赵福、赵禄起程。赵福、赵禄一想，“到昆山县来回有五十两银子富足有余，我二人每人剩一百两，道路上好好伺候和尚，这次差倒当着了。”跟着和尚往前走。

有天正午，和尚说：“住店。”这两人说：“是。”到了店里，要酒要菜，吃喝完了，和尚躺下就睡，这两人坐着直到掌灯时。和尚睡醒了，又要酒要菜，吃喝完了，赵福、赵禄困了，和尚说：“算结账，我睡醒了，我高兴了要走。”两个人睡眼蒙胧，跟着深一脚浅一脚，走了一夜。天亮人家都出店，他们进店，这两人也顾不得吃，躺下就睡了，和尚要酒要菜吃。这两人睡了一天醒了，有了精神，想着吃的什么走呀，和尚又不高兴了。和尚睡了，这两个睡了一天，倒不要困了，瞪着眼看着和尚睡了一夜。天亮这两人倦了，和尚却睡醒了，吃酒算店账起身，这两人迷迷糊糊，吃也吃不下去，睡也睡不安神，和尚调动的实在难受。

这一天正往前走，离昆山县不远，临近有一个山庄，在一个篱笆院内，有三间土房，听那里嚎啕痛哭，说："不睁眼的神佛，无耳目的天地，我穷困到此。老娘你老人家一死，我连棺材都买不起！"济公禅师按灵光一算，早已知道这里住着这人姓高叫高广立，原本是一个孝子，打柴为生，待母至孝。皆因他这天打柴由山上一滑摔倒，把腿摔伤。有人把他搭回家中，他母亲一瞧，一着急，又没余钱，如何是好？急得老病复发，一命呜呼哀哉死了。高广立连棺材都买不了，自己嚎啕痛哭，正在悲叹之际，济公在外听见，和尚心中一动，"好事人人愿做，要一花银子，就掌不得。我和尚要明着把银子周济他，大概赵福他二人准不愿意。"济公想罢，用手冲篱笆往里面一指，说："二位管家，你们看宝贝。"赵福、赵禄一看，里面有一块石头，七楞八角，朔朔放光，金光缭绕。赵福、赵禄二人一看，就问说："圣僧，那是什么？"济公说："那是宝贝，价值连城。"赵福说："既是宝贝，他们本主为什么不收起来，放在这里？"济公说："你好糊涂，常言说，'运去黄金失色，时来铁也增光'。本家必是没造化，不知道，要知道是宝贝，决不搁在这里，我和尚过去买罢，你们两人别过去，我去买去，若赚了钱，你们两人二一添作五平分，我和尚不要。"赵福说："只要赚了钱，我二人必孝敬圣僧。你过去买去罢！"

和尚赶上前去问："里面有人么？"只见里面出来一个妇人，身上褴褛不堪，说："呦，大师父，找谁呀？"济公说："我听见说你这里死了人，我和尚问问放焰口不放？"这妇人一听，说："大师父，我们这里连棺材都没有，还能放焰口？大师父，你请罢，我们也舍不起斋饭。”和尚说：“我也不化你们斋饭。”和尚用手一指顶笆篱门的石头说：“你们这块宝贝卖不卖？”妇人一想，“我们还有宝贝？这石头由我过门来扔着就这里顶门，无用之物，他怎么说是宝贝？”想罢，这妇人说：“卖呀！”和尚说：“要多少钱？”这妇人愣了半天，半晌无语，也不知要多少钱好。和尚说：“你也不用要价，我给你一个价，我多了也没有，给你二百三十七两银子，你卖不卖？”赵福、赵禄二人一听，心说：“他倒真能给价，二百五十两银子花了十三两，还剩二百三十七两，他还说他会买东西，把银子全给人家。”两个人听着生气。那妇人听和尚一给价，有心卖罢，又怕卖漏了，有心不卖罢，真等着钱使用，想罢说：“卖了。”和尚说：“赵福、赵禄快给他银子，你们抱起来就跑，你掉了地下，惊走了宝贝，可是一文钱也不值。”

赵福过来，把二百三十七两银子放在地下。赵福说：“赵禄你帮我抬着。”赵禄说：“我不帮你抬着，你先扛着，你扛不动，我再换你。”赵福一想也好，把石头扛起来，直有七八十斤重，走了有一里多地，扛得力尽筋乏。赵福说：“圣僧，这宝贝叫什么名字？”和尚说：“这叫压狗石。”赵福说：“这个宝贝可不错，就是这个名儿可不好，怎么叫压狗石呢？”和尚说：“本来就叫这名儿。”赵福说：“圣僧，我扛不动了，歇歇行不行？”和尚说：“不行，要往地下一搁走了宝，一文钱不值。”赵福说：“扛在哪里卖去？”和尚说：“在昆山还卖不了，还得扛回临安卖去。”赵福一听，说：“要把我压死了！赵禄，你分钱不分？”赵禄说：“分钱。”赵福说：“你分钱，别叫我一个人扛着，你也换换我。”赵禄把石头接过来扛着，说：“圣僧要在昆山卖，行不行？”和尚说：“也行，无非少卖钱。要到临安卖，可以卖两万银。要在昆山卖，就卖一万银，少一半。”赵福、赵禄说：“我们没得两万银的命，就到昆山卖也好。”

这两个压的浑身是汗，好容易来到昆山。到了十字街热闹地方，和尚说:“你们俩把宝贝扛着，站在这里卖吧。”只见由旁边过来几个人，看这两个人穿的衣冠整齐，掮着一块大石头站着，众人问道:“二位是做什么的?”赵福说:“卖宝贝。”有两个人说:“可就是这块石头是宝贝?”赵福说:“是。”这两个微微一笑走了，连连十数次，俱都如是，一问就走。赵福二人正在发愣，只听那边有人说:“世界上有买的，就有卖的，你买罢。”赵福二人睁眼一看，来了两位买主。当时赵福二人就想发财。不知来者是谁，且看下回分解。

第四十一回

昆山县巧逢奇巧案　赵玉贞守节被人欺

话说赵福、赵禄二人正卖压狗石，从外面进来二人，问：“这块石头要卖多少钱？”赵福说：“白银一万两整。”那二人一语未发，回头就走。和尚说：“二位请回来，我们要的多，也不算卖了。你二位还个价钱，我们满天要价，你二位就地还钱，倒是给多少？”那二人说：“我们是有人送给我们一条狗，它竟跑。我想用链子把这狗锁在这块石头上，他就跑不了啦！你们要的价钱太大，我们要还价，你可别恼，给你一百钱罢！”和尚说：“一百钱也不少，你给满钱罢。”那人说：“也好，我就给你满钱。”把钱给了，雇了一个闲汉，扛着要走。赵福说：“济公，这种宝贝卖一百钱，那如何行？”和尚哈哈大笑，说：“这块石头除却他还怕没主要哪。”赵禄说：“一百钱够挨压的钱了。”和尚说：“你二人二一添作五，一人五十文，我一文不要。你们赚钱，我再给你二人去找宝贝，短不了，不定什么人遇见。”二人一听，也不敢说别的话，无奈说：“走罢，我二人这一回差事白当了，分文不落己。”和尚说：“快走。”

正往前快走，只听对面有人说：“快躲开，来了疯妇人了！见人就打，这可不好。”济公一听，这件事必得我算算，按灵光连击三掌，口中说："好好，这件事，我焉能不管，这还了得！"正自思想，只见从西边来了一个疯妇人，年有二十以外，姿容秀美，身穿青布裙，蓝布衫，青丝发散乱，口中说："来呀！你等随我上西天去见佛祖。"济公一听，早已明白，说："好哇，闪开，我也疯了！"撒腿往前就跑。赵福、赵禄随后追。

书中交代，这是怎么件事呢？原来昆山县有一家绅士人家，姓赵名海明，字静波，家中豪富，膝下无儿，就是一个女儿，名叫玉贞。生得秋水为神，白玉做骨，品貌端严，知三从，晓四德，明七贞，懂九烈，多读圣贤书，广览烈女文。赵海明爱如掌上珠，家大业大，又是本处绅士，姑娘长大十八岁，尚未许配人家。皆因赵海明有一宗脾气不好，先前常有媒人来给姑娘提亲，海明不是把媒人骂出去，就是赶出去，因此吓的媒人多不敢去了。他有一个本族的兄弟，叫赵国明，乃是乡绅人家，也是个本处大财主，在外面做过一任武营里千户，后来告职在家中养老，为人极其正直。这一天，来瞧他族兄赵海明，二人在书房谈话，赵国明就问："兄长今年高寿？"赵海明说："我今年五十八岁，贤弟你忘了？"赵国明说："今年嫂嫂多大年岁？"赵海明说："她今年六十，比我长二岁。"赵国明听罢，点了点头说："兄长你还能活五十八岁么？"赵海明说："贤弟此言差矣！寿夭穷通是命，富贵荣华自修，寿数焉能定准？"赵国明说："既然如是，我有几句话劝你，我侄女已然十八岁，媒人一来说亲，你就骂出去，再不然抢拨出去，你莫非等着你死了，叫我侄女自己找婆家去？自古以来，男大当婚，女大当嫁，人之常礼。"赵海明一听，长叹一声，说："贤弟有所不知，这并非是我不给你侄女找婆家，皆因来的那些媒人，有的不是浮浪子弟，就是根底不清，都不对我的意思。我给你侄女找婆家，倒不论贫富，只要是根本人家，本人五官相貌端正，不好浮华，就可以行。真要给一个浪荡子弟，岂不把侄女终身耽误？再说女儿姻亲大事，也不能粗率就办。"赵国明说："我来就为我侄女的亲事而来，咱们这西街李文芳李孝廉，他有一胞弟叫李文元，新进的头一名文学，小考时也中的小三元，人称为才子，今年十八岁，我想此人将来必成大器。”赵明海说：“好，明天你把这位李文元约来，我求他写两幅对联。我要看看此人人品如何。”赵国明点头答应。

次日早饭后，把李文元带来，赵海明一看，果然生的丰神飘洒，气宇轩昂，五官清秀，品貌不俗，连忙让至书房。家人献上茶来，赵海明说：“我久仰大名，未能拜访。”李文元说：“晚生在书房读书，所有外面应酬都是家兄，故此我都不认识。”谈了几句闲话，又盘问些诗文，李文元对答如流，赵海明甚喜。然后书僮研了墨，求李文元写了一副对联，写完一看，上写是：“书到用时方恨少，事非经过不知难。”写的笔法清秀，赵海明甚为爱惜。写完了，又谈些闲话，李文元告辞要走，赵海明送至外面，回来就托赵国明去说这门亲事。三言五语，这也该当是婚姻，就停当了。择日下礼行茶，过了有半月，又择了日子，搬娶过门，赵海明陪送嫁妆不少。

自过门之后，李文元夫妻甚是和好，过了一年之后，这也是该当李文元下场。自到场以后，自己以为必中，焉想到，“不要文章高天下，只要文章中试官。”三场之后，竟自脱科不第，名落孙山。李文元心中郁闷成疾，到家总说：“考试官无眼，这样文章不中。”越病越利害，不知不觉病体深重。赵氏玉贞衣不解带，昼夜伺候，不想大限已到，古语说的是：“好花偏逢三更雨，明月忽来万里云。”李文元一病不起，呜呼哀哉，竟自死去。派人给赵海明送信，海明一听这话，如站万丈高楼失脚，扬子江断缆崩舟。老夫妻连忙来到李宅，一见死尸，痛哭不止。到了女儿房中，只见赵氏玉贞连半滴眼泪都未落，赵海明合黄氏安人说：“儿呀，你这样命苦，你丈夫去世，如何你不伤心？”赵氏一听，说：“娘亲，为孩儿红颜薄命，我怀中有孕，已然六个月之久，我此时虽然五内皆裂，就不敢哭，怕伤损胎，为之不孝。久后生养，要是一男哪，可以接续李氏门中香烟，要是一女，也是我那去世丈夫一点骨血。”说着话，甚是悲惨。那赵海明夫妻，又是劝解，又是悲哀。李文芳请人开吊念经，过了几日，发引已毕，赵氏玉贞誓守贞洁。

过三四个月，腹中动作，派人把赵海明夫妻请来。临盆之际，有收生婆伺候，生了一男，起了一个乳名，叫末郎儿。每逢丈夫去世，守节孀妇，生这个孩儿，讹传叫慕生，正字是末生儿。人秉天地阴阳之气所在，孤阴不生，独阳不长，阴阳合而后雨泽降，夫妇合而后家道成。

闲言少叙。赵氏自生了此子之后，单打出一所院子，守节三载。儿童非呼唤不准进那院中去，赵海明夫妻也时常来看女儿来。一天，赵氏向她父母说：“爹爹，娘亲，明天备一份寿礼来。明天是我哥哥李文芳的寿诞之辰，前来给他祝寿，好叫他照应你这苦命的外孙子。”赵海明夫妻点头说：“我夫妻明天必到，给他祝寿。”说完了话，夫妻二人回了家，次日先叫家人送来烛酒桃面，又送一轴寿幛，然后安人坐着轿，员外骑马，带领仆从人等，来到李宅门首。一看，真是车马盈门，白马红缨。那些不是亲的也来强说是亲。本来李文芳又是本处的绅士，又是财主，又是孝廉公，本处谁不恭敬？所有昆山县的举监生员，绅董富户，都来给他祝寿起来。李文芳才三十岁，家中大排筵宴款待亲友。赵海明夫妻来到里面祝寿，李文芳说：“亲家翁，自我兄弟去世，你我久未得畅叙。今天趁此佳期美景，等晚间应酬亲友散去，家中现成的粗酌野芹，你我今天可以畅谈。”赵海明点头。天至掌灯以后，众亲友俱各散去，在书房摆了一桌酒，李文芳同赵海明慢慢小饮，吃着酒谈了些闲话。

天有初鼓之际，只见由外面进来一使女，手中拿着一个灭灯进来，站在桌前说：“亲家老爷，员外爷，可了不得了，方才吓了奴婢一惊。方才亲家太太同大奶奶在上房屋里吃酒，叫奴婢等去请二主母。我方到东院门前，紧对着书房那里，只见那边一条黑影，我一害怕，也没瞧出是什么来，把灯笼也灭了。”李文芳、赵海明一听这话，心中诧异，把灯笼点上，二人跟着来到东院门首，叫使女叫门。使女叫了一声：“二奶奶开门！”只听里面脚步响声，把门一开，跑出一个男子，赤身露体，赵海明、李文芳一看，“呀”叫了一声，有一宗岔事惊人。不知后事如何，且看下回分解。

第四十二回

贞节妇含冤寻县主　济禅师耍笑捉贼徒

话说使女正叫赵氏守节的院门，从里面跑出一个赤身露体的男子。李文芳一把没揪住，气得颜色更变，说：“赵海明你来看，这是你养的好女儿！咱们来书房说。”二人来至书房，酒也不能喝了，赵海明气得颜色改变，在那里默默无言。李文芳说：“咱们是官罢是私休？要是官罢，咱两个人到昆山县打一场官司。你愿意私休，你写给我一张无事字，我写给你一张替弟休妻字。我李氏门中，世代诗书门第，礼乐人家，没有这不要脸的人，给我败坏门风。”赵海明是一位读书明理的人，一听李文芳这一遍话，自己本来是没得话，赵海明说：“官罢私休，任凭你罢。”赵海明要是不讲理，也有的话：“我女儿在我家好好端端，到你家这是你家的门风，我能管三尺门里，不能管三尺门外。”无奈赵海明不能这么说。李文芳说：“要是依我，咱们私休。”赵海明说：“也好，我先写给你无事字。”

使女站在一旁，听明白了，跑到里面上房说：“亲家太太、大奶奶，可了不得了！奴婢去请二奶奶去，走在东院门首把灯笼灭了，我到书房点灯笼去，亲家老爷跟员外爷送我出来，一叫二主母的门，由二奶奶院里跑出一个男子，浑身上下一点衣服也没穿。员外爷跟亲家老爷都瞧见了，也没抓着这个人。我听员外说，要写替弟休妻字，亲家老爷要写无事字，这怎么好？”黄氏老太太一听这话，吓的颜色更变，女儿院中出这个事，酒也喝不下去了。大奶奶本是贤德人，素常妯娌很和美，一听这话也愣了，赶紧同黄氏老太太够奔东跨院。来到赵氏玉贞这屋中一看，地下还点着灯，阴阴惨惨。这西里间是顺前檐的床，见赵氏怀中抱着小孩，脸冲里合衣而睡，已然睡熟，在她旁边有一身男子裤褂，男子鞋袜各一双。使女过去叫二奶奶醒来，连叫数声，赵氏惊醒，睁眼一看，娘亲、嫂嫂带着许多丫环、仆妇在地下站着，赶紧问："娘亲还没回去么？方才我抱着孩儿睡着，也不知天有什么时光。"黄氏说："儿呀，你怎么做出这样事来，叫我夫妻二人有何面目见人！"赵氏一听，说："娘亲，孩儿做了什么事呵？"旁边有个使女爱说话，就把方才之事，如此如此述说一遍，说："二主母你不必装憨，这男子的衣裳、鞋袜还在这里。"大奶奶就问说："妹妹，这是怎么一段事情？素常你不是这样的。"黄氏也是这样说。赵氏玉贞一听此言，是五内皆裂，气得浑身立抖，身不摇自战，体不热汗流，自己长叹一声，说："娘亲，孩儿此时也难以分辩，有口也难以分诉。这叫浑浊不分鲢共鲤，水清才见两般鱼。"

正在说话之际，只见赵海明同李文芳进来，赵海明一瞧，气往上撞，告诉黄氏："你还不把你这不要脸的女儿带了走，我如今与李文芳换了字样，外面轿子已然都预备在院中。"赵氏玉贞抱着小孩，来到外面，方要上轿，李文芳过去一把抓住说："赵氏你这一回娘家，不定嫁与张、王、李、赵，这孩儿我兄弟留下的，趁此给我留下。"由赵氏怀中把孩儿夺过去。赵氏放声痛哭，坐着轿，母女同赵海明回了家。

到了家中，母女下轿，来到上房，赵海明气昂昂把门一锁，拿进钢刀一把，绳子一根，说："你这丫头，做这无脸无耳之事，趁此给我死。如不然，明天我把你活埋了！"黄氏老太太一心疼女儿，身子一仰晕过去了。赵氏玉贞一想："我要这么死了，死后落个遗臭万年，莫若我死在昆山县大堂上去，死后可以表我清白之后。"自己想罢，拿刀把窗户割开，自己钻身出奔。到了外面一看，满天的星斗，不敢走前院，直奔后面花园子角门。开了角门一瞧，黑夜光景，自己又害怕。往外一迈步，门槛绊了一个筋头，拿着这把刀，把手也碰破了，流了血。擦了一身的血迹，把刀带好，自己往前行走。深一脚浅一脚，心中又害怕，又不认得县衙门在哪里，心中暗想："倘要被匪人掠抢，自己是活是死？"

走到天光亮了，自己也不知东西南北。正往前走，只见有一位老太太端着盆倒水，一见赵氏头上青丝发散乱，一身的血迹，不由的心中害怕，说："呦，这不是疯子么？"赵氏玉贞一听，借她的口气说："好，好，好！来，来，来！跟我上西天成佛做祖！"吓的老太太拨头就跑，见人就告诉来了疯妇人了，甚是利害。过路人又要瞧，聚了人不少。赵氏玉贞也找不着昆山县，天有巳正，正往前走，只见对面有人喊嚷："我也疯了，躲开呀！"赵氏抬头一看，由对面来了一个穷和尚，口中连声喊嚷："我也疯了！"赵氏看这和尚，头发有二寸多长，一脸的污泥，破僧衣短袖缺领，腰系绒绦，疙里疙瘩，光着脚穿着两只草鞋，走道一溜歪斜，脚步猖狂。赵氏一瞧，大吃一惊，心说："我是假疯，这和尚是真疯，倘若他过来跟我抓到一处，揪到一处，打倒一处，那便如何是好？"吓的不敢往前走。

来者这疯和尚，正是济公。后面赵福、赵禄跟着，一听和尚说"我也疯了"，可是气就大了。他俩想："花二百三十七两银子买了一块石头，压的我二人力尽筋乏，卖了一百钱，他无故又疯了，倒要看看怎么样。"只见济公来到疯妇人跟前，止住脚步，和尚口中念道："要打官司跟我去，不认衙门我带着去。"说着话，和尚头前就走。赵氏一想："莫非这和尚也有被屈含冤之事？他要打官司，我何不跟他走？"和尚头里走，赵氏后面就跟着，大家看着真可笑。往前走了不远，只见对面来了轿子，和尚口中说："得了，不用走了，昆山县的老爷拜客回来，我和尚过去拦舆喊冤告状，有什么事都办的了。我和尚过去一喊冤，轿子就站住，我非得打官司，谁也拦不了。"赵氏一听昆山县老爷来了，心中说："这是该我鸣冤了。"不多时，只见从那边旗锣伞扇，清道飞虎旗、鞭牌、锁棍，知县坐轿，前护后拥，跟人甚多。这位知县姓曾名士侯，乃科甲出身，自到任以来，两袖清风，爱民如子，今日正是迎官接送回来。赵氏在道旁喊："冤枉哪！"轿子立刻站住，老爷一看，只见那道旁跪定一个妇人，年约二十以外，身穿缟素。知县看罢，吩咐："抬起头来。"只见那妇人抬起头来说："老爷，小妇人冤枉！"知县一看，说："你为何叫冤？从实说来！"赵氏说："禀大人，小妇人赵氏，配丈夫李文元，丈夫去世，小妇人守孀。只因昨天是哥哥的寿诞之辰，天有初鼓，小妇人在东院抱着末郎儿已然睡熟，使女叫门，从小妇人院中跑出一个赤身男子，上下无根线，我婆家哥哥见事不明，也不知道怎样，写了一张替弟休妻字样，我父亲见事不明，写了人家一张无事字样，把小妇人带回家去，给了绳子一根，钢刀一把，叫小妇人自寻死道。小妇人非惜一死，怕是死后落一个遗臭万年，故此求老爷给我辨白此冤。"老爷一听这件事，心中一动，"她告的她娘家爹爹赵海明，婆家哥哥李文芳，清官难断家务事。"打算要不管，只听人群中有一穷和尚说："放着案不办，只会比钱粮。"知县一听，说："什么人喧哗？别放走了，拿住他！"官人过去一找，踪影全无。

老爷吩咐把那妇人带着回衙。到了衙门之内，下轿升堂，又把赵氏叫上来一问，只见赵氏一字不差，照方才所说之话不二。知县知道赵海明、李文芳二人是本处两个绅士，传来一问便知。想罢，吩咐："来人，先把赵海明、李文芳传到。"听差人等答应，立刻就到赵宅门首，一叫门，有人出来问明白，到里边一回话，赵海明一听，心中一动道："好丫头，你上县衙去，现在我有什么脸在昆山住着？"就跟人到了衙门。先禀见。知县一看，是五品员外模样，五官淳厚，看罢问道："赵海明，你女儿告你，你要从实说来！"赵海明说："老父台在上，职员家门不幸，出这样事，求老父台给职员留脸，不必问了。我要不亲看见，如何能答复？"知县说："事已到堂，焉能糊里糊涂下去？本县必要问明白。"只见来人回话，"李文芳到！"不知此案如何办法，且看下回分解。

第四十三回

巧取供审清前案　赵凤鸣款留圣僧

话说知县正在公堂之上审问赵氏，下面差役上来禀报："将孝廉李文芳传到。"知县吩咐带上来。原来李文芳正在家中料理家务，外面家人进来禀报说："老爷，现在外面有昆山县的差人来传老爷过堂，是咱们二奶奶把你告下来了。"李文芳一听，勃然大怒，说："好一个赵海明，这厮反复无常。你既不要脸面，我还怕羞耻？"自己把赵氏屋中那身男子的衣裳带着，用包袱包着，跟着差人来到县衙。禀见知县，口称："老父台在上，孝廉李文芳给老爷行礼。"老爷抬头一看，见李文芳年有三十以外，头戴粉绫缎色幅巾，迎面嵌片玉，绣带双飘，上面走金钱、镶金边，绣三蓝花朵，身穿一件粉绫缎色袍，绣三蓝富贵花，腰系丝绦，足上篆底官靴，面皮正白，眉分八彩，目如朗星，五官清秀，透着精明强干。老爷看罢，说："李文芳，赵氏是你什么人？她把你喊冤告下来，你可知道？"李文芳说："回老父台，晚生知道。"说："皆赵氏犯七出之条，我兄弟已然故去，故此我写了替弟休妻的字样，赵海明写了无事字，他情愿把女儿领回，不必经官，免致两家出丑，不想赵氏又听她父亲赵海明串唆，来捏词诬告。"老爷一听，说："赵氏犯七出之条，有何为凭据？"李文芳说："老父台，有凭据。若没有凭据，晚生也不敢无事生非。她是守节的孀妇，晚间由她院中跑出赤身露体男子，里面有男子的衣服，晚生业已带来，请老父台过目。”把包袱递上去。知县打开一看，里面是男子头巾、裤褂、鞋袜。老爷一看，问：“赵氏，你屋中可见这包袱没有？”赵氏说：“回老爷，不错，这包袱是在小妇人屋里来着。”老爷说：“你既是守节的孀妇，你那院中又没有男子出入，何以有男子的衣服？你还来刁词诬控，搅扰本县！大概抄手问事，万不肯应，拉下去给我掌嘴！”赵氏一听，心中一动：“我要在昆山县堂下挨了打，我有何面目见昆山县的人？再者赵氏门中岂不玷辱？莫如我一死倒好；死后必有稳婆验我，可以皂白得分，我落个清白之名。”想罢，自己往前跪趴半步，说：“大老爷，先不必动刑，小妇人有下情禀告。”老爷说：“你讲！只要说得有情有理，本县并不责罚你。”赵氏说：“小妇人我苦守贞洁，我院中并无男子出入，老爷如不信，有跟同榻而睡的人。”老爷一听，心中一动，“既有跟她同床共榻的人，这事也许别人做的，她不知情。”老爷说：“什么人跟你同床共榻？”赵氏说：“是我那孩子末郎的奶娘李氏。”老爷吩咐传李氏。

手下差役人等下去，不多时把李氏传到。一上堂，李氏说：“好，我二主母把我告下来了，我正要上堂前去鸣冤！”来到公堂跪倒说：“老爷在上，小妇人李氏给老爷磕头。”老爷睁眼一看，见李氏有三旬以外年岁，长得姿容丰秀，身穿蓝衫、青裙，足下窄小宫鞋。老爷说：“李氏，你二主母院中跑出一个赤身的男子，这男子衣服是哪里来的？你必知情，从头说了实话，与你无干！”李氏说：“回大老爷，小妇人我不知道，我昨天告假回家。”老爷一听，在上面把惊木一拍，做官的人，讲究聆音察理，见貌辨色，说：“李氏，你满嘴胡说，你这就该打！你当奶娘，你说告假，难道说你走了，把孩子饿起来了不成？”李氏吓得颜色更变，说：“老爷不必动怒，我这里有一段隐情，回头说。二奶奶，我可要说了。”赵氏说：“你说罢，只要你照实话说。”李氏这才说道："老爷要问，小妇人也并不是久惯指着当奶娘为生，我就在西街住，离我家主人不远。是我家二主母雇了奶子散了，老不合式，我家就是一个婆母娘，丈夫贸易在外，我有个小女儿死了，我这也是一半行好。这一天，我二主母就问我：'李氏，你不告假么？'我说：'不告，末郎公子养活的又娇，带到我家去，二主母不放心，不带了去，公子岂不要受屈？'我家二主母因为这个，有两天没跟我说话。又过了些日子，我家二主母又叫我歇工，小妇人我是不敢违背了，我就告假，二主母还赏了我两串钱，一包袱旧衣裳。晚间给公子吃了乳，我家去睡觉，我在家住了一夜。昨天我家二主母又叫我告假，我还说：'今天是大老爷的生日，焉有我告假之理？'我家二奶奶说：'你是我这院中的人，大老爷他也不能管。'故此我就走了，告了假，二主母还给了我三吊钱。这天晚上，就出了这个事，故此我不知。素日我家二主母实系好人，并无闲杂人进院里去。"

老爷听罢，说："赵氏，你叫李氏告假，是所因何故？"赵氏说："小妇人是红颜薄命，李氏她丈夫贸易在外，新近回来，我想为我这孩儿叫她夫妻分离，不叫她回去么？小妇人是修合无人见，存心有天知。老爷自己不明白，到后面问太太就明白了。"知县一听这语，其中定有别情，说："赵氏，你这是刁词胡说。大概不打你，你也不说实话。来人呀！给我拉下去掌嘴。"赵氏一想："我要等他打了我再死，我总算给赵氏门中丢脸，莫如我急速一死。"想罢，说："老爷，不便动怒，小妇人我还有下情。"知县说："讲！"赵氏说："我死之后，千万老爷派稳婆相验，以表我清白之名，但愿老爷公侯万代。我死后老爷如不验，叫我皂白不分，老爷后辈儿女，必要遭我这样报应。"说着话，自己拉出刀来就要在大堂自刎。知县在上面也未拦，幸亏旁边差人手疾眼快，伸手把刀夺过去。

知县正在无可如何，就听外面一阵大乱，有人喊嚷："冤枉！图财害命，老爷冤枉！"老爷借这一乱，吩咐先把赵氏、李氏、李文芳、赵海明带下去，先办人命案要紧。差役人等将众人带上去，只见外面有一个和尚，带着一个人，两眼发直，扑奔公堂而来。书中交代，来者和尚非是别人，正是灵隐寺的济公长老。原来济公自带着赵氏鸣冤之后，赵福、赵禄追上和尚。赵福说:“师父，你老人家别犯疯病，咱们走罢。”和尚跟着往前走，来到直街赵凤山的住宅门首，家人说:“师父，这里站一站，我们进去回话。”不多时，由里面二员外迎出来。赵凤鸣出来一看，见济公衣服褴褛不堪，心中暗想:“我打算请了什么高人来给治病，原来是一穷僧。”无奈拱手往里让。到书房落座，赵福、赵禄二人先把书信拿出来，二员外叫人献上茶来。打开书信一看，是自己哥哥亲笔手书，上写:

夕阳入律，曙气同春。伏念贤弟德门景福，昌茂之时矣。前接华翰，知家务一切事宜，仰赖贤弟料理，愚兄承情莫尽矣。兹者叩禀婶母太君，万福金安。以是侄仰赖祖宗之福庇，蒙圣主恩德，简任太守，不能日侍左右。前接二弟来函，知婶母太君玉体违和，瞳眸被蒙。奉读之下，感泣涕零，悲鸣之嘶，实伤五内。侄处请灵隐寺济公禅师治病，精通岐黄，手到病除，可急愈矣。侄遣家人赵福、赵禄捎至黄金数锭，重五十两，供为甘旨之资已。是侄尽忠则不能尽孝矣！并候均安不一。

不孝侄男赵凤山顿首拜

赵凤鸣看罢信书，这才重新给济公行礼，说:“圣僧佛驾光临，弟子有失远迎，当面恕罪！我兄长请圣僧前来给我老母治病，不知圣僧应用何药？何等治法？”济公说:“贫僧自有妙法。”正说着话，听外面有脚步音，济公说:“外面什么人进来？”赵凤鸣也问:“什么人进来？”只见由外面进来一位大汉，头挽牛心髻，身穿旧裤褂，白袜青鞋，原来是种稻地的长工笨汉。和尚说:“你怎么这么没根基，把我的鞋偷了去？你一走到，我就听出来了。”那笨汉把眼睛一翻说："和尚，你别讹人，我的鞋，你怎说是你的？"和尚说："二员外你看，我由临安来，穿这草鞋这么远走的了么？我是穿着那鞋来的，到了门口我换上草鞋，他就把我那鞋偷了去。"只见这大汉方要给济公争竞，济公说："你说是你的鞋，有什么凭据？说对了就算是你的。"大汉说："我鞋底上有十四个钉子。"济公说："我鞋上有十六个钉子。"大汉脱下来一数，果是十六个，急的要跟和尚打架。赵凤鸣说："我给你两吊钱再买一双吧，这双鞋给圣僧留下。"大汉也不敢再争，拿钱去了。赵凤鸣说："圣僧要这鞋何用？"济公哈哈一笑，说："要给老太太治病，非这双鞋不可！"当时拿笔开了一个方子，赵凤鸣一看，暗为点头。不知济公写的是何言语，且看下回分解。

第四十四回

诱汤二县衙完案　两公差拜请济公

话说济公合赵凤鸣二人谈话，问圣僧要用什么妙药治眼。济公说："这一双鞋是药引子，还要一个全单。药味不同，我开出来，你等照方儿预备罢。"叫家人取过文房四宝来，立刻济公写完，给赵二员外一看，吩咐家人照样预备，用包袱包好。济公叫："赵福，扛着包袱跟我去，找药引子去。没有药引子不能办。"赵福跟着和尚出了大门，又告诉赵福几句话，立刻赵福去了。和尚信口唱着山歌，街前行走，唱的是：

> 得逍遥，且逍遥，逍遥之人乐陶陶。富贵自有前生定，贫穷也是你命该招。任你用机谋，难与天公绕。劝君跳出这朦胧，随意逍遥真正好。杯中酒不空，心上愁须扫。花前月下且高歌，无忧无虑只到老。

济公信口作歌，一直出了西门。只见前面有一人，扛着包袱，往前正走，那街市上之人全都让他说："汤二哥，你老人家怎么会走了？我们都不知道，也没给你送行，有什么急事？"只听那人说："我家来了一封急信，叫我急急回家，我回来再见罢。"众人让着他，他并不站住，济公一看，心中说：“要把此人捉住，方好办事。”想罢，随后就追，一直出了关厢。那人不住回头，直看和尚，和尚后面紧追。那人就把包裹放在地下，坐在包裹上，心说：“这个和尚，追我干什么？我又不认识他。看他过来怎么样？”和尚来到近前，也就坐在地下，扬着脸看着那人，目不转眼。那人气往上撞说：“和尚，你瞧我做什么？”济公哈哈一笑，道：“你姓什么？”那人道：“我姓汤，你问我做什么？”和尚说：“你一说姓汤，我就知道你叫什么。”那人说：“我叫什么？”和尚说：“你叫汤油蜡。”那人勃然大怒，说：“和尚你又不认识我，你为何张嘴就跟我玩笑？”赌气拿起包袱来就走，和尚随后就追。走了有一里之遥，和尚后面直嚷：“汤油蜡，你等等我！”汤二一想：“这个和尚真可气，我不认识他，跟我玩笑。”

往前走了不远，跟前一个镇市，有买卖铺户，也有酒馆。汤二一想：“我进酒馆喝两壶酒躲躲他，大概穷和尚他没钱，等过去我再走，省得他直叫我汤油蜡。”想罢，进了酒铺坐下，说：“伙计，你们这里卖什么酒菜？”伙计说：“我们这里有酒，有豆腐干，卖饺子，没别的。你要吃菜，南隔壁有卖的，我借给你一个盘子，你自己去买去。”汤二拿了个盘子说：“伙计，你给我照应着包袱。”伙计说：“不要紧，你去买去罢。”汤二拿着盘子，刚一出酒铺，见和尚一掀帘子，进了酒铺。汤二心中好后悔，说：“我要知道和尚来，我就不来了。”自己已然拿了人家的盘子，又不好不喝，就在隔壁买了一盘熟菜。进酒铺一看，和尚把包袱坐在屁股底下。汤二一看，也不问和尚，汤二问伙计：“我叫你看着包袱哪里去了？”伙计一看，和尚那里坐着包袱，伙计过来说：“和尚，你别坐着人家的包袱，给人家罢。”和尚说：“包袱是他的给他，我是才捡的，只当我又丢了。”伙计心说：“跑我们屋里捡东西来了。”立刻把包袱给了汤二。

汤二在和尚对面坐下，每人要了两壶酒，伙计说：“有汤面饺，你们二位吃不吃？”和尚说：“吃得了。”伙计下去工夫不大，说：“汤面饺好了，你们二位要多少？”和尚说：“热不热？”伙计说：“刚出笼，怎么不热。”和尚说：“热，我怕烫了嘴，待凉了再告诉我。”汤二说：“给我来十个。”和尚见汤二要，说：“我也要十个。”伙计给端过来两屉，每人一屉。汤二要醋蒜，还没吃呢，和尚把饺子掰开，啐了一口痰，复反放在嘴里嚼了吃了。汤二一瞧，说：“伙计拿开罢，我呕心死。”伙计说：“大师父你别闹脏，你这么吃，人家一呕心，都不用吃了。”和尚说：“我就不那么吃了，叫他吃罢。”汤二刚吃，和尚把草鞋脱下来，把热饺子搁在鞋里，烫得臭汗味熏人。汤二赌气，把筷子一摔，“不吃了！”和尚把筷子也往桌上一摔，说：“你不吃了，我还要吃呢。”跑堂的过来一算账，说：“你们二位，都是一百六十八文。”汤二带着还有六百多钱，刚要掏钱，和尚那边说：“唵，敕令赫！”伸手掏出有六百多钱。汤二一瞧和尚掏出那串钱，心说：“是我的那串钱。”一摸怀中果然没了。心中纳闷，“我腰里的钱，怎么会跑到和尚腰里去？”自己哼了一声，和尚拿着这串钱说：“这串钱是你的罢？”汤二说：“和尚，钱可是我的，我不要了，你拿了去罢。”和尚说：“不能，钱是我捡的。方才我一进来，见钱在地下，我捡起来。是你的，给你，我不要。”说着，把钱拿过去。汤二把钱拿起来说：“和尚，你倒是好人，你要不闹脏，我真请你喝几壶酒。”和尚说：“我就不闹脏，你请我喝两壶。”汤二说：“那有何妨，我就请你喝。”和尚说：“伙计，你给拿二十壶酒来。”伙计拿上酒来。汤二见和尚一口就是一壶，汤面饺三个一口，两个一口。汤二一看，大概叫完了，得一吊多钱，给我六百，得拐回去一半去，汤二就说：“和尚，我可没钱了，今天咱们别让，你吃你给，我吃我给，同桌吃饭，各自给钱。”和尚说：“你要小气，今天连你吃都是我给，我焉能扰你？我最实心的，我说我给你就别让。”汤二倒觉着过不去。和尚说：“我说给就我给，算到一处。”伙计一算，二账归一，两吊二百八十。和尚说：“我给，我最实心的。你别瞧我穿的破袍子，有肉不在折上。”汤二说：“还是我给罢。”和尚说：“你给，你就给，我是实心的。”汤二无法，委委屈屈打开包袱给了钱，自己生气。和尚扛起汤二的包袱就走，汤二说：“和尚你吃了我的两吊钱，你还要抢我的包袱？”和尚说：“不是，人得有人心，我不能白吃你，我给你扛着好不好？”汤二一想，和尚倒也有良心，真倒罢了。说着话，出了酒铺。汤二往西走，和尚往东走。汤二一回头，说：“和尚，你怎么往东走？”和尚说：“我是东川的，你是西川的，我跟你往西做什么？”汤二说：“你拿我的包袱给我。”和尚说：“你的包袱给我拿着。”汤二说：“和尚，你要抢我。”和尚说：“不但抢你，还要打你。”和尚用手一指，口念：“唵嘛呢叭谜吽！唵，敕令赫！”汤二打了一个冷战，就迷糊了。和尚过去打了汤二一拳，把鼻子打破了，流出血来。和尚抹了一包袱血迹，带着汤二往城里走。

刚走关厢，有人认得汤二，就问：“汤二哥，什么事？”和尚说：“你们少管，图财害命事。”吓得这人也不敢问了。和尚带着汤二，一直来到昆山县。到了县衙，和尚往里走，口中直嚷：“阴天大老爷，和尚冤枉！”旁边有差人说：“和尚别胡嚷，哪有阴天大老爷？”和尚说：“图财害命，人命案。”说着往里走，直到公堂。老爷已派人把赵氏等带下去，见来了一个穷和尚，扛着包袱，上面污血，汤二迷迷糊糊来到公堂跪下。和尚一站，老爷说：“和尚，你见了本县，因何不跪？可有什么冤枉事？可有呈状？”济公说：“我和尚只因在庙中众僧人都欺负我，我师父叫我化缘，单修一个庙。把殿宇全都盖好了，正要开光，偏巧下了半个月的雨，又都坍塌了，又不能再化缘，我师父在这昆山县地面有两顷地，叫我卖了盖庙。我带着一个火工道，把地卖了，带着银子，走在半路，我那火工道他说要出恭，我和尚头里走。在三岔路等了有两个时辰，见这人他背着我的包袱来了，敢情他把我火工道图财害命了。”老爷把案桌一拍，说：“你叫什么名字？因何你把火工道图财害命？”汤二才明白过来，一瞧这是公堂之上，自己就把方才之事，说了一遍。老爷说：“和尚，你这包袱是汤二的？”济公说："我也不必跟他争论，我和尚开个单子，他要说对了包袱的东西，我的单子不对，那是我诬告不实，老爷拿我治罪。如我的单子对了，他说不对，那是他图财害命。"老爷一听有理，就叫和尚写。写完了，呈给老爷一看，字还很好，上写：红绫两匹，白布两匹五尺，黄绫一块，纹银二百两，大小三十七块，钱两吊，旧衣裳一身，鞋一双钉子十六个。老爷一问汤二，焉想到由此人身上又勾出谋夺家产，暗害贞节烈妇之事。要搭救赵氏玉贞，且看下回分解。

第四十五回

华云龙气走西川　镇八方义结英雄

话说知县看罢和尚写的单子，这才问汤二："你说包袱是你的，你说里面都是什么东西？你要说对了，把包袱给你，你若说不对，我要办你图财害命。"汤二说："我那包袱里有碎花水红绫两匹，松江白布两匹，有钱两吊，使红头绳串着，里面还有红绫一块，有旧头巾一顶，旧裤褂一身，旧鞋一双，有纹银二百两，余者并无他物。"老爷一听，说："和尚，你写的跟他说的一样，叫本县把包袱断给谁？"和尚说："老爷问的还不明白，老爷问他银子多少件？"汤二说："我那银子就知是二百两，不知多少件。"老爷勃然大怒，说："你的银子，你为何不知道件数？打开包袱一看！"立时把包袱打开，一点，别的东西都对，银子果然是三十七件。老爷说："汤二，我看你这东西，必是久惯为贼。你把这和尚的香火道杀了，死尸放在何处？"汤二说："小的实实不是图财害命，这个包袱有人给我的。老爷如不信，把给我包袱的人，传来一问便知。"老爷说："什么人给你的包袱？"汤二说："是本县的孝廉李文芳，他是我的主人，他给我的，我并未图财害命。"老爷就问手下书吏人等，本县有几个孝廉李文芳？书吏回禀，就是一个孝廉李文芳，老爷吩咐传李文芳上堂质对。李文芳正在书房坐着生气，众书吏都跟他认识，正在劝解他。外面差人进来说："请李老爷过堂。"李文芳问："什么事又叫我过堂？"差人说："人命重案。"李文芳到堂上一看，汤二正在那里跪定，旁边站着一个穷和尚，也不知是所因何故。汤二说："员外，你给我这个包袱，他讹我，说我图财害命。"济公在旁边说："你拉出你窝主也不怕，咱们看看谁行谁不行。"知县那里问道："李文芳，你可认识他吗？"李文芳一听，"这件事，甚不好办，我别合他受这牵连官司。"遂说："回禀老父台，孝廉不认识他，包袱不是我给的。"知县勃然大怒，说："好大胆鼠辈，我不动刑，你也不肯直说来，看夹棍伺候！"三班人役，立刻喊堂威，吩咐人来，把夹棍一放，吓的汤二颜色改变，说："老爷不必动刑，我还有下情告禀，我合李文芳还有案哪！"老爷吩咐："招来！"汤二说："小人原籍西川人，自幼在李宅伺候我家二员外，书房伴读，指望我家二员外成名上达，我等也可以发财。不想我家二员外一病身亡，我一烦闷，终日饮酒取乐，醒而复醉。这天我家大员外李文芳把我用酒灌醉，问'你愿意发财不愿意？'小人说：'人不为利，谁肯早起哪！'我说愿。他说：'你要能赤身藏在你二主母院中，等我生日那天，我叫使人叫门，你从里面出来，我给你二百两银子。'小人一时被财所迷，就应允了。昨天是我暗中藏在二主母院中，候至天晚，我溜进房中，在床底下，把衣服全脱了，放在床上。我看见二主母抱着小孩睡熟，我自己出去一听，只听外面叫门，我往外一跑，被我家员外同赵海明看见，也没抓住我，我躲在花园书房之内。候至天明，我才知道把二主母休了，小孩子留下，要辞奶娘，奶娘只哭不走。我家大员外要谋夺家产，给了我二百两银子，连绫子带布，下余还等转过年再来给我。我打算要回家，不想遇见这么一个要命鬼和尚，他说我图财害命，我并未作那样之事。这是已往之事，小人并无谎言。"知县一听，方才明白此事，旁边招房先生写着供，心中暗骂："好一个李文芳混账东西，还是个孝廉，做出这样伤天害理之事！"

招房先生写完了供，知县吩咐把赵氏李氏及赵海明带上堂来，叫招房先生一念汤二这篇供，赵海明一听，这才明白自己的女儿是贞洁烈女，自己颇觉后悔，几乎叫我逼死，心中甚是可惨，这才给老爷叩头，求老爷作主。知县勃然大怒，说："李文芳你既是孝廉，就应当奉公守分，竟做出这样伤天害理之事！为子不孝，为臣定然不忠。弟兄不义，交友必然不信。你兄弟既死，你应该怜恤孀妇，也是你李氏门中的德行。赵氏苦守贞洁，你反施这样虎狼之心，设这等奸险之计，你就死在地府阴曹，怎么对得起你兄弟李文元的鬼魂？你知法犯法，本县要重重办你，你是认打认罚？"吓的李文芳战战兢兢，自己觉着脸上无光，心中惭愧，无话可答，求老父台开恩，请示："认打怎么样？认罚怎么样？"老爷说："认打，我行文上宪，革去你的孝廉，本县还要重办你。你要认罚，本县待你恩典，你快把你家中所有的产业，归赵氏经管。她母子如有舛错，你给我立一张甘结存案，那时有舛错，我拿治罪。我罚你五万银，给赵氏请旌表，立牌坊，你还得叫本处的绅士公同用轿，把你弟妇迎接回去。如不遵行，本县我仍然重办你。"李文芳说："那是老父台的公断，举人情愿认罚。遵老爷堂谕办理。"老爷说："虽然如是，本县我还要责罚你，恐你恶习不改。来！传吏房书，给我责他一百戒尺！"吏房立刻上来。李文芳本是本处的绅士，苦苦的哀求，老爷说："我不叫皂隶打你，就是便宜。"吏房过来，打了一百戒尺，打的李文芳苦苦求饶。

老爷吩咐带赵海明，老爷说："赵海明，你见事不明，几乎把贞节妇逼死，你认打认罚？"赵海明叩头说："我认打如何？认罚如何？"老爷说："认打，我把你员外革去，打二百军棍。认罚，罚你三千银，当堂交来，并非本县要，给你女儿盖一座节烈祠，留芳千古。"赵海明说："那是老爷的恩典，我出六千银也愿意。"老爷又叫把李氏带上来，老爷说："李氏，你要好生伏侍你二主母，你虽然是不指着当奶娘，既出来就得实心任事。你二主母有体恤你之心，你也该尽心，再说把孩子奶大，你也有名有利。”李氏说：“谨遵老爷之谕。”知县说：“汤二，你这厮狼心狗肺，你二主人在日，待你如何？”汤二说：“二员外在日，待我甚厚。”老爷说：“既是二员外待你甚厚，他死了，你就该在你二主母跟前尽心，你反生出谋夺家产，合谋勾串，陷害贞洁烈妇。来人，把他拉下去，重责八十大板，用二十五斤的枷，在本处示众三个月，递解原籍，交本地方官严加管束。”众人具结，李文芳约请绅士迎接赵氏回家，与末郎儿团圆，这且不表。

众人下了堂，老爷倒为了难，心说：“这个和尚怎么办法？要没有和尚，我这案断不完，要说多亏他，他又说香火道图财害命，我哪里给他找凶手去？”老爷心中一想：“我威吓他几句，说他诬告不实，打他几下，胡乱把他轰下去就完了。”老爷刚想到这里，还没说话，和尚说：“老爷你这倒为了难了，要没我和尚，这个案办不完，要说多亏我和尚，你又得给我办图财害命，莫如威吓我几句，打我几下，糊里糊涂把我逐出去。”老爷说：“和尚你猜着了来，拉下去给我打！”官人过来就拉，说：“和尚你躺下！”和尚说：“铺上被了么？”官人说：“没有那些说。”和尚就嚷：“我要挨打了！我要挨打了！”连嚷了两声，就听外面有人嚷：“大老爷千万别打我们那位和尚。”由外面进来一人，背着包袱，跑在公堂。老爷一看，是个长随的打扮，说：“你叫什么名字？”这人说：“我叫赵福，我是火工道，我跟和尚走在半路，我要出恭，出完了恭，没追上和尚。我一打听，听说和尚打了官司。”和尚说：“老爷，这是我的火工道，老爷打开包袱看，如里面东西不对，这算我和尚诬告不实。”老爷打开包袱一看，果然跟汤二的包袱一样，连银子件数都对。老爷一想：“这可怪！”看赵福不像火工道的人，老爷说：“赵福你不像火工道，你说实话，那和尚是哪庙的？”赵福把济公的根本源流，如长如短一说，怎么被赵太守所请来到昆山。知县一听，赶紧离了座位，恭恭敬敬过来行礼，说：“圣僧，原来是秦丞相的替僧济公，弟子实在不知，多有得罪。若非是你老人家前来，弟子这案焉能断的清？来，把这包袱赏给圣僧跟人罢！”和尚说：“谢谢！”当时告辞，把两个包袱，赏给赵福、赵禄每人一个。一同来到二员外家中，掏出一块药来，和尚给老太太洗眼，就透清爽，一连三天，就透了三光。赵凤鸣先叫两个家人回临安，留济公住着，给老太太治眼。老太太眼也好了。

济公在这里住了三个月，终日跟赵凤鸣讲文理，这天忽然家人进来回禀说：“现有临安来了两位班头，请济公有紧要大事。”和尚按灵光一算，就知临安出了塌天大祸。不知所因何故，请看下回分解。

第四十六回

贺守正花群雄结拜　逛临安城巧遇王通

话说济公正在昆山县赵宅闲住，把老夫人眼也都治好了，屡次要走，二员外不放。苦留在书房之内，每日闲谈诗文，济公对答如流，二员外益加佩服，说："可恨合济公相见之晚，自己要早见济公，文章必然大长。"济公在这里，不知不觉住百天之久。这天外面有人来回话，带进临安太守衙二位班头来，站在面前，给济公行礼，说："圣僧你老人家这些日子未在临安，只闹的天翻地覆，我二人特来请你老人家。"和尚一问："二位班头，怎么一段事？"二人从头至尾，述说一遍。

书中交代：是那西川路出了一个江洋大盗，此人姓华名忠，字云龙，绰号人称乾坤盗鼠。由十八岁在绿林闯荡，跟鬼头刀郑天寿久在一处，都是有文武全材，就是好采花，都在镇山豹田国本家寄住。一拜之交有数十位，惟有五个至近之人，都是绿林人物，人称五鬼。内中有开风鬼李兆明、云中鬼郑天福、鸡鸣鬼全德亮、蓬头鬼恽芳、黑风鬼张荣，人都知晓西川五鬼一条龙。只因窝主田国本由西川搬走，不知去向，这些人无地可居，都四散各投亲友。华云龙在西川采花作案，留下了九条命案，都是先奸后杀，地面官差总领各处寻踪访拿甚急。他一想此地不能久住，因此他离了西川。到了江西玉山县，听人传说此地有一位保镖达官，人称威震八方杨明，乃是一位英雄，专好结交天下豪杰。华云龙去到凤凰岭如意村拜访杨明，家人回禀进去，杨明一听，知道华云龙是一个采花淫贼，告诉家人不见。家人出去告诉："我家主人不在家。"华云龙无奈，已然走了。过了几天，又有人提杨明在家，华云龙去拜，又未见着，一连去了三次。

这日杨明把他请进去，一说话，本来人又能说，对答如流。他一看杨明身长八尺，细腰扎臂，头戴宝蓝缎色扎巾，金抹额，二龙斗宝，迎门一朵绒桃，身披宝蓝箭袖袍，腰束丝鸾带，足下青缎快靴，闪披蓝缎团花氅，面如古月，眉分八彩，目如朗星，准头端正，三山得配，四字方口，海下一部黑胡须，分为三绺飘洒胸前，五官清秀，品貌端方。华云龙甚为欣羡，说："小弟久仰兄台大名，实深想念。今幸得会，实三生之大幸也！"杨明说："愚下有何德能之处？多蒙雅爱，屡次枉驾，未能面会。"二人说了几句谦虚话，华云龙说："小弟异乡客居，年幼无知，求兄台教益。"杨明见华云龙说话和气，心中甚喜，留在客厅吃酒。提说他从前在西川采花作案之事，华云龙甚是后悔，杨爷要给他庆贺守正戒淫花，戴花不准采花，华云龙也愿意。杨明撒帖请人，内中有追云燕子黄云、铁面夜叉马静、千里独行杨得瑞、千里腿杨顺、飞天火祖秦元亮、立地瘟神马兆熊、追风燕子姚殿光、过度流星雷天化、登萍渡水陶芳、踏雪无痕柳瑞、顺水推舟陶仁、摘星步斗戴奎、飞天鬼石成瑞、夜行鬼郭顺、三岔鬼姚洞、金脸鬼焦亮、律令鬼何清、探花鬼马诚、矮岳蜂鲍雷、雷鸣、陈亮等，共是三十六人结拜，给华元龙庆贺守正戒淫花。大家喝了血酒，从此别人走了，华云龙他在杨爷家中住着。无事也同到镖局里去去，跟着杨爷学打镖，学了一路八卦篆还刀，就在这里一住三年之久。

这日他想要去逛临安城，杨明给了他一百两纹银，临走嘱咐他："到外面不可胡为，无事早回来。"他自己自离了江西玉山县凤凰岭如意村，在路上晓行夜住，饥餐渴饮。这日到了临安城，先到钱塘门外，在大街一看，只见人烟稠密，买卖铺户不少，只见路北有一座酒楼，字号是“望江楼”，挂着酒幌子、茶牌子，两旁抱柱上有对联，上写“醉里乾坤大，壶中日月长”。华云龙想要在这里吃两杯酒，迈步进去一看，楼下甚乱，登楼梯上去，找了一张桌坐下。方才要酒，猛抬头一看，见东面楼窗下坐定一人，头戴紫缎色六瓣硬包巾，身穿紫缎色箭袖袍，腰系皮挺带，肋下佩着腰刀，足下薄底缎靴，闪披绿色缎绣团花一件英雄氅，面皮微紫，紫中透红，黑真真两道重眉，一双怪眼皂白得分，准头丰隆，三山得配，四字口，压耳两绺黑毫，海下抱长一部刚髯，看此人真是堆垒着威风，一股杀气。华云飞一看那人，独自在那里摆着一桌酒，华云龙赶紧过去行礼说：“二哥少见，久违！你我自西川分手，倏经四载的光景，万不想你我在此相遇。兄台一向可好？”那人一看，哈哈大笑说：“原来是华二贤弟，真是有缘千里来相会，无缘对面不相逢。”书中交代：这个人姓王名通，绰号人称铁腿猿猴，乃是西川路的江洋大盗，跟华云龙是换帖的弟兄。二人是许久未会，今天在此相遇，彼此各叙离别。

二人落座，从新要酒要菜，喝着酒，王通问道：“二弟你我由西川分手，贤弟在哪里存身？今天来此何干？”华云龙把在江西拜遇威震八方杨明，三十六友结拜庆贺守正戒淫花，从头至尾述说一遍，这才问：“兄长来此是闲逛，是有事呢？”王通说：“我来到这里，找一个仇人。只因我兄长在成都府当一名书办，因为二百两赃银，狗官把我兄长入狱，闷死在狱内，那时我并未在家，等我回去才知道。我要找那狗官，给我兄长报仇，无奈那狗官已然卸任，我来到京都，寻找于他。我今天才到，尚未打店，你我二人可以住在一处。”华云龙说：“好，我也才到。”

二人正在说话，只听楼梯咚咚一响，上来一人，手内拿着果筐。此人有四十来往岁，头戴青布头巾，青布小夹袄，青布夹裤，白袜青靸鞋，淡黄的脸面，细眉圆眼，鹰鼻子，裂腮额，微有几根胡须，上头七根，下头八根。一上楼来是吃酒的，他向各桌上一看，忙到华云龙桌上，把筐子放下，说："哎呀！原来是二位太爷，小人有礼！"趴地下就磕头。华云龙一看，说："我打算是谁？原来是刘昌。"原来刘昌生长西川，久合这些绿林人物在一处，充当采盘子小伙计，只因被事牵连，他逃在临安城，作一个小本经营，今日遇见这二位，连忙过去行礼。王通说："起来，刘昌你在这里甚好？住在什么所在？哪里有繁华热闹之所？你说说我听。我二人初到此地，人地不熟。"刘昌说："二位太爷要逛这西湖，三条大街，买卖铺户都有。西湖十景，天下第一的城隍山，都是这热闹之处。二位大爷要逛，跟我走走，天晚也不必住店，我那里有间上房，院中静雅，并无闲杂人等，也可住。"华云龙一听这话，心中甚喜，刘昌坐下，跟着一同吃酒。

三人用完饭，王通给了钱，三人下了酒楼一看，街市之上，人烟不断。信步到了城隍山上，一看，果然好一处山林，树林森森，来往游人不少。正往前走，只见对面来了一乘小轿，内中坐定一个女子，真真是梨花面，杏蕊腮，瑶池仙子、月殿嫦娥不如也。华云龙一看，他是久惯采花之人，非得真好，不能入他的眼，他是曾经沧海难为水，除却巫山不是云，今日一见这妇人，跟随轿后，直到钱塘外，路北有一座乌竹庵，那轿子进去。他一回头，见王通、刘昌二人也在后面跟来，到了无人之处，问刘昌："你知道这个妇人的来历不知？"刘昌说："这个人，二太爷你老人家别妄想，这个人是赵通判之女，给孙孝廉之子为妻，未过门，孙家之子已死，赵家之女要去吊孝，说：'我合你儿有夫妻之名，没有夫妻之分，开开棺材我看看。'孙家叫人一开棺材，那姑娘把头发自己剪了，要守望门寡。婆家娘家两家都劝她不要，她自己一气到乌竹庵出家，带发修行。这是娘家常接去，你老人家问，要想别的怕不行。"华云龙一听，心中一动，要夜入尼庵前去采花。要知后事如何，且看下回分解。

第四十七回

遇节妇淫贼采花　泰山楼复伤人命

话说华云龙听刘昌之言，自己也未答言。三人吃了晚饭，住在钱塘门外刘昌家中。天有初鼓已后，自己也睡不着，起来看了看王通、刘昌二人都睡了，自己起来把夜行衣包打开，把夜行衣换好，把白昼的衣服换下来，用包裹斜插式系在腰间，把钢刀插在软皮鞘内，拧好了轧把簧，自己这才出离了上房，将门倒带。抬头一看，见满天的星斗，并有朦朦的月色，跳墙出了这所院落。见街市上路静人稀，来到尼庵以外，拧身纵上房去，往四野一看，这座庙是三层大殿，正大殿东边有一个角门，单有一所东跨院。来到东配房一看，见那院中是北上房三开，东西配房各三间，正南是一道墙，里面栽松种竹，院中倒也清雅，北上房东里间屋中，影影射出灯光，隐隐有念经之声，东配房北里间也有灯光。他这才由东配房上跳下来，直奔北上房台阶，来到窗棂以外，把纸湿破一看，这屋中是顺前檐的炕，炕上有一张小床，桌上面有一盏灯，有四个小尼僧，都是十四五岁，在那里抱着经书，那里念经。地上靠北墙一张条案，上面堆着许多经卷，头前一张八仙桌，两边有两张椅子，上首椅子上坐着一位老尼僧，有六十多岁，长的慈眉善目。华云龙看了一看，这里面并没有那一个带发修行的少妇，复又转身够奔东配房。

来到北里间窗棂以外，把窗纸湿了一个小窟窿，往里一看，也是一张床，上面有一张小床桌，桌上搁着灯，旁边坐着正是那白天坐轿的那少妇，正在灯下嗪经。华云龙看罢，推门而入，来到房中，把赵氏吓了一跳。自己正在念经之际，见外面进来一男子，穿着一身青，背后插着刀，赵氏赶紧问道："你是什么人？此地乃是佛门净地，黑夜光景来此何干？快些说！"华云龙说："小娘子，白昼我见你坐轿由城隍山经过，我见你貌美，我跟到此处，故此我今夜前来寻你。你要从我片刻之欢，我这里有薄意相酬。"妇人一听，把脸一沉说："趁此出去，不然我要嚷了！把我师父叫来，将你送到当官，悔之晚矣！"华云龙一听这话，勃然大怒，说："好！你要从我便罢，如不从我，你来看！"用手一指背后的刀。那妇人一看，本是位节烈的妇人，赶紧就嚷："了不得了！杀了人了！救人哪！"华云龙一听，恐怕有人来，过去一揪青丝发，拔出刀扑的一刀，竟将妇人杀死。可怜红粉多娇女，化做南柯一梦西。

华云龙本是一团高兴，今朝把人一杀，心中甚是懊悔。只见外面老尼姑说："什么人在我这扰闹？"已把房门堵住。华云龙急了，照定老尼姑头上就是一刀，老尼姑一闪身，正砍在膀背之上，老尼姑"哎呀！"一声，翻身栽倒。华云龙趁势纵在院中，拧身上房，自己仍由旧路回来。刘昌正醒了，说："华二太爷上哪里去了？"华云龙也不隐瞒，就把方才采花之事，如此如此一说，王通也醒了，听的明白，说："二弟初到此地，就做了这样的大案，惟恐你在此地住不长久。"华云龙一听，微微一笑，说："不要紧，就凭此地这几个班头，我有个耳闻报，不足为论。"说着话，二人起来。天光亮了，华云龙说："刘昌你做你的买卖去，不要跟我二人闲逛，你有公事在身。"刘昌答应去了。

王通同华云龙二人，够奔钱塘门，见街市上人烟稠密，二人就听纷纷传言，"乌竹庵回头验尸。"王通说："兄弟，咱们二人找清雅地方喝酒去罢，不要在那里闲逛。”二人进了城，来到凤山街路北，有一座泰山楼，是一个大酒饭馆，二人想要进去喝杯酒。二人迈步进去，见里面虽有柜灶，并无人张罗座。二人上了楼一看，见柜里坐定一人，面如青粉，头戴宝蓝缎四楞巾，身穿宝蓝缎大氅，长得凶眉恶眼，怪肉横生，有四五个跑堂的，都不像正经买卖人。二人坐下多时，也没人过来，就听那万字柜里面如青粉那人说：“伙计们，方才我没起来，听你们大家嚷什么来着？”伙计说：“别提了，你回头吃碗饭去瞧热闹去罢。钱塘门外有座乌竹庵，庙里有一个守节的孀妇，带发修行，昨夜晚间被淫贼杀了，还把老尼姑砍了很重的刀伤，少时就验尸，你说这事多蹊跷？”就听这位青脸掌柜的说：“这个贼真可恨！可惜这样贞节烈妇，被淫贼给杀了。必是这个贼人，他上辈叫人家给淫过，他这是来报仇来了。”华云龙气得眼一瞪，又不好答话，自己在这里生气，把脚一蹬板凳，说：“你们这几个东西，没长眼睛，二太爷来了半天，怎么你们不过来？是买卖不是？”伙计一听，把眼睛一翻，说：“你先别嚷，你若要来挑眼，你打听打听这个买卖谁开的？告诉你罢，我们自从开张，打了也不是一个了，净说本地的匪棍，打了十几个，打完了拿片子送县。告诉你是好话，你先别挑眼。”华云龙一听此言，把眼一瞪，说：“二太爷不论是谁开的，你惹翻了二太爷，我放火烧你的楼。你把你们东家找来，二太爷我会会，莫非他项长三头，肩生六臂？二太爷我挑定眼了。”

书中交代：这座酒楼的东家，原本是秦丞相的管家秦安他的侄儿叫净街太岁秦禄开的。这座酒楼，本不为卖散客座，所为是有人托人情打官司来，找秦禄他给秦相府走动，所拉拢都是几个仕宦人等买卖，很势利。今天见华云龙一发话，秦禄由柜里就出来说：“什么东西敢在我这里发横？来人给我打他，打完了他，拿我的名片，把他送县。”华云龙一听，气往上撞，伸手就把刀拉出来，秦禄说：“你敢杀人么？拿刀怎么样，给你砍！”自己倚为有势利，把脑袋往前一递，华云龙说："杀你还不如碾臭虫。"手起刀落，秦禄脑袋分了家。吓得伙计喊嚷："我的妈！"往下就跑，脚底下一软，"咕噜噜"滚下楼梯去。立时有人到本地面官厅去报，"我们酒楼上来了两个人，把我们东家杀了！"众官人说："赶紧拿！"及至众人来到楼上一瞧，楼上并没了人。华云龙同王通早由楼窗跳出去，站在人群中看热闹。见泰山楼都围满了人，众人说："贼跑了！"有说："不要紧，这贼跑不了。咱们太守衙门有四位班头叫柴元禄、杜振英、雷四远、马安杰，这四位久惯办有名的江洋大盗，像这个贼，不等三天必办着。"

华云龙在人群中听明白，记在心中，同王通找了个背向所在，进了酒铺，到雅座里坐下喝酒。王通就说："贤弟，你太闹的不像，昨天你方到这里，晚间杀了一个，今天又杀了一个。"华云龙说："我告诉大哥说，既我来到这里，我要做几件惊天动地之事，也是他自己找死。方才我听见说，此地有四个能办案的马快，我倒要斗斗他们这几个人。歇间我到秦相府去，把当朝宰相秦喜的项上人头取来。我要在临安城住半年，倒要看什么样的人物前来拿我。"王通说："贤弟你当真有这个胆量？"华云龙说："我焉能说了不算！"王通说："贤弟真要敢做这件事，愚兄也必跟着，我二人也是多贪了几杯酒。"王通拿话一激他，华云龙气往上冲，吃完了酒，二人就够奔秦和坊前去探道。两个人探完道，找了个僻静的酒铺，说话谈心。

候至天色已晚，二人来到无人之处，把夜行衣包打开，换去白昼衣服，打在包裹之内。来到秦相府，拧身上墙，蹿房越脊，如履平地相仿。来到秦相府的内宅，各处一寻找，见后宅北上房屋中，灯光闪闪。两个人一想，"这里是内宅，大概必是秦相所居之处。"瞧见里面有两个丫环，在那里坐着值宿，都是十四五岁，桌上点着蜡烛。二人蹿上房来，伸手掏出一支薰香点着，往房中一送，少时把两个丫环都薰过去。华云龙这才进到中间一看，只打算是秦相在屋里住，敢情是秦夫人卧室。华云龙一看，座头之上放着镯囊，内边有奇巧玲珑透体白玉镯一对，半天产，半人工，实乃外国进贡之物，被秦相留下。华云龙说:“王二哥你要这个罢！”王通说:“我不要，你要罢！”又回头见那边有一个凤冠盒子，里边有十三挂宝贝，垂珠凤冠一顶，也拿起放在囊中，然后出来。见桌上有笔砚，拿起笔来，在墙上写了两首诗，投笔于桌，自己转身到外面，合王通二人竟自去了。

秦相一早起来上朝，必要到里边来，一见丫环昏迷不醒，到屋中一看，失去镯囊玉镯凤冠，急派人先把夫人使女救活。一看墙上，秦相方知贼人已远去了。不知墙上写的是何诗句，且看下回分解。

第四十八回

赵太守奉令捉贼　昆山县迎请济公

话说秦丞相起来看墙上写的两首诗，是贼人留下笔迹。上写的是：

乾元宇宙逞英雄，坤刀一口任纵横。
盗取大位奸邪佞，鼠走山川乐无穷。
化日光天日正中，云游四海属我能。
龙天保佑神加护，偷盗奸臣气不平。

秦相看下面还有一首是四句，写的是：

一口单刀背后插，实是云龙走天涯。
丞相若见侠义客，着派临安太守拿。

秦相看罢，立刻到朝房，派人递了请假的折子，然后派人到临安太守衙门，把临安太守请来。不多时太守来到，一禀见，来到书房，赵凤山说：“丞相呼唤卑职，有何吩咐？”秦相说：“我请太守到我家验勘。昨天晚上竟有江洋大盗，把我的传家之宝奇巧玲珑透体玉镯一对、十三挂宝贝垂珠凤冠一顶盗去，临走还留有两首诗。”太守一闻此言，吓的魂惊千里，说：“卑职即刻派人昼夜巡查。帝都之所，人烟稠密，最易藏奸，丞相开恩，候卑职回去，赶紧派差拿贼。”丞相说：“我给太守期限三天，要把贼人拿住，将我的传家之宝交回。”太守无奈，说：“遵钧谕。”把贼人所留的诗句抄下来，带着回衙。

到了衙门，派人请钱塘、仁和二县，并镇虎厅所属的官员，一并前来。等众人齐到太守衙门，赵凤山说：“现在丞相府失去玉镯、凤冠，相爷把我传去，给了三天限，缉拿贼人，诸公回衙，赶紧派人访拿，如有人拿获贼人，一府两县共赏银一千二百两，诸公回去急办为妙。倘贼人逃窜无着落，你我有地面疏防之处，恐丞相开参。”大众立刻下去回衙，各派妥差，缉捕贼人。三天如何拿得着？钱塘县知县刘通英，原是两榜出身，为人正直，回衙立刻派赵大、王二等八名差役，出去访案。仁和县派田来报、万恒山出去，标出赏格，务宜各尽心。三天渺无踪迹，幸喜太守托罗丞相见了秦丞相，又宽限三天。又过了三日，并未见贼的踪影。仁和县又求京营殿帅转求秦相，再宽限三天。府县就求六部九卿十三科道，这个见秦相宽限三天，那个见秦相宽限三天，不知不觉就是两个多月的光景，也并未将贼拿住。

这天太守又去求秦相，秦相说：“我原是给你三天限缉拿，皆因众大人来求，面目相观，已经两个月有余，你并未将贼拿获，实属捕务废弛，我明天必要开参于你。”太守说：“相爷格外施恩，卑职等现在派人去迎请灵隐寺的济公长老，只要他老人家一来，要拿这些贼人，易如反掌耳，毫不费吹灰之力。”秦相说：“你提的就是本阁的替僧济颠和尚，我正然想念他。他现在哪里？”赵凤山说：“济公现在我兄弟家中，给我婶母治眼，我已派人去请。”秦相说：“我看在济公的面上，再给你几天限，你赶紧把济公给我请来。”赵太守唯唯听令，回衙派柴元禄、杜振英带上盘费够奔昆山，去请济公。

这天二人到了昆山赵凤鸣的门首，叫家人通禀进去。济公正在书房同赵凤鸣谈话，家人进来一回禀："现有临安太守衙门的班头柴元禄、杜振英二人求见。"济公说："叫他们进来。"家人带领两位班头来到书房。柴元禄、杜振英先给济公行礼，然后给二员外行礼，行完了礼，站在一旁，就把临安之事，从头至尾一说。济公听罢，说："这件事我和尚得管。"当时就在二员外跟前告辞。赵凤鸣说："师父可以明天再走，何以这样忙呢？"和尚说："我有事不能久待。"赵凤鸣立刻吩咐摆酒，给济公送行。赏了两位班头的路费，济公这才跟着二位班头，告辞出来。

离了昆山，顺着阳关大路，在道路上饥餐渴饮，晓行夜宿。这日走在道路上，相离临安只有三十里路，济公说："柴头、杜头，你们二位愿意拿住盗玉镯凤冠之贼，还是不愿意？"柴头说："那怎么不愿意？"济公说："你们两个人要拿盗凤冠玉镯的贼，赶紧走到钱塘关的外门洞里头，里门洞外头站着一个穿青衣的人，你两个人过去就揪，把他拿住就是贼人，到衙门领府县一千二百两银子赏格。"两人俱说："我二人就此前往。"心中甚为喜悦，以为是一趟美差，紧紧往前走。

赶到钱塘关门洞一看，果然有一个穿青衣的人，在那里站着，两眼发直，直往东瞧。杜振英一看，喜出望外，说："柴大哥，你我活该成功！把差事得着，到衙门领了赏，我们三人均分。"说着话，来至切近，掏出锁链"哗啦"一抖，把那人锁上。杜振英说："朋友，这场官司你打了罢！你做的事你还不知道么？"那人大吃一惊，回头说："二位为什么锁我？谁把我告下来了？"杜振英、柴元禄二人一看，认识这人是钱塘门里炭厂子掌柜的。柴头、杜头一愣，那人说："二位公差为什么锁我？"柴杜二位话还没出来，这时和尚赶到，和尚说："二位拿住了么？"柴头说："你说叫我们拿穿青衣的，就是此人。"那人说："和尚为什么拿我？"济公说："我买你的炭，你不给好炭，净给烟炭。"柴头一听，这话不对，说："师父，这人不是盗玉镯的贼。"和尚说:“不是,我跟他闹着玩呢。”柴头赶紧把铁链撤下来说:“师父,这可不是闹着玩的,无故锁人家。幸亏他是老实人,要不然,人家不答应。”和尚说:“我倒不是撒谎,你们二位太走快了,贼还没来,你们先来了,跟我走罢。”那人也不敢说什么。

和尚带领柴、杜二班头进了城,往家走了不远,和尚说:“柴头你瞧,差事来了。”用手一指。柴头是久惯办案的人,抬头一看,见对面来了一人,两只眼东瞧西望,手中拿着包裹。柴头看此人有些形迹可疑,二人迎上去说:“朋友,你别走了,你的事犯了。”那人一听,拨头就往南胡同跑,柴、杜二位随后就追。这个人脚底下甚快,二人追进这条胡同,一直往南,和尚也后面跟着追。那人跑出南口往东一拐,就往北进了二条胡同,柴头、杜头紧追。贼人跑出北口,应该往东,他又往西跑,贼人岂非智哉?复又进了头条胡同。焉想到和尚在那里等着,用手一指说:“好贼哪跑?”把贼人用定身法定住。和尚就嚷:“拿住了!捉拿贼!”本地面官人过来说:“和尚,他是贼,把他交给我们罢!”和尚说:“交给你,你放心我不放心。”正说着,柴元禄、杜振英赶到说:“师父你老人家放开,我把他锁上。”本地面官人一看认识,说:“柴头,你把他交给我罢。”柴头一看,是本地面官人,可不知姓什么。柴头说:“你姓什么?”那人说:“我姓槐,我们伙计姓艾,我叫槐条,他叫艾叶。”柴头说:“你们两个人帮着送到秦相府罢,到了相府,把贼交给相爷,听候发落。”二人答应,同着济公押着贼人,来到相府门首。相府当差人等,都认得济公,众人赶过行礼,到里面回禀相爷。

相爷正在客厅,同钱塘、仁和二位知县、知府赵凤山办理公事,家人进来说:“回禀相爷,现在有灵隐寺济公同着太守衙门两个班头,押着一个贼人,现在府门外求见。”相爷吩咐有请济公。家人来到外面说:“我们相爷说了,衣冠不整,在客厅恭候,有请圣僧!”罗汉爷往里够奔,相爷降阶相迎,赵太守打恭,谢过济公给婶母把眼治好。来到里面落座，钱塘知县、仁和知县二人不认得济公是谁，一看是个穷和尚：“怎么相爷太守这样恭敬他？”心说：“这穷和尚有什么能为？”见济公与相爷分宾主落座，先谈了几句闲话，叙了离别。秦相说：“师父，我听说你老人家走在道路上，把贼拿来？”济公说：“可不是，我听说相府失盗，案情紧急，我捎带着把贼拿来。”秦相一听，心中甚为喜悦，吩咐家人：“把贼给我带上来。”下面答应，到了外面说：“相爷吩咐把贼人带进去审问。”柴元禄、杜振英二人，先把贼人包袱搜出来，还有单刀一把，留在外面，把贼人带进去，跪在厅房之外。秦相立刻问道：“下边跪的是何人？通上名来！你把我玉镯、凤冠偷去，卖在哪里？从实说来！”不知贼人如何招来，且看下回分解。

第四十九回

秦相府太守审贼　如意巷刺客捉拿

话说秦相一问那人叫何名，所偷物件放在哪里，那人说：“小人姓刘名二，乃西川人，做小本经营为业。只因今日要回家，走至大街，不知为何官人把我拿来。至于玉镯、凤冠，小人一概不知。”秦相一听，向济公说：“圣僧，他是做小本经营之人。”和尚微微一笑，说：“大人不是问案之人，可派赵太守问问此事，定然明白。”秦相说：“既然如此，来，太守你可问问此案。”赵凤山立刻到外边廊下，摆了一张桌儿，叫把贼人带过来，问道：“你既作小本经营，来把他所带物件拿上来看。”下面答应，立刻先把包袱、刀都全呈上。太守说：“你这刀是做何使用的？”刘二说：“那是我走路防身之用。”太守问：“你做什么小本经营？”刘二说：“我卖鲜果子为生。”正问着，只见和尚过来说：“我问你，这小包只是什么物件？”刘二说：“是随身所用之物。”和尚把包袱打开一看，有两件衣服，翻到底下，有一双新袜子。和尚说：“你既做小本经营，还穿新袜子？”太守一听，这不像话，也不好答言。刘二说：“回禀老爷，我做小本经营，有钱买一双新袜子，也不犯法。”和尚往袜子里一掏，掏出一个包来，打开一看，是一颗大珍珠。和尚说：“你穿袜子不犯法，你这珠子是哪里来的？”刘二吓的颜色更变，说："回禀老爷，那珍珠是我捡的。"秦相在那边看的明白，这颗珠子是凤冠上的珠子，叫家人把珠子拿过来细看，果然不错，说："圣僧，这颗珠子是我失去的凤冠上的。"赵太守一听，勃然大怒，说："你这厮，大概我不打你，你也不实说！"秦相府这里有的是竹棍，吩咐手下人打。

刚要拉下去要打，吓的刘二说："大爷不必动怒，我实说。小人姓刘名昌，绰号叫野鸡溜子，原本在西川路绿林中当小伙计跑道。这颗珠子并不是小人所偷的，原本是今天早晨，有一个西川路的大盗，叫华云龙，外号叫乾坤盗鼠，同着一个铁腿猿猴王通，他二人先在尼庵采花，后在饭馆杀人，又到秦相府盗的玉镯、凤冠。旧日我伺候过他们二人，今天他们二人给我的，叫我回西川，说：'这颗珠子能值四五百两银子'，叫我卖了，可以做小本经营，也够我吃的了。今我方要出钱塘门，不想被二位公差把我拿来，这是已往从前真情实话，并无半句虚言。"太守说："这华云龙、王通在哪里住着？你定然知道。"刘昌说："他们两个人原先在兴隆店住着，他现在搬了，小人我可不知道了。"和尚说："太守，把他交钱塘县钉镣入狱，这案总算破了。相爷，赏他们原办。"相爷吩咐家人拿五十两银子，赏给柴元禄、杜振英，钱塘县地面官人帮着送来，每人赏他们二两银子。柴元禄、杜振英谢了赏，把刘昌带下去。

秦相说："圣僧，这个华云龙现在哪里？求师父可以帮着拿了，本阁过了事再谢。"济公说："我给你算算他在哪里。"秦相说："甚好！"和尚说："你拿八锭金子来，我拿金子算。"秦相立刻吩咐家人："到账房取八锭金来。"立刻家人取来一两一锭八锭，交给济公。和尚搁在桌子上，嘴里咕哝哝也不知念些什么，念完了把金子带起来。和尚说："仁和县的知县呢？"秦相说："现在外面。"立刻把仁和县知县叫进来。和尚说："贵县你手下有一位班头田来报，给我叫来。"知县吓的颜色更变，也不知什么事，说："不错，有一个田来报。"济公说："给我叫来。”知县也不知济公什么心意，心中辗转，又怕田来报窝藏着盗玉镯、凤冠的贼人，赶紧派人把田来报叫来。此时田来报正同万恒山在班房说话，外面进来一个伙计说：“田头，了不得了，现在盗玉镯这案破了，拿住一个贼叫刘昌，招出盗玉镯的贼，一个叫乾坤盗鼠华云龙，一个叫铁腿猿猴王通。秦相叫灵隐寺济公给占算，这两个贼人落在哪里，济公占了半天，什么话也不说，叫咱们老爷提说，叫你去有话说，把老爷都吓了一跳，也不知什么事，老爷派我叫你来了。”田来报一听，愣了半晌，叹了一口气，说：“了不得了！万贤弟，咱们哥俩知己相交，我这一去，倘有舛错，我家有老娘，有你嫂嫂，无人照管，你要多多的照应。”万恒山一听这话，诧异其中有因，万恒山说：“田兄长，你说这话从何而来？”田来报说：“你也不必问，少时你便知道。”站起来跟着来人，直奔相府。

到了相府，往里回禀，把田来报带到，济公吩咐把他带进来。田来报来到里面，先给秦相、济公行礼，然后给大众行完礼，往旁边一站，和尚过去说：“田来报你来了。”过去伸手，把他拉到厅房之内说：“你把这顶缨翎帽给我摘下来。”田来报一想：“要革我这个头役罢。”和尚说：“把这皮挺带解下来，把青布衫脱下来，把靴子脱下来，把汗褂脱下来。”田来报一听，说：“师父，你叫我把衣服都脱下来做什么？”和尚说：“我叫你脱下来有好处。我问问你，这顶头巾值多少钱？”田来报说：“大约买去得两吊钱。”和尚说：“不多，你这件青布汗衫多少钱买的？”田来报说：“也得两吊五百钱，连皮挺带汗衫靴子也得两吊五百钱。”和尚点了点头，吩咐家人去到账房称二百两银子来。家人知道济公是相爷替僧，遂不敢违背，立刻取了二百两银子，交给和尚。济公一只手拿着二百两银子，递给田来报，田头接过，和尚说：“你拿去罢！”田来报也不知是怎么回事，拿了二百两银子，出了相府。

刚一出来，见万恒山在府门口站着，万恒山一看，田来报帽子衣裳靴子都没了，就剩了一条单裤子，赶紧问道："田大哥，你的衣裳哪里去了？我听你方才说的话，甚不放心，我追下来。你衣裳哪里去了？"田来报说："衣裳卖了。"万恒山说："卖了多少钱？"田来报说："二百两银子。"就把方才之事一说。万恒山说："你问问还要不要，我还有一身衣裳。"田来报说："我不能再进去。"万恒山说："田大哥你方才说的话甚凶，又说叫我照看老娘，照看嫂嫂，倒是什么事情？"田来报说："你好粗心，咱们两个人做的事你忘了？当初兵围灵隐寺，锁拿济公，不是你我把济公诓到秦相府？我怕他记恨前仇。"万恒山这才明白，二人拿着银两回去。此时秦相见和尚留下田来报的衣裳，给了二百两银子，也不知是什么心思，刚要问和尚，济公说："太守哪去了？"秦相说："现在外面。"济公说："请进来。"赵太守进来说："师父，你呼唤我有什么吩咐？"和尚说："你把你乌纱帽摘下来，蟒袍脱下来，玉带解下来，靴子脱下来。"秦相一想："这倒不错，二百两银子买了一身，又买这身，这身衣裳得花二千，倒看和尚怎么样？"赵太守说："圣僧不要诙谐，我非田来报可比，他是个头役。"和尚说："你脱下来，自有好处。"赵太守无奈，只好脱下来。和尚说："太守，你把田来报的这缨翎帽戴上，穿这件青布靠衫，穿这双布靴子。"太守就穿上，真就像头役了。和尚说："太守，我叫你穿这身衣裳，你知道为什么不知道？"赵太守说："弟子不知。"济公说："你可知道盗玉镯的贼人临走留下诗句，末句有'着派临安太守拿'的一句，我派你去拿贼。"赵太守说："我如何能拿得了？自有差役人等去办案。"和尚说："我帮你去拿贼，你带上柴元禄、杜振英、雷四远、马安杰四个人，今天三更至五更，我要把贼人拿来。"回头说："相爷今天你可别睡觉，三更至五更，我把贼拿来。要审问盗玉镯贼人的口供。"秦相点头。

和尚带着赵太守、四个班头出了秦相府，够奔大街。赵太守跟着和尚，直绕了一趟四城，天有二更，赵太守说："师父，倒是上哪去？

我实在走不动了。”和尚说：“到了。”来到一条巷口，地名叫如意路，西边有一个更棚，里面墙上有一个黄磁碗点着灯，阴阴惨惨，打更的枕着梆子睡着的。和尚慢慢进去，拿半头砖，把梆子抽出来，替上半头砖，打更的也没醒。和尚告诉柴元禄、杜振英，叫打更的就说大人下夜。柴、杜二班头进去一叫，打更的睡的迷迷糊糊，拿起砖头出来。和尚说：“几更天了？”打更的要打梆子，一瞧是砖，吓的惊慌失色。和尚说：“你不用害怕，我告你。”就附耳如此这等，打更的点头。和尚把梆子给了他，带着五个人来到一家门首，和尚用手一指，说：“要拿盗玉镯的贼，就在此门内。”不知后事如何，且看下回分解。

第五十回

捉贼人班头各奋勇　办海捕济公出都门

话说济公带着五个人，到了如意巷路东，有一座大门。和尚说："要办案，就在此地。柴头、杜头你们二位在门缝北边站着，雷头、马头你们二位在门缝南边站着。"四位班头说："师父做什么？"和尚说："你们四位隔着门，由门缝往里吹气，就把贼吹出来。"这四个人也不敢不信，只好就得听和尚吩咐，上前用手拍门说："开门来！开门来！"连拍了数下。里面门房里有两个二爷，正在屋里要睡觉。听外面叫门，这个说："你瞧瞧去。"这位二爷素来是胆子最小，点上白蜡，捻出来刚要扮门缝往外瞧，觉着一阵冷风，蜡烛也灭了，吓的拨头就走。屋中这个家人说："怎么了？"这个说："黑古拢洞，毛毛轰轰鬼吹风。"两个人正说，又听外面嚷："开门！开门！"吓得这二位二爷也不敢出来开门。正在这番光景，里面老爷出来了。书中交代，这家主人原本姓杨名再田，原任做过四川成都府正堂，因丁母忧，回家守制。今天正在书房，听门外喧哗，叫童子掌下灯光出来，叫手下开门，把门开开，一看门口站着几个官人。这个时节，济公早隐在一旁蹲着。赵太守一见大门开了，由里面出来一人，头戴青四楞方巾，身穿蓝袍，腰系丝绦，篆底官靴，面如三秋古月，三绺黑胡须飘洒在胸前。赵太守一见认识，赶奔上前说："原来是大哥，此时尚未睡觉？"杨再田"哼"了一声，说："什么人敢跟我呼兄唤弟？"赵太守说："小弟赵凤山，莫非兄长就不认识了？"这二人本来自幼同窗，又系同年，又是知己相交，今日见赵太守这样的打扮，黑夜的光景，没瞧出来，故此这样一问。听赵太守一说名字，杨再田说："贤弟，拿着你堂堂的，怎么扮做这个样子？岂不失了官体，自讨下流。再说要被御史言官知道，定必奏参。"赵凤山说："兄台有所不知，只因秦相府失去玉镯、凤冠，有灵隐寺济公长老拿住贼人刘昌，审问出盗玉镯的贼人叫华云龙、王通，故此叫我改扮出来拿贼。"杨再田一听，叹了一声，说："贤弟，你我乃念书之人，怎么也信服这攻乎异端怪力乱神之事？和尚妖言惑众。"赵凤山说："兄长不要如是，济公跟着我来办案。"济公站起说："赵太守，咱们在他这里歇歇坐坐再走可否？"赵太守说："小弟我欲在兄这里歇息，叫我这几个人就在门房等候。"杨再田说："请！"二人说着话往里走，和尚后面就跟着。

院中北上房暗五明三，东西各有配房，和尚绕着头里进去，在上首椅子上一坐。杨再田一看，大大不悦，心里说："自天子以至于庶人，一是皆以修身为本，他连身体都不顾。"心中虽不悦，是不好说。进来落座，赵太守说："我也忘了给你们二位引见。"杨再田说："不用引见，我已知道了。"吩咐家人倒茶。和尚说："不用倒茶罢，摆酒！"杨再田故作未闻，问赵太守拿住的刘昌，审出来的贼人，是哪里的人。和尚说："摆酒呀！"赵太守把秦相府的事，述说一遍。和尚说："摆酒呀！"二人这里谈话，和尚一连说了十几声，赵太守实忍不住了，说："兄长，小弟也饿了，有什么的吃？预备点。"杨再田说："方才和尚说，我已听见了，只因舍间酒菜不齐，不敢奉敬。既是贤弟饿了，来预备。"一句话把酒菜摆上。和尚也不让，拿酒壶就斟。和尚说："咱们一见如故，不要拘束。"喝了两三杯酒，杨再田存心要试探和尚，杨再田说："和尚你既善晓过去未来之事，我有一事奉求。我自己把我的生日忘了，不记的哪年哪月所生，求你给占算占算。”和尚说：“那容易，你是某年某月生辰，今年五十八岁。”杨再田一听，真对。素常他本不信服妖言惑众，今天和尚真说对了。又说：“和尚，你给我相相面，多怎能好？”和尚说：“你可别恼。”杨再田说：“是君子问祸不问福，只要说真情实话。”济公哈哈一笑说：“大人，你气色不好，此时印堂发暗，眼光已散，脖子是裂了纹了，今夜三更，定有掉头之祸。”杨再田一听，问道：“我今夜三更准死，有何为凭据？”济公说：“今有你本宅家人，勾引外来贼寇来杀你。”杨再田说：“我哪个家人？”济公说：“你把众家人全都叫来，我一看就知道。”杨再田立刻吩咐家人都来。

这宅内总有二十七名男家人，九名仆妇丫环，于是男家人全来至书房以外，都站在那里。和尚一看，按名内中有一个三十五六岁家人，五官清秀，和尚问：“你叫什么名字？”那人说：“我叫杨连升。”乃是老家人杨顺之子，为人忠厚。济公说：“你勾引贼人外来，今夜来杀你家主人。”杨连升一听，把脸一沉说：“和尚，你可是搬弄是非。我自幼受主人之恩，今日如何做出这样无礼之事？你说无凭无据之话。”济公说：“你别生气，我问你，今一早你扫大门之时，有一人向门里只瞧。你问他找谁，他说：‘贵宅是作过成都府正堂杨大人吗？’你就说是，对不对？”杨连升一听和尚之言，想了想说：“不错，早晨虽有此事，我也没勾引贼来杀人家主人。”和尚说：“你一告诉他，是作过成都府正堂杨大老爷，他是你家主人仇人，今夜准来，与你无干。”

杨再田半信半疑，自己又害怕，听见和尚问家人不是谣言，可就说：“圣僧，这件事应如何办法呢？”济公说：“杨太守放心，我等今来此，就为此贼而来。把我带来四个头役叫来，我有话吩咐。”杨再田立刻派人把四个班头叫进来。济公说：“柴头、杜头你二人在东厢房廊下埋伏，雷头、马头你二人在西厢房廊下埋伏，候至三更以后，由东边来一贼人，等他落于地下，你四人过去，各摆兵器，把他围住拿获，杨太守自有重赏。”四人出来，分两边埋伏。那雷四远可说：“马二兄，咱们合柴、杜同衙门当差，今日他二人得了五十两银子，理应让让你我才是，他二人不但不让，连说一句也没说。今夜贼来之时，他二人过去，你我别过去，他二人捉了贼人，叫他二人进去领赏。他二人如不行，那时你我二人过去捉贼，得了赏也是你我二人均分，不能分给他二人。”马安杰说：“有理，就依你罢。”二人暗暗计议。

不知不觉天有三更时分，不见动作。那边柴、杜二人也暗暗说：“天到这般时候，怎么不见贼来呢？莫非济公算的不灵？要是贼人不来，今夜看济公该如何？”二人正说之际，只听院中啪的一声，落下一个问路石子，后面随下一人，身穿夜行衣服，背插单刀，身高八尺以外。方落下来，柴元禄、杜振英二人飞穿下来，说：“呔！贼人休走！我二人在此等候多时！你今日可是放着天堂有路你不走，地狱无门闯进来。”摆刀就剁。那贼人哈哈一阵冷笑，说：“好，杨再田你有防备，我叫你防备一阵，早晚我二太爷必来取你首级。”拉出刀来，合柴杜二人杀在一处。两个班头见贼人刀法纯熟，武艺精通，实不能拿他。那铁尺到了贼人致命之处，不敢往下落。怕伤了他的性命，贼人刀可往二位班头致命处上剁。柴杜二人只累的力尽汗流，不见雷四远、马安杰出来帮助动手，柴头真急，口中说：“济公，你老人家快出来罢，我二人可不行了。”济公在屋中答言说：“我出去。”从里面出来。贼人一见，透些慌张，往旁边一闪，说：“今日我饶你二人不死，改日再会罢！”飞身蹿上房去。柴杜二人说：“不好，贼人逃走了，济公快念咒罢！”和尚说：“可以。”冲定贼人，用手一指，口中念六字真言：“唵嘛呢叭㘝吽！唵，敕令赫！”那贼人从房上一滚，落下院中。柴杜二人过去，立刻先把贼人按住，把刀夺过来，捺于地下，绑好了抬至上房屋中。杨再田一看，果然长的雄壮，问道：“贼人，我与你远日无冤，近日无仇，你如何前来行刺？你叫什么名字？说来！”那贼人愣了半晌，抬起头来说："可恨，可恨，别无话说，我也命该如此。"杨再田说："你与我有什么仇，前来杀我？快些说来！如不然，我要重重责罚你！"贼人说："不要动刑，我说。"从头至尾，如此如此，说了一番。要知说出何事，且看下回分解。

第五十一回

救义仆同赴千家口　见拜弟各诉别离情

话说杨再田在书房内问刺客名姓，那贼人说：“我姓华名云龙，绰号人称乾坤盗鼠，乃是西川人。”赵太守说：“兄长不用问了，我把他带到秦相那里，听候相爷办理。”杨再田过来谢了济公，说：“要非圣僧来此，吾早为泉下人矣！从今我再也不敢不信服僧道了。”从新又另整杯盘，给和尚斟酒，只吃到东方发晓，鸡鸣三唱。天色大晓，外面声音一片，门上人进来回话说：“今有太守衙来轿接大人，在外边伺候。”不多时，只见赵福、赵禄二人，拿着衣包进来。赵太守立刻换了衣服，问：“何人给你等送信，知道我在这里？”赵福说：“是如意巷的更夫李三，奉济公之命令，一早给我们送信，叫我等在这里杨宅迎接大人。”赵太守一听这话，心中这才明白，立刻把衣服换好。问济公：“是坐轿是骑马？”济公说：“太守你先押解贼人去，我随后就到。”太守立刻告辞，出来上轿，杨再田送出到外面。柴元禄、杜振英、雷四远、马安杰四位班头，押解着贼人直奔秦相府，有人往里面回话。

秦相自从和尚同太守走后，在书房直等到四鼓以后，不见和尚到来，身觉劳乏，眠在床上，和衣而卧。少时天亮，起来净面吃茶，方用过点心，只见家人进来回话说：“回禀相爷，现有赵太守带领班头，将贼人拿来，在府门外听候示下。”秦相说：“先把太守请进来，随后就把贼人带上来。”家人到外面说：“相爷有请！”赵太守来到里面，给秦相行礼，将昨夜晚在如意巷口拿贼的事，多蒙济公将贼人拿获，一一述说一遍。秦相立刻吩咐将贼人带上来，两旁人答应，将贼人带到。秦相一看这贼人，比刘昌更透雄壮，穿着一身夜行衣服，怒目横眉。秦相说：“你姓什么？叫什么？哪里人氏？将我的玉镯凤冠盗去，放在何处？趁此实说，免得皮肉受苦！”下面贼人说：“大人不便细问，我是西川人，我叫华云龙，玉镯、凤冠是我盗的。”秦大人说：“你卖在哪里？”华云龙说：“我卖给过往客商，不知名姓，卖了一千三百两银子，被我随手将银子花了。”秦丞相一闻此言，勃然大怒，说：“我的传家之宝，竟被你盗去。”正在动怒，要打贼人，外面有人进来回禀：“济公禅师到！”秦相吩咐有请。

书中交代，怎么济公到来晚了？只因济公由杨再田家中出来，出了如意巷，刚来到大街，只见一人拿着果篮，直奔向前，跪倒行礼，口称：“师父，你老人家一向可好？”济公用手相搀，原来是探囊取物赵斌。济公说：“徒弟你跟我来，我有话说。”赵斌说：“我今天刚到果子市，买点果子要做小本经营，师父有何话说？”济公说：“你跟我到酒铺喝盅酒。”赵斌点头，跟着济公来到酒铺，要了两壶酒。济公说：“赵斌，我看你这几日印堂发暗，气色不佳，我给你八锭黄金，你自己拿家去，籴米买柴，过百日之后，再作买卖。”说罢把那八锭黄金取出来，交给赵斌。赵斌谢了圣僧，给了酒钱，二人出了酒馆，济公直奔秦府而来。

到了门首，家人回禀进去，秦相叫请，和尚到了里边，见相爷正自审问贼人。济公说：“大人可曾问明了口供？”秦相说：“今已问明了，他叫华云龙，盗我玉镯、凤冠，卖给不知名姓之人，把我两种宝贝失迷了。”济公说：“贼人名叫华云龙，你别不要脸啦！你那样人物，连真名姓多没有吗？说姓华为是发财呀？”贼人一听，把眼一翻说：

"和尚，你真是我的对头冤家，我打算替华二弟打一脱案，要招出我的案来，我也是死，不想和尚认识我。"大人说："你姓什么叫什么？倒是怎么一段缘故？讲来！"贼人说："我姓王名通，乃是西川人，家住在成都府。因为我家兄在成都府当一书办，因为使了二百两赃银，被杨再田收监入狱，置之死地。那时我正在外面流落，后来我回去，才知我家兄已死了。我要找杨再田报仇，不想赃官已然丁忧回籍，故我找到临安来。在酒楼遇见华云龙，他也是西川人，绿林的朋友，我二人见面，就住在城隍山下刘昌家中。因为游城隍山，遇见一个带发修行的少妇，华云龙一见美色起意，晚间入乌竹庵意欲采花，不想因奸不允，他将那少妇杀死，又将老尼姑砍倒。他回到寓所一告诉我，我就替他担惊。我二人次日到泰山楼喝酒，因为口角相争，他一刀把静街太岁秦禄杀死。后来我同他在酒楼吃酒，我劝他不可这样胡闹，倘被官人拿获，岂不有性命之忧？他说我胆小，他要做惊天动地事，要杀秦相。我又用话一激他，我二人晚间就来到秦相府。他到了相府，盗了奇巧玲珑白玉镯、十三挂嵌宝垂珠凤冠，他在粉皮墙题的诗，所有的事，都是他一人做的。"旁边也有先生写了招供，写完了，呈与秦大人过目。秦相一看，自己这才明白，问道："王通，现在华云龙他在哪里住？你必知情。你如要说了实话，我必要从轻办你，你如不说实话，我必要重办你。"王通说："大人不必生气，我同华云龙原先是一处住，也不住店，或是庙宇、钟楼、鼓楼，或大户人家花园僻静之处存身。自从昨天晌午，听说刘昌犯了案，他不敢在临安再住。我二人商量好了，他到千家口通顺店去等我，不见不散，准约会我那时去，我二人同回西川。"秦相听明白，问："济公，这此事如何办法？"济公说："大人派人拿去罢。"秦相说："手下官人如何拿得了这样贼？还是师父慈悲慈悲罢！"济公说："我去拿也行，有功就得赏，有过就得罚，大人先赏二百两银子给柴元禄、杜振英，他二人办此贼有功。再给二百两银子盘费，大人办一套海捕公文，相谕我带他二人去拿贼。先把王通交钱塘县钉镣入狱，不准难为他，候把华云龙拿来，当堂叫他二人对质。”秦相说：“甚好。”立刻叫太守回衙门，给办海捕公文，相爷亲笔标了相谕。

和尚说：“柴头、杜头你们二位班头去跟和尚去办案，别穿这在官应役的衣裳，你们两个人改扮做外乡人的样，好遮盖众人的眼目。”两位班头点头答应，跟太守回衙门。太守办好文书，柴头、杜头到街上买了两身月白粗布裤褂，左大襟白骨头钮子，两只岔配鞋，二人装扮起来，把官衣包在包裹之内，带着文书，来到相府。济公已吃完早饭，二班头领了相谕、盘费，秦相说：“师父这一到千家口，如将贼人拿获了，三衙门领一千二百两银赏格外，也是一种喜事。”济公同二人出了府门，往前行走，只见桃红柳绿，艳阳天气，野外芳草一色新。和尚信口作歌：

堪叹人为岁月荒，何时得能出尘疆？
从容作事抛烦恼，忍奈长调怨远方。
人因贪财身家丧，蚕为贪食命早亡。
诸公携手回头望，元源三教礼何长！
才见英雄邦国定，回头半途在郊荒。
任君盖下千间舍，一身难卧两张床。
一世功名千世孽，半生荣贵半生障。
那时早隐高山上，红尘白浪任他忙。

和尚唱罢山歌，说：“二位头儿，你二人快走！华云龙在前边树林之内上吊哪，他要一死，亦不能拿他去了。”柴杜二人一听，立刻答应，飞身上前。快跑了有五六里之遥，果然见前边一树林，有一人正在歪脖树上拴套。柴元禄一瞧，说：“不得了，了不得！要是贼人一上吊，这一千二百两银子的赏也不用要了，差事亦不要办了。”自己赶紧脚底下加劲，往前跑到树林，那人早已吊上。柴元禄急了，双手一抱，竟将贼人捉住。要知后事如何，且看下回分解。

第五十二回

美髯公拜请济公　会英楼巧遇贼寇

话说柴元禄过去把上吊人抱住。杜振英追来一看，说:“大哥你把华云龙拿了?”柴元禄低头一看，说:“这是华云龙的老爷。”杜振英说:“怎么?”柴元禄说:“你看这个人胡须都白了，他这大年纪还采花么?”两个人就把这老丈扶起来，一个捶腰，一个呼唤:“老丈醒来!”缓了半天，这老丈缓过一口气，一睁眼瞧了瞧，老丈反勃然大怒，说:“两个小辈，放着道路不走，多管闲事!”柴头等老头骂完了，说:“老头你真不讲理，要比我两个人在这里上吊，你瞧见了，你管也不管?人焉有见死不救之理?你别瞧我二人穿的衣服平常。你这大的年纪，为什么事情行这样愚志?是为银钱，是受人欺辱?你依实细细告诉我二人，或我二人能救得的，可以救你。你骂我二人，我们也不计恼，我问你实因怎么一段情节?”老者叹了一口气，说:“方才我是一时的急火，多多得罪你二人。我倒不是因为别的骂你，我想我的事，细细告诉你二人，你们也管不了，我横竖还得死，你们倒叫我受两遍罪。”柴头说:“你说说为什么事寻死?我二人既说能办就能办。你瞧我们两人穿的衣裳，像村庄乡人，也不是在你面前夸口，说一句大话，勿论什么事，我二人都可管得了。”

老丈说：“二位既要问我，二位请坐下，听我慢慢告禀。我本是阜丰县聚花村人，我姓傅名有德。我家主人姓冯名文泰，在安徽泾县做了一任知县。我家老爷是一位清官，两袖清风，爱民如子，病故在任上，宦囊空虚，一贫如洗。我同着我家夫人、公子、小姐，扶柩回归故里原籍。我家小姐给的是临安城的官宦人家，婆家是吏部左堂朱大人，现在来信，婆家要迎娶。我家夫人无钱陪送小姐妆奁，叫我上镇江府。原来我家舅老爷做那里的二府推官，叫我去要二百两银子，赔送小姐。去到镇江府，一见我家舅老爷，舅老爷一听说我家老爷死在任上，埋怨我为何不把我家主母送到他那里去，倒难为我家夫人带着儿女过这十分苦日子。我家舅老爷给了我六百两银子，说五百两给我家主母赔送姑娘，那一百两给我，叫我垫办着用，常看我年老受苦辛不易。我怕银子在路上不好拿，我买了十二锭黄金，做了一个银幅子，就带在腰中。我走到这树林子，觉着腹中疼痛，总是在道路上，是白天受暑夜晚着凉。我肚腹疼痛不能走，就在这树下歇息。正在发愁，来了一个二十多岁的男子，手中拿着一条绳子，问我为何坐在树下不走？我说：‘我肚腹疼痛的利害。’他过来给我两颗痧药万金锭，我吃下去，觉着一行动，就睡着了。后来我醒来一看，那男子踪迹不见，那条绳子在地下放着，我一摸腰里十二锭黄金银幅子都没有了。二位想想：我回去见了我家主母，怎么交代？我家夫人本来家寒，又要赔小姐，急等用钱。我有心再回镇江府，见了我家舅老爷，也是无话可答，我说：‘罢了，也许我家舅老爷不信。’我左思右想，是前进无门，后退无路，莫如我一死倒也干净，也就管不了我家夫人的事了。二位虽是好意救了我，我还是得死，岂不是受二遍罪？”柴、杜二位一听，就知道这是济公的取巧，支使我两个人来救人，哪里有华云龙？柴、杜一想，“我二人何不给和尚找点麻烦？”想罢，说：“傅有德，你别死，回头由南边来了一个穷和尚，你过去揪住他，跟他要银子，他不给银子，不叫他去，叫他给你想主意。”傅有德说：“甚好。”

正说着，只见由北边来了一个穷和尚，一溜歪斜，脚步仓皇，来者正是济公。一边往前走，和尚信口说道："你说我疯我就疯，疯颠之症大不同。有人学我疯颠症，须下贫僧酒一瓶。"口中正自唱歌。柴元禄说："师父你老人家快来。"傅有德一看，是个穷颠和尚，衣服褴褛。和尚过来问："二位，这是何人哪？"柴、杜二人把上项事细述一番，济公问道："你二人有六百两银子哪？"二人说："没有。"和尚说："你们两人既没有六百两银子，怎么能救得了傅有德？不是无故的找事？你们两个人现有多少钱？"柴头、杜头说："我们两个人，就是这二百两银子盘费，别处并无一文钱。"傅有德一听这三个人的话，自己一想："我丢了银子，何必为难他们？"自己想罢，说："你们三位不用管。"和尚说："焉有不管之理？我方才已听明白两人说了，来罢！我给你把套拴上，你好上吊。"柴头、杜头说："师父你老人家说这什么话？你叫我们来救他的，你老人家怎么又不管？总得想主意救了他才好。"和尚说："事既是如此，傅有德你跟我们走罢，直奔千家口，你瞧有人大喊一声奔我来，那就是你的财了。"傅有德说："就是罢。"

三个人跟着济公，出了树林，一直往千家口走。还有四五里之遥，和尚一边往前走，口中说道：

> 你会使乖，别人也不呆。你爱钱财，前生须带来。我命非你排，自有天公在。时来运来，人来还你债。时衰运衰，你被他人卖。常言道做善好消灾，怕你无福难担待。使机谋把心胸坏，一任桑田变沧海。

和尚唱着山歌，正往前走，忽然间由打千家口的村头，有人大喊一声说："圣僧长老，你老人家可来了！弟子找你老人家，如同钻冰取水，轧沙求油。"后面还跟着一位，两个人跑到济公跟前，双膝跪倒。二班头一看，认识这二人。前头这位身高八尺，膀阔三停，头戴粉绫红缎软帕袖巾，绣团花分五彩，身穿粉绫红色箭袖袍，腰系丝绦，薄底快靴，面如白雪，两道细眉，一双大眼，裂腮额。后面跟定那位，头戴宝蓝缎色扎巾，身穿宝蓝缎箭袖袍。腰系皮挺带，薄底快靴，面似淡金，重眉阔目，三山得配，五岳停匀，海下一部黄胡须遮满胸前，外披一件宝蓝缎英雄大氅，这个乃是美髯公陈孝。前头一位，姓杨单名猛，外号病符神，这两个人乃是保镖达官。只因保着一支镖上曲州府，客人王忠住在千家口通顺店，忽然王忠得了禁口痢疾，忙请了一位先生来调治，又把药用反了，病症一天比一天沉重。王忠在床上睡着直哭，想起家里的父母，自己有病，在这里又无至近的亲人，带着三十万银子办货，倘如口眼一闭，原做他乡的怨鬼，异地的孤魂。杨猛、陈孝这两个人是忠厚人，看客人病的沉重，又是孝子，打算赶紧请先生给他治好了病。千家口这里，又没有高明医士，两个人去到灵隐寺问济公。到庙中一问，说济公并未在庙里，细细探听，说济公被人请到昆山县去治病。杨猛、陈孝二人无法，庙中留下话，仍回天兴店内等待。等了两天，也不见济公来，二人心中甚为愁闷。今天出来闲步，偶然听济公口唱山歌而来，杨猛大喊一声，二人过去行礼。和尚说："你二人从哪里来？"陈孝就说："客人病在店中，到灵隐寺去请你老人家，没见着，我们也不能走，求师父慈悲慈悲罢！"和尚点头说："你二人起来！"柴头、杜头也认识，说："二位达官从哪里来？"陈孝一瞧，是二位班头，陈孝也乐了，说："二位为何这样的打扮？"柴头说："我们出来私访办案。"

这几个跟着济公进了村口，是南北的街道，东西有铺户，路西有一座酒楼，和尚站住不走了。此时这六个人是四样心意，柴头、杜头想要办案拿华云龙；傅有德心想有人大喊一声，我这六百两银子得跟他二人要；二位达官想济公来了，好把客人王忠治好，就可以起身；和尚见了酒楼，就想吃酒。说："众位，我们进去喝盅酒。"大众虽不愿意，也不好违背，众人同和尚进了酒馆。济公一看是会英楼，心中一动，说："要捉拿采花淫贼华云龙，在此等候。"要知后事如何，且看下回分解。

第五十三回

绿林贼偏遇路劫　设奸谋画虎不成

话说济公进了会英楼，掌柜的见他衣服平常，是一穷僧，并未逢迎。杨猛、陈孝等五人进来，他连忙过来说："众位里边坐。"济公站在柜外说："掌柜的，我也来了。"那掌柜的说："和尚，你来甚好，里面请坐罢。"六人进去，到了后堂，跑堂的过来说："你六位上楼还是在哪里？"和尚问："有雅座没有？"跑堂的说："只有一个雅座，方才进去三人，已然要酒菜吃了。你六位上楼罢。"和尚说："不上楼，我到雅座，把三位让出来如何？"跑堂说："那不行！"和尚说："你不要管，我到雅座去。"一掀帘子进去，看见三人正自吃酒，是新拜的盟兄弟，大哥请两个兄弟吃酒。正在谈心，只见外边进来一个和尚，到这里来说："你们三位在这里吃酒，酒钱我给了，我给你三位再要几样菜罢！"三人都站起来，大哥疑惑和尚合二位盟弟相好，那二人疑惑是大哥认识的，都连说："和尚不必会账，你在这里同吃酒罢。"和尚说："请，请！"自己退身出去了。大哥问："二位兄弟，这是哪庙里的和尚？"那二人说："我们不知道，不是兄长的朋友吗？"他又说："不是。"三人都笑了，说："这是怎么件事呢？坐下喝罢。"三人方一落座，全都连忙起来，"哼"了一声，大哥说："我方才一坐，不知什么扎我屁股一下。”那二人说：“叫跑堂的快拿盘来，你这屋中不好，我们挪外间去。”跑堂的可给他们搬出来。

济公六人见人家出来，他们就进去。到了里边落座，要了酒菜，摆上喝了几杯，只听外面有人说话，声音宏亮，说：“合字并赤字，啃撒窑儿，把合字赤字窑儿英找孙。”说完，进来三个江洋大盗。书中交代：内中就有华云龙。只因华云龙自临安合王通分手，定准在千家口通顺店内约会，又不见不散。他在通顺店内，人家都当他是一个保镖达官。他往日在后院上房之中，昨夜晚间他自己吃完晚饭，觉得心神不宁，发似人揪，肉似勾打，叫店中伙计算结店账，说：“我要走，要有西川姓王名通来找我，你告诉他，我先走了，和他家中相见罢。”伙计答应。他出了店门，天已初鼓之际，走到村外，只见满天星斗，皓月当空，走了五里之遥，有一座树林，从树林内跳出一人，口中说：

自幼生来心性鲁，好学枪棒懒读书。漂蓬四海免民祸，浪荡江湖临草庐。遇见良善俺要救，专把贪官恶霸诛。我人到处居方寸，哪管皇王法有无。

说完了八句，把刀一亮，说：“吠！对面行路之人，快留下买路金银，饶你不死！”华云龙听罢说：“对面是合字。”那拦路之人哈哈大笑说：“我是济字。”华云龙说：“你不是绿林中的合字么？”那人说：“我一概不懂。”说着话，摆刀过来搂头就剁。华云龙拉刀刚要动手，一看这人身高八尺，穿着翠蓝褂，面如蓝靛，发似朱砂，一部红胡髯飘洒胸前，长得凶如瘟神，猛似太岁。这人不觉把刀还入鞘内，说：“原来是华二哥，从哪里来？因何连夜行路？”华云龙一看，说：“原来是雷二弟，提起来一言难尽。”华云龙就把由江西来到临安，所做所为事一说，只是没提乌竹庵采花之事。

书中交代，来者这人姓雷名鸣，原籍是镇江府丹阳县龙泉坞人，也是一位绿林的英雄。他与陈亮是结义的弟兄，二人分手有一年多没见。雷鸣去到陈家堡找陈亮，陈亮家中人说："陈亮已上临安去了。"雷鸣一听，心中甚不放心，要到临安去找陈亮。今天走在半路之上，见对面来了一个夜行人，雷鸣故意由树林蹿出来，亮刀截住，过来一看是华云龙，二人这才行礼毕，叙离别之情。华云龙说："雷二弟，你方才念的八句诗词，是你自己做的吗？"雷鸣说："不是，这是杨明大哥做的。华二哥你在临安，可见着陈亮？我正要去找他呢。"华云龙说："我倒没有见过陈亮。依我说，你别去找他，因我在临安泰山楼杀了人，秦相府盗了玉镯、凤冠，你要一去，恐怕人家瞧见你行迹可疑，把你办了，倒多有不便。"雷鸣说："不要紧，我到临安没事便罢，倘若我要失了脚，我替二哥打一脱案。二哥你跟我同去，俺们二人在临安盘桓一月，你我一同回江西，也不为晚。"华云龙本是没准主意的人，一听雷鸣这话，自己动了心，说："既然如是，雷二弟你我一同走。"

二人刚走了不远，见眼前树林内转出一人，过来拦住去路，不是别人，正是圣手白猿陈亮。书中交代：陈亮自从前者济公要给开水浇头，切菜刀落发，吓的陈亮跑了，他就在临安城找了个僻静的店里住着。华云龙在临安城所做所为的事情，陈亮都知道。后来听说拿着野溜鸡子刘昌，济公奉命出都办案，陈亮才要追下华云龙送信，叫他远奔他乡。不想今天走在这里，遇见雷鸣、华云龙。三人见面行礼，坐在就地，各叙已往从前之事。天光已亮，陈亮说："你们先到千家口沐浴净身，吃点东西，商量着再走。"华云龙点头，三个人一同来到千家口，沐浴净身，吃点心。喝了点茶，天已正午，三人要去吃酒，来到会英楼，华云龙说："瞧见有翅子窑的鹦爪孙，留点神。"济公在雅座早已听见，和尚也未出来。

三人上了酒楼，一看也干净，要几样冷荤菜，干鲜果品，烧黄二酒，只要好吃，就得不怕钱，跑堂的立刻到柜上要了酒菜。不多时摆好，三人吃酒谈话，真是开怀畅饮，酒逢知己千杯少，话不投机半句多。雷鸣告诉华云龙说：“不必走，临安没有办案之人便罢，若要有办案之人，自有我认账，管叫他来一个拿一个，来两个拿一对。”陈亮一听，说：“二哥，你别大意。现有济公长老带着两个班头，要捉拿华二哥，那济公善晓过去未来之事。”雷鸣一听，哈哈大笑说：“陈老三，你怕和尚，我不怕和尚，凭他这三人要捉拿华二哥？不是我说句大话，二百官兵围上，也捉不住他。”陈亮说：“兄长你有所不知，我告诉你罢，那济公长老神通广大，法术无边，要用手一指，就不能动转。”雷鸣一听此言，拍案大嚷说：“陈老三，你真气杀我也！你这是长和尚的威风，减咱们弟兄的锐气。这个和尚不来便罢，他要来时，我先把他杀了。要不然，你二人在此等候，我到临安去访问灵隐寺，把这和尚杀了，方出我胸中之气。”陈亮说：“雷二哥，你趁早别说这个话，你不说倒许没事，你一说也许被济公掐算出来找你，真要一来，你我三人皆逃不了。”华云龙道：“你们二位喝酒罢，幸亏此地没人，要有人听见，多有不便，你我说话总要留心。”雷鸣说：“华二哥，你怕和尚，我不怕和尚。”

正在说话之际，楼下就有人叫喊一声，说：“好贼，我就是拿华云龙的和尚来了，我今天全把你们拿住，一个跑不了。”书中交代：和尚在雅座，同着杨猛、陈孝、二位班头、傅有德正在那里吃酒，听外面有人一调绿林中的黑话，和尚就知道是他们三个人来了。容他们坐下，和尚这才由雅座出来，告诉杨猛等五个人说：“我到外面方便。”和尚来到楼梯下，正听见雷鸣那里说大话，和尚这才答言，要上楼捉拿乾坤盗鼠华云龙。不知后事如何，且看下回分解。

第五十四回

显神通戏耍雷鸣　舍妙药义救王忠

话说济公在楼下一答，楼上华云龙是惊弓之鸟，贼人胆虚，一纵身跳出楼窗，竟自逃走。陈亮一听，说:“二哥你看如何？我说不叫你说，你看来了！”雷鸣伸手拉刀，奔到楼门，往下一看，见和尚衣服褴褛不堪，长着二寸多长的短头发，一脸的油泥，登楼梯正要上楼。雷鸣举起刀来，打算和尚一上来，用刀将和尚劈下去。和尚一抬头，早瞧见他，用手一指，口念六字真言:“唵嘛呢叭㖀吽！”用定神法把雷鸣定住。

济公上得楼来，由雷鸣旁边过去。陈亮一见，赶紧行礼说:“师父，一向可好？”和尚一瞧，说:“亮儿，你在这里，好呀！”陈亮说:“弟子在此等候多时，师父你来喝酒罢！”和尚过来坐下，陈亮斟了一杯酒，和尚端起来就喝，陈亮过来说:“师父，慈悲慈悲罢！把定神法撤了罢！要是有人看见，成什么样子？”和尚摇头。正在这番光景，只听楼下一声“哎呀！咕噜噜，哗啦啦，扑咚扑咚”，原来是跑堂的拿油盘托着菜，心中想:“楼上这三位大爷很富豪，要好好伺候，必多得酒钱。”拿着菜刚一上楼梯，猛抬头一看，见这位蓝脸红须，举着刀像欲杀人的样子，跑堂的一吓，手脚一软，油盘也打了，他也翻身栽倒，滚下楼梯。上面陈亮听见，又求师父说：“师父，你快把定神法撤了罢！叫人瞧见，实不是样子。”济公说：“便宜他。”用手一指：“你过来罢！”雷鸣这才能转动，方才心中明白，心中说：“这个和尚可不好惹，我先把刀还入鞘内，我再算计他。我过去嘴里跟他说好话，跟他坐在一处，冷不防给他一刀，把他杀了，就算给我华二哥报了仇了，叫他明枪容易躲，暗箭最难防。”想罢，过来跪倒，给济公磕头说：“师父，你老人家既是我拜弟陈亮的师父，如同我师父一样，方才我一时间蒙昧无知，求你老人家恕罪。”陈亮一看，心中甚为欢喜，想：“我二哥倒是好人，知过必改。”陈亮这才说：“师父，我二哥知错认错，你老人家看在我的面上，饶恕他罢！”和尚说：“你起来罢！”雷鸣站起来，就坐在和尚这条板凳上。和尚站起来，就躲到那边去了。陈亮说：“师父为什么躲开？”和尚说：“明枪容易躲，暗箭最难防，冷不防一刀，不是玩的。”吓的雷鸣心中一惊。陈亮说：“师父只管放心，我二哥是个粗卤的人，他也决不敢跟师父无礼。”和尚说：“我也知道。”正说着话，跑堂的上来，向雷鸣说：“大爷，我怎么得罪你了？你拿刀要砍我。吓得我摔下楼去，摔了四个盘子，糟踏了四碟菜。”雷鸣说：“不要紧，回头我照数赔你钱。我是听见楼下有我的仇人说话，我拉刀要下楼，并不是恨你。”把这件事也就遮过了。再一看和尚，只顾跟陈亮说话，也不往这边瞧。雷鸣冷不防拉出刀来要刺和尚，和尚用手一指，又把雷鸣定住。和尚拍桌子大嚷：“好贼人，你要谋害和尚！二位班头快拿贼，贼在楼上呢！”下面雅座众人都听了，柴元禄、杜振英说：“二位达官帮个忙，贼在楼上哩。”二位班头拿着铁尺，蹿出雅座，直奔楼梯。陈孝没兵刃，抄起一把铁铳，杨猛本是浑人，也没有兵刃，他出来一看，正见掌灶的掌通条通火，杨猛跑过去一个嘴巴，把掌灶的打了一个斤头，夺过铁通条就跑，也奔楼梯上来。楼下众酒饭客吓的一阵大乱。

二位班头同杨猛、陈孝上楼，见和尚那里坐着，旁边一位白脸俊品人物，一位蓝脸红须，瞪着眼拿着刀，跟堂的在旁边站着，别无他人。柴头说：“圣僧，贼在哪里？”和尚说：“我一嚷，贼即跑了，这是我两个徒弟。二位班头过来，我给你们引见。”用手一指陈亮，说：“这是我徒弟亮儿。”柴头说：“亮爷。”陈亮说：“我姓陈。”柴头说：“原来是陈亮爷。”和尚又一指雷鸣，和尚说：“这也是我徒弟鸣儿。”雷鸣此时也能动转，说的心里直跳。二位班头过来说：“鸣爷。”雷鸣说：“我姓雷。”二位班头说：“雷鸣爷。”和尚又给二位班头引见了。和尚说：“你们四位下去，在雅座等我。”四个人无法，转身下楼。刚一下楼，掌灶的过来把杨猛拦住说：“这位大爷，我又没有惹你，你把我的通条抢去，一个嘴巴，把我的牙给你打落了。”陈孝过去给人家赔罪，说了许多好话，这才四个人回雅座去。

雷鸣见四个人下了楼，把刀还入鞘内，心说：“这个和尚可不好惹，我明着不行，暗着结果他的性命。”站起来答讪着下了楼。来到下面，问：“跑堂的，我们上面吃了多少钱？连雅座的饭账，及方才你摔的家伙，一共多少钱？”堂官到柜上算清了，雷鸣拿出银子来给了，又要了一个酒瓶，叫伙计给包上两只熏鸡子，说：“我们回头带着喝。”伙计到柜上要了一个瓶子，打了一瓶酒，将熏鸡子包好，交与雷鸣。雷鸣掏出一包蒙汗药来，放在酒内。书中交待：这蒙汗药可不是雷鸣自己配的。原本是雷鸣由镇江府来，走在道路上碰见一个人，姓刘名凤，外号叫单刀刘凤，原先在绿林中当小伙计，也伺候过雷鸣、陈亮。因为他好赌，胡作非为，把他辞了，有二年多没见。这天碰见雷鸣，刘凤穿着一身华美的衣服，骑着一匹马。一见雷鸣，赶紧翻身下马，过来行礼。雷鸣说：“刘凤你此时在哪里？作何生理？”刘凤说：“我现在开了一座黑店，遇有孤客行囊多，住下我就把他害了。我今是到慈云观去，买了十两蒙汗药。”雷鸣说：“你这十两蒙汗药，能害多少人？”刘凤说：“能害一百人。”雷鸣说：“拿来我瞧瞧。”刘凤由兜囊掏出来递给雷鸣，雷鸣说：“你瞧有人来了！”刘凤一回头，雷鸣一刀，将刘凤结果了，把尸骸捺到山涧之内，带药逃走。今天把药掏出来，放在酒瓶之内，立刻上楼见济公说："师父，我有一事不明，要你老人家指教。我看这楼上人烟太多，说话多有不便，请师父跟我到后面无人之处细谈。"陈亮叫人来算饭钱，济公说："不用算，早有人给了，咱们走罢。"三人下楼，和尚向雷鸣说："拿着咱们那些东西再走。"雷鸣答应，带着酒瓶熏鸡，出了会英楼，一直往北走。到了村口外一二里之遥，前面有一松树林，倒也清雅，当中一块坟地，内有白石桌一块。三人到石桌旁边，把酒放下，雷鸣说："师父，我请教你老人家，不为别故，我要问你一件事。你老人家是出家人，不应管在家之事。华云龙虽说是贼人，偷的是秦相府，又未上你老人家庙中偷了围桌、偏衫、五供，何必师父多管？"济公说："这话不对，我和尚要不然也不拿他。他不应往我们庙中去，闹到不堪。"陈亮说："师父，他并未往你们庙中去呀！"和尚说："没往我们庙中，他可往尼姑庵中去了，毁坏佛门静地，我故此拿他。"雷鸣说："师父不要提那些闲话，我这里给你老人家预备有酒，你老人家喝酒罢！"和尚拿过来一瞧，又放下。雷鸣就把熏鸡打开说："师父吃菜罢。"济公说："这酒我不能喝，主不吃，客不饮。陈亮你先喝。"陈亮拿起来就要吃，雷鸣一把手给夺过来，说："这是给师父预备的，你不要抢。"陈亮也不知其中缘故，就说："师父喝罢！"济公接过酒瓶子来说："陈亮，你可是我徒弟，我是你师父，师徒情如父子。我要叫人害了，你怎么样？"陈亮说："我必要与你老人家报仇。"和尚说："你所说这话不真？"陈亮说："那是一定。"和尚又连说数遍，陈亮说："师父太烦絮了，你老人家只管放心，真有人害你，我必要给你报仇。"济公说："就是。"拿起酒瓶子晃了晃，连喝了十数口，和尚翻身栽倒，雷鸣哈哈大笑。不知济公性命如何，且看下回分解。

第五十五回

天兴店施法见贼人　小镇店吃酒遇故旧

话说雷鸣见济公喝了酒，翻身栽倒，雷鸣哈哈大笑说：“和尚，我打算你是个活神仙，事事未到先知，敢情你也被我制住了。”陈亮说：“二哥，这是怎么一段情节？”雷鸣说：“三弟，是我酒内下了蒙汗药，将他麻倒。回头我把他捆在道路，等他还醒过来，我羞臊羞臊他，看他跟我说什么？”陈亮一听，说：“二哥，你这是不对，他是我师父，你也不应当。”雷鸣也不回言，提起和尚往东就走。陈亮只打算雷鸣把和尚提在道旁，焉想到雷鸣来到东岸，一撒手将和尚抛下涧去，拨头往西就走。陈亮也追过来，见雷鸣把和尚抛下涧去，刚要着急，见和尚往上一冒，露出半截身，呲着牙，吓了陈亮一跳。陈亮说：“二哥你这不对，你这个乱子惹大了。济公他老人家神通广大，法术无边，你要报应呢！”雷鸣说：“三弟，你别胡说了，我自然用蒙汗药把他迷住，抛在水内，还有什么法术？跟我走罢。”陈亮无奈，跟雷鸣往北走。

走了有二里之遥，眼前是一道土岗，二人刚上土岗，就听得有人说：“我死的好冤屈，不叫我见阎罗天子，叫我见四海龙王。龙王爷没在家，巡江夜叉嫌我脏，把我轰出来，大庙不收，小庙不留，我死的好苦！我静等害我的人来，我们是冤家对头，我把他掐死！”雷鸣、陈亮抬头一看，正是济公，吓得二人魂不附体，拨头就往南跑，后面和尚彳亍彳亍就追。二人跑的紧，和尚追的紧，二人跑的慢，和尚追的慢。雷鸣、陈亮脚底下一按劲，跑出五六里远，好容易听不见草鞋响了，二人累的浑身是汗。雷鸣说："老三，我们前面树林子下歇歇罢！"二人刚一到树林，和尚说："二位才来呀！"二人一看是济公，吓的拨头就跑，和尚就追。二人好容易跑脱了，刚来到土岗，和尚站在土岗之上说："才来！"雷鸣、陈亮又往回跑，心中暗怪道："怎么和尚又跑到头里去？"二人复又跑到树林，和尚又早到了，说："才来！"一连来回跑了六趟。雷鸣说："别这样跑了，你我往西南去。"二人往西南岔路来，好容易听不见草鞋响了。二人实跑乏了，见前面有树林子，雷鸣说："老三，你我爬上树去歇歇，躲避躲避。"说着话，雷鸣往树上就爬，刚爬到半截，和尚在树上说话了："我看你往哪里跑去？"用手一指，用定神法把雷鸣定住。和尚下树说："好东西！我也不打你，也不骂你，我拘蝎来咬你。"和尚一念咒，就见地下来了无数的青大蝎子，和尚摘下帽子来说："我找蝎子去。亮儿，你给我看着。"说了，竟自往东去了。

书中交代，杨猛、陈孝、二位班头同着傅有德在雅座等候多时，不见济公下楼，众人到楼上一看，没了人。柴元禄说："伙计，我们那位和尚呢？"跑堂的说："早已走了，那位雷爷连你们雅座的饭账都给了。"柴元禄一听，说："二位达官，帮我们到通顺店去办案去。"杨猛、陈孝点头答应，说："可以。"同着傅有德五个人，出了酒馆，直奔通顺店。到了店门首，柴头到柜房说："辛苦，你们这个店里住着一位姓华的么？"掌柜的说："不错，昨天走的。"柴元禄一听，说："了不得了，贼走了！"陈孝说："不要紧，济公他老人家神通广大，法术无边，要拿这样贼，亦不费吹灰之力，易如反掌。二位班头，跟我们到天兴店去瞧瞧，回头再说。"二位班头无法，连傅有德一同来到天兴店，见客人王忠卧在床上，哼声不止，陈孝说："客人大喜！"王忠说：“唉，世界上最难受，莫过生死离别，我要做他乡的冤鬼，异地的孤魂，喜从何来？”陈孝说：“我给你请了灵隐寺的济公和尚来给你治病，他老人家神通广大，手到病除，回头少时就来。”偏巧这话给店里伙计听见，这店里掌柜的生长一个腰痈，有碗口大，疼的要命，伙计就告诉掌柜的说：“你在门口去等着，回头你见了和尚就磕头，求他给你治病，那是济公活佛，手到病除。”这掌柜的果然到门口，搬了凳等着。偏巧来了个和尚，掌柜的趴下地就磕头说：“圣僧救命！”磕过头一看，是隔壁三官庙的二和尚，掌柜的说：“为什么给你磕头？”二和尚说：“我不知道你为什么给我磕头。”掌柜的说：“我等济公和尚。”这位二和尚走了。

工夫不大，那边来了一个穷和尚，来到近前说：“辛苦了！这店里有闲房么？我住店。”掌柜的一看，和尚褴褛不堪，说：“我们这里是大客店。”和尚说：“我在街口绕了个弯看过了，就是你这个店小。”掌柜的一赌气，转过脸来不理穷和尚。焉想到和尚冷不防，照定掌柜的疮口就是一拳，打的脓血溅了一地，血流不止。店里伙计一看，各抄家伙，要打和尚，由里面杨猛、陈孝蹿出来，说：“千万别打，为什么？”就见掌柜躺在地下，“哎呀！哎呀！”直嚷，说：“和尚不好，和尚打死我了！二位达官别管，非打这和尚不可！”陈孝说：“这位和尚就是济公呀！”掌柜的一听，说：“既是济公，求你老人家给治治罢，这算白打了。”和尚说：“不白打，你好了。”说罢，由兜囊掏出一块药，放在嘴里嚼了嚼，给他敷在疮口之上，就见由疮口往外流出烂肉，和尚口念六字真言，“唵嘛呢叭谜吽！”用手一摸，立刻腰痈好了，复旧如初。大众这才给济公磕头，把和尚让到店内。见上房东里间屋中，卧着客人王忠，哼声不止，一见济公进来说：“圣僧，我这里病体沉重，不能给你老人家行礼，圣僧慈悲慈悲罢！”和尚说：“好办！”叫伙计拿半碗凉水，半碗开水，和尚掏了一块药，扔在水内化开，给客人王忠喝下去。工夫不大，就觉着肚子“咕噜噜”一响，气引血走，血引气行，出了一身透汗，五脏六腑，觉着清爽，身上如失泰山一般，立刻病体痊愈。

和尚出来，到外面屋中坐下，傅有德坐在那里，净等和尚给找黄金下落。和尚一看说："柴头、杜头你们救了人，不教人家上吊，又没有六百两银子，这不是叫我和尚为难？"傅有德说："师父，不必为难，你们三位办你们的公事，我自己就走了。"屋里王忠听见，叫陈孝出来问是怎么一段情节。柴头就把上回事从头至尾说了一遍，客人王忠说："把傅有德叫进来，我今日给你六百两，教他也不必寻死，就算我替济公济了他。"陈孝一听，心中甚为欢悦，一想，这件事倒做的周全。拿了六百两银子，递给傅有德，傅有德道了谢，拿着银子出来说："师父你老人家不必为难了，有王客人周济我六百两银子。"济公一看，照傅有德脸上"呸"啐了一口，说："你真好没根由！我给你找不着十二锭黄金，你再要人家的银子，你认识人家么？"闹得傅有德脸上一红一白，又把银子给送到屋里，自己一想，"倒莫如我一死。"和尚说："傅有德你的十二锭金子被谁偷了去，你可知道？"傅有德说："就是那少年拿绳子的偷去。"和尚一撩衣襟，说："你来看！"连柴元禄、杜振英都一愣，见和尚贴身系着一个银幅子，露着十二锭黄金，二位班头也不知和尚是哪里来的。和尚叫傅有德瞧瞧，"是你的银幅子不是？"傅有德一看，说"是"。济公说："是不是我和尚偷你的？"傅有德说："我也没敢说你老人家偷我的。"和尚用手一提说："你来看，偷金子的人来了。"傅有德抬头一看，见外面一个少年的男子，穿的衣服平常，后面跟定一个妇人，傅有德说："果然是树林子给我药吃的人。"那人两眼发直，直奔天兴店而来。不知是怎么一段隐情，且看下回分解。

第五十六回

郑雄途中见济公　王贵林内劫孤客

话说济公在天兴店，用手一指点，见外面有一人两眼发直，后跟一妇人。书中交代，来者这人，住在千家口东街，姓马名茂。他父亲马振刚，他有两位兄长都务本分，耕读传家，惟有马茂是个逆子，吃喝嫖赌，无所不为。那日他在大街之上，把银钱衣服全都输了，无脸回家，买了一根绳子，意欲上千家口外无人之处去缢死。偏偏巧遇见傅有德肚肠疼痛，他带有痧药，说："我给你些药吃吃。"傅有德吃了，靠着树就睡着了。马茂见他一个孤单行客，想："他身上必有金银，我摸一摸他肚腹，他要醒来，我就说，我摸你肚腹，还有疼痛否？他若不醒之时，有什么，我拿了就走。"便伸手一摸，把那幅子就摸出来，一看，里面有十二锭黄金，他把绳子扔下，拿着黄金幅子就走。自己一想："我把我妻子接出来，找两间房子，把黄金换了一锭过日子，倒是乐事。"想罢往前便走。见北边有一个大苇塘，他四下一瞧，杳无一人，把银幅子连黄金埋在那里，留了一个暗记，自己回归千家口。

刚到了家门口，他父亲马振刚立在门口，一见马茂气往上冲，说："畜生，你在外面无所不为，怎么又回家来了？"马茂说："我接儿媳来的。我也不在你家吃饭了，家里算没我这个人便了，以后你也不用再管我了。”马振刚听了，忙说：“好好！你趁早把你老婆接出去罢，不要在家里再生我的气。”马茂即到里房唤出妻子，要他跟了就走。妻子不敢跟他出去，因知他在外面无所不为，怕他生出异心把他卖了。他妻子孙氏，本是贤德之妇，跟婆婆说：“我不愿去。”老太太说：“不要紧，你只管跟他出去，有什么事，自有我给你做主。”孙氏无法，跟马茂出来。走到半路，马茂说：“我告诉你，我若不发财，我也不能接你。”孙氏也不理睬他，跟他出了千家口的村口。到了苇塘，寻着埋黄金所在的暗记，马茂刨开一看，十二锭黄金踪迹不见，里面有一堆大粪。书中交代，十二锭黄金是被济公拿去了。当柴元禄、杜振英救了傅有德的时候，说：“你等着，由南边来一个穷和尚。”为何济公由北边来呢？那就是济公把柴头、杜头支开去救傅有德的，和尚走在北边，把黄金刨出，带在贴身，出了一回恭，照旧埋上。这时候马茂一瞧就愣了，方才由家中接妻子出来，说的大话不小，把妻子接了出来，此时黄金没了，再把妻子送回去，那如何能行？真是话出如箭，岂可乱发？一入人耳，有力难拔。自己无法可想，连话也没了。

带着妻子往前正走，刚来到大兴店门口，济公由里面看见，用手往外一指，说：“傅有德你看，偷你黄金的人来了！”傅有德往外一看，果然不错，见马茂两眼发直，自己打了自己一个嘴巴，说：“众位，我今天是报应临头。”一边说，一边跑，刚到面前一个水坑，“扑咚”落下水去，冒了两冒，即时身死。他妻子孙氏一见，就放声大哭。正在痛哭之间，家中有人跟了来，怕马茂卖了女人。跟来之人，见马茂已死，把尸身捞起来掩埋，把孙氏送回娘家另聘，这话不表。

单说这和尚把十二锭黄金给了傅有德，叫柴元禄、杜振英把二百两银子盘费拿出来也给傅有德，说：“我和尚念你是个义仆，我赏你二百两银子。”傅有德是千恩万谢，拿着金银告辞走了。柴元禄可就说：“师父，我们已到通顺店去了，华云龙是昨天走了，你老人家把盘费都给了傅有德，这比不得在临安时节，眼前出门，在外吃饭要饭钱，住店要店钱，该当如何是好？”和尚说：“不要紧，勿论大小饭铺店家，吃饭住店，只要我和尚一指鼻子就走不了。”杜振英说：“对，不指鼻子也走了。”

三个人这里说话，客人王忠听了，自己一想：“济公给我治好了病，我应当酬谢酬谢，人心都该如此。”随手拿出一百两银子来说：“给师父做盘费。”和尚一瞧恼了，说：“你拿这一百两银子，算谢我么？我家值万贯，谁来要你酬谢？快请拿回，我决不收领。”王忠听如此说，亦不敢再给了。济公说：“二位头儿，跟我拿华云龙去。”柴杜二人无奈，跟和尚出了天兴店，陈孝等送出来。

济公带着二人，走了已有数十里之遥，到了一座小镇，进店坐定，三人也觉得腹中饥饿了。柴元禄一想：“和尚太慈悲了，把银子都施舍了，现在囊中一文钱也没有，如何是好？吃饭得给饭钱，住店得给店钱，只得把富余的夹衣裳当了得一吊或八百，方可食宿。”想定主意，说：“师父，你老人家只顾行好事，把银子一两不留，这吃饭没钱，如何办法？”和尚说：“不要紧，我自有道理。你们二位不用着急，跟我来！”二位班头无奈，只得跟着和尚走路。来至西面，有一座大酒饭店，厨下刀勺乱响，座客满堂，和尚就往里面跑，柴杜二人跟进，一直来到后堂坐定。跑堂的一瞧，见一个穷和尚同着两个人，穿着月白褂裤，白骨钮扣，左大襟，两只岔配鞋，伙计心里暗忖道：“这个样子，还不愿在前头这桌子上坐，还到后堂来吃？”后堂一概是金漆八仙桌椅凳，和尚在当中坐下，柴、杜二人在左右坐下。伙计过来说：“三位来了！”和尚说：“算我没来。”伙计说：“来了，三位要什么酒菜？”和尚说：“你们这里卖些什么？”伙计说：“我们这里烧烤红白，煮煎炒炖烹炸，大碟中碟小碗，应时小吃，随意便酌，果品珍馐，两京碗菜，粗细便饭，上等高摆海味全席，一应俱全。”和尚说：“上等海味，每席价需多少？”伙计说：“八两银子一席。”和尚说：“给我来一桌，要好绍酒一坛。”伙计答应，心里暗想：“这穷和尚吃这顿饭花这些饭资，何不换些齐整的衣服？岂不是好？看他们吃完了，拿什么钱来给我？”当对只得揩桌抹凳，杯盘狼藉，小菜碟杯筷摆好，随即将干鲜果品、冷荤热炒、糖拌蜜饯、鸡鱼鸭肉各菜齐上。和尚说：“二位吃罢。”柴元禄、杜振英二人知道是腰内无钱，说：“师父，你吃罢！吃完了没钱给人家，我们不敢吃了。”和尚大声说：“没钱不要紧。”柴头说：“没钱你怎么讲？”和尚说：“不必担惊，吃完了没钱，他也无法。他要打，打轻了也不算什么，打重了他得给养伤之费，倒有了饭吃了。”柴杜二人也不敢吃，伏在桌边，和尚又吃又喝，说：“这鸭子欠烂，海参欠发，炖肉太咸，做的不入味，伙计过来！”伙计说：“大师父要什么？”和尚说：“这些菜都不合口，你给我一条活鲫鱼，头尾烧汤，中段糟溜鱼片，放醋。”伙计答应。和尚拣什么好吃就要什么，也不嫌贵贱，并且越贵越高兴，大吃一顿，几乎吓坏了伙计。

吃罢，叫伙计过来算账，堂官一算说：“合共计纹银二十四两四钱。”和尚说：“不多，值得值得！外给小账银二两。”伙计说：“谢谢师父。”和尚说：“不用谢得，惟小僧匆匆，未及带得分文。”伙计说：“没钱怎样？”和尚说：“你告诉掌柜的，给我写上账罢。”伙计说：“小馆没有账的。”和尚说：“没账写在水牌上就是了。”伙计说：“写水牌，也是账呀！我们一概不赊，你给钱罢。”和尚说：“没钱，你瞧着办罢。”伙计一听，来告诉掌柜的说：“和尚吃了二十四两四钱，他说没有钱。”掌柜的一听，怒气上冲，说：“红口白牙，吃了东西，要甜的不敢给咸的，要辣的不敢给酸的，吃完了不给钱？打你也不值，就是不要打你也要打你。众友给我打他！”和尚说：“老柴、老杜你瞧怎么办？”柴头、杜头说：“我们没主意。”和尚说：“掌柜的不要着急，我给你变钱。”掌柜的说：“你变罢，不给钱你今天走不了。”和尚呆立半天说：“掌柜的，我们商量商量，我吃了你的东西，我给你吐出来对不对？”掌柜的一听，说：“你胡说！吐出来我卖给谁去？”和尚拍着桌子喊嚷："哎呀，二十四两四钱呀！"伙计一瞧说："哭也要给钱。"

掌柜的正要打和尚，只听外面一声喊嚷："贤弟，你我到里面吃杯酒。"扳帘一起，进来二人，带着十数个从人。一见济公，二人赶奔上前，要给和尚的饭账。不知来者是谁，且看下回分解。

第五十七回

避难巧救遇难人　雷陈误入黑贼店

话说济公在酒馆吃完了酒饭，没钱会钞，掌柜的正不答应，帘栊一起，进来两个人。前头这位身高九尺，膀阔三停，头戴青缎壮士帽，身穿皂缎箭袖袍，腰系丝鸾带，足登单青薄底靴，面似乌金，重眉阔目，高鼻梁，四字方口，这位乃是临安城凤山街的天王郑雄，带着有几个从人。后面跟着一位，武生公子打扮，俊雅人品，此人姓马名俊，绰号叫做白脸专诸，原籍是常山县人氏，为人最孝老母。他跟郑雄是因同年至好，马俊由常山县来到临安探望郑雄，见郑雄的母亲双目复明，因问郑雄说："老太太的眼睛怎么好的？"郑雄把做寿济公怎样治好的话，一一述说一番。马俊一听，说："灵隐寺济公既能治眼，现在我娘亲也是眼睛看不见，何妨劳兄长同我去代求求济公？"郑雄答应可以。二人同到灵隐寺一问，说不在寺内，听说济公被临安太守赵凤山请到昆山县治病去了。二人无奈，回来后又连找数次，并未遇着济公。马俊要告辞回家，郑雄说："我同贤弟去逛一逛。"收拾行囊，买了许多的东西，带着几个家人，二人一同起身。

这天走在道路上，阴天飞细雨。面前是镇店，到了街上，见有酒馆，郑雄说："贤弟你我吃杯酒罢。"二人便进了酒馆。往里走，听后面一嚷，郑雄抬头一看，正遇了济公，赶奔上前，忙行了礼说："师父一向可好？" 柴、杜二人一看，是认得的，说："郑大官人，你二人从哪里来的？" 郑雄一看说："二位头目为何这样打扮？" 柴头说："我们办紧要机密事。" 郑雄说："师父嚷什么？" 和尚说："哎呀！欺侮死了我也。" 郑雄说："哪个敢来欺负你老人家？" 和尚用手一指伙计说："就是他。" 吓得伙计就跑。柴头说："郑大官人你莫着急，且问为什么欺侮他老人家？" 郑雄说："师父，为什么欺侮你老人家？" 和尚说："吃完饭不放我们走，只管要钱。" 郑雄一听，倒也好笑，说："吃了人家东西，哪有不要钱的人？这也不算欺侮你。吃多少钱，我给还便了。师父，你出门为何不带钱？" 和尚说："什么不带钱，带着二百两银子。" 柴头说："带的二百两银子，他都施舍了，一文钱没有留下。" 郑雄说："师父，既没钱不要坐下就吃，这幸亏我来，我若不来呢？" 和尚说："你若不来，我就不吃了呢。" 郑雄一想，"这倒好，算计好了，吃我的。" 连忙叫过马俊来引见，另整杯盘，连柴杜二人一同坐下吃酒。

方才坐定，就见帘栊动处，进来两个人，前头这位文生公子打扮，人品俊雅，头戴蓝绸头巾，身穿翠蓝袍，白袜云鞋，儒儒雅雅。后面跟定一人，头戴青缎软帕包巾，身穿青小夹袄，腰束钞包，青夹裤，白袜子，打绷腿靸鞋，外罩一件青绸子铜氅，面色青白，两道斗鸡眉，一双鸥口眼，鹰嘴鼻两腮无肉，长得兔头蛇眼，龟背蛇腰。济公一看，就知道这个不是好人。书中交代，前头这位公子，原来是龙游县人，姓高名广瑞，在龙游县北门外开高家钱铺，家中很称财主。原来三房合一单丁，伯、叔、父亲就是高广瑞一人，三房给他娶了三房媳妇，谁生养儿子，算谁院君之后。这高广瑞的舅舅，在临安城开绸缎铺，高广瑞在他舅舅铺子学习买卖。这天他要告辞回家，他舅舅说："你要离不开家，你就不用来了。" 高广瑞说："不是我恋家，我昨天做了一梦，甚怕。梦见我祖母死了，我不放心，到家瞧瞧就来。"

他舅舅给了他十两银子盘费，他自己还有二十多两银子，由临安起身。到了那千家口，在饭铺之中吃饭，过来一位老者说："大爷，赏我几个铜钱，让我吃点东西。"高广瑞一看，老者须发皆白，甚为可怜，说："老者，你那边吃顿饱饭，我给钱便了。"老者吃饱了要走，高广瑞打开银包，拿了一块银子，给了那老人，然后给了饭钱。刚要走出饭铺，过来一个人，穿一身青，说："客人贵姓？"高广瑞说："我是龙游县的，我姓高。"那人说："我姓王，名贵，也是龙游的人氏，咱们是乡亲呢。方才那老者我看他不是好人，他是山贼的采盘子，瞧你有银子回头他在半路上等着你，不但你把银子丢了，还要没了命，你我一同走罢。"高广瑞本来没出过门，听这话害怕，跟着王贵一同走了。到前方这座镇店，天飞起雨花来，王贵说："贤弟，你我喝点酒再走。"二人进了酒馆。和尚一瞧，就知王贵不是好人。济公目不转眼瞧他，未免郑雄众人也都回头瞧他，王贵说："贤弟，你我别处喝去罢。"二人出了酒馆往前走。

出了镇，来到树林子中，四面无人，王贵说："你站住！"高广瑞说："做什么？"王贵说："这就到了你姥姥家了，你打听打听大太爷我是做什么的？我姓王名贵，绰号叫青苗神，青苗不长，我没有路，青苗一长，我就有了饭吃了。我久在大道边做买卖，你趁早把银子衣裳都给了我，我把你一杀。"高广瑞一听，吓的颜色更变说："王二哥，你我都是乡亲，我把银子给你，你饶我这条命罢！"青苗神王贵哈哈一笑，说："你那妄想了，大太爷做了这些年的买卖，没留过活口。这时候我饶你了，明日你一个手指头就要我的命了，你用手一指说：'你这人是路劫贼。'就办起我来了。你趁此把衣裳给我一件一件脱下来。要不然，我拿刀都剁坏了，衣裳少卖钱，我是要骂你的。你快把脑袋伸过来，给我杀了，不然烦躁了，我就拿刀乱砍。"高广瑞一听，吓的战战兢兢，口中说不出话，哀求道："好爷爷，我把银子给你！"一边说一边把银递过，"我把衣服也都给你，只要留一条裤子。但求你饶我这条性命，我感你老人家的好处。”王贵听罢，一阵冷笑说：“小辈你不必多说，我是向例不留活口的。”高广瑞见哀求不转，自己气往上冲，伸手抓起一块石头，照定贼人打来。王贵哈哈大笑说：“你真胆大包天，敢在太岁跟前动土，老虎嘴边拔毛！”抡刀就剁。只听树林西边有人喊：“合字让我！”王贵回头一看，只见从那边来了二人。前头那人，有诗为证：

头大项短胆气豪，蓝脸红须耳生毛。
专管人间不平事，剪恶安良乐陶陶。

后跟一位穿翠蓝褂，俊品人物，来者非是别人，乃是雷鸣、陈亮。只因济公禅师把二人用定神法制住，说拘蝎子蜇他二人，把两个人吓的战战兢兢。济公走远了，雷鸣、陈亮方能动转，两个人撒腿就跑，跑到这个树林子。天下起雨来，两个人在一棵枯柳里躲雨，两人心神不定，商量着回头上哪边去好。正在这般景况，只见来了两个人，陈亮一看说：“二哥，你看这两个人来的不对，一个是儒儒雅雅老实人，一个是贼头贼脑滑溜的样式，怕其中有缘故。”正在猜疑，见二人进了树林，王贵叫住，高广瑞哓哓不休，两个人所说的话，雷鸣、陈亮都听得明明白白。二人正要赶过来，青苗神王贵瞧见两个人的样儿，先吓了一跳，说：“二位贵姓？”雷鸣说：“我姓雷名鸣。”陈亮说：“我姓陈名亮。”王贵一听，说：“二位一说高姓，我就知道了。你就是风里云烟雷鸣雷大叔么？这是圣手白猿陈亮陈三爷么？”两人一听，把眼一瞪说：“我打你个球囊的！”“你是雷大叔，他是爷爷。”王贵说：“你是祖宗。”陈亮一拉刀，王贵说：“你是祖宗尖。”雷鸣说：“方才你说的话，我都听见了，你把银子给我拿过来！”王贵就把银子递给雷鸣，雷鸣又说：“你腰里的银子也给我。”王贵也摸了出来。雷鸣说：“你把衣裳脱下来。”王贵说：“大爷莫这么办，咱们都是合字。”

雷鸣说:“放你娘的狗屁!”过去一刀，把贼人耳朵砍下一个来。王贵说:“大爷，我们瓢把子来了!”雷鸣、陈亮一回头，叽伶伶打一寒战，有一宗岔事惊人。要知后事如何，且看下回分解。

第五十八回

董家店双杰被害　济禅师报应贼人

话说雷鸣、陈亮正要杀王贵，王贵用手一指说：“我们瓢把子来了！”雷鸣、陈亮二人一回头，王贵撒腿就跑。陈亮随后就追，说：“奸贼，我要叫你跑了，算我不是英雄。”王贵连头也不回，急急如丧家之犬，忙忙如漏网之鱼，恨不得膀生双翅，跳出树林子。偏巧眼前遇一道水沟河，有三丈宽，王贵跳下水去，浮水过去逃命。陈亮见王贵跳下水去，有心绕过去再追，也走远了。陈亮一想，“便宜了他罢！”高广瑞来说：“不是二位大太爷搭救，我这条性命死在贼人之手。”陈亮说：“你姓什名谁，哪里人氏？怎么跟贼人一同搭伴走路？”高广瑞说：“我姓高名广瑞。”就把在千家口吃饭之故，细说一遍。雷鸣说：“我们也不是绿林人，把这三十两还给你罢！”摸出来递给广瑞。广瑞感恩不尽，说：“二位救了命，积了德了。我家三门共我一条根，我在龙游县北门外开高家钱铺，二位倘到敝地，千万到敝舍屈驾枉临一叙。”陈亮说：“好，你赶路罢！”高广瑞方告辞别。陈亮他本是热心肠的人，说：“二哥，你看高广瑞他一个人走路，又没出过门，倘若在道路上仍遇着歹人，就了不得了。咱们二人也没事，何妨在暗中跟着他，送一程？”雷鸣说：“也好。”二人说着话，就远远的跟着高广瑞，往那条路去。雷鸣、陈亮止住脚步，也觉着饿了，天仍然下小雨，陈亮说：“二哥，你我到哪里去住店吃饭？天也不早了。”雷鸣说：“前面有座董家店，离此不远，那买卖做的和气，从前我在那店里住过，这话是上二年的事，而且我在那店里养过病。有一位董老掌柜很是慷慨，可不定那老掌柜在不在了，或已换了人。”陈亮说：“好，你我就上董家店去。”

说着话来到一座村庄，南北的街道，朝东的店，二人上前叫门，里面有人把门开了。陈亮一看，这人三十以外的年岁，淡黄的脸膛，穿着蓝布褂，系着青围裙，白袜青鞋，像个伙计的打扮。看了看雷鸣、陈亮说：“二位住店么？”陈亮说：“住店。”说着话二人就缓步进内。一进大门，迎面是影壁，转过影壁一看，是转正的北上房，东西两溜单间上房，廊下有一张桌，上面有一个纱灯，有一人在那里吃酒。那人见雷鸣、陈亮进来，一扬手把纱灯打灭了。雷鸣、陈亮也不措意，也没瞧准是谁，伙计让着，来到东配房坐下。

书中交代，这座董家店，此时不是董家店了。皆因老掌柜一死，两位少掌柜的不务本分，跟青苗神王贵吃喝嫖赌。这天王贵说：“二位少掌柜，把买卖让给我做吧，每年我给你们几百吊钱。”二位少掌柜就把店让给王贵。王贵本是打闷棍出身，找了绿林中几个小伙计，帮他做买卖，遇有孤单行客，行李稍丰的，他们就谋害了，大家分派资财。王贵素常跟他众伙计说大话，自称绿林中大有名的人都是他的晚辈，都叫他是大叔，众伙友也不知王贵有多大能为。今天王贵由外面回来，身上衣裳也都湿了，耳朵少了一个，流血不止。有一个伙计姓吴名纪方，爱说笑话，说：“寨主怎么耳朵丢了一只，衣裳湿透了呢？”王贵说：“莫提了，真是丧气。我在小镇店吃饭，遇见人家打架，动起刀来，无人敢劝，我过去一劝，误把我耳朵削了。我焉能容他？那人拿着刀一跑，我就追，他跳下水去要跑，我追下水去把衣裳也湿了。好些人给我跪着央求，我也不能不卖人情，大众劝我回来，明天必得给我来磕头，你把干衣裳给我拿出来换换。”伙计只当是真事，也不问了，拿出衣裳来。王贵换上说：“给我打点酒，做点心。”伙计打了两壶酒，做了两盘菜，王贵在廊檐下坐着喝酒。自己越想越后悔，幸亏我两条飞毛腿，不然死于雷鸣、陈亮之手。

正在思想之际，听外面叫门，王贵想要说不叫伙计开门，然而伙计已出去开了门，把雷鸣、陈亮往里一让，王贵一见，吓得魂飞魄散，急把灯打在地上，一溜进了上房，心中乱跳，见伙计把雷鸣、陈亮让到东屋去。伙计出来，王贵把纪方叫进来，王贵说：“方才来的这两个人，你认识不认识？”伙计说：“我不认识他。”王贵说：“一个叫风里云烟雷鸣，那白脸的叫圣手白猿陈亮。”伙计一听，说：“这二位名头高大，咱们得跟他接交，回头不叫他们给饭钱。”王贵说：“我告诉你，这两个人是我的仇人。”伙计说：“怎么与你有仇？”王贵说：“今天我由千家口跟了一号买卖，来到大树林子下，刚要动手，雷鸣、陈亮过来说：‘王大叔你好。’过来给我请安。我说：‘你们二小子做什么？’雷鸣、陈亮说：‘见面分一半。’我不答应，他们倚仗人多，与我交手，他们也赢不了，偏巧我把银子丢了，我一捡银子，他们把我耳朵给削了去。今天活该回头把他们两个人害了，我正好报仇，有银子多少，你们大家分，我不要。”伙计说：“就是罢。”王贵附耳说：“你如此如此。”伙计点头。来到东配房说：“二人吃什么？”陈亮说：“你们这里有些什么？”伙计说：“有炒豆腐，烩豆腐，豆腐干，豆腐丝。”陈亮说：“不吃，有别的没有？”伙计说：“没有，我们掌灶的，人家请了去办喜事，连我们家伙全借了去了，你要吃酒，小鸡子宰两只，白煮煮，无酱油，惟有酒没酒壶，要喝拿瓶打二斤。”陈亮说：“就是罢，要二斤瓶打二斤酒，烧鸡二只。”停了一息时光，伙计都拿了进来。

雷鸣、陈亮喝了几口酒，陈亮说：“不好，二哥怎么我心里闷的慌？”雷鸣说：“我的心里也是如此。”陈亮说：“哎呀！合字朵尺窑吗？”说着话，雷鸣翻身跌倒。伙计一瞧，说：“寨主，这两个人老了。”王贵说：“好。”陈亮此时心尚明白，一听是青苗神王贵说话，情知没了命了。伙计见陈亮少时也躺了，就告诉王贵，王贵说：“他们两个人身上有一包三十两银子，那是我劫的人家的，还有一包五两，那是我的。他们身上倘有多余的银子，我不要了，均是你们伙计的。”伙计一听，不大愿意，分赃没分，犯法有名，先说为报仇，这时又要银子了，伙计无法可强，又不敢说。王贵拿着刀，由上房出来，要杀雷鸣、陈亮。刚到东房台阶，就听外面叩打店门，说：“开门开门！睡觉来了！”王贵一听，说：“纪方，你先把外面的人支发走了，莫教他来搅我。”伙计来到门洞说：“谁呀？”外面说：“我睡觉来的。”伙计说：“住店没有空房间了。”外面说：“上房没有，就住配房。”伙计说：“配房也没有了。”外面说：“配房住满了，厨房。”伙计隔门缝一看，是个和尚。

书中交代，来者正是济公。原来日中在小镇店，同郑雄、马俊、柴杜二位班头在酒馆吃酒，吃完了酒，天尚未晴，郑雄说：“师父，你我今天就住在这后面店内，倒也方便。”济公说：“好。”来到店中，说了回话，各自安歇。睡到有二更天，和尚说：“柴、杜二头，跟我起来拿华云龙去，他在树林上吊呢。”柴、杜二班头说：“真的么？”和尚说：“真的。”二人起来，同和尚出了店。天还下雨未晴，柴头说：“师父，华云龙在哪里上吊？”和尚说：“我不知道。”柴头说：“不知你说什么。”和尚说：“我叫你两人起来逛逛雨景，上头下雨，底下踏泥，这比睡觉还好。”柴头、杜头两个气就大了，也不好言语。

和尚来到黄家店首，讨过包袱，重新包大了些，包裹好，和尚才去叫门。伙计说：“没房。”和尚说：“别的不妨，惟我是保镖的，怕物丢了道上，赔不起人家，我故恳求一宿。”伙计隔门缝一窥，说：“你是个和尚，怎么说是保镖？”和尚说：“我保的暗镖。”伙计说：“你保的是什么物件？”和尚说：“水晶猫儿眼，整枝珊瑚树，古玩等货。”

伙计一听，进去告诉王贵：“外面来了一个和尚，暗保镖的，净是值钱重货宝贝等物，咱们先发大财好不好？这次做成了，倒有几万，每人可分七八千。”王贵说：“也好，先把东屋锁上，让他上房去。”伙计来到外面开门。济公要施佛法，大显神通，报应贼人，搭救雷鸣、陈亮，且看下回分解。

第五十九回

济公火烧董家店　雷陈送信找云龙

话说王贵想要发财，先把东屋门锁上，叫伙计去开门。伙计开门一看，和尚同着两个人，搭着一个大包裹。和尚说："你帮着搬包裹。"伙计过来搬不动，和尚说："两位帮着。"柴杜二人也帮着，四个人抬着往里走。来到上房，伙计心里想道："这必是好东西，四个人搭着且费尽心力，不想他三个人怎么搭来的。"和尚来到上房说："纪伙计，贵姓呀？"伙计说："你知道我姓纪，还问我贵姓？"和尚说："我瞧你像姓纪，我真猜着了。"伙计说："大师父要用什么菜吃呢？"和尚说："你们有什么？"伙计说："你要都有。"和尚说："炒豆腐、烩豆腐、豆腐干、豆腐丝，没得别的。我们掌灶的，人家办喜事请了去，连家伙都借了，有小鸡子两只，没作料，对不对？"伙计一愣，心里说："怪呀，这话是我刚才跟他们那两位说的，怎么和尚说这话？"济公答了话说："我省得你说呀！"伙计说："不是，你要什么菜都有。"和尚说："要三壶酒，来两样现成的菜。"伙计答应，嚷道："白干三壶，海海的迷字。"和尚说："对，白干三壶，海海的迷字。"伙计一听，吓了一跳，心想："了不得了，和尚也许懂的。"伙计想罢，说："和尚，什么叫海海的迷字？"和尚说："你讲理不讲理？你说倒来问我，我还要问你呢，什么叫海海的迷字？”伙计想了一想说：“不是，我说的是要好干酒。”和尚说：“我也是要好酒。”伙计然后把外边酒菜拿来，和尚拿了酒壶，瞧了半天说：“伙计你喝呀！”伙计说：“我不喝酒。”和尚说：“老杜、老柴喝。”柴、杜二人每人各拿一壶来，三人喝了三壶，俱皆翻身跌倒。

伙计告诉王贵：“已把上房的三个人制住了。”王贵说：“好，先报仇，杀他们两个人，然后再发财。”带领手下人，各执钢刀直奔东配房，要杀雷鸣、陈亮。急急来到东房窗外，找不着东房的门了，王贵说：“伙计，东房的门，我怎么找不着了？”伙计说：“我也找不着门路了，怪不怪？”王贵一着急说：“咱们先到上房杀和尚，然后再报仇。”众人这才直奔上房。纪方说：“我动手。”他进了西里间，刚一举刀，和尚就吱着牙，吓了纪方一跳，站在那里不能动转。王贵在外面一瞧，见纪方举刀不杀，心中气往上冲，说：“我叫你杀他，你举着刀吓吓人家么？”王贵自己拿刀进来，要杀和尚，他刚一举刀，和尚用手一指，把王贵用定神法制住了。和尚说：“好东西，你要谋害我和尚，回头我叫你知道我的利害。”和尚又用手一指，把外面几个伙计全都定住。

和尚够奔东配房，推门进去，掏了一块药，把雷鸣、陈亮扶起来，把药用开水化开给两人灌下去。少时二人还醒过来，睁眼一看，见济公眼前站着，雷鸣忙跪下磕头说：“弟子愚昧无知，我害你老人家，你老人家不记仇，反来救我，真是宽宏大量，弟子给圣僧赔罪！”和尚说：“你也不用赔罪，我两位班头叫人家拿蒙汗药治住在上房躺着，我给你两块药，你们去把他两个人救过来，他们要问你，如此这般。”雷鸣、陈亮点头，和尚仍回上房躺下装睡觉。

陈亮、雷鸣来到上房，把柴头、杜头救过来，二位班头一睁眼，说：“原来是雷爷、陈爷，二位从哪里来？”雷鸣说：“我们由千家口来，到这里住店，叫不开门，我二人蹿房进来，见他们店内要害你们，我们把他等拿住，把你们二位救过来。”柴头、杜头一看和尚还睡呢，二位班头这个气就大了，柴头说："好呀！和尚还是学掐算，叫我们住贼店，要不是你们二位，我们没了命了。你们二位拿药把和尚救过来，问问他。"陈亮说："药可没有了。"和尚说："浑蛋，打我腰里掏出块药来，放在我嘴里，还不行么？"雷鸣等都笑了。济公说："你们四个人先出去，我报应青苗神。"四个人出去，到了外面，只见和尚先取过干柴一把，连油亦覆添于上边，用火点着，霎时间只看见烈焰腾空，怎见得？有赞为证：

南方本是离火，今朝降在人间。无情猛火性炎炎，大厦宫室难占。　滚滚红光照地，忽忽地动天翻。尤如平地火焰山，立刻人人忙乱。

众人看着四面火起，就听济公在里面嚷："了不得了，快救人哪！我出不去了，要烧死我了！"外面众人一听，说："了不得了，济公出不来了。"雷鸣本是热心肠人，一听济公喊嚷，自己一想："我用药酒害和尚，和尚反不记仇，来到店内拿住贼人救了我，总算宽洪大量。现在我瞧济公烧死在里头，我居心对不起和尚，我应该舍死忘生，闯进火场，把济公救出才是，人得知恩报德。"想罢，往火里就闯，连蹿带跳，蹿到里面，见和尚在里面站着。济公本是故意试试这几个人的心田。雷鸣蹿进里面说："师父，不要着急，你老人家伏在弟子身上，我把你老人家背着蹿出去。"和尚说："好，你过来背着我。"雷鸣往地下一蹲，和尚往雷鸣身上一扒，雷鸣背起来往墙上一蹿，和尚一打千金坠，连雷鸣带和尚都摔在火中，吓得雷鸣连蹿带跳躲开火。和尚说："你背不动我？"雷鸣说："师父，你老人家别往下坠就好了。"和尚说："别往下坠，那行。"雷鸣又把和尚背起来，刚往上一蹿，和尚一念"唵敕令赫！"忽忽悠悠，连雷鸣起在半空中。陈亮、柴头、杜头一瞧，见雷鸣背着和尚直往上起。雷鸣吓的魂不附体，说："师父，这要往下一掉，要摔死呢，要摔做肉泥烂酱的。"和尚说："不要紧，摔不着。”口念：“唵敕令赫。”忽然悠悠往下沉，一会儿，脚踏实地，也没摔着。雷鸣把和尚放下，吓了一身汗，心中乱跳，说：“师父，把我吓坏了。”和尚说：“我要带你上天，拜望拜望玉皇爷，你没那么大造化，咱们快走罢！回头叫人家瞧见，说咱们是放火抢夺，再把咱们办了。”陈亮说：“对，你我快走罢。”

四个人同着和尚往前走，出了村口，陈亮说：“二哥，我跟你说句话，你们三位头里走。”和尚说：“二位班头，咱们头里走，他们两人要出恭。”陈亮同雷鸣止住脚步，雷鸣说：“三弟叫我做什么？”陈亮说：“咱们是同师父一同走好，还是单走好？”雷鸣本是直肠汉，说：“单走亦可，同师父走也好，那有什么？”陈亮说：“二哥，你真没心眼，要说飞檐走壁之能，窃取灵妙之巧，刀棒棍枪，长拳短打，能为武艺，二哥比我强，我不如你，要论机巧伶便，见识精明强干，足智多谋，见景生情，你可不如我。你想师父带着二位班头去拿华云龙，咱们跟着师父走，到见了华云龙是帮着师父拿华二哥，是帮着二哥跟师父动手呢？”雷鸣说：“对，怎么办呢？”陈亮说：“我有主意，这叫一举两得，三全其美，都不致得罪。跟师父说：‘咱们帮着找华云龙去’，见了华二哥，再告诉他，‘济公带人到来拿他’，叫他快躲。咱们两头都不伤，你瞧好不好？”雷鸣说：“好，还是贤弟你的主意比我高。”商量好了，二人追上济公。和尚说：“你们二人商量好了？”陈亮说：“我们两个人打算替师父找华云龙去。”和尚说：“对，见了华云龙就告诉他，说我要拿他，叫他快走。你们两头全不得罪，对不对？”陈亮说：“不是，我们访着他，必来给师父送信。”说着话，雷鸣、陈亮就走。和尚说：“咱们哪见哪？”陈亮说：“师父说罢。”和尚说：“咱们在龙游县小月屯见罢。”说着话，和尚同二位班头竟自去了。

陈亮一听和尚说小月屯相见，陈亮一想：“不好，小月屯有绿林的朋友在住着，也许华云龙上小月屯去。”跟雷鸣一商量，二人直奔小月屯去了。头一天，离小月屯还有三十余里，天黑了，住在半路镇店。第二天，给了店饭账，二人直奔小月屯来。刚一到村内，见对面来了一人，头戴粉绫缎六瓣壮士帽，上按六颗明珠，绣云罗伞盖，花贯鱼长迎门一朵素绒球，秃秃乱晃，身穿粉绫缎窄袖瘦领箭袖袍，上绣三蓝花朵，腰系丝鸾带，单衬衫，薄靴子，白脸，手中拿着菜筐，里面有几样果子，右手提着一条活鲤鱼。雷鸣、陈亮一看，正是华云龙。不晓得华云龙由何处而来？且看下回分解。

第六十回

众匪棍练艺请英雄　登山豹赌气邀拜兄

话说雷鸣、陈亮来到小月屯，正往前走，眼前来了一人，正是华云龙。书中交代，华云龙怎么会来到这里？原本这小月屯住着一位老侠义士，姓马双名元章，绰号人称千里独行。此人武艺出众，本领高强，平生不收徒弟，就传授了两个侄儿。一个叫马静，外号人称铁面夜叉，又叫黑虎怪海，皆因马静是黑脸膛所起。一个叫马成，外号皆称探海龙。弟兄两个，是家传武艺。老英雄马元章在外面闯荡江湖数十年，永远不跟绿林人搭过伴。他手下有两个人，一个叫探花郎高庆，一个叫小白虎周兰，他俩成家立业，就是本地人不知他俩是绿林中人，则知道他是财主有产业。老英雄看破红尘，自己有一座家庙毗卢寺，就在庙中出家。虽然出了家，没受过戒，不知道僧门中有什么奥妙。自己虽好道，常习经卷，总不得准根，就把庙中事交给高庆、周兰看守，自己出外方游去。老英雄走后，家中一切事务都归马静料理。每年马静出去一趟，或是一千八百里，找一处地方住下，做买卖，偷的都是官长富户、大买卖人家，得些银钱，打着骡子驮了回来，街坊邻居要问，马静就说取了租子回来。马静也是一身好武艺，平生就交了一个朋友，也是本地人，姓李名平，跟马静学了有五成能为，人送外号叫登山豹子李平。有一个兄弟叫李安哥，住在小月屯村外，开酒铺为生。常有本地的匪棍在他铺子喝酒，三五成群，凑了十数位，竟要跟李平学艺。这些人本来都是无赖匪棍，游手好闲，无所不为，狐假虎威。这些人都有外号，叫做平天转、满天飞、转心狼、黑心狼、满街狼、花尾狼等，凑了十几个人。在小月屯村外有座破三皇庙，在庙内立把式场，认李平为师。人家练工夫，为的是身子健壮，这些人练能为，所为充光棍，李平交接这些人，可以多买点酒，各有所贪。这些人吃别人的东西不给钱，吃李平的酒饭不敢不给钱。时常跟李平练工夫，这个练一趟刀，那个练一趟枪。后来这些人里有一个外号叫军师的，说："你们不用练了。"大众说："怎么不用练？"军师说："师父无能弟子浊，李平本来就是有名无实，跟他练不行了。"大众说："不跟他练，跟谁练去？"军师说："咱们这地方算谁有名？"大众说："要讲真有名，就是铁面夜叉马静。"军师说："咱们何不把马大爷请出来，咱们跟他练。"大众一想："这话对呀！"

众人商量好了，次日早晨，大众来到马静门首叫门，拿着红白帖，有家人进去一回禀，马静由里面出来。大家一瞧，说："马大爷早起来了。"马静说："众位找我什么事？"众人说："我等久知马大爷威名远振，特意来请你老人家。我等在三皇庙立把场子，要跟你老人家学武艺，马大爷只要肯教我等，必有一分人情。"马静一瞧，心里说："交接你们这些匪徒，把我都沾染坏了。"嘴里不肯得罪，都是老街旧邻，马静说："众位既来约我，按说我不当辞却，无奈现在我母亲病着，我所以不能从命，众位请罢，等我母亲好了，我必去。"大众碰了个大钉子回来，都埋怨军师胡出主意，叫我们碰钉子。军师说："你们众位不用埋怨我，我要不叫李平把马静请出来，我不叫军师，叫我小卒，好不好？"大众说："就是。"

正说着话，李平来了，军师说："李大爷，有人给你带了个好来。"李平说："谁给我带好？"军师说："就是马静。"李平说："你胡说！我跟马静是知己的朋友，情如手足，又常见，不是带好的交情。”军师一听，说：“李大爷，你别说了，终日间你老说马大爷跟你至好，今天我见了马大爷，我说：‘马爷我提一位朋友，跟你至好，你必认得。’他问我：‘是谁？’我说：‘登山豹子李平。’他想了半天，他说，‘土居三十载，无有不亲人，就算认识罢，跟我没多大交情的’。”李平一听，气往上冲，说：“我告诉你说，我并未借马静的字号闯我的人物，我们交情是有不假。”军师说：“李大爷你要真跟马爷有交情，你能把马爷请到这里来，踢一趟腿，打一趟拳，我算信服你。”李平说：“那算什么？我要请他，他不来也得来。”军师说：“就是罢。”

李平赌气，一直够奔马静家来，不用叫门，来到里面。马静一见，说：“贤弟，从哪里来呀？”李平说：“兄长，小弟我合你怎么没交情？今日你叫那军师何苦来给我带一个好去呢？”马静说：“何出此言？”李平把在三皇庙合军师说的话，从头至尾述说一番。马静说：“贤弟，他这些话是激你，你别听他那话。”李平说：“无论是他激不激，请兄长明天跟我去一趟，给我转转脸。”马静说：“好，明日我就去。”李平说：“我走了，明日见。”

次日李平找马静同到三皇庙内，众人一瞧马静来了，大家欢喜非常，全都给马静行礼，说：“马大爷来了，我等正在盼望你老人家。”这个倒茶，那个买点心，大家众星捧月。马静一瞧，大殿前摆着十八般兵器，一应俱全，马静在大殿前有桌椅处坐下。内中有一人姓胡名叫胡得宜，外号叫黑心狼，说：“马大爷，我练一趟拳你看看。”说着话，胡得宜打了一趟拳，平天转贾有元练了一路单刀，满天飞任顺拿过大刀劈了一套，练完了，问：“马大爷，你看这趟刀好不好？”马静说：“好，大刀乃百般兵刃的元帅，自古来廉颇、黄忠的大刀，恐不如你的刀法纯熟。”任顺一听，把脑袋一晃，心思道：“我这能为行了。”又过来一个白花蛇贾有礼说：“马大爷，你瞧我一路花枪。”拿起花枪来练了一趟说：“马大爷，你瞧怎么样？”马静说：“好，花枪为百兵之首，古来子龙、子胥真不如你这枪的着数。”贾有礼一听，心中甚为喜悦，自己觉着能为大了。他练完了，又过来一位叫邹士元，外号叫狼狈，说：“马大爷，请你看我练一趟宝剑。”说着拿过剑来，练了半天，练完了，问马静，马静说：“真好，这路剑可赴鸿门。”邹士元一听，也乐了。大众都练了，马静看了心里想道：“刀不像刀，枪不像枪。”马静说：“李平，我教你一场，你也练一趟，叫他们瞧瞧。”李平说：“可以。”当时把拳脚一拉，真似：

太祖神拳丢四平，斜身绕步逞英雄。使到迎门刀入鞘，倒退一步不留情。低水势，扫地龙，十二连拳往上攻。拳打南山斑斓虎，脚踢北海滚江龙。上使马蹄高，下使低个平。

练完了，真是气不涌出，面不改色，心满意足。大众齐声说：“好，果然强将手下无弱兵。”众人说：“马大爷辛苦辛苦，给我等开开眼睛，见见世界。听说马大爷你老人家双锏出名，求你老人家练一趟。”马静一想：“叫他们开开眼。”自己把双锏拿起来，说：“众位多包涵。”把门路一分，施展开了。怎见得，有赞为证：

出手式双龙摆尾，梢带着枯树盘根。托鞭挂印惊鬼神，暗藏毒蛇吐信。白猿翻身献果，操式巧任双针。阴阳锏上下分，藏龙伏虎紧护身。夜叉探海无敌将，摘星换斗，取命追魂。

马静一练，大众都瞧愣了。焉想刚练完了，就听庙的土墙外有人说：“练的好！”马静不瞧则可，抬头一看，吓的亡魂皆冒，不知叫好之人是谁，且看下回分解。

第六十一回

托义弟英雄离故土　见嫂嫂李平生疑心

话说马静练了一趟双锏，外面有人叫好。马静一看，是一位年高的和尚，面如满月，身穿古铜色的僧衣，拿着一百零八颗念珠。马静一看，吓的惊慌失色，赶紧把双锏扔下，往外就跑，说："众位我要失陪！"大众说："马静爷哪去？"李平一看，说："了不得了，马静的叔父来了。"书中交代，这位和尚乃是千里独行马元章，由外面游方回到家中，问嫂嫂侄儿马静上哪里去，马静之妻何氏说："被人约出去练把式去了。"马元章一听，勃然大怒，说："好孩子！我马氏门中在这方住居多年，没人知道我家是做贼的，他恐怕人家不知道，在外面招摇是非，我去找他！"故此来到三皇庙外，有心进去叫他，当着众人多有不便，故此失声一阵冷笑。马静一看，连忙出去，到他叔父跟前叩头行礼。马元章立刻转身回家，到了家中说："马静你自己好不知自爱！咱们马氏在这小月屯居住多年，并无人知道是绿林，你还要在众目所观之处去练把式？"马静一听，说："叔父你老人家有不知，皆因是有我拜弟李平所约，是给他圆脸。"把上项之事，从头至尾说述一番。那马元章听罢，如梦方醒，说："我知道了，从今以后不准再和他们去练把式。"马静答应。叔侄二人吃酒，马元章说："明日我要访道游方，毗卢寺庙内你两个师弟高庆、周兰，如要是没有日用之费，你给他们些银钱使用。”马静答应。

次日他叔父马元章游方去了，马静在家中侍奉老娘，见太太病体越发沉重，自己一想，今年手下并没有什么余钱，倘若老太太有一个山长水远，怎得办事？又要给毗卢寺庙里送钱，有心出去做一趟买卖，家中又没人照应，左思右想，还是得出去弄点钱要紧，家中可以托付李平给他照应。想罢，这天自己直奔李平酒馆。来到门首，李平一见，赶紧把马静让到后面柜房。马静一看，见李安躺在炕上，咳声不止，马静说：“二弟还没好哪？”李平说：“只见他的病势沉重，请了许多先生也治不好。”马静说：“须得请高明医家，赶紧给他调治。我今天来找你，非为别故，我来求贤弟一件事，我打算要出外，家中老太太也病着，你嫂嫂也无人照应，我出外走后，早晚你没事去照看照看家里。要是没零用钱的时节，你可以给垫办垫办，我回来必如数奉还。”李平说：“你我知己弟兄，何必说还不还。兄长不必嘱咐，小弟必当从命。兄长打算哪天走？”马静说：“我明天就起身。”李平说：“兄长如若是明天走，我后天必到你家去。每天我给你家中老太太送两吊钱零用，要有别的用项，只管叫嫂嫂跟我提，我多了不敢说，三五个月，我可以垫办。”马静说：“甚好，我这就告辞。”马静回到家中，收拾行李，告诉何氏：“我走后李平兄弟来给送钱，你就留下，我已然托咐好了，如有什么用项，只管跟李平借，我回来再还，大概多者两个月，少者四十天，我就回来。邻居要打听我，就说我取租子去。”何氏娘子点头。次日马静起身走了不表。

单说李平过了一天，自己一想：“马大哥托付了我，我得去瞧瞧。”把铺子的事交代伙友照管，自己带上两吊钱，出了酒馆，一直的向东往前走着。离马静的门首不远，看见马静家里出来一个妇人，李平远远一看，乃是何氏娘子，穿着一身华美的衣裳，浓妆艳抹。心说：“我马大哥在家，家规甚严，平素他家的妇女大门不出。今日我大哥刚走，她这样打扮出去，恐其中有什么缘故，我何不去问问马老太太，是什么一段缘故。”想罢，李平刚要往前走，只听后面有人叫：“李大爷！”李平回头一瞧，是店中的小伙计。李平说：“什么事？”小伙计说：“铺子有人找你。”李平复又回来，一看是东街冥衣铺掌柜的杨万年。一见李平，杨万年说：“李大爷，我在这里等你半天了，所为当初我赁房时节，是你老人家的中保人，立字为许推不许夺，现在他把房租给别人，硬要拿钱赎房。他赎也可以得，我开铺子，他应得赔偿我损失。不然，我们是一场官司。”李平说：“杨大哥你不用着急，你做你的买卖，我去找房东，跟他说说，凡事都有个情理。”李平立刻去给找房主说合。这件事办完了，天也晚了，李平一想：“明天再到马家去罢。”一夜无话。

次日带上几吊钱，吩咐伙计：“好好照应酒座，我到马爷家里去一趟。”自己来到十字街，抬头一看，见马静家双扉一开，何氏娘子浓妆艳抹又往村东去了。李平紧走几步，要打算赶上何氏问问，见何氏走的甚快，已去远了。李平一想，“我问问老太太，他到底是上哪去？”到马静门首，正要打门，小伙计追来喊嚷：“李大爷，李大爷，可了不得了！你快回去罢！有一个醉鬼，在酒店中合邻酒座打起来，这个拿酒壶把那个脑袋打破了，还不知是死活。地方官人都去了，你快回去瞧瞧罢！”李平无奈，回到酒铺中一看，果然是两个醉鬼因说闲话打起来，有本地街坊众人帮着解劝。忙乱了半天，劝完了，算没成官司，天也晚了。李平一想，“今天又不能去了，明天再说罢。”

到了次日起来，把铺子事忙乱完了，天已日中，自己带上几吊钱，出了酒铺。刚一到十字街，见何氏已出了东村头，李平一想：“怪呀，我马大哥不在家，他妻子接连三天打扮着出去，怕其中定有情节。”自己一想了不得，大丈夫难免妻不贤，子不孝，我别到他家去了。倘若这妇人见了我，说出不三不四无廉耻的话，我如何能做那伤天害理之事？我跟马大哥是知己的朋友，我断不能做无礼之事。倘若她老羞变成怒，我马大哥回来她说我调戏她，我马大哥准信，红粉之言，能入英雄之耳。自己愣了半天，叹了一口气："可惜我马大哥是一位朋友，叫妻子给染了。"自己一想："我何不到东村头去等她，看她到什么时候回来？"想罢，自己直奔东村头，一直等到二更以后，并未见何氏回家，李平这才回归酒馆，从此永不到马静家去，自避嫌疑。

光阴荏苒，日月如梭，不知不觉就是两个月的光景。马静此次出去，很为得意，正遇见罗相的侄儿，在外面一任太守，剥尽地皮饱载而归，道路上马静得便，偷了些金珠细软，买了许多的土产物件，打着骡驼子回家。来到小月屯，把东西卸了，先瞧瞧老太太，见老太太仍是病体沉重。何氏见丈夫回来，赶紧预备茶水点心酒饭。马静问："娘子，自我走后，李平贤弟给送了多少钱来使用？他共来家几次？"何氏一听，说："你交的这个朋友甚好，你走后一次未来，也未送钱，我当了几两银子使用。他在咱家酒饭也吃过无数，实是一个忘恩负义之人。"马静一听，心中甚是有气。吃完了饭，拣了几样礼物，说："我给李平送礼去，看他见了我，应该如何说话。"自己出了大门，到西头李平酒馆。一进去，马静问："伙计，你们掌柜的可在家么？"伙计说："现在后面。"马静直奔后面，李平一瞧，赶忙的迎出来。马静本是大丈夫，面不改色，带笑开言说："贤弟我给你带了些吃的来，都是你爱吃的。"李平说："兄长一向可好？请里面坐。"把礼物接过去，二人来到屋中落座，坐了半天，李平也没话说，马静说："贤弟买卖好？"李平说："快关门了。"马静又问："二弟可好了？"李平说："快死了。"说完了话，李平愣了半天说："马大哥，我有句话，有心不告诉你，耽误你我弟兄的交情，有心告诉你罢，实在难以出口。"马静说："贤弟有什么话难出口，你告诉我听听？"就见李平不慌不忙，说出一席话来。马静一听，气得三尸神暴跳，五灵豪气腾空。当时回家，又生出一场是非。要知后事如何，且看下回分解。

第六十二回

暗访察路遇乾坤鼠　得私信雷陈遇盟兄

话说李平见了马静无话可说，愣够多时，自己一想："要不说罢，又耽误了弟兄的交情，要是说罢我又难以开口。"马静说："你有什么话只管说，不要隐瞒。"李平就把头一天拿了两吊钱送去，碰见嫂嫂浓妆艳抹，穿着华美的衣服，由家中出来，往东而去，正要追过去问，有人找我有紧要事，我就回来。第二天，第三天，怎么在村头等着，从头至尾，述说一遍。马静听了，"哈哈"一声，说："贤弟，我告诉你，今天我来，原打算跟你画地绝交，我不知有这缘故，既然如是，我也不必多说，路遥知马力，日久见人心。你这一分心，我今日方知非真知己，也不能说这些话。我走了！"站起身来，回到家中，也并不提这段事。

过了一两天，告诉何氏："你好生看家，龙游县有一家财主请我去看家，大约得两月回来。"带上单刀，辞别了老娘，由家中出来，直奔正南。离小月屯二里有庆丰屯，原是小镇，也有买卖铺户，路南有座万盛客舍，马静进去，店里伙友都认识，大众说："马爷怎么闲着？"马静说："给我找一间房，我家中来了几个亲友住不开。"伙计说："是。"给马静找了一间上房。马静来到屋中，要了酒菜，心中闷闷不乐，正是："人得喜事精神爽，闷来愁肠困睡多。"

喝了几壶酒，叫伙计把残桌撤去，自己躺下就睡了。睡醒了，又吃了些东西，自己一想，"奸乱情热，互相难拴，奸夫必找淫妇，淫妇必找奸夫，知道我不在家，必要往一处凑合。我今晚带上钢刀，到村头去等候，要遇见贱婢，我一刀将她杀死。"自己想罢，直奔小月屯村头。一直等到三更以后，并未见一人，自己到家门口一瞧，双门紧闭，蹿身上房，各处偷听，并没有动作，自己复返回店。到店门口，叫开了门，到了屋中倒头便睡。白天除了喝酒，就是睡觉，晚上带刀出来，就在小月屯东村头等候。天有二鼓之时，听东边有男女欢笑之声，及至临近一看，听有人说："你快走罢，明天就要请你去，请了好几位吉祥婆都不好。"马静一听，是请收生婆的，急忙退身，隐在树后。刚隐在树后，只见由正东来了一人，脚底下甚快，电转星飞，大约有三十多岁，白脸膛，看不甚真。马静见这人一直的奔他住宅去，来到他的门首，愣了半天，那人意思是要叫门，又害怕不敢叫的意思。马静在暗中瞧着，见这人围着门首来回绕了几个弯，就听这人说："哎呀！有心叫门，又怕大哥不在家，有心不叫门，黑夜的光景无地可投。"马静一听是熟人，即至临近一看，原来是乾坤盗鼠华云龙。说："二弟，你从哪里来呀？"华云龙连忙过来行礼，叙离别之情，说："兄长，黑夜因何在此？"马静说："二弟，我在这里等人，你我家中坐罢！"

二人越墙而过，到里边开了东配房门。何氏娘子起来，立刻烹茶伺候。马静同华云龙在屋中落座，问华云龙是从哪里来，华云龙把在临安所做之事，述了一遍，就是没提尼姑庵采花之事。马静说："华二弟，你只管放心，在我这里住，没有人会到我这里办案。就有人来，我这里有现成的夹壁墙地窖子。还告诉你，我这里属龙游县管，本地面官人决不能来，没人知道我是绿林人。"华云龙一听，说："甚好。"谢过马静。两个人说着话，天光已然大亮。

二人正在净面吃茶，忽听门外人声嘈杂，一阵大乱，吓得华云龙颜色改变。马静说：“你不要害怕，我出去瞧来。”到外面开门一看，门口站定有五六十位都是小月屯本地绅士富户、举监生员，大众一看说：“马大哥在家甚好，我们约你有一件事，此事非马大爷出去不能完全。皆因前街庆丰屯骡马市争税帖，帖主方大成跟姓柳的争税帖，打了官司，现在又要打架了。两头都约了有一二百人，这场架要打成，就得出几十条人命。听说这两家都跟马大爷至厚，我们说合了两天，没说合好，约你老人家出去就可完了。”马静说：“就是罢，我该让众位家里坐，地方可是狭小，多有不便。众位在此少待，我到家里告诉一声。”众人说：“是。”马静到里面，拿了两吊钱，一个菜筐，说：“贤弟，人家约我说合事，家中没人买菜，回头贤弟你辛苦辛苦，到前街庆丰屯去买两条活鱼，买两只小鸡，买些干鲜水菜，买回来交给你嫂嫂做去。我少时就回来，你我弟兄好吃酒。”华云龙说：“就是罢。”

马静走后，华云龙拿了菜筐出去，买了些菜，正往回走，只见雷鸣、陈亮二人慌忙跑来。一见华云龙，雷鸣、陈亮说：“华二哥，你原来在此！你还不快跑？后面有灵隐寺济公长老前来拿你。”华云龙向二位说：“贤弟，你我由千家口分手，你二人上哪里去了，你们怎么知道济公来拿我？”雷鸣、陈亮把上项之事，如此如此，述了一番：“现在济公领着二班头随后就到，他说小月屯见，大概必是算出你在这里。”华云龙一听这话，心中犹疑，正打算扔下菜筐要跑，只见那里马静来了。三个过去，给马静行礼，马静说：“雷、陈二位贤弟，既来到这里，为何不到我家，你们三个站在这里说话？”雷鸣、陈亮又把上项之事也说了一遍，马静说：“不要紧，雷、陈二位贤弟，华二弟，都跟我来。”四个人一同直来到马静家中。马静把菜拿到里面去，四个人来到东配房，华云龙说：“马大哥，我来到这里尚未给老伯母请安，你带我去见见伯母。”雷鸣、陈亮一听说：“原该如是。”马静说：

“老太太有点身体不安，倒不必惊动她老人家，三位贤弟请坐罢。”少时间酒菜得了，四个人吃酒，谈心叙话。马静又细问雷鸣、陈亮济公的根本源流，陈亮从头至尾，又细说一遍。马静一听，哈哈大笑说：“二位贤弟，就凭一个和尚带同两个班头，就要拿你华二哥？就有二百官兵将他围上，也未必拿得了他。再说他在我这里，更没人敢来拿他。他不来便罢，他要来时，我先拿他，将他结果了性命。”雷鸣、陈亮说：“马大哥你趁早别说这话，你可不知济公长老的能为，你要一念道，他可就来了。他能掐会算，算你要从前门跑，他在前门堵着，你要打后门走，他在后门等着，你往东，他在东面迎你，你往西，他又在西面候你，叫你够四面八方无处可跑，就得为他束手被擒。”这几句话，马静一听，气得拍案大嚷，说：“你两人休要长他人威风，灭自己的锐气，如来时，你看！”用手一指，“在东墙有一轴富贵牡丹图，把画卷起来，里面是转板门夹壁墙，进去就是地窖子，你们可以在这里面藏躲。”这句话尚未说完，就听外面打门说：“华云龙在这里没有？在这里叫他出来，见见我和尚。”雷鸣、陈亮一听，吓得颜色改变，说：“马大哥，你瞧，和尚来了。”马静就把这轴画卷起来，说：“你们三个人都进去，自有我一面承管。”三个人无法，进到夹墙之内，马静把画放下来，往外够奔。

书中交代：济公从哪里来？和尚自从雷鸣、陈亮走后，和尚领着两位班头往前走，走来走去，天也不早了，肚也饿了，见前有酒馆，济公进去，柴头心说：“要是和尚吃我们就吃，反正有给钱的。”三个人坐下，和尚要了几壶酒，吃了个酒足饭饱，和尚说：“堂官，给我拿个溺壶来，我要溺尿。”堂官说：“我们管拿酒壶，不管拿夜壶，你外头去溺去罢。”和尚站起来说：“给我拿两壶酒搁着，我回头来喝。”说着话，和尚出去。柴头、杜头等着和尚，老是不来了，柴头说：“老杜，了不得了，吃酒饭没有钱，和尚走了拿我两个人押了桌。”柴头说：“咱们两个也溜罢。”瞧伙计要端菜没留神，柴、杜二人一溜出来，到外面正碰见和尚。柴头说:“好呀，你出来拿我两个人押了桌。”和尚说:“你们两人跟我走，晚上我有钱。”柴头、杜头嘴里答应，心里说:“晚上我们两人吃完了先走，拿和尚押桌。”果然晚上三人到酒馆吃饭，柴、杜二人忙忙吃完了，站起来就走，和尚说:“你们两个走呀?”柴头、杜头说:“早起你拿我们两人押账，我们不走怎么样?”说着话，两个人走了，跑堂过来把济公看上。不知济公如何走法，且看下回分解。

第六十三回

四英雄马宅谈心　济禅师酒馆治病

话说济公同柴、杜二位班头在酒馆吃饭，柴头、杜头先吃饱了，杜头站起来说：“出恭去了。”柴头站起来说：“我要小便去。”和尚说：“对，你们两个都走，拿我和尚押桌。”柴头说：“你上次怎么先走了，把我两个留下？横竖没钱，我们先走。”说着话，二人都出去。伙计一听：“这两个人是蒙吃蒙喝的。”伙计留神看着和尚，和尚坐在那里，也不言语。偏巧里面有一个人，端了一碗木樨汤，端着正往外走，外面进来一人，慌慌张张，把碗碰掉了，汤也洒了，洒了那人一身，这个叫赔碗，那个叫赔衣裳，两个人口角相争打起来。众位酒客也一阵大乱，伙计只顾劝架，没留神，和尚趁乱出了酒馆。来到村头，见柴、杜二头那里坐着，和尚说：“好的，你二人吃饱了也不管了。”柴头说：“你早起为何吃完了走了？”和尚说：“对，算你有理。”柴头说：“师父你怎么出来的？”和尚说：“我叫掌柜的写上账。”柴头说：“人家认识你吗？给你写账。”和尚说：“你们就不用管了。我出个主意，我们三个人捉迷蒙，我藏起来，你们要找着，明天早起我给饭吃，你们要找不着，明天我吃你们。”柴头一听，说：“这倒不错。”和尚就藏起来，这两个人找遍了也找不着，焉想到和尚连夜够奔小月屯而来。

天亮和尚来到李平的酒店门首，伙计将挂幌子，和尚迈步进了酒馆，一瞧有六张桌，桌上都摆着四碟，一碟煮鸡子，一碟豆腐干，一碟盐水豆，一碟糖麻花。和尚找了一张桌子坐下，拿过一个鸡子，往桌上磕，和尚说："掌柜的"，磕一下鸡子，叫一声"掌柜的"。伙计一瞧说："大清早起，和尚你够多讨人嫌，磕着鸡子叫掌柜的。"和尚说："你卖几个大钱？"伙计说："这么大个的，卖几个大钱？"和尚说："我问你是鸡子。"伙计说："鸡子卖六个钱。"和尚说："豆腐干卖几个大钱？"伙计说："三个钱一块。"和尚说："这碟豆儿卖几吊钱？"伙计说："这一碟豆子，怎么可卖几吊钱？"和尚说："倒不是别的，我瞧这豆子皮上，难为你做的折子，工夫大了。"伙计说："和尚你真是有心，这豆子是水泡的自来折。"和尚说："敢情你是自来的折子。"伙计一听，说："和尚，别玩笑，我有自来折？"和尚说："不是，我也说是豆子，你给我拿两壶来。"伙计就拿了两壶。和尚喝完了，又添了几壶，一共吃了六壶酒。和尚叫伙计算账，伙计一算，一共二百五十六文。和尚说："你给我写上罢。"伙计说："大清早起，你搅了半天，吃完了酒不给钱，那不行。"和尚说："你便写上，怎么不行？"

二人正在争论，李平由里面出来，问："伙计，怎么事？"伙计说："喝完了酒不给钱。"李平说："和尚你没带钱，坐下就喝酒？"和尚说："我是在你这酒店等人，是你们这方熟人，他约会我叫我来喝酒等他，不然我也不喝酒。我等他半天也没来，故此我和尚没给酒钱。"李平说："你几时定的约会？"和尚说："去年定的。"李平说："在什么地方约定的？"和尚说："路遇约的。"李平说："跟你约会这个人姓什么？"和尚说："我忘了。"李平是打算问问和尚，只要和尚提出个熟人，就不跟和尚要酒钱，叫他走。一听这话，李平说："和尚，你这可是胡说。"和尚说："我不胡说，因我和尚会瞧内外两科，勿论男妇老幼的病症，我都能瞧。这个人约我来，叫我瞧病，我把这个人的名姓忘了。"李平一听和尚会瞧病，想起兄弟李安病的已在垂危之际，倘若和尚能治，岂不甚好。想罢说："和尚，你既能治病，我兄弟是痨病，你能瞧不能？"和尚说："能瞧，可以手到病除。"李平说："你要真能给治好了，不但不跟你要酒钱，还要谢谢你，给你和尚换换衣裳。"和尚说："感谢。"李平领着和尚来到后面，一瞧，只见李安在炕上躺着，哼声不止，面如白纸，一点血色也没有了，眼睛角也开了，鼻子翅发讪，耳朵边也干了。他本是童子痨，李平为叫他兄弟保养身体，叫他在铺子住着，焉想到病体越发沉重。今天和尚一瞧，李平说："和尚你能治不能？"和尚说："能治，我这里有药。"和尚掏出一块药来，李平说："什么药？"和尚说："伸腿瞪眼丸。"李平说："这个名可不好。"和尚说：我这药吃了，一伸腿一瞪眼就好了。告诉你，我这药是——

此药随身用不穷，并非丸散与膏丹。专治人间百般症，八宝伸腿瞪眼丸。

和尚把药搁在嘴里就嚼，李安一瞧，嫌和尚脏，直说："哎呀，我不吃。"和尚把药嚼烂了，用手一指，李安的口不由的张开，和尚"呸"的一口，连药带吐沫粘痰啐在李安嘴里，"咕噜"把药咽下去。工夫不大，就觉着肚子"咕噜噜"一响，气引血走，血引气行，五腑六脏透爽畅快，四肢觉得有力，身上如失泰山一般，清气上升，浊气下降，立刻说："好药，好药，如同仙丹。"坐起身来就要喝水，喝下水去就觉着饿，要吃东西。李平一瞧，心中甚为喜悦，说："师父这药，果然真好，就是名儿不好听。"和尚说："我这药还有一个名儿。"李平说："叫什么？"和尚说："叫要命丹，你兄弟是已然要死没了命，吃了我这药，把命要回来，故此叫要命丹。"李平说："这就是了，还有一位老太太是痰中带血，师父能瞧否？"和尚说："能瞧，不算什么。"李平说："师父既能瞧，我拜兄马静的母亲，是多年的老病，痰中带血，病的甚利害，我同你老人家去给瞧瞧。"和尚说："瞧病倒行，就怕人家又没请先生，你同了去，到门口不叫进去，那是多么难以为情。”李平说：“他家如同我家一样，要不是我也不能管。师父只管放心，跟我同去罢。”

和尚同着李平由酒店出来，李平问：“师父在哪里出家？”和尚说：“我在西湖灵隐寺出家，上一字道，下一字济，讹言传说济颠就是我。”说着话，二人来到马静的门首。李平刚要叫门，和尚说：“我叫。”这才一声喊嚷：“华云龙在这里没有？”李平说：“师父方才你说什么？”济公说：“你不用管。”少时马静出来一开门，说：“贤弟，你叫门来着？”李平说：“不是我叫门，是这位大师父，是我同来的。这位和尚是灵隐寺济禅师，把我兄弟病给治好，我同他老人家来给老太太治病。”马静一愣，说：“贤弟你来的不凑巧，我这里坐着朋友，你先把和尚邀回去，候我去请罢。”和尚说：“对不对？我猜着了，是不是不叫进去？”李平说：“大哥，你胡闹！有什么朋友在这里坐着，我见不得？给老太太瞧病，何必瞒人呢？老太太的病不可耽误，要不是济公给我兄弟治好，我也不同来了。”马静还说：“过天再瞧。”李平真急了，带着和尚望里就走。这两个人本是知己的患难朋友，马静也不好说什么，也就随着进来。

和尚自向东配房走，马静赶忙一把手把和尚揪住，说：“大师父，请上房坐罢。”和尚说：“怎么不叫上这东屋里去？”马静说：“有客。”和尚说：“有三位堂客，反正一个跑不了。”李平也不知内中底细，心说：“这是书房，应该让客，怎么马大哥不叫和尚进去？”扒窗户瞧瞧没有人，李平纳闷。三个人来到上房，李平说：“师父你给瞧病，我回去预备酒菜，回头师父到我铺子去吃酒，咱们茶水不扰。”和尚说：“你去罢。”李平走后，和尚掏出一块药来，要阴阳水化开，给老太太灌下去。少时，老太太觉着神清气爽，就坐起来说：“儿呀，为娘病了这好几月不能翻身，怎么今天忽然好了？”马静说：“娘亲不知，现有灵隐寺济公给你老人家吃了灵丹妙药。”老太太一听是灵隐寺济公给他治的，知道济公爱吃酒，说：“儿呀，你给济公磕头，同济公喝酒去罢。”马静过来说：“我娘亲教我给师父磕头，请师父到外面喝酒去。”济公说：“好。”站起身来，直奔东配房。不知济公怎样捉拿华云龙，且看下回分解。

第六十四回

李平为友请济公　马静捉奸毗卢寺

话说马静见济公给老太太把病治好，心中甚为喜悦，遵母命给济公磕了头，无奈请和尚到东配房来喝酒。和尚跟着来到东配房，一看摆着一桌残菜，四份杯筷，和尚说：“谁在这里喝酒？”马静说：“我喝酒。”和尚说：“你喝酒，为甚四份杯筷？”马静说：“我四面转着喝。”立刻把残菜撤去，另整杯盘，同济公落座吃酒。和尚说：“你贵姓？”马静说：“我叫马静。”和尚说：“我跟你打听一个人，你可认识？”马静说：“谁？”和尚说：“我有个徒孙马元章，你认得不认得？”马静心说：“这个和尚真可恨，说我叔父是他徒孙。”瞪了和尚一眼，说：“不认得这马元章。”和尚说：“我给你母亲把病治好了，你怎么谢谢我？”马静说：“师父任你要多少药钱，多少金银，你说，我必从命。”和尚说：“我倒不要钱了，我最喜爱字画。”马静说：“你喜爱字画，只要我有的，你只管拿了去。”和尚说：“别的我俱不要，我就要这张富贵牡丹图。”马静说：“可以，回头你走的时节给你带了去。”和尚说：“我说要就要。”站起来就要去摘，马静连忙挡住，说：“师父别动，一摘就有许多尘土，这饭菜怎么吃？你且吃完饭再摘。”和尚说：“这也行得，反正我今天不出房子，看他一个也跑不了。”此时雷鸣、陈亮同华云龙在夹壁墙里，听得明白，吓得三个人战战兢兢。马静心说：“这个和尚可留不得，莫若我一刀把他杀了，省得他找我二弟。他死后，我给他修一座塔，报答他给我母亲治病之恩，逢年按节，给他烧点纸钱。”想罢，自己到屋中，暗把单刀带好，陪着和尚喝酒。拿酒灌和尚，想要把和尚灌醉。给和尚斟一盅，和尚喝一盅，直喝到天有掌灯以后。和尚自言自语说：“喝了这些酒老不醉，醉了也好，就省得喝了。”

和尚坐在那里直哼哼，马静说：“师父为什么哼哼，喝醉了么？”和尚说：“我要出恭。”马静说：“要出恭外头去。”和尚站起来，马静跟着出来，一边走着，和尚道：“马静你瞧我这药好不好？”马静说：“好。”和尚说：“马静你猜那药值多少钱？”马静说：“多少钱？”和尚说：“我那药合一文钱一丸。”马静说：“那药真便宜。”和尚说：“便宜可便宜，我今后打算不再配了。如今的人没好良心，我和尚给治好了病，反倒安心要杀我，我死后还给我修一座塔，逢年按节还给我烧化纸钱，就算报答我。”马静一听这话，暗想：“这个和尚真怪。”说着话，来到东村口，和尚蹲下，马静绕来绕去，绕到和尚身后，举着刀照和尚就砍，和尚用手一指，用定身法把马静定住。马静举着刀不能转动，和尚就嚷：“了不得了，杀了和尚了。”小月屯村庄居户甚多，听见喊嚷，大家拿着灯光出来看。马静可吓着了，心说：“我这里拿着刀不能动，人家问我，我说什么？”焉想到和尚一使佛法，大众都没看见，过去了。

马静说：“师父，我错了，你老人家不要跟我一般见识。”和尚说：“你跟我动刀，你何不把刀拿你妇人的情人，杀他好不好？”马静说：“我不知在哪里。”和尚说：“你跟我去捉奸。”马静跟着和尚来到毗卢寺，和尚说：“就在这庙里。”马静说：“待我敲门。”和尚说：“捉奸哪有敲门的？你真是呆笨。”马静说：“捉奸还有行家？我没捉过，不叫门怎么样呢？”和尚说：“你蹿进墙去。”马静说：“我蹿墙，你怎么进去？”和尚说：“我也会蹿。”马静这才一拧身蹿上墙去，一瞧和尚已在墙内蹲着。马静说：“你怎么进来？”和尚说：“我挤进来的。”马静说：“由哪里挤进来的？”和尚说：“由墙里挤进来的。”马静说：“师父挤我瞧瞧。”济公往墙上一挤，口念：“唵敕令赫！”马静一瞧，和尚没了。和尚又念，“唵敕令赫！”马静一瞧，和尚又有了。马静说：“这个挤法倒不错，明天我学学。”和尚说：“你跟我走。”和尚带领马静往后奔。

这座庙原本是三层殿，越过头层大殿，来到二层大殿，由东角门穿过去，是东跨院，这院子里栽松种竹，清气飘然，北上房灯光朗朗，人影摇摇。马静来到窗棂外，把窗纸湿了个小窟窿，往里一看，这上房本是前廊后厦，屋内靠北墙是一张大床，地上有桌椅条凳，床上搁着一张小床桌，点着蜡灯，正当中坐着一个妇人，穿着一身华美衣服，打扮得浓妆艳抹，甚是鲜明。马静一看，不是别人，正是自己的妻子何氏。两边坐着两个和尚。上首坐的这个和尚，身体胖大，赤着背，穿着阳绉中衣，白袜青鞋，面皮微黑，粗眉大眼。马静一看，认得是探花郎高庆。下面这个和尚，黄脸膛，瘦小枯干，穿着灰色僧袍，白袜青鞋，乃是小白虎周兰。就听高庆、周兰说：“嫂嫂今天怎么这样闲着？我二人听说马静回来，嫂嫂不能出来，我二人真是茶思饭想。没想到今天嫂嫂来了。”何氏说：“不然我也不能来。今天是家里来了一个济颠和尚，给老太太治病，马静陪着和尚吃酒，我告诉家里，说上娘家去，我才到这里来，省得你们两个人想我。我今天也不回去了，明天再回去，我就说住在娘家。你二人快给我预备点吃的，我还没吃饭呢。”

马静一看，气得三尸神暴跳，自己一想：“真是大丈夫难免妻不贤，子不孝。辱贱婢，做出这样无廉无耻之事！”立刻伸手拉出刀来，闯到屋中，手起刀落，先把探花郎高庆杀死。小白虎周兰踹后窗户出去逃命。何氏站起来往外就跑，马静随后就追。刚赶到院中，见何氏用手一摸脸，两个眼珠子掉出来，有一尺多长，吓得马静大吃一惊。这妇人说：“好好，焉敢管我的事。”说着话，一张嘴，一口黑气喷来，马静翻身栽倒。

书中交代，马静的妻子何氏可并不会喷黑气，这其中有一段隐情。原本何氏娘子乃是知三从，晓四德，明七贞，懂九烈，根本人家之女。她娘家兄弟叫律令鬼何清，乃是玉山县三十六友之内的侠义英雄，当初马静与何清乃是结义的弟兄，先交朋友，从后结的亲。这天何清来探望马静，两个人坐在书房谈话，何清说：“姐丈，咱们三十六友之内有一个人出了家，当了老道，你知道不知道？”马静说：“谁出了家？”何清说：“黑沙岭的郭爷，夜行鬼小昆仑郭顺，他出了家。那天我碰见他，瞧他带着道冠，穿着道袍，我说：‘你疯了。’他说：‘怎么疯了？’我说：‘你为何穿老道的衣服？’他说：‘我看破了红尘。人在世上，如同大梦一场。’他出了家，他师父是一位高道，乃是天台山上清宫的，复姓东方双名太悦，人称老仙翁，外号昆仑子。有一宗宝贝，名曰‘五行奥妙大葫芦’，这葫芦能装三山五岳，勿论什么精灵，在里面一时三刻，化为脓血，将来老道一死，葫芦就是他的。他师父给他三道符，一道能捉妖净宅，一道避魑魅魍魉，一道能保身，避狼虎豺豹。我把他那道捉妖的符偷来，你瞧瞧。”马静一看，何清说：“我不知道他灵不灵？”马静说：“咱们试试。”何清说：“怎么试？”马静说：“现在庆丰村王员外家，他儿子被妖精迷住，贴出告白条来，谁能捉妖把他儿子病治好，谢银二百两。我去举荐你，你就充何法官。”何清说：“就是，倘要能了，就得了二百两银子。”马静就到庆丰村王员外家一说，王员外求之不得，就把何清请了。王员外问：“何法捉妖，用什么东西？”何清说：“一概不用。”王员外说：“人家捉妖，都用黄纸朱砂等类，何法官怎么全不用呢？”何清说：“你就把你儿搭出来，我到你儿的卧室去等捉妖。”王员外立刻吩咐，把公子挪出来。何清吃过了饭，有人带领来到后院公子的卧室，何清就把这道符贴在里间屋门上。他在床上一躺，瞪着眼，等到天有二鼓，只听外面狂风大作。何清睁眼一看，吓得毛骨悚然。不知何清怎么捉妖，且看下回分解。

第六十五回

律令鬼王宅捉妖　醉禅师古寺治狐

话说何清躺在公子卧室，时有二鼓，听外面一阵狂风。何清本不会捉妖，心中暗自担惊，心里说："真要是妖精一来，若这道符不管事，我趁早踹窗户逃走。"正在思想之际，听外面有"咯哒咯哒"木头底的声音，由外面进来一个妇人，长得千娇百媚，万种风流。怎见得，有赞为证：

> 一阵阵香风扑面，一声声燕语莺啼。娇滴滴柳眉杏眼，嫩生生粉脸桃腮。樱桃口内把玉排，粉面香腮可爱。身穿蓝衫可体，金莲香裙可盖。恰似嫦娥降玉台，犹如神仙下界来。

何清一看，心说："敢情这就是妖精。"就听这妇人说："什么人胆大，敢来到仙姑的卧室？"说着话就往里走。刚一走进里间屋门，只看见那道符显出一道金光缭绕，直射那妇人。那妇人"哎呀！"一声，拨头便走。何清赶过去一刀，剁下一只红绣鞋，鲜血淋淋，何清就说："拿住妖精了。"王员外有许多的家人俱在别的屋里伺候，点着灯，听何清一嚷"拿住了"，大家掌灯过来，说："何法官可将妖精捉住？"

何清说："你们看红绣鞋成精，被我杀了。"大众一看，果然是只红绣鞋，鲜血淋淋。王员外谢了何清二百两银子，把那道符留下贴着。何清走后，妖精果不闹了。焉想到王宅不闹了，马静家里闹起来，平白无事，眼见着桌上的茶壶茶碗没人动，自己会滚在地下。马静胆子也大，把刀拉出来往桌上一拍，破口大骂说："什么东西敢在我家闹？"可是骂也不行。马静一想，何清那道符避邪，就使人到王员外家把那道符要来。贴在马静家中，果然马静家中就不闹了，王宅又闹起妖精来，王员外又遣人把符要回来贴上，就不闹了。马静刚把符给了王员外，马静家又闹了。这样往返两家，闹了有半年。

马静正走鸿运，也不理论，焉想妖精跟马静结了仇。妖精就在毗卢寺庙里住着，凡事是以邪招邪，祸无根不生，探花郎高庆、小白虎周兰他两个人本是淫贼，跟马元章出了家，有马元章看管，他两个人不敢胡作非为。先前两个人常到马静家中去，或要钱，或送东西，高庆见马静之妻何氏美貌，高庆在庙里常跟周兰说："你瞧马静的媳妇，长的有多好。"后来何氏向马静说："不必叫高庆、周兰到家里来，三姑六婆实淫盗之媒，和尚到家里来总不便，庙里没钱，你可以给送去。"马静一想也是。这天到庙里告诉高庆、周兰："不便到家去，如没钱我给你们送。"这两个人遂不能到马家去，也见不到何氏了。高庆跟周兰在庙里，天天念道："恨不能再见何氏一面方快。"这天忽然外面打门，高、周二人开门一看，乃是马静之妻何氏。书中交代：可不是真何氏，乃是妖精变的。这两个人一看，说："嫂嫂由哪来？怎么这样瞧着？"妖精说："二位贤弟到家里去，我早看出你两人的心思，今天你马大哥出了外，我来瞧瞧你两个人。"高庆、周兰一听，喜出望外，说："嫂嫂请里面坐。"把假何氏让到里面。高庆、周兰二人争先求欢，假何氏任其云雨巫山之事，高、周二人如获至宝。妖精一来为盗取真阳；二则跟马静有仇，变作何氏的模样，直由马静家里出来到庙内，免得高、周二人疑心，叫李平瞧见，好教李平告诉马静，马静必把妻子何氏杀了，闹得他家务自乱。

妖精天天到庙里来，与高、周二人作乐。这天忽然不来了，高庆一打听，知道了马静在外回来，两个人茶思饭想。今天忽又来了，妖精说，马静陪着和尚给老太太治病，她偷空来的，高、周二人欢喜非常。今天马静也认作真何氏，把高庆杀死，再追出何氏来。妖精把马静喷倒，说："好马静，仙姑老不吃人，今天活该把你吃了。"妖精正要上前吃马静，济公赶过来说："你先别吃人来，我给你看看我这相貌好不好？咱们二人商议商议，你跟我去罢。"妖精一看，说："呀，好和尚，你真不要脸，敢合我说这样无脸的言语？我来拿你！"照定和尚吐了一口黑气。立刻和尚哈哈大笑说："妖精，你爱和尚，可知道有一个故事吗？在大晋朝，有个柳太师知道有一个高僧在深山修道，名为红莲和尚，派人去请三次，并不下山。柳太师甚恼，叫人把勾栏妓女荷花找来，告诉她：'你能到深山把红莲和尚合你办那件云雨之事，叫他失了真道，我给你二百银子。'荷花说：'大人给我一乘小轿，两个婆子，我扮做官宦人家小姐，叫他不敢小看我。'柳太师照样全给了，荷花乃乘轿到山内古庙进香拜见老和尚。到了方丈之内，只见老和尚端然正坐，闭目养神。荷花故作娇声说：'老和尚慈悲慈悲，我肚腹疼痛，我病非男子肚脐对我胜脐才能好，此时我肚腹疼痛难过了。'和尚一听口念：'阿弥陀佛。'说：'小姐，不要胡说，男女因片刻之欢，误了一生之名节。我和尚乃出家人，坐守深山，应该戒杀盗淫妄酒，小姐乃闺门秀女，我焉敢做这伤天害理之事？再说小姐必系官宦之女，尚未出阁，恐将来闹出是非，岂不玷污了上人的脸面？小姐请要三思。'荷花本是妓女，被柳太师所托，今天见和尚所说之话，荷花'噗哧'一笑，往和尚怀中一扑，说'老和尚慈悲慈悲罢，奴家心中难过'。老和尚一闻脂粉头油，异香扑鼻，见荷花百般献媚，俗言说的不错，'眼不见，嘴不馋，耳不听，心不烦，人非草木，谁能无情？'老和尚一阵心神飘荡，被荷花缠绕的欲火难挨，当时从荷花那件云雨之事。荷花回到柳太师府，把引诱和尚、和尚依从的话，说了一遍。太师给了荷花二百两银子，随后作了一首诗，派家人给和尚送到庙里去。和尚打开一看，上写的是：红莲和尚修行好，数载苦守在庙中。可惜十年甘露水，流入荷花两瓣中。和尚一瞧，明白其中隐情，自己羞愧难当，悬梁自缢。死后阴魂不散，转世投胎，柳太师家的夫人所生一女，系和尚所托生。姑娘大了，名叫柳翠云，专好勾引和尚，那就是红莲和尚的报应柳太师。常有人说‘大头和尚戏柳翠’，就是爱和尚的这段故事。”

且说济公过来戏耍妖精，妖精哪里看得起济公？施展妖术，要与和尚斗法。和尚微微一笑，说：“你来，我看有何能为？”妖精祭起混元石子，照定和尚打去，济公说：“你这孽畜，胆大无知！”伸手把石子接住，又把草鞋脱下来，照定妖精打去，妖精往旁边一闪。济公用手一指，说：“拐弯，拐弯。”那草鞋一拐，正打在妖精脸上。妖精大怒，说：“好一颠僧，仙姑我合你远日无冤，近日无仇，你何必跟我做对？”济公说：“你今无故搅乱他安善之家，害王员外之子，又在马静家中闹的人不安生，你又假托人之面貌，败坏佛门。”说罢，将僧帽摘下来，“看我法宝来取你。”照定妖精一扔，立刻一片红光把妖精罩住。

和尚先过去，到房中取了一碗水，把妙药一块放在碗内，一化成药水，给马静灌下，水到肚内，只听“咕噜噜”一响，“哇”的吐出几口黑水来，翻身起来说：“好贱婢，你害的我好苦。”济公说：“你不要生气，你看看你妻子在哪里？已现原形。”马静回头一看，“呀”了一声，不知看见是怎么一段原故，且看下回分解。

第六十六回

卧虎桥淫贼杀和尚　庆丰屯济公救文生

话说马静睁眼一看，见济公僧帽罩着一个狐狸，有狗大小。济公说："你瞧，这就是你媳妇。"马静说："师父，我妻子乃是狐狸？"济公说："你妻子不是狐狸。这个狐狸跟你有仇，它变的你妻子模样，扰乱家务要害你。你媳妇现在家里，她原本是好人，你不要听了李平的话。先前李平瞧见的，就是妖精变的。你把李平找来，叫他瞧瞧，也可以洗出你的朋友。"马静听罢，赶紧去到酒铺把李平找来。李平来到庙中一看，是一个大狐狸，李平说："这是什么缘故？"马静就把从头至尾的话，对李平一说，李平这才明白何氏嫂嫂是好人。和尚说："马静，你把狐狸杀了。"马静拉出刀来，照狐狸一刀，和尚用手一指，狐狸脑袋掉下来。和尚说："你找柴草点着，把狐狸同高庆的死尸一并烧了。"马静就找了柴草，连高庆的死尸并狐狸一并烧了。和尚说："马静，你可把华云龙放出来呀，还是我到你家里去拿他？"马静说："慈悲慈悲罢！可以看在我的面上，饶恕了他罢。"和尚说："那可不行！华云龙罪大恶极，你要不放出来，我到你家拿他，你得跟着打官司。"马静说："我还是把他放出了，师父再拿他。"和尚说："也好，你去罢。"

马静谢过了济公，自己这才回到家中一看，果然他妻子回娘家去刚才回来。马静甚为感激济公的好处，自己来到东配房把夹壁墙开了，说：“三位贤弟出来。”华云龙、雷鸣、陈亮三个人说：“马大哥，和尚哪里去了？”马静说：“华二弟，你快逃命罢！济公他算出你在我这夹壁墙内，我实不能隐瞒你了。我托我的朋友把和尚绊住，少时和尚就来拿你，你快走罢！出了门，你可快走，我也不管你在东西南北，任凭你自己。和尚也不定在哪边等你，你自己酌量。”华云龙回头一听，吓的颜色更变，不能不走，这才谢过了马静，马静送出大门。

华云龙慌不择路，一直够奔正南。往南走了有三里路，眼前有一道桥，名叫卧虎桥，华云龙一看，桥下有一个和尚，正探头往外瞧。华云龙吓的就要跑，自己又一想：“尽跑当了什么，莫如我掏出镖来打和尚一镖，叫他明枪容易躲，暗箭最难防，打不了他，我姓华的这条命也不要了，跟他一死相拼。”想罢，掏出镖来，和尚又一探头，华云龙抖手一镖，正打在和尚的咽喉。华云龙赶过去一刀，把和尚脑袋砍下来，“咕噜”滚在河内。华云龙把刀擦了擦入鞘内，自己一阵狂笑说：“我打算这么个济颠和尚，项长三头，肩生六臂，敢情就是这样无能之辈，也是个肉体凡胎。听雷鸣、陈亮一说，济颠不亚如神仙，我华云龙还要到临安，再闹个二次，叫他等看看。”自己正在扬扬得意，就听后面有人说：“好华云龙，我看你往哪里走？”华云龙回头一看，是济颠和尚，贼人吓的魂飞魄散，撒腿就跑。

书中交代，这是怎么一段事呢？方才华云龙杀的和尚，不是济颠，乃是由毗卢寺跑出来的小白虎周兰在桥底下藏着。他只当是马静追下来，细一瞧不是马静，他也没想到华云龙拿镖打他。这小子也没做好事，他叫小白虎，犯了地名，这道桥叫卧虎桥。华云龙认着是把济公打死，故此济公一说话，华云龙吓的没了魂，尽命逃走，和尚随后紧紧赶来。

华云龙围着庆丰屯绕，和尚直追了一夜，天光亮了，把华云龙也追丢了。和尚慢慢往前寻找，见眼前围了一圈人，和尚说："我进去瞧瞧。"内中有一个人，最讨人嫌。和尚说："借光。"那人说："借光给多少钱利钱？"和尚说："要多少钱给多少钱。"那人说："我还挤不进去呢，你还挤什么？"和尚照定头里的人脖子上一吹，那人觉着脖子一股凉气，一回头，和尚挤进去。那人说："和尚，你为什么吹我脖子？"和尚说："你脖子上停着一个蚊子，我怕叮了你，我是好心吹蚊子呢。"和尚又照头里那人一吹，那人一回头，和尚挤到里面去。那人说："你做什么又吹我？"和尚说："那蚊子由他的脖子上，飞到你脖子上来。"和尚走到里面一瞧，是一个二十多岁的男子，赤身露体，身上一根线都没有，头挽牛心发髻，品貌端方，长的不俗。众人问："你这是怎么一段事？"这人说："渴。"众人问："你是哪里人？"这人说："渴。"众人说："你姓什么呀？"这人说："渴。"众人说："你叫什么呀？为何不穿衣裳？"这人说："渴。"和尚说："他是河沽县的，叫河沽。"大众说："和尚别胡说了。"

和尚来到旁边一铺户说："掌柜的，借我一个碗，给点水给那赤身露体的喝，他直嚷渴。"掌柜的说："我们不给，倘喝了水竟自死了，我们反担不起。"和尚一瞧，那边菜园子有人在那里打辘轳汲水，和尚过去说："辛苦，有水没有？"那打水的说："做什么？"和尚说："跳井。"那人说："跳井别处跳去，我们不准在这里跳。"和尚说："你们有桶，借我一个桶打点水。"那人说："没有，你要好好来说，倒许借给你，你说跳井，有也不借给你。"和尚说："你要不借给我，我就跳下井去，叫你打一场人命官司。"那人说："你只要不要命，跳了井，我就打一场人命官司，就怕你不敢死。"和尚说："你瞧我敢死不敢死。"说着话，和尚跳下井去。那人大吃一惊，前到井口一看，和尚没跳井下去，两只脚挂住井口，倒挂蜡烛，脑袋冲下，和尚拿僧帽舀水呢。本来井也浅，那人一瞧说："和尚你吓杀了我，我看你怎么上来。”和尚使了一个鲤鱼单鹞子翻身上来，说：“我不用跟你借桶，你瞧我帽子舀水行不行？”本来帽子的油垢多了，盛水都不漏，和尚拿着来到这赤身男子的跟前，把水给他喝了，和尚把僧衣脱下来，给这人盖上。

工夫不大，这人出了一身冷汗，大众一瞧说：“好了。”就见这人“哎呀”了一声，说：“好和尚，你害的我好苦。”破口大骂。众人瞧着，就有气不平的说：“你这人可真太不懂情理，和尚给你找了水，把僧衣给你盖上，你出了汗好了，你不说谢谢和尚，反倒骂和尚，真是以怨报德，太实无礼。”这人“唉”了一声说：“众位有所不知，我骂的不是这位和尚。我姓张叫张文魁，乃是文生秀才，在龙游县北门外张家庄住家。因家中这几年种落不收，度日艰难，我到临安找我娘舅借了二百两银子回家，好垫办过日子。没想到走在半路上，我觉着肚腹疼痛，坐在树林子歇息，来了一个秃头和尚，面如喷血紫脸膛，一脸的斑点，他问我怎样了，我说肚腹痛。他给我一丸黑药，我吃了就觉着不能动转，他把我的包裹连银子都拿了去。我一发迷蒙，也不知道怎么会来到这里，落到这般光景，我骂的是那个和尚。”大众说：“这就是了。”

济公说：“我把僧衣给你穿，你跟我走罢。”张文魁站起来，跟着济公走。跟前有一座酒馆，和尚就往里走，伙计一瞧，一个和尚穿着破衣草鞋，光着背，一个穿着破僧袍。伙计只当是要饭的乞丐，伙计说：“喂，和尚，没有剩的。”和尚说：“新鲜的都不爱吃，吃剩的？胡说！”和尚带领张文魁，直奔后堂落座。和尚说：“掌柜的，你别瞧我们穿的破，包子有肉不在褶上，招好顾主，财神爷来了。”伙计说：“是。”和尚说：“给我煎炒烹炸，配十六个菜来，两壶人参露酒。”伙计说：“人参露卖一吊二百钱一壶。”和尚说：“不多，我们那地方人参露都卖两吊四百文一壶，这里便宜一半呢。”伙计也不敢说不卖给他，饭馆子又没有先要钱的规矩，只得揩抹桌案，把菜给要了，把酒拿过来。菜都给上好，和尚让文魁吃，张文魁说：“我不吃。”和尚说：“你怎么不吃？”张文魁说：“吃完了，没钱给人家。”和尚说：“没钱你嚷什么，反正吃完了再说。他要打，就卖给他两个，打轻了不怕，打重了得给养伤，倒有了下落。”伙计在旁一听，“这倒不错，和尚卖打来了。”和尚正同张文魁说着话，忽然由外面闯进两个人来，一声叫嚷：“好和尚，你在这里！”说着话，直奔济公而来。不知来者是谁，且看下回分解。

第六十七回

二班头饥饿寻和尚　两豪杰酒馆求济公

话说济公正在酒馆跟文魁说话，由外面进来了两个人。伙计一看，这两个人穿着月白裤褂，左大襟，白骨头钮子，原来是柴元禄、杜振英二位班头。他两人自从跟和尚捉迷藏，这两个人找不着和尚，柴、杜二人腰中一文钱没有，连夜追到小月屯。次日直饿了一天一夜，围着小月屯找遍了，也没找着和尚。两个人又饿又气，正在街上闲游，远远望见济公赤着背，同着一个人，穿着和尚的僧衣，进了酒馆。柴、杜二人来到酒馆一看，柴头说："好，你在这里吃上了，我们两个人直饿了一天一夜。"和尚说："你们两个人嘴懒，为什么不吃呢。"柴、杜二人说："没钱，吃什么？"伙计说："这倒不错，又来了两个白吃的。"柴、杜二人饿急了，坐下就吃。伙计暗中告诉掌柜的说："一个穷和尚同着一个光眼子的，又来了两个怯货，大概都是没钱。"掌柜的说："等他们吃完再说。"

正在这般光景，只听外面一声喊嚷："老三，你我到里面吃杯酒，好一座庆丰楼。"说着话，进来两个人。头前一位赤发红须蓝靛脸，紫缎色壮士帽，紫箭袖袍，腰系皮挺带，披蓝缎色英雄大氅，后跟这位身穿白褂，翠白脸膛，俊品人物，正是风里云烟雷鸣、圣手白猿陈亮。这两个人在马静家，自华云龙走后，马静说："雷、陈二位贤弟，在我这里多住几天罢。"雷鸣、陈亮说："兄台不必相留，我二人还有事呢，天亮我二人就要告辞。"等到天亮，雷鸣、陈亮告辞，马静说："二位贤弟，吃了饭再走。"陈亮说："我二人实有要紧事呢，你我知己之交，何在一顿饭。"当时二人由马静家出来，一直往南，来到庆丰楼。二人想吃杯酒再走，迈步进了酒馆。二人直奔后堂，抬头一看，见济公同柴、杜二位班头在那里吃酒，雷鸣、陈亮赶紧上前给济公行礼。掌柜的见这二人穿的衣裳整齐，过去给穷和尚行礼，心中甚为诧异。雷鸣说："师父，你老人家从哪里来？怎么赤着背，把僧衣给他穿上？这位是谁？"济公就把救张文魁事说了一遍，雷、陈二位这才明白。和尚说："陈亮你先同着张文魁出去，到估衣铺中给他买一身衣服鞋袜。"陈亮点头答应，领着张文魁出去，到了衣铺，买的文生巾，文生氅，白袜云鞋，裤褂襟衫，俱都穿好，回到酒馆，把僧衣给了和尚。

大家归座，要酒添菜，和尚说："雷鸣、陈亮你们两个人谁带着钱？周济周济张文魁。"陈亮说："我有四锭黄金，自留两锭，把他两锭，每锭可以换五十两银子。"雷鸣说："我有五十两银子，给他罢。"说着，两个人便摘出来，递给张文魁。文魁说："我与二位萍水之交，如此厚赠，我实惭愧之甚。"雷鸣说："四海之内，皆兄弟也。区区银两，何足挂齿。"

众人吃酒，陈亮、雷鸣二人把济公拉到别的桌上无人之处，济公说："你们两个人鬼鬼祟祟什么事？"陈亮说："师父，你老人家慈悲慈悲罢，看在我二人面上，你老人家别拿华云龙。你回临安去，我二人给你老人家叩头。"济公说："你二人不叫我拿华云龙，好办。陈亮，你去买一张信纸，一个信封，到柜上借一枝笔来。"陈亮不知和尚要写什么东西，即到外面买了信纸信封，到柜上借了枝笔，拿过来交给和尚。和尚背着雷鸣、陈亮写了半天，把信封封好，信面上画了一个酒坛子，这是和尚的花样。陈亮说："师父，这是什么用？"和尚说："我把信交给你二人带回，回头你两人把张文魁送到龙游县北门外张家庄，你二人进北门，路西有一座酒楼，字号是'会仙楼'，你两个人进去，上楼在楼门口头一张桌上坐下，打开我这封信来看，要是华云龙今天晚上没有做这件事，我和尚就不拿他。"雷鸣、陈亮也不知和尚写的是什么东西，二人只得点头答应。和尚说："我叫你两个人把张文魁送到家里去，你两个人若不送到了，叫我和尚算出来，和尚要你两个人的命。"雷、陈二人说："是。"和尚说："你两个人送到了张文魁，若不入北门，不上会仙楼去，我和尚算出来，要你两个人的命。你两个人到会仙楼去，若不上楼，不在靠楼门头一张桌上坐下，我和尚算出来，要你两个人的命。你两个人在头一张桌上坐下，不打开我这一封信瞧，我算出来，要你两个人的命。"雷鸣、陈亮一听，"这倒不错，错一点就要命。"二人点头，把信收好。吃喝完了，把酒饭账给了，和尚说："张文魁，我派他二人把你送到家去，你跟他二人走罢。"

张文魁给和尚磕了头，跟着雷鸣、陈亮，三个人在和尚跟前告辞。出了酒馆，顺大路直奔龙游县，三十余里也不甚远，三个不知不觉到了龙游县北门，张文魁说："既然离我家不远，二位恩公到我家里坐坐罢。"雷鸣、陈亮说："既是离你家不远，你回去罢，我二人还有事呢。"张文魁再三谦让，这两个人不去，张文魁无法，又谢了雷鸣、陈亮，自己告辞去了。雷鸣说："三弟，你我进北门瞧瞧去。"两个人进了北门，往南行走，抬头一看，果然路西里有一座会仙楼，门口挂着酒牌子，上有"李白斗酒诗百篇，长安市上酒家眠。天子呼来不上船，自称臣是酒中仙"。应时小卖，午用果酌，闻香下马，知味停车，里门刀叉乱响。二人迈步往里面奔，一进门南边是灶，北边是灶。二人直奔后面，地方甚为宽阔，楼下酒饭座甚多。靠北墙是楼梯，二人登楼梯上楼，靠楼门有一张桌。

雷鸣、陈亮刚才落下座，就听楼下有人让账说："华二哥你不用让，这笔账我们早给了。"陈亮一听一愣，往楼下一瞧，原来是华云龙同着两个人在楼下让账，一个人是壮士打扮，头戴翠蓝色六瓣壮士帽，上安六颗明镜，身穿翠蓝箭袖袍，腰系丝鸾带，薄底靴子，肩披一件蓝缎色英雄大氅，三十以外的年岁，黄脸膛，细眉圆眼。一个人是武生打扮，二十以外的年岁，青白的脸膛。陈亮一看，说："雷二哥，你看两个人同着华二哥，决不是好人。"雷鸣说："你不必管他，你瞧瞧师父这封字柬写的是什么。"陈亮把字柬拿出来一看，就是一愣，说："二哥，你看，了不得了。"雷鸣说："我看什么？我又不识字，你念与我听就得了。"陈亮说：师父只是八句解话，我念你听了，上写是——

侠心义胆壮千秋，为救云龙苦谋求。
今至龙游三更后，北门密访赵家楼。
有染美女伊须护，剪恶先当断贼头。
云龙今夜无此事，贫僧明日返杭州。

陈亮念罢这张字柬说："二哥，师父这八句话，是说华云龙今夜要在赵家楼采花。师父又说，华二哥今天要没这事，他老人家就不拿他。这件事可真假难辨，叫你我二人暗中瞧着，保护贞节烈女。咱们打听打听赵家楼在哪里。"雷鸣说："就是。"二人这才要了几壶酒，要了四碟菜，吃喝完了，给了酒饭账，二人一同下楼。出了酒馆往北走，见对面来了一位老者，苍头皓首，须发皆白，陈亮过去施礼说："借问老丈，有一个赵家楼在哪里？求老丈指示明白。"那老者一听，说："尊驾打听赵家楼？小老儿今年七十余岁，在这里根生土长，大小胡同没有我不知道的，只是没有赵家楼这个地名。哎呀！我们这本地倒有一家财主姓赵，人称他赵善人，他家里可有楼房。"陈亮一听，真是随机应变，赶紧说：“不错，是人家托我带一封信，说龙游县北门里有一家财主姓赵，有楼，是我方才说的不明白。”老丈说：“你要找赵善人家，你往北瞧，路东有一座德泰裕粮店，北边那条胡同叫兴隆街，你进胡同一直往东，到东头路北的大门口有‘乐善好施’的匾额，有棵大槐树，那就是赵宅。”陈亮、雷鸣打听明白，二位英雄这才要夜探赵家楼，保护贞节烈女，捉拿淫贼华云龙。不知后事如何，且看下回分解。

第六十八回

看字柬寻访赵家楼　见孝妇英雄施恻隐

话说雷鸣、陈亮听老丈说明了道路，二人一直往北，走了不远，果见路东有一座德泰裕粮店。北隔壁是一条大街，二人进了旧兴隆街，一直往东头一看，见路北里是广亮大门，门口有两个龙爪槐，门上有“乐善好施”的匾额。陈亮一看，知道里面栽着内挂。书中交代，什么叫内挂呢？此乃是江湖绿林中的黑话。保镖的调坎，说叫内挂，街上卖艺的叫星挂。陈亮看罢，同着雷鸣二人又往东走。瞧大门东边有一个向北小胡同，雷鸣、陈亮二人进了小胡同，一直往北，这个胡同甚窄，大约也只有二尺宽。陈亮说：“二哥，你瞧这个小胡同，要是对面来了胖子就挤不过去。”二人来到北头一看，西墙里是赵宅的花园子。雷鸣、陈亮站在高坡之处一望，见一座花园，里面极其讲究，有假山子石，有月牙河，牡丹亭，蔷薇架，小舟船，留芳阁，避暑楼，赏雪亭，真有四时不谢之花，八节长春之草。花园子当中有三间楼房，支着楼窗，挂着帘子，有几个仆妇丫环拿了小筐下楼摘花，摘后又复上楼。陈亮说：“二哥，你看这楼上必住着姑娘妇女。”隔着帘子，也瞧不出是姑娘还是少妇，二人也不肯紧望里瞧，又怕人家里面瞧见。陈亮说：“二哥，你我今天晚上就由这条路来探访。”说着话，二人复又往南。刚才出了小胡同，只见赵善人门口围着一圈子人。陈亮一愣："方才进小胡同的时候，这里并没人，这是什么事？"陈亮分开众人，挤进去一看，是一个年轻的少妇，头上抹着白布，身上穿着孝衣，系着麻瓣子，白布蒙鞋，旁边站着一个老者，在地下铺着一张纸，上写着一张告白：

四方爷台得知：小妇人刘王氏，在旧兴隆街西头路北住家。只因家中寒难，婆婆忧虑日深，旧疾复发，服药无效，于昨日申时病故。小妇人丈夫素作小本营生，现在身患恶疮，不能动转，小妇人婆婆一故，衣衾棺木皆无，家中素无隔宿之粮，当卖俱空，遭此大难，惟唤奈何。万出无奈，叩乞四方仁人君子，施恻隐之心。自古有麦舟之助，脱骖之谊，今古皆然。倘蒙垂怜，量力资助，共成善举，以免小妇人婆婆尸骸暴露，则殁存均感矣！

刘王氏拜叩

陈亮一看，甚为可惨，就听旁边站着那老者说："众位大爷，这妇人是老汉的邻人，只因她婆婆死了，她丈夫生了疮，不能殡葬，她家里又没人，我同着她出来，求四方仁人君子老爷们，行好积德，有一个赈济她一个。"大家辐辏，旁边就有好行善的，瞧着可怜，刚要掏钱，旁又有一人说："老兄，你不必信，这个不知是真是假，怕是借此做生意的。"这一句话，那人要掏钱就不掏了。这就是一言兴邦，一言丧邦。说坏话这人，姓陈，名叫事不足，外号叫坏事有余。陈亮一瞧，说："二哥，这是好事，我们两个人周济周济她。"雷鸣说："好。"掏出一包银子，有十余块，递给那妇人，陈亮说："这银子一共约有四十两，你拿去回家买棺木罢，省得你一个妇人家在这里抛头露面的。"这妇人一见陈亮给这些银子，赶紧问："二位恩公贵姓大名？"陈亮说："你也不用问我，我们也不是这里人，你也不必打算报答，你回去罢。"书中交代，这个妇人倒没想到过路的人有如此行好事的，她本意化赵善人家。当初赵善人常施舍棺材，皆因无耻之徒闹坏了事，没有死人，也穿了孝袍到赵家磕头化材，诓了棺材，他把木头劈开卖了，因此赵宅现在不施材了，非得瞧见是真死人才舍。这妇人原打算到赵宅门口来化赵善人，没有想到雷鸣、陈亮二人周济她这些银两，那妇人谢了，陈亮二位竟自去了。

雷、陈二人做了这件好事，见妇人去后，才出了兴隆街西口，找了一座酒楼，二人吃酒，直吃到天有初鼓以后。会了酒饭账，二人出了酒馆，找在无人之处，把夜行衣包打开，换上皂缎色软扎巾，迎门拉慈菇叶，穿上三岔通口寸帕衣，周身扣好了骨钮，寸半罗汉股丝绦，在胸前双拉蝴蝶扣，把走穗掖于两肋，头前带好了百宝囊的兜子，里面有千里火、自明灯、拨门撬户的小家伙，一切应用的物件，皂缎兜当裩裤、蓝缎子袜子、打花绷腿、倒纳千层底的靸鞋，把刀插在软皮鞘内，拧好了轧把簧，把白昼的衣服包在包囊之内，斜插式系在腰间，抬了抬背膀，收拾停当，二人拧身蹿上房去，越脊穿房，往前够奔。

二人走到一所院落，是北房三间，东里间屋中有灯光闪闪，人影摇摇，猛然听屋中说："娘子，你把二位恩公供上了么？烧了香么？"就听有妇人说："供上了。"又听说："娘子，你歇歇罢，明天再去买棺材。真难为你，这几天受这样累，你歇息睡觉罢。总算老天爷没绝人之路，真有这样挥金如土的人。"陈亮在房上一听，说话甚耳熟。一拉雷鸣，二人由房上蹿下来，到窗棂外，把窗纸湿了个大窟窿，往屋中一看，见地下停着一个死人，是老太太；顺着檐的炕上一个三十多岁的男子，腿上长着有碗大疮；靠着东墙有一张桌，桌上供着牌位，上写"二位恩公之神位"。烧着三炷香，地下站立一个妇人，正是那白天的化棺材的妇人。陈亮见这妇人往炕上一躺，和衣而卧，把灯吹了。陈亮一拉雷鸣，二人来到东墙根，陈亮低声说："了不得了，那妇人把咱们两个供上烧香牌位，上写着'二位恩公之神位'。"雷鸣说：

“供上怕什么？”陈亮说：“二弟你可不知道，你没看过闲书，古来隋唐上有一位叔宝秦琼，他在临潼山救了唐王李渊，唐王李渊问他姓叫什么，秦琼走远了说：‘我叫秦琼。’唐王李渊没听明白，回去供琼五大将军，折受的秦琼在潞州城当锏卖马。你我凡夫俗子，他若供着烧香，岂不把你我折受坏了？”雷鸣说：“我去把牌位偷出来。”陈亮说：“你偷出来，明天他再写了。”雷鸣说：“怎么样办？”

二人正说着话，只见墙上往下一掉土，陈亮、雷鸣只当是华云龙到赵家楼采花去，走在这里。二人赶紧往墙根下一贴，翻着脸往上瞧着，只见由墙外立起一根杉杆，上面绑着横棍，这叫蜈蚣梯子，由外面上来一个小毛贼，眼望四下里瞧。书中交代，来的这个贼人姓钱，叫钱心胜。这小子原来在兴隆街住，素日无所不为，吃喝嫖赌，把老人家的产业都花完了，媳妇出去给人家当仆妇，他在家里也无甚事。今日白昼，他瞧见雷、陈二人周济刘王氏一包银子，有四十余两，钱心胜恨不能把银子给他。晚间他这才想出主意，做好了蜈蚣梯子。来到刘家，上了墙瞧了瞧，顺梯子下去。掏出一把小刀，来到上房拨门。拨一下，听一下，拨了三下，将门拨开。贼人进去一瞧，屋内也没有箱子柜。刘王氏夫妇睡着了。本来也没地方搁银子，就在席底下搁着，贼人一摸就摸到手中了，心中颇为欢喜。由屋中出来，顺着蜈蚣梯子爬上墙去，骑在墙上把杉杆提出去，立在墙外，顺着梯子下去。雷、陈二人看的明明白白，心上说：“好贼人，真是狼心狗肺，人家死了人没棺材，叩头化来的银子他给偷了去。”陈亮气往上撞，说：“二哥，你在这里等我，别走，我去追他。”雷鸣说：“就是。”陈亮这才伸手拉刀，蹿出墙外。不知后事如何，且看下回分解。

第六十九回

钱心胜黑夜偷银两　圣手猿暗探赵家楼

话说陈亮拉刀蹿出来一看，见贼人一晃，进了路北一个门楼。陈亮赶过去，由门缝一看，见贼人在院中把蜈蚣梯子解了，拿着进了北上房。陈亮拧身蹿到院内，这院内是北房三间，见贼人到北房东里间，点上了灯。陈亮来到窗外，把窗纸湿了个小窟窿，往屋中一看，这屋里是顺后檐的炕，炕上搁着一张床桌，搁着一堆棉被，地下有八仙桌，钱柜杌凳，桌上搁着一盏灯。贼人坐在炕上，把银子掏出来，乐得心花俱开，把钱包打开，瞧着自言自语，拿出一块银子来说："这块银子置房，这块银子买地，这块银子做买卖。"说了半天，把银子包起来，搁在钱柜之内，由钱柜里拿出一吊钱来，拿了一百文，拿酒壶出去打酒。陈亮早藏在房上。

钱心胜出来把门带上，唱着哈哈腔，又唱二簧，又唱时调小曲，自己欢喜的不知如何是好。来到酒铺，说："王掌柜给我打酒。"这个酒铺掌柜的是山西人，叫老西。钱心胜先前常诓老西的酒喝，到晚上去打酒，老西上了门，隔着小洞儿卖酒，钱心胜带两把一样的酒壶，灌上一壶凉水，拿空壶给老西打酒。老西打好了递给钱心胜，钱心胜说："掌柜的给我记上账罢。"老西说："不赊。"钱心胜说："不赊，你把酒倒下罢。”他把那壶凉水递给老西，老西倒在酒坛子里，钱心胜白换一壶酒。日子长了，老西生了疑心，因近来吃酒的都说酒不好。这天钱心胜又打酒，把酒打上，他要赊，老西说：“不赊。”钱心胜说：“不赊，你倒下罢。”又把凉水递进去。老西一尝是凉水，出来把钱心胜揪住，一瞧他是两把壶，老西跟钱心胜打起来，有人给劝了。今天钱心胜一说打酒，老西道：“钱先生你又来骗酒来。”钱心胜说：“我先给你钱，打一百钱的酒。”把酒打上，钱心胜拿着酒壶，心满意足回来。刚一到门口，陈亮由后面一把手，把钱心胜的脖子一捏。

书中交代，钱心胜走后，陈亮到他屋中，开了钱柜，把银子拿出来，连他剩的九百钱也拿着，把他炕上的棉被，用火点着，拿桌一押，来到外面等着。见钱心胜打酒回来，陈亮过去将贼人揪住，拉出刀来说：“你要嚷，我要你的命。”贼人也不敢嚷。陈亮把他捆上，把嘴塞上，往大门口外头一搁，陈亮说：“我乃夜游神是也，专察人间善恶，你偷了人家的银子，应当叫你报应。”说完了话，陈亮走了。

钱心胜往院里一瞧，屋中烟直往外冒，钱心胜着急，又不能动，塞着嘴又不能嚷，直哼的嚷不出来。由东面过来两个打更的，一个拿梆子，一个拿锣，这个说：“这条胡同甚不清净。”那人说：“你别吓我，我胆子小呀！”说着话，就听“哼”的一声，吓得两个打更的背脊发麻，这个说：“是鬼呀。”那个说：“多怕呀。”正说着，又听“哼”了一下，这个打更的壮着胆子过来一瞧，认得原来是钱心胜，鼻子内嚷嚷不出来，想叫人听得，好过来把他放了。于是两个打更的这才把他解开，嘴里的东西掏出来，打更的说：“钱先生，你怎么被人捆上？把我两个人吓着了。”钱心胜说：“我遇见夜游神了，你们二位请罢。”贼人赶紧到屋中，一瞧被褥全烧着了，即忙把火救灭，再开钱柜一瞧，银子没有了，连钱也没有了，这是贼人报应。

不讲钱心胜，再说陈亮拿着银钱回到刘王氏院中，偷进屋中，把老太太的死尸手扳开，把银子搁到死尸左手里，把钱搁到右手里，把桌上供的牌位撕了，来到院中，拿了个破盆“扒叹”往地上一掷。刘王氏夫妻也惊醒了，赶紧点上灯一瞧，见老太太死尸左手拿着银子，右手拿着钱，夫妻二人正在纳闷。陈亮外面喊嚷说：“本家主人听真，明天不准再供恩公的牌位，再供必有大祸，我要去也。”说完了话，雷鸣、陈亮拧身上房，直奔赵家楼来。

来到赵家花园，暗中瞧探，院中一无人声，二无犬吠。二人蹿到里面，直奔楼下，拧身蹿到楼上，见阁上东间点着灯，二人来到窗外，把窗纸湿破，往里一看，这屋里真是幽雅佳境，靠北墙是一张湘妃竹的床，床上挂着洋绉的帐幔，当中挂着花篮，里面有茉莉夜来香，床上有藤席凉枕，香牛皮的夹被，两旁是赤金的帐钩，线缎的床围。靠东墙有一张俏头案，当中摆着水晶金鱼缸，里面养着龙睛凤尾淡黄鱼，桌上摆着金钟玉磬，两头摆着一支珊瑚树，一棵翡翠的白菜，还有各种磁器；靠西墙外边，有一张月牙桌，桌上有镜子，上面有粉缸，梳头油瓶，一切妇人应用的物件；靠窗户一张八仙桌，镶着墨玉的棋盘心，两边有把太师椅子，桌上有图书，盘里面搁着文房四宝，有斑竹镌成一支笔筒，里面有几支笔；东墙上挂着一轴条山，画的是富贵牡丹图，两旁有两条对联，上写：

女虹各月四十有五日，饮酒百年三万六千觞。

陈亮看够多时，见屋中只有一个仆妇，并无别人，复返同雷鸣二人下楼。陈亮说：“这楼上没有人，二哥，你我同到前面瞧瞧去。”二人施展飞檐走壁蹿房越脊本领，如履平地相仿，往前够奔。这院中是三层房，头一层是待客厅、外书房，陈亮、雷鸣二人来到二层子东配房，趴在后房坡，往下一看，见房檐下挂着八角灯，北上房屋中灯光闪灼，见有两个男遏遏抱着弦子胡琴，两个女遏遏弹琵琶打洋琴，正在弹唱。原来今天是赵员外的寿诞之期，大家忙乱了一天，亲友来祝寿，天色已晚，大家陆续告辞。雷鸣、陈亮看够多时，陈亮说：“二哥，你我到后面去等着罢，本家大概有喜事，总得亲友散净了，本家才能安歇呢。”二人复返蹿房越脊，来到后面，在暗中等着。

直等到天交二鼓，忽见由前面灯光一闪，有两个丫环打着灯笼，两个仆妇搀着一位女子，雷鸣、陈亮暗中借灯光一看，这位女子真是千娇百媚，万种风流。怎见得？有词为证：

只闻香风阵阵，行动百媚千娇。巧笔丹青难画描，周身上下堆俏。身穿蓝衫可体，金钗轻笼鬓梢。坠金小扇手中摇，粉面香腮带笑。

陈亮暗中一看，果然绝世无双，头上脚下，无一不好。陈亮再一看，这女子后面，又有两个丫环搀着一位女子，也不过十八九岁，尤加美貌。见这位女子怎样打扮？有赞为证：

头上乌云，巧挽盘龙髻。髻心横插白玉簪，簪插云鬓飞彩凤。凤袄衬花百子衫，衫袖半吞描花腕。腕带钏镯是法蓝，蓝缎绾裙捏百褶。褶下微露小金莲，莲花裤腿鸳鸯带。带佩香珠颜色鲜，鲜妍长就芙蓉面。面似桃花眉柳弯，弯弯柳眉衬杏眼。眼含秋水鼻悬丹，丹朱一点樱桃口。口内银牙糯米含，含情不露多娇女。女中魁元，好似仙女临凡。

陈亮看罢，心中暗为赞美，再一看后面，还有一位十六七的女子，也有两个丫环搀着。陈亮细看：

这佳人，天然秀，不比寻常妇女流。乌云巧挽青丝髻，黑真真长就了未擦油。眉儿弯，如春柳，秋波儿眼情儿漏。鼻梁端正樱桃口，耳坠金环挂玉钩。穿一件，藕色氅；翠挽袖，内衬罗衫楼外楼。百褶宫裙把金莲透，端又正，尖又瘦。瞧着好像不会走，行动犹如凤点头。心儿灵，性儿秀，美貌天仙比她丑，真正是貌美丰姿体态温柔。

雷鸣、陈亮看了这三位女子，真是一个比一个强，梨花面，杏蕊腮，瑶池仙子、月殿嫦娥恐不如也。这三位小姐，这个说：“你碰了我了。”那个说：“你踩了我的脚了。”说说笑笑，都顺着楼梯上楼进去。陈亮同雷鸣来到窗外一瞧，见三位姑娘都把衣裳脱了，这个说：“姊姊，你可累着了，老员外的生日，有多少亲友来，哪里得走？你我此刻且歇息罢。”只见三位姑娘喝了一碗茶，把床帐一撩，和衣而卧。丫环把灯吹了，众人够奔西里间安歇。陈亮、雷鸣在暗中等着，天交三鼓，忽然来了三个江洋大盗要来采花。不知二侠义如何捉拿淫贼，且看下回分解。

第七十回

见美丽淫贼邀知己　遇故旧三人同采花

话说雷鸣、陈亮见三位姑娘安歇，两个人奉济公之命，在暗中保护，等候捉拿淫贼。陈亮说："二哥，你看这三位女子，果然是十分人才，世上第一的美人，不怪华云龙要来采花。"两个人说着话，在暗中藏着，忽然打一块石子来，见东墙上一连三条黑影，行走如飞，都是穿着夜行衣。陈亮说："二哥你看，果然师父未卜先知，有先见之明。你看这三个人，当中走的是华云龙，头里走的那个，我认识他，也是西川人，跟华云龙是拜兄弟，也是个采花淫贼，叫桃花浪子韩秀，后面走的那个人，我可不认识。"雷鸣说："后面那个我认识，叫白莲秀士恽飞。"说着话，见三个贼人直奔楼房东里间去了。

书中交代，华云龙自从马静家出来，被济公追了一夜，好容易逃脱了，自己直奔龙游县而来。刚来到北门，抬头一看，见眼前来了两个人，一个是穿翠蓝褂，壮士打扮，乃是桃花浪子韩秀，一位是武士公子打扮，正是白莲秀士恽飞。这两个人也是西川路上有名的江洋大盗，跟华云龙是知己相交同类之友。今天一见华云龙，两个人赶奔上前行礼说："华二哥你一向可好，怎么今日会来到这里？"华云龙一看，说："原是二位贤弟，哎呀！呼吸之间，你我兄弟恐今世不能见面了。”韩秀、恽飞说：“兄长何出此言？”华云龙说：“你我弟兄自西川分手，我在外面事多了。”就把三访凤凰岭，巧遇威震八方，后来在临安乌竹庵采花伤人，泰山楼杀死秦禄，秦相府盗玉镯凤冠的事，从头至尾对二人述说了一番。韩秀、恽飞说：“好，兄长在京都做这样惊天动地的事，真算出类拔萃。兄长这打算上哪去？”华云龙说：“我也无地可投。”韩秀说：“兄长可曾带着熏香盒子？”华云龙说：“做什么？”韩秀说：“我告诉二哥，我们两个人来到这龙游县，住在十字街富盛店，有十数天。我二人没事闲游，在兴隆街有一家赵姓，是大财主家，里有花园楼房，我们那日瞧见楼窗口有三个女子，长得绝类无双，真可算天下第一佳人，世间罕有。我二人没熏香盒子，不敢去采花，恐怕人家里头人多，倒反为不美。我二人自那天瞧见，时刻惦念在心，没有主意，要不碰见兄长，我二人打算要走。你要带着熏香，该当你我作乐，要得这样美人，你我生平之愿足矣！”华云龙一听，淫心一动，说：“好办，你我弟兄先喝酒去。”三个人这才一同复返进城，来到会仙楼要酒要菜，开怀畅饮，快乐非常。三个人都吃的酒足饭饱，伙计一算账，三个人一让账，楼上陈亮、雷鸣刚来到，瞧见华云龙同着两个人，这三个人可不知雷鸣、陈亮在楼上。

韩秀会了账，三个人出来酒饭店，韩秀说：“华二哥，你我仍回富盛店罢，不必在街市闲游。”华云龙说：“好。”三个人同来到十字街富盛店。伙计一瞧，说：“二位大爷又回来了？”韩秀说：“我们碰见朋友，暂且不走了，还要盘桓几天，你把上房开了。”伙计答应，拿钥匙把门开了，三个人来到上房，伙计端上一壶茶来，三个人也俱有点醉了，华云龙说：“你我没事，可以睡一觉。”三个人就躺下睡了。睡到天黑起来，要酒要菜吃喝完了，天有初鼓，韩秀、恽飞说：“二哥，咱们走罢。”华云龙说：“你们两个人真是笨头，哪有这么早去的？人家没有睡呢。倘被人瞧见一嚷，看家的、护院的出来，把你我拿住了，如何是好？偷盗采花总在三更以后，路静人稀，都睡着了才能使熏香。”这两个贼人无奈，急得了不得。

好容易盼到三更。三个贼人换好夜行衣，由屋中出来，店里早都睡了，将门反带，留了个记号，拧身上房。蹿房越脊，行走如飞，心急似箭，来到花园，见静寂寂，空落落，一无人声，二无犬吠，先用问路石一打探，听没有动静，三个贼人直奔楼房。来到窗儿外，华云龙先掏出六个布卷，三个人把鼻孔塞好，华云龙把熏香盒子点着，一拉仙鹤嘴，把窗纸通了个小窟窿，把仙鹤嘴搁了进去，一拉尾巴，两个翅膀一扇，这股烟由嘴里冒进屋子里去。此时陈亮、雷鸣来到楼房上前坡趴着。三个人觉着工夫不小了，把熏香盒子撤出来收好，把上下的窗户摘下来，三个人蹿到屋里，华云龙一晃火折把灯点上。此时那三位姑娘都被香熏过去，人事不知，这乃赵员外一个侄女两个女儿。华云龙撩起帐子，借灯光一看，这三女子真正貌比西施。贼人心中甚为喜悦，韩秀说：“华二哥你瞧，好不好？”华云龙说：“果然是好，你我弟兄每人一个，也不必挑选。我出个主意，写三张字，一、二、三，咱们三个人拈阄，省得争夺。”韩秀说：“也好，这三个女子，我都爱。要依我说，咱们三个人乐完了，每人背一个走，每人有这么一个媳妇，总算这世没白来。”

雷鸣二人在房上一听贼人所说的话，二位英雄把肺都气炸了。陈亮赶紧够奔前面，自己要去给本家送信。雷鸣揭起瓦来，照定华云龙就是一瓦。华云龙正要写字拈阄，脸向里说话，由后面来了一瓦，正打在后脑海上，把脑袋也打破了。雷鸣打了贼人一瓦，赶紧跳下来要跑，三个贼人由里面蹿出来就追。雷鸣赶紧把香牛皮的隔面具戴上，遮住本来面目。见三个贼人追出来，雷鸣准知道这三个贼人的能为，都是艺业出众，自知敌不过了，不敢动手，蹿房越脊就跑。贼人要想把雷鸣追上瞧瞧是谁，焉想到前面人声喊嚷起来。原本是陈亮先来到前面，站在房上喊嚷：“本家主人听真，后面楼上有贼，快去拿贼去，晚了可就了不得了！”陈亮说完了话，隐在一旁。本家的看家的、护院的、打更的、打杂的，众人听见，各执灯球火把，齐声喊嚷“拿贼”。三个贼人本打算要追杀雷鸣，听得人声嘈杂，三个贼人不敢再追。华云龙说：“合字风紧，扯活罢。”三个人蹿房越脊，竟自逃走。雷鸣找着陈亮，二人也蹿出来，到无人之地，把包裹打开，将夜行衣脱了，把白昼衣换好。陈亮说：“二哥，你我不必管了，叫济公拿华云龙罢。”雷鸣说：“对，咱们不管。这三个人真可恨，乱臣贼子，人人得而诛之。”说着话，等到天光大亮，红日东升。陈亮说：“二哥，咱们找师父去。”

二人慢慢往前正走，只见对面来了两个行路的，这个说：“二哥，你去瞧热闹去罢，在东门外头，有一个人买棺材搁着正往前走，来了一个穷和尚把棺材截住不叫走，他问：‘买棺材是装衣裳，是装钱？’人家说‘是装死人’，和尚就要躺在棺材里试试。人家不叫试，和尚把棺材踢坏了，打起架来。你去瞧去罢。”陈亮一听，说：“二哥，这必是济公，咱们去瞧瞧。”二人来到东门外一瞧，果然是济公。

书中交代，济公在酒馆打发雷鸣、陈亮送张文魁走后，同柴、杜二班头由酒馆出来，柴头说：“师父，你老人家说到千家口就把华云龙拿住，直到如今倒是怎么样？”和尚说：“你们跟我到龙游县去，准把华云龙拿住。”柴、杜二人跟着济公来到龙游县北门。天已黑了，三个人找了宿店，要酒要菜，吃喝完毕，要了三份铺盖，躺下睡了。柴头道：“师父，明天店钱饭钱怎么办呢？”和尚说：“不要紧，都有我呢。”睡到四更天，和尚起来，悄悄到了院中，一拍窗户说：“柴、杜头，明天龙游县见。没有店钱饭钱，我可不管，我要走了。”说完了话，和尚跳墙出店一直来到东门外。

和尚一蹲，等到太阳出来，只见由那边来了四个人抬着棺材，后跟着一个老丈。和尚过去把抬棺材的拦住，和尚说：“抬上哪里去？”抬棺材的说：“进城。”和尚说：“这棺材是盛衣裳的，是盛钱的？”有掌柜的跟着过来说：“和尚你疯了，哪有买棺材盛衣裳的？这是装死人的。”和尚说：“装死人先得活人试试长短，你搁下，我躺下里头试试。”掌柜的说：“不能叫你试。”和尚过去一脚，把棺材踢破了。掌柜的一瞧，气往上冲，吩咐伙计要打和尚。不知后事如何，且看下回分解。

第七十一回

奉师命趋吉避凶　华云龙镖伤三友

话说济公过去一脚把棺材踢了，掌柜的一瞧真急了，要打和尚。书中交代，济公为什么拦住棺材不叫走呢？皆因棺材铺掌柜的心地不公。这个买棺材的老丈姓李，就是跟着刘王氏化棺材的。那老者原是因刘王氏家中没人，她丈夫刘福生了疮，不能动转，所以帮他们的忙。有雷鸣、陈亮周济四十多两银子，刘王氏就烦李老丈去买棺材。李老丈也不会买，来到东门外同峰桅厂，一瞧这口棺材，足够四五六的尺寸，漆着黑油。一问掌柜的卖多少钱，这位掌柜的说："十五两银子。"这口棺材，是削檐钩头，原是两层板包的，里面是刨花锯末，外头一上油，瞧着好像杉木，实是碎木头做的，尽值五两银子。掌柜的是成心冤人，向李老丈要十五两，连抬代埋二十两银子。李老丈也不懂还价，就答应了。掌柜的一想："这号买卖做着了，可以剩十几两银子，又够定一个月的伙食。"赶紧叫四个伙计抬着跟去入殓。哪想刚走到东门，和尚拦住，要躺在里头试一试。掌柜的不肯，和尚用脚一踢，把一层薄板踢碎了，由里面直掉下锯末。李老丈一瞧说："我不要了。我只说是厚木头，哪知里面净是锯末，我不能要。"掌柜的一想，已然银子到手，和尚给他破了，气往上冲。吩咐伙计："你们拉住尽打！”四个伙计就奔上来，要揪济公。济公用手一指，口念六字真言：“唵嘛呢叭咪吽！唵，敕令赫。”这四个伙计眼定了，瞧着他们掌柜的当是和尚，四个伙计揪住掌柜的就打。掌柜的说：“别打，是我！”伙计说：“打的是你。你为什么搅我的买卖？”掌柜的说：“我是王掌柜。”四个伙计方才明白过来，一瞧把掌柜的打了。复反四个人又要揪和尚打。

这个时光，雷鸣、陈亮赶到。陈亮说：“别打，怎么回事情？”掌柜的一瞧，这两个人都是壮士打扮，相貌不俗。说：“二位大爷别管，我跟和尚是一场官司。”李老丈一瞧，认识是二位恩公。陈亮说：“因为什么？”李老丈说：“二位恩公要问，皆因刘王氏家中没人，托我买棺材，我上了年岁瞧不真，我只当这棺材真有四五寸厚，哪知是两层薄板夹着锯末。”陈亮一看说：“掌柜的，你这就不对了，作买卖不准欺人，你趁早给人家换一口好棺材，不准争斗。要不然，我拿片子送你。”掌柜的也不知雷鸣、陈亮有多大势力，敢怒而不敢言。济公掏出一块药来，说：“李老丈，你把这块药拿回去，给刘福敷在疮上，包管药到病除。”李老丈说：“大师父什么称呼？”陈亮说：“这是灵隐寺济公长老。”李老丈谢了济公，拿着药，同棺材铺掌柜的回店，另换了一口棺材，抬到刘福家。把药给刘福上了，疮也好了，把他母亲葬埋了，一家人感念济公的好处，这话不表。

单说济公见了雷鸣、陈亮，和尚说：“你们两个人由哪里来？”陈亮说：“别提了，我二人再也不管华云龙的事了。”济公说：“好，咱们喝酒去罢。”三个人进了城，来到一座酒店。到了后堂，要酒要菜。济公喝着酒，叹了一声。陈亮说：“师父为何叹气唉声？”和尚说：“我看你两个人怪惨的。”陈亮说：“惨什么？”和尚说：“天有什么时候？”陈亮说：“天有巳初，早的很。”和尚说：“天交正午，你两个人就准要死。”陈亮一听，大吃一惊，知道济公是未卜先知。陈亮说：“师父，既知道我二人有大难，可以躲得了躲不了？”济公说：“你二人要打算趋吉避凶，天到正午，你两个人须出了龙游县的交界，方可躲得了。”陈亮也不知龙游县有多大地方，忙问走堂的：“这龙游县的交界有多远？”伙计说：“往西有三十余里，向东有五六十里，往南北俱有七八十里。”陈亮一听，就是往西近。这才说：“师父，我两个人这就逃命了。”济公说：“你走罢。天交正午千万可要离开。”陈、雷二人说：“是。”二人给了酒钱，出了酒店，一直往西。

刚一出西门，雷鸣说：“老三，我实困了，走不了。一夜没睡，我眼睛睁不开，腿也走不动。”陈亮说：“二哥，你快走罢。师父的话，不可不信。”说着话又往前走。眼前是大柳林，雷鸣说：“我可实在走不动了。”陈亮说：“你不走，可许有性命之忧。”雷鸣说：“这里又没有人，我歇息罢。”说着话，他就在地下一坐，往树上一靠就睡着了。陈亮心神不安，也不敢睡，坐在旁边。工夫不大，只见由南来了一个人，正是华云龙。

书中交代，华云龙自从赵家楼逃走，三个贼人回了店。华云龙是埋怨韩秀、恽飞：“要不是你两个人，我何至涉这危险！”恽飞说：“你别埋怨我们，倒是你愿意去。我们两个人要上临安逛去。你走你的罢。”这两个人今天一早走了。华云龙心中很烦，自己出来闲游，正走在大柳林。一瞧是雷鸣、陈亮。华云龙心中一动：“昨天在赵家楼跟我动手，好像雷鸣？也许是他。”陈亮这个人机伶，赶紧站起来说：“华二哥一向可好？从哪里来，怎么还不远走？”华云龙说：“你们两个人从哪里来？”陈亮说：“我们由小月屯来。”正说着话，雷鸣醒了，一睁眼说：“华二哥，恭喜，贺喜，大喜呀！”华云龙说：“喜从何来？”雷鸣这个人口直心快，不懂撒谎说：“你在赵家楼采花做案，还不是大喜？”华云龙说：“你怎么知道？”雷鸣说：“要得人不知，除非己莫为。”华云龙说：“好，昨天是你这小辈跟我动手。”雷鸣一听说：“好，狗娘养的，你骂我小辈，我拿刀剁了你！”说着话，拉出刀来，照云龙就剁。贼人摆刀相迎，二人杀在一处。陈亮说：“华二哥，雷二哥，不可动手。三两句话翻了脸，你我自己弟兄，岂不被人耻笑？”雷鸣哪里肯听，一刀跟着一刀，恨不能把华云龙杀了，方出胸中恶气。贼人的武艺，比雷鸣强的多，故意游斗，把雷鸣累的是浑身是汗。陈亮一瞧，把刀拉出来说：“雷二哥闪开！”雷鸣闪身躲开。陈亮说：“华二哥，你也站住。咱们弟兄是金兰之好，你们两个人一动手，叫兄弟帮谁？华二哥你走你的。”雷鸣把口气缓过来，又摆刀过来动手。工夫大了，还是不行。陈亮一瞧，又过来拦住说：“华二哥，你是个做哥哥的，总得有容让。异姓有情非异姓，同胞无义枉同胞。”说着话，雷鸣把气歇过来，仍然摆刀照华云龙要砍。陈亮又过来相劝。如是者三次。华云龙说：“好呀！你两个人使这车轮战法。他乏了，你过来说，他歇了又动手。就叫你两个小辈摆刀来过，华二太爷也不放在心上。”

正动着手，忽然华云龙掉头就跑。雷鸣刚往前一追，贼人回头喊说：“镖来！”抖手就是一毒药镖。雷鸣见镖打来，一闪身没躲开，正打在华盖穴上，翻身栽倒。雷鸣觉着镖打上，半身一发麻，就知道没了命了。陈亮赶过来说：“二哥怎么样？”雷鸣说：“我完了。我受了毒药镖，十二个时辰准死。贤弟，你走罢。你要念兄弟之情，你到玉山县凤凰岭，找威震八方杨明，告诉杨大哥，说华云龙拿镖打我。杨大哥若念兄弟交情，叫他撒绿林帖，请绿林人布四网阵，拿华云龙。你只要把他的心搁到我灵前一祭，就是你尽了弟兄的义气。”陈亮一听这些话，好似万把钢刀穿心，不亚如刀挖肺腑、箭刺心窝一般。谁知道华云龙的毒镖，跟杨明学的，打上没有解药，情知雷鸣准死。华云龙在那里站着，听雷鸣叫陈亮送信。华云龙一想：“真要那么办，我这条命活不了，莫若我斩草除根。”想罢照陈亮一镖，正打在陈亮背脊之上。陈亮哈哈大笑，说：“姓华的，你成全了我。绿林中知道，有雷鸣就有陈亮。雷鸣一死，我焉得独生？我两个一处为人，死了一处做鬼。”说着话，药性一发，雷鸣、陈亮疼的就地乱滚。华云龙一看，心上说："我跟他二人是拜兄弟，何必瞧着他乱滚受罪？莫若把他二人杀了。"贼人还算是好心，伸手拉刀要结果他二人性命。不知二位英雄性命如何，且看下回分解。

第七十二回

镇八方赌气找张荣　乾坤鼠毒镖打杨明

话说淫贼华云龙在大柳林用毒镖打了雷鸣、陈亮，正要过去杀二人。只听后面有人说："华二贤弟，你要杀什么人？"华云龙回头一看，只见后面来了一人。身高八尺，头戴翠蓝色扎巾，擂金抹额，二龙斗宝，迎门一朵绒环，秃秃乱晃。身穿蓝箭袖袍，丝鸾带系腰。足下薄底快靴。身披宝蓝英雄大氅，周身绣牡丹花。面如满月，眉分八彩，目如朗星，准头端正，颌下三绺须髯，飘洒胸前。肋下佩刀，手中提小包袱。来者非别，正是大义威震八方杨明！华云龙一看，吃了一惊，暗说："他来了可不好办。"贼人眼珠一转，计上心头，赶紧说："杨大哥，一向可好？"杨明说："你要杀什么人？"华云龙说："我要杀雷鸣、陈亮。"杨明一听一愣，说："华二弟，为什么要杀他两个人？"华云龙说："兄长要问，只因雷鸣、陈亮两个人无所不为。在临安府乌竹庵采花，因奸不允，杀死带发修行的少妇，刀伤老尼姑。又在泰山楼杀死净街太岁秦禄。在秦相府盗了秦相的玉镯凤冠。昨天在这龙游县北门里赵家楼采花。是我今天碰见他两个人，我用好言相劝，他两个人拉刀跟我动手，反杀我。我才用毒药镖将他二人打倒。我一想不必叫他两个人受罪，我要杀他。"杨明一听说："二弟，你不该用毒药镖打他。自己弟兄，下这样的毒手。”华云龙说：“兄长，你看有人来了。”用手一指。杨明一回头，华云龙也就抖手一毒镖，正打在杨明的琵琶骨上。眼瞧杨明翻身栽倒。

书中交代，杨明本不是出门的人。家中开着镖局子，又有银钱，又有势力。皆因华云龙有一个拜弟，叫黑风鬼张荣，也是西川人。张荣这天到杨明家找华云龙。家人进去一回禀，杨明出来一看，见张荣有二十来往的年岁，武生公子打扮。杨明说：“尊驾贵姓，来此何干？”张荣说：“我乃是西川人，姓张名荣，跟华云龙是拜兄弟。我听说他在这如意村杨大爷家中住着，我特来找他。”杨明一听，说：“你既是华云龙的拜弟，你我弟兄，都不是外人。现在华云龙到临安城逛去了，又约三两个月就回来。你也不必去找他，就在我这里住罢。”杨明这个人最好交友，就把张荣让到家中。说：“你要闷时，可到镖局子去坐坐。”张荣就在杨明家住着。不想张荣忽然病了。杨明给请先生调治，精心用意，好容易把张荣调养好了。张荣说：“兄长待我这番光景，我实感激。我给兄长叩头，认为义兄。”杨明说：“张贤弟是华二弟的拜弟，就如同我拜弟一样，何必再要磕头呢？”张荣说：“那不算。”一定要给杨明磕头。当时给杨明磕了头，到里面见太太行了礼，见过了满氏嫂嫂。从此就拿他更不当外人，内外不避。

杨明的妻子，本来长的容颜美貌，人才出众，贤惠无比。张荣这小子，素常说话一点规矩没有。杨老太太是一位正直人，常常当面说张荣。满氏娘子怕给她丈夫得罪朋友，常给张荣掩盖。焉想到张荣这小子误想了，他疑满氏心中有了他。那天杨明不在家，张荣也就到里面去。老太太正睡午觉，满氏娘子在屋中做活。张荣说：“嫂嫂，做什么活？”满氏说：“做袜子。”张荣说：“我瞧瞧。”满氏一递。张荣并不是要瞧。他没怀好心，要调戏满氏。他一接，伸手一拉满氏的手腕子。满氏立刻把脸一沉，说：“你这厮可真不要脸！”满氏照定张荣脸上就是一个嘴巴。这小子可不知道满氏是一身的好能为。她父亲名叫满得公，绰号人称铁棍无敌。膝下无儿，把一身的武艺，都传授了女儿。满氏今天一变脸，把张荣打了一个嘴巴。吓得那小子跑到前面，拿上自己的小包袱，不辞而别，竟自逃走。后来杨明回来，问张荣哪去了。满氏还不肯说，怕丈夫知道生气。有这两句话："父不忧心因子孝，家无烦恼为妻贤。"这话一点不错。满氏不肯说，杨明再三追问。满氏无法，才把张荣如何调戏的话说了。杨明气得三尸神暴跳，五灵豪气腾空。杨明说："非得找他不可。哪里见着，哪里结果他小辈的性命。他竟敢在我家这样无礼！我拿他当自己兄弟，这厮真是人面兽心。"越想越气。次日告诉老太太，说要出去保镖。带上盘费兵刃，由家中出来，寻找张荣。

这天走在龙游县的西南，见眼前有一片苇塘，有一位老者，欲要跳河。杨明过去一把揪住，说："老丈为何跳河？这大的年岁，寻此短见。你跟我说。"老丈抬头一看，唉了一声，说："这位大爷，要问小老儿，我姓康双名得元。我膝下无儿，过继了一个侄儿，叫康成。自己有一个女儿，许配临安开杂货铺的张家，尚未过门。前者来了信，要娶我的女儿。我把家里房产卖了几百银子，叫我女儿骑着一条驴，连我继儿，打算一同到临安去就亲。今天早起出了店，连我儿带我女儿都走丢了。我也找不着了，我故此要跳河一死就完了。"杨明说："你儿多大年岁？你女儿多大年岁？"康得元说："我继子今年二十八岁，我女儿十八岁。"杨明说："素常他们和睦不和睦？"康得元说："他兄妹素常不和。"杨明说："你别寻死，我代你找去。找着更好，找不着你也别死。你跟我走。"康老丈说："大爷贵姓。"杨明通了名姓。老丈一听，说："原来是保镖达官、威震八方杨爷，我久仰久仰！"杨明说："你跟我走。"领了老丈正向前走，见大柳林华云龙拿刀要去杀人。杨明说："华二弟要杀什么人？"华云龙回头一瞧，是保镖师父来了，贼人心中暗说："不好，我要说拿毒镖打了雷鸣、陈亮，他准要我的命。莫如我一狠二毒三绝计。量小非君子，无毒不丈夫。"当初华云龙不会打毒镖。他知道杨明会打毒镖，他苦苦要跟杨明学。杨明就嘱咐过他，说："这毒镖是三十六味毒药，十八味草药，非有蛇红虿尾木变石不能配。你学会了，不可轻易妄动。打上了只要一见血就死，没有解药。"今天华云龙见杨明走来，贼人暗说不好，赶紧过来行礼。杨明问要杀什么人，华云龙说要杀雷鸣、陈亮。杨明说为什么事，华云龙把他做的事说了，"我才拿毒镖打他"。杨明一听，就一愣，说你不该拿毒镖打他。华云龙说，你瞧有人来了。杨明一回头，贼人抖手一镖，正打在琵琶骨。

杨明被打倒，哈哈一笑，说："好，这是我交朋友的下场！我教会了你，你能拿镖打我。天下人你都可以打了。"康得元一瞧，气往上冲，说："好贼人，你嘴里说好话，你施展这样狠毒之心！把杨大爷打了，我这条老命不要了，跟你拼了！"华云龙一瞧，说："老头儿，你休要前来送死。"说着话，贼人把刀拉出来。杨明此时痛的乱滚，汗珠子真有黄豆大小，直往下流，说："康老丈，你去你的罢。我本打算要救你，替你把女儿找回来。这我的命没了，我也顾不了你。你趁此去罢，不必生一瘀气。这是我杨明交朋友的好处！来来，华云龙，你把我杀了罢。"康得元倒是个热心肠的人，见杨明这般光景，心中瞧着难过。老头说："好淫贼，你这厮人面兽心。你先把我杀了罢，我正不愿意活着。"说着话，把脖子一伸。华云龙说："你这老匹夫！真是放着天堂大路你不走，地狱无门自找寻。"康得元说："你把我杀了好。"华云龙一想："我何必杀他，跟他远日无冤，近日无仇，便宜他去罢。"想罢说："老匹夫，你不必自己讨死，我杀你，我也不算英雄，你去罢。"贼人一想："莫若我把他三人一杀，我远走高飞，也没人知道。"想罢，拉刀要结果杨明、雷鸣、陈亮三个人。正在这般光景，就听草中呱哒的一响。华云龙回头一看，来者正是济公禅师。大约贼人难脱活命。不知济公由何处而来，且看下回分解。

第七十三回

大柳林济公惊淫贼　小酒馆班头见圣僧

话说华云龙见济公，吓得魂飞胆裂。济公说："好华云龙，你往哪里走！"书中交代，济公从哪里来呢？只因和尚半夜里由店里走了，柴头、杜头也不敢睡了，怕的第二天没钱给店饭账。两个人没等店里起来，二人也跳墙出来，一直够奔龙游县衙门。来到衙门口一瞧，对过是茶铺子。两个人进了茶馆一瞧，有几位龙游的班头在那里喝茶。柴头说："借问有一个和尚，你们众位瞧见没有？"众人说："回头就过堂。"柴头说："什么事。"那人说："不是三官庙的二和尚拐带妇人那案么！"柴头说："不是。我打听的是一个穷和尚。"旁边有一人说："方才有一个穷和尚，在东门外拦住抬棺材的不叫走。你们二位上那里去找罢。"柴、杜二人，复又来到东门外一找，还是没有。二人到各处酒饭馆，找来找去，找到一座小酒馆，把济公找着了。柴头说："好的，你在这里。你半夜里又跑了，我们两人没受这个罪，你趁早说罢。"和尚说："你们二人坐下。"柴头、杜头坐下，和尚叫添酒添菜。

二人喝着酒，和尚说："小便。"由酒馆出来，一直出了西门。正往前走，两旁是河，当中一条小道。由对面来了一匹驴，骑着一个女子，跟着一个男子，这男子长的兔头蛇眼。正是康成同康得元的女儿。原本康成这小子没好心，他打算把妹子卖几百两银子，娶个媳妇，岂不是乐事。早起由店里出来，他牵着驴子，趟了小胡同。姑娘问："爹爹哪去了？"康成说："你走罢，在头里等呢。"姑娘不愿意，在驴上又下不来。正走在这股小道，济公早已占算明白。在那里一站，挡着路过不去。康成就说："和尚，你回去罢。"和尚说："你回去罢。"康成说："我们这是驴。"和尚说："我是人。"康成说："你没瞧见我们是堂客？"和尚说："我是官客。"康成说："我们回不过去。"和尚说："我拐不过弯来。"康成说："你这和尚真可恨。"和尚说："好东西！"用手一指，口念"唵嘛呢叭㖠吽"，用定神法将康成定住。和尚又一指驴，姑娘就迷住了。和尚牵驴就往前走。

来到大柳林，和尚一指，驴就站住。华云龙正要杀雷鸣、陈亮、杨明，和尚说："好华云龙，你往哪走！"华云龙一瞧，拨头就跑。和尚随后就追。此时雷鸣、陈亮还醒过来，心里明白。陈亮一瞧说："杨大哥怎么了？"杨明说："华云龙拿毒镖打了我。你们两人为什么被他打了？"陈亮说："我因为在临安要出家，济公收我做徒弟。要开水浇头，切菜刀落发，我跑出来。在店里住着，听着华云龙在临安城乌竹庵采花，因奸不允，杀死少妇。又在泰山楼杀死净街太岁。又在秦相府盗了奇巧玲珑透体白玉镯，十三排嵌宝垂珠凤冠。后来铁腿猿猴王通、野鸡溜子刘昌，破了案被拿，招出华云龙来。有灵隐寺济公，带着两位班头，到千家口去拿他。我听见，到千家口给他送信，碰见雷二哥。我二人同华云龙在小月屯马静的夹壁墙藏着。后来济公要拿他。我二人苦求济公不要拿他。济公给我二人一封信，说华云龙在这龙游县北门内赵家楼采花，叫我二人保护闺门贞洁。果然昨天华云龙同韩秀、恽飞三个人去采花。已然用熏香把人家姑娘熏过去。三个人已进了屋子，被我二人给搅了。今天在这里碰见，说翻了，他用毒镖把我两个人打了。"陈亮说完了话，疼的又昏过去了。杨明一听，说：

“好华云龙，做这场伤天害理的事，真算我交朋友交着了！”康得元说：“杨大爷，你觉怎么样？”杨明说：“我不行了。”雷鸣说：“你死不得的。我二人死了倒不要紧，上无父母的牵缠，下无妻子的挂碍。死了死了，一死就了，万事皆休。你老兄台有白发的娘亲，绿鬓的妻子，未成丁的幼儿。母老妻单子幼，你死了怎么办？”这一句话，说的杨明心中一惨。雷鸣此时也疼的昏过去。

杨明心中万把钢刀扎心，猛一抬头，见那边树上有一个穷和尚上了吊，手足乱蹬乱划。杨明一看，说：“康老丈，你过去把那上吊的救下。”康得元一看，果然树上吊着一个人。赶紧往前跑去。刚来到和尚跟前，和尚跳下来了。倒把康老丈吓了一跳。康得元说：“和尚你没死呀？”和尚说：“我吊的是后脑勺子。我试试难受不难受。要不难受，我才上吊呢。”康得元说：“你为什么上吊？”和尚说：“我师父交我五两银子买僧袍、僧鞋，我把银子丢了。我不敢回去，怕师父打我，故此上吊。”康老丈说：“为几两银子，何必如此短见？你跟我来。”带着和尚来到杨明跟前。杨明问：“为甚事寻死？”和尚一一告诉。杨明说：“你为五两银子，何必寻死？我这腰中银幅子有银，你拿几两去。”和尚伸手把银幅子打开，有散碎银子二十多两。和尚一瞧，说：“比我的银子还多呢，就是太碎些，有点成色。”杨明一听，说：“和尚，你将就用罢。”和尚说：“也只得将就些。”拿着银子就走了。康老丈在旁，瞧着气就大了，说：“这个和尚，真不知事，倒像该给他的，连一句情理话也不说，真是可气。白给他银子，他还挑成色。”

正说着话，和尚走了几步，又回来说：“当局者迷。我只顾了银子，也忘了问你，你为什么在这里躺着睡了？”杨明说：“我是被贼人打了毒镖，活不了了，十二个时辰准死。”和尚说：“你要死你死罢，我走了。”说完了就走。走了几步又回来，和尚说：“你贵姓？”杨明说：“我姓杨。”和尚说：“你真要死，我同你商量一件事。”杨明一想：“必是和尚听说要死，他不忍把银子都拿了走，他许给我买一口棺材。”想罢说：“和尚，你商量什么？”和尚说：“我瞧你这身衣服很好，可值几两银子。你死了也是给人剥去，白便宜了人家。莫如你脱下来送给我罢。”杨明一听，气往上撞，说：“你这和尚，好不通情理。气死我也！”心中一气，镖伤一疼，就昏过去了。康得元说：“你这和尚真太淘气。杨大爷周济你银子，你不说谢，反说这些话。你不是欺负人么？”

正说话间，雷鸣、陈亮又醒过来。睁眼一瞧，见济公在那里站着。两个人挣扎起来磕头，口嚷：“圣僧救命！”康得元也不知和尚是谁。和尚过去说：“你们两个人怎么了？”陈亮说：“华云龙拿毒镖打了我们，师父救命罢。”和尚说：“我叫你二人出龙游交界，你们不听。受了毒镖，我也救不了你。你我师徒一场，你们死了，我给你念三卷往生咒罢。”陈亮说：“师父救命罢！”和尚说：“可不定行不行。”掏出药来，给雷鸣、陈亮每人吃一块。把镖拔下来，把药嚼了，上在伤口。二人展眼之际，复旧如初，好了。过来给济公行礼。陈亮说：“求师父替杨大哥治治罢。”和尚又把杨明镖拔下来。杨明一疼，苏醒过来。和尚上了药，也把一块药与杨明吃了。杨明也好了。陈亮说：“杨大哥，这就是灵隐寺的济公长老。”杨明过来行了礼。济公在雷鸣耳边说：“你知道为什么华云龙拿镖打你？”雷鸣说：“不知。”和尚说：“有一个坏人，我已拿住，在南边小道站住，你杀他去。”雷鸣说：“我去。”雷鸣走后，杨明、陈亮还不知道做什么去。

杨明说：“康老丈你过来，见见这位灵隐寺活佛济公。你求求他老人家，好给你找女儿。”康得元过来叩头，求圣僧慈悲慈悲。和尚说：“你不用着急，你女儿在树林外头。”和尚把验法一撤，康得元一瞧，果然女子骑着驴子站在那里发愣。康得元说：“和尚，给我找找我儿。”和尚说：“我派雷鸣杀他去了。”康得元说：“怎么？”和尚说：“你问你女儿就知道了。要留着他，他就要害你了。”康得元谢过济公，带着女儿走了。不久雷鸣也回来。和尚说：“你们跟我拿华云龙去。”众人跟济公往北走。走了不远，忽然和尚不见了。再一看，华云龙同着一个人，在那里站着。三位英雄一瞧，气往上冲，伸手拉刀要捉拿淫贼。不知后事如何，且看下回分解。

第七十四回

施佛法戏耍豪杰　杨雷陈又遇淫贼

话说济公叫杨明、雷鸣、陈亮跟着往北走了不远。三位英雄一瞧，济公没有了。再一看，眼前树林子，华云龙同一个人在那里站着。三英雄一瞧，这人身长一丈，头如麦斗，头戴皂缎色六瓣壮士巾，身穿皂缎色箭袖袍，腰系丝鸾带。单衬袄，薄底靴子，面似黑锅底，粗眉大眼，直鼻阔口，扛着一条四楞镔铁锏。杨明细细一看，不是别人，就是绛丰县的原籍，姓陆名通。这个人天生的一条大汉。父早丧，母王氏。家中也是寒苦，全仗王老太太做针凿度日。陆通长到一十六岁，人情世故一概不懂。这天王老太太说："儿呀，你也这么大了，肩不能挑担，手不能提篮。为娘的也老了，你有什么能为找饭吃？"陆通说："不要紧，我找去。"说着话就出去了。少时陆通拿回二斤饼来，说："娘呀，吃罢。"老太太一瞧，说："你哪里拿来的？"陆通说："我方才出去，见有一个小子拿着饼。我过去打他一个嘴巴，把饼就抢来了。"老太太一听，说："你这孩子，怎么这样浑！国有王法，律有明条。你在街上打抢，叫人家拿着，就了不得了！明天不准抢了。"陆通本是个浑人，出去抢惯了，不管是谁，瞧见了便抢。人都不敢惹他，因他天生来的力气大，再也打他不过。

这天本地有一位吴孝廉，家里是财主，最好行善，开着许多的店铺。见陆通在他铺子门口抢东西，吴孝廉就问："什么人？好大胆！竟敢白昼打抢。把他揪住，拿片子送在衙门里治罪！"旁有一位老者是好人，说："吴大爷，你老人家不认得他。他叫陆通，是个浑人。他家中孤儿老母，没有养活。这个人虽然太浑，最孝母，抢了东西给他母亲吃。你老人家可以周济他，也是德行。"吴孝廉本是个善人，一听陆通是个孝子，人人可敬，叫陆通过来，说："你姓什么？"陆通说："我姓陆叫通。"孝廉说："你别抢了。每天到德裕粮店取一吊钱，给你母子度日，好不好？"陆通说："你一天给一吊钱，好小子！"吴孝廉一听，这倒不错，施舍一吊钱，落一个好小子，倒不错。知道陆通是个浑人，也不怪他。陆通就每天拿一吊钱，买了吃的，先给母亲吃，剩下的他全吃了。

这天他吃完了饭，把家里一条铁棍拿到山里去游玩。正赶上有二十一家猎户打围，赶下许多的獐猫野鹿。陆通瞧见，他过去拿棍全给打死，挑起来就走。众猎户赶到。大众说："我们撒下围赶下来的野兽，黑汉你别给拿了走。"陆通说："不许爷爷拿去，你们抢罢，谁抢了去是谁的。"猎户过来跟他动手，不是他的对手。大众无法，不要了。陆通把野兽挑着一卖。他不知值多少钱，给钱就卖。把钱拿回家去，就不上粮店要那一吊钱。天天到山里去打野兽，众猎人都不敢惹他。大众一商量说："陆通天天搅咱们。咱们跟他商量，每天给他一吊钱，叫他帮咱们打猎，省得他抢我们。"这天又碰见陆通，跟他商量。一天给他一吊钱，叫他帮着打野兽，给众猎户分。陆通也愿意。一天拿一吊钱到家里，给老母买吃的。

这天他老娘死了，陆通回来，他也不懂。见老娘在炕上躺着，也不说话，陆通就叫："娘呀，吃饭罢。"街坊上过来一瞧，说："你老娘死了！"陆通说："什么叫死了？"街坊说："死了，就不说话了，不吃东西啦。你买一口棺材埋了。不然，搁两天就臭了。"陆通说："这叫做死了？也不说话，也不吃东西。买一口棺材埋去，不然搁两天就臭了。”街坊说：“对了。”陆通过去，把老娘背起来，往外就走。街坊说：“你上哪去？”陆通说：“上棺材铺，瞧哪口棺材好，搁里头就得了。”街坊说：“你真是个浑子！没有背着死尸满街跑的。你搁下，你去找猎户，叫他们买一口棺材埋了。”陆通答应，到猎户家去。大众问：“你做什么来了？”陆通说：“老娘死了，也不说话，也不吃东西了。买一口棺材埋了，要不然，过两天就臭了。我找你们给买棺材。”大众一想：“这倒不错，他是个孝子。”内中就有好人说：“这是好事，咱们大家凑着买一口棺材，把他老娘给埋了。”

陆通剩自己一个人，仍然帮众人打猎。一天要一吊钱，这二十一家猎户，都不愿意，又不敢不给他。这天内中有一个姓殷的，外号叫殷到底，说：“咱们每天给陆通一吊钱，冤不冤？”大众说：“没法子。”殷到底说：“你们众位每人交给我一吊钱，我能把他发出去。”大众说：“你能办的了，我们二十家，交你二十吊钱。”殷到底允了。大众给了他的钱。这天请陆通吃饭。陆通本是浑人，请吃就吃。殷到底说：“陆通，你跟着我们这些猎户在一处，一天一吊钱，你也发不了财。你发财愿意不愿意？”陆通说：“怎么发财？”殷到底说：“你到常山县去，找南路镖头追云燕子黄云。你把他捉住，跟他要二百银子。就凭你这个脑袋，这个身量，他就有得给你，你算是人物字号。”陆通说：“我就去。”殷到底说：“我给你两吊钱盘费，你拿了去。”陆通本是浑人，拿了棒锤认真，拿着两吊钱就起身。

来到常山县，他不知道打听人要说句谦恭话。过去把过路的人一把揪住，这个人吓的不知道为什么。陆通说：“小子，你告诉我，追云燕子黄云在哪里住？”这人说：“就在这路北店里。”陆通说：“你要冤我，我把你脑袋砍下来。”夹着这人到店门首。那人说：“把我放开罢。就是这店里。”陆通这才把人家放开。那人瞧陆通这个样，也不敢惹他，自己竟自去了。陆通站在店门口，喊嚷：“姓黄的给银子！”追云燕子黄云正在店里，听外面叫姓黄的给银子，黄云一想："我并不欠人的银子。"自己来到外面一瞧，站着一个大汉，并不认识。黄云说："你找谁呀？"陆通说："我找姓黄的。"黄云说："做什么？"陆通说："要二百银子。"黄云说："该你的？"陆通说："不该。"黄云说："你认识姓黄的么？"陆通说："不认识。"黄云说："你不认识，为什么找他要银子？"陆通说："姓殷的叫我找姓黄的，要二百银子。说我就长了人物，立了字号，就凭我这个脑袋，这个身量，不给不行。"黄云一听，心中明白，知他是个浑人，必是有人叫他来的。黄云一想："这个人倒很雄壮。莫如我把他支到杨明兄处，叫杨明兄长调理来，入在镖行里，倒是个膀臂。"想罢，说："你进来。"陆通就跟着来到里面。黄云问："你姓什么？"陆通说："我姓陆，叫通。你姓什么？"黄云说："我姓黄。"陆通说："你是黄云？给我二百银子。"黄云说："你别忙，我告诉你一个人。你找他跟他要四百银，你去不去？"陆通说："去。"黄云写了一封信，拿出十两银子说："你到玉山县，去找威震八方杨明。见了他，和他要四百两银子。"陆通答应，拿了书信银子出来。他不认得玉山县，要打探人，见了人问一声："呀，站着！"吓的人家就跑。问了好多人，一呀就跑。陆通想出主意，见村头站着两个人说话，陆通绕在人家身后，伸手把那人脖子一捏。陆通说："你小子别跑！"吓得旁边那人拔脚就跑。这个跑不了了，他问："怎么了？"陆通说："我问你上玉山县往哪里去？"这人说："往北。"陆通一放手，把那人跌在地上，腿也折了。从此不敢再在外头踆着。陆通他也这样问人，遇见坏人，明是往北说往南。遇见好人，才告诉他正道。走了八天，才到玉山县。好容易遇见好人，告诉他杨明的门口。陆通两天没吃饭，有银子也不知换钱。来到门口，用铁棍一打门。管家出来开门，问："找谁？"陆通说："你姓杨？"管家说："是。"陆通说："给我四百银子。"管家到里面回禀。杨明出来一瞧不认识，问："找谁？"陆通说："找姓杨的要四百银子。"杨明一愣，说："你找姓杨的要银子，可该你的？”陆通说：“不该。”杨明说：“不该，要什么银子？”陆通说：“是保镖姓黄的叫我来的。”连十两银子一封书信，同拿出来，交给杨明。杨明拆书一看，心中这才明白。不知信上写着何话，且看下回分解。

第七十五回

猛汉听言找黄云　义士见信收陆通

话说杨明拆开书信一看，原本是黄云叫杨明把陆通收下，教训教训他，将来可以当镖局子伙计。杨明这才问他贵姓。陆通说："我姓陆，叫陆通。"杨明唤他进来。陆通来到里面，杨明说："你家中有什么人？"陆通说："家里有老娘。"杨明说："你有老娘，你出来谁替你照应？"陆通说："我老娘死了，不吃东西，也不说话了。拿棺材装上埋了，不然，搁两天就臭了。"杨明说："你没吃饭么？"陆通说："两天没吃了。"杨明说："你为什么有银子不换吃？"陆通说："什么叫银子，我不知道。"杨明吩咐给预备饭。当时叫厨子一备，陆通这顿饭吃了有三斤米饭，真吃饱了。杨明说："陆通，你就在我这里住着罢。每天我给你饭吃，我收你做兄弟。"陆通说："我也叫你兄弟。"杨明说："不对，你叫我兄长。"陆通说："就是罢。"杨明把陆通留在家里，天天教给他人情世故。住了有两个多月，还是教不清楚。陆通是天生来的浑人。

这天老太太知道了，问杨明："外面住着什么人？我听说你留野人在这住着。"杨明说："倒是一个浑浊的人。"老太太说："你带进来我瞧瞧。"杨明来到外面说："贤弟。"陆通也懂了，说："兄长。"杨明说："我带你进去见见老娘。"陆通说："死了，也不说话了。"杨明说："谁死了？"陆通说："我老娘死了。"杨明说："你老娘死了，我老娘没死。"陆通说："怎么还不死？"杨明说："胡说！见了老太太，你可规矩些。"陆通点头，跟着杨明往里走。刚一进上房，杨明说："你在外间屋子站着，等我到里面回禀老太太一声。"杨明进里间去。陆通抬头一看，正面上是穿衣镜。他没见过，瞧里面一条大汉。陆通一睁眼，镜子里自然也一睁眼。他用手一指，镜子里他的影也向他一指。陆通赶上前一脚，把镜子踢了。杨明出来说："怎么了？"陆通说："跑了。这小子直跟我睁眼。"杨明一瞧，见镜子也碎了，也无法。带陆通进到里面，说："你见见。"陆通说："老娘在上，兄弟有礼。"杨明说："胡说。你见我称兄弟，怎么见老娘也称兄弟？"陆通说："称什么？"杨明说："你说，老娘在上，孩儿有礼。"陆通说："老娘在上，孩儿有礼。"杨明说："对了，你见嫂嫂。"陆通说："嫂嫂在上，孩儿有礼。"杨明说："又不对了。"陆通说："怎么？"杨明说："你见嫂嫂，称呼兄弟。"陆通说："嫂嫂在上，兄弟有礼。"杨明说："这是你侄儿侄女。"陆通说："侄儿侄女在上，兄弟有礼。"杨明一听也笑了，说："你跟我到外面去罢。"陆通就在杨明家住着。杨明也不拿他当外人。素常没事，杨明就教他说话。后来杨明见他略明白些，杨明叫他够奔陆阳山去找碗饭吃。陆阳山莲花岛有一位和尚，叫花面如来法洪，也是在长江五省保镖的镖头。杨明给他写了一封信，叫陆通去跟花面如来法洪当伙计。出去跟着保镖，每月挣十几两银子，也都交给杨明。没衣裳跟杨明要，杨明的家就算他的家。

陆通在外面保镖有四五年的景况，人送外号叫万里飞来，皆因他是天生两只飞毛腿。今天是保镖回来，要到杨明家去瞧瞧，正走在这里，见华云龙慌慌张张，由对面跑来。原来华云龙被济公追下来。陆通一瞧，认识华云龙，在杨明家里见过。陆通说："你小子哪去？"华云龙一瞧，说："陆贤弟，你怎么叫我小子？"陆通说："我忘了。华二哥你哪去？”华云龙说：“我有事。”陆通说：“你同我瞧杨大哥去。”华云龙说：“我不去。”陆通说：“你不去，我把你捆上抗着去。”华云龙一想，知道陆通的脾气，说得出来行得出来。贼人一想，莫如我拿镖打他。又知道陆通跟法洪和尚炼的一身金钟罩。华云龙一想，非得拿镖打他的眼睛、或梗嗓、或肚脐。金钟罩这三处是命门。华云龙说：“你瞧，树上有两个脑袋的乌鸦！”陆通扬着眉一瞧，问：“在哪里？”华云龙正要掏镖打他，只见杨明、雷鸣、陈亮赶到。雷鸣一声喊：“好球囊的，你往哪走？”华云龙一瞧，撒腿就跑。杨明这才说：“陆通，你干什么呢？”陆通说：“我瞧两个脑袋的乌鸦。”过来给杨大哥行礼。又见过雷二哥、陈三弟。陆通说：“你们为什么把华云龙追跑了？”雷鸣说：“方才华云龙拿毒药镖把我二人连杨大哥都打伤了。”陆通一听，把眼一睁说：“好狗娘养的！镖打雷鸣、陈亮我倒不恼，决不该打我杨大哥。我去找上他，要他的命。”说着话，撒腿就跑。杨明见陆通追华云龙去，知道他是飞毛腿，这三个人也赶不上，遂说：“雷、陈二位贤弟，你我找个地方住罢，天也不早了。”陈亮说：“这北边就是蓬莱山，咱找孔二哥去罢。”杨明说：“也好。你我见了朋友，千万不必提着华云龙镖打咱们。”陈亮说：“怎么还给他瞒着？”杨明说：“倒不是帮他瞒着，恐其朋友错想。不知道的，倒许说你我交朋友不好。要好，怎么朋友会打咱们呢？咱们不必提他。叫他自己行去，大约必有恶贯满盈之时。”说着话，够奔山坡而来。

这山上有一座蓬莱观。有一位老道，叫矮脚真人孔贵。当初这个人，也在玉山县三十六友之内。他自己看破了绿林没下场头，因此上山出了家。今天杨明、雷鸣、陈亮三个人忽然想起来，要到蓬莱观瞧瞧孔贵，这才一同顺着山坡上山。来到半山一看，这庙头里有一个牌楼，上有四个字，写的是“蓬莱仙境”。这庙是两层殿，坐北向南，正中山门，两旁边角门。三个人来到东角门一拍，里面出来了一个道童，把门开来。一瞧认识，说：“杨大爷、雷叔父、陈叔父，由哪里来？”道童赶紧行礼。杨明说：“你师父可在庙里？”道童说：“在里面。”杨明说：“你到里面，回禀一声，说我三个人来看望他的。”道童说：“是。三位伯父叔父先到里面坐。”杨明同雷鸣、陈亮进去。小道童把门关好。这殿中北房是大殿，东西各有配房三间。把三个人请到西配房。一打帘子，三个人进去。见这屋中甚是干净。靠西头一张俏头几，摆着老子道德五千言。头前一张八仙桌。两边有太师椅子。迎面挂着一轴大挑条山，画的是四仙出洞。两旁有一副对联，写的是：

怕事忍事不生事，自然无事；
平心守心不欺心，何等放心。

三个人落了座。陈亮说：“杨大哥，你看这庙里，极其清雅。院中栽松种竹，清气飘然。这鹤轩里倒很洁净，真是别有一洞天。”说着话，小道童出去烹茶。只听外面有脚步声音，口念“无量寿佛”。口中又信口说道：“寻真误入蓬莱岛，青松不改人自老。采药童子未回来，落花满地无人扫。”只见帘板一起，孔贵由外面进来。这个人是五短的身材，头戴青缎道冠，身穿蓝布道袍，白袜云鞋。面皮微紫，燕尾髭须，浓眉大眼。一进来说：“原来大哥二弟三弟来了。由哪里来？”雷鸣说：“差一点你我弟兄不能见了。”孔贵说：“雷二弟这话从哪里说起？”杨明瞧了雷鸣一眼，陈亮一睁雷鸣。孔贵说：“杨大哥，陈三弟，你我弟兄知己的朋友，有什么话瞒我呢？”雷鸣说：“杨大哥、老三，不必瞧我，反正我不说华云龙拿镖打咱们。”杨明一听，说：“你这是不说！要说该怎么说呢？”孔贵说：“华云龙怎么回事？”杨明叹了一声说：“孔二弟，你问陈老三，叫他说说。”陈亮这才把华云龙在临安怎么采花杀人，盗玉镯凤冠，怎么在赵家楼采花，怎么镖伤三友，多亏济公搭救，已往从前之事，细说一遍。孔贵一听，说：“好华云龙，真是忘恩负义！我要是前三年的脾气，当时下山，拿刀找他去。当初要不是杨大哥给撒绿林帖，三十六友结拜，谁认得华云龙是谁？”杨明说：“孔二弟，不便提了，你我谈别的。”孔贵吩咐童子，检素菜预备酒。当时童子把里间桌椅排好，四个人来到屋中吃酒谈心。正喝着酒，外面童子说：“了不得了，厨房有了火了。”四人一听，赶紧奔到后面。一瞧，厨房窗户纸着了，赶紧拿花盆里水扑灭。孔贵要打小道童不留神。杨明说：“孔二弟你倒别打童子。你闻，有硫磺味。你我是做什么的，这分明是调虎离山计！你我到外面去。”四个人来到外面西配房。刚才坐下，就听床下咕咕噜噜一响，仿佛肚子里肠响。杨明说：“孔二弟，你养狗哪？”孔贵说：“没有。”杨明说：“我听床底下有肠鸣之声。拿灯来照照。”正说着话，由床下往外一窜，正是华云龙。杨明伸手拉刀。不知贼人由何处而来，且看下回分解。

第七十六回

蓬莱观四英雄谈心　密松林猛豪杰受骗

话说杨明、孔贵、雷鸣、陈亮四位英雄把火救灭，复又来到前面西配房。听床下有一阵肠鸣之声，刚要拿灯照，只见华云龙由床底下出来。书中交代，华云龙自从树林逃走，正往前跑，后面猛英雄万里飞来陆通追赶下来，口中叫喊："好华云龙球囊的！你镖打杨大哥，我把你脑袋拿下来！"华云龙回头一看，吓得惊慌失色。知道陆通是两只飞毛腿，贼人料想走不脱，眼看就赶到了，华云龙赶紧上了一棵大树。陆通他不会上树，来到这里说："华云龙你下来。我打你一百棍，就饶了你。"华云龙一想，慢说打一百棍，恐怕打一棍就打死了。陆通在下面直嚷："你要不下来，我把树打倒了。"说着话拿棍就打。华云龙一瞧，他拿棍打的这个树直晃，工夫大了，真许打倒了。华云龙贼心生智，把英雄氅脱下来，说："陆通，你瞧，我要驾云。"把英雄氅往西一捺。陆通本是浑人，拿棍就追过去。华云龙往东跳下来，陆通没瞧见，贼人这才逃脱了。

一看天色已晚，华云龙一想："我奔蓬莱观，找矮脚真人孔贵。"想罢来到庙外。刚要叫门，自己心中一动："且慢。倘若杨明、雷鸣、陈亮在这里，可了不得。莫若我暗中瞧探瞧探。"主意已定，拧身蹿上房去。一见西配房有灯光。华云龙来至切近，暗中一听，正是雷鸣、陈亮跟孔贵提起这件事。云龙一想：“量小非君子，无毒不丈夫。我一不做，二不休。用调虎离山计，将他几个人调出去，我藏在屋中。等他睡了，我全要把他们结果了性命。”自己这才到后面放一把火，把四个人调出去。贼人来到屋内，藏在床底下，焉想到天不由人，华云龙肚子饿了，咕噜咕噜一响，被杨明等听见，要拿灯照。华云龙实在藏不住了，由床底下跳出来，给杨明跪下。雷鸣一瞧眼就红了，伸手拉刀要结果华云龙性命。杨明紧说：“雷二弟，不准。只可叫他不仁，你我兄弟不可不义。”华云龙向雷鸣跪着说：“小弟身该万死，我也没脸活着，兄长你把我杀了罢。”杨明哈哈一笑，说：“我杀你做什么。我同你也无冤无仇。你趁此请罢。”雷鸣又要拉刀。杨明这个人是大德君子，宽洪大度，倒解劝雷鸣不可。叫华云龙起来去罢。华云龙立起身来也不走，无皮无脸说：“孔二哥，我饿了，你给我吃点。”孔贵心中有些不悦，也有些不肯，说：“酒也没了，菜也完了。你要吃，叫童子来给你华二叔熬点粥。”童子进来说：“华二叔好呀，我给你磕头。”华云龙赶紧上前拦住。童子说：“我再给你磕一个。你再来，可别放火来了。山上没有水，我师父还打我们，说我们不留神。”说的云龙脸上一红一白的。

小童出去，把粥熬好了，端上两碗来。华云龙一瞧，小米粥，热气腾腾。端起来刚要喝，就听外面打门甚急，叫：“开门来，开门来！”大众一听，声音像陆通。华云龙一听，吓得惊魂千里，说：“杨大哥你救我救到底。陆通他一瞧见了我，就要把我脑袋揪了去。”杨明说：“他是个浑人，一见你也不容我说话，他就跟你动手，叫我怎么救你？你去躲罢。”华云龙说：“我在哪躲？”杨明说：“你方才在哪儿躲着，还在那儿躲去罢了，又来问我！”华云龙无法，又往床底下一躲。孔贵吩咐小童出去开门。道童来到外面，开门一看，正是陆通。

书中交代，陆通被华云龙所骗，说要驾云，捺起英雄氅来。陆通追过去一看，衣裳掉在地上，里面有一支镖。陆通一瞧华云龙没了，他说："这小子会地遁。"自己站了半天，天色已晚，刚往北一走，只见眼前黑呼呼的三尺多高，也没脑袋也没腿，冲陆通呜的一声。陆通一瞧说："这是什么东西！"拿棍过去，照这个一打。这个东西蹿起来有一丈多高，落在陆通身上。把陆通砸了一个筋斗，吓得陆通心中乱跳，爬起来就往南跑。刚向南一走，眼前一晃，这个东西又叫了一声，又把陆通跌了一个筋斗。陆通也不知道是鬼是魔是妖怪，吓得又往西跑。西边也有一个三尺多高的，没脑袋没足。陆通掉头往东跑。幸喜东面没有，陆通往前飞跑。自己一想，没处可去。忽想起蓬莱观，这才顺着山坡，来到庙门叫开门。

道童一开门，陆通往里就跑，跑进西配房中。杨明众人一瞧，见陆通颜色都改了。杨明说："陆通，你打哪来？"陆通说："也不知什么，三尺多高，也没脑袋也没足，把我吓了。"杨明说："你坐下。我问你，你如见了华云龙怎么样？"陆通说："我见了他，把球囊的脑袋揪下来。"杨明说："不可。若以后见了华云龙，不准你无礼。"陆通最听杨明的话，自己哼了一声说："要不是杨大哥说，我决不饶他。"雷鸣向床下一指，伸了两个手指。用手一比，是告诉陆通说，华二在床底下，叫他揪出来，把华云龙摔死。雷鸣把手一比，陆通错想了。瞧桌上有两碗粥，只当是叫他喝粥，喝完了把碗摔了。陆通拿起粥来就吃，吃完了把碗摔在地下，摔碎了。孔贵一瞧说："这做怎么了？"陆通说："雷鸣叫我摔了。"雷鸣说："你浑蛋！"杨明说："陆通，不准你打华云龙，听见没有。"陆通说："是了。"华云龙听了明白，这才由床底下钻出来，就给陆通作揖。陆通一瞧说："你小子在这哪！要不是杨大哥说，我不揪你脑袋，我非得要你的命。"华云龙说："你别跟我一般见识。你把我的粥也喝了。孔二哥，我还是饿，怎么办？"孔贵无奈，又吩咐道童："再给你华二叔熬点粥来罢。"两个道童就有些不愿意，嘟嘟囔囔地两个人去熬粥，这个把米里搭一把沙土，那个就把咸菜拿尿泡了，说：“给他爱吃不吃！”工夫不大，把粥熬熟了，给华云龙端过去。华云龙一闻，打鼻子里就嗅见粥香。正是饿咽糟糠甜似蜜，饱饫烹宰也无香。

华云龙刚要喝，就听外面打门说：“借光您哪。华云龙在这里没有？”华云龙一听，是济公的声音。吓得惊伤六叶连肝肺，吓坏三毛七孔心。雷鸣一听，哈哈大笑说：“华云龙你这可跑不了了，你别听和尚在前面叫门，你往后跑，他能后面等着。你往东，他在东边截着。往西，他在西边堵着。你不用打算跑。”华云龙说：“众位给我讲讲情，我先躲着。众位给我求求和尚行不行？我给众位叩头。”雷鸣是好人，见云龙苦苦的哀求，说：“你出去且躲。我们见了济公，给你求情。”华云龙赶紧出去，躲在西配房的北墙极角。陆通说：“我没见过和尚，我也躲出去。”雷鸣这才叫小道童去迎接济公。

书中交代，济公打哪来呢？自从白天济公由大柳林拿着杨明的银子，回到酒馆。柴、杜二人等急了，见和尚回来，柴头说：“师父出恭，怎么这半天？”和尚把银子掏出来，往桌上一搁。柴头说：“这是哪来的银子？”和尚说：“对你说，工夫大，得等着，有好处。”跑堂一看，心说：“这个和尚不老实，必是个贼，偷来的银子。”和尚给了酒饭账，刚要走，就听众饭座有人说：“二哥，你瞧咱们龙游县好几任知县，都是贪官。好容易升来了这位吴老爷，真是两袖清风，爱民如子。没想到南门外头秀才高折桂家花园子闹妖精，请了一位叶半仙捉妖，妖没捉成，却把脑袋没了。一无凶手，二无对证。北门外高家钱铺门口，无缘无故砍死一个叫刘二混的，也没凶手。这两条命案，知县就担不了，恐怕要革职。”柴头一听，说：“师父，你知南门外高家花园子死的这个老道，跟北门高家钱铺门口死的这个是谁杀的？”和尚说：“你两个人少说话，少管闲事。岂不知是非只为多开口，烦恼皆因强出头？不用管人家的事。”柴头碰了个钉子。三个人出了酒馆，柴头说：“咱们住店罢。”和尚走过好几座店，都不住。来到一座德兴老店，和尚进去。伙计说：“三位来了。”和尚说：“来了。有上房么？”伙计说：“上房有一位大师父住着，你住配房罢。”三个人来到东配房。和尚说：“柴头，你猜方才众人说本地那两条命案谁杀的？”柴头说：“方才问你，你又不说，我不问你，你又问我。”和尚说：“方才是茶馆，莫谈国事。这是店家，就同家里一样，可以讲得。”柴头说：“你说是谁杀的？”和尚说：“凶手杀的。”柴头说：“我也知道是凶手。凶手是谁？”和尚说：“凶手是杀人的那个。”柴头说：“你这是开玩笑吗？”和尚用手一指，说：“你瞧，凶手来了。”柴头只听外面一声叫喊。往外一看，不知凶手是谁，且看下回分解。

第七十七回

德兴店班头见凶僧　蓬莱观济公找淫贼

话说济公同柴头、杜头三个人在店中正提说龙游县这两条命案。柴头问："和尚，知道不知道？"和尚用手望外一指说："你瞧，凶手来了。"柴头往外一看，听外面一声叫喊"阿弥陀佛"，由外面进来一个和尚，身高九尺，头大项短，披散着发，打着一道金箍。面如喷血，粗眉大眼，两只眼朔朔的放光。穿了青僧衣，肋下佩着戒刀。伙计就嚷："大师父回来了。酒菜都预备齐了。"那和尚说："罢了。"说着话进了北上房。柴头说："师父你瞧这个和尚，长的甚凶恶。"济公说："不用管他，咱们要酒要菜。"当时叫伙计要酒要菜。吃喝完了，济公说："伙计，你给我说一声，告诉住店的，说我们这东配房住着一位大师父，两位在家人，别的屋中不准哼哼咳嗽。要吵了和尚，和尚就到他们屋里去嗽一夜。"伙计说："我不管这个事。"济公说："我不叫你白说，我给你一块银子。"掏出一块银子，有二两多重。伙计一瞧，说："和尚你真把银子给我，我就说。"和尚说："给你，我和尚有钱，就爱这么花。"伙计接过银子去就嚷："众位住店的听真，我们这东配房住着一位和尚，两位在家人。和尚说，不叫别的屋里哼哼咳嗽，谁要一咳嗽，和尚上谁屋里去咳嗽一夜。"济公说："伙计，你回来。你说，住店客人睡觉老实点睡去。要在一个屋里凑合，我和尚知道，也上他们屋里凑着睡去。”伙计说：“这话我可不敢说，我怕人家打我。”济公说：“你要说，我再给你一块银子。”伙计说：“你给我银子我就说。”柴头说：“师父，你这是有银子自受用。”和尚说：“我愿意这样花。”又给了伙计一块银子。伙计又给照样说了一遍。旁边屋里住店的一听，“赶紧叫伙计给我搬屋子”。伙计说：“做什么？”住店的这个人说：“我是痨病，爱咳嗽，我趁早躲开些儿好。”伙计说：“不要紧，你睡你的，我为得几两银子。这个和尚是半疯，不用管他。”说着话，伙计到前面去。济公同柴头、杜头也睡觉。

柴头、杜头枕着包裹，和尚头枕着茶壶。睡到有二更天，和尚把茶壶也弄碎了，弄了一炕的茶。和尚就喊：“了不得了，杀了人了！快救人哪！”吓得掌柜的、伙计全行起来。伙计跑过来一瞧说：“怎么了？”和尚说：“我要出恭。”伙计说：“你要出恭，你怎么嚷杀人？吓我们！”和尚说：“我要不这么说，你们就不来了。我叫你起来，跟我出恭去。”伙计说：“你出恭有茅房，我不跟你去。”和尚说：“你给我打着灯笼，跟我去出恭。不叫你白跟着。我给你五两银子。”伙计说：“真的？”和尚说：“我不说瞎话。”伙计就把灯点着，跟了和尚奔茅房。和尚说：“你就在茅房外头立着，把灯笼举高的，不许探头探脑往里瞧。要瞧一瞧，五两银子我就不给。”伙计说：“就是罢。”

和尚进了茅房，一使验法，跳墙出去，直奔蓬莱观。走到树林里，见陆通正拿棍打华云龙的英雄氅。和尚用僧袍把脑袋一蒙，向陆通喊了一声，把陆通跌了一个筋斗。三面截着，叫陆通奔向蓬莱观。罗汉爷后面跟着，来到蓬莱观门首。等陆通进去，里面乱完了，和尚这才一拍门，说：“借光，华云龙在这里没有？”吓得华云龙央求众人给讲情，他同陆通躲在院内。杨明叫道童掌灯，众人出来迎接。一开门，众人过来行礼。和尚哈哈一笑说：“你们都在这哪。”杨明说：“是，师父打哪来？”济公说：“我由龙游县来。”杨明说：

“师父请里面坐。”和尚点头，进了庙门。小道童把门关好。众人围着来到西配房。和尚一瞧，床桌上有酒有菜，就在靠北墙椅子上面向南坐下。杨明说：“师父喝酒罢。”斟了一盅酒递给济公。孔贵就在和尚对面椅子上坐下。他本是矮子，向椅子上就一蹿。和尚一抬头，说：“这位道友贵姓呀？”孔贵赶紧跳下来说：“弟子姓孔叫孔贵，人送小号矮脚真人。”和尚说：“坐下坐下，不要拘束。”孔贵刚跳上椅子坐下，和尚说：“道友，你出家有多少年了？”孔贵又跳下说：“弟子是半路上出家的，有七八年了。”和尚说：“坐下说话。”孔贵又跳上椅子坐下。和尚说：“庙内有几位令徒？”孔贵又跳下来说：“四个童子。”和尚说：“别拘束，坐下坐下。”陈亮一瞧也乐了，说：“孔二哥，你坐着说罢。你不知道师父的脾气，最好耍笑。瞧你身材矮，跳上去跳下来，这是成心和你作玩。”济公哈哈一笑说：“好陈亮，我正要瞧海里蹦，给你说破了。”孔贵说：“师父，你我一家人，别瞧海里蹦呀，师父喝酒罢。”

这时，外面华云龙直央求陆通，给陆通叩头说：“陆贤弟，你把英雄鳖给我罢。”陆通本是肉眼佛心人，见华云龙一磕头，他就把英雄鳖给了他。华云龙说：“陆贤弟你蹲下来，我踏着你的肩头，趴窗户。我要瞧瞧这个颠和尚什么样。”陆通说：“你瞧瞧就下来。不然，我摔个球囊的。”华云龙说：“就是。”踏了陆通的肩膀。贼人一趴北墙的窗户，往里一瞧，见和尚面向南坐着。华云龙一想：“我叫他明枪容易躲，暗箭最难防。我一镖把他打死，省得他拿我。”想罢掏出镖来，照定和尚后脑海就是一镖。和尚一闪身，这镖正打在孔贵的椅子上。吓得孔贵跳下椅子说：“无量佛，无量佛！”和尚说：“呦，好东西，你要谋害和尚。陆通，你把他腿攒住。别叫他跑了。”陆通在外面就答应喊嚷：“攒住了！”和尚站起来，往外就要走。孔贵赶紧拦住说：“师父，你老人家要拿他，哪里都拿得了，何必在我这庙里拿他。这要送当官，在我庙里拿的，连我得跟着打官司，我就跟他是一党。师父慈悲慈悲罢。”杨明也说：“师父，你老人家今天看在我等的面上饶了他。孔贵已然是出家有好几年了，别叫他受了连累。师父慈悲慈悲罢。”和尚说：“也罢。既是你等大众给华云龙讲情，我看在你等面上，今天我不拿他。陆通，你攒着华云龙的腿，把他隔墙摔出去。外面是山涧，把他摔到外面，滚下山涧喂了狼罢。”陆通本是个浑人，说什么听什么。他就攒着华云龙的腿，隔着庙墙往外一摔。也不知华云龙摔死没摔死，暂且不表。

陆通把贼人摔出去，他这才来到西配房屋中。睁眼一瞧，见和尚一脸的泥，头发有二寸多长。破僧衣，短袖缺领。腰系丝绦，疙里疙瘩。光着两只脚，穿着两只草鞋。猛英雄上下直打量和尚。杨明说：“陆通你还不给师父行礼。”陆通说：“这不像师父！”济公说：“好东西，你说不像师父，你瞧我样儿不好。”当时把僧袍往脑袋上一蒙，冲他喊了一声。吓的陆通往外就跑。杨明说：“怎么了？”陆通说：“好利害。”杨明说：“你进来，快给师父叩头罢。”陆通这才跪向济公行礼。济公说：“给你怕不怕？”陆通说：“怕了，师父别喊了。”杨明说：“师父喝酒罢。”济公喝了一杯酒，叹了一声。杨明就问：“师父怎么了？”和尚说：“我瞧着你五个人脸上气色不好，必有大凶危险。不出一个月之内，你五个人有性命之忧。”杨明众人一听，大吃一惊。知道济公说话必应，赶紧说：“师父，你老人家得救我们！”和尚说：“你们要听我和尚的良言相劝，这一个月之内，你五个人别出蓬莱观，可以趋吉避凶。要不听我的话，一个月之内要出了蓬莱观，有性命之忧，我可不救了。你们可别说我和尚心狠。”杨明、孔贵说：“就是。我们一个月不出去，谨遵师父之命。师父在这里可以住几天再走。”和尚说：“我还有事情，少时就走。”大众说着话，天色大亮。和尚说：“我要走了。我嘱咐你们的话，可要记住了。”大众点点头，送济公够奔外面。和尚直到庙门，又谆谆嘱咐一遍。和尚这才顺山坡下山。

刚一进城，来到十字街，只见由对面来了许多的官兵。有几位班头锁着两个人，正是柴元禄、杜振英。和尚按灵光一算，早已明白。不知柴、杜二位班头因何被人锁住，且看下回分解。

第七十八回

丢公文柴杜被捉　说假话圣僧投案

话说济公刚走到十字街，见许多的官兵衙役锁着柴元禄、杜振英。书中交代，一支笔难写两件事。怎么柴、杜二位班头会被人锁上呢？这其中有一段隐情。和尚由店里起来说出恭，柴、杜二人在屋中等候。工夫大了，不见和尚出恭回来。柴头可就说："杜贤弟，你瞧和尚真是半疯。把茶壶也弄碎了，洒了一炕的茶，把包裹也沾湿了。"杜振英说："打开包袱瞧瞧罢，也许海捕公文也湿了。"二人把包袱打开一看，果然文书湿了一个尖角。虽有油纸包着，日子多了，油纸磨破了，故此印进水去。二人把文书拿出来了，放在炕上。又等了半天，和尚还不进来。柴头说："咱们瞧瞧去，和尚又许出了岔子。"二人出了东配房。来到茅房一瞧，见伙计拿着灯笼在茅房外头站着发愣。柴头说："我们那位和尚出恭，还没出完呢？"伙计也等急了，探头往里一瞧，和尚踪迹不见。伙计说："怪呀，怎么会没有了？"柴头说："怎么啦？"伙计说："我瞧着和尚进了茅房，怎么会没有了？"柴头说："是不是和尚走了？"杜振英说："真是被你猜着了。"

说着话二人转身往回走。只见由东配房他们住的屋里出来一个人，穿着一身夜行衣，拧身上房。柴头、杜头一愣，这个时节要追也追不上。柴头说：“快到屋里瞧瞧丢了东西没有。”二人赶紧来到屋中一看，办华云龙的海捕文书没有了，柴头就嚷起来。伙计过来问：“什么事？”柴头说：“我们丢了东西了。”伙计说：“这倒不错。你们来了三个人，剩了两个。反说丢了东西，打算讹我们可不成？你打听打听我们这店里，开了不是一年半年。都要这样讹起来，我们的买卖就不用做了。”柴头是真急了，伙计一吵闹，掌柜的也过来。这个店的东家，原本是龙游县的三班总头杨国栋，在本地很是人物，无人不知。今天掌柜的过来一问，伙计说：“他们来了三个人。有一个和尚，也不知哪去了。他们两个人还说丢了东西。”掌柜的一听说：“好，这必是和尚把东西拿走了，他们活局子讹咱们。伙计，你问问住居的众位客人去，丢东西没有？要丢了东西，跟他们两个人要！”伙计就嚷：“众位住店的客人，瞧瞧屋里丢东西没有？要丢了，趁早说。”各屋里全点上灯。伙计挨着屋子问，里面都答话说没丢什么。问来问去，问到上房屋里，没人答话。伙计说：“上房的大师父丢东西没有？”连问了数声，屋里并不答言。伙计一推门，门虚掩着。伙计进去一瞧，里间屋子有灯光。伙计刚一掀帘子，呦了一声。吓的掉头往外就跑。掌柜和众伙友一瞧，这个伙计颜色都变了。大众就问：“怎么了？”这个伙计连话都说不出来。缓了半天，说：“我的妈，吓死我了！”大众来到上房一看，见那个脱头和尚的大脑袋掉在地下，死尸坐在椅子上，半倚半靠。掌柜的一瞧说：“别叫东配房那两个人走了！这必是他们一同来的那个穷和尚，把这个脱头和尚杀了跑了。”大众一想，这话对，赶紧来到东配房，就把柴元禄、杜振英堵住。掌柜的说：“穷和尚杀了人跑了，你两人必知道。人命关天，我担不了，咱们是一场官司。”柴元禄、杜振英实不知情，哪能应答。大众一吵，嚷了半夜。掌柜的说：“众位别叫这两个人走了。”当时叫地保给县里送信。少时，该班头役官兵都来了，刘头说：“你们二位，打官司去罢。”哗啷一抖铁链，把柴元禄、杜振英锁上。柴头说：“众位班头锁我们，因为什么？”刘头说："你们二位不必分说。有什么话到堂上说去。"柴元禄、杜振英把公文丢了，本来着急。这又出了人命案，心中暗恨和尚。天光亮了，众官兵衙役拉着柴元禄、杜振英够奔龙游县去过堂。

出了杨家店，刚走到十字街，济公由对面来了。和尚一瞧说："好的，你们这两行人，到底是晕天亮。还要把花把的瓢摘了。摘了，不急付流扯活，可叫翅子窑的鹦爪孙把你们两个浮住，这还得叫我跟着打官司。"柴头、杜头一听和尚这话，把眼都气直了。书中交代，和尚说的这是什么话？这原本是江湖黑话。晕天，就是夜里，把花把的瓢摘了，是拿刀把和尚杀了。不急付流扯活、叫翅子窑的鹦爪孙浮住，说是不跑被官人拿住。柴头一听，说："好和尚，谁教给你这些话？"和尚说："不是你们两个人教给我的吗？"官人一听说："大师父是朋友，全说了。官司你打了罢。"和尚说："打了。好朋友做好朋友当。"小伙计散役过来，一抖铁链，把和尚锁上，拉着就走。这个散役说："和尚真是好朋友。"和尚说："那是。冲这一手，喝你的酒多不多？"这个散役本是新当差的，一听和尚要喝酒，他说："你走罢。你喝我的酒，你真是得了屋子想炕。"和尚说："你这东西，给脸不要脸。我和尚冲你官司不打了！"说着话，和尚一抖铁链上了房。刘头一瞧，过来打了伙计一个嘴巴说："你这是把差事挤走了，你担得了？"小伙计也不敢言语。刘头说："大师父请下来。喝酒我请。"和尚说："我冲你官司打了。"说着话，和尚蹿下来，说："刘头贵姓呀？"刘头说："大师父这是存心。叫我刘头，又问我贵姓。"和尚说："你请我哪喝？"刘头说："龙游县衙门对过，有一座大酒饭馆，什么都有。你想吃什么要什么，我决不吝惜。我那里有账，现钱我可没有。"和尚说："就是罢。"

说着话来到龙游县衙门对过。一瞧，路南的酒馆字号是"三义居"。和尚同众人进了酒店，来到后堂落座。刘头说："和尚你是好朋友，不能叫我们费事。你回头把案全说了。"和尚说："全说，一点不留。”刘头说：“南门外头那案是你罢？”和尚说：“是我。”刘头说：“北门外高家钱铺门口那案也是你罢？”和尚说：“是我。有什么话，吃完了再说。”刘头说：“也好。口头吃完了饭，到班房，你把案一说，一写单子递上去，就得了。”和尚说：“先吃。伙计过来！”柴头、杜头知道和尚这是没安好心，要吃人家。伙计过来问：“大师父吃什么？”和尚说：“你们有什么？”伙计说：“应时小卖，上等海味席，一应俱全。”和尚说：“你给我办一桌上等海味席，五斤陈绍。”伙计答应，当时擦抹桌案。菜碟摆好，酒烫热了，干鲜果品、冷荤热炒，摆了一桌子。和尚说：“柴头、杜头，你们两个人不吃，瞧我吃。”和尚又吃又喝。刘头一瞧，心说：“和尚这是想开了。这几条人命，反正一定案，就得当时立斩之罪。”见和尚吃了个酒足饭饱。叫伙计一算账，共合十两四钱。刘头说：“写我的账。”这才带领和尚、柴杜二人，一同来到衙门班房。刘头说：“和尚你说吧，南门外秀才高折桂的花园里，请了老道叶秋霜捉妖，在法台上，老道的脑袋没了，是怎么一段事？”和尚说：“我不知道。”刘头说：“你这就不对了。方才你说南门外的案子是你做的，你怎么又不认了？”和尚说：“我说的是南门外我偷过一个小鸡子。人命案我可没做过。我没有那么大胆子。”刘头说：“北门外高家铺门口，无缘无故一刀之伤，脖颈连筋，那条命案是你呀？”和尚说：“不是。我在北门外，那一天在高家钱铺门口，捡了一个大狸花猫。我偷了走，别的我不知道。”刘头说：“你这可是不对，我没问你偷鸡偷猫的案。东门外杨家店杀死脱头和尚，这总是你了？”和尚说：“那我更不知道了。”刘头说：“你这时不说，回头等老爷一升堂，用刑一拷，三推六问，你也得招认！那就晚了。”和尚说：“我真不知道。那也无法。”众班头赌气，也不问了。有人进去回禀老爷，老爷当时传壮皂快三班，立刻升堂，吩咐带和尚。不知济公上堂该当如何，且看下回分解。

第七十九回

龙游县日办三案　二龙居耍笑凶徒

话说济公来到衙门，工夫不大，老爷升堂，吩咐带和尚。济公来到大堂一站。见这位老爷，五官端正，一表非俗。老爷往下面一瞧说：“你这僧人，见了本县为何不跪？”济公说：“老爷为官，官宦自有官宦贵，僧家也有僧家尊，我又不犯国法王章，这里又没有佛祖，我跪的是哪个？”老爷一听说：“你这僧人叫什么？在哪里庙里出家？”和尚说：“老爷要问，我乃是灵隐寺济颠和尚。老爷可知道济公的名头高大？”老爷一想：“济公乃是秦相的替僧，焉能这个样子？”心中有些不信。老爷说：“你是济颠，东门外杨家店内脱头和尚被杀，你必知情？”和尚说：“我一概不知。”老爷说：“你既是灵隐寺的济颠，来此何干？”和尚说：“老爷要问，我是奉秦相谕，带着临安两个班头出来办案，捉拿临安盗玉镯凤冠的贼人华云龙。”老爷吩咐：“把两个班头带上来。”立刻把柴、杜二人带上公堂。柴元禄说：“老爷在上，下役柴元禄给老爷请安。”杜振英也给老爷行礼。老爷问说：“你两个人是临安的班头？”柴元禄说：“是，下役在临安太守衙门当捕快。”老爷说：“既是你们出来办案，可有海捕公文？拿来我看。”济公说：“老爷要问公文，是昨天晚上在店里丢的。”老爷一听这话，勃然大怒，说：

"没这么巧事。大概我抄手问事，万不肯应。先把和尚给我拉下去重打四十大板，打完了再问。"旁边皂班一声答应，过来就把和尚拉下堂去。和尚就说："我要挨打了。"连嚷了两声，皂班说："和尚你嚷也不行，快趴下，叫我们费事。"

正在这般光景，只听外面一声叫嚷："千万别打，我来了！"说着话由外面跑进一个人来，直奔公堂之上，道："老爷千万别打和尚。下役尹士雄，我认得这是灵隐寺济公。"知县说："尹士雄你怎么认的？"尹士雄说："当初救徐治平徐大老爷，我在秦相府阁天楼盗五雷八卦天师符，我见过济公一次。老爷打不得的！"书中交代，尹士雄怎么会在这衙门当官人呢？只因前者在临安秦相府盗五雷八卦天师符之后，搭救了徐治平。后来徐治平连登科甲，榜下即用知县。尹士雄去找徐治平，要跟徐治平去当差役。徐治平说："你是我救命的恩人，你跟我当差，我坐着叫你站着，我居心不安。要叫你坐着，又不成规矩。我给你荐举一个地方去当差罢。"就把尹士雄荐在龙游县。吴大老爷跟徐治平乃是同窗知己的朋友，也不能错待了尹士雄。就留下他叫他当八班的班总。今天尹士雄正在外面班房坐着，听说要打济颠和尚，尹士雄一想："要是济颠和尚，我认识，我去瞧瞧去。"故此这才来到公堂。一看，果然是济公。尹士雄赶紧一回禀老爷。

老爷听说，即忙下了坐位，上前说："圣僧千万不可见怪，弟子是一时的懵懂。今请圣僧上坐。"和尚说："老爷说哪里话来，你不知不为罪。"知县忙忙赔礼，说："弟子久闻圣僧大名，善晓过去未来之事，佛法无边。现在弟子这龙游县出了三条命案。都是一无凶手，二无对证。求圣僧你老人家给占算占算罢。"济公说："不用占算。老爷把文房四宝拿来，我和尚给你写出来好不好？"老爷一听，赶紧取过纸墨笔砚，交与济公。济公背着人，在袖口里写好封。和尚说："老爷，你把我这张字柬带好。等着你到东门外杨家店验完了尸回来，那时轿子一落平，你打开我这张字柬瞧。这三条命案，我都给你写明白。可别早打开。如早打开，可不灵了。”知县吴老爷点头，接过字柬一看，上面画一个酒坛子，钉着七个锯子。这是和尚的花样。老爷把字柬收好，和尚说：“老爷，你派你的两位班头杨国栋、尹士雄跟我和尚办案去。叫我这两个班头暂在衙门歇歇。”知县答应，叫杨国栋、尹士雄跟圣僧去办案。两位班头答应。跟着和尚下堂，一同出了衙门。尹士雄说：“圣僧一向可好？”和尚说：“好。没有病。”尹士雄说：“杨大哥，我听说嫂嫂不是病着么？”杨国栋说：“不错。”尹士雄说：“大哥你给济公叩头，求求他老人家。真称得妙药仙丹，手到病除。无论什么病，都能治的好。”杨国栋一听，立刻给和尚行礼，说：“圣僧慈悲慈悲罢，给我点妙药灵丹。”济公说：“不要忙。丹药倒有，咱们先办案去要紧。”尹士雄说：“师父上哪去办案？”和尚说：“上五里碑。”这两个人一瞧，和尚往前走三步，往后退两步。尹士雄说：“圣僧你怎么这样走？什么时候走得到呢。快的走呀。”和尚说：“我要快走，你两个人跟的上么？”杨国栋说：“跟的上。”和尚迈步“踢他踢他”就走，电转星飞。这两个人随后就追，展眼之际，和尚没影子了。这两个人一想，快追罢，反正同到五里碑相见。

两个人一追，焉想到和尚藏在小胡同里。等这两个人追过去，和尚由小胡同出来，慢慢往前走。走了不远，见路西里有一座酒馆。掌柜的姓孙，正拿笔写花账，到节下一算，说多少是多少。多写两笔，人家也不查细账。掌柜的翻着账，拿着笔正要往下写。和尚迈步进去说：“辛苦，掌柜的姓孙吗？”掌柜的说：“我姓孙，什么事？”和尚说：“你跟龙游县的三班班总杨国栋是拜弟兄是不是？”掌柜说：“不错。”和尚说：“杨国栋的媳妇死了，你知道不知道？”掌柜的一听，吃了一惊，一着急，笔往下一落，把账上画了一道黑圈。自己一瞧，反把账都勾了。掌柜的说：“和尚你怎么知道？”和尚说：“今天早起，杨头到我的庙里去，讲接三焰口。他说五个和尚接三，七个和尚放焰口，搭鬼面坐。我说七个人接三，十一个人放焰口，搭天花座。临完了唱一出四郎探母，代打脸挂胡子。”掌柜的一听，说：“你们庙里焰口真热闹。”和尚说：“热闹。杨头告诉我说，叫我顺便来给个信。故此我才来送信。”掌柜说：“大师父劳驾。里面坐，喝碗茶，吃盅酒罢。”和尚说：“好。我正想喝酒。”掌柜的立刻叫伙计拿了两壶酒给和尚喝。掌柜的说：“我跟杨头换帖，我不能不去。回头先到饽饽铺定一桌饽饽，记我的账。”那几个伙计说：“素日杨头跟咱们都不错。咱们大家送份公礼，到布铺撕八尺蓝呢，叫刻字铺做四个金字，要驾返瑶池。”大众说：“就是罢。”和尚喝完了酒，说：“我走了。”大众还说：“劳驾。”

和尚无故给人家报丧，诓了两壶酒吃。出了酒店慢慢往前走，来到十字街。和尚抬头一看，见路南有一座酒饭店，字号是“德隆居”。刀砧乱响，过卖传菜，里面酒饭座挤不动，偏挤满了。对过路北也有一座酒饭馆，字号“二龙居”，里面一个饭座没有。掌柜的坐在店内冲盹，跑堂的坐着发愁，灶上空敲擀面杖。和尚迈步进了二龙居。和尚说：“伙计，你这屋里怎么这样清净？”伙计说：“大师父别提了。先前老掌柜的在日，这屋里的买卖，龙游县是要算头一家，谁不知二龙居？现在我们老掌柜的去了世。我们少掌柜的，可就差的多。真是买卖在人做。他一接手，买卖就不好。又偏巧我们这屋里的伙计出去，在对过开了一座德隆居。虽然说船多不碍江，可是人家那屋里一天比一天好，我们一天不如一天。昨天卖了八百多钱，大家吃了，今天还没开张。我是这屋里的徒弟。我打算赌口气，多买点货，跟对过比着卖。他卖一百二的菜，我卖一百。无奈我有心没力。”和尚哈哈一笑，说：“你愿意多卖钱不愿意？”伙计说：“怎么不愿意？”和尚说：“你既愿意，我有主意。”罗汉这才施佛法，大展神通，要在二龙居招酒座，捉拿凶手。不知后事如何，且看下回分解。

第八十回

听闲言一怒打和尚　验尸厂凶犯吐实情

话说济公来到二龙居，听伙计一说，和尚说："你愿意多卖钱不愿意？"伙计说："我愿意多卖钱。可是你瞧，没有多少货，就是几斤肉，还有十几斤面，有一只小鸡子，酒也不多。就是有座没东西，怎么多卖钱？"和尚说："不要紧。有水没有？"伙计说："后头有井。"和尚说："有水就得有酒。你就打水当酒卖，我准保没人挑眼。我能叫你当时卖一百吊钱。你叫掌柜的摇摇算盘，叫灶上小勺敲大勺。我要两壶酒，你就唱白干两壶，叫他们嚷卖，回头就有座。做饭馆子的买卖，是要热闹才好。"伙计也是穷急了，就依着和尚主意，告诉掌柜的摇算盘，灶上就敲勺，摔擀面杖。和尚说："来两壶酒。"伙计喊道："白干两壶。"掌柜的、众人全都答应，喊嚷卖呀。

伙计刚把酒给和尚拿了来，外面进来了酒客。伙计一瞧，认得是对过杂粮店的陈掌柜。素常这位陈掌柜最恼喝酒的人。他屋里的伙计，要一喝酒，被他知道就不要了。今天他自己刚吃完饭，在门口漱口，心里一迷，进了二龙居说："来两壶酒。"伙计知道陈掌柜素不吃酒，就问他道："陈掌柜，今天怎么也要喝酒？"陈掌柜把眼一瞪，说："我要喝，你管我么！"伙计碰了个钉子，给他拿了两壶酒过来。陈掌柜心里一明白，自己一想：“我刚吃完饭，我又不喝酒，怎么心里一糊涂就要喝酒呢？”自己再一想：“既然要了，我倒尝尝酒是什么味。”他不喝酒的人，今天也喝上了。

这个时节，又进来一个酒客。两眼发直，手里端着一个碗。买了三个钱的非菜花，一个钱香油。他出来买东西，走到二龙居门口，心里一迷，进来坐下说：“来两壶酒。”伙计答应，把酒拿过来。这个人忽然明白了，自己一想：“我家的饭没吃完，怎么我进来要酒呢？”自己正发愣，外面又是进来一个人，也端着一个碗，里面有两块豆腐。原本家里等着做菜。走到酒店门口，自己不由的进来了，坐下就要酒。伙计把酒拿过来。这才明白了，回思家里等着做菜，叫我买豆腐。自己说：“干什么进来要两壶酒吃呢？”这个说：“我有韭菜花，你把豆腐搁在内拌着，咱们两个喝罢。我也没打算成心来喝酒。”这两人也喝上了。三五成群，直往里走。忽见外面进来一人，手里拿着五包菜，进来坐下，自言自语说：“老二，给你一包。老三，给你一包。老四，给你一包。老五，给你一包。伙计，来十壶酒，先来六个菜。你们哥四个，想什么要什么。”伙计一瞧，见他一人好像跟几个人说话，也不知怎么回事。书中交代，这个人原本是拜兄弟五个，他行大。请四位兄弟吃饭，它定的是德隆居。那四个人进了德隆居。他一迷糊，仿佛瞧见那四个人都在这里坐着，因此把酒菜要了。伙计给端了来，他这明白了，自己一想：“这是二龙居。”已然把菜要了，也无法了。即到德隆居一瞧，那四个人等着他，还没要菜。他把四个人叫过来。少时，酒座就满了。伙计也忙不过来了。

人一多，酒都打完了。伙计一想，没酒打凉水。当时到后面打了一桶凉水，倒在酒坛子里。拿酒壶灌了，就给酒座拿过两壶去。刚给拿过去，那位酒座就叫：“伙计过来。”伙计一想：“了不得了，必是给凉水。不答应了。”伙计赶紧过来说：“大爷什么事？”这位酒客说：“你们这酒怎么改了？”伙计说：“许是打错了。”这位酒客说：“这个酒比先前的好得多。要是老卖这个酒，我就每天来吃。”伙计一想：“真怪！怎么给他凉水，他反说好呢？”屋中酒客，随来随往，拥挤不堪。

只见由外面又进来两个人。头里这人是青白脸膛，两道短眉毛，一双三角眼，莺鼻子，俏下颏，两腮无肉，穿着一身青，歪戴着帽子，肩披着大氅。后面跟定一人，也是兔头蛇眼，龟背蛇腰。这两个人一进来，众酒客全嚷：“三爷四爷，这边喝罢。”这两个人说：“众位别嚷。”走进来就在和尚后面一张桌子坐下。伙计一瞧，是这两个人，就一皱眉，知道这两个人素常净讲究嘴上抹石灰白吃。伙计无奈，过去擦抹桌案说：“二位要什么酒菜？”这两个人要了两壶酒，两个菜，喝上了。和尚一回头说：“二位才来呀。”这二人没听见，也没答话。和尚把桌子一拍说：“我和尚让好朋友，不理我还罢了。就凭你们两个忘八，也在这里充好朋友不理我。我和尚二十顷稻田地、两座庙，都花在你们媳妇身上，把你们养活了。这回不理我，充好朋友。”这两个人也不知道和尚是骂谁，也不能答话。众酒饭客可都知道和尚是骂这两个人。众人心说：“敢情这两个人是忘八，不是好朋友。”都拿眼瞧着这两个人。和尚直骂，这两个人有一个说：“我问问他骂谁呢。”说着话，就站起来。那个说：“老四，你坐下。和尚说二十顷稻田地、两座庙都花了，花在你家里。你去问他是吗？”这个说：“别胡说，那是花在你家里！”这个说：“你既不认得，你何必去问他？”说着话这个又坐下了。和尚说：“我骂的是你！”两人一听这话，真急了，站起来说：“和尚你骂谁呢？”和尚说：“我二十顷稻田地、两座庙都花在你们家里，你二人媳妇身上。今天叫我做衣裳，明天叫我打镯子。你们两人见我穷了，不理我了。”这两个人一听这话，气得颜色更改，说：“好和尚，你认得我们两个人是谁？只要你说出我二人的名姓来，就算你把二十顷稻田地花在我们女人身上了。”和尚一听，说：“你叫抓天鹞鹰张福，行三。你家里就是两口人，你媳妇是白脸膛，今年二十五岁。你叫过街老鼠李禄，行四。你家里也是小两口，你媳妇是黑黄脸膛。我花了许多钱，你还不知道？连你们家里有几床被，我都知道。”这两个人一听，真急了，就要跟和尚动手。和尚说：“要打，咱们外头街上打去，别连累人家的买卖。”

说着话，张福、李禄同和尚三人出了酒店。张福、李禄就要揪和尚。和尚围着这两个人绕弯，拧一把，掐一把。这两个人老揪不住和尚，张福实急了，抡拳照着和尚脑袋就是一拳，正打在后脑袋上。直仿佛打在豆腐上，扑的一下，拳头打在脑袋里去，立刻花红脑浆迸流。和尚说：“你可打了我了。”翻身栽倒，蹬蹬腿，咧咧嘴，和尚气绝身亡。张福大吃一惊，心说：“好糟脑袋！我一拳就会打碎了。”本地面官人过来说：“好，你们打死了人。”张福说：“是李禄打死的。”李禄说：“是张福打死的。”官人说：“你们二人不用争论，到衙门再说去罢。”哗啦一抖铁链，把两个人锁上。刚要带着走，就见由正东上鸣锣开道。说：“闲人躲开，县太爷轿子来了。”

书中交代，知县是坐着轿子，到东门外杨家店去验尸。带着刑房仵作，来到杨家店。仵作找本地面官人，给预备五十斤酒，洗洗手。要一领新席，一个新锅。地方姓干，叫干出身，赶紧跑来说：“众位头儿闭闭眼罢。验完了，我必有个面子。”仵作说：“就是。你给预备半斤酒洗洗手。”当时一验，仵作一报说：“皮吞肉卷，生前致命。一刀之伤，并无二处。”先生写了尸格。老爷把店里掌柜的叫过来一问：“这个和尚被谁杀死？你可知道？”掌柜的回老爷：“昨日三更，不知被谁杀死？”老爷问：“他在这里住了多少日子？几个人住店？”掌柜的说：“就是他一个人，住了二十三天。”老爷说：“你店里几个伙计？谁跟和尚不对？”掌柜的说：“八个伙计，都在这里。没有跟和尚不对。”老爷吩咐：“你且把死尸成殓起来。”掌柜的答应。老爷吩咐打轿回衙。仵作找地方问：“怎么样？”地方说：“你们几位要面，到对过每位吃两碗，我来算。”仵作说：“我只当是验完给我们几吊钱哪，哪知叫我们吃面。我们也不吃，底下有事，咱们再说。”赌气跟着老爷轿子，一同回衙。

刚走到十字街，官人过来说：“回禀老爷，打死和尚了！”老爷说：“哪里和尚？”官人说：“一个穷和尚。已然拿住两个凶手。”老爷吩咐轿子落平，带凶手。当时把张福、李禄往轿前一带。老爷一审问口供，焉想到又招出一条人命案来。不知后事如何，且看下回分解。

第八十一回

看字柬心皈圣僧　追尸身路遇班头

话说知县吩咐把凶手带过来。官人把张福、李禄带过来。知县一看说：“你们两个姓什么？”这个说：“小人叫抓天鹞鹰张福。”那个说：“小人叫过街老鼠李禄。”老爷说：“你两个人谁把和尚打死的？”李禄说：“是张福把那和尚打死的，我是劝架来着。”张福说：“李禄打死的。”老爷说：“你这两个东西混账，倒是谁打死的？”李禄说：“老爷不信，瞧张福手上有血。他说我打死的，我手上没血。”老爷立刻派官人一验，果然张福手上有血。知县说：“张福，明明是你打死的，你还狡赖。”张福说：“回老爷，和尚是我打死的。北门外高家钱铺门口，一刀砍死刘二混，可是李禄杀的。”老爷一听一愣。

书中交代，怪不得和尚说他两个人是忘八。原本张福、李禄这两个人是破落户的出身，在外面做光棍，欺财主，无所不为。家里每人娶了个好媳妇。这两个人在外面尽交的有钱的浮荡子弟。瞧见人家一有钱，这两个人就套着跟人交朋友，没有交不上的。爱吃的人，他就先请他吃。爱嫖的人，他也陪着他嫖。日子长了，他就带往自己家里，叫他女人勾引人家。他作为不知道，充好朋友。不是向人家借钱，就是向人家借当。他女人叫他今天打镯子，明天又叫置衣裳，两口子吃人家。怎么刘二混会被李禄杀了呢？皆因刘二混有个本家，给了他几百两银子。李禄见刘二混有了钱，他就把刘二混招到家去住着，吃喝不分。李禄的妻子一勾引刘二混，刘二混也是年轻的人，焉有不贪色的？把自己银子拿出来。吃喝穿戴，全是他的。后来刘二混把银子都花完了，还在李禄家吃喝，李禄就往外撵。刘二混说："我把钱都花在你们家里，我也没处去，你叫走不行。你们吃我就吃，你们喝我就喝。"李禄实没有法子，也撵不出去，心中暗恨刘二混。

这天张福跟李禄两个人在酒馆内喝酒谈心。这两个是拜兄弟，彼此一类，谁也不瞒谁。李禄说："张三哥你瞧，现在我家里这个刘二混，他吃我喝我，讹住我了。我撵不出去，实在可恨。我打算把他约出来，请他喝酒。拿酒把他灌醉了，我把他杀了。三哥，你给帮个忙儿行不行？以后你也有用我的地方，我也不能含糊。"张福说："就是罢。"两个人商量好了。次日把刘二混约出来喝酒。李禄暗带钢刀一把。两个人拿酒一灌刘二混。刘二混本来心里又烦，酒吃多了，吃的酩酊大醉，不能转动，人事不知，李禄由酒店把他背出来。天有二更以后，张福跟着，走到高家钱铺门口。见众铺户都关去，四外无人。李禄素常跟高家钱铺有仇。皆因换银子，钱铺给他要钱，他老说合的少，常常口角相争。李禄一想："就把刘二混杀在他铺子门口，叫他打一场无头案的官司。"想罢，立刻将刘二混放在地下。刘二混醉的人事不知，李禄拿出刀来，一刀竟将刘二混结果了性命。杀完了，同张福各自回家。两个人从此更亲近了。自打算这件事人不知，鬼不觉，就算完了。焉想到天网恢恢，疏而不漏。今天张福一想："打死和尚，李禄往我身上推干净。"心中一恨，这才回禀老爷："和尚是我打死的。高家钱铺门口，一刀杀死刘二混，那可是李禄杀的。"张福就把从前已往之事，如此这般一回禀。老爷听明白了，这才问李禄怎么杀的。李禄张口结舌说："是张福的主意，他帮我杀的。"老爷说："你这两个东西混账之极。来人！先把他两个人押起来，本县先验尸。"

刚要吩咐仵作验尸，忽然想起济公那件字柬："和尚就叫我由东门外回头，轿子一落平，就看字柬。我倒看看和尚的字柬写的是什么东西？"想罢掏出来字柬。拆开一看，上写是："贫僧今日必死，老爷前来验尸。吩咐仵作莫相移，休叫贫僧露体。"知县一看，暗为点头，果然济公有先见之明。立刻吩咐仵作："不准脱和尚的衣裳移动死尸，就验脑袋上的伤就是了。"仵作答应，过来看明白说："回禀老爷，和尚后脑海有二寸多长、三寸多宽的伤。伤了致命处，花红脑浆迸流。"老爷点了点头，叫招房先生把尸格写了，吩咐先用席将和尚盖上，派地方官人看着，老爷这才叫官人押张福、李禄回龙游县衙门。

老爷走后，地方本面的官人，拿席把和尚的死尸盖上。众官人来到二龙居说："掌柜的，这件事吏不举，官不究。我们要一回老爷，由你这铺子里打的架，你就得跟着打官司。"掌柜的说："众位，没这个事来到我这里喝酒，我也没含糊，何况乎有事？将来这件事完了，我必有一分人心。"叫伙计来给众位打酒，炒几样菜。众人坐下，地方说："刘头你瞧和尚脑袋，怎么只一拳就会打碎了？"刘头说："我想着也怪。"掌柜的说："可惜这位和尚死了，是我们的财神爷。平常我这屋里没上过座，今天都是他招接来的座。和尚要不死，我每天管他两顿饭吃。"地方说："你别胡闹了，我瞧和尚伤是怎么样死的？"说着话，就跑出来一掀席，只见和尚朝他龇牙一动，吓了往里就跑。官人忙问："怎么了？"地方说："死尸朝我一笑！"官人说："你别胡说了。已然死了，还能朝你笑？必是你眼迷离了。我瞧去。"这个官人过来，刚一掀席，和尚一翻身坐起来了，拿手一摸脑袋说"哎呦"，站起来往南就跑。地方官人就追，叫喊："截住走尸呀！"众人一听走了尸，谁不躲远远的？都怕死尸碰着就要死。

和尚一直出了南门往东。刚到东南城门边，往北一拐，见眼前一个人，身高不满五尺，五短的身材。头戴紫金帽，身穿紫箭袖袍，腰系丝绦，薄底靴子。面皮微紫，凶眉恶目，押耳两绺黑毫。手中拿着包袱。和尚一看，心里说："要办龙游县这两条命案，就在此人身上。"和尚自言自语说："这个龙游县的地方，可不比外乡村镇。要是外乡人来到这儿吃东西，恐怕都不懂的，准叫人家耻笑。"和尚说着话，赶在这个人头里走。这个矮子一听和尚的话，心中一想："这龙游县的地方，与别处不同。真是一处不到一处迷，是处不到永不知。我何不跟着和尚？他要进酒馆要什么，我也要什么，准不露怯了。"想罢，跟着和尚走。

来到东门关乡，见和尚进了路北一座酒馆。这矮子也进了酒馆。见和尚脚一蹬板凳说："来呀，小子拿壶酒来！"这个矮子一想："这地方许是个规矩。"他也脚一蹬板凳说："来呀，小子拿壶酒来。"跑堂的一瞧："这倒不错。"他不敢说这个矮子，跑堂的说："大师父，别这么叫小子。"和尚说："算我错了。你给我来一壶酒，要有两层皮有馅的来一个。"伙计心说："和尚连馅饼都不懂。"伙计刚要走，这个矮子也说："小子，给我来一壶好酒，要两层皮有馅的来一个。"伙计一想："这两个人倒是一样排场来的。"赶紧给和尚拿了一壶酒、一碟一个馅饼。也给矮子一壶酒、一个馅饼。和尚拿了一根筷子当中一扎说："吃这个东西，不会吃，叫人家笑话。"和尚拿筷子一批，一口就咬了半个。这个矮子也拿一根筷子一批，刚一咬，连热气带油，把嘴烫了。和尚一连要了十壶酒、十碟馅饼。这个人也照样要了十壶酒、十碟馅饼。和尚吃完，把十个碟子拿手一举，这个矮子也一举。和尚望下一落，仿佛要摔；这个人也往下一撒手，把十个碟子也摔了。和尚没撒手，见那人摔了，和尚哈哈一笑说："冤家小子。"这个一听，说："好和尚，你冤我那可不行。"和尚拿这十个碟子照那人脸上就砍，把脑袋也砍破了。这人当时气往上撞，要跟和尚一死相拼。不知后事如何，且看下回分解。

第八十二回

济公饭馆打贼人　徐沛旅店遇故友

话说济公拿碟子照这人一砍，这人真急了，要跟和尚动手。和尚往外就跑，这人随后就追。伙计一瞧，这是活局，这两个人吃完了，把碟子摔了，装打架，成心不给钱。伙计随后也追出来，后面就喊："二位别走，给了酒钱。二十壶，二十碟馅饼，不给钱可不行。"和尚也不回头，一直进了东门。这矮子随后紧紧追赶说："好和尚，无缘无故你拿碟子砍我，我焉能跟你干休！你上天，我赶到你灵霄殿，你入地，我赶你到你水晶宫，好歹把你赶上。"和尚一边往前跑一边嚷："了不得了，咱们两人是一场官司。"

和尚说着话，跑到十字街，正碰见杨国栋、尹士雄由正南而来。这两个头儿也是追和尚。直追到五里碑，也没有追着。杨头说："咱们回去罢。"二人复返往回走。刚走到南门，地方官人一瞧说："尹头、杨头瞧见死尸没有？"尹士雄说："哪有死尸？"地方说："在我段上死了个穷和尚。"尹士雄说："在你的地面上，我们还没走到十字街，怎么会瞧见呢？"地方说："不是。这个死尸走了尸，跑出了南门。"尹士雄就问："死的是什么人？"地方就把抓天鹞鹰张福、过街老鼠李禄怎样打死穷和尚，老爷验了尸怎么派人看着，和尚走尸跑的话，从头至尾一说。杨国栋一听说："了不得了，济公被人打死了。"尹士雄说："你们不知道，济公神通广大，死不了。咱们一同回去罢。"地方官人这才同尹士雄、杨国栋一同回来。

刚走到十字街，见和尚由正东跑来。地方一瞧说："死尸来了！"尹士雄、杨国栋赶紧就问："师父怎么回事？"和尚说："了不得了，我们两人是一场官司，别叫追我的那矮子跑了。"尹士雄、杨国栋过去，就把那矮子截住。尹士雄说："朋友别走了，你跟和尚打一场官司罢。"那人说："好，我们是得打官司。"尹士雄过去，"哗啦"一抖铁链，就把这矮子锁住。这矮子说道："和尚打官司，也不能锁我。"尹士雄说："我们老爷有吩咐，在家人要跟出家人打官司，先锁在家人，不锁和尚。你走罢。"拉着这人刚要走，后面酒店伙计赶到说："别走。"杨国栋一瞧认识，说："刘伙计什么事？"伙计说："这位吃了十碟馅饼、十壶酒。和尚吃了十碟馅饼、十壶酒。两人一打架，把二十碟都给摔了，酒钱也没给，两个人就跑出来了。"杨国栋说："伙计你且回去罢。写我的账，该多少钱我给。"伙计一听，说："既是杨大爷这么说，我就回去了。"伙计转身走了。和尚说："咱们上衙门去打官司去。"地方官人过来说："杨头，你替我回回老爷罢，大师父又活了，我就不上衙门去了。"杨头说："就是罢。"尹士雄拉着这个矮子，大众往北走。

走了不远，路西酒铺内孙掌柜跑出来说："杨大爷你烦恼了。"杨头一愣，说："我什么事烦恼？"孙掌柜说："不是杨大奶奶死了么？"杨头说："这话是谁说的？"孙掌柜用手一指，说："就是这位大师父给送的信。"杨头说："师父怎给我报丧来着？"和尚说："我跟他闹着玩。因他给人家写花账。"孙掌柜一听说："好和尚，你无故诓我，我把礼物都买了，还没送去。你就赔我！"杨头说："得了，孙贤弟你今受点委屈罢。这位和尚也不是外人，瞧着我罢。"尹士雄说："师父你怎么说人家死了，本来已经病着。"和尚说："一咒十年旺，就死不了啦。"杨国栋说："师父慈悲慈悲，给我一块药。"和尚点头，掏了一块药，给了杨国栋。这矮子就问："这个和尚，是哪庙里的？"尹士雄说："你要问和尚？我告诉你，跟和尚打官司，算你露了脸、增了光。这是灵隐寺济颠和尚。"这矮子一听，呵了一声说："他是济颠哪！官司我不打了。"说着话，冷不防一抖铁链，拧身蹿上房去。和尚说："别叫他走了，龙游县这两条命案，都在他一人身上。"

书中交代，这个人姓徐名沛，外号叫小神飞，也是西川路的江洋大盗。龙游县的两条命案，怎么会在他身上呢？这其中有一段隐情。南门外高宅捉妖的那个老道叶秋霜，当初也是绿林人。后来在南门外三清观出了家。他得了一部邪书，名叫《阴魔宝箓》，上面有炼邪术的法子，能炼呼风唤雨、撒豆成兵、移山倒海、五行变化、点石成金、捉妖的法子，拘五鬼的法子，擒妖捉鬼各种的法子。这天老道正在庙里炼功夫，来了一个僧人，乃是西川路五鬼之内的，姓李叫李兆明，外号人称开风鬼，跟老道系故旧之交，来望着老道。两个人一见面，各叙寒温。叶秋霜就问："李贤弟打哪来？"李兆明说："由西川来。西川的绿林窝子给人家挑了，我也无处投奔。"老道就留下李兆明在庙里住着。老道早晚炼功夫，李兆明就问："炼的是什么功夫？"老道就说："得了一部天书，能炼各种法术。"李兆明说："道兄，你教给我炼炼。"老道说："你炼不了。要炼一天得磕一千个头。"李兆明一想："他这是不教给我。"心中暗恨着老道。这天高折桂请老道捉妖，李兆明知道这件事，他暗中跟着老道在法台捉妖。李兆明就后一刀，把老道杀了，把这本书得在手内。他也没回家，他就住在德兴杨家店，没事在店里瞧书，早晚炼功夫。

这天开风鬼李兆明在店门口站着，只见由东面来了一个人，乃是小神飞徐沛。一见和尚，赶紧过来行礼。李兆明就问："徐贤弟打哪来？"徐沛说："我要到临安逛去。西川绿林的朋友都散了，我也无地可投。"李兆明把徐沛让到店里。一谈话，徐沛就问李兆明在这住着做什么呢？李兆明说："我得了一部天书，炼功夫呢。"

徐沛说："你教给我炼炼。"李兆明说："你要炼也行。你得找一个幼女天灵盖来。"徐沛说："找天灵盖炼什么？"李兆明说："能炼千里眼、顺风耳。"徐沛本是浑人，他就出来找幼女天灵盖。遇见看坟的，他就问："这坟里埋的什么人？"看坟的只当是他要偷坟掘墓，也不肯告诉，说："不知道。"徐沛连问了好几个，都不告诉他。他也问烦了，正在树林发愣歇着，由对面来了一个僧人，架着拐，是个瘸子。一见徐沛说："徐贤弟，你在这做什么呢？"徐沛一瞧，认识这个和尚，叫昼瘸僧冯元志，也是西川路的江洋大盗。怎么叫昼瘸僧呢？皆因白天架着拐装瘸子，晚上上房飞檐走壁更灵便。他为是遮盖，叫人家知道他是瘸子，不能做贼。今天一见徐沛，问徐沛做什么呢，徐沛把李兆明叫他找女儿天灵盖、炼功夫的话说了一遍。冯元志说："徐贤弟，你真实心眼，李兆明他是冤你。今天晚上我同你到店里，把李兆明杀了，你就把天书得过来，好不好？"徐沛说："好。"冯元志他原本跟李兆明有仇，这叫借刀杀人。

两个人商量好了。一同到酒馆，吃完了饭。天有二鼓，来到德兴店。冯元志巡风，徐沛下去，进了上房一瞧，李兆明正趴在桌上睡了。徐沛手起刀落，把李兆明杀了，把书得在手内。刚要往外走，就听上房嚷："杀了人了！"吓了徐沛一跳。济公嚷杀了人，那就上房杀了人。后来听和尚说出恭去，上了茅厕。冯元志他巡风，听屋里说公文湿了。他也不知什么公文。见柴头同杜头出去找和尚，冯元志由房上下来，进屋中一瞧，是宪批柴元禄、杜振英捉拿乾坤盗鼠华云龙的公文。冯元志就把公文揣在怀里，由屋中出来上房。柴头、杜头已瞧见，当时要追也没把冯元志追上。贼人盗了公文，等徐沛出来，冯元志就问："怎么样了？"徐沛说："我已然把天书得来。咱们上哪去？"冯元志说："咱们上开化县去。现在铁佛寺金眼佛姜天瑞姜大哥，撒绿林帖、传绿林箭。有西川路绿林朋友好几十位，在他庙里。他要修夹壁墙地窨子。所为绿林人有了案，可以在他那里躲避，是个扎足之地，咱们上开化县去。”徐沛说：“也好。”

二人顺大路望前走。走到一座树林，见对面来了一个人。二人抬头一看，真是久旱逢甘雨，他乡遇故知。不知来者是谁，且看下回分解。

第八十三回

小神飞夜刺开风鬼　济禅师耍笑捉飞贼

话说昼瘸僧冯元志、小神飞徐沛二人正往前走，只见对面来了一个人，正是乾坤盗鼠华云龙。冯元志、徐沛二人赶紧上前行礼说："华二哥由哪里来？"华云龙说："我由蓬莱观来。好险，好险！几被陆通把我摔死。"冯元志就问："怎么回事？"华云龙就把已往从前之事，细说了一遍。冯元志说："华二哥，我告诉你一件事，叫你放心。我把拿你的海捕公文盗了来。"华云龙说："真的么？"冯元志就把杀李兆明、徐沛得天书、巧遇两个班头、在店里把文书怎么盗来的话，对华云龙一说。华云龙这才明白，说："你们二位上哪里去？"冯元志说："上开化县。你我一同走罢。现在铁佛寺金眼佛姜天瑞，撒绿林帖，请了多少朋友。要一同修夹壁墙地窖子呢！咱们三个人，一同去罢。"华云龙说："也好。"三个人这才一同走。

这天来到开化县铁佛寺。一瞧庙里庙外，人烟稠密。三个人一打听，问什么事，有人说："庙里铁佛显圣，口吐人言。"三个人一直进庙，直奔后面。一瞧，就是金眼佛姜天瑞一个在庙里。三个人给姜天瑞一行礼，冯元志说："姜大哥，众位朋友哪里去了？"姜天瑞说："众位朋友都出去，分四路去做买卖。这里还有几位，叫他出来，给你三人引见引见。”大家彼此行礼。姜天瑞说：“三位由哪里来？”华云龙就把自己的事一说。徐沛也把自己之事一说。姜天瑞说：“徐贤弟，你得的什么书？给我瞧瞧。”徐沛就把书拿出来，交姜天瑞。姜天瑞一瞧说：“徐贤弟，这书你也用不着，我留下了。”徐沛心中大大不悦，自己一想：“我的东西，我还没爱够。我又没说给他，他竟留下，实实可气。”心里大不愿意，又不可说不给，惹不起姜天瑞，自己默默无言。华云龙这时说：“我要走。”姜天瑞说：“怎么？”华云龙说：“我心里不安。怕济颠和尚一来，一个跑不了，那时连累了你们众位。”姜天瑞一听说：“众位朋友，哪位到龙游县去，把这济颠和尚杀了，把人头带来。谁有这个胆量，替华二弟充光棍？”徐沛说：“我去。”徐沛心里有自己的心思：“我到龙游县不犯事便罢，犯了事，我先把他们拉出来，一个跑不了。”他是暗恨姜天瑞，故此他说“我去”。姜天瑞说：“好。徐贤弟你辛苦一趟罢。”徐沛这才由开化起身。

这天到龙游县东南城极角，碰见济公。和尚一念道说：“龙游县这地方，不比别处，吃饭馆不知这里规矩的，花多了钱，还要被人耻笑。”徐沛一听，他原是个浑人，他这才跟和尚到酒铺去喝酒。和尚故意要跟他打起来，跑到十字街，叫尹士雄把徐沛锁上。徐沛先还要跟和尚打官司，只一听是济公，徐沛一拧身蹿上房去说：“官司我不打了。”和尚说：“别叫他走，龙游县两条命案，都在他身上。”杨国栋、尹士雄一听和尚这话，赶紧拧身上房。徐沛打算要跑，焉想到和尚一指手说：“唵敕令赫。”贼人要跑跑不了。被尹士雄、杨国栋把贼人揪住，揪下房来。众人一齐同奔龙游县衙门。

来到衙门，杨国栋进去一回话，说：“济公没死，现在拿了一个贼人，听候老爷审讯。”老爷正审问张福、李禄的口供。一听济公没死，老爷赶紧吩咐有请。立刻，济公叫尹士雄带领贼人上堂。老爷一瞧说：“圣僧请坐。下面贼人姓甚名谁？”徐沛也不隐瞒说：“回禀老爷，我叫小神飞徐沛。东门外杨家店脱头和尚，叫开风鬼李兆明，是我杀的，南门外老道叶秋霜，是李兆明杀的。我把他杀了，算他给叶秋霜抵命，没我的事。”老爷说：“你满嘴胡说。店里和尚是你杀的，公文可是你盗了去？”徐沛说：“公文不是我盗的，是昼瘸僧冯元志盗的。他同华云龙都在开化县铁佛寺住着。铁佛寺还有许多绿林人在那里。”老爷一听，也不再往下问，就吩咐将徐沛钉镣入狱。老爷说：“圣僧，还求你老人家辛苦一趟，带着我的班头去办案，将贼人拿来。”和尚说：“可以。老爷办一套文书，我和尚带杨国栋、尹士雄、柴元禄、杜振英四个人去。”知县立刻把文书办好，交与杨国栋。

和尚带领四位班头，出了衙门，一直顺大路往前行走。和尚一面往前走，口唱狂歌，说道是：

> 南来北往走西东，看得浮生总是空。天也空，地也空，人生杳杳在其中。日也空，月也空，来来往往有何功？田也空，土也空，换了多少主人翁。金也空，银也空，死后何曾在手中。妻也空，子也空，黄泉路上不相逢。官也空，职也空，数尽孽障恨无穷。朝走西来暮走东，人生恰是采花蜂。采得百花成蜜后，到头辛苦一场空。夜深听尽三更鼓，翻身不觉五更钟。从头仔细思量看，便是南柯一梦中。

和尚说：“哎呀，阿弥陀佛。”和尚刚才将歌唱完，只听后面一声“无量佛”。大众回头一看，来了一位老道。头戴九梁道巾，身穿着一件古铜色的道袍，腰系丝绦，白袜云鞋。面如三秋古月，年过古稀。发似三冬雪，鬓似九秋霜。海下一部银髯，洒满胸前。真是仙风道骨。跟着两个童子，都在十五六岁上下，都是眉清目秀。发挽双丫髻，身穿蓝布道袍，青色护领相衬。腰系丝绦，白袜云鞋。一个童子扛着宝剑，挂着一个轧轧葫芦。一个童子扛着雨盖，挂着一个包裹。老道一面往前走，口中念道：

玉殿琼楼，金锁银钩，总不如山谷清幽。蒲团纸帐，瓦钵磁瓯，却不知春、不知夏、不知秋。万事俱休，名利都勾。高官骏马，永绝追求。溪山作伴，云月为俦。但乐清闲、乐自在、乐优游。

老道口念："无量寿佛。"和尚回头瞧了一瞧，老道走了不远。和尚说："哎呀，了不得了，我腰疼、腿疼、肚子疼、脑袋疼，走不了啦。"杨头说："师父怎么了？"和尚说："我要死，不能走了。"尹士雄也不知道和尚的脾气，也过来问说："师父怎么了？"和尚说："我心里发堵，嘴里发苦，眼睛发努。"柴头说："对，说话都乱了。"这两个人也不理和尚，在一边蹲着生气。和尚躺在地下，"哎哟，哎哟"直嚷。那老道来到近前，说："无量佛。这位和尚是一个走路，还是有同伴的？"尹士雄说："我们是一处的。"老道说："和尚的病体沉重，我山人这里有药。"柴头说："道爷，你趁早别管，你走罢。你要一给药吃，准一吃就死。"老道一听说："我这药好，人吃一粒，能延寿一年。吃两粒，能多活二年。吃三粒，能活六年。要死的人，吃我九粒药，名为九转还魂丹，能多活十二年。和尚要吃死了，我给抵偿。"柴头说："我拦你不听，你就给他吃。"老道吩咐把葫芦拿来，倒出一粒药来。其形似樱桃，色红似火，清香扑鼻。老道给和尚吃了一粒。和尚吃下去，嚷："肠子烧断了！"柴头说："是不是？"老道又给和尚吃了两粒，和尚嚷："肚子破了！"老道又给和尚吃了三粒，和尚说："了不得了，心里着火，肺肝全烂了！"老道把九转还魂丹都给和尚吃下去，和尚说："不好，要死！"这句话说完了，和尚一张嘴，话说不出来了。只见和尚蹬蹬腿，咧咧嘴，咕噜一声，气绝身亡。不知济公性命如何，且看下回分解。

第八十四回

陈玄亮捉妖铁佛寺　马玄通路遇济禅师

话说济公吃下九粒药，气绝身亡。柴头说："道爷，你瞧死了没有？我说不叫你给他吃，你说吃死你给抵偿。"老道吓的惊慌失色，说："无量佛，无量佛！怪哉，怪哉！"柴头说："你也不用念无量佛。你给治死，我能给治活了。"尹士雄说："柴头你怎么给治活呢？"柴头说："杜头，你把酒都喝了罢，不用给和尚留着。"杜头说："快喝。"这句话没说完，和尚一翻身爬起来说："哪有酒？拿来我喝点。"柴头说："你们瞧好了没有？"和尚翻身站起来说："好老道，你给我要命丹吃，你别跑。"过去一把竟把老道脖领揪住。

书中交代，这个老道乃是天台山上清宫东方太悦老仙翁的徒弟。在开化县门外，有一座北兴观，庙里有一个老道叫陈玄亮，也是老仙翁的门徒。陈玄亮也是修道的。这天陈玄亮在庙中一看，正北上有一股妖气冲天。陈玄亮一想："我在这一方，岂能容妖魔作怪？我去找找妖精在哪里，我把他除了，省得扰乱世界。"想罢带了宝剑，往正北一找，找到铁佛寺。一瞧，正是铁佛在那里口吐人言，说："善男信女前来求药，吾佛在此搭救众生。每人给留下一吊钱，共成善举，可以修盖大殿。拿包药去，可保汝一家平安。"陈玄亮一瞧，这股妖气由铁佛像里出来。众烧香人传言说：本地臌症流行，一求佛爷就好。陈玄亮一想："这是妖精洒的灾，我何不把他斩了。"想罢，拉出宝剑，照定铁佛这股妖气一砍。焉想到由铁佛嘴里出来一股黑气，竟将陈玄亮喷倒在地，当时浑身紫肿，不能转动。早有人报与金眼佛姜天瑞。姜天瑞一想："陈玄亮无缘无故来坏我的事，莫若我把他搭到后面来，将他结果了性命，剪草除根，省得萌芽复起。"想罢，刚要派人去搭，有人来回禀说："本处知县郑元龙来烧香，瞧见陈玄亮。老爷吩咐把老道带到衙门发落。"姜天瑞说："也好，让知县带了去发落他罢。"

郑老爷把陈玄亮带回衙门。知县平素知道老道是好人，一问陈玄亮怎么回事。老道也还醒过来，说："铁佛寺乃是妖精作怪。我打算把妖精除了，没想到妖精道行大，把我喷了。我不定活得了活不了。"知县说："你准知道是妖精？怎么办呢？"陈玄亮说："只要把我师父请来，就可以把妖精捉住。"知县说："也好。"立刻派人把老道抬回庙去。老道一想："浑身疼痛难挨，请师父东方太悦老仙翁，恐其道路太远来不及。"这才派童子去到龙游县三清观去请大师兄马玄通。告诉两个童子："叫你师大爷带着师父的九转还魂丹，急速快来。"两个童子到龙游县，请了马玄通，够奔北兴观。走在半路上，遇见济公作歌，马玄通没瞧得起济公，老道心说："这个穷和尚，他也会说这修道的话。"见和尚一病不能走，老道是一番好心，把九转还魂丹都给和尚吃了。和尚倒死了，柴头把济公诓起来。和尚一揪老道，尹士雄说："师父，方才多亏这位道爷给你药吃，你才好了。"和尚这才撒手说："这位道爷给我药吃？"老道说："不错。和尚贵宝刹在哪里？"和尚说："西湖灵隐寺。上一字道，下一字济，讹言传说济颠就是我。马道爷贵姓呀？"老道说："你知道我姓马，还问我贵姓？"和尚说："你名字不叫玄通吗？"老道说："是叫玄通。"和尚说："你上哪去？"老道说："开化县北兴观。"和尚说："我也上北兴观。一同走罢。"老道说："好。"和尚说："我听说你们老道会驾趁脚风，你带着我走两步行不行？”老道说：“行。你闭上眼，可别睁开。”和尚就把眼一闭。老道一架和尚的胳膊，只听耳轮中呼呼风响。走在半路上，和尚一睁眼说：“了不得了，漏了风了，道爷你站站罢。”老道惦念着师弟，赶路要紧，也不管和尚落下，驾着趁脚风，直奔开化县。

刚来到北兴观庙门口，老道一瞧，门口有一人躺着睡觉。老道近前一看，是济公和尚，一翻身起来，说：“才来呀。”老道说：“我驾着趁脚风没歇着呀。”老道心中暗想：“怪道这个和尚有些来历，怎么他倒先来了？”和尚说：“道爷，你走后，我出恭来着，把你的九粒丸药都拉出来，你瞧瞧，还给你罢。”老道一瞧，药还是原来一样，并没改了颜色。自己暗想“好怪”，把药接过来，放在腰中，这才叩打庙门。时候不多，出来一个小道童，把门一开说：“师大爷来了。我两个师兄呢？”马玄通说：“他两个在后面走着就来。和尚请里面坐。”

济公跟着进去一瞧，这庙中正北是大殿。东西各有配房三间。小道童一打东配房鹤轩的帘子，老道同和尚进来。屋中是两暗一明，正当中有张八仙桌。两旁有椅子。靠东墙有一张床，床上躺着陈玄亮，正是陈玄亮在那里哼声不止。一见马玄通，说：“师兄来了，这位和尚是谁？”马玄通说：“这是灵隐寺济公。”陈玄亮说：“师兄可把九转还魂丹带来了？我被妖精喷了。”马玄通说：“我带了九粒丸药，都给这位和尚吃了，他可又拉出来。”陈玄亮说：“好脏。”马玄通说：“你瞧颜色可没变。”陈玄亮说：“我不吃。”和尚说：“我这里有药，叫伸腿瞪眼丸。你吃一点，一伸腿一睁眼就好。”和尚掏出一块来，给了陈玄亮吃下去。工夫不大，就听肚子里咕噜咕噜一响，要走动。陈玄亮叫道童搀着出去，走动了两次，立刻浑身肿消疼止，复旧如初。陈玄亮说：“好药，好药，真是好药。多蒙圣僧搭救弟子，实深感激。”立刻向济公行礼，连马玄通都给和尚道谢。和尚说：“这倒不要紧。你这屋里有味，熏鼻子。”陈玄亮说：“什么味呀？”和尚说：“有贼味。”两个老道一听这话，都觉诧异。

书中交代，这屋里床底下真有两个贼人，在这里藏着，两个老道可不知道。皆因开化县知县郑元龙由铁佛寺庙里把陈玄亮带到衙门去，金眼佛姜天瑞只打算是知县把老道带到衙门去，说他搅闹庙场，把老道治罪。焉想老爷派人把老道抬回庙去。早有人得了信，告诉姜天瑞。姜天瑞一想，知道陈玄亮的师父是天台山上清宫东方太悦老仙翁。姜天瑞怕陈玄亮捉妖没捉成，必然要请他师父前来捉妖，“坏了我庙中的大事。莫若我先下手的为强，后下手的遭殃”。想罢，姜天瑞叫两个朋友来。一个叫铜头罗汉项永，一个叫乌云豹陈清。这两个人都是绿林中的江洋大盗，在姜天瑞庙里住着。姜天瑞今天把这两个人叫来说：“二位贤弟，我有一件事，求你二位辛苦一趟。”项永、陈清说：“兄长何出此言。有用我等之处，万死不辞。”姜天瑞说：“你二人带上钢刀，晚间够奔北兴观去，把老道陈玄亮杀了，人头给我带来。”项永、陈清点头答应，说：“这有何难。”候至天有掌灯之时，二人收拾好了，带上钢刀，出了铁佛寺，施展陆地飞腾，来到北兴观，跳墙进去，暗中探访。见陈玄亮出来，二人进了屋子，在床下一藏，打算等老道睡了，晚上行刺。焉想到马玄通同济公来了。济公一说有贼味，项永低声就问陈清说：“你身上有味么？”陈清说：“没有。”济公在外面答了话说：“你两个人没人味了，滚出来罢。”项永、陈清实藏不住了，由床下往外一窜，伸手拉刀，把两个老道吓了一惊。不知罗汉爷怎样施佛法捉拿贼人，且看下回分解。

第八十五回

显神通捉拿盗贼　施妙术法斗铁佛

话说项永、陈清两个贼人，由床下往外一窜，伸手拉刀，意欲跟和尚动手。和尚用手一指，把贼人用定神法定住。这时帘板一起，由外蹿进四个人来，正是柴元禄、杜振英、杨国栋、尹士雄。书中交代，四位班头，两个小道童，走在道路上。马玄通带着和尚，一施展趁脚风，把四个班头两个道童落下。柴头就问："道童，是哪里庙的？"小道童说："我们是开化县北兴观的。"柴头说："方才那位道爷，是你们师父吗？"道童说："不是，是我们师大爷。"柴头说："我们那位和尚，跟你们师大爷上你们庙里去，咱们一同走罢。"道童说："要一同走，怕你们四位跟不上我们，我们会趁脚风。"柴头说："我们四个人会陆地飞腾法。你们二人慢着点，我们四人快着点，咱们一同走罢。"道童说："就是。"六个人这才一同顺着大路来到北兴观。到了庙门口，道童说："到了，等我叫门。"柴头说："不用叫门，我进去给你开。"说着话，柴元禄、杜振英一拧身蹿上墙去。这两个人心里有心思，为是叫杨国栋、尹士雄瞧瞧，我两个人是办华云龙的原差，不是无能之辈。焉想到杨国栋、尹士雄这两个人也跟着蹿上墙去。这两个人也有心思，是要叫柴元禄、杜振英瞧瞧，我们虽是外县的官人，也不是无能之辈。这四个人彼此意见相同，这叫斗心不斗口。

四个人蹿到里面，把门开了。两个小道童进去，把门关上。众人够奔东配房。四位班头一进来，正赶上和尚把两个贼人定住。柴头、杜头就问说："师父，哪个是华云龙？"和尚说："没有华云龙。"杨头、尹头说："师父，哪个是盗公文的贼？"和尚说："也没有盗公文的贼。先把这两个贼捆上。虽然都不是，也别放走了。"柴头众人就把两个贼人捆上。陈玄亮吩咐道童摆酒。四位班头见过老道，彼此行礼。大众落座吃酒。和尚说："二位道友，天亮把这两个贼人解到知县衙门。告诉知县，就提我和尚来了，要在铁佛寺捉妖，替这一方除害。二位道友，可别明着把贼人送衙门。要明着解了走，这开化县遍地是贼，不但把贼抢了走，还跟你们二位道友结了仇，就与你们二位有性命之忧。"陈玄亮说："师父你给出个主意怎么办？"和尚说："你把两个贼人拿被包上，雇扛肩的搭着。以送供文为名，就说庙里给老爷送供文。"老道答应。

喝着酒，天已大亮。四个卖力气的人进来，一瞧两个绵被包，直动不止。贼人闷的很，焉有不动之理？扛肩的人就问："什么东西？"老道还答话不出。和尚说："变蛋。"扛肩的说："我们真没听见过这个名目。"和尚说："你们就不用管了。"当时两个老道跟着叫人抬着，奔知县衙门。和尚说："柴头，你们四个人先到铁佛镇巡检司，先去投文，就说我和尚随后就到。"四位班头够奔巡检司来。到挂号房一投文，巡检司的老爷刘国绅，立时请四位班头进去。四个人给刘老爷行礼。刘老爷一问，柴头说："同济公来到铁佛寺办案。"把底里根由一说。刘老爷说："原来是圣僧前来办案。怎么还没来呢？"柴头说："少时就来。"少时济公来到巡检司挂号房。和尚说："辛苦，掌柜的。"官人一听，说："大师父，这里没有掌柜的，这是衙门。"和尚说："衙门没掌柜的，有什么？"官人说："有老爷。"和尚说："有舅舅没有？"官人说："你这是找打。"和尚说："你告诉你们老爷，说我老人家来了。”官人一听，说：“和尚你是谁呀？”和尚说：“我是灵隐寺济颠，找你们老爷。”立刻叫人进去回禀。少时刘国绅迎接出来，赶奔上前说：“圣僧来了，请里面坐。”和尚说：“刘老爷请。”一同到了书房。四位班头也在这里。

和尚来到屋中落座，有人进上茶来。和尚说：“刘老爷，你拿你的名片到铁佛寺去，请那庙的和尚，就说有本处的绅董富户要给他修庙，把和尚请来问问，得多少银子。你先把盗公文贼人诓来，我和尚在里间屋藏着。等他来了，我先把他拿住，然后再到铁佛寺捉妖。”刘国绅点头答应，立刻派手下人拿名片到铁佛寺去，交给家人一番话，家人到铁佛寺去请和尚。

且说金眼佛姜天瑞，自从徐沛上龙游县走后，未见回来，他手下众绿林的朋友，都出去做买卖，就留下乾坤盗鼠华云龙、昼瘸僧冯元志、皂托头彭振、万花僧徐恒这四个人跟他看庙。今天华云龙、姜天瑞没在庙里。只因小西村众绅士富户，内中有明白人说：“这开化县八百多村，家家闹臌胀病，勿论什么名医，都瞧不好，非得到铁佛寺去求铁佛才能好，这其中定有缘故。求铁佛，贫家讨药，要一吊钱，富家讨药，要银一两。莫如把庙里和尚找来，跟他商量，大家凑钱给他修庙，叫他给求求铁佛，就许能除了灾。”大家商量好了，派人去请和尚。姜天瑞同着华云龙，够奔小西村去。

他二人刚走，巡检司的家人来请，说：“现在众绅士富户，向我们老爷商量，要给修庙。请和尚商量用多少银子。”昼瘸僧说：“我去。”立时他架着拐，同着家人来到巡检司，让到书房。刘老爷说：“和尚来了。”冯元志向刘老爷打一问讯。济公此时在东里间屋中躲着，四位班头在西间屋子躲着。刘老爷让冯元志坐下，说：“和尚贵姓？”昼瘸僧说：“我在家姓冯，僧名叫元志。”刘老爷说：“你出家几年了？”冯元志说：“我是半路出家的。皆因腿子受了残疾，就算是残人。”刘国绅说：“现在有人要修庙。你那庙里要重修，得用多少银子呢？”昼瘸僧他本是个贼，哪里懂得修庙用多大工程？当时也说不出多少来。刘国绅说：“你说不出来，我倒约了一位行家和尚，给你见见。圣僧请出来。”济公一掀帘子出来，道：“好东西，冯元志，你敢把我们公文盗去。我看你哪里走！”冯元志一听这句话，大吃一惊。打算站起身来，往外要走。济公用手一指，用定神法把贼人定住。济公伸手，由贼人兜囊之内，把拿华云龙的海捕文书掏出来，交柴头说：“柴头，把公文拿去罢。”柴头接过来一瞧，果然不错。和尚说：“刘老爷你先叫官人把这个贼人锁起来，暂把他押在你衙门里。我和尚要上铁佛寺前去捉妖，四位班头跟我走。”刘国绅立刻叫人把冯元志锁上，押到班房去。

且说柴元禄、杜振英、杨国栋、尹士雄四个人跟着和尚出了巡检司衙门，来到铁佛寺。见庙门口真是拥挤不动，也有卖吃的，来赶庙会，也有卖耍货的。庙里庙外，人烟稠密，来来往往。这些善男信女，来烧香求药治病的人无数。这一座庙是三座山门，全都大开。庙门口有两根旗杆，庙里面也有两根旗杆。正山门上有一块匾，上写“敕建护国铁佛寺”。和尚带领四位班头进了东角门一看，正北是大殿五间，东西各有配房五间。大殿的东边，是四扇绿屏风，开着两扇，关着两扇。套着是第二层院子。这庙里是五层殿，连东西跨院共有一百余间房子。头一大殿中间，就是供的那尊铁佛。济公抬头一看，由正殿里一股气直冲斗牛之间。和尚说：“阿弥陀佛，善哉善哉。”罗汉爷这才要施佛法，大展神通，要在大殿捉妖。不知后事如何，且看下回分解。

第八十六回

华清风古天山见妖　金眼佛一怒杀和尚

话说济公带领四位班头，来到铁佛寺，见大殿里一股妖气冲天。和尚一瞧，大殿头里东边一张桌，有人管账，专收银子。西边一张账桌，专管收钱。只见有一个妇人在那里烧香，约有二十以外的年纪，光梳油头，发亮如镜，一脸的脂粉，打扮的不像好人，在那里祷告说："佛爷在上，小妇人姚氏，只因我一个小亲家得了臌症，求佛爷慈悲慈悲，赏点药罢。只要我亲家好了，我给佛爷烧香上供。"铁佛口吐人言说："姚氏你可曾给佛爷带了一吊钱来？"姚氏说："带来了。"铁佛说："既带了钱文，交在账桌上。佛爷给你一包好药，拿回去保你一家都好了。"姚氏说："谢谢佛爷。"拿着药，竟自去了。

这姚氏刚走，只见外面又来了一个少妇人。由外面一步一个头，磕着进来。书中交代，这个妇人姓刘，娘家姓李，在开化县正南刘家庄住家，丈夫在外贸易，有数年不通音信。刘李氏有个婆母，家中寒苦，就靠着做针黹糊口。刘李氏贤孝无比。只因她婆母身得臌症，有二年之久。刘李氏听说铁佛寺佛爷显圣，专治臌症。刘李氏一片虔心，由家中一步一个头，走了一天一夜，才来到这里。刘李氏一烧香说："佛爷慈悲。小妇人刘门李氏，家有婆母，臌症二年之久。求佛爷赏点药，只要我婆母好了，等我丈夫贸易回来，必给佛烧香上供。”妖精一瞧，这臌症不是他洒的，他也治不了，说：“刘李氏你可曾给佛爷带了钱来？”刘李氏说：“我家中太寒，没有钱，求佛爷慈悲慈悲罢。”铁佛说：“不行。佛爷这里是一概不赊，没钱不给药，你去罢。”刘李氏叹了一声，心说：“不怪人间势利，连佛爷都爱财，可惜我这一片虔心。”自己无法，转身往外走。济公一瞧，知道这是一位贤良孝妇。和尚说：“这位小娘子不用着急，我这里拈了一块药，你拿回去，给婆母吃了就好。”刘李氏把药接过来，说：“谢谢大师父。”竟自去了。

济公迈步来到大殿。一瞧这铁佛，是坐像，一丈二尺的金身，五尺高的莲花座。头前摆着香炉蜡扦，许多的仙果供素菜。和尚过去，伸手拿了一个苹果、一个桃，拿过来就吃。旁边打磬的一瞧说：“和尚你是哪里来的，抢果子吃？”和尚说：“庙里有东西就应当吃。你们这些东西，指佛吃饭，赖佛穿衣，算是和尚的儿子，算是和尚的孙子？”这个打磬的一听这话，气往上冲，过来就要打和尚。和尚用手一指，用定神法把这人定住。和尚跳上莲花座说：“好东西，你敢在这里兴妖作怪，要害众民。我和尚正要找你，结果你的性命。”说着话，和尚照定铁佛就两个嘴巴。众烧香的大家一乱，说：“来了个疯和尚，打佛爷的嘴巴呢。”四个班头也站在外头瞧着。就听铁佛肚子里咕噜咕噜的一阵响，其声似雷鸣。忽然山崩地裂一声响。四位班头瞧着铁佛，一丈二的金身连莲花座往前一倒，竟把和尚压在底下。柴元禄、杜振英一跺脚，放声痛哭，说：“师父你老人家没想到死在这里，死的好苦。”杨国栋、尹士雄也深为叹息，说：“可惜济公是个好人，这一碰准砸在地里去，肉泥烂酱。”杨国栋说：“柴头，你也不用哭了，人是生有处，死有地，这也无法。咱们走罢。”

四个人正要走，只见和尚彳亍彳亍由庙外头进来了。和尚说：“柴头，你们报丧呢。”柴元禄也不哭了，说：“师父你没死呢。”和尚说：

“没有。好妖精，他打算要暗害我和尚。我非得要找他去，跟他誓不两立。”柴元禄说：“我们眼瞧着把师父压在地上，怎么你又打外来了？”和尚说：“没砸着我。我一害怕，一踹腿蹿出去了。”正说话，和尚就嚷：“了不得了，快救人哪，妖精来了。”这句话没说完，只见一阵狂风大作。真是：嗖嗖云雾卷，嗯嗯过树林。海翻波浪起，山滚石头沉。尘沙迷宇宙，昏暗惊鬼神。这风真浩大，刮遍锦乾坤。一阵狂风大作，由半空落下一个妖精，竟把和尚围住。书中交代，是什么妖精呢？这内中有一段缘故。凡事无根不生。金眼佛姜天瑞的师父，姓华双名清风，人称九宫真人，专习左道旁门，乃是华云龙的叔父，他在古天山凌霄观参修。当初凌霄观有一位老道姓黄，乃是正务参修之人，被清风杀了，他就占了凌霄观。这庙里甚是殷富。庙后有座塔，名叫烟云塔。每逢下雨过去，由塔底砖缝冒出烟来，起在半空不散，尤如浮云一般，乃是庙中的古迹。常有贵宦长者，富豪人家，去到庙里住着，所为瞧这个烟云塔的古迹。焉想到自华清风接过庙来，这座塔也永不冒烟了。华清风心中暗想怪道。时常瞧这座塔，就见鸟儿在半空一飞，就飞到塔里，只见进去，不见飞出来。围着塔四面地下，净是鸟毛。华清风心中纳闷，也不知塔里有什么东西。这天华清风无事，又去瞧塔。正在发愣，忽听后面一声“无量佛”，说：“华道友，你做什么呢？”华清风回头一看，见一人身穿亚青色道袍，腰系丝绦，白袜云鞋。面似青泥，两道朱砂眉，一双金睛，满脸的红胡须。华清风一瞧不认识，赶紧说：“道友从哪里来的？”老道说：“华道友，你不认识我呀，你是我的房东。我在你庙里住了半年了。”华清风说：“是是，道友请前面坐。”二人来到前面鹤轩落座。这老道说：“华道友，你真不认识我？”华清风说：“我实在不认得，未领教道友贵姓？”那道人说：“我姓常，我跟你有一段仙缘。”华清风说：“道友在哪座名山洞府参修？”常老道说：“我在盘古山。”华清风道：“常道友参修多少年了？”常道说：“我告诉你说罢，文王出虎关，收雷震子，我亲眼得见。姜太公斩将封神之时，我去晚了没赶上。你不用问多少年了。”华清风心中有点明白，猜着大概必是妖精。两人一盘道，果然常老道道德深远，呼风唤雨，拘神遣鬼，样样皆通。华清风让他吃就吃，让他喝就喝，两个人很是亲近。日子长了，两个人真是知己。

这天华清风说：“常道友，你我彼此至近，我瞧瞧你的法身行不行？”常老道说：“什么？”华清风说：“我要瞧瞧你的本像。”常老道说：“可以。你要瞧，须得星斗落尽，太阳未出之时，我可以叫你瞧。咱们修道的人，最避三光。要被日月星光三光一照，就怕要遭雷劫。你明天星斗一落，天似亮不亮，你开开后庙门往正北看。我在北山头等你。”华清风说：“就是罢。”当时吩咐童子摆酒。童子点头答应，立刻擦抹桌案，杯盘连落，把酒摆上。两个人吃酒谈心，开怀畅饮，直吃到日落黄昏。常老道说：“我要告辞。明天天亮见。”华清风送到外面，拱手作别。华清风自己回来，心中暗想：“可知道这个常老道是个妖精，可不知是什么妖精，打算倒要瞧瞧，可以明白。”常老道走后，华清风告诉童子：“到三更天就叫我，早点来，恐怕误了。”童子答应。华清风躺在床上，合衣而卧。童子等到三更以后，就把华清风唤起。他来到外面瞧瞧，满天的星斗。华清风复返到屋中喝茶，等候到东方发白，出来一看，斗转星移，那才来到后面。开开庙后门，往正北一瞧。华清风不瞧则可，一瞧吓得叽伶伶打一寒战。有一宗岔事惊人。不知后事如何，且看下回分解。

第八十七回

济公斗法金眼佛　云龙二次伤三友

话说九宫真人华清风抬头往北山坡一瞧，原来是一条大蟒，头在东山头，尾在西山头，真有几百丈长，有大缸粗细。华清风瞧着，倒抽一口凉气。只见那蟒在山岫里抽来抽去，抽到一尺来长，一溜烟起在半悬空。华清风看的目瞪口呆，正在发愣，后面一声“无量佛”，说：“华道友，你可曾看见了？”华清风回头一看，乃是常老道。华清风说：“看见了，道友请庙里坐罢。真是法力无边。”常老道说：“华老道友，你我道义相投，要有用我之处，我万死不辞。”华清风说：“甚好。”两个老道，朝夕在一处讲道。

这天姜天瑞来到凌霄观。一见华清风，华清风说：“你做什么来了？”姜天瑞说：“我住的铁佛寺，日久失修。我打算重修，奈工程浩大，独力难成，我求师父给我想个主意。”华清风尚未答言，常老道答了话，说：“不要紧，你得用多少银子？”姜天瑞说：“总得一万两银。”常老道说：“你回去罢。我明天在开化县洒三天灾。你贴上报单，就说铁佛显圣治病，不出十天，我能给你十万八万的。”华清风说：“好。你谢过你师伯。”姜天瑞就给常老道磕了头，自己先回庙贴报单。常老道就在河里井里一喷毒气，谁一吃水，立刻就得臌症。蟒精就来到铁佛寺，充铁佛说话治病。有钱人家求药，要一两银子，寒苦人家要一吊钱。这开化县所属八百多村庄，无数人都得一样的病。

妖精正然给聚钱，哪想今天济公来了。一打铁佛的嘴巴，妖精已害怕，惊走了。自己一想："这穷和尚把我赶走，我有何面目去见华道友？莫若我把和尚吃了。"想罢一阵风回来，显出原形，由半空中往下一落，是一条大蟒，有三四丈长。把和尚盘住，抬头要咬。和尚拿手一捏蟒的脖子，蟒妖不能动，睁着眼瞧着和尚，和尚瞧着蟒。吓得庙里作买作卖的、烧香的善男信女，连四位班头，全都跑出庙去。

正在这般光景，外面一声"无量佛"，金眼佛姜天瑞来了。书中交代，姜天瑞带领华云龙够奔小西村，一见众绅士大众，彼此行礼，问："道爷贵姓？"姜天瑞通了名姓，说："找我什么事？"众绅士大家说道："现在我们这村里，家家人人得了臌症。大概是这佛爷显圣，所为修庙。只要道爷给求求佛爷，大发慈悲，我们村里人都好了，我等情愿凑钱修庙。省得我们自己求佛爷去，道爷给代代劳，不知道爷意下若何？"姜天瑞说："好办。只要众位肯施舍银钱修庙，我可以求求佛爷。"正说着话，外面有人进来回禀说："外面有铁佛庙两个和尚，一个叫皂托头彭振，一个叫万花僧徐恒，来找道爷，有要紧事。"姜天瑞一听一愣，赶紧告辞。带华云龙出来一瞧，见皂托头彭振、万花僧徐恒二人惊惶失色。姜天瑞就问："什么事？"彭振说："了不得了！现在济颠和尚来到庙里搅闹，你快去那瞧罢。"华云龙一听就要跑，姜天瑞说："二弟不要担惊，待我去结果济颠的性命。我将济颠拿住，给你杀他报仇。"华云龙知道姜天瑞有能为，自己跟着一同来到铁佛寺。

姜天瑞一瞧济颠和尚被大蟒缠住，姜天瑞伸手拉了宝剑说："好和尚，你无缘无故来搅我。"恶狠狠照定和尚脖颈就是一剑。和尚口中念"唵敕令赫"。这一剑正落在蟒的脖颈上。扑吃一响，鲜血直流，蟒头滚落在地。一溜黑烟，妖蟒竟自逃走。这一剑打去了百年的道行。济公见蟒妖走了，说："道友我谢谢你，劳你的驾。"姜天瑞说：

“好济颠，你无缘无故坏我的大事，我焉能容你！”和尚说：“咱们二人到山后去，有话再说好不好？”姜天瑞说：“好。三位贤弟跟我来。”华云龙、彭振、徐恒也跟着，一同出了庙后门。

来到无人之处，和尚说：“姜天瑞，你说怎么样？”姜天瑞说：“济颠，你要知时达务，跪倒给祖师磕三个头，叫我三声祖师爷。山人有一分好生之德，饶你不死。如若不然，山人当时要结果你的性命。”和尚说：“好东西！姜天瑞你这厮，出家人不知奉公守分，窝藏江洋大盗。你还敢妖言惑众，叫妖精陷害黎民。你所为贪财，贻害众人。所作所为，伤天害理，上干天怒，下招人怨。见了我和尚，还敢这样无礼。就是你给我磕头，叫我三声祖宗，我和尚也不能饶你。”姜天瑞一听，气往上冲，举宝剑照定和尚劈头就剁。和尚滴溜一闪身躲开转在姜天瑞身后，和尚拧了姜天瑞一把。姜天瑞回头用宝剑照和尚分心就扎，和尚一闪身躲开，滴溜溜围着姜天瑞转弯，拧一把，掐一把，摸一把，拉一把。

姜天瑞真急了，拧身跳出圈外说：“好和尚，我跟你誓不两立！你这是自来找死，休怨山人。待山人拿法宝取你。”说着话，由兜囊掏出一宗法宝，口中念念有词，祭在空中。和尚一看，原来是一块混元如意石，随风而长，能大能小。随风而落，就如泰山一般，照和尚头顶压下来。和尚哈哈大笑，用手一指，口念六字真言：“唵嘛呢叭咪吽！唵，敕令赫！”这石子一溜，现了原形。有鸡子大一块石子，坠落在地。姜天瑞一看，气往上冲说：“好和尚，你敢破山人的法宝！待山人再拿法宝取你。”老道又由兜中掏出一宗物件，往空中一抛，口中念念有词。和尚一看，原来是一只斑斓猛虎，摇头摆尾，直奔和尚而来。和尚用手一指说：“唵嘛呢叭咪吽！唵，敕令赫。”这老虎一道黄光，掉在地下，是一个纸老虎。姜天瑞见和尚连破了他两宗法宝，当时姜天瑞站在那里，口中一念咒，用宝剑一指，把脚一跺，只见半空中无数的石子，打将下来。和尚用手一指，把僧帽拿下来一接，这石子全都掉在僧帽里。和尚说："我今天不叫你知道知道也不行。"一招手，那帽子内石子，全倒出来，堆了一座山。和尚又用手照姜天瑞一指，说："唵，敕令赫。"姜天瑞一打寒战，自己用手就打自己的嘴巴。和尚说："对，真得打，使劲打，再打几下。"姜天瑞自己打的满嘴流血。和尚说："该打，把胡子搣下来。"姜天瑞真听话，自己就把胡子搣下来。和尚说："姜天瑞，你自己所作所为，从今以后改不改？如不悔过自新，我和尚此时就要结果你的性命。"姜天瑞自己也明白过来，疼痛难挨。知道和尚利害，这才说："师父，慈悲罢，我从此改过，决不敢了。"和尚说："恐你口不应心，你得起个誓，我才放你。"姜天瑞说："我再不改，叫我遭雷劫，打破天灵，头破身死。"和尚说："你去罢。华云龙你往哪里走？"华云龙站着瞧愣了。一听和尚这句话，吓得皂托头彭振、万花僧徐恒二人就往南跑。华云龙就往西跑。和尚就往西追。

华云龙真是急如丧家之犬，慌似漏网之鱼，尽命逃跑，连头也不敢回，好容易听不见草鞋呱哒响了，自己这才站住，累得浑身是汗，遍体生津。一瞧眼前有一座庙，华云龙打算到庙里去躲避，刚来到庙的界墙，就听庙里有妇人喊嚷："救人哪！好，贼和尚，你敢抢夺良家妇女，你快把我放了！"华云龙一听，心说："这庙里和尚必不是好人，我进去瞧瞧。"想罢，拧身蹿进院中，一看，是北房三间，南房三间，西房三间，北房屋中有妇女喊嚷。华云龙在窗缝中往里一看，是一个和尚。脸向里，披下发髻，打着一道金箍。有一个妇人，二十多岁，长的几分姿色。和尚意欲霸占妇人，妇人直嚷。华云龙一想："我冷不防由后面把和尚杀了，我把这妇人留下，就在庙里一住，也倒不错。"想罢拉出刀来，慢慢进去，冷不防蹿进去一刀，竟将和尚杀死，人头滚落在地。华云龙一细瞧，和尚不是外人，贼人呀了一声。不知和尚是谁，且看下回分解。

第八十八回

施佛法暗度华云龙　见美色淫贼生邪念

话说华云龙由后面一刀，把和尚杀了。一瞧和尚不是外人，乃是自己的拜兄，西川路五鬼之内的云中鬼郑天福。华云龙自己一瞧，愣了半天。已然杀了，也无法了，人死不能复生。书中交代，这个贼人，一世也是没做好事。这套《济公传》，济公为渡世而来。忠臣孝子，义夫节妇，必然遇难成祥。赃官佞党，淫贼恶霸，终久必有报应。做书人笔法，使看书人改恶行善，劝醒世人。比如忠臣义士遇着难，听书看书的人，恨不能一时有救。为何乱臣贼子，人人得而诛之？此乃人心公平之处，自古至今一理。郑天福也是报应临头，临死糊糊涂涂的就死了。华云龙也没瞧明白是谁，一刀将贼人杀死。那妇人只当华云龙是好人，赶紧说："多亏了好汉爷搭救小妇人。我姓李，娘家姓刘。只因我住娘家，我兄弟刘四送我回婆家。骑着一条驴，走在这庙门口，不想遇见这贼和尚。他把我兄弟捆上，搁到西厢房。他把小妇人抢进来，意欲强奸小妇人。多亏你老人家，把这贼人杀了。小妇人回到家去，一家感念恩公的好处。"华云龙微微一笑说："小娘子你听我告诉你，我杀的这个和尚，也不是外人。他叫云中鬼郑天福，是我的拜兄弟。我没见明白，错把他杀了。他也已经死了，你也不用走，咱们两个人成其夫妇。把你兄弟一杀，咱们两个人就在这庙里住着就得了。”这妇人听了这话，也知不是好人，妇人就嚷：“快救人哪！要霸占人哪！”华云龙说：“你要嚷，我就把你杀了。”这妇人说：“你把我杀了罢，杀了倒好。”华云龙看这妇人有几分姿色，贼人淫心大动，舍不得说杀就杀。

正在这般光景，只听窗外哈哈一笑，说：“好华云龙，你这厮做出这样事来！可惜杨大哥撒绿林帖，传绿林箭，给你庆贺守正戒淫花。你这厮人面兽心，我先结果你的性命。”华云龙一听，拉刀蹿出来一瞧，外面站定三个人。头前这人身高八尺，膀阔三停。头戴宝蓝缎扎巾，身穿蓝色缎箭袖袍，腰系丝带，薄底靴子，外罩一件宝蓝缎大氅。面如赤炭，两道重眉，一双环眼，押耳两绺黑毫，三绺黑胡须，飘洒在胸前。这个叫飞天火祖秦元亮。第二个也是身高八尺，紫扎巾，紫箭袖袍，闪披豆青色英雄大氅。面似青呢，青中透亮，两道朱砂眉，一双圆眼，押耳红毫，满部红胡子。这位叫立地瘟神马兆熊。第三位穿白带素，白脸膛，俊品人物。此人姓杨名顺，绰号人称千里腿，乃是威震八方杨明的伯叔兄弟。这三个人由曲州府回来，在道路本听说华云龙在临安采花做案。三个人想着：“这事也许以讹传讹。想着杨大哥给华云龙庆贺守正戒淫花，他焉能做不遵王法之事呢。”今天这三人正走在这古佛院墙外，听庙里有妇人喊嚷救人，要奸人哪。三个人止住脚步，都是侠义英雄，专好管路见不平之事。杨顺说：“二位兄长，听里面有妇人喊嚷，救人哪，要奸占人，这必是庙里僧人不法，咱们到里面瞧瞧。”三个人拧身蹿入里面，暗中一探，原来是华云龙要做伤天害理之事。秦元亮这才哈哈一笑说：“好华云龙，你做出这样事来。”华云龙拉刀出来一看，羞恼变成怒，说：“你三个小辈，敢管我二太爷的事！今天二太爷全把你们杀了。”这三个人拉刀蹿过去，就奔华云龙。华云龙心一想：“他们倚仗人多，我非下毒手不可。”想罢将刀一摆，拧身蹿出庙来。这三个人哪里肯舍，随着往外就追。

焉想到华云龙就掏出两支镖来，见秦元亮往外一蹿，脚没落地，贼人抖手一镖，正打在膀背之上。马兆熊也往外一蹿，贼人又一抖手打在左肩头。两个人俱皆翻身栽倒。杨顺一瞧，眼就红了，说：“好华云龙，你拿镖打了我两个兄长，我这条命不要了，跟你一死相拼。”一摆刀照定华云龙搂头就剁。华云龙用手中刀海底捞月往上一迎。杨顺把刀往回一撤，照定华云龙分心就扎。华云龙一闪身躲开，用刀照定杨顺的脉门就点。杨顺把刀往回一撤，一偏腕子，照定华云龙脖颈就砍。杨顺是真急了，一刀紧似一刀，一刀快似一刀。华云龙拨头就跑。杨顺哪里肯舍，说：“好华云龙哪里走！”刚往前一走，华云龙一抖手，说：“照镖。”杨顺赶紧一闪身。见华云龙一扬手并未打出镖来。杨顺刚一愣，华云龙又一抖手说：“照镖。”这支镖来，杨顺未躲开，正中在华盖穴上。杨顺哎哟一声，翻身栽倒。华云龙哈哈一阵狂笑说：“你这三个小辈，还敢跟二太爷动手。你们就这样能为，也敢称英雄。今天这是你三个人，放着天堂有路你不走，地狱无门自找寻。休怨二太爷意狠心毒，结果你等的性命。”

说着话，华云龙刚要摆刀过去，只听对面一声喊嚷：“好东西，华云龙你在这哪。我和尚找你半天没找到，你这可跑不了啦。”华云龙一看，来者正是济公。贼人吓得魂不附体，拨头就跑。急如闪电，慌如流星一般。和尚随后就追，彳亍彳亍，草鞋呱哒直响。华云龙拼命逃走。到天黑，好容易听不见后面草鞋响了，这才止住脚步。回头看了看，和尚不见了。自己擂得力尽筋乏，浑身热汗直流。见眼前一座树林，华云龙进了树林子。靠着树往地下一坐，叹了一声，心中展转：“要不是自己胡作胡为，何必闹得如此。遍地官人捉拿，坐不安，睡不宁，没有站足立步之所。”自己心中一烦，靠着树一阵心血来潮。双眼一闭，渺渺茫茫、迷迷离离，似睡非睡。忽然往对面一看，见路北一座大门，挂着门灯，是一家财主的样子。自己一想：“我已越过了镇店，又饥又渴，何妨到这家借宿一宵，求一顿饭吃。”自己想罢，来到大门前。方要叫门，只见由里面出来一位老丈，头戴四楞逍遥员外巾，身穿宝蓝缎员外氅，腰系丝绦，白袜云鞋。面如三秋古月，慈眉善目。年过花甲，花白胡须，洒满胸前，一表非俗。华云龙赶紧深施一礼说："老丈请了。我乃行路之人，错过店道，求老庄主方便，借宿一宵，赏我一顿饭吃，明日早行。"那老丈抬头一看说："客人贵姓？同路有几位？"华云龙说："我姓华，就是我自己。"老丈说："客人请里面坐。"华云龙跟着进来，到了客厅。这客厅朝南三间，屋中倒很幽雅。老丈说："客人请坐。"华云龙说："未领教庄主贵姓？"老丈说："我姓胡。"说着话，有人进上茶来。老丈款待甚恭。忽由外面进来一个家人，说："老员外，二员外生日，有许多亲友都等员外去喝酒呢。"老员外说道："客人，我可不能奉陪，少时再谈。"吩咐家人："给客人预备酒饭，务要小心伺候。"家人说："是。"华云龙说："老丈有事请罢。"老丈去后，立刻家人给华云龙把酒菜摆上。华云龙一瞧，各式蔬菜，都是他素常爱吃的。自己甚是喜悦，吃了个酒足饭饱。自己一想："这位庄主，与我素未会面，这样厚待。"心中甚感激。正在思想之际，听外面有脚步声音。外面说："呦，老员外在屋里没有？"华云龙一听，声音婉转，分明女子声音，也不好答话。忽见帘子一起，华云龙睁眼一看，是一位千姣百媚的女子。头梳盘云髻，耳坠竹叶环子，银红色女衫，银红色的汗巾，葱心绿绉绸中衣，窄小的宫鞋。真是蛾眉皓齿，杏脸桃腮，真比十成人材强出百倍。华云龙一瞧，眼就直了，心说："我出生以来，也没见过这样美貌的女子。"只见这女子一掀帘子，呦了一声说："是谁让进来的野男子，也不先说一声。"把帘子一摔，拨头就走。华云龙本是采花的淫贼，曾经沧海难为水，除却巫山不是云的人。淫心一动，站起来就跟着。这女子直到后院，进了北上房，华云龙也跟着来到上房。一掀帘子，这女子一瞧，把面目一沉说："华云龙你真是胆大包天。你想想你做的事，有脑袋的没有？你来瞧！"用手一指墙上，华云龙一瞧，墙上写的是他在秦相府题的那首诗。华云龙心上暗想:“怪呀，这女子怎么知道我是华云龙?”方要打算问，女子用手一指说:“你瞧济颠来了。”华云龙一回头，只见和尚脚步踉跄来到。贼人吓的魂不附体。不知后事如何，且看下回分解。

第八十九回

遇张荣二人谈心事　买铁镖淫贼见公差

话说华云龙追到姑娘屋中。姑娘用手一指说："济公来了。"华云龙一回头，果见和尚来到。贼人吓得打一寒战，心中一明白，睁眼一看，还在树林子坐着。原来是南柯一梦。书中交代，这乃是济公的点化狐仙，要暗度华云龙。试探试探贼人的心地，到这般狼狈，能改不能。济公原本是一位修道的人，出家人以慈悲为门，善念为本，有一番好生之德，不肯当时把贼人拿住，呈送当官。但能渡贼人改过自新，济公就不拿他。焉想到贼人在梦中，仍然恶习不改。华云龙一惊醒，吓了一身大汗，方知是梦。只见满天星斗，大约有二鼓以后。自己站起身来，往前行走。正往前走去，只见前面一晃身，有一个人。贼人心虚，赶紧把刀拉出来。二人来至切近，那人说："华二哥吗？"华云龙一细看，不是外人，乃是黑风鬼张荣。华云龙说："张贤弟，你上哪去？"张荣过来行礼说："二哥久违。"

书中交代，张荣自从前者由杨明家里逃出来，自己也是无地可投，他就到古天山凌霄观去找华清风。华清风知道张荣跟华云龙是拜弟兄，也不拿张荣当外人，就留他在庙里住着。这天金眼佛姜天瑞由铁佛寺逃走，就逃到凌霄观去。一见他师父华清风，华清风就问姜天瑞："为何这样狼狈，怎么胡子没有了？"姜天瑞就把济公在铁佛寺捉妖之故，从头至尾述说一遍。华清风一听，气往上冲，说："好济颠，这样无礼，我非得找他去报仇不可。"从此记恨在心。姜天瑞把得着的这部《阴魔宝篆》孝敬给华清风。华清风细细把《阴魔宝篆》一瞧，他就决意去炼五鬼阴风剑。炼好了可以找济颠给姜天瑞、常道友报仇。要炼五鬼阴风剑，须得把五个人开膛摘心，用五个阴魂，才能炼得了。华清风就派黑风鬼张荣下山，诓五个人上山，可以炼五鬼阴风剑。张荣这才下了古天山，出来诓人。今天碰见华云龙，二人彼此行礼。华云龙说："张贤弟，你在哪住着？"张荣说："前者我找你，到凤凰岭如意村去住了几天。不想到这个杨明实不是朋友。我在他家住着，他慢不为礼，还说了许多不在礼的话。二哥，你知道我的脾气，我如何受的了？我由他家出来，就在古天山凌霄观住着。现在你叔父派我下山办事。二哥你上哪去？"华云龙说："现在我是无地可容。灵隐寺济颠和尚拿我甚紧。"张荣说："二哥，你我一同上古天山去。有你叔父九宫真人，也可以护庇你。也可以劝劝济公和尚。僧赞僧，佛法兴，道中道，玄中妙。红花白藕青莲叶，三教归到一家人。他也是出家人，一不在官，二不应役，你犯了国家的王法，与他僧人何干？你同我去见真人，倒可以有个安身之处。"华云龙说："去是可去，我先得买镖去，我囊中一枝镖都没有了，我全凭毒药镖护身。"张荣说："你要买镖，到前面兴隆镇买去。"

二人慢慢往前走，天光也亮了。来到兴隆镇，太阳高高的。张荣说："我就在村口等你。你去就来。"华云龙说："也好。"进了村口，来到十字街，往东一拐，只见路南里一座大大铁铺子，字号"舞岳斋"。三间门面。西边是栏柜，东边是八卦炉。华云龙抬头一看，见铺子门口，站着一位老者。头戴蓝缎四楞巾，身穿蓝缎袍，面如重枣，粗眉大眼，花白胡子，精神百倍。华云龙一想，这必是掌柜的。赶紧上前说："掌柜的，你们这铺子卖镖么？"这老者上下瞧了瞧华云龙，是穿白带素，壮士打扮。老者说："不错，卖镖。尊驾买什么镖？"华云龙说："我要出风轧亮的镖，有没有？"老者说："有倒有，没有出风轧亮的。壮士你里面坐，你瞧瞧使的使不的，可以叫伙计现收拾。"华云龙点头，跟着来到柜房落座。老者说："华壮士你买几枝镖，要多大分量？"华云龙说："八枝为一槽，六枝为半槽，十二枝为全槽。我买全槽十二枝，还要一枝为镇囊。要三两三一枝。"老者说："是。我这里还有现成的，或许分量大点。你要一槽镖是六两银子。要出风轧亮，伙计现做，得加二两银子酒钱。"华云龙一想："几两银子不算什么。"说："价钱依你，我等着使。"老者说："可以。"拿了一枝镖来。华云龙一瞧说："分量大。"老者说："华壮士你等等，少时就有。"一面叫小伙计："去外面打壶茶去。咱们铺子火没着，你外头打水去。"附在小伙计耳边说如此如此。小伙计点头走了。

老头陪着华云龙说话。老者说："华壮士素常作何生理？"华云龙说："保镖。"老者说："尊驾既是保镖，我跟你打听几个人，你可认识？"华云龙说："有名便知，无名不晓。"老者说："有一位南路镖头追云燕子黄云，你可认得？"华云龙说："认得。"老者说："北路镖头美髯公陈孝、病符神杨猛，你可认得？"华云龙说："那是我自己弟兄。"老者说："东路镖头铁棍无敌陈声远，西路镖头铁头太岁周坤，神刀将李恒，尊驾可知道？"华云龙说："知道。"老者说："中路镖头威震八方大义士杨明，你可认得？"华云龙说："那更不是外人。"老者说："这就是了。"

说着话，小伙计拿了茶来，给华云龙斟了一杯。少时镖打好了，老者拿进来，给华云龙一瞧，华云龙说："镖尖微沉一点，恐其打出去摆头。"老者说："华壮士你试一试，我这后院里有地方。要不合手，再叫伙计锉锉。"华云龙说："好。"

老者手里拿了这枝镖，带领华云龙把后门一开。华云龙一瞧，这个后院地方甚宽阔。西南有五六丈一段长墙。靠南边一个后门。周围是院墙，也没房子。地下都是三合土筑的土基，是个练把式场子的样式。华云龙一瞧说："掌柜的也能练罢，这个地方很好。"老者说："我也爱练。"这句话尚未说完，就听四外哗愣哗愣有兵刃响。华云龙一看，只见后门磕叹一响，把门踹了。进来两个人，手中拿着铁尺。头前个人，身高八尺。头戴缨翎帽，青布鹦脑窄腰快靴，面似乌金纸，黑中透亮；两道英雄眉，斜飞入鬓；一双虎目，皂白得分；准头端正，四字口，海下无须，正在少年。后面跟定一人，也是官人打扮。面如赤炭吹灰，红中透紫，粗眉大眼。后面带领无数官人，将门堵住。这两个班头一声喊嚷："好华云龙，你往哪里走？你敢明火打劫，劫牢反狱，今天你休想逃走。"

书中交代，华云龙可并未在此地作案，这内中有一段缘故。兴隆镇归常山县管。只因常山知县到任未久，出了几件逆案。南门当铺明火执仗刀伤事主。东门外路劫，杀死事主少妇车夫，抢去银两首饰衣服，一无凶手，二无对证。老爷立刻把马快班头叫上来。两位都头，一位姓周名瑞，绰号人称小玄坛。一位叫赤面虎罗镳。这两个人都是飞檐走壁之能。老爷堂谕："派两位班头，急速办案，给十天限。如将贼人拿获，赏一百两。如逾限不获，定要重责。"周瑞、罗镳二人，领堂谕下来，每人带了十数个伙计出来访缉。这天正走在恶虎山，就听山下一片声喧。原来是常山县马家湖白脸专诸马俊同铁面天王郑雄，由临安回来，打着驴驮子，正走在这里。只见对面跑来一人说："二位救命，那边有劫路的了。"马俊说："你且跟我来。"催马向前。忽见对面蹿出一人，身高九尺，膀阔三停。头上青扎巾，身穿青绑身小袄，腰系钞包，薄底靴子。手擎鬼头刀，面如刃铁，一脸的白斑。押耳黑毛，短茸茸一部刚髯。这人把手中刀一顺说："此地我为尊，专劫过路人。若要从此走，须留买路钱。若无钱买路，叫你命归阴。对面的眠羊孤雁，趁此留下买路金银，饶尔不死。如要不然，要想逃命，势比登天还难。"不知郑雄、马俊如何，且看下回分解。

第九十回

蓬头鬼劫径遇英雄　华云龙逃走逢故旧

话说铁面天王郑雄见贼人一顺刀，要买路金银。郑雄一看，这个人身躯高大，是个英雄的样子。郑雄很欢喜，心说："这个人必是被穷所迫，我可以周济周济他，叫他改邪归正。"想罢，郑雄赶奔上前说："朋友，我看你是个堂堂正正英雄，烈烈轰轰豪杰，必是被穷所迫，在此劫路。我周济你二十两银子，你可以做个小本经营，千万不可做贼为寇，你或是投亲访友，盘费不敷，你只管说，我还可以多给你。"贼人哈哈一笑，说："你休要跟我动舌箭唇枪，给我二十两银子！今天大老爷既遇见你，你非把驴驼子东西都给我留下不可。"郑雄一听，气往上冲，说："你这厮太不知事务，你打算我怕你不成。今天我管教管教你。"说罢，郑雄伸手拉出竹节鞭，照定贼人搂头就打。贼人一闪身，摆刀照郑雄就剁。郑雄往回一撤鞭，手急眼快，使了百草寻蛇，往上一迎。呛啷一响，把贼人的刀磕飞了。趁势打一鞭，竟将贼人打倒，郑雄吩咐家人将贼人捆上。郑雄打算打贼几下，把他放了，叫他知道知道，不肯送他当官治罪。焉想到贼人破口大骂说："你们既把大太爷拿住，你两个人敢把自己名姓告诉我不敢？"马俊说："好贼人，你家大太爷怎么不敢把名姓告诉你！我是马家湖的，姓马名俊，绰号叫白脸专诸。告诉你，你便怎么样？你不服，你叫人找我去罢。”贼人说：“好。姓马的，你看着罢。”书中交代，有一群贼，夜入马家湖，马俊几乎一家被害，那就是报今日之仇。这是后话。

今天把贼人拿住，正说着话，小玄坛周瑞、赤面虎罗镳，带领官人赶到。二位都头一瞧，认得是马俊，说：“原来是马大官人。拿住贼人甚好。现在南门外当铺明火执仗，抢去衣服首饰无数，已呈报到官。东门外劫路杀人案，老爷要这两案，要的甚紧，派我等出来。你把贼人交给我们罢。”马俊说：“也好，交给你们罢。”又把那逃难之人叫过来，问丢了什么。那人说：“我叫胡德元，并未丢什么。若非老爷，我命休矣。”谢了马俊等，自己去了。马俊等也各自去。

周瑞、罗镳叫伙计带着贼回到衙门。往里面一回话，老爷立刻升堂，吩咐：“把贼人带上来。”两旁答应，立刻将贼人带上堂来。贼人怒目横眉，立而不跪。老爷在上面问道：“下面贼人姓什么？”贼人说：“我姓恽名芳，外号人称蓬头鬼。”老爷说：“好恽芳，南门外当铺劫案，你们共有多少人？趁此实说，免得皮肉受苦。”贼人说：“我不知道。”老爷说：“东门外劫路杀人，你等几个人办的？”恽芳说：“我也不知道，不是我。”老爷说：“你在绿林几年，做了多少案？”恽芳说：“我没做过案，这是头一回。”老爷一听，勃然大怒，把惊堂木一拍，说：“你这厮必是贼呀！见本县竟敢言语支吾。大概抄手不肯应，来人给我拉下去，重打八十大板！”皂班答应，将贼人打了八十大板。打完了，贼人并不哼哈，复又带上堂去。老爷说：“恽芳你趁此说了实话，本县可从轻办理。你如不说，本县三推六问，那时你也得招认。”恽芳说：“我实是不知，你便把我怎样？”老爷一听，气往上冲，吩咐：“看夹棍伺候。”三根棒为五刑之祖，往大堂上一捺，老爷吩咐：“把他夹起来再问。”官人立刻把贼人夹起来。老爷一伸手，用了五成刑，贼人并不言语。老爷一伸手，用八成刑，贼人睡着了。用十成刑，滑了杠。贼人终是不言。老爷无法，吩咐把贼人钉镣入狱。连过了两堂，贼人没口供。焉想到第三天夜内，三更时，来了一二百飞檐走壁的江洋大强盗，来到常山县劫牢反狱，把恽芳救走，拐走了七股差事。来到东门，杀死门军，持刀押颈，要钥匙开城逃走。知县衙门就乱了。

次日，知县把周瑞、罗镳叫上去，标下堂谕："限三天要这案。如拿获着，赏银二百两。三天如拿不着，必要重办。"马快小玄坛周瑞跟罗镳一商量，这件案真不好办。周瑞、罗镳这两个人原本是师兄弟，罗镳是周瑞的父亲的徒弟。这两个人一商量，周瑞说："咱们两个人到家去问问老爷，这个恽芳是哪一路的贼。他老人家也许知道，叫他老人家给咱们出个主意。"罗镳说："好。"两个人领着二十多个伙计。各带兵刃，出了衙门，够奔兴隆镇。

周瑞他住家在兴隆镇的东村头路北。他父亲名叫周熊，绰号人称燕南飞。当年老英雄在镇江住家，同一轮明月赵九州、铁棍无敌满得公在外面保镖，因闲事打了一场官司，打输了，老英雄赌气，离开镇江府，就在这兴隆镇落户，在十字街开了一座舞岳斋铁铺。跟前就是一子。周熊教了一个徒弟罗镳。这两个人在常山县当红差事。周瑞是三班都头，罗镳是班总。今天这两个人带着伙计，回到家中，一见老英雄周熊，周熊诘问："儿呀，你二人带着伙计，来到家中什么事？"周瑞说："爹爹有所不知，常山县出了逆案了。"周熊说："什么逆案？"周瑞说："这位老爷新官到任，交代尚未办理清楚，南门外万兴当内，夜闹明火执仗，刀伤事主，抢去银两首饰，贼人逃窜，当铺呈报到县。东门外路劫杀人，一无凶手，二无对证，人头不见。老爷派我二人出来办案。我带着伙计下道，走到恶虎山，正遇贼人路劫，给常山县马家湖的白脸专诸马俊把贼人拿住。我二人把贼带到衙门。老爷一问，这个贼没有口供，老爷把贼人入了狱。焉想到昨天夜内，来了几百个江洋大盗，大反常山县，劫牢反狱，把贼人救走，还拐走了七股差事，到东门砍死门军，持刀押颈，要钥匙开城逃走。老爷为这事，纱帽都保不住了。堂谕给我二人三天限，拿不着贼人，必要重办我等。要拿了这案，不但有赏，还成名。此不知是哪路的贼。你老人家可有什么耳信没有？”周熊说：“救走的这个贼叫什么？”罗镳说：“叫蓬头鬼恽芳。”周熊一听，说：“这个贼我知道，这是西川路的贼。西川有五鬼一条龙：蓬头鬼恽芳，云中鬼郑天福，开风鬼李兆明，鸡鸣鬼全得亮，黑风鬼张荣。一条龙是乾坤盗鼠华云龙。你两个人不用着急，在家等着，我出去采访采访。”周瑞、罗镳点头答应。

老英雄燕南飞周熊这才由家中出来，刚来到铺子门口，正赶上华云龙买镖，周熊就心中一动。华云龙要出风轧亮的镖，周熊心中暗想：“使出风轧亮的镖，是装毒药用的。天下没几个人，就是千里独行马元章，他传授了徒弟威震八方杨明。杨明传了个拜弟西川路的华云龙。除此这几个人之外，没有要出风轧亮镖的。”老丈这才一问：“壮士贵姓？”华云龙说：“姓华。”周熊就知道是乾坤盗鼠华云龙。周熊一想：“大概劫牢反狱，必有他在内。就把他拿住，这案就破了。”故此把华云龙稳住了，叫小伙计去倒茶，向小伙计耳边说：“你赶到家里送信，就提乾坤盗鼠华云龙在铺子里买镖。叫周瑞、罗镳带众伙计来，把铺子围上，赶紧快来。”小伙计听的明白，点头答应，把茶壶搁在水铺里，赶紧到家中一送信。周瑞、罗镳正为这案着急。一听这个信，立刻带人来，就把铺子围了。华云龙也没想到有人拿他。周熊把华云龙诓在后院，因地方平坦，就好拿他。小玄坛周瑞、赤面虎罗镳，每人手擎一把铁尺，重有二十四斤，把门踹了，蹿到院中。周瑞一声：“好华云龙，明火路劫，杀伤人命，劫牢反狱，杀死门军，持刀押颈，要钥匙开城。你真是胆大包天。我看你今天哪里去！”华云龙吓得魂惊千里，也不知是哪的事。二位班头各摆铁尺，往前够奔。华云龙看人多势众，自己不敢动手，急忙拧身往墙上就蹿。老英雄周熊抖手就是一镖。华云龙没躲开，正中在贼人的幽门。终日贼人采花，今天叫他尝尝铁家伙，这也是报应。小玄坛周瑞见贼人要逃走，赶紧喊嚷：“外面伙计们，别叫贼跑了！”众官人各摆兵刃，阻住大路。大约华云龙难逃活命。不知后事如何，且看下回分解。

第九十一回

五英雄送友古天山　恶妖道自炼阴风剑

话说众官人各摆兵刃一截华云龙，这些人如何截得住？华云龙说：“挡我者死，闪我者生，尔等让路！”摆刀往下一蹿，手中刀乱砍官人。杀开一条大路，贼人闯出来往正北就跑。后面周瑞叫喊：“千万莫放走了他！众人追拿！”众人随后紧紧追赶。华云龙跑的紧，后面追得紧。周瑞、罗镳带领众人飞追，去华云龙不多远。华云龙跑的热汗直流，腿也发了酸，实在跑不动了。后面仍自是追，华云龙又不敢站住，追上就没了命，自己尽命往前跑。眼前一道沙土岗，约有一丈多高。华云龙心里说道：“这土岗我要两腿一发软上不去，一跌下可就没了命了。”自己来到土岗，用力往上跑。焉想到土岗北边有五个人在那里站着。乃是威震八方杨明，同风里云烟雷鸣、圣手白猿陈亮、矮脚真人孔贵、万里飞来陆通。

书中交代，这五个人怎么会来到这里呢？原来这五个人在蓬莱观庙里住着，济公叫他五个人，一个月之内不准出庙，要一出庙，就有性命之忧。别人都能行，惟有陆通，他在庙里不出来，急得了不得。没事他就拿着棍在院里练棍，以为解闷。分为三十六手左门棍，四十八手右门棍，庄家六棍，他自己就耍开了。这天他正在耍着，一失手把花盆砸了。道童说："陆爷你别练了，要练到庙门口练去。"陆通说："对，我上庙门口练去。"雷鸣说："我陪你去，咱们两个人练去。"杨明说："陆通别出去！济公说，一个月不叫出去，出去有性命之忧，不可不信。"孔贵说："庙门口又没人在山上头，有什么要紧？叫他出去瞧瞧，免得他发躁。"陆通就同雷鸣来到庙门口。一个练棍，一个耍刀。正练得高兴之际，就见山上跑过一只野猫来。陆通一瞧，拿棍就打。野猫往山下一跑，陆通同雷鸣两个人随后就追。道童瞧见，去告诉杨明，说："陆通同雷鸣追野猫下山去了。"杨明、孔贵、陈亮不放心，赶紧带上兵刃，追下山来。焉想到陆通、雷鸣追这只野猫，一直追下去有五十里之遥。只见野猫钻进一座坟窟窿里。陆通追到这里一看说："好球攮的，你快出来，你不出来，我把你的窝拆了！"拿着棍就要拆坟。这个时节，杨明、陈亮、孔贵赶到。杨明说："陆通你还不躲开，要叫人看见，说你偷坟掘墓，就把你拿住。快跟我走罢。"

正说着话，只听正南上人声喊嚷，说："别叫贼人走了！"雷鸣往土岗一瞧，是华云龙被官人追下来。雷鸣说："杨大哥，你瞧华云龙被官人追下来。咱们帮着官人将他拿住，好不好？"陈亮说："不用，咱们趁早躲开，依我说，不用多管闲事。"杨明说："不要紧，我有主意，咱们不用明着过去拿他，跟他为仇。咱们暗中拿石子打他，把他打躺下，官人就将他拿了。咱们也不必见面。"雷鸣说："对，杨大哥会打暗器，你打的准，你打罢。"杨明就拿一块石子，在沙岗后，见华云龙刚要上岗，杨明一抖手说："云龙照打！"这石子照云龙打去。焉想到华云龙身往旁边一闪，这石子正打在小玄坛周瑞的华盖穴。周瑞哎哟一声，翻身栽倒，立刻哇了一口血吐出来。华云龙趁着周瑞一躺下，贼人连蹿带跳，越过土岗。抬头一看，是陈亮、雷鸣、杨明这五个人。华云龙只当是杨明暗中救他，拿石子打官人。华云龙赶紧过来，给杨明磕头，说："多蒙兄长搭救，要不然，小弟今遭不测。"杨明也不好说我不是救你的，要帮官人拿你。只好随口应承说：“我救你倒是小事，你快逃命罢。”华云龙说：“兄长，你救人救到底，我要上古天山凌霄观，找我叔父九宫真人华清风去。求兄长把我送了去罢。”杨明说：“你上你叔叔庙里去，何必我送？”华云龙说：“兄长有所不知。我叔叔脾气太利害，要见了我，知道我外面做的这些事，必要杀我。求兄长送了我去，给我讲讲情。我给兄长磕头。”杨明本是个热心肠的人，见华云龙苦苦哀求，杨明说：“就是罢，我送了你去。”雷鸣、陈亮众人都不愿意，又不好不跟着。无奈，大众一直够奔古天山而来。

相隔此地不过数十里之遥，众人来到古天山下。陆通就说：“杨大哥，你们去，我在这里等着。我不去见华清风。见了他，还得给牛鼻子老道行礼，我不愿意。我在这里等着，你一天不来，我等一天。两天不来，我等两天。总等杨大哥来了，咱们一同回去。”杨明说：“也好，你等着罢。”四个人这才同华云龙上山。来到庙门口，一叫门，道童出来。一开门说：“华二哥来了，你好呀。”华云龙说：“好，承问承问。师弟，祖师爷在家没有？”道童说：“在家。”众人这才一同进去。见庙中栽松种竹，清幽之极。正北是大殿五间，东西各有配房。道童带领众人，越过头层殿，由第二层院子出东角门，来到东跨院。这院中是北房三间，南房三间，东房三间。道童用手一指北上房说：“祖师爷在上房鹤轩里。”众人隔着帘子，往里一瞧，见里面有一张云床。上面有黄云缎子坐褥，在当中坐定一个老道，盘膝打坐，闭目垂睛。头戴青缎九梁道冠。身穿紫缎色道袍，上绣金八卦，按着乾三边，坤六段，离中虚，坎中满，当中太极图。腰系杏黄丝绦，白袜云鞋。背后背着宝剑，绿沙鱼皮鞘，捡铜什件，黄绒穗头。面如生羊肝，押耳黑毫，海下一部黑胡子，微有几根白的。杨明、陈亮、雷鸣、孔贵四个人在外站着，华云龙先进去，跪倒行礼说：“叔父在上，小侄男给叔父叩头。”华清风一翻二目说：“你这逆子，在外面胡作非为！华氏门中，乃根本人家，出了你这现眼的逆子。你还有何面目前来见我！”说着话，伸手把宝剑拉出来。杨明一瞧，生怕老道杀他，杨明赶紧迈步进去说：“祖师爷暂且息怒，饶恕他罢。”华清风抬头一看说：“你是什么人？”杨明说：“我姓杨，叫杨明。”华云龙说：“叔父，这是小侄男的恩兄，威震八方杨明。”雷鸣、陈亮、孔贵也都进来。华云龙说：“叔父，这都是我的恩兄义弟。”华清风一听，说：“你这孽障，这就该打，既是你的恩兄义弟，为何不早禀我？众位请坐。这位道友贵姓？”孔贵说：“无量佛，弟子叫孔贵。”华清风说：“这二位贵姓？”陈亮说：“我姓陈。”雷鸣说：“我姓雷。”华清风说：“众位来此何干？”杨明说：“祖师爷要问，只因我义弟华云龙，他在临安闯下大祸，现在灵隐寺济颠和尚到处拿他，他无地可躲，我等把他送到祖师爷这里。求祖师爷大发慈悲，将他收下。济颠和尚也许不能来拿他。就使来了，祖师爷可以劝劝济公。僧赞僧，佛法兴，道中道，玄中妙，红花白藕青莲叶，三教原归一家人。祖师爷可以庇护他。”华清风一听，说：“你等来把他送到我庙里来，是怕济颠和尚拿他是不是？”杨明说：“是。”华清风说：“你等敢是真心要救他，还是假心呢？”杨明听这话一愣，说：“祖师爷这话从何说起？我等要不是真心，为何我等跟着送上山来？”华清风说：“好，你们既是真心救他，我跟你们几位借点东西，肯借不肯借呢？”杨明说：“看是什么东西，除非是脑袋，在脖子上长着不能借。别的东西都可以借。”华清风说：“我倒不借脑袋。我要炼五鬼阴风剑，炼好了，能斩济颠罗汉的金光。要不炼好法宝，济公来拿他，我也不是他的对手。你们打算救他，把你们几位的人心，借给我炼五鬼阴风剑，可以斩济颠和尚。”雷鸣一听，他先恼了，张嘴就骂：“好杂毛老道，满口胡说。给脸不要脸，爷爷走了。杨大哥跟我走。”杨明也是气得颜色更变，说：“你们是叔侄，爱管不管。”站起来就要走。华清风哈哈一笑，说：“你几个小辈要走，焉能由得了你？放着天堂有路你不走，地狱无门找进来。姜天瑞出来，把他等给我拿住。”一句话说出，金眼佛姜天瑞，由屋中出来。用袍袖一点指，口念敕令，竟把这四位英雄，用定神法定住，要想逃走，比登天也难。不知性命如何，且看下回分解。

第九十二回

黑风鬼害人终害己　金眼佛杀人被人杀

话说姜天瑞用定神法把四位英雄定住。华清风吩咐："去到西跨院，栽上五根柏木桩。把香烛桌案应用东西预备好了，山人要炼五鬼阴风剑。"华云龙立在一旁，竟自不言。杨明说："好，姓华的，我们可是为你来的。你瞧我等死，这倒不错。"华云龙听杨明这话，他这才说："祖师爷，你老人家慈悲慈悲罢。这都是我的朋友，你看在我的面上，别杀他们。"华清风说："华云龙，你还给他等求？你打算他等是你的朋友？你可知在沙土岗，姓雷的他要帮着官人拿你。姓杨的说，他会打暗器，拿石头原是打你，错打了官人。你还睡里梦里。"杨明一听，心说："奇怪，我们说的话，老道怎么会知道？真是神仙，未卜先知！"雷鸣是破口大骂。华清风立刻吩咐，把众人捆着搭着，来到西跨院。见那里栽着五根柏树桩，放着八仙桌。有香炉蜡扦，香烛纸马，五谷粮食，菜根，无根水，黄毛边纸，朱砂白芨笔砚等，一应的东西都预备好了。就把四个人往木桩上一捆。陈亮说："罢了，没想到今天死在这里。哎呀，应了济公的话了，他老人家说，一个月不可出蓬莱观，要不听话，有性命之忧，他救不了咱们。这都是陆通不听话，连累了咱们几个人。"杨明说："事已至此，也就不必说了。"雷鸣、陈亮说："我们两个人死了倒不要紧，上无父母的牵缠，下无妻子的挂碍。孔二哥已然是出了家，死了万事皆休。就是杨大哥死不得，家有白发老娘，绿鬓妻子，未成丁幼儿。你要一死，是母老妻单子幼，无人照顾。"这一句话，勾起杨明心中一阵难过，叹了一声说："二位贤弟，倒不便提这个了。一则生有处，死有地，阎王造就三更死，谁敢留人到五更。二则你我弟兄，倒是一件乐事。"陈亮说："怎么要死倒是乐事呢？"杨明说："你没瞧见闲书，想当初三国志宴桃园豪杰三结义，斩黄巾英雄首立功，刘关张结义之时说，不愿同年同月同日同时生，但愿同年同月同日同时死，尚且不能。现今你我弟兄岂不是同年同月同日同时死么？"

正说着话，华清风吩咐："给我拿过一个瓶来，我可以把他等的阴魂拘来，收在瓶内。"姜天瑞说："师父，你炼五鬼阴风剑，这是四个人，尚少一个人呢。"华清风一听，豁然大悟，说："有理有理。山人一时懵懂住了。还少一个人，这不能炼。"姜天瑞说："今可下山，再找一个人去。"华清风说："何必找去，你把厨房吃饭那人添上就得了。"书中交代，谁在厨房吃饭呢？乃是黑风鬼张荣。原是张荣在树林子等着华云龙去买镖。等到工夫大了，不见华云龙回来。正在心中焦躁，只见杨明、雷鸣、陈亮、孔贵、陆通这五个人，由正北往南跑。张荣大吃一惊，赶紧隐藏起来。生怕杨明瞧见他，必要他的命。自己正在暗中观看，见正南上官人追下华云龙来。雷鸣说，要帮着官人把华云龙拿住，杨明要拿石子打华云龙，张荣在暗中听的明明白白。这小子怕被杨明众人瞧见，他先回到古天山来。一见华清风，提说华云龙之事。要不然，华清风怎么会知道杨明拿石子打华云龙？他又不是神仙，焉能未卜先知？都是张荣说的。此刻张荣正在厨房吃饭，姜天瑞来到厨房说："张荣，现在祖师爷要炼五鬼阴风剑，少一个人。"张荣说："我给下山诓去。"姜天瑞说："你也不用诓去。祖师爷说了，把你添上就够了。你少活几年罢。"张荣一听，吓的颜色更变，说："别把我添上呀。"姜天瑞说："由不了你。"用袍袖一指，张荣不能动转，当时也把张荣搭到西跨院来。张荣口中直央求说："祖师爷饶命。"杨明一瞧，见是张荣，心中咬牙忿恨。自己一想："要不是出来找张荣，焉能离家在外，遇见这样的事？"杨明破口大骂，说："张荣，你这厮人面兽心，我姓杨的出来，原为找你这小辈报仇。没想到今天在这里会见你。"张荣只顾央求老道饶命，也不顾杨明骂不骂。张荣直说："祖师爷爷饶命！"华清风本是个恶人，并不理他。吩咐姜天瑞："你看我用宝剑挑起来符一烧，抖起来符落到谁头上，你先取谁的人心。"姜天瑞点头答应。

华清风把符画好了，往宝剑尖上一粘。口中念念有词，把符点着，用宝剑一挥。这道符正落在黑风鬼张荣的头上。杨明一看，说："罢了。我只要见着张荣一死，先死在我眼前，我就死在九泉之下也甘心瞑目。"只听华清风那里吩咐行刑，姜天瑞拿宝剑，照定张荣胸前就是一剑。只听噗哧一响，张荣胸中冒出五股气来，是阴毒损坏狠。冒完了这五股气，血才往外流。姜天瑞用凉水一浇，伸手把人心取出来，一瞧，心中净是小窟窿，都烂了，没有一个好心眼。把人心递给华清风。老道用宝剑将人心一穿，口中念念有词。宝剑一晃，就把张荣的阴魂招了去，装在磁瓶之内。老道说："急急如律令敕。"用手一指，张荣的阴魂不能出来。清风就把第二道符点着。口中一念咒，用宝剑一抖，这道符落在杨明的头上。杨明说："三位贤弟，愚兄头里走了。你我弟兄在枉死城见罢。"雷鸣、陈亮瞧着难过，如乱箭穿心一般。华清风吩咐姜天瑞行刑。杨明把眼睛一闭，牙关一咬。姜天瑞伸手一解杨明的衣服，用宝剑照定杨明胸前就刺，只听噗哧一响，红光崩溅，鲜血直流，姜天瑞的死尸，栽倒在地。

书中交代，姜天瑞拿宝剑杀杨明，怎么他倒被杀死了？书有明笔、暗笔、伏笔、记笔、倒岔笔、惊人笔。这乃是惊人笔。姜天瑞拿宝剑正要刺杨明，焉想到由墙外蹿进一人，正是万里飞来陆通。人到棍到，竟把姜天瑞脑袋打碎了。陆通原本是在山下等候杨明。工夫大了，不见杨明回来。傻人也有傻心眼，陆通一想说：“我等杨大哥，回头饿了怎么办？没地方吃饭。”正在思想之际，由那里来了个卖馒头的。一瞧陆通身高九尺以外，犹如半截黑塔一般，旁边搁着一条铁棍。卖馒头的只打算陆通是打杠子的，吓的颜色更变，说：“大太爷要什么？”陆通把英雄氅往地下一铺说：“爷爷要馒头。”卖馒头的赶紧就数，一五一十全数完了，一百零五个。把馒头搁下，挑起担子就走。陆通说：“回来。”卖馒头人说：“大爷，你还要剥我的衣裳么？”陆通说：“爷爷给你银子。”掏出了一锭有五两，递给卖馒头的。他这才知道陆通是好人。卖馒头的说：“这些馒头用不着这许多银子。”陆通说：“你滚罢。”他才挑起担子走了。陆通瞧着馒头，给风一吹，皮一干裂了口。陆通说：“你乐了，先吃你。”拿起来就吃。再一瞧又裂一个，他说：“你也乐了，该吃你。”自己自言自语说：“他们来了，就够吃的了。”陆通正在说这话，一瞧和尚来了，还同着一个人。济公说：“陆通，你还不瞧瞧去，你杨大哥给人害了，要开膛摘心哪。”陆通说：“真的吗？”和尚说：“真的。”陆通拿起铁棍大氅就往山上跑，馒头抖了一地，也不要了。来到庙界墙，往里一看，墙有八尺高，他身材九尺，探头往里一瞧，果然把杨明捆上。陆通真急了，蹿进去，手起棍落，竟把姜天瑞打的脑袋崩裂。华清风一看，眼就红了，说：“好一个胆大的囚徒，竟敢把我徒儿打死。”陆通摆棍就跟华清风动手。华清风用手一指，把陆通定住。老道拉出宝剑，照陆通脖颈就是一剑。砍了白印一条。陆通哈哈一笑说：“爷爷身上有金钟罩，就是不告诉你，就把火烧、活埋、开水煮这三样不告诉你。你不知道。”他本是浑人，说不告诉，全说出来。老道一听，吩咐童子：“把两捆干柴，将他烧死，给我徒儿报仇。”童子立刻搬了干柴，陆通一瞧，说：“这着真不好了，谁告诉你的？”杨明瞧着，深为太息，说：“陆通是个浑人，肉眼佛心。一世不懂奸滑，怎么会遭这样惨报，可见上天不睁眼。”陆通也是真急了，口中直嚷：“师父快来救命！”只听外面答话：“来了。好东西，要烧我徒弟，徒弟不必害怕。”大众睁眼一看，乃是济公，说来搭救众人。不知罗汉爷从何而来，且看下回分解。

第九十三回

古天山华清风炼剑　铁佛寺济禅师救人

话说华清风正要火烧陆通，济公赶到。书中交代，济公由古佛寺追走了华云龙，和尚复返回去。掏了三块药，把飞天火祖秦元亮、立地瘟神马兆熊、千里腿杨顺三个人的镖伤治好。这三个人给济公行礼说：“多蒙师父救命之恩，未领教圣僧尊姓大名。”济公通了名姓。这三个人说：“师父搭救我等再生，我等铭感五中。青山不改，绿水长流，他年相见，后会有期，我等必要报答。”济公说：“你三个人去罢，我和尚还有事呢。”三个人千恩万谢，告辞去了。和尚复又到庙内，把刘四放开，叫李刘氏跟他兄弟回家。姊弟二人谢了济公去了。和尚叫本地官人报官，将古佛寺入官，另招住持僧人。济公这才回铁佛寺。来到寺里一看，众人正在埋怨和尚：“要不是和尚把大蟒赶走，大众虽花些钱，可以把臌症治好。这一来，病人多的很，没人治了。”济公在铁佛寺一听这话，说：“众位不必埋怨，我可以在这庙内舍圣水，有病的只管来吃，吃了包好。”立刻派人挑了几十担水，倒了十大缸。和尚掏了十块药，放在水缸里。大众闻这水，有一阵清香。大众传出去，和尚舍圣水。果然有臌症的，来此喝口水就好。不但治臌症，百病都得好。开化县的黎民没有不感激济公的。

次日和尚说："我可不能看着舍水，我还有事呢。"这才回到巡检司，叫四位班头把冯元志送到开化县。和尚来到开化县，知县郑元龙立刻迎接济公。进到书房，知县说："多蒙圣僧给我地面除害，搭救黎民，本县实深感激。"和尚说："那倒是小事。"知县说："圣僧这是由哪里来，这个贼人是怎么一段事？"和尚说："这个贼人是盗公文的，现在龙游县还有一个贼，叫小神飞徐沛，跟那个贼是一案。我带着这两个班头杨国栋、尹士雄，就是龙游县的原办。求老爷办一角文书，派几个官人，把这个贼人解到龙游县去完案。"知县郑元龙点头应允。旁边贼人冯元志一听这话，心中一动，心说："只要把我解了走，遍地是绿林的朋友，只要碰见，定可以把我救了。"他是心中的话，和尚答应了，说："好东西，你心里倒想的不错，只要把你解了走，路上就有人夺了你去。我和尚更有主意。老爷，你叫人把黄土泥用水合了，把贼人的脑袋脸上都抹了，就给他留着眼睛、鼻子、嘴出气，省得有人认得他。"知县立刻办了一角文书，派了四个解差，同尹士雄、杨国栋把贼人解走。尹士雄、杨国栋谢了知县，又谢了济公，这才押解起来。和尚领柴、杜二位班头也告辞。知县送出衙门，和尚拱手作别。柴头说："师父，你老人家由临安带我二人出来拿华云龙。今天也拿他，明天也拿他，到如今也没拿住。我们家中，上有老，下有小，指着这份差事度日子。这些日子，披霜带露出来，倒是拿他拿不了！"和尚说："你两个人不用着急，跟我走，准把华云龙拿住。"二位班头无奈，跟了和尚往前走。

和尚说："了不得了，我这身上的虱子太多了，咬的我实在难受。"说着话，和尚用手一掏，掏出一把虱子来。由前头掏出一把来，放在后身。由后掏出一把来，搁在前面。柴头说："师父，还不把虱子捺了！还往身上放着，这有多脏！"和尚说："你不知道，我给虱子搬搬家，它一不服水土就死了。"柴头说："师父，别胡闹了，一个人身上的虱子，还不服水土？依我说，快捺了罢。"和尚说："这虱子还得拿水饮饮它。”说着话，眼前有一道河，和尚噗咚跳下河去。柴头就知道和尚又要走，说：“师父又要走啦？咱们哪里见？”和尚说：“咱们常山县见。”说完了，和尚一使验法，柴、杜二人瞧不见和尚了。两个人抱着怨恨，往前走了。

和尚见他二人走了，由水内上来，一直够奔古天山来。正往前走，见眼前一个乞丐，扛着一个钱叉子。上写：“日吃千家饭，夜住古庙堂。不做犯法事，哪怕见君王。”和尚说：“你上哪里去要饭吃？”乞丐说：“我去给人家念喜。”和尚说：“咱们两个人一同走罢。”乞丐说：“和尚，你去做什么？”和尚说：“我也给人家念喜歌去。”这乞丐一听，说：“人家办喜事，你是个和尚，一去人家准不愿意。”和尚说：“不要紧。和尚安口锅，也比在家差不多。”说着话，二人一同往前走。刚到古天山下，一瞧陆通正然瞧着馒头自言自语。和尚说：“陆通，你还不瞧瞧去，你杨大哥在庙里被人害了。”陆通说：“真的吗？”和尚说：“真的。”陆通拿起英雄鳖就跑，馒头滚了一场。和尚说：“朋友，你把馒头捡了去罢。”乞丐一看说：“和尚你不要么？”和尚说：“我不要，你拿了吃去罢。”和尚叫这个要吃的来，所为是怕这些馒头糟踏了，在山下捺着，没人捡，所以叫要饭的把馒头捡了走。

和尚上山，刚到凌霄观，就听陆通那里嚷：“师父快来救我！”和尚说：“来了。”立刻用手一摸天灵盖，把佛光、灵光、金光三光闭住。和尚跳进去一看，华清风正要点火烧陆通。和尚说：“好杂毛老道，你无缘无故害人，待我来拿你。”华清风气得哇呀呀直嚷，说：“你是何人？”和尚说：“我乃西湖灵隐寺济颠是也。你既是出家人，三清教的门徒，你就该戒杀、盗、淫、妄、酒。你无故要杀害性命，我和尚焉能容你。”华清风一听是济颠，老道眼睛一看，见和尚身量不高，体瘦不大，一脸的油泥，短头发有一寸多长。破僧衣短袖缺领，腰系绒绦，疙里疙瘩，褴褛不堪，原是一丐僧。华清风心里说：“闻名不如见面，见面胜似闻名。听说济颠乃是罗汉。要是罗汉，头上必有金光。

要是带路金仙，头上必有白光。要是妖精，必有黑气。看他头上一无金光，二无白气，乃是凡夫俗子。”他焉知道和尚把三光按住。老道说：“济颠气死我也。”和尚说：“我气死你，你死罢。”老道说：“济颠，你这厮好大胆量，屡次欺我太甚。我徒弟张妙兴，在五仙山祥云观被你给烧死。你又无故搅闹铁佛寺，常道友给我托梦，说你打去他五百年道行。你又把我徒弟姜天瑞的胡子给揪了去，羞臊他的脸面。你还要捉拿我侄儿华云龙。今天你还敢来管我的事。你岂不是飞蛾投火，自来送死。你要知事务，你跪下给山人磕头，叫我三声祖师爷，山人有好生之德，饶你不死。”和尚哈哈一笑说：“好老道，满口胡道。你跪下给我和尚磕头，叫我三声祖宗爷，我也不能饶你。”华清风一听，不由怒从心上起，气向胆边生，举宝剑照定和尚劈头就剁。和尚一闪身，滴溜绕在老道身后，拧了老道一把。老道回头，用宝剑照和尚分心就扎。和尚闪身躲开，左手一晃，右手照定老道就是一个嘴巴。老道气得哇呀呀直嚷。和尚身体灵便，拧一把，摸一把，拉一把。老道的宝剑终到不了和尚的身上。老道真急了，身子往圈外一跳，说：“好济颠，你真是找死！休怨山人，待山人拿法宝取你，叫你知道祖师爷的利害。”说着话，由兜囊掏出法宝，就往地下一洒，老道口中念念有词，用手一指说：“太上老君，急急如律令敕。”展眼之际，只见平地忽起一阵怪风。怎见得？有赞为证：

无影又无踪，卷扬花，西复东。江湖常把扁舟送，飘黄叶舞空，推白云过山峰。园林乱摆，花枝片子，送你堂帘入户，银烛影摇红。

一阵狂风大作。和尚一看，有许多獐猫野鹿兔鹤狐群，直奔和尚而来。和尚用手一指，口念六字真言：“唵嘛呢叭㖿吽。”这群野兽一道黄光，显出原形，都是纸的。老道一看，说：“好和尚，胆敢破我法宝。”老道口中一念咒，用手捏剑诀一指，只见来了许多毒蛇怪蟒，要咬和尚。和尚哈哈一笑，用手一指，口念六字真言。这毒蛇怪蟒，一道黄光全化没了。老道见和尚连破了两种法宝，老道真急了，要下毒手。当时把柴火点着。老道用咒语一催，展眼烈焰飞腾，三昧真火把和尚围上。不知济公如何破法，且看下回分解。

第九十四回

僧道斗法凌霄观　弟兄送信马家湖

话说九宫真人华清风点着火，用咒语一催，要烧济公。焉想到和尚口念六字真言："唵嘛呢叭迷吽。唵，敕令赫。"用手一指，这团火就奔老道去，立刻老道衣裳着了。华清风一瞧，势头不好，赶紧拧身蹿进烟云塔去。和尚一念咒，这火越烧越旺，就把烟云塔围了。华清风胡子也烧了，头发也烧了，衣裳也着了，火往塔里直扑。老道直嚷："圣僧慈悲饶命，弟子再不敢了。"济公本是佛心人，一听华清风央求，和尚赶紧用手一指，火就灭了。华清风由塔里出来，架起趁脚风，竟自逃走。和尚并不追他，这才把杨明众人放开。再一找，华云龙早已逃走。庙里就剩下四个小道童，吓的战战兢兢。和尚不忍伤害，说："你等不必害怕，我且问你，庙里还有什么人？"道童说："还有我二师兄刘妙通，他病着呢。"和尚说："好。少时我给他治病。"杨明众人过来行礼，齐说："多谢济公救命之恩。你老人家要不来，我等性命休矣。"和尚说："杨明、雷鸣、陈亮，你三个人给我办事去。我这里有一信，你三个人送到常山县马家湖，找白脸专诸马俊，交给马大官人。明天可务必掌灯以前送到，别等落太阳送到才好。此关重大之事。你三个人勿论有什么要紧的事，可别办，先给我送信要紧。"

杨明说："是了。这点小事，我三人决不会办错了。"济公把书信交给杨明带好。和尚说："你们这就起身罢。在道路上千万别管闲事。"杨明说："师父不必嘱咐，我们必给送到。"

立刻三位英雄告辞，由凌霄观出来，顺着山坡下了古天山，往前紧走。大约走了有数十里之遥，正是天有不测风云，人有旦夕祸福。朗朗红日在天，顷刻雾锁云漫，霹雷交加。震动蛟龙，沧海何安。白云童子拥出，霎时雨落人间。闪电雷鸣缠绵，天地连连染染。展眼之际，狂风暴雨。这三人紧跑。见眼前有一座小村庄，人家不多。三个人来至切近一瞧，路北一座大门。三位英雄无法，来到大门洞避雨，打算等雨住了再走。哪想到越下越大，沟满河平，平地水深数尺，山水响的可怕。展眼之际，天又黑了。三个人正在着急，由里面出来一个庄客，说："三位快走罢，我们要关门了。"杨明见外面雨尚未住，说："借光，请问这方有店么？"这个人说："没有。过了这个小村庄，金家庄那里有店。"杨明说："有庙没有？"这人说："也没有。"杨明说："我等是远方行路之人。此刻下雨，又无客店，望求庄主，这里可以方便方便，我等借宿一宵罢。"这人说："那可不行。倒不是别的，前人洒土迷了后人眼。前者有一位，走在这里央求要投宿，我们庄主还给他一份铺盖，次日天没亮，他连铺盖都拐了走，还偷了好些东西。这不是烧纸倒引鬼了？看你们三位，也不是歹人，可就怕我们庄主不敢留了。"杨明看了实不能走，无奈说："尊驾说的这话，可也是难怪，不得不留神。我三个人原是江西保镖的，谁想到今天赶上雨了，求庄主方便方便，我等必有一份人心。天下人交遍天下友，人也不能一概而论。"这人说："你几位且候一候，我去回禀庄主。我也不能作主。"说着话回身进去。

少时出来说："三位，我家庄主有请。"三个人立刻跟着进去。一瞧，是北房五间，东西配房各三间。一打北上房的帘子，三人进来一看，有一位老庄主，年过古稀。一部银髯，头戴宝蓝缎员外巾，身穿宝蓝缎团花大氅。见三人进来，老员外举手抱拳说：“三位壮士请坐。方才我听我的庄客说，三位是保镖的，未领教三位贵姓？”杨明三个人各通了名姓，说：“未领教老庄主尊姓，我等今天来此吵扰。”老丈说：“三位说哪里话来。四海之内，皆兄弟也，小老儿姓金，名叫金荣。三位请坐。”杨明瞧了一瞧，这屋里很讲究，都是花梨紫檀、楠木雕刻的椅桌。墙上名人字画，条山对联，山水人物，花卉翎毛。摆着都是商彝周鼎，秦环汉玉，上谱古玩。家里是个财主的样子。有人送上茶来。金老丈立刻吩咐摆酒。当时家人擦抹桌案，杯盘连落，摆上酒菜。金员外说：“三位吃酒罢，老汉这里可没有什么好的，三位今天多受委屈罢。”杨明说：“老员外说哪里话来。我三个人就感恩不尽了。”说着话，大众落座吃酒，菜蔬也俱可口。众人吃着酒，只见老员外面带忧像，愁眉不展。雷鸣是个口快心直的，说：“老丈，你这就不对了。你既让我们吃，你就别心疼。你要舍不得，就别叫我们吃。”老员外一听说：“雷壮士，你这话从何而来？我要舍不得，早就不让你们三位进来了。”雷鸣说：“我见你脸上带着不愿意，为什么呢？”金员外说：“三位有所不知。我面带愁，并非心疼这饭，我实有忧心之事。老汉今年六十八岁，膝下无儿，只生一女，名叫巧娘，今年一十九岁，尚未许配人家，老汉爱如掌上明珠。现在我女被妖精迷住了，病的不成样子。听我女儿说，这个妖精是女妖。我贴告白，打算请能人把妖捉了，情愿谢银五百两。但是总请不到人，故我时刻为此事发愁。”雷鸣一听，说：“这件事不要紧，我师父会捉妖的。”金老丈说：“尊驾的师父是哪一位？”雷鸣说：“我师父是灵隐寺济公。我也会捉妖。”老丈说：“尊驾捉妖，是跟谁学的？”雷鸣说：“我跟江西信州龙虎山铁冠老道张天师学的。”老员外一听，心中甚为喜悦，说：“雷法官既会捉妖，回头求你老人家辛苦辛苦罢。只要把我女儿救了，我老汉必有一份人心。”雷鸣说：“不要紧，回头我们上后面给你捉妖怪去。”老丈立刻吩咐家人送信，叫姑娘搬出去，让三位到姑娘屋中去捉妖。

家人答应，少时回来说，姑娘搬出去了。老丈这才让着三个人来至后面，是北房三间。三人来到屋中一瞧，东里间屋中，是姑娘的卧室，屋中有一阵香粉扑鼻。老丈退回前面去。杨明说："雷二弟，你疯了。"雷鸣说："没疯了。"杨明说："你没疯，你怎说会捉妖？"雷鸣说："不要紧，我见这个老丈太悭吝，我一说会捉妖，你瞧他又添出许多鸡鸭鱼肉。先且饱餐一顿再说。妖精来了，你我上房再走。"杨明说："那如何使得？"雷鸣说："不要紧，我在屋里等着。妖精不来便罢，他要来了，就拿刀砍他，管他什么妖精。"杨明说："也好，只要胆子正正的。凡事人心一正，百邪远离，邪不能侵正。圣人云，致中和，天地位焉，万物育焉。也许你我的正气，把邪赶走。"雷鸣说："对。人有十年旺，神鬼不敢傍。"陈亮说："对。我在门后头拿刀等着。"雷鸣说："我在帐子里一躺，装作姑娘。"杨明说："我总担心，我就在外间屋里坐着罢。"雷鸣说："杨大哥，你上西里间睡去罢，你不用管。"杨明就在西里间坐着，也不敢睡。三个人等来等去，天有二鼓以后，就听一阵风响。再一听，外面有脚步声音，似乎木头的响，说："贤妹，你睡了，我特意来找你谈话。"妖精进了屋说："呦，生人味。什么人敢在这屋里？"雷鸣一听，要伸手拉刀捉妖。不知后事如何，且看下回分解。

第九十五回

三英雄避雨金家庄　猛豪杰正气惊妖女

话说雷鸣、陈亮听外面说生人味，雷鸣也不答话，拉出刀来。只见帘子一起，是一个女子，刚要往里进去，雷鸣说：“什么东西！”抡刀就是一刀。只见一道火光，妖精竟自逃走。这一刀当真砍着了。只见地下有血，有黄毛，也瞧不出是狼毛是狐狸毛。雷鸣这里一嚷，老员外早有预备。同家人点灯了，过来一瞧，见地下有血有黄毛，也不知是什么妖精。书中交代，这个妖精，乃是黄鼠狼，有一千二百年的道行。前济公传有济公九渡黄鼠女，就是这个黄鼠狼。它仍然不改，今天被雷鸣砍了一刀。这一逃走，逃到立空山，去拜立空和尚为师。到下文书里，有五云老祖摆群妖五云阵，它也在其内，以报今天一刀之仇，跟济公作对。这三个人总算是济公的徒弟。此是后话，暂且不表。

金老员外见雷鸣把妖精赶走，果然地下有血迹，当时谢过雷鸣。大众说着话，天光大亮。金员外拿出二百银子送给雷鸣，雷鸣不肯要。老丈执意相送，不收不行。这三个人无法，把银子收了。三个人分着，各带六十两。这才告辞，出了金家庄。雷鸣说：“大哥，三弟，你瞧这倒不错，白吃白喝，一个人白得六十多两银子。”杨明说：“往后你别再办这宗险事。倘若妖精青脸红发，就许把你吃了。你有什么能为，这也是济公他老人家暗中保护的。”说着话往前走。

相离常山县不远，眼前道旁有一道土岗，有几棵树，陈亮说：“大哥、二哥，头里慢走，我要出恭。”杨明、雷鸣点头答应。陈亮来到土岗下，蹲下出恭。焉想到后面来了一人，身高八尺，黑脸膛，头挽牛心发髻，穿着青布单砍肩，青中衣，靸鞋。手提钢刀，由陈亮身背后照定陈亮就是一刀。陈亮正在出恭，瞧见了，又不能站起来。身子往前一趴，抬腿照贼人就是一腿，把贼人踢了一溜滚。陈亮这才赶过去，把贼人按住，陈亮说：“你这厮好生大胆，这幸亏是我，你真不睁眼。”这贼人口中直央求说：“大太爷饶命。”陈亮说：“你大概久惯为贼，必有案，你姓什么？哪里人？老实话，我便饶你不死。”贼人说：“我是镇江府丹阳县人。”陈亮一听，他说是丹阳县人。这音也像。陈亮一想是乡亲，可就有意不杀他。陈亮说：“你是丹阳县人，姓什么？在什么村住？”贼人说：“我在陈家堡住。”陈亮一听，心说：“他在陈家堡住，我怎么不认识？”又问贼人姓什么，在陈家堡哪边住，贼人说：“我在陈家堡十字街路北，我姓陈，叫陈亮，外号叫圣手白猿。”陈亮一听，气往上冲，照定贼人就是一个嘴巴。杨明、雷鸣尚未走远，也跑回来。杨明说：“老三，怎么回事？”陈亮说：“我蹲着出恭，他由背后把刀砍我，被我拿住。这还不算，大哥问问他姓什么？”杨明说：“你姓什么？”贼人说：“我姓陈，叫陈亮，外号叫圣手白猿。”雷鸣噗哧一笑说：“你小子冒充名姓，当着陈亮，你还叫陈亮。”贼人呀了一声说：“我可是瞎了眼了。我可是丹阳人，我不姓陈，我姓宋，叫宋八仙。只因我知道有一位陈三爷是英雄，我故此充他老人家的名姓。你们二位贵姓？”杨明说：“我叫杨明，他叫雷鸣。”贼人一听，说：“你就是威震八方杨大爷，你就是风里云烟雷二爷么，我可是瞎了眼了。三位饶了我罢。”杨明说：“我给你几两银子，你做个小本经营，别做贼了。”陈亮说：“大哥，别胡闹了，亮清字把瓢给摘了就得了。”

贼人说："求求三位爷饶命罢。三位上哪去？"杨明说："上马家湖。"贼人说："是了本会，风字万水多鱼旺，荦天汪钻越马肘局密，急付流扯活，对不对？"他说的这是江湖黑话。本会是本村，风字万是姓马，水多鱼旺是银子多。荦天汪钻越马肘局密，是晚上跳墙偷银子。他只当这三个人上马家湖做买卖去。雷鸣一听，说："这是谁教给你的这些话？"踢了贼人一脚说："你滚罢。"贼人立起来，竟自逃走。只今天雷鸣、陈亮跟那贼人一为仇，下文书大闹丹阳县，陈家堡双雄搭救陈玉梅，几乎雷鸣、陈亮死在宋八仙之手，那就是贼人报今日之仇。这话休提。

且说三位英雄放走了贼人，这才够奔马家湖来。到马家湖天光尚早。一打听马大官人，是人人皆知，说在十字街路北大门，门口有"方孝廉正义重乡里"的匾。三个人问明白，来到十字街一瞧，果然不错。上前叩门，由里面出来一位管家，有三十多岁，很透和气，说："三位找谁？"杨明说："我等奉济公之命，前来送信。找马大官人马俊面交。"管家说："是。三位在此少候，我到里面通禀一声。"转身往里就奔。马俊正同铁面天王郑雄在书房里谈话，听家人到常山县买东西回来说，常山县狱里收着一个贼，叫蓬头鬼恽芳。夜晚去了有几百个江洋大盗，劫牢反狱，把贼人救走，砍死门军，持刀押颈，要钥匙出东门逃走。马俊说："郑大哥，你我晚上把兵刃须备好，恐其贼人记恨前仇，来找你我报仇。"郑雄说："不要紧，你我夜里留神就是了。"正说着话，家人进来回话，说："回大官人，现在外面来了三个人，说是灵隐寺济公派来投书信于大官人，要面交的。"马俊说："你到外面问问，是济公特派哪三位来送信，还是顺便带来的，还是济公花钱雇他们来呢？问明白进来禀我知道。"管家点头答应。马俊为什么这样问呢？原来马俊乃是世路通达的人。要是济公花钱雇的人，必须多给赏钱。要是托人顺便带来的，也另有一番的恭敬。要是济公特地派来的，必须亲自迎接。故此叫家人问明白了。管家到外面说："我家大官人叫我问问三位，是顺便带来的信，还是济公特叫三位为此事而来，还是济公花钱雇三位来的？”杨明说：“是济公特派我三人前来下书，有要紧事情。”管家立刻回到里面说：“回禀大官人，这三位是济公特派来的。”马俊同郑雄赶紧往外相迎。

来到外面一看，见杨明头戴宝蓝缎壮士巾，宝蓝缎大氅，眉分八彩，目如朗星，鼻如梁柱，四字方海口，一部黑胡须，飘洒胸前，一表非俗。见雷鸣是红胡的蓝靛脸，壮士打扮，精神百倍。陈亮是穿白爱素，也是壮士打扮，俊品人物。管家用手一指，说：“我家大官人迎出来了。”杨明一看，见马俊头戴粉绫缎武生巾，双垂灯龙走穗，垂头珠在两肩头飘摆，双飘绣带上绣三蓝花朵。身穿翠蓝色窄领瘦袖箭袖袍，周身走金线，掏金边，腰系丝鸾带，套玉环，佩玉珮，单衬衫，薄底靴子，闪披一件西湖色英雄大氅，上绣大团花朵。三十以外的年岁，淡黄的脸膛，两道粗眉，一双虎目，准头丰满，未长髭须。后面跟着一人，身高八尺，穿黑褂，皂黑脸膛，粗眉大眼，虎背熊腰。马俊先举手抱拳说：“三位虎驾光临，有失远迎，望乞恕罪。”杨明三个人，也答礼相还。马俊指手往里让，三个人往里够奔。进了二道门内一瞧，是北房明三暗五，东西各有配房。家人一打北上房帘子，众人来到里面。马俊让杨明上座，雷鸣、陈亮也落座，马俊主位相陪。家人进上茶来，马俊说：“未领教三位尊姓。”杨明说：“我姓杨，名明。”雷鸣、陈亮也各通名姓。马俊说：“久仰，久仰！三位由哪里来？”杨明说：“我等在古天山凌霄观遇见济公禅师，特派我三个人来给马兄台送信。”说着话，把书信掏出来。一看，上面画着一个酒坛子，钉着七个锯子，这是济公的花样。马俊打开书信一看，立刻吓的颜色改变。不知上写何话，且看下回分解。

第九十六回

奉师命投书马家湖　赛专诸见字防贼盗

话说白脸专诸马俊打开书信一看，立刻颜色改变。铁面大王郑雄就问："贤弟什么事？缘何这般景况。"马俊说："了不得了。兄长你看看，这是八句偈语。"郑雄接过一看，上写的是：

为救行人秉义侠，惹起是非乱如麻。
群贼大众齐聚会，各逞强霸入官衙。
前来劫牢反过狱，今夜难免到汝家。
马俊若不速防备，全家老幼被贼杀。

郑雄看罢说："济公他老人家未卜先知，贤弟你打算怎么样呢？"马俊说："这件事可不大好办。"郑雄说："杨兄长，素常你们三位做何生理？"杨明说："我们在外面保镖为业。未领教尊驾贵姓？"马俊说："真是，我也忘了，这是我拜兄，他姓郑名雄，外号人称铁面天王。"杨明说："久仰久仰。"马俊说："杨兄长，你们三位既是保镖，我今天有一事奉求。"杨明说："什么事？"马俊说："你看济公这封信，我前者得罪绿林的贼人。今天贼人要来杀我满门家眷。我这里人单势孤，求三位可以拔刀相助，不知意下如何？”杨明接信一看，心中明白。自己忖度了半天，说：“马大官人，这件事我可不敢从命，又不知是哪路的贼人。要是玉山县的一路人，我要出头，许我一拦就完了。倘若西川路的贼人，不但我管不了，他等认准了我，且要跟我为仇。”马俊一听，说：“我久闻杨兄长是慷慨人，挥金如土，仗义疏财，在外面行侠仗义，剪恶安良，故此今天才敢直言奉恳。不然，你我今天才算初会，也不敢求兄长分神。”杨明说：“在下也不敢侠义自居，无非是常常爱管闲事。你我彼此一见如故，既是马大官人不嫌，我可从命。但有一节，晚上你叫人预备照锅烟子，我等把本来面目遮住，倘有认得的人，丢不下脸来动手。”马俊说：“是，那倒好办。你我商量商量，怎么预备。”杨明说：“你家里可有多少家人？”马俊说：“我家里连长工佃户打杂到更夫都算在内，共有百余人。”杨明说：“好。你都把他们叫来，我有话说。”

当时马俊叫家人去把家众齐集。杨明一见，汰去幼弱，除去老者，选得六十人，都是年少力壮的。杨明向众人说：“你们大官人得罪了绿林人，今天晚上有群贼来明火执仗，你等可愿意齐心努力，护庇你家主人？”众家人同声一口说：“我等情愿跟贼人一死相拼！”杨明一听，知道马俊平日待人宽厚，才能大众同心。杨明说：“你等把内宅收拾出来，叫夫人、老太太、小姐俱搬出空房去，不要点灯。后院有多少房？”马俊说：“后院也是四合房。”杨明说：“既然如此，你等各执兵刃，在南屋里藏着，点上灯，把门扣上，听外面我一喊嚷，你等各执兵刃齐出。不用你等拿贼，只仗你等助威。”家人各自点头答应。杨明说：“马大官人，你同郑爷在北上房收拾好了，把兵刃预备在手底下等候。我三个人在东配房屋里，西配房锁上。”马俊一听杨明调度有方，心中甚是佩服，立刻叫家人安置。当时吩咐摆酒，大众吃喝完毕，天已掌灯。马俊这才带领杨明众人，来到内宅。众家人皆在南屋里，马俊同郑雄在北屋里，收拾坐落，把兵刃放在手底下。杨明、雷鸣、陈亮都用锅烟子把脸抹了，在东配房屋中一坐，开着门，往外瞧着。

等有二更以后，忽见由房上蹿下一个人来。头上是透风马尾，身上穿三叉通口寸帕夜行衣，周身骨钮寸绊，胸前罗汉股丝绦，双拉蝴蝶扣。皂缎子兜裆裤，蓝缎袜子，打花绷腿。倒衲千层底，鱼鳞靸鞋，手中拿一口刀，跳下来东张西望。见东配房开着门，贼人迈步就要上台阶。杨明抖手一镖，正打在贼人嘴里。雷鸣赶出来一刀，就把贼人杀了，也不知贼人是谁。刚把这个贼一杀，就听见北上房有人说话："了不得，咱们合字给人把瓢摘了！"贼人说："好马俊，你敢跟我们绿林中作对，今天将你家中刀刀斩尽，剑剑诛绝。合字上！"只一句话，北房上也是人，南房上也是人，东西房上也是人。众贼人往下就跳。有一个贼人，叫双刀无敌李泰，过来就奔东房。东房杨明看见，这才一声喊嚷："好贼，竟敢明火执仗！"跳出房外。到院内一看，四角房上贼人不少。雷鸣、陈亮二人，也出来站在院中。只见过来一个人，名叫李泰，一摆双刀，照杨明一剁。杨明、雷鸣、陈亮三个人香炉脚脊背。杨明见李泰把刀一剁，杨明一闪身，使了个拨草寻蛇，竟把贼人杀死。旁边又过来一个贼人，叫铜臂猿李祥。这个贼很有名的，看见李泰一死，摆刀照杨明劈头就砍。杨明真是手急眼快，海底捞月，用刀往上一迎。贼人把刀刚往回一撤，杨明一偏腕子，照贼人脖颈就砍。贼人缩颈藏头，大闪身刚一躲开，杨明跟进身一腿，踢在贼人腰上，贼人翻身栽倒。杨明赶过来一刀，将贼人结果了性命。

杨明一杀了三个。忽从对面又来了一个，也是一身夜行衣。杨明一看，黑脸膛，是夜行鬼郭顺。杨明一想："是郭贤弟，不可跟他动手。既有他在内，我赶紧把他调出去，问他为什么跟群贼来打群架，我可以给说合说合。"想罢，杨明一捏嘴，一声胡哨，这是凤凰岭如意村的暗号。果然贼人也一捏嘴，一声胡哨。杨明头里走，贼人跟着也出来，来到村外。杨明说："对面是夜行鬼郭贤弟么？现有愚兄杨明在此。"书中交代，杨明错认了人，这个贼不是郭顺，乃是白莲秀士恽飞。他拿锅烟子抹的脸，故此是黑脸膛。恽飞一听是杨明叫郭贤弟，贼人一想："了不得，这是杨明，我要动手，不是他的对手。我要一跑，他必拿刀砍我。莫若我先下手的为强。"想罢，掏出囊沙迷魂袋，照定杨明一捺。杨明闻见一股异香，说："恽飞，"这句话也没说完，翻身栽倒。贼人哈哈一笑说："杨明，你就是这等的英雄，待我结果你性命。"忽听后面有人嚷："合字，这个交给我杀。"恽飞说："何必你。"赶上去提刀就剁，只听噗哧一响，红光崩现，鲜血直流。这个时节，就听树林内有人说话："哎呀，好快呀，给杀了。阿弥陀佛。"来者乃是济公禅师。

书中交代，济公从何处而来？只因和尚跳下河去洗虱子，说常山县见。柴、杜二位班头又恨又气，连夜够奔常山县而来。天有巳正，二班头到了十字街，只见路西酒铺门口，站了一个人，身高八尺，黑脸膛，头戴鹦翎帽，青布靠衫，皮挺带，青布快靴，有两个扶着。柴头说："杜贤弟，你看这个班头好样子。"这位班头是小玄坛周瑞。前者追拿华云龙，被杨明打了一石子，当时就吐了口血。罗镳忙把周瑞扶到家去。燕南飞周熊一瞧就急了，说："我这大的年纪，只有一子。罗镳你到衙门去给他告假。"罗镳去后，焉想到老爷不信，说："我这地方，丢了这样大案，他要告假，我要瞧瞧他是真是假。"罗镳无法，到家里叫家人扶着周瑞，来到衙门。周瑞一见老爷，叩头说："下役追贼，被贼党拿石子打了，现在大口吐血。"老爷一验，果真被了伤。周瑞一连又吐了几口血，老爷这才赏了二十两银子，赏了十天假，叫他调理。有人扶周瑞出了衙门。走在十字街酒店门口，周瑞要歇歇。有许多朋友同他说话。忽见酒店内出来一人，头上粉绫缎六瓣壮士帽，粉绫缎箭袖袍，手中拿着包裹。三十多岁，白脸膛。周瑞一看是华云龙，赶忙说："伙计们快拿，他是华云龙！"这人微然一笑说："你拿谁呀，你养病罢。"贼人往北就走，柴元禄、杜振英听的明白，一看果然是华云龙。当时二位班头拉出铁尺，要捉拿华云龙。不知后事如何，且看下回分解。

第九十七回

二班头当街擒贼　济师父酒馆辑凶

话说小玄坛周瑞正在小酒店门口站着歇歇，有许多的朋友都问他怎么病了。周瑞说：“我只因捉拿乾坤盗鼠华云龙，被贼人的余党用石子暗中伤了我，打的吐了血。”众朋友一个个都说：“慢慢养着，别受累了。”周瑞这人最好交友，平素的朋友最多，常山县认得周瑞的不少。正在说话，忽见酒店内出来一人，正是华云龙。周瑞赶忙说：“伙计快拿，别叫华云龙跑了。”柴元禄、杜振英一看，果然是华云龙。二位班头过去截住说：“朋友，你别走了，这场官司你打了罢。我叫柴元禄，他叫杜振英，我二人由临安出来，披霜带露，所为拿你。你在临安，做了多少案。”杜振英说：“华云龙，你还叫我们费事么？你跟我们走罢。”贼人一瞧二班头，微然一笑说：“你二位是奉命拿华云龙的原办？”柴头说：“不错。”贼人说：“我可是华云龙。你们二位，就这么一说要拿我，我倒愿意跟你走，我有一个朋友，他不答应。”柴元禄说：“你的朋友在哪里？”贼人说：“远在千里，近在目前。”说着话，把刀拉出来。柴元禄说：“好贼人，你敢拒捕么？”贼人说：“我看看你两个人有什么能为。你要赢得我手中这口刀，我就跟你去打官司。”柴、杜二人说：“好，你我比并比并。”伸手拉出铁尺，照贼人搂头就打。贼人摆刀相迎。柴、杜见贼人这口刀上下翻飞，门路精通，只二人拿不了。柴头心说："这贼人果然武艺高强，怪不得在临安做案杀人，盗了玉镯凤冠。今天要不是我两个人，就死在贼人之手。"柴元禄心中暗恨和尚，早也不分手，偏巧这个时候分了手，就遇见华云龙动了手。柴元禄说："杜头，你瞧和尚可恨不可恨，这时节他也不来了。"杜振英说："济公此时来了可不好。"

这两人话未说完，只听半空中说："我来了。我下不去，要摔死。"柴头一瞧，见济公在药铺的冲天招牌上站着，也不知道怎么上去的。大众都抬头说："了不得，和尚要摔死。"书中交代，济公打哪里来？原来济公在五仙山凌霄观，给陆通、孔贵医了病，叫这两人走了，然后来找华云龙。到了东跨院，见屋中病了一个老道刘妙通。济公给他把病治好，叫刘妙通看庙，和尚这才来到常山县。一到十字街，见柴、杜二班头，正跟贼人动手。和尚一使验法，上了冲天招牌。柴头说："师父快下来拿贼。"和尚在上面说："我也不要命了，我就往下跳。"大众都说："和尚定要摔死了！"焉想到和尚往下一落，脚离地还有二尺。大众说："这个和尚真怪。"柴头一瞧说："师父快念咒拿贼。"和尚说："我把咒脑袋忘了。"贼人此时一摆兵刃，打算要逃命，正往房上一蹿。和尚说："我的咒又想起来了。唵敕令赫。"贼人脚刚落到房檐上，仿佛有人揪住贼人脊背，把贼人按住，扔下房来，正掉在小玄坛周瑞的面前。周瑞过去，将贼人按住。

柴、杜一瞧，暗恨和尚："这样的好差事，单叫病人拿住。"有心过去就锁，又怕人家不答应。二位班头这才上前说："朋友辛苦，我叫柴元禄，他叫杜振英，我二人是临安太守衙门的马快，奉堂谕捉拿华云龙，你把贼人赏我锁了罢。"小玄坛周瑞真是宽宏大量，并不争竞，说："二位，你们锁罢。"柴元禄这才抖铁链，把贼人锁上。和尚说："你们两个人大喜呀，拿了华云龙，回去一销差，得一千二百银赏格。"柴头说："师父不喜吗？"和尚说："你们二位大喜，这一拿着华云龙，回去得一千二百银子赏。”柴头说：“师父你不喜吗？”和尚说：“你们二位大喜呀。”和尚一连说了五遍。柴头说：“师父走罢，别说了。”和尚说：“你们先到衙门去，我还要出恭。”二班头押解贼人，来到常山县衙门。往里一回禀，知县立刻坐堂。柴、杜二人带贼人来到公堂，柴头给知县请安说：“下役柴元禄给老爷行礼。”杜头也报名请安。柴元禄说：“回禀老爷，下役在临安太守衙门充马快，现奉太守谕，出来捉拿临安盗玉镯、凤冠之贼乾坤盗鼠华云龙。今在本地面已把贼人拿住，前来回禀老爷。”知县冯老爷说：“你可有海捕公文？”柴头说：“有。”立刻把公文递上去。知县一看不错，这才问道：“下面贼人可是华云龙？”贼人说：“我姓华，叫华云龙。”老爷问：“你叫什么外号？”贼人说：“我叫乾坤盗鼠。”知县说：“你在临安做的什么案？”贼人说：“我在尼姑庵因奸不允，杀死少妇，砍伤老尼。在泰山楼因口角，伤人命。在秦相府盗玉镯、凤冠，粉壁墙题诗。都是我做。”知县说：“你题的什么诗？”贼人说：“题的是藏头诗，头一个字是乾坤盗华云龙偷。”知县说：“你在我地面南门外抢当铺，明火执仗。东门外路劫，杀伤人命。在我衙门劫牢反狱，抢去蓬头鬼恽芳，拐去七股差事，这大概有你呀。”贼人说：“我并没有在这本地做案。这些事，我一概不知。”老爷一听，勃然大怒，说：“大概抄手问事，你不肯应。拉下去，给我打。”贼人说：“老爷，我一个人有几条命案，已然把临安城所做的事情，都招出来，我也是死罪。这本地我并没做案，你要叫我承认，那可不行。老爷，你打算叫我一个人承认起来，省得你地面上背案，你打算保住你的纱帽，对不对？你要叫我给你打一妥案，你说明白，那也可行。”老爷一听，气得须眉皆竖，说：“你这厮，必是个惯贼。我不打你，你是不肯直招的。”

老爷正要打贼人。这时节，只见由外面脚步踉跄，济公禅师赶到。柴元禄一瞧说：“回禀老爷，济公来了。”知县站起身来迎接。一瞧，和尚后面带了一个人，两眼发直，直奔公堂而来。书中交代，济公由十字街跟二位班头分手之后，和尚随后也够奔常山县而来。正走到门口，和尚抬头一看，有一股怨气，直冲霄汉。和尚一掀帘子进去，见柜里坐着一人，有四十多岁，一脸的横肉，长得凶眉恶眼。和尚说："掌柜的，借支笔墨使使。"掌柜的说："做什么？"和尚说："我喝酒，借笔写字。"掌柜的把笔递给和尚。和尚在手心写了几个字。写完了旁边坐下，要好酒两壶，一碟菜。旁边有人说："今天济公长老在十字街拿贼，你没瞧见么？"那人说："没瞧见。"这个说："我瞧见了。和尚身高一丈，头如麦斗，赤红脸，穿着黄袍，手拿一百零八颗念珠，真是罗汉的样子。"他人又说："你别胡说了，济颠僧是酒醉疯颠，一脸油泥。破僧衣，短袖缺领，头发很长才是呢。"用手一指，说："就跟这位和尚仿佛。"那人说："你怎么知道？"这个说："我跟济颠有交情。"和尚答了话说："你认识他？何时认识的？"那人说："去年春天，我在临安见过，一同吃过饭。"和尚说："去年春天，你不是在镇江府做买卖吗？"这人一想："怪呀，他怎么知道我在镇江府做买卖？"问他说："和尚，你怎么知道我在镇江府呢？"和尚说："我在镇江见过你。"

正说着话，外面有人吆喝："好肥狗，谁要买？"和尚一看说："卖狗的，你这条狗要多少钱？"那人叹了一声说："大师父要留下甚好。我们家里三个人，我母亲病的甚利害。家内实在当也当尽了，卖也卖完了，就剩下这一条狗了。你要留下甚好，实给一吊钱罢，你只当行好。"和尚说："不要。"这人说："九百罢。"和尚说："不要。"这人说："八百你留下罢。"和尚说："不要。"卖狗的想："好容易有个主顾了，也罢，算七百罢。"和尚说："不要。"这个人没法，说："六百罢。"和尚说："不要。"旁边有人瞧不过，说："大师父，你到底多少钱才要？"和尚说："我还一个价，你可别恼。"那人说："不恼。"和尚说："给你五吊钱。"旁有人说："和尚是个疯子。"那卖狗的说："卖了。"和尚说：

“你既卖了，掌柜的给五吊钱罢。”掌柜的说：“我凭什么给五吊钱？”和尚一扬手说：“你瞧，就凭这个。”掌柜的一瞧，吓的连忙说：“我给五吊。”不知所因何故，且看下回分解。

第九十八回

董士元欺心求圣僧　孔烈女被逼投古井

话说济公一扬手说："就凭这个要五吊钱。"掌柜的一瞧和尚的手心，吓的颜色改变，忙说："我给五吊钱。"立即拿出五吊钱来，交给和尚。大众也不知是怎么样事。和尚说："卖狗的，你把狗放开，我听它叫唤一声，就把五吊钱给你。"卖狗的说："一放开就跑了，它还是跑回我家去。"和尚说："不要紧，跑了算我的。"那人就把狗放开，狗竟自跑去了。和尚就把银子给了卖狗的，卖狗的拿了走了。

掌柜的说："大师父，我这件事，你可别说，咱们两个人尽在不言中，我给你买菜去。"和尚说："你买去罢。"掌柜的立刻买了许多菜来，给和尚喝酒。和尚说："这场官司我要不跟你打，屈死的冤魂，也不答应。"和尚手一指往外走。掌柜的两眼发直，就跟着和尚出了"一条龙"酒馆，一直来到常山县大堂。知县站起来说："圣僧佛驾光临，弟子失迎，望乞恕罪。圣僧请坐。圣僧带来这个人，是做什么的？"和尚说："老爷派人先把这个人看起来，少时再问。"老爷立刻吩咐："把这人看起来。"手下官人答应。和尚说："老柴、老杜，二位大喜呀，拿住华云龙，只一到临安，得一千二百银子赏。大喜，大喜！"柴元禄、杜振英说："师父不喜吗？"和尚说："贼人你姓什么？"

贼人说："我叫华云龙。"和尚大笑说："你姓华，有什么便宜？"说着话，和尚过去把贼人的衣裳一剥，和尚说："你们来看，这就是他的外号。"柴、杜二人一瞧，贼人背脊上，有洋钱大小九个疤瘌。和尚这一做，贼人说："罢了，和尚你既认得我，我不姓华了。"老爷说："你到底姓什么？"贼人说："我姓孙，叫孙伯虎，外号叫九朵梅花。我在恶虎山玉皇庙里住着。我是西川人。玉皇庙里，有西川绿林人在那里啸聚。南门外抢万兴当，明火执仗，是蓬头鬼恽芳率领，有桃花浪子韩秀，有白莲秀士恽飞，双手分云吴多少，低头看物有得横，恨地无环李猛，低头看塔陈清，造月鹏程智远，西路虎贺东风，跳涧虎陈达，白花蛇杨春，连我一共三十一个人。那天抢的东门外路劫，是我同无形太岁马金川我二人做的。前者只因蓬头鬼恽芳被官人拿来，他兄弟白莲秀士恽飞撒绿林帖，传绿林箭，请了绿林的朋友，来劫牢反狱，共七十三个人，来把恽芳救走。拐走了七股差事，砍死门军。大众一同出的东门，把恽芳救回去。他的腿被夹棍夹坏了，他说：常山县的老爷是他的仇人，马家湖的白脸专诸是他的仇人。今天众绿林的朋友到马俊家去，杀他的满门家眷。我跟恽芳是拜兄弟，他派我来杀官盗印。没想到被官人拿住。华云龙他也没在玉皇庙跟这些人在一处，我可认识他。我打算替华云龙打一妥案，没想到和尚认识他。这是以往真情实话。"老爷吩咐把贼人钉镣入狱，官人答应，将贼人带下去。

柴头、杜头此时气大了。和尚说："你两个不必着急，早晚我必给你二人把贼捉住。"知县这才问道："圣僧，方才带来那个人，是怎么一段事故？"和尚一扬手说："老爷你看。"知县一看，方才明白，立刻吩咐把那人带过来。书中交代，这个酒铺掌柜的，姓董名叫士元。当初这座"一条龙"酒店的东家，姓孔，行四，跟董士元乃是拜兄弟，患难相交的朋友。董士元就是孤身一人。孔氏家中，有妻子周氏，跟前有一儿一女。董士元帮着孔四照料买卖。后来孔四身染重病，病至垂危之际，就把董士元叫了家去。孔四说："董贤弟，你我弟兄如手如足。现在我不久于人世了。我一死，你嫂嫂带着侄男、侄女度日，无依无靠。我这酒店，就交给你照管。我死了之后，要别叫你嫂子冻饿着。能把孩子养大成人，接了我孔氏门中的香火，我就死在九泉之下，也甘心瞑目。"董士元说："兄长，你养病罢，不必担忧。倘兄长要有不测，嫂子、侄男、侄女我必然照应。"说话之后，果然孔四呜呼哀哉了。董士元帮着办理丧事，将孔四埋葬。"一条龙"酒铺，就归董士元承管。他时常给周氏家中去送钱。周氏的女儿名叫小鸾，年长十七岁，尚未许配人家，长得十分美貌。董士元本是酒色之徒，自孔四死后，他就打算要占姑娘，时刻惦念在心。这天周氏带着孩儿上姥姥家去，家内留下姑娘看家。董士元知道，买了许多的东西，到周氏家去。见家中就是姑娘一个人。董士元说出无理之话，伸手拉姑娘，意欲求奸。焉想到姑娘乃是贞烈女，见董士元一拉，姑娘急了，往后院就跑。后院有一口井，是浇花井，姑娘就跑下井去。董士元跑回铺子，故作不知。周氏晚上回到家中，不见了女儿。各处找寻，并无踪迹。直到三天，见井里姑娘死尸漂上。周氏想着，必是姑娘浇花打水，失脚坠落井内。并不知是董士元因奸不允，逼死姑娘。立刻把尸捞起，给董士元送信。董士元帮着买棺材，把姑娘埋了。他以为这件事人不知、鬼不觉。焉想到今天跟他要五吊钱的和尚，手中写的是"强奸逼死孔小鸾"。故此董士元忙给五吊钱。他打算给和尚几个钱，就把这件事瞒过。焉想到和尚用验法把他带到衙门。

老爷一瞧和尚的手心，方才明白。立刻把惊堂一拍，老爷说："你这厮好大胆量，因何强奸逼死孔小鸾？快实说来。不然，本县要重办你。"董士元这时明白过来，一瞧到了公堂。自己一想："我这件事没人知道，这可怪了。"想罢，说："老爷在上，小人叫董士元。我是买卖人，并不认识谁叫孔小鸾。"和尚说："这厮好大胆量，你还不肯承认！屈死的冤魂，已然在我眼前告了你。老爷用大刑拷打，他就认了。”老爷立刻吩咐：“用夹棍夹起来问。”官人就把董士元夹起来。董士元实在疼痛难禁，这才说：“老爷不必动刑，小人愿招。”老爷说：“你招。”董士元就把同孔四交友，孔四托妻寄子，因姑娘美貌，他谋奸不从，跳井自尽，从头至尾一说。老爷说：“你这东西，真是无伦无礼，做出这等伤天害理之事。”立刻吩咐：“先将他钉镣入狱，候把尸亲传来对质，再照例定罪。”

老爷退堂说：“请圣僧书房里坐，本县还有事相商。来人摆酒伺候。”手下人答应，知县说：“圣僧，今天晚上有群贼夜入马家湖。倘若杀伤人命在我地上，本县也要担忧。圣僧可有什么高见？”和尚说：“这倒小事，喝酒是大事。”柴头、杜头此时气得傻了。和尚说：“二位大喜。”柴头说：“不是华云龙，喜什么？”和尚说：“你二人不必着急，回头我带别人去拿华云龙，把贼拿来交给你两个人，论功受赏，好不好？你二人在这衙门等着，我和尚绝不说瞎话。老爷，你派小玄坛周瑞、赤面虎罗镳选二十名快手伺候，少时叫他等跟我和尚到马家湖拿贼。”知县点头，立刻传谕。小玄坛周瑞一听派差上来，回禀说：“下役已然蒙老爷赏假，现在大口吐血，不能跟济公出去办案，求老爷派罗镳一人去罢。”和尚说：“周瑞，你吐血愿意好还是愿意死？”周瑞说：“愿意好。谁肯愿意死？”和尚说：“我给你一块药吃，试试看。”周瑞说：“好。”和尚立时给了一块药。周瑞吃下去，少时间气血化开，当时觉着好了。连说：“好药，好药！”和尚说：“你好了，同罗镳带二十名快手，在书房外伺候。每人要一根白鹅翎，听我说走就走。”周瑞答应。家人说：“酒菜齐了。”知县请和尚来到书房，和尚说：“老爷，这个酒我不喝。”知县说：“圣僧要喝什么酒？可以吩咐。”和尚说：“先把菜都拿下去。上一样菜，叫手下人叫嚷：‘老爷同圣僧在书房喝酒，大众答话，伺候端菜。’我和尚要听热热闹闹的。”老爷说：“是。”来人先把菜撤下去。上一个菜，大众说一遍，家人又把菜撤下去。往里端一样，说：“老爷同圣僧在书房喝酒，你等端菜上来。”大众答应说：“是。”和尚这才落座喝酒。

酒过三巡，和尚说：“老爷，我变个戏法你瞧瞧。我要做玉女临凡。”用手一指，下来几个美女，弹唱歌舞。和尚又说：“我要变平地抓鬼。”说着话，和尚伸手往桌底下一抓，抓出一个贼人来，倒把老爷吓的目瞪口呆。不知后事如何，且看下回分解。

第九十九回

马家湖济公救杨明　八里铺和尚挑和尚

话说济公变戏法，平地抓鬼，一伸手，抓出一个贼人来。和尚说：“老爷你瞧，抓出鬼来了。”老爷立刻吩咐手下人，将贼人捆上。老爷一问，贼人说：“我叫无形太岁马金川，前来杀官盗印。”原来蓬头鬼恽芳派九朵梅花孙伯虎、无形太岁马金川两个人，一个杀官，一个盗印。马金川受过异人的传授，他有十二道隐身符。按着子、丑、寅、卯、辰、巳、午、未、申、酉、戌、亥十二个时辰贴在脑袋上，谁也看不见他。今天贼人来，听家人说，老爷同济公在书房喝酒，贼人就奔书房来了。又听见济公说要变玉女临凡，贼人要瞧着学学戏法，他迈步进了书房。别人都瞧不见有人进来，和尚可瞧见了。贼人刚往桌底下要钻，和尚一伸手，把他那道符揭下来。大众这才瞧见，把贼人捆上。老爷问明白，把贼人钉镣入狱。

和尚吃了个酒足饭饱，站起身来说：“周瑞、罗镳你等跟我走。”众班头跟着出了衙门，一直奔马家湖。和尚叫周瑞附耳说，如此如此。周瑞点头。来到马家湖村口，正听见说现在杨明在此，白莲秀士恽飞用囊沙迷魂袋把杨明打倒。后面有人说：“合字，这个交给我。”恽飞说：“何必你，我杀罢。”赶上前噗哧一声，红光崩见，鲜血直流，人头落地。和尚说：“好快。杀了么？”可是杨明并没有杀死，乃是白莲秀士恽飞被小玄坛周瑞杀了。恽飞听后面说：“合字，这个交给我。”恽飞回头瞧了一瞧，见周瑞鬓边有白鹅翎，故此贼人没留神。今天来的这一群贼，都是白鹅翎为记。焉想到济公也叫周瑞等插上白鹅翎，这叫鱼目混珠。有这么两句话：混浊不分鲢共鲤，水清才见两股鱼。小玄坛周瑞把恽飞杀了。

和尚过来一瞧，杨明躺着，人事不知。和尚叫周瑞找了一碗水来，捏了一块药，给杨明灌下去。当时杨明醒过来。爬起来一瞧，说：“原来师父来了。可了不得了，群贼来到马家湖，明火执仗，这个乱大了。”和尚说：“你到马俊家去瞧瞧，乱子还大。”杨明赶紧复返回来，蹿房越脊，来到里面一瞧，只见群贼升殿，雷鸣、陈亮、郑雄、马俊俱被贼人捆上。

书中交代，杨明走后，马俊等四个人跟贼人动手。群贼之中也有能人。内中有皂托头彭振、万花僧徐恒，这两个人在暗中瞧着，先没下来。要瞧着马俊家内有能人，这两个就不下来了。要没有能人，再下来动手。暗中一瞧，就是这四个人来往动手。众贼人拿刀把南屋里堵住，众家人都没敢出来。皂托头彭振、万花僧徐恒瞧明白，二人下来一施展邪术，把四个人拿住。群贼把北上房屋中点上灯，群贼大家落座。桃花浪子韩秀一瞧，说：“这两个人，拿烟锅子抹着脸，必是熟人，拿水来给洗洗。”

正说着话，外面杨明一声叫喊：“好贼人，真乃大胆。今有威震八方杨明在此。”众贼人一听大乱。本来杨明的名头高大，故此群贼一乱，皂托头彭振说：“众位别乱，都有我呢。看我略施小术，保管来一个，拿一个，来两个，拿两个。”这句话尚未说完，群贼出来一瞧，见济公一溜歪斜，脚步仓皇，口念“阿弥陀佛，善哉善哉”。皂托头彭振、万花僧徐恒也不吹牛了。他两个人先自逃生。群贼都知道济公在铁佛寺法斗铁佛，神通广大，大众焉敢动手，群贼全往房上蹿。济公用手一指，口念“唵敕令赫”，用定神法定住了十六个贼人，杨明这才同济公到屋中把马俊、郑雄、雷鸣、陈亮放开。马俊立刻给济公行礼。和尚说：“不用行礼，你们先把这些贼人杀了，不杀也是后患。留几个别杀，我是带着常山县的班头，留几个活口，交到常山县去完案。”杨明众人这才拿刀把贼人杀了十三名，留下三个贼人没有杀。一问这三个人，叫桃花浪子韩秀、粉蝴蝶杨志、燕尾子张七。问明白了，把三个贼人捆上。和尚说：“马俊，你给我找一条好扁担，拿两根绳子。”马俊说：“做什么呀？”和尚说：“我去办案去。把这三个贼人交给常山县两位班头小玄坛周瑞、赤面虎罗镳，天亮解到常山县去。”马俊立时叫家人找了一条山榆木的扁担，两条绳子，交给济公。

和尚拿着，出了马家湖村口一直往北。离马家湖八里地，有个镇店，叫八里铺。和尚扛着扁担，来到八里铺，天刚太阳出来。八里铺这里有个闹市口。怎么叫闹市口呢？皆因早晨有几个卖力气的，都在这里会齐。可不许外人来卖力气，都本地的自己人，在这里担着肩着。和尚来到闹市口，把扁担一放，往地就一蹲，也不言语。旁边这些卖力气的就问：“大师父，你是做什么？”和尚说：“我是卖力气担肩的。”这人说：“你要挑担上别处去，我们这里不许外人在这里卖力气。”和尚说：“你们在这里卖力气，司里有帖，府里有牌，县里有告示？”这人说：“没有。”和尚说：“既没有，许你们卖力气，不许我卖力气？我偏在这里定了！”那人就说：“你们不用理他，大概这和尚是半疯。”这个说：“和尚，你在这里罢，我不管好不好！”和尚说：“你叫我在这里，我偏不在这里，我走了。”那人说：“你瞧，是半疯不是？”

和尚往前走了不远，一瞧路西有一座大酒饭馆，和尚迈步进去，就跑到后堂。走堂的心里说：“这个穷和尚，他也到这个大饭馆里来。一个菜三百二、二百四，一顿饭总共好几吊钱，自己换换衣服岂不好？”见和尚坐下，把扁担一放。跑堂的一瞧，这条扁担倒不错，山榆木的，值二两银子。心里说："和尚吃完了饭要没钱，留他这条扁担也好。"想罢，跑堂的说："大师父来了，要什么酒菜？"和尚说："你瞧着办罢。"跑堂的说："你吃东西，怎么我瞧着办？"和尚说："你不是要留我这条扁担么？你瞧值多少钱，给我多少钱的酒菜，好不好？"伙计说："没有，我不要扁担。"和尚说："你别瞧我穿的破，包子有肉，不在褶上。好主顾不赊不欠，给现钱，是你们的财神爷。"跑堂的说："是是。大师父要菜罢。"和尚说："你煎炒烹炸，给我配四个菜来。两壶人参露。"跑堂的说："人参露可卖一吊二百钱一壶！"和尚说："不多。我们那地方，都卖两吊四一壶，这还便宜一半呢，我今天得多喝两壶。"跑堂的说："是，是。"立刻给和尚把酒菜拿来。

和尚正在自斟自饮，忽听外面一声"阿弥陀佛"，声音洪亮，帘板一起，进来两个脱头和尚，乃是皂托头彭振、万花僧徐恒。这两个贼人由马家湖逃走，先往北跑，一走山弯走迷了，又往南跑。跑走半夜，天亮来到八里铺，两个人要喝酒息歇。刚一进来，瞧见济公，吓的惊魂失措，就要跑。济公用手一指，把两个贼人定住。济公过去，就打彭振嘴巴，说："好东西，我两座庙，二十顷地的银子，叫你二人拐走了。今天咱们是一场官司。"济公给每人打了十个嘴巴，众人瞧着说："这两个和尚，怎么这个穷和尚打他，也不言语？"那人说："想必他们是没理。"和尚由彭振兜囊里，掏出有十几两银子，由徐恒兜中，掏出有四十余两。和尚说："这是偷的我的银子，还没花完呢。"

和尚拿银子给了酒饭账。把这两个人一捆，用扁担一挑，大家也没人敢问。和尚挑着了出了酒店，街市上瞧着都觉新闻。说："一个穷和尚，挑着两个和尚，这是怎么回事？"济公说："你们不开眼，这是我庙里搬家。"和尚挑着到了闹市口。众卖力气的说："你们瞧，和尚揽了买卖。"正说着，和尚来至切近。众人瞧着，挑了两个和尚，大众纳闷。济公伸手把银子掏出来说："你们瞧，他雇我挑到马家湖，给了五十两。你们谁去，一个人我给一两银子，挑到马家湖。"大众一听说："去，我们八个人，四个人倒换，两人抬一个。"和尚说："就是。"大众抬起来往前走。刚到马家湖村口，就听那边有人喊："好老道，你敢把我们差事杀了，济公快来。"和尚抬头一看，是一个老道，手执宝剑。罗汉爷这才赶奔上前，要跟老道斗法，且看下回分解。

第一〇〇回

济公火烧孟清元　贼道智激灵猿化

话说济公雇人搭着皂托头彭振、万花僧徐恒，刚来到马家湖村口，只听对面有人嚷：“好，老道，你敢劫杀差事。济公快来。”和尚一看，乃是一个老道，截住小玄坛周瑞一干众人。书中交代，济公夜内由马家湖走后，小玄坛周瑞、赤面虎罗镳带领二十个伙计，一见马俊，马俊说：“二位班头，现有济公的吩咐，这里有三个贼，叫你们二位等候天亮，把贼人押回衙门，请老爷前来验尸。还叫你们等他老人家回来你们再走。”周瑞、罗镳点头答应。等到天亮，有常山县衙门的二爷骑着马，来到马俊家来打听。原来知县不放心，一夜未见周瑞等回衙门，又不知出了多少人命，总算是常山县的地面，故此老爷派管家到马俊家来打听。管家一见周瑞，周瑞就把夜内杀贼的话一说，管家说：“周头，你们快回去罢。老爷甚不放心，叫我来访问。你等回去，老爷就放了心了。”周瑞说：“也好，我先押解贼人回去。”马俊说：“周头，你赶紧请老爷来验尸。”周瑞说：“是。”立刻雇了一辆车，把三个贼人搁在车上。大众班头衙役，押解着出了马俊家中。

正走到马家湖村口，只见对面来了一个老道。披散着发，身穿蓝缎道袍，白袜云鞋，手中提着宝剑，长得凶眉恶目，一部刚髯。老道口念无量佛，把车辆截住，说："你们是做什么的？"周瑞说："我们是常山县的官人，在马家湖拿着的明火贼犯，往衙门解。"老道说："我瞧瞧拿住的贼。"周瑞说："老道，你瞧什么？你是哪的？"老道说："山人姓孟，叫清元。"这个老道，原是华清风的二师弟，他在二狼山三清观修行。只因前者有古天山凌霄观内的两个小道童逃到二狼山去，提说他师父被济颠和尚烧跑，不知生死存亡。孟清元一听，说："好，哪时我见着济颠和尚，我有周天烈火剑，活活要把济颠烧死，必要给我兄报仇。"今天他上山砍木头，有几个做活的，是马家湖的居民，到二狼山去做活，丢开闲话，说道："老道，昨天晚上，我们马家湖热闹了，白脸专诸马俊马大官人家中，闹明火执仗，闹的甚凶，听说都是济公和尚杀了。"这个说是无心，老道却是有心。孟清元一听济颠和尚到马家湖来了，"我去找他，给我师兄报仇"。老道把发髻披散，带了宝剑下山。

老道走到马家湖村口，碰见周瑞众人，押解差事。老道说："我要瞧瞧。"这三个贼人，都认得老道。桃花浪子韩秀说："孟道爷救我罢。"杨志说："孟道爷救我罢。"张七说："孟道爷救我罢。"孟清元一听，说："你三个人待我有什么好处，我救你们？"老道跟杨志素常不对，孟清元说："杨志，你也有今日。"杨志一听说："老道，你少称雄，我大老爷不怕死。打受了国法王章，再有二十年，我又二十多岁。你少说便宜话，趁此滚开，不然，我可骂你。"老道一听，气往上冲，拉出宝剑竟将杨志杀了。周瑞一瞧说："老道你好大胆量！这是明火执仗的要犯，你敢给杀了。伙计们，把他锁上。"众人正奔老道，老道用手一指说："前来送死。"用定神法把众人全都定住。

周瑞正在着急叫喊，只见济公来了，周瑞喊道："济公来了！"和尚说："来了。"和尚用手一指，把众人的定神法撤了。叫周瑞把彭振、徐恒搁在车上，一并解到衙门去。给了挑担的八两银子。和尚过来说："孟老道，你认得我不认得？"老道说："你是谁？"济公说："我是灵隐寺济颠。”孟清元一听，说：“我想是怎么个济颠！项长三头，肩生六臂，原来是一个丐僧。今天你休想逃命。”和尚说：“孟老道，你不服，咱们两个人到无人之处去说。”老道说：“好。”立刻同着和尚，来到山口以外。和尚说：“杂毛老道，你打算怎么样？”孟清元说：“好济颠，你把我师侄张妙兴烧死，你又把我师侄姜天瑞置死，你把我师兄华清风烧走，不知生死。我特要找你报仇。今天你要认罪服输，跪倒给我磕头，叫我三声祖师爷，我饶你不死。如要不然，当时叫你死无葬身之地。”和尚哈哈大笑说：“杂毛老道，你这厮不知奉公守分，无故前来找我，你跪倒给我磕头，叫我祖宗爷，我也不能饶你。”老道一听，气往上撞，摆宝剑照定和尚劈头就剁。和尚滴溜走到老道身后，拧了老道一把。老道一转身，和尚又捏了老道一把。和尚围着老道直转，掏一把，拧一把，掏一把，抓一把。老道真急了。往旁一跳，口中念念有词。当时三昧真火，平地一起，连山坡柴草都着了，一片火扑奔和尚而来。和尚口念六字真言：“唵嘛呢叭谜吽，唵敕令赫。”用手一指，这片火光直奔老道，立刻胡子也着了，头发也烧了，衣裳也着了。老道急忙驾趁脚风逃走。眨眼衣衫都烧没了，赤身露体。

老道见前面一个石洞，打算要躲避躲避。刚来到石洞口，只见里面有一个赤身露体的老道，正是华清风。孟清元一瞧说：“师兄，你怎么这个样子？”华清风说：“我被济颠和尚烧的。师弟你打哪来，为何这个样子？”孟清元说：“也是被那济颠烧的。”华清风说：“好济颠和尚，我跟他誓不两立。”孟清元说：“你我不是他的对手，咱们老道，还有比你我强的，咱们三清教要算谁？”华清风说：“头一位就是万松山云霞观紫霞真人李涵龄，第二就是天台山上清宫东方太悦老仙翁昆仑子，第三就是八卦山坎离真人鲁修真，第四就是梅花山梅花岭梅花真人灵猿化。”孟清元说：“咱们找梅花真人去，求他老人家给我们报仇。”华清风说：“赤身露体，怎么去得？”

正说着话，只见由对面来了一个老道。挑着扁担，上面有两个包裹，青布道冠，蓝布道袍，白袜云鞋，面如古月，三绺黑胡须。华清风一看，不是外人，正是他三师弟尚清云。这个老道可不像他们，乃是正务参修，到处访道学仙。华清风连忙说："师弟快来！"尚清云一看，说："二位师兄，因何这般光景？"华清风说："我二人被济颠和尚烧了，跟我二人为仇做对。"尚清云一听说："济颠和尚他乃是好人，普救众生，大概必是二位师兄的不是。"华清风一听，勃然大怒说："你是我师弟，你不说给我报仇，反倒说我不好。我非得跟济公一死相拼，找他报仇不可。"尚清云说："二位师兄找济颠，我也不管，不找我也不管。我给二位师兄留两身衣裳就是了。"说着话，打开包裹，留了两身衣服，立刻告辞。尚清云挑起扁担往前就走，信口说道：

红尘白浪两茫茫，忍辱柔和是妙方。到处随缘延岁月，终身安分度时光。休将自己心田昧，莫把他人过失扬。谨慎应酬无懊悔，耐烦作事好商量。从来硬弩弦先断，未见钢刀身已伤。惹事尽从闲口舌，招殃多为热心肠。是非不必争你我，彼此何须论短长。吃些亏处原无害，让几分时也不妨。春日才逢杨柳绿，秋风又见菊花黄。荣华总是三更梦，富贵还同九月霜。人为贪财身先死，蚕因夺食命早亡。一副养生平胃散，三分顺气太和汤。休斗胜来莫逞强，百年溷事戏文场。离合悲欢朝朝乐，好丑媸妍日日忙。行客戏房花鼓懈，不知何处是家乡。

尚清云唱着山歌，竟自去了。他唱这段歌，所为劝解华清风二人。焉知道他二人恶习不改，痴迷不悟，当时穿上衣衫，驾起趁脚风，要到梅花山梅花岭找梅花真人灵猿化，跟济公为仇。不知后事如何，且看下回分解。

第一〇一回

施佛法智捉蓬头鬼　仗妖术炼剑害妇人

话说华清风、孟清元见尚清云走后，两个人把衣裳穿好，立刻驾起趁脚风，够奔梅花山而来。来到洞外一看，有两个童子在那里把守洞门。华清风说：“童子，祖师爷可在洞内？”童子说：“现在洞内。”华清风二人立刻往里走。一瞧里面有一云床，梅花真人灵猿化在上面打坐，头戴鹅黄道冠，赤红脸，一部白髯。华清风、孟清元跪倒行礼，说：“祖师爷在上，弟子华清风、孟清元给祖师爷叩头。”梅花真人一翻二目，口念：“无量佛，你两个人来此何干？”华清风说：“我二人来求祖师爷大发慈悲，替三清教报仇。世上出了一个济颠和尚，兴三宝，灭三清。他跟我二人为仇，无故把我徒弟张妙兴烧死，又把我徒弟姜天瑞逼死，把我二人用火烧的这个样子。他说咱们三清教里没人，都是披毛带角，脊背朝天，横骨叉心，不是四造所生，要灭三清教。实在可恶已极。求祖师爷大发慈悲，一来替我二人报仇，二则把济颠除了，也给三清教转转脸。”灵猿化一听说：“你两个孽障，必是前来搬弄是非，无故济颠焉能跟你等做对？必是你二人招惹了济颠。”华清风说：“祖师爷，你老人家倒不信，实是济颠和尚无故欺辱三清教的人。”灵猿化说：“既然如此，你两个人下山，见了济颠，你们跟他说，不用跟我们做对。叫他来见我，我将他结果了性命。我不能下山去找他去。”华清风说：“就是。师弟你我去找济颠去。”说着话，二人出来。

刚一出洞门，只见济公彳亍彳亍，脚步仓皇，直奔梅花洞而来。和尚说：“我来找你们的老道来了，叫他出来我瞧瞧。”华清风一见，赶紧就喊：“祖师爷快出来，济颠来了！”灵猿化立刻由洞里出来。抬头一看，见和尚头上并无金光白气，褴褛不堪，原来是一个乞丐。老道说：“济颠僧，我且问你，你为何烧死张妙兴，逼死姜天瑞，跟华清风二人为仇？”和尚说：“你也不必说，皆因他等行凶作恶，早就该剐之有余。你怎么样的老道，要跟我老人家怎么样？”灵猿化说：“看你有多大能为。”立刻老道一撒肚子，一张嘴，喷出一道黄光。和尚哎呀一声，翻身栽倒，当时气绝身亡。灵猿化一瞧，叹了一声说：“华清风，你二人无故搬弄是非，他乃是凡夫俗子，叫我作这个孽。这一来不要紧，万松山紫霞真人李涵龄、九松山灵空长老长眉罗汉来查山，必不答应我。”老道颇为后悔。

原来这个老道不是人，乃是猿猴。在山中修炼多年，化去横骨，口吐人言。李涵龄同灵空长老，是十年一查山，他必要预备鲜桃美酒，给李涵龄、灵空长老喝。他是一片恭敬之心。后来他要认李涵龄为师，李涵龄说：“不行，我们老道修行都是人，焉能收你猿猴？”他苦苦哀求。李涵龄无法，说：“我赐你一姓，姓灵罢。”灵空长老说：“我赐你一个名字，叫猿化。”故此他才叫灵猿化。平时他永不下山，在山中采草配成丹药，出去普救四方。倒是正务参修，打算要成其正果。也跟李涵龄炼了些能为。今天把济公喷倒，自己倒也懊悔起来，怕将来李涵龄不答应。

华清风见和尚躺下，他乐了，说：“祖师爷把宝剑给我，我杀他。”孟清元说：“我杀他。”灵猿化说：“不能叫你等杀他，我这就作了孽了。我将他置倒，非我给他丹药吃，不能起来。一天不给他药吃躺一天，两天不给他药吃躺两天，永远不给他药吃，他就得在这里躺死。”这句话还未说完，和尚一翻身爬起来了。灵猿化大吃一惊，说：“和尚，我没给你药吃，你怎么起来了？”和尚说：“我再躺下，等你给我药吃。我倒有心给你做个脸，等你给我药吃再起来。无奈地下太凉。你也不认得我和尚是谁，我给你瞧瞧。”说着话，和尚用手一摸天灵盖，口念：“唵敕令赫。”灵猿化再一瞧，和尚身高丈六，头如巴斗，面如蟹壳，身穿直缀，赤着两条腿，光着两只脚，穿的草鞋，是一位活知觉罗汉。吓得猿化跑进洞去，将洞门一闭，不敢出来。和尚也不去赶他。那华清风、孟清元吓的掉头就跑。和尚也不追他，一直往东够奔恶虎山。

和尚来到玉皇庙内，蓬头鬼恽芳正在盼想无形太岁马金川、九朵梅花孙伯虎杀官盗印，还不回来。众人到马家湖去，杀马俊的满门家眷，也不见回来。天光不早了，自己正在着急之际，和尚由外进来说：“合字。”恽芳一瞧，是个穷和尚，不认识。恽芳说：“什么叫合字？”和尚说：“我也是线上的人。”恽芳说：“我不懂。”和尚说：“你这可不对。你不认得我了？你兄弟白莲秀士恽飞，撒绿林帖，传绿林箭，请我们来的。那一天劫牢反狱，有我由常山县把你救出来，我还背了你二里多路，你怎么忘了？”恽芳一听说：“我可实在眼钝。那天黑夜景况，人也太多，我实没瞧出来。你叫什么呀？”和尚说：“我叫要命鬼呀。”恽芳说：“你是要命鬼？你是哪路的？”和尚说：“我是东路的。”恽芳说：“我怎么没听见说过，你们头儿是谁？”和尚说：“我们头儿是阎王爷。”恽芳说：“我也不认得。”和尚说：“你不认得，我领你去见见。昨日晚上，无形太岁马金川把印也盗了，九朵梅花孙伯虎把知县也杀了。我们大众到马家湖把马俊全家老幼都杀了。大众都得了金银细软，大众商量着要回西川。你兄弟白莲秀士恽飞想起来说，庙里还有我们大爷等着我们，谁去背他来？大家都不愿意来。你兄弟就叫我说，要命鬼，你去到恶虎山玉皇庙内，把我哥哥背来，咱们一同回西川，故此我这才来。他们大众都在半路等着呢，你快跟我走罢。”恽芳信以为真，就说：“要命鬼，你背的动我么？”和尚说：“背的动。你别瞧我身材矮小，我有气力。”立刻和尚背起恽芳，下了恶虎山，一直够奔常山县。恽芳说：“要命鬼，你往哪里走？那是常山县。要碰见官兵，你我二人就没命了。”和尚说：“不是，你错认了。”

说着话，来到常山县衙门口。恽芳说：“要命鬼，你怎么背我上常山县衙门哪？”和尚说：“不背你上衙门上哪去？你舍了命罢。”恽芳一听说：“好，你是我的要命鬼呀！”和尚说：“对了。”说着话，来到公堂。老爷正审问桃花浪子韩秀、燕尾子张七、皂托头彭振、万花僧徐恒。老爷见济公来了，赶紧说：“圣僧请坐。”和尚把恽芳放下落座。周瑞说：“圣僧方才同那老道上哪里去了？”和尚就把方才之事述说一遍。老爷这才说：“恽芳你也有今日。你们劫牢反狱，共多少人？”恽芳说：“老爷要问，我也不知道。劫牢反狱，也不是我要他们劫的。”老爷又问韩秀众人，到马家湖去明火执仗共多少人。韩秀众人俱皆招认。老爷吩咐将他等全行钉镣收牢。一面给济公道谢行礼。这时，只见由外面进来一个老道，两眼发直，直奔公堂。周瑞一瞧说：“回老爷，这个老道，方才劫差杀杨志就是他。”老爷吩咐：“把他锁上带过来。”老爷一拍惊堂木说：“你这道人叫什么？”孟清元此时明白过来，既然到了公堂。方才由梅花山逃走，心中一迷，也不知怎么来到衙门。老道一齐俱皆招认。老爷也吩咐一并入狱。柴头过来说：“圣僧，临安太守行礼求你，秦相作揖打恭求你，你老人家带我们出来拿华云龙。今天也拿，明天也拿。龙游县那个样的为难案，你伸手就办。这常山县这么大事也办了，倒是华云龙还拿不着。”和尚说：“你二人不必着急，跟我走，去拿去。要拿不着，你二人就拿我，好不好？”柴头说：“拿你做什么？”和尚立刻告辞。知县说：“圣僧，住几天再走。”和尚说：“不用。省得他二人着急。我带他们拿华云龙去。”这才带领二位班头，出了常山县。往前正走，刚走到山里，只见眼前树林子中，杨明、雷鸣、陈亮在地上躺着。华清风正要拿宝剑杀这三个人，和尚赶到。不知何故，且看下回分解。

第一〇二回

杨雷陈仗义杀妖道　十里庄雷击华清风

话说济公带领二位班头，正走到山内，只见华清风手举宝剑，要杀杨明、雷鸣、陈亮。书中交代，华清风由梅花山逃走，自己一想，非要把济公杀了不可。他打算要炼子母阴魂剑，能斩罗汉的金光。要炼子母阴魂剑，须得把怀男胎的妇人开膛取子母血，抹在宝剑上，用符咒一催，就可以炼成了。华清风自己想罢，一施展妖术，弄了点银子，买了个药箱，买了些丸散膏丹，打算到各乡村庄里以治病为名，好找怀男胎的妇人。华清风拿着药箱，走在一座村庄，只见有两个老太太在那里说话。这位说："刘大娘，吃了饭了？"这位说："吃了。陈大姑，你吃了？"这位说："吃了。"两位老太太，一位姓刘，一位姓陈。这位刘太太说："大姑你瞧，方才过去的，那不是王二的媳妇么？"陈老太太说："是呀。"刘老太太说："不是王二他们两口子不和美呀，怎么他媳妇又给他送饭去？"陈老太太说："刘大娘你不知道，现在王二的媳妇有了身孕了，快生养了，王二也喜欢了。他自己种两顷稻田，他媳妇给送饭去。现在和美了。"华清风一听那妇人怀着孕，赶紧往前走。追到村头一瞧，那妇人果然怀的是男胎。

书中交代，怎么瞧的出来是男是女呢？俗语世上无难事，只怕有心人。要是怀胎的妇人印堂发亮，走路先迈左脚，必是男胎。要是印堂发暗，走路先迈右脚，必是女胎。华清风看明白了，赶过去一打稽首，口念："无量佛。这位大娘子，我看你脸上气色发暗，主于家宅夫妇不和。"娘子们最信服这个，立刻站住说："道爷你会相面么？真瞧的对，可不是我们夫妇不和么。道爷你瞧，有什么破解没有？你要能给破解好了，我必谢你。"华清风说："你把你的生日八字告诉我，我给你破解。"这妇人说："我是某年某月某日某时生人。"华清风听得明白，照定妇人头顶就是一掌，妇人就迷糊了。老道一架妇人的胳膊，带着就走。村庄里有人瞧见说："可了不的，老道不是好人，要把王二的妻子拐去了。咱们赶紧聚人把老道拿住，活埋了。"一聚人，老道驾着趁脚风，早不见了。

华清风来到山内找了一棵树，把这妇人缚上，由兜囊把应用的东西拿出来。刚要炼剑，把妇人开膛，只见由那边来了三个人，正是威震八方杨明同雷鸣、陈亮。这三个人在马俊家见事情已完，杨明说："我该回家了，恐老娘不放心。我出来为找张荣，张荣已死在古天山，我该回去了。"雷鸣、陈亮说："大哥咱们一同走。"马俊给三个人道谢，拿出几十两银子，给三个人做盘川。三个人也不好收，回送了银子，告辞出了马家湖。马俊送到外面说："你我青山不改，绿水长流，他年相见，后会有期。"彼此拱手而别。这三个人正往前走，只见老道要谋害妇人。雷鸣是侠肝义胆，口快心直的人，立刻一声喊嚷："好杂毛老道，你在这里要害人，待我拿你。"华清风一看说："好雷鸣，前者饶你不死，今又来多管闲事。这可是放着天堂有路你不走，地狱无门要找寻，待山人来结果你的性命。"雷鸣刚一摆刀剁，老道用手一指，竟把雷鸣定住。陈亮见老道要杀雷鸣，自己急了，说："好华清风，我这条命不要了，跟你一死相拼。"摆刀就砍。老道一闪身，用手一指点，也把陈亮定住。杨明一想："罢了，今天当我三人死在老道之手。"立刻过去一动手，老道又把杨明定住。老道哈哈一笑，刚要动手杀人，就听济公一声叫嚷：“好东西，杂毛老道，你敢要杀我徒弟。”华清风一瞧，吓的魂也没有了，立刻驾起趁脚风，竟自逃走。和尚不再追他，过来救了杨明三人，叫柴头把那妇人放下来。和尚用手一指点，那妇人也明白过来。大众复反出了山口。只见来了许多的乡人，来追老道。和尚说：“老道已被我们打跑了，你们把这妇人送回去罢。”众乡人把妇人带了走。和尚说：“杨明你回家罢。”杨明立刻告辞，竟自去了。

和尚说：“雷鸣、陈亮跟我来。”二人点头，跟着和尚，来到十里庄。这里有一座茶馆，搭着天棚茶座。和尚说：“咱们进去歇息歇息。”众人点头。和尚进了茶馆，不在天棚底下坐，一直来到屋内落座。陈亮说：“师父你看天气甚热，怎么不在外头凉快？在屋里有多热。”和尚说：“你瞧外头人多，少时都得进来，屋里就坐不下。”陈亮说：“怎么？”和尚说：“你瞧着。”说完了话，和尚来到后院，恭恭敬敬朝西北磕了三个头。陈亮心里说：“我自从认济公为师，也未见他磕过头，他在庙里也永没烧过香，拜过佛。这是怎么了？”只见和尚磕完了头进来，伙计拿了一壶茶过来。刚吃了两三碗，见云生西北，展眼之际，暴雨下起来了。外面吃茶的人，全跑进屋子里来避雨。只见狂风暴雨，霹雳雷电，闪一个电，跟着一个雷，电光闹着屋子不住。内中就有人说：“咱们这里头人谁有亏心事，可趁早说。莫连累了别人！”和尚也自言自语说：“这个年头，真是现世现报，还不劈他，等什么！”旁有一个人吓得颜色更改，赶紧过来给和尚磕头说：“圣僧，你老人家给求求罢，原来我父亲有了疯癫，我那天吃醉了，是打了我父亲两个嘴巴。圣僧给我求求，我从此改过自新。”和尚说：“你准改了，我给你求求，不定行不行。”说着话，和尚一抬头，仿佛望空说话：“我给你求，要不改还要劈你。”这人说：“改。”和尚说：“不但要劈一个人，还有一个人，谋夺家产的，他把他兄弟撵出去，祖上的遗产，他一个人占住。心地不公，也要劈他。”旁有一人听了这句话，也过来给和尚磕头说："圣僧你老人家给我求求罢。我倒不是霸占家产。只因有一个兄弟是傻子，我把他撵出去。只要圣僧给我求求，我把兄弟找回来。"和尚说："我给你求着，可说不定雷公爷答应不答应。"说着话，和尚望空祷告了半天。和尚说："我给你求明白了，给你三天限，你要不把你兄弟找回去，还是要劈你。"这人说："我准把我兄弟找回来。"和尚说："随你罢。"大众一听，真是报应循环，了不得，纷纷议论。陈亮说："师父，像华清风这样为非作恶，怎么这上天就不报应他么？"和尚说："少时他就现事现报，叫你瞧瞧。"正说着话，只见由远远来一老道，大概要到茶馆来避雨的样子。正走到茶馆门口，瞧见一道电光，照在老道脸上，跟着一道火光，山崩地裂一声响，老道面朝北跪，竟被雷击了。大众一乱说："劈了老道了！"一个霹雳，雨过天晴，露出一轮红日，将要西沉。陈亮出来一瞧，认识是华清风，被雷打了，雨也住了。

和尚说："雷鸣、陈亮，我这里有一封信，一块药。你两个人顺着常山县大道，够奔曲州府。离曲州府五里地，在五里碑东村口外有座庙，庙门口躺着一条大汉。你把我这药给他吃了，把这信给他，叫他照我书信行事。你两个人在道路上可别多管闲事。要一管闲事，可就有大祸。"陈亮说："咱们在哪见呀？"和尚说："大概曲州府见。你们到了曲州府，瞧见什么事，瞧在眼里，记在心里，可别伸手管是管非。要伸手管，可就找不自在。"雷鸣、陈亮听和尚说话半吞半吐，也测不透。两个人拿着书信，别了济公，顺大路行走。

来到常山县北门外，天色已晚。陈亮说："咱们住店罢。"雷鸣说："好。"立刻见眼前有一座德源店。二人进去，住的是北上房三间。喝吃完毕，陈亮睡了。觉天气太热，雷鸣出来到院中乘凉。店中都睡了，院里还没凉风。雷鸣一想，高处必有风，立刻蹿上房去，果然凉快。雷鸣正打算要在房上躺躺，忽听有人叫喊："杀人了！杀人了！"

雷鸣一想，必是路劫。立刻带了刀，蹿房越脊，顺着声音找去。找到一所院落，是四合房。见北上房东里间有灯光，在屋中喊叫：“杀人了！”雷鸣蹿下去，湿破纸窗一瞧，气的须发皆竖，伸手拉刀，要多管闲事，焉想到惹出一场横祸非灾。不知后事如何，且看下回分解。

第一〇三回

雷鸣夜探孙家堡　陈亮细问妇人供

话说雷鸣扒窗户一看，只见屋里是顺北墙的一张床，靠东墙是衣箱立柜，地下有八仙桌、椅子、梳头桌，屋中很是齐整。床上躺着一个妇人，有二十多岁，脸上未擦脂粉，穿着蓝布褂裤，窄小宫鞋，长得倒是蛾眉杏眼，俊俏无比。地下站定一个二十多岁男子，头挽牛心发髻，赤着背，穿着单坎肩月白中衣，长得一脸横肉，凶眉恶眼。左手按着妇人的华盖穴，右手拿着一把钢刀，口中说："你就是给我说实话。不说实话，我把你杀了，那便宜你，我一刀一刀把你剐了。"就听那妇人直嚷说："好二虎，你要欺负我，我这是烧纸引了鬼。我跟你有何冤何仇，你敢来持刀威吓。"雷鸣一听，气往上冲，有心要进去，自己一想："我别粗卤。老三常说我要眼尖，我去跟他商量商量，可管则管，不可管别管。"想罢，拧身上房，仍蹿到店内，来到屋中，一推陈亮。雷鸣说："老三醒来。"陈亮说："二哥叫我什么事？"雷鸣说："我瞧见一件新鲜事。因为天热，我在院中乘凉。院中甚热，我就上房去，可以得风。我刚要躺躺，就听有人叫喊：'杀人了，杀人哪！'我只打算是路劫，顺着声音找去，找到一所院落。见一个男子拿着刀，按着一个妇人，直叫妇人说。我也不知什么事。我有心进去，怕你说我粗莽。我跟你商量商量，是管好，不管好？”陈亮一听，说：“二哥，你这就不对。无故上房，叫店里人看见，这算什么事？再说这件事，要不知道，眼不见，心不烦。既知道，要不管，心里便不痛快。你我去瞧瞧罢。”

说着话，两个人穿好衣服，一同出来。仍不去惊动店家，拧身上房，蹿房越脊，来到这院中。一听，屋里还喊救人，二人下去。陈亮扒窗户一看，就听有人说：“好二虎，你要欺负死我。我这是烧纸引鬼，你还不撒开我，快救人哪！”那男子说：“你嚷，我就杀了你。”拿刀背照定妇人脸上就砍，一连几下，砍的妇人脸上都血晕了。妇人放声大哭，还嚷救人。陈亮一瞧，不由怒从心上起，气向胆边生，当时说：“二哥跟我来。”二人来到外间屋门一瞧，门开着。二人迈步进去，一掀里间帘子，陈亮说：“朋友请了。为什么半夜三更拿刀动仗？”这男子一回头，吓了一跳。见陈亮是俊品人物，见雷鸣是红胡子蓝靛脸，相貌凶恶。男子立刻把刀放下说：“二位贵姓？”陈亮说：“姓陈。”雷鸣说：“姓雷。”这男子一听说话，俱都是声音洪亮。陈亮说：“我二人原是镇江府人，以保镖为业。由此路去，今天住在德源店。在院中纳凉，听见叫喊杀人救人，我二人只打算是路劫。出来一听，在院中喊叫。我二人自幼练过武艺，故此跳墙进来。朋友，为什么这里拿刀行凶？”这男子说：“原来是二位保镖的达官。要问，我姓孙，叫孙二虎。我们这村庄叫孙家堡。小村庄倒有八十多家姓孙的，外姓人少。她是我嫂嫂。我兄长在日开药店。我兄长死了三年，她守寡。你们瞧她这大肚子，我就要问问她，这大肚子是哪里来的。因为这个，她嚷喊起来，惊动了二位达官。”陈亮一听，人家是家务事，这怎么管。陈亮说：“我有两句话奉劝。天子至大，犹不能保其宗族，何况你我平民百姓？尊驾不必这样。依我劝，算了罢。”孙二虎一听说：“好。既是你不叫管，我走了。你二位在这里罢。”雷鸣一听，这小子说的不像人话。雷鸣说：“你别走，为什么你走，我们在这里？这不像话！”孙二虎看这两人的样子，他也不敢惹。赶紧说：“你我一同走。”

雷鸣、陈亮正要往外走，那妇人说：“二位恩公别走，方才他说的话一字也不对。”陈亮一听诧异，说：“怎么不对？”这妇人说：“小妇人的丈夫可是姓孙，在世开药铺生理，今年已故世三载。我娘家姓康，我过门时就不认的他。后来才听见说，就是这么一个当家的兄弟，已然出了五服。平素我丈夫在日，他也不常来，只因我烧纸引鬼。我那一日在门前买线，瞧见他十月的天气，尚未穿棉衣。我就说，孙二虎，你怎么连衣裳都没了？他说：‘嫂嫂，我肩不能挑担，手不能提篮，分文的进项没有，哪里能置衣裳？’我见他说的好苦，我是一分恻隐之心，把他叫进来，有我丈夫留下的旧衣裳，给了他一包袱，还给他两吊钱，我说叫他做个小本营生。焉想到他后来没钱，就来找我借钱，我也时常周济他。焉想到慈心惹祸，善门难开。一次是人情，两次是例，后来习以为常。他就来劝我改嫁，我把他骂出。今天我的仆妇告了假，他无故拿刀来欺负我，问我肚子大是哪里来的。我对二位大恩公说，我的肚子大，实在是病，他竟敢胡说。他又不是我亲族兄弟，今天我家里没人，只有一个傻子丫头。我这里嚷，她都不来管。”外面听得有人答话说：“大奶奶，你叫我怎么管？”说着话进来。陈亮一看，是个丑丫头，一脑袋黄头发，一脸的麻子。两道短眉毛，一双三角眼，蒜头鼻子，雷公嘴，一嘴黄板牙，其脏无比。陈亮说：“孙二兄，你自己各扫门前雪，休管他人瓦上霜。你我一同走罢。”孙二虎说：“走。”立刻三个人出来，丫头关门。

三个人走到德源店门首，陈亮说：“孙二兄，你进来坐坐。”孙二虎说：“你们二位在这店住，我走了。劳驾，改日道谢。”陈亮说：“不必道谢，你回家罢。”孙二虎说：“我还要进城。”陈亮说：“半夜怎么进城？”孙二虎说：“城墙有塌了的地方，可以能走。”说着话竟自去了。雷鸣、陈亮二人仍不叫门，蹿到里面，到了屋中。陈亮说：“这件事总算救了一个人。明天你我可得早走，恐怕有后患。”雷鸣说：“没事，睡罢。”二人安歇。

次日起来，陈亮说：“伙计，我们上曲州府，这是大道不是？”伙计说：“是。”陈亮说：“你赶紧快给我们要酒菜，吃完了，我们还要赶路。”伙计答应。立刻要了酒菜。雷鸣、陈亮吃喝完毕，算还店账。刚要走，外面来了两个头儿，带着八个伙计，是常山县的官人。来到柜房说：“辛苦。你们这店里，住着姓雷的姓陈的，在哪屋里？”掌柜的说：“在北上房。”官人说：“你们言语一声。”掌柜的说：“雷爷、陈爷，有人找。”雷鸣、陈亮出来，说：“谁找？”官人说：“你们二位姓雷姓陈呀？”陈亮说：“是。”官人说：“你们二位，这场官司打了罢。”陈亮说：“谁把我们告下来？”官人说：“你也不用问，现在老爷有签票，叫我们来传你，有什么话，衙门说去罢。”掌柜的过来说：“众位头爷什么事，跟我说说，都有我呢。这二位现住在我店里，他们有什么事，如同我的事，众位头儿先别带走。”官人说：“那可不行。现在老爷有签票，我们不能做主意。先叫他们二位去过一堂，该了的事，必归你了，你候信罢。雷爷、陈爷跟我们走罢。”雷鸣、陈亮也不知什么事。这两个人，本是英雄，岂肯畏刀避刑，怕死贪生。勿论什么事，也不能难买难卖。陈亮说：“掌柜的，你倒不必担心。我二人又不是杀人的凶犯，滚了马的强盗，各处有案。这个连我二人也不知哪儿的事，必是旁人邪火。你只管放心，无论天大的事也不能连累你店家。”掌柜的说：“我倒不是怕连累。能管的了，焉能袖手旁观？既是二位要去，众位头儿多照应罢。”官人说：“是了。”雷鸣、陈亮立刻跟着来到衙门。偏巧小玄坛周瑞、赤面虎罗镳告了假没在衙门里。官人将雷鸣、陈亮带到，往里一回禀，老爷立刻升堂。这两个上去给老爷行礼，老爷勃然大怒，说出一席话，把雷鸣、陈亮气得颜色改变。不知这场官司所因何故，且看下回分解。

第一〇四回

孙二虎喊冤告雷陈　常山县义士闹公堂

话说雷鸣、陈亮来到公堂，二人给老爷行礼，老爷说："你两个姓什么？哪个姓陈？"二人各自通名。知县说："雷鸣、陈亮，你两个人跟孙康氏通奸有染，来往有多少日子？现在有孙二虎把你二人告下来。"雷鸣、陈亮一听，气得面色更改。书中交代，孙二虎由夜间分手，这小子连夜进城。有人串唆他，用茶碗自己把脑袋拍了，天亮到常山县喊冤，说雷鸣、陈亮跟他嫂子通奸被他撞见。雷鸣、陈亮持刀行凶，拿茶碗把他脑袋砍了，现有伤痕。他在衙门一喊冤，故此老爷出签票，把雷鸣、陈亮传来。老爷一问跟孙康氏通奸有多少日子，陈亮说："回老爷，小人我是镇江府人，雷鸣是我拜兄。我二人初次来到常山县，昨天才到德源店。只因晚上天热，在院中纳凉，听见有人喊嚷杀了人，救人哪！我二人原在镖行生理，自幼练过飞檐走壁，只当是有路劫，顺着声音找去。声由一所院落出来，我二人蹿进院中一看，是一个男子拿着刀要砍妇人。我二人进去一劝解，方知是孙二虎要谋害他嫂嫂。我等平日并不认识他，把孙二虎劝了出来。不想他记恨在心。他说我二人同孙康氏有奸，老爷想情，我二人昨天才住到德源店。老爷不信，传店家问再说。我等与孙康氏一不沾亲，二不带故，并不认识。老爷可把孙康氏传来讯问。再说我们是外乡人，离此地千八百里，昨天才来，怎么能跟孙康氏通奸？要在这里住过十天半月，就算有了别情。”

正说着话，老爷早派人把孙康氏传到。原来今天早晨，孙康氏正在啼哭，仆妇回来一问缘由，仆妇说：“大奶奶别哭了，何必跟孙二虎一般见识，他乃无知的人。”正在劝解，外面打门，仆妇出来一看，是两个官媒、两个官人。仆妇问：“找谁？”官媒说：“孙二虎把孙康氏告下了。老爷叫传孙康氏去过堂。”孙康氏一听说：“好，孙二虎他把我告下来了，我正要想告他去。”当时雇了一乘小轿，带了一个仆妇，来到衙门下了轿，仆妇搀着上堂。知县一看，见孙康氏脸上青黄，就知道她必是男人久不在家，或者是寡妇。做官的讲究聆音察理，鉴貌辨色。孙康氏在堂上一跪，老爷问道：“你姓什么？”孙康氏说：“小妇人姓孙，娘家姓康，我丈夫故世三年，小妇人居寡。”老爷说：“现在孙二虎把你告下来，说你私通雷鸣、陈亮，你被他撞见。要说实话。”孙康氏说：“我并不认得姓雷姓陈的。孙二虎他是一个出五服的本家，也是我烧纸引鬼。”就把已往从前之事，如此如此一说。老爷吩咐，暂把孙二虎、雷鸣、陈亮带下去。老爷说：“现在没有外人，这都是我的公差，你这肚子是怎么一段情节，你要说实话。本县我要存一分功德，我必定要救你，你到底是胎还是病？”孙康氏说：“回禀老爷，小妇人实在是病。”老爷吩咐立刻把官医找来。

当时手下的官人立把官医找来。老爷吩咐当堂给孙康氏看脉，看看是胎是病。这个官医本是个二五眼的先生。当时一瞧脉，他回禀老爷：“吾看她是个喜脉。”孙康氏一听，照定官医“呸”啐了一口，说：“你满口胡说。我丈夫已然死了三年，我居孀守寡，哪里来的胎？你满嘴放屁！”官医一听，说：“混帐，我说你是胎，必定是胎。”老爷说：“孙康氏，我且问你，你跟孙二虎在家辨嘴，为何雷鸣、陈亮来给你们劝架呢？”孙康氏说：“小妇人我也并不认识姓雷姓陈的。皆因孙二虎要杀我，我叫喊救人，姓雷的姓陈的来了。我并不认识。”老爷吩咐把雷鸣、陈亮带上来。这两个人上来，老爷说：“雷鸣、陈亮，你二人为何无故半夜三更跳在人家院中去多管闲事？”雷鸣说：“我二人是为好，见死焉有不救之理？”孙康氏说：“可恨。”老爷说：“你恨什么？”孙康氏说：“可恨这里没有刀。要有刀，我开开膛，叫老爷瞧瞧是胎是病。”雷鸣一听说：“那一妇人，你真有这个胆量开膛，我这里有刀给你开开膛。要是病，必有人给你来报仇。要是胎，那可是你自己明白跟谁通奸有的。”说着话，伸手把刀拉出来，往地下一捺。孙康氏就要拈刀。幸旁边官人手急眼快，把刀抢过去。老爷一见，勃然大怒，立刻把惊堂木一拍说：“好雷鸣，你真是胆大妄为，竟敢目无官长，咆哮公堂。在本县公案之前，竟敢亮刀行凶。来人，给我打。”说着话，老爷一抽签。方把签抽出来，只见签上拴着一个纸包。老爷打开一看，勃然变色，呵了一声，立刻点头发笑说：“雷鸣，老爷看你倒是一个直人，极其爽快。来人，快摆一桌酒，本县赏给你二人去吃，少时本县定要替你二人作主。”雷鸣、陈亮谢过老爷，立时下堂，来到配房。有人伺候，把酒席摆上。陈亮说：“二哥，你瞧，了不得，老爷赏你我这席酒，必定有缘故，大概必是稳计。要拿你我，怕当时拿不了。”雷鸣说：“我全不懂，吃饱了再说。”书中交代：陈亮真猜到了。老爷抽出签来看上面字柬，写的是：

雷鸣陈亮恶贼人，广结天下众绿林。前者劫牢反过狱，原为恽芳系至亲。

老爷看了这个字柬，心中暗想：“好怪，这字柬是哪里来的？”当时要拿雷鸣、陈亮，看看手下官兵，没有一个有能为的。故此以怒变喜，赏二人一桌酒席，用稳军计稳住，暗派官人看着两个人。一面赶紧遣人去把小玄坛周瑞、赤面虎罗镳找来，可以拿雷鸣、陈亮。老爷越想这四句话来的怪异。又一看雷鸣这口刀，跟马家湖明火执仗贼人使的刀是一样，更觉生疑。知县一想："把蓬头鬼恽芳提出，叫他认识。他要不认得雷鸣、陈亮，这其中必有缘故。他是认得，必是雷鸣、陈亮跟他等是一党。前者劫牢反狱必有他二人。"其实这件事要真把恽芳提出来，恽芳跟玉山县的有仇，他必说认识。贼咬一口，入骨三分，雷鸣、陈亮跳在黄河也洗不清。

凡事该因，老爷正要标监牌，就听外面叫喊："阴天大老爷，晴天大老爷，我冤枉，冤苦了我了！"老爷正要问外面什么事喧哗，只见济公外面走进来，拉着一位文生，直奔公堂。书中交代，济公由哪里来呢？和尚由十里庄打发雷鸣、陈亮走后，带领柴、杜二位班头正往前走，只见眼前来了一乘小轿，走的至急。和尚一瞧，说："哎呀，阿弥陀佛，你说这个事，焉能不管。"说着话，和尚带着二位班头，跟着小轿，进了一座村庄。只见路北大门，小轿抬进去。和尚说："老柴、老杜，你们两个人在外面等等。"和尚来到大门里说："辛苦，辛苦。"由房门出来一位管家，说："大师父，你要化缘别处去罢，你来的不巧。你要头三天来，我们员外还施舍呢。此时我们员外心里烦着呢，僧道无缘，一概不施舍了。"和尚说："你们员外为什么事情，烦你跟我说说。"管家说："你是出家人，跟你说也无用。你既要问，我告诉你。我们三少奶要临盆，现在三天没生养下来，请了多少收生婆都不行。有说保孩子不保大人的，有说保大人不保孩子的。方才刚用轿子把刘妈妈接来，我员外烦的了不得。"和尚说："不要紧，你回禀你们员外，就说我和尚专会催生。"管家说："和尚你找打了！谁家叫和尚进产房催生？"和尚说："你不明白，我有催生的灵药，吃下去立刻生下。"管家说："这就是了。我给你回禀一声。"立刻管家进去，一回禀，老员外正在病急乱投医，赶紧吩咐把和尚请进来。管家出去说："我们员外有请。"和尚跟着来到书房。老员外一瞧，是个穷和尚，立时让坐，说："圣僧，可能给催生的药。"和尚点了点头，罗汉爷施佛法要搭救第一善人。不知后事如何，且看下回分解。

第一〇五回

论是非砸毁空心秤　讲因果善度赵德芳

话说济公来到书房，老员外说："大师父宝刹在哪里？"和尚说："西湖灵隐寺。上一字道，下一字济，讹言传说济颠僧就是我。老员外怎么称呼？"老员外说："我姓赵，名叫德芳。方才听家人说，圣僧有妙药，能治催生即下。圣僧要能给催生下来，我必当重谢。"和尚说："我这里有一块药，你拿进去，用阴阳水化开，给产妇喝下去，包管立见功效。"赵德芳把药交给家人拿进去，告诉明白，这里陪着和尚说话。少时，仆妇出来说："老员外大喜，药吃下去，立刻生产，你得了孙子。"赵德芳一听甚为喜悦，说："圣僧真是神仙也。"立刻吩咐摆酒。和尚说："我外面还带有两个跟班的，在门口站着。"老员外一听，赶紧叫家人把柴、杜二位班头让到里面。家人把酒摆上，众人入座吃酒。赵德芳说："我有一事不明，要在圣僧跟前请教。"和尚说："什么事？"赵德芳说："我实不瞒圣僧，当初我是指身为业，耍人出身。瞒心昧己，白手成家，我挣了个家业。去年我六十寿做生日，我有三个儿子、三房儿媳妇，我就把我儿叫到跟前。我说，儿呀，老夫成立家业，就是一根空心秤，买人家的，能买二十两算一斤，卖给人家十四两算一斤，秤杆里面有水银。前者找买了几千斤棉花，有一斤多得四两，那卖棉花的客人赔了本钱，加气伤寒死了，我就心中抱愧。现在我儿女满堂，从此不做亏心事了。当时把这秤杆砸了，我打算改恶向善。焉想到上天无眼，把秤砸了，没有一个月，我大儿子死了，大儿媳妇改嫁他人。事情刚办完，我二儿子也死了，二儿媳妇也往前走了。过了没两个月，我三儿子也死了。我三媳妇怀胎有孕，尚未改嫁。圣僧你看，这不是修桥补路双瞎眼，杀人放火子孙多，怎么行善倒遭恶报呢？”和尚哈哈一笑说：“你不必乱想。我告诉你说，你大儿子原是当初一个卖药材的客人，你算计他死了，他投生你大儿子，来找你算账。你二儿子是给你败家来的。你三儿子要给你闯下塌天大祸，你到年老该得饿死。皆因你改恶向善，上天有眼，把你三个败家子收了去。你这是算第一善人。比如寡妇失节，不如老妓从良。”赵德芳一听，如梦方醒，说：“多蒙圣僧指教。现在我得了一个孙男，可能成立否？”和尚说：“你这个孙子，将来能给你光宗耀祖，改换门庭。”赵德芳说：“这就是了，圣僧喝酒罢。”喝完了酒，天色已晚，和尚同柴、杜就住在这里。

次日天光一亮，和尚起来说：“出恭。”由赵宅来到了常山县城内十字街。见路北里有一座门楼，门口站着二十多人，吵吵嚷嚷。和尚说：“众位都在这里做什么呢？”大众说：“我们等着瞧病的。这里许先生是名医，一天就瞧二十个门诊，多了不瞧。来早了才赶得上呢，我们都早来等着上号。先生还没起来。”和尚说：“是了，我去叫他去。”说着话，迈步来到门洞里，和尚就嚷：“瞧病的掌柜的没起来！”管家由门房出来说：“和尚你别胡说，瞧病的哪有掌柜的？”和尚说：“有伙计？”管家说：“也没伙计，这里有先生。”和尚说：“把先生叫出来，我要瞧病。”正说着话，先生由里面出来。和尚一瞧，这位先生头戴蓝色文生巾，身穿翠蓝色文生氅，腰系丝绦，厚底竹履鞋。这位先生乃是本地的医生，名叫许景魁。今天才起来，听外面喊叫瞧病的掌柜的，故此赶出来。一瞧是个穷和尚，许景魁说：“和尚什么事？”和尚说：“要瞧病。”许先生一想：“给他瞧瞧就完了。”这才走到门房来瞧。来到门房，和尚说：“我浑身酸懒，大腿膀硬。”许先生说：“给你诊诊脉。”和尚一伸大腿。许先生说：“伸过手来。”和尚说：“我只打算着脉在腿上呢。”这才一伸手。先生说：“诊手腕。”和尚说：“不诊手脑袋？你诊罢。”许先生诊了半天，说：“和尚你没有病呀。”和尚说：“有病。”许先生说：“我看你六脉平和，没有病。”和尚说：“我有病。不但我有病，你也有病。你这病，非我治不行。”许先生说：“我有什么病？”和尚说：“你一肚子阴胎鬼胎。”许先生说：“和尚你满口胡说。”和尚说：“胡说？咱们两个人是一场官司。”说着话，和尚一把把许先生丝绦揪住，就往外拉。大众拦着说：“什么事打官司？”和尚说：“你们别管。”拉了就走，谁也拉不住。

和尚力气大，一直拉到常山县。和尚就嚷：“阴天大老爷，晴天大老爷，冤苦了我。”官人正要拦阻，老爷一看是济公，赶紧吩咐把孙康氏等带下去。说：“圣僧请坐。”知县也认识许景魁，他到衙门看过病。知县说：“圣僧跟许先生有什么事？”和尚说：“老爷要问，昨天我住在赵德芳家，我病了。赵员外见我病了，提说请名医许景魁给我瞧。就是他的马钱太贵，一出门要六吊，一到关乡就是十二吊，一过五里地就要二十四吊。我说：‘我瞧不起，我自己去罢。’今天早晨，赵员外给了我五十两银子。我由赵家庄自己走了二十里路，才进城到许先生家里去瞧门诊。他就问我有钱没有。我说有银子，我把五十两银子掏出来放在桌上。他把银子揣在怀里，他说我是有银子折受的，把银子给他就没病了。他叫我走。我要银子，他不给我。因此我揪他来打官司。”知县一听，这也太奇了，说：“许景魁你为何瞒昧圣僧的银子？”许景魁说：“回禀老爷，医生也不致这样无礼。我原本因家务缠绵，起得晚些。刚起来，听外面有人喊。我出来一瞧，是这个和尚。他叫我瞧病，我瞧他没有病。他说我有病，有一肚子阴胎鬼胎。他就说我来跟他打官司。我并没见他的银子。”和尚说：“你可别亏心。你在怀里揣着呢。老爷不信，听他解下丝绦抖抖。”老爷说：“许景魁你怀里有银子？”许景魁说：“没有。”老爷说：“既没有，你抖抖。”许景魁果然把丝绦解下，一抖，掉在地下一个纸团。许景魁正要拈，和尚一伸手拈起来说：“老爷看。”老爷把这纸团打开一看，是个草底子，勾点涂抹，上写是：

雷鸣陈亮恶贼人，广结天下众绿林。前者劫牢反过狱，原为恽芳系至亲。

老爷一看说：“许景魁，你这东西哪里来的？”许景魁说：“我拈的。”老爷说：“你早晨才起来，哪里拈的！”许景魁说：“院里拈的。”老爷说：“怎么这样巧？”和尚说：“老爷把孙康氏带上来。”立刻知县叫人带孙康氏。孙康氏一瞧说：“许贤弟，你来了。”许景魁说：“嫂嫂你因何在此？”老爷说：“孙康氏，你怎么认得许先生？”孙康氏说：“回老爷，我丈夫在日开药铺，跟他是拜兄弟。我丈夫病着，也是他瞧的。我丈夫死，有他帮着办理丧事。出殡之后，小妇人向他说，寡妇门前是非多，我有事去请你，你不必到我家来。他从此就没来。故此认识。”和尚又说：“把孙二虎带上来。”孙二虎一上堂说：“许大叔，你来了。”老爷说：“孙二虎，他跟你哥哥是拜兄弟，你何以叫他大叔？”孙二虎说：“不错，先前我同许先生论弟兄。只因我常找许先生借钱，借十吊给十吊，借八千给八千，我不敢同他论兄弟，我叫大叔。”和尚说：“把他们都带下去。”立刻都把众人带下去。和尚说：“单把孙二虎带上来。”孙二虎又上来。和尚说：“孙二虎，方才许景魁可都说了，你还不说？老爷把他夹起来！”知县一想：“这倒好，和尚替坐堂。”立刻吩咐把孙二虎一夹。孙二虎说：“老爷不必动刑，许景魁既说了，我也说。”老爷说：“你从实说来！”孙二虎这才从头至尾述了一遍。老爷一听，这才明白，不知说出何等话来，且看下回分解。

第一〇六回

找医生鸣冤常山县　断奇案烈妇遇救星

话说孙二虎听说许景魁已然招了，他这才说：“老爷不必动刑，我招了。原本我时常去找许先生借钱。他那一天就说，孙二虎，你是财主。我说，我怎么是财主？他说，你叔伯哥哥死了，你劝你嫂子改嫁，她家里有三万银子家当。她带一万走，分给各族一万，你还得一万呢。你岂不是财主？凡事谋事在人，成事在天。我就向我嫂子一说，我嫂子骂了我一顿。从此不准我再说这话。后来许先生常问我说了未说。我一想，他媳妇死了，他必是要我嫂子，我就冤他。我说，我给你说说。他说是为我发财，他倒不打算要我嫂子。我又一说，他说怕我嫂子不愿意。我说，我给你说着瞧。他就答应了。我仗着这件事，常去向他借钱。这天他说，二虎你常跟我借钱，你倒是跟你嫂子说了没有？我说，你死了心罢，我嫂子不嫁人。他说他瞧见我嫂子门前买线肚子大，其中必有缘故。他又说，二虎，我给你一口刀，你去问你嫂子，她这肚子大是怎么一段情节？你嫂子要说私通了人，你把她撵出去，家私岂不是你的？我一想也对。我这才拿刀到我嫂子家去，偏巧仆妇都没在家。我正在问我嫂子，雷鸣、陈亮把我劝出来。我跟许先生一提，他说不要紧。他跟刑房杜先生相好，他叫我把脑袋拍了来喊告。他暗中给托，准管保我官司打赢了，把雷鸣、陈亮治了罪。这是已往从前真情实话。”老爷叫招房先生把供写了，立刻连孙康氏、许景魁一并带上堂来。叫招房先生当了大众一念供，许景魁吓得颜色改变。老爷把惊堂木一拍说：“许景魁，你是念书的人，竟敢谋夺孀妇，调唆人家的家务，你知法犯法，你是认打认罚？”许景魁说：“认打怎么样？认罚怎么样？”老爷说：“认打我要重重的办你。认罚我打你一百戒尺，给你留脸，罚你三千银子，给孙康氏修贞节牌坊。”许景魁说：“医生情愿认罚。”老爷吩咐，立刻打了许景魁一百戒尺，当堂具结，派官人押着去取银子。老爷说：“孙二虎，你这厮无故妄告，持刀行凶，欺辱寡妇，图谋家产。来人！拉下去打四十大板。”照宋朝例，枷号一百日释放。

知县这才说：“圣僧，你看孙康氏这肚子怎么办？”和尚说：“他这肚子是胎。”知县说：“圣僧不要取笑，他是三年的寡妇，哪里有胎？”和尚说：“老爷不信，叫他当堂分娩。此胎有些不同。”老爷说：“别在大堂分娩。”和尚给了一块药，派官媒带到空房去生产。官媒带下去，来到空房，把药吃下去，立刻生下一个血胎，有西瓜大小，血蛋一个。官媒拿到大堂，给老爷瞧。和尚一掩面说：“拿下去。”知县说：“这是什么？”和尚说：“此是血胎，乃是气裹血而成。妇人以经血为主，一个月不来为疾经，二个月不来为病经，三个月不来为经闭，七个月不来为干血劳。这宗血胎，也是一个月一长。”老爷这才明白，吩咐把孙康氏送回家去。知县又问：“圣僧，现在雷鸣、陈亮这二人又怎么办？方才在大堂之前，雷鸣咆哮公堂，亮刀行凶，我正要提恽芳，正值圣僧来了。”和尚说：“那一天我走时，在签筒底下留了一张字，老爷一看就明白了。”知县挪开签筒一瞧，果然有一张字柬。老爷打开一看，上面写的是四句话：

字启太爷细思寻，莫把良民当贼人。马家湖内诛群寇，多亏徒儿杨雷陈。

老爷一看，心中明白，说："原来是圣僧的门徒，本县不知。"立刻先出革条，把刑房杜芳假公济私、贪赃受贿、捏写假字、以害公事，把他革了。这才派人叫雷鸣、陈亮上来。老爷把刀还给雷鸣，赏给二人十两银子。雷鸣、陈亮给师父行礼。和尚说："我叫你们两个人去办事，你二人要多管闲事。"陈亮说："要不是师父前来搭救，我二人冤枉何以得伸。"和尚说："你两个人快走罢。"雷、陈谢过了老爷，辞别和尚，出了衙门。

二人顺前大路往前直走。走到日落西沉，见自前有一座村庄。东西的街道，南北有店有铺户。二人进了一座店，字号"三益"。伙计把两个人让到北上房，打过洗脸水，倒过茶来。二人要酒要菜，吃喝完毕。因日间走路劳乏，宽衣解带安歇了。次日早晨起来，雷鸣一看，别的东西不短，就是裤子没有了。雷鸣说："老三，你把我的裤子藏起来。"陈亮说："没有。"陈亮一瞧，裤子也没了。陈亮说："怪呀，我的裤子也没了。"二人起来，围着英雄氅坐着。心中一想，有心叫伙计，又不好说把裤子丢了。陈亮说："二哥，不用找了。叫伙计给买两条裤子，不拘多少钱。"伙计说："好，要买裤子倒巧了。早起东跨院有一个客人，拿出两条裤子，叫我给当也可，卖也可，要二十两银子。我没地方卖去，我瞧他有点疯。"陈亮说："你拿来我们瞧瞧。"伙计出去，少时拿了两条裤子来。陈亮一瞧，原是他二人的裤子。两个人拿起来就穿上。伙计一瞧，心说："这两位怎么没裤子。"雷鸣说："伙计，这个卖裤子的在哪屋里？你带我们瞧瞧去。"伙计点头，带着雷鸣、陈亮来到东跨院。正到院中，就听屋里有人说话，是南边人的口音，说："唔呀，混账东西，拿裤子给哪里卖去，还不回来。"伙计说："就是这屋里。"二人迈步进去一看，见外间屋靠北墙，一张条桌，头前一张八仙桌，旁边有椅子，上手椅子上坐着一个人。头戴翠蓝色武生公子巾，双垂烛笼走穗。身穿翠蓝色铜氅，腰系浅绿丝鸾带，薄底靴子。白脸膛，俊品人物，粗眉大眼。雷鸣一看说：“你这东西，跟我们两个人玩笑！”

书中交代，这个人姓柳名瑞，字春华，绰号人称踏雪无痕。也在玉山县三十六友之内，跟雷鸣、陈亮是拜兄弟。这个人虽系儒雅的相貌，最好诙谐。柳瑞是由如意村出来，奉杨明的母亲之命找杨明。他来到这北新庄，住了有几天了。皆因风闻此地有一个恶棍，叫追魂太岁吴坤。柳瑞要访查访查这个恶棍的行为，要果是恶棍，他要给这一方除害。在这店住了好几天，也没有访出有什么事。昨天雷鸣、陈亮来，他瞧见，故意要跟雷、陈耍笑。今天雷、陈二人过来，柳瑞这才说：“雷二哥，陈三哥，一向可好？”上前行礼。陈亮说：“柳贤弟，为何在这里住着？”柳瑞说：“我奉杨伯母之命，出来找杨大哥。”陈亮说：“现在杨大哥回去了。我们前天由常山县分手，大概一两天就许到家了。”柳瑞说：“你们三位怎么会遇见？”陈亮叹了一声说：“一言难尽。”就把华云龙为非作恶，镖伤三友的事，如此如此一说。说毕，柳瑞一听，咬牙忿恨，说：“好华云龙，真是忘恩负义。杨大哥撤绿林帖，成全他，待他甚厚，他施展这样狠毒之心！我那时见了他，我必要结果他的性命。”陈亮说：“不必提他了。你这上哪去？”柳瑞说：“我听见说此地有个恶霸，我要访访。”陈亮说：“我二人一同出去访去。”

三个人一同来到上房，吃了早饭，一同出去。出了村口，往前走不远，只见眼前有一人要上吊。口中说：“苍天，苍天，不睁眼的神佛！无耳目的天地！罢了罢了。”陈亮三个人一瞧，见一人头戴蓝绸四楞巾，蓝绸子铜氅，不到四十岁。三个人赶过去，陈亮说：“朋友，为何上吊？看尊驾并非浊人，所因何故？你说说。”那人叹了一声，说：“我生不如死。”三位要问，从头至尾一说。三位英雄一听，气往上冲，要多管闲事。焉想到又勾出一场是非。不知后事如何，且看下回分解。

第一〇七回

雷鸣陈亮双失盗　踏雪无痕访贼人

话说雷鸣、陈亮、柳瑞三个人一问这人为何上吊，这人说：“我姓阎，名叫文华。我乃是丹徒县人。我自幼学而未成，学会了丹青画。只因年岁荒乱，我领妻子曹氏、女儿瑞姐，来到这北新庄店中居住，我出去到人家画画度日。那一日走到吴家堡，有一位庄主，叫追魂太岁吴坤，他把我叫进去，问我能画什么。我说，会画山水人物，花木翎毛。他问我会画避火图不会。我说也行。他叫我给他画了几张。他一瞧愿意，问我要多少钱一工，我要一吊钱。他说我明天到店里找你去，次日他就骑着马来了。我店中就是一间房，也无处躲避。他进来就瞧见我妻子女儿。我女儿今年一十七岁，长的有几分姿色。焉想到他这一见，暗怀不良之心。他向我说，叫我开一座画儿铺，他借我二百银子。我一想很好，就在这村里路北，开了一间门面的画铺，字号古芳阁，后面带住家。我就给他画了许多画儿。开张有两个多月，昨天他骑马出来，到我铺子，拿着一匣金首饰，一对金镯子，说寄存在我铺子，回头拿。我想这有何妨？他昨天晚上也没来拿，我把东西锁在柜内。今天早晨，他来取东西，我开柜一瞧，东西没了，钥匙并未动。他立刻反了面，说我昧起来，叫手下人打了我几下，把我妻子女儿抢了去，他说做押账，拿东西去赎回，不然不给我。我实不是瞒心昧己，我又惹不起他，故此我一回想，死了就罢了。”陈亮说：“你别死。你同我们到你家去。我们自有道理。”

阎文华点头，同了三个人来到古芳阁。陈亮说：“你把应带的东西，收拾好了。今天夜里，我去把你妻子女儿抢回来。给你点金银，你逃走行不行？”阎文华说：“三位要能把我家口找回来，我情愿离开此地。”柳瑞说：“你等着三更天见。”三个人复又出来。到吴家堡一看，这所庄院甚大，四面占四里地，墙上有鸡爪钉，周围有护庄濠岸，上栽着垂杨柳。南庄门大开，里面有几个恶奴。头前有吊桥，后面有角门。三个人探明白了道路，这才回店。

到店里要酒菜，吃完了夜饭，候到天有二鼓，店中都睡了，三个人换好了夜行衣，把白昼的衣服，用包裹包好，斜插式系在腰间，由屋中出来，将门倒带，画了记号，拧身蹿房越脊，出了北新庄三里路，来到吴家堡。到了庄墙下，由兜囊掏出百链套锁扔上去，抓住墙头，揪绳上去。摘了百链套锁，带在兜囊。三个人抬头一看，见这所庄院，真是楼台亭阁，甚是齐整。三个人蹿房越脊，各处哨探。到一所院落，是四合房，北房三间，南房三间，东西各有配房。北上房西里间灯影闪闪，人影摇摇。三个人来到北房，珍珠倒卷帘，夜叉探海式，往屋中一看，顺前檐的炕，炕有小桌，点着蜡灯。炕上搁着两包袱衣裳，桌上有金首饰、银首饰、珍珠翡翠首饰。炕上坐着一位妇人，有四十来往的年岁。旁有一个女子，不过十七八岁，长得十分美色。地下有四个仆妇，正然说：“你不要想不开，在你们家里，吃些个粗茶淡饭，穿些个粗布破衣。只要跟我们庄主，岂不享荣华富贵？我们劝你为好，你叫你女儿别哭了，抹点粉，我们庄主为你们不是一天的心机，你要把我们太岁爷招恼了，一阵乱棍，把你母女打死，谁来给你们报仇？莫说你们，就是这本地人，谁家姑娘媳妇长得好，太岁爷说抢就抢。本家找来，好情好理，还许给几十两银子。要不答应，就是一顿乱棍打死，往后花园子一埋。”这女子说：“我情愿死。活着跟我娘为人，死了一处做鬼。”雷鸣、陈亮听的明白，一拉柳瑞说：“跟我来。”三个人跳下去，亮出刀冲进屋中，吓的四个仆妇战战兢兢。柳瑞说：“你们谁要嚷，先杀谁。”仆妇说：“大太爷饶命不嚷。”柳瑞把这些细软金银打了一个包袱，把两个仆妇的嘴堵上，叫这两个坚壮的仆妇背起他母女来跟了走：“你们要一嚷就杀！”仆妇只得点头答应。柳瑞说：“二位兄长，在此暗中少候。我先把他母女送回去，少时就来。”雷、陈点头。叫仆妇背了这母女，柳瑞拿着包裹后面跟着。开了后花园子角门，一直来到古芳阁。柳瑞上前叫门，阎文华正在心中盼想，听外面打门，出来一瞧，是柳瑞。柳瑞叫仆妇背进去放下。柳瑞说：“本来要把你们杀了。你两个人已背了一趟，就不杀你了。先把你两个捆上，口堵上，等我回头再放你们。”这才说：“阎文华，你赶紧带你妻子女儿逃命罢。这一包袱是细软金银，我再给你三十两银子，你们快走。我还要回去杀恶霸。”阎文华千恩万谢。柳瑞说：“你也不用谢。青山不改，绿水长流，他年相见，后会有期。”阎文华立刻带领家眷逃走。

柳瑞复返回到吴家堡，找着雷鸣、陈亮。三个人复又哨探，来到一所院落，见北大厅五间，屋中灯光明亮，有八仙椅子，上手坐定一人，头戴青绸四楞巾，身穿大红缎箭袖袍，周身绣三蓝牡丹花，面如油粉，两道黑剑眉，一双环眼，押耳黑毫，一部钢髯，长得凶恶无比，手里拿着一把折扇。这个正是恶棍追魂太岁吴坤。他原先也是西川绿林人，因为发了一件邪财，自己来到这里隐避，仍然恶习不改。在外面交结官长，走动衙门，杀男掠女，无所不为。雷鸣、陈亮、柳瑞，今天在暗中一看，就知是恶棍。就听恶棍那里说：“孩子们，天有什么时光？”家人说：“不到三鼓。”正说着话，只见由外面进来一个恶奴说：“回禀太岁，外面来了你的一位故友，西川路的乾坤盗鼠华云龙来拜你老人家。”吴坤一听说：“哎呀，华二弟来了！我正在想念他。孩子们，开庄门，待我前去迎接。”雷鸣等在房上听的明白。少时就见把华云龙让进来了。

书中交代，华云龙自从古天山逃走，自己一想无地可投，有心回西川，西川没有窝子了。有心回玉山县，又怕杨明不能留他。自己悔恨当初做事不该狠毒，到如今只落得遍地仇人。华云龙此时坐如痴，立如呆，如同雷轰顶上时。饥不知，饱不知，如热锅上蚂蚁。自己信步往前走，忽然想起吴坤，听说在吴家堡很有声气。他打算来躲避，可以安身。白天不敢来，怕有人瞧见，故此晚上来找吴坤。叫家人往里一回禀，吴坤把他迎接进去。雷鸣、陈亮在房上一瞧，华云龙又黄又瘦，不似从前。吴坤把华云龙迎到屋中落座。吴坤说：“华二弟，从哪里来？”华云龙说：“一言难尽。你我兄弟自西川分手，倏经几载。我在玉山县，有威震八方杨明的引荐，交了几个朋友。现在皆因我逛临安，惹了祸，闹得无地可投。”吴坤说：“什么祸事？”华云龙就把秦相府偷盗玉镯凤冠，泰山楼杀人，乌竹庵强奸，如此如此一说。吴坤说：“你在我这里住着罢。就即使有人来拿你，都有我呢。现在你有一个知己的朋友发了财，你知道不知道？”华云龙说：“哪位？”吴坤说：“在西川坐地分赃的镇山豹田国本，现在曲州府大发财源。结交官长，走动衙门，手下人也多，财也厚，听说跟秦相府还结了亲。我知道跟你知己。”华云龙一听说：“我要找田大哥去。兄长可别多心，我到他那里住烦了，再到兄长这里来。现在我盘费缺乏。”吴坤说：“不要紧。孩子们开库拿银子。”这个时节，雷鸣在房上一想：“趁此机会，可以拿华云龙。一则给众朋友报仇，二则交给济公，以完公事。”想罢才要伸手拿刀，捉拿淫贼。不知后事如何，且看下回分解。

第一〇八回

三豪杰偷探吴家堡　恶太岁贪色设奸谋

话说雷鸣、陈亮一见华云龙，气往上冲，伸手拉刀，要下去捉拿淫贼。柳瑞一手把雷鸣揪住，说："二哥、三哥，打算怎么样？"雷鸣说："你我下去，将华云龙拿住。"柳瑞说："二位兄长且慢。依我相劝，不必这样。一则你我人力不多，他这里余党甚众。二则你我又不在官应役，就即便把华云龙拿住，往哪里送？再说咱们总跟他当初神前一股香。即有今日，何必当初。只可叫他不仁，你我不可不义。他为非做恶，自有济公拿他，你我何必跟他为仇？况且也未必拿的了他。"陈亮一听也有理，说："二哥，不用管他，由他去罢。"雷鸣也只可点头。

三位英雄在暗中观看，就听华云龙说："吴大哥，你给我点盘费，我先到田大哥那里住些日子，我再来到兄长家里住着。只要有你们二位，我就不怕了。"吴坤说："也好，孩儿们开库拿银子去。"管家吴豹，点上了灯笼，寻着钥匙，出了大厅。三位英雄在暗中一听，恶棍家里还有库，三个人一商量，在暗中跟随。只见吴豹打着灯笼，由大厅的东箭道往后够奔。来到第二层院子，往东有一个角门，一进角门，这里有间更房，里面有几个打更的。吴豹说："辛苦众位。"打更的一瞧说：“管家什么事？”吴豹说：“我奉庄主之命，来开库拿银子。庄主爷来了朋友了。”打更的王二说：“什么人来了？”吴豹说：“西川路的乾坤盗鼠华云龙二太爷来了。”王二说：“管家去罢。”吴豹来到北房台阶，把灯笼搁在地上，拿钥匙开门，把门开开了，回头一瞧，灯笼没了。吴豹一想：“这必是打更的王二跟我耍笑。”自己复反回到更房门口。一瞧灯笼在更房门口地上搁着，也灭了。吴豹说：“王二你们谁把灯笼给我偷来？”众打更的说：“没有。我们大众都没出屋子，谁拿你的灯笼。”吴豹说：“你们不要不认，没拿，灯笼怎么会跑到这来？”说着话，又把灯笼点上，复反够奔北房。焉想到这个时节，雷鸣、陈亮、柳瑞早进了屋子。

三个人来到屋中一瞧，都是大柜躺箱。三个人正要开箱子拿银子，见吴豹来了。三个人赶紧藏到东里间屋中柜底下。吴豹进来开柜，拿了两封银子。转身出去，把门带上锁了。三位英雄也在柜里，每人拿了两封银子，想要出去，一瞧门已锁住。用手一摸，窗都是铁条，墙前都是用铁叶子包的闸板。雷鸣、陈亮一摸，说：“这可糟了，出不去了！”柳瑞急中生巧说：“不要紧。”立刻柳瑞一装猫叫。打更的听见，说：“管家回来，你把猫关在屋里了。”吴豹一听，复反回来，说：“这个狸花猫真可恨，它是老跟脚。”说着话，用钥匙又把门开开。在外间屋用灯笼一照，没有，吴豹进了西里间。三位英雄由东里间早溜出去，上了房。柳瑞又一学猫叫。打更的说：“猫出来上了房了。”吴豹这才出来，把门锁上，够奔前面。

三位英雄在暗中观看，家人把银子拿到大厅，交给华云龙，贼人立刻告辞。吴坤一直送到大门以外说：“华二弟，你过几天来。愚兄这里恭候。”华云龙告辞去了。吴坤迈步回家，刚一进大门，焉想到柳瑞早在门后藏着，冷不防照贼人一刀，竟把吴坤结果了性命。家人一阵大乱。柳瑞早拧身蹿出来。家人次日报官相验，再拿凶手，哪里拿去？柳瑞把恶棍除了，三位英雄就回了店中安息。次日早晨起来，柳瑞说："二位兄长上哪去？"雷鸣、陈亮说："我们上曲州府给济公办事。"柳瑞说："我还要访几位朋友，你我兄弟分手，改日再见。"三个人算还店账，由店中出来。

不表柳瑞，单说雷鸣、陈亮，顺大路够奔曲州府。刚来到五里碑东村口外，只见路北有一座庙，庙门口站着一条大汉。穿青皂褂，形色枯槁，站立不稳。口中喊叫："苍天苍天！不睁眼的神佛，无耳目的天地，没想到我落在这般景况。"雷鸣一瞧认识，说："原来是他。"二位英雄赶奔上前，说："二哥，为何这般景况？"这大汉一瞧说："你两个是牛头马面，前来拿我？"雷鸣说："是你疯了？我二人是雷鸣、陈亮。"这大汉说："你二人不是牛头马面，是黄幡童子，接我上西天。"陈亮说："二哥，你不认识人了，我二人是雷鸣、陈亮。"这大汉心中一明白说："原来是雷鸣、陈亮二位贤弟，痛死我也。"说完了话，翻身栽倒，不能动转。陈亮赶紧到村口里有一家门首叫门。由里面出来一位老者说："尊驾找谁？"陈亮说："老丈，借我一个碗，给我一口开水，那庙门口有我一个朋友，病的甚重，我给他化点药吃。"老丈说："原来如是，那大汉是尊驾的朋友。他在我们这村口外，病了好几天了。头两天我还给他送点粥吃，这两天见他病体甚重，我们也不敢给了。尊驾在此少候，我去拿水去。"说着话，回身进去。端出一碗水来，递给陈亮。陈亮拿了来，把济公那块药化开，给那人灌下去，少时就听他肚腹一响，气引血走，血引气行，当时五脏六腑觉得清爽，去了火病。当时翻起身来，说："陈、雷二位贤弟，由哪来？"陈亮说："郭二哥好了。"

书中交代：这个人不是别人，他姓郭名顺，外号人称小昆仑，又叫夜行鬼。当年也在玉山县三十六友之内。自己看破了绿林，拜东方太悦老仙翁为师，出家当了老道。在外面云游四方，要赎一身之冤孽。焉想到来到这五里碑病了。自己在外面化缘，手中又无钱住店，就在这庙门口躺着。头两天，村口还有人给点吃的，这两天病的沉重，都不敢给了，怕他死了担不是。今天雷鸣、陈亮来给他把病治好。郭顺这才问二位贤弟从哪来。陈亮说：“由常山县，济公特派我二人来救你。现有济公一封信，交给你。叫你照信行事。”郭顺接过书信一看，这才明白。当时向北叩头，谢济公救命之恩。说：“二位贤弟，盘费富余不富余？”陈亮说：“有。”郭顺说：“我到临安去给济公办事。”陈亮、雷鸣给郭顺一封银子。郭顺说：“二位贤弟受累，改日再谢。”告辞竟自去了。

且说雷鸣、陈亮够奔曲州府而来，到城内十字街，往北一拐，见路西有一座酒店。二人掀帘进去，一瞧有楼，二人这才上楼。见楼上很清洁，二个人找了一张桌坐下。跑堂的过来说：“二位大爷喝酒么？”陈亮说：“喝酒。”跑堂的说：“二位要喝酒，楼下去喝罢。”陈亮说：“怎么今天楼上不卖座呢？”跑堂的说：“今天这楼上，有我们本地三太爷包下了。二位请下面去喝罢。”雷鸣一听这话，把眼一瞪说：“任凭哪个三太爷，今天二大爷要在这楼上喝定了！”跑堂的说：“大爷别生气，凡事有个先来后到。比如你老人家要先来定下座，我们就不能再卖给别人。”陈亮说：“二哥不要粗卤，你我楼下喝也是一样。”雷鸣这才同陈亮复反下了楼。来到后堂，找了一张桌子坐下。伙计赶紧过来揩抹桌案，说：“二位大爷要什么酒菜？”陈亮说：“你们这里卖什么？”跑堂的说：“我们这里应时小卖，煎烹烧烤，大碟小碟中碟，南北碗菜，午用果酌，上等高摆海味席，一应俱全，要什么都有。二位大爷，随便要罢。”陈亮说：“你给煎炒烹炸配四个菜来，两壶女贞陈绍。菜只要好吃，不怕多花钱。”伙计说：“是。”立刻给要了。少时把酒菜端上来，陈亮就问：“伙计贵姓？”跑堂的说：“我姓刘。二位大爷多照应点。”陈亮说：“我跟你打听一件事。这楼上三太爷请客，是你们安西县知县的兄弟，称呼三太爷，是吗？”伙计说：“不是。”陈亮说：“要不然，必是一位年高有德，是一位好人，大家以三太爷呼之。”伙计说：“不是。”陈亮说：“怎么叫三太爷呢？”伙计说：“二位大爷不是我们本地人，不知道详细。我看看要没来，我告诉二位大爷。”说罢，他往外一看没来，刘二过来说：“我跟你说。”陈亮说：“你说罢。”伙计低言对陈亮如此如此一说。二位英雄一听，气得三尸神暴跳，五灵豪气腾空。不知所因何故，具看下回分解。

第一〇九回

五里碑医治小昆仑　曲州府巧遇金翅雕

话说雷鸣、陈亮一问跑堂的这个三太爷是何许人，跑堂的说："二位大爷要问，这三太爷是我们本地的恶霸。在本地结交官长，走动衙门，本地没人敢惹。家里打手有一百八十个。"陈亮说："这个三太爷姓什么？"伙计说："姓杨名庆，外号人称金翅雕。"陈亮说："他们必是亲哥三个。还有大太爷、二太爷吗？"伙计说："不是亲哥们，听说是异姓兄弟。大爷叫镇山豹田国本，二爷叫鹞子眼邱成。"雷鸣、陈亮听明白。

正喝着酒，只见由外面进来一个管家。歪戴着帽子，闪披着大氅。进来说："掌柜的，菜齐了没有？三太爷少时就来。"掌柜的说："齐了。请三太爷来罢。"雷鸣、陈亮往外一看，就知道这个人是个恶奴的样子。少时，外面又进来一个恶奴，说："三太爷来了。"跑堂的赶紧挨着告诉桌上："众酒座站起来，三太爷来了。"伙计一说，众酒座全都站起来。伙计一告诉雷鸣、陈亮，也叫这二位英雄站起来，三太爷来了。陈亮说："三太爷来，我们怎么就站起来，三太爷替我给饭账么？"伙计说："不给。"陈亮说："既不给，我们不能站起来。"伙计说："我可是为你们好，你们二位要不站起来，可了不得。"雷鸣说："我自有生人以来，老没找着了不得，今天我倒要瞧瞧了不得怎么样。"伙计怕惹事，叫众客人在头里站着，挡着他们。雷鸣、陈亮又要瞧瞧恶霸什么样，不站起来，头里挡着瞧不见，二位也只好站起来。见外面进来三个人。头二位都是蓝绸四楞巾，蓝绸子铜鼞，篆底官靴，都是拱肩梭背。这两个本是本县的刀笔先生，一位姓曹，一位姓卢。后头跟着这位三太爷，是身高七尺，头戴宝蓝道遥员外巾，身穿宝蓝缎宽领阔袖袍，周身绣团花，足下薄底靴子。打扮的文不文，武不武。三十多岁，黄尖尖的脸膛，两道细眉，一双三角眼，明露着精明强壮，暗隐着鬼计多端，不是好人的样子。雷鸣一看说："老三，原来是这小子。当初他也是西川路的贼，怎么此时会这么大势利。"陈亮见恶霸众人上了楼，把伙计叫过来。陈亮说："这个三太爷来，为什么都站起来，莫非全都怕他？"伙计说："告诉你罢，他跟秦丞相是亲戚。慢说乡民，就是本地知府，也不敢得罪他。他要稍不愿意，给秦丞相一封信，就能把知府撤调了。"陈亮一听，这还了得。又问伙计："你这三太爷在哪里住？"伙计说："由我们这铺子往北走，到北头往东，一进东胡同路北大门，门口八字影壁，就是他那处，房子很高大。"陈亮打听明白。吃喝完毕，给了酒饭账。出了酒铺往北，到北头往东一拐，果见路北大门。二位英雄探明白了道路，就在城内大街找了一座店，字号是"亿魁老店"，坐西朝东。二人来到店中，找了北院西房。伙计打洗脸水倒茶。陈亮说："二哥，你看这恶霸，大概必是无所不为。今天晚上，咱们去哨探哨探。"雷鸣点头答应。

二人直候到天交二鼓，店中俱各安息，二位英雄这才把夜行衣换好，收拾停当，由屋中出来，将门倒带，画了记号，当时拧身蹿房越脊，展眼之际，二人来到恶霸的宅院。蹿房越脊，在暗中暗探。来到一所院落，是北房五间，南房五间，东西各有配房五间。北上房廊檐下，挂着四个纱灯，屋中灯光闪烁。雷鸣、陈亮在东房后房坡往下瞧，见屋中有两个家人，正然擦抹桌案。这个家人说道："咱们庄主爷来了朋友了。”那个家人说：“谁来了？”这个家人说：“乾坤盗鼠华云龙华二太爷来了。少时咱们庄主陪华二太爷，在这屋里吃饭。”雷鸣、陈亮在暗中听的明白。

工夫不大，只见上房西边角门，灯光一闪，有两个家人头前打着灯笼，后面跟着四个人。头一个就是华云龙。第二个这人，身高九尺，膀阔三停，头戴鹅黄色六瓣壮士巾，上按六颗明镜，绣云罗伞盖花贯鱼长，身穿翠缎窄领瘦袖箭袖袍。腰系五彩丝鸾带。蛋青衬衫，薄底靴子，披一件鹅黄色英雄大氅，上绣三蓝富贵花。再往脸上看，面如白粉，两道剑眉，一双环眼，裂腮，押耳黑毫，颏下一部钢髯。这个就是镇山豹田国本。第三个穿白爱素，黑脸膛，乃是鹞子眼邱成。第四个穿蓝挂翠，就是金翅雕杨庆。四个人一同来到北上房屋中落座。就听田国本说：“华二弟，自从你我分手，倏经四载。愚兄念你非是一天。你在临安做的那点小事，你要早到我这里来，给临安秦相写一封信，把海捕公文追回去，把和尚追回去，早就完了案。你不来，我哪里知道你的事？”华云龙说：“兄长在这里，我哪里知道。我新近听见追魂太岁吴坤吴大哥说，我才知道兄长在这里住着。我这有两件东西，送给兄长留着罢。”田国本说：“什么呀？”华云龙说：“我在秦相府得的奇幻玲珑透体白玉镯、十三挂嵌宝垂珠凤冠。这两件东西，是价值连城，无价之宝。可就是没处买去。”田国本说：“贤弟，你先带着，等我生日那时，还有旧日绿林的几位朋友来，你当了众人，你再给我，也叫他等开开眼。你我弟兄认识多年，也不枉我常夸奖你。我常跟朋友提你武艺超群，做这样惊天动地之事。你在我这里住着，我给秦相一封信，管保叫了官司完了。”华云龙说：“兄长怎么跟秦相有往来？”田国本说：“贤弟，你不知道，我跟秦相是亲戚。慢说你这点小事，告诉你说，前任知府不合我的意，我给秦相写了一封信，就把知府调了任。现在这个知府姓张，自他到任，我去拜他，他不但不见我，反说了些不情由的话，我又给秦相写了一封信。我们是亲戚，给我写了回信来，叫我查他的劣迹，再给秦相写信，好参他。我前者报了一回盗案。实对贤弟说罢，我这家里谁敢来？盗案原本我自己做的。那几个绿林的朋友，晚上来虚张声势。我写了一张大失单，交到知府衙门。叫他地面出这个案，他一个拿不着，我就可以叫他挪窝。我还想起一件事来：后面看花园的那老头，也是无用的人，邱二弟，你摘他的瓢，给知府送礼去。”鹞子眼邱成点头出去。

这个时节，有家人来回禀：“现有造月鹏程智远、西路虎贺东风回来了。”田国本吩咐有请。家人出去，工夫不大，带进两个人来。一个穿白爱素，一穿蓝挂翠。来到大厅，彼此见礼。田国本说：“程贤弟、贺贤弟，二人回来了。劣兄烦你二人到临安西湖灵隐寺去，把庙里方丈、知客、监寺等，全都杀了回来，行不行？”程智远、贺东风说：“这乃小事，我二人立刻起身。”田国本说：“好，带上盘费，你二人去罢。”

这两个刚走，鹞子眼邱成手提着一个血淋淋的一人头，到大厅上说：“兄长，你看杀了。”田国本说：“你拿包裹包上，给知府送去罢。”雷鸣、陈亮在暗中瞧着，不知他怎么给知府送礼去。陈亮说：“二哥，咱们跟着。”雷鸣点头。只见邱成用包将人头包裹好，施展飞檐走壁，来到知府衙门的三堂。把人头包袱挂在房檐上，竟自去了。雷鸣、陈亮看的明白。一数由西往东，第十七根房椽子。雷鸣说：“老三，咱们把人头拿回去，挂在田国本家去。”陈亮说：“不用。师爷说过，叫咱们记在心里，看在眼里，不可多管闲事。你我回去罢。”二人这才回店。

次日知府一起来，看见房檐上挂着包袱。叫人一数，由西往东数第十七根房椽子上拿下来。打开一看，是一个男子的人头。知府吓的惊慌失色。不知太守该当如何，且看下回分解。

第一一〇回

鹞子眼杀人头送礼　张太守派班头拿人

话说知府张有德叫人打开包裹，一看是人头，知府勃然大怒，立刻派人把安西知县曾大老爷请来。知县一见太守行礼说："大人呼唤卑职，有何吩咐？"太守说："昨天衙内，竟有贼人在我这三堂房檐下，由西往东房椽子上，挂了一个包裹，里面是一颗血淋淋的人头。竟有贼人这样大胆。贵县赶紧派人，给我捉拿凶手。访查系何人被杀，尸身究落在何处。"知县一听，连说："是。大人不便动怒，候卑职赶紧派人缉拿。"太守说："贵县要急速办去。本府也派人缉捕。"知县点头回衙，立刻把手下快班刘春泰、李从福叫上来。老爷吩咐："尔可即速给我拿贼。拿着我赏银五十两。拿不着，我要重重责罚你们。"刘春泰、李从福点头答应。立刻下来，聚集手下眼明手快的伙计，同府衙的班头，在十字街路西酒店会齐，大众商量办案。众官人都来到酒店后堂，众伙计就问："什么案？"刘春泰说："在知府衙门三堂，由西往东数，第十七根房椽子上，挂着一个人头。老爷说了，办着赏五十两银子，办不着要重重责罚。"众伙计官人一听，一个个紧皱眉头，都说："这案子不大好办。"

众人正在议论之际，就听酒铺门口有人说话，说："都是你把包裹挂在由西往东数第十七根房椽子上。”又有人说：“不是你叫我挂的么？”众官人一听，刚才一愣。只见由外面进来一个穷和尚，同着两个人，都是月白的裤褂，骨头钮子，左大襟，四只鞋四样：一只开口僧，一只山东皂，一只踢死牛，一只搬尖犀。众班头瞧着这一僧两俗，语音不对，面生可疑，说话有因。书中交代，来者非是别人，正是济公带领柴杜二位班头。和尚由常山县叫雷鸣、陈亮走后，和尚告辞，回到赵员外家中。柴、杜二位班头正等急了。见和尚回来，赵员外就问：“圣僧哪去了？”和尚说：“我在外面蹲着出恭，瞧见一个人，拿着钱褡裢直往外漏钱。我就后面跟着捡，直跟了有八里地。”赵员外说：“大概圣僧捡了钱不少罢？”和尚说：“我随着捡，随往怀里揣，捡完了，我一摸，怀腰里没系着带子，随着又都掉了，一个钱也没落着。”赵员外一听也乐了，立刻吩咐摆酒，又留和尚住了一天。次日和尚要告辞，赵员外还要留，说：“圣僧何妨多住几天。”和尚道：“我实在有事。”员外拿出五十两银子来说：“圣僧带着路上喝酒。”和尚说：“不要不要，拿着银子怪重的。”柴头说：“师父不拿着，回头咱们吃饭住店，又没钱。依我说，拿着罢。”和尚说：“拿着你拿着，用包袱包起。”柴头就用包裹包好。和尚说：“你们要拿华云龙，你们两个有什么能为？”柴头说：“我有飞檐走壁之能。”和尚说：“你们把这个银子包袱，由西往东数，第十七根房椽子，你要能给挂上了，我就带你们拿华云龙去。”柴头说：“那算什么。”当时拿着包袱，一纵身，一只手扒住房檐，一只手把包袱挂上。柴头说：“师父，你瞧是第十七根不是。”和尚说：“走罢。”柴头说：“把包裹拿下来呀。”和尚说：“别不害臊了。真拿人家的银子，跟人家有什么交情？走罢。”柴头一想：“你不怕饿着，我们岂怕饿？”赌气也不言语。和尚告辞，赵员外送到外面。

和尚带领二位班头，出了赵员外的庄，一直来到曲州府。走到酒店门口，和尚说：“咱们进去喝酒。”柴头说：“进店喝酒，有钱么？”

和尚说："把包袱挂在由西往东数，第十七根房椽子上，你又问我。"柴头说："不是你叫我挂的么？"和尚说："我叫你挂的？这是冤魂不散，神差鬼使，叫你挂的。"柴头说："什么神差鬼使？"和尚说："走罢。"说着话，进了酒铺，坐下要菜。这时，安西县与府里的众官人都看上了和尚。和尚吃的有八成饱了。和尚又说："你把包袱给挂在第十七根房椽子上，这回头走不了。"柴头说："不是你叫我挂的么！"刘春泰越听越是。这才过来说："朋友，由西往东数，第十七根房椽子的包袱，是你挂的？"柴头说："是我挂的。"刘春泰说："好，这场官司你打了罢。"柴头刚要分辩，和尚说："不用说了，官司打了，我们可没有饭钱。"刘头说："饭钱我给。"柴头也不言语，就知道和尚不安好心，要吃人家一顿饭。直至吃喝完毕，一算账，和尚吃了十两零三钱。刘头说："我给了，三位跟我们走罢。"和尚说："好。"

大众一同出了酒馆，来到知府衙门。刘头说："朋友，你说说罢，在三堂第十七根房椽子上，挂的人头，是杀的什么人？尸身现在哪里？你可说罢。"柴头一听说："什么人头不人头？我不知道。"刘春泰说："方才在酒馆，不是你说的，由西往东数，第十七根房椽子上挂的包裹，是你挂的么？"柴头说："不错。我告诉你说，我姓柴，叫柴元禄，他叫杜振英，我二人是临安的马快。这个和尚是济公，奉秦丞相赵太守谕，出来办案，拿乾坤盗鼠华云龙。昨天我们住在赵家庄，今天早晨，济公问我们有什么能为，要办华云龙，我说会飞檐走壁，济公叫我把五十两银子的包袱，挂在由西往东数第十七根房椽子上，看看我的能为，我挂的上挂不上。包袱是我挂的，可是银子包袱。你要不信，我这里有海捕公文。"刘春泰一听，心说："这顿酒钱白花了。"往里一回禀，知府在京中见过济公，知道济公是得道高僧。赶紧吩咐，把圣僧请到书房。

和尚一见太守，彼此各叙寒温。太守说："圣僧从哪里来？"和尚说："我奉秦相所托，带着两个班头，出来办案，捉拿乾坤盗鼠华云龙。这个贼人，盗了秦相府的玉镯凤冠，在泰山楼杀死人命，乌竹庵因奸不允杀死少妇。这个贼人，现在老爷的地面窝藏。”知府说：“在哪里？”和尚说：“在镇山豹田国本家。”知府一听说：“原来如是。我自到任，上任官就跟我说，本地有一个势棍田国本，他跟秦相是亲戚，上任知府就是他蛊惑秦相给他调任。我自到任，他来拜过我一次。我一问是什么人，说是本地的民人。我说，他是黎民百姓，无官职，不应无故拜官，我也没见他。后来他家里报明火执仗，我也不知是真是假。昨天晚上，无故在我这三堂房椽子上挂了一个人头，我想其中必有缘故。”和尚说：“不要紧，老爷只要把田国本拿住，这案就都破了。可有一节，老爷要派官人去拿，可拿不了。田国本房子也多，外面一有信，打草惊蛇，贼就跑走了。老爷你坐轿子去拜他，我和尚扮作老爷的跟班，把贼人稳住，我可以拿他。”老爷说：“圣僧扮跟班行得么？”和尚说道：“行得。老爷把跟班的衣服，给我拿一身来。”立时给和尚打了洗脸水。和尚一洗脸，本来济公五官清秀，无非是脸上太黑。把僧帽揣在怀内，戴上皂缎色软帕包巾，穿上一件皂缎色大氅，把草鞋脱了，换上薄底靴子，打扮好了，知府一看很像。老爷自己换好了官服，吩咐外面打轿。柴元禄、杜振英、刘春泰、李从福，还有许多官人，一并跟随。

老爷上了轿，鞭牌锁棍，及旗锣伞扇，铜锣开道，一直来到田国本家门口拜会。家人进去一回。田国本正在大厅同邱成、杨庆、华云龙说话。家人回禀说：“现有知府来拜。”田国本一听一愣，说：“众位贤弟，前者我拜知府，他不见我。今天故他来拜我，恐是其中有诈。”邱成说：“兄长不必多疑，大概知府他知道兄长跟秦相是亲戚。他前者不见兄长，他这是来陪不是。”田国本一听也有理。说：“二位贤弟，在东西配房去躲着。要有动作，你二人再出来动手。华二弟你到花园子，摆桌酒，你喝酒去。待我见他。”众人点头。田国本这才出来迎接知府。不知济公如何捉贼，且看下回分解。

第一一一回

知府定计拜贼人　济公巧捉华云龙

话说镇山豹田国本听说知府来拜，立刻由里面出来迎接。到了大门外一瞧，见许多的官人跟随，知府坐着大轿。田国本来到轿前，说："公祖大人驾到，草民田国本接待来迟，望乞大人恕罪。"知府张有德立刻吩咐轿子撤抬杆，去扶手，当时下轿。知府说："久仰田员外大名，今幸得会，员外何必太谦。"田国本说："大人请。"知府往里走。济公贴身随后跟。从众班头，都在二门外站住。济公与知府来到大厅。田国本说："大人请坐。"知府坐下。田国本并不谦让，也坐下相陪，吩咐手下人献茶。田国本说："今天大人驾临，有何贵干？"知府说："本府久闻员外大名，特来拜访，藉此畅谈。"说着话，济公站在知府身后，身上往槅扇上一靠，二目一闭，好似要睡。田国本一瞧说："大人尊管家必是熬了夜，身体困倦，何妨到外面歇歇去。"济公借他这句话，一睁眼往外就走，知府也并不拦。

和尚出了大厅，直奔花园。来到花园角门，探头往里一看，见花园齐整，暖阁凉亭，楼台小榭。正北是三间花厅。乾坤盗鼠华云龙站在花厅门首，正往角门这边看。贼人原本在花厅里摆了一桌酒，自己也喝不下去。终然贼人胆虚，心中盘算："知府无故来拜，其中必有隐情。”自己一想：“莫非前来拿我？”心中实属不安。站起身出了花厅，往外探头，瞧见济公是跟班的打扮，又洗了脸，华云龙认不出来，点首叫济公，华云龙要问问知府带多少人，做什么来了。华云龙直叫：“二爷，这里来。”济公也不言语。华云龙一想，这个跟班的，不是聋子，定是哑子，赌气也不叫了，进了花厅。济公随着来到花厅门首，用两手把门一揸，说：“华云龙，你这可跑不了了。”华云龙一听，是济公的口音，贼人吓的亡魂皆冒。华云龙说：“师父，你老人家为什么拿我？”和尚说：“我倒不打算拿你。我要拿你，在小月屯马静的夹壁墙也把你拿了。再不然，蓬莱观陆通攒住你腿的，我也就拿住你了。”华云龙一想：“是呀，这为什么拿我呢？”和尚说：“田国本到知府衙门去送信，叫我拿你来。”华云龙一听说：“好，田国本狗娘养的，真是人面兽心。”和尚说：“你就认了命罢。”即用手一指，已把华云龙用定神法定住。

和尚转身出来，来到二门，把柴元禄、杜振英叫进去，来到花园，和尚说：“这是华云龙，就拿住了。你们去锁罢。”柴、杜二人喜出望外，来到花厅一瞧，果然不错。这才抖铁链把淫贼锁上。和尚一伸手，由华云龙兜囊把奇巧玲珑透体白玉镯、十三挂嵌宝垂珠凤冠掏出来交给柴元禄。和尚说：“带着走，拿田国本去。”

书中交代，田国本原本是西川坐地分赃的大贼头。他自己因为金银也存足了，手下绿林人，在外面做的案也多了，田国本恐怕一人犯案，牵连大众，自己携眷逃至在曲州府。手里有银钱，就在这那买房落户，同邱成、杨庆三个人在这里隐遁。先前倒是循规蹈矩。后来皆因秦丞相的兄弟花花太岁王胜仙来到曲州府取租钱，在曲州府打了公馆。田国本去拜王胜仙，打算要走王胜仙的门子，看王胜仙喜爱什么。见王胜仙古玩字画珍珠一概不爱，就是喜爱美女，除爱美女，别无所好。田国本一想，定了一个美女胭粉计。他花了三千银子，买了一个歌妓，长得十分美貌，名叫玉兰。田国本就把玉兰叫到跟前，说：

“玉兰，我打算拿你走个门子，把你给秦丞相的兄弟。不知你意下如何？”玉兰说：“员外有什么话只管吩咐。”田国本说：“我明天请王胜仙来吃饭，你打扮淡妆素服，故意到厅房去，作为找我，叫王胜仙看见你。他要问我，我就说你是我妹子，在家守寡。他要愿意，我把你聘给他。你也可以享荣华，受富贵，比跟我胜强百倍。我得一门好亲戚。”玉兰点头。

次日田国本就把王胜仙请来吃饭。正厅房喝酒谈话，玉兰打扮好了，来到厅房门首说：“员外在屋里没有？”说着话，一掀帘子，故意说：“呦，这婆子丫环真可恨，这屋里有生客坐着，也不告诉我。”说罢，斜瞟杏眼，瞧了王胜仙两眼，放下帘子回归后面。王胜仙瞧的眼都直了。这才问：“田员外，这是你什么人？”田国本故意叹了一声说：“这是我的小妹。她出阁不到一个月，丈夫死了，现在就在我家住着，倒是我一块病。”王胜仙说：“员外何不再给找个人家另聘呢？”田国本说：“没有合式的主，我也不肯给。”王胜仙也没肯再往下说。吃完了饭告辞，自己回了公馆。王胜仙就对众家人说：“我自生人以来，没见过这样的美女，就是田国本他的个妹子，实在貌比西施。”旁边有家人王怀忠说：“太岁爷，我去跟田员外说去，就提你老人家续弦，大概他也愿意给。”王胜仙说：“好，你若能给我说妥了，我给你二百两银子。”王怀忠说：“就是罢。”立刻到田国本家，一见田国本，提说王胜仙求亲之事。田国本正愿意，就把玉兰给了王胜仙。过门之后，田国本从此倚仗跟秦相的兄弟结了亲，在本地无所不为，结交官长，走动衙门，包揽词讼。前任知府是清官，不合他的式，他给王胜仙一封信，王胜仙一见秦相，秦相奏折子，把知府调开。这个知府张有德，又不合他的心，又给王胜仙一封信，王胜仙又一见秦丞相，秦丞相就问：“你怎么个亲戚，皇上家的命官，都不合他的式？焉能由他调遣。”王胜仙碰了秦丞相的钉子，就给田国本写回信，命他查知府的劣迹，再参他。

田国本前次捏报盗劫，这又派邱成送人头，打算要把知府毁了。焉想到天网恢恢，疏而不漏。贼人也是恶贯满盈，今天正在厅房陪知府谈话，见柴、杜二位班头，锁着华云龙，同济公来到厅房。田国本一见，勃然大怒，说："什么人胆大，敢在我这里办案！"贼人站起身，意欲动手。济公手一指，把田国本定住，刘春泰赶进来一抖铁链，把贼人锁上。鹞子眼邱成、金翅雕杨庆听见一乱，蹿出来拉刀要拒捕，也被济公用定神法定住，一并锁上。知府吩咐打道回衙，立刻押解贼人，一同回到衙门。老爷升堂，吩咐将放告牌搭出去，少时就有二十多人皆来告田国本。也有告他霸占房产的，也有告他抢夺妇女的，也有告他因账目折算田地的，种种不一。这个时节，安西县曾大老爷派人来请济公，到衙门去喝酒。和尚去后，知府讯问了众贼的口供，暂为看押起来，候济公回来，再解了走。这曲州府街市上吵嚷动了，都知道灵隐寺济公拿了华云龙、田国本、二太爷、三太爷。

这一吵嚷不要紧，惊动了江洋大盗，一个叫追云燕子姚殿光，一个叫过度流星雷天化。这两个贼人，乃是玉山县三十六友之内的，正在曲州府这里住着，听说华云龙被济颠和尚拿到知府衙门去，姚殿光说："雷贤弟，咱们跟华云龙金兰之好，不知道便罢，既知道，你我不能不管。咱们或是劫牢反狱，或是把济颠和尚杀了，给华二弟报仇，总得设法把华云龙救出来。"雷天化说："兄长言之有理，你我到外面探访探访去。"两个人由店里出来，在街市闲游，天光已然点灯，只见由对面两个从人，搀着一个穷和尚。从人说："师父，你是喝醉了罢？"和尚说："没醉。我就是拿华云龙的济公和尚，有不服的，只管来对我。"姚殿光一听是济颠和尚，贼人要伸手拉刀，替华云龙报仇。不知后事如何，且看下回分解。

第一一二回

众百姓公告田国本　二绿林行刺济禅师

话说济公由知县衙门吃完了酒饭出来，两个人搀着，正遇见两个贼人。和尚自言自语说："我就是拿华云龙的济颠。"姚殿光一听，意欲拉刀过去动手，自己又一回思："先别莽撞。华云龙既被和尚拿住，和尚必然能为不小，我二人明过去，未必是和尚的对手。莫如暗中瞧和尚住在哪里，晚上去行刺，叫他明枪容易躲，暗箭最难防。"贼人这是心里的话。和尚嘴里就说："对，瞧准了我和尚，我今天住府衙门西跨院内，要不服就去找我去。"两个贼人一想："真怪，我们心里的事，和尚给说出来，这个和尚许有点来历。"暗中跟着，见和尚进了府署。

姚殿光、雷天化探明道路，二人回店。到店中吃喝完毕，候有二鼓以后，把夜行衣换好，由店中蹿房越脊，来到衙门。找到西院一瞧，屋中有灯光，两个人一看，和尚躺在床上睡了。姚殿光说："你巡风，我进去杀他。"雷天化点头，姚殿光刚要掀帘子进去，和尚一翻身爬起来，说："好东西，你往哪里走！"贼人吓的拨头就跑，和尚随后就追。这两个人跑出府衙门，和尚追出府衙门。这两个人直跑了半夜，和尚追了半夜。天光亮了，两个人跑出了城，好容易瞧后面没人追了。眼前一个树林子，靠左山坡，两个人要歇息歇息。刚一到树林子，和尚说：“才来。”吓的两个贼人就要跑。和尚用手一指，把两个人定住。和尚说：“我也不打你们，我也不骂你们，我拘蝎子把你们咬死。”

正说着话，只听山坡一声无量佛。和尚一看，来了一个老道。头戴如意道冠，身穿蓝缎道袍，腰系丝绦，白袜云鞋。肋下佩着宝剑，面如童子一般。书中交代：这个老道，乃是铁牛岭避修观的，姓褚名道缘，外号人称神童子。他师父叫广法真人沈妙亮，乃是万松山云霞观紫霞真人李涵龄的徒弟，褚道缘是李涵龄的徒孙。他在避修观出家，每逢早晨起来，他要在外面闲游，借天地之正气，能精神倍长。今日闲游来至此地，姚殿光、雷天化一瞧，赶紧就嚷：“道爷救人。”褚道缘抬头一看说：“我为什么救你们，你们是哪的？”姚殿光说：“我二人玉山县的人。因为我们有个拜弟兄被这个和尚拿了，我二人要替朋友报仇，没想到被和尚把我们制住，要拘蝎子咬我们。道爷救命罢。”褚道缘一听说：“你二人既是玉山县的人，有一个夜行鬼小昆仑郭顺，你们可认识？”姚殿光说：“那不是外人，郭顺我们是拜兄弟。”褚道缘一听：“既然如是，这和尚是谁？”姚殿光说：“是济颠。”褚道缘一听，呵了一声，说：“原来是济颠僧！我山人找他，如同钻木取火，正要拿他，这倒巧了。我风闻济颠和尚在常山县捉拿孟清元，雷击华清风，火烧张妙兴，害死姜天瑞，屡次跟三清教为仇。我正要拿济颠给三清教报仇，今天颠僧你可来了！”和尚说：“杂毛老道，你打算怎么样？”褚道缘说：“好济颠，你若知道祖师爷的利害，跪倒叫我三声祖师爷，我饶恕你不死。”和尚说：“好老道，你跪倒给我磕头，叫我三声祖宗爷，我也不能饶你。”老道一听，气往上撞，拉宝剑照和尚劈头就砍。和尚一闪身，滴溜转在老道身后，拧了老道一把。老道回头摆宝剑，照和尚就扎，和尚围着老道直转，拧一把、捏一把、掏一把、捅一把，老道真急了，说：“好颠僧，真乃大胆，待山人用法宝取你。”伸手由兜囊掏出一个扣仙钟。这宗法宝，是他师父给他的，勿论什么妖精扣上，就得显原形。老道往空中一祭，口中念念有词，钟能大能小，往下一落，眼瞧把和尚扣在底下。

褚道缘一看，说：“我打算济颠有多大能为，原来是一个凡夫俗子。”过去要救姚殿光、雷天化。就听身后有人说：“老道，你敢多管闲事。”老道回头一看，是和尚。老道暗说：“好颠僧，我把他扣在钟下，怎么会出来了！”老道立刻由兜囊掏出一根捆仙绳来，说：“和尚，我叫你知道我的利害。”和尚一瞧说：“可了不得了，褚道爷，你饶了我罢。”褚道缘说：“和尚你无故欺负三清教，我焉能饶你！”说着话把捆仙绳一抖，和尚没躲开，竟把和尚捆上了。这个捆仙绳，也是勿论什么妖精捆上，就现了原形。褚道缘见把和尚捆上，老道哈哈一笑说：“和尚，你叫我三声祖师爷，我放你逃走。如其不然，我当时把你捺到山涧里。”和尚说：“我叫你三声孙子。”老道一听，气往上撞，当时夹起和尚，往山涧一捺。和尚一把揪住老道的大领，喇叹一下，竟把蓝缎道袍撕下一半去，和尚落在万丈深山涧之内。

老道见和尚掉下去，自己叹了一声说：“我师父叫我不要无故害人，今天我作了孽了。”自己愣了半天，大概和尚掉下去已死，不能复生，老道这才过来，把姚殿光、雷天化救了。老道说：“我已把和尚捺在山涧摔死，你两个人去罢。”姚殿光二人谢过老道，竟自去了。老道一想：“不必回庙去吃饭，我就在眼前镇店上找个酒铺，要一壶酒，要一个溜丸子，要半斤饼，一碗木樨汤，就得了。”想罢进了村口，只见路西是酒铺，酒铺门口，站着伙计，冲老道一指说：“来了。”老道回头，瞧后面并没人。老道也不知伙计说谁呢。自己来到酒铺，找一张桌子坐下。伙计说：“道爷来了。”褚道缘说：“来了。”伙计也并不问老道要什么菜，擦抹桌案，拿过一壶酒来，一碟溜丸子，一碗木樨汤，半斤饼。老道一想：“怪呀，真是思衣得衣，思食得食。”老道说：“伙计，你怎么知道我要吃这个？”伙计说：“那是知道。”老道说："罢了，你们这买卖要发财。"少时吃喝完了，伙计一算账，三吊二百八。老道说："溜丸子卖多少钱？"伙计说："二百四。"老道说："怎么算三吊二百八呢？"伙计说："吃了四百八，你师老爷吃两吊八，叫你给算一处。"老道说："谁是我师老爷？在哪里？"伙计说："是个穷和尚，走了，吃两吊八。不然，我们也不能叫他走，他给留下半件蓝缎道袍，还有一根丝绦。他说，教你给钱，把缎子丝绦给你。"老道气得瞪着眼说："你满口胡说。他是和尚，我是老道，他怎么是我师老爷！"伙计说："方才和尚说，你当老道当烦了，要当和尚，认他做师爷爷。他教你赶紧追，晚了他就不要了。你要不认两吊八百钱，我们留这丝绦合缎子，也可以卖出钱来。"老道有心不要，又怕配去颜色不对，还得多花钱。老道无奈，把三吊二百八饭钱给了，出来要追上和尚一死相拼。

老道正往前追，对面来了一个走路的，说："道爷姓褚不是？"老道说："是呀。"这人说："方才我碰见一个和尚，他说是你师爷爷，叫我给你带信，叫你快去追。晚了他就不要你了。"老道说："你满嘴放屁！是你师爷爷！"这人说："老道你真不讲理，和尚叫我给你带信，我好意告诉你，你又怎么骂我呢。"老道也不还言，气得两眼发赤，就追和尚。追来追去，见眼前有井，有几个人在井台上打水。老道也渴了，要喝点水。刚来到近前，老道说："辛苦，赏我点水喝。"打水的人说："道爷叫褚道缘么？"老道说："不错。"这人说："方才你师爷爷说了，留下话叫你少喝罢，怕你闹肚子。"老道说："谁是我师爷？"这人说："穷和尚。"老道说："那是你师爷。"这人说："老道你怎么出口伤人？你别喝了！"老道说："不喝就不喝。"气得老道要疯，出门就跑。刚来到一个村头，老道正往前走，只见由村口里出来二十多人，一个个拧着眉毛，瞪着眼睛。老道也不留神，焉想到这些人过来，把老道围住，揪住就打，不容分说。不知所因何故，且看下回分解。

第一一三回

济公法斗神童子　罗汉制服沈妙亮

话说神童子褚道缘正往前追赶和尚，由村里出来二十多人，揪住老道就打。老道也不知所因何故。书中交代，济公跑到这个村里，有一个茶馆子，喝茶的人不少。和尚来到这里，说："众位快救我！"大众说："怎么了？"和尚说："村外有一个老道，他在村外拿宝剑，要给村里下阵雾，他说，叫这村里都生病，非他治不好，他好恶化三千银子。我一劝他，他恼了。他道我坏他的事，拿宝剑要杀我。"大众一听说："这还了得，咱们把老道拿住活埋了。"众人这才跑出村来，一瞧果有一个老道，手拿宝剑，两眼发直。大众过来，揪住就打。褚道缘直嚷："众位为什么打我？"众人说："你来下阵雾，要害我们村里人，不打你等什么！"老道说："谁说的？"众人说："和尚说的。"老道说："好，我跟和尚有仇，众位别听他的话。我是铁牛岭避修观的，我叫神童子褚道缘，我正要找和尚。他在哪里，咱们对对。"大众一同来到茶铺，一瞧和尚没了。众人说："和尚哪去了？"内中有人说："和尚到隔壁给田二爷瞧疯病去了。"老道一听，恨不得把和尚拿住千刀万剐，方出胸中之气。赶紧来到田宅门首喊叫："济颠僧快出来，山人跟你一死相拼！"

话说和尚原本在茶铺子坐着，众人去打老道，和尚说：“我和尚指着瞧病为生，勿论什么疯症，我专能治。”旁边就过来一个人，说：“大师父，我们田二爷疯了不是一天，见人就打，现在在后面空房锁着，你能治么？”和尚说：“我一治就好。”这人说：“既然如是，你跟我来。”带着和尚来到院内。和尚说：“疯子在哪里？”这人说：“在后院锁着。”和尚叫把钥匙拿来。和尚来到后面，把锁一开，疯子由里面跑出来，来到门首。老道正叫和尚，疯子出来揪住老道要打，把老道按捺下，又踢又打，打完了，撒了老道脖子上一泡尿，好容易大众把疯子拉回去。和尚说：“我这里有一块药，回头给他吃了就好。”和尚拿了点东西，由院中出来，只见大众正劝老道：“回去罢，他是个疯子，这有什么法。”老道猛一抬头，见和尚在那边站着直乐。老道一瞧，气冲肺腑，说：“好和尚，你往哪走！”和尚拨头就跑，老道随后就追。追出村口，一瞧和尚没了。见眼前有三间土地庙，老道听后有脚步的声音，褚道缘绕到庙后一看，是一位老道。头戴鹅黄道冠，身穿鹅黄道袍，水袜云鞋，面如三秋古月，一部银髯，背后背着分光剑。褚道缘一看，不是别人，正他师父广法真人沈妙亮。褚道缘赶紧跪倒磕头，说：“师父在上，弟子有礼。”他师父不言语。褚道缘又磕头说：“师父在上，弟子有礼。”越磕头越不言语。褚道缘也不知他师父因何瞪着眼不理他。磕了无数的头，正在纳闷，和尚由那边过来说：“褚道缘，你就是这样道行，一个鸡蛋窝，你就磕一百多头，明天给你个鸭蛋窝，叫你磕二百头。”褚道缘听和尚一说，再一瞧，是一根苇子挑着一个鸡蛋窝。褚道缘气得颜色更变。伸手拉宝剑，和尚没有了。褚道缘愣了半天，见天色已晚，自己够奔三清观他师叔李妙清的庙。

褚道缘来到庙内，李妙清说：“道缘从哪来？”褚道缘一一备诉前情。李妙清一听说：“不要紧，明天我同你找济颠去。”褚道缘坐着生气，也不言语。李妙清叫他吃饭，他也不吃，自己赌气睡了。次日李妙清尚未起来，褚道缘由庙中就出来，要找和尚一死相拼。

出庙走来不远，只见对面来了一个老道，头戴鹅黄道冠，身穿鹅黄道袍，背着分光剑。褚道缘一看，只当是和尚又是用鸭蛋窝耍笑他。焉想到这真是沈妙亮。原本沈妙亮自己化缘，化了一千银子修庙。自己立过誓：化缘的银子，自己要妄用，必遭天雷之报。现在他使了二百多银子，他恐怕应了誓，故要来找李妙清借银子，补这项亏空。今天驾着趁脚风来见褚道缘来了。

沈妙亮正要问徒弟上哪去，见褚道缘把眼一瞪，说："好鸭蛋窝，你打算我不认得你。"沈妙亮一瞧说："褚道缘不是疯了么！"褚道缘拉出宝剑就砍。沈妙亮用手一指，把褚道缘定住说："你这孽障，真是无故找死。"伸手拉出分光剑，要杀褚道缘。褚道缘这才明白，知道不是鸭蛋窝，真是师父到了，赶紧说："师父先别杀我。我有下情。"沈妙亮说："好孽障，你为什么叫我鸭蛋窝？趁此快说！"褚道缘当时把根本缘由，一诉前情。沈妙亮这才明白说："这就是了。你先跟我到你师叔庙里，少时有什么事再办。"褚道缘这才跟随沈妙亮，一同来到三清观。一见李妙清，沈妙亮说："贤弟，你师侄跟济颠和尚为仇做对，受这样的欺辱，你既知道，你为何不解劝道缘，知之不闻？"李妙清说："昨天他住在我这里，我今天早晨没起来，他就走了，没等我劝他，这也怨不上我来。"

正说话间，就听外面喊嚷，说："沈妙亮，李妙清，快出来。"沈妙亮一听，只当是济颠和尚来了，一同来到外面。一看，见庙门首站定一人，头挽牛心发髻，身穿蓝布裤袄。沈妙亮刚要问找谁，这人把眼一瞪，用手一指，说："好胆大沈妙亮！你化缘修庙，你对天发誓，不使这里的银子，今胆敢用二百余两，吾神特意请雷来击你。"沈妙亮一想："我的事，别无二人知晓。"一听这话，吓的连忙跪倒说："祖师爷大发慈悲，弟子赶紧赔补。"李妙清也当是神灵显圣，赶紧跪倒说："你老人家是哪位祖师爷？"这人噗哧一笑说："李道爷，你不认识我了，我就是本村卖豆腐的老吴。”李妙清方才明白说：“老吴，你为何来装神仙？”老吴说：“我不是自己要来的，是有一个穷和尚，他花五百钱雇我来的。他教给我的话，叫我这样说。”

正说着话，猛抬头一看，见和尚来了。老吴说：“这不是和尚来了？”沈妙亮一看，原来是一个丐僧，褴褛不堪。说：“这就是济颠和尚么？”褚道缘说：“不错。”沈妙亮说：“待我问他。”和尚来到近前，沈妙亮说：“颠僧，你为何这样欺我徒弟？着实可恼！你要说出情理来，我山人饶你不死。你要说不出理来，今天定然结果你的性命。”和尚哈哈一笑说：“沈妙亮，你这厮好说大话。你也不知和尚老爷的利害。”沈妙亮一听说：“颠僧，好生无礼，我先拿住你。”当时拉出分光剑，照定和尚就砍。和尚滴溜就躲开。真是身体灵便，围着老道乱转，拧一把、捏一把、掏一把、捅一把。老道真急了，口中念念有词，就见平地起了一阵旋风，变出两个沈妙亮来了，都是一样打扮。这个照和尚就砍，那个照和尚就扎。和尚说：“好东西，没搭窝就下了一个。”老道还是宝剑砍不着和尚。老道又一念咒，当时化出四个沈妙亮来，把和尚一围。和尚乱跑，围不住。老道四个变八个，八个变十六个，十六个化三十二个，俱是手拿宝剑。和尚一瞧说：“我可真急了。”当时就地抓了一把土，和尚就跑。沈妙亮收住验法，随后就追。

和尚转眼跑远了，进了一座村镇。路西有酒楼，和尚进了酒馆，上了楼。一看，楼上坐着一个老道。头戴九梁道冠，身穿蓝缎子道袍，青护领相衬，白袜云靴，面如紫玉，粗眉大眼，花白胡须，洒满胸前。桌上搁着一个包裹，很规矩的样子，也是刚才来。这个老道，乃是戴家堡玄真观的，姓郑名叫玄修，今天由此路过，要在这里吃饭。和尚一上楼，瞧见老道，和尚说：“道爷才来。”老道说：“是，大师父才来。”和尚说：“道爷，这边一处吃罢。”老道说：“请请。”和尚找了一张桌坐下，伙计过来擦抹桌案。罗汉爷眼珠一转，计上心头，要在酒馆戏耍郑玄修。不知后事如何，且看下回分解。

第一一四回

郑玄修酒馆逢和尚　沈妙亮听歌识圣僧

话说济公来到酒楼，找了一张桌坐下，伙计给摆上杯筷。老道就问：“伙计，你们这里有素菜么，我是吃素。”伙计说：“有。”和尚说：“我是吃荤。”伙计说：“荤素都有。”和尚说：“你先给道爷要一个炸面片，我敬的。”老道一想：“我又不认的和尚，人家敬我菜，我也得回敬。”赶紧叫伙计：“给大师父要一个炸丸子，我敬的。”伙计答应，少时把菜给端来。和尚要了酒，又叫：“伙计，给老道要一个醋炒豆芽菜，我敬的。”老道又给和尚要一碗川丸子。和尚又给老道要一个炒豆腐，老道又给和尚要一个炮羊肉。和尚给老道要了素白菜汤，老道又给和尚要了一个炒肉丝。两个人换着吃。和尚就叫伙计过来。和尚说：“回头道爷吃了多少钱，我给就是。”伙计说：“是了。”老道听见，老道吃完了，就叫伙计算账：“和尚吃多少钱我给。”和尚赶紧说：“道爷别让了，我给。”老道说着话，就要解包袱，包袱里有二百银子。和尚说：“我给。”一把手把老道的包袱抢过来，和尚拿着下了楼。老道只当是和尚热心肠，下楼到柜上去把钱给了，再把包袱拿回来。老道左等也不来，右等和尚也不来，叫伙计下楼瞧瞧，伙计回来说：“和尚早走了。”老道一想：“和尚是骗子，把我二百银子也拐了去，也没给饭钱。”还幸亏老道兜囊有散碎银子，赶紧把饭钱给了，下了楼就追和尚。

刚追到村口，一瞧，和尚正在村口地下，把包袱打开，瞧银子的成色。和尚自言自语说：“这是高白，这块是有成色，这块太潮，不定好不好。”老道郑玄修一瞧，说：“好和尚，你拐了我的银子，你还瞧成色。”过来按住和尚就打。和尚就数着：“一下了，两下了。”老道打了和尚五拳，和尚说：“该我打你了。”一拧老道的拐子，把老道翻在底下，和尚打了老道五拳。和尚就往下一躺说：“该你打我了。”老道又打了和尚五拳。和尚一拧老道的拐子，又把老道翻下去。瞧热闹的人，也都不劝说。这两个打架打不错，一个人打五拳。那个说：“和尚公道，打老道五拳，和尚自己就躺下，叫老道打。老道不公道，非等和尚把他翻下去。”老道一听说：“我还不公道，他吃了我一顿饭，把我二百银子拐出来，我还不公道！”

众人正要劝解，沈妙亮、李妙清、褚道缘赶到。沈妙亮说：“和尚，我正然找你，你在这哪！我倒问问你，为什么欺负我徒弟？”和尚说：“他自己找的，无故多管闲事。我告诉你，沈妙亮连你也不行，我和尚是谦让着你。”沈妙亮说：“和尚你有多大来历！”和尚说：“我有几句话你听听：

昔日英名四海闻，杀妻访道入玄门。涵陵赐汝分光剑，方入三清古道门。”

沈妙亮一听和尚这几句话，自己一阵发愣。书中交代：沈妙亮当初原本是江西人，以保镖为生，名叫沈国栋，在外面威名远震。长期出外保镖，家中妻子曹氏，两口人过日子。这天沈国栋歇工在家，出去正在茶铺子喝茶，旁边有一个人谈闲话，这个人说：“世界上的事难说。大丈夫难免妻不贤，子不肖。如沈国栋在外面保镖，是个英雄，家中妻做出那些鲜廉寡耻之事。可惜沈国栋那样的英雄，叫妻子给毁了。”

这个说："你怎的知道？"那个说："我有个亲戚，跟沈国栋是近邻，我常到我的亲戚家里去。听见说沈国栋的妻子太无廉耻，这件事要叫沈国栋知道了，准得出人命。"那人说："也许不能知道，谁敢说这个话。"沈国栋旁边听见，故作未闻，也不认识这两个人。这两个人也并不认识沈国栋，闻其名未见其面。沈国栋听到心里，回了家，也并不提。这天沈国栋就说要出外，曹氏就问："得多少日子回来？"沈国栋说："得两个多月，有要紧的事。"沈国栋由家中出来，就在附近有个小镇店，离他家三里地，找了一座店住下。晚上有起更以后，自己带上刀，由店中出来，暗中到家里一探，并没有动作。自己仍回店睡了。次日晚上有二更天，他又到家里来一探，就听他妻子屋中，有男女欢笑之声。沈国栋把窗户捅了一个窟窿，往屋中一瞧，见他妻子浓妆艳抹，打扮的鲜明。床上摆着床桌，桌上有酒菜，在旁坐着一个文生公子，长的俊品人物。沈国栋一瞧，认识是隔壁的孙公子，名叫祖义，号叫秀峰。还是一个宦家，上辈做过教官，也是祖上无德，出这样浮浪子弟，跟曹氏通奸。就听他妻子说："这两天他在家里，我恐怕你来，叫他撞上，多有不便。好容易他可走了，这趟得去两个多月呢。"这公子说："娘子，这两天我诗书懒念，茶思饭想，恨不能你我朝夕在一处欢乐，才合我的心。"曹氏说："你愿意做长久夫妻不愿意？"孙公子说："怎么做长久夫妻？"曹氏说："你给我买一包毒药来，等他回来，我给他接风洗尘，把毒药下在酒里，把他毒死，你我岂不是长久夫妻么？"沈国栋听到这里，心中一阵难过。自己一想，至亲者莫若父子，至近者莫过夫妻。真是夫妻同床，心隔千里。自己无明火往上一撞，闯进屋中，竟将两个人结果了性命。自己打算投案官司，三五天官司完了。自己一想，人生在世上，犹如大梦一场，功名富贵妻财子禄，一概是假，尽皆是空，莫若出家倒好。这才拜紫霞真人李涵龄为师，赐名妙亮。给他一口分光剑护身。现在沈妙亮已九十多岁，他自己的事，并无人知晓，今天和尚一说这四句话，乃是他的根本。沈妙亮见和尚也无非二十多岁，怎么会知道这数十年的事？自己愣了半天说：“和尚，你怎么知道我的事？”和尚把二百银子给了郑玄修。和尚说：“我叫你瞧瞧我的来历。”用手一摸天灵盖，露出佛光灵光三光。沈妙亮一看，原本是位知觉罗汉。老道连连打稽首，口念无量佛。和尚哈哈一笑，回头便走，信口做歌说道：

> 人生七十古来少，先除幼年后除老。中间光景不多时，又有闲愁与烦恼。过了中秋月不明，过了清明花不好。花前月下且高歌，急须满把金樽倒。世上钱多用不尽，朝里官多做不了。官大钱多心转忧，落得自家白头早。春夏秋冬弹指间，钟送黄昏鸡报晓。诸君细看眼前人，一年一度埋荒草。草里高低多少坟，一年一半无人扫。

和尚唱着山歌，来到曲州府。知府张有德一瞧说：“圣僧哪里去了？我正派人各处去寻找圣僧。”和尚说：“我碰了朋友喝酒来着。老爷找我和尚什么事？”知府说：“我已然把华云龙、田国本等二人的口供问了，贼人俱皆招认。等圣僧来，我派人一同将贼人解到临安去。”和尚说：“好。”知府派两个头目，带十个兵，用差船走水路，把贼人木笼囚车搭上船上。和尚带着柴、杜二班头告辞。知府送到河坝。和尚上了船，立刻开船。和尚说：“二位班头，这可大喜。把贼人解到临安，上衙门领一千二百银子赏，每人六百两。”柴头、杜头也喜欢了说：“我二人多蒙师父成全。”大家谈着阔话，船往下走着。一天走到小龙口地面，焉想到由水内来了四个江洋大盗，要抢劫木笼囚车。不知济公如何挡贼，且看下回分解。

第一一五回

金毛海马闹差船　济公善救冯元庆

话说济公同柴、杜二位班头，押解四个贼人船只，正往前走。这天走到小龙口，济公忽然灵机一动，就知道水里来了贼人。和尚说："我在船上闷得很。我出个主意，钓公道鱼罢。"大众说："怎么叫公道鱼？"和尚说："我钓鱼，也不用网，也不用钩子。你们给我找一根大绳子，我拴一个活套。往水里一捺，我一念咒，叫鱼自己上套里去。我要钓一个百十多斤的鱼，咱们大家吃好不好？"大众说："好。"就给和尚找了一根大绳。和尚拴了一个来回套，坠上石块，捺在水内。和尚就说："进去进去。"大众都不信服。和尚说："拿住了，你们帮着往上揪。"众人往上一揪，果然很沉重。揪出水来，一瞧不是鱼，原本是一个人。头戴分水鱼皮帽，水衣水靠，鱼皮岔油绸子连脚裤，黄脸膛，三十多岁。和尚叫人把他捆上。和尚说："还有。"又把绳子捺下去。果然功夫不大，又揪上一个来，是白脸膛，也是水衣水靠。

书中交代，这是什么回事呢？只因前者把姚殿光、雷天化放走，这两个人到陆阳山去约人，约了四个人。一个叫金毛海马孙得亮，一个叫火腿江猪孙得明，一个叫水夜叉韩龙，一个叫浪里钻韩庆。知道押解华云龙，众官人必由水路走，叫这几个贼人，在小龙口等候抢劫。探听明白，船来到了，孙得亮、孙得明先来奔船底。自己身不由己，就钻在套里，被和尚拉上去捆上。

和尚说：“你们这些东西，胆子真不小。姓什么？叫什么？做什么来了？”孙得亮、孙得明各通了姓名。说：“我二人一时懵懂，被朋友所使来的，师父慈悲慈悲罢，我二人情愿认你老人家为师。”和尚说：“我要把你两个人放了，还来不来？”孙得亮说：“再不敢来了。”和尚说：“我要有事，用你二人行不行？”孙得亮说：“师父要有用我二人之处，万死不辞。”和尚说：“既然如是，我把你两人放了。你叫你们那两个伙计也别来了，我也不拿他了。”这两人放开起来，给和尚磕头。和尚附耳说：“如此如此。”二人点头跳下水去，竟自去了。柴元禄、杜振英一看说：“要不是师父，我二人哪里知道水里有人。”和尚说：“你二人放心罢，这就没事了。”

这天往前走，相隔临安不远，和尚说：“我要头里走了。”柴、杜说：“师父别走。倘师父走后，出了差错，那还了得。”和尚说：“不要紧，没有差错。我说没有，你二人只管放心。有了差错，那算我和尚的差错。”和尚说着话，下了船，施展验法，来到钱塘门。

和尚刚一进门，只见钱塘县知县坐着轿子，鸣锣开道，后面众多官人，锁着一个罪人，带着手铐脚镣。和尚抬头一看，口念：“阿弥陀佛！这样事，我和尚焉能不管。要不管，这个样的好人，屈打成招，就得死在云阳市口，残害生命，我和尚焉能瞧着。”说着话，和尚过去说：“众位都头，带着什么案呀？”官人一瞧，有认识和尚的官人说：“济师父，告诉你，他是图财害命的路劫。”和尚说：“有点屈枉，把他放了罢。”众人说：“谁的主意？”和尚说：“我的主意。”官人说：“你的主意不行。”说着话，就见这个罪人的爹娘、妻子、孩儿，一个个哭哭啼啼，甚为可惨。

书中交代，这个罪人原本姓冯，双名元庆，住家在临安城东二条胡同，家有父母、妻子、孩儿。他本是锤金匠的手艺人，极其精明诚实。他有个师弟姓刘，叫文玉，在镇江府开锤金作。只因买卖赔累，用人不当，写信把冯元庆请去，给他照料买卖。冯元庆实心任事，不辞劳苦，帮着他师弟经理买卖，四五年的景况，把所赔的钱找回来，反倒赚了钱。刘文玉就拿冯元庆当做亲弟兄，深为感激冯元庆的这份劳苦，要把买卖给冯元庆一半股分。每年冯元庆回家一次。不想冯元庆日久积劳，常常染病，实不能支持。跟刘文玉说："我要回家歇工，把病养好了再来。"刘文玉见师兄病体甚重，也不能阻，给了五十两银子，叫他回家养病。冯元庆自己还有二十两银子，也带着，雇了一只船回临安。这天到了临安，天已掌灯。管船不叫冯元庆下船，说："天晚了，明天再下船。"冯元庆是恨不能一时到家，自己拿了铺盖褥套，下了船，走到东城城下。自己本来带着病，走不动了，离家尚有二里地，自己打算歇歇走。焉想到往地下一坐，就睡着了。天有二鼓，打更的过来瞧见，把冯元庆叫醒了。打更的说："你怎么在这里睡着，这里常闹路劫！"冯元庆说："我是二条胡同住家，我由镇江府病了回来，刚下船，我走到这里走不动歇歇，没想到睡着了。"打更的说："你快回去罢。"冯元庆刚要走，打更的拿灯笼来照，眼前一个男子死尸，脖颈有一刀伤，是刚杀的。打更的把冯元庆揪住，说："你胆敢杀了人装睡呢，你别走了。"冯元庆说："我不知道。"打更的说："那可不行，你走不了。"当时揪着冯元庆，找本地面官人，立刻把冯元庆送到县衙门。

新升这位钱塘县姓段，叫段不清。一听官人回禀，即刻升堂，把冯元庆带上。老爷一问，冯元庆说："回老爷，小人姓冯，叫冯元庆，我在东城根二条胡同住家，我是锤金的手艺，由镇江府做买卖，因病坐船回家，下船晚了，走到树林子走不动，歇息睡着了。打更的把我叫醒，眼前就有一个死尸，我并不知谁人杀的。"知县说："你这话全不对，拉下去打。"打完了又问，冯元庆仍说不知，立刻把冯元庆押起来。

次日知县一到尸厂验尸，有人认尸说："被杀人是钱塘县大街天和钱铺掌柜的，姓韩。昨天到济通门外粮店取了七十两银子，一夜没回铺子，不知被谁杀了，银子也没了。"知县验尸回来，一搜冯元庆的被套内，有七十两银子。知县一想，更不是别人了，必是他谋财害命，用严刑苦拷。冯元庆受刑不过，一想："情屈命不屈，必是前世的冤家对头。"自己说："老爷不必用刑，是我杀的。"知县问："哪里的刀？"冯元庆说："随身带的刀。"知县教他画了供，就把案定了。往府里一详文书，知府赵凤山是个精明官长，一瞧口供恍惚，言语支离，这个案办不下去，把知县的详文驳了。赵凤山府批提案，要府讯，亲自审问。知县今天提出这案，坐轿叫官人押解上知府衙门。冯元庆的父母妻子都赶了来，他娘说："儿呀，你怎么做出这样事来？"冯元庆叹了一声说："爹娘，二老双亲呀，白生养孩儿一场，孩儿不能够在爹娘跟前养老送终了。孩儿哪里做这样事，这也是我事屈命不屈，有口难分诉，严刑难受。我那时出来到云阳市口，家里给我买一口棺材，把尸首领回去就是了。"他爹娘妻子一听这话，心如刀绞，就一个个泪如雨下。众瞧热闹人瞧着都可怜。

这个时节，和尚过来，说："他冤屈，你们把他放了罢。"官人说："谁敢把他放了？你见知府去，叫知府放了，我们没有那么大胆子。"旁边有认识和尚的说："济公你要打算救他，你见知府去。"和尚说："我就见知府去。"立刻和尚头前来到知府衙门。一道辛苦，官人问："找谁？"和尚说："你回禀你们老爷，就提灵隐寺济颠前来。"官人一听，哪敢怠慢，赶紧进去回禀。知府赵凤山，由前者秦相府济公带两个班头出去拿华云龙，直到如今两个月有余，渺无音信，心中甚为悬念。今天听说济公回来，赶紧吩咐："有请。"官人出来让着，和尚往里够奔。知府降阶相迎，举手抱拳说："圣僧一路风霜，多有辛苦。"和尚说："好说好说。"一同来到书房落座。才献上茶，手下官人进去一回禀："现有钱塘县大老爷，把凶犯冯元庆带到了。"知府说："叫他少待，我这里会客。”和尚说：“老爷升堂罢，我和尚特为此事而来。”赵凤山说：“我的两个班头呢？师父可将华云龙拿住？”和尚说：“随后就来，少时再说。这件事老爷先升堂问案，我和尚要瞧瞧问供。”知府立刻传伺候，升坐大堂。

知县上来行礼，说：“卑职将冯元庆带到，候大人讯供。”知府叫人给知县搬了旁座坐下。知县瞧一个穷和尚，也在旁乱坐着，心说：“我是皇上家的命官，民之父母，他一个穷和尚，也配大堂坐着。”知县有些不悦，他也不知济公是秦相爷替僧。这时知府把冯元庆带上来。知府说：“冯元庆，东树林图财害命，可是你杀的？”冯元庆说：“老爷不必问了，我领罪就是了。”知府说：“你说实话，是怎么杀的？”冯元庆说：“小人实在冤屈。县太爷严刑审讯，小人受刑不过。”自己又把前番被屈之事一说。知府一想，现有活佛在此，我何不求他老人家给分辨。想罢，说：“圣僧，你老人家瞧，这件事如何办法？”和尚哈哈一笑，这才搭救良民正曲直，捉拿凶手问根由。不知后事如何，且看下回分解。

第一一六回

赵太守明断奇巧案　济禅师开棺验双尸

话说赵太守审问冯元庆，问济公怎么办。和尚说："老爷要问，冯元庆是被屈含冤。"知府说："圣僧既说冯元庆是被屈枉，杀人凶手倒是谁呢？"和尚说："凶手好办。我和尚出去就把凶手拿来。"知府说："圣僧慈悲慈悲罢。"和尚说："老爷可派两个人，好跟我去。"知府派雷四远、马安杰跟圣僧前去办案。雷头、马头同和尚出了衙门，和尚说："我叫你们锁谁就锁谁，叫你们拿谁就拿谁。"雷头、马头说："那是自然。"说着话往前走，对面来了一个人，穿着一身重孝，手里提着菜筐。和尚过去说："你干什么去？"这人说："我去买菜去。"和尚说："你穿谁的孝？"这人说："我穿我母亲的孝。"和尚说："雷头过来，把他锁上。"雷头过来，就把这穿孝人锁上。这人说："你们为什么锁我？"和尚说："你母亲死了，你为什么不给他放焰口念经呀？"这人说："我没有钱。"和尚说："不行，咱们就打场官司罢。雷头，把他带了衙门去。"雷头一听和尚说的这不像话，也不知和尚是什么心思，也不敢违背，当时带领这人就走。马安杰就问："朋友你贵姓？"这人说："我姓徐，叫徐忠，在东城根四条胡同住家，我是厨行的手艺。"雷四远又问："你母亲怎么死的？"徐忠说："紧痰绝老病复发死的。”和尚说：“你也不说实话。把他的孝衣白鞋脱下来，带到衙门去，叫老爷问他去罢。”

来到衙门，先把他的孝衣脱下来，带着来到里面，一回禀老爷，老爷立刻升堂，把徐忠带上来。和尚在旁边一坐，老爷说：“你姓什么？”徐忠说：“我姓徐，名忠。”和尚说：“你母亲倒是怎么死的？”徐忠说：“紧痰绝死的。”知府说：“圣僧，他倒是怎么一段情节？”和尚说：“他把他母亲害死的。”知府一听一愣，说：“徐忠你要说实话。”徐忠说：“回老爷，我母亲实在病死的。”和尚说：“老爷去验尸去，就知道了。”知府立刻传刑房仵作，带领衙役人等，一同去验尸。知府坐着轿，押着徐忠，和尚跟随一同来到徐忠家中。本地面官人众街邻，都说：“老爷胡闹，明明徐忠他母亲是病死的，众人帮着入殓的。”知府吩咐将棺材抬出来。徐忠说：“老爷要开棺验不出伤来，该当如何？”知府说：“你这东西混帐！济公活佛既说你母亲有缘故死的，必有缘故。来，开棺给我验。”立刻官人把棺材打开。刑房仵作过来一瞧，见老太太死尸并无缘故，是好死的。连刑房仵作也都愣了，心说：“我们老爷无故要开棺，这一来纱帽要保不住。”

知府问仵作：“死尸有伤没有？”仵作痴呆呆发愣，知府也大吃一惊。和尚微然一笑说：“徐忠你还不说实话？”徐忠说：“我母亲是好死的。老爷无故要开棺相验，我有什么法子。”和尚赶过来，照着棺材堵头一脚，把棺材堵头踹掉了，由棺材里滚出一颗男子的人头来。知府一看，勃然大怒，说：“这人头是哪来的？”和尚说：“请老爷问他。”徐忠吓的颜色更变，说：“老爷要问这个人头，不是外人，是我兄弟，他叫徐二混。我兄弟他在钱塘街钱铺打杂，那一天他晚上回来，拿着七十两银子。我两个人一喝酒，他喝多了，我问他银子哪来的，他说非是亲弟兄，他也不说。他说他们钱铺掌柜的，那天晚上到通济门外粮店取银子，他知道，他拿了一把刀，在东树林等着，他把韩掌柜杀死，他把银子得回来。我一听怕他犯了事，把我连累上，我把他用酒灌醉了，我把他杀了，我们老太太一着急死了。我就把我兄弟的脑袋搁在我母亲棺材底下，我把他的死尸藏在炕洞里。我以为人不知鬼不觉，没想到今天老爷查出来。这是已往从前真情实话。”知府说：“圣僧，这件事怎么办？”和尚说：“把天和钱铺少东人传来圆案。告诉他父亲是他们铺子打杂的徐二混杀的。”立刻就把钱铺少东人传到，说明白徐二混已死，叫他当堂具结。知府派官人押着徐忠起赃，又将他母亲埋葬，把徐忠边远充军，老爷同和尚回衙门，将冯元庆提出来。他本是被屈含冤，老爷当堂释放。这件事临安城吵嚷动了。若非济公长老，谁能辨的了这件奇巧案？知府把冯元庆放了，行文上宪，参了钱塘县知县段不清，轻视人命，办事糊涂，不堪委用，奉旨把知县革了职。留下济公喝酒。这才问：“圣僧，怎么拿的华云龙？”和尚把已往从前之事一说。

少时有人回禀，柴元禄、杜振英将差事解到。知府立刻升堂，给曲州府一套回文，赏了曲州府押解官人二十两银子，打发众官人回去。柴元禄、杜振英上来交差，将华云龙拿住。窝主田国本、邱成、杨庆一并解到听审。奇巧玲珑透体白玉镯、十三挂嵌宝垂珠凤冠得回呈交。知府一看，并未伤损，就是凤冠短了一颗珠子。立刻吩咐将贼人带上来。手下人把华云龙、田国本、邱成、杨庆带上堂来，知府说：“谁叫华云龙？”四个贼人，各自报名。知府说：“华云龙在临安乌竹庵，因奸不允，杀死少妇，泰山楼白昼杀死秦禄，秦相府盗玉镯凤冠，粉壁墙题诗，俱都是你做的吗？”华云龙说：“是我。”知府说：“田国本、邱成、杨庆，你等窝藏华云龙可是不假？”田国本一想：“我满招认，也不要紧，只要我们亲戚知道，必不杀我。”贼人也都招认。知府吩咐：“暂把贼人钉镣入狱。”和尚说：“我要告辞回庙瞧瞧，等明天秦相亲审贼人之时我再去。”知府说：“也好，圣僧请罢。”

和尚告辞，出了知府衙门。刚来到冷泉亭，正碰见夜行鬼小昆仑郭顺。郭顺赶紧给济公磕头。和尚说：“郭顺不用行礼。前者我叫雷鸣、陈亮给你一封信，你可看见？”郭顺说：“前者多蒙师父救命之恩。我见着信，即来到临安。白天住居，晚上天天在灵隐寺大殿房上隐趴。那天来了两个贼，是造月鹏程智远、西路虎贺东风。到庙中行刺，被我将贼人赶走。”济公说：“好。你这上哪去？”郭顺说：“瞧我师父去。”和尚说：“你见你师父，给我代问好。”郭顺说：“是。”竟自告辞去了。和尚来到灵隐寺庙门首。门头僧一瞧说：“济师父回来了。”济公说：“辛苦众位。我到后面瞧瞧老和尚。”说着话来到庙内。见了见老和尚，自己回到自己住的屋内安歇。

次日，有秦相派人到庙中请济公。和尚立刻来到秦府。秦相一见说：“圣僧，这一路风霜，多受辛苦。我特意置酒给圣僧接风。”和尚说：“相爷一向可好？”秦相说：“承问承问。”立刻来到书房，摆上酒筵，落座吃酒。方吃喝完毕，有家人进来，回禀：“相爷，知府押解盗玉镯凤冠贼人，来到相府外听审。”秦相立刻吩咐：“请太守进来。”知府来到书房，给相爷行礼，把玉镯凤冠呈上。秦相一瞧，甚为喜悦。宝贝失而复得，此乃大幸也。当时将贼人带上来。秦相一问华云龙，尽皆招认。秦相说：“粉壁墙题诗是你亲笔？”华云龙说：“是。”秦相还怕错拿了，当面叫华云龙拿笔把诗写出来。秦相看他笔迹相符，秦相这才吩咐知府把众贼人仍带回衙门入狱。秦相拟定，众贼不分首从，一并斩首。连野鸡溜子刘昌、铁腿猿猴王通一并出斩，在钱塘门外高搭监斩棚。这件事嚷动了全城，这天瞧热闹人拥挤不堪。

焉想到有两个江洋大盗，听说要斩华云龙，这两个人，也是玉山县三十六友之内的，一个金面鬼焦亮，一个叫律令鬼何清。这两个人由北省回来，从临安路过，听说华云龙要出斩，焦亮、何清也不知道华云龙犯的何罪，要知道也就不管了。两个人一想：“我们跟华云龙八拜之交。他在临安打了官司，我二人既知道，焉能袖手旁观？”焦亮跟何清一商量，二人各带钢刀一把，当时够奔钱塘门外，要抢劫法场。不知后事如何，且看下回分解。

第一一七回

奉堂谕监斩华云龙　听凶信二鬼闹法场

话说金面鬼焦亮、律令鬼何清二人商量好了，来到法场。一看，天光早些，差事还没出来。二人一瞧，对面有一个酒铺。二人掀帘子进去，一看酒饭座不少。跑堂的一看，这两个人都长得不俗。金面鬼焦亮是紫壮帽，紫箭袖袍，系丝鸾带，薄底靴子，闪披宝蓝缎英雄大氅，上绣金牡丹花，面似淡金，粗眉大眼。律令鬼何清是黄白脸膛，穿翠蓝褂，都是一表非俗。跑堂的赶紧腾了一张桌，让两个人坐下，要酒要菜。就听众酒饭座大家纷纷议论，说："这个华云龙，在临安闹的地动天翻。在尼姑庵杀人，泰山楼杀人，秦相府盗玉镯凤冠。要不是济公和尚给带人出去拿，这个样的江洋大盗，马快焉能办的了？"焦亮、何清一听，是和尚拿的，二人低声一商量："今天先劫法场，把华二哥救了。然后咱们再找这个和尚，把和尚杀了，给华二哥报仇。"正说着话，由外面进来一个穷和尚。大众有认得的就嚷，这个说："济师父来了！"那个说："圣僧来了！"和尚说："众位别嚷，我就是拿华云龙的和尚，拿华云龙的就是我。有不服的，只管找我。"焦亮、何清一瞧，心里说："原来就是这么个穷和尚拿的我们华二哥。今天我们先到法场，然后跟这个和尚，看他往哪庙里去，晚上去杀他。"和尚瞧了一瞧，在这两个人的旁边坐下，也要了酒菜。

工夫不大，就听外面瞧热闹人一阵大乱。说："差事来了！"由北面一下车，两个官人搀着一个。头一个就是镇山豹田国本。都是绳缚二臂，背着招子。田国本很不含糊说："我在下叫田国本。阎王造就三更死，谁敢留人到五更。生有处，死有地，我乃堂堂正正，英雄烈烈，轰轰豪杰，死而无惧。虽然身受国法，很不算什么。"第二个就是铁腿猿猴王通，口中直骂："我姓王名通。我也不是杀人凶犯，又非响马的强盗，但我只因替兄报仇，要杀知府杨再田。没杀成他，今天身受国法王章。我虽死也是好朋友，死后我有阴魂，也把杨再田活捉活拿。"第三个是野鸡溜子刘昌。这小子垂头丧气，低着头心想："无缘无故被华云龙牵连，不分首从，全都斩决，连自己此时魂灵都没有了。"第四个是邱成，第五个是杨庆。都比刘昌还强的。第六个是华云龙。自己谈笑自若，说："众位瞧热闹人听真，在下我就是乾坤盗鼠华云龙。我自生以来，杀人也过了百了。我吃也吃过，我穿也穿过，大丈夫生而何欢，死而何惧？我今天身受国法，不过二十余年，又长成这样。头里众朋友都是我的至友，应该活着一处为人，死了一处做鬼。众位比我年长，应当叫他们众位头里走。"众瞧热闹人，一阵大乱。

这时酒铺里有爱贪热闹的，也往外跑。金面鬼焦亮、律令鬼何清听差事到了，二人伸手拉刀。吓的伙计往桌底下躲。就喊："掌柜的救命！"焦亮刚把刀拉出来一举，何清尚未拉出刀来，和尚用手一指，一个"唵敕令赫"，把这两人定住。和尚头里站着，这两人在后面比着不能动转。就听外面喊嚷："好刀！"华云龙人头落地，瞧热闹人四散。和尚就往外走。说："掌柜的，给我写上。"掌柜的说："是了，济师父请罢。有你徒弟杨猛、陈孝留下话，你勿论钱多少，不跟你要。到三节跟杨太爷去要钱。"和尚说："掌柜的，我跟你要点东西，给不给？"掌柜的说："要什么？"和尚说："我要你们一个老倭瓜。"掌柜的说：“你拿罢。”和尚扛起一个倭瓜，出了酒铺，信口唱着山歌道：

堪叹人生不误空，迷花乱酒逞英雄。图劳到底还吾祖，漏尽之时死现功。弄巧长如猫扑鼠，光阴恰似箭流行。倘然使得精神尽，愿把尸身葬土中。仔细思想从头看，便是南柯一梦中。急忙忙，西复东，乱丛丛，辱与荣，虚飘飘，一气化作五更风，百年浑破梦牢笼。梦醒人何在？梦觉化无踪。说什么鸣仪凤，说什么入云龙，说什么三王业，说什么五霸功，说什么苏秦口辩，说什么项羽英雄。我这里站立不宁，坐卧魔生。睁开醉眼运穷通，看破了本来面，看破了自在容。看破了红尘滚滚，看破了天地始终。只等到五蕴皆空，那时间一性纵横。

和尚唱着山歌往前走。焦亮、何清此时也能动了。自己尚不醒悟，要杀和尚。两个人给了酒饭账，从后面跟出来。和尚一直来到灵隐寺门首。门头僧说：“老济回来了。”和尚说：“辛苦众位。”和尚来到门首不往里走。和尚说：“我在大雄宝殿西跨院西房由北头数头一间，我在那屋里住，谁要打算和尚，勒死和尚，就到那屋里去。”门头僧说：“你这是个半疯，谁跟你有那么大仇。”和尚说：“反正你们两人心里明白。”焦亮、何清一听，暗想这可活该，晚上省的我们找寻。

二人见和尚进了庙，二人找了一座酒馆，吃完了酒，找了一座店。等到天交二鼓，两人把夜行衣换上，皂缎色软帕包巾，身穿三叉通口夜行衣，周身扣好了骨钮寸绊，头前带好了百宝囊，里面有千里火自明灯钥匙，一切应用的东西。皂缎子兜裆裤，蓝缎子袜子，打花绷腿，倒纳千层底靸鞋，把刀插在软皮鞘内。二人出来，施展飞檐走壁，直奔灵隐寺。来到庙中，找到西跨院一看，各屋里全都睡了，惟有北头那一间西房有灯光。二人来到窗外，把窗纸舔破一看，只见屋中一张床，一张桌子，屋里什么也没有。墙上有一个黄瓷碗，半碗油，棉花沾点着。庙里有规矩，每人晚上管油的只给两羹匙油，今天济公要加多，管油的不给，和尚说：“我没在庙里有好几个月，你按天包给我。”管油的没法，多添了两羹匙油。见和尚手拿酒瓶，自言自语说：“生有处，死有地。我昨天晚上就没做好梦。梦见脑袋掉下来，今天就许有贼崽子来杀我。”焦亮、何清还不介意。

少时见和尚枕着倭瓜睡了，焦亮说：“我杀他，你给巡风。”何清点头。焦亮刚要开门，就听和尚说：“好东西，好大胆量。”焦亮吓了一跳。又听和尚说：“你要咬我呀，好大老鼠。”焦亮一听，和尚说老鼠呢。等了半天，听和尚睡着了。焦亮又刚要开门，就听和尚说：“好东西，你可真找死，打算要害我呀。”焦亮吓的心里乱跳。又听和尚说：“好大个蝎子，亏得我没睡着。要睡着了，可了不得。”焦亮一听，心说：“真是这么巧。”无奈又等到天交三鼓，听和尚呼声震耳，焦亮进了屋中。见灯光昏昏惨惨。先把灯吹了，把包袱油纸往地下一铺，伸手摸着短头发，手起刀落，竟把脑袋砍下来，搁在包袱包好，同何清这才上房回店。焦亮说：“咱们去找杨明去，跟他讲讲理。华云龙跟三十六友结拜，是杨明撒绿林帖，传绿林箭，他的引见。现在华云龙在临安犯罪，他为何不管？”何清说：“也好。”二人这才起身。

两人在道路之上，饥餐渴饮，晓行夜宿，这天来到江西玉山县凤凰岭如意村。到了威震八方杨明的门首，金面鬼焦亮、律令鬼何清抬头一看，二人呀了一声，忽然想起事来。不知后事如何，且看下回分解。

第一一八回

提首级寻找杨明　见魔怪二人遇害

话说焦亮、何清二人来到杨明门首，见门前悬挂灯彩。焦亮忽然想起来说："何贤弟，今天你我来巧了，今天是杨老伯母的生日，我还忘了呢，今天正应当来拜寿。"何清说："对。"二人来到门首，家人一瞧说："原来是焦大爷，何大爷，你快进去罢。厅房人不少呢，只等你们二位了。"焦亮、何清来里面一看，人真正不少，有追风燕子姚殿光、过度流星雷天化、千里腿杨顺、千里独行杨得瑞、飞天鬼石成瑞、飞天火祖秦元亮、立地瘟神马兆熊、金毛海马孙得亮、火眼江猪孙得明、水夜叉韩龙、浪里钻韩庆、铁面夜叉马静、摘星步斗戴奎、顺水推舟陶仁、登萍渡水陶芳、踏雪无痕柳瑞，一干众人，都在这里，见金面鬼焦亮、律令鬼何清二人进来，大众齐站起来谦让，彼此行礼。杨明说："二位贤弟来了，我想着怕你两个人来不了，还真没忘了。"焦亮说："我二人先给老太太拜寿去。"杨明说："二位贤弟来到就是了，先喝酒，少时我替你二人说到就是了。"焦亮、何清二人坐下。杨明说："今天我们三十六友，不能齐了。有死的，有出外的，有不知去向的，总得短几位。"众人说："那是自然。"飞天鬼石成瑞就问焦亮二人从哪来。焦亮说："由京都。"石成瑞说："京都可有什么新闻？”焦亮说：“有新闻，杀华云龙。”杨明一听说：“谢天谢地。”焦亮说：“杨大哥，华云龙是你的引见，跟三十六友结拜，他不好，你应当管他，现在他死在临安，身受国法，你怎么倒说谢天谢地？”杨明说：“焦贤弟，你知道华云龙所作所为不知道？”焦亮说：“不知。”杨明就把华云龙大闹临安，乌竹庵因奸不允杀死贞节烈妇，泰山楼杀人，秦相府盗玉镯凤冠，赵家楼怎么采花，大柳林怎么镖伤三友，怎么夜入蓬莱观，后又镖伤三友的话，从头到尾一说。秦元亮、马兆熊听见提华云龙，恨不能生食华云龙之肉。焦亮、何清一听，说：“了不得，我二人做错了事了。”杨明说：“你二人做错了什么事？”焦亮说：“大哥可知道济颠僧？”杨明说：“知道。”焦亮说：“我二人不知细情，替华云龙报仇，把和尚杀了。”杨明一听说：“济公那是活佛，你怎么配杀得了？”焦亮说：“你不信，人头在包袱包着带来了。”杨明说：“你打开我瞧瞧。”焦亮立刻打开一看，就愣了，原来是半个老倭瓜，上面有四句字，写的是：

可笑焦亮与何清，误把倭瓜当我僧。二人勉强行此事，难免当下有灾星。

众人一看，哄堂大笑。马静说：“济公乃是活佛，在我家毗卢寺捉过妖，你们如何杀得了！济公说的话，准得应验，说你二人有灾，你二人还得赶紧躲避。”焦亮说：“我二人回家躲几天，然后到灵隐寺找圣僧，给他老人家赔不是。”大众说：“言之有理。”众人在杨明家热闹了两天，过了寿日，众人告辞，各分南北东西。

且说马静同焦亮、何清，一同奔小月屯。这天来到小月屯，有日色西斜之时，见小月屯里家家关门闭户，街上问一个人都没有。素常不是这个样子，马静说：“这是怎么了？莫非有什么缘故？”三个人来到马静家门前一叫，门里面何氏娘子出来问：“谁呀？”马静说：“我。”何氏一听，把门开开道：“你可回来了，小月屯住不得了！可了不得了！”说着话，来到里面。马静就问：“怎么了？”何氏说：“由你走后，天天到初鼓以后，由西来一阵风，也不知是妖、是怪、是鬼嚷，嘁嘁啕啕，冲谁家门口一笑，第二天准死人。今天第七天，闹了六天，死了六个人了，西边本家马大爷死了，第二天隔壁李大爷死了，故家家吓的到晚半天就不敢出来，连铺户都上店门不敢卖了。”何清一听说：“哪有的事，我就不信。在外面行侠做义，老没遇见过鬼，晚上我等他。”焦亮说：“对。晚上也不管他是什么，咱们拿刀斩他。”马静说：“你二人别要胡闹。”何清说：“不要紧。”三个人说着话，吃完了晚饭。

天有初鼓后，就听由正西来了一阵风，刮的毛骨悚然。何清、焦亮二人拿刀往外就跑。只见由正西来了一团白气，其形有一丈多，也瞧不出是什么来。焦亮、何清一声喊嚷：“好大胆妖怪，待我二人结果你的性命。”说罢，摆刀就剁。这股白气照两个人一扑，两人跑回院中，躺在地下，人事不知，昏迷不醒。这个东西冲马静对门一笑走了。马静见这两个人躺在院中，叫之不应，唤之不语，如死人一般。天光亮了，听对门街坊哭起来，当家人刘二爷死了，门口烧引魂车。马静正在着急，听外面叫门，马静出来一看，是雷鸣、陈亮。马静说：“二位贤弟，从哪来？”雷鸣、陈亮说：“我二人由曲州府上杨大哥家去，济公拿华云龙之时，我二人正在曲州府，我二人到杨大哥家去，听说焦亮、何清得罪了济公。杨大哥叫我二人来陪焦亮、何清，到临安给济公赔不是去。”马静说：“二位贤弟来此甚巧。焦亮、何清被妖怪给扑了。二位贤弟辛苦一趟把济公请来，一则搭救这方人，二则求他老人家慈悲慈悲，救焦亮、何清。”雷鸣说：“怎么回事？”马静把二人让到里面，就把闹嘁嘁啕啕之故，从头至尾一说。雷鸣、陈亮听明白。见焦亮、何清果然死人一般，这才告辞。从马静家出来，顺大路够奔临安城。

书中交代，和尚自拿了华云龙众贼出斩之后，和尚就在庙里住着，没事出去找本处几个徒弟来吃酒盘桓。这天来了一个老道，到庙里找济公。门头僧一瞧，这个老道，身高八尺，头戴青缎九梁道冠，身穿蓝缎子道袍，腰系杏黄丝绦，白袜云鞋。背后背着一口宝剑，绿鲨鱼皮鞘，钢什件黄绒鼻子，手拿蝇拂。面似淡金，长眉朗目，高鼻穗梁，四字口，三绺黑胡须，飘洒胸前。真正是太白李金星降世，一表非俗。这个老道原是四明山玄妙观出家，姓孙叫道全，乃是褚道缘的大师兄。因褚道缘前者回庙病了，加气伤寒，孙道全去瞧他，问："师弟什么病？"褚道缘说："是济颠和尚气的。"就把前番事一说。孙道全说："不管紧，我去找济颠，把他杀了给你报仇。"褚道缘说："师兄当真敢去，我病就好了。"孙道全说："这就是。"当时孙道全起身，这天正来到临安，住在钱塘门店里。次日来到灵隐寺，一问门头僧，济颠可在庙内，门头僧说："你找济颠，不知他出去了没有。他要出去，可不定三天五日，一月半月才回来。要在庙内，少时他必出来。等有人出来问问。"

老道等着，少时，只见由里面出来一个穷和尚，破僧衣，短袖缺领，僧帽在左边腰里掖着。老道说："你可是济颠？"和尚说："不是。我们师兄弟四个，胡颠，乱颠，混颠，济颠。我叫胡颠。"老道说："你把济颠叫出来。"和尚说："我喝酒你给钱，我就给你叫去。"老道抓给和尚两把钱。和尚进去，等候工夫大了，好容易只见穷和尚由里面出来。老道说："你给叫济颠，怎么不出来？"和尚说："我不知道。你认错了人罢，我叫混颠，你瞧我帽子在哪掖着。"老道一瞧，帽子在头前掖着。老道说："你不是胡颠？"和尚说："我不是的，胡颠是我大师兄，他喝了酒就睡。"老道说："混颠，你把济颠叫来。"和尚说："我不能白给你跑，你得请我喝酒。"老道又给了两把钱。和尚进去，直等到日色西斜，只见里面出来一个穷和尚。老道也认不准了。说："你是胡颠是混颠？"和尚说："我叫乱颠。你找谁？"老道说："我找济颠。"和尚说："我给你叫去，你请我喝酒。"老道说："你不是混颠么？”和尚说：“你不瞧我帽子？”老道一瞧，帽子在后头掖着。又给了两把钱。直等到天黑，也没人出来，老道赌气回了店。今天又来，堵着庙门骂济颠。

正骂着，雷鸣、陈亮来了。雷鸣说：“杂毛你怎么骂我师父？”老道一听说：“你是济颠的徒弟？”雷鸣说：“是呀。”老道说：“好，我找不着济颠，就是你罢。”用手一指，用定神法把雷鸣、陈亮定住。老道伸手拉宝剑，要结果二位英雄性命。不知后事如何，且看下回分解。

第一一九回

报弟仇灵隐访济公　搬运法移钱济孝妇

话说孙道全拉宝剑，正要杀雷鸣、陈亮，就听庙里一声喊嚷：“哈哈，好杂毛，休要欺负我徒弟，待我来跟你分个高低上下。”老道一瞧，由庙中出来一个穷和尚：破僧衣，短袖缺领，腰系绒絛，疙里疙瘩，头发有二寸多长，一脸油泥，光着两只脚，穿着两只草鞋，三分不像人，七分倒像鬼。老道说：“你是济颠？”和尚说：“正是，然也！你别欺辱我徒弟。冤各有头，债各有主。”和尚把雷鸣、陈亮定神法撤了。雷鸣、陈亮说：“师父，我二人由小月屯来找你来了。”和尚说：“你二人不用说，我都知道，你两个人头里走，我跟老道说句话，我随后就到。”和尚说：“老道，咱们两个人，找没人地方说去。”老道说：“甚好。”

和尚头里走，老道随后跟着。展眼之际，和尚没了。老道遍找，找不着了；自己无奈，只好回店罢。老道又一想，盘费用尽了，想法子弄点钱，好吃饭住店，再访查和尚。老道就在街上买了二斤切糕，回到店中，把枣儿豆子都挖了去，把切糕团成丸子，用飞金贴成衣子，用药一熏，把丸子带在兜囊。老道来到钱塘关找地方，赁了一张桌子，他说舍药，桌子用一天一百钱，讲明白了。老道拿着一个木头盒，就在这里一站，口中道："贫道乃梅花山梅花岭梅花道人是也。正在洞中打坐，心血来潮，我掐指一算，知道这方有难；贫道脚踏祥云，来至此处，舍药济人。众位要求方，勿论多少钱，搁在我这盒里，我会给把药取来。"老道一念，就有许多人围上。内中有好事人拿二百钱，往老道这盒子一搁，老道把盒盖一盖，老道用手指一指，口念："无量佛。"把盒子打开一瞧，钱没有了，一粒药在盒里。老道说："众位看见了，这药是太上老君赐的，能治诸虚百损，五劳七伤，妇人胎前产后，男人五积六聚，勿论男女大小，诸般杂症百病，一吃就好了。把药拿回去，用阴阳瓦焙了，用红糖冲服。"大众一瞧，钱搁在盒里就没了，药就来了，真是神仙稀奇之事。凡世上人，都是少所见多所怪。老道这是换数，他是搬运法，能把钱换在腰里去，把药换在盒里来。大众瞧着一新鲜，这个也要讨，那个也要讨。老道说："众位别瞧我这盒子小，能装得三山五岳，大众等不信，拿钱试试。搁一吊也没了，搁八百也没了。"

老道正在诓钱舍药、高兴之际，那边和尚来了。和尚远远一瞧，心里说："好杂毛老道，又在这里诓人家的资财呢。拿切糕丸换钱。"和尚远远瞧明白，见眼前地下铺着一张毛头纸。上写告白：

> 四方仁人君子得知：小妇人张门吴氏，丈夫贸易在外，我家中婆母病故，衣衾棺椁抬葬，手无分文，万出无奈，只得叩求四方仁人君子，施恻隐之心，量力帮助。众人扶凑，聚少成多，俾得将婆母可埋葬，以免尸骸暴露。殁存均感大德也。

和尚来到近前一瞧，许多人围着看，并无一人给钱的。和尚说："你们有钱给几百，也是好事。"旁边有一个人，扛着五百吊，说："和尚，你别说便宜话，你给他几百，我就给他几百。"和尚说："我给他，你敢给我比着给么？"这个人说："就凭你这么样穷和尚，我不敢跟你比？我给他一吊。”和尚说：“我也给一吊。”和尚由兜囊一掏，口念：“唵，敕令赫！”掏出五把钱，约一吊多，给了那妇人。那人说：“我再给五百。”和尚又一掏兜囊，口念：“唵，敕令赫！”掏出三百来，和尚又一掏，掏出二百来。这串钱是大黄铜钱，拿红丝穿着，和尚也掏出来。旁边有一个人瞧见，呦了一声。旁边这个人，书中交代，姓张，叫张大。他因为手麻木，拿着二百文黄铜钱，今天同着他一个拜弟李二，两个人出来闲游。张大要出恭，把这二百钱交给李二拿着。李二见老道舍药真奇怪，他要讨药，又没有钱，就把这二百钱搁在老道盒里，讨了一粒药。张大出完了恭，一问钱，李二说我给老道了，讨了一粒药，回家我再还你。张大说：“花了花了罢。”二人又来到了这里瞧热闹。见和尚舍钱，一掏把这串钱掏出来。张大他认识这串钱是他的，就问：“李二，怎么这串钱，跑到和尚腰里去？”李二说：“真怪。”这两个人又跑来到老道这里，瞧见有一个人，拿着五百钱讨药，把钱放在盒里，老道一念无量佛，钱没了。这两个人赶到这边来，来瞧神仙传道。见和尚一伸手：“唵，敕令赫！”掏出五百来，果是老道方才讨药那五百。这两个人正事不办了，又跑回老道这边来。又见有一个人讨药，八百钱；老道搁在盒里，老道一掀盒没了。这两个人赶紧跑回和尚这边来，又一瞧，和尚一伸手：“唵，敕令赫！”果然在腰内又掏出八百来。惟有这些众人，也不知道这两个人来回跑什么。直到天晚，老道一想：“钱也诓的不少了，该回去了。”老道说：“众位明天见罢，我山人今天不施舍了。”大众全散了。老道伸手一摸，钱兜内一个铜钱都没有了。老道一愣，说：“怪呀！”张大、李二两个人一笑说：“没了。”老道说：“好呀，必是你两个人拿了去。”张大说：“我们又没到你跟前去，怎么我们拿了去？”老道说：“你怎么知道没了？”张大、李二说：“我们两个人瞧了半天了。你的钱都给一个穷和尚舍了棺材钱。你这里进五百，那边和尚掏出五百来。”老道说：“和尚在哪里？”张大说：“就在那边。”老道一想：“这必是济颠，我找他跟他拼命。”老道刚要走，旁边过来一个人说：“道爷别走，给赁桌子钱。”老道说：“我一个钱都没有了。”那人说：“那可不行。你把萤刷留下做押账罢，我给你押在对门纸铺里，明天拿一百钱来取萤刷。”老道无法，把萤刷留下，气得须眉皆竖，要找和尚一死相拼，急得再找和尚，踪迹已不见。

书中交代，和尚用搬运法，把老道的钱，都搬运完了，都施舍给了这妇人，连别人给的，凑了有二十多吊钱。和尚说：“大娘子，你把钱拿回去买口棺木，先把你婆母成殓起来。你丈夫不过半个月，也就回来了。”张吴氏给和尚磕了一个头，竟自去了。和尚这才往前走，抬头一看，一股怨气直冲霄汉。和尚口念：“阿弥陀佛！这件事，焉有不管之理？我和尚一事不了，又接上一事。”说着话，和尚抬头一看，见路西里酒铺新开张，字号“双义楼”。门口满挂花红，高搭席棚，都是红呢红绸子，钉着金字，有“财源茂盛，利达三江”，“如日之升，如月之恒”。都是吉庆话，众亲友送的。和尚掀帘子进去一看，酒饭座满了，拥挤不动，一点地方没有。为什么酒饭座会这样多呢？只因贪贱吃穷人。今天新开张，减价一半：一百二的菜，卖六十；二百四的菜，买一百二。故此都来吃饭。和尚一瞧没地方，有一个胖子刚来，他一个人坐着，把腿搁在板凳上，一人坐两人的地方。和尚过去也不言语，就坐在胖子腿上。这胖子说：“和尚你不硌的慌？”和尚说：“我觉着很柔软，不硌的慌。”跑堂的赶紧过来说：“二位对着坐。”胖子无奈，把腿拿下去，和尚坐下了。伙计说：“大师父要菜，可得候候。这位胖爷也是刚来，要了一个南煎丸子，还得等着呢。”和尚说：“不忙，我也要一个南煎丸子，你先给我壶酒，我喝着，菜哪时来哪时吃。”伙计说：“就是罢。”要了一壶酒，和尚喝着。少时端了丸子来，乃是胖子先要的。伙计刚往桌上一搁，和尚就是一把抓了一个丸子，往嘴里就塞。伙计说：“这是胖爷先说的，不是你的。”和尚说：“他要的给他。”由嘴里吐出来，连痰带吐沫搁在盘子里。胖子一瞧，说：“我不要了。”伙计说：“胖爷不用着急，我再给你要。”少时又给端来，伙计说：“这个丸子才应当是和尚要的哪。”和尚说：“这是我的我吃。”又抓了一把。胖子赌气，躲开和尚，在别的桌子另要去。和尚吃完了两盘丸子，叫伙计算账。罗汉爷施展佛法，大显神通，要戏耍掌柜的。焉想到又勾出一场人命是非。不知后事如何，且看下回分解。

第一二〇回

双义楼匪棍讹人　借还魂戏耍老道

话说济公在双义楼吃完了酒饭，叫跑堂的算账。跑堂的一算，说：“一共七百二十文。”和尚说：“不多。外加八十给八百罢。”伙计说：“大师父，谢谢。”和尚说：“给我写上账。”伙计说：“那可不行。今天新开张，一概不赊，减价一半，俱要现钱。”和尚说：“你敢不写账，咱们是一场官司。”伙计一听这话，自己一想：“我何必跟他费话，我告诉掌柜的，随他意赊不赊。”想罢，伙计来到柜上说：“掌柜的，那位大师父吃了八百钱，要写账，他说不给他写账，要打官司。”掌柜的抬头一看，见和尚穷苦不堪。掌柜的说：“伙计，你不用跟和尚争竞，他是个穷人。我由困苦间过来，我知道穷人的难处，你告诉他，给他写上。”伙计过去说：“大师父，我们掌柜的说，给你写上了。”和尚说：“要写写两吊，找给我一吊二百钱，我带着零花。我出来没带零钱。”伙计一听，说：“掌柜的，听见没有？”掌柜的叹了一声说：“昨天我还没饭吃，今天我开了这座铺子，做了好几万银子的买卖，这总算上天有眼。今天我总算大喜庆的日子了。也罢，和尚是个出家人，我给他一吊二百钱。你告诉大师父说，只当我舍在庙里了。”伙计立刻把一吊二百钱，给和尚拿过来。和尚说：“再给我要一壶酒，要一个菜。”伙计说：“你不是吃完了再找呀！”伙计又给要了酒菜。和尚又喝了。

旁边酒饭座，就有无知的人，见和尚吃完了找钱，不找要打官司，掌柜的找给他，必是怕打官司。这两个人吃完了，叫伙计一算，吃了两吊，要找三吊，一共写五吊，掌柜的也给找了。俗话说的不错，善门难开，善门难闭。旁边又有三个人，吃了三吊五，给四吊，要写十吊，找六吊。掌柜的一听可恼了，当时说：“众位，我开这个铺子，我说昨天没饭吃，今天做了几万银子的买卖，我可不是明火路劫，偷来抢来的银子，也不是挖着银矿。方才和尚找钱，我知道穷人的难处，再说他是出家人，我只当施舍了。众位倒跟和尚学，吃两吊找三吊。我想都是老街旧邻，很不好意思，到咱们这个小铺子来，说吃四吊，要找六吊，恐怕别处也不能这么找法吗！我可不是怕打官司，我是穷人出身，在这方也不是一年半年！众位别欺负我，我可不叫人欺负。哪位要找，可趁早说话。”这众人一听，全都愣了。正在这番光景，一掀帘子，进来一人，说：“掌柜的，该我二百银子，还不给我吗？”掌柜的一瞧，这个人歪着帽子，闪披着大氅，五十多岁，黄脸膛，两道短眉毛，一双小圆眼，鹰鼻子，裂腮额，微有几根黄胡子，上头七根下八根。这人姓姚名变，字荒山，素常就在外面讹人，无事生非；今天听说双义楼掌柜的怕打官司，吃饭倒找钱，这姚荒山想要来讹掌柜的。一进门就说：“掌柜的，该我二百银子，还不该给我么？”掌柜的一听，气往上撞，过来照定姚荒山，就是一个嘴巴。焉想到这一嘴巴，姚荒山翻身栽倒，绝命身亡。众酒饭座一阵大乱。

书中交代，这位掌柜的，本姓李，名叫李兴，当年在酒饭馆跑堂。人也勤俭，又正在年轻力壮，很安本分，做了几年买卖，手中存有几百吊钱。就有人见他有钱，说：“李兴，你为何不说个亲事，也可以生儿养女。”李兴说：“我倒打算安家，没人给说。”立刻就有人给提亲，是寡妇老太太有个姑娘，一说就说妥了，择日迎娶过门。娶过来，岳母无人照管，也就跟着他。又过了两年，生养了两个孩子，未免他一个人一份手艺，家内四口人吃饭，所进不敷所出。偏巧有一位饭座姓赵，是财主。见李兴很和气，被家所累，赵老头就问：“李兴，你一个人手艺，家里够过的么？”李兴说：“不够，有什么法子？”赵老头说：“我成全成全你。你找一地方，我给你五百银子，你自己开一个小饭馆。好不好？”李兴深为愿意，一想做买卖，比做手艺强的多了。自己就在钱塘门外，开了一座小酒铺，五百银子成本。偏巧时运不济，买卖作赔本了。赵老头一看，买卖是不行了，这天说：“李兴，你倒不必为难。买卖做赔了，我也不要了，我送给你自己支持去罢。再弄好了，我也不要了，你关门我也不管。”李兴也无法，自己把伙友都散了，就剩了一个小伙计，李兴自己掌灶，后院带住家，一天一天对付着。这天忽然来了几个人，骑着马来到门首下马，就问：“掌柜的，有清净地方没有？”李兴说：“有。”这几个人下马。少时来了几顶轿子，众人下轿进来，都是衣帽鲜明、很阔，当时要酒要菜。带着天平，秤的都是十两一个的马蹄金，这个分三百两，那个分二百两，分完了，也没吃多少东西，说：“借掌柜的光，掌柜的忙了半天，给你五两银子罢。”李兴说：“谢谢众位大爷。”众人走了。李兴一想，正没有钱，有这五两银子，可以多买点货，支持几天。自己一擦抹桌案，一瞧桌上有个银幅子。李兴一瞧，里面有十两一锭，二十锭马蹄金，是方才人家忘下的。李兴拿到里面去。他妻子王氏问：“什么？”李兴说：“饭座落下的二十锭黄金。”王氏一看说：“这可是财神爷叫咱们发财！你快买香祭祭财神爷。”李兴说：“做什么呀？这算咱们的了？我要留下，准得把我折磨死。谁找来，趁早给谁。”王氏一听说：“你穷的这个样，偷还偷不到手，捡着还给人家，那可不行！”李兴说：“由不了你。收起来，谁找来给谁。”夫妻为这件事，拌起嘴来。

头一天也没人来找，次日天有正午，由外面进来一个骑马的，是长随的打扮，下马进来问：“掌柜的，昨天我们管家大人在这吃饭，有个银幅子，落在这里没有？我们大人叫我来问问。”李兴说：“谁丢的什么东西，你说我听。”这位二爷说：“昨天在这里吃饭，那是秦相府四位管家大人。因为给相爷置坟地，剩了一千二百两黄金。大都管秦安，二都管秦顺，三都管秦志，四都管秦明，每人分二百两。给里头丫头婆子分二百两。大众三爷们分二百两。昨天回去，短了一份，是个蓝绸子银幅子，十两一锭，里面有二十锭黄金。管家大人叫我问问，落在这里没有。”李兴忙到里面，拿出来说：“你瞧对不对？”这二爷一看说：“罢了，你真不爱财。我告诉你，我们管家大人，不准知道丢在你铺子，丢也丢得起。你我每人十锭分了，好不好？你也发了财，我也发了财。”李兴说：“那可不行，我要打算分，我就说没有，我一个人就留下了。”这二爷说：“我是闹着玩。”李兴说：“我跟你给管家大人送了去罢。”当时一同来到秦安家。一见四位大管家，李兴一瞧，是昨天吃饭那几位，把银幅子拿出来，原物交回。秦安说：“你真不瞒昧，给你一锭金子喝酒罢。”李兴说：“贵管家大人，要没这件事，我倒要。有这件事，我不能要。”秦安说：“就是罢，你不要，请回去。”李兴自己两手空空，回来到家中一瞧，王氏正哭着。李兴说：“你哭什么？”王氏说：“我跟你这活忘八受罪！得了金子，你没命要给人送回去。”李兴说：“我实告诉你，野草难肥胎瘦马，横财不富命穷人。我要这金子，倒许我没了命。”两口子为这件事，打了好几天架。

过了有一个多月，就见西边绸缎铺关了，满拆满盖，平地起五五二十五间，一所三层楼，说是开饭馆子。磨砖对缝，油漆彩画，无一不鲜明，都是大木厂的官木。李兴一想：“更糟了，这大饭馆子一开张，我这小饭馆，更不用卖了。”见饭馆子修齐了，高搭席棚，次日就开张。这天晚上，忽然来了小轿一乘。有一位二爷，拿着包裹，来到李兴的铺子说：“哪位姓李？”李兴说：“我姓李。”这位二爷说：“你换上衣裳上轿罢，我们四位管家大人，叫我来接你。”李兴说：

"我不去。"这位二爷说："不去也得去。"李兴说："我去，走罢。"这二爷说："你坐轿吧。"李兴说："我没坐过轿子。"叫他换衣裳，他也不换，跟着来到双义楼。来到厅房一瞧，秦安、秦顺、秦志、秦明都在这里。李兴说："四位管家找我什么事？"秦安说："我们现在有一位引见官，托我们求相爷的事，给了五万两银子，我们四个人这五万两没分，想你是个朋友，给你开这座双义楼。基地是八千两，修盖使了一万二千两，连这所房子置家伙，连铺子家伙磁器都是江西定烧的，共用一万两。下余二万银，在钱铺存着。我们四个人送给你的，房子、买卖都算你的。我四人喜爱你心好，咱们今天磕头换帖，如久后我们要穷了，你还不管么？"李兴不答应也不行，立时预备三牲祭礼磕了头，一序年齿，就是李兴小，把王氏也接来了。今天新开，所有送礼的，都是四位管家知会的，连本地绅商，大小官员，都来送礼贺喜，都冲着四位管家大人，有求相爷的事，先见管家。楼上满是亲友应酬贺喜来的人，楼下卖座，故此和尚要找钱，李兴说："昨天没饭吃，今天自本自立，开这大的买卖。"焉想到冤家路窄，姚荒山来讹诈，被李兴一个嘴巴，他就死了。大众一乱，李兴想："这是我命小福薄，没有这个造化。"自己一想："打官司罢。"

这时楼上四位管家，早得了信，把李兴叫上楼一问，李兴说："皆因他来讹我，要二百银子，我打了他一个嘴巴，他就死了。"秦安说："不要紧。贤弟，你只管放心。决叫你抵不了偿。"当时叫人把雷头请过来。李兴一看，这位雷头好像五十多岁，四方脸，一表非俗。这位雷头，是钱塘县八班班总，今天也来给贺喜。秦安给李兴一引见，二人彼此行礼。秦安说："雷二哥，这件事你给想法子了罢；勿论多大人情，都有我们哥四个。"雷头说："是了。"当时下楼，一找本地面官人，本地面官人过来。雷头说："是刘三兄弟么？"刘三说："雷头少见哪。"雷头把刘三叫到无人之处，说："刘三，这件事给他了了罢。你过去就说，你别讹人了。前面你讹钱铺，我给了的，你别装着玩了。

你把死尸给架在大道边，一报无名男子，吏不举，官不究，叫掌柜的给你弄三百吊二百吊的，你冲着我给办罢。”刘三一听说：“雷头，你说这话可不对。三百吊钱我移尸，这件事我担不了。要说交朋友都好说，要讲三二百吊钱，我可卖不着。”雷头说：“得了，只当你交朋友了，久后你有用我的时候，我决不能含糊。你冲着我给办罢。”刘三这才来到死尸跟前说：“你别要装死人了，前者你讹钱铺，我给了你的，今天人家新开张，你别搅了，跟我走。”说着话，就往外架。

众酒饭座都知道是死了，正要架，就听见外面有人哭：“舅舅呀，舅舅呵，你死的好苦，我外甥必给你报仇。”众人睁眼一看，来的那人，怎生打扮？有赞为证：

> 头戴四楞巾，却像从前眼中攒出，身穿青布氅，又好似煤窑内滚来。两道粗眉，明露奸诈；一双刁眼，暗隐祸胎。耳小唇薄非人类，鼻歪项短是奸雄。逢钱急写借帖，天下无不可用之钱，遇饭便充陪客，世上哪有难吃之饭。挑词架讼为生理，坑崩拐骗是经营。

此人姓史名丹，字不得，外号人称铁公鸡，素日专讹人为生。今日来到双义楼，听说打死人了，他一看认识，是他同伴之人姚荒山。他想要讹人，故说是他舅舅，刘三也不敢搀了。雷头过来一拉史丹说：“你跟我来，我有话合你说。”二人进了雅座。外边有人看着死尸，只见从外面进来一个道人，正是黄面真人孙道全，要找济公斗法。不知后事如何，且看下回分解。

济公全传

（下）

古典小说

［清］郭小亭 著

中国出版集团公司
華文出版社

目录

第一二一回
善心人终得善报　奸险辈欺人被欺…………………………………… 551

第一二二回
请济公捉妖白水湖　小月屯罗汉施妙法……………………………… 556

第一二三回
奉父谕主仆离故土　表兄弟对面不相识……………………………… 560

第一二四回
捡人头主仆遭官司　救表兄梦中见县主……………………………… 564

第一二五回
奉堂谕捉拿段山峰　邀朋友定计庆丰楼……………………………… 568

第一二六回
余得水逞口失钱财　济长老戏耍掌刀人……………………………… 572

第一二七回
施妙法游戏助义士　谈心事冷语惊贼人……………………………… 576

第一二八回
众官人奋勇捉贼　李文龙无故中计…………………………………… 580

第一二九回
见字柬立志休妻　济禅师善救烈妇…………………………………… 584

第一三〇回
知县公堂问口供　济公巧断垂金扇…………………………………… 589

第一三一回
吐实情马氏拉下虎　定妙计佛法捉贼人……………………………… 594

第一三二回
送圣僧捉妖白水湖　假济公投刺绍兴府……………………………… 599

第一三三回
真假僧会面马神庙　邀道友携宝报前仇……………………………… 604

第一三四回
白水湖丢失烈火剑　密松林初试迷路旗…………………………………608

第一三五回
济公请雷诛妖怪　飞龙诚心拜圣僧……………………………………613

第一三六回
知府衙悟禅施妙法　曹娥江雷陈赶贼船………………………………618

第一三七回
小江口主仆遇故旧　恶奴才勾贼害主人………………………………623

第一三八回
救众人悟禅烧贼寇　二义士误入八卦山………………………………628

第一三九回
八卦山雷陈逢妖道　三清观张董设奸谋………………………………632

第一四〇回
张士芳奸心诓八字　董太清妖术设魂瓶………………………………637

第一四一回
众家人忠心护主　孙道全奉命救人……………………………………642

第一四二回
二妖道贪财施邪术　两豪杰设计盗魂瓶………………………………646

第一四三回
雷鸣智杀张太素　悟禅气吹董太清……………………………………650

第一四四回
老仙翁一怒捉悟禅　二义士夜探天台山………………………………654

第一四五回
永宁村法救王安士　韩家院捉拿章香娘………………………………659

第一四六回
孙道全捉妖遇害　济禅师拉船报恩……………………………………664

第一四七回
济公施法治妖妇　罗汉回家探姻亲……………………………………669

第一四八回
探娘舅济公归故里　点奇梦圣僧善度人…………………………………… 674

第一四九回
妖妇现形唤醒文美　真人赠药救好修缘…………………………………… 678

第一五〇回
买毒药暗害表弟　点恶梦难度迷人…………………………………………… 683

第一五一回
到地府恶心不改　遇妖怪丧命倾生…………………………………………… 688

第一五二回
修缘公子朝宝悦　知觉罗汉会昆仑…………………………………………… 693

第一五三回
玉面狐上清宫访道　济禅师天台山会仙……………………………………… 697

第一五四回
老仙翁法斗济公　请葫芦惊走妖狐…………………………………………… 701

第一五五回
送书信良言劝娘舅　回灵隐广亮请圣僧……………………………………… 705

第一五六回
验桥口捉拿贼和尚　见县主重修万缘桥……………………………………… 709

第一五七回
施佛法善度王太和　因家贫经营离故土……………………………………… 713

第一五八回
李涵龄神相度群迷　王太和财色不迷性……………………………………… 718

第一五九回
得金宝福随相转　访娘亲跋涉天涯…………………………………………… 723

第一六〇回
梁兴郎千金看隐诗　济禅师佛法指孝子……………………………………… 727

第一六一回
逛西湖恶霸遇妖风　看偈语私访白鱼寺……………………………………… 731

第一六二回
孙道全惊走妖和尚　周得山穷困被人欺……736

第一六三回
廖廷贵倚势欺人　陈声远助拳惹气……741

第一六四回
为朋友怒找麻面虎　邀师父大闹万珍楼……745

第一六五回
孙泰来忍气邀知己　猛英雄错打法元僧……750

第一六六回
愣牛盖穷途卖艺　病符神无故被摔……755

第一六七回
铁天王感义找牛盖　黑面熊含冤见刑廷……760

第一六八回
见美丽恶人定奸计　陆炳文献媚害良民……764

第一六九回
王胜仙见色起淫心　陆虞候嘱盗施奸计……768

第一七〇回
中奸计误入合欢楼　闻凶信寻师灵隐寺……773

第一七一回
遇故友巧得真消息　见义弟述说被害事……777

第一七二回
合欢楼姐弟同受困　凤山街师徒定奇谋……782

第一七三回
改形象暗救贞节妇　施佛法火烧合欢楼……787

第一七四回
见刑廷法术惊奸党　请济公神方买良心……792

第一七五回
秉良心公堂释好汉　访故友夫妻得团圆……796

第一七六回
陆刑廷下令捉强盗　美髯公闻信挡官兵…………………………………… 801

第一七七回
佛法点化救英雄　途中逃难逢山寇…………………………………………… 806

第一七八回
翠云峰英雄落草　陆刑廷献媚欺人…………………………………………… 811

第一七九回
梅成玉急中见表兄　点白犬耍笑惊奸党………………………………… 815

第一八〇回
娶美人白狗闹洞房　丢官职狭路逢山寇………………………………… 819

第一八一回
醉禅师书写忠义祠　假道姑拍花盗婴胎………………………………… 823

第一八二回
吴氏遇害奉谕捉贼　济公耍笑审问崔玉………………………………… 828

第一八三回
因奇案济公请神　见大鬼雷陈问盗…………………………………………… 832

第一八四回
王三虎泄机大悲院　愣雷鸣智捉铁面佛………………………………… 836

第一八五回
解强盗同至常州府　为故友涉险入贼巢………………………………… 840

第一八六回
逢贼党述说慈云观　入虎穴有意找盟兄………………………………… 844

第一八七回
刘妙通有心救好汉　济长老写信邀英雄………………………………… 848

第一八八回
四雄奉命探长江　妖道施法捉侠义…………………………………………… 852

第一八九回
邵华风升殿问豪杰　小悟禅一怒找妖人………………………………… 856

第一九〇回
悟禅僧施法救四雄　赤发道法宝捉和尚…………………………………………………… 860

第一九一回
鲁修真涉险入慈云　坎离道施智放悟禅…………………………………………………… 865

第一九二回
黄天化行刺被捉　顾国章调兵剿寇…………………………………………………… 869

第一九三回
雷陈奋勇杀水寇　妖道施法战官兵…………………………………………………… 873

第一九四回
激筒兵扬威破邪术　济长老涉险捉贼人…………………………………………………… 878

第一九五回
济公兵困慈云观　妖道率众渡长江…………………………………………………… 882

第一九六回
五里碑雷陈逢妖道　慈云观济公救难民…………………………………………………… 886

第一九七回
赵家庄英雄见怪事　七星观罗汉捉妖人…………………………………………………… 891

第一九八回
戴家堡妖魔作怪　八蜡庙道士捉妖…………………………………………………… 896

第一九九回
试法宝误装道童　显金光道缘认师…………………………………………………… 900

第二〇〇回
众妖道灵隐放火　恶高珍信口谣言…………………………………………………… 904

第二〇一回
马兆熊怒杀高珍　邵华风常州劫牢…………………………………………………… 908

第二〇二回
斩大盗济禅师护决　为找镖追云燕斗贼…………………………………………………… 912

第二〇三回
陆阳山济公斗法洪　施法宝罗汉诈装死…………………………………………………… 917

第二〇四回
显神能惊走邵华风　斗金风金光服僧道…………………………………… 921

第二〇五回
收悟缘派捉邵华风　遇兰弟诉说被害事…………………………………… 926

第二〇六回
众妖道聚会藏珍坞　神术士魔法胜金风…………………………………… 930

第二〇七回
飞天鬼误入万花山　石成瑞招赘人魔女…………………………………… 935

第二〇八回
想故乡夫妻谈肺腑　点妙法戏耍同床人…………………………………… 940

第二〇九回
说韩祺释放悟缘僧　斗济公暗施阴魂绦…………………………………… 945

第二一〇回
八卦炉佛法炼韩祺　庆生辰佳人逢匪棍…………………………………… 949

第二一一回
皮绪昌助逆子行凶　陈广泰丹阳县遇害…………………………………… 953

第二一二回
闻凶信雷陈找恶霸　买大盗陷害二英雄…………………………………… 957

第二一三回
记前仇贼人咬雷陈　审口供豪杰受官刑…………………………………… 961

第二一四回
济禅师丹阳救雷陈　海潮县僧道见县主…………………………………… 965

第二一五回
捉妖怪法宝成奇功　辨曲直济公救徒弟…………………………………… 969

第二一六回
捉法雷细讯从前事　斩贼人雷陈谢济公…………………………………… 974

第二一七回
遇王道济公施恻隐　治哑巴圣僧结善缘…………………………………… 979

第二一八回
邵华风逃归万花山　邓连芳为友找济公……………………………… 984

第二一九回
蟠桃岭绿袍僧斗法　脱身计邓连芳吃惊……………………………… 988

第二二〇回
悟禅大闹万花山　八魔捉拿飞龙僧……………………………………… 993

第二二一回
沈妙亮智救悟禅　常州府出斩妖道……………………………………… 997

第二二二回
金山寺永寿施妙法　小昆仑赌气找济公…………………………… 1001

第二二三回
金公子心迷美妖妇　济长老慈心救好人…………………………… 1005

第二二四回
归灵隐师徒会面　四英雄无故遭屈…………………………………… 1009

第二二五回
辨曲直忠良施恻隐　派镖丁私访被害情…………………………… 1014

第二二六回
因访案误入藏珍寺　识奸计冒险捉群贼…………………………… 1018

第二二七回
月明月朗施妖法　济公班头捉凶贼…………………………………… 1022

第二二八回
勾栏院耍笑捉贼寇　太守衙二贼供实情…………………………… 1026

第二二九回
请圣僧捕贼藏珍寺　完巨案暗救四门生…………………………… 1030

第二三〇回
元空僧功满归莲径　印铁牛行贿入灵隐…………………………… 1034

第二三一回
说灯谜戏耍宗印　圣罗汉驾离灵隐…………………………………… 1038

第二三二回
二贼人错杀郑虎　济长老治井化缘…………………………… 1042

第二三三回
钦赐字诏旨加封　会群魔初到金山…………………………… 1046

第二三四回
因讲和仙翁斗八魔　施仙术童子炸葫芦……………………… 1050

第二三五回
群魔怒摆金光阵　道缘偷盗斩魔剑…………………………… 1054

第二三六回
神童子身逢魔火劫　请佛仙杵剑镇群魔……………………… 1058

第二三七回
收八魔符咒封洞口　办善会福善集金山……………………… 1062

第二三八回
花太岁淫心贪欢报　独角蛟夜探葵花庄……………………… 1066

第二三九回
因救千金被贼获　为吓贼人装鬼神…………………………… 1070

第二四〇回
雷陈奉命救良善　济公功满归静慈…………………………… 1074

第一二一回

善心人终得善报　奸险辈欺人被欺

话说史丹正哭之际，从里面出来一个老班头，姓雷名玉，乃是钱塘县八班的总头，今天也来送礼。一见史不得直哭，雷头知道这个史不得，素常净指着插圈告状，讹人吃饭，赶紧把史不得叫到屋中。雷头说：“史爷别哭了，死的是你什么人？”史不得说：“死的是我舅舅。雷头你不用管，我得给我舅舅报仇！”雷头说：“史爷你不用着急，凡事皆是该因。这铺子掌柜的，也并没打他，他自己大概必是病虚了的人，一口气闭了。怎样叫掌柜的给他买一口好棺材，给你弄个三百两二百两的；你逢年按节，给你舅舅上上坟，烧点纸钱，也就得了。”焉想到史不得这小子，更是打官司的油子。他一想：“我当时先别答应，要一答应，把姚荒山一成殓，一埋葬，不给我银子，我也没法子，我也不能再告他；连我私和人命，我也担不了。莫如我咬定牙关，跟他打官司，过一堂下来，他给我银子到手，我再顺他的供。那时钱也到了手，我还算好朋友。”想罢说：“雷头，你管不了。勿论多少钱，我也不能卖我舅舅的尸骨，我非得叫他给我舅舅抵偿不可！”雷头什么劝也不行。

焉想到这时节，外面来了一个老道，正是黄面真人孙道全。老道只因被和尚把他卖切糕丸的钱，都给搬运尽了，老道要找和尚。来到这里一看，大众正在谈论，掌柜的一个嘴巴，会把人打死。孙道全听明白，说：“掌柜的是哪位？”李兴说：“是我。做什么？”老道说：“我能够叫这死尸活了，站起来走在别处再死，省得你打官司。你管我一顿饭，我就能给你办这件事。”李兴一听，说：“好，道爷，你真能叫死尸站起来，挪开，慢说一顿饭，我还要重谢呢。”老道说：“是罢。”立刻拉出宝剑，口中念念有词，立刻把魂拘来滴溜溜直转。老道眼瞧刚要入窍，滴溜又跑了。老道一想怪呀，莫非有毛女，或四眼人给冲了？要不然不能呀。老道又念咒，又把魂拘来，眼瞧刚要入窍，滴溜又跑了。如是者三次，老道可就留了神了。老道回来一看，见身后面有一个穷和尚，用法术给破了。老道一瞧，正是济颠。老道照和尚脸上呸，啐了一口。和尚说：“好的。你可啐了我。”说着，和尚一仰身躺下，蹬蹬腿，咧咧嘴，呕的一声死了。大众一乱说：“了不得，老道又啐死一个人了。”本地面官人过来，抖铁链就把老道锁上。老道直念：“无量佛。无量佛。怪哉怪哉。”官人说：“嚷怪哉也不行，你跟着打官司去罢。”拉着老道就走。

这个时节，姚荒山的死尸会活动了。大众说：“先死的这个要活！”史不得在里面听见，大吃一惊，心说：“姚荒山本不是我舅舅，他要一活，他一说我不是他外甥，我准得捱打嘴的！”同雷头紧急跑到死尸跟前来。雷头一瞧说：“史不得，你快叫你舅舅。腿活动了。”史不得心说：“这可别活，你要一活，不但我生不了财，这顿打还不得轻了。”史不得过去照定姚荒山的心口，用力按了一把。雷头一瞧说：“史不得，你这得怎么了！他刚要还醒过来，你过去给他心口一把。他要死了，可是你谋害的。你快把他扶起来！”史不得无奈，把姚荒山扶起来，口中叫舅舅，叫了几声，姚荒山答应出来，说：“好东西，你是我外甥，你坏舅舅的事。前者我讹当铺，你也去搅我，这你又来了。”大众一听姚荒山说话，嗓音变了，像穷和尚的声音。这时雷头说："史不得，你们到处讹人，你还不把你舅舅背了走！不背走，把他锁起来！"史不得心说："亏得荒山没说他不是我舅舅，这还算好。"无奈把姚荒山背起来，雷头叫两个官人跟着他，看他背哪去，叫他非得背往他家去才没事。史不得背着走，他本来没家，他媳妇在河沿开娼窑，他背着姚荒山，来到他媳妇院中，就往屋里走，他媳妇说："屋里有客，哪里背来的死尸！"史不得说："别嚷，别嚷。不是外人，是舅舅。"说着话来到屋中，把姚荒山往炕上一放。史不得再叫舅舅，叫之不应，唤之不语，又死了。他媳妇一瞧说："好忘八，你真气死我！一天给你五百钱吃着，你背个死尸来搅我。我告你去。"史不得赶紧把隔壁狗阴阳二大爷请来，史不得说："二大爷，你救我罢，你给出个主意罢。"这位阴阳一瞧说："怎么回事？"史不得就把讹人之故一说。狗阴阳说："你这孩子尽讹人，说你不听，这个你得买棺材，穿孝办事，就说是你舅舅罢。要不然，这人命官司你打不了。"史不得说："我买棺材哪有钱？"狗阴阳说："我给你出个主意，你把你媳妇卖了就够了。"史不得无法，把媳妇卖了葬埋假舅舅，这也是报应循环，这话不表。

且说双义楼史不得把姚荒山背走之后，大众说："李掌柜运气好，不该遭事。这个和尚真怪，怎么老道一啐会死了？"那个说："我瞧瞧啐了哪里？"这人过来一瞧和尚，和尚龇牙冲他一乐。这人吓的一哆嗦说："吓死我了！"旁边就有人说："怎么了？"这人说："和尚跟我一乐。"大众说："你别瞎说。和尚死了，还能乐？"这人说："是真的。"正说着话，和尚一翻身爬起来就跑。官人正锁着老道上衙门去，和尚赶到说："众位别锁老道了，我和尚没死。"官人一瞧说："既是和尚活了，立刻给老道撤去铁链。"老道一瞧说："好和尚，我山人焉能跟你善罢干休！"和尚说："你因为什么要跟我和尚为仇做对？"黄面真人说："我因为我师弟褚道缘被你给气病了，我要替他报仇。"和尚说："褚道缘他是自找，我和尚跟他远日无冤，近日无仇，他无故帮着两个不认识的贼人要逞能，跟我和尚做对，我和尚焉能容他。大概你也不知道我和尚的来历，我和尚叫你瞧瞧。”用手一摸天灵盖，现出佛光灵光金光。老道吓的跪倒磕头说：“原来是得道的圣僧。弟子愚昧无知，求圣僧格外慈悲。弟子要认你老人家为师。”和尚说：“你要认我为师，你知道规矩，我要喝酒吃肉，你得给买去。”老道说：“那行。”和尚说：“既如是，跟我走。”一同来到山门。门头僧一看，这个老道找了他好几天，也不知怎么又跟他好了。和尚说：“孙道全你见见，这是你师叔。”孙道全立刻给门头僧行礼，叫师叔。济公说：“师弟你答应。”门头僧一答应。济公说：“你们每人给一吊钱见面礼罢。”门头僧说：“没钱。”和尚说：“没钱混充大辈。徒弟跟我进庙罢。”刚一进庙，遇见监寺的广亮。和尚说：“徒弟你见见，这是你师大爷。”广亮说：“我可没钱，你趁早别叫。”和尚带领老道，来到大殿。鸣钟击鼓，把庙中众僧聚齐，和尚说：“众位师兄师弟，我可收了徒弟，起名叫悟真。”众僧说：“大喜。”和尚说：“你们大众不送礼吗？”众人说：“你办善会，我们就送礼。”和尚说：“徒儿我教你，你要没钱，在庙里，谁屋里没有人，有东西就拿，就是你师叔师大爷瞧见，也有我不好意思的。众位，我是这么教训徒弟不是？”大众说：“好。”心里说：“他一个人偷就够了，这又带一个贼来。”和尚话完了，叫徒弟打酒买肉去。老道要自己尽心，好跟师父学法术。头一天先打里头脱，当趁褂子，打酒买肉。第二天当趁袍。花完了，又当道袍顶趁褂末。末了，把趁褂也当了。老道光着膀子，和尚说：“没钱你去罢，我收徒弟都得有钱，不要你了。”老道说：“我不走，我等着呢。”和尚说：“你等什么？”老道说：“等西北风下来冻死。”和尚说：“我教你念咒，念唵嘛呢叭㖿吽。唵，敕令赫。你跪着学。”老道说：“这会念的。”当时老道跪下，口念：“唵嘛呢叭㖿吽。唵敕令赫。”刚念完，由地下飞起一块小砖头，打在老道脑袋上。老道说：“师父，这是怎么了？”和尚说：“这是咒催的。我教给你，你瞧见砖堆就磕头，你说，砖头在上，老道有礼。我不念咒，你也别起。”老道说：“我那不成了疯子。我不练了。”和尚说：“你要打算发财，你瞧由庙外进来的人，大喊一声，那就是你的落儿来了。”老道就在那大雄宝殿里往外瞧。工夫不大，果然就听外面大喊一声，进来两个人，不知来者是谁，且看下回分解。

第一二二回

请济公捉妖白水湖　小月屯罗汉施妙法

话说孙道全正在大殿往外看，只见外面进来两个人，都是家人的打扮，头上青扎巾，身穿青铜氅，口中喊嚷："济公长老在哪里？"和尚由里面出来说："哪位？"这两个人一见，连忙赶过来行礼，说："圣僧，你老人家一向可好？"和尚说："二位贵姓呀？"这两个人说："圣僧，你老人家贵人多忘事。我家员外在太平街住家，姓周名景，字望廉，人称周半城，你老人家不是在我们那里扛韦驮，捉过妖怪么？我二人叫周福、周禄。"和尚说："这就是了。你二人来此找我和尚什么事情？"周福说："我家员外有一个朋友，姓胡叫胡秀章。他是绍兴府白水湖的人，在京都赁我们员外的房子，开绸缎店，把买卖作赔了，要关门。我们员外跟他相好，借给他三千两银子，叫他从新另找伙友。这二年又把买卖作好了，把先前赔的银子都找回来，反个赚了钱。现在胡秀章来了家信：他们住的白水湖地面闹妖精，每天妖精要吃一个童男、一个童女。胡秀章家里有孩子被妖精吃了，今天来找我们员外，提说要回家，托我们员外照应绸缎店，急得直哭。我们员外想起你老人家，知圣僧的道理佛法无边，叫我们请你老人家到我们员外家去，要求圣僧大发慈悲，到白水湖去降妖捉怪，普救众生。"和尚一听说："降妖捉怪，倒可以行得来，就是我不能去。"周福、周禄说："圣僧为何不能去？"和尚说："我现在收了一个徒弟，太淘气。我要一出去，他不是撕窗户，就是往人家身上抹香灰；再不然，就在人家锅里去撒尿。"周福说："这个徒弟多大年岁？"和尚说："九岁。"周福说："本来太小。在哪里？我瞧瞧。"和尚说："在大雄宝殿里哪。"周福、周禄二人来到大殿一瞧，有一个老道光着背，三绺胡子漆黑。周福说："道爷，你是济公徒弟么？"老道说："不错。"问："你几岁？"老道说："我五十九岁。你们二位不必听我师父的话，他老人家净说瞎话，我也不撕窗户，不撒尿，叫我师父去罢。"周福二人出来说："师父你老人家尽说谎言，快走罢。"和尚说："不行，我不放心。你们叫我徒弟跟我去，我才去呢。"周福说："恐怕道爷不肯去。"和尚说："他不去，你们两个人跟着他走。"周福点头答应。两位管家进了大殿，说："道爷一同走罢。"老道说："我光着背，我可不去。"周福二人就拉。和尚一指，口念："唵，敕令赫。"老道身不由己，周福、周禄拉着出了庙门，和尚后头跟着往前走。街市上的人瞧着都新稀，两个人拉着一个老道，赤着背，后面跟着一个穷和尚。

周福、周禄拉着老道，一直来到太平街周宅，到了书房，周员外正同胡秀章在书房等候。一见周福、周禄拉进一个老道来，赤着背，周员外就问："周福，这是谁？"周福说："这是济公长老的徒弟。"正说着话，济公进来。周员外连忙举手抱拳说："圣僧久违。"和尚说："彼此彼此。"周半城叫过胡秀章来说："我给你引见引见，这就是济公活佛。这是我的至友胡秀章。"和尚瞧了一瞧，见这位胡秀章，是文生打扮，穿蓝翠褂，三十已外的年岁，倒是儒儒雅雅。胡秀章过来给和尚行礼，说："久仰圣僧大名，今幸得会，真乃三生有幸。我听我周大哥说，你老人家佛法无边。现在白水湖闹妖精，每天妖精要吃一个童男，一个童女。我原本家眷在白水湖住，家中有一儿一女，现在家中来信，叫我急速回去。求圣僧大发慈悲，到绍兴去一趟，降妖捉怪，给百姓除害。”和尚说：“降妖捉怪倒可以行。但我和尚要去，一则没有盘费，二来我这个徒弟太淘气，我留下他甚不放心。”胡秀章说：“圣僧只管放心，盘费我有。令徒叫他可以跟了去。”和尚说：“那行了。悟真跟我走。”老道说：“我跟了去倒行。我光着膀子，可不能去。”胡秀章说：“那倒是小事。我赶紧派人给你买衣裳去。”老道说：“倒不用买，我有衣裳都当在钱塘关，给我师父打酒喝了，拿钱赎来就得了。”胡秀章说：“你有当票？”老道把当票拿出来。老道说：“员外再破费一百钱，我有一个蚩刷在钱塘关纸铺押着，拿一百钱就取来了。”周员外立刻派家丁去赎当，少时连衣服蚩刷一并拿来。老道打扮好了，仍然又是仙风道骨的样子。人是衣，马是鞍，这话不错。和尚说：“咱们上白水湖去。可得走小月屯，我还有个约会，有我徒弟请我捉妖，然后再上白水湖。”胡秀章说：“就是罢。”和尚立刻带领孙道全，同胡秀章三个人告辞，周员外送到外面作别。

和尚带领两个人，顺大路望前行走，这天来到小月屯马静门首。和尚一叫门，里面马静正同雷鸣、陈亮谈话，提说济公随后就到。正说着听外面打门，马静出来开门。一看是济公，马静赶紧行礼，说：“师父可来了！现在焦亮何清这二十多天，昏迷不醒，茶水未进，如同死人一般，就是胸前有点热。你老人家快救命罢。”和尚说：“有话里头去说。”大众一同来到里面。和尚说：“雷鸣、陈亮过来见见，这是我收的徒弟叫悟真，你们给师兄行礼。”又给胡秀章都引见了。和尚说：“马静，闹什么妖精？”马静说：“可了不得了！请你老人家去的时节，小月屯死了有六七个人。现在一天死一个，由西头，一家挨一家，死了有二十多个人了。昨天西隔壁张家死了人，今天就该我这个门里了。天天初鼓以后，由西来一阵风，这宗东西有一丈高，是白的，也瞧不出是什么来。此怪一来就嚷：嘁嘁啕啕。冲谁门口一笑，必定死人。”和尚说：“原来如是，不要紧。今天我和尚倒要瞧瞧这个嘁嘁啕啕是怎么样！”马静说：“师父，慈悲慈悲，先把焦亮何清救活了。”和尚说：“容易。”一伸手掏出两块药来，给马静拿阴阳水化开，把他两个人的牙关撬开灌下去。少时，就听焦亮、何清两个人肚腹咕噜噜一响，心里一明白，翻身爬起来，复旧如初，就仿佛做了一场大梦一样。马静说：“二位贤弟被妖精喷了，躺在地下，人事不知，二十余日。今天多亏济公活佛前来，给你二人仙丹妙药吃了才好。你二人还不知给圣僧磕头。”焦亮、何清这才明白，赶紧给济公行礼，说：“我二人前者得罪圣僧，圣僧并不记恨，反来救我二人。活命之恩，我二人实深感激，给你老人家磕头。”和尚说：“不用磕头，起来罢，这乃小事。”这两个人站起来。和尚说：“别的都不要紧，喝酒倒是大事。天也不早了，该喝酒了。有什么事吃饱了再办。”马静立刻答应。赶紧抹擦桌案，把酒菜摆上。和尚坐上座，大众两旁陪着。

和尚又吃又喝，直吃到初更以后，就听由正西风响。马静说：“师父，妖精来了！”这句话尚未说完，就听外面这阵风刮得毛骨悚然，就听喊嚷，“嘁嘁啕啕”。和尚这才站起身来，往外够奔，一溜歪斜，脚步踉跄。和尚说：“我倒要瞧瞧究竟是什么东西！”说着话，够奔门首。刚一出大门，只见由正西来了一股白气，身高有一丈，直奔马静门首而来。今天和尚要不来，就该当马静这个门口死人了。凡事也是遭劫的在数，在数的难逃。和尚一看说：“好东西，你敢兴妖作怪！”和尚把僧帽拿下来，照这宗东西一砍，竟把这宗东西捺在地下。和尚说：“拿住了。”马静、焦亮、何清，连孙道全大众都出来观看。不知拿住是什么妖精，且看下回分解。

第一二三回

奉父谕主仆离故土　表兄弟对面不相识

话说众人出来一看，这宗东西，其形像人，一概尽是人骨头，大约有一百八十块凑成，左手拿着勾魂取命牌，右手拿着人的窟窿骨。书中交代：这宗东西，名叫百骨人魔，原本是有一个妖道炼成的，能使他招魂。凡事无根不生。皆因慈云观有一个老道，叫赤发灵官邵华风，他要拘五百阴魂，练一座阴魂阵。他打发五个老道出来，招五百魂。这五个老道，一个叫前殿真人长乐天，一个叫后殿真人李乐山，还有左殿真人郑华川，右殿真人李华山，还有一个七星道人刘元素。每人出来招一百阴魂。刘元素就在这小月屯正西，有一座三皇庙，他占了这座庙，在乱葬岗子，找了一百块死人骨头，练在一处，用符咒一催，把这百骨人魔练成了。每天初鼓以后，老道在庙中院内，设摆香案，预备一个葫芦，给百骨人魔一面招魂取命牌，叫他出来，到小月屯招一个魂回去。老道把魂拘来，收在葫芦之内。打算是一百天，就把魂招够了，小月屯就得死一百个人。没想到今天被济公把魔拿住。和尚随后就够奔三皇庙，打算要捉拿老道。焉想到老道真有点能为，今天正在院中做法，见灯光一绿，就知有人破了他的法术。又见正东上金光缭绕，瑞气千条，老道揣起葫芦，架趁脚风竟自逃回慈云观去了。从此跟济颠和尚已结了仇。和尚来到三皇庙，老道早已逃走。和尚这才复返回到小月屯，叫马静等把这个百骨人魔架火烧了。和尚说：“这又得了，从此小月屯安然无事。”马静谢过济公，次日和尚告辞。雷鸣、陈亮说：“师父，你老人家到白水湖去捉妖，我二人随后找师父去。”和尚说：“去罢。”当时带领孙道全、胡秀章告辞。出了小月屯，顺大路往前够奔。

道路上有话即长，无话即短。这天走到萧山县地面。正往前走，见大道旁边树林子，有两个人，在那里歇息。一位是文生公子打扮，头带翠蓝色文生巾，双飘秀带；身穿翠蓝色文生氅，腰系丝绦；白绫高腰袜子，厚底竹履鞋，三十来往的年岁，白脸膛，俊品人物。跟着一个老者，是家人的打扮，青截帽，青铜氅，有五十多岁，花白胡须。和尚一看，不是外人，立刻叫孙道全、胡秀章头前走，先往白水湖约会，不见不散。孙道全说：“师父上哪去？”和尚说：“我办点事，随后就到。”这两个人头前走了。和尚梯他梯他，来到树林，冲这位文生公子，打了一个问讯，道：“施主请了。”书中交代：这位文生公子不是别人，乃是罗汉爷的亲表兄，奉父命寻找表弟李修缘。此人姓王名全，乃是台州府天台县永宁村人，是济公的娘舅王安士之子。原本济公自年幼的时节，父亲就给把亲事定下了，定的是刘家庄刘百万的女儿刘素素。这位姑娘自落胎，就是胎里素，一点荤东西都不吃。自济公离家之后，偏巧姑娘父母双亡，就剩下姑娘孤身一人，跟着舅舅董员外家住着。董员外的女儿，又是王安士的儿妇，乃是亲上做亲。姑娘刘素素也长大了，董员外催王安士找他外甥李修缘，找回来好把姑娘婚嫁。王安士也不知外甥李修缘是上哪里去了。人嘴两张皮，就有说李修缘自己走的，就有说是王安士把外甥逼走了的。王安士这天把自己孩儿叫过来，叫王全同家人李福，“出去找你表弟李修缘，多带黄金，少带白银，暗藏珠宝，一天找着，一天回来，两天找着，两天回来，一年找着，一年回来，十年找着，十年回来，找不着不许回来”。王员外所为，省得人家说把外甥逼走了。王全谨遵父命，带着老管家李福，出离了家乡，往各处寻找。所过州府县城，必要贴告白，雇人打听访问着。有说李修缘出了家了，也不知道实在下落。

今天王全同李福走在这萧山县地面，也觉着累了。王全说：“哎呀老管家，你我主仆这一出来，在外面披星戴月，找不着我表弟。我与你何时才能回去？我也实在累了。”李福说：“公子爷不必着急，凡事自有定数。你我歇息歇息再走。”说着话来到大柳林子，就地而坐。李福把褥套放在地下，两个人正在歇息，和尚来到近前说：“施主请了。贵姓呀？”王全说：“我姓王。”和尚可认识他表兄王全，王全可不认识表弟了。不但王全不敢认，连老管家李福，初时把罗汉爷抱大的，他原本是济公当初的老仆，他都认不出来了。原来济公当初在家的时节，白面书生的模样，是文生公子的打扮。现在到外面风吹雨打，一脸的油泥，短头发有二寸多长，又是出家人，把本来面目全遮盖住了，故此王全、李福都不认识。和尚又问：“施主贵处？”和尚是明知故问。王全说：“我是台州府天台县永宁村人氏。”和尚说：“我也是台州府天台县人，咱们还是乡亲。施主有钱施舍，给我和尚几个钱喝壶酒。”王全一想，一个出家人，这又何妨？伸手抓了两把钱，递给和尚。和尚把钱接过来，说：“施主给两把钱与我，我倒难为了。喝酒使不了，吃一顿饭又不够，施主要给，给我一顿饭钱。”王全说：“就是罢。”又给和尚掏了两把钱。和尚接过钱来说：“施主给这钱，倒叫我为难。”王全说：“怎么给你钱倒叫你为了难？”和尚说：“不是别的，喝酒吃饭使不了，赎件衣裳又不够。施主行好行到了底，再给我点钱，我凑着弄一件衣裳。”王全一想：“一两吊钱不算什么，只当施舍在庙里头。”当时又给和尚掏出两大把钱，给了和尚。和尚说：“施主给我这些钱，更叫我为难了。吃饭赎衣裳倒够了，回家盘费又没有。”王全尚未答话，家人李福大不愿意，说：“和尚你别不知自爱，给你钱倒叫你为难了，你还有够没有？你真是瞧见好说话的人了。”

和尚微然一笑说：“我和尚不要白钱，我和尚专会相面，我送你一相。我看施主印堂发暗，此地不可久待。听我和尚良言相劝，赶紧起身，这叫趋吉避凶之法。听与不听，任凭施主，我和尚要走了。”说完了话，和尚梯他梯他脚步踉跄，一溜歪斜，竟自去了。

和尚走后，老管家李福就说：“你老人家不用信服，这个大道边，什么事都有：你说是念书的，他就跟你讲论子曰学而时习之，不亦说乎；你说是练武的，他就能讲弓刀石马步箭；你说是山南的，他也是山南的，你说是海北的，他就是海北，反正他说是乡亲，无非是诓钱套事。公子爷你老人家没出过外，外头什么事，都许遇见。”王全说：“他一个出家人，给他一两吊钱，不算什么。你我不拘干什么，省点就有了。”主仆二人，说了半天话，李福觉着肚腹疼，说：“公子爷，你老人家看着东西，我要走动走动。”王全说：“你去罢。”李福一瞧，南边有一片苇子，他就进了苇塘去出恭。王全等了半天，见李福出完了恭，由苇塘出来，拿着一个蓝包袱。王全说：“哪里的包裹？”李福说：“公子爷你看，我方才出恭捡来。”王全说：“你趁早照旧给人家搁回。要是有钱人，本人丢的，丢得起，尚不要紧；要是替人办事，或者是还人家的，咱们拿了走，人家就有性命之忧。”李福说：“我打开瞧瞧是什么，再搁回去。”说着话，把包袱打开一看，原来是血淋淋一个少妇的人头。李福大吃一惊。王全说：“你快送回去！”这句话尚未说完，由正北来了十几位公差，一瞧说：“这可活该。你们杀了人，还在这里看人头呢。找没找着碰上了。”赶过来哗啦一抖铁链，就把王全、李福锁上。李福说：“这人头是我捡的。”官人说：“那可不行。到衙门去说罢。”当时拉着王全、李福，够奔萧山县。不知二人被屈含冤，这场官司该当如何，且看下回分解。

第一二四回

捡人头主仆遭官司　救表兄梦中见县主

话说李福捡了一个妇人的人头，正被官人看见，将王全、李福锁上。书中交代，原本萧山县出了一件无头案。西门外梁官屯，有一个卖肉的名叫刘喜，家中夫妇两口度日，刘喜在东关乡卖肉。这天七月十五，天已日色西斜。刘喜到东关乡村去要账，走在萧山县衙门门口，碰见衙门的官人刘三。这个人最爱玩笑，外号叫笑话刘三。刘三就问刘喜上哪去。刘喜说："我上东关外乡村要账去。"刘三说："天不早了，你今天还回来的么？"刘喜说："我就住在东关外乡村之中，明天回来。"刘三是爱说玩话："刘喜，你今天不回来，我晚上到你家里，跟你媳妇睡去。"刘喜说："你敢去，我媳妇把你骂出来。"刘三说："她敢骂我，我把她宰了。"说完了话，刘喜就走了。次日刘喜一回家，他妻子被人杀了，人头踪迹不见。刘喜到萧山县一喊冤，就把刘三告下来，说刘三因奸不允，把他妻子杀了。老爷是清官，姓张名甲三，是两榜出身。立刻一升堂，把刘三带上来。一问刘喜，刘喜就把昨天刘三所说的话一回："今天我妻子果被他杀了。"老爷一问："刘三，为什么杀刘喜之妻？"刘三吓了一惊，就回禀老爷："昨天我是跟刘喜说玩笑，他妻子被谁所杀，下役实不知道。昨天我在衙门上班，看守差事，一夜并没出衙门。”老爷不信，一问众官人，大家递保状，保刘三实系一夜没出去。老爷这才派两个班头王雄、李豹三天限，出去拿凶手，拿着有重赏，拿不着重责不贷。王雄、李豹领谕，带领手下伙计出来办案。三天踪影皆无，限满一见老爷，老爷把官人每人打了四十板，又给三天限。又过了三天，没拿着，老爷又打，一连打了三回。今天是十二天，要拿不着又得捱打。王雄、李豹带领众伙计出门，刚走到大柳林，见李福正打开包裹看，众官人一瞧是少妇的人头，鲜血淋漓。大众说：“这可活该，今天不能捱打了。”过来就把王全、李福锁上，一直够奔衙门。来到班房，王雄进去一回老爷，立刻升堂，把王全、李福带上去。老爷一看，就知道其中有缘故。做官的人，讲究聆音察理，鉴貌辨色。看王全是懦弱书生，李福是个老人家，老爷就问：“下面两个人姓什么？”王全说：“老父台在上，生员王全有礼。”李福说：“大老爷在上，小人李福磕头。”老爷问道：“王全，你是哪里人氏？”王全说：“生员是台州府天台县永宁村人氏，奉父命带着家人李福，出来寻找我表弟。”老爷说：“王全你既是天台县人，为何来到我这地面，在梁官屯杀死卖肉刘喜之妻？”王全说：“回老父台，生员并未杀人，一概不知。”老爷说：“你没杀人，怎么人头在你手里？”王全说：“实是我这家人李福，在苇塘里出恭捡的，求老父台格外施恩。”老爷把惊堂木一拍，说：“满嘴胡说！大概抄手问事，万不肯应。来，看夹棍伺候。”老爷这也是一半威吓，手下官人答应，刚要取夹棍，忽然大堂面前一阵旋风，刮的对面不见人。这阵风过去，老爷看公案桌上有一张字，上写的是：

堂神显圣法无边，你幸今朝遇巧缘。二人并非真凶犯，速拿凶手把案完。

老爷一看，“呵”了一声，半晌无语，这才吩咐把王全、李福带下去，看押起来，不准难为了他二人，该吃给吃，该喝给他们喝。手下官人答应。老爷立刻退了堂，来到书房，手下人预备晚饭。

老爷吃完了晚饭，书房喝茶，坐在灯下，心中辗转这案。见王全是一个念书的人，李福是个诚实的样子，断不能做这样恶事，忽然大堂起一阵怪风，也不知哪里来的字柬。越想越怪，自己踌躇着，不觉两手伏几而卧。刚一闭眼，见外面进来一个穷和尚，短头发有二寸余长，一脸油泥，破僧衣短袖缺领，腰系绒绦，疙里疙瘩，光着两只脚，穿两只草鞋。老爷问说："什么人？"和尚说："我。"老爷说："你是谁？"和尚说：

我本灵隐醉济颠，应为白水过萧山。老爷要断无头案，须谢贫僧酒一坛。

老爷一听，说："酒倒有，你可知道凶手是谁？"和尚拨头就走，老爷说："回来。"和尚并不回头。老爷一急，又嚷："回来。"睡梦之际，嚷出口来，正赶上两个家人张福、张禄在旁边站着伺候，见老爷睡着了，张福低声跟张禄说："昨天我跟他们掷骰子，输了好几吊，老爷睡了，哥哥你在这里伺候，我再去跟他耍耍。"张禄说："你快去快来。"张福点头，刚要往外走，老爷做梦说："回来。"老爷说的是叫和尚回来，张禄吓着了，只当是他要掷骰子去被老爷听见了，叫他回来呢，说："小人没赶紧走。"老爷醒了，梦中的事记得清清楚楚，立刻吩咐张禄把笔砚拿来。张禄答应，拿过纸笔墨砚。老爷就把梦中和尚说的这四句话写出来。老爷拿着瞧这四句，心中纳闷，瞧来瞧去，往桌上一靠，又睡着了。只见和尚由外面梯他梯他又来了。老爷就问："和尚，方才你说的话我不明白。我且问你，你可知道杀人的凶手是谁？你告诉我，我必谢你一坛酒。"和尚说："老爷要问，我是西湖灵隐济颠。因到白水，路过萧山。王全、李福，不白之冤。杀人凶手，现在西关，与原告同类，非同等闲。追究刘喜，此案可完。"和尚说完了话，回头就走。老爷说："你说的我还不明白，你回来。"和尚又走了。

老爷一惊醒了，当时拿笔把这十三句话又写出来。老爷听外面天交二鼓，自己一想，这梦实实怪的很，未免一阵发愣。坐够多时，不知不觉又把眼睛闭上了。渺渺茫茫，迷迷离离，刚才一沉，瞧见那穷和尚又来了。老爷一看，问："和尚，到底杀人凶手是谁？你要说明白。"和尚微然一笑，说："老爷当真要问凶手？是绒絛两截，大石难携。未雨先行，持刀见血。"和尚说完了话，竟自去了。老爷一睁二目，原来还是一梦。只听外面天交三鼓，知县又把这四句话写出来。知县张甲三，本是两榜出身，满腹经纶，怀揣锦绣，一想这四句话是偈语。绒絛两截必是断，大石难携即是山，未雨先行，风乃雨之头定是风，持刀见血乃是杀，凑成四字，即"断山风杀"。知县一想："必是音同字不同，凶手必是段山峰。"自己思索了半天，已然夜深人静，这才安歇睡觉。

次日早晨起来，净面吃茶，立刻传壮皂快三班升堂。老爷向众人问道："本地人可有叫段山峰的？你等谁知道？"旁边过来一位书办先生说："回禀老爷，本县有一个宰猪的屠户，叫段山峰。"知县一听："立刻派王雄、李豹给我急拘锁拿段山峰。"王雄、李豹一听，吓得颜色更变，立刻给老爷磕头说："回禀老爷恩典，段山峰下役实在拿不了。"老爷说："怎么？"王雄、李豹说："回老爷，段山峰有断凳截石之能，大块石头一掌能击石如粉，勿论什么结实板凳，坐着一使劲，板凳就两截。段山峰能为出众，本领高强，下役实在拿不了，求老爷恩典。"知县一听，气往上冲，一拍惊堂木说："做官者究情问理，办案者设法拿贼，我派你们办，就得给我办。"王雄、李豹还只是磕头，再一看，老爷退了堂，转过屏风，归后宅去了。王雄、李豹这才来到班房。王雄说："这怎么好？慢说你我两人，就是二十人也拿不了段山峰。"李豹忽想起一个人来，要捉拿段山峰，不费吹灰之力。不知后事如何，且看下回分解。

第一二五回

奉堂谕捉拿段山峰　邀朋友定计庆丰楼

话说知县派王雄、李豹捉拿段山峰，王雄、李豹知道段山峰能为武艺出众，不但拿不了，还恐怕有性命之忧。李豹说："我不是段山峰的对手，王头你也如是，自有人是段山峰的对手。"王雄说："谁呀？"李豹说："你忘了？当年不是单鞭赛尉迟刘文通，在艺场中卖弄，赢过段山峰一掌？咱们跟刘大哥知已相交，何不找他，叫他帮着？大概不致推辞。"王雄说："有理。"二人赶紧够奔后街。往东一拐，路北的门楼，就是刘文通的住家。二人上前一叫门，刘文通刚起来，漱过口，出来开门。一看是王雄、李豹，刘文通说："二位贤弟打哪来？"王雄说："由衙门来。"刘文通指手往里让，来到厅房落座。王雄说："兄长没处去走镖？"刘文通说："刚从外面回来不多日子，二位贤弟因何这样闲在？"王雄说："我们哥俩来找你来了。只因梁官屯卖肉的刘喜之妻被杀，老爷派我们捉拿段山峰。我二人实拿不了，求兄长助一臂之力，捉拿段山峰。"刘文通一听，说："段山峰能为武艺超群，我也是拿不了。"王雄说："兄长不必推辞，当年兄长在卖艺场中，赢过段山峰一掌。除非兄长，萧山县没有是段山峰的对手。"刘文通说："二位贤弟休要提当年那一掌，提起那件事来，我更觉心中难过。当年是西门外来了一个卖艺的，我看那卖艺人并非久惯做江湖买卖的，倒是受过名人的指教，大概是被穷所挤。我想下去帮个场，多给他凑些钱，没想到段山峰也下来了，跟我比试。我二人一揸拳，我就知道段山峰的能力比我强，我想要一输给他，我这镖行就不用吃了。我就说：'姓段的朋友，我俩远日无冤，近日无仇，我就指着保镖吃饭。'我把话递过去。段山峰倒是个朋友，一点就透，他故意让了我一掌，他说：'不枉你叫单鞭赛尉迟。'他走了，我自己明知他是让着我。我次日去找他，给他赔不是。我二人因此倒交了朋友，常来常往。他跟我也是朋友，你两个人也跟我是朋友。要是别人拿段山峰，我知道得给他送信才对；这是你两人要拿他，我也不能给他送信，我也不能帮你们拿他。"王雄、李豹再三说，刘文通也不答应。

王雄、李豹实在没了法，两个人到里面去见刘文通的母亲。二人见老太太一行礼，老太太就问："你两个人这般早从哪来？"王雄说："伯母有所不知，现在衙门里出了逆案。"老太太说："什么逆案？"王雄说："段山峰能为出众，我二人拿不了。"老太太说："莫非萧山县就没有比段山峰能为大的么？你二人不会请人帮着拿吗？"王雄说："别人不行，就是我大哥可以拿能。"老太太说："你没跟你大哥提么？"王雄说："提了。我大哥他说跟段山峰相好，他不肯帮我们拿。"老太太说："你把你大哥给我叫来。"王雄立刻到外面，把刘文通叫进来。刘文通说："娘亲呼唤孩儿，有何吩咐？"老太太说："你两个兄弟来找你帮着拿段山峰，你为何不管？"刘文通说："娘亲有所不知，我跟段山峰也是朋友相交，且他能为出众，孩儿也恐其被他所算。倘若孩儿受了伤，我又无三兄四弟，谁人服侍老娘？"老太太说："你这话不对，你就不应当跟匪类人来往，本地面既有这样匪恶之徒，你就应该早把他除了。老身我派你帮着去拿段山峰，你去不去？"刘文通本是个孝子，说："娘亲既吩咐叫孩儿去，孩儿焉敢违背。"老太太说："既然如是，你跟王雄、李豹三个人商量着办去罢。"三个人这才来到外面，刘文通说："二位贤弟要怎么去拿？假使拿不了，一则打草惊蛇，二来你我还得受他的伤。"王雄说："依兄长怎么办？"刘文通说："要依我，你两个人回衙门见大老爷，请老爷给调城守营二百官兵，本衙门一百快手，你二人先给庆丰楼酒馆送信，叫掌柜的明天楼上别卖座，我把段山峰诓到酒楼上吃酒，把他灌醉了，你们叫这三百人在庆丰楼四面埋伏，听我击杯为号，大家再动手拿他。我不摔酒杯，你等作事，可别莽撞，要一个拿不着跑了，再想拿可就费了事。可千万叫官兵要严密，莫说出办谁来。"王雄说："就是罢。"

二人告辞，回到衙门，一见老爷，老爷说："你二人把段山峰拿来了？"王雄说："没有。有求老爷给城守营一个信，调城守营二百官兵，并传本衙门一百快手，别提办谁，明天在庆丰楼四面埋伏。下役还请了一个朋友是保镖的，帮着捉拿段山峰。"老爷一听，说："这一个段山峰怎么这么费事？"王雄说："实在段山峰本领高强，若非定计，恐拿不了。"老爷说："是罢。"王雄、李豹才一同来到庆丰楼，一见掌柜的。王雄说："掌柜的，你这铺子一天卖多少钱？"掌柜的说："卖一百多吊钱。"王雄说："明天你们楼上面别卖座，一天该赚多少钱，我们照数给。明天借你们楼上办案，同单鞭赛尉迟来的人，那可就是差事。你可嘱咐你们众伙友，千万别走漏消息，要漏风声，这案情重大，你可得跟着打官司。"掌柜的说："二位头目，只管放心，没人走漏消息。"王雄、李豹都安置妥了，这才来到刘文通家，告诉刘文通都照样办妥。刘文通说："你二人回去罢。"次日早晨，刘文通起来，换上衣服，暗带单鞭，由家中出来，一直够奔西关。刚来到段山峰肉铺门口，一瞧围着好些人，有一个穷和尚在那里打架。

书中交代，这个穷和尚非是别人，正是济公和尚。他在大柳林见众官人把王全、李福拿走了，和尚也进了南门。刚一进城，只见路东里一座绒线铺子，掌柜的姓余名叫余得水。在铺子门口，有一个人腿上长着人面疮，正在那里借着太阳亮疮。和尚一看，口念"南无阿弥陀佛”。原本这个长疮之人，姓李叫李三德，乃是跑堂的手艺人，极其和蔼。家中有父母，有妻有子，就指着他一个人靠手艺度日。只因南门外有一座段家茶楼带卖酒饭，买卖做亏空了，段掌柜的要收市关门，就有人说：“你们关门？你把李三德找来，叫他给你跑堂。那个人和气能事，人缘也厚，就许他买卖给你做好了。”掌柜的果然把李三德找来，酒饭座越来越多，都冲着李三德和气，爱招顾，二年多的景况，买卖反倒赚了钱。掌柜的自然另眼看待李三德，年节多给李三德馈送，时常也垫补他，三德家里也够过日子的。偏巧李三德腿上长了人面疮口，自己又不敢歇工，家中指他一人吃饭。掌柜的见李三德一瘸一癫，实支持不了。这天掌柜的就说：“李三德你歇工罢。”李三德一听，大吃一惊，说：“掌柜的，你要辞我，我倒愿意歇工，无奈我家中四五口人，要吃闲不起。”掌柜的说：“我倒不是辞你，我看你实在挣扎不住。我这买卖是你给我做好了的，你只管歇工养病，我照旧按月给你工钱。我这里有四十吊钱，给你养疾，只要有人给你包治，花几十吊钱我给。”李三德一想，掌柜的既是体恤，这才回家养病。病越来越重，没钱叫孩子到铺子取去。日子长了，内中伙友就有人说闲话，说：“咱们起早睡晚，也挣一分工钱，人家家里吃太平宴。”孩子回来一传舌，李三德一气，架着拐到铺子去。一见众人，李三德说：“素常我没得罪众位，现在我得这宗冤孽病，掌柜的体恤我，怎么我孩子来取钱，众位说起闲话来？”大众说：“没人说闲话。你别听孩子传言，你回去养病罢。”众人劝着，李三德往回走，走在绒线铺门首。绒线铺掌柜的余得水素常认识，就说：“李老三，你还没好么？”李三德说：“别提了，我这病难好，这叫阴疮。我也不知做了什么损德的事。我一死，我家里全得现眼。”余得水说：“你找人治治，没钱花几吊我给，只要能治得好。”他准知道不容易治，他要说这样便宜话。焉想到济公活佛赶到，罗汉爷施佛法，要搭救李三德，戏耍余得水。不知后事如何，且看下回分解。

第一二六回

余得水逞口失钱财　济长老戏耍掌刀人

话说余得水正说便宜话，和尚赶到说："朋友，你这腿怎么了呢？"李三德说："人面疮。"和尚说："你愿意好，不愿意好？"李三德说："为什么不愿意好？"和尚说："这怕好不了。"余得水说："和尚你这不是费话？你要能给治好了，花三吊四吊药钱我给。"和尚说："你准给吗？"余得水说："只要治好了，我就给。"和尚说："你也不用给三吊四吊，你给两吊钱，我就给他治好了。你可得拿一张纸，把你铺子的字号水印按上，你拿笔我开几样药，有的，你盖水印，到铺子取药去。"余得水一想："这样的恶症，焉能说好就好。"立刻就拿了一张纸，打了水印，交给和尚。和尚要过笔来，写了半天，谁也没瞧见和尚写的什么。和尚写完了说："我要给他治好了，你可给两吊钱。"余得水说："我给。"和尚嚼了一块药，给李三德糊在疮口之上。当时就见烂肉腔血直往外流。流净了，和尚用手一摸疮口，和尚口念："唵嘛呢叭咪吽！唵，敕令赫！好了罢。"立刻疮口平了，复旧如初。李三德站起来了，众瞧热闹人齐说道："真是活神仙也，灵丹妙药。"和尚说："余掌柜你给两吊钱罢。"余得水也愣了，他本是说便宜话，不打算真给钱，见和尚要钱，余得水说："得了，大师父你真跟我要钱？”和尚说：“你说便宜话，不给钱，那可不行。我这里有张字，有你的水印。”和尚拿出来一念，上面写的是：“长疮之人李三德，约我和尚来治腿；言明药价两吊钱，中保之人余得水。”下面写着保人，盖有水印。和尚说：“你不给，咱们是打官司。”余得水无法，给了两吊钱。

李三德说：“大师父，你老人家是我救命的恩人，救了我，就救了我一家了。你跟着到南门外段家酒饭铺去，我还要重谢你老人家。”和尚说：“好，我正要喝酒。”同李三德来到段家酒铺。李三德说：“掌柜的，你瞧我的疮好了。”掌柜的说：“怎样好的？”李三德说：“这位大师父给我治好的。掌柜的，先给要酒要菜，大师父吃多少钱都是我给。我先到家内去，叫我父母瞧瞧好放心，可别叫大师父走了。”众人说：“就是罢。”李三德回家去。和尚在这里喝着酒，出去出恭，到萧山县大堂，施展佛法，留的字柬；和尚复返回到酒铺，住在酒铺，晚上施展佛法，前去给知县惊梦。次日李三德不叫和尚走，又留和尚住了一天。第三天还不叫和尚走，吃饭也不叫和尚给钱。和尚早晨起来，把两吊钱给饭铺留下一吊五，和尚拿着五百钱往外就走。饭铺众伙友说：“大师父别走，李三德留下话，不叫你走。”和尚说：“不走，我出恭就来。”

说着话，和尚出了酒铺，直奔西关。来到段山峰的肉铺，和尚进去说：“辛苦辛苦！”掌刀的一瞧，见和尚褴褛不堪，心说：“这和尚必是买十个钱的肉，挑肥拣瘦。”就说：“和尚买什么？”和尚说：“买五百钱的肉。”掌刀的说：“你要肥的要瘦的？”和尚说：“大掌柜的瞧着办罢，我又不常吃肉，什么好歹都行。”掌刀的一想，早晨起来头一号买卖，倒很痛快，未免多给点，这一刀有三斤四两，多给二两，和尚拿起来就走。刚出门走了五步，和尚返身又回来说：“掌柜的，你瞧这块肉净是筋跟骨头，我忘了，不常吃肉吃点肥的才好，你给换肥的罢，越肥越好。”掌刀的一听说：“你瞧，早问你，你可不说。”和尚说："你给换换罢。"掌刀的一想："给换罢。"当时又给割了一块肥的，也够三斤四两。和尚拿出来，走了四步又回来了。和尚说："掌柜的，你瞧这肉，一煮一锅油全化了，吃一口就得呕心。常言说：'吃肉得润口肉。'你给换瘦的罢。"掌刀的一听，这个气就大了，说："你这是存心搅我们，大清早起的。"和尚说："劳你驾给我换换罢。"这个无法，又把瘦的给拿了三斤一两，少给一两。和尚拿起来出门，迈了三步又回来了。和尚说："掌刀的你瞧，这肉太瘦了，煮到锅里一点油都没有，吃着又腥又嵌牙，你给换五花三层肥中有瘦的。不然，我不要。"掌刀的这个气压了又压，忍了又忍，一想："何必跟他辩嘴。"无奈又给换了五花三层的。和尚拿出门，走了一走又回来说："掌刀的你瞧我，我忘了我们庙里是大常吃素的，没有做荤菜的家伙。我忘了，你给换熟肉菜罢。"掌刀的说："你是存心搅我，不能给你换。"和尚说："敢不换？"拿肉冲掌刀的脸上抛了去。掌刀的说："好和尚，没招你，没惹你，你敢来找寻我？伙计们出来打他！"

一句话，由里面出来七个伙计，就奔和尚。和尚用手一指点，这七个人眼一花，揪倒了掌刀的拳打脚踢。掌刀的直嚷："是我。"众人说："打的是你，你敢来搅我们。"掌刀的说："我是王二。"众伙计一瞧，可不是把掌刀的王二打了吗？和尚在旁边乐呢。众人说："怪呀，瞧着是和尚，怎么打错了？"大众说："别叫和尚走了。"众人又一奔和尚。和尚用手一指，口中念："唵，敕令赫！"这七个伙计，这个瞧那个有气，过去就打，那个说："我早就要打你，不是一天了。"六个人揪上三对，剩下一个过来把掌刀的王二揪住打上了。众街坊邻户都不知因为什么，本铺子的伙计打起架来，和尚在旁边说："咬他耳朵。"那个就真咬。和尚说："你拧他。"那个就拧。众人正过来劝，刘文通来了，说："别打了，为什么？"和尚说："对，别打了。"众人这才明白过来，这个说："你为什么打我？"那个说："你为什么打我？"一个个互相埋怨。刘文通说："众位因为什么？"掌刀的就把和尚买肉之故一说，刘文通说："众位瞧我了，他一个穷和尚，何必跟他一般见识。把五百钱给他，叫他去罢。"和尚说："我要不冲着你，不能完。"刘文通说："大师父也瞧我罢。"和尚说："冲你完了，回头咱们再见。"刘文通说："哪个再见呀？"和尚说："楼上见么。"刘文通暗想这和尚怪呀。

见和尚已跑远了，刘文通一问："你们掌柜的哪？"众人说："还没起来。"正说着，段山峰由里面跑出来。原本是还没起来，就听说跟和尚打起来，段山峰赶紧起来，往外跑说："别叫和尚走了。"刘文通一瞧，说："大哥不必跟他一个出家人一般见识，叫他去罢。"段山峰一看是刘文通，赶紧说："兄弟里面坐。"刘文通来到里面。段山峰说："贤弟，今天为何来此甚早？"刘文通说："兄长，小弟给兄长磕头来了。"段山峰说："什么事？"刘文通说："今天是我的贱造。"段山峰说："原来是贤弟今天的千秋，我倒忘了呢。"刘文通说："我今天特意来找兄长谈心，泄泄我这一肚子牢骚。我自生人以来，没有交着几个知己的朋友，都是泛常，惟有兄长你我知己。我常说：'酒肉兄弟千个有，急难之时一个无。'除非你我弟兄可称知己。俗言说的不错，'万两黄金容易得，一个知心也难求'。"段山峰说："好，你我弟兄一同吃酒去。贤弟，你说咱们萧山县哪个酒馆好？"刘文通本是精明人，不肯说出就上庆丰楼，怕段山峰起疑心，便说："兄长，随便上哪去都好。"段山峰说："庆丰楼是萧山县第一家大酒馆，好不好？"刘文通说："好。"心里正合心里。当时段山峰换好了衣裳，洗了脸，带上银两，同刘文通出来，这才够奔庆丰楼。不知单鞭赛尉迟如何设法捉拿段山峰，且看下回分解。

第一二七回

施妙法游戏助义士　谈心事冷语惊贼人

话说段山峰同刘文通由铺子出来，够奔庆丰楼。刚一进城，就见街市上三三两两的官兵，都带着军装械器，穿着号衣。官兵都认识段山峰、刘文通，众人就嚷："刘爷、段爷二位上哪里？"段山峰说："闲逛。众位有什么差事？"众官兵说："我们奉上宪谕伺候，也不知什么事，听说办紧要的事，关乎密案。"众官兵也并不知是拿段山峰。知县给城守营老爷文书，就提派二百官兵扎在庆丰楼左右，听王雄、李豹的招呼，故此大众官兵不知。刘文通心里明白，同着段山峰来到庆丰楼。上了楼，楼上一个座位没有。掌柜的告诉伙计不叫卖座，有衙门借楼办案，故此不敢设座。刘文通、段山峰二人落了座，伙计明白，当时擦抹桌案，先把干鲜果品、各样酒菜摆上。

二人刚要叫菜，就听楼梯一响，有人喊嚷："我吃饭给银，哪个红了毛的不叫我上楼？"伙计一瞧，来了一个穷和尚。原本和尚由肉铺打完架走了，见刘文通同段山峰进了庆丰楼，和尚也跟了来。刚一进饭馆，伙计就说："大师父，楼上不卖座，有人包了。"和尚说："我就吃顿饭，今天我得了点外财，也无非在楼下吃点。要不然，我也不敢进饭馆子。楼上都是阔大爷，明是一百六的菜，楼上要卖二百四，我和尚也吃不起。"伙计一想楼下不要紧，让和尚进去。跑堂的一转脸，和尚上了楼梯，说："哪个红了毛的不叫我上楼来？"到楼上找了一张桌坐下。楼上伙计一努嘴，说："大师父。"和尚说："干什么呀？"伙计当着刘文通、段山峰又不敢明说，掌柜的也怕段山峰瞧出来，赶紧叫伙计说："大师父要什么菜，给人家要。"伙计这才说："大师父要什么酒菜？"和尚说："你们有什么酒？"伙计说："有白干、陈绍、玫瑰露、五加皮、状元红、茵陈莲花、白荷叶青、人参露。"和尚说："给我来两壶梅花鹿罢。"伙计说："没有梅花鹿，是玫瑰露。"和尚说："对了。你们有什么菜？"伙计说："煎炒烹炸，烧烩白煮，应时小卖，午用果酌，上等高摆海味席都有。"和尚说："就是肉拿刀一切，搁锅里一炒，就是那个。"伙计说："炒肉片呀？"和尚说："对。"伙计少时给要来。和尚一瞧，说："不是这个，这么一切，还有那么一切。"伙计说："那是炒肉丝，你将就点吃罢。"和尚说："你这菜卖多少钱一个？"伙计说："一百六。"和尚说："给八十钱罢。"伙计说："饭馆子哪有还价的？"和尚说："你也将就点，你叫我吃东西将就点么。"刘文通那边一瞧，说："把炒肉片给我们吃，伙计你再给大师父要。"伙计把菜给刘文通端过来，又给和尚要了一个炒肉丝。和尚一瞧，说："不是，那么一切，还得那么一切。"伙计说："那是肉丁炒辣酱。"和尚说："我不要这个。"伙计无法，又把肉丝卖给别人，又给和尚要了肉丁炒辣酱来。和尚一瞧，说："你成心搅我，我不要这辣酱。"伙计说："你到底要什么？"和尚说："你没等我说完，把肉那么一切，这么一切，团成蛋。"伙计说："那是丸子。你要炸丸子，是溜丸子、川丸子、四喜丸子、海参丸子、三鲜丸子？说明白了。"和尚说："炸丸子卖多少钱？溜丸子卖多少钱？"伙计说："炸丸子卖二百，溜丸子卖二百四。"和尚说："怎么溜丸子比炸丸子多卖钱呢？"伙计说："溜丸子多点卤汁。"和尚说："你给我要一个炸丸子，白要点卤行不行？"伙计说："不行，你就要炸丸子罢。"

少时把丸子端来，和尚一瞧，说："我要一个炸丸子，你怎么给我来十一个？"伙计说："这就是一个菜，大师父你再挑剔，我就要下工了。"

和尚说："我愿意要吃一个大的，捧着吃的香，这可以将就点罢。可有一节，我要喝醉了，我可就摔酒盅子。"这一句把刘文通吓了一跳，心说："我定的击杯为号，如未把段山峰灌醉了，他要一摔，回头官人都上来，段山峰准拿不住。"就听那伙计说："大师父，别摔呀。"和尚说："我一摔有不愿意的，请请我和尚，别惹着我，我就不摔。"伙计说："没人惹你。"刘文通暗想："这个和尚真怪。"立刻说："大师父，你别闹了，别叫伙计耽不是。回头吃多少钱我给。"段山峰说："贤弟哪有这么工夫理他。"刘文通说："我看这个和尚太讨人嫌。"两个人说着话，越喝越高兴，杯杯净，盏盏干。段山峰老不醉，刘文通心里说："每常段山峰没有这么大酒量，今天怎么老不醉，醉了好拿他。"他听和尚那里自言自语说："人要喝酒不醉，有主意，一提烦事，叫他心里一烦，准得醉。"刘文通一听："对呀，这话一听有理。"这才说："段大哥，兄弟我拿你当亲哥哥一般，我有什么事没瞒过你；你就没拿我当兄弟待承，有事就瞒着我，你这就不对。"段山峰说："贤弟，此话差矣，哥哥我有什么瞒着你了？"刘文通说："大哥做的事，打算我不知道？其实纸里包不住火。"段山峰说："我做什么事了？"刘文通说："就是梁官屯那件事。"段山峰一听这句话，立刻脸变红，酒往上一撞。

书中交代，梁官屯这案，本是他做的。段山峰他原籍是湖南衡州府人，当初是绿林中的江洋大盗，善会飞檐走壁之能。逃至在萧山县来，开了一爿肉铺子。自己手里也有钱，也没有家眷，就是孤身一人，很务本分，并没人知道他是绿林出身。这天段山峰到西关乡去要账，走在梁官屯，见有一个妇人在门前买绒线。段山峰一看，这个妇人长得十分美貌，头上脚下无一不好。对门就是杂货烟铺，段山峰就来到烟铺里。掌柜的都认识，说："段掌柜上哪去了？"段山峰说："我去要账来。我跟你们打听打听，这个买线的妇人是谁家的媳妇？"烟铺掌柜的说："你不知道？这就是你们同行的卖肉刘喜的家里么。"段山峰一听一愣，说："凭刘喜长得人不压众，貌不惊人，他会有这么好媳妇？"烟铺说："那可不是别的，人各有命定。”段山峰问明白，自己回铺子就问伙计：“刘喜买咱们的肉，欠咱们多少钱？”伙计说：“刘喜不欠钱，现钱取现货，也不赊给他。”段山峰说：“刘喜来取肉，别叫他走，我有话跟他说。”众伙计答应。次日早晨刘喜来了，伙计一告诉段山峰，段山峰出来就问：“刘喜，你一天能卖多少钱？”刘喜说：“卖二十多斤肉。”段山峰说：“你家里几口人，够吃的么？”刘喜道：“家里人口倒不多，就是我们两口子，一天就卖这两吊多钱的本钱，我也不敢赊账。”段山峰说：“你要有货，一天能卖多少呢？”刘喜说：“有货呢，能卖五六十斤，那也就有了利了，我没有那些本钱。”段山峰说：“不要紧，我赊给你一千斤肉，你只管卖，到年节你再给我归账。我看你也很诚实，你瞧好不好？”刘喜说：“那更好。”段山峰是所为套着跟刘喜交朋友，焉想到刘喜是个老实人，也不往家里让。段山峰这天到了七月十五，段山峰就问：“刘喜，你外头撒的账怎么样了？”刘喜说：“我今天晚上上东乡里要账去，不能回来。”

段山峰听说刘喜不回来，他晚上带了钢刀，带着五十两银子，就到刘喜家走走。越门进去，见杨氏正在灯下做活，院中独门独院，三间北房，门没关着。段山峰推门进去，杨氏就问：“谁？”段山峰说：“我姓段，名叫段山峰，久仰小娘子这一副芳容，今天我特意来求小娘子，赐片刻之欢。我这里有白银五十两，赠与小娘子，这是我一分薄意。”杨氏本是贤惠人，说：“呦，你休要满口胡说，这幸亏我丈夫不在家，你趁此快去，我绝口不提。如要不然，我要喊嚷，你可就没了命。”段山峰说：“你敢喊嚷，你来看。”用手一指刀，把杨氏吓的就嚷：“救人。”段山峰恐怕有街坊听见过来，街坊都认识，忙急拉刀，竟将妇人结果了性命，将人头包上，捺在间壁院里。院中有一位老头正出恭，见捺进包裹来，还说：“这可是财神爷给的。”叫老婆点灯，一看吓呆了，急忙包上，扔在大洼苇塘里，却撞会李福捡着。段山峰以为这件事没人知道，今天刘文通一提梁官屯这件事，段山峰吓得颜色改变。不知后事如何，且看下回分解。

第一二八回

众官人奋勇捉贼　李文龙无故中计

话说刘文通一说梁官屯这件事，段山峰立刻酒往上一撞。自己一想：“这件事没人知道，听说刘喜把笑话刘三告下来，也没把刘三怎么样办，我这事承认不得。”想罢说：“刘贤弟，我梁官屯做什么事？”刘文通说：“要得人不知，除非己莫为。你在梁官屯杀死刘喜之妻，你打算我不知道？”段山峰说：“你满嘴胡说，知道你便怎么样？”刘文通说：“现在有人要拿你，我给你送信，尽其朋友之道。”段山峰说：“除非你勾人拿我。”和尚那边说：“对，要打起来。”和尚“叭嚓”把酒盅摔了，立时楼下王雄、李豹众官兵喊嚷：“拿！”王雄、李豹刚一上楼，和尚用定神法给定住。段山峰一瞧不好，一脚把桌子踢翻了，扳下桌腿照刘文通就打，刘文通甩了大氅，拉了单鞭就交了手。伙计吓的一跑，忘了楼梯，滚下去了。和尚直嚷：“了不得了。”顶起八仙桌乱跑，段山峰拿桌腿一打刘文通，和尚顶着八仙桌一截，就打在八仙桌上，刘文通拿鞭打段山峰，和尚不管。段山峰一听四面声音，喊嚷：“拿段山峰，别叫他跑了！”段山峰一想：“三十六着，走为上策。”拧身由楼窗往外一蹿，刘文通不会飞檐走壁，说：“要跑了！”和尚说：“跑不了。”段山峰刚蹿下楼去，和尚也往下一蹿，正砸在段山峰身上，把段山峰砸倒，官兵围就把段山峰锁上。和尚说：“你摔了我的腰，碰了我的腿。”说着话，和尚竟自去了。段山峰心中暗恨和尚，要不是和尚就走脱了，这也无法。王雄、李豹也能动了，同刘文通下了楼，带着段山峰够奔衙门。

来到萧山县，老爷立刻升堂，王雄、李豹一回话：“把段山峰拿到。”老爷问：“怎么拿的？”王雄也不隐瞒，回说如何请刘文通帮拿，如何遇有一个穷和尚帮着，照实说一回，老爷又问：“穷和尚怎么样？”王雄一说，老爷心中明白，立刻把段山峰带上来。老爷说：“段山峰，梁官屯刘喜之妻杨氏，你为什么杀的？”段山峰说：“小人不知道。”老爷勃然大怒，说：“大概抄手问事，万不肯应，看夹棍伺候！”立时把夹棍拿过来。三根棒为五刑之祖，往大堂一扔，段山峰一看，说：“老爷不必动刑，我招就是了。刘喜之妻，因奸不允，故被我杀的，求老爷恩典。”老爷点了点头，叫人先把段山峰钉镣入狱。又把刘文通叫上，看了一看，吩咐李豹、王雄拿一百银子，赏给刘文通。刘文通不要，王雄说：“兄长别不要，老爷赏的。”刘文通说：“这么办罢，给官兵众人分二十两银子，他们辛苦一趟，给衙门伙计大众分二十两，你们哥俩个每人分二十两，剩二十两给段山峰狱里置托，别叫他受罪，尽其我交友之道。”王雄说：“就是罢。”正说着话，老爷传王雄、李豹二人上去。老爷说：“你二人赶紧把那帮忙的穷和尚给我找来，我赏你们每人十两银子，找不来我重责你二人每人四十大板。”王雄、李豹下来，一想：“哪找去？”赶紧派伙计出去找穷和尚。少时伙计给锁了三四个穷和尚来，都是化小缘的，也有拿着木鱼的，也有拿着鼓的。王雄一瞧说：“不对，都放了罢。”这才同李豹出来，两个人出来寻找和尚。

书中交代，和尚哪去了？原来和尚帮着拿了段山峰，正往前走，只见眼前一乘花轿抬着往西走。和尚一看，按灵光连击三掌，和尚口念“阿弥陀佛”，说：“这个事，我和尚焉有不管之理？”书中节目，叫巧断垂金扇。和尚正走，见眼前有一位文生公子，怀抱着一个婴儿，看这一公子脸上带着忧愁之相，头上的文生巾烧下窟窿一个，绣带剩下半根，身上文生氅斜钉着补钉七条，看那个样子，步步必摇，似乎胸藏二酉，学富五车。书中交代，此人姓李名李文龙，原本是萧山县的神童，十四岁进的学，家中很有豪富，父母早丧；娶妻郑氏，也是宦门之女，也因父母双亡，舅母家给聘的，自幼在家中曾读过书，颇识文字，贤惠无比。自过门之后，李文龙只知道念书，不懂得营运，坐吃山空，家业萧条，一年不如一年，直过的上无片瓦遮身，下无立锥之地，日无隔宿之粮，郑氏并无半点的埋怨。实在无法，李文龙出去卖字，多少进两个钱，夫妻买点米，日食稀粥，就黄虀为食，苦难尽述。生了一个孩子，今年三岁，方会叨叨学话，也不能吃饭。这天李文龙出去了半天，也没卖出一文钱来，家中米无一粒，柴无一束，等钱吃饭。李文龙一想："大街上粮食店新开张，我可以送副对联，要两个钱可以充饥。"自己这才来到粮食店，李文龙说："辛苦！掌柜的，今天新张之喜，我来送一副对联。"掌柜的赶紧说："先生别写，给你一文钱带着喝茶罢。"李文龙说："掌柜的，给我一文钱，我怎么拿？"掌柜的说："先生你别看不起一文钱，卖一斤粮食也未必找出一文钱来。"李文龙听了，臊红了脸，钱也没要。回到家中，李文龙说："今天没有钱，娘子，你可到隔壁王大娘家借二三百钱，你我好吃饭，明天我进了钱再还她。"郑氏娘子到隔壁说："大娘，有钱暂借给我二三百文，今天你侄儿没赚钱来，等明天进了钱，再还你老人家。"王大娘一听，说："孩子，你从没有跟我张过嘴，今天可巧家里一个钱主没有，回头等我儿要给我送钱来，我给你拿过去。"郑氏回来说："官人，王大娘没钱。"李文龙叹了一声，说："英雄志捧日，擎天难解饿。大将军手中枪翻江搅海，不能抵挡饥、寒、穷，人生在世上，皆害这三宗病，英雄到此，也未必英雄。"

自己正在叹息，忽听外面打门，李文龙出来一看，是个买卖人的打扮。这人说："我是大街德茂绸缎店的，我们东家要给一个朋友写信，是做官人的书信，要有文理。我们铺子人都写不了，知道先生高才，特来请先生大笔一挥。大概我们东家必要送给先生三两二两的笔资，不知道先生有工夫没有？"李文龙连连说："有工夫，尊驾在此少候，我带上笔袋。"立刻来到里面说："娘子你在家中等候，绸缎店找我写信，我去去就来，给了我笔资，你我再吃饭。"郑氏跟着关门。李文龙同这人来到德茂绸缎店，刚一进铺子，众人都嚷："先生来了，请坐！我们东家人少时就来。"李文龙坐下，人家给倒过茶来，李文龙瞧瞧茶太浓，自己肚内无食，不敢喝，怕把虚火打下去，更饿得难受。等来等去，等到日色西斜，东家还没来，李文龙等的心中焦急，问人道："怎么贵东家还不来？"众人说："少时就来。"又等了半天，天黑了，铺子大家吃晚饭，让先生一同吃饭。李文龙说："请罢。"眼看着人家吃上了。好容易等着东家来了，同着朋友，先应酬朋友，好容易朋友走了，东家出来，说："枉先生驾。本要给人家写信，方才这位朋友给带了信来，可不写信了。给先生点个灯笼，请先生回去罢，改日再谢。"

李文龙饿了一天，信又不写，自己也不能讹住人家，无法，打着一个灯笼，垂头丧气回家来了。一叫门，郑氏一开门说："官人回来了，我等你吃饭。"李文龙一愣，说："方才米无半粒，哪里来的饭？"郑氏说："你走后，王大娘送给我三百钱来，我熬了一锅粥。"文龙说："好！好！好！"这才来到屋中吃饭。郑氏说："官人去写信怎么样了？"李文龙说："我的运气倒了家了，我等到掌灯，人家信不写了。"说着话，吃完了饭，自己到后院去出恭。刚蹲下，就听后门有人拍门说："娘子，我来了。你不是说你丈夫给人家写信？我学生特意来探望娘子，快开门来！"李文龙一听这话，气得站起来就开门说："好贼。"那人拨头就跑，一把没揪着。那人由袖口掉下一宗物体。李文龙捡到屋中一看，气得颜色更变。不知所因何故，且看下回分解。

第一二九回

见字柬立志休妻　济禅师善救烈妇

话说李文龙捡起这宗东西，拿到屋中一看，原来是一个手卷包。打开一看，里面有一对赤金耳坠，里面还有三张字柬。李文龙一看，头一张是七言绝句，上写：

难割难舍甚牵连，云雨归来梦里欢。
学生至此无别事，特意前来送坠环。

李文龙一看，气得颜色再变。再一看第二张，也是七言绝句一首，上写：

学生前者约佳期，娘子恩情我尽知。
回家焚香求月老，但愿长久做夫妻。

李文龙越看越有气，再一瞧第三张，是《西江月》，上写：

前赠镯串小扇，略表学生心田。寄与娘子要收严，莫与尊夫看见。　　预定佳期有日，后门暗画白圈。云雨归来会巫山，定做夫妻永远。

李文龙看罢，气得三尸神暴跳，五灵豪气腾空。自己一想：“好贱婢，做出这样事来！原来与人私通。”李文龙一想：“字柬上有前赠过镯串小扇，我何不找找这个东西！”本来屋中就是一个破箱子，也没别的东西可以掩藏东西。李文龙过去就开箱子，郑氏说：“官人开箱子找什么？”李文龙说：“我找东西。”说着话，一翻箱子，果然箱子里有一只真赤金镯子，一把垂金小扇。李文龙把镯、扇拿来，往桌上一摔，问郑氏这东西哪里来的。郑氏一瞧也愣了，说：“我不知道。”李文龙说：“好，我家里日无隔宿之粮，哪里来的这东西？你不知道，这东西怎么会到箱子去？好，好，好，我李氏门中，清净门户，书香门第，焉能要你这无廉无耻之辈跟我一处！”

说着话由家中出来，一直来到西门。城门已关，门军一看，认得是李文龙，说：“李先生黑夜光景上哪去？我正要求先生给写两把扇子。”李文龙说：“写扇子倒容易，劳驾你把城门开，我出城找人去。”门军立刻开了城。李文龙来到二条胡同一叫门，原来郑氏娘家的舅妈马氏在这住家。当初郑氏出聘事，是舅母家出聘的，现在马氏也居了孀，跟前有一个孩子叫赖子。李文龙来此一叫门，赖子出来把门开开，一瞧说：“大姐夫来了。”李文龙气哼哼走到里面。马氏说：“大姑爷，这时候来此何干？”李文龙说：“我请你到我家去，有要紧的事。”马氏说：“不用说，你们夫妻又吵嘴了。依我说别吵闹，过这份苦日子，莫叫别人家笑话，说穷极了。”李文龙说：“不是，你到我家就知道了。”马氏无法，跟着来到李文龙家中，见郑氏正哭得死去活来。李文龙说：“趁此把你外甥女带了走，我这家中不要她。”马氏说：“为什么呀？辩两句嘴，也不要紧，何必这样大气呢。”李文龙说：“她不犯七出之条，我也不能休她。你来看这镯子，她与人私通来的，你趁此带了走。”马氏说：“甥女你到我家来住两天罢，等大姑爷把气消了，我再将你送回来。”马氏劝着，郑氏刚抱起孩子要走，李文龙一把把孩子夺过来，说：“郑氏你这一走，不定嫁与张、王、李、赵什么人，这孩子是我李文龙的，我留下。”郑氏见把孩子夺过去，心中好似箭刺刀割一般。李文龙直催着快走，马氏把郑氏带着走了。孩儿还吃着乳食，不禁哇哇直哭。

马氏把郑氏带到家中，次日郑氏娘子直哭，叫她舅母来给劝解李文龙，本来郑氏实不知这东西是哪里来的。马氏来到李文龙门首一叫门，李文龙没开门问：“谁？”马氏说：“大姑爷有气么？我来劝劝你。孩子也得吃乳，我还把姑娘送回来罢。”李文龙说：“你趁此快走，谁是你的大姑爷？哪个认得你？”马氏一听，说：“好李文龙，你真不知自爱，你自赌气，仿佛还求着你哩！”自己回家告诉郑氏说：“李文龙不开门，出口不逊，我不能再给他跪门去。姑娘你就在我这里住着罢。我这里做针指，有你一碗粥吃。你自己拿主意，我也不能管。先嫁由爹娘，后嫁由自身。你不愿意跟我住着，任凭你自便。”郑氏一听，放声痛哭，又想思孩子，孩子也是想娘。李文龙见孩子要吃乳想娘，手里又无钱，听外面买烧饼的来了，出去说：“卖烧饼的，我这孩子直哭，你赊给我一个烧饼，过天我再还你钱。”卖烧饼的叹了一声，说：“先生有所不知，我没有本钱，赊不起。先生从没跟我张过口，也罢，我给一个孩子吃罢，给钱不给钱倒不要紧。”李文龙把烧饼嚼烂了喂孩子，那焉能行？一连三天，李文龙又气又惨，三天水米未进，孩子也饿坏了。

东壁厢有一家邻居姓王，也是夫妇两个人过日子，男人王瑞，在外保镖。今天王瑞回家来，问妻子陈氏，西隔壁李先生因为什么把媳妇休了。陈氏说：“你怎么知道？”王瑞说：“不但我知道，我还听说李先生的媳妇在她舅母家，已然说妥了人家，给做过兵部尚书卞大人的儿子卞虎卞员外续弦，今天晚上就要娶了。你过去问问李先生，倒是因为什么休的？”陈氏即来到李文龙门首一打门，李文龙开门一看，说："嫂嫂来此何干？"陈氏说："你大哥叫我过来打听打听，你为什么把弟妹休了。"李文龙叹了一声，说："一言难尽，她犯了七出之条。"陈氏一看孩子不成样子，陈氏说："可了不得，这孩子要糟蹋，我这里给你二百钱，你给孩子买点药吃罢，给他买糕干泡泡好，我给你看门，你买去罢。"李文龙无奈，抱孩子出来买糕。

刚一出门，济公来到近前，和尚说："好孙女婿，你真胆子不小。你欺负我们娘家真没人，把我孙女无故给休了。什么叫七出之条？是亲眼见的么？我非得跟你是一场官司，你家里等我，我非得告你去。"李文龙一想，平空又惹出一个爷爷来，过门也没听见提过。看和尚疯疯颠颠，李文龙心中纳闷。和尚说："好东西，我刚打外面游方回来，出了这个事。你瞧，我这重孙子也不成样了，我给你点药罢。"和尚给小孩嚼了一点药，搁在孩子嘴里。和尚说："李文龙，你家里等着过堂罢。"说完了话，和尚就走。李文龙懵懂住了，也没问问和尚倒是怎么一段事。和尚往前走着，正碰见王雄、李豹两个人奉老爷谕出来找和尚。王雄、李豹一瞧见和尚，王雄、李豹一商量说："咱们过去要提说老爷叫他，和尚准不敢去，莫若咱们蒙他，把他锁上，到衙门再放他。"李豹说："对。"王雄见和尚来到近前，"哗啦"一抖铁链，把和尚锁上。和尚说："吻！为什么锁我？"王雄说："好和尚，你惹的乱子多大？衙门说去罢。"拉着来到衙内。王、李不敢把和尚锁着见老爷。王雄说："和尚你央求央求我们，把铁链给你撤了。"和尚说："你敢撤？你们指官诈骗。老爷一无签，二无票，我和尚没做犯法事，怎么锁我？你们央求我，我也不撤，见老爷去。"王雄一想："这便怎处？"赶紧说："圣僧，你老人家别和我们一般见识，我们错了。"和尚说："便宜你们罢。"这才把铁锁撤了。王雄、李豹一回话，老爷正在大堂开放王全、李福。老爷说："你二人幸亏见本县，要不然，你两个人有冤难伸，趁此你二人回去，不准在外面游荡了。”吩咐人把他二人的东西都给他。正说着话，王雄回禀将和尚带到，老爷吩咐有请。罗汉爷这一到大堂，刚巧断垂金扇，搭救义夫节妇。不知后事如何，且看下回分解。

第一三〇回

知县公堂问口供　济公巧断垂金扇

话说老爷开放了王全、李福，听王雄一回禀，和尚来了，知县吩咐有请。和尚刚一上堂，老爷一看，跟梦中见的穷和尚一般无二，知县赶紧站起身来，抱拳拱手说："圣僧可是灵隐济颠？"和尚说："老爷忘了，咱们见过，就是王全、李福不白之冤么？"知县说："是是。"赶紧吩咐人看座。和尚在旁边落座，知县说："圣僧从哪里来？"和尚说："我是上白水湖去捉妖，由此路过。"知县说："原来如此。圣僧到白水湖去，绍兴府知府顾国章倒跟我相好，我二人虽是属员上司，倒是不分彼此。圣僧要去，我给知府写一封信。"和尚说："好，请问你老爷一句话。"知县说："圣僧有话请讲。"和尚说："老爷在这地面，为官声名如何？"知县说："本县自己也不知道，圣僧可有耳闻怎么样？"和尚说："老爷声气可倒不错，倒是两袖清风，爱民如子。就有一件事，老爷不应当不办。"知县说："什么事？望圣僧说明。"和尚说："本县内有一位生员李文龙无故休妻，老爷就不应当不办。"知县张甲三一愣，说："并没见有这案。"和尚说："有。"老爷立刻传值帖二爷上堂，知县问："可有人在你手里状告李文龙么？"值帖的说："没有。"知县又叫官代书来问："可有人在你手里写呈状，告李文龙么？"

代书说："没有。"老爷又传值日班问："有人喊冤告李文龙么？"值日说："并没有。"知县说："圣僧可曾听见？这件事叫我难办了。吏不举，官不究，没人来告状，我怎么办呢？"和尚说："有人告他。"知县说："谁告他？"和尚说："我告李文龙。"知县说："圣僧为何告他？"和尚说："老爷把李文龙传来，他要不是无故休妻，老爷拿我和尚治罪。李文龙不是外人，跟我是亲戚。"知县说："是是。"立刻派王雄、李豹去传李文龙。

且说李文龙回到家中，正自纳闷，哪来的这么一个疯和尚爷爷呢？自己正在思想，听外面打门，李文龙出来一看，王雄、李豹说："李先生，有人把你告下来了。"李文龙说："谁把我告下来？"王雄、李豹说："是一个穷和尚。"李文龙一听，立刻到里面把镯子、小扇、坠环、字柬一并带着，抱着孩子一同王雄、李豹来到衙门。李文龙一上堂，见穷和尚旁边跟知县平起平坐，心里说："我这官司要输。"立刻口称："老父台在上，生员李文龙有礼。"知县一看，说："李文龙，你无故休妻，既是念书的人，知法犯法，该当何罪？"李文龙说："回禀老父台，我休妻有因，何言无故？她犯了七出之条。"老爷说："有何为凭据？"李文龙说："回禀老爷，自那一日我出去给人家写信回来，在后院内出恭，听后门有人叫娘子开门，我开门一把没揪住，那人跑了，由袖口掉下手卷包，我捡起一看，是一对金坠环，情诗三首。我一找找出金镯、小扇，因此我将妻子郑氏休回。老父台请看这东西、诗句。"立刻把坠镯、小扇、诗句呈上去。老爷一看，勃然大怒，说："你这东西就该打，先给我打他二百戒尺。"李文龙说："请示老父台明言，生员身犯何律，老父台要打我？"知县说："打完了我再告诉你。"和尚说："老爷瞧着我，饶恕他，暂让他二百戒尺，老爷告诉他。"知县说："李文龙，素常你夫妻和美不和？"李文龙说："和美。"老爷说："素常你妻子是贤惠人不是？"李文龙说："素常倒贤惠。"知县说："却原来你妻子素常安分，夫妻和美，你岂不知这件事有阴人陷害，捏造离间你夫妇么？凡事要三思。你妻子与人私通，可是亲眼得见么？”和尚说：“老爷派差人把郑氏、马氏并赖子一并传来。”老爷立刻教王雄、李豹下去传人。

书中交代：郑氏自从那日跟她舅母回来，第二日求她舅母去给劝说，马氏到李文龙家去，李文龙不但不开门，把马氏辱骂回去。马氏到了家一说，郑氏哭的死去活来。马氏说：“我也不能再去了。”吃早饭后，就来了一个老太太，有六十多岁，到马氏屋中来一见郑氏，这老太太就问马氏：“这位姑娘是谁呀？”马氏说：“这是我外甥女，给的李文龙为妻。”这老太太说：“呦，这位姑娘头上脚下够多好，给的就是那穷酸李文龙么？是怪可惜的。”马氏说：“现在李文龙不要了，休回来了。”这老太太说：“那也好，早就该跟他散了，省得跟他受罪。这可逃出来了。我给你说个主罢，做过兵部尚书的公子卞虎卞员外，新近失的家，要续弦，这一进门就当家，成箱子穿衣裳，论匣子带首饰，有多好。”郑氏一听说：“这位妈妈今年多大年纪？”这位太太说：“我六十八岁。”郑氏说：“好，再活六十八岁，一百三十六，你这大年岁说点德行话才是，不该拆散我夫妇，你快去罢。”这个老太太被郑氏抢白走了。工夫不大，又来了一个四十多岁的妇人，一见郑氏也提说不必跟李文龙受苦，你不必想不开。嫁汉嫁汉，穿衣吃饭，我给你提提卞虎员外好不好？进门就当家，一呼百诺，出门坐轿子，郑氏又给驳走了。一连来了四个，都是给卞虎提亲。郑氏也是聪明人，自己一想：“来了四个媒人，都给卞虎一个人提，要是提两家还可，都提一家，这其中定有缘故。”郑氏一想：“这必是卞虎使出人来离间我夫妇，我莫若应允他，跟他要五百银子给我丈夫李文龙，叫他奋志读书，扶养孩儿。等过了门，我暗带钢刀一把，我话里引话，套出卞虎的真情，我用钢刀把卞虎扎死，我自己开一膛，方显我贞节之名，叫丈夫李文龙明明白白。”想罢，就跟这个媒婆说：“我愿意了，你可去罢。可有一节，我先要五百银子，没有银子我不上轿。可得把我丈夫李文龙找来，我得见一面，不依着我，还是不行。”媒婆一听，说：“那都好办，打发人把你丈夫李文龙找来你见见，你要银子也现成，只要你愿意，我去说去。”郑氏说：“就是罢。”媒婆去了。次日回来，就说：“停当了，今天晚上就娶，先有人送银子来，随后轿子就到。”

正说着话，外面打门，马氏叫赖子开门一看，乃是二位公差。马氏问：“找谁？”王雄、李豹说：“有人把你们告下来了。”马氏说：“谁告下我们来？”王雄说：“李文龙。”马氏说：“好呀！李文龙把媳妇休了，反倒把我们告下来。”王雄说：“老爷有谕，传郑氏、马氏、赖子去过堂。”马氏说：“呦，我们赖子一个傻孩子，招着谁了！”王雄说：“老爷有分派。”马氏无法，找人看家，同着郑氏带着赖子一同来到公堂。王雄上去一回话，老爷吩咐：“先把郑氏带上来。”郑氏一上堂，李文龙的孩子已有三岁，一瞧见娘，“哇”的一声就哭了。老爷就说：“你是郑氏？”郑氏说：“小妇人伺候。”老爷一看郑氏，衣服平常，说：“你丈夫李文龙为什么休你？”郑氏说：“小妇人不知道。”老爷说：“你愿意跟李文龙不愿意呢？”郑氏说：“小妇人虽不敢说知书达礼，我也知道忠臣不事二主，烈女不嫁二夫，求老爷恩典，我愿意跟我丈夫。”老爷说：“你这两天在你舅母家里，你舅母说什么呢？”郑氏说：“我求我舅母去跟我丈夫说合，我舅母被丈夫辱骂回来，我舅母也不管了。昨天一连来了四个媒人都给我提亲，都提卞虎卞员外一家，小妇人可就生了疑心，这必是卞虎主使出来，离间我夫妇。”老爷说：“你应允没有？”郑氏说：“我应允了。”老爷说：“你既愿意跟你前夫，怎么又应允呢？”郑氏说：“我打算跟他要五百银子，给我丈夫李文龙，使他用功读书，抚养我那孩子。我虽应允，等他把我娶过去，我暗带钢刀，话里引话，套出他的真情实话，我把他扎死，我一开膛，那时呈报当官，可洗出小妇人清白之名。”知县点点头，叫把郑氏带下去，带马氏上来。老爷一看马氏，三十多岁，也很美貌，透着风流。老爷问说：“马氏，你外甥女被休回去，你为何不给说合？”马氏说：“回禀老爷，小妇人到李文龙家去，李文龙不开门把我骂回去。我就跟我外甥女说，你愿意在我家住着，我做针指，有你两碗饭吃，先嫁由爹娘，后嫁由自身，我也不能管。媒人给她说亲，是她自己答应的，小妇人也并没叫她另嫁。”知县一听这案没处找头绪，这才问：“圣僧，怎么办？”和尚说：“把马氏带到外面去，立刻把赖子带上来。”知县问道：“赖子你说实话，我给换新衣裳，买肉吃。”赖子本是傻子，说：“不知道。”知县说：“你妈跟谁商量什么计害你姐姐？”赖子说：“不知道。”老爷又问：“你妈叫谁给你姐姐说亲？”赖子仍回不知道。问什么，他总回说不知道。知县为了难，又问和尚，和尚把王雄、李豹叫过来，附耳如此如此，王雄、李豹点头答应。不知和尚有何等妙计，要审问真情，且看下回分解。

第一三一回

吐实情马氏拉卞虎　定妙计佛法捉贼人

话说和尚在王雄、李豹耳边说了几句，王雄转身够奔外面。李豹拿了一方肉，在大堂用板子一打，仿佛似打人一般，众官人吓喊堂威，说："打，打，打！"外面马氏就问："打谁呢？"王雄说："打你儿子赖子呢。"马氏一听，心痛的了不得。少时，和尚叫把赖子藏起来，把马氏带上来。马氏一瞧他儿子没有了，也不知搁在哪里，往大堂前一跪。老爷把惊堂木一拍，说："马氏你好大胆量，你做出这样事来！方才赖子都招了，你所作的事还不实说么？"马氏刚才一愣，老爷说："大概不用刑，你还不说，已然你儿子都说了，你还敢隐瞒？来人，给我掌嘴。"马氏一听，吓的颜色更变，说："老爷不必动刑，既是赖子说了，我也说。"知县说："你快实说，本县不打你。"马氏说："回禀老爷，小妇人居孀守寡，只因没养廉，我跟卞虎住街坊，常给卞员外做活。卞员外常给我家里送钱，给我打首饰，做衣裳，来往频盈，跟小妇人通奸有染。那一天卞员外到我家去，提说在城里二条胡同，瞧见一个西头路北墙门出来一个妇人，二十多岁，生的标致可爱，出来倒脏水，他骑着马由那里瞧见，提说怎么长得美貌。我说：'你别胡说，那是我外甥女。'他说叫我给接回来拉皮条。我说：'不行，我外甥女是贞节烈妇。’后来他交给我一对金镯子，一套垂金扇，叫我给搁到我外甥女家去。他说苟能够拆散她夫妇，许给我五十两银子。我把镯子留下一只。那一天我瞧我外甥女去，她去外厢方便，我就把镯子、扇子放在箱子里，这是我办的。后来有什么事，我就不知道，那都是卞虎做的。那一天李文龙找我，就叫我把我外甥女带回来，我也不知是怎么事故，这是以往从前真情实话。”老爷一听，吩咐王雄、李豹：“给我传卞虎。”和尚说：“老爷你传得了来么？”知县说：“怎么传不了来？”和尚说：“你想，卞虎乃是兵部尚书之子，家里手下人极多，又是深宅大院，官人一去，他一得着信，由后门就走了。”知县说：“依圣僧之见，该当如何呢？”和尚说：“我带着王雄、李豹、赖子去拿他，我自有道理。”知县说：“好，圣僧辛苦一回罢。”和尚这才带领王雄、李豹、赖子出了衙门。和尚说：“二位头儿跟赖子上他们家去等我。”王、李二人点头答应，同赖子到马氏家去。

和尚一直来到卞虎的门首，一瞧悬灯结彩，热闹非常。和尚来到大门前说：“辛苦辛苦！”门上管家一看，说：“大师父快去罢，我们员外大喜的日子，你赶什么来了？”和尚说：“我念喜歌来了。”管家说：“没有出家人念喜歌的，你快去罢。”和尚说：“咱们是乡亲，你叫我得几吊好不好？”管家一听和尚的口音，说：“大师父你是台州府的么？”和尚说：“是呀！”管家说：“我念与你是乡亲，你念罢，念完了，我到账房给你要两吊。”和尚说：“劳你驾罢，我念：悬灯结彩满堂红，锦绣门挂锦绣灯。和尚至此无别事，特意前来念藏经。”管家说：“和尚你别念藏经呀，这要叫我们员外听见，立刻就把你送衙门。你念吉祥的。”和尚说：“悬灯结彩满门昌，千万别添女字旁。福神喜神全来到，阎王有信请新郎。”管家一听，说：“和尚你是找打，你念好的罢。”和尚说：“我不会了，你给我要钱去罢。”管家说：“我念你跟我是乡亲，要不然，我真给你回禀员外。”和尚说：“你给拿钱去罢。”

管家到里面要了两吊钱拿出来，和尚扛着来到西城根二条胡同。

到了马氏家中，王雄说："圣僧，咱们怎么拿卞虎？"和尚说："赖子。"赖子就答应，和尚说："赖子你到卞员外那去，你就说：'我娘说了，叫卞员外不必等晚上娶了，睡多了梦长，这就发轿去娶，带五百银子。'你说：'我娘说新人下轿，叫卞员外亲自递给新人一个苹果，为是平平安安的。'你别提打官司，照我这话说。"赖子说："嗳。"他本是痴子，立刻就到卞员外家去。刚来到卞虎门首，家人都认识，说："赖子，你做什么来了？"赖子说："我娘说了，叫卞员外不用等晚上娶，睡多了梦长，这就发轿娶罢。"家人说："是。"带着赖子一见员外，卞虎说："赖子，你怎么来了呢？"赖子说："我娘说了，叫卞员外这就娶，带了银子，新人下轿，叫卞员外亲自递给新人一个苹果，平平安安的。"卞虎说："是了，你回去罢。"赖子立刻回来。卞虎叫陪亲太太，立刻鼓乐喧天，坐着花轿来了。这里王雄、李豹就问："和尚怎么办？轿子来了娶谁呀？"和尚说："我上轿，你们两个扶轿杆，你两个人先要五百银子，每人带二百五。我和尚上轿，到那下轿拿他，要不然拿不了他。"正说着话，轿子到了。

和尚先把门关上，叫王雄、李豹说："新人上轿，忌十二属相，不用陪亲太太，叫陪亲太太请回去罢。"王雄、李豹隔着门一说，外面陪亲太太自己回去了。外头鼓手叫："开门，别误了吉时。"和尚说："吹个大开门。"外头就吹打。和尚说："吹个小开门，吹个半开门。"外头说："不会。"和尚说："打个花得胜。"外头就打。和尚又说："打个孙大圣。"外头鼓手说："不会。"和尚说："拿红包来。"外面隔门缝往里搽红包，包着钱。和尚说："搽一个一门五福，搽两个二字平安，搽三个三阳开泰。"和尚说："还是撒满天星。"都说完了，和尚滋溜进了屋子。王雄一开门，花轿抬进来，有管家跟着，认识王雄、李豹。管家说："二位头翁跟着帮忙么？"王雄说："可不是，带了五百银子来没有？没带来可不上轿。"管家说："带来了。"王雄说："带来交给我们罢。"管家把银子交给二位班头。花轿堵着门口，和尚上了轿子，王雄、李豹扶着轿杆，吹吹打打，来到卞员外家。轿子搭到里宅落平，卞虎拿着一个苹果往轿子里一递；和尚接过来就吃，随把手揪住卞虎的手腕子。卞虎心里还说：“怎么美人手这样粗？必是洗衣裳洗的。”众多的姨奶奶、婆子、丫环都要瞧这个美人，必是天上少有，地下决无，急至一打轿帘，是一个穷和尚，大众哄堂而笑。和尚说：“好卞虎，你往哪走！”王雄过去一抖铁链，把卞虎锁上。众多家人要拦，被和尚用定身法定住，拉着卞虎来到公堂。

知县说：“下面是卞员外？”卞虎说：“老父台。”知县说：“卞虎。”卞虎说：“张甲三知县官。”知县说：“好恶霸！”卞虎说：“好赃官！”老爷勃然大怒说：“卞虎，你好大胆量，竟敢目无官长，咆哮公堂！你为何诡谋定计，图谋良家妇女，与马氏通奸？趁此实说。”卞虎说：“我不知道。”知县说：“大概抄手问事，万不肯应，拉下去给我重责四十大板！”皂班立刻将卞虎按倒，打了四十大板，打的皮开肉绽，鲜血直流。老爷又问，卞虎本是公子哥出身，从来没受过这样苦，焉能支架得住？这才说：“老爷不必用刑，我实说。我原与马氏通奸，那一天我见了郑氏貌美，我一问马氏，方知道是她外甥女，她说是贞节之妇。我家有一个教读的先生，姓童双名介眉，他给我出的主意，叫我买一对镯子，一把小扇，先叫马氏给郑氏栽上赃。我家开着一座绸缎店，那天故意说请李文龙写信，童先生给我做了两首诗，一首词，拿一对耳环。我派人给李文龙送去，故意叫李文龙知道，休他妻子，我可以托媒人说到我手，这都是童先生出的主意。”知县立刻叫书班写了口供，问：“卞虎认打认罚？”卞虎说：“认打怎么样？认罚怎么说？”知县说：“认打呢，我革去你的员外，照例重办，认罚呢，罚你五千银子。”卞虎情愿认罚。老爷把马氏叫上来，打了四十嘴巴，知县说：“我念你妇人无知，便宜你下去具结，从此安分。”又把李文龙叫上来，叫书班一念供，知县说：“李文龙你听见吧，你妻子本是贞节烈妇，无故被屈含冤。你趁此接回去，本县赏你五千银子，愤志读书，下去具结。”李文龙给知县磕头，千恩万谢，卞虎给银子，李文龙领下去，众人具结完案。知县这才说：“圣僧在我这里住几天罢。”和尚说：“还有那五百银子赏王雄、李豹二人，我明天就走，要上白水湖去捉妖。”知县摆酒款待和尚，天晚安歇。次日知县说：“我给绍兴府知府顾国章写一封信，派王雄、李豹送圣僧去好否？”和尚点头，知县立刻写信，派王雄、李豹二人拿了书信同和尚同去。这才起身，要够奔白水湖，真假济颠捉妖。且看下回分解。

第一三二回

送圣僧捉妖白水湖　假济公投刺绍兴府

话说济公禅师由萧山县告辞，同王雄、李豹顺大路够奔白水湖。道路上饥餐渴饮，晓行夜宿。这一日刚来到绍兴府东门，只见街市上男男女女，拥挤不动。王雄、李豹就打听过路人："什么事情这样热闹？"有人说："白水湖济公长老捉妖。"王雄说："怎么我们还没来，就知道济公来捉妖呢？"就听大家纷纷议论，这个说："我因为瞧捉妖，行人情都没去。"那个说："我因为瞧捉妖，买卖都没做。"正说着，就听那边哄赶闲人，说："大人来了，同着济公长老在马王庙打公馆喝茶吃饭，少时就上台捉妖。"王雄一看，头里是鞭牌锁棍，旗锣伞扇，后面跟着两匹马，左边是一匹红马，右边是一匹白马。只见红马上骑着一个大和尚，看那样子，跳下马来，身高有一丈，大脑袋，膀阔三停，项短脖粗，赤红脸，穿着黄袍，脖子上挂着一百单八颗念珠，背后带着戒刀，白袜黄僧鞋，真像个罗汉样子。右边骑白马的，是知府顾国章，头戴展翅乌纱，身穿大红蟒袍，玉带官靴。旁边就有人说："瞧这位济公长老，真是汉晋间罗汉样子。"那个就说："这许不是济颠僧，济颠僧是颠僧，短头发有二寸多长，一脸泥，破僧衣缺袖短领，腰系绒绦，疙里疙瘩，光着两只脚，拖着两只草鞋，褴褛不堪，酒醉疯颠，那才是济颠僧呢。”用手一指济公，那人说：“就跟这位大师父不差，往来比他还脏。”和尚说：“比我还脏，你认识济公么？”那个人信口开河说：“我认识，我跟济颠有交情，去年夏天我在临安盘桓了好几个月呢。”和尚说：“你去年夏天不是在扬州做买卖着，怎么你又上临安去？”那人一听一愣，说：“我在扬州做买卖，你怎么知道？”和尚说：“那是我知道。”这时节王雄、李豹可就说：“圣僧，你看这里可有一个济颠，你要是真济颠，咱们再投信。你要是假济颠，可趁早别碰钉子。”和尚说：“我也不知道我是真的是假的，你们两个人瞧着办罢。”正说着话，马到了跟前，济公一声喊嚷：“好王八猴儿狗，待我来。”过去一把，竟把假济颠的马嚼环揪住。

书中交代，这个假济颠是怎么一段缘故呢？原本绍兴府知府顾国章到任不多的日子，东门外有一道河名叫没涝河，这道河又叫白了沟，说济公的全传上都叫白水湖，愚下做书的也不能独出己见，再为改正，也就是白水湖就是了。这个湖的水，忽然放香，沿湖一带的小孩子，走在那里，闻着湖水一香，就跳下去。后来众村庄摆设香案，冲着湖水一祭奠，只见由湖水里出来两股阴阳气，听得见说话，瞧不见人影，一天要吃一个童男，一个童女。要不给送，要把绍兴府一带地面的小孩全吃了，一个不留。六百多村庄一会议，谁家有孩子都写上名儿，团了纸团，搁在斗里，天天抓，抓出谁家的，把谁家的孩子送给妖精吃。大众一禀官，知府各处张贴告示，谁能给把妖精除了，谢白银一千两。这天，忽然知府的衙门口一声“阿弥陀佛”，来了一个大和尚，赤红脸，身高一丈，穿着黄袍，口称：“我乃灵隐寺济颠和尚是也，正在庙中打坐，心血来潮，知道白水湖有妖精害人，贫僧特意脚驾祥云来到此处，所为降妖捉怪，搭救众民。尔等进去回禀你们太守，就说贫僧来了。”官人进去一回禀，知府迎接出来，说：“圣僧佛驾光临，弟子有失远迎。”跪倒行礼。这大和尚一摆手，大模大样说：“不必行礼，头前带路。”来在书房坐下。知府说：“圣僧由灵隐寺来，何时起身？走了多少日子？”假济颠和尚说：“贫僧今日早晨脚驾祥云而来，特为降妖。”知府说：“圣僧捉妖，用什么东西？”和尚说：“一概不用，就在湖岸高搭法台。”知府一面派人搭法台，一面问和尚吃荤吃素，和尚说：“荤素皆可。”知府吩咐在东门外马王庙打公馆，陪和尚到公馆用饭。用完了饭，法台搭好，那时知府同和尚来到白水湖岸头。和尚一跺脚，上了法台，一烧香，心中祷告过往仙灵：“弟子本是飞龙山炼气士，皆因白水湖妖精害人，我也不是兴妖作怪，所为把妖精除了，搭救这方黎民，望神灵保佑！”祷告已毕，画了三道符，用戒刀粘上，一点一晃，这团火光有海碗大小，口中说：“这道符出去，一到湖里，就叫妖精出来。”说罢往湖里一甩，只听湖水“哗啦啦”一响，声如牛吼雷鸣一般，就见水往两旁一分，由湖里出来两股阴阳气，直奔这和尚照下来。这和尚一张嘴，出来一股黑气，把那阴阳气顶住。他这股黑气有核桃粗，那股阴阳气有茶杯口粗细，眼瞧这湖里出来的阴阳气，把他这股黑气直往下压。书中交代，这白水湖里这妖精，有八九千年的道行，这个假济颠，只有五千年的道行，故此敌不住。众人瞧着也不懂，就见这和尚热汗直流，法台咯吱咯吱直响。天到日色西斜，偶然云生西北，沉雷“咕噜噜”一响，这股阴阳气收回去，这和尚累了一身汗，说：“老爷，今天贫僧未带法宝，我回庙去取法宝，明天再来捉妖。”知府说：“圣僧回灵隐寺有几百里，哪能就来了？”和尚说：“贫僧会驾云。”说完了话，滋溜一股黑烟没了，众人都说这可是神仙。知府回衙，次日果然这和尚又来了。他原本不是这白水湖妖精的对手，他回山要请一位有本领的老道帮忙，那老道也有八九千年的道行，偏巧不肯出来管。他一怒，今天要跟白水湖的妖精来拼命。一见知府，知府知道这取了宝贝来，仍吩咐在马王庙打公馆，预备吃饭。今天就吵嚷动了，瞧热闹的人拥挤不动。

知府同着假济颠够奔马王庙，正往前走，真济颠一声喊嚷，过去一把将假济颠的马嚼环揪住。真济颠说：“好东西，你敢前来捉妖！”

假济颠一看，是一个疯疯颠颠的穷和尚，焉想到罗汉爷早把佛光、金光、灵光三光闭住，假济颠看着是个凡夫俗子，连忙就问："这位法兄请了。"真济颠说："你跟我论兄弟么？"假济颠说："论哥们你不愿意么？"真济颠说："我倒怕你不愿意，你上哪去？"假济颠说："我去捉妖去。"真济颠说："你去罢。"又把马嚼环松开了。假济颠同知府够奔马王庙去。王雄、李豹一瞧和尚，虎头蛇尾，过去的时节仿佛真哼，有前颈没后颈，王雄、李豹就说："圣僧，咱们这信是投好，是不投好？"和尚说："你们两位瞧着办罢。"王雄、李豹自己一想，有心不投信罢，又怕老爷想："你管他是真济颠假济颠，我叫你投信你不投？"有心投罢，又怕老爷说："瞧见一个济颠僧，你二人为什么还投信，碰钉子呢？"左思右想，无奈还是投罢，这才同着和尚来到马王庙。王雄、李豹来到里面门房。一道辛苦，绍兴府的稿案本姓张名叫张文元，原先也在萧山县当过稿案，认识王雄、李豹，连忙问："二位头儿从哪来？一向可好？"王雄说："我二人奉了县太爷之命，来给太守下书，荐来一位济公长老，给白水湖捉妖。"张文元一愣，说："我们这里有一位济公长老，怎么会又来了一位济公？在哪里？"王雄说："在门口呢。"张文元同着来到门口一瞧，和尚靠着影壁在地下坐着睡着了。王雄用手一指，说："就是这位和尚。"张文元一看，叹了一声，说："依我说你们二位不必投信了，瞧我们这里这位济公，真是罗汉的样子。这个和尚简直是乞丐。"王雄说："我二人奉老爷之命来投书，不能不投呀！你给回回罢。"张文元无法，到里面一回，知府顾国章正同假济颠谈话。张文元把信拿进来，知府一看，微微一笑说："圣僧，你看世界上真有这等无知之辈，冒充你老人家的名姓。"假济颠一听，说："怎么回事？"知府说："现有我的朋友萧山县知县，又给荐了一个济颠和尚，真乃可笑。"假济颠一听，一哆嗦，心说："许是真的来了。"知府说："请进来瞧瞧罢。"立刻张文元出来一找，和尚没了，正在各处找寻，忽听厨房里厨子嚷："哪来的个穷和尚偷菜吃来了，这是给济公长老预备的。”张文元来到厨房一看，见穷和尚偷酒喝呢，大把抓菜。张文元说：“和尚，我们太守请你哪。”济颠一声答应，这才往里够奔。不知真假济颠见面该当如何，且看下回分解。

第一三三回

真假僧会面马神庙　邀道友携宝报前仇

话说知府吩咐有请，张文元同着真济公来到里面。假济颠一看，是方才揪马嚼环的那个穷和尚，假济公就问："来者法兄，怎么称呼？"真济颠说："我乃灵隐寺济颠僧是也，你是谁呀？"假济颠说："我也是济颠。"真济颠说："你也是济颠，我在庙里怎么没瞧见过你？"假济颠说："你也不用瞧见过没瞧见过，回头上台做法，谁有能为谁是真。"济公说："也好，咱们先吃饭要紧，千里为官，还为的是穿吃呢。来，摆酒摆酒！"知府立刻吩咐把酒摆上，和尚大把抓菜，抓起来还让："知府你吃这把。"知府一瞧，和尚伸出手来似五根炭条一般，连忙说："请罢。"和尚大吃大喝。吃喝完毕，知府同着真济颠、假济颠来到法台，但则见这瞧热闹的人多了，假济颠说："法兄上台呀。"真济颠说："怎么上去？"假济颠说："施展法术上去呀。"真济颠故意爬梯子上去。假济颠说："你先烧香罢。"济公拿过香来就点，假济颠说："你祝告么？"真济公说："祝告什么？"假济颠说："你心里有什么，就祷告什么。"济公说："我穷。"假济颠说："穷没人管。"济公就说："我饿。"假济颠说："你倒是捉妖念咒，施展法术，别要笑作玩。"济公说："我不会。"把香火冲下，往香炉里一插，真济公一滚身跳下法台，正碰见胡秀章、孙道全二人，说：“师父怎么不管捉妖？”和尚说：“你们两个人早来了，咱们不管，回头有比咱们爷们能为大的来捉妖，咱们瞧热闹罢。”济公又说：“我先前教给你的咒，忘了没有？”孙道全说：“什么咒呀？”和尚说：“唵嘛呢叭𠺗吽！唵，敕令赫！”孙道全说：“那我记得。”和尚说：“你记得，好，你拿宝剑，站在湖沿上，冲着湖念我这个咒，湖水就上不来。要不然，湖水一上来，就把众黎民全都淹了。”孙道全点头答应，就到湖沿上去念咒。这个时节，假济颠在法台上见真济公一下去，连众瞧热闹人都瞧着可笑。假济颠在台上画了三道符，点着往湖里一甩，就听湖里水一响，声如牛吼，往两旁一分，波浪滔天，由当中出来一股阴阳气直奔法台。假济颠一张嘴，出来一股黑气就把阴阳气顶住。本来他不是湖里妖精的对手，仍然这阴阳气直往前赶，他这股黑气直往回抽，眼看就要抽完了。

假济颠正在危急之际，就听见念一声“无量寿佛”，来了两个老道。头里走的这老道，发挽双鬟髻，穿着青布道袍，青缎护领相衬，腰系黄绒绦，白袜青云鞋，面如刃铁，粗眉大眼，押耳黑毫，海下一部钢髯，犹如钢针，轧似铁线，在肋下佩着宝剑，背后背着一手乾坤颠倒迷路旗。后面跟定一个老道，头带青缎九梁道冠，身穿蓝缎道袍，青护领相衬，腰系丝绦，白袜云鞋，白脸膛，俊品人物，身背后背着周天烈火剑。书中交代，这位白脸膛老道，乃是神童子褚道缘。前者跟济公为仇，分手之后，他回到铁牛岭避修观，得了加气伤寒病了。他师兄孙道全到临安去找济颠，替他报仇，一去不回来。褚道缘病好了，一打听不但孙道全没替他报仇，反认他济颠和尚为师。褚道缘这个气就大了，他自己带上周天烈火剑，够奔双松岭三清观。这庙中有一个老道，叫鸳鸯道张道陵，跟褚道缘至好。褚道缘知道张道陵庙中有一种镇观之宝，叫乾坤颠倒迷路旗，勿论什么精灵，一晃这旗子就得显原形，就是带路金神，一晃这旗子就得翻身栽倒；若是凡夫俗子，能把三魂七魄晃散。褚道缘这天来到三清观，一见张道陵，就把受济颠和尚欺辱的话一说。现在孙道全怎么玷辱三清教，认了和尚为师，褚道缘说："我来求兄长替我报仇雪恨，我知道你有乾坤颠倒迷路旗，你可以带着跟我到临安去找济颠报仇。"张道陵说："这件事我可不敢应允，乾坤颠倒迷路旗乃是镇观之宝，上辈遗留。前番有蟒精来偷盗，没盗了去，后来又来了一个壁虎精，也没盗了去。有我师爷在日就说过，无故不准妄动，你另请高明罢。"褚道缘说："兄长你我知己，勿论怎么样，兄长得替我出力，不管也要管。"张道陵见褚道缘苦苦哀求，自己无法，说："也罢，我跟你去一回就是了。"这才请了乾坤颠倒迷路旗，带着同褚道缘下山。这天来到临安，同到灵隐寺一找济颠，门头僧说："济颠有人请去，上白水湖捉妖去了。"二人这才往白水湖追赶，要找济颠，连孙道全找着全杀，谁也不留。

这天两个老道刚来到绍兴府东门，就见街市上瞧热闹的人拥挤不动，纷纷传言说："济公长老在白水湖捉妖。"二人来到法台临近一看，不是真济颠。张道陵说："贤弟你来看，我打算是真济颠捉妖赶精，法台也是妖精，妖精捉妖，这倒新鲜。"褚道缘说："兄长你我今天上法台，帮着这个妖精把湖里的妖精提了，你我二人显显能为。兄长你留着宝贝迷路旗捉拿济颠，我这周天烈火剑能请天火、地火、人火三昧真火，是我师父的宝贝，可以捉妖。"二人商量好了，来到法台上，说："上面僧人不必害怕，待山人前来跟你捉妖。"说罢，二人趁脚风上了法台。

假济颠正在不得了，恨不能有人帮着才好，连忙说："二真人快快大发慈悲，把妖精捉了，给民间除害。"褚道缘说："兄长瞧我的。"立刻画了三道符，用周天烈火剑一粘，说："我这一道符甩在湖里，就能叫妖精上来现原形。"自己以为能为大了，其实更不行，就见他把符点着，口中念念有词，说声"敕令"，往外一甩符，焉想到真仿佛有人从手里把宝剑夺出去似的，连宝剑出手，落到湖内。褚道缘一跺脚说："了不得了，把我的宝贝失了。"张道陵说："谁叫你多管闲事，又要捉妖，这自然是失了。你我走了罢，找济颠去罢。"褚道缘无法，立刻跳下法台。这两个人来的很勇，回去的更快，褚道缘垂头丧气同张道陵往回走。

正往前走，只见前面来了两个人，都是壮丁打扮。一位是紫壮帽，紫箭袖，身披大氅，面似蓝靛，发似朱砂，红胡子；一位身穿蓝翠褂，俊品人物。来者非是别人，正是雷鸣、陈亮。这两个人是小月屯来找济公，要瞧热闹，正碰见两个老道。雷鸣、陈亮不打听也没事。偏巧雷鸣就问："借光，道爷是从白水湖来么？"老道说："是呀。"雷鸣说："你瞧白水湖是济公捉妖么？"褚道缘一愣，说："你们二位打听济颠，跟济颠认识么？"雷鸣说："那是认识，济颠是我们师父。"褚道缘一听，"呵"了一声，说："你二人既是济颠的徒弟，甚好。我正找济颠，找不着，就是你二人罢，张道兄把宝剑给我，我杀他二人。"张道陵说："何必你动手，叫你瞧瞧我这乾坤颠倒迷路旗的利害。"说着把旗子拿出来，打开一晃，口中念念有词，雷鸣、陈亮这二人一瞧天旋地转，雷鸣、陈亮破口大骂："好个杂毛老道，二位大太爷跟你们远日无冤，近日无仇，冤各有头，债各有主，无故跟二位大太爷做对？我杀你两个杂毛老道。"雷鸣、陈亮打算要拉刀动手，无奈身不由己，头晕眼眩，翻身栽倒在地，不能转动。张道陵把旗子卷上，哈哈一笑，说："贤弟，你可看见了？"褚道缘说："看见了，真是宝贝。"张道陵说："这找不着济颠，杀他两个徒弟，也算报了一半仇。"把宝剑递与褚道缘，褚道缘刚要杀雷鸣、陈亮，就见那边一声喊嚷："好杂毛，无故要杀我徒弟，冤有头，债有主，待我和尚老爷与你们分个高低上下。"济公禅师赶到，初会乾坤颠倒迷路旗。不知僧道斗法，胜负如何，且看下回分解。

第一三四回

白水湖丢失烈火剑　密松林初试迷路旗

话说老道褚道缘正要杀雷鸣、陈亮，济公禅师赶到。褚道缘一看，说：“道兄，你看济颠来了。”张道陵说：“好，待我来。”伸手拉出乾坤颠倒迷路旗，说：“济颠你可认得山人？”和尚说：“褚道缘，你先等等，冤各有头，债各有主，我跟你有仇，徒弟没招惹你，你叫我徒弟走他们的，有什么话，咱们再说。”褚道缘说：“可以。”和尚过去把雷鸣、陈亮救起来，给了两个人一块药吃。这两个人好了。雷鸣、陈亮说：“师父，你老人家上哪去？”和尚说：“你们两个不用管，去到白水湖等我去，我少时就去。”这两个走了。和尚这才说：“你们两个老道，打算怎么样？”张道陵说：“和尚，你无故欺负三清教的人，今天山人特来找你，你可认识山人这宝贝？”和尚说：“我认识怎么样？”张道陵说：“你要知道我的利害，跪倒给我磕头，叫我三声祖师爷，饶你不死。如要不然，当时我拿这乾坤颠倒迷路旗，结果你的性命。”和尚哈哈一笑说：“我叫你三声孩子。”张道陵一听，气往上撞，当时一晃迷路旗，口中念念有词，眼瞧和尚滴溜溜转，东倒西歪。老道说声“敕令”，和尚翻身栽倒。张道陵一看，说：“贤弟你看见了，我已将和尚治住，是你杀我杀？”褚道缘说：“我立刻杀他。”随即赶过去，恶狠狠照定和尚脖颈就是一剑。只听宝剑当啷啷一响，和尚脖子冒火星。褚道缘说："和尚好结实脖子。"张道陵说："这不是和尚罢。"一句话说破，再一瞧，是半截石头桩，和尚踪迹不见。张道陵说："了不得，这叫五行挪移大搬运。这和尚能为不小，既是我这宝贝拿不了他，比你我的道行大，你我不是他的对手，咱们得请能人拿他。"褚道缘说："请谁去？"张道陵说："请你师爷爷紫霞真人李涵龄去。"褚道缘说："不行，我师爷爷决不管。"张道陵说："是你爷爷，或者能与帮助更妙。不然，到八卦山去请坎离真人鲁修真来。他有一宗镇观之宝，名曰乾坤子午混元袋。勿论什么妖精装在里面，一时三刻化为浓血；岛洞金仙，装在里面，能把道行没了；连西方的罗汉装上，都能把金光散了。"褚道缘一想说："也好。"二人这才够奔八卦山去了。

和尚借遁法走了，回归白水湖。刚来到湖岸，雷鸣、陈亮赶过来行礼说："承蒙师父救命，要不然，已死在老道之手。"和尚说："不便行礼。"雷鸣、陈亮说："师父，那台上捉妖的和尚是谁？"济公说："那是假济颠。"雷鸣说："怎么济颠还有假的？"和尚说："那是自然。你瞧，了不得了，这个假济颠要了不得。"雷鸣、陈亮瞧着也不懂，就见湖里出来这股阴阳气，把他这股黑烟压的剩了有几尺，再要少待片刻，把黑气欺没了，阴阳气一卷，就把他卷到湖里去，他这五千年道行就完了。眼瞧这假济颠热汗直流，法台咯啷咯啷直响，济公禅师心中有些不忍，这才口念阿弥陀佛，由腰里把僧帽拿出来戴上。和尚说："亮儿给我拿个折。"陈亮一想："这倒不错，把陈字去了，净吃亮儿。"立刻给和尚把僧袍拿了个折。和尚把绒绦紧一紧，说："雷鸣、陈亮你两个人上西边铺子门口，雨搭底下去，我和尚有事。"雷鸣、陈亮就到铺户廊檐下去一站。和尚恭恭敬敬，冲西北磕了三个头，起来也到廊檐下一站。少时云生西北，雾长东南，沉雷一响，大雨点真有钱大，赶精雷一响，避邪湖里，这股阴阳气收回去了。台上假济颠也怕雷，他也是妖精，自己一想："得找个有造化的人，可以躲避雷，大概知府顾国章皇上家的四品官，必有造化。”假济颠正要打知府去，忽然往西一看，见穷和尚一摸脑袋，透出三光。他一看是身高十丈，头如麦斗，身穿织铎，赤着两只腿，光着两只脚，是一位活报报知觉罗汉。假济颠连忙来到真济颠跟前，说：“圣僧你老人家救命。”和尚一掀僧袍，说：“这里头蹲着来，老实点，别碰了零碎。”这个时节，狂风暴雨就下来了。瞧热闹人，跑的跑，躲的躲，知府在看台上也下来了。眼瞧着这法台上的大和尚，跑到那穷和尚的僧袍底下蹲着去，知府心中纳闷。

这个时节一个电闪，跟着一个雷，这霹雷老打不着。济公一按灵光，说：“好东西，真是作怪。假济颠你出来，我用用你。”假济颠说：“圣僧，我不敢出去，怕雷霹。”和尚说：“不要紧，把我的帽子给你戴上。此时湖里的妖精，给雷震迷了。他头上顶着一块脏布，乃妇人所用污秽之物，雷不能霹他。你到湖里去把脏布抢过来，雷就把他击了。”假济颠这才戴上济公的僧帽，够奔湖岸，滋溜跳下湖去。知府看得明明白白，少时呱啦一个霹雷，雨随着就小了，就听湖水哗啦啦一响，妖精翻上来了。大众一看，这个妖精，其形是龙脑袋，两只眼没了。有两条腿，长有三十余丈，一身净鳞。这宗东西名叫鳄鱼，乃是龙种。这鳄鱼天底下地上头，只有一个，够五百里地长，这是个小的。这种东西最利害无比，龙之性最淫，比如龙要污了牛，下出子来，名曰特龙；污了马，下出驹来名曰龙驹；污了驴，下出子来名曰骞龙；污了羊，生子名曰猖龙；污了猪，生子名曰猿龙；要污了野鸡，下了蛋，入地一年走一尺，四十年起蛟，它一出来，能使山崩地裂，四周带起四十丈水来，乃是龙王爷的反叛。这个鳄鱼，天下大患，今天被雷击了，雨也住了。知府知道是穷和尚的法术，请的雷，这才下了看台，过来给济公行礼，说：“圣僧佛法无边，弟子深为感念，请圣僧到衙门一叙。”和尚说：“太守大人，你把这鳄鱼叫人抬回去。他那两只眼，是两颗避水珠，在内肾囊里，取出来，乃是无价之宝。他周身骨头节里都是珠子，他那两只爪，是真锹玦。大人你得这个鱼，取出珠子来，胜似敌国之富。”知府一听，喜乐非常，吩咐把方才那假济颠骑的马，给圣僧备过来。手下人答应，旁边胡秀章赶过来，说：“圣僧你老人家上衙门去，我要回家了，在家中候着你老人家。”和尚点头，雷鸣、陈亮、孙道全过来，随着济公左右。

和尚上了马，同知府并马而行，刚走到绍兴府东门，忽然济公骑的这匹马一叫，连蹿带跳，往北就跑。知府赶紧吩咐人快截马。大众官人都嚷截，但是谁也没截住。和尚的马，一直往北跑下去了。雷鸣、陈亮、孙道全随后追赶，和尚这匹马奔走如飞，跑下有二十多里来。和尚说：“好东西，真跟我玩笑。”正往前走着，眼前树林子一声：“阿弥陀佛。师父别走，弟子给你老人家送帽子来了。”济公一看，正是假济颠。书中交代：这个假济颠怎么一段缘故呢？只因绍兴府正南有一座会稽山，山下住着一个打柴的，姓李名云。这个人乃是饱学，时运不佳，家中贫寒，不能念书。家有老母，李云事母至孝，就指着打柴度日。一天打两担柴，一担柴籴米，一担柴自己烧。这天拿着扁担板斧，到山上去打柴，刚走到山口，就见那里有一条大蟒，有好几十丈长，两只眼似两盏灯，张着血盆似的大嘴。李云吓得魂不附体，把扁担板斧都丢了，跑回家去，吓得战战兢兢。他母亲就问：“儿呀，怎么了？”李云说：“吓死我了！我拿着扁担板斧刚要上山去打柴，刚走到山口，看见一条大蟒，真有水缸粗细，有好几十丈长，两只眼睛像两盏灯，张着大嘴要吃我，吓的我把扁担板斧都捺了，赶紧跑回来。”老太太一听，说：“扁担板斧倒是小事，只是我儿有命，可以养赡为娘。”次日李云还得去打柴，家中又并无余粮，无奈跟街坊又借了一根扁担，一把斧子，够奔会稽山。刚来到山口一看，大蟒尚未走，吓得李云又把扁担斧子捺了，又跑回去。老太太一看，见李云吓的颜色更变，又问：“李云为何惊慌？”李云说：“大蟒还在那里。”老太太说：“可别去了。”又过了一天。次日家中颗粒俱无，不去就得饿着，李云想：“我把人家担绳等件也都捺在那里，怎么赔人家？”这样一想，不顾命了，当时由家中出来，够奔山口，捡扁担打柴。不知李云性命如何，且看下回分解。

第一三五回

济公请雷诛妖怪　飞龙诚心拜圣僧

话说李云因家中无柴米，老母不能充饥，自己无法，来到山口，一捡两条扁担，两把板斧。大蟒也并不吃他。李云由蟒边走过去，上山打柴，挑柴回来，仍由蟒旁边过，大蟒也不动弹。后来一传，嚷动了会稽县知县来祭奠大蟒。知县烧香说："大蟒你真有道德，你快走，找深山洞府参修去，可以成正果，省得民间作乱。"果然一阵风，大蟒起在半悬空，往四外一看，见有一座山洞，洞里有一股妖气。大蟒摇身一变，变了一个老道，头戴九梁巾，身穿蓝道袍，白袜云鞋，来到洞门。往里一看，里面有一个和尚，端然正坐，闭目参修。老道说："这位道兄请了。"和尚一看说："道兄从哪里来的？"蟒老道说："我原本在虎邱山禅家院参修，那里有大造化人占了，我此时无地安身。师兄你怎么称呼？在此何干？"和尚说："我乃飞龙僧是也，在洞中修真养性。未领教道兄怎么称呼？修炼多少年代？"蟒老道说："我有八千多年的道行，我乃无名氏。你有多少年的功德？"和尚说："我有五千年的道行。我虽是五千年，我可做了些功德事，常在外面施符水治病，了然功德，常常下山，不在洞内。道兄既是没处去，何妨你就在我洞中一同参修，你我彼此也有个伴当。"老道说："也好。"就同飞龙僧二人在一处，时常盘道说法。这天和尚说：“道兄，你在洞里养静罢，我要下山去做功德事。”老道说：“好，你去罢，我也不懂的做功德，我就懂的参星拜斗，务正参修，不求有功，但求无过。”

和尚下了山，在外面治病。听说白水湖妖精闹的利害，飞龙僧想：“知府贴榜文，请人捉妖，我要把妖精除了，也是一件功德事。”自己一想：“我见知府，我说，我是飞龙僧，他准不恭敬我。听说尘世有个济颠僧，名头高大，莫如我变做个济颠僧，知府准恭敬我。”他又没见过济颠僧什么样儿，他自己想，济颠必是个大罗汉样子。他这才变了一个大和尚，赤红脸，穿黄袍，一见知府很恭敬，焉想到一捉妖，他不是那湖里妖精的敌手。他说回庙去取法宝，他是回了山了，一见蟒老道，提说在白水湖捉妖之故。飞龙僧说：“道兄，你帮我把妖精捉了，你我也是一件功德。”老道说：“我不行，我也不会法术。再说咱们两个人也是妖精，又非正果，哪有妖去拿妖的道理，你自己去罢，我也不想有功，但求无过就是了。”飞龙僧一想：“蟒道真不懂交情，也罢，我也不用你，明天我自己去，跟白水湖妖精一死相拼，拼着我这五千年道行不要了，我捉不了他，我也就不回山了。倘如上天有眼，可怜我，也许我成了事。”到次日，这才来跟妖精拼命，偏巧遇见真济公。他想：“济公他老人家乃是罗汉，我趁此机何不认圣僧为师，也可以学点法术。”济公叫他戴着帽子，到湖里把鳄鱼头上的妇人脏布抢了去，雷把鳄鱼击了。飞龙僧在暗中看着，知府给济公备马，请济公上衙门。他暗中一打济公这匹马，马往北跑走来，他这才由树林绕出来，口称：“圣僧别走，弟子给你老人家送帽子来了，求圣僧大发慈悲，收弟子做个徒弟罢。”济公禅师一看，原来是假济颠，哈哈大笑说：“你要拜我和尚为师，我瞧你是什么变的。”假济颠说：“师父要瞧我的本像，那倒现成。”立刻把帽子递给济公，他把身形一晃，露出本像。济公一看，这宗东西，有二十余丈长，有十二条腿，也是龙脑袋，他本是龙种，龙要污了蜈蚣，就生这宗兽，名叫飞龙，故此他叫飞龙僧。济公看罢，说：“你要认我和尚为师，我不能收你，我们和尚都是人，没有畜类当和尚的。”飞龙僧嚁嚁直叫，人有人言，兽有兽语，说：“圣僧慈悲慈悲罢。”和尚说：“你要认我也行，我把你用火烧了，你再投胎，托生人世，长大了，我收你做徒弟。”飞龙说：“火烧不好受。”和尚说：“要不然，我拿石头把你打死。”飞龙说：“我舍不得我这五千年的道行。”和尚说：“要不然，我不收你。”飞龙一听，身形一晃，一溜烟没了。忽然济公的这匹马又惊了，和尚说：“好东西，你这可是存心跟我耍笑。”说着话，正往前走，只见跟前一晃，来了一个和尚，也是短头发有二寸多长，一脸的油腻，破僧衣，短袖缺领，腰系绒绦，疙里疙瘩，光着两只脚，穿着两只草鞋，跟济公一个样子的打扮。来到近前说：“师父你收我不收我？”济公一瞧也乐了，说：“也罢，我和尚收你就是了，你过来。”济公用手拍着他的天灵盖，说道：“你得道绍兴南，出家会稽山，神通多广大，舍药济贫寒，修行飞龙洞，道德五千年，拜在贫僧面，赐名叫悟禅。”小和尚立刻给济公磕了头。济公说：“徒弟跟我走罢。”

师徒二人刚要往回走，雷鸣、陈亮、孙道全三个人追赶下来，远远一看，雷鸣说：“老三你看，咱们师父分身法。”孙道全说：“不是，东边站着穷和尚，是方才那个假济颠变的，西边站着那才是咱们师父呢。”雷鸣说：“你怎么瞧得出来？”孙道全说：“我拿符水洗过眼，我看的出来。他头上有黑气，是妖精。”陈亮说：“什么妖精？”孙道全说：“看不出，只知道是妖精。”说着话走到切近。济公说：“雷鸣、陈亮、悟真过来见见你师兄，我收他做徒弟，起名叫悟禅。”雷鸣、陈亮说：“师父，你收徒弟，有个先来后到，我们先进门，他后进门，怎么他倒是师兄呢？”济公说：“不论先收后收，他的道行比你们大，过来见见。”雷鸣说：“比比身量，他也矮得多。”雷鸣、陈亮过来，要跟悟禅比，悟禅赶紧跑在旁边躲闪。济公说：“你跑什么？”悟禅说：“师父不是别的，我身子零碎东西多，怕他们两人挨着我，得便偷的什么。”雷鸣说：“好，你这个嘴真尖。”济公说：“别空闹，咱们走罢。”师徒五人，这才回到知府衙门。济公下了马，大家往里够奔。来到书房，知府顾国章一瞧一愣，说：“哪位是济公？”和尚说：“这是我的徒弟悟禅，改头换面，你们就不认识了。”知府说：“原来是少师父，请坐请坐。”立刻大众落座，有家人献茶，知府吩咐摆两桌酒，悟禅、悟真、雷鸣、陈亮四个人一桌，知府陪着济公喝酒谈说。

正喝着酒，进来家人回禀，拿着一封信，说：“大人家里来了信了，有紧要的事，请大人过目。”知府接过信来一看，叹了一声：“圣僧请你看罢，我的官运实在不好。”和尚说：“怎么？”知府说：“现在我家有老母，今年已七十余岁，病的甚沉重，倘然我娘亲一故，我岂不是要丁忧守制？”和尚一按灵光，说：“不要紧，我和尚有药，管叫老太太吃了多活几年。”知府说：“虽有药那也不行，我家离有一千八百里，遥遥往返，得走一个月，有药也赶不上。”和尚说：“不要紧，叫我的徒弟给你家里送去。悟禅过来。”悟禅说：“伺候师父。”和尚说：“我派你给太守家里去送药，得几天回来？”悟禅说：“大人家里不是山东么？”知府说：“是。”悟禅说：“要没什么耽误，有两个时辰，我就回来。”知府一听，心中有些不信：“少师父你要真能两个时辰打回来，我写一封信，求少师父把药送到我家里，有一挂多宝串，给我要来。”悟禅说：“那行。”济公给了一块药，交给悟禅。悟禅说：“师父我走了。”济公说：“你去罢。”悟禅刚一出门，转身又回来，说：“师父我不去了。”济公说：“怎么？”悟禅说：“师父你瞧，知府有多大样子，这么远我去给送药，他连送都不送，仿佛应当则分，我不去了。”知府一听说：“少师父，不要见怪，我疏忽了，少师父请，我送你。”悟禅这才往外走，知府刚送出衙门，说：“少师父多辛苦。”悟禅一晃脑袋，滋溜一股烟没了。就听二门里“哎呦”“噗冬”“哗啦”，怎么一回事呢？原来家人刚打厨房拿油盘，托着四样菜来上菜，一进二门，只见一个小和尚一晃脑袋，一溜烟没了，吓得他油盘也摔了，跌了一个跟头。知府故作没瞧见，这就是大人不见小人过。知府进来陪着济公喝酒，偶然和尚一哆嗦，赶紧把雷鸣、陈亮叫到无人之处。济公禅师说了一夕话，把雷鸣、陈亮吓的赶紧就走。不知所因何故，且看下回分解。

第一三六回

知府衙悟禅施妙法　曹娥江雷陈赶贼船

话说济公禅师正喝着酒，打了一个冷战，一按灵光，早已占算明白，连忙站起身，把雷鸣、陈亮叫到无人之处，说："雷鸣、陈亮，你们两个人是我徒弟不是？"雷鸣、陈亮说："师父这话从哪里说起呀？"和尚说："我待你两个人好不好？"雷、陈说："怎么不好？"和尚说："我救你两个人的性命有几回？"雷鸣、陈亮说："有数次了。师父待我二人恩同再造，有什么话，只管吩咐。"和尚说："既是我待你二人不错，现在我和尚有事，你二人可肯尽其心？"雷鸣、陈亮说："师父有什么事，我二人万死不辞。"和尚说："好，我这一回到白水湖，一来是捉妖，二来所为够奔天台县去，探望我娘舅。现在我舅舅派我表兄王全，同我家的老管家出来找我，今天我表兄同老家人可上了贼船了。天到正午，他二人就有性命之忧，准活不了。你二人要是我徒弟，赶紧出绍兴府，顺江岸一直往西，够奔曹娥江，看江里有一只船，那就是贼船。你们看有一个年轻的文生公子，那就是你师伯王全，有一个老头，那就是老管家李福。船上没有别的客，余者船上的人都是贼。你二人赶紧去，天一到正午，他二人可就没了命了。你二人要救不了你师伯王全，从此也就不必见我了，也不算是我徒弟。"

雷鸣、陈亮一听这句话，也顾不得跟知府告辞，撒腿就跑，跑出衙门，奔出了南门。二人顺江岸施展陆地飞腾法，一直往西，一口气跑有二十多里。看看有巳正，微缓一缓，又跑二十多里。刚来到曹娥江地面，远远有一只小船，就见由船的后厢出来一人，手拿一把钢刀，够奔前舱。二人来到临近，见有一人从前舱里提出一颗血淋淋的人头，是个少年的人头。雷鸣一瞧就急了，船离着岸有三丈多远。雷鸣一声喊嚷："好囚囊的！"一个急劲，拧身就往船上蹿。没蹿到船上，噗冬掉在江内。陈亮一看，眼就红了，自己想："我二哥一死，我焉能独生？"来到江岸，施展鹞子穿云三踪法，拧身往船上一蹿，前脚刚落到船沿上，船上那人举刀照定陈亮劈头就剁。

书中交代，这只船正是贼船。坐船的非是别人，正是王全、李福。凡事也是该因，王全、李福由萧山县完了官司，依着王全还要寻找表弟李修缘。李福说："公子爷依我说，你老人家回去罢。头一件，老员外虽说一天找着一天回去，一年找着一年回去，找不着我家公子，不准回去。据我想老员外也是不放心公子爷，你是读书的人，圣人有云：父母在，不远游，游必有方。再说我家公子也未必准找的着，这几年的工夫，还不定生死存亡。再往后天气一天冷似一天，一到三冬，天寒地冷，你我在外面，早起晚睡，我老奴倒不要紧，公子爷懦弱身体，焉能受得了这样辛苦？再说无故遭这件官司，呼吸间有性命之忧，要不是上天有眼，神佛保佑，你我主仆有冤难伸，岂不置之于死地？倒不如你我回家去，也省得老员外提心吊胆；以待来春天暖花开，老奴再同公子爷出来寻找。你道是与不是？"公子王全想："也是。"回想这场官司，也令人胆战心惊。这才说："既然如是，你我回去走罢。"主仆二人顺大路，饥餐渴饮，晓行夜宿往回走。这天来至小江口镇店，李福说："公子爷，天也不早了，你我找店罢，明天由此地码头可以雇船了，也省得走旱路。早晚起歇，跋涉艰难，甚为劳乏，错过站道，就得耽惊骇怕。"王全点头答应，就在小江口找了一座万盛客店，主仆进了店，伙计让到北上房，是一明两暗三间。李福把褥套放下，擦脸喝茶，歇息了片刻，要酒要菜，主仆二人同桌而食。正在吃酒之际，听外面有人说话："掌柜的，客人都住满了罢？"掌柜的说："有几十位住客。"这个在院中喊嚷："哪位雇船？我们船是天台县的，有搭船走的没有？我们是捎带脚，明天开船。"

王全、李福听见，正要出来商量雇船，只见有一人来到上房，一开门说："你们这屋里客人，是上哪去的？雇船罢？"王全看这个人有三十多岁，白脸膛，俊品人物，头上挽着牛心发髻，身穿蓝巾小褂，月白中衣，蓝袜子打绷腿，两只旧青布鞋。王全看这位很眼熟，这个人一看王全也一愣，迈步进来说："这位客人贵姓呀？"王全说："我姓王。"这个人啊了一声说："你老人家是台州府天台县永宁村的人么？"王全说："是呀。"这人赶紧上前行礼，说："原来是公子爷，你不认识小人了？"李福说："你是谁呀？"这人说："李伯父，你真是贵人多忘事，小侄给我公子爷当过伴童，名叫进福呀。"王全也想起来了，说："进福，你怎么会在这里？做什么呢？"进福叹了一声，说："公子爷别提了，一言难尽。"

书中交代，这个进福原本年幼的时节，他父母是乡下人，皆因旱涝不收，家里过不了，把他卖给王安士家中，永远为奴。王安士就叫进福侍候王全念书，当伴童，后来进福长到十八九岁，手里也有两个钱，在外面无所不为，吃喝嫖赌全有。本来王安士家里，乃是富豪人家，待人极厚，奴婢个个都有钱。进福不但吃喝嫖赌，后来宅内有一个做针线的仆人，也有二十多岁，跟进福通奸有染，被进福拐出去，在外赁房过日子，就算是他的外家，进福可还在王员外家里伺候。凡事纸裹包不住火，要得人不知，除非己莫为。进福把老婆拐出去，被老员外叫手下人把进福捆了起来一打。老员外说："我这家里，乃是书香门第，礼乐人家。你这奴才，敢做出这样伤天害理之事！"要把进福活活打死。那时众人给他讲情，王员外本是个善人，把进福赶出去，从此不准他进门。众仆人把他放开，老员外立刻叫："走！是他的东西全给他。"进福哭哭啼啼，一见全少爷，提说老员外要赶出去。王全说："我给你三十两银子，你先出去，过几个月等老员外把气消了，再给央求，与你求情，你再回来。"

因为这个事，进福由王员外家出来，有几年光景。今天在这小江口店中遇见，王全就问："进福，此时做何生意呢？"进福说："公子爷有所不知，自从老员外把我撵出来，我受了罪了。现在如今我就在这码头上，当一名拢班，给人家船上揽买卖。一吊钱的买卖我有一百钱，一天挣一百吃一百，挣二百吃二百。"王全说："谁叫你自己不安分呢？你要在我家，到如今也不至这样。跟你一同当书童的，现在老员外都给配了婚，娶了媳妇，住在老员外房子内，还管吃穿。你今天既见着我，我还带你回去就是了。明天我这里有衣裳，先给你一两件，等到家再给你换。"进福说："公子爷带我回去，恐怕老员外不答应罢？"王全说："不要紧，我给你求求，大概老员外也不至跟你一般见识。"进福说："那敢情好。公子爷你这是上哪去了？素常你不是出门的人哪。"王全叹了一声说："我奉员外之命，叫我出来找寻我表弟李修缘，叫我多带黄金，少带白银，暗藏珠宝，一天找着一天回去，一年找着一年回去，找不着不准回去。在萧山县打了一场无头案的官司，呼吸间把命没了。现在天也冷了，我打算回家过年。"进福一听这话，心中一动，一瞧王全的褥套不小，大概金银珠宝值钱的东西不少了："我何必跟他回家，当一辈子奴才，永远伺候人？我何不勾串贼船，把他主仆一害，大概他必有一万两万的，我跟船上二一添作五，分一半还有一万，有一万还分有五千呢。我找个地方，娶一房媳妇，岂不是逍遥自在，无拘无束？"想罢说："公子爷我去找船去，我雇船准得便宜。"王全说："好，你去罢。"

进福出了店一想："听说姜家爷们使船是黑船，一年做两场买卖，很富足，我找他们商量去。"当时来到码头一瞧，偏巧姜家的船在这里靠着。进福上了船一瞧，管船的姜成老头，正在船上。进福说：“姜管船的，我跟你商量事，你可别多心。我听说你们爷们做黑的买卖？”姜成说：“你满嘴胡说。”进福说：“你听我说，现在我有一个旧主人，主仆两个，带着有金珠细软的东西，少说也有一万银，只有多的。咱们走在半路，把他一害，咱们二一添作五，你一半我一半，你也发了财，我也发财了，从此洗手，你瞧好不好？”不知姜成如何答应，且看下回分解。

第一三七回

小江口主仆遇故旧　恶奴才勾贼害主人

话说进福跟管船的姜成一商量，姜成听他这些话，就问:“你这主人在哪里呢?”进福说:“在万盛店住着，你愿意我就带你去见见。”姜成本是久惯害人的人，他外号叫混海龙，有三个儿子，叫姜龙、姜虎、姜豹，有一个侄子叫姜彪。船上没外人，亲爷们五个人，称姜家五虎。素常他不揽铺户生意的买卖，专揽孤行客，或两三个人，行囊多，褥套大，走在半路，把人杀了往江里一推，东西就是他的了。今天进福一说，他焉有不愿意之事?姜成说:“办就照这样罢。我同你到店里见见去。”进福同姜成来到万盛店，一见王全、李福，进福说:“公子爷，我把船雇妥了。偏巧人家这只船，是上台州府去的，顺便稍带脚，不等人，明天开船，我把管船的带来了。”王全一看，是个老者。王全就问:“上台州府搭船要多少钱?”姜成说:“大爷不用说价，我们这船是去装货，没人雇，也是明天开船，带坐是白得钱了，到了，大爷愿意多给就多给，少给也不争竞，你瞧着办罢。”王全想，这倒痛快，说:“既然如是，明天上船罢，进福你就不用走罢。”姜成说:“大爷今天上船罢，明天天一亮就开船走了。”王全本是赶路的心急，恨不能一时到家，一想很好，立刻算还店账，叫进福去买点路菜，打点酒，叫李福扛着褥套，随同姜成，来到码头上了船。少时进福把酒菜都买来。

次日，天光一亮，提篙撤挑，拽风篷开了船。王全、李福起来，喝了一碗茶，往前行着，见水势甚狂，波浪滔天。王全叫李福把菜打开，喝点酒可以解闷。船往前走，刚走到曹娥江地面，天有正午。此地遍野荒郊，无人行路，江里又没有同伴的船只。进福由后稍里拿出一把刀，来到前舱，一把就把王全的胸前文生氅揪住，说："王全，你打算大太爷真跟你回去，还当奴才去？你那算在睡里梦里，我把你一杀，把金珠跟管船的一分，就算完了。你也该死了，好吃也吃过，好穿也穿过，死了也不冤。"李福此时哎呀一声，翻声栽倒，吓死过去。王全吓的战战兢兢，说："你你你这奴才真要造反么？"进福哈哈一笑说："是要反。"立刻一举钢刀，只听噗冬一声响，红光皆冒，鲜血崩流，人头滚滚在船板之上。王全可没死，进福的脑袋掉下来了。怎么进福拿刀杀人，他脑袋会掉下来呢？这内中有一段缘故。凡事好人必有好报，常言说，害人先害己，这话诚然不错，小子也是该死的。王全以恩礼相待，不但不记恨他的前情，反要把他带回家去，给他饭吃。他不讲以恩报德，反生祸心，这也是报应循环是不爽了。原来他一举刀没往下落，姜龙一刀，把他杀了。这事怎么一段故事呢？原本是混海龙姜成自己一想："为甚做了买卖害人，分给他一半呢？莫若把他也杀了，一则可以把银子独吞，二来也省得犯案。"故此叫姜龙把进福杀了。他只顾跟王全说话，没留神身后，姜龙把进福一杀，王全一吓也躺了下来了。

姜龙提着人头出来，这个时节，雷鸣、陈亮赶到。雷鸣远远瞧见，有人由后稍拿刀奔前舱，原是进福。见把人头拿出来，可是进福的人头。雷鸣往船上蹿没蹿到，掉下江去。陈亮刚蹿到船上，尚未站稳，姜龙照陈亮拦头就是一刀。陈亮一闪身，也就掉下江去。陈亮一低头，本来前脚刚一粘船，借劲使劲，蹿到船头。姜龙跟着又一刀，也是陈亮真是身体伶便，急又一闪身，这才拉出刀来回手。姜龙一声喊嚷：“合字风紧，抄家伙！”一句话，混海龙姜成、姜虎、姜豹、姜彪，一齐抄起刀出来，把陈亮围住。陈亮想：“不妙！一人难敌四汉，好汉难打双拳。”船上地方又窄狭，陈亮又不会水，又怕掉下河去。正在危急之间，只见正东水面上来了一个穷和尚，破僧衣，短袖缺领，腰系绒绦，疙里疙瘩，光着两只脚，穿着两只草鞋，梯他梯他在水上走，如履平地一般。姜龙、姜虎一瞧就愣了。陈亮瞧见，只当是济公来了。

书中交代，来者非是济公，乃是悟禅。悟禅打哪来呢？书一落笔，难写两件事。济公打发雷鸣、陈亮走后，仍到书房吃酒。知府说：“圣僧二位令徒哪去了？”和尚说：“我叫他二人办事去了。”说着话，喝酒谈心，工夫不大，风门一开，悟禅由外面进来，说：“师父，你瞧我回来的快不快？”济公说：“快，你把药送到了？”悟禅说：“送到了。我把多宝串带来了，大人你瞧瞧。”知府顾国章接来一看，果然不错，说：“真乃神也仙也，少师父多有辛苦也。”济公说：“徒弟你别歇着，给我办点事，我派你师弟雷鸣、陈亮去到曹娥江救你师伯王全。他二人也要受害，你赶紧去把他们都救了，把贼船给他毁了，叫雷鸣、陈亮暗中跟着，保护我表兄王全、李福，就提我说的。”悟禅说：“是了。”转身就往外走，刚一到院子，管家二爷过来拦住说：“少师父，方才你一晃脑袋，一溜烟就没了，吓的我把油盘菜都摔了。我也没瞧明白，你再晃一回我看看，行不行？”悟禅说：“那行，你跟我出衙门去。”管家跟着出了衙门，悟禅说：“那里人多，你跟我找没人的地方，我叫你瞧。”管家跟着出了西门，说：“少师父你晃罢。”悟禅说：“你瞧，后头有人追下你来。”管家一回头，没人，再一瞧和尚，没有了。管家想：“这个和尚真坏冤我，叫我跟出西门来了。”没瞧见，无奈自回去。悟禅来到曹娥江，打水波上走。他本是龙，在水上如走平地。到了这里一瞧，陈亮正不得了局。悟禅一张嘴，把五个贼人俱皆喷倒，立刻到水里，把雷鸣捞上来，搁在河坡，头冲下，往下控水。这才到船上，把王全、李福都抱下船来，连褥套东西都给拿下来，搁在这两个人跟前。此时王全、李福尚未还醒过来，陈亮只当是济公来了，赶前来连忙行礼说：“多蒙师父前来搭救，要不然，我等性命休矣。”悟禅说：“我不是师父，我是你小师兄悟禅，奉师父之命，特叫我前来搭救你等。师父说了，叫你两个人暗保师伯王全。我要把贼船给烧了，报应贼人。今天办一回盂兰会，烧真船真人。”说着话，悟禅就把船上的柴草引着，当下烈焰飞腾，把五个贼人烧的焦头烂额。这几个贼人也是一辈子没做好事，恶贯满盈，先见了火德真君，船板烧到底上一散，往江里一沉，又见水底龙王，然后才见阎罗天子。悟禅把船烧了，竟自回去。

陈亮见雷鸣慢慢把水吐出，还醒过来。一睁眼见陈亮在旁边站着。陈亮说：“二哥你好了？”雷鸣说：“老三，我曾记得栽下江去，你怎么救我的？那只船哪去了？”陈亮说：“不是我救的，是师父派小师兄悟禅救的。”就把方才之事，对雷鸣细说一遍。雷鸣这才明白，翻身起来，把湿衣裳搁在那边树上晒着。陈亮说：“二哥，咱们师父说了，叫咱们暗保师伯王全。”雷鸣点头答应，远远暗藏在树后头瞧着，见王全、李福苏醒过来。王全一睁眼，看天已黑了，满天星斗，说：“哎呀，李福，你我主仆是生是死了？”李福看所有的东西褥套概不短少，都在旁边，这才说：“公子爷，这必是神灵显应，救了你我主仆二人性命。”王全说：“真吓死我也，怎么船也没了？真乃奇怪。”李福说：“公子爷，你我趁此走罢，这黑夜的光景，荒郊野外，路静人稀，倘如再有歹人，也是了不的。”说着话，立刻扛起褥套，主仆往前行走。雷鸣早把衣服穿好，同陈亮在后面远远跟随，王全、李福并不知道后面有人跟着。雷鸣、陈亮跟来跟去，走在山内，遇见三岔路口，一个也没瞧见王全主仆往哪条路去，把跟的人丢了。雷鸣、陈亮就进了当中这条路的山口，都是高峰峻岭，越走道路越崎岖，月被云蒙，也分不出东西南北，大峰俯视小峰，前岭高接后岭，越走越迷。陈亮说："二哥别走了，你我站住，辨辨方向罢。"二人正在大岭站住，也听不见鸡鸣犬吠之声，忽听有钟声响亮，二人顺钟音找至切近一看，原来是一座古庙。焉想到二位英雄，今天误入八卦山，又遇见一场杀身之祸。不知后事如何，且看下回分解。

第一三八回

救众人悟禅烧贼寇　二义士误入八卦山

话说雷鸣、陈亮二人迷失路径，忽听有钟响之声。二人顺着响亮的声音，找到切近一看，乃是山中一座古庙，露出月光。一看山门上有字，写的是“松阴观”。两个人来到角门叫门，只听里面一声无量佛，出来两个道童。这个说：“师父你猜谁来？”那人说：“许是云霞观的紫霞真人李涵龄，再不然就是东方太悦老仙翁，也许是白云仙长。不是白云仙长，就是野鹤真人。除非是这几个人，别无他人上咱们庙里来。”说着话开了门，道童儿一瞧，说：“哪里来的凡夫俗子？”雷鸣、陈亮赶紧说：“仙童请了。我们二人原是迷失真路，误踏宝山，求仙童回禀观主一声，望求观主方便方便，我二人借宿一宵。”小道童拿眼瞧了一瞧，说：“两个人姓甚名谁呀？”陈亮说：“我姓陈名叫陈亮，他姓雷叫雷鸣。我二人原是镇江府保镖的，由绍兴府来，走迷了。”童子说：“你二人在此等候，我到里面回禀一声，不定我家祖爷肯见你们不肯。”陈亮说：“好，仙童多费心罢。”小道童进去，工夫不大，出来说：“我家祖爷叫你两个人进去呢。”雷鸣、陈亮这才往里走，小道童把门关上。

二人跟着来到院内一看，院中栽松种竹，清风飘然。正当中大殿带月台，月台上有一个老道，正在那里打坐观月。东西各有配殿。果然是院中别有一洞天。陈亮心中思想：“人生在世上，如同大梦一场，争名夺利，好胜逞强，人皆被利锁名缰所缠，难怪人说道：‘铁甲将军夜渡关，朝臣待漏五更寒；山寺日高僧未起，算来名得不如闲。’倒不如跳出三界外，不在五行中，出了家在山中参修，另有一番清雅。”陈亮看罢，小道用手一指说：“这就是我家祖师爷。”雷鸣、陈亮来至切近一看，见这老道发如三冬雪，须赛九秋霜，穿着古铜色道袍，白袜云履鞋，真是仙风道骨。雷鸣、陈亮就知道这位老道道高德重之人，赶紧行礼，说：“仙长在上，弟子雷鸣、陈亮参见祖师爷。”老道口念“无量佛”说：“二位远方来临，请至鹤轩一叙。”说着话，站起身来，带领雷鸣、陈亮够奔东配房。道童一打帘子，屋中掌着灯，雷鸣、陈亮一看屋中，心中大吃一惊。陈亮一想：“这个老道非妖而即怪，非鬼而即狐，定不是人。”何以见得呢？看他这屋中的摆设，全都是世上罕有之物，各样的盆景古玩，俱都是珊瑚玛瑙，碧犀翡翠，价值连城，雷鸣、陈亮平生目未所睹。陈亮就问：“长老，这是天堂还是人间呢？”老道哈哈一笑说：“这是人间，哪里来的天堂。”书中交代，这个老道原本姓鲁，当初他乃是宋朝一家国公，自己看破了红尘，出家当了老道，道号修真，人送外号叫坎离真人。自己采这座山的地理，由府里发来的帑银修盖这座庙。这座山名叫八卦山，乃是半天产半人工修的，俗常人休打算进来，一绕就迷了。今天雷鸣、陈亮是误入八卦山，要是诚心来，凡夫俗子来不了。鲁修真在这庙中多年，把府里心爱的陈设，都搬到庙里来，自己也好做道学，颇有点道德，素常也不与世俗人来往，所有跟他常在一处的，也都是清高之人。今天雷鸣、陈亮看他这屋子，故此诧异。老道让二人坐了，问：“二位尊姓？”雷鸣、陈亮各通了名姓，说：“我二人原是保镖为生，未领教仙长贵上下，怎样称呼？”老道说：“山人姓鲁，双名修真。二位今天与山人遇缘，大概二位没吃饭罢？我这庙中有现成的素菜，二位倒不必做假。”陈亮见老道很恭敬，实在也不推辞，说：“祖师爷你既是慈悲，我二人实没用过饭。”老道说：“好。”立刻吩咐童子备酒，童子答应，当即擦抹桌案，杯盘连络一摆，雷鸣、陈亮一看，庙中真讲究，一概的磁器都是九江器皿，上面都有“松阴观”三个字。素鲜的果品，都是上等的素菜。二人落座，老道一旁主座相陪，开怀畅饮。雷鸣、陈亮心中甚为感激，跟老道生而未会，素不相识，亲非骨肉亦非朋友人家，这一分优待，雷鸣、陈亮本是热心的人，心中辗转，“也不能白吃老道，到临走可以多送香资。”

正在喝酒谈心，忽听外面打门，老道吩咐童子出去看看去。道童立刻够奔门外，再开门一看，非是别人，乃是神童子褚道缘同鸳鸯道张道陵。这两个人由前者在白水湖跟济公做对，济公施展五行挪移大搬运走后，鸳鸯道张道陵跟褚道缘一商量，要找坎离真人下山捉拿济颠和尚，报仇雪恨，今天这才来到松阴观。小道童一看，说：“你两个人到此何干？”褚道缘说：“小师兄请了。我二人来给祖师爷送信，有紧要的事，求二位小道兄到里面回禀一声，我二人要求见祖师爷。”小道童说：“祖师爷会着客呢。”褚道缘说：“谁在这里？”小道童说：“一个姓雷，一个姓陈，他们说是镇江府的保镖的。”褚道缘一听，说：“了不得了！我告诉你说，我们两人来非为别故，只因尘世上出了一个济颠僧，兴三宝，灭三清，无故跟三清教做对。现在这个姓雷姓陈的，就是济颠和尚的徒弟。这两个人是江洋大盗，必没安着好心。这就是济颠打发来的，知道祖师爷庙中值钱东西多，必是要来偷东西。你快到里面禀一声。”道童转身进来，鲁修真就问：“什么人叫门？”小道童说：“张道陵、褚道缘来了。”雷鸣、陈亮一听，大吃一惊，就知是这两个老道不是好人。鲁修真就说：“二位慢慢喝着，来的这两个人，论起来还比我小两辈呢。我跟紫霞真人李涵龄相好，这是李涵龄徒弟。”雷鸣、陈亮说：“我二人见他们多有不便，莫若躲开。”鲁修真说：“也好，你二位要不愿见，就到里间屋中去坐着。”雷鸣、陈亮赶紧进到南里间去。

鲁修真吩咐道童："把两个人给我叫进来。"道童转身出去，少时同褚道缘二人进来。到了里面，两个老道跪倒行礼，说："祖师爷在上，弟子褚道缘、张道陵参见祖师爷。"鲁修真说："你两个人来此何干？"褚道缘说："我二人来给祖师爷送信，尘世上出了一个济颠僧，兴三宝，灭三清，他说，咱们三清教没人，都是披毛带角，横骨插心，脊背朝天，不是日造所生，无故跟三清教做对。求祖师爷下山捉拿济颠僧，给咱们三清教转转脸。"鲁修真一听说："我听说济颠僧乃是个得道的高僧，焉能无故说出这样话来？这必是你这两个孽障，来搬弄是非，胡言乱语，满嘴胡说。"褚道缘说："弟子不敢在祖师爷跟前撒谎，实有其事，求祖师爷大发慈悲罢！"鲁修真说："既然如是，你两个人去把济颠给我找来问问他。"褚道缘道："我两个找不了来，我二人见了济颠僧也不是他的对手。方才我二人听小师兄说，祖师爷这里来了一个姓雷的，一个姓陈的，是镇江府的人。"鲁修真说："不错。"张道陵、褚道缘说："祖师爷，你老人家可千万别拿这两个人当好人。这两个原本是济颠的徒弟，必是济颠僧主使来的，知道祖师爷庙里有陈设古玩，前来做贼。这两个人原本是绿林中江洋大盗，祖师爷可千万别放他们走了。"坎离真人鲁修真一听，说："你两人满口胡言乱道，我看这两个人，并非奸滑之辈，尚且未走，还在这里。"褚道缘说："祖师爷说我们撒谎，如果不信，现有凭据。这两个人身上准有刀，并有夜行衣包。要没有夜行衣包，没有刀，那就算我们两个人妄言，祖师爷你拿我二人治罪。"鲁修真一听："也有理，真假难别。"这才说："既是你二人这样说，这倒要看看，他二人如果真有夜行衣，休想出我这松阴观。要没有夜行衣，只有刀，那不算，他二人是保镖的，应该带兵刃防身，我必要处治你二人。"褚道缘说："就是。"鲁修真这才站起身来，一同够奔南里间，要搜雷鸣、陈亮。不知二位英雄该当如何，且看下回分解。

第一三九回

八卦山雷陈逢妖道　三清观张董设奸谋

话说鲁修真一进里间屋子，再找雷鸣、陈亮，踪迹不见。一揪床帏，见床底下东墙挖了一个大窟窿，拿灯一照，窟窿旁边地下搁着一锭黄金，重够五两。宋朝年间黄金白璧最贵，每一两能换五十两白银。书中交代，雷鸣、陈亮在里间屋中坐着，就知道这两个老道要搬弄是非，动手又不是老道的对手，前者在白水湖就差点被老道杀了，今天要见着还不能善罢干休。陈亮一想："三十六着，走着为上策。"跟雷鸣一商量，挖了一个窟窿攒出去。陈亮说："二哥，咱们这样走了，这庙里老道待你我甚厚，咱们能白吃人家的？咱们给他留下黄金一锭，以表寸心。"故此搁在地下一锭金子。鲁修真一瞧人没了，留下一锭黄金，老道就明白了，立刻勃然大怒，说："你这两个孽障，分明是搬弄是非。我并非见财开眼，想必人家是好人，临走不但我屋中的东西分毫不短，反给留下这一锭黄金，不白吃我家顿饭。你这两个孽障，实在可恼，我要不看在李涵龄的面上，你两个无故来搅我，焉能容你？便宜你两个东西，来！道童，把他两个人给我赶出庙去！"这两个人又不敢不走，无奈转身往外够奔，道童跟着关门。来到外面，褚道缘说："小师兄，我二人今天求你方便方便，天也太晚了，我二人在你们屋里藏藏。别叫祖师爷知道，天亮就走行不行？”小道童说：“也罢。你二人就在我们屋里蹲半夜罢，可别说话，叫祖师爷知道，我们可担不起。”张道陵、褚道缘点头，两个人就在道童屋里坐了半夜。

天色大亮，这两个告辞出了松阴观。正往前走，猛一抬头，见雷鸣、陈亮在那南坡坐着。怎么这两个人还没走呢？并非是不走，由半夜出了庙，打算要走，走来走去，绕回来了，直走了半夜，也没离开松阴观。本来这八卦山曲曲弯弯是难走，鸣、亮二人进去的时节，也是误冲误撞。见天亮了，陈亮道：“二哥，咱们歇歇罢，怎么出不去呢？”二人正歇着，见角门一开，褚道缘、张道陵出来了，雷鸣说：“了不得了，这两个杂毛来了。”褚道缘一瞧哈哈一笑说：“道兄，你瞧这两个小辈还没走，这可活不了。”张道陵说：“交给我拿他们。”伸手把乾坤颠倒迷路旗拿出了，赶奔向前，说：“两个小辈，这往哪里走？”雷鸣气往上撞说：“老三，咱们跟他拼了，把两个杂毛宰了。”陈亮说：“好，老道，我二人跟你远日无冤，近日无仇，无故跟我二人苦苦做对，我这命不要了。”老道哈哈一笑，把旗子一晃，口中念念有词，雷鸣、陈亮打算摆刀过去动手，焉想到身不由己，只见天旋地转，二人头昏眼眩翻身栽倒。

张道陵把旗子卷上，仍插在背后，伸手拉出宝剑，褚道缘刚要过去，只见由西边石头后有一长身，正是济公。和尚哈哈一笑说：“好杂毛，无故要杀我徒弟，咱们老爷们较量较量。”老道一瞧，就一愣。书中交代，济公打哪来呢？不但济公一个人来了，连悟禅、悟真都来了。和尚在绍兴府衙门同知府吃酒，悟禅救了雷鸣、陈亮、王全、李福，把贼船烧了，仍回到知府衙门。来到书房，一见济公，济公说：“徒弟回来了。”悟禅说：“回来了。”把救人的事一说，济公说：“好，喝酒罢！”悟禅同孙道全一桌去喝酒。吃喝完毕，知府顾国章说：“圣僧不用走了，你老人家在这里住几天罢。”和尚说：“不走就不走。”家人把残桌撤去，伺候茶，知府陪和尚谈心叙话。晚上仍是预备两桌席。吃完了晚饭，天到二鼓，知府告辞归后面去。济公说："悟禅、悟真，明天天一微亮，你我就起来走，够奔八卦山。你们师弟雷鸣、陈亮有难，咱们得去救他。"悟禅、悟真说："是了。"当时安歇。天刚微亮，济公说："咱们该走了，谁有能为，谁先到八卦山。"孙道全说："我走的慢，笨鸟先飞，我头里走。"和尚给知府留了四个字，写的是"暂且告别"。和尚说："悟禅看谁走的快，咱们爷俩赛赛。"小悟禅一想："我准比我师父快。"立刻一晃脑袋，滋溜没了。急至赶到八卦山一瞧，济公在那坐着呢。悟禅说："师父怎么先来了？"和尚说："你的道行还差的多，孙道全还没到呢，他先走的。"孙道全拧着袍袖，架着趁脚风直跑，累了一身大汗，末后才赶到。师徒三个先后刚来到，只见张道陵已把雷鸣、陈亮置躺下，褚道缘刚要杀这两个人。和尚哈哈一笑，张道陵一瞧，说："好颠僧，前者你施展五行挪移大搬运逃走，今天还敢前来送死？"悟禅一晃脑袋，滋溜没了，把两个老道吓了一哆嗦。济公说："好杂毛，今天咱们到此，分个强存弱死，真在假亡。"这句话没说完，一瞧悟禅又回来了，手里拿着一根旗子，说："师父你瞧，我把杂毛的旗子偷来了。"张道陵回手一摸，身背后插着一根檀木棍，老道气得哇呀呀直嚷。济公说："把旗子给我，拿他的旗子拿他。"老道心说："我的旗子，他也不会使，没咒语不行。"焉想到和尚拿着旗子一晃，口念："唵嘛呢叭谜吽！唵，敕令赫！"立刻两个老道就天旋地转，身不由己，翻身栽倒，不能转动。和尚过去，把雷鸣、陈亮救起，这两个人给师父行礼。和尚说："雷鸣、陈亮，这两个老道无故欺负你们，你两个人报应他们，不准你们要他的命，爱怎么报应怎么办！"陈亮说："二哥，咱们把两个老道衣裳剥下来，拿了当了吃，好吗？"雷鸣点头，立刻把老道连裤子都给脱下来。陈亮说："这个褚道缘顶可恨，应把张道陵搁在褚道缘身上。"两个老道都赤身露体，褚道缘在底下趴着，张道陵在上头压着。雷鸣、陈亮把两个老道的衣裳用包袱包好，这才问：“师父，咱们上哪去？”和尚说：“悟真，你等知道师父的出身来历不知？”孙道全说：“不知。”和尚说：“我本是台州府天台县永宁村的人氏，我这一来，一则为白水湖捉妖，二则为探望娘舅。此番我表兄王全出来找我，可往回走着，我舅舅王安士家中，现在被阴人陷害，差不多就要没命。我要带你小师兄去找坎离真人，有要紧事，不能不去见他，将来我有一步大难临身，非用他不可。悟真你过来，（附耳如此这般）你带着雷鸣陈亮急速去，你给我去办这件事，也不枉你我师徒一场。”孙道全说：“记住了，谨遵师父之命。”立刻带领雷鸣、陈亮起身，够奔永宁村。

书中交代，王安士被何人所害呢？一落笔难写两件事。只因王安士叫公子王全寻找李修缘，家中虽有百万之富，家里没有亲丁，只剩下夫妇两个。安人娘家有一个内侄，叫张士芳。当初张士芳家里，也是财主，只因张士芳父母一死，他吃喝嫖赌，无所不为，把一分家业全花完了，自己弄的连住处都没有。就在永宁村外，有一座三清观庙，老道姓董叫太清，原先跟张士芳家中有来往，他没地方住，就在庙里浮居。张士芳也无所是事，坑崩拐骗，在外面还是眠花卧柳，常找王员外家要钱。先前给他每次三二百两，后来不时来要，也还给他十两八两，老安人偏疼内侄，偷着还常给他银子。张士芳这天跟董老道说：“我听见你们做老道的，能够害人。我跟你商量，你愿意发财不愿意？”董老道说：“害人可能行，害谁呀？”张士芳说：“我姑父王安士，家有百万之富。现在我表弟王全出去找我亲家表弟李修缘去，不定几年回来。但李修缘家当初也有百万家资，也归了王安士。你要能把我姑父给害了，家里没人，我姑母准叫我总办丧仪，准得剩几万，我准得发财。”老道说：“你发财，我白害人么？多了我也不要你，给我五百银子，我能叫他七天准死。”张士芳说：“只要我姑父能死，我准给你五百银子。”老道道：“口说无凭，你得写给我一张借字据。”张士芳说：“写。”立刻拿笔就写：

立借字人张士芳，今因手乏，借到三清观老道董太清纹银五百两，每月按三分行息。恐后无凭，立字存照。并无中保来人，张士芳亲笔画押。

写完了字，一问老道怎么害法，老道这才要施展妖术毒计，陷害王员外。不知后事如何，且看下回分解。

第一四〇回

张士芳奸心诓八字　董太清妖术设魂瓶

话说张士芳把借字写完了，一问老道，老道说：“你只要把你姑父的生日八字问来，我就能把他的魂拘来，叫他七天准死。”张士芳说：“那容易。”立刻他就够奔王员外家里来。众人看见他，就不耐烦，王福说：“王孝，你瞧这小子又来了，不要脸。不是来借钱，就是来偷点什么。”大众当着面，可又不敢得罪他，他是老安人的内侄。见张士芳来到切近，大众都嚷：“张公子来了？”张士芳说：“来了。”迈步就往里走。他一过去，众家人又骂他：“这小子家里没做好事，早晚喂了狗。”张士芳来到里面，王安士正吃饭，一瞧见他，就一皱眉。张士芳说：“姑父才吃饭呀？”王安士说：“你这孩子又做什么来了？我瞧见你，又气又疼。瞧着你父母都死了，又怪苦的，可气你这孩子不务正，在外面无所不为。你自己要务本分，我的铺子那都交给你管，给你成家立业。无奈你是癞狗，扶不上墙去。”张士芳也不爱听。来到里间屋中，一见安人，安人一见说：“这孩子又来了。不用说，必是又没钱花了，来要钱对不对？我这有二两碎银子给你罢，你自己留着吃饭，我也不敢多给你，多给你，你也是胡花去。”张士芳把银子取过来，说：“姑母，我并不是要钱来的，我是来打听打听，我姑父多怎的生日。”老安人一听说：“罢了，你还惦念着你姑父的生日呢，总算没白疼了。你姑父的生日，你也应该来给磕头。你姑父的生日快到了，他是八月二十七日生的。”张士芳说：“什么时辰？”安人说：“午时。”老太太哪想到他生出这样狠毒之计？拿他不当外人，全都信口说了。

张士芳赶紧听明白，回到三清观，一见董太清，老道就问：“你打听来没有？”张士芳说：“我问明白了，我姑父是八月二十七日午时生的。”老道说：“好。我给你开了个单子，你去买点东西，你有钱没有？”张士芳说：“有，我有二两银子。”老道说：“你去买东西，顺便找一枝桃木来。”张士芳照单把东西买齐了，并找了一枝桃木枝，回来交给老道。老道把桃木做成一个人样，也有耳、目、口、鼻、四肢手足，把王安士的生辰八字写好，搁在桃木人里。等到天有三更，星斗出全了，老道在院中摆设香案，把道冠摘了，扎头绳解开，披散发髻。手中拿着宝剑，预备一个摄魂瓶。老道把香烛照着，用黄毛边纸画了三道符，用宝剑尖把符贴上，香菜根溅无根水，一洒五谷粮食，口中念念有词，一声“太上老君，急急如律令敕！”立刻把王安士的三魂拘来一魂，七魄拘来一魄，放在摄魂瓶之内，用红绸子一幪，五色线一系，画了一道符，贴上瓶口之上。老道把瓶揣在怀内，这才说：“张士芳，明天你一早到王员外家去，别等王安士起来，你把这个桃木人拿着，他要是在炕上睡，你给搁在褥子底下，要在床上睡，你偷着拿黄蜡给粘在床底下，准保七天，叫他准死。”张士芳说：“那行。”立刻把桃木人带好。次日一清早，他到王安士家来，两眼发直，一直就往里走，奔至王安士的卧室，掀帘子就进来，他又是个晚辈，也没人拦他。老安人起来了，王安士尚未睡醒，张士芳到了屋中说：“姑父还没起来呀？”安人说：“你别惊动他，你姑父晚上睡得晚，家务劳心，安歇很迟。你这孩子这么早又做什么来了？”张士芳说：“没事，我到这来瞧瞧。”说着话，一瞧是床，得便他就把桃木人给粘在床底下了。自己回到三清观，就是三天没出门。

第四天，张士芳一早就到王安士家里来，一瞧老安人正在哭哭啼啼。张士芳明知故问："姑母为什么哭呀？"老安人说："孩子你来了，你瞧你姑父，由打你来那一天，就没起来，人事不知，昏迷不醒，也不吃，也不喝。请了多少先生，都没给开药方，一瞧就推，都就瞧不出什么病来。你兄弟王全也没在家，这可怎么好？"张士芳一听，这小子精神来了，说："老太太，你这还不张罗，给我姑父准备后事？咱们这人家，还等着人死了才定规？这个我兄弟不在家，我就如同跟我兄弟一样，我就得张罗，给我姑父预备预备。姑母你别糊涂了，我姑父这大的年纪，到了岁数了，快张罗后事罢！我兄弟在家，我不管，他既不在家，就是我是近人。我姑父有棺材没有？"安人说："棺材早有了，你姑父那年自己买了两口阴沈木的寿材，三千银子，在庙里寄存着呢。"张士芳说："既是棺材有了，也得讲棚讲杠，别等人倒了头再办。一来到也忙不过来，二来也叫别人笑话，这样大财主没人办事。老太太你只管放心，我是你内侄，总比底下人给你办事强。他们底下人办什么事，都要赚钱，我办事，将来我兄弟回来，我自对得起我兄弟。姑母你给拿银子来，我先去讲棚讲杠要紧。"安人本没有主意，架不住三句好话，立刻开箱，就拿银子。这个时节家人王得禄进来说："太太，老员外这病，总得请人瞧。东村有一位张先生，听说是名医，可以把他请来瞧瞧，好不好？"安人尚未答言，张士芳答了话说："你们这些东西混帐，老员外已是要死的人了，你还要拿苦水灌我姑父，你们安着什么心？所为请先生抓药好赚钱。由不了你们，快出去！"王得禄一听，心里说："这小子真可恨！他愿意老员外死，他好谋总办丧仪。"心里骂他，当面又不敢惹他，他是老安人的内亲，无奈王得禄只好转身出去！他刚出去，管家王孝由外面进来说："安人，老员外许是受了邪了，要不然，请个捉妖的来瞧瞧。"张士芳一听说："你满嘴胡说，我们最不信服妖言惑众，你快滚出去！姑母你别听他们胡出主意了，你给我拿银子，我办事去罢。"老太太拿出四百银子来交给他，张士芳转身往外就走。

王孝一想："这小子没安好心，我要叫你赚了一个钱，算我白混了。"王孝就在后面，远远跟着，见张士芳进了后街天和棚铺。张士芳一道辛苦，李掌柜说："张公子，什么事？"张士芳说："我姑父王安士势必死，我来讲棚。前后搭过脊棚，要暖棚客座，两面包新细席，满带花活，四面玻璃窗户，要五色天井子。门口搭过街楼，起脊带花活，扎彩子，要鼓手。楼子里面搭天花座，满要五色彩绸。扎月亮门带栏杆，月台要铺地锦。灵前要玻璃圈门，扎彩绸带牌楼，周围月台，要玻璃栏杆，全要新材料，搭七七四十九天。连伙计酒钱都包在内，要多少银子？"掌柜的拿算一合，说："别人来讲，得六百银子，你来给五百两，至已尽已的价钱。"张士芳磨让到四百两，讲停当了，叫掌柜的开单子，开八百两银子。掌柜的给开了单子，张士芳说："明天送定银。"拿了单子出来。王孝见他走了，王孝到棚铺去说："掌柜的，方才张士芳来讲的什么棚？"掌柜的照样一说，王孝说："多少银子？"掌柜的说："八百两。"王孝说："你别胡说，我们太太叫我出来讲，谁家便宜用谁的。你说实话，不然，你的买卖也不能停当。"掌柜的无法，说："原是四百两，他叫我开八百两。"王孝说："你照样给我开四百两的单子，准管保用你的。"掌柜的开了单子，王孝拿着出来。一瞧张士芳进了德义杠房，也是一见掌柜的，提说王安士要死，要用六十四人换杠班，要新绣白罩片，绣五福捧寿，抬杠的满穿甲衣靴子，用八对白牌，六十对红牌。现销官衔全分幡伞，要新绣的全分执事，要鞭牌锁棍，刽子手执刀。旨意亭子，全分銮驾，龙旗龙棍，令旗令箭，对子马影。亭子要香亭、彩亭，鹤鹿回春，用二十四对小伞，满堂孝，清音鼓手三堂，什幡丧车鼓子，要满新软片，要旗锣伞扇，魂轿、魂椅、魂车，用七曲红罗伞，棺材头里要福禄好，搁童子，前护后拥，由倒头满亮杠。四十九天，加钱在内，一共多少银子？掌柜的一合算，要一千两，说来说去，要八百两。说妥，张士芳叫开一千六百两的单子。他走了，王孝又到杠房盘问明白，也是照样开八百两的单子。王孝出来，见张士芳回来，王孝也跟回来。不知二人见了安人，该当如何，且看下回分解。

第一四一回

众家人忠心护主　孙道全奉命救人

话说张士芳把棚杠讲妥，开了两个单子，都没留定钱，四百银子在他怀里揣着。回来见安人，老太太就问：“孩子，你把棚杠都定妥了？”张士芳说：“姑母不用你老人家分心，我办事准得鲜明。咱们家里搭棚，不能叫人家耻笑。我定的是搭过脊棚，都要起脊带瓦拢，最后搭暖棚客座，两面包细席，不漏木头，满带花活，四面玻璃窗户，要五色天井子。门口搭过街牌楼，起脊带花活，扎彩子，有鼓手。楼子里面焰口座，搭大花座，要五色绸子，扎月亮门带栏杆，月台有铺地锦。灵前圈门满月玻璃的，扎彩绸带牌楼。周围月台，玻璃栏杆。这个棚，要叫别人讲去，准得一千银，我只八百两。讲得先省二百银子，我办事不能叫我兄弟回来抱怨。”老安人一个女流之辈，哪里懂得，只说：“不多，不多。”旁边王孝站着，等他说完了，说：“张公子，你在谁家定的棚？”张士芳说：“天和棚铺。”王孝说：“我也在天和棚铺讲的。照你所说的东西一样不短，短一样你别答应，可是四百两讲的。还告诉你说，你讲杠多少钱？”张士芳说：“一千六百两。”王孝说：“我讲的八百两，也跟你所用的东西一个样。”张士芳一听一愣，这小子真是口巧舌能，当时说：“姑母你别听他们的，他们打算把我闹开，他们好赚钱，没有这么便宜么。”老太太一听，叹了一声说：“王孝，你们这是何必！我内侄他还能赚我的钱么？你们去罢。”王孝一听，老安人说他不能赚钱，自己一说：“我一片好心白费了。”赌气转身出来，众家人在大门堂里坐着，一个个生气，这个说：“张士芳这小子，狼心狗肺。”那个说：“就盼着咱们公子爷一回来，这小子就得滚开，省得他这里充二号主人。”

大家正在纷纷议论，只听外面一声：“无量佛！贫道闲游三山，闷踏五岳，访道学仙。贫道我乃是梅花山梅花岭梅花道人。”众家人一看，来了一位羽士黄冠，玄门道教。头戴青缎九梁道巾，身穿宝蓝缎道袍，青护领相衬，腰系杏黄丝绦，白袜云鞋，背背一口宝剑，绿沙鱼皮套，黄绒穗头，黄绒挽手，手执一把萤刷，面似淡金，细眉朗目，鼻直口方，三绺黑胡须飘在胸前，根根见肉，真是仙风道骨，一表非俗。众家人就问：“道爷来何干？”老道乃答曰：“贫道乃梅花山梅花岭梅花道人，正在洞中打坐，心血来潮，掐指一算，知道王善人有难。贫道脚驾祥云，前来搭救。尔等到里面通禀，贫道并不要分文资财，所为了然功德。”家人一听，说：“道爷来救我们员外爷呀？”老道说：“正是。”王孝一听，甚为喜悦，赶紧往里飞跑。来到里面，说：“安人大喜！”老太太一听，说：“这东西混帐，员外爷堪可要死，你还说大喜？喜从何来？”王孝说：“现在外面来了一位老道，说是梅花山的神仙，他说能救员外，岂不是大喜？”张士芳一听，赶紧就拦说：“你们哪弄来的老道？妖言惑众，却不是来蒙两个钱？有银子也不给他，趁早叫他快去。”王孝说：“人家老道说了，他是行好不要钱。”张士芳说：“你满嘴胡说，他不要钱，莫非自己带着锅走？”王孝说：“人家自己说不要钱。”旁边王全之妻董氏可就说：“王孝你把老道请进来，给员外瞧瞧也好。倘若瞧好了，真化一千两二千两还化呢。瞧不好，可不能给他。”王孝说：“是。”立刻转身，来到外面，说：“道爷，我家夫人有请。”老道点头，大摇大摆，往里就走。

书中交代，来者老道，非为别人，正是黄面真人孙道全，奉济公之命，前来搭救王安士。同雷鸣、陈亮来到海棠桥，叫雷鸣、陈亮在酒馆等着，孙道全这才来到王员外门首，假充神仙，同家人来到里面。张士芳一瞧，就说："你这牛鼻子老道，哪来的？跑到这里来冤人。"孙道全口念"无量佛"说："贫道我不能跟你一般见识，我要来搭救王善人。"张士芳说："你不用妖言惑众，你知道老员外是什么病？"老道说："山人自然知道，但是恐其说出来，有人难以在这里站着，怕他脸上挂不住。"张士芳说："你倒说说老员外是什么病？"老道说："王老员外乃是被阴人陷害。"张士芳说："你满嘴胡说，老员外素常待人甚厚，是一位善人，哪个家人能害老员外？"老道说："倒不是家人陷害。我出家人以慈悲为门，善念为本，说话要留口德，不能明说。常言道：'话到舌尖留半句，事从礼上让三分。'"张士芳说："老道你真是造谣言，倒是谁陷害老员外？"老道微然一笑说："你真要问害老员外之人？乃是男子之身，阴毒妇人之心，内宅之亲，外姓之人。"张士芳一听这几句话，脸上变颜变色。众家人大众一听，都猜疑是他，内宅之亲，外姓之人，不是他是谁？大众明白，又不敢说，都拿眼瞧他。张士芳恼羞变成怒说："老道你不用信口胡说，你说有阴人陷害，有什么凭据？"老道说："那是有凭据，你把家人叫过一个来。"张士芳说："叫家人干什么？王得禄过来。"老道说："家人，你到老员外床底下床板上，摸有个桃木人拿下来。"王得禄果然到床底下伸手一摸，说："不错，有东西。"立刻把桃木人拿下来，一看，其形跟人一样，里面有老员外的生辰八字。

张士芳这小子心中有鬼，他溜出来了，直奔三清观。一见董太清，张士芳说："董道爷，你这个方儿真灵，我姑父只打那一天就没起来，昏迷不醒。我姑父一死，我就能张罗办白事。"董太清说："总得七天，人才能够死，不到七天是不行的。"张士芳说："灵可是灵，白费了。"董太清说："什么？"张士芳说："今天来了一个老道，是梅花山的梅花真人，他说能给王安士治病，他叫家人把桃木人给拿出来。他还说出害王员外的人，是男子之身，阴毒妇人之心，内宅之亲，外姓之人，不是我是谁？他算没明说我的名姓，我跑出来了。”董太清说：“我告诉你，勿论他是谁，他也救不了。我由那一天晚上，我做法把王安士的三魂拘来一魂，七魄拘来一魄，我在这摄魂瓶装着，他焉能好的了。”张士芳一听，说：“虽然你把王安士的魂拘来，在摄魂瓶装着，要据我想，这个梅花真人必来找你要摄魂瓶。”董太清说：“他不来便罢，他如果真来，我先将他结果了性命。”张士芳说：“怕你不行。我瞧人家那个老道，真是仙风道骨，穿着蓝缎子道袍，黄脸膛，三绺黑胡子比你阔的多，大概能为比你大。找你来要，你不给也许要了你的命。”董太清说：“你真是气死我也。”

正说着话，就听外面一声“无量佛”。张士芳说：“是不是来了？”董太清一听，气往上撞，自己一想：“好老道，竟敢坏我的事，还敢找到我门口来？我给他个先下手的为强，后下手的遭殃。”想罢由墙上把宝剑摘下来，手中擎着剑，气哼哼往外够奔。一开门，举剑刚要剁，一瞧不是梅花真人，见门外站定这个老道，身高八尺，膀阔三停，头上挽着牛心发髻，身穿青布道袍，腰系丝绦，白袜云鞋，肋下佩着一口宝剑，绿沙鱼皮鞘，黄绒穗头，黄绒挽手，肩担一根扁担，扁担上有两个包裹，面如刀铁，两道重眉，一双眼赛如环，鼻直口方，押耳两绺黑毫，短拥拥一部钢髯，犹如钢针，轧似铁线，根根见肉。董太清刚要用宝剑剁，一瞧不是外人，赶紧把宝剑擎住，吓得亡魂皆冒，急忙上前行礼。不知来者老道是谁，且看下回分解。

第一四二回

二妖道贪财施邪术　两豪杰设计盗魂瓶

话说董太清拿宝剑出来一瞧，不是别人，正是他师兄张太素，由外面回来。董太清赶紧一行礼。张太素一瞧，气往上冲，说："好师弟，我教会了你能为，你会拿宝剑要杀我？这倒不错。"董太清说："师兄莫生气，这内中有一段隐情。"张太素说："什么隐情？"董太清说："师兄进来说。"张太素来到里面，说："怎么一段事？"董太清说："师兄，你教给我害人那个方法，却是真灵，现在我害了一个人。"张太素说："害谁？"董太清说："害永宁村的王安士。"张太素一听，勃然大怒，说："好，你害别人我不恼，你害王安士，我且问你，咱们庙里两顷香火地谁施舍的？"董太清说："王安士。"张太素说："修盖大殿谁的银子？"董太清说："王安士。"张太素说："化缘簿谁给写的？一年四季供灯油谁供给？庙中吃的粮米谁施舍的？"董太清说："也是王安士。"张太素说："你既知道都是王安士，他是咱们庙里头一家施主，你害他，你还有良心么？"董太清说："我倒不是要害他，是张士芳叫我害他的，许给我五百银子。"张太素一听，"呵"了一声说："既是五百银子还罢了，杀人倒落两把血呀！我只打算白害了人呢，这还可以。"张士芳一听要不好，这一提五百银子，见张太素也是见财起意的强徒。张太素说：“你害人为什么拿宝剑把我砍呢？”董太清说：“现在有一个梅花真人把桃木人要去了，我只打算他来找我要摄魂瓶，我故此拿宝剑出去，这个老道要坏我们的事。”张太素说：“不要紧，我教给你害人七天准死，我还会叫他当天就死的法子。张士芳，你去买点应用的东西，今天晚上我管保叫王安士咽气，明天张士芳你就办白事。”张士芳甚为喜悦，立刻把应用的东西买来。等到天有二鼓以后，星斗出全了，张太素在院中摆设香案，把包头上扎头绳解开，披散开头发，手中仗剑，烧上香，一祷告：“三清教主在上，保佑弟子张太素把王安士害了，得张士芳五百银子，我再给三清教主挂袍，还愿上供。”其实三清教主也不能为挂袍上供，就保佑他害人，也没有这不开眼的神仙。张太素祷告完了，画了三道符，用宝剑尖一挑，点着，口中念念有词。三道符烧完，老道一用宝剑，说声：“太上老君，急急如律令敕！”把摄魂瓶打开。立时就见一阵阵冷气吸人，一声声山林失色，“咕噜噜”声如牛吼，“哗啦啦”进来一个，滴溜溜就地乱转，原来正是王安士魂魄。一阵阴风惨惨，眼瞧老道就把魂收在摄魂瓶之内，用红绸子一封，五色线一系，两个老道同张士芳来到西配房屋中。这屋里靠西墙有条桌，头前八仙桌，两边有椅子。两个老道在椅子上一坐，把摄魂瓶放在条桌当中。张太素说：“张士芳，你不信你去瞧去，你姑父此时咽了气了。明天你办白事，你可得给五百银子，不给我照样收拾你。”张士芳说：“我焉有不给之理？”

正说着话，就听东配房后有人喊嚷：“我要上吊了。”张太素一听，说：“贤弟你听，东边有人喊嚷要上吊，你我去瞧瞧，焉有不管之理？”董太清说：“瞧瞧去，我听声音像东后院。”说着话，两个老道同张士芳出来，将门倒带上，绕到东配房后。一看，本来院里有一棵树，在树上搭着一件大氅，见这人头戴翠蓝色六瓣壮士帽，蓝翠箭馆薄底靴子，白脸膛俊品人物，正解下丝绦，搭在树上拴套，口中自言自语：“罢了，人是生有处，死有地，阎王造就三更死，谁敢留人到五更？死了死了，万事皆休。”老道一看说：“朋友，你怎么跑到我们院里上吊来了？我们跟你无冤无仇，素不相识，你这可不必。”这个抬头一看，说：“道爷不可见怪，我实不知道这庙里有人，我只打算是空庙呢。我要知道有观主，我天大胆也不敢来搅扰。”老道一听，这人话说很通情理，这才说：“朋友，你为什么要寻死呢？我看尊驾堂堂一表非俗，大概不致不明白，为何寻此短见？”这人叹了一声说：“道爷要问，一言难尽。我本是镇江人，保镖为业。我保着二十万银子镖，走在这东边漫洼里，不想出来一伙强盗，约有四五十人，把我截住，要当镖车。我一提我们镖局子的字号，这些贼人也不懂场面，他们说：‘就是皇上从此路过，也要留买路金钱。’我一动手，他们人多势众，我一人焉能敌得了？二十万银子，被他们劫了去，我自己越想越没路。有心回去，这场官司打不了，客人焉能答应？叫我赔，我哪有银子赔？我一想，莫如一死方休。”黄太清说：“你家里有什么人呢？”这人说：“家中有白发的娘亲，绿鬓的妻子，未成丁的幼儿，母老妻单子幼。”老道说：“既是你家中有老母妻子，你要一死，家中一家子全竭了。便我劝你，你别想不开。你到本地衙门去报去，留下案底，你还是回去，你总是实有其事。客人不信，叫他到本地衙门来细查此案，客人不能够要你的命。你想对不对？你快去罢，我也不让你庙里坐着了，今天我们庙里有佛事。”这人点点头，说：“多亏道爷开导我，我谢谢道爷。”立刻深施一礼，由树上把铜鹭拿下来，立刻跳墙出去。

老道转身往回走，刚来到院中，只见西配房屋中有一个人，红胡子，蓝靛脸，正要盗摄魂瓶。老道一看，气往上撞说：“孽障大胆！”立刻把门堵住。书中交代，来者非是别人，正是雷鸣、陈亮。这两个人打哪来呢？原来孙道全在王安士家中，把桃木人拿下来，王员外还是不能起来。众家人就问说：“仙长，你老人家看我家员外是什么病？”孙道全说：“你家员外被人陷害，失了魂了，我得去给找魂去。”众家人说：“好，道爷哪里找去？”老道说：“你们不用管我，今天晚上把你员外的魂给找来就好了。”众家人说：“员外的病，只要你老人家救得了痊愈，准得好好谢谢你。”老道说：“我倒不要谢礼，所为了然功德。我要去找魂，晚上再见。”说罢出了王宅，一直来到海棠桥酒馆之内。雷鸣、陈亮两人在喝酒等着呢，见孙道全来了，陈亮说：“师兄喝酒罢。”三个人吃喝完了，孙道全把雷鸣、陈亮叫到酒馆以外无人之处，说：“二位师弟，师父有吩咐，叫你二人今天晚上够奔西边那座三清观。师父提说，那庙里西配房屋中，条案桌上有一个瓶，叫摄魂瓶，咱们施主王安士的魂，被那庙里老道拘了去，搁在瓶里，你二人去把瓶盗来，就把王员外救了。可千万要小心，那两个老道可不好惹，都会妖术邪法，你二人可要留神。”

雷鸣、陈亮点头，立刻往前走。雷鸣说：“三弟，咱们二个人你盗我盗？”陈亮说：“二弟，你飞檐走壁之能，窃取灵妙之巧，比我强。讲说口巧舌能，见什么也说什么话，机灵便，眼力健，我比你强。二哥，你盗瓶，我使调虎离山计，把老道调出来。”雷鸣说：“你怎样使调虎离山的妙计呢？”陈亮说：“我没准，瞧事做事，也许放火，也许装神作鬼。”两个人说着话，来到庙门以外。陈亮说：“二哥你在西边，瞧着我打东边使调虎离山计。”陈亮上墙一看，两个老道在西配房里，一间后院东首有一棵树，陈亮这才嚷上吊。雷鸣瞧两个老道出去，他由房上下来，刚要进西配房，雷鸣又怕屋里还有人，方才也没问孙道全他这庙里有几个老道。雷鸣心中一犹疑，又怕两个老道回来撞上，他又到东边探探，听两个老道正与陈亮说话，雷鸣复反回来，刚要推门，又怕屋中有人，听了一听，才推门进去。两个老道回来了，见雷鸣正要伸手拿摄魂瓶，董太清一声喊嚷：“好孽障大胆！”雷鸣一回头，见老道已到门口，顾不得拿摄魂瓶，拉刀想要往外闯，焉想这张太素用手一指，竟把雷鸣用定神法定住。不知雷鸣性命如何，且看下回分解。

第一四三回

雷鸣智杀张太素　悟禅气吹董太清

话说张太素用定神法把雷鸣制住，老道心中就明白了，说："贤弟，方才白脸上吊的，是跟他一处的，一个是调虎离山计，一个来盗瓶，对不对？"董太清说："有理。"立刻吩咐张士芳把雷鸣捆上。两个老道坐下说："你这厮好大胆量，竟敢前来盗摄魂瓶？你姓什么？谁叫你来的？那个白脸使调虎离山计是谁？趁此说实话。"雷鸣说："我一个人来的，那个白脸不认识。"张太素说："谁叫你来偷盗摄魂瓶的？"雷鸣说："我自己要来偷的。"张太素说："你怎么不偷别的，单偷我这瓶子呢？"雷鸣说："做贼的瞧见什么就偷什么，我爱这瓶子，我就要偷。"张太素说："你这厮大概不说实话，张士芳给我把绳棍拿来，我非打你，你也不说。"张士芳立刻把绳子拿来，张太素就把雷鸣的衣服解开，用绳子沾水一抽，雷鸣破口大骂。"叭叭叭"一连就是数十鞭，打的雷鸣身上尽是伤。陈亮在外面等候多时，不见雷鸣出来，陈亮暗中一探，老道正打雷鸣。陈亮一看二哥挨打，心中难受，有心下去，又知道老道妖术邪法，不是老道的对手，不下去，瞧着二哥受这样委屈，心中又不忍。陈亮真急了，一瞧大殿后面堆着许多干柴，陈亮立刻掏出自来火，给把柴草点着，少时连大殿都着了。张士芳偶然看外面一亮，往外一瞧，大殿火起来了，张士芳说：“可了不得了，大殿着了火。”董太清一听，先把桌上摄魂瓶揣起来，同张太素、张士芳出来，到后面打算救火。

陈亮此时进去，把雷鸣背出来，一直够奔海棠桥。再回头一看，三清观烈焰飞腾，火光大作。陈亮来到海棠桥，孙道全说：“二位师弟把摄魂瓶盗来没有？”陈亮说：“师兄你看，不但摄魂瓶没盗来，我二哥被老道打了一身伤，我使调虎离山计，才救出来。咱们得找个地方，叫二哥歇歇，上点止痛的药方好。”孙道全说：“只可到王宅去罢。”这才带领陈亮，背着雷鸣，来到王宅。先叫陈亮在旁边等着，老道一叫门，管家王孝开门一看，说：“仙长来了甚好。”孙道全说：“我有两个采魂童受累了，要借你们书房歇歇，你等可别偷着瞧。”王孝说：“是了，我们躲开，你同着进去罢。”老道这才同着陈亮，把雷鸣背到书房，搁到里间屋中，叫雷鸣定定神，敷上金疮止痛散，把帘子落下。老道在外间屋中一坐，少时有家人进来献茶，说：“祖师爷，你给我们员外把魂找来没有？我们员外可咽了气了。”老道说：“你告诉里面安人，不要紧，可千万别哭，我准管保死不了。”正说着话，就听外面一乱，说：“三清观着了火，把庙满烧了。”孙道全见家人出去，说：“二位师弟，你们两个人这个乱惹大了，三清观庙都烧了，那两个老道准要来找我拼命。”陈亮说：“那也无法，我焉能瞧我二哥活活打死呢？他不来便罢，他要来咱们三个人跟他拼命。”孙道全说：“事已至此，二位师弟也不必管。那两个妖道都会邪术，你两个动手也是白送死，莫若你二人逃命去罢，我自有道理。他要找我，我跟他去就是了。”说着话已然东方发白，只听外面叫门，家人出去一看，是董太清、张太素。

两个老道见大殿东西配殿一点没剩，只烧的片瓦无存，两个老道一跺脚说：“张士芳，因为你，把我的庙都烧了，我两人非得找这个梅花道人去拼命。这两个人是必梅花真人主使来的。”张太素说：“我知道这个真人，是灵猿化身，咱们去找他去。”立刻来到王安士门首，一叫门，家人开门一看认识，说：“董道爷、张道爷，二位这么早，来此何干？”张太素说：“你们这里住着一个梅花真人么？”管家说：“不错呀。”张太素说：“你叫他出来，就提我二人找他有事。”家人立刻到里面说：“仙长爷，现在外面有三清观的董道爷、张道爷找你。”孙道全一听说：“二位师弟，走你们的罢。”雷鸣、陈亮说：“师兄，我二人惹的祸，要一走，岂不叫兄长受累？”老道说：“你二人去罢，我去见他。”孙道全当时来到外面一见，董太清一瞧认识，说：“原来是你呀。”孙道全说：“二位道友有什么话？咱们找清静地方说去。两个人事情，彼此说出来，叫人家耻笑。你我都是三清教的门人，咱们的事，找地方说去。”张太素说：“跟我走。”三个老道一直够奔海棠桥而来。焉想到雷鸣、陈亮早越房出来，后面远远暗中跟随。三个老道来到海棠桥，天光大亮，张太素说：“孙道全你说罢。”孙道全说：“咱们往北去，到天台山下，那里没人说去。”张太素说：“走。”

三个人一直到天台山下。孙道全说：“二位道友找我为什么？”董太清说：“你无故坏我的事，你主使一个蓝脸，一个白脸，把我的庙烧了，我焉能容你！”孙道全说：“二位道友不便动怒，咱们彼此都是三清教的人，你把摄魂瓶给我，好叫王员外给你修庙，照样赔你，也别管蓝白脸那两个人。咱们一概不提，你瞧好不好？”董太清说：“你那算白说，今天我非得把你宰了，方出我胸中之气。我拿摄魂瓶，我自己会叫王员外修庙，何必你叫王员外给我修庙？”孙道全说：“二位别生气，慢慢说。”董太清哪里肯听，伸手拉出宝剑，照定孙道全就是一剑。孙道全并不还手，往旁边一闪，口中直央求说：“二位道友饶了我罢，我给赔罪磕头，还不行吗？”董太清一剑跟着一剑，张太素脸朝南站着瞧着，说：“非杀了你，不出我二人之气。”口中直骂。这个时节，雷鸣、陈亮两个由东边绕到北边去，蹲在石头背后。雷鸣一瞧说：“三弟，你瞧咱们师兄不动手，尽躲。这两个老道真可恨，我先把这两个老道冷不防宰了，以报打我之仇。”说着话，雷鸣拉出刀来，慢慢往前就走，张太素脸朝南站着，雷鸣由北边打他身后头往前来，心里说："你要不回头，我就把你宰了。"焉想到老道也是恶贯满盈，该当死，并没回头，只顾瞧董太清动手。雷鸣凑到近前，冷不防手起刀落。"扑哧"一下，红光崩现，鲜血直流，张太素的人头滚落在地，死尸栽倒。董太清一瞧，师兄被那蓝脸杀了，说："好孙道全，我说你们是一党不是？把我师兄杀了，我今天非要你们的命不可。"雷鸣、陈亮说："咱们三个人，要他的命。"

正说着话，只见张太素的人头忽然由地下飞起来，有两丈多高，照定董太清的脑袋砸下去。董太清说："师兄你死的屈，你别闹鬼呀！你找你的仇人，我准给你报仇。"正说着话，人头又飞起来，又照他打去，一连数次。大众留神一看，在西边石头后头，有个小和尚在那里吹呢。孙道全一看认识，是悟禅。书中交代，悟禅打哪来呢？原来济公带悟禅到松阴观，一拜鲁修真。本来鲁修真是个修道的人，跟济公一谈，知道济公是得道的高僧，二人倒是道义相交。和尚把乾坤颠倒迷路旗送给鲁修真，和尚说："我将来到常山院慈云观，有一步大难，非道友救我不可。"鲁修真说："圣僧有用我之处，给我信，我必到。"越谈越对，就留和尚师徒住下。次日天刚亮，和尚说："悟禅你到天台山下去，救你三个师弟去。"悟禅点头，来到天台山下，在暗中藏着，见孙道全直央求，后来见雷鸣把张太素杀了，悟禅这才吹人头打董太清。孙道全一瞧见，说："小师兄快来。"董太清也瞧见，说："好妖精，竟敢这样无礼！"悟禅一撇肚子，一口气把董太清给吹起来，离地有一丈，"叶冬"把老道摔下来。悟禅又吹，吹起来摔下去。正摔董太清，忽听山坡一声"无量佛"，说：

山中清，山中清，万缘不到好修行。眼前浮云倾富贵，崖下流水无困横。是是非非不管我，长长短短没人争。惟有一时动情处，岭头一曲古英风。

一位老道信口作歌而来，大众睁眼一看，吓得亡魂皆冒。不知来者是谁，且看下回分解。

第一四四回

老仙翁一怒捉悟禅　二义士夜探天台山

话说悟禅正在气吹董太清，忽听山坡一声“无量佛”，信口作歌，来了一位老道：头戴旧布道巾，身穿破衲头，白绫高腰袜子，直搭护膝，厚底云履；面如古月，鹤发童颜，一部银髯，真是发如三冬雪，须赛九秋霜；在手中提着花篮，背后背着乾坤奥妙大葫芦。来者老道非别，乃是天台山上清宫东方太悦老仙翁昆仑子。董太清一看，赶紧跪倒，口称：“祖师爷在上，弟子给祖师爷叩头。”孙道全也跪下了，悟禅也吓得不敢吹了，雷鸣、陈亮不知这个老道的来历。这位老道在天台山上，道德深远。这座天台山，有四十五里地高，他的庙站在上面，叫接云岭。这座山上，豺狼虎豹、毒蛇怪蟒极多，凡夫俗子也到不了。孙道全、董太清都认识，故此赶紧行礼。老仙翁一看说：“你两个人为何如此争斗？从实说来！这个妖精是谁？”孙道全说：“回禀祖师爷，这个小和尚是我师兄，我拜济颠和尚为师，我要跟济颠学习点能为法术。”老仙翁一听说：“好，我山人正要找济颠呢。”老仙翁为什么要找济公作对呢？这内中有一段缘故。

书中交代，老仙翁为什么要找济公作对呢？只因前者褚道缘、张道陵两个老道被雷鸣、陈亮给把衣裳都剥了去，两个老道及至还醒过来，一瞧赤身露体，褚道缘说："这怎么好？要在街上一走，谁瞧见，谁不打耳光子的？"老道张道陵说："咱们到天台山上清宫去找祖师爷去罢。"两个人白天不敢走，等天黑，还是走山里，不敢走村庄。到上清宫，一打门，小道童由里面出来，一开门说："二位怎么连裤子都没有了？必是赌输了。"褚道缘说："不是，我二人被济颠和尚欺负苦了。我二人要见见祖师爷，求祖师爷替我们报仇。"说着话，来到里面。一见老仙翁，老仙翁这个气就大了，说："两个东西，怎么这样不要脸？连裤子都没了？"张道陵说："祖师爷有所不知，尘世上出了一个济颠和尚，兴三宝，灭三清，他说三清教没有人，都是畜类，全都是披毛戴角，不是四造所生，脊背朝天，横骨插心。他把我二人的衣服全都剥去了。求祖师爷大发慈悲，给我们报仇，也给我们三清教转转脸。"老仙翁一听，说："我听说济颠和尚是个罗汉，怎么会说出这些话来？童儿去拿出两身衣服来，叫两个人穿上。哪时我见着济颠，我倒要问问他。"褚道缘、张道陵两个人穿上衣服，在庙里住了一天走了。今天老仙翁早晨起来，在山上采药，看见山下一股妖气，直冲斗牛之间，故此这才下山来看看。一问孙道全，他提说拜济公为师，故此老仙翁说："我正要找济颠僧。"又问："你两个人为何争斗？"孙道全说："奉济公之命，搭救王安士。"怎么董太清、张太素害人拘魂，从头至尾，细述一遍。董太清说："祖师爷，你看孙道全无故地使人把我的庙烧了，方才那个蓝脸把我师兄杀了。"老仙翁说："董太清，你这孽障，无故不守本分，贪财害人，张太素死有余辜。你把摄魂瓶拿出来，不准你再动手，山人今天便宜你。"董太清不敢不拿出来，立刻把摄魂瓶拿出来。老仙翁说："孙道全，你拿摄魂瓶去救王安士。这个小妖精是你的小师兄呀，我把他带上山去吊起来。你给你师父济颠送信，叫他前来见我，他一天不来，我把他吊一天，他两天不来，我把他徒弟吊两天。哪时他来，我把这妖精放下。"孙道全也不敢多说，悟禅就吓的不敢跑。怎么不敢跑呢？知道老仙翁身后背着那乾坤奥妙大葫芦，勿论什么妖精装到里面，一时三刻化为脓血。老仙翁立刻把悟禅搁到花篮之内，老道竟自上山去了。

雷鸣、陈亮这两个人就急了，雷鸣说："师兄，你瞧这个杂毛老道，把咱们小师兄提了去，你为何不管呀？"孙道全说："你二位师弟有所不知，这个老道可惹不起，神通广大，法术无边。连咱们小师兄他那么大道行都不敢跑，我更不敢惹了。"雷鸣、陈亮一听，气往上冲说："你惹不起，我两个人可惹得起！咱们小师兄被他弄了走，我二人焉能袖手旁观？"孙道全说："二位师弟打算怎么样呢？"雷鸣说："这个老道不是就在山上庙里住么？"孙道全说："是呀。"雷鸣、陈亮说："我二人非得把老道宰了，给小师兄报仇不可。"孙道全说："二位师弟可千万不可任性，这个老道可非同别人可比，你二人岂不是白送死？依我说，趁早别碰钉子。"雷鸣、陈亮说："你说不算，我二人拼着我们两条命不要了。"说着话，往山上就跑，孙道全再三拦也拦不住。这两个人随后就追老道，展眼再瞧，老道不见了。这两个人焉能追得上？老道驾着趁脚风走了。这两个人追去，山路甚是崎岖，坑坎不平。正往前走，见眼前一道涧沟，南北有五丈余宽，深有万丈，当中只有一道独木桥，东西没有路，非得走这根独木过不去。陈亮一看，这根木头年深日久，都朽了，用手一挖，木屑就往下面掉。陈亮说："二弟，你看非得走这独木桥过不去。要走在当中这一断，摔下去落在山涧里，就得摔个肉泥烂酱。"雷鸣说："咱们拼个死去，非得把老道杀了，把小师兄救回来。"陈亮说："是。"两个人把心一横，立刻施展陆地飞腾法，就打这根木头上走过来，也没怎么样。二人这才又往前走，约走了数里之遥，忽见眼前有一只猛虎，两只眼灯笼相似，张着血盆大嘴，尾巴来回直摆，把地下的石子扫的往上直飞。雷鸣、陈亮两个人一看，吓的亡魂皆冒。雷鸣说："老三，你看这可要没命。"有心回去罢，走在独木桥也许掉下去，虎若要追，也跑不了。两个人一想："该死也活不了。"拉出刀来，直往前走，走到猛虎跟前，老虎拿鼻子闻闻，一摇尾竟自走了。雷鸣、陈亮吓的一身冷汗。陈亮说：“二哥，咱两个人许没有人味了，老虎瞧见闻闻，都摇尾不吃。”雷鸣说：“咱们两个人走罢，不该是他嘴里食。”说着话，二人又往前走，眼见日已西沉。正往前走，只见大岭上有一条大蟒，足有三十余丈长，有缸粗细，两只眼似两盏灯。雷鸣、陈亮被老虎吓的一身冷汗，觉着毛骨竦然，刚把汗干了些，身上仿佛长点力气，这又瞧见大蟒，把两个人又吓得惊魂千里。不往前走使不得，山上又没有两条路，陈亮说：“二哥，生有处，死有地，方才老虎没吃咱们，这条大蟒也许不害人。咱们愣往前闯。”正说着，只见这条大蟒一阵怪风，竟自去了。雷鸣、陈亮说：“好险，好险，你我两世为人。”二人微缓了缓，又往上走来。

到了上清宫，约有二更天，一看满天星斗，朦朦月色，山影静悄悄，空落落。见这座庙前至后三层大殿，周围地势占的不少。正山门坐落北向，上面有字。是泥金匾刻的字，上写“护国敕建上清宫”。东西有角门，都关着，庙门口有两根旗杆，庙里有两根旗杆。雷鸣、陈亮二人看罢，拧身蹿上墙去。往里一望，正当中大殿五间，带月台，东西各有配殿，中院栽松种竹，清风飘然。大殿东边，有四扇屏风门套着，是第二层院子。两个人蹿房越脊，施展飞檐走壁，如履平地相仿，往后够奔。站在房上一看，东跨院里有灯光，这院中也是四合房。北上房五间，南倒座五间，东西配房各三间，北上房屋中射出灯光。雷鸣、陈亮来到北上房前披，施展珍珠倒卷帘，夜叉探海式，往屋中一看，见屋中靠北墙条案上面有些经卷，头前八仙桌上面有一盏灯，两边有椅子，老道正在上首椅子上坐着，在灯下看书。这屋中是阴三暗五，再一看房柁上吊着悟禅，绳子拴着脚，头冲下吊着倒势。雷鸣、陈亮一看，气往上撞，立刻拉刀将手伸出，由上面一翻身跳下来，往屋中就闯，一掀帘子，打算摆刀杀老道。焉想到老道一抬头，说：“好孽障！大胆的狂徒！”用手一指，用定神法就把雷鸣、陈亮定住。雷鸣、陈亮气往上撞，破口大骂。老道立时吩咐：“来人，这两个小辈，将他缚到后面去，结果性命。”不知二位英雄性命如何，且看下回分解。

第一四五回

永宁村法救王安士　韩家院捉拿章香娘

话说老仙翁把雷鸣、陈亮置住，吩咐把二人抬到后面去结果性命。这个时节，旁边过来一人说："师父，你老人家大发慈悲罢！这两个人是弟子的结拜兄弟，又是我的救命恩人。求祖师爷看在弟子面上，饶恕他二人罢！二位贤弟跟我到后面去。"雷鸣、陈亮一看，说话这人乃是夜行鬼小昆仑郭顺。雷鸣、陈亮正破口大骂，郭顺说："二位贤弟别骂了。"立刻把雷鸣、陈亮带到后面去，老仙翁还怒气未息。天光刚亮，只听外面一声"无量佛"。小道童出来一看，来者乃是孙道全。书中交代，孙道全自从山下见雷鸣陈亮赶老仙翁去，他也无法，拿着摄魂瓶，够奔永宁村。来到王安士家一打门，家人一看，说："道爷来了，可曾把我们员外爷的魂给找来？"孙道全说："找来了。"家人立刻同孙道全来到里面，一看王员外已然如同死人一般。孙道全把摄魂瓶拿出来，打开一念咒，王安士的魂归了窍。当时王安士"啊呀"了一声，一睁眼说："我好闷得很。"众人一瞧老员外说出话来，都喜欢了。安人说："员外你好了。"员外说："我没有病，仿佛做了一场大梦。"众家人说："员外爷，你躺了好几天了，昏迷不醒。要不是这位仙长把你老人家救了，就了不得了。"老员外说："原来如此。"立刻翻身起来，如同好人一般，要给老道磕头。孙道全说："老员外千万别给我磕头，我要损阳寿。"家人先给拿过桂圆茶来，王安士喝了，就觉着心里发空，家里有现成的燕窝粥，先给员外喝了一碗。老员外请真人外面书房坐，老员外也就不敢给老道行礼了，穿好了衣服，陪着来到书房，叫家人预备上等果酒。众人无不感念老道的好处，家人把酒摆上，老员外陪着孙道全喝酒谈心。

老道喝着酒，忽然往东一看，一股妖气直冲霄汉。书房是西房，正往东看，老道就问："老员外，这东院里是甚么人住着？"王安士说："那院里是我一个拜弟，姓韩名成，跟我也是世交。"老道说："他家里有什么人？"王安士说："他家里夫妇两个，有一个儿子，叫韩文美，有媳妇，道爷说这个做什么？"孙道全说："我看那院里有一股妖气冲天，那院中准有妖精。"王安士一听，说道："没听说他家里闹妖精，真人看着准有妖精？"老道说："那不假，准有。"王安士一想，我跟韩员外至有交情，既知道焉有不管之理？说："道爷，既瞧出来，何妨慈悲，跟我过去给把妖精除了。那院里韩员外跟我至好，也不是外人。"孙道全说："可以，我山人去瞧瞧。"老员外立刻同老道来到隔壁一叫门，韩员外家的管家出来开门，一看说："王员外，你老人家好了？"王安士说："好了，你家员外可在家里？"家人说："在家里。"王安士说："你到里面通禀一声，我来见你家员外有事。"家人立刻进去一回禀，韩成赶紧迎接出来。孙道全一看，这位韩员外好样子，身高八尺，膀阔三停，头戴宝蓝员外巾，迎面嵌美玉，他本是武举出身，身服篮缎员外氅，腰系丝绦，白袜云履，面如紫玉，浓眉大眼，三绺黑胡须。一见王安士，连忙施礼说："兄长欠安，可曾好了？小弟少来问候。"王安士说："你我兄弟知己，勿叙套言。"韩成说："这位道爷是谁？"王安士说："这位乃是梅花真人，我的病就是这位道爷救的。"韩成拱手往里让。来到书房落座，家人献上茶来。王安士说："今天我同道爷来，非为别故，我方才正在书房吃酒，真人看你这院中有妖精。我想你我知己，我不能不管。我求真人过来，给你降妖捉怪。”韩成说：“我这院中没闹过妖精，道爷怎么瞧有妖精呢？”孙道全说：“我看这股妖气，还是阴气，必是女妖。员外你把女眷连婆子丫鬟都叫出来，真人一瞧，就瞧出来。”韩成说：“可以。”立刻叫家人给内室送信，叫安人、少奶奶、众婆子、丫鬟都出来。少时内宅女眷都出来，老道来到院中一看，有一位妇人二十多岁，长得姿容美绝，秀丽无双，有两个丫鬟搀着。孙道全一看这个妇人是妖精，老道拉出宝剑一指说：“好妖精，见了山人还敢大模大样？”这妇人并不言语。孙道全说：“你还不现原形？”这妇人也不言语，孙道全举宝剑赶过来就要砍。

这个少妇非是别人，乃是韩成的儿媳妇。怎么会是妖精呢？这其中有一段情节。韩成之子韩文美，本是个念书的人，当初跟王全、李修缘都是同窗的书友，就是韩文美年岁居长，王全次之，李修缘顶小。皆因李修缘一走，王全也不念书了，韩文美就剩下一个人自己在家中用功。偏巧他妻子故世，韩文美就无心念书，时常带着书童出去游山玩景，以解心中之闷。韩成打算给他续室，老不合式，高不成，低不就，故此耽误下了。这天韩文美带着书童又出去游玩，走到永宁村西，觉着口干舌燥，韩文美就说：“童子，你我到哪里去歇息歇息，找杯茶吃。”童子说：“眼前这不是清静庵么？庙里老尼姑，不是公子爷的师父？咱们到庙里去喝茶好不好？”韩文美一想：“也好。”立刻同书童来到庙门口叫门。工夫不大，就见由里面出来一个小尼姑，把门开开，说：“公子爷来了。”韩文美说：“老师父可在庙里？”小尼姑说：“在庙中，公子爷请里面坐罢！”韩文美带领书童，这才往里够奔，一直来到西跨院。这院中是西房三间，北房三间，南房三间。小尼姑来到北房禅堂，一打帘子，说：“师父，韩公子来了。”这房里老尼僧法名妙慧，一听说韩公子爷来了，赶紧由里出来，说：“公子爷来了，怎么这么闲在？”韩文美赶紧行礼，说：“师父一向可好？弟子有礼。”老尼说：“好，公子爷请坐！”韩文美坐下，老尼姑叫来人倒茶来，只听里面屋中一声答应，真是娇滴滴声音，一掀帘子，由里面出来一个带发修行的少妇。韩文美一看，真似貌比天仙，给韩文美过来一倒茶，韩文美就闻着妇人身上带着有一阵兰麝之香。这妇人把茶倒上，慢闪秋波，斜乜杏眼，瞧了韩文美一眼，转身进屋中去。韩文美一瞧这妇人，当时心神飘荡，这才问老尼僧：“这位妇人是谁呀？”妙慧说：“这是我新收的徒弟，她姓章，名叫香娘，她原是这村北的人。她丈夫故世，家有婆母，要逼她改嫁。她不愿改嫁，情愿出家，拜我为师，就在我这庙里，侍奉佛祖。”韩文美点了点头，坐了片刻，立刻告辞。一出庙，真仿佛把魂留在庙里。到了家中，茶思饭想，躺在炕上茶饭懒用，一闭眼就见章氏香娘在眼前，自己得了单思病。

韩员外夫妇跟前就是这一子，一见儿子病了，赶紧请名医医治，医家先生也瞧不出甚病症来，一天不如一天。那韩成一想：“这病来的怪。”就把书童叫过来一盘问：“我家公子上哪去了？不说实话，把你打死。”书童不敢隐瞒，就把上清静庵里去，遇见章香娘之故一说。韩成夫妇疼儿子，赶紧叫人把清静庵老尼姑接来。安人说：“亲家，你瞧你徒弟病得利害，你得救你徒弟，我夫妇就是这一个儿。”老尼姑说：“我怎么救他？”安人说：“你庙里听说有一个章氏香娘，你只要给我儿把亲提妥了，他的病就好了。”老尼姑说：“呦，人家跟我出家，我劝人家改嫁，那如何使得？”安人说：“你费费心罢，只要你给提妥了，我必当重谢你。”老尼姑说：“我提着瞧罢。”当时老尼姑回去，到庙中跟章氏香娘一提，先前章氏不愿意，后来香娘愿意了。老尼姑给韩宅送信，韩成还是定轿子娶，照娶姑娘一样。韩文美一听说定了，病就一天比一天见好。等娶过来，夫妻恩爱的如胶似漆，公婆也欢喜儿媳妇，婆子、丫鬟都没有不跟少奶奶合式的。半年多的光景，也没人知道她是妖精。今天无故被孙道全看出来，孙道全摆宝剑刚要剁，焉想到韩成恼了，由后面冷不防打孙道全一个嘴巴，挟起来，来到大门外，把老道扔下，说：“你哪来的老道？跑到我家里来撒野！说我好好的媳妇是妖精，你快滚罢。”说完了话，关上大门回头进去。孙道全一想：“正是‘是非只为多开口，烦恼皆因强出头’。自己也觉得脸上无光，莫若找我师父，我把妖精捉了，可以转转脸。”想罢立刻往前就走。刚一出了巷口，就听后面忽然起了一阵怪风，谅情必是妖精追赶下来。不知孙道全性命如何，且看下回分解。

第一四六回

孙道全捉妖遇害　济禅师拉船报恩

话说孙道全出了永宁村，正往前走，忽听由后面起了一阵怪风，刮的走石飞沙四起。孙道全一闻这阵风，异香扑鼻，心里说："了不得了，这个妖精追下我来，要跟我做对。"正在心中思想，何尝不是？只听后面有人说话："好孙道全，你往哪走？仙姑娘跟你远日无冤，近日无仇，你败我的事，拆散我的金玉良缘。我仙姑这几年没吃人了，今天我开开杀戒，把你吃了，我好饱餐一顿。"孙道全一回头，果然是那个妇人追下来了。孙道全赶紧拉出宝剑一指，说："好妖怪，你好大胆量，竟敢跟山人前来做对？我今天结果你的性命。"妖精说："并非我仙姑娘找你，你无故怀着鬼胎，坏我的事，我焉能饶你？"孙道全摆剑就剁，妖精一闪身，抖手祭起一块混元如意石。这石头能大能小，起在空中好似一座泰山，照孙道全头顶打来。孙道全也有点能为，受过广法真人沈妙亮的传授，一瞧石头打下来，赶紧口念护身咒，掐剑诀一指，说声"敕令"。立刻石子现了一道黄光，坠落于地。妖精一瞧，说："好孙道全，你敢破仙姑的法宝！"立刻又一抖手，孙道全一看，无数的长虫奔孙道全要咬。孙道全知道这是障眼法，立刻把舌尖嚼破，往上一喷。这些长虫全现出原形，都是纸的。妖精勃然大怒说：“孙道全，你敢破仙姑的法术！”说着，一撇肚子一张嘴，喷出一道黄光，这是她三千多年的内丹。孙道全立刻觉着身子一麻，翻身栽倒。妖精哈哈一笑说：“我打算你有多大能为，原来就是这样。今天合该我吃你。”立刻把孙道全一提，来到山神庙，把孙道全搁在里面。妖精把门一关，打算要现原形吃孙道全。

正在这般情况，就听门外哈哈一笑说：“好孽障，真乃大胆，竟敢要吃我徒弟？来，来，来，咱们爷们较量较量。”妖精一听，往外一看，来了一个穷和尚。书中交代，来者乃是济公，济公由八卦山叫悟禅走后，跟坎离真人鲁修真告辞。鲁修真说：“圣僧何妨在我这庙里多住几天？你我可以盘桓盘桓。”和尚说：“我还有要紧事故，你我后会有期。”和尚出离了八卦山，往前行走，来到一个小码头，见王全、李福正进酒馆，和尚也掀帘子进去。王全、李福刚坐下，要了一桌酒席，和尚也进来，向王全说：“乡亲才走到这里？”王全一看，是萧山县树林子里遇见那穷和尚，王全说：“大师父，你也来了？”和尚说：“你们二位，这些日子才到这里？”王全说：“别提了，我二人在萧山县遭了一场官司，耽误了几天。”和尚说：“乡亲你回家去罢，你不必找你表弟，找也找不着。你一天到家，你表弟也是一天到家，你两天到家，他也两天到家，你哪时到家，他也就到家了。”王全说：“是、是，大师父没吃饭吧？”和尚说：“可不是。”王全说：“你在这里一同吃罢。”和尚说：“敢情好。”王全立刻叫伙计拿过一份杯筷碗碟来，和尚就坐下。伙计把干鲜果品菜蔬上齐，和尚大把抓菜，李福就瞧着不愿意。和尚抓起来还让呢：“你们二位吃这把。”王全一瞧，和尚真脏，满脸抹油，王全嫌脏说：“和尚你吃罢，那盘子都是你吃。”和尚说：“我就得其所哉！”王全吃点不吃了，李福也饱了，和尚大吃大喝大抓，连跑堂的都拿眼瞪和尚。跑堂的心说：“好容易来了一位阔大爷，要成桌的酒桌吃不了，好吃的剩点，这叫和尚拿手一抓怎么吃？”王全见和尚吃完了，叫伙计算帐。

这个时节，由外面进来一个人，说："哪位搭船走，我们船上海棠桥。"李福说："公子爷，咱们搭船走罢。"王全一听说："你还提坐船？提起来吓的我魂飞胆裂。你曾记得曹娥江坐船吗？"李福说："曹娥江那是包船，这是搭船，这船上别的客座多着呢。"这才问管船的："你船上有多少人了？"管船的说："有二十多位了。"李福说："上海棠桥我们去，船上有舒展地方没有？"管船的说："前后舱人都满了，就是上铺闲着。你们二位上海棠桥，坐在上铺，给五百钱罢。"李福说："钱倒好说，今天这就开船么？"管船的说："这就开船。"李福这才把酒饭账给了，说："公子爷上船罢。"王全站起身往外走，和尚说："咱们那里见罢。"王全也不知和尚说哪里见，主仆同管船的出了酒铺，来到码头河岸上船。众坐船人都说："还不开船么？"管船的说："开船？我们船上就是两个人，还得雇一个拉短纤的就开。"

正说着话，那穷和尚"梯他梯他"由东来了，管船的正嚷："谁来拉纤？"和尚答了话说："我去。"管船的说："大师父，你一个出家人，拉纤行么？"和尚说："行。出家人按一口锅，也跟俗家差不多，都得挣钱吃饭。"管船说："就是，大师父你拉罢。"立刻把纤板给了和尚。管船的撤跳板开船，济公禅师把纤板一拿，拉着就走。书中交代，济公要拉船纤，所为报答表兄王全出来找他披霜戴雪、早起迟眠这点辛苦，和尚故此拉纤。人家拉纤喊船号，和尚一边拉着纤，信口说道：

> 这只船，两头高，坐船的主人心内焦。踏破了铁鞋无处找，弟兄相见不分晓。到天台，才知道，骨肉至亲两相照。

和尚念完了，往前走着，信口又说道：

> 想当年，我剃度；舍身体，洗发肤；归于三宝做佛徒，松林结茅庐。妄想除，余思无，真被累，假糊涂。脸不洗，手不沐，无事笑泥沽。走陆路，游江

湖。好吃酒，爱用肉。不管晨昏香焚炉，混寄在世俗。风霜冷到穿葛布，天气热到披裘服。为善要诛恶，济困要扶危。

和尚一边念着，往前走，又念：

这一只船，两头摇，管船的女人好细腰。由打去年抱了一抱，直到如今没着摸。

管船的一听说：“和尚别玩笑，你满嘴说的是什么话呢？”和尚说：“我不管了。”说着话，和尚把纤板一扔，撒腿就跑。管船的说：“你们瞧这个和尚，真是半疯。拉了这半天纤，快到了，他跑了，他也不要拉纤的钱。”众坐船的人，一个个全都乐了，说：“这个和尚真有点疯病。”大众纷纷议论，这且不表。

单说和尚撒腿就跑，直奔山神庙而来。罗汉爷先把灵光、佛光、金光闭住，来到山神庙门口，和尚一推门说：“好孽障！你这胆子真不小，竟敢吃我徒弟？待我来结果你的性命。”妖精正要吃孙道全，忽听门外有人说话，妖精回头一看，是一个穷和尚。短头发有二寸多长，一脸的油腻，破僧衣短袖缺领，腰系绒绦，疙里疙瘩，光着两只脚，穿着两只草鞋，长得人不压众，貌不惊人，三分不像人，七分倒像鬼。济公禅师把三光闭着，妖精一看，是一个凡夫俗子，当时气往上冲，说：“好个穷和尚，你敢前来多管我仙姑的事？你岂不是前来送死？”和尚说：“你这东西，无故不守本分，缠绕韩文美，还敢欺负我徒弟？今天我非得要你的命。”妖精一张嘴，照定和尚喷出一股黄气，打算要把和尚喷倒。焉想到和尚哈哈一笑道：“好孽障，你会喷毒呀！大概你也不认识我老人家是谁？我叫你瞧瞧。”和尚一摸脑袋，露出佛光、灵光、金光，妖精一看，见和尚身高丈六，头如麦斗，身穿直缀，赤着两只腿，光着两只脚，原来是一位知觉罗汉。妖精吓的连忙跪倒，“嗥鸣”叫不住声。人有人言，兽有兽语，说：“圣僧你老人家饶命，并不是我要兴妖害人。因那韩文美他瞧见我，他要托人说我，我才跟他成亲。求圣僧大发慈悲，饶了我罢。”和尚说：“你现原形我看看。”妖精立刻身形一晃，现了原形。和尚一看，这才明白，不知道是什么妖精，且看下回分解。

第一四七回

济公施法治妖妇　罗汉回家探姻亲

话说济公露出佛光、灵光、金光，妖精这才跪倒央求。和尚叫妖精现了原形，一看原来是一个香獐子。书中交代，这个香獐子，乃是天台山后天母宫，有一个玉面老妖狐的第三个徒弟，她有三千五百年的道行。这个老妖狐，乃是五云山五云洞五云老祖的女儿，自称玉面长寿仙姑。这个香獐子，她常到清静庵去听经，后来她一想："莫若我拜老尼姑为师，跟她学学经卷。"自己摇身一变，变了一个美貌的妇人，到庵里去投奔老尼姑。她说她是村北住家，丈夫故世，婆母要叫她改嫁，她不愿意改嫁，要拜老尼姑为师，情愿晨昏三叩首，早晚一炉香，侍奉佛主，她说姓章名叫香娘。老尼姑妙慧信以为真，不知道她是妖精，把她收下。焉想到韩文美瞧见她，惦念在心，托老尼姑说媒，老尼姑倒是怕韩文美死了，韩成夫妇绝了后，倒是一番好意，把香娘子给韩文美说了去。今天香獐子遇见济公，当时求济公饶命，和尚说："你要叫我饶你也行得，你依我一件事。"章香娘说："只要圣僧饶命，有什么事，圣僧只管吩咐。"和尚说："你附耳如此如此，然后这等这样，依我的话照样办，我就饶你。"香獐子说："圣僧怎么说我怎么办。"和尚说："既然如此，你去你的，咱们后日见。"香獐子立刻一晃身，竟自去了。和尚这才把孙道全救过来，孙道全一明白过来，睁眼一看，济公在旁边站着，孙道全赶紧给师父行礼。和尚说："你无故要多管闲事，'是非只为多开口，烦恼皆因强出头'，没有那么大能为，还要捉妖？没捉成妖，差点叫妖精把你吃了。"孙道全说："多亏师父前来搭救，不然，我命休矣！"和尚说："你捉妖叫人家把你打出来，你还有什么脸见人？我还捧你一场，叫你把神仙充整了。"孙道全说："师父，我怎么把神仙充整了？"和尚说："你附耳如此这般，这等这样，就把仙家充整了。"孙道全点头答应，和尚说："你去罢，我还有事。"

和尚出了山神庙，一直来到海棠桥，路西里有一座酒馆，字号"凤鸣居"。初时这座酒馆，原来是韩文美、王全、李修缘三个人，每人拿三百银子成本开的。倒不为赚钱，所为三个人随便消遣。后来李修缘一走，王全也不到铺子去照料，韩文美一病，把这个铺子就交给家人王禄照管。本来王禄就不务正，最好押宝赌钱。现在王全又出外去找李修缘，王禄更没人管他了。自己胡作非为，把买卖全叫他输了。铺子后头搁上宝局了，前头把掌柜的跑堂的全散了，就剩下一个小伙计。王禄今天正在拦柜里，只见由外面进来一个穷和尚。和尚说："辛苦辛苦。"王禄也不认识是李修缘，一来济公离家数载；二则又是僧人打扮，一脸的泥，也认不出是谁了。王禄说："大师父，喝酒呀？"和尚说："喝酒，拿两壶来。"王禄给拿两壶酒过来。和尚喝了，又要两壶。喝完了四壶酒，和尚站起来就走。王禄说："大师父，怎么走么？"和尚说："喝够了，不走怎么着？要没喝够还喝呢！"王禄说："你走，给酒钱。"和尚说："给钱上你这喝来？"王禄说："上我这喝来，怎么就不给钱呢？"和尚说："我没钱，我本不打算喝酒，皆因你这写着穷和尚喝酒不要钱，我才来喝酒。"王禄说："哪写着？"和尚用手一指说："你瞧。"王禄一瞧，果然墙上贴着一张红纸，上面写着："本铺穷和尚喝酒不要钱。"王禄说："这是谁跟我闹着玩的？"

和尚说："掌柜的，你这铺子怎么这么热闹？"王禄叹了一声说："大师父，别提了，先前我这买卖，一开张很好，都叫我押宝输了，现在把买卖做的这个样。"和尚说："咱们两个人，倒是同病相怜。我和尚有二十顷稻田地，两座庙，都叫我输了，我也是押宝押输的。现在我可学出高眼来，都说'高眼没裤子穿'，这话一点不错，是局上瞧见我都不敢叫我耍。给我拿过三百钱，叫我喝茶，我就指着吃局上。"王禄一听说："大师父，你会押宝么？"和尚说："会。勿论什么宝，瞒不了我。铜盒子、木盒子、打宝、飞宝、传宝、递宝，全瞒不了我。我一耍就得赢，如同捡钱一般。就是众局上都不叫我押，我没了法子。"王禄一听说："咱们这后院有宝局，和尚你要给我猜几个红，不但我请你喝酒，我还给你换换衣裳。"和尚说："你有钱么？"王禄说："有。我告诉你说罢，我刚借了二十吊印子钱。坐地八扣，给九六钱，十吊给八吊，二十吊实给十六吊，一天打二吊四百钱，打一百天合满钱二十四吊，连底子找得出十吊钱的利钱。没法子，不能不借，这还是指着铺子借的。大师父，你跟我到后面去，你给猜几个红。我赢了，苦不了你。"和尚说："就是罢。"立刻同王禄来到后面。一看后面这里有好几十个人，围着宝案子，刚把宝盒子开出来。和尚说："掌柜的，你押罢。这宝进门闯三，你押大拐三孤钉，准是正红。"王禄一想："哪有这么巧？倘若押上，把十六吊钱一输，那还了得？"自己不敢押，和尚说："你不押，这宝可是三。"王禄说："瞧瞧再押罢。"正说着话，做活的叫宝一揭盖，果然是三。王禄一瞧一跺脚，自己后悔不该不押，这要听和尚的话，把十六吊钱都押上孤钉，赢四十三吊二百。少时就见又把宝盒开出来，王禄说："大师父，这宝你猜什么？"和尚说："方才我叫你押三，你不押，这宝还是三。"王禄心中犹疑，说："方才开三，这宝哪能还是三呢？"和尚说："你爱听不爱听。"王禄一想："先瞧瞧再说罢。"焉想到一开宝又是三。王禄自己又一跺脚，说："这是怎么说话？两宝来钱并住一百多吊。"和尚说："你是不听话。"王禄说："我哪知道？"说着话，第三宝又摔上盒子。王禄又问："大师父，这宝押什么？"和尚说："这宝押二，这叫黑虎下山。"王禄一想："和尚连猜了两宝红了，这宝许没准，我莫若瞧一宝罢。"和尚说："你又不押？"王禄说："等等别忙。"眼看着又一揭盖是二。王禄自己一想："我是什么东西？和尚果然是高眼，我不听？"和尚说："你老不押我走了。"王禄说："别走。"自己一想："这宝拼出十六吊钱不要了，和尚叫我押我就押押。"想罢一瞧，宝又开出来，王禄说："大师父，这宝我押什么？"和尚说："我猜三，你爱押不押？"王禄一想恨了，当时把十六吊钱满搁在三上押孤钉，心里担着心，见宝盖一揭，是么，红的冲么，白的冲三。王禄一瞪眼，说："和尚你瞧这宝么了，押输了。"和尚说："谁叫你先不押！我连猜三宝红你不押，我哪能够宝宝猜着？"王禄一想："这有什么法子？不答应和尚也是白饶。和尚连一条整裤子都没有。"自己噘着嘴，赌气出来。和尚也跟着出来。

刚来到外面，就见王全、李福一掀帘子进来。和尚说："乡亲才来呀。"王全一瞧说："和尚你也来了。"和尚说："可不是，乡亲你快回去罢，不必在外面耽延了，在外面耽延，你也找不着你表弟。你回去，你一天到家，你表弟也到家，你两天到家，你表弟也两天到家，你那时回去，你表弟也就到了。"王全说："是。和尚你做什么在这里呢？"和尚说："我喝了四壶酒没钱，他不叫我走，乡亲你替我给了钱罢。"王全说："是了，我给罢。"李福可就有点不愿意。王禄一瞧主人回来，赶紧回来行礼。王全说："王禄我且问你，这两天老员外喜欢不喜欢？要喜欢我好回去。"王全本是个孝子，来打听打听，倘如老员外要不喜欢，自己暂且不敢回去，怕爹爹说，故此先来问。王禄说："公子爷你回去罢，老员外几乎死了，听说今天才好。公子要昨天回来，还赶上着急了。老员外已然都上床咽了气，多亏有一位老道给救了。"王全一听一愣，说："老员外什么病呀？"王禄说："不是病，听说是被阴人陷害。听说大概是张士芳，勾串三清观董老道、张老道，可不知是怎么陷害的，公子爷快回去罢。”王全一听，说：“别人都可说，惟张士芳他可不该。素常我给他银钱，他倒生出这样心来，真乃可恨。”和尚说：“乡亲，你们说着话，我要走了。”立刻济公出了酒馆，这才要够奔永宁村，甥舅相认。不知后事如何，且看下回分解。

第一四八回

探娘舅济公归故里　点奇梦圣僧善度人

话说济公出离了酒馆，一直够奔永宁村，来到故土原籍。济公一看，叹了一声，离家这几年的光景，村庄都改了样子。正是兔走荒苔，狐眠败叶，俱是当年歌舞之地；露冷黄花，烟迷剩草，亦系旧日征战之场。济公一看旧日儿童皆长大，昔时亲友半凋零。罗汉爷一进西村口，见路北一座大门封锁，正是当年济公自己的住宅。紧挨着三座大门，正当中就是王安士的住家，东隔壁是韩员外的宅子，西隔壁是李修缘的宅子。自修缘走后，王员外派人就把这所房子腾空了，用封条封上。济公今日一看，睹物伤情，回忆当年有父母在堂，家中一呼百诺，如今只落得空房一所，自己孤身一人，未免心中可惨。济公再抬头一看，见娘舅王安士正在门口站定，两眼发直，似乎心有所思的样子。书中交代：王员外为什么今天在门口站着呢？皆因韩成韩员外把老道打了一个嘴巴，挟着捺出去，王员外觉着脸上下不去，见韩成进来，王安士就说：“韩贤弟，你这件事做的太莽撞了。老道同我过来，乃是一番好意，贤弟你就粗鲁太过。”韩成说：“兄长有所不知，这是我儿妇。无缘无故，哪来的这么个老道，拿宝剑威吓我儿媳妇。倘若要吓着怎么办呢？本来你侄儿韩文美就有病。”王员外自己颇觉无味，甚为后悔，不该多管闲事，立刻告辞。回到自己家中，一问家人，老道并没回来。王员外一想："老道是我的救命恩人，这一来，老道大概是没脸见人，不肯回来。"王员外打算要谢老道几千两银子，也不知道老道哪去了，自己觉得颇为烦闷，又想对不起老道，故此来到门口瞭望。

正在发愣，济公赶奔上前，跪倒在地，口称："舅舅在上，甥男李修缘给舅舅行礼。"王安士一瞧，是一个穷和尚，褴褛不堪。老员外一愣，并不认识，连忙说："来人哪！给拿出两吊钱来，给这位大师父，你趁此去罢。"王员外终朝每日找李修缘，恨不能李修缘一时回来，怎么见了李修缘倒叫给两吊钱叫去呢？皆因王员外看着不是李修缘，想当年李修缘在家之时，是白脸膛，富豪公子的打扮。现在一脸的泥，又是穷和尚，老员外哪里认的出来？王员外只打算是和尚必是知道我的心思，他故意要这么说，故此要给两吊钱，叫和尚去罢。济公跪着不起来，说："舅舅不必拿钱，实是甥儿李修缘回来了。"王员外一听，"啊"了一声，正在发愣，王全、李福来到。王全一瞧这个穷和尚在这跪着，也不知所因何故，赶紧上前行礼说："爹爹在上，孩儿有礼。"王全是在凤鸣居听王禄说老员外差点死了，王全甚不放心，因此赶紧回来，见老员外正在门首，王全上前一磕头。王安士说："儿呀，你回来了！你可曾找着你表弟李修缘？"王全说："孩儿并没找着李修缘，在萧山县孩儿遭了一场不白之冤的官司，差点丧了性命，因此孩儿回来了。"王安士点了点头。王全就问："你这和尚，跟我们走了一遭，为何在此跪着？"济公说："表兄，你不认识我了，我就是你表弟李修缘回来了。"李福一看说："你这和尚真是蒙事，吃了我们一顿饭，你还来假充我小主人？我家公子，我是认得的。"和尚说："李福哥，你是不认识我了，我一洗脸，你就认识了。"王安士一听，说："好，你进来洗洗脸，我看看。"立刻济公同着众人来到书房。

老员外吩咐家人打脸水来，家人答应，立刻把脸水打来，济公一洗脸，把脸上的泥都洗去了。王安士再一看，何尝不是李修缘？王全一看就哭了，说：“表弟，你在萧山县见着我，你为何不说？你要说了，我早就把衣裳给你换了，何必叫你受这一路苦楚。”李福一看说：“哎呀！公子爷，你老人家千万不可见怪，老奴实在太莽撞了。言语冒犯，望公子爷多多恕罪。”济公说：“你不必行礼，不知不怪。”王安士看出是自己的外甥，落到这般光景，老员外倒觉伤心，又是心疼，不觉掉下泪来，说：“修缘你这孩子，怎么做了和尚了？”济公并不说实话，说：“我皆因由家中出去，遇见一个化小缘的穷和尚，他劝我出家。他说‘当了和尚，吃遍天下’。说在哪里都不用盘费。我一想也好，我就跟他出了家了。后来他把我的衣裳全诓了跑了，我一作急，我就疯了，因此我也不思回来。现在我在外面化小缘，遨游四方，无拘无束，到处为家。常言说‘一日但有三抄米，不做人间酬应僧’。我一想出家倒比在家好，跳出红尘，静观云水，笑傲江湖，醉里乾坤，壶中日月，荣辱不惊，祸福不计。虽处寂寥之滨，而心中快乐；虽仅藜藿之食，而物外逍遥。我是‘到处有缘到处乐，随时随分随时安’。”王员外一听，说：“你这孩子真是胡闹，家中万贯家财，享不尽的荣华，受不尽的富贵，你自己要不出去，何必落到这般景况？从生人以来，你哪里穿过这样破烂的衣裳？再说你父母在日，由你从小就给你定下亲事，现在刘素素姑娘，父母早已故世，跟着她舅舅董员外住家，时常催我把你找回去，好迎娶过门。你这一出去，知道的，是你自己要出去的；不知道，还说我贪图你家的富贵，把你逼走。你快把你这脏衣裳脱下来罢！王孝，你到里面把公子爷的衣服拿出来，给他换上。”立刻家人答应，由里面抱出一包袱衣裳来。济公换上文生公子的衣裳，把自己的旧帽哪、僧袍哪卷好，说：“舅舅千万别把我这破衣裳捺了，捺了可有罪。待我还俗的时候，还得用这身衣裳。”王员外说：“既然如是，把你衣服拿到里面去，交给安人收起来。等我择一个好日子，到国清寺去给你还俗。”济公点头答应。老员外吩咐摆酒，家人答应。正要擦抹桌案，里面婆子出来说：“老员外，老安人说了，叫李公子爷，同咱们公子爷到里头去呢，老安人要瞧瞧哪！”王安士说：“好，儿呀，你同修缘到里面见见安人。”王全这才同李修缘来到里面。老安人一来多日没见自己的儿子，二则也要瞧瞧外甥，王全先给娘亲行了礼，李修缘这才给舅母行礼。老安人说：“修缘你在旁边坐下，我且问你，这几年在外面做什么呢？”李修缘还是不说实话，就照着跟员外说的话，又对安人一说。在里面说了几句话，家人进来说：“书房摆上酒了，老员外等着跟二位公子爷吃饭呢。”王全、李修缘这才站起来，够奔外面。

来到书房，老员外正在这里等候，家人已然把干鲜果品、冷荤热炒摆上。今天王安士心中甚为畅快，儿子也回来了，外甥也回来了，可以同在一桌吃酒，一面谈心。老员外在上面坐，叫李修缘在旁边上手里坐下，王全在下手里，爷三个同桌而食，开怀畅饮。甥舅父子一面吃酒，一面欢谈，老员外要问问甥儿，这几年在外面的根本源流细情。焉想到李修缘并不说实话，不肯说出自己的道德来历，言语总带着一半劝解老员外。济公要打算度脱娘舅，出家修行，无奈王安士贪恋红尘，执迷不悟。三个人吃完了晚饭，把残桌撤去，倒上茶来。老员外吩咐把卧具搬出来，今天同在书房安歇。家人把铺盖铺设停当，老员外在一张床上，王全同修缘在一张床上躺下，谈心叙话。王安士恐怕儿子外甥在外行路乏神，说多了话伤神，催促早睡。老员外说：“不便说话了，今天早点歇着，明天起来再说罢。”老员外说完了话，二目一闭，心神一定，正在迷迷离离昏昏沉沉之际。老员外再一抬头，吓得亡魂皆冒，济公禅师要施佛法，大展神通，暗度娘舅。不知后事如何，且看下回分解。

第一四九回

妖妇现形唤醒文美　真人赠药救好修缘

话说王安士刚才睡着，忽见四外火起来了。王安士吓得魂不附体，又怕把儿子外甥烧在里面，赶紧说：“王全、修缘，快跟我走！”王全、修缘跟着王安士就跑出来。正往前走着，只见后面来了一只猛虎，摇头摆尾，张着血盆大嘴，就赶过来。王安士带着王全、李修缘，撒腿就跑，猛虎后面急追。正往前跑着，见眼前一道大河，截住去路，并没有船只，王安士一想：“这可了不得了，要叫猛虎追上，就没了命了。”正在心中着急，忽见河里的水“哗啦”一响，当中露出一座莲台，在莲台上坐着一位老僧，头戴五佛冠，身穿古铜色僧衣，脖领上挂着一百单八颗念珠，盘膝打坐，双手打着闷心。王安士一瞧，赶紧就说：“圣僧救命。”那老和尚口念：“南无阿弥陀佛，善哉善哉！苦海无边，回头是岸。”说着话，老和尚掐了一朵莲花，捺在河内，立刻这朵莲花变了一只船。那老和尚说：“王善人，你等上船罢。”王安士自己要上船，又怕猛虎赶到把儿子外甥吃了，赶紧叫修缘快上船，“儿呀，快上船。”王全、李修缘点头，刚才上船，王安士还没上船。猛虎赶到，张牙舞爪，张嘴就咬。王员外吓的“呀”的一声，惊醒了。睁眼一看，自己吓的一身冷汗，原来是南柯一梦。王安士觉着心中乱跳，方一明白，就听李修缘那里嚷：“舅舅，可了不得了。”王安士说：“修缘你嚷什么？”李修缘说：“我做了一个怕梦，我看见咱们房子着了火，舅舅带我们两个人跑出去，又遇见一只老虎追咱们。咱们正跑着，见眼前一道大河过不去，忽然有一位老和尚坐着莲台，掐了一朵莲花，扔在河里，变了一只船，他说：‘苦海无边，回头是岸。’我同我表兄刚上船，瞧老虎来咬你，把我吓醒了。”王员外一听，说：“真乃怪道，我方才也是做这个梦。”李修缘说：“舅舅要依我说，还是出家好，我看出家倒比在家好。人生百岁终是死，莫若修福种德，不修今世修来世。出家，了一身之冤孽，像你老人家这个岁数，更应当出家才是。”王安士说：“你这孩子，疯疯颠颠，还说出家？我那里家中一呼百诺，出家有甚好处？你这孩子不想想，你在外面这几年出家，落的何等困苦艰难，风吹雨洒？再说你李氏门中就是你一条根，并无三兄四弟，总想着光宗耀祖，显达门庭，封妻荫子，可以接续香烟。孟子曰：‘不孝有三，无后为大。’你既读孔孟之书，必达周公之礼。莫不是你就忘怀了？”李修缘说：“舅舅此言差矣！你岂不知一子得道，九祖升天。”老员外叹了一声，赌气不说了。又觉一沉睡，照样又一梦，如是者三次。书中交代：这是济公禅师要渡脱王安士出离苦海，不想王安士连是三警，并不醒悟。听外面天交三鼓，自己思想了半天，又复睡去。天光一亮，老员外、王全、李修缘俱起来了，家人伺候洗脸，吃茶吃点心。

济公就问：“舅舅，那韩文美韩大哥他怎么没过来？”王员外说：“你韩大哥现在病着呢。”济公说：“咱们得去瞧瞧他去，这几年老没见了。”王员外说：“好，你我一同过去。”王全也跟着，三个人来到韩员外门首。一叫门，家人由里面出来一瞧，说：“老员外过来了。”王安士说：“你到里面回禀一声，就提我外甥李修缘回来了，特意来望你家公子。”家人随即转身进去，少时出来说：“员外，我家公子有请。”王安士这才带领李修缘，往里够奔。来到韩文美的卧室一瞧，韩成也在屋中，大众彼此行礼。济公一看韩文美瘦得不像样子，脸上一点血色都没有。韩文美一瞧是李修缘，不是外人，有数年不见，赶紧说：“李贤弟，你这几年上哪去的？”济公说：“我在外面化小缘来着。”韩文美说：“你化小缘一向可好？”济公说：“化小缘也没什么好与不好，无非是到处有吃有喝就是了。韩大哥你这病，怎么不吃药呢？”韩文美说：“吃了许多的药了，也不见好。”济公说：“我这里有一块药，给你吃罢。”韩文美说：“什么药？”济公说：“伸腿瞪眼丸。”文美说：“兄弟你别跟我玩笑呀，怎么给我伸腿瞪眼丸吃？”济公说：“你不知道，这药一伸腿，一瞪眼，就好了，能治百病。这块药不是我的，是我偷的济颠和尚的。”王员外拿眼瞪了他一眼。济公说：“真是我偷的这个药，勿论男女老幼，诸般杂症，一吃就好。”韩文美立刻把药吃了，真立刻觉着神清气爽。济公说：“你这病是什么病，你知道不知道？”韩文美说：“不知道。”济公说：“我知道你这病是虚痨。”韩文美说：“兄弟，你这可胡说。”济公说：“不但我说你是虚痨，你还带着妖气，你的眼睛都发浑了。”韩文美说：“兄弟你是疯了么？”济公说：“我一点不疯，我瞧瞧我韩大嫂子在哪里呢？”韩文美说：“在西厢房呢。”济公说：“我去瞧瞧去。”说着话，往外就走，众人也都跟出来。

济公来到西厢房一看，说：“可是她，便是妖精。”韩文美说：“兄弟真疯了，这是你嫂子么，怎么你说是妖精呢？这也就是兄弟你说，要是别人满嘴胡说，我立刻就把他轰出去。”济公也不答话，过去照定韩文美之妻，就是一个嘴巴。韩文美一看，就要翻脸，就见他妻子一张嘴，一口黑气照济公一喷，济公当时翻身栽倒在地，人事不知，如同死了一样。妖精现露原形，一阵风竟自去了。韩文美看的明白，妖精现了原形，是有小驴子大的一个香獐子，驾风逃走。韩文美自己也愣了，心中这才明白，敢情是这么一个香獐子，天天跟我同床共枕，事到如今，我这才知道。从前恩爱，至此成空，昔日风流，而今安在？不怪人说芙蓉白面，尽是带玉的骷髅；美艳红妆，亦系杀人的利刃，韩文美从此醒悟。

这个时节，王员外见外甥被妖精喷倒，真急了，连忙叫:“修缘醒来。”连叫数声，叫之不应，唤之不醒。王员外一跺脚，说:“这可怎么好？盼来盼去，好容易把他盼回来。这要一死，真算是活该。”王全也着了急。老员外心中一想:“真要是李修缘由这一死，我把他的一分家业，全给他办了丧事。”自己痴呆呆正在发愣，由外面进来一个家人，说:“王员外，现在外面来了一个老道，是梅花真人。他说知道李公子被妖精喷了，他特意前来搭救，他有仙丹妙药，能够起死回生。”王员外一听，赶紧吩咐有请，只见老道由外面进来。王员外说:“仙长你老人家慈悲慈悲罢。”老道掏出一块药来，叫人用阴阳水化开，给济公灌下去。果然少时就听济公肚子里“咕噜噜”一响，睁开二目，翻身爬起来，立刻好了。济公装不认识孙道全。王员外一见孙道全将李修缘搭救好了，这才说:“仙长，你老人家别走了，前者救了我的性命，今天又救了我外甥，我实在感恩不尽。先请到我家去吃酒，我有一点薄意，要奉送仙长。”韩成此时也知道儿媳妇果是妖精，前者把老道打出去，大为抱愧，赶紧上前赔礼说:“前者我实在粗鲁，冒犯真人，我今天给真人陪罪。”老道哈哈一笑说:“二位员外，你我后会有期，我还有公事在身，暂且告辞。”说罢孙道全驾趁脚风竟自去了。老道是奉济公之命，够奔上清宫去，给东方太悦老仙翁送信，这话不提。

单说王员外见老道走了，这才带领王全、李修缘告辞，回到家中。刚要摆酒，只见张士芳由外面进来。这小子自从烧了三清观，他就把讲棚杠安人给他那四百银子，连嫖带赌把银子都输没了。自己一想，还是没落剩，又听说王全、李修缘都回来了，张士芳一想:“这两人一回来，我姑母就不能任我所为了。这两个小子可是我的噎隔。”他岂不想人家是自己的产业，为什么是他的噎隔。这小人天生来的狼心狗肺，他一想这两人一回来，我姑母就不能给我钱，我莫如想法把他两个人一害，将来王安士一死，百万家资就全是我的了。想罢到药铺买了一百钱砒霜、一百钱红矾。药铺问他："买这毒药做什么？"张士芳说："配耗子药。"将砒霜红矾带好，一直来到王安士家，要施展毒计，暗害王全、李修缘。不知后事如何，且看下回分解。

第一五〇回

买毒药暗害表弟　点恶梦难度迷人

话说张士芳暗带砒霜红矾，来到王安士家。一见老员外，张士芳说："姑父你好了？我听说我两个兄弟回来了，我特意来瞧瞧。"王安士并不知张士芳勾串老道陷害他，还以为张士芳是好人。怎么一段缘故呢？皆因老安人偏疼内侄，王安士病好了，老安人给士芳倒说了许多的好话，说："你病着，还是张士芳这孩子眼不错，见他兄弟不在家，瞧你要死，什么事都张罗在头里。又给讲棚，又去讲杠，在这里帮忙，乱了好几天，见你好了才走的。"王安士听夫人所说，信以为真，说："这孩子就是不务正，其实倒没别的不好。"今天张士芳一来，王安士倒很欢喜，说："张士芳，你瞧你两个表弟都回来了。你从此改邪归正。我给修缘把喜事办了，我也给你说个媳妇。"张士芳一瞧说："表弟，你这几年哪去了？我还真想你。"这小子嘴里说好话，心里盘算："回头我抽冷子，就把毒药给搁在茶里，再不然搁在酒里，饭碗里，把他们两个人一害死，我就发了财。"心里思想害人，嘴里很是仁义道德。李修缘说："张大哥来了！咱们回头一处吃饭罢。"王安士说："好，你三个人在一桌吃，我瞧着倒喜欢。"说着话，家人把酒茶摆上，张士芳在当中上坐，王全、李修缘这两个人皆在两旁边。

刚要喝酒，济公说：“张大哥，你瞧我，这时候要一跟人家在一个桌上吃饭，我就害怕，心里总留神。如今好人少，坏人多，我总怕嘴里说好话，心里打算要害我：买一百钱砒霜，一百钱红矾，抽冷子给搁到饭碗里，再不然给搁到酒里。”张士芳一听，说：“表弟，你这是疯了？谁能够害你呀？”济公说：“去年有我们一个同伴的，也是穷和尚，他跟我一处吃饭，带着毒药，差点把我害了。由那一回，我跟人家一处吃饭，我常留着神。其实，咱们自己哥们，你还能害我么？张大哥，你别多心，你身上带着砒霜没有？”张士芳说：“没有。”济公说：“你带着红矾哪？”张士芳说：“更没有。”济公说：“我也知道，你不能，总是留点神好。”说的张士芳心里乱跳。本来他心里有病，他还纳闷，怎么世界上怎有这一件事，吓的他也不敢往外掏。一天两顿饭，他也没敢搁。天色已晚，老员外说：“张士芳你要没走，你们三个人在这书房睡，我到后面去。”张士芳说：“就是罢。”老员外归后面去，这三个人在书房安歇，王全同济公在一张床上，张士芳在一张床上。

王全躺下就睡着了，济公也打鼾呼，惟有张士芳翻来覆去睡不着。心中盘算，我总得把他们两个人设法害了，我才能发财。想来想去，沉沉睡去。刚才一沉，只见由外面进来一个人，有五十多岁，白脸膛，黑胡子，头戴青布缨翎帽，穿着青布靠衫，腰扎皮挺带，薄底鹦脑窄腰快靴，手拿追魂取命牌。后面跟定一个小鬼，面似青泥，两道红眉，红头发滋着，赤着背，围着虎皮战裙，手里锯翎钉钉狼牙棒。张士芳一瞧，吓了一哆嗦。这公差说：“张士芳，你所作所为的事你可知道，现在有人把你告下来了，你跟着走罢。”哗的一抖铁链，把张士芳锁上，拉着就走。张士芳说：“什么事？”这位公差说：“你到了就知道了。”拉他赶快走着。张士芳就瞧走的这道路黄沙暗暗，仿佛平生没走过的道路。正往前走，见眼前一座牌楼，上写“阴阳界”。张士芳一想：“了不得了，必是到了阴曹地府。”过了牌楼，往前走了不远，只见眼前一座城池，好生险恶。但见：

阴风惨惨，黑雾漫漫，阴风中仿佛闻号哭之声，黑雾内依稀见魑魅之像。披枷戴锁，未知何日离阴山；锯解臼舂，不识甚时离地狱。目莲母斜欹栏杆望孩儿，贾充妻呆坐奈河盼汉子。马面牛头，瞒拥着曹操才过去；丧门吊客，勾率的王莽又重来。正是人间不见奸淫辈，地府堆积受罪人。

张士芳一看，正在吃惊。只见有一个大鬼，身高一丈，膀阔三停，面似瓦灰，红眉毛，红眼睛，披散着头发，一身的毛，手拿三股托天叉，长得凶恶无比，高声叫道："汝是何方的游魂，来俺酆都地狱？快些说来，免受捉拿。"这公差说："鬼王兄请了，我奉阎罗天子之命，将张士芳的鬼魂勾到。"大鬼说："既然如是，放尔过去。"这公差拉着往前走，只见眼前一座大门，西边站立无数狰狞恶鬼，门口有一副对联，上联是："阳世奸雄，伤天害理皆由你。"下联是："阴曹地府，古往今来放过谁。"横匾是："你可来了。"张士芳一看，吓得胆战心惊。进了大门一瞧，里面仿佛像一座银安殿，殿柱上有一副对联，上联是："莫胡为，幻梦生花，算算眼前实不实，徒劳机巧。"下联是："休大胆，热铁洋铜，摸摸心头怕不怕，仔细思量。"横匾是："善恶分明。"张士芳抬头一看，上面是阎罗天子，端然正坐，头戴五龙盘珠冠，龙头朝前，龙尾朝后，身穿淡黄色滚龙袍，腰横玉带，篆底官靴。再往脸上一看，面如刀铁，三绺黑胡须，飘洒在胸前，真是铁面无私，令人可怕。左右两旁站着文武判官，一位拿着善恶簿，一位拿着生死簿。那判官都是头戴软翅乌纱，身穿大红袍，圆领阔袖，束着一条犀角宝带，足下方头皂靴。两旁还有牛头马面，许多狰狞恶鬼，排班站立。这位公差口称："阎罗天子在上，鬼卒奉敕旨将张士芳鬼魂带到。"张士芳自己不由就跪下了。阎罗天子在上面，往下一看，说："张士芳，你前世倒是积福做德，应在今世托生富贵人家，享安闲自在之福。不想你已所作非为，俱都是伤天害理，在外面寻花问柳，败坏良家妇女，损阴丧德。你又谋害你姑父王安士，今又想谋害表弟王全李修缘，实属恶大恶极。来呀！鬼卒你带张士芳先过秦广王，楚江王，宋帝王，五官王，卞城王，泰山王，都市王，平等王，转轮王，左三曹，右四曹，七十四司，然后带他游遍地狱。"

鬼卒一声答应，拉着张士芳见过十殿阎罗，然后来到一个所在。一瞧，有两个狰狰恶鬼，缚着一个人，拿刀割舌头。张士芳一看，说："鬼王兄，这是怎么回事？"公差说："这个人在阳世之间，好谈人闺阃，搬弄是非，胡言乱语，死后应入割舌地狱。"张士芳瞧着可怕。又往前走，有一个开膛摘心的，张士芳又问，鬼卒说："这个人在阳世瞒心昧己，奸淫邪盗，死后应入剜心地狱。"说罢又往前走，见有一座刀山，有几个大鬼，举起人来，就往上扳，都是刀尖冲上，轧的人身上鲜血直流。张士芳说："这是因为什么？"鬼卒说："这是不孝父母，打爹骂娘，恨天怨地，喝雨呵风，死后应上刀山地狱。"再往前走，一看，有一根铁柱，烧的通红，叫一个人去抱，不抱有大鬼就打，张士芳说："这个怎么回事？"鬼卒说："这人在阳世奸淫妇女，败人名节，死后应抱火柱。"说罢又往前走，见有一座冰池，把人剥的赤身露体，卧在冰地冻着。张士芳一看就问，鬼卒说："这人在生前唱大鼓书，专唱淫词，引诱良家妇女失身丧节，死后应入寒冰地狱。"再往前看，有一个血池，有许多妇人在里面喝脏血，张士芳又问，鬼卒说："这些妇人，有不敬翁姑的，有不惜五谷的，有不信神佛的，有不敬丈夫的，死后应该入污池喝血，此即血污池也。"看罢，又往前走了不远，再一看有一杠秤，吊着一个人的脊背，说这个人在生前专用大斗小秤，损人利己，就该这样报应。再一看，有倒磨磨的，有下油锅的，有千刀万剐的，有剥皮抽筋的，种种不一，都是在身前杀人放火，奸盗邪淫，是些犯罪的人。张士芳游够多时，再一看有两座金桥银桥，有一个老者，长的慈眉善目，有两个金童银童，把着两把扇，每人手里托着一个盘子，盘子里有一把折扇，一块醒木。张士芳就问：“这个人为何这样清闲？”鬼卒说：“这个人在阳世说评书，谈今论古，讲道德，说仁义，普度群迷，劝人行善。死后金童银童相送过金桥银桥，超生在富贵人家。凡在阳世修桥补路，放生，斋僧布道，冬施姜汤，夏舍凉茶，济困扶危，敬天地，礼神明，奉祖先，孝双亲，这些人死后必过金桥银桥。”张士芳自己点点头，不怪人说，“善恶到头终有报，只争来早与来迟”。张士芳游遍地狱，复又带他一见阎王爷，阎王爷吩咐：“把张士芳捺在油锅炸了吧。”鬼卒一声答应，眼瞧一个大油锅，烧的油滚滚的，沸腾腾的，把张士芳拿起来，往里就捺，吓的张士芳“哎呀”一声，睁眼一看，有一宗岔事惊人。不知后事如何，且看下回分解。

第一五一回

到地府恶心不改　遇妖怪丧命倾生

话说鬼卒把张士芳往油锅里一捺，张士芳吓得“哎哟”了一声，一睁眼原来是南柯一梦。自己还在屋里床上躺着，吓的一身汗，被褥都湿了。刚一睁眼，就听和尚那里嚷：“可了不得了，心疼死我了，我的张大哥。”张士芳道：“李贤弟，你嚷什么？”和尚说：“我做了一个梦，梦见来了两个官人，把你锁了去见阎王爷。阎王爷叫鬼卒带你游地狱，我在后面跟着。你游完了地狱，阎王爷说你害王员外，又不知还想害什么人，我瞧把你捺在油锅里，炸了个嘣脆透酥，把我吓醒了。”张士芳一听：“怪呀，怎么我做的梦他知道呢？”自己心里又一想：“做梦是心头想，哪有这些事呢？还是得想法子把他们两个人害了，我才能发财。不然，是不行。”心里想着，又睡着了，照样又是一梦。这回没往油锅里捺，往刀山上一捺，又吓醒了，又是一身冷汗。如是三次，张士芳吓的心中乱跳。听外面天交三鼓，张士芳一想：“我别在这睡了，这屋子有毛病，再睡得把我吓死。”想罢，翻身爬起来说：“二位贤弟你们睡吧，我要走了。”王全也醒了说：“张大哥，半夜三更你上哪去？”张士芳说：“你别管，我是不在这了。”王全说：“既然如此，你叫家人开门。”张士芳穿好了衣裳，跑出来叫家人开门。众人都刚睡着了，起来给他开门关好，没有一个不骂他，本来这小子素常就不得人心。

张士芳出了永宁村，一直来到海棠桥。抬头一看，秋月当空，水光似镜，正在残秋景况，金风飘洒，树尖枝叶都发黄了。再一看桥下，一汪秋水，冷嗖嗖直望东流。夜深人静，鸡犬无声，张士芳站在桥上，自己一想："半夜三更上哪儿呢？莫若到勾栏院去，可以住一夜。"自己正在心中思想，忽听北边树林之内，有妇人啼哭的声音。张士芳顺着声音找去，到切近一看，果然是一个少妇，也不过至大有二十龄，娇滴滴的声音，哭里透着悲惨的了不得。张士芳借着月光一细看，这位妇人真是花容月貌，窄小金莲不到三寸，称得起蛾眉杏眼，芙蓉白面，头上脚下真个十成人才。张士芳一见，淫心已动，他本是个色中的饿鬼，花里的魔王，忙叫道："这位小娘子，为何黑夜的光景在此啼哭？"这妇人抬头看了一看说："这位公子大爷要问，小妇人章氏，只为我丈夫不成人，好赌钱，把一分家业都押宝输了，直落到家中日无隔宿之粮。这还不算，他今天因为要钱，把我卖了，要指着还给输账，我故此晚上偷着出来。我打算在这里痛哭一场，我一上吊，就算完了，一死方休。大爷你想，我是一点活路没有。"张士芳一听，心中一动，这可是便宜事，赶紧说："小娘子，你别想不开，人死不能复生，你正在青春少年，死了太可惜的，你跟了我去好不好？"这妇人说："呦，我跟你去上哪去？"张士芳说："我告诉你，你在这坊打听打听，我姓张叫张士芳，是这本地的财主，家里有房屋地产，买卖银楼缎号，我也是新近失的家，皆因没有相对的，我也没续弦。不是人家不给添房，再不然就是我不愿意，我总要亲眼得见人才长得好，我才要呢。你要跟了我去，咱们两个人倒是郎才女貌。你一进门就当家，成箱子衣服穿，论匣子戴首饰，一呼百诺，你瞧好不好？"这妇人说："公子爷你在哪住？"张士芳说："你跟我走罢。"伸手就要拉。这妇人说："你瞧谁来了？"张士芳一回头并没人，再回头一瞧，那妇人没了。张士芳正在一愣，过来一个香獐子，就在张士芳梗嗓咽喉一口，把张士芳按倒就吃，就剩下一个脑袋，一条大腿没吃。书中交代，这个妇人就是香獐子变的，奉济公禅师之命，在这里等着吃张士芳。这小子也是心太坏了，才能落到这样收成，妖精从此走了。第二天王安士听说张士芳走了，就派家人出来寻找，看见张士芳的人头及大腿一条，回去一回禀王安士，王安士叫家人给买了一口棺材，把张士芳的脑袋、腿装上，埋在乱葬冈上。这话休提。

单说王安士要给李修缘还俗，然后好娶亲。择了一个好日子，先叫人给国清寺的方丈送信。李修缘本是当初国清寺许的跳墙的和尚。这天老员外同王全送李修缘上国清寺去跳墙，老员外叫家人备上三匹马，把李修缘原就那身破僧衣带上，众家人也都骑马跟随。刚一走出永宁村门口，和尚一施展验法，他这匹马就先跑了。和尚来到一座树林子，翻身下马，把文生公子的衣裳都脱了去，仍旧把自己僧衣穿好，用手一指，把马拴在树上，用影身法，把马影起来。和尚刚要往前走，只见那边来了五六个穷和尚，说："咱们快些走，晚上可就赶不上了。今天董员外的外甥女，刘百万的女儿刘素素，斋僧布道，每人给二百钱，每人给一个馒头。这位姑娘原本许配李节度之子李修缘，哪知李修缘由十八岁走了，不知去向，姑娘就住在舅舅家。董员外要给姑娘另找婆家，姑娘说：'忠臣不侍二主，烈女不嫁二夫，至死不二。'这位姑娘大才，咱们天台县的绅衿富户，都惦记说这位姑娘；董员外也逼着，叫姑娘不必等李修缘，另给找婆家。姑娘没法子，出了一个对子，说谁要对上，就把姑娘给谁。姑娘这是难人，所以咱们台州府的举监生员都对不上，碰钉子碰多了。姑娘最好行善，咱们去领馒头钱去。"济公听见这片言语，知道这是未过门的妻子，济公便赶过去说："辛苦辛苦，咱们一同走。"众和尚一看，说："你也是去领馒头上董家庄么？"济公说："可不是么。"

说着话，眼前不远，出了这树林子，就是董家庄。一进村口，路北大门，门口高搭席棚，众僧人来到门首一看，有管家放钱放馒头。济公说："我们一共七个和尚，给七个馒头，一吊四百钱，都交给我罢，我再分给他们。"管家就拿了七个馒头，一吊四百钱，都有一斤重一个，交给济公。济公拿着说："馒头你们自己拿着，钱到那边慢慢分去。"

说着话，一瞧门内摆着一张桌子，上面有笔墨砚，押着一条对字，是十一个字，都有宝盖。写的是："寄寓客家，牢守寒窗空寂寞。"和尚就问："这条对字是干什么的？"管家说："这是我们姑娘出的，我们员外说了，要有老头给对上下联，认一门干亲，要有僧道给对上，我们员外给修庙；要是文生公子给对上，只要年岁相当，情愿把姑娘许配他。这个对字把我们本地念书人难住多了。"济公说："我给你对个下联行不行？"管家说："你能有这个才学，能配上下联，我们员外给你准修一座庙。"和尚拿起笔来就写，写完了，管家拿进去，叫婆子交给姑娘。姑娘一看，连声赞美，真乃奇文妙文绝文。本来这条对字是不好对，他这上联十一字都用宝盖，再说姑娘这条对字就说有终身之事，父母双亡，在舅舅家住着，就算寄寓客家一般，"牢守寒窗空寂寞"，说的是自己孤身一人，独坐香闺心中寂寞，何时是出头之日。要得下联，还得意思对。十一字，字也得一个样。或是全与乱绞丝，或是三点水，或是口字傍，或是单力人，双力人，或用言字傍，全得言字。济公对的下联，全是走之，写的是："远避迷途，退还莲迳返逍遥。"这十一个字的意思是说：这位刘素素姑娘自落身以来，就是胎里素，一点荤腥都不吃。她本是一位莲花罗汉一转，错投了女胎。今天济公来对这对子，是暗度他未过门的妻子。"远避迷途"，是言人生在世上，如同大梦一场，仿佛在迷途之内，远避迷途，即是要躲开迷途之意。"退还莲迳返逍遥"，是说不如出家倒逍遥自在。姑娘一看，连声称赞说："快把这个人叫进来，我要见见。"家人说："是一个穷和尚。"姑娘说："勿论是僧是道，我要见。"家人到外面找和尚，踪迹不见。和尚拿着一吊四百钱，施展验法走了。这六个和尚一展眼，没留神，见和尚没了，这六个和尚紧紧就追。刚追出村口，一瞧，济公正坐在地下挑钱呢，自言自语说："这个是小钱，这二百不够数。"这六个和尚一瞧，气往上撞，大家过来围上济公就打。不知后事如何，且看下回分解。

第一五二回

修缘公子朝宝悦　知觉罗汉会昆仑

话说济公在地下数钱，六个化小缘的和尚赶到。大众说：“好和尚，你把我们六个人的钱都拐了来，你还在这里数钱？”说着话，这六个和尚过来就是一拳。济公说：“咱们一个对一个的打。”六个和尚围着济公动手，谁要打济公一拳，济公必还一拳，六个人都不能多占便宜。正在动手之际，只见正北来了两匹坐骑，骑马的正是王孝、王福。老员外见李修缘的马惊下来，赶紧派家人追赶。两位管家正在寻找，见李公子又穿上了破僧衣，跟众和尚打起来了，王孝赶紧下马说：“别打别打。”众穷和尚说：“你别管，他把我们的钱诓了去。”王孝说：“你们别胡说了，还不滚开！这是我家公子爷。”众和尚一听，就不敢动手了。王孝说：“你们真要造反了？还不拿了钱走吗？”众和尚一听，每人拿了二百钱，诺诺而退。王孝说：“公子爷你上哪去了？”济公说：“我跟他们上董家庄化缘去了，领了一个馒头二百钱。”王孝说：“唉！公子爷，你也不怕人家耻笑，那不是外人家，董员外跟咱们还是亲戚呢。你的马呢？”和尚说：“在那边树上拴着呢。”王孝说：“我们方才怎么没有瞧见？”和尚用手一指说：“那不是？”王孝、王福一回头，果然马在树上拴着，这才一同来到树林，把马解下来。济公翻身上马，同家人回来。王员外说：“你上哪去了？”济公说：“没上哪去，我化缘去了。”王安士说：“你这孩子是胡闹，已然要还俗，你还忘不了化缘。从此可不许你再化缘了。”济公点头答应。众人催马，这才够奔山坡国清寺来。

原来这寺在半山坡里。众人催马，刚来到山坡以下，只见国清寺庙门以外，两旁边一对一对和尚，站着班迎接，大约有数十对僧人。王安士一看，只打算庙内方丈知道王员外有钱，要这样的恭敬。其实不然。当初国清寺的老方丈叫性空长老，现在老方丈圆寂了，是性空长老的徒弟宝悦和尚当家。性空长老乃是一位得道的高僧，临圆寂之时，把徒弟宝悦叫到跟前，说：“某年某月某日，有知觉罗汉前来降香，必须如此这般，这等这样。”故此宝悦和尚谨记在心。今天由大殿前往外排班，是五十四对，一百零八位和尚各穿扁衫，手拿手炉手磬，口念真佛，迎接知觉罗汉。王安士哪里知道其中的细情？众人来到庙前下马，济公说：“这些个秃葫芦头。”大众和尚心里说：“这个和尚真讨人嫌，他说我们是秃葫芦头。他也是和尚。”众僧都是凡夫俗子，也不知道济公的来历。王员外众人一进庙，宝悦和尚迎接出来，见了济公打问讯，济公也答礼相还，老员外并不解其意。宝悦说：“老员外来了。”王安士说：“方丈怎么称呼？”和尚说：“我叫宝悦。”书的节目，是修缘公子朝宝悦，知觉罗汉会昆仑。

王安士今天来到国清寺，先施舍众僧人每人一件僧袍，每人一双僧鞋，每人给钱两吊。方丈请老员外在禅堂待茶，王安士说：“我今天特意给我外甥李修缘跳墙还俗，求老方丈慈悲慈悲罢。”宝悦和尚点头，吩咐外面预备，众人来到大殿以前烧上香，在大殿前搁着一条板凳，就算是墙。宝悦和尚说：“老员外，你外甥跳墙，我得打他一百禅杖，赶出庙去。”王安士一听，说：“我外甥懦弱的身体，要打一百禅杖，他如何受的了？”宝悦和尚说：“不用真拿大禅杖，就拿一百根筷子以代禅杖，打一下算十下。”老员外说：“这就是了。”宝悦和尚说：

“修缘，我打过了你，你跳过板凳，跑出庙门就算完了。”济公点头，宝悦拿起筷子一比，打一下，说：“啊，初一不烧香，十五不礼拜。前殿不打扫，后殿堆土块。终朝饮美酒，狗肉随身带。出家亦无缘，送我还俗寨。脱下织缀来，赶出山门外。”说完了，叫李修缘跳墙，济公跳过板凳，撒腿就往山门跑。王安士说：“别跑。”这句话未说完，就听李修缘嚷：“我收不住脚了。”王安士众人赶紧往外追，眼见李修缘掉在万丈深的山涧之内。老员外一瞧一跺脚，说：“修缘儿呀！不想你死在这里。”立刻放声痛哭。宝悦和尚说：“老员外不便伤感，李修缘大有来历。”老员外说：“罢了，他既是死了，我回家把他那分家业，全都给他念经设坛化了。”王全说：“爹爹不便这般，我看我表弟有些个道德，也许回家来点化你老人家，还不定死活呢。”宝悦和尚说：“公子之言有理，老员外请回罢。”王安士一概不听，回家要超度李修缘。

书中交代，济公哪里去了呢？罗汉借着遁法，够奔上清宫而来。来到上清宫一打门，由里面出来了一个道童，一见是个穷和尚，破僧衣短袖短领，腰系绒绦，疙里疙瘩，光着两只脚，穿着两只草鞋，褴褛不堪，济公早把三光闭住。道童就问：“和尚，你找谁呀？”和尚说：“烦劳仙童到里面回禀一声，就说我是西湖灵隐寺济颠僧，前来拜访你家观主。”道童一听，“呵”了一声，说：“你就是济颠僧么？你等着罢！”和尚说：“可以。”道童这才往里回禀，此时老仙翁正会着客呢。书中交代，什么人在这坐着呢？原来是上清宫后天母宫的玉面长寿仙姑。她是五云洞五云老祖的女儿，她正在洞中打坐，忽见上清宫里有一股妖气冲天，玉面长老妖狐一想：“怎么上清宫会有妖精呢？我何不到那瞧瞧，是怎么一段事。”自己这才来到上清宫。老仙翁见了她，以仙姑呼之，她见老仙翁，就称呼老仙翁，这两个人是对兵不斗。老仙翁知道她父亲是五云老祖，管押天下群妖，勿论大小精灵，只要是披毛带角，横骨穿心，不是四造所生，脊背朝天，就属五云老祖所管。她有一宗聚妖幡，要一晃，天下的妖精，全都得来到，仙翁故此也不惹她。玉面老妖狐也知道老仙翁道德深远，庙里有镇观之宝，有乾坤奥妙大葫芦，勿论什么妖精装在里面，一时三刻化为脓血，她也不敢惹老仙翁。今天老仙翁听说玉面长寿仙姑来了，赶紧降阶相迎，说："仙姑来了，因何这样闲在？"老妖狐说："仙翁，我看你这庙内有一股妖气冲天，不知是什么一段缘故？"老仙翁用掌一指，说："你来看。"老妖一看屋里房柁上，倒吊着一个小和尚，头上有黑气。老妖狐说："这个和尚是谁呀？"老仙翁说："尘世上出了个济颠和尚，兴三宝，灭三清，欺负我三清教门下，火烧了祥云观，烧死张妙兴，火烧云烟塔，雷击华清风，捉拿张妙元，戏耍褚道缘、张道陵。这个妖精是济颠的徒弟，我把他吊起来，等济颠。济颠一天不来，我吊他一天，哪时济颠来了，我把他放开，我要看他是何等人物。"玉面老妖狐说："老仙翁，哪时济颠来了，你千万替我送信。我大徒弟在临安城周宅，跟周公子有一段金玉良缘，无故被他赶回来。我三徒弟章氏香娘，在永宁村韩员外家，也被他赶回来。我还有一个小徒弟，在小月屯被他杀了。我说我徒弟不会跟他们斗法么？他们说惹不起他。那时济颠僧要来了，你给我一个信，我来略施小术，就把他拿了，替我徒儿们报报仇。"老仙翁说："好，既是仙姑肯费其心，哪时济颠僧来，我必给你送信。"正说着话，童子进来说："师父，济颠找你来了。"其实济颠没这么说，是说来拜访观主，他要给这么传话。老仙翁也是个高人，赶紧说："有请！"道童出来并不说"有请"，说："我师父叫你走进去呢。"和尚并不嗔怪，说："可以，进去就进去。"当时济公禅师脚步踉跄，一溜歪斜，"梯拖梯拖"够奔里面。一见老仙翁，要僧道斗法，且看下回分解。

第一五三回

玉面狐上清宫访道　济禅师天台山会仙

话说老仙翁吩咐："有请济公！"老仙翁心中思想："我见济颠看看是何许人也？要是大路金仙，头上有白气；要是西方的罗汉，头上有金光、佛光、灵光，他要是妖精，必有黑气；要是凡夫俗子，我也看得出来。"正在思想之际，见和尚自外面进来，老仙翁一看，乃是凡夫俗子。心里说："闻名不如见面，见面胜似闻名。褚道缘、张道陵太也无能，受他的挫辱，真正可笑。"老妖狐一看，也是这样想，凭他一个凡夫俗子，我徒弟会不敢惹他？和尚来到鹤轩一看，这院子是东跨院，北房五间，明三暗五。北上房鹤轩帘栊高卷，靠北墙一张条桌，上面摆着许多的经卷，老子道德五千言。正当中挂着乾坤奥妙大葫芦。头前一张八仙桌，两边有椅子，上首椅子上坐着一个道姑，约有四十来往的年岁。白净面皮，很透着年少的样子，长的甚为美貌，头戴青布道冠，身穿蓝布道袍，青护领相衬，白袜云鞋。下首椅子上坐着老仙翁。

和尚一看，说："你们公母俩好呀？"玉面老妖狐一听臊的面一红，老仙翁一听，"呵"了一声，说："来者是灵隐寺济公？"和尚说："岂敢！仙翁，我叫道济。"仙翁说："道济。"和尚说："呦，好说，太悦。”老仙翁说：“颠僧。”和尚说：“毛道。”老仙翁说：“颠僧真乃大胆。”和尚说：“胆子小，还不敢来呢！”老妖狐说：“我打算怎样个济颠和尚呢，原来是一个丐僧。你瞧你这件破僧衣，实在难堪。”和尚微然一笑，说：“是人莫笑我这件破僧衣，我这件僧衣甚出奇。三万六千窟窿眼，六十四块补钉嵌。打开遮天能盖地，认上袖袂一僧衣。冬暖夏凉春温热，秋令时节虫远离。有人要问价多少，万两黄金不与衣。”老仙翁一听，哈哈大笑说：“你知道你的僧衣有好处，你可知道我这身上穿的衲头？我常说：这衲头，不中看，不是纱来不是缎。冬天穿上暖如绵，夏天穿上如凉扇。不拆洗，不替换；也不染，也不练，不用红花不用靛。线脚八万四千行，补钉六百七十片。乾三连，坤六断；离中虚，坎中满；中间星斗朗朗明，外边世界无边岸。也曾穿至广寒宫，也曾穿赴蟠桃宴。休笑这件衲头衣，飞腾直上灵霄殿。”和尚一听说：“好好好！你把我徒弟拿来，叫我来怎么样呢？”老仙翁说：“和尚，你可知世事如棋局，不着者便是高手；一身似瓦瓮，打破了才见真空。”和尚说：“你可知道一枝竹杖担风月，担起亦要歇肩；两个空拳握古今，握住也须放手。”老仙翁说：“好，既然如是，咱们两个人，今天就分个强存弱死，真在假亡。”和尚说：“你先把我徒弟放开，有什么话咱们再讲。”老仙翁说：“可以。”立刻先把小悟禅放下来。悟禅一晃脑袋，说：“师父，你瞧咱们爷们，准没含糊，吊了我这几天，我准哼哈没有？”济公说：“好，这才是我的徒弟。”老仙翁说：“颠僧，咱们到院中来较量较量。”和尚说：“毛道，你出来。”

老仙翁刚要动手，玉面长寿仙姑说：“仙翁暂且息怒，谅此无名小辈，何必仙翁跟他动手？割鸡焉用牛刀，待我拿他吧。”说着话，那老妖狐拉出宝剑，照定和尚劈头剁来。和尚一闪身，滋溜躲开，伸手就一把没摸住，老妖狐臊的面红耳赤，说：“好颠僧，胆子真不小，仙姑今天非得将你拿住不可。”和尚说：“那是胆子不小。旗杆上缚鸡翎。”老妖狐一剑跟着一剑，和尚真快，滋溜滋溜直跑，左一把，右一把，老妖狐真急了，说："颠僧真正找死，我叫你知道我的利害，待仙姑用宝取你。"说话中间，掏出一根捆仙绳，长够九寸九，按三寸三分为三才，又名叫子母阴魂绳。这绳子炼的时候，先得害一个怀男胎的妇人，把妇人开膛，用子母血把这根绳子染了，有符咒推着，借天地正气，日月精华，炼七七四十九日。这绳子扔起来，能长能短，勿论什么妖精，捆上就现原形，连大路金仙捆上都得去五百年道行。今天老妖狐把这根绳子祭起来，口中念念有词，说声"敕令"，眼瞧这根绳金光绕缭，直奔和尚。和尚就嚷："了不得了，快救人呀！"话音未了，这根绳早已把和尚捆上，和尚翻身栽倒。仙姑微然一笑，说："我打算济颠有多大法力，原来是个无能之辈。我也不杀你。尔等去把他搭着，扔到后面山涧里去罢。老仙翁，你看我略施小术，就把他拿住。"老仙翁一看，哈哈大笑，说："这点小法术，他就不行了，尔等把他捺到后山去罢。"

此时雷鸣、陈亮、孙道全都在后面，小悟禅在傍，瞧着师父被人家捆上，有心过去罢，又不是这两个人的对手，虽然不敢过去，口中不干不净的还是直骂。玉面长寿仙姑一听，气往上撞，说："要不然，我倒不杀济颠和尚，冲着你，我把他杀了。"说罢，就要举宝剑杀。老仙翁赶紧就拦，说："仙姑且慢动手，我庙中是清静之地，要把他杀了，岂不把我这院子脏了？"正说着话，只见由外面"梯拖梯拖"和尚来了，老仙翁老妖狐一瞧愣了，再一看捆的不是和尚，是老仙翁的二徒弟小道童。老仙翁把徒弟放开一瞧，捆的都没气了。老仙翁气的须眉皆张，先把徒弟救了，给了一块药吃。老妖狐说："好颠僧，你真气死我也。"和尚说："我气死你，你就死罢。"老妖狐立刻伸手，又掏出一种宝贝来，口中念念有词。和尚一看，由半悬空来了许多毒蛇怪蟒，兔鹿狐獾，这个就要咬和尚，那个就要盘和尚。和尚哈哈一笑，用手一指，口念："唵嘛呢叭谜吽！唵，敕令赫！"立刻一道黄光，这些东西全都化为纸的，这本是障眼法。老妖狐一见，说："好颠僧，胆敢破我的法宝？真是人无害虎心，虎有伤人意。今天你休怨仙姑狠毒，这是你自找其祸。”说罢，口中念念有词，一抖手，只听“呱啦”一声，一道火光，原来是一块石头，泰山压顶，照和尚砸下来。他这块石头名叫雷火石，最利害无比，勿论什么精灵，打上就死。岛洞金仙，要被石子打上，得打去白光。今天济公一看，说：“呦，好东西。”用手一指，口念六字真言：“唵嘛呢叭谜吽！唵，敕令赫！”这块石头一道黄光，复就归原，被和尚一扬手接了去。

老妖狐见和尚连破她三宗法宝，不能取胜，自己臊的满面通红。老仙翁说：“仙姑，你不便跟他为仇做对，待我来拿他。”摆宝剑照和尚就剁，和尚滋溜一闪身，一把没摸着，老仙翁就把八仙剑的门路施展开了，真是：

拐李先生剑法高，洞宾架势甚英豪，钟离背剑清风客，果老湛卢削凤毛，国舅走动神鬼惧，彩和四面放光毫，仙姑摆下八仙阵，湘子追魂命难逃。

老仙翁这个八仙剑施展开了，和尚围着乱绕。老仙翁的剑又砍不到和尚的身上，老道真急了。此时陈亮、雷鸣、孙道全、夜行鬼小昆仑郭顺，都得了信，来到前面一看，郭顺说：“这怎么办？僧道都是我师父，打起来了。”依着孙道全打算，众人过去给老道跪着，给讲合。见老仙翁那个气大了，动着手，老道说：“颠僧，就凭你这么个凡夫俗子，也敢这样个猖狂？你叫我三声祖师爷，我饶你不死。”和尚说：“毛道，你叫我三声祖宗大和尚老爷，我也叫你不活。”老道一听，气往上撞，立刻口中一念咒，就地起了一阵狂风，真是：好大风，好大风，声如牛吼令人惊。损林木如同劈砍，遮日光杀气腾空。开昏离，宇宙封，滚滚尘沙来的凶。从古也闻风古怪，不似今朝古怪风。一阵狂风大作，和尚众人一看，又一宗岔事惊人。不知后事如何，且看下回分解。

第一五四回

老仙翁法斗济公　请葫芦惊走妖狐

话说老仙翁一念咒，一阵狂风大作。和尚一看，老道会分身法，又变出一个老仙翁来，也是跟他一样，手里拿着宝剑，这个拿宝剑就砍，那个就扎。和尚说："好的，老道会分窠，又下了一个。"说着话，两个老道各掐诀念咒，两个老道化出四个来。四个老道还是不行，把和尚围上，和尚滋溜滋溜跑的真快，四个老道还是砍不着和尚。四个老道一念咒，变八个，八个化十六个，十六个变三十二个，三十二个化六十四个，老道一院子都满了。和尚滋溜滋溜乱跑，和尚说："我可真急了。"立刻和尚抓了一把土，口念"唵嘛呢叭咪吽！唵，敕令赫！"，一阵狂风，变出无数的老仙姑，这个老仙姑抱着那个老道不肯放，那个老仙姑抱了这个老仙翁叫乖乖。老道一瞧，事情不好，当时把舌尖咬破，一口血喷出来，把无数的老道收回去，仙姑也化了。玉面老妖狐气的要与和尚拼命，臊得满面红赤。老仙翁说："仙姑不用着急，待我今天要颠僧的命。"立刻由那屋里，把乾坤奥妙大葫芦拿出来。老妖狐知道这葫芦的利害，勿论什么妖精收到里面，一时三刻化为脓血。老妖狐她虽有八千年道行，她也当不了，急忙一跺脚，架起妖风，竟自逃走。

老仙翁把葫芦在手中一擎，说："颠僧，你可认识我这葫芦？"和尚说："我怎么不认识？这必是酒铺里的幌子，给你偷来的。我常在酒铺里喝酒，听说你要赊酒，酒铺不赊给你，你一恨，把人家幌子偷来。"老仙翁说："你胡说！你可知道我这葫芦的来历？"和尚说："我不是说酒铺的幌子吗？"老仙翁道："告诉你：蔓是甲年栽，花是甲月开。甲日结葫芦，还得甲时摘。里面按五行，外面按三才。吸得精灵物，霎时化灰尘。我这葫芦经过四个甲子。勿论什么精灵装在里面，一时三刻化为脓血。你别看我葫芦小，能装三山五岳，万国九洲。"和尚说："还有些什么个奥妙呢？"老仙翁说："我要把你装在里头，六个时辰，就把你化为脓血。"和尚说："咱们两个人，也没有这么大冤仇呀，你何必要我的命呢？你把我要装到里面，我要难受，我说'道爷你饶了我罢'。我一嚷，你可把我放出来。"老仙翁说："可以，只要你知我的利害，服了我，我就饶你。"和尚说："随你装罢。"老仙翁立刻把葫芦盖一拔，口中念念有词，只见出来一道霞光，金光缭绕，瑞气千条，霞光一片，看着把和尚一裹，展眼之际，就见和尚给霞光绕的瞧不真了。老仙翁把霞光一收，葫芦盖一盖，老仙翁叫道："颠僧。"就听和尚在葫芦里答应"哎"。老仙翁说："颠僧，你觉着怎么样？"就听葫芦里说："这倒很好，我有个地方住着倒不错。"老仙翁说："颠僧，你不央求我，少时就把你化了。"

这个时候，夜行鬼小昆仑郭顺、孙道全、雷鸣、陈亮连小悟禅，都给老仙翁跪下了。众人说："祖师爷饶命，我师父有点疯疯癫癫，你不要跟他一般见识。"郭顺说："济公也是我的师父，前是我师父在曲州府五里碑也救过我的性命。求师父看在弟子面上，把济公放出来罢。"老仙翁说："我山人原本和他往日无冤，近日无仇，皆因他兴三宝灭三清，欺负我们三清教的门人太过，我也要给三清教转转脸面。既是救过我徒弟，你等起来，我山人不要他的命就是了。"众人这才起来。

老仙翁刚要往外放济颠，只见和尚又打外面“梯拖梯拖”进来了。众人一瞧，也都愣了。老仙翁“呵”了一声，说：“颠僧，我将你装在葫芦之内，你怎么会跑出来了？”和尚说：“我在里边闷的很，故此挤了出来。”老仙翁一瞧，葫芦盖盖着，怎么会挤出来呢？葫芦还觉着很沉重，老仙翁掀开盖往外一倒，“叭哒”倒出来，原来是和尚那一顶破僧帽。老仙翁说：“原来是这一顶破僧帽。”和尚说：“你别瞧不起这顶破僧帽，你还经不住我这顶帽子一打呢。”老仙翁一想：“我仰观知天文，俯察知地理，我怕他这僧帽？”想罢，说：“和尚，你这帽子有多大来历？”和尚说：“倒没有什么来历，有点利害。”老仙翁说：“我却不信，你把帽子的利害，拿出来我瞧瞧。”和尚说：“可以。”立刻把帽子往上一捺，口念六字真言，老道一瞧，这帽子起在半悬空，霞光万道，瑞气千条，金光绕缭，犹如一座泰山，照老道压下来。老仙翁一看，暗说“不好”，心中一动：“这个和尚必有点来历，也须是故意戏耍我。”

老道见帽子要落下来，老道知道是利害，真急了，口中一念真言，立刻天门开了，由天灵盖出来有一尺多长的一个小老道，伸上两只手要接帽子。这就是老道的那点真道行，将来他家功成了，把皮肉囊一脱，就由天灵门走了。要不然，一落生的孩子，天灵盖会动，那就是天门。等到一懂人事，会说话了，天门就闭上了。老道自己这点真灵，今天现露出来，和尚这帽子要真打下来，得把老道打去五百年的道行。济公想和老道无冤无仇，又知道老道素常是好人，罗汉爷不忍伤他，用手一指，把帽子收回来。说：“仙翁，你别听褚道缘、张道陵一面之词，火烧祥云观，只因张妙兴无故施展五鬼钉头法、七箭锁阳喉，恶化梁万苍。雷击华清风，因为他炼五鬼阴风剑、子母阴魂剑害人。孟清元身受国法，因他在马家湖杀人。皆因他等为非作恶，实不可解。我和尚有好生之德，并非无故杀害生灵。褚道缘年幼无知，他要跟我和尚做对，我和尚才报应他。大概仙翁你也不知我和尚是谁。”

说着话，和尚摸着天灵盖，露出佛光、金光、灵光，老仙翁一看，和尚身高丈六，头如麦斗，面如獬盖，身穿织缀，赤着两只脚，光着两只腿，是一位活包包的知觉罗汉。老仙翁一看，连忙稽首，口念“无量佛”，说：“原来是圣僧，弟子不知，多有冒犯！望圣僧大发慈悲，不要跟弟子一般见识。圣僧请屋里坐。”和尚说：“仙翁不便赔罪，你我倒要多亲近呢。”老仙翁立刻把和尚让到屋中，吩咐童子摆酒。和尚说：“且慢吃酒，我奉烦仙翁一件事。”仙翁说：“圣僧有什么事，只管吩咐。”和尚说：“现在我娘舅王安士家中要念经设坛，我这里有一封信柬，求老仙翁架趁脚风送到永宁村，交到就回来，你我再吃酒。”老仙翁说：“是。”立刻接过字柬，竟自去了。

书中交代，王安士从国清寺回来，要搭棚办事，叫国清寺给念经，用九十九个和尚，要三放焰口，一百零八个和尚，念梁王经，谁劝也不听。老员外正要派家人去张罗，办事搭棚，知会亲友，大办白事，超度李修缘。王员外要打算把李修缘的那一份家业，全都给化了。正在忙乱之际，外面一声“无量佛”。家人一看，是一位老道。面如古月，发如三冬雪，须赛九秋霜，一部银髯，身穿破衲直，身背后背定乾坤奥妙大葫芦。家人有认识的，说：“这不是天台山的那位神仙么？”这方都知道天台山上有神仙，在山下也瞧的见山上隐隐有树有庙，就是人上不去。山前没有山道，且山上毒蛇怪蟒极多，也没人敢去。老仙翁常下山采药，人人都知道他是神仙。其实后山有道上去，并不费事，有树遮盖，没有人知道。老仙翁也不告诉人，不愿跟仕宦人来往，山上所为清净。今天老仙翁来到门首，说：“我乃天台山上清宫昆仑子是也，贫道特意前来给你王善人送信。”家人把信接过，拿到这里面说：“回禀员外爷，现有天台山那里神仙前来送信。”王安士接过信来，打开一看，“呵”了一声，目瞪口呆。不知济公上面写的何等说话，且看下回分解。

第一五五回

送书信良言劝娘舅　回灵隐广亮请圣僧

话说王安士打开书信一看，认得是李修缘的笔迹。上面写着四句话，写的是：

不必念经与设坛，实是未死李修缘。大略不过三二载，修缘必定转回还。

王安士一看，“呵”了一声，甚为诧异。立刻叫家人把老道请进来。家人出来再找老道，踪迹不见。老仙翁早架趁脚风回到庙中，说：“圣僧吩咐，弟子已将信送去。”和尚说：“劳驾，劳驾。”仙翁说：“不便太谦。”和尚说：“我和尚将来还有奉求之事，非仙翁助我一臂之力不可。”老仙翁说：“只要圣僧给我一个信，我必到。”立刻吩咐摆酒，老仙翁陪着和尚喝酒。二人一盘桓，倒是道义相投。老仙翁说：“圣僧这打算上哪去？”和尚说：“我得回庙，现在我庙中有要紧事，有人找我，不回去是不行的。但只一件，别的徒弟都可以带回庙去，惟有这个徒弟，他是个妖精。若到临安城，天子脚下，多有不便。”老仙翁道：“那倒好办，我给他写封信，叫他奔九松山松泉寺去，给长眉罗汉去看庙。长眉罗汉叫灵空长老，僧门中是他掌教。他本是韦驮转世，手使降魔宝杵，所有天下的精妖，皆属灵空长老所管。道门中就是万松山紫霞真人李涵龄掌教。他两个人十年一查山，大概三两天必到我那里来。圣僧何妨在我这多住几天，等他二人来了，我给你引见引见。”和尚说：“我实在有事，你我后会有期，就烦仙翁给写一封信，叫我徒弟悟禅去。”老仙翁当时写了一封信，由济公交给悟禅，悟禅立刻告辞，竟自去了。和尚说：“雷鸣、陈亮，你二人拿我这简帖（附耳如此这般），别给我耽误事。”雷鸣、陈亮点头，和尚说：“悟真，你也回你的庙，安置安置，到灵隐寺找我去。”孙道全点头，同雷鸣、陈亮各自告辞，一同下山去了。和尚同老仙翁喝完了酒，和尚也告辞，老仙翁送到外面。

和尚告了别，一施展验法，展眼到了灵隐寺。刚到庙门首，说：“辛苦，辛苦。”门头僧一瞧，说：“济师父你可回来了，监寺的广亮找了你几天了，打发人在临安各酒馆连你所认识的各施主家都找过了，你快上监寺的屋里去罢。”和尚说：“可以。”“梯他梯他”进了庙。刚来到里面，广亮瞧见说：“师弟，你回来了！到我这屋里来罢。”济公说：“师兄，你好呢？”广亮说：“好，承问承问。”立刻把济公让到屋中。广亮说：“师弟，你多日没回来了。我今日给你接风。我知道你吃荤，我给你摆一桌上等海味。师弟，你可一个人吃。我们吃素，都不能陪你呢。去多要几斤好绍兴酒来。”手下伺候人答应而去。工夫不大，把酒摆上。济公也不谦让，坐下就吃。喝了三杯酒之后，济公道：“吃了酒饭，得与人做事；使人钱财，得与人消灾。师兄，今天请我喝酒，必然有事罢？素常我在庙里一喝酒，你就说我犯了清规，应当打四十军棍，赶出庙去，这都是你的主意。今天你做主叫我喝酒，你是知法犯法，罪加一等。”广亮说：“你别说了，我今天是给你赔不是的。素常我们哥俩有些言差语错，别管怎么样，我们总不是外人，你还能记恨么？”济公说：“你别绕弯了，不用这些零碎，有什么话见直说罢。”广亮说：“既如是……”便向外道：“你们两个人进来，给你师叔磕头。”说着话，只见由外面进来两个小和尚。给济公跪下磕头，跪着不起来。济公一看这两个小和尚，都是面黄肌瘦，罗汉爷一按灵光，早已察觉明白。

这两个小和尚是怎么一段事呢？皆因石杭县南门外头，有一座万缘桥，这座桥年深日久失修，全都坍了，不能走人。万缘桥本是一条大路，行路人极多，桥坍了，隔着一条河，过不去来往人了。后来就有人在这河里摆渡，过一个空行人要十个钱，过一个挑子要五十钱，过一辆车要一百钱，过一顶轿要二百钱，一天这摆渡能落几十吊钱。过路人非得打这边过了，没处可绕。日子长了，他就靠摆渡讹人，就有人瞧了便宜来。人为财死，鸟为食亡。人家也在那边摆摆渡，比他那边减价一半，自然他这边就没有买卖了。他就不叫人家摆，人家说："你也不奉官，许你摆，就得许我。"两造里一争竞，就打起来了。彼此一邀人，一打群架，两下里都受了伤，就在石杭县打了官司。知县一坐堂，把原被告带上去一讯问，两个人一个姓赵行大，一个姓杨行三。知县道："你们因为什么打架？"赵大说："回禀老爷，只因万缘桥坍了，不能过人，我在那里摆摆渡，他也摆摆渡，抢我的买卖。"杨三说："回禀老爷，他摆渡，过一个人要十个钱，挑子要五十，一辆车要一百钱，一顶轿要二百。我摆渡比他减价一半，所为渡人。他不叫我摆，所以打起来，他邀人把我的伙计都打伤了。"知县一听说："你这两个东西都混账，万缘桥系官道，谁许你们在这里讹人生事？每人罚你们五百吊钱，交出来，好公修万缘桥。下去具结完案，不然我要重办你们。"这两个人无法，每人交五百吊钱，具结完了案。知县把地方传来一问："这座万缘桥，可以修补修补行不行？"地方说："回老爷，这座万缘桥自宋室鼎立以来，这桥工程浩大，独立难成，甚不易修。"知县一听，立刻坐轿，带人来到万缘桥一验，瞧那桥边两岸泊的砖石都没了，还有新起的印。知县一问地方说："这桥上的砖石，都哪去了？"地方说："下役不知被谁偷去。"知县回衙，立刻派人各处去访查："看万缘桥的石头大砖在谁家，前来禀我知道，我必要重办他。”官人领堂谕出来一访，见海潮寺的后墙，有桥上砖石修的。官人看明白，立刻回禀知县，知县立刻出签票，锁带海潮寺的和尚。

海潮寺的方丈名叫广慧，他有两个徒弟，叫智清、智静。官人来到广慧庙中，就把师徒三个锁到衙门。老爷一升堂，吩咐把僧人带上来，广慧同智清、智静上堂，各报名磕头。知县说：“你既是出家人，就应该奉公守法，无故把万缘桥的砖石偷去，卖钱修墙，你是认打认罚？要认打，我把你的庙入官，还要重重办你。认罚，你给我化缘，化一万银子修万缘桥。”广慧说：“僧人愿意认罚化缘。”知县说：“你们愿意认罚好。”立刻派了四个官人，押着广慧、智清、智静，每人背五块砖头游街，还叫他手打铜锣，嘴里说：“尊声列位请听言，手打铜锣来化缘，施主要问因何故？只因偷了万缘桥的砖。”四个官人押着，不说就打。天天出去，这五块砖背着，谁瞧见谁也不施舍，都说：“有钱也不给贼和尚。”师徒三个，这点罪实受不了啦。广慧说：“智清、智静，你两个人到灵隐寺去找你师叔去罢，他在那庙里监寺。他那庙里有一位活佛济颠，叫你师叔求求活佛济颠慈悲慈悲，求给咱们化缘。他老人家名头高大，化两万都化得了。”这才在官人手里化了两个钱，在老爷跟前给递了病呈，提说和尚都病了，老爷准了病假，智清、智静够奔灵隐寺而来。一见广亮，智清说：“师叔，了不得了，出了塌天大祸。”广亮一问，智清就把偷砖现在怎么化缘受罪的话一说，又说：“我师父叫我来找师叔，你给转求活佛济颠，帮我们化化缘。他老人家名头高大，准化的出来。”广亮说：“他可有点奇巧古怪的能为，这临安城绅董富户，上至宰相下至庶人，没有不敬服他的，他给人家治的病就多了。无奈他多日没回庙了，他不定在哪酒饭馆里，再不然，就是临安城这些富户家里住着。”就赶紧派人去找，所有各酒饭馆，是济公有往来的地方，全找到了，都没找着。今天找了第五天，忽然济公回来，广亮这才置酒款待，要求罗汉爷化缘。后事如何，且看下回分解。

第一五六回

验桥口捉拿贼和尚　见县主重修万缘桥

话说济公回到庙中，广亮甚为喜悦，先给济公要了一桌酒，这才叫智清、智静进来给济公磕头。济公说：“师兄，你瞧，我昨天做了一个梦。”广亮说：“做甚梦？”济公说：“我梦见一个贼和尚，又带着两个生贼，每个背着五块砖，手打铜锣，口直嚷：‘尊声列位请听言，手打铜锣来化缘。施主要问因何故？只因偷了万缘桥的砖。’有四个官人押着，不嚷就打，你说这个梦新鲜不新鲜？”广亮一想：“怪呀，他怎么会知道？”这才说：“师弟，你做这梦，倒是真事。这两个小和尚是我的师侄，他师父叫广慧，在万缘桥海潮寺当家。只因他们把万缘桥的砖头搬了几块，现在石杭县把他们师徒三个锁了去，叫他们背着砖，化一万银子修万缘桥。你想谁能施舍？他们实在受不了这个罪，知道师弟的能为，故此求求你慈悲慈悲。师弟，你冲着我，功德功德罢。”智清、智静说：“师叔，你老人家要不答应，我两个人跪着不起来。”济公说：“你们两个人起来！我就知道这顿饭不能白吃，这桌菜席是一万两银子。”广亮说：“多慈悲罢。”济公说：“就是，回头咱们一同走。”智清、智静这才起来，说：“师叔何时走呀？”济公说：“今天就走，回头就化缘，明天就动工修万缘桥。”智清、智静心说：“这可是吹着玩。”嘴里说：“那是很好。”济公吃喝完毕，说：“咱们走呀。”广亮说：“师弟，等你回来，我再来谢你。”和尚说：“不用谢，小事一段。”说着同智清、智静出了灵隐寺，顺大路往前走。

和尚一边往前走，信口唱着山歌说：

劝世人，要修福，茅屋不漏心便足。布衣不破胜罗衣，茅屋不漏如瓦屋。不求荣，不受辱，平生安分随世俗。远去人间是与非，逢场做戏相桓舞。也不华，也不朴，一心正直无私处。终朝睡到日三竿，起来一碗黄齑素。粥一碗，菜一箸，自歌自舞无拘束。客来相顾奉清茶，客去还将猿马扶。或谈诗，或品竹，空笑他人终碌碌。南北奔驰为利名，为谁辛苦为谁辱。七情深，几爱度，雨里鲜花风里烛。多少乌头送白老，多少老人为少哭。满库金，满堂玉，何曾免得无常路。临危只落一场空，只有孤身无伴仆。大坟高，厚棺木，此身亦向黄泉赴。世上总无再活人，何须苦苦多忙碌。张门田，李门屋，今日钱家明日陆。桑田变海海为田，从来如此多反复。时未来，眉莫蹙，八字穷通有迟速。甘罗十二受秦恩，太公八十食周禄。笑阿房，谈今古，古来兴废如棋局。奉劝世人即回头，我今打破迷魂路。

和尚念着往前走，智清智静二人跟随。和尚说：“你们二人快点行不行？”智清说：“行。”和尚说：“腿是你们两人的不是？”智清、智静说：“师叔，你说这话真新鲜，腿在我们两人身上长的，又怎么不是我们的？”和尚说道：“我给你们轰着走。”智清说：“怎么轰？”和尚说：“我一念咒，你们就走快了。”智清、智静说：“念罢。”和尚口念六字真言：“唵嘛呢叭㗰吽！唵，敕令赫！”这两个人身不由己，仿佛有人在后面推着一般，行走如飞，收不住了。智清就嚷：“师叔呀，你快把法术收了罢！眼前是树呀，碰上就得脑浆迸裂呀！”和尚后面就嚷：“不要紧，唵敕令赫！拐弯就过去了。”智清、智静果然到树林子，一拐弯就过去。又往前跑，智清说：“了不得了，眼前是河，掉下就淹死。”和尚说：“不要紧，加点劲就蹿过去了。”说着话，眼瞧到了有三四丈宽的河，真仿佛有人托着脚飞过去了。展眼之际，来到石杭县，这两人也跑不动了，躺在地下起不来了。和尚来给每人一块药吃，和尚说：“你们两人先到庙里给你师父送信，你别往哪去。我上知县衙门去找知县讲理去，问问他为什么锁我们和尚？智清、智静，你两个人随后到衙门来找我。今天少时我就要化缘，明天动工修万缘桥。”智清、智静点头，竟自去了。

和尚一直来到石杭县，迈步竟往衙门里走。值日班头一瞧，是个穷和尚，官人立刻拦住，说：“和尚上哪去？”和尚说：“我到里面倒口茶喝。”官人说：“你睁眼瞧瞧，这是卖茶的铺子么？”和尚说：“不卖茶。我到里头吃顿饭，买一壶酒喝。”这个官人说：“你这和尚，真是胡闹，这也不卖酒饭。”和尚说：“那末卖什么？”官人说：“什么也不卖，这是衙门。”和尚说：“衙门是做什么的？”官人说：“衙门是打官司的。”和尚道：“我就打官司吧！”官人说：“你打官司告谁呀？”和尚说：“我告你罢。”官人说：“你这和尚是疯子，你凭什么告我？我招你惹你了？”和尚说：“我不告你，没人可告，咱们两个人打一场官司罢。”官人说：“这都是没有的事。”和尚说：“怎么没有？这就是真的么！”

正在吵嚷之际，只见里面一声咳嗽，说：“外面什么人在此喧哗？”众人一看，说：“老管家出来了。”只见由里面出来一位老者，年过花甲，头戴四楞巾，身穿皂缎色铜氅，白袜云鞋。官人一看，说：“老管家，你看这个穷和尚，无故前来搅闹。”老管家抬头一看，说：“原来是圣僧。”赶紧跪倒给和尚磕头。官人一瞧愣了，心里说：“这个和尚必有点来历，我们案门稿都给他磕头，也不知和尚是谁？”书中交代：这位老管家名叫徐忠，这石杭县的大老爷，原本姓徐，双名致平，前者探囊取物赵斌，夜探秦相府阁天楼，盗五雷八卦天师符，巧遇尹士雄，就搭救徐致平主仆的性命，见过济公。徐致平连登科甲，榜下即用知县，就升在这石杭县做知县。故此今天老管家认识济公，赶紧行礼，说："圣僧，你老人家从哪里来？我家老爷时常想念圣僧，为何不叫他等通禀？"和尚说："叫他等通禀？这位头儿跟我要门包，我就剩三两银子，都给他了，他不答应，跟我要十两银子，不然他不肯回，叫我走。故此我跟他吵嚷起来，你出来了。"徐忠一听，说："你们真乃胆大，竟敢跟圣僧要银子？还不把银子拿出来！你们素日间，想必做了多弊了。"官人说："老管家，你别听大师父的话，我实不要门包。"和尚说："你分明在怀里揣着呢，我的三两银子是四件，你说没有，你把带子解下抖抖。"徐忠说："对，你身上有银子没有？"这个官人方才给人家托了一件人情，刚分了三两银子，在怀里揣着。这一来，闹的张口结舌，说："老管家，我腰里有三两银子，可是我自己的。"徐忠说："你满嘴胡说，还不给圣僧？要不给，我给你回禀老爷，革去你的差事。"官人吓的无法，委委屈屈把银子拿出来，说："大师父，给你罢。"和尚哈哈一笑说："我不要，我这是管教管教你。谁叫你多管闲事？你要拦阻我，叫你认识认识，我和尚乃是灵隐寺济颠僧是也。我再来，你就别拦我了。"官人说："是。"大众一听，是济颠活佛来了，众人就吵嚷动了。

和尚同徐忠来到里面，徐致平一见，赶紧行礼，说："圣僧久违，今天是从哪里来？"和尚说："我今天来见你一件事。"徐致平说："圣僧什么事？"和尚说："海潮寺的和尚跟我有点瓜葛，求老爷把他放了，我给你化缘修万缘桥。"徐致平说："是。弟子实不知海潮寺的和尚跟圣僧有瓜葛，我要知道，天胆也不敢锁拿他们。既是圣僧要给化缘修万缘桥，弟子倒有个主意。"和尚说："你有甚主意？"徐致平这才如此如此说毕，和尚一听，哈哈大笑。不知徐致平说出何等语词，且看下回分解。

第一五七回

施佛法善度王太和　因家贫经营离故土

话说济公来到石杭县，提说要化缘修万缘桥。徐致平说：“圣僧既是说给化缘，何必圣僧亲自去化？我这地方上有十家绅士财主，每家捐他们一千两银子修桥就行了。”和尚哈哈一笑，说：“老爷不必分心，我自有道理。”正说着话，两个小和尚来了，在外面伺候济公。知县立刻吩咐把广慧传来，当堂释放。徐致平说：“现在济公来给你等讲情，本县看在济公的面上，把你等放回，从此各守清规。万缘桥有济公替你等化缘，不用你们了，下去罢。”济公说：“智清、智静别走，我还有事。”两个小和尚答应，广慧谢过老爷，自己回庙。这个信外面就嚷动了，都知道现有济公活佛来化缘，要修万缘桥。知县这里摆酒款圣僧，正喝着酒，外面当差人进来回禀，说：“现有十家绅士递了一张公禀，请老爷过目。”书中交代，外面听说济公来了，人的名，树的影，大众一传嚷，传到十家财主耳朵里。众人一商量，说：“咱们大众得见见这位济公活佛。他老人家既是来化缘修万缘桥，每人拿一千银子来修这座桥。”众人议定，就写了一张公禀，来见知县。当差人接进来，给徐致平一瞧，徐致平说：“圣僧你看，十家绅士听说你老人家来了，他等自相情愿，每家出一千银子，冲着圣僧修万缘桥。”和尚说：“我和尚化缘，化一万银子，就化一家，不化十家。你问他谁一个人给一万银子，我和尚才要呢。”徐致平说：“圣僧，你别得罪他们。这地方可就是他们十家有钱，除此之外，别人拿不起。要得罪他们，可没人施舍了。”和尚说：“不要紧，我回头上兴隆庄王百万化去。”徐致平说：“圣僧，你千万别去，那王百万可是人称王善人。每逢冬天施粥，夏天施凉茶暑汤，他报效过皇上银子，捐了个五品员外。可就是一样，他最恨和尚老道，不斋僧，不布道。前者在我这里打过几回官司，都是因为僧道化缘，不但不施舍，反把僧道打了，拿片子送到我衙门来。念他是个善人，也不肯得罪他。圣僧，万万去不得。”和尚哈哈一笑，说：“老爷不必管我，和尚今天非得去不可。他既不施舍，我和尚才化他，要化他一万银子，他不能给九千九百九十九两。我今天就要化出来，明天就要动工。我和尚要没有这点手段，我也不来。倒要叫老爷你瞧瞧，智清、智静跟我走。老爷，咱们回头再谈。”徐致平也拦不了。

和尚带领两个小和尚，出了石杭县衙门，一直来兴隆庄。刚一进东村口，济公就说：“智清、智静，你两个人带着法器没有？”智清说：“我带着手磬呢。”智静说：“我带着木鱼子。”济公说：“好，打着念着走。”智清说：“念什么呀？”济公说：“咱们念子弟焰口游街。”智清说：“就是。”立刻念着往前走，过路的人一瞧，都说这是半疯。往前走了不远，只见路北一座广亮大门，门口上马石，下马石，有八株龙爪槐树，上有幌绳，拴着有百八十匹骡马，对面八字影壁。这所房屋高大无比，一概是磨砖对缝，雕刻活花。和尚来到门首一看，迎门抹的棋盘心，白灰涂的影壁，真白花瓦砌的咕噜钱。和尚道“辛苦”，由门房出来一位管家，有二十多岁，道：“和尚你快去罢！你看我们门上贴着，僧道概不书缘。我们员外可是个善人，就是不斋僧布道。前者来了一个老道，不叫他化，他偏要化，我们员外出来，拿马棒打了一顿，还给送衙门去。这幸亏我们员外没在外头，你要化一古香钱我给你，你快走，我可说的是好话。”和尚说：“你给我，你可知道我要化多少钱？”管家说：“你要化多少钱？”和尚说：“我化一万银子，修万缘桥，还得今天施舍给我，明天就不要了。”管家说：“我不叫你化，可是为你好。”心里说：“这个和尚必是穷疯了。”和尚说：“如要不叫我化，你得借枝笔我使使，我在影壁上写几个字，我在门口喊三声，我就走。”管家说：“那行。”立刻把笔拿出来，和尚接过笔来，在影壁上写了几句。管家说：“和尚，可惜你这点笔法，真可以的。”和尚说：“那是自然。”和尚就嚷：“化缘来了！喂！”拿手比划着往里捺。管家说：“你这是干什么？”和尚说：“往里捺呀！”管家说：“你嚷罢，我们员外要出来就得了。”和尚就大嚷了三声，说：“回头你们员外要出来，劳你驾，就提灵隐寺济颠僧要化一万银子，修万缘桥，明天给就不要了。他要不施舍，就提我说的，他不久必有一场横祸飞灾，我和尚走了。”说罢，和尚就走，管家也不解其意。

焉想到和尚走了，王员外带着四个家人，由里面出来。原本员外在后面书房里坐着看书，耳轮中就听外面嚷：“化缘来了！喂！”连嚷了三声，王员外心中纳闷，暗说：“怪道，这院子是五层房，素常外面有叫卖东西里面听不见。”王员外一想：“外面喊嚷化缘来了呀，我怎会听得真真切切？”立刻带着四个家人出来，王员外就问：“什么人在此喧哗？”管家正要叫瓦匠拿灰水把影壁上的字涂去了，省得员外瞧见，还没涂呢，员外出来了。管家说：“员外要问，方才来了一个穷和尚来化缘。”员外说：“你没告诉他么？我这里僧道一概无缘。”管家说：“我告诉他了，他跟我要笔在影壁上写了几个字，他说员外出来，叫我告诉你，他是灵隐寺济颠僧，他要化一万银子修万缘桥，他说员外爷要施舍，今天施舍，明天给他他就不要了。员外要不施舍，必有一场横祸飞灾。”王员外一听，抬头一看，影壁上和尚写的墨迹淋漓，王员外“呀”了一声，说：“赶紧把和尚追回来，我施舍一万银子。”管家也不知所因何故，赶紧追赶和尚。书中交代，王员外为什么一瞧影壁上的字，就要施舍一万银子呢？这其中有一段缘故。

这位王员外名叫太和，原是这兴隆庄生长。幼年的时节，家中很有钱。父母给定下前庄韩员外之女为婚，与王太和同岁。不料王太和少运乖舛，七岁丧父，九岁丧母，把一份家业全被一家坑骗了，自己过的一年不如一年。长到十六岁，家中这落得柴无一把，米无半升，自己住的这所房子，都被人家拆着零碎卖了，就剩了两间破屋。王太和已到十六岁，自己一想："莫非束手待毙不成？总得想个主意，护住身衣口食才好。"左思右想，实在无法，把家中的破烂书收拾收拾，买点笔墨纸张，挑着书箱出去游学，到各学馆去做买卖。游来游去，游到松江府地面，学馆也多。太和做买卖，人也和蔼，凡事死店活人开，做买卖是运筹有道定生财。王太和做出条路来，各学馆的学生都不买别人的东西，专等他去，买他的笔墨纸张。越做越活动，也就有利息了。王太和就在这西门城外，有一座准提寺内住着，过了有二三年的光景，自己存下有五六十两的银子。王太和自己虽说年轻，在外面创业，并不贪浮华，很务本分。这天王太和走在松江府大街，见有许多人围着拥挤不动，王太和一瞧，是一个卦棚。蓝布棚上有白字，是一副对联，上联是："一笔如刀，劈破昆山分玉石。"下联是："双瞳似电，冲开沧海辨鱼龙。"王太和也挤到里面一看，是一位老道，面如古月，一部银髯，飘洒在胸前，头戴青布道冠，身穿蓝布道袍，青护领相衬，白袜云鞋。看这位老道精神百倍，发如三冬雪，鬓赛九秋霜，真是仙风道骨。摊着卦摊，上面摆着是六爻的卦盘，按单折重交，有十二元辰，按八八六十四卦，三百八十四爻，摆着各样的卦子，有父母兄弟妻子官鬼等类。就听老道说："山人也能算卦，也能看相，可是诚则灵。可是有一节，要直话前来问我，爱奉承另找别人，卦礼倒不拘多少。"大众也有算卦的，有叫老道相面看，一个个没有说老道相的不对。王太和一想："我也叫老道来相相我的终身大运。"这才说："道爷，给我看看相。"老道睁眼一看，就一愣，说："贫道我可是直言无隐，尊家可别恼。”王太和说：“君子问祸不问福，道爷只管说。”老道这才从头至尾一说，王太和不听犹可，一听吓得颜色更变。不知老道说的何等言语，且看下回分解。

第一五八回

李涵龄神相度群迷　王太和财色不迷性

话说王太和给老道一相面，老道说：“可是直言无隐，尊家可别见怪。”王太和说：“道爷只管说。”老道说：“看阁下的相貌，可与众不同，额无主骨，眼无守睛，双眉寒散，主于兄弟无靠；山根塌陷，主于祖业不擎；准头为土星，主人之财库，左为井，右为灶，井灶太空，有财而无库，你是一世不能存财。螣蛇纹入口，将来必主于饿死。你七岁丧父，九岁丧母，十六岁犯驿马星。这几年在外面奔忙劳碌。幸喜你还勤俭，也没落下什么。从此之后，你是一天不如一天。尊家的相貌，贫道也就不能往下再说了。”王太和一听老道所说之话，已过之事，果然一点不错，大概未来之事也必有准。把卦金给了，就回到准提寺，自己一思想：“我终归饿死，我还往前奔什么？莫如我赶紧回家，把亲事退了，叫我岳父给姑娘另找婆家。我是这个命，别连累人家。”心中越想越难过，真如万把钢刀扎心一般，买卖也不做了，告诉和尚把房交了，自己挑着书箱，由松江府往回够奔。

这天走在半路上，本来是无精打彩，垂头丧气，也觉着累了，就在大道边树林子歇息歇息。刚来到树林子一瞧，见地下有一个黄缎子包袱，自己把书挑放下，把包袱捡起来，打开一看，里面有一个硬木小匣子，有锁锁着，有一个黄缎子小口袋，里面有钥匙。王太和拿钥匙把锁开开一看，匣子里是黄澄澄两对金镯子、两头赤金手饰。宋朝年间，黄金最贵，每一两可换白银五十两。大概这两对镯有八两一对，首饰约有五六两一头，大概可值一千两银子还多些。王太和一想：“我自己终归得饿死，我别害人家。要是这个东西是这个本主丢的，丢的起不要紧。倘若要是家人给主人做事，或替人办事，把这东西丢了，就有性命之忧。我莫如在这里等等，有人来找，我给人家。”想罢，把这个包袱包好，放在书箱里，王太和就在地下一坐。

等了工夫不大，只见由北边飞也似赶来了一个骑马的，是一匹黑马，走的甚快，亲至切近，马站住，这人翻身下马。王太和一看，这个人是长随的打扮，有二十多岁，白净面皮，看这人脸上颜色都变了，带上惊惶失色的样子，热汗直流。下了马赶奔上前，冲王太和一抱拳，说：“这位先生请了！在下姓苏叫苏兴，在临安苏北山苏员外家当从人。今奉我家员外之命，到松江府我们姑奶奶家，取来一个包袱，内中是两对金镯，两头首饰。走在这里，我这马一眼岔惊吓了去，把包袱由马上掉下来，我也下不了马，好容易把马勒住，我这才回来找包袱，可没碰见有过路的人。先生你老人家要看见这包袱，你老人家得救我。我要把这包袱丢了，我就得一死。你老人家若见捡着，给了我，可就救了我的命，将来我必有一份人心。”王太和点了点头，打开书箱把包袱拿出来，说：“你瞧瞧，这点东西对是不对？”苏兴一看说：“先生，你真是我的重生父母，救了我的命了。要没这个东西，我真得死。也就是你老人家这样好人，千金不昧。未领教先生贵姓呀？”王太和说：“我是石杭县兴隆庄的人，我叫王太和。”苏兴说：“老人家何时到临安城，可千万要到青竹巷四条胡同，苏北山苏员外家来找我，我叫苏兴。”王太和说：“是了罢。”苏兴实在心里过不去，掏出五两银子，说：“先生，我也不敢说谢你，我尽我这点穷心，给你老人家买一杯茶吃。”王太和微然一笑，说：“你胡闹。我打算要你的银子，我捡着你这东西，我就不给你了，你趁此拿着去罢。”苏兴见了王太和实意不肯要，自己也无法，便说：“先生，既是不要，我也不敢相强。先生哪时到了临安，可千万赏脸来找我。”说罢，趴地下给王太和磕了一个头，竟自告辞走了。王太和自己还是心里烦想：“老道所说的七岁丧父，九岁丧母，十六岁犯驿马星，真说的赛神仙，未到先知其实。”书中交代，这个老道本是大路的活神仙，乃是万松山云霞观的紫霞真人李涵龄。老道下山，并不是相面算卦为要钱，所为是普度群迷，教化众生，故此断事如见。

王太和哪里知道老道的来历？今天见苏兴走后，王太和烦了半天，才挑了书箱往前赶路。这天正往前走，上不靠村，下不着店，天有日落之时，偶然云生西北，雾长东南，狂风暴雨下起来了。王太和想要找个地方避避雨，见眼前一座破庙，又没有和尚老道，墙俱都坍了，中有大殿三间，尚可避雨。王太和赶到切近，刚要进大殿，一瞧大殿里有一位十七八岁的姑娘，长得十分美貌，正在大殿里避雨呢。王太和一瞧一愣，自己一想：“男女授受不亲，虽然是四野无人，我焉能不避嫌疑，坏人名节？我莫若就在外面廊下避避雨罢。”想罢，王太和就在大殿以外廊檐下一蹲，并不与那女子说话。焉想到雨越下越大，直下到天有五更方住，平地数尺深的水。幸喜山道水下去的快，天亮水都流没了。王太和挑起书箱就要走，那女子可说了话，说：“这位君子尊姓？”王太和说：“我姓王。”那女子说：“尊家乃是一位好人，奴家姓马，叫马玉容，就在这前面马家庄住家，望求尊驾携带我几步。”王太和说：“那有何妨。”立刻送着姑娘来到马家庄。这位姑娘家有父母，有哥哥，姑娘原本在她舅舅家住着，跟舅母拌了几句嘴，姑娘赌气回家，走到半路，遇着雨了。王太和把姑娘送到门首，自己要走。姑娘到家跟父母哥哥一提，在庙里避雨，遇见王太和怎么是好人，连大殿都没进来，并未答话，今天送到家来，把这话一说，姑娘的父母追出来，把王太和让到屋中，置酒款待，一家老少甚是感激。姑娘的父亲说：“尊家贵姓？是哪里人？昨天小女原本在她舅舅家住着，因为拌一两句嘴，姑娘也太任性，她舅母也不该叫她一个人回来。偏巧赶上下雨，在庙里避雨。幸亏遇见尊驾，乃是正直君子。这要遇见歹人，那还了得？”王太和说：“我姓王，叫王太和，原本是兴隆庄的人。往后姑娘别叫她一个人走路，总要有人跟着才好。”马老丈说：“是是，王先生可以在我家多住几天罢。”王太和说：“我还有事。”立刻告辞，姑娘的父母千恩万谢送出来，王太和这才顺大路往回走。

这天到了自己家中，他这几间破房子，有本村一个苦人住着呢。王太和到家，自然还得让他住。王太和把书箱放下，自己甚为凄惨，吃了点东西，安歇睡觉。次日亲身到韩员外家去退婚。韩员外在他年幼的时节，把女儿给他，那时王家还有钱呢。自从他父母一死，一年不如一年，后来听说王太和出了外了，韩员外家里有几顷地，也算是乡下财主，也不能把女儿另聘了，就得等他。姑娘跟王太和同庚，偏巧姑娘心重，自己想着命不好，将来到婆家也得受苦，日积月累，一忧愁把两只眼睛急瞎了，双目失明。王太和还不知道呢。今天来一见韩员外，两个寒暄了几句，太和便道：“我打算叫你老人家把姑娘另聘罢，我的命苦，别连累了姑娘跟我受罪。所有的定礼，我也不要了。”韩员外说：“那可不行，现在我女儿把眼瞎了，你定的时节，可没有残疾。现在我也不能再给人家，你赶紧搬娶过去，你自己慢慢的混。若说你做个小买卖，二三百银子我给你拿，你只要勤俭，还不可以吃饭么？”王太和一听姑娘已把眼瞎了，自己一想：“不是一家人，不进一家门。该当要讨饭，我前头走，拉着一个瞎子，这倒也不错。”想罢，说：“岳父，既是你女儿把眼瞎了，我也不能说不要，你可得成全我，我也没有多钱办事。”韩员外说：“倒好办，你有轿子就搭人。”王太和自己无法，这有几十两银子，回家张罗办事，定了吉日，把妻子娶过来。

他这个时节，也没有亲戚来往人情。韩员外打算女儿过门后，过一两个月，再给王太和拿钱做买卖。焉想到王太和娶过来，未到半月，王太和晚上睡不着，思想这日子怎么过，翻来覆去睁着眼。偶见地下有一个火球，滚到南墙根没了，一连三天。王太和就跟他妻子说："地下有个火球，你是瞧不见，滚来滚去，不知是什么道理？"韩氏说："许是闹财罢。"王太和说："也许有的事。"韩氏说："你眼准了，拿我的金簪插到那里，等明天刨开瞧瞧。"王太和果然把金簪记上，次日用铁锹一刨，刨到有二尺许，只听"咯当"一响，王太和仔细一看，目瞪痴呆。不知后事如何，且看下回分解。

第一五九回

得金宝福随相转　访娘亲跋涉天涯

话说王太和拿铁锹一刨，刨了二尺多深，就听“咯当”一响。王太和一瞧是石板，揭开石板一看，是一窖金元宝银元宝。金元宝都是一百两一个的马蹄金，银元宝是二百两一个的大元宝。王太和一看，先拿出一个来，照样埋好，也不敢声张。次日到岳父家提说要盖房。韩员外说：“你有钱么？”王太和说：“没有多钱，对付着办。”先买了两个银柜，找木厂子一看，他这片地基不小，先盖三层瓦房。随着动工，随着往外搬运金银，把房盖好了。把金元宝一数，是六百个，每个能换银五千两；银元宝是四百个，共一千个。从此陡然大富，有三百多万银子。在本地开的银楼缎号，置买田地房产。大众都知道王太和发了财回来了，都不知道怎么发了财。王太和自己想起，当初在松江府老道给我相面，说我该当饿死；现在我得了这大家私，还能饿得死么？老道几乎耽误了我终身的大事。从此不信服和尚老道，说僧道都是谣言惑众。王太和每年冬施粥，夏施茶，舍棉袄棉裤，遇穷苦人等，贫老病瞎，必要周济，就是不斋僧布道。今天为什么要把和尚找回来，施舍一万两银子呢？只因他瞧见影壁上写的字了。济公写的是两首绝句。头一首是：“昔日松江问子平，涵龄道我一身穷。事至而今陡然富，皆因苏兴马玉容。”第二首是：“梦醒更深三更天，见一红光奔正南。揭开石板仔细看，四六黄白整一千。”王太和一看，暗道：“哎呀，我的事没人知道，这和尚可是神仙？”故此赶紧叫家人追回来。

管家追出村口，一瞧和尚正往前走，管家说：“大师父请回来，我家员外施给一万银子。”和尚这才转身回来。王太和一见，说：“圣僧，请里面坐。”和尚来到书房，有家人献茶。王太和说：“圣僧，我的事情，圣僧何以知晓？”和尚说：“你那事瞒不了我，你休要毁谤僧道。你可知道有两句话：‘心不好，命穷苦，直到了心好命也好，富贵直到老。命好心不好，中途夭折了。’人要做些阴骘事，能逢凶化吉，遇难成祥。当初老道给你相面之时，你是螣蛇纹入口，主于饿死。你做这两件阴骘事，你这螣蛇纹通下来，变为寿带纹。”王太和这才如梦方醒。和尚说：“你要不信，我还有个主意，给你瞧瞧。你拿一万银子，在海潮寺做功德修万缘桥，明天吉日兴工，你叫人抬四块石头来。我写上四句话，一块上写一句，搁在万缘桥旁边，派两个家人看着。头一块石头，叫大众白瞧白看，谁要看第二块石头，跟他要二百两银子，要瞧第三块是三百两，看第四块是五百两。这一千两银子，助你修万缘桥作为酒钱，可别说是我写的，就说是神仙写的。”王太和一想，说：“谁花二百两银子瞧一块石头呀？我虽有钱，我也不能那么冤。”和尚说：“你不信，你瞧着有人瞧没有？”王太和立时叫人到海潮寺，收拾预备做公馆，又叫家人搭了四块石头，给和尚把字写好，把四块石头放好，叫家人看着。王太和也在海潮寺同和尚住着，没事下棋。万缘桥就动工修起来了。两个家人看着四块石头说：“众位瞧石头，头一块是白瞧白看，瞧第二块是二百两银。”街市上都吵嚷动了，大众围着，瞧石头上有字，写的是七个字：“不姓高来本姓梁。”大众一瞧，都说这两个人是财迷，谁能花二百银子瞧石头？众人纷纷议论。过了有十几天，也并没有一个问的，都是瞧瞧头一块，一笑就走。这天王太和就说：“圣僧，你老人家说有瞧石头的，怎么不灵呢？”和尚说：“你别忙，大约不过五天，就有人来瞧。”

果然到第四天，忽然来了一个文生公子，头戴翠蓝色文生巾，身穿翠蓝绸文生氅，腰系丝绦，白袜云鞋，白净面皮，俊品人物，带着两个书童，挑着琴剑书箱。来到近前一看，这位文生公子就问：“这石头是谁写的？”家人说：“神仙写的。”文生公子说：“神仙在哪里？”家人说：“你不用管神仙在哪里，你要瞧第二块，是二百两银子，头一块白瞧。”这位文生公子说：“我给二百银子，你搭开我瞧瞧。”家人就赶紧到海潮寺回禀员外，道：“有人来瞧石头了。”王太和心里说：“真有这等样人，肯花二百银子瞧石头？”自己不信，来到这里一瞧，是一位文生公子打扮。王太和说：“尊驾要瞧石头吗？”这位公子说：“不错。”王太和说：“瞧第二块石头二百银子。”这公子说：“我给二百银子。”立刻打开书箱，拿出四两黄金，折银二百两，交与王太和。王太和叫家人把石头搭开，众家人都不愿意搭。王太和说：“你们谁来搭？每人我给二两银子赏。”大众一听，这个也要搭，那个也要搭，都抢着要搭。不到一刻，搭开一块。这位公子一瞧第二块石头更愣了。

书中交代，这位公子为什么他要花二百银子瞧二块石头呢？这内中有一段隐情。头一块石头上写的是“不姓高来本姓梁”。这位公子就是不姓高来本姓梁，他原本是这石杭县梁王庄的人。他五岁的时节，正赶上金宋交兵，干离怖大队反到江南，他母亲带着他逃难，正赶上贼队把他母子冲散了。儿子找不着娘了，站在街上哭。由那边来了一个人，歪戴着帽子，闪披着大氅，说：“小孩子，你哭什么呢？”小孩虽说五岁，倒很伶俐，说话很清楚，说：“我是梁王庄的，我叫兴郎。我娘带我逃走，反遇见贼，把我娘冲散了，我找不着了。”这人说：“你跟我找你娘去罢，我是你舅舅。”梁兴郎人小不肯吃亏，说：“你不是我舅舅，你是我哥哥。你带我找我妈去罢。”这人说：“跟我走。”立时带着梁兴郎一走，来到甘泉县地面，住在高家店；这地方太平，他打算把梁兴郎卖了。偏巧这开店的高掌柜就是夫妇两个，家有百万豪富，他也不指着开店吃饭，所为应酬苦亲友。这夫妇没儿没女，就问他："带着小孩是你什么人呀？"这拐子手说："我姓郎叫郎赞，这是我外甥。他父母都叫贼兵掠了去，这孩子跟着我也赘手，我打算找个主把他卖了。"高掌柜说："我瞧瞧。"把兴郎叫到柜房去，一给吃的，说："你姓什么？"梁兴郎说："我姓梁，叫兴郎。"高掌柜说："他是你舅舅么？"梁兴郎说："不是，我不认得他。我娘带我逃难，遇见贼，我娘丢了。他说他是我舅舅，我就说你是我哥哥，他说带我找我娘去。"高掌柜问明白，一问拐子手要卖多少钱，郎赞说："五十两银子。"高掌柜说："五十两，我留下了。你给写一张字罢。"郎赞说："我不会写字。"高掌柜说："你不会写字，叫我先生代笔。我们这里可有规矩，说五十两可是减半，给二十五两，在店里卖有三成用钱，五十两是十五两，叫先生写字是十两，刨尽了，一两不找。你去罢，没你的钱了。你要不答应，我把你送到衙门去，照拐子手办你。"郎赞一听也愣了，大众作好作歹，算给了他几吊钱盘费，郎赞走了。高掌柜人称高百万，在家里以员外呼之。把梁兴郎留下，雇老妈哄着，要一奉十，起名高得计。后来请先生教他念书，到十六岁娶媳妇，也是本处杨百万的女儿。杨员外也是夫妇两个，就是一个女儿。过了有五六年，杨员外夫妇也死了，梁兴郎这点造化大了，两分百万家私都归他一人。这天梁兴郎跟他妻子说："我本是梁王庄的人，现在我养生父母已死，我要出去访访我亲生母，去找个下落。如死了，我把尸骨请回来。如没死，我把娘亲找回来。我这一去，多带黄金，少带白银，暗藏珠宝，扮作游学的书生。说不定几年回来，家中全靠娘子料理。"杨氏说："官人这是一分孝道，我也不能拦，官人去罢。"梁兴郎这才带了两个书童出来，逢山朝山，逢庙拜庙，求神佛保佑母子相见。今天来到万缘桥一瞧石子，罗汉爷指引孝子迷途，母子团圆。且看下回分解。

第一六〇回

梁兴郎千金看隐诗　济禅师佛法指孝子

话说梁兴郎来到万缘桥一瞧，石头上写的是："不姓高来本姓梁。"自己一想，我出来这些日子，并没访着一点头绪，我也不知梁王庄在哪里，这也须是神人指示。只要把我娘亲找着，花几千两也不要紧。故拿出四两黄金折二百银子。王员外叫家人把头一块石头搭开。梁兴郎一看第二块上写的是："巧妆改扮觅萱堂。"梁兴郎一看，这明明是我。这才问："第三块还有字么？"家人说："要瞧第三块，是三百银子。"梁兴郎一看，说："我倒要瞧瞧。"立刻又拿六两黄金折三百两银，交给王太和。王太和一想："真怪，真有人拿银子瞧。"叫家人把第三块搭开，梁兴郎一看，第三块写的是："兴郎要见生身母。"梁兴郎一看，这更对了，说："你把这块拿开我看。"家人说："要看第四块，是五百两。"梁兴郎说："你怎么讹人哪？"家人说："不讹人，你爱瞧就瞧，不爱瞧不瞧。"梁兴郎一想："已然花了五百，再花五百，只要有了我娘亲的下落，慢说花一千，两千也花。"想罢又拿出十锭黄金。王太和叫人搭开第四块一瞧，第四块上写："去到临安问法王。"梁兴郎一瞧这句话，"呀"了一声，几乎翻身栽倒。自己一想，了不得了，这许是有人知道我由家中出来的心思，设出圈套，诓骗我一千银。自己又一想，我的乳名没人知道，此真令人难测。自己这才问道："众人可知道这临安法王，是怎么一段事？可是地名？可是人名？"大众一个个俱皆摇头，说："不知道。"梁兴郎自己心中真如万把钢刀扎心。正在发愣，那边来了一位老丈。众人说："你要打听，问这位老头罢，他叫福地圣人，什么事他都知道。"梁兴郎赶紧施礼，说："借问老丈，可知道这临安法王是在哪里？"这老者说："你要问临安，由这往东南走二十余里，有一座兴隆镇，上那里打听去，这里没人知道。"

梁兴郎一听，无奈叫书童挑起琴剑书箱，一直够奔东南。约走了有二十余里，见前面有一座镇店。村口外树林下有二位老者在树旁酌棋，一位是白脸长髯，一位长的清奇古怪。梁兴郎连忙上前说："二位老人家请了！我打听打听，有个临安法王，二位老人家可知道？"这位老者一听说："临安我可知道，当初金宋未交兵以前，这座兴隆镇就叫临安镇，后来宋室天下太平，改叫为兴隆镇。这个法王我可不知。"那位老者说："贤弟，你是不知道，我比你大几岁，我十二三岁的时节，你还是小孩不记事。这村口如意庵尼姑庙，我记的就叫法王庵，后来改的如意庵。你去打听法王，尊驾到那里去打听罢。"

梁兴郎一听，谢过二位老丈，赶紧带了书童，进了村口一瞧，路北里有一座庙，山门上写着"如意庵"。上前一叩门，由里出来了一个小尼姑，把门开开，说："施主找谁？"梁兴郎说："我是前来烧香。"小尼姑说："我们这是尼僧庙。"梁兴郎说："不管是甚庙，我要烧古香。"小尼僧便领到大殿。梁兴郎烧上一炷。烧完了香，说："小师父，你带领我在庙里游逛游逛。"小尼僧说："可以。"立刻带着梁兴郎到各院中观看。这个庙是三层殿，有东西跨院，甚为宽敞。游来游去，来到一个东跨院。这院中是北房门三间，东西配房，北房外挂着一块匾，上写"冰心堂"三字。梁兴郎一看，就知道这院中有孀妇守节。正在一愣，只见由北上房出来一位老婆婆，有六十多岁。鬓白成霜，穿的衣服平常。梁兴郎一看这位老太太的模样，不由自己心中一惨，二目落泪。这位老太太一看，她也觉着眼圈一酸，眼泪落下来了。母子天性所感，老太太并不敢认，说："这位先生尊姓？"梁兴郎说："我姓梁，乳名叫兴郎。"老太太一听，心如刀剜，说："儿呀！我只打算今生今世，你我母子不能相见，没想到为娘还见着你了。"梁兴郎叫了一声："亲娘呀！"也哭起来了。

书中交代，他母亲怎么会落到这庙里呢？凡事自有个定数。自从母子一失散，老太太找不着孩儿，自己一想，"我还活什么？"想欲自尽。幸遇见一位好人劝解老太太，说："你别死，倘若你儿在着，将来也可以母子见面。你暂为找个尼庙一住，慢慢再寻访你的孩儿。"老太太一想也是，就投奔这法王庵来了。这个庙离梁王庄三里地，这庙里老尼也是忠厚人，见梁老太太这分光景，老尼僧说："你就在我这住着罢。哪时你儿有了下落，你再走，没有音，你就跟我在庙里修行罢。"梁老太太就在这庙中苦守，早晚侍奉佛祖。后来附近村庄都知道庙里有个梁李氏守节，大众送了一块匾，写了"冰心堂"三字。梁老太太终日吃斋念佛，祷告神灵显应，叫母子可以见面。今天果然梁兴郎来了，母子见面，抱头痛哭。兴郎说："娘亲，你老人家不必哭了，孩儿现在甘泉县娶了亲了。我养身父母把我抚养大了，现在二老已经故世，孩儿才得出来寻找我娘亲。多蒙神人指示，得见你老人家。娘亲生养孩儿一场，未能在你老人家前晨昏定省，叫你老人家受这样清苦。孩儿今天接娘亲家去，还可以享两天安闲自在之福。"老太太一听，说："儿呀，今天你我母子一见面，也算是神灵默佑。为娘终日烧香祷告，但愿你我母子见一面，现在我瞧见你，就得了，你也不必接我回去。我已然是出了家，侍奉佛祖，我也就不想再还俗了。"梁兴郎一听，苦苦哀哀，总要请老娘回去。老太太执意不肯，梁兴郎无法，就把家眷接到兴隆镇来，给老太太单买一座庙，叫老太太在庙里修行静养，梁兴郎不时到庙里去问候。

这天梁兴郎回想万缘桥："瞧瞧这几块石头，是什么人写的呢？我倒要访问访问。"自己带着两个书童来到万缘桥一看，万缘桥已快告竣。梁兴郎一打听，方知是济公禅师写的。梁兴郎要见见这活佛济颠，正赶上王太和同济公来到万缘桥监工。有人指引告诉他："这位穷和尚就是灵隐寺济公长老。"梁兴郎赶奔上前，说："圣僧在上，弟子有礼。前者多蒙圣僧指示，我找着我娘亲，弟子实在感恩不尽。"和尚说："你起来，不必行礼。你母子既见了面，你要好好的尽孝，你回去罢。"梁兴郎还要承谢礼物给圣僧长老，和尚说："不必，我和尚常说，一不积财，二不积怨，睡也安然，走也方便。"梁兴郎无法，竟自告辞去了。

王太和正同和尚在这里监工，偶然忽觉得对面来了一阵旋风。和尚说："来了，来了。"王太和一看，随着这阵风，来了一个老道，披发仗剑，身高八尺，黄脸膛，三绺黑胡须，穿着蓝缎色道袍。王太和一看一愣，见老道赶奔上前，给济公行礼。来者老道非是别人，正是黄脸真人孙道全。和尚说："悟真，你干什么来？"孙道全说："弟子自天台山分手，回到自己庙中，把庙中安置好了。到灵隐寺找你老人家，听说你老人家来修万缘桥，我就在庙里住着。焉想到临安城出了塌天大祸，钱塘知县派我来请你老人家。"和尚一按灵光，早已察觉明白。书中交代，怎么一段事呢？只因钱塘县新任赵文辉，他本是两榜出身，自到任以来，两袖清风，爱民如子，焉想到地面上出了一件逆案。秦丞相的兄弟花花太岁王胜仙，他本是个恶霸，在本地无所不为，依仗着他哥哥是当朝宰相，无人敢惹他。王胜仙家中有二三十个如夫人侍妾，就有一个得宠的爱妾，就是田国本那个妹子。本来她是歌妓出身，琵琶丝弦，自己能歌能唱。这天王胜仙要到西湖湖心亭去取乐吃酒，先叫田氏坐着轿，带着婆子丫环先去。三乘轿正走在西湖苏堤，忽然来了一阵旋风，围着轿子，绕了几个弯，抬轿的人都睁不开眼。及至旋风过去，再一看田氏踪迹不见，小轿内婆子、丫环，一刀之伤殒命，大众吓的目瞪痴呆。不知后事如何，且看下回分解。

第一六一回

逛西湖恶霸遇妖风　看偈语私访白鱼寺

话说王胜仙的爱妾被旋风刮去了，婆子丫环被杀，一无凶手，二无对证。有人报与王胜仙，王胜仙勃然大怒，给钱塘县三天限，要破案。钱塘县一听这个信息，赶紧带领行房仵作一验尸，婆子、丫环都是哽嗓咽喉一刀之伤身亡，生前致命，并无二处。知县一想，这件事甚是奇异，回到衙门，派赵头、张头、王头、李头赶紧捉拿凶手。赵头、王头赶紧给老爷磕头，说："回禀老爷，这件案，求老爷开恩，下役办不了。老爷想情，要是人，可以锁来。这旋风怎么拿得了？"知县说："这旋风其中定有缘故，你们得想法子给我办。现在王大人给三天限，要不把凶手拿着，连本县也耽不了。"赵头说："老爷要办这奇巧案，可有一个人办的了。"老爷说："谁？快说来！"赵头说："现在灵隐寺济公长老。他乃是当世的活佛，神通广大，法术无边，善晓过去未来之事。老爷去到灵隐寺拜访济公，求他老人家给占算占算，可以能把这案办出来。"知县一听，说："好。"立刻传轿，带领赵头、王头、张头、李头、孙头、刘头、耿头、马头，一齐来到灵隐寺。当差人过去一问，门头僧说："济公没在庙里。"正赶上孙道全在庙内住着，他由天台山回到自己庙内，安置好了，来到灵隐寺找济公。济公未在庙内，孙道全就在庙内等着。今天听说钱塘县来拜访济公，孙道全出来一见，说："我师父上万缘桥去了，老爷有什么事？"知县说："尊驾原来是少师父。"孙道全说："是。"知县说："少师父，求你辛苦辛苦，把圣僧请回行不行？"孙道全说："那倒行。老爷有什么要紧事么？"知县就把王胜仙的夫人被旋风刮去了，婆子丫鬟被杀之故一说，孙道全说："请老爷回衙门去听信罢，我去找我师父去。"知县说："少师父要去，得明天回来才好，往返有二三百里。"孙道全说："那行，一千里我也能一天回来。"知县半信半疑回去。

孙道全架着趁脚风，两个时辰就来到万缘桥。见济公一行礼，说："奉钱塘县知县之命，来请师父。"和尚说："钱塘县干什么请我？"孙道全把旋风杀人之故，从头至尾一说。和尚说："我现在不能回去呀，我得等万缘桥工竣，才能回去。我给你写一封信，你给钱塘县知县送去，叫他照我书信的话行事，就把凶手拿着了。"孙道全点头答应，和尚写了一封信，交与孙道全，信面上是一个绍兴酒坛子，上面有着七个钉子，这是和尚的花押。孙道全把书信收好，辞别了济公，仍驾着趁脚风回来。到了县衙门，往里一回禀，知县赶紧吩咐有请。孙道全来到书房。知县说："少师父真快，往返才几个时辰。"孙道全说："我还耽误了半天，要不然，早来了。"知县说："可曾见着圣僧？"孙道全说："我师父暂时不能来，叫我带了一封信来。"立时把信掏出来，递与知县。知县一瞧，信面上画着一个酒坛子，钉着七个钉子。打开书信一看，上面写的是：

字启钱塘县老爷知悉：贫僧乃世外之人，不能与国家办理公事。老爷要捉拿凶手，照贫僧下面这八句话行事，可能拿获贼人。余容晤谈，书不尽言。

老爷一看，下面写的是：

此事搔头莫心焦，花花太岁岂肯饶？若问杀人名和姓，八月十五月半超。

此事搔头莫心急，花花太岁岂肯休？若问杀人何处住，巧妆改扮访白鱼。

老爷一看，心中忖度了半天，说："圣僧这是叫我出去私访，可不晓得这白鱼是人名是地名？今天天色已晚，明天烦少师父出去，帮本县访访这件事。"孙道全说："可以。"知县就把孙道全留下，款待酒饭，老爷就在书房安歇。次日老爷吃完了早饭，换上便衣，带家人赵升出去私访。一面派钱塘县八个班头，赵大、王二、张三、李四、孙五、刘六、耿七、马八，同孙道全也出去访查。

赵文辉带着老管家，出了艮山门，慢慢往前走，心中踌躇，也不知这白鱼是怎么一段事。往前走了有三四里之遥，觉着身倦体乏，打算要找个地方歇息，吃一杯茶才好。抬头往四外一望，但只见北边是山，半山坡松林密密，隐隐射出红光墙，乃是一座大庙。知县一想："庵观寺院，是过路的茶园，倒可以去歇息。"想罢，说："赵升，你我到山上庙里去找杯茶吃。"赵升点头，主仆二人顺着山坡小路，一直往前够奔，来至切近一看，这庙四处都是松柏，十分幽雅。再一瞧，庙前有一座石牌楼，上面有"同参造化"四个字，牌楼后面是正山门，东西有角门，都关着山门，上面有字，上写"敕建古迹白鱼寺"，赵文辉一看，心中一动："济公禅师那四句话，是'此事搔头莫心急，花花太岁岂肯休？若问杀人何处住，巧妆改扮访白鱼'。莫非就是这白鱼寺，也未可知。"再细看东角门外，有一股小道，不长草，想必是由东角门出入。这才来到东角叩打门环。

工夫不大，只听里面一声"阿弥陀佛"，把门开开，是一位小沙弥，有十八九岁，穿着半大的僧衣，白袜云鞋，白脸膛，长的眉清目秀。小沙弥抬头一看，说：“二位施主来此何干？”赵文辉说：“我来这里烧香。”小和尚说：“施主请！”赵文辉带领家人往里够奔。小和尚把门关上，头前引路，来到了大殿。引着火，赵文辉烧了一古香，磕完了头。小沙弥说：“施主请客堂坐！”这庙中前后是五层殿，同着赵大老爷由大殿往西，有四扇屏门，开着两扇，关着两扇。一进这西跨院，是北房五间，东西配房各三间，院中极其幽雅。小和尚一打西配房帘子，知县主仆来到屋中一看，有八仙条桌，两边有椅子，条桌上摆着许多的经卷。知县在椅子上落座，小和尚说：“施主贵姓？”知县说：“我姓赵。小师父，这庙里有几位当家的？”小和尚说：“有我师父，有一位师叔，我们师兄四个，余者就是使唤人。施主这是从哪里来的？”赵文辉说：“我们是从远方来的，从此路过。”小和尚说：“是是，施主在此少坐，我去烹茶去。”小和尚更透着玲牙俐齿，说着话竟自去了。

赵升见小和尚去后，他来到院中一看，北房五间，当中是穿堂，通着后面有院子，东西里面屋中垂着帘子。赵升来到北上房，走过厅一掀东里间帘子，闻着屋中有一阵兰麝脂粉之香。一瞧，屋中有靠北墙是一张床，挂着幔帐，屋中有梳头桌，有镜子，有许多妇女应用的摆着粉缸、梳头油瓶等类物件。赵升一想：“怪呀，和尚庙里哪有这些用的东西？”正在瞧着纳闷，小和尚由后面倒着茶来，一见赵升在这里偷看，小和尚说：“你做什么来这屋里？”赵升说：“我瞧瞧。”小和尚说：“你别满处混跑，我这庙里常常有官府太太来烧香，你要撞着，怎么得了？”赵升说：“你们这和尚庙里，怎么有粉缸梳头油瓶等物，做怎的呢？”小和尚说：“我师父爱闻梳头油粉味，买了为是闻的。”赵升一听，说：“这不像话了。”两个人正在狡展之际，只见后面出来一个大和尚，他的身高九尺，头大项短，披散着头发，打着一道金箍，紫色脸膛，一脸的怪肉横身，粗眉大眼，身穿蓝绸子僧衣，月白绸子中衣，白袜云鞋，手拿蝇刷，说：“什么人在此喧哗？”小和尚说：“师父，你瞧他们来烧香，就满室里胡跑，我拦他他不听。”大和尚睁眼一看，说：“又来了几个烧香的？”小和尚说：“西配房还有一位。”和尚哈哈大笑说：“我打算是谁？原来是县太爷。我计算你该来了，大概你所为王胜仙之事而来。告诉你说，那件事是我做的。”知县一听这句话，大吃一惊，大概今天来到庙中，凶多吉少。不知这凶僧究是何人，且看下回分解。

第一六二回

孙道全惊走妖和尚　周得山穷困被人欺

话说这个和尚一见知县，竟敢目无官长，不但不畏惧，反倒一阵狂笑，说：“县太爷，你必是为王胜仙那案来的。那案正是洒家做的，你来了便该怎么样？”知县一瞧，这事情不好，吓的惊慌失色，连忙说：“和尚你错认了人了，我哪里是县太爷？原本是行路的客商。”凶僧哈哈一笑说：“你不用不认，钱塘县我是常去。”知县赵文辉说：“和尚你不要错认人，我要告辞赶路。”说着话，站起来就要往外走。和尚道：“哪里走！今天你自来到我这庙中，尔休想逃走！这叫放着天堂有路你不走，地狱无门要找寻。徒弟，来给我将赃官缚了！”立刻小和尚进来，就把赵大老爷反剪二臂缚了。书中交代，这个和尚名叫月明，他有三个师弟，叫月朗、月空、月静，月空、月静没在庙里住着，就是月朗在这里。这两个和尚本是酒色之徒，庙里有夹壁墙地窖子，藏着几个妇人，都是烟花柳巷买来的。这两个和尚都会妖术邪法。那天两个人到西湖去闲游，见王胜仙的爱妾坐着轿，长的十分美貌。两个和尚一看，淫心已动，月明说：“师弟，你看真是绝色的佳人，你我施展法术，把她抢了去。”当时就地祭起了一阵怪风，把田氏由轿子里拉出来，背着就走；婆子丫环瞧见要嚷，被和尚拉出戒刀给杀了。将田氏背回庙，和尚说："你要不从我，当把你杀了。"田氏本是歌妓出身，还有什么不从？百般献媚，从两个和尚那件云雨之事。和尚只打算这样事没人知道，焉想到被济公给指出来。今天月明一瞧知县一来，月明常瞧知县过堂问案，不拦闲人看，故此认识他。月明一想："他既来了，不能放他走。莫如剪草除根，省得萌芽复起。纵虎归山，长出牙爪，定要伤人。"立时叫小和尚把知县捆起来。赵升一看说："好和尚，胆子真不小，敢情是贼和尚！"一边嚷着，就往外跑。和尚说："别叫他走了，把他拿回来。"

这句话尚未说完，外面角门"喀嚓"一响，把门踢开，由外面赵大、王二等八个班头闯进来了。这八个班头也是出来私访，刚来到庙门首，就听里面赵升喊嚷，八个头儿把门踢开，各拉铁尺闯进来，就要动手。和尚用手一指，用定神法把八个人俱都定住。和尚伸手拉戒刀，刚要杀人，就听外面一声喊嚷："好孽障大胆！光天化日，朗朗乾坤，竟敢在此要杀人？待山人来也！"和尚一看，来者正是孙道全。和尚一想："事情不好，闹大了，莫如三十六着走为上着。"赶紧够奔后面，告诉他师弟月朗，带着小和尚开后门，一并逃走。孙道全先救了八个班头，顾不得追赶和尚，又把县太爷找着救了。在庙中各处一搜，由夹壁墙搜出五个妇人来，一同带着回到衙门。一问，这五个妇人内中就有一个是王胜仙的爱妾田氏，那四个都是妓者，当堂开放。然后将白鱼寺庙入官，另招住持僧人。随即用轿子把田氏给王胜仙送回去。田氏见了王胜仙，还说没有失节，其实，跟和尚睡了两夜了。这也是王胜仙报应，他素来常常霸占良家妇女，叫他的爱妾被人家抢去。田氏本是他心上的人，见找了回来，很喜欢，叫知县案后访拿和尚。知县总算便宜，没被参了。把事情办完了，孙道全告辞回庙去。过了几天，济公也回来了，万缘桥已工程报竣。知县听说济公回来，济公在庙，派人把济公请到衙门，置酒款待，开怀畅饮。吃喝完毕，知县说："圣僧没事，在我衙门多住几天，可以盘桓盘桓。"和尚说："我得赶紧走，还有要事，你我暇时再谈。"

和尚告辞，出了钱塘县。刚来到钱塘关，一瞧关里乡，有一座豆腐店，门口围着许多人，里面磨盘也碎了，水桶也劈了，豆子撒了一地，豆腐包也撕了。里面有一个人，穿着青布小袄。腰系钞包，蓝中衣，蓝袜子，打绷腿，两只搬尖大尾巴靸鞋，长的兔头蛇眼，龟背蛇腰，在那里指手画脚，口中乱嚷。和尚一按灵光，说："哎呀！阿弥陀佛！你说这事，我和尚焉能不管？"真是一事不了，又接一事。书中交代，这个豆腐店的掌柜的，姓周叫周得山，夫妇两个，跟前有一个儿子，名叫周茂。他本是巡典州的人，只因家中年岁荒乱，度日艰难，来到这临安钱塘关，开了一座豆腐店，养着一条驴拉磨，供着各饭馆子、各大油盐店送豆腐。买卖做的很茂盛。做了几年，手下存下几十两银子。焉想到时运不济，一家三口都得了疾病。指身为业的人，一不能做活，就得往外赔垫。一病病了半年，连吃药带养病，不但把所存的银用尽，还拉下空子。好容易周茂能起来了，周得山叫周茂出去要要帐，好垫办吃饭。周茂还走不动，就骑着驴出去。别处的帐都好要，惟有万珍楼上酒馆欠二十多吊钱，去要老不给。这个饭馆子的东家姓孙，原本是本地的泥腿，外号叫麻面虎孙泰来。万珍楼的大管事的，姓廖双名廷贵，外号叫廖货，也不是好人。这天周茂去要帐，廖廷贵一瞧，周茂骑的条驴很快，廖廷贵说："周茂，我骑你这条驴试试，可以吗？"周茂说："骑罢。"廖廷贵骑着走了一趟，果然这条驴足底下真快。廖廷贵说："周茂，你们家又不做买卖，把这条驴卖给我好不好？"周茂说："不卖。"廖廷贵说："我给你多些钱。"周茂说："多给钱也不卖，告诉你说罢，别的驴拉磨磨二斗豆子，这条驴就能磨四斗。我父亲病好，早晚就要开张做买卖。"廖廷贵说："你们做豆腐有本钱么？"周茂说："没有，等开张再设法子。"廖廷贵说："不要紧，你们哪时开张，没本钱，我借给你。"周茂说："好。"跟万珍楼要了几吊钱回来了。后来就把万珍楼的欠帐也要完了，都垫办着吃了饭。

好容易周得山病体好了，想要做买卖，没本钱，到处去借也借不来了。周茂忽然想起廖廷贵说过，要做买卖，他借给本钱。周茂跟他父亲一提，周得山说：“你去借去罢。”周茂就来到万珍楼说：“廖掌柜，现在我父亲好了，要做买卖没本钱，前者你提过，没本钱你借给我们。我父亲说叫我跟你提提，借二十吊钱。”廖廷贵说：“现在我可没钱，我给你转借罢，你明天来拿。”周茂一听，好欢喜回去。次日又去，一见廖廷贵，廖廷贵说：“你要借二十吊可不行，我只给你借了十吊，一个月一吊钱利钱。”周茂一听，一皱眉说：“利钱太大点。”廖廷贵说：“利钱大还没处借去呢。你嫌大你就别借。”周茂一听无法，说：“就是罢。”廖廷贵说：“可是十吊先给九吊。”周茂也答应了。后接过来一瞧，不是现钱贴，是日子条，到下月取九吊钱。周茂说：“怎么下月取钱呢？”廖廷贵说：“你要欠账还人家，日子条，比空口应人准强。”周茂说：“我们不是赊账，是用现钱买豆子，好做买卖呀！”廖廷贵说：“你要现钱，一吊可是给八百。”周茂是等钱用，无法拿了七吊二百钱回家。周茂拿到家一数，每吊短二百，只剩五吊八百实钱，还有小钱。周得山瞧着钱，叹了一口气，无法穷吃亏，只好买了几斗豆子且做买卖。一天磨二斗豆子，刨去度日，只赚一百多钱。一个月要拿出一吊钱利息，到日子就来取，迟一天都不能，再不然，就叫归回本钱。小本经营，拉这十吊钱亏空，何时能补上？

这天廖廷贵又来取利，正赶上周得山没钱，廖廷贵不答应，周茂可就说：“廖廷贵，你多等一两天，也不为过，这加一钱，已利过本好几折了。”廖廷贵一听恼了，说：“你当初借钱的时节，怎么不这么说呀？我没找你来要借给你，叫你使的。”周茂又同他分说，廖廷贵张口就骂，三言两语，跟周茂打起来。周得山出来一拉，廖廷贵揪住周得山就打。周茂一瞧打他父亲，他真急了，拿起斧子照定廖廷贵就砍，把膀劈砍伤了。廖廷贵说：“好周茂，你敢拿斧子砍我？我走了，回头再说！”说着话，廖廷贵走了。少时他带了有三十多人，各持刀枪木棍，来到豆腐店，把周得山父子拉躺下就打。不知父子性命如何，且看下回分解。

第一六三回

廖廷贵倚势欺人　陈声远助拳惹气

话说廖廷贵带领着数十个匪徒，各持刀枪器械，来到豆腐店，把周家父子拉出来，按倒就打。幸亏街坊各铺户出来劝解，廖廷贵叫众人把豆腐店全都摔了，连磨盘也都摔碎了，水桶也劈了，一概的家伙全摔净了。廖廷贵带着人走了，周得山父子浑身是伤。周得山见把屋中东西都拆了，自己买卖也不能做了，周得山一想说："儿呀，咱们活不成了，打架咱们不得人，打官司咱们也没人情势利。我这大的年岁，从没受过人这样欺负。咱们活着惹不起他，我揣上一张阴状，我一死到阴间告他。周茂你到钱塘县去喊冤，给我报仇，叫你娘到宁安府去告他，我这条老命不要了。"周茂也是想着要报仇，也不能拦他父亲。父子两个正说着话，外面进来一个人，周茂一看，这个人认识，也是这本地的泥脚，素常无所不为，敬光棍，怕财主，欺负老人，此人姓毛，外号叫毛嚷嚷。他就在这门口住，起先廖廷贵带着人来，他也不出来，这等人家都走了，他跑出来到豆腐店，说："谁敢上这里来拆豆腐店？好呀，在我眼皮底下，真如抓了我的脸一样，不知道我姓毛的在这住吗？方才我是没在家，要是我在家，得把他们砍了。"他正指手画脚，大嚷大叫，自称人物，和尚由外面进来，照定毛嚷嚷就是一个嘴巴。毛嚷嚷一瞧，说："好和尚，你敢打我！"和尚说："打还是好的，谁叫你在这里放肆？"毛嚷嚷说："好和尚，咱们俩是一场官司。"和尚说："你出来。"毛嚷嚷出来就被和尚揪倒就打，打了三下。毛嚷嚷说："该我打你了。"抡起拳头就打和尚。和尚数着一来，二来，三来，和尚说："该我打你了。"一拧拐子，把毛嚷嚷翻下去。和尚打了他三下，和尚也不多打，说："你该打我了。"和尚自己就躺下。毛嚷嚷又打了三下，还想多打，和尚又把他翻下去。大众瞧着，也没人劝解，都说和尚公道，打毛嚷嚷三下，和尚就叫他打，毛嚷嚷打三下，非得和尚把他拧躺下。众人正瞧着和尚跟他一对打三下，就听旁边有人说："别打，我来也。"

众人一看，来者这人好样子，身高九尺以外，膀阔三停，头戴皂缎色六瓣壮士帽巾，上按六颗明珠，身穿皂缎色箭袖袍，腰系丝鸾带，薄底靴子，闪披一件皂绣色英雄大氅，上绣三蓝色富贵花，面似乌金纸，粗眉大眼，海下一部钢髯洒满前胸，来者乃是铁面天王郑雄。书中交代，郑雄前者由常山马家湖，跟济公分手，自己回到家中，没事也不上钱塘关来。只因郑雄有一个朋友，姓陈叫陈声远，乃是东路保镖的镖头，也在这临安城住家，人也极其厚道。这天陈声远没事，带着家人出来闲游，走在钱塘关外，见着有一个卖艺的在那里练把式，围着许多瞧热闹的人。陈声远一看，这个卖艺的，练的拳脚精通，受过名人指教，大概不是久惯江湖的，人也不会说江湖话，也没人把钱。在外面做生意的，算命打卦，全凭说话，应该是未从要练先交代交代说："众位，在下是远方人，不是久惯卖艺的；因为贵方宝地，投亲不遇，访友不着，把盘资花完了。在下在家中练过几蹚乡拳，我也不知子弟老师在哪里住家，未能登门递帖，前去拜望。众位有钱帮把钱，没钱帮站脚助威，帮个人缘。"应当得有一套江湖话，交代明白。陈声远一看，这个卖艺的，也不会说话，练了好几趟也没有几个给捺钱的。陈声远一想："君子到处有成人之美，我下去帮他练一趟，给他几吊钱垫垫场子，周济周济他。”想罢叫家人陈顺：“去到钱塘关里恒源馆钱铺，给我拿五吊钱来，回头我帮他练完了，你把钱串揪断了，给往场子里捺。把厂有规矩，不准带串捺。”陈顺就答应，到钱铺取了五吊钱来。

陈声远进了场子说：“朋友，我帮你练一回。”卖艺的赶紧作揖说：“子弟太爷贵姓？”陈声远说：“我姓陈。我看你不是久惯江湖卖艺的样子。”卖艺人说：“可不是，我也无法，我的朋友没找着，困在这里。子弟爷，你帮我，我给你接接拳，还是站在旁边给你报报名？”陈声远说：“你也不用接拳，你旁边看着罢。”说着刚要练，只见由外面跳进一个人来，说：“朋友先等等练，我也帮个场子。咱们两个人揸揸拳。”陈声远说：“可以。”一看这人身高八尺，头带粉绫缎软帕包巾，身穿粉绫缎箭袍，腰系丝鸾带，单衬袄，薄底靴子，闪披一件粉绫缎英雄大氅，上绣蓝牡丹花，面似油粉，一面的麻子斑点，长的透着奸诈的样子。陈声远刚跟这人一揸拳，偏巧陈声远胸前岔了气了，陈声远赶紧往外路圈子一跳，说：“朋友慢动手，我岔了气了。”焉想到这小子不懂得场面，这小子哈哈一笑说：“就凭你这样的能为，也要下来帮场子？”陈声远一听，气往上冲，说：“你是什么东西，胆敢羞辱我？怎么我岔了气，你这样不懂事务？”这人说：“本来你无能为，还要遮盖么？”大众一看，二人要打起来，大众赶紧劝解，有人把那人拖走了。陈声远叫家人把五吊钱给了卖艺的，陈声远说：“众位，哪位知道方才这人是哪的？姓什么？我必要去找他，这厮太不懂事务。”大众劝解说：“大爷请回去罢，不必跟他一般见识，也不知道他是哪的。”大众都不敢告诉他。

陈声远无法，岔气岔的很利害，自己只得回家。再找家人陈顺，找不着了，自己雇了一辆车回到家中。这口气实在出不出，少时家人陈顺也回来了。陈声远说：“陈顺你上哪去了？我跟人家打起来，你怕人家打了你，你躲了？”陈顺说：“老爷不要错怪。小人见那粉白脸的棍徒一走，我想老爷又不知他的名姓，我暗中跟他去了。”陈声远一听，说：“好，你可曾打听明白？”陈顺说：“小人打听明白，这厮是万珍楼的东家，叫孙泰来，外号叫麻面虎。乃是本地的匪棍，结交官长，走动衙门，欺压良善，无所不为，在本地很出名的，无人敢惹。”陈声远说：“好，等我把病养好了，我必要前去找他。”自己气的了不得，请人给瞧，吃了几剂药，也不见好。这天铁面天王郑雄来瞧他，两个人是知己拜兄弟。陈声远说：“兄长来了，好，你给我捏捏罢，我岔了气了。”郑雄说：“怎么会岔了气？”陈声远说：“别提了。”就把帮场子之事，从头至尾一说。郑雄说：“贤弟，你只管养病，愚兄必要替你报仇去。孙泰来凭他一个泥腿，也敢欺负你我兄弟？”陈声远说：“兄长不便跟他为仇做对，兄长的身价重，跟他犯不着。等我好了，我自己去找他。”郑雄说：“兄弟你不用管，我是不知道你岔了气，我要知道，把灵隐寺济公活佛请来，给你一点灵丹妙药，准吃了就好。我娘亲多年二目失明，济公都给治好，何况这点小症？”家人陈顺说：“郑大官人，你提的不是灵隐寺那位疯穷和尚？”郑雄说：“是呀。”陈顺说：“我方才在钱塘关去买东西，瞧见那位穷和尚跟毛嚷嚷打起来了，在周老儿豆腐店门首，打一对三下呢。”郑雄说：“我去看看，贤弟你在家里听信罢。我必要到万珍楼找出个样子来。”

郑雄说着话，就往外走，声远叫家人拉没拉住，郑雄就一直来到钱塘关。正瞧见济公跟毛嚷嚷厮打。郑雄说：“别打！师父，你老人家为什么跟他来打？”毛嚷嚷一听郑雄向穷和尚叫师父，他就吓的急流勇退。本来郑雄在临安城威名远震，今见郑雄给济公一行礼说：“师父，为什么跟他一个无名小辈打起来？”和尚说：“我打算把这碎铁锅片，捡点卖了打酒吃。”郑雄说：“师父要喝酒，弟子这里有钱。”和尚说：“我一个人不去喝酒。”郑雄说：“师父上哪去？弟子陪你去。”和尚说：“我上万珍楼。”郑雄说：“我正要上万珍楼。”和尚说：“好。”这才要上万珍楼找孙泰来。大概一场恶战，不知吉凶如何，且看下回分解。

第一六四回

为朋友怒找麻面虎　邀师父大闹万珍楼

话说郑雄见了济公，济公说要上万珍楼去喝酒。郑雄说：“我正要上万珍楼去。”和尚说：“好。”郑雄说：“我上万珍楼去不是喝酒，我要替朋友去报仇，找孙泰来。师父要喝酒，上别处去喝去。”和尚说：“我也要去找孙泰来。”郑雄说：“既是师父愿意去，我也不拦，你我一同去罢。”和尚说：“你先等等。”和尚来到豆腐店里说：“周得山你先别死，你也别写阴状，周茂你也先别上钱塘县告去，我和尚替你到万珍楼去找廖廷贵。少时必叫你过得去，准得叫廖廷贵给你陪不是；摔砸你的东西，我管保照样赔你。你等我两三个时辰，听我和尚的回信。要没有场面，你再死也不晚。”周得山听这语一愣，说：“大师父怎么称呼？”和尚说：“我乃灵隐寺济颠僧是也。”周得山耳闻听见说过，本来济公在临安城名头高大，无人不知。周得山说：“圣僧既是慈悲，我听你老人家回信。”和尚说：“对。”这才同郑雄一直进了钱塘关。

往前走了不远，北里就是万珍楼酒饭馆。郑雄头里走，一掀帘子进去。一进门，东边是柜房，西边是灶，郑雄在拦柜上一拍，说：“呔，郑大太爷今天在这里照顾照顾你小子！”麻面虎孙泰来正在柜房里埋怨廖廷贵，不当依仗我这铺子，拆人家的豆腐店。倘要逼出人命来，怎么办？再说临安城乃藏龙卧虎之地，就许有人出来，路见不平，连我此时都收了心，不敢无故惹祸。廖廷贵说："不必怨我呀，皆因周茂他先拿斧子砍我。你瞧瞧我这膀子有多重伤？"正说着话，只听外面一声喊："孙泰来，今天郑大太爷照顾照顾你小子！"孙泰来隔帘缝往外一看，是铁面天王郑雄。孙泰来知道郑雄在临安城晃动乾坤人物字号，郑雄眼皮最杂，上至公侯下至庶民，没有不认识郑雄的。本来郑雄也真爱交友，挥金似土，仗义疏财，慷慨大道，济困扶危，勿论是谁，求到郑雄跟前，十吊八吊，三十五十，真不含糊，故此临安城远近皆知，比孙泰来的字号大的多。郑雄是正直为人，孙泰来是个恶霸，当面都不敢惹他，背谈人人皆骂；郑雄为人的声气，是人人仰望。今天孙泰来一瞧是郑雄，就是一愣，说："廖廷贵你看，祸来了。郑雄可是本地的人物，今天这是傍风邪火。他来堵着门一骂我，我要不出去，我就不用混了。头十年他要来骂我，我不惹他不要紧，临安城提不到我孙泰来。现在我可就栽了。往后我就不用叫字号了，再一叫字号，人家就说：'孙泰来你不用欺负我们，郑雄你就不敢惹！'这一句话，我就得臊死。这可讲不了，我倒得斗斗郑雄。廖廷贵你出去，把他用好言稳住，别叫他走。我去找人去，我一个人不是他的对手，我约了人来把他打坏了，反正是一场官司。"廖廷贵点头，转身出来，见郑雄气哼哼，廖廷贵说："郑大爷，你来了？为何这么大气？谁得罪你老人家了？"郑雄说："我来找麻面虎孙泰来，叫他出来见我。"廖廷贵说："郑大爷你先消消气，我们掌柜的没在家。你先上楼去喝杯酒，有什么话好说。伙计来，把郑大爷陪上楼去，给郑大爷要两壶酒几样菜，郑大爷请罢！"伙计过来说："郑大爷楼上坐罢。"郑雄一想："冤各有头，债各有主。我找孙泰来，他既没在家，我不便跟别人闹，我上楼去等他。"想罢说："既是孙泰来没在家，我楼上去等他，他回来叫他见我。"伙计说："是了。"郑雄就往里走。

和尚由外面进来，也是一拍拦柜说："孙泰来，今天和尚老爷照顾照顾你小子。"廖廷贵一想："真是壁倒众人推。"一瞧和尚，廖廷贵想起来了，他是嚎饭吃的和尚呀！只因前者济公知道万珍楼是恶霸开的，他就在这白吃过两顿饭。那一天和尚来到万珍楼，吃了十吊多钱，和尚说："跟我到钱铺拿钱来。"廖廷贵叫伙计跟去，出了酒铺，一展眼和尚没了。伙计回去说把人跟丢了，掌柜的打伙计一个嘴巴，骂了一顿。次日和尚又来了，一进门说："掌柜的，昨天我碰着朋友了，也没给你送钱来，今天我特为来给你送钱还帐。"大众一想："和尚不是蒙饭吃的，要是蒙吃蒙喝，今天就不来了。"和尚又坐下要酒要菜，什么好吃要什么，要了一桌子。吃完了，叫伙计一算，二账还一，合银子十二两八钱，和尚说："不多。"和尚就到柜上说："掌柜，我吃了十二两八钱，跟我上钱铺取去罢。"廖廷贵一想："昨天叫伙计跟着去丢了，今天别叫伙计跟着了。"廖廷贵说："和尚，昨天你说到钱铺取钱，你就跑了，今天又到钱铺取钱？"和尚说："我昨天也不是跑了，是碰见朋友说话，跟伙计走岔了。"廖廷贵说："我同你取去罢。"跟着和尚出了酒铺。和尚说："你瞧过人飞没有？"廖廷贵说："没有瞧过。"和尚说："你瞧，这就是人飞。""梯他梯他"撒腿就跑，和尚一边跑，口中说：

酒似青浆肉又肥，酩酊醉后欲归回。任凭掌柜不赊欠，架不住贫僧腿似飞。

廖廷贵追着，展眼和尚没了。廖廷贵回到铺子，说："和尚又跑了，哪时见着他，哪时揪住打他。"今天和尚自己来了，一拍柜说："孙泰来，今天和尚老爷来照顾照顾你。"廖廷贵一瞧恼了，说："好和尚，你嚎了两顿饭吃，还敢来搅我们？"和尚说："这是好的。"郑雄一回头，说："师父上楼呀。"廖廷贵一瞧，吓的就不敢说了，说："大师父同郑大爷来的，请罢。"郑雄说："是我师父。"廖廷贵说："是是。”往下不敢再说别的。

和尚同郑雄上了楼，找桌坐下。和尚说：“郑雄，你不是找孙泰来斗气么？”郑雄说：“是呀！”和尚说：“要闹就得像个闹的。”郑雄一想这话对，立时把眼一睁，说：“把这楼上的酒饭座，都给我逐下去！”伙计吓的战战兢兢，说：“是是。”当时楼上酒饭座共有几十位，胆小的赶紧走了，有不怕事的，听郑雄一说都逐下去，就大大不悦，说：“怎么都逐下去？我花钱喝酒，就要在这喝完了。别管是谁，要把我撵下去，非得把我脑袋揪下来，没了我这口气。要不然，我就不能下去。”同座人就说：“二哥，你别答言。你不认识这位是凤山街铁面天王郑雄吗？他素常是个仗义疏财，有求必应，没得罪过人的好人。这必是饭馆子里得罪了郑爷。本来孙泰来就是个恶霸，郑爷这是来跟饭馆斗气，与你我何干？咱们又跟郑爷往日无冤，近日无仇，你要一答言打起来，这不是瘀气么？”说的那人也不敢答言了，就算还账，大众下楼走了。

少时，楼上人皆走净了。郑雄叫伙计把小菜摆上，伙计赶紧把小菜步碟摆好。郑雄拿起一个碟子摔了，和尚说：“我没听见什么响声，你再摔一个。”郑雄又摔了一个。和尚说：“伙计，你们都卖什么菜？”伙计说：“应时小卖都有。”和尚说：“你给煎炒烹炸，配几个菜，拿几壶酒，把夜壶给我拿来。”伙计说：“不行，你要酒可以，夜壶就是不敢拿。”郑雄说：“去拿去，不拿把你脑袋给拿下来。”伙计赌气下了楼，来到柜上说：“掌柜的，你再找人罢，我不能做这买卖。跟郑雄来的这个穷和尚，叫我拿夜壶，我不能拿，我怕坏了行规。”廖廷贵一听，说：“这可是太难了，姓郑的他也是一个人，掌柜的去找人还没来，不必等掌柜的。我的主意，你到咱们立的把式场那些朋友找来，先把姓郑的拉下楼来，打他一顿再说。不论他是多大字号人物，拼出一身剐，敢把皇帝拖。”伙计答应，立时够奔把式场来。一瞧，正有二十多人，在这里练拳脚。素常这些人都跟孙泰来同吃同喝，今天伙计来说：“众位，我们铺子里现在有人来搅闹，掌柜的叫我约你们去助拳。拉下来打坏了，有我们掌柜的打官司，不与你们众位相干。”大众一听，说：“就是，咱们替孙大爷去充光棍。”立刻各抄刀枪棍棒，直奔万珍楼而来。不知郑雄该当如何，且看下回分解。

第一六五回

孙泰来忍气邀知己　猛英雄错打法元僧

话说众人各持刀枪棍棒来到万珍楼。廖廷贵说:“众位来了，姓郑的坐在楼上呢！”众人说:“是。”立刻上楼。大众来到楼上一瞧是郑雄，大众都愣了。这些人都受过郑雄好处的，逢年按节，一没落子，就去找郑大爷，都知道郑雄慷慨，谁一找借钱，多少不拘，郑雄没驳回过，常周济他们。今天众人一瞧是郑雄，大众就不敢睁眼了。郑雄说:“你们做什么来了？”大众说:“郑爷，是你跟孙泰来怄气？”郑雄说:“是呀。”众人说:“我们要知道是你老人家，我们也不来。郑大爷因为什么找孙泰来？我们给说合说合。”郑雄说:“不必，你们管不了。”大众说:“我们要是管不了，帮你老人家拆他，反正不能帮他跟你反脸。”郑雄说:“我也不用帮着，你等去罢。”众人这才下楼说:“这个架我们打不了，叫你们掌柜的另请高明罢。”说罢各自去了。廖廷贵一看，说:“这一干人都是虎头蛇尾。”他焉知道郑雄比孙泰来眼皮杂的多。廖廷贵正生气，见麻面虎孙泰来来了，带着一个大脱头和尚。

这个和尚原本是陆安山莲花岛的，叫神拳罗汉法元。他到临安来逛，常在万珍楼吃饭。孙泰来一盘问和尚，知道和尚有一身好本领，他套着一交朋友，两个人倒很亲近，孙泰来把法元让到他家里住着。今天孙泰来一想：“要约别人，打不了郑雄，认得郑雄的人多。非得找生脸色，不可打郑雄。”孙泰来知道神拳罗汉法元本领高强而武艺出众。孙泰来回到家中，一见法元，造出一片捏词，说：“法师兄，我这买卖开不来了。”法元说：“怎么？没有本钱不要紧，我有银子，你只管使。”孙泰来说：“不是，本钱倒有。现在这临安城有一个铁面天王郑雄，他是本地的恶霸，结交官长，走动衙门，欺压良善。常到我铺子吃饭，不给钱还不算，挑鼻子弄眼，吃完了就摔就砸。今天他又来了，一进门说：‘孙泰来，郑大太爷来照顾照顾你小子。’伙计一劝他，他就张嘴骂。我在柜房，我没有答言。要一答言，当时就得打起来。有人把他劝到楼上喝酒去，我这才回来。你想我还怎么能混？”法元一听说：“不要紧，我去替你报仇去。你不便跟他翻面，把他叫出来指与我，我跟他分个高低上下。我若把他打死，不用你打官司，你说都是酒醉闹座，你都不认识。一问三不知，神仙也没法办。你我一回陆安山莲花岛，他也没地方拿凶手去。”孙泰来说：“好。”立时同法元僧够奔万珍楼来。

法元在门口站着，说：“你把他叫出来。”孙泰来这才登楼梯上楼。郑雄一瞧孙泰来上楼来，仇人见面，分外的眼红，说：“孙泰来，我找你来了！”孙泰来说：“好，你找我来了，外面有人找你呢，你出来罢！”郑雄说：“好，你就是预备上刀山油锅，我姓郑的既要来找你，我就敢试试！”说着话，郑雄下了楼，立刻来到外面一看，站着一个大脱头和尚。身高九尺，膀宽三停，披散着发，给打着一道金箍，身穿蓝缎色的僧衣，青缎子护领相衬，白袜青僧鞋，面如蓝靛，两道朱砂眉，一双金睛眨出，押耳两绺黑毫，长得凶如瘟神，猛似太岁，手拿一把萤刷。孙泰来用手一指，说：“就是这位和尚找你。”郑雄知道这是孙泰来的爪牙，这才说：“你一个出家人，我跟你素不相识，远日无冤，近日无仇，你找我做什么？”法元说：“你就是铁面天王郑雄么？”郑雄说：“然也，正是某家。尔是何人？”和尚说：“洒家叫神拳罗汉法元，我找你，皆因你在本地欺压买卖客商，为非作恶。洒家特意前来，要结果你的性命。”郑雄说：“好僧人，尔有多大的能为，敢说此朗朗狂言大话？”抡拳照法元就打，法元急架相迎。二人各施所能，打在一处。真是棋逢对手，将遇良才。郑雄本来能为出众，受过名人指教，法元也是拳脚精通，本领高强。两个打在一处，不分高低上下。围着看热闹的人就多了，都不敢上前解劝。众人纷纷议论，说：“这场架可大了！”都知道郑雄是本地的人物，麻面虎孙泰来是本地的恶霸，两造都不是好惹的。郑雄正跟法元打着，未分胜负，这时节济颠和尚在楼上把楼窗推开往下瞧着，直说：“可了不得了，打起来了！快劝快劝！”酒铺众伙计大众就嚷：“你们瞧这个蒙吃蒙喝的和尚，真可恶！”

这一句话不要紧，可碰巧旁边瞧热闹之中站着一个浑大汉，他听错了，他只打算法元是蒙吃蒙喝的和尚呢。这位浑大汉有两天没饭吃了，他一想：“这个黑脸的，必是酒铺子掌柜的，因为这个和尚蒙吃蒙喝打起来。我要过去帮着这个黑脸掌柜的把和尚打跑了，酒铺掌柜的准管我一顿饭吃。”想罢，一摆手中熟铜棍，照定法元和尚就打，连郑雄也愣了。书中交代，这位猛英雄原本乃是巡典州的人氏，姓牛名盖，外号叫赤发瘟神。按说书演义，他乃是前宋精忠传牛皋之孙，乃是金毛太岁牛通之子。天生来浑浊猛勇，自年幼家传了一身好本领，力大无穷，就是太浑。家中很是富豪，只因他父亲一死，牛盖是人事不懂，把一分家业全被家人给分散了，牛盖自己直落到没饭吃。他又不懂得营运，要一饿了，瞧见哪家街坊一做饭，他进去就吃人家，一家子的饭被他吃了还没饱。先前老冲旧邻，都不好意思，念其都是瞧他长大的，就给他吃。后来日子长了，谁能供给他吃？每逢一要吃饭，将门关上，怕牛盖去。把门关上也不行，他把门踹了进去就抢，谁也不敢惹他。大众实没了法子。内中有一位殷二太爷，说：“牛盖呀，你净在家里，今天这家吃，明天那家吃，又该怎么样了？凭你这个身量，到军营去投效，出去一开兵一打仗，准得个头品官，岂不好吗？”牛盖本是个浑人，说：“头品官是什么？”这个说：“提督。”牛盖说：“对，做提督去。”殷二说：“我给你一吊钱盘费，你去罢。”

牛盖就拿着一吊钱，由家中起身，他也不知道上哪去，往前走着。牛盖一想：“我问问军营在哪里呀？”想罢，见有过路的人，牛盖在后面一嚷：“呔，站住小子。”这人回头一瞧，牛盖身高一丈开外，面似青泥，红眉毛，发似朱砂，手里拿着一条茶杯口粗细的铜棍，这人吓的撒腿就跑。牛盖一看说：“好小子，不告诉我反跑了。”见人他又说：“呔，站住小子。”这个一瞧也是跑。连问了三四个，一问就跑。牛盖想出一个主意，瞧见有过路人，他过去一把，把那人脖子一掐，牛盖说：“别跑了，小子！”吓的这人说：“怎么了？我招惹了你了？”牛盖说：“我问问你，军营在哪里？我们街坊说了，凭我这个身量这个样子，投效到军营去，一开兵打仗，我就做提督。”这人说：“你撒开我，我告你。”牛盖说：“你可别跑。”这人说：“不跑。”牛盖这才撒开。这人知道他是浑人，说：“你如要投军，上京都去。那个地方，天子脚底下，求名在朝，求利于市，你要做官上那去罢。”牛盖说：“京都在哪里？”这人说：“在临安，你往北走罢。”牛盖也还是不明白，瞧见有店，就往店进去就吃，第二天吃完了就走。店里一要钱，牛盖说：“老爷没钱，等做了官给钱罢。”说完话撒腿就跑，人家又追不上。他糊里糊涂，他也不知道东西南北，这天真来到临安了。牛盖又一问人：“上哪投军营？”有人说：“你上衙门投军营去罢。”牛盖来到钱塘县衙门一瞧，门中有许多当差的那里坐着，牛盖说：“投军营来了。”内中有一位老者就问他找谁？牛盖说：“我们街坊说的，就凭我这身量，投到军营，出兵打仗，准做得了官。”老者一瞧，就知道他是浑人。老者说：“你来投军，现在没军务。你要找个保人保你，我给你在军营挑分差事，吃一分粮，成全成全你。”牛盖说：“我找保人去。”

老者说：“对了。”牛盖转身就走，碰见过路人，他也不认识，他就说：“呔，你别走，你给我当保人。”这人说：“什么事，我给你做保人。”牛盖说：“营里挑分差吃分粮，成全成全我，你给我当保人。”这人说：“我不认识你呀？”牛盖说：“就算你认识我罢。”那人说：“不行。”牛盖说：“不行，我再找去。”自己找来找去，来到钱塘关，瞧见郑雄跟法元打在一处。伙计一喊蒙吃蒙喝的和尚来了，牛盖错听了，他只当是法元蒙吃蒙喝，郑雄是酒铺掌柜的，牛盖一摆熟铜棍，奔赶上前，照定和尚就打。不知法元性命如何，且看下回分解。

第一六六回

愣牛盖穷途卖艺　病符神无故被摔

话说赤发瘟神牛盖，摆棍照法元就打。郑雄一看，见牛盖身高一丈有余，头上戴豆青色五瓣壮士巾，身穿豆青剑袖袍，腰系丝绦，单衬袄，薄底靴子，面似青泥，两道朱砂眉，长得凶恶无比。手中使的这条棍，真有茶杯口粗细，照法元一打，法元吓的忙往外圈一跳。自己一想："这条棍子要打上，就得脑浆迸裂。"连忙撒腿就跑。猛英雄一声喊嚷："好球囊的，哪里走！"随后就追。郑雄也并不认识他，自己倒直发愣。麻面虎孙泰来自打算是郑雄的帮手。正在发愣之际，济公禅师由楼里跳下来，把麻面虎孙泰来吓了一跳。和尚刚跳下来，只见由北边来了四个人，是钱塘县的四位班头，柴元禄、杜振英、雷四远、马安杰，四个人是上别处办事去，由此路过。一瞧都认识，柴头说："郑大官人，跟谁辩嘴？济公，你老人家在这做什么呢？"和尚说："郑爷在这钱塘关开了一座豆腐店，被孙泰来给砸了。因为这个，我们来找他，他还要讲打。"杜振英赶紧把孙泰来叫到旁边说："孙泰来你不认识这个和尚？这是当朝秦丞相的替僧，你惹得起么？依我说，你趁早认罪服输，倒是便宜。"孙泰来说："我也不认得这个和尚。再说豆腐店也不是我砸的，是廖廷贵砸的，我是不知道是郑爷的买卖。”杜振英说：“廖廷贵砸的如同你砸的一般，你认个赔就是了。”孙泰来说：“你们众位分分心，瞧着赔了罢。”杜振英说：“圣僧，你给说和说和罢。豆腐店砸了什么东西，叫孙泰来赔。”和尚说：“我给说和，准得对得起人。豆腐店门窗砸了算白砸了，不叫你赔，水桶劈了不叫你赔，豆腐糟子拆了不叫你赔，锅碎了不叫你赔，一切碗盏家伙摔了白摔，豆腐包撕了也不叫你赔。”郑雄说：“怎么都不赔？”和尚说：“孙泰来你就赔那盘磨罢，那可是见过二百五十两银子没卖，也不跟你多要，你就给二百五十两银子得了。我和尚管闲事，你们驳谁也别驳我，郑雄也冲着我，孙泰来也冲着我。”柴头说：“对，你们二位谁也别驳回。”孙泰来一想：“这倒不错，和尚亮了一大片人情，这一样就得了。”当着大众又不好驳，只可忍着肚子疼，当时给拿出二百五十两银子交给和尚。和尚说：“郑爷，咱们走罢，劳众位头儿的驾。”柴头、杜头说：“圣僧请罢！我们也要办事去。”和尚这才同郑雄来到豆腐店。和尚说：“周得山你也别死了，我给你讹了麻面虎孙泰来二百五十两银子，全都给你。你父子好整理买卖，张门度日。”周得山一看，给和尚磕头，千恩万谢，自己也就不死了。张罗置家伙，重整买卖，和尚总算救了他一家人的性命。

郑雄说：“圣僧，到弟子家去罢。”和尚这才同郑雄来到凤山街。到了郑雄家中，天已掌灯，郑雄赶紧叫家人摆酒，陪着和尚开怀畅饮。郑雄就问说：“圣僧，今天那个青脸使棍的大汉，是跟圣僧认识么？”和尚说：“我不认识。”郑雄说：“我看他倒是个英雄，可惜不知他的姓名，也不知他哪里去了。”和尚说：“你要找他，我明天带你去，就把他找着。”郑雄说：“好，圣僧带我把那猛汉找着，我问问他。”说着话，和尚闭上了眼，直冲。郑雄说：“圣僧为何这样困倦？莫不是熬了夜了？”和尚说：“我爱吃了睡，睡了喝，倒有趣。”郑雄也只得陪着。喝到了天交三更，忽见由房上跳下一个人来。郑雄一看，来者正是神拳罗汉法元，手中拿着戒刀。原来法元被牛盖追的望影而逃，好容易走脱了。法元记恨前仇，今天晚上要前来刺杀郑雄。郑雄一看，大吃一惊，就要抄家伙动手。法元刚迈步来到上房门，济公禅师用手一指，口念“唵嘛呢叭㖠吽！唵，敕令赫！”用定神法把法元定住。济公说：“好法元，你真胆子不小，竟敢前来行刺！你一个出家人，无故多管闲事。麻面虎孙泰来，原是本地的恶霸，欺压良善买卖人，倚势压弱，你还敢助桀为虐？今天我把你拿住，要一呈送当官，你黑夜持刀，跳墙入室，行凶作恶，你想想你这罪名，打得了打不了？我和尚是佛心人，出家人以慈悲为本，我念你是个出家人，我和尚不忍加害于你，我今天把你放了。你改也在你，不改也在你，随你的自便。”法元一听，说：“罢了，和尚你在哪庙住？”和尚说：“我是灵隐寺济颠僧是也。”法元说：“好，你我后会有期，你放了我罢。”和尚乃将定神法撤去了，法元竟自去了。回到孙泰来家，次日自己回陆安山莲花岛去了。

书中交代，牛盖哪里去了呢？他拿着棍追和尚，把法元追丢了，他再打算回万珍楼，找不着旧路了。他不认识路，自己可真饿了，一瞧眼前有一座大店，牛盖拿着棍子就进去。伙计一瞧说：“大爷来了！”牛盖说：“来了！”伙计把他让到东单间去，他也不懂挑屋子。伙计说：“大爷吃了饭？”牛盖说：“没有。”伙计说：“你吃什么？”牛盖说：“要五斤酒。”伙计一听这位是大酒量，说：“还要什么？”牛盖说：“要五斤牛肉，要五斤面。”伙计说：“要五斤面怎么吃？”牛盖说：“拿嘴吃。”伙计说：“知道拿嘴吃，要五斤面的饼罢。”牛盖说：“对，就是饼罢，要五斤醋，五斤蒜。”伙计说：“哪有那么些醋蒜？”牛盖说：“少点也行，你拿来爷爷吃罢。”伙计说：“别玩笑呀！”牛盖说：“不玩笑。”伙计即知道这是个浑人，也不理他，把酒肉给他拿来，牛盖饱餐一顿，吃完了睡了，次日早晨又吃了一顿，吃完了就走。伙计说：“你给钱呀！”牛盖说：“等老爷做了官给钱。”伙计说：“做什么官呀？”牛盖说：“做提督，凭我这样的身量，到军营当兵，一打仗就做了官，我们街坊说的。”伙计说：“谁管你多怎做官，你给店饭钱。”牛盖说：“没钱。”伙计说：“没钱你怎么吃饭？”牛盖说：“饿。”伙计一想：“这是个大浑人，瞧他这样子，拿着棍必会把式，打也打不过他。”伙计说：“你会练把式不会？”牛盖说：“会呀！”伙计说：“你会练，我带你到大街练把式，得了钱给我们饭钱行不行？”牛盖说：“行呀，我哪练去？”伙计说：“我带你去。”立时伙计买了一块白土块，带领牛盖来到了十字街，伙计画了一个白圈说：“你练罢。”牛盖也不懂说江湖话，他就玩棍，耍完了棍，就练拳。有人就围上了，伙计就替他说：“人贫当街卖艺，虎瘦拦路伤人。这位也不是久惯卖艺的，在我们店里住着，困住了。众位瞧着练完了，有钱帮个钱缘，没钱帮个人缘，站脚助威。”说完了话，牛盖又练一趟。伙计说：“要钱了。”这一回见了有五六百钱。要完了钱又练，练了有三四回，见了有一吊五六百钱。伙计一瞧，够了他的饭钱了，说：“你再练见钱，是你自己的了，我不管了。这些钱算给我的饭钱了，我要走了。”说罢，拿着钱竟自去了。牛盖一瞧，说：“好球囊的，把钱给拿了走了，这倒不错。”自己愣了半天，说：“我再练一顿饭钱，够了饭钱我就不练了。”大众瞧着可乐，他又练了两回，见有了五六百钱。

可巧旁边正赶上病符神杨猛、美髯公陈孝由此路过。这两个人是上青竹巷四条胡同瞧朋友去。有北路镖头铁头太岁周堃的姊丈，姓窦叫窦永衡，外号人称打虎英雄，他夫妇来到京都，窦永衡拿着周堃的信，来找杨猛、陈孝，求杨猛、陈孝给找事。陈孝在青竹巷四条胡同，给找周老头院中的三间房屋叫窦永衡夫妻先住着，慢慢的找事。这几天没见了，杨猛、陈孝要去瞧窦永衡，由此路过，见牛盖在这里练把式，很有点能为。杨猛说：“兄长你看，这位朋友必是为穷所困，不是江湖卖艺的。咱们都是一家人，我下去帮个场子，周济周济他。”陈孝说：“好，你下去罢。”杨猛分开众人，进去一抱拳说：“朋友，你这个地方站的不错呀。”牛盖一听，心中一想：“方才叫伙计把钱拿了走，他也必是来抢我的钱。”过来一把把杨猛脖领一揪，这只手一托腿，给举起来，牛盖说：“球囊的，你滚罢。”隔着人扔出场子来。杨猛使了个鹞子抄水的架子，脚落实地没摔着。大众一乱，杨猛气往上撞，说：“好小辈，你敢捺杨太爷？”就伸手拉刀，要跟牛盖一死相拼。不知后事如何，且看下回分解。

第一六七回

铁天王感义找牛盖　黑面熊含冤见刑廷

话说杨猛被牛盖搽出来，自己脸上觉着挂不住，伸手拉刀，要跟牛盖一死相拼。陈孝赶紧拦住说：“贤弟不可，一则看他也是个浑人，再则你我弟兄不便跟他一般见识。大人不见小人过，宰相肚里有海涵，何必如此？你我走罢。”陈孝把杨猛劝着走了。牛盖赌气也不练了，自己拿着五百多钱往前走。肚子饿了，见有一个火烧摊子，牛盖说：“给我数罢。”卖火烧的就给一五一十数了五十个。牛盖用箭袖袍兜着，给卖火烧的搽下二百多钱，转身就走。卖火烧的说：“大爷，这钱不够。”牛盖说：“就是那些钱，你爱要不要。”说着话，就跑。卖火烧的有心追罢，又没人看摊子，牛盖拿着火烧走远了。正往前走，见羊肉铺煮羊肉正出锅。牛盖过去说：“这块给我，那块给我。”羊肉铺掌柜的就给他拿。牛盖拿了五块肉，把三百钱搽下就走，羊肉铺的说不够，牛盖撒腿就跑，掌柜的追也追不上。牛盖拿着火烧、羊肉来在一条胡同，见一家门首上有马石，牛盖就把火烧往石头上一放，打算要坐在这里吃。偏巧火烧掉在地下，有一只狗看见，咬起火烧就跑。牛盖说：“好狗，我还没吃，你先抢我的吃，我打死你球囊的。”拿着棍就追，他也不管这些火烧、羊肉在石头搁着丢了。

他一追狗，狗跑来跑去，钻进一家狗洞里去。牛盖一瞧，说：“好狗，我把狗主找出来，叫他赔我。”站在门口就嚷：“狗主出来！”嚷了两声，里面没人答应，牛盖拿棍就打门，打的门“喀嚓喀嚓”声音大了。书中交代：这个门里正是打虎英雄窦永衡在这住着。杨猛、陈孝刚才来，正跟窦永衡提说方才帮场之故，遇见一个不通情理卖艺的真正可恼。正说着话，听外面街门“喀嚓喀嚓”直响，外面喊嚷：“狗主快出来！”杨猛说：“谁砸门？咱们瞧瞧去。”三人一同出来，开了门一看，是方才那卖艺的人。陈孝一想：“这倒不错，倒追上门来了。”陈孝一使眼，窦永衡绕到牛盖身后，一揪牛盖发髻，杨猛就揪牛盖手腕子，陈孝底下一腿，就把牛盖踢倒，三个人拿一个，把牛盖给捆上。牛盖这嚷：“好狗主不讲礼，我那边还有火烧、羊肉呢。”窦永衡说：“什么狗主？乱七八糟的。且先把他搁在院里，少时咱们喝完酒再盘问他。”三个人把门关好了，把棍也倒立墙下，三人来到屋中摆上酒菜，喝酒谈心。

刚喝了两杯酒，就听外面打门说：“开门来！”杨猛一听是济公的声音，说：“师父来了。”窦永衡就问：“谁？”陈孝说：“这可不是外人，是我二人的师父。咱们出去瞧瞧去。”三个人一同来到外面，开门一看，果然是济公同着铁面天王郑雄。今日济公和郑雄早晨起来，吃完了早饭，和尚说：“郑雄，我带你去找昨天帮忙的那青脸大汉去。”郑雄说：“好。”同着济公来到这条胡同。和尚一叫门，杨猛、陈孝同着窦永衡出来。杨猛、陈孝先给济公行了礼，跟郑雄也认识，彼此问好。陈孝说：“窦贤弟过来，我给你见见，这是我师父，灵隐寺济公长老。”窦永衡见和尚褴褛不堪，心中有些瞧不起，关着杨猛、陈孝的面子不能不行礼，给和尚作了一个半截揖。牛盖在里面瞧见郑雄，牛盖就嚷：“黑掌柜的，你快救我罢！狗主不讲礼，把我捆上了。”郑雄说：“谁是黑掌柜的？”接着就问：“你们为什么把他捆上？”杨猛说：“因为他无故特来砸门。”郑雄说：“你们几位冲着我，把他放了行不行？”陈孝说：“我们跟他也不认识，也无冤无仇，既是郑爷讲情，把他放了罢。”立刻把牛盖放开。和尚说：“郑雄，你把他带了走罢。”郑雄说：“师父不回我家去了？”和尚说：“不去了。”郑雄这才告辞，带着牛盖竟自去了。

杨猛就问：“师父上哪去？”和尚说：“我回庙。”陈孝说：“师父到里面坐坐，喝杯酒再走。”和尚说：“又不是你家，我不便进去。”陈孝说：“这也如同我家一样，师父里面歇息无妨。”和尚说：“进去就进去。”说着话往里就走。窦永衡心里就有点不愿意，心里说：“杨大哥，陈大哥，做什么往我家让和尚？我又有家眷。”当面又不能说，同着和尚来到里面。陈孝说：“师父喝杯酒罢，现成的。”和尚也并不谦让，坐下就喝。这三个人也坐下了。和尚喝了三杯酒，叹了一声。陈孝就问：“师父怎么了？”和尚说：“我和尚跟着好朋友一同坐着喝酒也罢了，跟着王八羔子喝酒，一同坐着，我真不愿意。”陈孝说：“什么叫王八羔子？”和尚说：“要当王八还没当，就叫王八羔子。”陈孝说：“我是王八羔子？”和尚说：“不是。”杨猛说：“我是忘八？”和尚说：“不是。”总共三个人，这两个人都不是，窦永衡一听就恼了，说：“你这和尚，真是满嘴胡说！我要不看陈杨二位兄长的面上，我真把你打出去。”杨猛、陈孝赶紧就劝说：“窦贤弟，你不知道，济公是诙谐的。”和尚又说：“看君颜色不正，有点印堂发青。横祸飞灾难辨明，大略难逃数定。妻被他人抢去，家财一旦成空。永衡须得早逃生，难免临期事应。”说得窦永衡气得直哆嗦，颜色更变。和尚说：“你要到了大急大难之时，连叫济颠和尚三声，必有救应。我和尚走了。”说着话济公站起来就走。杨猛、陈孝见济公走后，窦永衡气得了不得，这二人也觉着无味，当时也告辞。

杨猛、陈孝走了，窦永衡心乱神烦，躺在炕上就睡了，一连三天没出门。周氏娘子是个贤德人，怕丈夫烦出病来，说：“官人别净发烦，净发烦，又该怎么样？再说找事也不是忙的。倘若忧虑出病来，更糟了。你带上几两余银子，出去开开心，散散闷好不好？”窦永衡听妻子一劝解，自己一想，也是烦不出事来。自己把衣服换上，带上了几两散碎银子，由家中出来，打算去约杨猛、陈孝到酒铺喝酒去。刚一出家门口，往前走了不远，见由对面来了两位班头，带着有十几个班头伙计，都是头戴青布缨翎帽，青布靠衫，腰系皮挺带，足下薄底快靴，窄脑鹦腰的，各拿单刀铁尺，像办案的样子。一见窦永衡，官人说：“借光你哪！这是青竹巷四条胡同么？”窦永衡说：“是呀。”官人说：“有一位打虎英雄黑面熊窦永衡，在哪个门住？”窦永衡说：“你们找窦永衡做什么？”官人说：“我们跟你打听打听。”窦永衡说：“在下就姓窦，叫窦永衡。”官人说：“呵，尊驾就是窦永衡，尊驾就在周老头院子住么？”窦永衡说：“是呀，找我做什么？”官人说：“你有一个朋友在京营殿帅府衙门打了官司，叫我们来给你送信，你跟我们到衙门瞧瞧去罢。”窦永衡说：“什么人打了官司？”官人说：“你到那瞧瞧就知道了。”窦永衡一想：“自己朋友是多的，就瞧瞧去罢。”自己跟着就走。

本来窦永衡也没做犯法的事，心里并不多疑。俗言有这两句话说的不错，“心里不做亏心事，不怕三更鬼叫门”，“心里没病，不怕冷言侵”。跟着刚来到京营殿帅府门里，官人一使眼色，大众过来就把窦永衡围上，抖铁链把窦永衡锁上。窦永衡一愣，说：“你们为什么锁我？”官人说：“你做的事，你还不知道么？”窦永衡一想：“我并未做过犯法事，这真是闭门家中坐，祸从天上来。”自己又不能拒捕，只得等着过堂再说罢。官人进去一回禀，少时就听里面响鼓响梆子打点。响了三遍梆点，立刻京营殿帅二品刑廷大人升堂，有四十名站堂军刽子手，抱刀刀斧手，也都在大堂伺候。壮皂快三班，威武二字喝喊堂威，吩咐带差事。有人拉着窦永衡上坐，官人喊嚷：“白沙岗断路劫银，杀死解粮饷官，抢去饷银，贼首黑面熊窦永衡是你吗？”窦永衡一听这案，吓的惊魂千里。不知这场横祸飞灾从何而来，且看下回分解。

第一六八回

见美丽恶人定奸计　陆炳文献媚害良民

话说窦永衡一上堂，吓得战战兢兢。抬头一看，见上面坐的这位大人，头戴二品乌纱帽，身穿大红蟒袍，玉带官靴，白生生脸面，三绺黑胡须。这刑廷大人姓陆，叫陆炳文。宋朝年间，京营殿帅刑廷大人，就类似清朝的九门提督一般，统辖文武，管辖陆步两营地面，查拿盗贼赌博流娼。刑廷大人见把窦永衡一带上来，窦永衡在下面一跪，口称："大人在上，小人窦永衡给大人磕头！"陆大人在上面把惊堂木一拍，说："窦永衡，你在白沙岗断路劫银，杀死解饷职官，抢去饷银，还不从实招来？免得本院三推六问，你的皮肉受苦。"窦永衡向上磕头说："小人窦永衡，原本是常州府北门外窦家岗的人。先前以打猎为生，后来想要在镖行找碗饭吃。我夫妇二人来到这临安城谋事，寄居在青竹巷胡同，小人从来并未做过犯法之事。今天我出来要去看望朋友，不知所因何故，被官人把我拿来？求大人明镜高悬，格外开恩，小人实在冤枉冤屈。白沙岗什么劫饷杀人，我一概不得而知。"刑廷说："你这厮，大概跟你好好说，你不肯认。抄手问事，你万不肯应，来，看夹棍伺候！"窦永衡说："大人明鉴，大人要用严刑苦拷小的，说小人是明火执仗，何为凭据？小人实在冤枉，求大人明鉴！但愿大人公侯万代，禄位高升。”刑廷大人说：“你说本部院断你冤枉了是不是？本院自为官以来，上不亏君，下不亏民，岂肯亏负于你？要没有凭据，我也不能勒令于你。我怎么不拿别人呢？我把凭据给你找出来看，你认不认？”大人立刻标监牌，吩咐提差事。窦永衡一听有凭对证，自己大吃一惊，心里说：“了不得了，真有凭据。俗言说的不错：‘贼咬一口，入骨三分。’”自己一想：“我没结交匪类呀，我又没有仇人，什么人攀我呢？”

正在心中思想，工夫不大，就听“哗愣哗愣”铁链响，窦永衡一看，带上两个罪人来，都是穿着罪衣罪裙，大项锁手铐脚镣。头里走的那个，身高九尺，大脑袋，项短脖粗，面如蓝靛，发如朱砂，凶眉恶眼，连鬓络腮胡须。后头跟着那个，也是身躯高大，黑脸膛两道剑眉，一双环眼，长得一脸的横肉。窦永衡一瞧这两个犯人，并不认识。见这两个人往堂下一跪，刑廷说：“你两个人可认识他？”那个蓝脸的说：“窦大哥，这个官司你打了罢。想当初你我弟兄一处做的案，一处吃，一处穿，各分银钱。现在我两个人犯了案，你连瞧瞧我们都不瞧。我二人实受刑不过了，但能挺得过去，也不能把你拉出来，这也无法。当初你我怎么好来，你我活着在一处做人，死了在一处做鬼，吃过乐过，总不算冤。”刑廷大人说：“你这还不招么？”窦永衡说：“回禀大人，小的并不认识他两个人。”大人说：“王龙，王虎，你二人说实话，到底认识不认识窦永衡？”王龙说：“回大人，我二人跟窦永衡是结拜的弟兄，在白沙岗断路劫银，杀死解饷职官，是窦永衡率领，我二人听从。”陆大人说：“窦永衡你可曾听见吗？”窦永衡说：“小人实不认识这两个人，他所说的话，俱是捏词，实没有这么回事。求大人开恩！”陆大人说：“本院自为官以来，上不亏君，下不亏民，岂肯亏负于你？我自有道理。他二人既说跟你是结拜的兄弟，大概你有多大年岁，多怎生日，家乡住处，家里有什么人，他必知道。窦永衡你拿笔先细细把年岁、家乡住处都写出来，本院再问他二个人。他要说不对，必定是攀拉你，我要重重办他二人，本部院把你当堂开放。他二人要说的跟你写的一样无二，那时本院可要照例办你。”

窦永衡一想：“这么办甚好。大概他二人仇攀我，必不知道我的年岁生日。我写出来，他一说不对，大人就把我当堂放了。”想罢说：“大人的恩典，小人我会写，求大爷赏给我纸笔，我写就是了。”刑廷说：“好，你会写字，你先写字罢。”大人说：“王龙、王虎，你可曾知道窦永衡的年岁生日？”王龙说：“知道。”大人说：“先叫窦永衡写完了，你二人再说。”有当差人把笔墨纸砚拿过来，刑廷大人说：“窦永衡你背着他二人写，别叫他们瞧见。”窦永衡道：“是。”立刻拿笔一写：“窦永衡二十八岁，三月十五日子时生，原籍系常州府北门外窦家岗的人。先以打猎为生。娶妻周氏，今年二十四岁。现在来京谋事，住在青竹巷四条胡同周老头家。同院是北房三间，东房两间。”写完了，交与当差人递给刑廷大人。大人看罢，这才问王龙、王虎。王龙、王虎说：“大人要问窦永衡，他原本是常州府北门外窦家岗的人氏，先以打猎为生，现在不打猎了，来在临安城，住在青竹巷四条胡同的路北。他今年二十八岁，三月十五日子时生人。我们那位盟嫂，娘家周氏，今年二十四岁，二月初九日卯时生。他住的是周老头、周老婆的房子，同院北房三间，东房二间。北房三间是一明两暗，东里间是他的卧房，西里间来人让客做客室堂屋。一进门有条案八仙桌，两边有椅子。里间屋里炕上有两只箱子，地下有一张连二抽屉桌，有一个钱柜，东房做厨房。”

窦永衡一听，一概说的全对，我妻子的生日时辰都对，屋里摆设也不差。窦永衡一想：“这可怪，这两个人并未到我家去过，怎么他们会全知道呢？”自己一想：“这场官司了不得了。”刑廷陆大人一听，就问窦永衡：“王龙、王虎说的对不对？”窦永衡说：“对可是对，小人实在冤枉，求大人公断！”刑廷大人立刻把惊堂木一拍，说：“窦永衡你还敢狡赖？大概抄手问事，万不肯应，你这厮必是个惯贼呀！来，看夹棍，给我把他夹起来再问。”官人一声答应，三根棒为五刑之祖，往大堂上一捺，真是人心似铁非是铁，官法如炉果是炉。窦永衡吓的战战兢兢，说：“大人，你要看那头上的青天。”陆炳文勃然大怒，说：“窦永衡，你还敢说叫我看头上的青天？本部院断你屈了？夹起来！”官人立刻把窦永衡套上了夹棍。

窦永衡此时，忽然想起济公的那几句话来：“怪不得说我印堂发青，颜色不正，有横祸飞灾，敢情我有这样的大祸。果然济公长老他老人家是活佛，有先见之明。事到如今，我窦永衡才知道，我要听济公的话，早逃生离开了临安城，还许把这场凶祸躲开了。”掌刑的把夹棍给窦永衡套上两只脚，回头一看陆大人，陆大人一伸手，官人一看用八成刑，两个人一背绳，一个人一拉，窦永衡就觉夹的疼入骨髓。自己想起了济公说的，有大急大难之时，连叫济颠和尚三声，必有救应。窦永衡此时疼的如刀剜肺腑、箭刺心肝一般，便口中祝告说：“弟子窦永衡，前者不知济公是活佛，现在弟子大难临了身。济公长老，你老人家真有灵有圣，来搭救弟子，弟子此时实受不了了。”窦永衡嘴里咕咕哝哝，连祝告了三遍。众官人也不知他嘴里说什么。话言未了，就在大堂上起了一阵怪风，真是：扬把狂风，倒树绝林；海浪如初纵，江波万叠侵。江声昏惨惨，枯树暗岑岑；万壑怒嚎天咽气，走石飞沙乱伤人。这一阵风刮的毛骨竦然，大堂上出手不见掌，对面不见人。只听“喀嚓”一声响，这阵风过去，陆炳文再睁眼一看，大堂以下有一种岔事惊人。不知后事如何，且看下回分解。

第一六九回

王胜仙见色起淫心　陆虞候嘱盗施奸计

话说陆炳文把窦永衡用夹棍夹起来，忽然大堂上起了一阵怪风。本来是窦永衡这场官司是被屈冤枉。书中交代，窦永衡这场官司，皆因他妻子长得美貌，惹出来的。临安城有四个恶霸，头一个就是秦丞相的兄弟，花花太岁王胜仙，第二个就是风月公子马明，第三个是追命鬼二公子秦桓，第四个是罗公子，外号静街爷。这天周氏正在门口买绒线，可巧花花太岁王胜仙骑着马，带着许多恶奴，由青竹巷四条胡同路过。本来周氏长得美貌，天姿国色，虽不是浓装艳抹，穿着淡装素衣，更透着一番姣态，真称得起眉舒柳叶，唇绽樱桃，杏眼含情，香腮带俏，梨花面，杏蕊腮，赛似瑶池仙子，月殿嫦娥。王胜仙一见，心神飘荡，问手下众家人："这个妇人是谁家的？"家人王怀忠说："大爷先回去，我打听打听。"王胜仙到了家，工夫不大，王怀忠回来了。王胜仙说："你打听明白没有？"王怀忠说："小人打听明白了，大爷你死了心罢。"王胜仙说："怎么？"王怀忠说："我打听这个妇人，是打虎英雄黑面熊窦永衡之妻。这个窦永衡两膀有千斤之力，那如何能抢得了？"王胜仙一听，说："哎呀！我瞧见这个妇人实在长得好，我这些如君侍妾，长得都是平平无奇，要比上这个妇人差多了。我真一瞧见她，把魂就都没有了。你们谁想法子给我把美人弄到手，我给五百银子。”众家人俱皆摇头说：“我们实在没法。”王胜仙自己就如同入了迷，茶思饭想，真仿佛丢了魂一般。

过了有两三天，这天有家人进来禀报：“有京营殿帅陆炳文前来拜见。”王胜仙一听门生来了，赶紧吩咐有请。书中交代，王胜仙他乃是大理寺正卿，为什么陆炳文拜他做老师呢？只因是秦丞相的兄弟，陆炳文所为有事求秦相，借他的鼎力，故此拜他为老师。今天王胜仙把陆炳文让进书房，陆炳文给老师行过礼。王胜仙说：“贤契，今天怎么这样闲在？”陆炳文说：“特意前来给老师来请安。”王胜仙说：“这两天我中了病了。”陆炳文说：“老师欠安了，什么病症？”王胜仙说：“我难以对贤契说。”陆炳文说：“老师有什么不可说的？何妨说说。”王胜仙说：“实不瞒你，我那天骑马出去拜客，走在青竹巷四条胡同，看见一个美貌的妇人，乃是打虎英雄黑面熊窦永衡之妻。我回来茶思饭想，得了相思病了，没有主意。贤契你要能把这个人弄得来，我必要保举你越级高升。”陆炳文说：“既是老师台爱，门生必当设法给办，老师候信罢。”

陆炳文说完了话，自己回到家中，要打算给王胜仙办这件事，就是想不起主意来。他家人陆忠说：“老爷要办这件事，我小人有倒有个主意。”陆炳文说：“陆忠，你要把这件事办好了，我赏你二百银子。”陆忠说：“既赏我二百银子，我就给办。这个窦永衡，我知道，我可没见过；他妻子我倒见过一面，实是美貌。他住的是周老头周老婆院中，周老头是我的义父。那一天我去义父义母家去，窦永衡的妻子给窦永衡算了一命，她自己也算了一命，我还记得他们的生日。窦永衡是二十八岁，三月十五日子时生，他妻子是二十四岁，二月初九日卯时生。我义母太太也算了一命，我也算了一命，所以我知道窦永衡的根底。老爷要把查狱的差事派我，买通大盗，把窦永衡咬上。老爷把窦永衡拿来，一入狱就好办了。”陆炳文说：“好，我就派你管狱，你给办罢。”

陆忠得了这个管狱的差事，早晚一查狱，见有两个大盗，陆忠就问：“你两个人姓什么？”这两个人说：“我们亲哥俩，叫王龙、王虎。”陆忠说：“你们两个人什么案？”王龙、王虎说：“在白沙岗抢劫饷银，杀死解饷职官。”陆忠说：“你们两个人这案活不了。”王龙说：“可不是。”陆忠说：“你们家里还有什么人？”王龙说：“有老娘，我两个人都有妻子。”陆忠说：“你两人年轻轻的，为什么做这个事？你两人要一死，家里你老娘妻子怎么好？谁能管吃管穿呀？”王龙说：“这也是无法，谁叫我当初做错了事呢？”陆忠说：“我倒瞧着你们很可怜的，有心救你们救不了，皇上家的王法，不能改例。你两个人愿意活不愿意？”王龙说：“谁为什么不愿意活？谁能愿意死呢？你要能想法救了我们，我二人决不忘了你的好处。”陆忠说：“我要救你们也容易，你两个人得拉出一个为首的来，你两个人就能保住性命。”王龙说：“就是我两个做的，有谁可拉？”陆忠说：“我有个仇人在青竹巷四条胡同住，叫黑面熊窦永衡。你两个人过堂，把他拉出来，说他为首，我管保叫你两个人不死。”王龙说：“就是罢。”商量好，晚上一过堂，王龙就说：“回大人，在白沙岗路劫，杀死解粮饷官，抢饷银，是黑面熊窦永衡为首，他率领。”陆炳文心里明白，说：“你说的话当真？”王龙说：“小人不敢说谎，他现在青竹巷四条胡同住家，大人把他传来对证。”陆炳文这才派原办马雄，急拘锁拿窦永衡。今天堂上一讯问，王龙、王虎所说的话，都是陆忠早把供串好了，故此王龙、王虎的话，知道永衡的根根切切。

陆炳文用夹棍把窦永衡夹起来，忽然在堂上刮了一阵怪风，风过去再看夹棍，折了三截了。陆炳文糊里糊涂，叫王龙替窦永衡画供，吩咐将窦永衡钉镣入狱。王龙、王虎来到狱里，托牢头要把窦永衡置死，我二人的官司就好打了，只要我二人活了，我二人将来必有重谢。牢头说：“是了，你不用管了。”官人把窦永衡送到狱里来。牢头一见窦永衡，就把窦永衡带到一间屋子里。窦永衡一看，这屋里有一张八仙桌，桌上摆着四盘菜，有酒壶、酒杯。牢头说：“窦贤弟，你喝酒罢，你许不认识我了。”窦永衡说：“我可实在眼浊，尊驾贵姓？”牢头说：“我也是常州府的人，咱们老街坊，我姓刘叫刘得林。我因为争行贴，用刀砍死人，我就奔逃在外。现在我在这狱里当了牢头，我知道你是被屈含冤，我可救不了你。你只管放心，绝不能叫你受了罪。”窦永衡这才想起来，说：“原来是刘兄长。”二人坐下吃酒谈心，窦永衡说：“幸亏遇见故旧，狱里还不算受罪。”

陆炳文把窦永衡入了狱，这才问：“陆忠，怎么想法子，把他妻子诓出来，给王大人送了去？”陆忠说：“我有主意。”立时叫过一个家人来，陆忠说：“你外头雇一乘小轿来，附耳如此这般这般。”这个家人姓白，叫白尽忠，点头答应。雇了一乘小轿，来到青竹巷四条胡同窦永衡家的门首，一打门，正赶上周老头也没在家，周老太太出来，把门开开问了找谁，白尽忠说：“我是杨猛、陈孝二位大老爷那里打发我来的。现在窦大爷打了官司，杨爷、陈爷有心先去打听，给窦大爷去料理官司，又怕窦大爷家里窦大奶奶没人照管。有心来照看家里，又没人给窦大爷去衙门托人情。杨爷叫我带轿子来接窦大奶奶到陈爷、杨爷家去商量。”周老婆一听，吓的往里就跑，就说：“窦大奶奶，可了不得了！窦大爷也不知为什么，他打了官司了。后街杨爷、陈爷，打发家人搭了轿子来接你，你是去不去？”周氏娘子一听丈夫打了官司，恨不能打听打听是为什么，俗言说的不错：“至亲者莫过父子，至近者莫过夫妻。”听说丈夫打了官司，焉有不作急之理？周氏一听，是杨猛、陈孝打发人来接，焉能不去？赶紧穿上蓝布褂，青布裙，把门关锁上了，说：“周大娘，给照应点罢。”周老婆说：“窦大奶奶去罢，打听打听也好。回头等我老头子回家，我叫他去给打听明白，到杨爷家去给你送信。”周氏来到外面，还给白尽忠万福万福说：“劳你驾了。”白尽忠说：“大奶奶上轿罢。”周氏就上到轿子。焉想到白尽忠头前带路，轿子搭着，一直够奔泰和坊，搭到花花太岁王胜仙家里来。

这个时节，陆炳文早坐着轿来见王胜仙，正在书房谈话，陆炳文说：“老师大喜！现在门生买盗攀贼，已将窦永衡入了狱了，少时就给老师把美人送到。”王胜仙说：“贤契多费神，我必有一番人情。”正说着话，有家人禀报美人抬到。王胜仙忙来到院中，见轿子落平，撤轿杆，去扶手，一掀轿帘，把周氏吓的七魂皆冒。不知后事如何，且看下回分解。

第一七〇回

中奸计误入合欢楼　闻凶信寻师灵隐寺

话说陆炳文遣人把周氏诓到王胜仙家中，一打轿帘，周氏就愣了，连忙问道：“呦，这是哪里？”旁边过来两个仆妇说：“大奶奶你要问，我告诉你，你丈夫已然打了官司，入了狱了。现在我家太岁爷姓王，是当朝秦丞相的兄弟，现任大理寺正堂。久慕大奶奶芳容美貌，特把大奶奶接来，跟我家太爷成其百年之好。你这一辈子，享不尽的荣华，受不尽的富贵，比你跟着窦永衡胜强百倍了。”周氏一听这句话，如站在万丈楼上失脚，扬子江断缆崩舟。周氏虽然不是书香门第，也是根本人家，自己颇知礼义，立刻气的浑身发抖，说：“好恶霸，你既做皇上家的职官，理应该修福行善；无故谋算良家妇女，做出这样伤天害理事！我丈夫既被你陷了，我这条命不要了。”自己说着话，伸手就抓自己的脸，欲要撞死。王胜仙一看，本来周氏长得芳容貌美，绝世无双，赶紧叫婆子把她拦住，揪到合欢楼劝解劝解她。婆子把周氏手拉住，就把二臂捆上。周氏本来懦弱的身体，焉能拉拉扯扯？婆子把周氏架到花园子合欢楼上去，有四五个伶口俐齿的婆子，劝解周氏娘子。周氏破口大骂，骂累了，就不言语了。众婆子一个个你一言我一语劝说。周氏娘子气得颜色更变，说：“谁家没有少妇长女？你这婆子岁数不小了，总要说点德行话。你总盼着别当奴才，给人家支使着，你们要瞧着恶霸家里好，你们谁家里有少妇长女，就送给恶霸成亲好享福。”众婆子一听，说：“大娘子，你别绕弯骂我们，太爷叫我们来劝你，我们也是为好。你要不依从，真把太岁爷招恼了，就是一顿马鞭子，那时你也应得。再不然把你打死了，就在花园子一埋，你也是白死，谁来给你报这个仇？”周氏说：“我情愿死，你们还有什么说了？”

书中交代，周老婆见窦永衡的妻子走后，把门关好，少时周老头由茶铺子喝茶回来了。周老婆说：“你回来了，咱们街坊窦大爷打了官司了。方才东街陈爷、杨爷打发人用轿子把窦大奶奶接了去，也不知窦大爷因为什么事打官司？”周老头一听就一愣，说：“陈爷、杨爷亲自来接的？”周老婆说：“不是，打发一个家人来接的。”周老头一听，说：“既不是陈爷、杨爷亲自来接，你就不应当叫她去。临安城有四恶霸，常常的设圈套，诓骗良家妇女。倘若窦大奶奶有点差错，又年轻轻的，咱们这场官司打的了吗？你这般大岁数，就不知道慎重慎重。”周老婆说：“我哪想到这些事情？你到陈爷、杨爷家去打听打听罢。”周老头连忙来到杨猛、陈孝门首一打门。这哥俩在一个门里住，杨猛在前头住，陈孝在后院住。杨猛、陈孝正在一处谈话，忽听外面打门，二人开门一看是周老丈，陈孝说：“周老丈，为何这样闲在？”周老头说：“我来打听打听，现在窦永衡为什么打官司？”杨猛、陈孝说：“不知道。”周老头说：“二位不知道？哎呀！可了不得了！”周老头“哎呀”了一声，翻身就地栽倒，倒把杨猛、陈孝吓了一跳，赶紧把周老丈扶起来。杨猛、陈孝说：“老丈，有什么话慢慢说，为何这样的着急呢？”老丈醒来，缓了半天，周老头才把这口气缓了过来。陈孝说：“老丈不必着急，慢慢说。”周老头说：“方才我回家，听我老婆子说，我上茶铺子喝茶，我没在家里，有人去带着轿子，说你们二位说的打发去的，说窦大爷打了官司接窦大奶奶，把窦大奶奶接了走。

我回去我就说我老婆子，不是你们二位亲自去接，就该拦住窦大奶奶别去。我就想到怕的有差错，果然你们二位不知道，这事怎么办？也不知道把窦大奶奶搭到哪去了？”杨猛、陈孝一听也愣了，说：“周老丈不必着急，先请回去。我二人打听打听罢。”周老头无奈，告辞走了。陈孝说：“杨贤弟，你我去打听打听，窦永衡在哪衙门打官司，因为什么？这件事你我焉能袖手旁观呢？窦永衡来投奔咱们弟兄，他要有了差错，你我也对不起铁头太岁周堃。要不然，你我先去找济公，求他老人家给占算占算。”杨猛说：“也好。”二人这才赶紧换上衣服，由家中出来，要打算到灵隐寺去找济公。

二人正往前走，见对面来了一个人，头戴缨翎帽，青布靠衫，腰系皮挺带，青皮快靴，面皮微黄，粗眉大眼，燕尾髭须。杨猛、陈孝一看，认识是京营殿帅府的大班头，此人姓白名平。杨猛、陈孝一看，说：“白头哪去？”白平抬头一看，说：“原来是杨爷、陈爷，我正想找你们呢。我今天心里是憋，咱们三人去喝酒去罢。”杨猛、陈孝一想也好，正要打算打听打听窦永衡在哪衙门打官司，可以打听打听白头。三个人一同来到酒楼之上。跑堂的一看，都是熟人，说：“杨爷，陈爷，白头，今天怎么聚会一处了？三位要什么酒？”白平说：“你给我们来一百壶酒，随便给我们配几个菜。”陈孝说：“白头干什么，要这么些酒？随着喝，随着要好不好？”白头说：“我告诉你二位说罢，我简直不愿意混了。今天咱们痛饮一醉，我把我这一肚子的牢骚，跟你们哥俩说说。”陈孝说：“什么可烦的事呢？”白头说：“唉！别提了！咱们哥们在六扇门当份差事，大概有个名儿姓儿，你们二位有个耳闻，勿论什么样难办的案，我出去伸手就办着。”杨猛、陈孝说：“那是不错，我们是知道的。”白平说：“现在我眼皮底下的像样的案，我会没办着，反叫我手下的伙计马雄给办了。当初马雄在我手下当小伙计，现在会把我给压下去。”杨猛、陈孝说：“什么案叫他办了？”白平说：“就是白沙岗断路劫银，杀死解饷职官，抢劫饷杠那案。贼首窦永衡就在青竹巷四条胡同住，我会不知道，叫马雄把这案给办了。人家露了脸了，刑廷大人赏他一百银子。我冲着他这六扇门，是不吃了。”杨猛、陈孝一听窦永衡打这样官司，心里一哆嗦，说：“怎么知道是窦永衡做的呢？”白头说：“有王龙、王虎把他供出来的。”杨猛、陈孝说：“这就是了，白大哥这也不必想不开，后浪催前浪，一辈新人换旧人。兄长早年把脸也露够了，也该叫人家出头了。”白头说着话，一扬脖子一壶酒，少时喝的酩酊大醉。杨猛、陈孝叫伙计：“把白头搀到雅座去躺躺，我们哥俩去去就来，伙计多照应罢！”伙计说：“是了。”

杨猛、陈孝惦着去找济公，二人这才下楼。陈孝说：“杨贤弟，你听见了，窦永衡打这样官司。要据我想，窦贤弟决不能做伤天害理之事，这必是买盗攀贼，将他拉上。还不知窦大奶奶被谁诓了去？”杨猛说：“不要紧，我有主意。”陈孝说：“你有什么主意？”杨猛说：“你我回家，拿上刀，到京营殿帅府见一个杀一个，见两个杀一双，劫牢反狱，把窦贤弟救出来，再找窦弟妇。找着，你我一同找个老山岳，老岳上当了大王就得了。”陈孝说：“你满嘴胡说，临安城净护城军就有几十个，凭你我两个人就要造反？三步一个官厅，五步一个栅栏，一传信，护城军一齐队，连你我二人都白白饶上。再说你我都有家眷，焉能跑得了？”杨猛想：“连家眷一齐跑呀！”陈孝说：“你别嚷，嚷了这要给官人听见，当时先把你办了。”二人说着话，幸亏街上没人听见，往前走了不远，见由对面来了一个人，走路一溜歪斜，说着话，舌头都短了，是喝醉了的样子。杨猛、陈孝抬头一看认识。这人说：“杨爷、陈爷二位贤弟别走，你我一同喝酒去。”陈孝点头答应。要打听窦大奶奶的下落，就在此人身上。不知来者是谁，且看下回分解。

第一七一回

遇故友巧得真消息　见义弟述说被害事

话说杨猛、陈孝刚出了酒楼，往前走了不远，又碰见一个醉汉。书中交代，来者这个人，此人姓黄名忠，是长随路跟官的。当年跟过两任外任知府，手里有两个钱，也没剩下。此人心地最直，最好交友，把银钱都交了朋友了。现在跟着旧主人来京引见，把他荐到花花太岁王胜仙手下当管家。他在这临安城又交了一般朋友，上至绅董富户、买卖商贾，下至街上乞丐，他都认识，跟杨猛、陈孝也有来往。今天碰见杨猛、陈孝，黄忠说："二位跟我喝酒去罢，我方才一个人喝了半天无味，我心里不用提有多烦了。咱们哥们素常最对劲，今天总得喝喝。"杨猛、陈孝虽然心中有事，又不好驳复，反同着黄忠仍回到这座酒楼。伙计一瞧，刚把白平挽到雅座去睡着了，这二位又同了一位醉鬼来。三个人坐下，伙计过来擦抹桌案。黄忠说："给我来三百壶酒。"伙计一听："这倒不错，方才白头要一百壶，这位要三百壶。"伙计连忙说："有有，你先慢慢喝着，酒倒现成，没有那么多酒壶，你随喝随灌。"杨猛、陈孝说："黄大哥干什么要三百壶酒？我二人方才喝了半天了。"黄忠说："今天咱们一处喝一回，明天你们二位就见不着我了。"杨猛、陈孝说："兄长此话从何而来？"黄忠说："阳世人间是没了我了，我决不能活了。”陈孝说：“兄长受了谁的欺负？是什么过不去的事？只管说，我二人可以管替兄长管管，素常咱们弟兄总算知己。”黄忠说：“你们哥俩不用管，也管不了，我心里愿。先前我在外任跟官，挣多挣少，倒是小事。现在我们旧主人，把我荐到大理寺正卿花花太岁王胜仙家里当差，我把肚子都气破了。我这脾气爱生闷气。这个王胜仙这小子，身为大员又是丞相的兄弟，不知自重，尽做些个伤天害理之事。今天无故他把人家安善良民窦永衡，给买盗攀赃入了狱，把窦永衡妻子给诓到他家里来。人家这位妇人，还是贞节烈妇，一下轿子，破口大骂。王胜仙叫老婆子把人家捆上，搁在合欢楼，派婆子劝解，硬要叫人家依从，跟他成亲。我看见这事情，我真瞧不下去。我也想开了，我又没儿没女，人生一世，百岁也要有个死。我今天晚上买一把刀，到合欢楼把王胜仙这小子杀了，给大众除害，我自己一抹脖子就算完了。我上无父母，下无妻子的挂碍，我落个名在人不在倒好。”

杨猛、陈孝的心中，得着周氏的下落，一看黄忠说话舌头都短了，喝的酩酊大醉，往地下一栽，人事不知。杨猛、陈孝叫伙计：“把这位暂为叫他在雅座躺躺睡一觉，醒醒酒，我二人去办点事，少时就来。”伙计说：“杨爷陈爷可别再同醉鬼来了，我们一共四个雅座，这二人已占了两间，再来两位，买卖就不用做了。”杨猛、陈孝说：“伙计多辛苦点罢，少时我们必多给酒钱。”说着话，杨猛、陈孝二人下了楼。陈孝说：“杨贤弟，敢情窦弟妇被花花太岁王胜仙诓去了。倘若窦弟妇周氏要被恶霸奸了，你我怎么对得起铁头太岁周堃？”杨猛说：“要依我，还是拿刀劫狱反牢，把窦永衡抢出来，咱们三个人一齐到花花太岁王胜仙家去，把狗娘养的一杀，把周氏抢出来，咱们三个人一同跑了，就完了。”陈孝说：“你别满街上胡说，惹出祸来，你就不说了。”

说着话，二人来到钱塘关。刚一出钱塘关，见对面来了一个人，身高九尺，膀阔三停，头上青壮士帽，身穿白缎色箭袖袍，腰系丝鸾带，单衬袄薄底靴子，闪披一件皂缎色英雄大氅，左手拿着一蒲包大八件，右手拿着一蒲包土物，再往脸上一看，面如锅铁，粗眉环眼，正在英雄少年。杨猛一看，非是别人，正是北路镖头周堃。凡事不巧不成书。周堃原本是由北路保着镖，由此路过，离临安城有二十多里路。周堃叫伙计押着镖先走，他就拿了一蒲包土产东西，又买了一蒲包点心，要到临安城瞧瞧姊姊姊丈，顺便探望杨猛、陈孝，焉想到走到钱塘关碰见了。周堃连忙上前行礼说："陈大哥，杨大哥，一向可好？前者我姐丈同我姐姐来京，拿着我的书信投奔二位兄长，多蒙二位兄台照应，我承情之至。现在我姐丈他们在哪里住着呢？请二位兄长先指示我，我去看看，少时我必要亲到二位兄长家去请安。"陈孝刚一愣，尚未答言，杨猛本是浑人，说："周贤弟，你来了好，我二人正在想劫牢反狱人少，你来，这倒有了帮手了。"陈孝赶紧过去推杨猛一掌，说："你是疯了？"周堃听这话一愣，连忙说："二位兄长，倒是怎么一段事？"杨猛说："我们两人正为你姐姐姐丈着难呢！你姊丈窦永衡被人家买盗攀赃入了狱，你姐姐被大理寺正卿秦丞相的兄弟，花花太岁王胜仙诓了去，搁在合欢楼，要逼着成亲呢，还不定怎么样了！"

周堃一听，"哇呀"一声喊嚷，一甩手把两个蒲包抛起去。这蒲包点心正掉在一家院里，这家里老夫妇两个过日子，老婆说要吃大八件，老头说："你瞧家里连柴米都没有，你还想吃大八件细饽饽？哪有钱给你买去？"正说着话，只听"叭哒"一声，由半空掉下一个蒲包来，捡进来打开一看，是大八件。老婆说："这是上天可怜我，天赐的点心。我这造化不小，大概还有几年福享。"老头说："这可真怪！"夫妻两个悦喜非常。那一蒲包土物，掉在另外一家院里：这家小两口过日子，男人没在家，这位大奶奶素常就不安分，常在门口倚门卖俏，勾引少年的男子。今天见捺进一个蒲包来，大奶奶一想："这必是隔壁二兄弟给我捺进来的，我说昨天他跟我眉来眼去呢，这准是他。”这位大奶奶胡思乱想起来。这是闲话休题。

单说铁头太岁周堃，听说姐丈遭了官司，姐姐被人家诓了去，焉有不动怒之理？当时无名火往上一撞，如站在万丈高楼失脚，扬子江断缆崩舟一般，把蒲包一捺，撒腿就跑。进了钱塘关，要找花花太岁王胜仙的住家，见一个杀一个，见两个杀一双，刀刀斩尽，剑剑诛绝，把姐姐救回来，方出胸中的恶恨。自己往前走着，两眼发赤，周堃忽然一想，自己叫着自己的名字：“周堃周堃，你这不是糊涂了么？天上无云，不能下雨，手中无刀，焉能杀人？自己并未带着兵刃，先得买口刀再去。”想罢往前走，见眼前一座刀铺，周堃迈步前去，说：“掌柜的，有好刀没有？”掌柜的一瞧周堃两眼发赤，说：“你买刀做什么？”周堃说：“你卖刀做什么？”掌柜的说：“卖的是兵刃。”周堃说：“我买的是兵刃。你给我拿纯钢打造的，刀越快越好，能一刀一个，杀人不费事的。”掌柜的说：“没有。”周堃把眼一瞪，说：“你敢说没有？我自己找着出来，先拿你开刀。”掌柜的吓得连忙说：“有有有！大爷别着急，我给你找。”周堃说：“快给我拿来，只要刀好，不怕花钱。”掌柜的赶紧到里面拿出一口纯钢刀来。周堃一看说：“还有好的没有？”掌柜的说：“这就是顶好的了，这个刀能斩钉削铁，再没有比这个好的了。”周堃一看，果然不错，问：“掌柜的，要多少钱？”掌柜的说：“要四两银子。”周堃并不驳价，由兜囊掏出几块散碎银子，交与掌柜的自己平，爱平多少平多少，掌柜的把银子收下。周堃拿着刀出来，自己一想：“我也不知道花花太岁王胜仙恶霸在哪里住，我脸上带着气，打听人家，就许人家不告诉我。再说我拿着刀满街走，也不是样子。我自己先把刀暗带起来，定定神再问人。”自己找了个地方，微然定定神，天色已然黑了。周堃见有过路人，这才说：“借光，大理寺正卿花花太岁王胜仙在哪里住？”这人说：“由此一直往北，见路北有一座庙叫狼虎庙，由庙前一直往西，就是泰和坊，头一座大门是秦相府，往西走隔十几个门，由西数头一个大门，那处大的房子，那就是花花太岁王胜仙的住宅。”周堃打听明白，当时这才够奔泰和坊，要杀王胜仙的满门家眷。不知后事如何，且看下回分解。

第一七二回

合欢楼姐弟同受困　凤山街师徒定奇谋

话说铁头太岁周堃问明白道路，顺着大街往北，果然见有一座狼虎庙。这才往西，到了西头一瞧，果然路北的大门门口有一乘大轿，多少马匹从人，门堂里点着大门灯，外面站着许多的差官、抬轿的轿夫。原本是京营殿帅陆炳文今天没走，给王胜仙贺喜。师生在客厅摆酒，开怀畅饮，王胜仙打算今天痛饮一醉，晚间好洞房花烛，跟美人成亲。周堃由外面来到大门洞里，家人问：“找谁？”周堃说：“可是花花太岁王胜仙在这里住？”家人说：“你要反哪？这是王大人住宅。”周堃一听是王胜仙的家，拉出刀来，照家人就是一刀，人头滚落在地。家人一乱，周堃摆刀乱砍，往里就走，逢人就砍，遇人便杀，杀了有十数个人。周堃一想：“这宅院子大了，不知道姐姐在哪里？救姐姐要紧。”想罢揪住一个家人，周堃一举刀说：“我且问你，王胜仙骗来那个妇人周氏在哪里？你告诉我实话，我不杀你。”这家人吓得直哆嗦说：“大太爷饶命！我告诉你，出西边角门，穿过一层院子，往北是花园子，有五间合欢楼，在那楼上呢。”

周堃听明白，把这个家人也杀了，一直够奔西角门。穿过一层院子，果然来到了花园子。见正北有五间楼房，楼窗灯影朗朗，人影摇摇，周堃登楼梯上去一看，见姐姐周氏捆着二臂，有四个婆子还解劝呢。周堃一摆刀，“噗哧噗哧”把四个婆子杀了，说：“姐姐跟我走。”过去把周氏绳扣解开。这时就听楼下一阵大乱，齐喊嚷：“拿！别叫他跑了。”周氏一看说：“兄弟你快把刀给我，我一抹脖子，你快逃命罢。”周堃说：“姐姐不要寻死，我背着你走。”周氏说：“你看外面人都围上了，你快设法走罢！我反正不能落到恶霸手里，你要不逃命，连你也饶上了。”周堃说：“姐姐别死。”再一看楼下，人都满了，灯球火把，亮子油松，照耀如同白昼一般，各持刀枪棍棒。原来周堃一进来，在门口一杀人，就有人报与王胜仙。王胜仙赶紧传话，叫家丁人等，看家的护院的拿人，尽他家里就有百余个家丁，大众各抄家伙，追到合欢楼，把楼就围了。周堃见楼上有一根顶门的杠子，他抄起来站在楼门一堵，说：“哪个不怕死的上来！”众家人喊嚷，都不敢上楼。王胜仙同陆炳文也来到花园子，有众多人围随保护着。王胜仙传话：“谁要把杀人凶手拿下来，赏银二百两。”人为财死，鸟为食亡，听这句话，有胆子大的就往头上冲，刚一上楼梯，上到三四层，就被周堃用棍点下来。再有人上去，被周堃一棍，把脑袋打碎了。内中有两个护院的，是亲兄弟，二人商量说：“兄弟你上楼梯，我爬到栏杆，叫他首尾不能相顾。”周堃有主意，见一个爬栏杆奔楼窗，一个奔楼梯，周堃先把上楼梯的用棍打下去，这个刚爬到栏杆，周堃赶过去一棍，正打在天灵盖，给打下来了。一个个又都不敢上前了，周堃口中喊嚷：“哪个敢来太岁头上动土？”大众家丁一听，齐声喊嚷：“那个太岁爷利害呀！”正在这般景况，外面喊声大振，来了无数的官兵。原来陆炳文早传下令去，调本衙门两员官，五百兵，知会城守营各官厅，陆步两营齐来拿贼。大众一聚会来了，真有几千官兵衙役，各掌灯球火把，长枪大刀，短剑阔斧，就把合欢楼四面围了个滴水不通。众人乱嚷拿，可都不敢前进，这个说：“二哥你头里上呀！”那个说：“我当这份差，每月挣豆子大的一点银子，卖命不干。你要贪功，你上楼呀！你瞧这位太岁爷，拿着明晃晃的刀，又是木杠子，谁不怕死，谁就往前进。”大众虽围着不往前上，周堃也是着急，下不来，不能把姐姐救了走。

正在危急之际，只听外面一声喊嚷：“尔等让路，天王来也！”有一人身高九尺，蓝脸红胡子，手中一条铁棍，由官兵后面乱打，这些官人真是挨着的就死，碰着就亡，着了一下筋断骨头伤。官兵大众一乱，说：“天王利害呀！”众人往两旁一闪，这位天王打了一条血路，直奔合欢楼的楼梯而来。周堃一看此人脸上抹着蓝靛，挂着红胡子，周堃赶紧就问：“什么人？”这人说：“周贤弟，是我。”周堃听说话口音甚熟，又问：“哪位？”天王说：“且到里面再说。”

书中交代，来者这位天王，是怎么一段事情？原来周堃跟杨猛、陈孝分手之后，杨猛、陈孝无法，也不能拦周堃，二人一直够奔灵隐寺而来。来到庙门首，陈孝一道“辛苦”，门头僧问：“找谁？”杨猛、陈孝说：“济公可在庙里？”门头僧说：“你二位找济颠呀？”陈孝说：“是。”门头僧说：“别提了，这个济颠真可恨！一早起来，他就走出去一天，晚上非关山门他才回来。我们打算把他关到外头，老不行。往山下瞧二里多地远，瞧不见他，我想这关山门他可赶不上了。刚一关门，焉想到他伸进一条腿来，说：‘别关，还有我哩。’天天如此。也不知道怎么那么巧，哪时关门，哪时他回来。今天你们二位来的巧了，由早晨他就没出去，在大雄宝殿拿狮子呢。你们二位瞧瞧去罢！”杨猛、陈孝二人立刻进了庙，来到大雄宝殿一瞧，果然济公在大雄宝殿拿狮子呢。杨猛、陈孝二人赶紧行礼，和尚说：“你两人做什么来了？”杨猛、陈孝二人说：“师父，应了你老人家的话了。”和尚说：“应了我什么话了？”陈孝说：“现在窦永衡打了官司了，他媳妇被花花太岁王胜仙诓了去。求师父你老人家慈悲慈悲罢，设法救他才好！”和尚点了点头说：“我救他，你二人附耳如此如此。你二人先走，咱们不见不散，准约会。”杨猛、陈孝点头答应，竟自去了。

和尚穿上了僧袍，出了灵隐寺，一直往前走，进了钱塘关，走了不远，见对面来了一个人，身高九尺，面似乌金纸，环阔眉目，正是探囊取物赵斌。一见济公连忙上前行礼，说："师父，一向可好？"和尚说："赵斌呀，今天你不用卖果子了，我烦你点事。"赵斌说："师父有什么事，只管说。今天我正心里发烦，不爱做买卖呢。"和尚说："我这里有一封字柬，你拿着到凤山街，就是你头一天卖果子那家，他叫铁面天王郑雄。送去交到门房，他必有应酬你，你就在那里等我。"赵斌点头。济公写了一张柬字，交给赵斌，赵斌把果筐提起来，一直够奔凤山街。来到郑雄门首，一道"辛苦"，家人一看，说："这不是那位卖果子的么？你找谁呀？"赵斌道："我奉灵隐寺济公之命，来给郑爷送信。"家人说："你认识济公么？"赵斌说："济公是我师父。"家人一听说："呵！你贵姓呀？"赵斌说："我姓赵。"家人说："你是济公的徒弟，我们大爷也是济公的徒弟，你跟我们大爷还是师兄弟呢！你在这门房坐坐，我给你进去回禀。"

赵斌来到门房，家人把书信拿进去，郑雄正在书房跟牛盖说闲话呢。日前把牛盖带到家来，一问牛盖哪里人，他说是巡典州的人，问他姓什么，他说姓牛，叫什么，叫盖，郑雄问他别的话，他也说不清楚，郑雄倒很喜爱他，把牛盖留在家里坐着。早晚没事，教给牛盖人情世态，说话礼路，他就是太浑，也有明白的，也有不明白的。今天二人正在书房坐着，家人把书信拿进来，说："外面来了一个姓赵的，说是灵隐寺济公叫他来给送信。"把信呈上去，郑雄打开一看，心中明白，叫家人把赵斌让到厅房去，给他预备几样菜，灌一壶酒，就提济公说了，叫他在这里等着，至迟二更天，济公必来。便叫家人买一百钱蓝靛，再买一挂唱戏用的红胡子，交给赵斌，等济公来了，自有吩咐，又教把铁棍拿出来给他。家人点头答应，出来说："赵爷，我们大爷说了，请你到厅房去坐着喝酒。济公有话，叫你在这里等候，至迟二更天，济公必来。"赵斌点头，这才到书房，家人擦抹桌案，把酒菜摆上，赵斌自斟自饮喝起来了。家人把蓝靛红胡子都买了，将郑雄的铁棍拿出来，交与赵斌。赵斌问："做什么？"家人说："等济公来了，他老人家自有吩咐。"赵斌就在郑雄家喝着酒。少时天色掌灯，吃喝完了，天有初鼓以后，外面济公来了。只见他背着一个大包袱。赵斌说："师父，背的什么？"和尚把包袱打开，众人一看，全都目瞪痴呆。不知包袱包的何等物件，且看下回分解。

第一七三回

改形象暗救贞节妇　施佛法火烧合欢楼

话说济公禅师来到郑雄家中，背着一个包袱，打开一看是五身衣裳。有青布缨翎帽，青布靠衫，皮挺带，薄底鷃脑窄腰快靴，连裤子腿带袜子全有，整整五份。赵斌一看，说："师父，这衣裳帽子是哪来的？"和尚说："我偷来的。"书中交代，还是真偷来的，这话不假。原来仁和县有一位班头，姓焦，在钱塘关外住，家里就是一个妻子孙氏住着，独院独门，三间北房，一间茅楼。素常孙氏就不正经，常与人私通。焦头出去办案去了，仁和县衙门中散役，都常到焦头家里去，跟孙氏不清楚。今天焦头出去办案不在家，他们凑了五个人到焦头家里去，孙氏一见，说："众位兄弟哥哥来了。"大众说："来了。"这个打酒，那个买菜，众人喝起来了，乱说乱闹乱玩笑。喝完了酒，五个人说："焦大嫂子，我们都不走了。今天焦大哥不回来，咱们凑一夜。"孙氏说："不走就不走了，你们都住下吧。"这五个人都欢天喜地，也有点醉了，全把衣裳脱了，五个人赤身露体往炕上一躺。众人刚躺下来，就听外面叫门说："开门来。"孙氏一听，说："可了不得了，我男人回来了。"这五个人吓得三魂皆冒，说："这可怎么办？"孙氏说："你们快藏到茅房去吧。"这五个人顾不得穿衣裳，都藏到茅房去。孙氏赶紧把五人的衣服帽子靴子裤子带子捡到一处，用包袱包起来，那才出来开门。把门开开一瞧，并没有人，孙氏心中纳闷，找了半天真没有，复返回来。到屋里一瞧，五个人的衣服全丢了，就忙把五个人由茅房叫出来说：“我男人并没回家，你们的衣裳可都丢了。”这五人一听愣了，说：“怎么办呀？”孙氏说：“你们快走罢，要等天亮还怎么走？”五个人无法，跑了出来，溜着墙根走，怕碰见熟人。偏巧有过路人，过着灯笼，这五个人越溜墙根，人家越要照照，一瞧还是熟人呢，说：“你们几位头儿，怎么光着身子？敢是输了？”五个人说：“不是，我们洗澡去，刚脱了衣裳，澡堂子着了火，我们吓得跑出来了。”这人说：“哪个澡堂子着火，怎么没听见打锣呀？”这五个人说：“许是把火救灭了。”用话遮盖过去，这五个人各归各家。这五个人好找便宜，这也是报应，衣裳原是被济公偷了去。和尚拿着五身衣服，来到郑雄家见了赵斌，叫赵斌拿着三身衣服，附耳如此这般这样这等。

赵斌把话记住了，用蓝靛抹了脸，挂上红胡子，拿着铁棍，一直够奔泰和坊。来到王胜仙的门首，往里就闯，摆棍见人就打，口称天王来了，打了一条大路，来到合欢楼。上了楼，周堃问谁，赵斌说：“我是探囊取物赵斌。”周堃原与赵斌也认识，说：“赵大哥打哪来？”赵斌说：“我奉灵隐寺济公之命，前来搭救你姐弟二人。我带来三身官人的衣裳靴帽，你同你姐姐都换上，我也换上。济公说，见楼下旋风起，你我就下楼逃走，这叫鱼目混珠。”周堃赶紧说：“姐姐换上吧。”周氏这才把靴子穿上，用绳子扎好，套上青布靠衫，腰系皮挺带，戴上缨翎帽。周堃也换好了，赵斌也把胡子摘了，把壮士帽揣在怀内，换上官人这身衣服。刚才换好，就见楼下起了一阵旋风，刮的出手不见掌，对面不见人。周堃同周氏、赵斌趁此下楼，赵斌在头里，周氏在当中，周堃在后面，分着众人就往前走。大众官兵被风刮的睁不开眼，这三个人都是官人打扮，众人瞧见，也不介意。本来官人太多了，各衙门的全有，谁能准认得谁？再说刮风刮的也顾不得睁眼。三个人闯出重关，不敢奔前面走，奔后面花园子角门，把门开开，出了角门。周堃说：“哎呀，两世为人了！”

这句话尚未说完，只见对面来了两个人，都是缨翎帽，青布靠衫，腰系皮挺带，薄底窄腰鹦脑快靴。这两个人用手一指，说：“惊弓之鸟，漏网之鱼，往哪里逃走？”周堃、赵斌一看，说话这两位非是别人，正是杨猛、陈孝。书中交代，和尚在郑雄家打发赵斌走后，和尚出家找着杨猛、陈孝，把两身官人的衣裳给了杨猛、陈孝，叫他们换好了，一同来到王胜仙的后花园子角门，等候周堃、周氏、赵斌。嘱咐杨猛、陈孝几句话，和尚先进了后花园子，施展佛法，起了一阵怪风，周堃同周氏赵斌才混出来。杨猛、陈孝一瞧是周堃，赶紧过来说：“周贤弟，多有受惊了！济公叫我二人在此等候，叫赵贤弟回家，不必管了。周贤弟先同你姐姐到我家去，济公说了，明天必搭救你姐丈窦永衡。”周堃点头，同周氏跟杨猛、陈孝走了，赵斌自己回了家，这话不表。

单说和尚来到里面花园子一施展佛法，这些官兵这个说那个：“你为什么打我？”那个说：“我这只手拿着火把，这只手拿着灯笼，我怎打你了？”那边就说：“你为什么拧我？”那个说：“你为什么掐我？”大众一乱，这个跟那个揪起来了，那个跟这个打起来了，这个把火把捺了，那个把灯笼捺了。灯笼捺在楼上，一着凡火，勾引神火，展眼之际，把合欢楼着了烈焰腾空。真是：

> 南方本是离火，今朝降在人间。无情猛烈性炎炎，大厦宫室难占。　滚滚红光照地，呼呼地动天翻。犹如平地火焰山，立刻人人忙乱。

王胜仙一瞧火起来了，急得直跺脚，疑惑把太岁、天王、美人都烧死楼内。太岁、天王烧死倒不要紧，心疼把美人也烧死了，连忙吩咐人救火。大众怎么用水浇也不灭，展眼之际，把一座合欢楼烧了个冰消瓦解。天光也亮了，火也烧完了，王胜仙心中自是丧气，许多家人被太岁杀了，也有被天王打死的。这件事，又不敢告诉秦丞相，怕秦丞相究起底里根由，反倒抱怨他。王胜仙无奈，死一个人给五十两银子办白事，叫各家的尸亲把尸领回去，这叫乐没乐成，反闹了个天翻地覆，他也该当遭这样的恶报。

和尚早就走了，天刚一出太阳，济公来到京营殿帅衙门门口。衙门对过有一座小酒铺，刚挑开火，有几位喝酒的都是做小买卖的，一早出来赶市，也有卖菜的，也有这卖耍货的，都在酒铺来喝酒。和尚掀帘子进去，内中有认识的，说："济公这么早，打哪来呀？"那个说："圣僧，这边喝酒。"和尚说："众位别让，我和尚今天心里懕，我等着见刑廷大人，非得打官司不可。"众人说："济公你老人家一个出家人，跟谁打官司呀？"和尚说："别提了，昨天我们庙里应了一家佛事，应得是七个人接三。偏巧我们庙里和尚好忙，不够七位，去五位还短一个。这四位和尚好容易找了一个秃子，凑着去了。接完了三，本家说：'我们有一锅煮饭，给和尚吃饭，可得饶一台焰口。'本来我们这几个和尚都是饿疯了，一想既给烫饭吃，就饶一台焰口，也不算什么。焉想到把焰口放完了，本家就挑了眼了，他说：'正座嗓子不好，'不肯给钱。三说两说说翻了，打起来。人家本家人多，把我们那四位和尚都给打了，就是没打了我。"众人说："济师父，你打了人家了？"和尚说："没有，我跑出来了。要不跑出来，也就叫人家打了。我非得告他，念完了经，打和尚，那可不行。"众人说："济公，把气消消，这也不要紧事，不必见刑廷大人，官司不是好打的。"说着话，过来一人说："圣僧，慈悲慈悲，我有个舅舅，寒腿疼的下不了炕，求你老人家给点药。"又一个说："我拜兄弟的母亲，痰喘咳嗽，老病复发，求师父慈悲慈悲，赏些药吧！"和尚说："今天我一概不应酬，过了今天，哪天都行，今天我心里烦得了不得了，非得等着见刑廷。"

正说着话，就听外面轰赶闲人，说：“闲人躲开，刑廷大人回来了！”本来刑廷大人出来威严大了，头里鞭牌锁棍刽子手，前护后拥一大片。众人看热闹，只见刑廷大人坐着轿子刚到，和尚一声喊嚷：“冤哪！”过去一把揪住轿子，和尚一使劲，就听“咯嚓”一声，轿杆断了。不知该当如何，且看下回分解。

第一七四回

见刑廷法术惊奸党　请济公神方买良心

话说济公禅师一声喊嚷“冤枉”，过去一伸手，把轿杆揪住，“咯嚓”一响，轿杆就断了。轿子往前一栽，刑廷陆大人几乎摔出来。他在轿内往前一冲，把二品纱帽掉下来。偏巧一滚，滚在撒尿子窝里，轿子也不能坐了，纱帽也不能戴了。陆炳文勃然大怒，吩咐把和尚锁上，自己赌气，走进衙门去。官人把和尚锁上，带着来到班房。官人说：“和尚你好大胆子，竟敢把刑廷大人的轿子按断了？回头你有过乐了。”和尚说：“我也不知道，怎么股子劲，就把大人弄出来了。”官人对和尚说：“你回头见了大人，也这样说，可别改。”和尚说：“那是自然。”正说着话，就听梆点齐发，大人升堂。陆炳文这个气大了，到衙门换上帽子，立刻传伺候升堂，吩咐带和尚。官人立刻把和尚带上来，陆炳文原打算和尚一上来，不容分说，拉下去重重的责打，方出胸中的恶气。哪知和尚一上来，陆炳文尚未说话，旁边过来一个家人，在陆炳文耳边说：“大人，这个和尚可打不得的，乃是灵隐寺的济公。他是秦丞相的替身，大人要打他，岂不是羞辱秦丞相么？”陆炳文一听，心说：“怪不得他这样放荡不羁，敢情是我师伯的替身，怎可打下的？”自己无奈，把气压下去说：“和尚，你是个出家人，做事不可这样粗鲁呀！就是有什么冤枉之事，也可以慢慢说呀！”和尚回说：“我也不是故意的，请大人不必动怒。”陆炳文刚要下台，就说道：“既是你不是存心，我念你是出家人，不怪罪你，你下去罢。往后须要安分。”也就算完了。焉想到和尚偏不这么说，和尚说：“我和尚实在冤枉！昨天晚上，我们庙里应了一件佛事，是七个人接三，庙里忙，和尚不够了，剩了四个和尚，添上一个秃子，共去了五个人。接完了三，本家说给烫饭吃，叫饶一台焰口，我们和尚本都饿疯了，就吃了烫饭，给饶了一台焰口。焉想到念完了经，本家说：‘正座嗓子不好。’不给钱，还把我们和尚打了。我来一喊冤，也不知怎么一股子劲使猛了，把大人给弄出来。”

陆炳文一听和尚说的太不像话了，当着这许多的官人，若再不打和尚，太下不去了。陆炳文一想：“我先打了他再说。若秦相问我，我再到秦相跟前去请罪，就说我不知道是秦相的替僧，大概也不致为和尚把我丢官罢职。”想罢，一拍惊堂木说：“僧人，你好大胆量，满口胡说，搅扰官署重地，拉下去给我重打四十板！”掌刑的答应：“是。”翻过来一拉和尚道：“走。”和尚大声说：“我要挨打了。”官人说：“你嚷什么！”和尚说：“我要嚷。”官人把和尚拉下堂去，按倒就地，一个骑着和尚的脖子，一个按着腿，掌刑的刚把板子拿过来要打，忽然大堂以前起了一阵怪风，刮的人人都不能睁眼，按人的也不能睁眼，掌刑的也睁不开眼。

正刮着风，陆炳文在堂上坐着，好好的忽然肚中臌起来，臌的有犬皮鼓相似，自己两只手够不着肚脐。陆炳文心里一迷，连说：“别打。”官人自然就不能打了。陆炳文自己用手就掀胡子，展眼三绺胡子掀下两绺来，从人说：“大人这是怎么的了？”赶紧把陆炳文搭在内宅去，有官人暂把和尚看押起来。陆炳文到了内宅，夫人、少爷、小姐一瞧，都急了，说：“大人这是怎么了？方才好好的，片刻的工夫，肚子会胀这么大？你们快给请医生去罢。”家人慌慌张张出来，就把隔壁卖药的先生姓王请来了，这位王先生叫做三元会。怎么叫三元会？只因他给治好了三个人，一个牙疼，一个长大疮，一个长痔疮，三个人都是他治好了后，三个人给他挂了一块匾，写的是“三元会”。故此众人都叫他三元会。这位王先生，本来少读王叔和，未念药性赋，不懂的切脉，什么叫浮沉迟数，用药哪叫热寒温凉，何为五脏六腑，哪论阴阳五行，一概素常就是糊饭吃。今天把他请到内宅，陆炳文在帐子里伸出手来诊脉，夫人、小姐、婆子、丫环都在屋中围侍，得病不避医家。王先生听说肚子大，他错疑是姨奶奶分娩急。本来陆炳文的手十指尖尖，王先生把医家的规矩都忘了，一进门应该望闻问切，他也不问是谁，伸手一诊脉，装模做样半天，王先生说：“不要紧，这是要生产，你们快去请收生婆吧。”夫人一听，说：“快把他赶出去。”王先生还说：“我说是喜，夫人不信？”夫人说：“这是我们大人。”王先生一听，没的说了，被家人把他赶出去了。夫人说：“你们这些奴才，没有能办事的，请这样的狗先生。快出去请名医去！”家人说：“临安城就有两家名医，一位赛叔和李怀春，一位指下活人汤万方。”夫人、少爷说：“不拘把哪位请来都行。”家人复又去了。

少时把赛叔和李怀春请到。他给刑廷诊脉，说：“大人这个肚子可奇了，我看六脉平和，内里十二经并没有病，这个肚子我瞧不了。”夫人说：“先生瞧不了，谁还能瞧的了呢？望先生指示。”李怀春说：“我看不了，汤万方也看不了，就有一个人可能治，手到病除。”夫人说：“谁呀？”李怀春说：“灵隐寺的济公长老。前者我在秦相府看病，二公子秦桓得着大头瘟，我也瞧着脉理没病，就是济公治好了。非请他老人家来，别人治不了。”家人在旁边言道：“灵隐寺济颠僧，在我们衙门班房锁着呢。”李怀春说：“原来如是，快去请他。”夫人问：“为甚里锁着？”家人就把方才之故一说，夫人说：“你们快把和尚请来，只要把大人的病治好，我的主意把他放了。”家人跑出来，到了班房，本来这个家人也不会说话，说：“和尚，我们夫人叫你进去呢。”

和尚说："你们夫人叫我，我怕落口舌，言言语语不好听。"家人说："和尚，别胡说，我们夫人叫你进去，是给大人治病。"和尚说："治病呀，你告诉你们夫人，说我和尚刷了。"家人一听，说："好和尚，你真找着要打？我就照你这话回去。"家人来到里面说："回禀夫人，和尚不来，他说刷了。"夫人一听不懂这句话，说："什么叫刷了？"李怀春说："夫人可以派少爷亲身去请，见了和尚说几句谦词话，和尚就来了。"夫人说："好，少爷你同家人请去。"少爷答应，连忙同家人来到外面，说："圣僧，你老人家慈悲慈悲吧，我父亲得了大肚子，求圣僧给治罢！"和尚想："既是少爷你来请我，和尚就去给瞧瞧，可不定治得好治不好。"和尚这才往里走，少爷先叫人把和尚的铁链撤去。

话说这位少爷倒很恭敬，本不是陆炳文的亲儿子，是抱来的。他家里是大杂伴，他这位夫人当初本是勾栏院的妓女，陆炳文原系四川人，带着三万银子来京乡试，他就在勾栏院一嫖，认识这个妓女，名叫翠红。陆炳文也没乡试，把三万银子都花到翠红的身上，后来只落得分文皆无，连盘费都没有，也不能回家了。倒亏着翠红一番恻隐之心，看陆炳文实不得了局，翠红就把陆炳文留在勾栏院，在门房管管账，买买东西。后来翠红手里，存了到有两万多银子，自己一想："将来青春一过，又该如何？"看陆炳文倒是饱学，她跟老鸨儿一商量，要跟陆炳文从良。出来就花钱给陆炳文捐了一个小武职官，得了实缺，居然翠红是个官太太，老鸨就是岳母老太太。买了一个姑娘，就是小姐，抱了一个孩儿，就是公子少爷。后来陆炳文就拜了王胜仙做老师，官运也好，又有人情，未到十年，就做了刑廷，翠红就是夫人了。今天少爷把济公请进来，李怀春赶紧站起来说："圣僧，你老人家来了！"和尚说："李怀春，你尽给我和尚找事。"李怀春说："这病非师父治，别人治不了。"和尚哈哈大笑，立刻要施佛法度脱陆炳文，施展神通搭救窦永衡。且看下回分解。

第一七五回

秉良心公堂释好汉　访故友夫妻得团圆

话说济公禅师来到里面给陆炳文一看，夫人、少爷、小姐都说：“圣僧，你慈悲慈悲吧！”和尚说：“我看大人这病，我说出来，你们准都不信。”夫人说：“圣僧说罢，焉有不信之理？”和尚说：“大人这肚子是胎。”夫人一听一愣，心说：“怪不得方才那个先生说是胎，这和尚也说是胎。”连忙问说：“圣僧，你看是胎怎么办呢？”和尚说：“这可跟旁胎不同，大人这是一肚子阴阳鬼胎，非得把胎打下来才能好。我和尚开个药方，到李怀春的药铺去取药去。”李怀春说：“好，师父开吧。”立刻家人拿过笔来，和尚背着人写好封上，交与家人，大人也不知和尚开的什么药。家人拿着去了。到了李怀春药铺，把字柬交在柜上，家人说：“你们先生在我们大人衙门坐着，这是灵隐寺济公开的方子，叫我来取药。”药铺伙计打开一看，上面写的是：“天理良心一个，要整的，公道全分。”药铺一看，说：“管家，你把药方拿回去吧，我们药铺没有良心。”管家说：“你们药铺没良心？”伙计说：“不但我们没良心，是药铺都没良心。”管家无法，回来到里面说：“回禀夫人，药没配来。”李怀春说：“怎么？我那药铺是药皆有，怎么会没配来呢？”家人说：“你们药铺没良心。”李怀春说：“为什么我们药铺没良心？”管家说：“他说是药铺都没有良心，没有这味药。”陆炳文说：“这药方拿来我看看。”家人把方子递给陆炳文，一看是：“天理良心一个，要整的，公道全分。”陆炳文一想，说：“这药不用费钱，自己就有良心。”和尚说：“你只要有良心，就好的了。”陆炳文说：“传伺候公堂。”家人说：“大人这个样子，升得了堂么？”陆炳文说：“升堂，升堂！我做得亏心事，我知道非升堂好不了。”他刚一说升堂，肚子就往回抽。李怀春说：“大人升堂办公，医生要告辞了，我还要到别处去看病。”说罢竟自去了。

且说陆炳文立刻命家人搀着，升坐大堂，给和尚搬了一个座，就在旁边坐下。陆炳文吩咐拿着监牌，提王龙、王虎、窦永衡，手下原办马雄答应，立刻到监里把王龙、王虎、窦永衡提上堂来。三个人在堂下一跪，陆炳文说：“王龙、王虎在白沙岗抢劫饷银，杀死解粮职官，有窦永衡没有？你两个人可要说公道良心话。”王龙、王虎一想：“前者已然都画了供，大人这又问，久状不离原词，我二人改不得口。”想罢，说：“大人，有窦永衡。”陆炳文勃然大怒，一拍惊堂木说：“你这两个人混账！拉下去给我重打每人四十大板！”掌刑的答应，立刻把王龙、王虎拉下去。打完了，陆炳文又问：“王龙、王虎，你两个人说实话，到底有窦永衡没有？”王龙、王虎一想：“这必是窦永衡的人情到了，大人要拷打我二人，倒别改嘴，一口咬定。大概要把窦永衡办了，我二人许把性命保住。”想罢说：“实有窦永衡。”陆炳文说：“你这两个东西实找打，再给我每人重打四十！”立刻又打，打完了又问。王龙、王虎一想：“这可真怪，前者我二人拉窦永衡之时，倒没打，这是怎么缘故呢？”二人还不改口。陆炳文又吩咐打。把两个人连打了三次，打得皮开肉绽，鲜血直流。陆炳文说：“你两个人要不说良心话，我生生把你两个打死。到底有窦永衡没有？”王龙、王虎一想：“这个刑受不了啦！再说有，还是打。”二人无法，说：“回禀大人，没有窦永衡。”陆炳文说：“这不错了。人说话要良心，本部院有良心。我知道窦永衡是好人，你两个人仇攀，是没有窦永衡。”吩咐：“来呀！把窦永衡的锁镣砸了，我将他当堂开放。”旁边众官人一瞧，大人这是无故疯了，书办赶紧过来说：“回禀大人，窦永衡在白沙岗打劫饷银，杀死解饷职官，情同叛逆。再说大人已然都定了案，奏明皇上，大概这个案必是立决，不久就有旨意下来。大人这里把窦永衡放了，那如何使得？”陆炳文说：“你休要多说，我有良心。皇上他没我大。大凡现官不如现管，我要放窦永衡，皇上他管不了我。”书办一听，这更不像话了，说：“大人要放窦永衡，书办了不了，大人先把书办革了倒好。”陆炳文说：“革你不费事，来贴革条，先把他革了。”立刻写了革条贴上。原办马雄也过来给刑廷磕头说：“回禀大人，窦永衡放不得的。”陆炳文说：“怎么？”马雄说：“大人想情，窦永衡谋反大逆，已画了供，大人给秦丞相行了文书，秦丞相已然知道。大人再把他放了，秦丞相再要问这案，大人怎么办？”陆炳文说：“你放屁！秦丞相他管不了我的事。他做他的丞相，我做刑廷，他管不着我，我有良心，窦永衡是好人。”马雄说：“大人要放窦永衡，先把下役革罢。”陆炳文说：“革你不费事，来贴革条，把马雄给我革了。”手下众官人，一个个吓的往后倒退，谁一拦就革谁，众人都不敢言语了。陆炳文吩咐：“来人，把窦永衡手铐脚镣砸开了。”手下官人立时把窦永衡的大三件摘了。陆炳文说：“窦永衡，本部院知道你是被屈含冤，你是个好人，我将你当堂开放。”

窦永衡心中纳闷，心说：“这是怎么一段情节？”抬头一看，济公在旁边坐着呢，窦永衡倒瞧着发愣。和尚说：“混蛋，你还不快走！等他明白过来，再叫人把你锁上呢！”窦永衡这才明白，赶紧往外走。来到衙门门首，就听门口众官人大家纷纷议论，这个说：“咱们大人无故放窦永衡，这事可新鲜！”那个说：“你听信罢，早晚他这个刑廷决做不长了。”窦永衡一出衙门，只见对面两个骑马的，都是长随路的打扮，来到刑廷衙门门口，翻身下马。来者这两位骑马的，非是别人，乃是秦丞相的两位管家大人秦安、秦顺。皆因陆炳文把济公锁了，街上全都吵嚷动了，传到秦相府。秦相府的家人，都感念济公的好处，前者济公初入秦相府之时，是家人每月多增三钱银工钱，是济公出的主意。今天听说刑廷把灵隐寺济公锁了去，有人回禀了四位管家大人，大管家秦安一听，说："好一个胆大陆炳文，竟敢把相爷的替僧锁去了，这分明是羞辱丞相爷的脸面！"立刻进去一回禀秦相，相爷一听，大大不悦，叫家人："拿我的片子，赶紧到刑廷的衙门，就说我请济公即刻就来。"管家秦安、秦顺拿着相爷片子，故此忙奔刑廷衙门来。

不言讲二位管家请济公，单说窦永衡出了龙潭虎穴，自己有心回家吧，又不敢回去，遭这样官司，不晓得家里抄了没抄。自己一想，"先到杨猛、陈孝家去打听打听，再作道理。"想罢，这才来到杨猛、陈孝门首。一打门，杨猛、陈孝正同周堃在里面一处谈话，听外面打门，陈孝出来开门，一看是窦永衡，陈孝倒一愣，说："窦永衡你怎么会回来了？"窦永衡说："陆炳文当堂把我放了，到里面我细对兄长说。"陈孝说："你来好了，你妻子也在这里，你内弟周堃也在这里，你进来吧！"窦永衡同着陈孝来到这里面，周堃一见说："姐丈，你怎么会回来了？官司怎么样了？"杨猛一瞧也乐了，大众彼此行礼。窦永衡就把方才陆炳文当堂开放，怎么革书办官人，济公在堂上坐着，这话从头至尾细述一遍，杨猛、陈孝、周堃三个方才明白。窦永衡就问周堃："你打哪里来？"杨猛、陈孝说："窦贤弟，你不知道，你的官司被人家买盗攀赃入了狱，你妻子被花花太岁王胜仙诓了去，搁在合欢楼。"杨猛、陈孝就把以往从前，怎么找济公，怎么周堃到王胜仙家里杀人，济公怎么施佛法把众人救出来，火烧合欢楼之事，如此如此一说。窦永衡一听，吓的毛骨悚然，说："原来有这些事，令人可怕！"陈孝说："这件事要没有济公，可就了不得了。窦贤弟你今天既来了，咱们是合家欢乐，我预备点酒菜，痛饮一番。今天听听信，明天你们哥俩带领弟妹好逃走，临安是住不得了。杨贤弟，你陪着窦贤弟、周堃弟说话，我去买菜去。”说着话，陈孝出去买菜。工夫不大，见陈孝回来了，什么菜也没买来，脸上颜色更变。众人问：“怎样陈兄长没买菜来？”陈孝说：“了不得了，京营殿帅传下令事，水旱十三门紧闭，各街巷口扎住官兵，按户搜拿窦永衡。”众人一听，唬的神魂皆冒。不知后事如何，且看下回分解。

第一七六回

陆刑廷下令捉强盗　美髯公闻信挡官兵

话说美髯公陈孝出去买菜，见街市上都乱了。听说京营殿帅下了令，水旱十三门紧闭，按户搜拿越狱脱逃江洋大盗黑面熊窦永衡。书中交代，怎么一段事呢？原来刑廷陆炳文把窦永衡放走之后，秦相府派管家把济公也请了走了，陆炳文忽然明白过来。一看在大堂上，王龙、王虎在下面跪着，陆炳文就问手下人："王龙王虎在这跪着做什么？谁叫他们出来的？"手下人说："大人不是把书吏革了，把马雄也革了，把窦永衡放了么？"陆炳文说："谁把窦永衡放的？"手下人说："大人叫放的，莫不是大人方才的事就忘了么？"陆炳文一想，真仿佛心里一糊涂，如做梦一般，渺渺茫茫，有点记得，自己唬的惊惶无措。窦永衡已然定了案，奏明圣上，这如何放的？立时吩咐："赶紧传我的令，水旱十三门紧闭，知照各地面官厅把守，左右两家搜一家，官至三品以下，勿论什么人家按户搜查。"叫他们不能说他放走窦永衡，只说拿越狱脱逃的大盗窦永衡。如有人隐匿不报，知情不举，罪加一等。如有人将窦永衡献出来，赏白银一千两。这一道令下来，水旱十三门就闭了，街市上全乱了，各该管地面的老爷，带官兵各查各段。

陈孝听见这个信，菜也顾不得买了，跑回家来。一见杨猛、周堃、窦永衡，就把这件事一说。窦永衡一听，叹了一声，说：“二位兄长不必吃惊，我窦永衡情屈命不屈，别连累你们二位。我由后面跳墙出去，到刑廷衙门报案打官司。二位兄长设法，把我内弟同敝贱内将他们送了走，叫他们逃命就是了，二位兄长就不必管我了。”陈孝说：“那如何使得？”杨猛说：“我倒有主意。”陈孝说：“你有什么主意？”杨猛说：“我同周堃每人拿一把刀，到花花太岁王胜仙家里见一个杀一个，见两个杀一双。你同窦贤弟二人，够奔刑廷衙门，刀刀斩尽，剑剑诛绝，把狗娘养的杀一个鸡犬不留，咱们大反临安城。杀完了，闯出临安城，远远的找一座山，去当山大王，扯起旗来，招军买马，聚草屯粮，官兵要来了，咱们也不怕，省得受这些狗官的气。”陈孝说：“你别满嘴胡说，就凭我们四个人就要造反，那如何能行？你先别乱出主意，咱们看事做事。”

正说着话，只听外面一乱，有人打门。杨猛说：“你瞧，搜来了，我先把他开刀。”陈孝说：“你别莽撞，待我出去跟他说。能用话把他们支走了更好，实在不行，那可讲不了。”说着话，陈孝赶紧来到外面。一开门，见门外站定了无数的官兵。有两位本地面的老爷，一位姓黄，一位姓陈，都是将巾折袖，鸾带扎腰，箭袖袍，薄底官靴，肋下佩刀。陈孝一看，两位老爷都是熟人。陈孝故作不知说：“二位大老爷来此何干？”黄老爷说：“陈孝，咱们彼此都是老街旧邻，其实素常我们也知道你是安分度日的人。今天我们奉京营殿帅的令，按户搜查越狱脱逃的大盗窦永衡，这公事，没偏没向，不得不如此。你闪开，我们到里头瞧瞧罢。”这是跟陈孝有个认识，透着还有面子，要是到别人家，没有这些话，带人就往里闯，叫搜也得搜，不叫搜也得搜。陈孝一听这话，说：“二位老爷且等等进去，我有句话说。其实我在这方住了，也不是住了一天半天了，素常我也没结交过匪类，也没有乱招的朋友到我家来，大概你们老爷们也有耳闻。今天我倒不是不叫你们众位进去搜，我这家里住着亲戚呢，有我两侄女，一个外甥女，在这住着，都是十八九岁，未出闺门的大姑娘。二位老爷带着官兵进去，叫我这几个亲戚姑娘抛头露面的，多有些不便。二位老爷既是跟我陈孝有个面子，二位先带人到别处查去，少时我把这几个姑娘送走了，你们再来查。”二位老爷一听，说：“那可不行，这是官事，莫非你敢抗令不遵么？”陈孝说：“我也不敢抗令不遵，二位老爷多照顾吧，谁叫我家里赶上不便当呢。”二位老爷说：“陈孝，你家里隐藏着窦永衡呢？”陈孝说：“没有。”黄老爷说：“既是你家没有窦永衡，就有几位姑娘也不要紧，我们到里头瞧瞧，这有何妨呢？”说着话，就要推开陈孝往里走。此时杨猛早拿着刀，在二门里听着，心说：“哪个球囊的一进来，我先拿他开刀。”

正在这番景况，陈孝正跟二位老爷狡辩之际，见由对面来了三乘小轿，有一个人骑着一匹马，来到陈孝门首，翻身下马。这人说：“陈爷，我们来接你侄女外甥女来。”陈孝一听一愣，心里说：“我说住着侄女外甥女，是信口开河撒谎，怎么真有人来接人？”看这人是长随路的打扮，并不认识。他也真是随机应变，当时说：“二位老爷，你瞧我不是说瞎话，是我家里有亲戚住着不是？人家来接了。二位老爷先候一候，等我侄女她们上了轿子走了，你们再搜，这可以行了。”黄老爷、陈老爷说：“就是罢。”陈孝同着这人，带着三乘小轿子来到里面。陈孝说：“尊驾是哪来的？”这人说：“我是凤山街铁面天王郑雄郑爷教来接窦永衡。我这带来一封信，你看。”掏出来陈孝一看信，是济公的信，陈孝这才明白，赶紧叫窦永衡、周堃、周氏三个人上轿，把轿帘扣好，这人带着就走。轿子走后，陈孝说：“黄老爷、陈老爷，你们二位带人进来搜罢。”二位老爷才带人进去搜查。那还搜谁，自然是没有了。

黄老爷一想这个事，自己忖度了半天。这二位老爷也都是精明干练，在外面久惯办案，一见这三乘轿子来得诧异，先见陈孝不叫搜，说话言语支吾，脸上变颜变色的。这三乘轿子抬走了，见陈孝颜色也转过来了，说话也透着理直气壮了。二位老爷一想，这三乘轿子之内定有缘故，即派官人赶紧跟在后面跟着，看这三乘轿子抬到谁家去，给本地面官送信，勿论查过去没查过去，赶紧着人搜拿。官人答应遵令，在后面跟着。这三乘轿子抬到凤山街，进了一座路北的大门。官人一看，是铁面天王郑大官人家。官人立刻到凤山街地面官厅一报，这本地面两位老爷，一位姓白，一位姓杨，官人一回禀，道："我们黄老爷、陈老爷派我跟下来，有三乘轿子由东街杨猛、陈孝家抬来，抬到这凤山街郑大官人家去。我们老爷说：轿子里有情弊，叫我给老爷送信，赶紧去查去。"

白老爷、杨老爷一听，立刻带本汛官兵，来到郑雄门首，一道辛苦说："我们奉京营殿帅之令，按户搜查越狱脱逃大盗窦永衡，烦劳众位管家到里面回禀一声，我们要进去搜查。"家人郑福进去回禀。郑雄原本前者有济公给他的信，叫他今天遣三乘轿子，到杨猛陈孝家去接窦永衡夫妇和周堃，刚把三个人抬了来，家人进来回禀，说："本地面官带兵搜来了。"郑雄一听愣了，说："可怎么好？"心里说："济公叫我把窦永衡接来，这要由我家搜了去，我落个窝主，这场官司我可打不了。"自己吓的半晌无语。窦永衡说："郑大官人不必着急，我是命该如此，别连累你老人家。我跳后墙出去，投案打官司就是了。"郑雄说："如何使得？济公既叫我把你们救来，我又焉能把你送进牢笼？"家人郑福说："奴才倒有主意，官人仍叫他们三位上轿子，官人骑上马带着走，作为携眷出城去，就好办了。"郑雄一想，言之有理，立刻叫人备马，把轿子抬进来，复又叫周堃、周氏、窦永衡上轿子。郑雄带着轿子，出来就上马。白老爷、杨老爷问："郑大官人上哪去？"郑雄说："带家眷上坟。"说着话，郑雄催马同轿子就走。家人再叫白老爷到里面搜，那不是白搜么？白杨二位老爷更有主意，一看这三乘轿子刚到郑雄家去，刚要来搜，复又把轿子抬出来说上坟，显然更有情弊。立刻派官人跟着，看出哪门，给门汛老爷送信，务要搜轿子，别放他出城。见郑雄带着轿子够奔艮山门而来，焉想到来到艮山门，门汛四位老爷带官兵拦住要搜。大概轿子想要出城，势比登天还难。不知后事如何，且看下回分解。

第一七七回

佛法点化救英雄　途中逃难逢山寇

话说铁面天王郑雄，带着三乘轿子，够奔艮山门而来，心中甚是提心吊胆。刚来到艮山门，一看城门关着，门汛官厅四位老爷由里面出来。这四位老爷，一位姓王，一位姓马，一位姓魏，一位姓赵，这四位老爷原本都跟郑雄认识。本来郑雄这个人，素常最好交友，眼皮是宽的，上至公侯，下至庶民，跟他认识的人甚多。今日四位该班老爷一看说："原来是郑爷，轿子里是什么人，上哪去？"郑雄说："轿子里是我的内眷，今天是祭祀日子，我要出城去上坟。烦劳众位老爷开开城，我要出城。"四位老爷一听，说："郑爷，今天可不比往日，平常也不关城，任凭来往人出入。今天有京营殿帅府的令，水旱十三门紧闭，查拿越狱脱逃的大盗窦永衡。此事关系重大，你轿子要出城，我们得掀轿帘门瞧瞧。其实咱们素常有交情，这个事公事公办。"郑雄一听，说："众位老爷这话不对，我姓郑的，大概你们众位也知道。我平素也不与匪类人来往，我这轿子还能隐藏奸细么？这轿子里都是小男妇女，众位要瞧，在大街上多有不便。"众老爷说："郑爷你是明白人，我们是办的公事，这个郑重，我们担不了。你要出城，不叫瞧，我们把你放出去，回头再有人，我们怎么办？叫你出去，不叫别人出去，岂不是有了偏向么？”郑雄说：“既是你们众位不瞧不叫出去，我回家不去了。”

四位老爷正与郑雄这里狡辩，焉想到有凤山街的官人赶到说：“我们白老爷叫给众位老爷送信，这三乘轿子可别放出城去。原由东街杨猛、陈孝家搭出来，搭到郑雄家，我们老爷要查，郑雄又带着搭出来，其中定有缘故。”四位老爷一听这话，说：“郑雄你叫瞧，我们也得瞧，不叫瞧，我们也得瞧。”郑雄说：“我不能叫年轻的妇女在街上抛头露面的，我不去了，我回去就是了。”众位老爷说：“你回去，我们也得瞧。”郑雄说：“你们众位，这就不对了。我出城，你们要瞧瞧，怕带出奸细。我回去，怎么你们还要瞧呢？”众位老爷说：“郑雄，你这三乘轿子里是谁？”原本头一顶轿子是周堃，第二是窦永衡，第三是周氏。郑雄说：“头一顶轿子是我敝贱内，第二顶轿子是我侄女，第三是我外甥女，都是年轻的少妇姑娘。”众老爷说：“有窦永衡没有？”郑雄说：“我也不认识窦永衡，哪里来的窦永衡呢？”众老爷说：“既是没有窦永衡，我们瞧瞧也无妨。”郑雄说：“你们太不讲理，真是倚官仗势。”

正说着话，只见由那边“梯他梯他”，济公来了。原来和尚由京营殿帅府大堂上，被秦相府的管家请到秦相府去。秦相一见，连忙让坐说：“圣僧因为什么，刑廷陆炳文敢把你老人家锁去？”和尚说：“相爷问我和尚，原本有点不白之冤。昨天我们庙里应了一个接三，本家一锅冷饭，叫饶一台焰口。五个和尚念完了经，本家不给钱，说正座嗓子不好，还要打和尚，把我们那四个和尚都打了，就是没打我。我要见刑廷告他，焉想到刑廷不讲理，把我锁了去。及到了大堂上，陆大人他疯了，他把大盗黑面熊窦永衡给放了。”秦相一听，说：“窦永衡白沙岗断劫饷银，杀死解饷职官，情同叛逆，我已然奏明圣上，呈请勾到，怎么他又给放了？”和尚说：“他现在已给放了，大人不信，你派人打听去。”秦相说：“好。既是他给放了，我看圣上旨议下来，他怎办？他真要把这案放了，那可是找着被参。暂且不便管他，圣僧，在我这里吃酒罢。”和尚说：“也好。”秦相立刻派人擦抹桌案，把酒摆上。和尚喝了两三杯酒，站起来要告辞。秦相说：“圣僧忙什么，喝完了再走。”和尚说：“我去瞧热闹去。现在刑廷他把窦永衡放了，他又派人传令，水旱十三门紧闭，按户搜查大盗窦永衡。”秦相说：“这事可新鲜。”和尚说：“他要自己倒乱说着话。”

和尚告辞，出了秦相府，一直来到艮山门。郑雄正跟门汛老爷在这里狡辩，怕人家搜轿子，见济公来了，郑雄连忙说：“济公来了，你是出家人，你给评评这个理。”和尚说：“什么事呀？”郑雄说：“我带着家眷，要出城上坟，他们众位老爷要搜轿子。我想在大街上，年轻妇女抛头露面的，多有不便，我说不去了。他们说不去了，也要瞧瞧轿子里什么人。你想这事，他们众位太不讲交情了，有些不对罢？”和尚说：“不对罢可是郑雄你不对，人家这是公事，你要不叫瞧，别位走到这里也都不叫瞧了。你想人家公事，还怎么办呢？”众老爷一听说：“大师父这是明白人。”郑雄一想，心里说：“济公这可是跟我玩笑，他叫我拿书信轿子接的窦永衡，现在人家要搜，他倒说这些话，这可是存心叫我打这场官司。”自己无法，说：“你们瞧罢。”

众老爷说：“头一乘轿子是谁呀？”郑雄说：“是敝贱内。”众人掀轿一看，是一位白胡子老头，连郑雄一瞧也愣了。众人说：“郑雄，你不是说这是你贱内么？”郑雄说：“你们没听明白，是我贱内的父亲。”众人说：“第二乘轿子是谁？”郑雄说：“是我侄女。”众人打帘子一看，是一位老太太。众人说：“这是你侄女？”郑雄说：“是我侄女的姥姥。”又问第三乘轿子，郑雄说：“是我外甥女。”打开一看，是一老尼姑。郑雄说：“是外甥女的师父。”众老爷说：“郑雄，你这是存心打哈哈，轿子又没有年轻的妇女，又没有窦永衡，你故意戏耍我们。开城放郑爷他们出去罢！”立时刻把城开了。三乘轿子连和尚一并出了城，来到郑雄的阴宅。周堃、窦永衡、周氏下了轿子，过来给济公行礼。窦永衡说："圣僧，你老人家真是佛法无边，搭救弟子再生。我窦永衡但得一地步，必报答你老人家的厚恩。"和尚说："郑雄，你送给他三匹马，一把佩刀，叫他三人逃命去罢，将来你我还有一面之缘。"窦永衡又谢过郑雄，这才同周氏、周堃三人告辞。郑雄说："你们三位打算奔哪去呢？"窦永衡说："我也无地可投。"周堃说："我打算同我们舍亲，暂为投奔一个朋友处安身。"说罢，拱手作别。

三个人上了坐骑，顺大路往前走，也没有准去处。道路之上饥餐渴饮，晓行夜宿。这天，往前走，天色已晚，有掌灯的景况。三匹马正往前面走着，眼前是山口，"呛啷啷"一棒锣声，出来了数十个人，都是花布手巾缠头，短衣裳小打扮，各拿长枪大刀，短剑阔斧，把去路阻住。有人一声喊嚷："此山是我开，此树是我栽，有人从此过，须留买路财。牙缝说半个不字，一刀一个土内埋。"又说："对面的绵羊孤雁，趁此留下买路金银，饶你不死。如要不然，要想逃生，势比登天还难。"周堃一看，对面有了截路的，赶紧往前一催马说："对面的朋友请了！在下姓周名堃，原本是北路镖头。今天我同舍亲由此路过，烦劳众位回禀你家寨主，就提我周堃今天不能上山去拜望，暂为借山一行，改日再来给你家寨主请安。"众喽兵一听，说："原来尊驾是北路的镖头周堃。尊驾在此少候，我等回禀寨主一声。"说着话，有人往山上飞跑。工夫不大，就听山上"呛啷啷"一棒锣声，来了二百余人，各掌灯球火把，亮子油松，照耀如同白日一般。周堃抬头一看，为首有三骑马，当中一匹红马，骑着这人，头上戴宝蓝缎扎巾，蓝箭袖，黄脸膛，押耳黑毫，肋下佩刀，得胜钩挂着一条枪。上首一匹黑马，这人穿黑褂，皂黑脸膛，也是挂着一条枪。下首里一匹白马，这人穿白爱素，白脸膛，得胜钩上也挂着枪。三位寨主来到近前，把马一拍，问："对面来者何人？"周堃说："我乃北路镖头铁头太岁周堃，今日同舍亲由此路过，要借山一行，改日再谢。"这位黄脸的大寨主说："令亲是哪一位？"周堃说：

“我姐丈打虎英雄黑面熊窦永衡。”三位寨主一听，“呀”了一声，说：“原来是窦大哥。”赶紧三人翻身下马，上前行礼。不知三位寨主是谁，且看下回分解。

第一七八回

翠云峰英雄落草　陆刑廷献媚欺人

话说周堃一提说打虎英雄黑面熊窦永衡，三位寨主赶紧翻身下马，上前行礼，说："原来是窦兄长，久违少见。"窦永衡一看，这三位寨主并不认识，连忙答礼相还说："三位寨主贵姓？我可实在眼生。"三位寨主说："窦大哥是贵人多忘事，请至山寨一叙。"窦永衡说："三位倒是谁呀？"这位黄脸的说："提将起来，你我不是外人，此地亦非讲话之所，请上山寨去再谈。"窦永衡也不好不去，随同大众上山。来到大寨门一看，这座大寨房子不少，进了头道寨门，马匹交与从人，一直来到分赃聚义大厅落座，有手下人献上茶来，周堃说："未领教三位寨主尊姓？"这个黄脸膛的说："你我是五百年前一家人，我也姓周，名叫虎，有个小小的外号，人称笑面貔貅。这是我两个拜弟。"用手一指那位黑脸的说："他叫铁背子高珍。那位白脸的叫黑毛蚕高顺，这座山名叫翠云峰。窦兄长，你们这是从哪里来？"周堃说："别提了，我姐丈在临安城寄居，无故遭了一场不白之冤的官司，幸亏遇见一位高僧，将我等救出龙潭虎穴。我打算同我姐丈投奔一个朋友去，由此路过，遇见三位寨主，不知三位寨主怎么认识我姐丈？"周虎说："我弟兄三人，在此久候多日，奉上命委派我等在此。久闻窦兄长威名远震。今幸得会，真乃三生有幸。前者我们派人请过窦大哥两次，没找着住处。今天在此巧遇窦大哥，周贤弟，你们二位别走了。”窦永衡说：“你们几位在此占山，怎么还有上司么？”周虎说：“我们在此占山，原来是所为招聚天下的英雄，将来我们都是开国大将军之职。”窦永衡说：“三位原是大宋国的将军么？”周虎说：“倒不是大宋国的官，我们有一位祖师爷叫赤发灵官邵华风，他有一件宝贝，名曰乾坤子午混元钵，他老人家能掐会算，善晓过去未来之事。在常州平沙江当中有一座山，叫卧牛矶。山上有一座庙，叫慈云观。现在那庙里有前殿真人、后殿真人、左殿真人、右殿真人，有绿林人五百多位，要设立薰香会，大众都在这庙里作落脚。窦大哥你们别走了，就在我这山住着。我们给慈云观祖师爷去一封信，听候祖师爷的回音，你们帮助我等共成大业，将来亦可以得个一官半职的，好不好？”窦永衡一想：“暂时也无处可去，只可先在这里住着罢。”当时也就应允了。周虎派人单给窦永衡夫妇打扫出一所房子来，叫他住，有婆子等伺候。周堃也在这山上住着。笑面貔貅派人给慈云观送了一封信。终日五位寨主在一处盘桓。光阴荏苒，日月如梭，过了些日子。

这天众人正在大厅谈话，窦永衡提起在临安城受了王胜仙的挫辱，深为可恨。周虎说：“不要紧，将来你我成了事，就可以报仇。”正说着话，由外面跑进一个喽兵报说：“回禀众位寨主。山下现有临安城京营殿帅陆炳文卸任回家，由山下经过。我等出去把驼轿车辆截住，他拿了一个名片子，他说拜望寨主，要借山一行。”笑面貔貅周虎一听，说：“高贤弟，你们谁认识京营殿帅陆炳文？”高珍、高顺俱在摇头说不认识。周虎又问：“窦兄长可认识？”窦永衡一听是陆炳文，立刻气得颜色更变说：“三位寨主有所不知，这位陆炳文跟我仇深似海。我在临安就是他买盗攀赃把我入了狱，把我妻子诓了去，给花花太岁王胜仙送了去，害得我一家被害。要不是济公救我，我等全皆死在他的手内。济公早就告诉我，他是我的仇人。今日既是他来，我焉能跟他干休？既是你们三位不认识这个陆炳文，今天活该我报仇雪恨。”当时拿起一口刀来，往外就奔。

书中交代，陆炳文怎么会到这里呢？这内中有一段缘故。只因前者陆炳文把窦永衡放了，自己明白过来，再派人搜拿，也没拿着。自己一想：“这事已然奏明了皇上，这如何耽得了？”赶紧坐轿来到泰和坊王胜仙的住宅。一求见，王胜仙把他让他书房，陆炳文给王胜仙一行礼说：“老师得救我，门生遭了事了。”王胜仙说：“贤契有什么事？慢慢说。”陆炳文说：“现在白沙岗抢劫饷银之窦永衡越狱脱逃，这件事已然奏明了圣上，求老师爷得庇护门生。”王胜仙一听，勃然大怒说：“窦永衡是我的仇人，你不知道么？火烧了合欢楼，把我的美人也给烧死在内，我落了个人财两空。你单把他放了，等着他拿刀来跟我拼命，这个事你还叫我护庇你？他要来找我报仇，谁护庇我呀？你自己办的好事，你自作自受，我也没法，你请回去罢。”

陆炳文碰了一个大钉子，自己无法，只得告辞。坐着轿子正往回走，打算回衙门再设法托人情。坐着轿正往回走，偶然见大道旁站着一个美人，真是千娇百媚、如花似玉。陆炳文偶然心中一动，自己一想，王胜仙最爱美人，要求他的事，非得送给他美人，可以买动他的心。想罢，赶紧吩咐住轿，问：“旁边站着什么人？”当差人说：“没有人，就是一个买画的。”陆炳文定睛一看，原来是挂着一个轴画，上面画的一个美人图，猛一看真是活人一般。旁边站着一个卖画的人，一位儒流秀才打扮，俊品人物。陆炳文连忙叫把卖画的人叫到近前，陆炳文说：“你这轴美人卖多少钱？”这人说：“大人要买，不敢多要钱，大人给一百银子罢，少了也不卖。”陆炳文说：“一轴画怎么值这些银子呢？”这人说：“我这画卖的是工夫钱，货卖识家。明公，我这画阴天不画，下雨不画，刮风大寒大暑不画。每逢天气晴朗，还得人高兴，神清气爽之时，拿起来画两笔，微有一点不高兴就不画。这轴画画了一年多的工夫，才能够有神，故此少了不卖。”陆炳文说：“先生贵姓？”这人说：“我姓梅，双名成玉。”陆炳文说：“你是哪里人氏？”梅成玉说：“我原是镇江府人氏。”陆炳文说：“你来京何干呢？”梅成玉说：“只因我家中父母双亡，带着小妹来京，有两家亲戚，所为多有个照应。现在青竹巷二条胡同寄居，我兄妹就倚着画画度日。”陆炳文心中一想：“每逢画画必随人五官。看梅成玉他的相貌清秀，大概他妹妹也许长得好。”想罢，说：“先生你把画卷起来，跟我到衙门去。”梅成玉就拿着画，随同来到京营殿帅衙门。把梅成玉让到书房，陆炳文又问：“先生，你家中共有几口人？”梅成玉说：“就是我兄妹二人。”陆炳文说：“先生，令妹也会画么？”梅成玉说：“也会画。”陆炳文立刻叫人平了一百银子，交与梅成玉。陆炳文说：“先生，你把你的住脚留下，或许我还要找你画几条屏。”梅成玉心中很欢喜，留下住脚，告辞走了。

陆炳文次日一早，派了一个婆子，拿着两包点心，交给婆子几句话，叫婆子坐小轿，够奔青竹巷二条胡同来。一打听画画的梅先生住家，打听明白，来到门首下轿。一打门，梅成玉同他妹妹碧环在家中说话，听外面打门，梅成玉一看是一位仆妇。梅成玉说：“找谁？”仆妇说：“我是京营殿帅陆大人衙门的，只因我们大人昨天买先生一轴画，我们夫人瞧见很爱，叫我来找先生，还要画几样画。我到你家里扰个坐。”梅成玉一想：“是个仆妇，让进去有何妨呢？”立刻把仆妇让到里面，碧环姑娘自然也见着仆妇。一看这位姑娘，果然是貌似天仙。陆炳文所为派仆妇来看看姑娘，如果美貌就便把梅成玉请了去，如果姑娘长得平常，就作为罢论。婆子一看姑娘，真是千娇百媚，这才说：“我们大人，叫我来请先生到衙门去面谈，还要画多少样呢，我也记不清楚。先生亲身去见了我们大人说好了，就把定银带来了。”梅成玉一想甚好，立刻随同仆妇，来到刑廷衙门。不知后事如何，且看下回分解。

第一七九回

梅成玉急中见表兄　点白犬耍笑惊奸党

话说梅成玉同着仆妇来到刑廷衙门，仆妇先进去一回禀，陆炳文赶紧把梅成玉让到书房。今天分外透着恭敬，说：“先生请坐！”梅成玉一想，我一个穷儒，刑廷大人这样谦恭？自己倒觉着诧异。坐下一谈话，陆炳文说：“先生今年贵甲子？”梅成玉说：“小生今年二十七岁。”陆炳文说：“听说先生家中有一位令妹，没有婆家，这倒是天缘凑合，我给你说一门亲罢。现在大理寺正卿花花太岁王大人，新失的家，尚未续室，我给你说一门亲，倒是甚好。”梅成玉也来到临安住了好几个月，向有耳闻，知道王胜仙乃是本地的恶霸，赶紧说：“小生乃一介穷儒，不敢仰视高攀，大人不必分心了。”陆炳文说：“先生，你倒别推辞，这门亲你我都找不到。王大人乃是当朝秦相爷的兄弟，他是我的老师，将来过了门，论起亲戚来，你还是我舅舅呢！”梅成玉心里说：“我不给你当舅舅，恐怕多挨骂。”连忙说：“大人放心，我领情。这件事我也不能自主，还得回去和妹子商量商量。”陆炳文说：“不用商量，你不愿意也得愿意。来，拿二百银子来，你带了去作为定礼，也不便打手饰，择吉日就娶。你请回去听信罢，这件事我给你作主。”梅成玉不拿银子不行，勒令叫他拿着。梅成玉无奈，拿着二百银子回了家。一见姑娘，梅成玉说："妹妹，你快把细软东西收拾收拾，你我快逃走罢。我去雇船去。"姑娘说："呦，哥哥什么事这样慌张？"梅成玉说："我也不便告诉你，没有工夫，你快收拾，我去雇船去。"

说着话，由家中出来，焉想到刚走到东胡同口，有两位班头带着十个伙计，在这里扎住。众人一见梅成玉，大众说："梅先生你哪去？我等奉京营殿帅之令，在这里把守，你要打算逃跑，那是不行。你要走可以，可得把家眷留下。"梅成玉一听就愣了，自己想着要跑，焉想到陆炳文早派人看上了。自己拨头又往西走来，到西胡同口一看，也有两位班头十个伙计把上。梅成玉一看，心中真急了，这便如何是好？自己正在发愣，只见对面来了一人，说："贤弟，为何在此发愣？"梅成玉一看，说："表兄，你来了好，我这里出了塌天大祸。"书中交代：来者这人非是别人，正是探囊取物赵斌。原来赵斌的母亲是梅成玉的姑母，这两个是表兄弟。赵斌一看梅成玉这样惊恐，问："贤弟什么事？"梅成玉说："到我家再说。"二人一同来到梅成玉家中。赵斌说："贤弟因为什么？"梅成玉说："我卖画卖出祸来了。"赵斌说："怎么？"梅成玉就把陆炳文勒令说亲之故，如此这般一说："现在要跑也跑不了啦，东西胡同都有官人扎上，兄长你给我出个主意罢。"赵斌一听，把眼一睁，说："好狗娘养的，终日抢人害人，欺负到你我兄弟的头上！我拿刀到京营殿帅府，见一个杀一个，然后连王胜仙全都把他们杀了，方出我胸中之气。"梅成玉说："兄长这话不行，你一个人焉能反的了？京营殿帅有多少兵，你就满打杀一个杀两个，叫人家拿住，你便糟了。再说你又无兄弟几个，不但你救不了我，你再有个差错，那时姑母她老人家怎么办？兄长总得想个万全之策才好。"赵斌愣了半天，自己一想，说："我有主意了。"梅成玉说："兄长有什么高明主意呢？"赵斌说："我有个师父，乃是灵隐寺济公活佛。他老人家能掐会算，善晓过去未来之事。你我兄弟去请他老人家来，给出个主意罢。”梅成玉说：“也好。”二人这才赶紧站起身往外走。

由他家中出来，往前走了不远，偏巧见济公由他对面一溜歪斜，脚步不稳，“梯拖梯拖”来也。赵斌一看说：“这可是活该，济公他老人家来了。”连忙赶奔上前行礼说：“师父在上，弟子有礼，我正要去找你老人家去。”和尚说：“赵斌你起来，不便行礼。”赵斌说：“贤弟，你过来见见，这就是我师父济公。”梅成玉一看和尚褴褛不堪，心中有些瞧不起，过来给济公作了个揖。赵斌说：“师父，这是我表弟梅成玉。”和尚说：“你要找我什么事？”赵斌说：“师父，跟我到表弟家里去说。”和尚说：“也好。”这才同着梅成玉、赵斌，来到梅成玉家中。让和尚在堂屋里落座，赵斌说：“师父，你大发慈悲罢，我表弟出了塌天大祸。”和尚说：“你不用说，我都知道，你们两个人快到屋里瞧瞧罢，屋里这个乱还大。”赵斌、梅成玉一听这话诧异，连忙赶到里间屋中一瞧，见梅碧环姑娘上了吊了，这吓得梅成玉与众人浑身是汗。碧环命不该绝，这时候，幸亏工夫还不大，梅成玉赶紧把姑娘救下来，慢慢呼唤，姑娘悠悠气转。梅成玉说：“贤妹，你不可这样想不开，你我兄弟亲丁两个，你要一死，剩我孤身一人，我也无倚无靠。现在有表兄请了灵隐寺济公活佛前来，他老人家必能救你我兄妹，贤妹你不可再胡思乱想。”说罢，一想自己这话，心中一惨，二目落泪。和尚说：“梅成玉、赵斌，你二人出来。”赵斌说：“师父怎么样？”和尚说：“梅成玉你赶紧去到京营殿帅府见了陆炳文，你就说跟我妹妹商量好了，跟他要白银子千两，一头真金首饰，裙衫衬袄，要上等高摆海味席。给这个东西，当时送来，今天晚上就叫他轿子抬人。不给这东西，可不能把姑娘给他。”梅成玉说：“师父这话倘若他都应允，把东西给了，拿轿子来抬人，那便如何是好？”和尚说：“不要紧，你只管去。他给了东西轿子来，自然有人上轿子。”梅成玉说：“谁上轿子呀？”和尚说：“我看院中不是有一条白狗么？就叫它上轿子。”梅成玉说：“那如何能行？”和尚说：“你就别管我，保能行。”赵斌说：“贤弟，师父叫你去你就去，师父他老人家神通广大，法术无边，他自有道理。”

梅成玉半信半疑，自己这才起身出去。走到胡同，众官人说：“梅先生哪去？”梅成玉说：“我到京营殿帅衙门见陆大人去。”众官人说：“是，先生请罢！”梅成玉一直来到刑廷衙门，往里一回话，陆炳文赶紧吩咐有请。把梅成玉让到书房，问：“先生来此何干？”梅成玉说：“我因回家跟我妹妹一商量，她倒愿了意，可得要一千银子，一头真金首饰，要一套裙衫衬袄，一桌上等高摆海味席。把这东西送了去，今天晚上叫王大人拿轿子抬人。要不给我银子，那是不行。再说过门之后，他是豪富之家，我没有钱，这个亲戚也走动不了。不给我这些东西，这件事作为罢论。”陆炳文一听，心中甚为喜悦，说：“只要你愿意，要银子东西现成。先生你回去，随后我派人把银子、衣服、首饰、酒席就送了去。”梅成玉这才告辞。回到家中说：“师父，陆炳文都答应了。”和尚说：“好。”话言未了，有人把银子东西俱皆送到。和尚说：“摆上酒，咱们喝酒。”梅成玉说：“师父，少时轿子可就来。”和尚说：“你先去买四个义子火烧，半斤咸牛肉来。我给白狗吃上轿子饭。”梅成玉立刻到外面，把火烧牛肉买来。和尚说：“家里有红头绳胭脂粉没有？”梅成玉说：“有。”和尚说：“拿来。”立刻把四个火烧拿上，每个夹上牛肉二两。和尚说：“赵斌，你先去到钱塘关雇好一只船，预备好了。梅成玉你赶紧把家中细软的东西收拾收拾，回头我打发白狗上轿子一走，随后赵斌你送你表弟表妹逃走。要不然白狗一现了原形，他必定还要来拿你的。”赵斌点头答应，和尚这才把白狗一招手叫过来。罗汉爷这才要施佛法，大展神通，点化白狗变人，报应王胜仙，不知后事如何，且看下回分解。

第一八〇回

娶美人白狗闹洞房　丢官职狭路逢山寇

话说济公禅师把白狗叫过来，把四个火烧给白狗吃了，白狗摇头摆尾，前蹿后跳。和尚拿红头绳、白粉、两个耳兜拴上，又用红头绳把白狗的嘴一系，拿胭脂粉脸上一抹，把裙衫短袄给白狗一穿，把红绣鞋给白狗后爪一穿，和尚口念：“唵嘛呢叭㖦吽！”用手一抹白狗的脸，和尚说：

遍体白毛乌嘴，摇头摆尾发威。昼防门户夜防偷，主人寒苦不悔。好犬不乱吠，今夜同入香闺。贫僧点化你变蛾眉，要你报应花花太岁。

和尚用法术点化了白狗。赵斌、梅成玉再一看，白狗坐在那里，真是变了一个千娇百媚的美人，赵斌、梅成玉二人喜出望外。赵斌先去到钱塘关把船雇好，回来同和尚开怀畅饮。直喝到天有掌灯以后，只听外面鼓乐喧天，花轿来了。书中交代：陆炳文给梅成玉派人送了银子去，随后他坐轿拿着美人图，到王胜仙家去。一见王胜仙，陆炳文说：“老师大喜！”王胜仙自从火烧了合欢楼，他只当把美人烧死，心中实深想念，并无一刻忘怀，烦的了不得。今天听陆炳文一来说大喜，王胜仙说："我喜从何来？"陆炳文说："门生已给老师访着一个美人，已然说妥。这位姑娘有自己画的行乐图喜容，老师看了这轴画，跟人一般无二。"王胜仙打开美人图一看，说："世上哪有这样的美人？"陆炳文说："现在就有，我都给老师办妥了，乃是青竹巷二条胡同梅成玉的妹妹，定规今天晚上，拿轿子就替老师娶过来，一见就知道了。"王胜仙他本是酒色之徒，一听这话，说："贤契，你这样替我劳神，我实在抱愧。"陆炳文说："只要老师能护庇我把窦永衡放了，别丢官职就得了。"王胜仙说："那倒是小事一段，好办，好办！来人摆酒！"同陆炳文开怀畅饮，一面遣家人即刻找花轿娶亲。只要有钱好办事，少时就皆齐备，悬灯结彩，鼓乐喧天，花轿奔青竹巷二条胡同来了。

和尚先安置好了，见花轿到门口，和尚把门关上，叫吹打吹打，外面就吹打。和尚说："吹大开门，工尺上，柳青娘扑粉蝶。"和尚说："完了，要喜包。"要了无数的包，和尚这才跑进来，叫梅成玉说："新人上轿，轿子堵门口上，忌生人。"轿夫答应，把轿子搭到门口。和尚搀白狗上了轿。有和尚的法术，治的白狗不能动，在轿子里坐着，吹吹打打，搭着轿子，来到王胜仙家。有婆子掀帘把白狗搀下轿，王胜仙一看，果然是美人，真白，脚底下真小。拜了天地，王胜仙喜悦非常，一坐帐，桌上摆着成席的酒，大家让新人吃，新人也不言语也不吃。大家瞧着美人，是有和尚那点法术，治的要动也不能动。瞧这一屋子的生人，它这气大了，摆着一桌子吃的，也张不开嘴，白狗净生气。直到天有二鼓以后，陆炳文说："老师请入洞房罢，少时门生也要回去，明天再来道喜。"王胜仙来到屋中一瞧，美人坐着也不言语。婆子要给新人脱衣裳，过来刚一解钮子，把白狗捆嘴的绳儿碰脱了。王胜仙这个时节说："婆子你等去罢。"婆子都退出来。王胜仙赶过去，说："美人你不必害臊，这乃是人间大道理，你我是夫妇。"说着话，这小子淫心已动，过去一搂白狗，他要跟白狗亲嘴。本来白狗正有气呢，照定王胜仙脸上一嘴，把王胜仙的鼻子咬掉了，白狗也现了原形，把衣裳连咬带撕，往外就跑。王胜仙疼的乱滚，说："狗精！"家人吓的都跑了，也没人敢拦狗。狗跑之后，才有人把王胜仙的鼻子捡起来，趁势热血给他粘上，再找陆炳文。

陆炳文早已听见说，跑回衙门，派人再拿梅成玉，已剩了空房子。王胜仙这件事也瞒不住了，大家都说这是陆炳文的奸计，安心陷害。王胜仙这件事一回禀秦丞相，秦丞相勃然大怒，说："本来我兄弟就无知，陆炳文他还引诱他？这厮深为可恨！"秦相递折本一参他，说他放走了大盗窦永衡，捕务废弛，行同市侩，有忝官箴，任意胡为。圣上旨议下，将陆炳文即行革职，永不叙用。陆炳文虽然革了职，这一任刑廷，他总剩十万八万的银子。他自己带着夫人、少爷、小姐，打点行囊褥套，雇驼轿车辆，由临安起身，回归南京。这天驼轿车辆正往前走，走到翠云峰山下，忽然出来数十个喽兵，把去路挡住，一声喊嚷："对面的绵羊孤雁，趁此留下买路金银，放你逃生。如要不然，叫你等人财两空。"陆炳文一想，赶紧催马往前走，拿了一个名片子，说："你们寨主贵姓？"喽兵说："我们大寨主叫笑面貔貅周虎。"陆炳文说："劳众位驾，拿我的名片子，就提我是京营殿帅陆炳文，卸任归家，特意绕道来给你寨主请安，就说我要借山一行。"喽兵拿着名片到山上一回禀，周虎、高顺、高珍三位寨主彼此盘问，都不认识。窦永衡一听是陆炳文，不由得怒从心上起，恶向胆边生，说："三位寨主既不认识，这可活该，陆炳文是我的仇人，该当今天报仇雪恨。"说着话，窦永衡抄起一把刀来，就要往山下够奔。笑面貔貅周虎说："窦兄台且慢，你跟他有什么仇，你细细说。"窦永衡就把临安被他所害之故，从头至尾一说。周虎说："既是你跟他有这样仇，你倒不必下山杀他，他一死也就算完了，那也不算报仇。我倒有个主意，也不便要他的命，我下山把他让上山来，用好言把他安慰了，我这三个人就说送他一程，把他押到慈云观，送到祖师爷那里去。把他的妻子女儿，叫祖师爷爱给谁给谁，祖师爷那里有乾坤所妇女营。把陆炳文留在那里，叫他伺候众人，没事就打他一顿，零碎挫辱他，比杀他还好。山寨就烦你们二位给照料，我兄弟三人回头就把他送了走。”窦永衡一想也好，说：“我见他不见？”周虎说：“你就不便见他了，我下山去见他。”说罢，周虎同高顺、高珍三人一同下山。

陆炳文正在这里着急，周虎来到近前，说：“原来是大人驾到，小可未曾远迎，当面谢罪。”陆炳文赶紧说：“寨主在上，我陆炳文有礼！今日借山一行，改日必来答谢。”周虎说：“大人今天既来到敝山，请至山寨少叙，大人必须要赏脸。”陆炳文心中是害怕，又不敢说不去，三位寨主立刻派喽兵牵马上山。同陆炳文来到山寨之内，分宾主落座。陆炳文说：“未领教三位寨主尊姓？”周虎三人各通了名姓，赶紧吩咐摆酒，款待陆炳文。周虎说：“大人这是从哪来？”陆炳文说：“我是由临安城要回金陵上元县。”周虎说：“今天你我一见有缘，回头我弟兄三人送大人一程。”陆炳文说：“不敢烦劳各位寨主这样分心。”周虎说：“大人不必太谦，我三人是要送的。”吃喝完毕，这三位寨主带着一百喽兵，送陆炳文走下了翠云峰，就奔常州府慈云观去了。这山上就剩下窦永衡、周堃二人照料山寨的事情。周堃说：“姐丈，这一来陆炳文可遭报应了，总算他是害人反害己。现在你我弟兄还是怎样？”窦永衡说：“虽然你我报了仇，但只一件，咱们本是安善良民，守分百姓，被事所挤，挤得无奈，现在已占山落草为寇。终归你我还得想主意，这恐不是常法。”弟兄二人就在山中过了五六天。这天忽然有喽兵上山来报：“回禀寨主，现在山下有一人，堵住山口大骂，要走路的金银，如不给送下山去，杀上山来，杀个鸡犬不留。”窦永衡、周堃一听，说：“这事可太难了，人家当山大王，讲究断路劫人。这倒有人来找山大王要银子，真是欺我太甚！”二人立刻抄兵刃，翻身上马，领喽兵撞下山来。不知山下要走路金银之人是谁，且看下回分解。

第一八一回

醉禅师书写忠义祠　假道姑拍花盗婴胎

话说窦永衡、周堃二人气哼哼来到山下一看，二人赶紧翻身下马，上前行礼。山下非是别人，正是济公禅师。二人上前行礼说："原来是圣僧，你老人家从哪来？"和尚说："我由临安城要上江阴县去。"窦永衡说："师父，你老人家上山罢！"和尚说："我不上山，你二人在这山当大王哪？"窦永衡说："我二人无地可投，暂为借山栖身。"和尚说："窦永衡你附耳过来，如此这般，这等这样。"窦永衡点头答应说："师父，给你带点盘费。"和尚说："我不要，有钱花，我要走了。"和尚告了辞往前走。

这天和尚来到江阴县地面，眼见一座村庄，村口外那里围着许多的人。和尚刚来到近前，内中有人说："和尚来了，我们领教领教和尚吧。大师父请过来！"和尚说："众位什么事？"内中有人说："我们这座村庄，有七八十户人家，有三四辈人，没有一人认字的，都是目不识丁。"大众说："这个事真怪，许是我们这座村庄，犯什么毛病了。请了一位瞧风水的先生一看，他说我们不供文武圣人之过，供奉文武圣人，就有了文风了。我们村庄公议修了一座庙，是关夫子？孔圣人？我们大家为了难了。有心说是关公庙吧，又有孔圣人，尽说圣人庙，又有关夫子。这个匾没法起名，和尚你给起个名，大概你必能行。”和尚说：“我给起名就叫忠义祠吧。”大众一听说：“好，还是和尚高明。你会写字，就求你给写块匾行不行？”和尚说：“行。”立刻拿了笔来，和尚就写。写完了忠义祠的匾，大众说：“师父，你给写一副对子。”和尚说：“可以。”提笔一挥而就，上联是：“孔夫子，关夫子，二位夫子。”下联是：“作春秋，看春秋，一部春秋。”大众一看，书法甚佳，文理兼优，无不齐声赞美。众人说：“大师父，再求你山门上写一副对联。”和尚提笔写起，山门上写的是：“天雨虽宽，不润无根之草；佛门广大，难度不善之人。”和尚写完了，众人说：“这位大师父写得这么好，你怎么的这样寒苦？这样脏呢？”和尚说：“众位别提了，我是叫媳妇气的。”大众说：“怎么叫媳妇气的？”和尚说：“我娶了个媳妇，过了没有十天，我媳妇跟人家跑了。我找了半年，把她找回来了。”众人说：“那就不要她了。”和尚说：“我又要了，跟我在家过了一个多月，她尽招和尚老道往家里跑。我说她爱和尚，我一气作了和尚。我媳妇又跟老道跑了，气得我各处找她，找着我决不能饶她。”众人说：“你媳妇既跑了，你也就不用找她了。你已然是出了家，就在我们这忠义祠住着罢，我们给你凑几十亩香火地，有你吃的。你在庙里教书，给你凑几个学生，你自己一修行，好不好？”和尚说：“不行，我得找她去。”说着话，和尚一抬头说：“这可活该，我媳妇来了。”

大众抬头一看，由对过来了一位道姑，长得芙蓉白脸，面似桃花，手中拿着一个小包裹。和尚过去，一把手将道姑揪住，说：“好东西，你跟老道跑了，你当了道姑了？我娶了你，不跟我过日子，我找你这些日子，今日可碰见你了。”道姑说：“呦，你们众位快给劝劝，我本是自幼出家，我也并没有男人，和尚是疯子，他满嘴胡说。”众人就赶过来劝解，说：“倒说说是怎么一段事？”和尚说：“她是我媳妇，她跟老道跑了，她当了道姑了。”道姑说：“你们众位听和尚他是哪处口音？我是哪处口音？和尚他是疯子。”众人过来说：“和尚一撒手，叫她去吧。”和尚说：“不行。”大众好容易把和尚拉开，道姑竟自去了。和尚说：“你们大众把我媳妇放走了，你们就是赔我媳妇。”众人都以为和尚是疯子，众人说：“咱们给和尚凑几串钱罢。”大众给和尚凑了两串钱，说：“大师父你去吃点什么罢。”和尚拿着两串钱，说：“我再去找吧。”

说着话，和尚扛着两吊钱，往前走。来到江阴县城内十字街，见路北里有一座卦棚，这位先生正冲盹呢。本来这位先生也是不走运气，由今早晨出来就没开市，人家别的卦摊拥挤不动，抢着算卦，他这里盼的眼穿，连个人都没有。先生正冲盹，就听有人说：“来一卦。”先生一睁眼，只打算是算卦的，睁眼一瞧不是，人家买一挂红果。先生赌气，又把眼闭上。刚一闭眼，和尚来到近前说：“辛苦，算卦，卖多少钱？”先生一抬头说：“我这卦理倒好说，每卦十二个钱，你要算少给两个吧，给十个钱。”和尚说：“钱倒不少，你给我算一卦，算着我请你吃一顿饭。算不着我把你告下来，我们两人打一场官司。”先生说：“我给你算着，你也不必请我吃饭，算不着我也不跟你打官司。”和尚说：“好，你给算吧。”先生说：“你抽一根签吧。”和尚说：“不用抽，就算一个子罢。”先生说：“那不行，这是十二根签，是子丑寅卯辰巳午未申酉戌亥，你说子不行，你抽出来才算呢。”和尚说：“我抽也是子。”先生说：“那不行。”和尚说：“你瞧。”用手一抽，先生一看，果然是子，说：“和尚嘴倒灵了。”先生拿起卦盒刚要摇，和尚说：“你不用摇，就算个单罢。”先生说：“不摇那不行，分为单折重交。”和尚说：“你摇也是单，不摇也是单。”先生不信，拿起卦盒一摇，倒出来果然是单。和尚说：“你就摆六个单罢。”先生说：“哪能净是单。”和尚说：“你不信你就摇，找事费！”先生连摇了五回都是单，赌气不摇了，摆上六个单说：“这是六冲卦，离而复合。和尚你问什么事？”和尚说：“我媳妇丢了，你算算找的着找不着？”先生说：“接着卦说，找的着。”和尚把两吊钱往摊上一扔，和尚说：“我要找着我媳妇，两吊钱给你，我不要了。找不着我媳妇，我跟你要四吊，我还把你告下来，我们打一场官司。”先生吓得说：“你也别告我，我也不要你这两吊钱。”

和尚说着话，一抬头见那道姑又来了，和尚说：“先生真灵，我媳妇来了，这两吊钱送给你罢。”和尚赶上前，一把将道姑揪住，说：“你这可别跑了，你是我媳妇，不跟着我，跟老道跑了，那可不行！”道姑说：“你这和尚，疯疯癫癫，满嘴胡说。我跟你素不相识，你为何跟我苦苦作对？”和尚说：“我们两人就是打官司去。”道姑说：“打官司就打官司。”正说着话，对面来了两个班头，说：“和尚，你们二位打官司么？”和尚说：“打官司。”班头抖铁链就把道姑锁上。道姑说：“二位头儿，你们这就不对，我又没犯了国法王章，就满打我跟和尚打官司，怎么单锁我不锁和尚呢？”班头说：“我们老爷这里有规矩，要有道姑跟和尚打官司，只锁道姑不锁和尚。”

道姑一听这话，透着新鲜，其实不是这样一段事，皆因江阴县本地面出了两条人命案，老爷正派人差拿道姑呢。江阴县有一位班头，姓黄名仁，他有个兄弟叫黄义，开着饰铺，弟兄分居另过。这天黄仁要下乡办案，家中就有妻子吴氏住着，独门独院三间北房，黄仁要出去办案，得四五天才能回家。临走之时，找他兄弟黄义去，黄仁说：“我要下乡去办案，这三两天不能回来，你明天给你嫂子送两吊钱日用，我回来再还你。”黄又说：“哥哥你去罢。”黄仁走后，次日黄义带了两吊钱，给嫂嫂送了去。来到黄仁家中一看，在他嫂子家中，坐着一个道姑，二十多岁，芙蓉白面。黄义就说：“嫂子，我哥哥不在家，你在家里招三姑六婆，有什么好处？”吴氏说：“你管我呢，她又不是男子，连你哥哥他在家也不能管我。”黄义也不好深说，给他嫂子把两吊钱留下，自己回了铺子，一夜就觉着心惊肉跳不安。次日黄义一想，莫非有什么事？我哥哥不在家，我再瞧瞧去，立时又来到他嫂子门首。一叫门，把嗓子就喊干了，里面也不答话。左右邻都出来了，同着黄义把门撬开，进来到屋中一看，吓得黄义“呀”了一声，有一宗岔事惊人。不知后事如何，且看下回分解。

第一八二回

吴氏遇害奉谕捉贼　济公要笑审问崔玉

话说黄义同街坊邻人进到屋中一看，见吴氏在墙上钉子崩着，手心里钉着大钉子，腿上钉着大钉子，肚子开了膛，肠子肚子流了一地，吴氏怀胎六个月，把婴胎叫人取了去。黄义一看，赶紧到江阴县衙门喊了冤。老爷姓高，立刻升堂，把黄义带上堂来一问。黄义说："回禀老爷，我哥哥黄仁，奉老爷差派出去办案，托我照料我嫂嫂吴氏。昨天我给送去两吊钱，今天我嫂嫂被人钉在墙上，开了膛，不知被何人害死，求老爷给捉拿凶手。"知县下去验了尸，稳婆说："是被人盗去婴胎紫河车。"老爷这件事为了难，没有地方拿凶手去。过了几天，黄仁回来，一听说妻子被人害了，黄仁补一呈子，说："素口跟黄义不和，这必是黄义害的。"老爷把黄义传来，说："你哥哥说是你害的，你哥哥不在家，你去了几次？是怎么一段细情？你要实说。"黄义说："回禀老爷，我哥哥走后，次日我送了两吊钱去，见我嫂子家中有个二十多岁的道姑。我说我嫂子不应让三婆六姑进家中，我嫂子还不愿意，我就回铺子了，觉着心神不定。次日我又去，就叫不开门，进去一看，就被人害了。"老爷一听有道姑在他家，豁然大悟。前两天西门外十里庄有一案，是夫妻两个过日子，男人外面作买卖，家里妇人头一天留下一个道姑，住了一夜，次日被人开了膛，也是怀胎有孕。左右邻居都瞧见她留下一个道姑，次日她也死了，道姑也不见了。此案告在当官，尚未拿着凶手，这又是道姑。老爷立刻派马快访拿道姑，两位班头奉堂谕出来，访拿道姑。故此见和尚这揪着道姑，过来把道姑锁上，就是和尚不揪着道姑说打官司，班头也是拿锁道姑。

二位班头，一位姓李，一位姓陈，把道姑锁上，拉着够奔衙门，和尚随同来到江阴县衙门。班头进去一回禀老爷，说："有个穷和尚揪着一道姑，下役把道姑锁来。"老爷一听，心中一动，立刻传伺候升堂，带和尚、道姑。和尚来到大堂之上，老爷一看，赶紧离了座位，说："原来是圣僧佛驾光临。"上前行礼。众官人一看说："怎么我们老爷会给穷和尚行礼？"书中交代：这位老爷非是别人，乃是高国泰。前集济公传，济公在余杭县救过高国泰、李四明。后来高国泰在梁万苍家攻书，连登科甲，榜下即用知县。故此今天见了济公，连忙给和尚行礼，吩咐来人看座，和尚在旁落了座。高国泰说："圣僧因为什么揪着道姑？"和尚说："我有五十两银子掉在地下，道姑捡起来，她不给我了。我揪着她跟她要，她不给，因为这个我要跟她打官司。"知县一听，吩咐把道姑带上来。官人立刻把道姑带上堂，道姑一跪，知县说："你是哪里人？姓什么？叫什么？"道姑说："小道是扬州府的人，我姓知，叫知一堂。由自幼出家，在外面云游访道。"高国泰说："你为何瞒昧圣僧的银子？"道姑说："我并不认识他，和尚满口胡说。"和尚说："老爷叫人搜她身子。"老爷立刻传官媒在当堂一翻，道姑上身并没有什么东西。和尚说："你都翻倒了。"官媒一搜道姑的下身，搜出一个包裹来。官媒说："回禀老爷，他不是道姑，他是个男子。"老爷一听，勃然大怒，说："你这混账东西！你既是男子，为何假扮道姑？大概你必有缘故，趁此说实话，免得皮肉受苦。"道姑说："回禀老爷，我原本是扬州府的马快，只因我们本地有两个女贼越狱脱逃，我出来改扮道姑，所为访拿女贼。”知县说：“你是办案的马快，你可有海捕公文？”道姑说：“没有。”知县说：“大概抄手问事，你万不肯应，来人，看夹棍伺候！”旁边官媒打开包裹一看，里面有油纸包着那三个血饼子，有一个似乎成人形的，有好几把钢钩钢刀。官媒说：“回禀老爷，这是三个婴胎，这就是六条人命。”老爷说：“你这东西哪来的？”假道姑说：“我捡的，我还没打开瞧，我还不知是什么呢。”知县说：“你捡的，你为何带在贴身隐藏着？大概你也不说实话。”立刻派人用夹棍将他打起来。再一看他倒睡觉了。高国泰说：“圣僧，你看这怎么办？”和尚说：“不要紧。”当时用手一指，口念六字真言：“唵嘛呢叭咪吽！唵，敕令赫！”贼人当时觉着夹棍来得凶，疼痛难挨，热汗直流，口中说：“老爷不必动刑，小人有招。我原本姓崔，叫崔玉，外号叫玉面狐狸。我奉常州府慈云观赤发灵官邵华风祖师爷差派出来，盗去妇人的婴胎紫河车，配薰香蒙汗药。我扮作道姑，所为跟妇人不避，得便行事。这是真情实话。”高国泰说：“慈云观有多少贼人？”崔玉说：“有前殿真人，后殿真人，左殿真人，右殿真人，有五百多位的绿林，都在那里啸聚。”高国泰立刻叫崔玉画了供，吩咐钉镣入狱。和尚说：“拿污秽之物把他嘴堵上，吃饭时再给他拿出来，不然他会邪术，他能跑了。”大人点头答应。

高国泰退堂，请和尚来到书房，高国泰说：“现在我这里还有一案，求圣僧指示我一条明路。”和尚说：“什么事？”高国泰说：“西门外八里铺，出了两条命案。我下去验，门窗户壁未动，两个被杀，别的东西不丢，失去黄金百两。我没验出道理来，这案怎么办？”和尚说：“不要紧，我请两个人替你办这案。”高国泰说：“请谁呀？”和尚说：“我把我们庙里韦驮请来，叫他给你办这案。”高国泰说：“那行吗？”和尚说：“行，前者我请韦驮在秦相府盗过五雷天师八卦符。今天晚上在院中摆设香案，我一请就请来。你们可别偷着瞧，要偷着一瞧就瞎眼。”高国泰说：“是。”立刻吩咐家人，预备香烛纸马，摆酒席在书房，同和尚喝酒，直喝到天有初鼓。外面桌案预备停妥，高国泰说："圣僧该请了罢？"和尚说："该请了，你在屋里，可别出去。"高国泰说："是。"和尚来到院中，把香烛点着，和尚说："我乃非别，我乃灵隐寺济颠是也。韦驮不到，等待何时？"和尚连说了三遍，只听高处一声喊嚷："吾神来也！"飕飕来了两个人，说："罗汉圣僧，呼唤吾神，有何吩咐？"和尚说："八里铺门窗未动，杀死了两条人命，盗去黄金百两，尊神把凶手给我拿来。"上面一声答应："吾神遵法旨！"说罢，竟自去了。

高国泰在屋中听着，心中说这韦驮爷来得真快。书中交代：来者这两位神仙，非是别人，乃是雷鸣、陈亮。这两个人原本由前者济公在天台山法斗老仙翁之后，叫孙道全回庙，叫悟禅投奔九松山灵空长老和尚，交给雷鸣、陈亮一封信，叫这两个人某月某日到江阴县，晚间在二堂后房上听招呼，叫这两个人装神仙，给和尚捧场。雷鸣、陈亮由头几天就来到江阴县，在店里住着，天天晚上到江阴县衙中来。今天听济公说叫他两个人去给办八里铺这案，雷鸣、陈亮一声答应说："遵法旨。"二人出了知县衙门，雷鸣说："老三，这案怎办法？"这两个人头两天就听见说八里铺这案，门窗未动，两条命案，雷鸣、陈亮也不知是谁做的。今天济公叫给办这案，雷鸣没有主意，陈亮说："要探贼事，先入贼伙。我们到八里铺左右去瞧探去。"雷鸣说："也好。"二人这才一直来到西门，顺马道上城，用白练套锁抓住城头，顺绳下去，抖下白练套锁带在兜囊。二人施展陆地飞腾，往前走，只见眼前一座树林。二人刚来到树林，只听树林一声喊嚷，怪叫如雷，说："吾神来也！"雷鸣、陈亮二人抬头一看，吓得亡魂皆冒。不知后事如何，且看下回分解。

第一八三回

因奇案济公请神　见大鬼雷陈问盗

话说雷鸣、陈亮正往前走，只听树林内一声喊嚷："吾神来也！"二人睁眼一看，只见由树林子出来一个显大神，身高丈六，头如麦斗，头上戴着凤翅盔，五色的脸膛，五色的衣裳，两只眼似两盏灯相仿，一张嘴由嘴内喷出一股黑烟起在半悬空，这股烟不散。雷鸣、陈亮大吃一惊，雷鸣说："这是什么东西？"二人打算要跑。陈亮说："二哥且慢，你我弟兄在绿林这些年，可没遇见过这事。大道边什么装神弄鬼的事可都有，真要是神他也不能害人，要是妖魔鬼怪，你我跑也跑不了。莫若你我壮起胆子，问他一问。"雷鸣说："对。"二人立刻拉出刀来，一声喊嚷："呔，对面你是神，趁此归庙，你是鬼，趁此归坟。我二人也是绿林人，也没做过伤天害理的事情，跟你远日无冤，近日无仇，你别吓唬我们。"这个鬼呀了一声，说："原来是雷鸣、陈亮。"说完了这句话，晃晃悠悠复又进了树林中。雷鸣、陈亮心里说："怪呀，他怎么知道我二人是雷鸣、陈亮呢？"两个人在这里站着发愣。工夫不大，只见由树林子出来一人，头上青壮帽，青绸氅，说："原来是雷爷、陈爷！"雷鸣、陈亮一看，这人原来是绿林中小伙计姓王，叫王三虎，外号叫云中火。雷鸣、陈亮说："原来是王三虎呀！你怎么干这个？”王三虎说：“我也是不得已而为之。我就在这江阴县住，我家中七十多岁的老娘，病着家里没有吃的。我在这里虽然装神，我可不截孤行客，我怕把人家吓死。我瞧有两三个人，我方才出来，也不害人，只要得点财帛就罢了。没想今天遇见你们二位。”雷鸣、陈亮说：“我跟你打听打听，你是这本地人。在这八里铺，门窗壁未动，杀死命案两条，盗去黄金百两，你知道这案是谁做的不知？”王三虎说：“这件事我倒知道，你们二位怎不知道？做这案的人，跟你们二位联盟的拜兄弟呀。也是西川路的人。”雷鸣、陈亮说：“我们拜兄弟里，没有甚能为的人。你说是哪位？”王三虎说：“这个人就是乾坤盗鼠华云龙的拜兄，叫鬼头刀郑天寿。当初他把华云龙带出来的，不是跟你二位联盟的吗？”雷鸣说：“你知道这个郑天寿，他在哪里住着？”王三虎说：“他就在这西边，有个地名叫盆底坑，那里有座庙，叫大悲佛院。庙里有两个和尚，一个叫铁面佛月空，一个叫豆儿和尚拍花僧月静。他们虽是和尚庙，可跟常州府慈云观的老道是一党，这庙是慈云观的下院，郑天寿就在那庙里住着。听说他们都会邪术，墙上画个门就能走。”雷鸣、陈亮说：“你带我们到庙瞧瞧去，你只要指给我们就得了。”王三虎说：“可以。”立时到树林拿他自己的包裹，带领陈亮、雷鸣往前走。雷鸣说：“你方才拿什么弄的那么大个？”王三虎说：“我拿竹皮子支的架子，假人脑袋有一个铜筒子，一烧狼粪就由嘴里冒出烟来不散。”雷鸣说：“这就是了。”

三个人说着话，来到盆底坑。王三虎用手一指说：“就是这座庙。”雷鸣、陈亮说：“我二人到里面去探探，你在外面等着。”王三虎说：“就是罢。”雷鸣、陈亮二人这才来到庙界墙，拧身窜上房去，在东配房后房坡，卧着望下一瞧，借着月亮看的甚真。正大殿头里有月台，月台上有一张牙桌，牙桌上放着茶壶茶碗，旁边坐着一个大脱头和尚。黑脸膛，穿着青僧衣，看那个样子，身躯胖大。就听和尚那里叫：“来人！”只见配房出来两个小和尚，都是长得凶眉恶目，来到月台前，说：“师父呼唤我等有什么事？”就听那脱头和尚说：“今日白天这件事，你郑大叔回来别跟他提，叫他一知道有钱，他就爱花。勿论有多少钱，到他手一嫖一赌就完了，我是把他愿透了。”两个小和尚说：“师父心里既愿他，不会把他撵走了，不叫他住？”大和尚说：“你两个小孩子懂得什么？满嘴胡说。去亮青字，把那个溜丁的瓢儿摘了，把他一埋，你郑大叔回家别提。”两个小和尚一声答应，到东屋里拿了一把刀，往后够奔。

雷鸣、陈亮在暗中一听：“这是杀人哪！”二人就在房上暗中跟随。只见这座庙是三层殿，两个小和尚往后走着，这个说：“我师兄，你瞧咱们才冤呢，分赃没分，犯法有名。杀人教我们杀去，分银子一两也不给咱们。”那个小和尚说：“师弟你别瞎抱怨了，咱们庙里时常害人，哪个月不害几个？一回也没有给我们钱呀！”雷鸣、陈亮在暗中听的明白。到了第三层院子，雷鸣、陈亮由后面跳下来，每人拿一个，由后面一个老鹰拿兔，把两个小和尚脖子掐住。雷鸣、陈亮拿刀在小和尚脑袋上一搁，说：“你们两个人要嚷，当时把你两个杀了。”小和尚说：“不嚷，二位太、太爷饶命！”雷鸣、陈亮说：“我问你们拿刀要杀谁？”小和尚说：“有一位公子姓曾叫曾三品，离此五十里地，有个曾家集，他是那里人。今日来到我们庙里找茶喝，我师父瞧他有一匹马，褥套里有银子，用蒙汗药把他麻过去，捆上搁在这东跨院北房屋里，叫我们二人去杀去。”雷鸣说：“这个公子的马匹、褥套、银子在哪里？”小和尚说：“在那边花园子马棚里拴着，褥套、银子都没动，里面说有三百多两银子。我师父怕叫别人知道，都藏在西跨院。”雷鸣、陈亮问明白，手起刀落，把两个小和尚杀了。

二人来到东跨院北房屋中，用白蜡点照一看，在床上捆着一位文生公子，昏迷不醒。陈亮先把绳扣结解开，在院中找着荷花缸，拿碗取了一碗水到屋中给这公子灌下去，少时公子还醒过来。陈亮说：“你别嚷，我二人是来救你，你在这庙中被害了，你姓什么？”这公子道："我姓曾，我叫曾三品，我原是曾家集的人，今天来到这庙中找茶喝，我也不知怎么就糊涂了。"陈亮说："你快跟我们走，给你找你的东西，送你逃命了。"曾三品活动了活动，同着雷鸣、陈亮来到西跨院花园子一找，果然马匹、褥套都在这里。陈亮说："你瞧这是你的东西不是？"曾三品一看，银两东西一样不短。雷鸣、陈亮带着他，开花园子角门，把马拉出来，又绕到前面找着王三虎。陈亮说："你没走甚好。"王三虎说："你们二位到庙里怎么样？可瞧见郑天寿没有？这大的工夫，我甚不放心。"雷鸣、陈亮说："倒不瞧见郑天寿，我二人杀了两个小和尚，把这位曾公子救出来。王三虎我二人给你十两银子，你拿到家去奉养你老娘。你可得把这位曾公子送到曾家集去。"王三虎说："就是罢，我谢谢二位大爷。"雷鸣、陈亮说："不用谢，你们去罢。"曾三品说："二位恩公尊姓大名？救了我一条命，我一家感念二位恩公的好处。"陈亮说："我姓陈名亮，这是我二哥雷鸣。我也不便说，你赶紧快走。"

曾三品同王三虎二人走后，雷鸣一想，"先回去先把这个秃头拿了，回头再拿郑天寿。"本来雷鸣是个浑人，他想罢，也没跟陈亮说，二人复又拧身上房，往下一探。这个时节，月台上那黑脸和尚正在着急，心中暗恨这两个徒弟实在可恨，这半天还不来，杀一个人这么大工夫，也不知哪里去了。正在心中犹疑，忽然间瞧见地下有人影，原来雷鸣、陈亮在东房上，有月亮照的如同白昼一般。和尚一抬头看，说："什么人？好大胆量，竟敢在我这屋上？"雷鸣更口快心直，伸手拉刀说："好囚囊的，雷二爷把你狗头给砍下来！"说着，雷鸣跳下来，摆刀就要过去。焉想到这个和尚会邪术，用手一指，说声："勒令！"雷鸣翻身栽倒。陈亮一瞧雷鸣躺下，立刻一摆刀窜下来，说："好贼和尚，我焉能与你善罢干休！你敢伤我兄长？"说着话，刚要过去，和尚用手一指，陈亮也躺下了。和尚说："好孽障，这是你自来送死，休怨洒家。"立刻伸手拉戒刀。不知雷鸣、陈亮性命如何，且看下回分解。

第一八四回

王三虎泄机大悲院　愣雷鸣智捉铁面佛

话说这凶僧刚要拉刀杀雷鸣、陈亮，偏赶巧这个时节，由房上跳下一人，穿着一身夜行衣靠，紫脸，说："什么事？且慢动手！"陈亮一看，是鬼头刀郑天寿。陈亮认识他，他可不认识陈亮。陈亮真是见景生情，真伶俐，赶紧说："郑大哥么？"郑天寿说："哪位？"陈亮说："我陈亮同雷鸣。"郑天寿一听，说："哎呀！这可不是外人，你们二位做什么来了？"陈亮说："我二人做买卖来了。"郑天寿说："唉，咱们自家，幸亏我来。"赶紧过来，把验法撤去，把雷鸣、陈亮扶起来，说："我给二位贤弟见见，这位和尚叫铁面佛月空。"雷鸣、陈亮彼此赶紧行礼。月空和尚说："贤弟你打哪来？"郑天寿说："我今天白天瞧见一个美貌的妇人，我晚上去采花作乐，没想到我找不着门了。合该总是人家祖上有余德，不应当失节，我赌气跑回来。也亏得我回来，我要不来，你这个乱惹大了。这二位是玉山县三十六友的人，你要给杀了，你想想玉山县的人答应不答应？"月空说："这也难怪，我也不认识。事从两来，莫怪一人，这位雷爷他先要跟我动手的。"郑天寿说："得了，不必说了，你我彼此都是自家。雷陈二位贤弟既来了，我们一同吃酒罢。"月空立刻叫小徒弟收拾菜蔬预备酒。月空他庙里有四个徒弟，那两个到后去杀人，这半天没回来，这两个小徒弟立刻在厨房，收拾酒菜。这个小和尚说：“咱们师兄他们两人，怎么还不回来呢？”那个说：“管他做什么？回头他们两人，找着要挨打。”

两个小和尚正说着话，把菜都打点好了。刚要做，雷鸣跑到厨房来说：“你们做什么菜呢？”两个小和尚说：“没做什么，连荤带素，打算要配十二样。”雷鸣眼珠一转，他腰里有包蒙汗药，是前者得着单刀刘凤的，要害济公使了几两，腰里还剩下几两，雷鸣自己手里拿着药，答讪着说话，用手指点说：“这盘是炒的，这盘是爆的，这样是拌的。”两个小和尚也没留神，雷鸣把麻药下在菜里，六样有药的，六样没药的。雷鸣记住了，仍出来跟月空、郑天寿谈话。少时小和尚擦抹桌案，就在月台上把酒菜摆下。雷鸣早记着呢，他就说：“老三你吃这盘，我吃这盘，郑大哥吃那盘，和尚哥哥你吃这盘。咱们分着吃，别打架，我爱吃的我留下。”和尚同郑天寿也没想到菜里有毛病，以为雷鸣是个爽快人，倒不拘束。焉想得雷鸣把六盘有药的给郑天寿跟和尚吃，没药的雷鸣同陈亮吃。少时之际，和尚和郑天寿一吃菜，俱皆翻身栽倒。陈亮说：“这是怎么回事？”雷鸣哈哈一笑，说：“把囚囊的用麻药麻躺下了。”际亮说：“你怎么搁的？”雷鸣说：“我到厨房去，冷不防给把药洒上，六样有药，六样没药，咱们吃的是没药的。”陈亮说：“二哥，真罢了，我佩服你。”立刻先把月空和尚、鬼头刀郑天寿捆上，把这两个小和尚也拿住捆上。雷鸣说：“等天亮开了城，咱们把这几个贼人解到江阴县去，交给师父就得了。”陈亮说：“也好。”二人自己弄酒弄菜，又吃又喝，直等到天亮太阳出来。

雷鸣、陈亮刚要打算把贼人解了走，忽然见外面进来了两个班头，都是头戴缨翎帽，身穿青布靠衫，腰扎皮挺带，薄底窄腰鹰脑快靴。带着有几十位伙计，来到这里，说：“二位姓雷姓陈吗？”雷鸣、陈亮一听一愣，说：“不错，二位头儿贵姓呵？”官人说：“我姓李，他姓陈，我们是江阴县的。你们二位是济公的徒弟么？我们是济公打发来的，说你们二位在这里拿住贼了。你把贼交给我们罢，少时济公就来。”雷鸣、陈亮说：“不错，我们这里拿住了一个铁面佛月空，一个鬼头刀郑天寿。”官人说：“咱们押着贼人一同走罢。”手下伙计刚把两个贼人扛起来，大众一同出了庙，只见对面济公扛着一个和尚来了。书中交代：和尚昨天在知县衙门，今天清早，跟高国泰说明白，和尚带着众班头出了衙门。和尚说：“众位头儿，你们大众够奔盆底坑大悲佛院那里。有一位姓雷的，一位姓陈的，是我两个徒弟，他们那里拿住贼了。你们到那去等我，随后我就到，我还得去办一般差事。”众官人头里走了。

和尚来到西门里，路北有一座酒馆，和尚进去，要了一碟菜，两壶酒喝着，就听众酒座大众纷纷议论。说：“我们这江阴县出这样新鲜事，无故净丢二十多岁的小伙计。若是小孩丢了，说是拍花拍了去。这净丢大人，莫非也叫拍花的拍了去？街市上都乱了，这几天，听说有好几十家丢人的。都告在当官，各处寻找，街上尽是找人的，你说怪不怪？”大众正在议论之际，只见外面一声：“阿弥陀佛。”只见外面进来一个和尚。淡黄脸膛，有二十多岁，手里托着簸箩，里面有绿豆，按各桌上抓施舍，只给三四十颗。书中交代，这个和尚就是月空的师弟，叫豆儿和尚拍花僧月静。他这豆儿有麻药，叫吃三四十粒不怎么样，只要一过五十粒，药劲一发散开，这个人就得迷糊。他一天只拍一个，不定由哪拍，大众也不理会他。拍了人给慈云观送了去，都要年轻力壮的，到慈云观就不叫出来。今天和尚又来到酒铺，打算拍人。按各桌上一给绿豆，济公说：“才来吗？”月静一看是个穷和尚，豆儿和尚说：“早来了，大师父。”济公说：“我来了半天了，你给我点豆儿吃，可得过五十粒，少了可不行。”豆儿和尚一听这话一愣，连忙抓给济公有三十多粒豆子，济公说：“不够。”自己伸手就抢了一把。豆儿和尚心里说：“你一吃就迷糊。”心说：“我拍他这疯疯癫癫的做什么？也罢，等他迷糊了，我把他带出城，没人的地方，将他推在大江里就完了。”心中想着，见济公把豆儿都吃了嘴里，自言自语说：“这豆儿怎么不灵呢？不是五十多颗就行了吗？我吃了有一百颗还不怎么样，你再给我点罢。”豆儿和尚一听这话，吓的心里直跳，恐怕给明说出来。心中暗想道又给济公抓了一把，心说只要把他迷糊过去，省得他满嘴胡说，坏了我的大事。济公又吃了好几十粒，说：“我吃了有一百五六十粒，还是不行，你再给我吃点。”豆儿和尚赶紧又给抓了一把，见穷和尚吃下去，一打冷战，两眼发直，不言语了。豆儿和尚一想：“必是迷了。”赶紧把济公酒钱给了，说：“掌柜的，这是我们庙里疯和尚，我把他的酒钱也给了，我带他走。省得他发了疯病，打人骂人。”掌柜的说：“是。”大众也不理会。

豆儿和尚往外走，济公站起来一声不言语，随后就跟了一直出了西门。豆儿和尚心中想要把穷和尚推在江里就完了，正往前走着，济公在后面一声喊嚷：“站着！”把豆儿和尚吓了一哆嗦，立刻站住，说：“不是迷糊过去了的？”济公说：“没有，我为是叫你给我的酒钱，你不是拍花的么？”月静说：“你怎么知道？”济公说：“我们专门拍花的。”豆儿和尚说：“怎么你拍花的？”济公用手一指，口念：“唵，敕令赫！”豆儿和尚迷糊了。济公头里走，他后头就跟着，济公一高兴，把他扛起来，走街市上过。路人一看，说：“和尚化缘有打锣的，有拉大锁的，没见过扛着和尚化缘的。”济公说：“不开眼，少说话，我们庙里搬家，大和尚搬运小和尚。”大众一听，这倒新鲜。和尚扛着拍花僧，来到盆底坑，正碰见雷鸣、陈亮、众官人押解着郑天寿、月空。济公把月静也交与官人，雷鸣、陈亮给师父行礼，大众一同来到江阴县。高国泰立时升堂，给济公在旁边搬了座位，将三个贼人带上堂来。月空、月静、郑天寿也明白醒过来，高国泰一拍惊堂木说：“你等姓甚名谁？快说实话！”郑天寿从头至尾一说，把高国泰惊的目瞪痴呆。不知后事如何，且看下回分解。

第一八五回

解强盗同至常州府　为故友涉险入贼巢

话说高国泰升堂一讯问，这三个贼人一看已然到了公堂之上，济公在旁边坐着，料想不招也是不行。郑天寿说："老爷不便动怒，我实话实说。小人姓郑，名叫郑天寿。我同这两个和尚，都是慈云观祖师父差派出来，叫我给他们诓人。"高国泰说："慈云观是怎么一段事？"郑天寿说："慈云观有一位老道，叫赤发灵官邵华风，他有一宗宝贝，叫乾坤子午混元钵。那里面有五殿真人，有三十二位采药仙长，三十二位巡山仙长，三十二位候补真人，有薰香会上三百六十位绿林人，在外面有七十二座黑店，五百只黑船。不久祖师爷要起首，夺取大宋江山社稷。"高国泰一听就愣了，问说："我们西门外八里铺，窗门户壁未动，杀死两条命，盗去黄金百两，可是你做的？"郑天寿说："不错，是我小人做的。我夜晚去窃盗，他瞧见一嚷，被我将他杀死。"高国泰又问两个和尚，这两个人亦都实说实话了。高国泰当时吩咐把他三个人钉镣入狱，和尚在旁说："老爷你别要把他们入狱，这几个贼都会邪术，要跑了你也耽不起。我和尚所为常州府慈云观这件事来的。你赶紧坐轿，我和尚帮你解到那常州府去，连假道姑崔玉一并。你把差事交到上宪，就没你的事了。"高国泰说："甚好。"立刻传两顶轿，给雷鸣、陈亮备两匹马，手下官人俱各带兵刃，把四个贼人带上三件手铐脚镣，装在车上，前后有人把着。高国泰先请和尚上轿。和尚一上轿，把轿底蹬掉了，高国泰也不知道；上了轿，抬轿的也瞧见，搭起轿子走，和尚在轿子里跟着跑。街上人一瞧，道："这可新鲜，四个人搭轿子，怎么十只脚呀？"大众直嚷。高国泰在轿子里坐着，听着草鞋底"梯他梯他"直响，赶紧吩咐住轿，高国泰下了轿一瞧，和尚在轿子里露着两只脚。高国泰说："圣僧这是怎么一段事？"和尚说："你真冤苦了我，难为老爷这两只厚底靴子，要没把靴子头跑破了。我瞧还没有走着舒服，跑快了头里挡着，跑慢了后头兜着，累了我一身汗。我可不坐这轿子。"高国泰一看和尚坐轿子没有底，说："这是怎么的？你们这些轿夫混账！"众轿夫说："我们也不知道，怪不得抬着真轻呢！"高国泰说："快来给圣僧换马。"立刻有人给和尚拉过马来。和尚骑上马，大众押解差事，来到常州府。有人往里一回禀，提说："江阴县知县同济公押解四个叛逆前来禀见。"知府一听是济公，赶紧吩咐有请。这位知府本是新由绍兴府调过来的，就是顾国章顾大老爷，前者济公在白水湖捉过妖见过，故此今天赶紧有请。

高国泰同济公带着雷鸣、陈亮来到里面，一见顾国章，彼此行礼。高国泰回禀上宪，把公事交代清楚。顾国章说："贵县先请回衙办公。"高国泰告辞去了。顾国章说："圣僧四位门徒，那两位呢？"济公说："那两个人没跟我来。老爷升到这里，贫僧特来道喜。"顾国章说："圣僧说哪里话来。弟子到时常想念圣僧。"和尚说："老爷升到常州府，声名如何？"顾国章说："我自己也不知道。"和尚说："在你该管地面，有无数的邪教叛逆啸聚，不久就要起事，你还不赶紧责拿？将来要一起首，你的地面耽的了么？"顾国章说："弟子一概不知，哪里有反叛？圣僧指示我一条明路。"和尚说："常州府正西，平水江卧牛矶，有一座慈云观。有一个老道，叫赤发灵官邵华风。他招集了无数的贼人，在外害人诓人，将来不久就要造反。”顾国章说：“这话当真？”和尚说：“你把这几个贼人带上来一问，你就知道了。”顾国章立刻传伺候升堂，吩咐把江阴县解来的贼人带上来。立刻将四个贼人带上公堂。顾国章说：“你等都是哪里人？”四个贼人各通名姓，鬼头刀郑天寿说：“回禀大人，我四个人都是一处的，都是慈云观祖师差派出来的。”顾国章说：“慈云观共有多少人呢？”郑天寿说：“要说人多难以尽述，尽说有能为的，就够好几百。有五殿真人，有三十二位采药仙长，三十二位巡山仙长，三十二位候补真人，三百多绿林人，有薰香会的，外有七十二座黑店，五百只黑船，人是多了没有数。”顾国章一听，说：“圣僧，这件事可怎么办？贼人势派大了。”和尚说：“太守，你不必着急，我和尚所为这件事来的。”

正说话，只听外面一声喊嚷：“无量寿佛。”手下官人上来回禀，说：“外面来了一个老道，来找济公长老。”顾国章说：“什么人？”和尚说：“要办慈云观这件事，就应在此人身上。”书中交代，来者是谁呢？这内中有一段隐情。只因前者济公捉拿华云龙之时，有玉山县的两个人追云燕子姚殿光、过度流星雷天化，这两个人在半路上要抢劫差事，打算要救华云龙，没救了。后来一访问，才知道华云龙在临安城为非作恶，镖伤三友，种种不法，罪大恶极。姚殿光说：“雷贤弟你我不必管了。”二人这天走在鲍家庄，雷天化说：“兄长你我瞧瞧鲍二哥去。”这鲍家庄住着一位绿林人，叫矮岳峰鲍雷，也是玉山县三十六友之内。姚殿光、雷天化二人，这天来到鲍雷的门首，一叫，老管家鲍福由里出来了，认识这两个人。鲍福连忙行礼，说：“原来是姚爷、雷爷，一向可好？”姚殿光说：“承问承问！你家大爷可在家里？”鲍福说：“二位休提，我家大爷提不得了。”姚殿光说：“怎么？”鲍福说：“你们二位不知道，我家大爷归了慈云观，竟真是疯了，永不回家来，把老太太也想病了。我去找他去，我家老爷说的真不像话，他道他已然出了家了，要成佛做祖，不管在家的事了。劝他不行，连家都不要了。现在老太太病的甚利害，想我家大爷想病的。”

姚殿光、雷天化二人一听，说：“这事可新鲜，我们到里面瞧瞧老太太。”管家说：“好。”立刻带着姚殿光、雷天化来到里面，一见鲍老太太在床上躺着，病体沉重，形容枯槁。姚殿光、雷天化说：“老伯母，你老人家这是怎么了？小侄男二人来瞧你来的。”老太太一翻眼，看了一看，原来是儿子两个拜兄弟。老太太二目垂泪，叹了一声，说：“老身是不行了，家里没有德行，你鲍二哥归了慈云观，疯了，家里老娘妻子他都不要了，你们看这可怎么好？我跟前又没有三个两个，就是他这一个忤逆子，他把家抛了，我鲍氏门中断绝了香烟，我这病是好不了。”姚殿光、雷天化一听这话可惨，说：“我鲍二哥他素常是个明白人，怎么会做出这样事来呢？老伯母不要伤心，我二人去找我鲍二哥去。我们见了他，劝劝他，把他劝回来就得了。”老太太说：“你二人真能把他劝回来，我烧高香，我的病还许好得了。”姚殿光说：“伯母请放宽心，我二人自有道理。鲍福你来告诉我们，说你家大爷在什么地方住着？”管家说：“在常州府正西平水江当中，有一座山叫卧牛矶，那一座山上有庙叫慈云观，那庙里有一个老道叫赤发灵官邵华风。你们二位去，不定进得去进不去。再说就满打见着我家大爷，也未必你们二位能劝的了他，他说他现在封为镇殿将军了，虽劝他，那算白说。”姚殿光说：“瞧罢，我二人尽力所为。实在不行，那也无法。”二人当时告辞。出了鲍家庄，二人尽其交友之道，顺大路够奔常州府而来。

这天正向前走，只见对面来了一个人，骑着一匹白马，鞍镫新鲜，看这人头戴粉绫缎软帕包巾，身穿粉绫缎团花大氅，衣服鲜明。来到近前，滚鞍下马过来行礼，说：“原来是雷爷、姚爷。”姚殿光二人睁眼一看，“呀”了一声。不知来者是谁，且看下回分解。

第一八六回

逢贼党述说慈云观　入虎穴有意找盟兄

话说姚殿光、雷天化正要奔慈云观，在道路上碰见一个骑马的。这人下马，赶上前一行礼，姚殿光、雷天化二人一看，认识这个人。原来当初是绿林中采盘子的小伙计，姓张叫张三郎，外号叫双钩护背。今天姚殿光一看，说："张三郎，你发了财了？你在哪住着呢？"张三郎说："我现在慈云观呢！当五路的督催牌。"姚殿光说："你在慈云观，我跟你打听个人，你可知道？"张三郎说："不用说，你们二位必是打听矮岳峰鲍雷，对不对？"姚殿光说："不错，你怎么猜着了？"张三郎说："我知道你们二位是跟鲍雷拜过兄弟，我常听鲍爷说起你们二位。"姚殿光说："他此时在慈云观，是怎么一段事？"张三郎说："人家这个时节位分大了，在慈云观封为镇殿将军。你们二位要去找他，我告诉你们，二位可别由前山进去。前山牛头峰山有镇南方五方太岁孙奎，带着四员大将镇守，你们也进不去，找人也不行。要去，奔卧牛矶的后山。这座山头里占六里，北面宽有十二里。你们二位顺着平水江一直往西，过了桃花渡口，有一座孤树林，那里靠着有一只小船，有四位该值的头目，专伺候我们合字绿林的人。你们二位在那一捏嘴，一打唿哨，他就过来。你们一上船，不用说话，他就把你们渡到卧牛矶后山码头去了。有二十多里的水面，你们下了船，爱给多少钱给多少，他也不争竞，不给钱都行。那山坡上有几间屋，你们要坐坐喝茶都行。要上山一直往南，瞧见东西的一道界墙，高有一丈六，没有门。你们二人蹿上墙去，可别往下跳，地下瞧着是平地，可尽是削器埋伏。你们站在墙上，看里面有五个亭子，离一百二十步远，一个当中亭子，有一块汉白玉，你们二位跳在汉白玉上，走当中那一条小路，可别走错了。一直往南，有三间穿堂的过厅，那屋里有桌椅条凳，也没人看着，只要你们往椅子、凳子上一坐，那就有人来。凳子、椅子都有走线，是绿林人买薰香蒙汗药，都在那里买。找人有人来给通知。外人也不知道，也进不去，到不了那里，生人进去，就叫埋伏拿住。你们二位记住了，去找鲍雷去吧，咱们回头见，我办公事去。”姚殿光、雷天化一听，心里说：“好险要的地方，幸亏有人告诉明白。要不知道，前去就得闹出乱来。”姚殿光说：“张三郎你上哪去？”张三郎说：“我当五路督催牌，是咱们合字各处的催饷传信都归我办。”姚殿光说：“你去吧。”张三郎上马去了。姚殿光说：“雷贤弟，你听慈云观这点势派大了，大概必是要造反。”雷天化说：“咱们到那瞧瞧，见着鲍二哥，能劝得了更好，实在劝不了，那也无法，你我尽到心了。”

二人说着话，过了桃花渡口打听，来到孤树林看，果然有只小船靠着。二人一打唿哨，由船里出来四个水手，说：“合字吗？”姚殿光说：“合字。”水手说：“上船吧。”二人立刻上了船，当时撑船就走，一直往南，来到卧牛矶山坡头靠了船。姚殿光掏了一块银子给了水手，真是并不争竞。二人下了船，顺着山道上去，往前走了三里之遥，见东西的一道界墙，高有一丈五六。二人蹿上墙去一看，里面地甚是宽阔，果然有五个亭子。二人奔当中亭子蹿下去，走正当中小路。往前走了有半里之遥，抬头一看，是三间穿堂的过厅。屋里有三张八仙桌，有椅子机凳，并没有人，就在凳子上一坐。只见穿堂南院由东西配房西房屋中出来一人，头戴翠蓝六瓣壮士帽，身穿蓝箭袖袍，三十多岁，两道细眉，一双三角眼，一脸的白斑。来到过厅，说：“二位来了！”姚殿光说：“辛苦辛苦！”这人说：“二位贵姓？”姚殿光说：“我姓姚，他姓雷，未领教尊驾贵姓？”这人说：“我姓甘，名叫露渺。二位尊字大号，怎么称呼？”姚殿光、雷天化各通了姓名，甘露渺说：“久仰久仰！二位是来此买薰香蒙汗药，是有别的事？”姚殿光说：“我们到这里来找人，有一位矮岳峰鲍雷，他在这里？”甘露渺说：“不错。”姚殿光说：“烦劳尊驾，传禀一声，就说我二人前来找他。”甘露渺说：“是，二位在此少候，我去给通禀。”说罢，仍转身出去，奔西厢房。

工夫不大，只见由西厢房出来了四个道童，都在十四五岁，都是发挽牛心，别着金簪，蓝绸子道袍，手里打着金锁提炉。再一看，有四个人搭着一把椅子，上面坐着是矮岳峰鲍雷，头上紫缎色六瓣壮士帽，上按六颗明镜。鲍雷原是五短身材，身高五尺，田字体，紫胸膛，粗眉环眼，身上穿着蓝色绸箭袖袍，腰系鹅黄丝鸾带，薄底靴子，闪披一件紫缎色团花大氅，来到穿堂过厅。姚殿光、雷天化一看鲍雷大模大样，二人忙上前行礼，说：“鲍二哥一向可好？”鲍雷大不似从前，见了故友，并没有一点亲热的样子，说：“原来是你二人，来此何干？”姚殿光说：“二哥，我二人是由鲍家庄来。我二人原本是去瞧看兄长，听说兄长没在家，老太太想你想的病了，甚为沉重。我二人特意找你，你还不到家里去瞧瞧老太太去？”鲍雷说：“你二人真胡说，我已然出了家，不管在家的事了。”姚殿光说：“兄长你是个明白人，怎么这样糊涂了？老娘乃生身的母亲，你莫非不要了？”鲍雷说：“我已然出了家，不久要成佛做祖，不管他们在家的事了。”姚殿光说：“兄长你不回家，家中嫂嫂岂不守活寡？再说也没人照应。”鲍雷说：“那是阳世三间搭伙计，不算什么。”姚殿光说：“哥哥你这话是疯了么？至亲者莫过父子，至近者莫过夫妇。嫂嫂你也不要了，孩子你莫非也不要了？”鲍雷说：“唉，那是讨债鬼。什么叫儿子？你两个人全不懂。”姚殿光、雷天化一听，这番不像话，说：“二哥你在这里有什么好处呢？兄弟自己不要胡闹。依我二人说，兄长别想不开，还是回家去罢。不然老太太想你，病越想越利害。”鲍雷说：“你二个人满嘴胡说，我不久就要成仙得道，谁管他们这些事情。”姚殿光说：“世上神仙自有神仙做，哪有凡夫俗子做神仙的？”鲍雷说：“就做了神仙，不信你跟我去瞧瞧。”姚殿光、雷天化说：“可以，我二人开开眼，瞧瞧你在这里怎么成仙？”

鲍雷叫人带着姚殿光、雷天化二人，奔西配房，也是穿堂门。鲍雷仍坐着椅子，四个人搭着，曲曲弯弯走了许多的门，来到一所院落，是四合房。来到北中房屋中坐落，姚殿光说：“这地方就是住神仙的么？”鲍雷拿出两粒药丸来，说：“给你两个人每人一粒仙丹吃了，能化去俗骨。”姚殿光说：“我们不吃。”鲍雷说：“你二人既来了，不用走了。祖师爷早就提说，叫我约玉山县众朋友，今天你们自己来了，这也倒好。”姚殿光说：“你不必，你瞧着这里好，我不愿意。你不听劝，我们要走了。”鲍雷说：“你两个人哪里走呀？这庙里只许往里进人，不许往外出人。前首有秦元亮来找我，我不叫他走，他一定要走，被我把他拿住。我念其朋友之道，没肯杀他，幽囚起来，那时他应了归降，我把他放开。你两个人不要不知自爱，少时我也把你两个人幽囚起来了。”那姚殿光、雷天化一听这话，气往上撞，说：“鲍雷，你太不懂交情，我二人来找你，是一番好意。你归了慈云观，连父母都不要了。为人子不孝，为臣定然不忠，为兄弟不义，交朋友定然不信，你还叫我们归降？凡事得两相情愿，我不愿意归你。”说着话两人站起来就走，鲍雷哈哈大笑，说：“没人带着你两个人，焉能出得去？”话音未了，姚殿光、雷天化走到削器上，被绊腿绳绊倒。鲍雷吩咐手下人缚了，这两人气得破口大骂。大约二位英雄难得活命，且看下回分解。

第一八七回

刘妙通有心救好汉　济长老写信邀英雄

话说姚殿光、雷天化二人被获遭擒，二人气得破口大骂。鲍雷吩咐叫人看守着他，立刻回禀了正殿真人赤发灵官邵华风。立刻前殿真人长乐天、后殿真人李乐山、左殿真人郑华川、右殿真人李华山五殿真人升了座位，手下一干众人都在两旁边排班站立，邵华风吩咐将姚殿光、雷天化搭上来。这两个人被捆着来到大殿前，一看，见上面坐定五位真人，头前有十六个道童，打着金锁提炉，真是香烟缭绕，两旁站着无数的老道，也有俗家，高高矮矮，胖胖瘦瘦，老老少少，面分青红赤白紫绿蓝，都是四野八方的山林海岛的盗寇。正殿真人邵华风口念"无量寿佛"，说："姚殿光、雷天化，你二人休要执迷不悟。山人奉佛祖牒文，玉帝敕旨，降世凡间，所为急救黎民于水火之中。大宋国气数已终，山人乃应天顺人。你两个人跟山人有一段俗缘，奉佛派天差，你二人临凡保护山人，共成大业。将来山人南面称孤，你二人都是开疆辟土的功臣，列土分茅的大将。"姚殿光、雷天化二人一听，气得颜色更变，破口大骂，说："好妖道，你既是出家人，就应当奉公守分，跳出三界外，不在五行中，一尘不染，万虑皆空。扫地不伤蝼蚁命，爱惜飞蛾纱罩灯。出家人以慈悲为门，善念为本，无故妖言惑众，蛊惑愚民，在这里占山落草。乱臣贼子，人人得而诛之。你家大太爷乃是堂堂正正英雄，烈烈轰轰豪杰，岂能归降你等这些叛逆？不久皇上家天兵一到，把你等全皆拿住，碎尸万段，刨坟灭祖，死后也落个骂名千载。你家大太爷既被拿住，杀剐存留，任凭于你。”这二个人破口一骂，邵华风气得哇呀呀怪叫，说：“众位，此事该当如何？”旁边有一人叫单刀太岁周龙说：“祖师爷，这两个人还留着他？他毁谤你老人家，还不速将他两个人结果了性命！”邵华风立刻吩咐：“来人，将他拉到后面去，给我枭首号令！”

旁边过来一位老道，叫董太清。他原本是从前要陷害王安士，也没害成，自己庙也烧了，他投奔到慈云观来。邵华风封他为后门真人，把守慈云观的后门。今天董太清说：“祖师爷要把他两个人杀了，岂不便宜他？往后谁只要拼出一死，就敢骂祖师爷了。要依我把这两个人交给我，到后面把他们剐了。再说这两个人是玉山县三十六友之内的，跟雷鸣、陈亮是拜兄弟，我大兄张太素死在雷鸣之手，我今天把他两个人凌迟了，也算给我师兄报了仇。”邵华风说：“既然如此，就派你将他二人结果了性命，随你自便。”董太清吩咐手下人：“搭着走！”旁边过来一个老道，说：“董道兄，单丝不线，孤树不林，我也跟玉山县的人有仇，我帮你将他二人剐了。”董太清一看，这说话老道是刘妙通。董太清说：“刘道兄，你怎么跟玉山县的人有仇？”刘妙通说：“我师兄张妙兴五仙山祥云观被他们烧了，我们师父华清风被济颠和尚所害，我正想报仇雪恨。”董太清说：“好，你我二人去结果他等的性命。”说着，有人搁着头里走，董太清、刘妙通跟随。

来到西跨院，将姚殿光、雷天化放在地下。董太清拉出宝剑说：“我来杀！”往前赶奔，刚一举宝剑要杀姚殿光，他的宝剑尚未落下去，刘妙通由后面手起剑落，把董太清的人头砍下来，随后用宝剑将这二人绳扣挑开。刘妙通说：“你二人快跟我走。”姚殿光、雷天化也并不认识刘妙通，二人跟着他来到后面，蹿出界墙，来到后山江岸。

幸喜小船在这靠着，刘妙通同姚殿光二人上了船。船上的人以为是慈云观的人，也不盘问，刘妙通催船快走。姚殿光说："祖师爷你老人家贵姓？"刘妙通说："此时没有说话的工夫，下了船有什么话再说。"小船刚来到岸北，下了船，只听慈云观乱起来了。原本是刘妙通把董太清一杀，早有人报与邵华风，邵华风派七星道人刘元素、八卦真人谢天机两个老道，急速连刘妙通一并拿回来。这两个道人都有妖艺邪法，就随后就追赶下来，相离也不甚远。两个老道手中仗剑喊嚷："刘妙通慢走！"这个时节，姚殿光、雷天化说："了不得了，要跑不了。"刘妙通说："你二人把眼闭上。"这两个人就把眼闭上。

刘妙通带着两个人，驾起趁脚风，往下一逃。好容易听后面没了声音，大概是离远了，不追了。三个人这才止住脚步，姚殿光、雷天化这才跪倒给刘妙通行礼说："多亏祖师爷你老人家救命，未领教仙长怎么称呼？"刘妙通说："我姓刘叫刘妙通，我原是五仙山祥云观的。只因我师兄张妙兴不务正道，无故兴妖害人，前者济公到余杭县搭救高国泰之时，把我师兄火烧死，连庙烧了。我师父九宫真人华清风，也不是好人，要炼五鬼阴阳剑，被雷击了。我倒不敢做为非之事，在外面游方，来到这慈云观挂单，不想遇见这些反叛，把我留下，也不叫我走了。今天我看你们二位倒是英雄，又是玉山县三十六友的人，故此我趁此机会把二位救出来。我有个朋友，叫圣手白猿陈亮，你二人可认识？"姚殿光说："陈亮是我们拜兄弟，怎么不认识？"刘妙通说："这提起来，你我不是外人了，你我一同奔常州府罢。"姚殿光、雷天化二人点头答应。

三人一同来到常州府，打算找一座店住下，盘桓几日；焉想到来到常州府城里就听得市上纷纷传说，言济公长老在知府衙门拿了慈云观几个贼人，要帮着知府老爷办这件事，大概这个乱不小。刘妙通一听说："这可活该，原来济公长老来了。我算计这件事，济公就得来，非他老人家办不了。二位我们一同见见济公去好不好？"姚殿光、雷天化说：“好，我二人前者为华云龙，无意把济公得罪了。他老人家既在这里，我们一同去拜访圣僧去。”三人这才一同到知府衙门。刘妙通口念：“无量佛”，说：“烦劳众位到里面通禀一声，就提我叫刘妙通，同姚殿光、雷天化前来拜见济公！”当差人往里一回禀，知府顾国章说：“圣僧，是谁来找你？”和尚说：“雷鸣、陈亮出去把他们让进来。”雷鸣、陈亮二人来到外面一看，都认识，连忙行礼。姚殿光说：“陈雷二位贤弟在这里甚好。”陈亮说：“三位请里面去罢！济公在这里。”大众一同来到里面。刘妙通、姚殿光、雷天化给和尚行礼，见过知府。刘妙通说：“圣僧你来了好，现在这个乱大了。”和尚说：“你不用说，我都知道。你三个人来了好，我烦你三个人办点事。”三人说：“师父有什么事，只管吩咐。”和尚要过笔来，写了字柬，拿了一块药，说：“姚殿光、雷天化，你二人先去到陆阳山莲花坞，请金毛海马孙得亮、火眼江猪孙得明、水夜叉韩龙、浪里钻韩庆，叫他四个人急速前来，帮着我办慈云观。然后你二人拿我这块药，照我这字柬行事。”姚殿光、雷天化二人点头，即刻告辞知府。顾国章说：“二位壮士，何妨吃杯酒再走？”姚殿光说：“大人不便费心，回头再见。”这二人竟自告辞去了。和尚说：“刘妙通，你赶紧够奔八卦山松阴观，请坎离真人鲁修真前来，这件事非他来办不可。”原来邵华风当初他是鲁修真的徒弟，他盗出乾坤子午混元钵，来到这慈云观，又拜马道玄为师。刘妙通也遵命去了。顾国章说：“圣僧，这件事贼人势派太大了，甚不易办。”和尚说：“等孙得亮他们四个人来，先把贼人的五百只截江贼船破了要紧。水面的贼人甚为猛烈。官兵不习水战，先破了贼人的船，然后再调官兵。我帮你破慈云观。”和尚在衙门住着。守了几天，这天有人进来回禀：“外面来了四个人，求见圣僧。”和尚哈哈一笑：“这几个人一来，要破慈云观易如反掌。”不知后事如何，且看下回分解。

第一八八回

四雄奉命探长江　妖道施法捉侠义

话说济公禅师在知府衙门等候，这天有人回禀，外面来了四个人求见。和尚吩咐让进来。工夫不大，只见由外面进来了四位英雄。顾国章抬头一看，头一位，这人身高七尺以外，细腰扎背，头上戴银红色六瓣壮士巾，上按六个明镜，迎门一朵素绒球秃秃乱晃，鬓边斜插一枝守正戒淫花，身穿一件银红色箭袖袍，腰系鹅黄丝鸾带，薄底靴子，闪披一件西湖色英雄大氅，面似淡金，粗眉大眼，准头端正，颏下无胡，正在英雄少年，这位正是金毛海马孙得亮。第二位头戴粉绫缎六瓣壮士冠，上按六颗明镜，也是插着戒淫花，身穿粉绫缎窄领瘦袖箭袖袍，周身走金线掏金边，上绣三蓝牡丹花，腰系丝鸾带，套玉环，佩玉佩，单衬袄，薄底靴子，外罩一件粉绫缎英雄大氅，周身绣花团朵朵，面似银盆，雅如美玉，双眉带煞，一双金眼叠暴，这位是火眼江猪孙得明。第三位翠蓝褂，也是壮士打扮，淡黄的脸面，细眉朗目，这个就是水夜叉韩龙。第四位穿青皂褂，身高九尺，正如半截黑塔一般，粗眉环眼，这位就是韩庆。知府一看，这四个人都是一表非俗。和尚说："四位来了！"这四个人连忙行礼，说："圣僧久违少见。"和尚说："四位坐下。"四个人见过知府，雷鸣、陈亮彼此叙礼已毕，众人告了坐。和尚说："你们四个人来了甚好，我和尚特为请你四个人有事奉烦。"孙得亮说："我四个人也听见姚殿光、雷天化提了，皆因慈云观的事情。圣僧有何吩咐，叫我四个人做什么，圣僧只管说，我等万死不辞。"和尚说："别的不用你们，就是卧牛矶前山牛头峰下，有贼人的船五百只，你四个人能把拦江绝护网，滚龙挡刀轮船只给毁了，就算你等奇功一件。这件事别人办不了，就烦你四个人给办这件事。"金毛海马孙得亮等四人点头答应，说："圣僧吩咐，这乃小事。我四人这就告辞，圣僧听信罢！"

四个人立刻出了知府衙门，找了一个酒饭馆子，吃了点饭。候至天黑了，给酒饭账。四个人出来，一直顺江岸往西。离卧牛矶不远，四个人把水师衣靠打开，把白昼衣脱下来，用包裹包好，拿油绸子一裹系在腰间。四个人都换上分水鱼皮帽，日月连子古水衣水靠，油绸子连脚裤，香河鱼皮岔。收拾停妥，顺江岸落水，四个人浮水往前走，来到牛头峰以前抬头一看：这座山口坐北冲南，东西两牛头峰，其形似牛角一般，东西两座水师营，正当中有浮桥，都是明分八卦，暗合五行。晚间有灯笼分为五色，按着东方甲乙木是蓝灯笼，西方庚辛金是白灯笼，南方丙丁火是红灯笼，北方壬癸水是黑灯笼，中央戊己土是黄灯笼。就听里面来往有人巡更走筹，梆锣齐发。金毛海马孙得亮、火眼江猪孙得明、水夜叉韩龙、浪里钻韩庆四人看够多时，见些船只紧抱山跟以下，要由山里出来人，也得坐船过浮桥大关，由外面进去，船也得由这里过。四个人沉身落水，睁眼一看，当中水寨门以下，当中有拦江绝护网，两旁边有半鱼头的刀轮。要有会水的人，由水面一钻，就被拦江绝护网拿住，要碰在刀轮上，轻则就得受伤，重则就得废命，非得从此走过不去。金毛海马孙得亮看明白，他手中使的是一口折铁钢刃，能够斩钉剁铁，孙得亮一看那网，是绒绳做的，慢说是人，连大鱼都拿得住。孙得亮慢慢用刀把绝护网割了一个大窟窿。四个人俱都钻过去，钻上水来露着半截身一看，贴着船往前够奔。孙得亮说："三位贤弟，今天济公派我们这点小事，他老人家从没求过你我。前者抢劫差船，被他老人家拿住，圣僧有好生之德，复又把你我放了，总算待你我恩重如山。现在我们几个人，净把贼人的船坏了，这点小事不算露脸；一不做，二不休，今天我们倒得努努力，既来捣巢，把赤发灵官邵华风的人头带回，也叫济公长老看看，不枉你我几个人来一场。"孙得明三人点头，说："咱们瞧事做事罢。"

四个人在暗中瞧探，各船上窃听，抬头一看，见有一只大船在当中，上面有大黄灯笼，上面写着一个孙字。四个人料想这必是中军。来至切近，隔着窗户往里一看，里窗灯光明亮，正当中坐定一人，头戴紫色缎六瓣软帕巾，身上穿紫箭袖袍，腰系丝鸾带，外罩紫色缎一件团花大氅，紫红的脸膛，长得凶眉恶目，一脸的怪肉横生，押耳黑毛。旁边坐定一人，头上青壮帽，皂色缎箭袖，黑脸膛，浓眉大眼，花白的胡须。书中交代，这个紫脸的就是镇南方五方太岁孙奎，这个黑脸的叫净江太岁周殿明。两个人正在谈话，就听周殿明说："孙大哥，今天祖师爷传下谕来，你可知道？"孙奎说："甚谕？"周殿明说："常州府衙门对门有一座五福居，那是咱们慈云观开的，常州府衙门有什么事，酒铺就来给祖师爷送信。今天有人来送信，提说我们合字有几个人被江阴县拿住，有西湖灵隐寺济颠僧押解来到常州府，叫祖师爷早作准备，恐其济颠要跟我们为仇做对。祖师爷叫我们昼夜多加小心留神，要有什么动作，赶紧报与祖师爷知道。"孙奎说："贤弟你多此一虑，咱们这座卧牛矶慈云观不亚是铁壁铜墙，天罗地网一般，一人把守，万夫难过。水旱两路能人倍出，祖师爷有乾坤子午混元钵，这宗法宝就能挡几万官兵。再说众位真人，都是神通广大，法术无边。就即便有官兵来，都是凡夫俗子，也不足为论。除非有天兵天将临凡，要打算破慈云观，势比登天之难。"周殿明一听，说："兄长言之有理。可有一节，凡事不可大意，总以小心为妙。岂不知泰山高矣，泰山之上还有天；沧海深矣，沧海之下还有地。人外有人，天外有天。做事胆要大而心要小，智要圆而行欲方，见狸猫而当虎看，方保无虞。”

金毛海马孙得亮四个人听得明明白白，孙得亮用手一拉这三个人，来到无人之处。孙得亮说：“三位别拿他们，打草惊蛇。这些东西俱都是无名小辈，就把他们杀了也不算什么。今天来到这里，不入虎穴，焉得虎子。畏首畏尾，焉能成事？你我够奔慈云观去找赤发灵官邵华风，把他杀了，你我也人前显耀，鳌里称尊。”四个人真是艺高胆大，浮水来到北山坡，上了岸，一直往北走了十数里地。只见眼前是慈云观的大门，墙高一丈七八，周围占三十六里。四个人一看，有两旁的脚门，不敢奔迎面去。由东南角蹿上界墙，往里一看，房子真有七八百间。四个人蹿房越脊，各处哨探，见有一个院子东西两溜房都是单间，北房南房也是一大溜，各屋中都有灯光。四个人跳在院中一窥探，各屋中俱都是妇人女子，都是二十多岁三十以内，没有上年岁的。有唉声叹气的，有悲悲惨惨的，有哭哭啼啼的。这个说：“我是叫卖花婆把我拍来的，一家骨肉不能见面。”那个说：“我是道姑把我拍来的，也不知怎么迷迷糊糊，来到这里。到了这里也出不去，如同坐监一样。”这五六百妇女都不明白，糊里糊涂在这里住着。四位英雄一听，种种不一，说的可惨。四个人复又上房，探来探去，来到一所院落。见院中灯光明亮，北上房挂着四个纱灯，里面坐着一个紫脸的老道，花白胡须，气度不俗，有四个童子伺候。四位英雄料想必是邵华风。四个人并不认识邵华风是什么样，胆子也真不小，各拉兵刃蹿下来，打算闯进屋中，就凭一个老道，还怕什么？焉想到四个人刚一跳起来，老道呵了一声，说：“好大胆！”站起身出来，用手一指，说声：“敕令！”把四个人俱皆定住，老道吩咐缚了。四位英雄今日来到龙潭虎穴，被获遭擒，大概难脱活命，且看下回分解。

第一八九回

邵华风升殿问豪杰　小悟禅一怒找妖人

话说金毛海马孙得亮四位英雄来到慈云观，瞧见一个紫面的老道，只打算是邵华风呢。四个人拉刀下来，就被老道用法术制住。其实这个老道还是慈云观的无名小卒，他姓董叫董云清，外号叫妙道真人。当初他原本是坞镇龙王庙的，来在这慈云观，认邵华风为师，派他管妇女营的外围子，他也会点术学的工夫。这四个人都是艺高胆大，被老道妖术邪法制住，老道手下人把四个人绑住，说："好大胆量！四个刺客是哪里来的？"孙得亮说："妖道，你要问，大太爷是陆阳山莲花坞的。"董云清说："你四个人是陆阳山的不是罢？陆阳山的当家的，跟我们祖师爷是拜兄弟，至友交情。我且问你陆阳山的当家的叫什么？"孙得亮说："叫花面如来法洪。"董云清说："对呀！你四个人既是陆阳山的，来此何干？是怎么一段情节？"孙得亮本是个直人，说："妖精，我告诉你，你也不用说交情。我等虽在陆阳山，我们在莲花坞可是跟法洪一般，我们是奉济公长老之命，前来杀你这杂毛老道，你就是赤发灵官邵华风么？"老道说："我山人乃是妙道真人董云清，原来你这几个小辈是前来行刺。好，好好，来人把他四个人看起来，等候天亮，我回禀祖师爷，任凭祖师爷发落去。"立时有人看着四位英雄。等到天光已亮，董云清叫人搭着四个人去回禀了邵华风。

当时五殿真人升了坐位，吩咐将刺客带上来。这四个人一看，见赤发灵官邵华风，头带鹅黄色莲花道冠，身穿鹅黄色道袍，上绣乾三连坤六断离中虚坎中满，当中太极图，老道是赤发红须，蓝靛脸，长得凶如瘟神，猛似太岁。这四个人破口大骂。赤发灵官邵华风说：“你这四个鼠辈，休要这等无礼！你等姓什么？叫什么？是哪里人？为何前来行刺？趁此说实话。你家祖师爷跟你往日无冤，近日无仇，生而未会，面不相识，究系被何人主使前来？只要你等说出道理，祖师爷有好生之德，饶你等不死。”金毛海马孙得亮立刻把眼一瞪，说：“妖道，你要问你家大太爷，行不更名，坐不更姓，我乃陆阳山莲花坞的人，这是我一个拜兄，叫火眼江猪孙得明，那是我的两个拜弟，叫水夜叉韩龙，浪里钻韩庆。皆因你等为非作恶，使出贼人各处拍花，各处设立贼船黑店，陷害客旅行商，起意造反，败坏妇女的名节，拆散人家骨肉，杀害生灵，种种不法，济公长老派我等来结果你的性命，给四方除害。乱臣贼子，人人得而诛之。我等既被你拿住甚好，你家大太爷乃堂堂正正英雄，烈烈轰轰豪杰，大丈夫生而何欢，死而何惧？来来来，快把你家大太爷杀了，我等死而无怨。你要把我等幽囚起来，可别说我辱骂你万代。”老道邵华风一听，气往上冲，立刻吩咐：“把他四个给我推出去枭首号令。”手下人答应。旁边过来一人，说：“祖师爷把他们杀了，岂不便宜他们？他等既来行刺，情同叛逆，应该把他们剐了。”邵华风说：“也好，既然如是，就派你结果他等的性命。”金毛海马孙得亮一看，说话之人，乃是铁贝子高珍。这四人从前跟这高珍认识，今天高珍一说这话，孙得亮一想：“这小子真是小人得志，癞狗生毛。我等跟他素有认识，他出这样主意，害我们这四个人。”立刻破口大骂高珍。

书中交代，铁贝子高珍、黑毛蛋高顺、笑面貔貅周虎，三个人自打翠云峰送陆炳文回家，就把陆炳文押到慈云观来。陆炳文也是报应循环，他女儿叫赤发灵官邵华风收为侍妾，那妻子叫乾法真人赵永明霸占了，把陆炳文打到囚犯营，给众人支使。着他做了一任刑廷，刮尽地皮，得来十数万银子，也被慈云观留下了。陆炳文无故害人，倒都没害成，他自己落了个人财两空，死不了活不了，在囚犯营受罪。笑面貔貅周虎同高珍二人来到慈云观就没走，今天铁贝子一出主意，邵华风就派他结果金毛海马孙得亮四人。

高珍刚押着四个人走，忽然由外面跑进一个老道来，说："回禀祖师爷，现在外面来了一个穷和尚，口称是济颠僧，堵着山门破口大骂，点名叫祖师爷出去。我等也没看见这个和尚从哪来的？"赤发灵官邵华风一听，说："好，这四个人就是济颠僧主使来的，我料想济颠僧必来，我正要瞧瞧济颠僧是何许人也。把他拿住，问问他因何跟我为仇作对？来，先暂为把他四个人押起来，等候拿住济颠僧一并再杀。"高珍一声答应，立刻把四人交到囚犯营。管理囚犯营是一个在家，叫义侠太保刘勇。高珍把四个人交给刘勇，回来禀报邵华风。邵华风说："待我出去捉拿济颠僧。"话言未了，旁边有人答话，说："祖师爷暂息雷霆之怒。谅此无名小辈，何必你老人家亲身劳动。待我等出去拿他，不费吹灰之力，易如反掌。"邵华风一看，说话非是别人，乃是乾法真人赵永明、妙道真人董云清。邵华风说："二位真人要去也好，须要小心留神。"

赵永明、董云清二人立刻同左门真人来到外面。赵永明说："哪里来的济颠僧，胆敢前来送死？"说着话，来到山门以外一看，并没有人。赵永明说："济颠僧哪里去了？"左门真人说："方才站在这里一骂，我就跑进去回禀，也不知道此时哪里去了。也许知道二位真人出来，他不敢见，逃走了。"赵永明说："也罢，既是他逃走了，便宜他去罢。他如果再来，我必要结果他的性命。"两个老道说罢，转身刚要往里走，听后面一声喊嚷："呔，好杂毛老道回来！和尚老爷没走。"两个老道回头一看，见山门外站定一个穷和尚，短头发有二寸多长，一脸的油泥，破僧衣短袖缺领，腰系绒绦，疙里疙瘩，穿着两只草鞋，头上有一股黑气。两个老道叹了一声，说："我打算怎么个济颠僧呢，原来是一个妖精。"

书中交代，来者并非是济公禅师，乃是小悟禅。小悟禅自从前济公法斗昆仑子，老仙翁给悟禅一封信，叫他投奔九松山松泉寺，给长眉罗汉灵空长老去看庙，济公不肯带悟禅回临安去，恐他是一个妖精，在天子脚底下多有不便。济公也知道悟禅心地最正，后到下文书，小悟禅成其正果，他也在五百尊小罗汉之内。悟禅在松泉寺，跟着长眉罗汉，习学僧门里的规矩，唪经念佛，修道学法。这天悟禅忽然跟长眉罗汉说："我要到临安瞧我师父去。"灵空长老叹了一声，说："你不去为是。"悟禅说："我要去。"灵空长老说："你要去，现在济公在常州府衙门。你去罢，贫僧也不能拦你。"悟禅临出门之时，灵空长老说："遭劫在数，贫僧也不能遮拦，逆天行事。"悟禅也并不措意，一晃脑袋，来到常州府衙门。一见济公，济公叹了一声，眉头紧皱："唉，你为着什么来？"悟禅说："我想念师父，我来瞧你。"知府顾国章嘴快，说："小师父来了甚妙，济公正在为难。"悟禅说："什么事？"顾国章说："现在拿住几个贼，是慈云观的余党。现在慈云观赤发灵官邵华风势派闹得甚大，方才圣僧请了四个会水的能人，到慈云观去了，先破贼人的船只，尚未见回来。我打算急速调官兵去破慈云观，又怕不行，圣僧也正在为难呢。"悟禅一听，说："师父不用为难，我去找他，把杂毛老道拿来。"济公说："你别去。"一句话没说完，济公一把没揪住，小悟禅一晃脑袋走了。济公叹了一声，说："他这一去，给我惹这个乱子了。"罗汉爷有未到先知，说："凡事天意，劫数当然。"小悟禅这一来到慈云观，焉想到惹出一场杀身之祸，给济公招出一件大难。不知后事如何，且看下回分解。

第一九〇回

悟禅僧施法救四雄　赤发道法宝捉和尚

话说小悟禅一晃脑袋，来到慈云观，堵着山门一骂，说："趁早叫赤发灵官邵华风杂毛老道滚出来，就说有灵隐寺济颠僧和尚老爷来也！"把门老道这才进去回禀。赵永明、董云清二人出来和尚没有了。小悟禅并没走，先到慈云观里暗中一看，见金毛海马孙得亮四个人正绑着，义侠太保刘勇看着。小悟禅知道这四个人是济公打发来的，小悟禅下去，一口气把义侠太保刘勇喷躺下，把四个人放开，叫四个人闭上眼，悟禅把四位英雄带在江岸。孙得亮说："圣僧你老人家不来，我等性命休矣！"悟禅说："我不是济颠，我是济颠徒弟，我叫悟禅。你们四个人赶紧回常州府罢，我师父还在常州府呢。你们四个人焉能是这些妖人的对手，岂不是白送残生？这个事都有我呢！"说罢，复反一晃脑袋，复又回来。赵永明、董云清出来没找着和尚，刚要回去，悟禅在后面一声喊嚷："和尚老爷没走，杂毛老道你回来！"赵永明、董云清一回头一瞧，原来是一个穷和尚，头上有黑气，必是妖人。两个老道俱并不放在心上，说："好妖僧，真乃大胆！竟敢这样猖狂，待我山人来拿你。"悟禅说："你就是赤发灵官邵华风么？"赵永明说："你要问山人，我乃乾法真人赵永明是也。拿你这无名的小辈，何用我家祖师爷。”董云清也道了名姓，两个老道各摆宝剑，往前够奔。悟禅一张嘴，一口黑气，把两个老道俱将喷倒在地。早有人看见，把两个老道搭着往里走，回禀赤发灵官邵华风。五殿真人一看，说：“这是怎么了？”左门真人说：“被那个穷和尚给喷倒了。”邵华风一听，口念“无量佛”，说：“好孽畜，真乃大胆！待我亲身去拿他。”

这句话尚未说完，只见甲马兵库火着起来了。原来邵华风这庙里有两座库，一名甲马兵库，乃是老道炼成的纸人、纸马、纸刀枪，用符咒炼成的，静等造反的时节，老道用咒一催，能够天昏地暗，日色无光，十万纸人马能够杀人。还有一座阴兵库，是他派人收来的不该死的阴魂。前者七星道人刘元素在小月屯害了好几十个人，还有前殿真人长乐天、后殿真人李乐山同左殿真人郑华川、右殿真人李华山，这五个老道收来的五百阴魂，收在一个火葫芦之内，有符贴着。要用时节，就把葫芦口一拔，咒语一催，能够天昏地暗，阴风惨惨，鬼哭神号，是一座阴魂阵。他这两个库，是对面有一个老道叫赤发真人陆猛看守。小悟禅今天他把董云清、赵永明喷倒，有人往里搭，小悟禅随着进来，见有一个紫脸红头发的老道，看着这两座库。小悟禅下来，赤发真人陆猛说：“什么人？”刚要念咒，被小悟禅一口气喷倒，当时就把甲马兵库点着，少时烈焰飞腾。邵华风见火起来，烧了甲马兵库，赶紧叫童子拿了一碗茶来，邵华风果然是神通广大，术法无边，口中一念咒，把茶往空中一泼，当时一阵暴雨，把火浇灭了。邵华风气得“哇呀呀”怪叫如雷，再找小和尚踪迹不见，又有人报拿住的四个人丢了，义侠太保刘勇人事不知，昏迷不醒。邵华风有百草夺命金丹，立刻给刘勇一丸，连赵永明、董云清每人都灌下一丸药去，将众人救醒过来。邵华风说：“好妖僧，我山人跟他誓不两立。”

正说着话，有人进来回禀：“现在穷和尚又堵着山门骂呢！”赤发灵官邵华风气的颜色更变，立刻吩咐众位真人：“尔等随我来。”大众一同围随着，来到山门以外。睁眼一看，果然门外站定一个穷和尚，头上有一股黑气。邵华风说："好孽障，竟敢这样搅乱我的庙？尔真是前来送死！"小悟禅一看，出来了真有百余人，又见赤发灵官邵华风，头戴鹅黄巾莲花道巾，身穿淡黄色的道袍，上绣乾三连坤六断金八卦太极图，腰系杏黄丝绦，水袜云鞋，背插一口宝剑，绿沙鱼鞘皮，黄绒穗头，黄绒腕手，真金的什件，手拿萤刷。小悟禅说："你等这些叛逆之贼，真乃可恼！今天和尚爷爷把你等全皆拿住送到当官治罪。"邵华风一听，就要往前够奔。旁边有七星真人刘元素在旁说："祖师爷你老人家不必动怒，谅此无名的小妖魔，何必你老人家拿他？有事弟子服其劳，割鸡焉用牛刀，待我拿他易如反掌。"邵华风说："你须要小心留神。"刘元素微然一笑说："此乃小事一段。"说罢，拉宝剑赶奔上前，说："来者尔可是济颠僧？"小悟禅说："非也，拿你们这些狐群狗党，何必他老人家亲身前来。我乃济公的大徒弟悟禅是也。皆因你等无故兴妖害人，各处拍花，设立贼船黑店，获罪于天，无所祷也，和尚老爷特来拿你。杀恶人即是善念，你就是赤发灵官邵华风么？"刘元素说："你家祖师爷乃七星道人刘元素是也，拿你何用我家祖师爷。"说着话，摆宝剑劈头就剁，悟禅就溜闪身躲开，左一剑，右一剑，和尚跑的甚快。刘元素说："好和尚，气死我也！"悟禅说："气死你，你死罢！"老道说："待山人用法宝取你。"悟禅说："好，你把宝贝拿出来我瞧瞧。"刘元素由兜囊掏出一宗物件，口中念念有词，说声"敕令！"就见平地陡起一阵怪风，来了一只斑斓猛虎，摇头摆尾，要咬和尚。悟禅喷了一口气，把老虎喷起来，现了原形，乃是一个纸老虎。悟禅照老道一喷，这口黑气喷的老道说声："好利害！"拨头就跑，立刻浑身都肿了。跑到赤发灵官邵华风跟前，刘元素就要栽倒，邵华风当时给刘元素一粒金丹吃下，方能止住疼痛，把毒气散了。

八卦真人谢天机说："好大胆妖僧！竟敢伤我的朋友，待山人用宝贝拿你。"说着话，祭起扣仙钟。这种东西，其利害勿论什么妖精，别管有多大的道行，扣上总是现原形。老道瞧出悟禅是个妖精，头上有黑气，故把扣仙钟祭起来。焉想到悟禅可与别的妖精不同，他受过济公的传授；再说他在九松山松泉寺跟灵空长老在一处，又习学各样妙法，此时悟禅能为大长。有这么两句话，“鸟随鸾凤飞能远，人伴贤良品自高”，“近朱者赤，近墨者黑”。这话一点不错。八卦真人谢天机这一扣仙钟，往下一落，眼瞧着把小和尚扣在底下，八卦真人谢天机哈哈一笑，说：“列位可曾看见了，我这打算这妖精有多大能为，据我看来更是无名小辈，被我用扣仙钟扣住了。”赤发灵官邵华风说：“谢道兄，你先等等说大话，据我看其中有缘故。方才扣仙钟落下，我只见起了一阵黑风，恐其未必将和尚扣住，你掀开钟看看罢。”八卦真人谢天机说：“不能罢，我看见将他扣住。慢说他这小小的妖精，勿论多大的道行，也跑不了。”说着话，立刻把扣仙钟一掀，大众一看，都皆愣了，扣的并不是和尚，把邵华风的小道童扣上了。谢天机“呵”了一声，说：“真乃怪道，怎么就把小道童扣上了？”话言未了，只见小和尚在眼前一晃，说：“和尚老爷焉能叫你杂毛老道的拿住？”谢天机一看，气往上撞，说：“好妖僧，我看你今天哪里走？”拉宝剑就要砍，小悟禅张嘴一口黑气，照老道一喷，立刻谢天机浑身紫肿，口中喊嚷：“好利害！”急忙跑到邵华风跟前，邵华风赶紧给谢天机一粒丸子吃了，方才止住疼痛。邵华风说：“你等拿不了这个妖僧，还是山人去拿他罢。”

邵华风立刻拉宝剑往前够奔，说：“好孽畜，真乃大胆！竟敢这样猖狂！待山人来拿你。”小悟禅说：“你就是赤发灵官邵华风么？”邵华风说：“然也，正是你家祖师爷。”悟禅说：“我正要拿你，你乃是罪之魁，恶之首，拿了你给四方除害。”邵华风立刻用宝剑照悟禅就剁，悟禅一闪身，张嘴就喷。焉想到赤发灵官邵华风真有点能为，口中念定护身咒，并不怕喷。悟禅连喷了几口，老道并不躺下。老道也忙用宝剑，砍不着和尚，邵华风气往上撞，吩咐童子：“取我的乾坤子午混元钵来！”老道就倚仗他这种法宝为镇观之宝。这个乾坤子午混元钵，经过四个甲子，里面有五行真火，勿论什么妖精，装在里面六个时辰化了脓血，就是西方罗汉装上，都能把金光炼散，过不去伽蓝山。老道叫童子把乾坤子午混元钵取来。悟禅也是胆量不小，并不知他这乾坤子午混元钵的利害。焉想到邵华风口中念念有词，把混元钵的盖打开出来，五道光华分为青黄赤白黑，把悟禅一卷卷到混元钵里去。老道把盖一盖，说："孽畜自来找死，休怨山人，六个时辰将你化了就完了。"众人说："还是祖师爷佛法无边。"邵华风当时用符咒封上混元钵。大概悟禅要想逃命，势比登天还难。不知后事如何，且看下回分解。

第一九一回

鲁修真涉险入慈云　坎离道施智放悟禅

话说赤发灵官邵华风，将悟禅装在乾坤子午混元钵之内，大众立刻回归到里面。邵华风升了殿，把乾坤子午混元钵用符咒封好，说："六个时辰，他准得化为脓血，这也是他自送残生。"大众说："还是祖师爷法力无边。"正说着话，只见由外面跑进来左门真人陈本亮说："回禀祖师爷，外面现有八卦山松阴观坎离真人鲁修真前来要见。"书中交代，鲁修真从哪来呢？这内中有一段隐情。原来前者济公差刘妙通拿书信够奔松阴观去请鲁修真，刘妙通拿着书信来到松阴观门首，一叫门，由里面小道童儿出来，刘妙通说："道兄请了！"小道童说："你来此何干？"刘妙通说："我叫刘妙通，奉济公禅师之命，前来禀见真人，有要紧的大事。"小道童说："你在此少候，我到里面去叫禀。"当时来到里面，一见鲁修真，道童说："回禀祖师爷，现有刘妙通奉济公之命前来禀见。"鲁修真说："叫他进来。"小道童来到外面，说："祖师爷叫你进去。"刘妙通一看屋中幽雅沉静，鲁修真在上首椅子上坐定，头戴青布道冠，身穿蓝布道袍，腰系杏黄丝绦，水袜云鞋，面如三秋古月，发如三冬雪，须赛九秋霜，一部银髯。刘妙通赶紧行礼，说："祖师爷在上，弟子刘妙通参见祖师爷！"鲁修真说：

“你来此何干？”刘妙通说：“我奉济公禅师之命前来，有一封书信给祖师爷观看。只因赤发灵官邵华风，在慈云观妖言惑众，起意造反，招聚绿林中的江洋大盗，发卖薰香蒙汗药，使人在外面拍花害人，有七十二座黑店，五百只黑船。济公由常州府叫我前来。”说罢，将书信拿出来，递与鲁修真。鲁修真打开书信一看，上面没字，就是画着一个酒坛子，钉着七个锯子，里面书信写的是：

灵隐寺道济字启鲁真人台鉴：日前一别，天南地北，人各一方，实深想念。伏思真人坐守深山，清修古观，乃道高德重之人；近维仙驾起居安燕，阖庙清吉，定如意祝耳！敬启者，令徒赤发灵官邵华风，现在慈云观，招聚绿林贼寇，妖言惑众，起意造反。手下有贼船黑店，发卖薰香蒙汗药，使人四处拍花，陷害良民，罪莫大焉。贫僧乃世外之人，你我俱不应管尘世之事。无奈令徒太肆招摇，杀害生灵，势派太大。诛恶人即是善念。今小徒悟禅受邵华风所害，装在乾坤子午混元钵之内，祈鲁真人鹤驾光临搭救！见字切勿耽延，则功德无量矣！余无别述，面见再谢，即请法安！不一。

鲁修真看罢，点了点头说：“济公前者跟我提过此事。刘妙通你就给我看庙，我赶紧就走。我这庙中几个童子，不能掌事。”刘妙通说：“祖师爷请罢，我看庙就是了。”鲁修真当时下了八卦山，驾着趁脚风，展眼之际，先来到常州府衙门。叫官人往里一通禀，济公正同知府在书房谈话，济公赶紧吩咐有请。鲁修真有官人带领来到书房。和尚说：“真人来了！”鲁修真说：“久违少见！”和尚说：“顾大人，我给你引见引见，这是八卦山坎离真人鲁道爷。”知府顾国章跟老道彼此行礼。鲁修真说：“圣僧方才遣刘妙通去给我送信，所有的事我都知道了，圣僧还有什么吩咐吗？”和尚有未到先知之能，说：“现在小徒已被赤发灵官邵华风用乾坤子午混元钵装起来，真人急速去搭救才好。去晚了，小徒悟禅性命休矣！”

鲁修真立刻告辞，出了知府衙门，驾起趁脚风，来到慈云观门首。一声“无量佛”，说：“烦劳你等，到里面通禀，就提八卦山鲁修真前来看望。”左门真人到里面回禀，邵华风说：“原来鲁修真来了。按说从先我在八卦山之时，他是我的师父，现在我已然另投别门，再说不久我得了宋室江山社稷，乃九五之尊，就不能论师徒，先得论君臣礼。”大众说：“祖师爷言之有理。”邵华风说：“有请，我不便迎接他，叫他自己进来。”左门真人陈本亮立刻来到外面，说：“我家祖师爷有请！”鲁修真迈步往里够奔，一直来到大殿。抬头一看，见赤发灵官邵华风在上面端然坐定，两旁边也有老道，也有僧家，高的高，矮的矮，胖的胖，瘦的瘦，老的老，少的少，真有百余人。鲁修真来到大殿上，邵华风并没离开座位，坐着一抱拳，说：“真人来了，旁边看座！你我也算师徒，现在我不久就要登基坐殿，有九五之尊，先论君臣礼为重，再说我又拜了马道玄为师。”鲁修真并不动怒，在旁边落座，说：“我是前来望看望看你，听说你这里声势甚大，我特来瞧瞧你，倒并无别事。”邵华风说：“我将来面南拜北，封你为护国仙师。”鲁修真说：“好。我听说你有一种宝贝，叫乾坤子午混元钵，你拿出来我瞧瞧。当初这宗宝贝，可是八卦山松阴观镇观之宝，我可没试验过。你且拿出来，我开开眼，见见世面，你可不必多心，并无别意。”邵华风料想给他瞧瞧也不要紧，说：“你要瞧可也行，我现在混元钵里可装着人呢。”鲁修真故作不知，说：“装什么人呢？”邵华风说：“装着济颠和尚的徒弟，是一个妖精，六个时辰就能化为脓血。他无故前来跟我做对，这也是自找其死。真人你要看可别起盖，一掀盖他可就跑了。”鲁修真说：“我瞧瞧什么样儿。”邵华风说：“童子把乾坤子午混元钵取来。”童子拿过混元钵，递给鲁修真。鲁修真一看，说：“原来是这种样子，还用符咒封着呢。这有什么好处呢？”邵华风说：“里面有三昧真火，勿论什么妖精，装到里面，六个时辰都化脓血，就是西方罗汉，都能把金光炼散。”鲁修真说着话时，一掀盖，由里面滋溜冒出一股黑烟，小悟禅跑了。邵华风说：“你怎么把妖精放走了？”

鲁修真说:“我倒是无意之中。小小的妖怪跑了也罢，总是他不该死，便宜他去了。哪时他来再拿他，也不算什么。”邵华风一见，心中一动，勃然大怒，说:“好鲁修真，这分明你受济颠和尚的主使，前来救他徒弟。你不说帮着我，你反向着外人。你今天既来到这慈云观，休想放你出去。”鲁修真说:“你休要多疑，我跟济颠和尚并不认识。”说着话，站起来往外就走。

邵华风说:“你拿我的宝贝哪去?”鲁修真并不回头，往外就跑。邵华风下了座位，往外就追，追出山门再找鲁修真，踪迹不见。焉想到鲁修真借着遁光走了，把乾坤子午混元钵收了去。邵华风一瞧鲁修真把宝贝拐了去，他就愣了，众人追赶出来，说:“祖师爷怎么样了?”邵华风说:“好鲁修真，把我的宝贝诓了去，这必是济颠僧叫他来的。”大众说:“祖师爷这一丢宝贝，此乃大大不幸!再说倘若济颠和尚前来，如何敌他?”邵华风说:“那倒是小事，我有几个朋友，在万花山圣教堂，有八魔，都是术学旁门，要拿济公和尚，易如反掌，不费吹灰之力，再说还有陆阳山花面如来法洪。”大众说:“祖师爷进去罢。”邵华风回来，立刻升殿。忽然外面有双钩护背张三郎，探事回来禀报。如此这般一说，把邵华风气得须眉皆竖，当时要派人夜入常州府前去行刺。不知后事如何，且看下回分解。

第一九二回

黄天化行刺被捉　顾国章调兵剿寇

话说双钩护背张三郎，一见邵华风，说："常州府现在调官兵，要前来攻打慈云观，祖师爷早作准备。"邵华风一听，气往上撞，说："这是济颠和尚的蛊惑，哪位先去到常州府，把知府连济颠僧一并给我杀了，算奇功一件。哪位敢去？"大众听这话，目瞪痴呆，并没人答话。邵华风说："莫不成这些人，就没有一位敢去的么？"话言未了，旁边有人答言，说："祖师爷不必着急，这件事我去。"邵华风一看，说话这人，乃是都天道长黄天化。邵华风说："黄道兄你有这样胆量？"黄天化说："这小事一段。无奈我一个人，单丝不线，孤树不林。一个人是死的，两个人是活的，哪位跟了我去？"大众一个个并没人答话。黄天化说："众位都畏刀避险，怕死贪生么？既是众位都不敢去，我只好一个人去罢。"邵华风说："黄道兄你去，待山人敬你三杯酒，以助英雄之胆！"黄天化说："祖师爷不必。预备酒等我回来，将知府、济颠的人头带来再喝，方显我的英名。"邵华风说："好，道兄请罢！我等眼观旌旗捷，耳听好消息。但愿你在那里，旗开得胜，马到成功。"黄天化立刻告辞下去，直奔常州府而来。

书中交代，一落笔难写两件事。济公遣鲁修真去救悟禅去后，少时有人进来回禀：“外面有金毛海马孙得亮，火眼江猪孙得明，水夜叉韩龙，浪里钻韩庆，四个人前来禀见。”济公吩咐叫他等进来。四个人来到书房，一见和尚，孙得亮说：“我等奉圣僧之命，够奔慈云观破贼船，我四个人心高性傲，要打算拿邵华风，不想被贼人妖术所擒。幸亏少师父悟禅去，把我四个人救出龙潭虎穴，叫我四个人回来。圣僧还有什么用我等之处？”和尚说：“还有一事奉烦。”孙得亮说：“圣僧有话只管吩咐，我等只要能行，万死不辞。”和尚说：“我这里有一封锦囊，（附耳如此这般）照我字柬行事，你四个人奔西湖灵隐寺去罢。”四个人点头答应。和尚叫知府给四个人拿了五十两作盘费，四人告辞去了。少时小悟禅也回来了，济公说：“我不叫你去，你不听。”悟禅说：“我没想到这个妖道真利害，我要不是鲁修真前来救我，我命休矣。”和尚说：“我这里不用你，你们到西湖灵隐寺去（附耳如此如此），谨记在心。我已然派孙得亮四个人去了，恐其他四个人办理不善，你去，过了下月十五再回来，不准违背我的话。”小悟禅点头。正说着话，有人进来回禀：“鲁修真回来了！”和尚叫人把鲁修真让进来。鲁修真说：“圣僧吩咐的事，我都办了，少师父可曾回来了？”和尚说：“回来了。”小悟禅过来答谢鲁道爷救命之恩。和尚说：“悟禅你去罢。”悟禅告辞走了。和尚说：“真人多有辛苦！”鲁修真说：“圣僧还用我不用？”和尚说：“真人先请回山！”鲁修真告辞去了。知府说：“圣僧，贼人势派太大了，圣僧你看怎么办才好？我已然知会了兵马都监，叫他派官兵去办案，可不定怎么样。”和尚说：“大人不用忙，慢慢的商量着办。”

知府见天光已不早了，吩咐在书房摆酒，陪着和尚吃饭，直吃到二更后。忽然间和尚打一冷战，和尚一按灵光，早已察觉明白，口念：“阿弥陀佛，善哉善哉！”知府顾国章说：“圣僧什么事？”和尚说：“没什么事，我变个戏法给你瞧。”顾国章说：“什么戏法？”和尚说："我变平地抓鬼给你瞧。"知府纳闷，不懂得什么叫平地抓鬼。书中交代，此时都天道长黄天化早来了，老道在房上趴着。黄天化暗中窥探，是一个穷和尚，褴褛不堪，短头发有二寸多长，一脸的油泥，长得人不压众，貌不惊人。黄天化心里说："这就是济颠僧，我打算是项长三头，肩生六臂，脚蹬肩膀，走道人上之人呢。真是闻名不如见面，见面胜似闻名，原来是一个丐僧。据我看大概也没有什么能为。"心中正在思想，听和尚说要变戏法，黄天化一想："我何必等着他睡了行刺呢，简直下去亮刀把他杀了就完了。"心里正在打算，主意未定，和尚在屋中用手一指，口念："唵嘛呢叭谜吽！唵，敕令赫！"黄天化就仿佛有人推他一把，由屋上翻身掉下来，把知府吓了一跳。手下人说："有贼！"立刻把老道按住捆上，拿到房中。和尚说："好东西，你这胆子真不小！你趁此说实话。"黄天化说："罢了，我既被你等拿住，我告诉你。我叫都天道长黄天化，我奉赤发灵官邵华风之命，前来行刺，杀知府，杀济颠，不想今天被获遭擒。这是一往真情实话，杀剐存留，任凭于你。"和尚说："大人，你派人先把他钉镣入狱。"知府立刻派手下人，将老道带下去收监。

这个时节，忽然有差官来回禀："今有兵马都监陆大人派来知会，今天陆大人派一位承信郎杨忠，带一百兵坐着两只小船，去到慈云观办案。不想船到牛头峰以下，贼人竟敢亮了队，贼净江太岁周殿明，带领无数水鬼喽兵，用锤钻下水，把小船钻了一只，承信郎杨老爷阵亡了，那一百官兵落水，淹死五十三个，逃回四十七名，糟塌了一只船。兵马都监陆忠陆大人，派人来报。"知府顾国章一听，大吃一惊，说："这还了得！贼人竟敢拒捕官兵，情同反逆，慈云观简直是反了！圣僧，你老人家可有什么高妙主意？本府我打算调本地面的兵船，会合兵马都监，前去剿贼，求圣僧你老人家帮着破慈云观。"和尚说："我帮着破也行，可得依我出主意。头一则得调水兵战船，贼人牛头峰有水鬼喽兵，陆营官兵不习水战，去了也是白送命，往返徒劳。再说老道妖术邪法，须排演激筒兵，找妇人的污秽之物，要用黑狗血，白马尿，方能破的了贼人的妖术。”知府说：“别的都好办，惟有妇人的秽水可难找。”和尚说：“容易，只要有钱就买的出来。大人你拿二百银子，十两银子一筒，叫手下人去买二十筒来。”顾国章点头答应，叫手下人拿二百银子出去买来。果然有钱就能办事，就有人卖，两天的工夫，把二十筒秽水预备齐了。和尚叫顾国章知会了兵马都监陆忠陆大人，调一千能征惯战的水兵，战船二十只。和尚教给众兵炼激筒，两个人抬筒，两个人手持兵刃护激筒，两个人打激筒，一个人掌令旗，七个人一分。和尚把激筒兵先排演好了。

这天兵船齐备，和尚同知府顾国章、兵马都监陆忠，带领雷鸣、陈亮，本衙门挑二百快手，共一千二百人，上了兵船，飘飘荡荡奔牛头峰。和尚吩咐：“叫水性精通的兵先护住船底。”兵船打到牛头峰，相离不远，只见牛头峰三声炮响，金鼓大作，贼人把战船一字排开。原本早有人报进水师营去，镇南方五方太岁孙奎，正同净江太岁周殿明在中军帐谈话。周殿明说：“孙大哥，这几天也没听见信，前者五路督催牌双钩护背张三郎回来禀报，说常州府要来攻打慈云观。那一天来了两只小船，也无非百八十个官兵，一个小武职官，被你我把他等船钻了一只，伤损数十个官兵。我只打算常州府决不能善罢干休，必然还有官兵前来。祖师爷叫你我昼夜小心防范，不可大意。不想这几天倒安静了，真令人难测。”镇南方五方太岁孙奎说：“贤弟你看将来怎么样？祖师爷可能成事否？”周殿明说：“要据我想，祖师爷神通广大，法术无边，再说众位真人都是精通法术，官兵来了，也是白送残生。”孙奎说：“我想官兵这两天没动作，必有缘故。要来就不善，善者不来。”正说着话，忽然外面有人进来禀道：“现有常州府来了二十只兵船，官兵无数，刀枪如林，直奔牛头峰而来。相离不远，请都督早作准备。”孙奎说：“你看如何？”赶紧吩咐齐队，呛啷啷一棒锣声，把队伍调齐，兵船撞出牛头峰，要与官兵决一死战。不知后事如何，且看下回分解。

第一九三回

雷陈奋勇杀水寇　妖道施法战官兵

话说镇南方五方太岁孙奎得报，现有官兵前来攻打卧牛矶。孙奎立刻吩咐手下水鬼喽兵调齐了队伍，麻洋战船五十只，一字排开，旗幡招展，号带飘扬。当中一杆大旗，三丈三高，葫芦金顶，火雁掏边，蜈蚣走穗，坠脚铜铃，被风一摆，哗愣愣乱响，白缎子旗上面有黑字，写着“三军司命”，当中斗大的一个“孙”字，背面一个“帅”字。孙奎手擎三截钩连枪，头戴分水鱼皮帽，日月莲子箍，水衣水靠，油绸子连脚裤，香河鱼皮岔，面如紫玉，紫中透红，粗眉大眼，颌下一部花白胡须扇满胸前，真是威风凛凛，相貌堂堂。对面官兵船只，队伍整齐，正当中一杆大旗，上面一个“陆”字，上首里是知府顾国章，下首里是一个穷和尚。五方太岁孙奎吩咐：“你等哪个前往，先把知府顾国章结果了性命？”话言未了，旁边有人一声答话说：“待我前去！”孙奎一看，乃是翻浪鬼王连，手中一摆三截钩连枪，船往前一撞。王连站在船头，说：“哪个小辈敢前来送死？”兵马都监陆忠一看，这个贼人，身高有八尺，膀阔三停，头上戴分水鱼皮帽，日月莲子箍，水衣水靠，油绸子连脚裤，香河鱼皮岔，面似油粉，两道剑眉，一双三角眼，鹦鼻子裂腮额，长的凶如瘟神，猛如太岁，手中擎着三截钩连枪。陆忠吩咐："尔等何人前往，把贼人给我拿来，算奇功一件。"旁边有一位承信武功郎王文玉说："大人不必着急，待卑职前往。"王文玉刚要摆刀出来，和尚说："且慢！这些贼人都是高来高去，江洋大盗，能为武艺出众，本领高强。王老爷去未必拿得了他，恐其受他人所算。"陆忠说："依圣僧该当如何？这些贼人竟敢堂堂掌鼓，正正执旗，拒捕官兵，这还了得？"和尚说："陈亮你去把贼人结果了性命，以振军威。"圣手白猿陈亮遵命，立刻拉出单刀，往前赶奔。

翻浪鬼王连正在扬扬得意，一声喊由官队闪出一人，身高七尺以外，细腰扎背，头上戴翠蓝色六瓣壮士巾，迎门拉茨菇叶，鬓边斜插一朵守正戒淫花，身穿蓝箭袖袍，腰系丝鸾带，单衬袄，薄底靴子，前后衣襟掖着，面如美玉，粗眉大眼，手擎钢刀。来到船头，王连用三截钩连枪一点指，说："来者小辈，尔是何人？竟敢前来送死！"陈亮说："你要问，你家大太爷我姓陈名亮，绰号人称圣手白猿。尔是何人？"王连说："我姓王名连，绰号人称翻浪鬼是也。你要知道我的利害，趁此回去，休要前来送死。"陈亮哈哈一笑，说："你等这些无知的叛逆，真是执迷不悟！大宋国自定鼎以来，君王有道家家乐，天地无私处处同。你等都是大宋国的子民，不思务本分，听信妖道妖言惑众，聚党成群，叛反国家；皇上家省刑罚，薄税敛，五谷丰登，万民乐业，君正臣忠，哪一样亏负了你们？你等无故杀害生灵，涂毒百姓，上招天怨，下招人怨，乱臣贼子，人人得而诛之。你岂不知一日为贼，终身是寇？上为贼父贼母，下为贼子贼妻，被在官应役拿住，刨坟三代，祸灭九族，死后落个骂名千载。你等要知时达务，趁此率众跪倒，认罪服输。本处知府大人，有一分好生之德，还许饶尔不死。如要强暴抗横，谅慈云观也无非弹丸之地，尔手下统带，不过蚁群蚁团，乌合之众，架不住婴儿投石。现在都监知府，带领天兵一到，尔趁此投降免死！"王连一听，气得哇呀呀怪叫如雷，说："小辈休要说此朗朗狂言大话！你岂不知天下乃人人之天下，非一人之天下，有德者居之，无德者失之，胜者王侯，败者寇盗。犬吠尧王，各为其主，谅尔有多大能为？”陈亮一听，气往上撞，摆动了那手中刀，照定贼人劈头就剁。王连用手中枪往上一架，陈亮执刀分心就扎，贼人斜抱月往外一崩，陈亮一顺刀，照贼人脖颈就砍，贼人立上铁门闩，往上相迎。两个人在船头一动手，各施所能。陈亮一想：“今天当着知府顾国章一干众人，总得努点力，人前显耀，鳌里称尊。”两个人杀了个难解难分，陈亮把刀的着数一变别，一刀跟着一刀，一刀紧似一刀，贼人王连只有招架之功，并无还手之力。

这个时节贼队之内，有人一声喊嚷：“待我来！”一摆钩连拐直奔船头，要帮着王连动手。这边雷鸣一看，出来这个贼人，黄脸膛，短眉毛，母狗眼，也是头戴分水鱼皮帽，日月连子箍，一身水师衣靠。雷鸣拉出手中刀，一声喊：“好囚囊！打算两个打一个？待我来拿你！”贼人一看雷鸣，长的红胡子，蓝靛脸，二眸子一瞪，令人可怕。贼人不顾去帮着王连，赶紧把手中兵刃一顺，问：“来者尔是何人？”雷鸣说：“你雷大太爷姓雷叫雷鸣，人称风里云烟。你小子姓什么，叫什么？你家雷大太爷刀下不死无名之鬼。”贼人说：“你要问，大太爷名叫胡芳，人称破浪鬼。”雷鸣说：“你小子是鬼，今天就叫你做鬼。”一摆刀照定贼人劈头就剁，贼人用钩连拐急架相还。要讲论能为，雷鸣、陈亮胜强百倍，胡芳焉能是雷鸣的对手？三五个照面，被雷鸣一刀，扎在哽嗓咽喉，贼人当时一翻身，掉在水内。翻浪鬼王连见胡芳一死，他心里一发慌，被陈亮手起刀落，将贼人结果了性命。

五方太岁孙奎一见手下两员偏将死在雷鸣、陈亮之手，贼人气得“哇呀呀”怪叫，手中令旗一摆，有水鬼喽兵五十名，各拿锤钻下水，打算要钻官兵的船底。焉想到和尚有防备，船底下有能征惯战水兵一百兵，各擎兵刃护船底。见对面来了数十个水贼，各拿锤钻奔船底来，这边官兵用枪就扎，来一个扎一个。五方太岁孙奎在上面看着水花一滚，死尸往上一翻，水一发红，大概是死了一个，孙奎就知道事情不好。当时一摆手中纯钢鹅眉刺，赶奔上前，照定雷鸣分心就刺，雷鸣摆刀急架相还。陈亮刚要摆刀过去帮着雷鸣，净江太岁周殿明，一摆钢刀过来敌住陈亮，四个人如同走马灯相仿。真是棋逢对手，将遇良才，四个人不分高低上下。

正在动手之际，和尚说："陆大人，你传令叫官兵前进，一拥齐上。"陆忠这才一挥令旗，这些官兵都是久操练之兵，真是队伍整齐，大众一声喊"杀"，各摆兵刃往上就拥。贼兵虽人多，队伍杂乱，本来这些贼人，都是些无业的游民，素常又不操练，有事也无非狐假虎威，打胜不打败。官兵众人，抱成一个团，枪刀乱刺，贼人大众一乱，展眼之间，杀伤数十人。后队见前队一伤人，后队便乱了，也有跳河的，也有会水的由水内逃命。镇南方五方太岁孙奎、净江太岁周殿明，见事不好，孙奎说："合字风紧急，浮流扯活罢！"周殿明一想："已然是抵挡不住了，莫若趁此逃走。"想罢，摆刀照定陈亮虚点一刀，拨照拧身窜下水去，孙奎也跳下水去逃命。雷鸣、陈亮不会水，见贼人跳下水去，二人回归本队。展眼之际，贼人四散奔逃，官兵把贼人的船只，都抢过来。济公吩咐船进山口，来到山坡，把船只靠岸，陆忠带队下船，激筒兵也下了船。方要上山，只听山上锣声大震，众人抬头一看，见由慈云观出来无数老道，真有百余人。

原来赤发灵官邵华风早已得报。邵华风正在大殿升坐，有牛头峰的小头目跑进来说："回禀祖师爷，大事不好！现有常州府带领无数官兵，二十只战船，来到山口，跟水军都督孙奎开了仗，请祖师爷早作准备。"赤发灵官邵华风一听，勃然大怒，说："众位真人随山人出去，跟他等决一死战。"众老道一个个扬扬得意，各持宝剑，出了慈云观。只见官兵队已然进了山，邵华风说："好一干无知的孽障，胆敢前来送死！待山人全把他们结果了性命。"话言未了，旁有七星真人刘元素说："祖师爷暂息雷霆之怒，谅他这等些无名小辈，何必你老人家亲身临敌？待我拿他，不费吹灰之力。"刘元素口中念念有词，一声"敕令”，平地起了一阵狂风，走石飞沙，直奔官兵队。真是天昏地暗，日色无光，官兵俱不能睁眼。众官兵说：“妖术邪法可了不的，济公快来！”和尚哈哈一笑。僧道斗法，不知若何，且看下回分解。

第一九四回

激筒兵扬威破邪术　济长老涉险捉贼人

话说七星道人刘元素一念咒，走石飞沙，直奔官兵队而来。官兵全都不能睁眼，大家齐声喊嚷："济公快来！"和尚用手一指，口念六字真言："唵嘛呢叭咪吽！唵，敕令赫！"立刻就风定尘息。七星道人一见穷和尚，吓的拨头就往回跑。八卦真人谢天机一声"无量佛"，说："贤弟你闪在一旁，待我拿他。"伸手拉出宝剑，往前赶奔，说："来者你就是济颠么？"和尚说："然也，正是。"谢天机说："你可知道你家祖师爷的利害么？你要知事达务，趁此过来跪倒，给我磕头，叫我三声祖师爷，山人有一分好生之德，饶尔不死。如要不然，当时我要结果你的性命。"和尚说："好杂毛老道，你给我磕头，叫和尚老爷三声祖宗，我也不能饶你。"八卦真人谢天机看和尚是一个凡夫俗子，他哪里瞧得起他？焉知道和尚早把佛光、灵光、金光闭住。老道举宝剑过来，照和尚劈头就剁，和尚滴溜一闪身躲开，伸手掏老道一把，老道一剑跟着一剑，也砍不着和尚。和尚掏一把，拧一把，拧一把，掏一把。老道真急了，立刻口中念念有词，由平地起了一阵怪风，从空中来了许多毒蛇怪蟒，兔鹿狐獾。无数的野兽，直奔官兵队，张牙舞爪咬官兵，吓的官兵纷纷倒退。和尚用手一指，口念："唵嘛呢叭咪吽！唵，敕令赫！”立刻现了一道黄光，这些东西都现了原形，全是纸的，坠落于地。八卦真人一看事情不好，连忙跑回去说：“祖师爷，我等法力太小，敌不了和尚。请祖师爷大施佛法，去把和尚拿住。”

邵华风一见了得，连声喊嚷，立刻一摆宝剑，赶奔上前说：“好济颠，我山人跟你远日无冤，近日无仇，你无故跟我作对。今天祖师爷将你拿住，碎尸万段，方出胸中恶气。”和尚说：“好孽畜，你就是赤发灵官邵华风么？”老道说：“正是你家祖师爷。”和尚说：“我正要拿你。你既是出家人，就应当奉公守分，跳出三界外，不在五行中，一尘不染，万虑皆空。扫地不伤蝼蚁命，爱惜飞蛾纱罩灯，老道应当戒去贪嗔痴爱恶。你无故妖言惑众，杀害生灵，招聚绿林江洋大盗，发卖薰香蒙汗药，贻害四方，使人各处拍花，败坏良家妇女，拆散一家骨肉分离，上招天怒，下招人怨。天作孽，犹可违，自作孽，不可活。我和尚并不愿多管闲事，无奈你实属罪大恶极，我和尚诛恶即是善念。今天该当你恶贯满盈，你还执迷不悟，还欲抗横？”老道一听，气得三尸神暴跳，五灵豪气腾空，摆宝剑照定和尚劈头就剁。和尚闪身躲开，走了三五个照面，和尚身体伶便，老道砍不着，真急了，身子往旁边一闪，说：“好颠僧，气死我也！待山人用宝贝取你。”和尚说：“你把你的宝贝掏出来，我瞧瞧。”老道由身背后拿出一个葫芦，里面是五百阴魂，都是不该死的人，前者众老道炼百骨神魔，害的人收来的。今天老道真急了，口中念念有词，把葫芦盖一拔，放出五百阴兵，立刻天昏地暗，日色无光，鬼哭神嚎，直奔官兵队。和尚赶紧吩咐拿激筒打。众官兵立刻用激筒一打，这污秽之水，专破邪术。展眼之际，阴兵四散，化为灰飞。赤发灵官邵华风一见和尚破了他的阴兵阵，老道大吃一惊，立刻又要念咒。和尚又吩咐官兵用激筒打老道，官兵激筒照老道一打，众老道浑身上下都是脏水，念咒也不灵了。大众说：“祖师爷可了不得了。”邵华风说：“快跟我走。”众人拨头就往庙里跑。和尚说：“追！”官兵队直追到慈云观山门以外。和尚吩咐官兵把东西南三面围住，陆忠传令围庙。官兵虽有一千余人，慈云观地势太大，兵也不能满围过来，官兵就把前面扎住。和尚说：“陆大人、顾大人随我进庙。”

大众带领亲随人等，进了庙门一看，正北是大殿五间，有月台，东西各有配殿。在大殿两旁边有两个八角的亭子，里面当中仿佛两眼井口。和尚来到东边井亭子，望下一探头看，大众说：“不用说，众妖道许由井亭子逃走，也许是地道。”话言未了，只见由井口里伸出一只大手，真有五六尺大，一手的黑毛，竟把济公的脑袋抓住。就听和尚一嚷：“可要了我的命了！”大手把和尚揪下井亭子去。知府顾国章众人吓的亡魂皆冒，说：“这可糟了！大概济公要没命了！”此时雷鸣、陈亮等一看，心中好似万把钢刀扎心，赛如叉挑五脏，油烹肝花，箭刺了雄心，刀挑了铁胆。雷鸣本是一个忠厚人，心中一想：“师父待我等恩重如山，屡次救我等性命的。现在他老人家被大手抓下井去，不知生死，我这条命不要了，倒要跳下去看看这里面怎么一段情节，看个水落石出。”猛英雄想罢，撒腿就跑，来到井亭子，把心一横，跳下井去了。陈亮一看，急得一跺脚，自己心中一阵难过，想二哥已跳下去，世上知道有雷鸣就有陈亮，有陈亮就有雷鸣，我二人活着在一处为人，死了也一处做鬼。想罢就往前跑。知府顾国章刚要拦，这句话没说出来，见陈亮已跳下去了。急的顾国章一跺脚，自己一想：“济公、雷鸣、陈亮，大概是没命了。这老道再出来，谁能敌挡的了？”官兵众人一个个无不胆战心惊。顾国章一想：“为人子孝当竭力，为人臣忠则尽命，既受国家俸禄之德，理应当答报君恩，以身许国，为国捐躯，莫若我也跳下去，一死万事皆休。”

正在心中思想之际，只听大殿旁一声喊嚷：“无量佛，善哉善哉！你等放着天堂有路你不走，地狱无门自找寻。”众官兵抬头一看，只见由后面出来一个老道，头戴青缎子九梁道巾，身穿蓝缎色道袍，周身绣八卦，按着乾三连坤六断离中虚坎中满，当中八卦太极图，紫脸膛，凶眉恶眼，众官兵吓得魂不附体。书中交代，怎么这段事呢？原来赤发灵官邵华风众妖道被激筒打了一身秽血水，众妖道跑到后面。邵华风说：“可了不得，好济颠僧，施展这样狠毒之计，他破了我的法术。众位快跟我把身上洗干净，再作道理，山人焉能跟济颠僧这善罢干休？”众人赶紧打了净水，把浑身都洗干净。赤发灵官邵华风说：“众位哪位去探探去？”乾法真人赵永明说：“我去。”邵华风说：“你附耳过来，如此如此。”赵永明点头答应，说：“哪位去到前面探探去？”旁边有黑虎真人陆天霖说：“我去。”立刻往外够奔。

方奔到二门，有两个从人说：“真人你上哪去？方才和尚被大手给抓下去了，连那两个姓雷姓陈的都跳到井亭子里去。”陆天霖一听，说：“这可是活该，待我去看看。”老道这才来到外面，站在大殿一看，工夫不大，只见由井亭里摔出一只胳膊来，鲜血淋淋，是刚才砍下的样子。老道在大殿上看的真真切切，鼓掌大笑。兵马都监陆忠同知府顾国章也都看见了，吓的颜色更变。顾国章说：“可了不得了，大概是济公被贼人害了，把胳膊砍下来。”兵马都监陆大人说：“顾大人你看，这不是济公的胳臂。”顾国章说：“都监何以见得呢？”陆忠说：“你看，要是济公的手有泥，肉皮不能这么白。”顾国章一想言之有理，说：“要不是济公，这必是雷鸣、陈亮。可惜这二位侠义英雄，一不为名，二不为利，一旦之间丧在妖人之手。”正在叹息之际，忽见井亭子又扔出一条大腿来，也是鲜血淋淋，瞧着甚为可惨。老道黑虎真人陆天霖看够多时，一阵狂笑，说：“好一个胆大的知府，竟敢前来送死！山人今天全把你等结果性命。”说着话，老道摆宝剑往前够奔，口中咕哝咕哝，又念起咒来。顾国章一瞧，事情不好，赶紧吩咐：“尔等快拿激筒打。”这句话尚未说完，就听由西角门一声喊嚷：“哎呀，阿弥陀佛！好孽畜！你又来兴怪作妖？待我拿你。”众官兵抬头一看，见和尚“梯他梯他”脚步踉狂，来到大殿以前，众人目瞪痴呆。不知罗汉爷从何处而来，且看下回分解。

第一九五回

济公兵困慈云观　妖道率众渡长江

话说黑虎真人陆天霖方要念咒，跟官兵作对，只见济颠和尚来了，老道吓得拨头就跑。跑到后面一看，赤发灵官邵华风众人全都踪迹不见。陆天霖一想："这倒不错，大众拿我作了押账了，全都跑了，我也跑罢。剩我一个人，单丝不线，孤树不林。"老道立刻奔后山牛背驼竟自逃走。书中交代，赤发灵官邵华风哪去了呢？原本众人一商议，见事不好，大概今天慈云观是保守不住了，邵华风咬牙忿恨济颠和尚无故跟我作对，把我这座铁桶相似一座庙给毁了，闹的我上天无路，入地无门。邵华风说："众位，现在济颠和尚把我的庙挑了，我焉能跟他善罢干休？我由这里够奔临安城，到西湖灵隐寺，把他庙里的僧人见一个杀一个，刀刀斩尽，剑剑诛绝，然后放火一烧庙，我也算报了仇。众位，哪位愿意去跟我走一趟？如不愿意去，众位够奔仙人峰弥勒院，到通天和尚法雷那里去等我，不见不散。"旁边有前殿真人常乐天、后殿真人李乐山、左殿真人郑华川、右殿真人李华山、七星道人刘元素、八卦真人谢天机、乾法真人赵永明、艮法真人刘永清、乾坎艮震坤离巽兑八位真人，连黑毛虿高顺，铁贝子高珍，这些人都要跟着邵华风；迷魂太岁田章，带领单刀太岁周龙，笑面貔貅周虎，一干众薰香会的人单走；众采药真人巡山真人在一处走。分为三起，逃出了慈云观。来到后山牛背驼，上了船，渡过平水江，来到孤树岗，天光已晚。头一起邵华风众人说："暂且先找地方住下罢。"这孤树岗有慈云观的一座黑店，邵华风带领众人进了店。

这些贼人，各各分头四散逃走，也有单走的。内中矮岳峰鲍雷一个人单走，自己觉着垂头丧气，不知如何是好。顺着江岸往东，走了数里之遥。自己觉着口干舌燥，偶见对面有一座小村庄，有茶摊子，鲍雷正想喝茶。来到近前一看，这里坐着两个人，正是追云燕子姚殿光、过度流星雷天化。这两个人是前者奉济公之命，叫他二人今天在这里等候鲍雷，焖上一碗茶，有济公的一块药放在茶内。今天鲍雷方来到近前，姚殿光说："鲍二哥你来了！"鲍雷一见这两个人，立刻把眼一瞪，说："你两个小子，在此做什么呢？前者叫你归慈云观，你二人不但不归，反伤了我们的一个人，今天你们又在这里。"姚殿光一听："你先不用瞪眼，你喝碗茶，有什么话再说。"鲍雷是真渴了，当时把这碗茶喝下去，出了一身的透汗，心中豁然大悟。鲍雷说："二位贤弟从哪里来？"姚殿光说："我二人特为来等你。"鲍雷说："我打哪来？"姚殿光、雷天化说："我们知道你打哪来，你自己不知道么？"鲍雷心中迷迷糊糊，真仿佛做了一场大梦一般，说："哎呀！我家中还有人没有？"姚殿光说："怎么没有？前者我二人到慈云观，奉老太太之命去找你，你要杀我二人，莫非你忘了么？"鲍雷自己一想说："我渺渺茫茫，可记得我自从到了慈云观，邵华风给我一粒药吃，我心中就迷了。瞧见你们就有气，你们谁要一归慈云观，我就喜欢了，真乃怪道。"姚殿光说："现有灵隐寺济公长老派我二人来接你，茶里有药，你喝下去才明白了。现在你家里老太太盼你，盼的病了。你先同我二人到家去看看，叫老太太好放心；然后你我再找济公，给圣僧道谢。"鲍雷这才点头，同姚殿光、雷天化回归鲍家庄。这且不表。

单说赤发灵官邵华风，同众人来到孤树岗店内，心中甚是不安。

邵华风说:“众位，哪位到慈云观去探探官兵走了没有?”艮法真人刘永清说:“我去探探，祖师爷听候我的回信。”邵华风说:“刘真人须要小心。”刘永清立刻出了店，驾着趁脚风，来到慈云观一探，原来官兵正在搜庙放人呢。和尚叫官兵把乾坤所妇女营的被难的放出来，问明白了众妇女的家乡住处，叫官兵给护送回去。书中交代，和尚由井亭子怎么出来呢?著书一枝笔，难说两件事。原本八角亭子伸出那只大手，是削器。人在上面一踏削器，这大手就出来，正把人抓住，底下有八个人看守地道，专等拿人。和尚故意叫大手抓下去，底下八个人正打算捆和尚，被和尚用法术定住。雷鸣、陈亮跳下去，见济公打在地道里站着。和尚说:“这八个人害人多了，你两个人先把他等结果了性命。”雷鸣、陈亮杀这八个人，把胳臂大腿扔上去，顾国章只打算是雷鸣、陈亮被害了，其实不是。雷鸣、陈亮把这八个人杀了，和尚说:“你们两个人到那边地道去找找，有一个人把他救出来。”雷鸣、陈亮二人顺着地道，找有半里之路，只见对面有一个人正在那里唉声叹气。雷鸣、陈亮在头里，济公随后跟着，来至切近一看，见这人身高八尺，膀阔三停，头戴青缎色六瓣壮士帽，身穿青缎色箭袖袍，腰束丝鸾带，单衬袄，薄底靴子，面如紫玉，粗眉朗目，此人非别，乃是飞天火祖秦元亮。雷鸣、陈亮一看，说:“秦大哥你在这里?快跟我们走!”元亮一看，说:“雷陈二位贤弟，你们从哪来的?”雷鸣说:“我等奉济公之命，帮着常州府知府带兵来剿灭慈云观，济公知道你在此遇难，我等特来救你。你怎么会到这里的?”秦元亮说:“唉!二位贤弟别提了，我原本是一番好意。我到鲍家庄去瞧矮岳峰鲍雷，听说他归了慈云观，他母亲想他，想的病了，我来到这里找鲍雷，劝他回家。不但他不听，他反倒叫我归慈云观，我说不归，他把我捆了。一见赤发灵官邵华风，他们给我一粒药叫我吃，我不吃，他说要杀我。后来也不知因什么，又不杀了，把我弄到这地牢幽囚起来，更难受，生不如死。有四个人看守着我，天天也倒给我吃，给我喝，就是走不出。每天这些人劝我，叫我吃他这粒药，说能化去俗骨，成佛做祖。所有是上慈云观来的人，就不叫走，就得吃他们的药，不吃药就给幽囚起来，永不放，急的我心似油烹。我来了有半个多月了，今天看守我这些人都走了，我自己打算出去，也找不着出去的路，你二人由哪里进来的？”雷鸣说：“我二人是由亭子里跳下来，有济公带领着。”正说着话，见济公来到近前。雷鸣说：“秦大哥，我给你见见，这就是济公长老。”秦元亮赶紧给济公行礼，说：“圣僧你老人家来救我，再生我，心中实深感激！”和尚说：“不必行礼，跟我走罢。”

三个人跟着和尚，走在地道内，各处搜寻，救出数十个被难的人来。和尚把众人带到慈云观前门，问明众人的来历，叫官兵用船只送过平水江，一面派官兵搜查慈云观庙内，抄出无数的金银物件。和尚问道：“雷鸣、陈亮，你二人打算上哪里去？”雷鸣、陈亮说：“师父要不用我等，我二人打算要回家去。”和尚说：“你二人要回家，可有一节，走在路上千万要少管闲事，戒之慎之。你二人要不听话，惹出祸来，我和尚可救不了你们。”雷鸣、陈亮说：“是，我二人也不管闲事。”和尚说：“我嘱咐你们的。”问：“秦元亮你上哪去？”飞天火祖秦元亮说：“我也要回家了，改日再答谢你老人家救命之恩。”和尚说：“那倒是小事一段。你三个人要走，可有盘费么？”雷鸣、陈亮说：“盘费倒有，师父不必惦念着。”知府顾国章说：“三位壮士要走？”吩咐手下人，给三位壮士每人拿五十两银子。三个人还不肯要，和尚说：“大人既赏你们，你们就拿着罢。”三个人这才把银两带好，立刻告辞，官兵有船送到南岸。秦元亮谢过雷陈，告辞单走。

雷鸣、陈亮二人，连夜往下一走，天光亮了，眼前一座酒店，叫五里碑，有一座万成店，专住来往保镖的达官。雷鸣说：“老三，咱们到店里吃点什么，歇息歇息再走。”陈亮点头，二人这一到店中，焉想到狭路相逢，又生出一场大祸临身。不知后事如何，且看下回分解。

第一九六回

五里碑雷陈逢妖道　慈云观济公救难民

话说雷鸣、陈亮由慈云观来到五里碑这座黑店。连夜走路，觉着身体劳乏，也觉着腹中饥饿，见眼前有一座店。原本这座店常住保镖的，雷鸣、陈亮一进店，小伙计王三认识，知道雷鸣、陈亮是威震八方杨明的同伴。伙计说：“雷爷、陈爷二位少见哪！”雷鸣、陈亮说：“少见。”王三说：“二位打间上房好不好？”雷鸣说：“好。”伙计带领来到北上房，是一明两暗三间，东西都是单间屋子。二人来到北上房西里间一看，屋里有八仙桌椅子，靠后窗户是一张床，张着床帏，床上有小桌。伙计给打洗脸水，倒了茶来，说：“二位吃什么？”雷鸣、陈亮说：“你给来两壶酒，先给煎炒烹炸，配六个菜来。”伙计说：“是。”转身出去，少时擦抹案桌，把小菜杯碟摆好，把酒菜端来。雷鸣说：“王伙计，你喝一盅。”王三说：“请罢。你们二位这是从哪来？”雷鸣说：“我们由平水江。”王三说：“你们二位由平水江来，没听见慈云观怎么样了？”雷鸣说：“你们也知道慈云观的事么？”伙计说：“我们也听见说慈云观有几个老道，妖言惑众，听说常州府调官兵去拿贼，可没得准信。”雷鸣说：“现在有灵隐寺济公长老，带领官兵把慈云观抄了。”伙计说：“这就是了。”说完了话，转身出去。雷鸣二人喝着酒，雷鸣说：“老三，你我这回闲事总算管的不错，要不是济公他老人家，这些妖道可真办不了。”陈亮说：“你我要不是济公，咱们也不管闲事。多一事不如少一事，是非皆因多开口，烦恼皆因强出头，这件事总算全始全终。”

二人正说着话，只听后面一声喊嚷：“无量佛！店家，有地方没有？”伙计说：“有。”雷鸣、陈亮听声音甚熟，偷着往外一瞧，来者非是别人，正是赤发灵官邵华风、前殿真人、后殿真人、左殿真人、右殿真人、七星真人、八卦真人这一干群贼，把雷鸣、陈亮吓得亡魂皆冒。书中交代，邵华风昨天夜内住孤树岗店内，派艮法真人刘永清一哨探，官兵围着慈云观，正在放人。刘永清回去说：“回禀祖师爷，现在官兵并没走。”邵华风说：“好，明天一早你我起身，先够奔灵隐寺，见僧人就杀，放火烧庙。回来到弥勒院，找通天和尚法雷，大众聚会在一处，把外面五百只黑船调齐，七十二座黑店的人一并凑齐，先杀济颠和尚，然后跟常州府知府决一死战。把知府杀了，我自立为常州王。你等大家须要助我一臂之力。”众老道全都点头答应。在店内住了一夜，今天天一亮众人头一起起身，要够奔临安城。走在这五里碑，众人要吃点饭，见万成店是一座大店，众人进了店。邵华风说：“伙计，这里有宽大的屋子没有？”伙计说：“上房里方才来了两位，倒是打间，众位道爷等一等。我叫上房那两位挪出来，到别的屋去吃也行。”邵华风说：“甚好。甚好。”

伙计立刻来到上房一看，见雷鸣、陈亮踪迹不见。书中交代，雷鸣、陈亮哪去了呢？这两个人偷着看是邵华风众妖道来了，把雷鸣、陈亮吓的亡魂皆冒。心中一想：“是这对头冤家到了。这要一见着老道，准得要我的命。”吓的这两个人无处可躲。一撩床帏，藏在床底下去。心里说：“只要老道不找，等他们吃完了饭走了，再钻出来。倘若要搜寻着，也是无法。只可认命，万事皆由天定。生有处，死有地。”两个人藏起来，伙计一瞧没有了，说：“这件事可怪，怎么会没了人？莫非这两个人是骗子手，没给饭钱就跑了？怎么也没见出去呀？是不是鬼呀？”伙计愣了半天，说：“众位道爷进来罢，上房这两个人没有了。”赤发灵官邵华风众人来到屋中说：“怎么一段事？”伙计说：“这两个人连饭钱没给，也不知什么时候走的。”邵华风说：“走了走了罢，你赶紧给我们要两桌菜。快来，我们吃完了还要赶路呢。”伙计点头，转身出去。邵华风众人也没想到是雷鸣、陈亮，幸喜没往床底下找。少时伙计把桌子摆上酒菜，端进来，众老道坐下喝酒。邵华风心里是烦，说：“众位真人，今天你我快吃，吃完了就走。我恨不能一时到了临安城，把灵隐寺庙里和尚刀刀斩尽，剑剑诛绝，放火一烧庙，我这个仇算报了。我然后再把常州府知府一杀，我自立常州王，众位助我一膀之力。我得了江山社稷，跟你等列土分茅，平分江山。”

说的正在高兴之际，忽听外面有人说：“阿弥陀佛！”问伙计说：“你们这里有十几位老道在这里吃饭，有没有？”伙计说：“有。不错。”众老道一听是济公和尚的口音，众老道吓的连魂都没有了。邵华风说：“众位可了不得了，济颠和尚来了。可恨就是鲁修真，他要不把我的乾坤子午混元钵诓了去，我焉能不是济颠和尚的对手。”此时雷鸣、陈亮在床底下一听，心中暗喜。书中交代，外面来者非是别人，正是济公禅师。和尚在慈云观把庙抄了，所有庙中被难的人都放净了，抄出贼人的细软金银不少，知府顾国章把银子赏了被难这些人，分散了有一半，直闹了半夜天光，东方发晓。和尚说：“陆大人你带兵回去罢，暂且把庙封锁。顾大人你也回衙理事，我和尚带着你手下马快班头何兰庆、陶万春两个人，去到戴家堡拿众妖道完案。”知府说：“圣僧你老人家既是慈悲，甚好！”立刻叫何兰庆、陶万春跟着圣僧去办案，带一百银子作盘费，二位班头点头答应。和尚说：“咱们回头见！”立刻告辞分手，坐船来到平水江南岸下了船。和尚带着何兰庆、陶万春往前走来。到五里碑，和尚说：“二位头儿，咱们吃点东西再走。”说着话，进了万成店，和尚说：“辛苦辛苦！你们这店里，有十几位老道在这里没有？”伙计只打算和尚跟老道是一同伴的，赶紧说：“不错，在上房里，我伴同师父去。”和尚说：“好。”伙计头前走，说：“众位道爷，有一位和尚来找你们众位。”伙计说着话，没听见上房里有人答应，急至来到上房，掀帘子一看，众老道一个没有了，方才那两位，一位蓝脸的，一位白脸的，又在那里坐着喝上了。伙计一愣，说：“这是怎么一段事？众老道哪去了？”雷鸣、陈亮说：“由后窗户都跑了。”伙计说：“你们二位方才哪去了？”雷鸣说：“老道是我们仇人，我二人在床底下藏着。”

正说着话，和尚同陶头、何头进来，雷鸣、陈亮赶紧给师父行礼。伙计说：“老道他们走了，你们二位给这两桌饭钱罢！”雷鸣说：“我们凭什么给呀？方才我们要的六样菜，都叫老道吃了，我们这是他们剩的，谁要的菜谁给钱。”伙计说：“那可不行。”正说着话，掌柜的过来问怎么一段事，伙计照样一学说。掌柜的一听，说：“老道为什么跑了？这位大师父是谁？”雷鸣说：“这是灵隐寺济公，方才那些老道，都是漏网的贼人。”掌柜的一听说：“既是济公活佛，这不要紧，勿论吃多少钱，我候了。伙计再给济公添酒换菜，圣僧在我这里吃二年，我也不要钱。”本来济公名头高大，掌柜的一恭敬和尚，和尚倒说：“不要紧，我给钱。”立刻落座，连二位班头，五个人一处喝酒，开怀畅饮。

吃喝完，和尚照数连雷鸣、陈亮先要的菜，都给了银子。陈亮说：“师父上哪去？”和尚说：“我上戴家堡，你二人要回家去罢，千万可要少管闲事。伸手是祸，缩手是福，诸事瞧在眼里，记在心里。要不听我和尚的话，闹出祸来，我和尚可不能管。”陈亮说：“师父不用嘱咐。我二人也不管闲事。”当时二人先告辞出了万成店，顺大路行走。陈亮说：“二哥，你我也该回家了，头一则我妹妹也该聘了。”本来陈亮家里有叔婶，在镇江府丹阳县开白布铺，并不指着陈亮做绿林。他自幼跟叔叔婶母长大成人。陈亮是自己好在外面闯荡江湖，行侠做义，跟雷鸣住家相离十里地的街坊。这两个人往前走，来到一座村庄，忽见有一老丈，揪着一个十二三岁的小孩直打，小孩破口大骂，看光景也不是父子，也不是爷孙。雷鸣一看，有些诧异，连忙上前询问。焉想到这一问，又生无限是非。不知后事如何，且看下回分解。

第一九七回

赵家庄英雄见怪事　七星观罗汉捉妖人

话说雷鸣、陈亮要回镇江府，走在道路之上，来到一座村庄，见有一个老者，拉着一个十二三岁的小孩直打，这孩子口中不住直骂。雷鸣一看，说："老三，你看这个小孩，老头为什么这么大年岁跟小孩一般见识？我过去问问。"雷鸣来到近前，说："老头，这孩子是你什么人，你打他？"老头说："二位要问，这孩子并不是我什么人，实在可恨！"雷鸣说："既不是你什么人，你这么大岁数打小孩子，因为什么？"老者说："我告诉你们二位，你给评评理。老汉我姓赵，叫赵好善，我们这地方叫赵家庄。这个孩子叫二哥，他姓陈，他有一个母亲，娘家姓孙，跟我并不沾亲带故。只因他母子逃难，来到我这村庄，我是一片慈心，见他母子可怜，一个年轻的妇人，带着一个小孩了，流落在外乡，连住处都没有，我对门有三间场院房，叫他母子白住，我并不要房钱。他母亲倒很安分，天天到七星镇有一家财主家去做针线活，早去晚归。人家财主家有小孩子怕打架，他母亲天天去也不带着他。昨天他母亲回来，躺在炕上，一句话也没说就死了。今天我听见说，我一想已然死了，这也无法，谁叫他住我的房呢？我只好给买一口棺材，把她埋了罢。谁想到这孩子他说不叫埋，他说他母亲没病，他还要留着他母亲做伴。二位想想莫非我这房子就搁着一个死尸占着？世界上也没有死了人不埋的道理。我就要埋，这孩子张嘴就骂，不叫埋定了。因为这个，骂上我的气来，我这才打他。”雷鸣说：“你这孩子这可是太浑，你娘业已死了，焉有不埋的道理？”小孩说：“我娘没病，我叫不埋，我还留着叫我娘跟我做伴呢。”雷鸣说：“你这孩子可是胡闹，你快叫人家把你娘埋了罢。不要紧，你没人管，我们把你带了走，我瞧你也怪苦的。”赵老丈说：“二位把他带了走罢。”小孩直哭直闹，赵好善说：“二位贵姓？”雷鸣、陈亮各通了名姓，赵好善说：“二位跟我来瞧瞧，他说他娘没病死不了，你们二位来瞧瞧，是死了没有？”雷鸣、陈亮二人跟着，进了这西村口。赵好善说：“我就在这路北大门住家，路南里只是我的场院子。”雷鸣、陈亮一看，路南里是一片空地，周围篱笆圈，里面有三间南房。大众一同来到里面，到了屋中一看，东里间顺前檐的炕，炕上躺着一个少妇，已然是死了。虽然衣服平常，看年岁也不过有三十岁，长的倒有几分姿色。雷鸣、陈亮一看，果然是死了，说：“孩子，你娘分明是死了，好端端又不是人害的，你不叫埋怎么样？”

正说着话，听外面一声：“哎呀！阿弥陀佛，善哉，善哉！你说不管，我和尚焉有不管之理？”雷鸣、陈亮一听是济公的声音，赶紧往外一看，果然不错，是和尚带着何兰庆、陶万春两位班头。雷鸣、陈亮说：“好，赵老丈你看看灵隐寺济公来了！”赵好善也有个耳闻，知道济公名头高大，赶紧把和尚让进来。雷鸣、陈亮说：“师父从哪来？”和尚说：“我告诉你两个人，不叫你们两个人管闲事，你两个人还是不听。方才我一出店，要上戴家堡，偶然打了一个冷战，我就知道你两个人要惹祸。我和尚不能不追来，我要不来，这个乱大了。”雷鸣、陈亮说：“师父，这有什么祸呢？”和尚说：“那是有祸。我且问你，这个妇人是怎么一段事？”雷鸣说：“赵老丈，你跟圣僧说说这件事。”赵老丈又照样把话学说一遍，提说：“人死小孩不叫埋。”和尚说：“这是死人么？”赵好善说：“怎么不是？”和尚说：“你来看！”用手冲着死人一指，口念“唵嘛呢叭𠺗吽！唵，敕令赫！”雷鸣、陈亮、赵老丈再一看，和尚把障眼法给撤了，众人一看，炕上躺着并不是真人，原来是一个纸人，众人全愣了。

书中交代，这是怎么一段事呢？原本这村北有一座庙，叫七星观。庙里有一个老道，叫吴法通，绰号人称广法真人，乃是赤发灵官邵华风的记名徒弟。素常这个老道无所不为，庙里有夹壁墙，他在烟花巷里买了几个妇人，搁在夹壁墙之内，终日作乐。吴法通自己有一部邪书，老道会炼妖术邪法。老道常在庙门口站着，见孙氏早起上七星镇去做活，晚半天回来，天天由他庙门口经过。老道一看，本来孙氏长得美貌，虽衣服平常，人才出众，称得起眉舒柳叶，唇绽樱桃，杏眼含情，香腮带笑。老道本是花里的魔王，色中的饿鬼。这天孙氏又从他门口过，老道访问别人，问：“这个妇人是谁家的？”有人说：“道爷你不知道？这个妇人原本是逃难来到赵家庄，在赵善人的场院房住着，天天到七星镇李宅去做针线养活。”老道听明白了，自己一想：“我要把这个妇人用法术引到庙里来。大概妇人一丢，必有人找，我总得把这件事办严密了，免生口舌是非。”老道用纸糊了一个妇人，跟活人一般，老道能用法术催着，叫这个假人能走。这天老道在门口等候，又见孙氏来了，老道一念咒说声：“敕令！”孙氏一打冷战，两眼发直，自己就进了庙。老道把孙氏搁到夹壁墙，叫那四个妓女给顺说，老道一面给假人贴上一道符，用咒语一催，这假人来到场院房一躺，有伏验法，遮着凡人眼，跟真人一样。

老道在庙内点着一炷信香，要有人把假人埋了，他也能知道。要有人破了他的法术，这信香就灭了，他也能知道。今天被济公把法术一破，雷鸣、陈亮、赵好善一看是个假人，赵好善说：“这是怎么一段事？”和尚说：“你也不用问，少时你看，必有人来不答应。”雷鸣、陈亮说：“师父这是怎么一段缘故？师父给管管罢！”和尚说：“我既来，焉有不管的道理？我要不管，就得出人命。我和尚诛恶人即是善念，咱们等着罢。”赵好善说：“圣僧到我家去罢。”和尚说：“也好。”连雷鸣、陈亮一同来到赵好善家中，是南倒座五间为客厅，屋中倒很幽雅沉静。众人落了座，有手下人倒过茶来，赵好善说：“圣僧吃荤吃素？既来到我家里，不要做客，我这里荤素都可以现成。”和尚说：“我荤素都可以用。”赵好善立刻叫家人预备酒饭。家中倒是便家，少时擦抹桌椅，把酒菜摆上，大众落座，开怀畅饮。谈心叙话，直吃到天有初鼓以后。

忽然间，走石飞沙，声如牛吼，令人胆战心寒，刮的毛骨悚然，立刻屋中灯头火就灭了。和尚说：“来了。”众人吓的亡魂皆冒。书中交代，和尚把假人的障眼法一撤，老道在庙里就知道了。心中一动，说：“这是什么人？好大胆量！竟敢破我法术，坏我大事？我焉能跟你干休善罢！”吴法通他庙里早有炼成的百骨神魔，是他素日在乱葬岗子里捡的人骷髅骨，也并非容易，非是一日之功，凑来凑去凑齐了，也有脑袋，也有胳臂腿脚。凑成一处，用舌尖中指的鲜血滴上，借天地阴阳之气，雨润露滋，并受其日月之精华。老道再用符咒一催，把这百骨神魔炼好了。在大殿里有一口空棺材，将此骷髅骨藏在里面，要用他，能用符咒一催，给他宝剑，使他出去，非得杀了人不回来。这件东西，专能害人。前者小月屯闹喊喊喇喇就是这一类的东西。今天老道吴法通知道有人破他假人，心中暗恨。到晚上星斗出全了，老道在院中，预备香烛纸马，五谷粮食，黄毛边纸，朱砂笔砚，香菜根蘸无根水，老道披发仗剑，画了三道符，一念咒，把百骨神魔催起来，给他一口宝剑。这种东西，带着一阵阴风，直奔赵好善家中来了。雷鸣、陈亮众人一看，就是一个旋风裹着雪白，有一丈多高，也看不准是什么。和尚说：“来了，好孽畜！”立刻把僧帽摔出来，霞光万道，把百骨神魔压在就地。和尚说：“你们瞧。”众人一看，是个骷髅骨。和尚说：“赵好善，你叫人用火烧。”立刻用柴火一烧，烧的有血迹，有腥臭之气。赵好善说：“这是哪来？”和尚说：“你跟我来。”连雷鸣、陈亮二人，俱跟随和尚要够奔七星观，捉拿老道吴法通搭救难妇。不知后事如何，且看下回分解。

第一九八回

戴家堡妖魔作怪　八蜡庙道士捉妖

话说济公禅师把百骨神魔烧化，随即带领雷鸣、陈亮、赵好善出了赵家庄，来到七星观。老道吴法通正在院中作法，不见百骨神魔回来，桌上的七盏灯花都灭了，老道就知有人破了他的法术。正在心中一愣，只听外面一声喊嚷：“好孽畜！你敢兴妖，无故害人，我和尚焉能饶你？”老道抬头一看，见来了一个穷和尚。短头发有二寸多长，一脸的油泥，破僧衣短袖缺领，腰系绒绦疙里疙瘩，足穿两只草鞋，梯他梯他，一溜歪斜，长得三分不像人，七分倒像鬼，带着一个蓝脸，一个白脸，一位老丈。老道看和尚是个凡夫俗子，罗汉爷早把三光闭住。吴法通一见，口中说：“什么人？好大胆量！”和尚说：“就是我老人家。”老道打算要跑，和尚用手一指点，口中念六字真言：“唵嘛呢叭嘧吽！唵，敕令赫！”用定神法将老道定住。和尚说：“雷鸣、陈亮，你两人把那老道杀了罢。这东西害过无数的人了，留着他贻害于后人，我和尚诛恶人即是善念。”雷鸣、陈亮立刻拉出刀来，手起刀落，将老道结果性命。和尚说：“在大殿里有一口空棺材，就把老道搁在里面，明天赵好善你叫人把他埋了，就完了，这座庙就给你做为家庙。”赵好善点头答应。和尚带领众人，把夹壁墙打开，里面有四个妓女，连孙氏也在里面。和尚说：“你们这四个妇人，赶紧收拾自己的东西，天亮各奔他乡。赵好善你把孙氏领回去，叫他母子团圆。”等候天光亮了，四个妇人各自去了，众人把孙氏带回赵家庄。和尚说：“雷鸣、陈亮，你二人要回家，去罢！还是少管闲事为要紧。我和尚也要上戴家堡，捉拿邵华风。”赵好善谢过济公，雷鸣、陈亮告辞分手。

和尚带领何兰庆、陶万春，由赵家庄出来，直奔戴家堡而来。大约有四五十里之遥，戴家堡也属常州府所管。和尚同二位班头方来到戴家堡，只见由对面鼓乐喧天，八个人搭着一个彩亭子，里面坐着一个十二三岁的小孩，有好几十人护送。何兰庆、陶万春一看，这事透着新奇，心里说：“这么一个小孩，可有什么好处呢？”何兰庆见旁边站定一位老者，在那里唉声叹气，何兰庆过去深施一礼，说：“借问老丈，这小孩可有什么好处呢？大众围随着，用亭子搭着上哪去？”这老者叹了一声，说：“尊驾不是我们本处人罢？”何兰庆说：“不是。”老者说：“尊驾有所不知，在我们这村北，有一座庙。只因前者八蜡神在我们这村庄里闹的甚利害，不是伤人，就是着火。众村会首到八蜡庙一烧香上供，八蜡神吩咐人来说，叫我这村庄一天给他供一个小孩，他吃一百天就走，若要不给供，把我们合村的人都要了命。我们这村庄方圆有两千多户人家，众会首一商议，谁家有孩子也舍不得去给八蜡神上供，花钱买谁也不卖。大众说：‘这是咱们的村难。’众人出了个主意，谁家有孩子，写上名字，团上纸团，搁在斗里摇，摇了谁家的小孩，就把谁家的小孩去上供，没偏没向，碰命，每天送一个。今天二十九天了，八蜡神吃了二十八个小孩子。今天这个小孩姓刘，家开着杂货铺，人家三门守着这一个孩子。人家家里是善人，真称得起乐善好施，急公好义，都说不应当遭这样报，偏巧就把他家孩子的名儿摇出来，不能不送去，大众瞧着可惨。老哥们三个要亭子搭着这小孩，给八蜡神送去。”何兰庆一听，说：“这还了得！”回头说：“济公，你老人家给管管这件事好不好？把妖精捉了，搭救这一方的黎民，也算你老人家一件大功德。”和尚说：“我不管。”何兰庆说：“圣僧能行为，何不管呢？”和尚说：“倒不是我不管，回头有比咱们能为大的来管。等人家管，不用咱们再管，不信你瞧着。”

正说着话，只听对面一声“无量佛”，何兰庆抬头一看，只见对面来了一个老道，头戴青缎子九梁道巾，身穿蓝缎色道袍，青护领相衬，腰系杏黄丝绦，白袜云鞋，面似银盆，眉分八彩，目如朗星，鼻如梁柱，唇似涂丹，一表非俗。手中拿着萤刷，肋下佩着一口宝剑，绿沙鱼皮鞘，黄绒穗头，黄绒挽手。来者老道非是别人，正是神童子褚道缘。书中交代，前者褚道缘同鸳鸯道长张道陵由上清宫给老仙翁送信之后，二人由上清宫回来，各归自己的庙。褚道缘回到铁牛岭避修观，自己一想：“这口气不出，非得找济公报仇不可。”无奈不是济颠和尚的对手，褚道缘忽然心生一计：“我何不到万松山云霞观去，找我师爷爷紫霞真人李涵龄？他那庙里，有一宗镇观之宝，名曰八宝云光装仙袋。这一宗宝贝，勿论什么妖精，装上立现原形，要装上人，即刻云光一照，照去三魂七魄，就是大路金仙，都能照去白光。”自己想罢，立刻够奔万松山而来，来到门首一叫门，道童开门一看，说：“师兄来了！”褚道缘说：“祖师爷在庙里？”道童说：“在庙里。”褚道缘来到里面，一见紫霞真人李涵龄，跪倒行礼。李涵龄说：“你来做什么？”褚道缘说：“没事，我来瞧瞧祖师爷。”李涵龄说：“你没吃饭，去吃饭罢。”也没拿着他着意，当初褚道缘在这庙里当道童。他在这庙里住了两天，这天黑夜，他把八宝云光装仙袋盗出来，跑下山来，各处寻找济颠。今天走在这戴家堡，见许多人搭着彩亭，里面坐着一个小孩。褚道缘就问：“什么事？这个小孩子什么好处呢？”众人就说：“道爷你有所不知，我们这里闹八蜡神，一天要吃一个小孩，今天已然二十九天了，吃了二十八个小孩子。八蜡神说：‘要吃一百天就走了。’这也是我们村中该遭劫。这个小孩原本是刘善人家的，三门守着这一个，人家家里是善德人家，遭这样恶报，真是上天无眼。”褚道缘一听，心中一想：“这必是妖精，我有八宝云光装仙袋，我何不把妖精捉了，给这一方除害，也算我一件功德。”想罢，说：“众位你们不用把小孩送去，我去把八蜡神提了好不好？今天你们就拿我上供，我去等他。”刘善人一听，心中喜悦。本来要送孩子去上供，老哥三个哭的眼都红了，听老道说能捉八蜡神，刘善人连忙过来说：“道爷，你老人家要能把八蜡神除了，要多少银子，我给多少银子。”老道说：“我倒不要银子，所做为了功德。”刘善人说：“更好了。”立刻叫人把亭子抬回去。

大众一同老道来到八蜡庙，刘善人说：“未领教仙长贵姓？在哪座洞府参修？”褚道缘说：“我是铁牛岭避修观的山人，姓褚名道缘，绰号人称神童子。”刘善人说：“仙长你老人家真要把八蜡神提了，我必有重谢，这一方都感念你老人家的好处。仙长你用什么东西？我这里好预备。”褚道缘说：“我什么都不用，就等拿妖。你等有胆量大的，在这配房等候，瞧我用法宝将妖精捉住，把他结果了性命，你等看着。”不关心的人，谁也不敢在这里舍命瞧捉妖，倘若老道捉不了妖精，就被妖精所害，众人都走了。就剩下刘家兄弟三个。先叫人给老道预备素斋，吃喝完毕，刘氏兄弟在配房藏着，把窗户弄了一个窟窿往外看。褚道缘就在大殿内供桌上一坐，由兜囊将八宝云光装仙袋掏出来，手中一擎。等来等去，听外面一阵狂风大作，走石飞沙，直奔八蜡庙而来，就听从风中一声喊嚷：“吾神来也！”褚道缘往外一看，风里裹着一个老道落下来，面似青泥，一双金睛，叠抱两道朱砂眉，押耳红亮，满部的红胡子，头戴鹅黄道冠，身穿鹅黄色道袍，腰系丝绦，白袜云鞋。这老道刚往院中一落，呵了一声，说：“哪里来的生人气？好大胆量！什么人敢来到吾神的大殿？”褚道缘一看，这才用宝贝捉妖。不知后事如何，且看下回分解。

第一九九回

试法宝误装道童　显金光道缘认师

话说褚道缘见妖精一来，立刻把八宝云光装仙袋往外一摔，口中念念有词，真是霞光万道，瑞气千条，妖精滋溜一溜烟，竟自逃走。褚道缘并未将妖精拿住，把八仙云光装仙袋捡起来，直等到天色大亮。妖精并未复来。刘氏弟兄在配房看的真切，出来给老道行礼。褚道缘说："你等可曾看见了？"刘善人说："仙长，你老人家果然神通广大，法力无边，把妖精赶走。可有一节，道爷可别走，你要走了，恐妖精再来，我等村庄可就要受他大害了。"褚道缘说："我不走，我在这里住三天就是了，如妖精再来，我必将他拿住。如三天不来，大概也就不来了，那时我再走。"刘善人说："好，仙长不必在这庙里住着，我们把你送到北边三清观去。那庙里有一位老道，叫铁笔真人郑玄修。你们二位道爷可以一处盘桓，那庙里也有人伺候。"褚道缘说："郑玄修我认识他，跟我师父沈妙亮相好，我去看看。"刘善人说："道爷既认识更好了。"这天同着褚道缘，来到三清观。一叫门，由里面道童出来开门，一看认识，说："道爷从哪来？"褚道缘说："你家祖师爷可在这里？"道童说："我家祖师爷会着客呢。"褚道缘说："谁在这里？"道童说："灵隐寺济公带着两位班头。昨天住在这里。"褚道缘一听说："这可活该，我正要找济颠僧报仇找不着，他在这里甚好。"

书中交代，昨天济公见褚道缘拦住彩亭，和尚就带领何兰庆、陶万春进了酒馆，要了酒菜，吃喝完了，给了钱，同二位班头出来，够奔三清观。刚来到庙门首，见郑玄修在门首站着，和尚说："郑道爷，你好呀！"郑玄修一瞧是济公到，甚喜。想起前者济公戏耍神童子褚道缘之时，在酒楼和尚把郑玄修的银子诓了走，在村口瞧银子的成色，郑玄修跟和尚打起来，正碰见沈妙亮，和尚显露了三光，郑玄修知道和尚是得道的高僧。今天一见，连忙行礼说："圣僧久违！这是上哪去？"和尚说："我特意来望看你。"郑玄修说："无量佛！圣僧请庙里坐。"和尚说："可以，扰你个座。"带着二位班头进了庙，来到鹤轩一看，倒很清雅。和尚落了座，有道童献上茶来，郑玄修跟和尚一谈话。本来和尚肚腹渊博，怀抱锦绣，腹隐珠玑，满腹大才，二人越谈越对近。郑玄修很佩服和尚，留下和尚吃饭，住在这里。今天一早起来，喝着茶用过点心，刚要摆饭，听外面打门。道童开门，一看是褚道缘，道童一提说济公在这里，褚道缘说："这可该当我报仇。"迈步往里就走。和尚一看说："了不得，我的仇人来了。"郑玄修赶紧站起来说："褚道缘你来了！今天济公在我这里，冲着我算完了，我给你们二位讲合了。"褚道缘说："那可不行！勿论谁说，也管不了。他欺负苦了我了，我特为找他报仇。"说着话，立刻伸手把八宝云光装仙袋掏出来，说："我今天非得把济颠装起来，叫他知道我的利害。"郑玄修说："不可，瞧我罢。"和尚说："得了，褚道爷你饶了我罢。"连何兰庆、陶万春都来求老道。褚道缘说："不行。"立刻把八宝云光装仙袋一抖，眼瞧给把和尚装在里面。褚道缘捡起装仙袋，就要往地下摔，打算要把济公摔死，被郑玄修一把抢过去，说："褚道缘，你不准，出家人以慈悲为门，善念为本，不许无故害人的性命。你跟济公又没有多大的仇，装了就是了。"说着话，郑玄修把八宝云光装仙袋往下一倒，再一看，大众一瞧，里面装的并不是和尚，原本是郑玄修的大徒弟道童儿，已然身上都直了，昏迷过去。郑玄修说："褚道缘你怎么把我的徒弟装起来？"褚道缘说："我也不知道这是怎么一段事，我分明是装的济颠哪！"

正说着话，只见和尚由外面来了，一溜歪斜，脚步踉跄，说："好东西！你真要跟我和尚做对？来，来，来！咱们爷们倒是分个高低上下。"褚道缘一看，气往上一撞，又要抓八宝云光装仙袋，见和尚早由地下把装仙袋捡起来，和尚说："我把你装上罢。"郑玄修说："圣僧瞧我罢！"和尚说："褚道缘，你不用不服，大概你还不知道我是何人，我叫你看看。"和尚用手一摸脑袋，露出佛光、灵光、金光。褚道缘一看，见和尚身高丈六，头如麦斗，面如獬盖，身穿直缀。光着两只腿，赤着两只脚，乃是一位知觉罗汉。吓得褚道缘赶紧认罪服输，跪倒在地，说："圣僧不要跟我一般见识。弟子有眼如盲，不认识你老人家，求圣僧慈悲罢！"和尚哈哈一笑，说："你既知道我就得了，你起来，有话屋里说。"大众这才来到屋中落座。和尚说："我也不要你的宝贝，我还给你，你也是个好人。今天咱们两个人到八蜡庙去捉妖，今天妖精勾了兵来，咱们看看谁能捉住妖精。"褚道缘说："甚好。"众人在三清观，郑玄修预备斋饭，大众吃饭到半天。刘善人请和尚老道够奔八蜡庙去捉妖精，在八蜡庙预备下上等酒席。

和尚同褚道缘、刘善人来到八蜡庙，吃完了晚饭，叫刘善人仍在配殿屋中瞧热闹。和尚同褚道缘在大殿里一坐，等到二更多天，忽听外面一阵狂风大作，真是：扬起狂风，倒绝树林。海浪如初纵，江波万叠侵。江声昏惨惨，孤树暗沉沉，万壑怒嚎天咽气，走石飞沙乱伤人。一阵狂风大作，和尚同褚道缘往外一看，风中裹着昨天来的那青脸红发的老道，还同着一个黑脸的老道，直奔大殿而来。和尚说："褚道缘，你拿我拿？"褚道缘说："昨天这青脸的妖精，我就没拿住。今天又来了两个，我更拿不住了。还是圣僧大施佛法拿罢。"和尚说："瞧我的。"立刻把僧帽往外一摔，就是霞光万道，瑞气千条。那黑脸的老道一溜烟竟自逃走，这青脸的老道打算要跑，被和尚的帽子金光罩住，压将下来，妖精立刻现了原形。和尚说："你们大众出来瞧妖精！"刘善人众人出来一看，见僧帽中压着一只大青狼。褚道缘立刻拉宝剑，把青狼脑袋砍下来。这个狼原本有一千五百年的道行，不习正道，常在外面害人。今天这也是遭了天劫。昨天褚道缘用八宝云光装仙袋，把他惊走，青狼精的道行小，怕装仙袋把他装上。他约来这个黑脸的老道，原本是一个黑狗熊精，有三千五百多年的道行，倒没有害过人。青狼打算把他约来，跟褚道缘做对，没想到今天遇见罗汉爷。和尚有未到先知，那黑狗熊没害过人，故此和尚有好生之德，不肯伤害他，单把青狼捉住，将他杀死。

刘善人在配房，见和尚把妖精捉住，老道将狼杀死，众人这才敢出来，给和尚道谢。天光亮了，和尚说："刘善人你回去罢。"褚道缘说："圣僧，你老人家慈悲慈悲罢！弟子情愿跟你出家，认你老人家为师。"和尚说："你既愿意，你先回庙，把庙中事情安置好了，然后到灵隐寺去找我。我见你师尊沈妙亮，我把你要过来就是了，我还要在三清观住两天，等候拿邵华风，大概他们必要从这里走。"褚道缘点头答应，竟自告辞。刘氏兄弟要送给和尚银子，和尚不要，济公仍回到三清观，同二位班头在这庙里又住了两天，这天忽然和尚打了一个冷战，和尚一按灵光，说："哎呀！可了不得！我得快走。"郑玄修说："什么事？"和尚连话都顾不得说，带何兰庆、陶万春慌慌忙忙出了三清观。不知所因何故，且看下回分解。

第二〇〇回

众妖道灵隐放火　恶高珍信口谣言

话说济公禅师带领何兰庆、陶万春，慌慌张张出了三清观，二位班头也不知和尚是什么事。书中交代，赤发灵官邵华风，自前者由五里碑万成店逃走，带领五殿真人、七星道人、八卦真人、黑毛蚤高顺、铁贝子高珍，顺大路直奔临安城。只见众人到了临安，晚间直奔灵隐寺而来，暗中一探，见庙内静悄悄，空落落，一无人声，二无犬吠，众僧人俱都安歇。邵华风说："众位搬柴草给放火！今天把灵隐寺一烧，我总算报了仇了。然后再拿济颠僧，结果了他的性命，方出我胸中的恶气。"众老道点头，来到灵隐寺庙外九里云松观，搬了许多的柴草，堆在大雄宝殿左右。刚要点火，忽然就听大殿之内，一声喊嚷："好杂毛老道！胆子真不小，看你们往哪走？待我和尚拿你！"众老道一听说话是济公的声音，又听大殿房上四面喊嚷："好老道，我等在此久候多时！快拿妖道，别叫他们跑了！"众老道吓的惊魂千里，拨头就跑，跑出庙来。邵华风说："可了不得，原来济颠在庙里，你我快走。他既回了庙，你我够奔常州府去，劫牢反狱，搭救咱们的人。把知府一杀，然后到弥勒院，把咱们的手下人会齐了，自立常州王。"众人吓得只顾跑，怕济颠和尚追上。其实庙里不是济公，乃是少师父悟禅，房上四面是金毛海马孙得亮，火眼江猪孙得明，水夜叉韩龙，浪里钻韩庆，前者由常州府奉济公之命，在灵隐寺看庙。这四个人在大殿的四极角，分为四面，虚张声势一嚷，老道不知有多少人，众人把妖道吓走。次日金毛海马孙得亮四个人，告辞回陆阳山莲花坞去了，小悟禅奉济公之命在庙里看庙，这话休提。

单说众老道夜由灵隐寺跑出来，不顾东南西北，四散奔逃。惟有铁贝子高珍吓迷了，要奔常州府应该往南，高珍他往北跑出有三十多里路来，累得浑身是汗，遍体生津。自己止住脚步，一辨别方向，明白过来，要奔常州府是往南，这越走越远了。自己复反又回头往南，打算还要追赶邵华风众人，那如何追的上？他一往一来，就是七十多里。自己料想是追不上了，心中一想，大概邵华风众人必上弥勒院去，我随后到弥勒院去，反正也就见着了。天光亮了，自己找酒馆吃点东西，顺大路往前走，在大路上饥餐渴饮，晓行夜宿。这天来到常州府地面，相离弥勒院只有二三十里之遥。高珍低着头，正往前走，忽听对面有人说："上哪去？小子！"贼人胆吓虚了，高珍一哆嗦，抬头一看，见对面来了一人。身高八尺以外，膀阔三停，头上扎豆青色六瓣壮士巾，上按六颗明珠，身穿豆青色箭袖袍，腰系丝鸾带，翠蓝绸子衬衫，薄底靴子，面似青泥，又似冬瓜皮，两道朱砂眉，一双金睛，叠抱押耳红亮，满部的红胡须，闪披一件豆青色英雄氅，肋下佩刀。高珍一看，认识此人乃是立地瘟神马兆熊。原本高珍他素常就怕马兆熊，知道马兆熊是个浑人最不讲理，赶紧上前行礼，说："原来是马大哥。"马兆熊说："你小子哪去？"高珍一想："我要说上常州府，他必盘问我，就许不叫我走，我莫如拿话冤他。"这小子眼珠一转，随机应变，就犯上坏来了，随口说："我正找你哪！没想到找没找着碰上了。"马兆熊说："你找我做什么？"高珍说："我给你送信，你的朋友飞天火祖秦元亮，被人害了，死的好苦。"马兆熊一听，说："被谁害了？"高珍说："被雷鸣、陈亮两个人害的，死的可惨，把眼睛也剜了，开膛摘心。”高珍知道马兆熊是个浑人，必要找雷鸣、陈亮去拼命。前者破慈云观有雷鸣、陈亮，我给他们拢上对，谁爱杀谁谁杀谁，他一气必走，我好走我的。焉想到马兆熊一听，更刨根问底说：“你小子说这话，是真的？你瞧见雷鸣、陈亮害的？”高珍说：“我瞧见的。”马兆熊说：“好，雷鸣、陈亮他把我秦大哥害了，我非得找他。你上哪去？”高珍说：“我没事。”马兆熊说：“跟我走。”高珍说：“上哪去？”马兆熊说：“你跟我找雷鸣、陈亮，对对这话。要是雷鸣、陈亮没害秦大哥，你小子给我们拢对，我要你的命。”高珍说：“我不去，我还有事。”马兆熊把眼一瞪，说：“你小子要不跟我走，我立刻把你脑袋掰下来，走不走？”高珍又不敢惹，连忙说：“走。”马兆熊就要往北，高珍说：“往北上哪去？”马兆熊说：“找雷鸣、陈亮去。”高珍说：“找雷鸣、陈亮往南去。这两个人在常州府呢，我带你找去。”马兆熊说：“好。”二人一同往南走。高珍一想，“我把他诓到弥勒院去，就好把他拿了。”

往前走着，见眼前是一座镇店，高珍一想：“我要带他上弥勒院，他倘若不去，我要说总得去，他要跟我动手，我是不行。我何不约他喝酒？把他灌醉了，再往弥勒院拿他。”想罢，说：“马大哥，你我喝点酒、吃点东西再走罢。”马兆熊点头。二人见路北有一座酒馆，掀帘子进去，找了一张桌坐下。伙计过来擦抹桌椅，说：“二位大爷要什么酒菜？”高珍说：“先来四壶白干，煎炒烹炸配四个菜来。”伙计说：“是。”少时酒菜摆上，高珍给马兆熊斟上酒。两个人喝着酒，马兆熊说：“你小子说的话，我不凭信。是雷鸣、陈亮把秦元亮害了，你可是亲眼得见？因为什么呢？我们跟雷鸣、陈亮都是盟兄弟，我想着决不能。”高珍说：“我不撒谎，雷鸣、陈亮因为说秦元亮分财不均。”马兆熊说：“咱们找着雷鸣、陈亮，要没有这件事，我把你小子脑袋揪下来。要真有此事，我谢你一百两银子。”

正说着话，凡事有凑巧，只见由外面进来三人。头一个身高八尺，膀阔三停，头戴紫缎色六瓣壮士帽，身穿紫缎色箭袖袍，腰系丝鸾带，单衬袄，薄底靴子，闪披一件蓝缎色英雄大氅，面似生羊肝，粗眉朗目，三绺黑胡须飘洒胸前，来者非是别人，正是飞天火祖秦元亮。后面跟随着一人，红胡子，蓝靛脸，乃是雷鸣。随后又来了一位，穿翠蓝褂，俊品人物，乃是圣手白猿陈亮。铁贝子高珍一看，吓的亡魂皆冒。书中交代：这三个人从哪来呢？原来雷鸣、陈亮前者回到镇江府，到了陈亮家中，哪知道陈亮的叔父并不在家，出去催讨账目。老管家陈安，见陈亮回来，同着雷鸣，陈安就问："大少爷这些日子上哪去了？"陈亮说："到临安逛了一趟，我拜了灵隐寺济公为师，我要出家。"陈安一听，说："少大爷你真是胡闹！你常不在家，咱们家里又不指着做绿林度日。再说你要一出家，陈氏门中断绝了香烟。孟子曰：'不孝有三，无后为大。'你又无三兄四弟，谁能接续香烟？人生在世上，总要想光宗耀祖，显达门庭，封妻荫子，那才是正理。无故你又想出家，这可是胡闹。"陈亮说："你岂不知一子得道，九祖升天？"老管家说："那说不对。"百般一劝解，连陈亮的妹妹也抱怨陈亮。陈亮不爱听，跟雷鸣一商量："咱们上临安找济公去，我在家中烦的了不得。"雷鸣说："也好。"二人由家中出来，顺着大路，奔临安来。这天走在道路之上，正碰见秦元亮。秦元亮前者回了家，他也是镇江府丹阳县的人，感念济公救命之恩，要到临安去给济公道谢。在路上三个人碰见，彼此行礼，陈亮问："秦大哥哪去？"秦元亮说："我要到临安找济公道谢。"陈亮说："好，你我一同去罢！我二人也去找济公。"三个人一路同行，今天恰巧走在这镇店，三个人腹中都饿了，秦元亮说："雷陈二位贤弟，你我吃点酒饭再走罢。"三个人迈步进了酒馆，焉想到碰见立地瘟神马兆熊，同高珍在这里。高珍一见雷鸣、陈亮同秦元亮三个人一齐来了，唬的站起身来，蹿身蹿上楼窗逃走。马兆熊一看，气往上撞，说："好小子！给我拢对。"立刻就追。焉想到四个人一追高珍，又闯出一场杀身之祸。不知后事如何，且看下回分解。

第二〇一回

马兆熊怒杀高珍　邵华风常州劫牢

话说雷鸣、陈亮同秦元亮三个人，方一进酒馆，见铁贝子高珍站起来就跑，立地瘟神马兆熊一声喊嚷，怪叫如雷，站起来随后就追。雷鸣、陈亮、秦元亮这三个人，也不知道因为什么，随后也追赶出来。酒饭座唬的一阵大乱，饭馆那掌柜的也不敢拦，只打算雷鸣他们三个人是办案的番子，高珍这两个人必是贼人，大众胡思乱想，纷纷议论。雷鸣、陈亮、秦元亮三个人追来，就见高珍在头前奔命逃走，真是急急如丧家之犬，忙忙似漏网之鱼，连头也不回。就听马兆熊随后追赶，口中喊嚷："好囚囊的！你给我们拢对，我焉能饶你？今天你上天，赶到你凌霄殿，入地赶到你水晶宫，焉能放你逃走！"飞天火祖秦元亮后面喊嚷说："马贤弟，你因为什么追赶高珍？"马兆熊说："三位跟我来！这小子他搬弄是非，他说雷鸣、陈亮把你杀了，我几乎受骗。"雷鸣、陈亮一听，气往上撞说："追他，别放他走了。"陈亮说："高珍他是慈云观的余党。"众人紧紧一追，高珍头前逃走，这几个人也不知道高珍要往哪跑，马兆熊是死心眼，非要把高珍追上不可，直追出有五六里地。见高珍进了一座山口，众人也追进山口，高珍直奔北山坡，见山坡上有一座大庙，正当中的山门，两边的脚门，前有钟鼓二楼，后有藏经楼，大概有四五层大殿，见高珍跑进东角门，马兆熊也追进东角门。高珍要往东配殿里跑，活该脚底下一忙，台阶绊了一个筋斗。马兆熊一个箭步，蹿到跟前，手起刀落，扎在高珍的后心。当时高珍气绝身亡，血流满地。此时雷鸣、陈亮、秦元亮也赶到了，秦元亮说："马贤弟，怎么样了？"马兆熊说："把囚囊的扎死了。"

话言未了，就见由东配房一声喊嚷："阿弥陀佛！"大众睁眼一看，出来一个大脱头和尚。身高八尺，膀阔三停，头大项短，披散着头发，打着一道金箍，面如锅底，粗眉大眼，身穿青僧衣，白袜僧鞋。和尚出来一看，说："施主这是怎么了？我这庙里是佛门善地，为什么在我庙里来杀人？"秦元亮说："你别管，他是个贼，我们把他摔到山涧去，没你的事。"和尚说："在我庙内，焉有不管之理？你们几位贵姓？死的这个是谁呢？"雷鸣、陈亮各通了名姓，秦元亮、马兆熊也说了名姓，说："这个贼人叫铁贝子高珍，他是由慈云观漏网之贼。"和尚说："呵，他是慈云观的贼；破慈云观有你们几位么？"雷鸣、陈亮说："有咱们。"秦元亮说："我也在那里。"正说着话，就见由屋中出来一个人，正是黑毛蛋高顺。说："当家的，别叫他们走，破慈云观有他们。把我哥哥杀了，好，好，我焉能跟他等善罢干休！"和尚哈哈一笑，说："不用你，他们几个是放着天堂有路他不走，地狱无门自找寻。这也是自来找死。"众人一听，说："好秃驴！你要多管闲事，先拿刀砍你。"和尚用手一指，说声："敕令！"竟把四位英雄定住。

书中交代，这座庙就是弥勒院。原本高珍打算跑到弥勒院来，就不怕了，没想到自己到了庙里，绊躺下来，这也是贼人恶贯满盈，该当遭报。这个和尚就是通天和尚法雷。原本此时赤发灵官邵华风、五殿真人、八卦真人众妖道，由灵隐寺逃走，就奔弥勒院来了。这院里早有迷魂太岁田章，带领众薰香贼，早都来了。群贼在这庙里会了齐，都在后住着。今天通天和尚把四个人定住，高顺就说：“待我来杀，我给我哥哥报仇。”说着话，刚要转身进屋中拿刀，忽听外面一声喊嚷：“好孽畜！你们又要害人，待我和尚来拿你。”高顺一瞧，唬的亡魂皆冒，说：“可了不得了，济颠和尚来了！”原来济公由三清观出来，带领何兰庆、陶万春，慌慌忙忙就是奔弥勒院来。罗汉爷有未到先知，刚来到弥勒院，正赶上高顺同法雷要杀这四个人。和尚一嚷，高顺同法雷唬的拨头就往后跑。济公哈哈一笑，说：“好法雷，你跑罢！我和尚也不追你。十八天之后，咱们丹阳县见。”法雷只顾跑，也没听见。同高顺跑到后面，给众妖道送信，说：“济颠和尚来了！”众群贼一听，胆裂魂飞，急忙逃走，济公并不追赶。罗汉爷本是佛心的人，有好生之德，打算要把众妖道渡脱过来，改恶行善，就不拿他。焉想到群贼执迷不悟，恶习不改。

众人逃出弥勒院，赤发灵官邵华风说：“众位，这济颠僧真是你我的冤家对头，你我走到哪里，他跟到哪里，山人我是一不做，二不休，他在这里，你我今天晚上奔常州府，劫牢反狱，把知府一杀，我自立常州王，众位助我一膀之力，你我今天分三面去。”大众说：“任凭祖师爷分派。”邵华风说：“我自带五殿真人由东面进城。”叫七星真人刘元素，八卦真人谢天机，领乾、坎、艮、震、坤、离、巽、兑八位真人，由西面进城；派迷魂太岁田章，同单刀太岁周龙、笑面貔貅周虎、黑毛虿高顺一干众人，由南面进城，大众到常州府衙门会齐。群贼各自点头，找了一座酒馆，大众吃了晚饭，候自天有初鼓以后，众人分三面够奔常州府而来。来到城根，众妖道驾趁脚风，抖袍袖上城，众绿林人等各掏白链套锁，用抓头抓住城头，揪绳上去。城守营虽有官兵，如何敌挡的了这一干群贼？三面贼人由马道下了城，乱摆兵刃，直奔常州府衙门而来。

此时知府顾国章，也早已得了信。书中交代：知府顾国章由前者抄了慈云观，派官兵将庙上了封皮，兵马都监陆忠自己回了衙门，知府顾国章也回到常州府，立刻升堂。狱里的贼人玉面狐狸崔玉，拍花僧豆儿和尚月静，铁面佛月空，鬼头刀郑天寿，五个人俱皆招认。五个贼人提上堂来，知府一讯问口供，所有慈云观有多少人，有多少贼店黑船，邵华风起意造反，把从头至尾的事，俱皆招认。五个贼画了亲供，知府吩咐仍将五个贼人入狱，一面办文书行知上院衙。现在上院衙已来了回文，着知府所有拿获的贼人，不分首从，俱皆就地正法。拟斩立决，定于明日出斩。今天晚间，知府正在书房灯下看书。每日昼夜俱派官兵护狱，本来这个差事是紧要的案，知道漏网的贼人太多，就怕得是有人来劫牢反狱。知府衙门有两位看家护院的，是亲弟兄，一名叫王顺，一名叫王泰。这是两个能为枪刀剑戟，斧钺钩叉，十八般的兵刃，样样精通，由顾国章做知县的时节，这两个人就在这里。今天方交二鼓，忽听外面一阵喧哗，顾国章正在一愣，就要叫手下人去看什么事，忽然由外面跑进一个差人，来到书房说："回禀老爷，了不得了！现在东城门南城门西城门来了无数的贼人，各持刀枪，砍伤了城守营无数的官兵。大概必是奔府衙门来了，大人早作准备。"知府顾国章一听，赶急吩咐把官兵调齐，预备激筒要紧，传王泰王顺两位护院的保护。正说着话，又有人来报："回禀大人，现在有无数的老道来劫牢反狱的，四老爷身受重伤，贼人伤了无数的官兵。"知府一听就愣了，幸亏激筒兵来的快，方来到衙门，只见房上四面贼人老道都满了，赤发灵官邵华风站在房上，一声喊嚷："赃官听真！现有你家祖师爷在此，今天我把你等全皆结果了性命。"顾国章吩咐："尔等快拿激筒打他！"众官兵急用激筒照众老道就打，众妖道方要念咒，被脏水打在身上，念咒也不灵了。邵华风说："哪位先去杀狗官？"旁有黑虎真人陆天霖说："我去。"立刻摆宝剑跳下来，要奔知府，幸有王顺、王泰摆刀过去挡住。众老道今天扬扬得意，正在大肆横行，忽听由外面一声喊嚷："好孽畜！往哪里走？"来者乃是济公禅师，要拿一干贼人。不知后事如何，且看下回分解。

第二〇二回

斩大盗济禅师护决　为找镖追云燕斗贼

话说赤发灵官邵华风一干众人，正要刺杀知府，劫牢反狱，济公禅师赶到。书中交代，和尚由弥勒院把群贼赶走，和尚并不追赶，把雷鸣、陈亮、秦元亮、马兆熊四个人的定神法撤了，这四个人给和尚行礼。和尚说：“雷鸣、陈亮你二人回了家，不在家中，又来做什么？”雷鸣、陈亮说：“我二人要到临安城去找师父，半路碰见秦元亮，他要到临安去给师父道谢。”和尚说：“秦元亮，你也不用去了，也不必谢。雷鸣、陈亮你二人回家罢，可要少管闲事。此时你二人印堂发暗，颜色不好，你二人急回家趋吉避凶。要多管闲事，惹出大祸，我和尚此时可没工夫，不能管你们。千万戒之，慎之！”雷鸣、陈亮四个人点头，这才告辞。

和尚带领何兰庆、陶万春，出了弥勒院，直奔常州府而来。走在半路之上，见对面来了几个骡驼子，有两个骑马的，乃是铁面天王郑雄同赤发瘟神牛盖。一见和尚，二人翻身下马，赶奔上前行礼。郑雄说：“师父一向可好？”和尚说：“你上哪去？”郑雄说：“我叔父在镇雄关做总镇，我买了些土产东西，瞧我叔叔去。师父上哪去？”和尚说：“我有要紧的事，你去罢。”郑雄这才告辞。和尚带着二位班头，路过翠云峰。和尚来到山下，有探路喽兵盘问，和尚说：“你们到山上通禀，叫窦永衡、周堃出来，就提我是灵隐寺济颠僧，在这等他有话说。”喽兵进去一报，窦永衡、周堃急速来到山下，给和尚行礼。周堃说：“师父到山上坐坐去。”和尚说：“我有事，我告诉你二人，要是赤发灵官邵华风众人要来，你二人可别留他们，可不定来不来。你只在山口，预备陷坑（附耳如此如此）。我和尚要拿他们，将来救你们将功赎罪。”这两个人点头，和尚带着二位班头告别。

来到常州府，天有初鼓以后，早已关了城，和尚说：“陶头、何头，你二人等开城进城回衙门，不用管我。我自己去拿邵华风，不用你们。”二位班头答应。和尚单走，施展佛法进了城。来到常州府衙门，正赶上众妖道在这里要劫牢反狱。和尚一声喊嚷，众贼唬的连魂都没有了，四散奔逃。和尚并不追赶，就是黑虎真人陆天霖没跑脱，被获遭擒。知府一见济公，喜出望外，连忙说：“圣僧来了甚好！要不然，今众妖道要大肆横行。”把和尚让到屋中落座，将陆天霖带上来一问，陆天霖把邵华风众人商量行刺，劫牢反狱的话，都招了。知府吩咐将贼人钉镣入狱。一面给和尚摆酒，知府说：“圣僧先别走了。”和尚说：“何兰庆、陶万春今天住在城外，明天回来。不用他们，我和尚自己去拿邵华风。”知府说：“圣僧明天先别走，我要先把拿住的贼人正了法，要不然，睡多了梦长。明天出斩，恐贼人有余党劫法场，求师父给护决。”和尚说：“可以。”知府传出谕去。次日何兰庆、陶万春也回来了。在西门外搭的监斩棚，知府同济公带领一百官兵，押解差使，来到法场。常州府瞧热闹的人，拥挤不动。将玉面狐狸崔玉、鬼头刀郑天寿、铁面佛月空、豆儿和尚拍花僧月静、都天道长黄天化连黑虎真人陆天霖一并就地正法，首级号令了，众人这才回归知府衙门。

次日，和尚由知府衙门告辞，知府送到外面说：“圣僧回来见。多有辛苦。”和尚一溜歪斜往前行走，来到一个镇店，见路北里有一个茶饭馆，和尚进去，找了一张桌坐下，要了两壶酒，两碟菜。和尚刚喝了一盅酒，只见外面来了一匹马，马上骑定一人，头戴粉绫缎扎巾，身穿粉绫缎色箭袖袍，外罩红青跨马，腹肋下佩刀，薄底靴子，三十多岁，淡黄的脸膛，粗眉大眼。来到饭馆子门首，翻身下马，把马拴在门首，来到里面找了一张桌坐下，要了酒菜。坐在那里面带忧愁之相，唉声叹气，仿佛心中有愁事的样子。和尚赶过去说："这位朋友贵姓？"这人说："在下姓黄名云。"和尚说："尊驾莫非是南路镖头追云燕子黄云么？"黄云说："岂敢，岂敢，正是在下。"和尚说："我跟你打听几位朋友。"黄云说："哪位？"和尚说："威震八方杨明，风里云烟雷鸣，圣手白猿陈亮，这三个人尊驾可认识？"黄云说："那不是外人，杨明、雷鸣、陈亮都跟我是盟兄弟。大师父未领教怎么称呼？"和尚说："我乃灵隐寺济颠僧。"黄云一听说："原来是圣僧，弟子久仰久仰！今日得会仙颜，真乃三生有幸。"说着话，立刻给济公行礼。和尚说："别行礼，你上哪去？"黄云叹了一声，说："别提了，我上陆阳山莲花坞。只因我手下伙计杜彪给我惹了祸。前者我叫杜彪押着十万银子镖走，本来杜彪素常脾气就不好，爱说大话，目空自大，狂放无知，只知有己，不知有人，又没真能为。路过陆阳山，被陆阳山两个姓邓的给把镖留下，听说一个叫邓万吉，一个叫邓万川，其实这两个人也不是贼，是莲花坞的。那庙里有四位和尚，保水路的镖头，叫花面如来法洪，神拳罗汉法缘，铁面太岁法静，赛达摩法空，这四个人很有名头。按说陆阳山还有我几个朋友，都是至交，有金毛海马孙得亮兄弟，水夜叉韩龙兄弟，还有万里飞来陆通，大概我这几个朋友许没在山里。倘在山里，只要提说是我的镖，决不能留下。总怨杜彪无知，现在他把镖丢了，回去跟我说，被我说他几句，杜彪一口气也死了。他家里还不答应我，还要跟我打官司，这事怎么办？十万银子丢了，客人也不答应我呀！我去要镖去。"和尚说："这就是了，我也跟你去。"黄云说："圣僧没事，愿意去也好，你我一同走。”和尚说：“走。”黄云给了酒饭账，同和尚出了酒饭馆，一直够奔陆阳山而来。

凡事该当出事。陆阳山劫镖那一天，原本是金毛海马孙得亮、火眼江猪孙得明同韩龙、韩庆四个人，并没在陆阳山，奉济公之命，正同悟禅在灵隐寺看庙。万里飞来陆通，那一天他巡山，见山下来了几个骡驼子，有两位骑马的，正是铁面天王郑雄同赤发瘟神牛盖，上镇雄关从此路过。陆通瞧见牛盖长的雄壮，他欢喜牛盖，陆通赶过去就问：“唉！小子，你姓什么呀？”牛盖说：“我姓牛叫盖，你小子叫什么？”陆通说道：“你小子上哪去？”牛盖说：“跟郑爷上镇雄关。”陆通说：“我真爱喜你小子。”牛盖说：“我瞧你小子也不错。”陆通说：“对，咱们两人得交交。”牛盖说：“交交。”郑雄一看，这两个人倒不错，对叫小子也都不挑眼。陆通说：“你小子跟我上山住几天。”牛盖说：“不行，有事。”陆通说：“要不然我送送你。”牛盖说：“好小子，跟我走。”陆通就送牛盖去了。偏赶巧杜彪由山下押着镖来了。

本应当镖行里有规矩，每逢路过镖局子门口，应当递名帖拜望，走在镖局子门首不准喊镖趟子。杜彪是狂放无知，走到陆阳山他也没投帖，连马也没下，扬扬得意。邓元吉、邓万川是莲花坞的小伙计，这两个人素常就爱多管闲事，也是艺高人胆大。这两个人正在山下闲步，见杜彪押着镖不下马递帖，邓万川二人上前，一声喊嚷：“呔，站住！你是哪来的野保镖的？你不懂镖行的规矩么？踩我们道，连马都不下。你姓什么？”杜彪说：“我姓杜叫杜彪，你们姓什么？”邓元吉二人各道名姓，说：“你是哪来的镖？”杜彪说：“我是南路镖头追云燕子黄云的。”那邓元吉一听，说：“好，你既是黄云的伙计，今天把镖留给我们了，你叫黄云托好朋友来见我们罢。”杜彪一听，气往上撞，说：“你留镖，你凭什么？”邓元吉说：“就凭我这口刀，你赢得了我，叫你镖车过去。”杜彪气更大，立刻拉刀过来动手，焉想到被这二人砍了一刀。杜彪跑回来，镖也丢了。到常山县见了黄云，述说此事，黄云不能不亲自前来。偏偏杜彪一口气死了，他家里反不答应，黄云故备了一匹马，奔陆阳山。在酒馆遇见济公，济公要同去，二人一同来到陆阳山。黄云本没打算来动手，焉想到今天一来，正遇邓元吉、邓万川，又勾出一场凶杀恶战。不知后事如何，且看下回分解。

第二〇三回

陆阳山济公斗法洪　施法宝罗汉诈装死

话说追云燕子黄云同济公长老来到陆阳山，抬头一看，这座山坐北向南。方一进山口，见路西里山坡下有五间房，作为回事处。黄云来到陆阳山，一道辛苦，偏赶巧邓元吉、邓万川二人正在山下。邓元吉一看黄云容貌不俗，问:“尊驾找谁?”黄云很透着和气，说:“在下我姓黄名云，乃是南路的镖头。前者我手下的伙计杜彪，他押着镖从贵宝处经过，本来他是新上挑板，不懂得镖行的规矩，听说言语不周，得罪了本山的二位邓爷，将我的镖车留下。我今天一来赔罪，二来我要拜望这山的当家的。”黄云本不打算来动手，想这莲花坞有知己的朋友，不要翻脸。焉想到邓元吉、邓万川这两个人更不通情理，听黄云这两句话，这两个人一想:“我要叫黄云把镖要了去，我们算栽了。真要把姓黄的压下去，我二人从此练不出来。”想罢，邓元吉把眼一瞪，说:“你就是追云燕子黄云?来了甚好。你手下的伙计，太不懂情理。我就叫邓元吉，镖是我留下的。你就这么要不行，你得托出好朋友来见我们，要不然你跪下给我们磕三个头，认罪服输，把镖给你。要不然，你休想要镖。”

黄云一听这话，太不像话了，泥人也有个土性，黄云一想:“要不是陆阳山有朋友，我也不能来这样虚心下气，这就算我栽。”自己越想越气，这才把面目一沉，说：“姓邓的，你别反想，并非是我姓黄的怕你们，南北东西我闯荡二十余载，大概也没人敢留我的镖。我想这陆阳山有金毛海马孙得亮弟兄、韩龙、韩庆、万里飞来陆通，都跟我知己，我不好意思翻脸。你两个人太不知事务，可别说我不懂交情。”邓元吉说：“你还敢怎么样吗？”黄云说：“怎么样？不留你两个人！”邓元吉、邓万川二人也是初生犊儿不怕虎，长出犄角反怕狼，自己以为自己的能为大了，二人哈哈一笑，说：“姓黄的，你大胆敢说不留我们？来来来，你我今天倒得分个强存弱死，真在假亡。”说着话，蹿到外面，二人各把单刀拉出来，黄云也拉刀赶过去。邓元吉摆刀照黄云劈头就剁，黄云用刀海底捞月，往上一迎，邓万川由后面摆刀照黄云后心就扎，黄云身形往旁边一闪。邓万川把刀扎空了，方要变着数，黄云手急眼快，黄云用刀往外一晃，跟进身一腿，把邓万川踢了一溜滚。邓元吉一见，气往上撞，摆刀照黄云脖项就砍。黄云用力往外一迎，邓元吉方把刀抽回去。黄云跟进身去，手起刀落，砍在邓元吉膀臂之上，立刻红光皆冒，鲜血直流。两个人往圈外一跳，说：“姓黄的，你是好朋友，你可别跑。”黄云说：“大太爷今天把你等全皆结果了性命，你把你们那为首的叫出来，我倒要瞧瞧，大太爷焉能走！”邓元吉、邓万川说：“你要跑了，算你是鼠辈。”说罢，往山上就跑，一直来到里面。

花面如来法洪正同法缘、法空在大厅谈话，邓元吉、邓万川跑进来说：“当家的，咱们这镖行吃不了啦！咱们同行人，就不叫咱们吃了。”法洪一听，说：“什么事？”书中交代：邓元吉二人留下黄云的镖，法洪等并不知道，连忙问：“为什么？”邓元吉说：“皆因那一天有南路镖头黄云的伙计，押着镖从山下过，他并不下马，我二人口角相争。现在今天黄云来堵着山口骂，把我砍了一刀，他说叫我把为首的叫出去，他点名叫你老人家出去，骂的难以学说了。”法洪一听一愣，说：“我保长江一带的水路的镖，黑白两道，马上马下，没有不认识我的。我跟黄云，闻其名未见其面，我与他远日无冤，近日无仇，他也是保镖的，无故为何他来骂我？这事断断不能呀！”邓万川说：“现在他就来骂，不信你下山瞧去。”法洪立刻带领三个师弟神拳罗汉法静、铁头太岁法缘、赛达摩法空下山。他这山上净手下人，连镖局子的伙计，共有一百余人，庙里很富足。

众人一同下了山，果见黄云在那里叫骂。法洪来到山下，说：“好黄云，你敢前来送死？我这陆阳山，大概没人敢来骂我。”黄云并没见过法洪，抬头一看，见法洪身高八尺，膀阔三停，项短脖粗，脑袋大，披散着头发，打着一道金箍，面如鲜血，一脸的白斑，长得凶如瘟神，猛似太岁，粗眉大眼，蓝僧衣，肋佩戒刀。第二个脱头是法缘，蓝脸红胡子，更透着凶恶。法静黑脸，面似乌金纸，粗眉阔目。法空是面如紫玉。这四个和尚，都是威风凛凛。黄云说：“好凶僧，你等太无礼，你的伙计劫我的镖，你还不讲理？今天黄大太爷跟你一死相拼。”黄云一摆刀，向前够奔。法洪说：“好小子，你敢来到我跟前这样猖狂？大概你也不知道洒家的能为，我何必凭血气之勇拿你，待洒家用法宝取他。”伸手由兜囊掏出子午三才神火坎离照胆镜。这等法宝，原来是他师父给他的。法洪的师父，就在这陆阳山后，有一座镇坞龙王庙，他师父叫金风和尚，自称金风罗汉，前知五百年，后知五百年，善晓未来过去之事。给法洪这宗法宝，所为叫他防身，倘遇见能为比他大的，凭血气之勇胜不了，用这个镜子一照，里面有天地人三才真人，能照去人的三魂七魄。今天法洪把子午三才神火坎离照胆镜掏出来，黄云也不知他的这宝贝利害。法洪口中念念有词，用镜光一照，黄云就仿佛瞧见镜子里有太阳光相似，立刻一打冷战，躺倒在地，人事不知。法洪一想：“我跟他没什么冤仇，我把他带到山上去，羞辱羞辱他，叫他知道我的利害就得了，以免他藐视我这陆阳山。”想罢吩咐：“尔等给我把他搭上山去。”

手下人答应，刚要上前搭，济公由石头后面站起来，一声喊嚷：

“好孽畜！你们真不讲理。无故欺负人，留下人家的镖，还讲以强压弱，真乃可恼！咱们老爷们来试试，谁行谁不行！”法洪一见气往上撞，说：“你是何人，胆敢替黄云前来跟我等做对？”济公说：“你也不认得我老人家是谁？我告诉你说，我乃灵隐寺济颠是也。”法洪一听，呵了一声，说：“闻得济公长老乃当世的活佛，乃是一位罗汉，道高德重，焉能这个样子？你硬说是济颠，大概不对罢。”济公说：“你要不信，咱们比并比并。”旁边神拳罗汉法缘说：“师兄别放走了他，这个穷和尚，是我的仇人。”花面如来法洪说：“怎么你会认得他？”法缘说：“前者我在临安城麻面虎孙泰来家里住着，有个郑雄大闹万珍楼，孙泰来请我助拳，当场被一个大汉把我追跑。后来晚上我到郑雄家去行刺，被他把我拿住，挫辱我一顿，今天你要给我报仇。”花面如来法洪说：“原来如此。”立刻用子午三才神火坎离照胆镜一照，济公故意“哎呀”一声，翻身栽倒。法洪哈哈一笑，说：“我闻知济颠和尚神通广大。闻名不如见面，见面胜似闻名。据我看来，也无非凡夫俗子，无能之辈。来人，把他二人给我搭到庙内去！”立刻手下人扛着济公，连黄云大众一同回到山上宝光寺。

方到里面，两个和尚落了座，手下人把济公、黄云搁在大厅以前，法洪一看，济颠已然气绝。这个时节，万里飞来陆通回来了，方一进来瞧见济公，陆通一声喊嚷：“这是我师父济颠和尚，谁给害死了？”花面如来法洪说：“陆贤弟，他怎么是你师父？”陆通说：“他是我师父，谁给害的？”法洪说：“他自来找死，我用我的宝贝将他治住。”陆通又惹不起法洪，自己满心不愿意，又不敢发作，说：“我师父也死了，我给买棺材装起来，我把他送回灵隐寺。你们谁害的，谁得给抵偿，要不，可不行。”法洪说：“陆贤弟你别胡闹，我要叫他活就活。”正说着话，外面有人进来禀报说：“当家的，现有慈云观赤发灵官邵华风，同着一位前殿真人长乐天前来禀见。”花面如来法洪一听，吩咐有请。不晓得赤发灵官邵华风从何处而来，且看下回分解。

第二〇四回

显神能惊走邵华风　斗金风金光服僧道

话说陆通见济公一死，正不答应法洪，忽有人禀报邵华风到了。法洪立刻吩咐有请，亲身率众往外迎接。书中交代：赤发灵官邵华风由常州府劫牢反狱未成，大众一跑，众人够奔藏珍寺。这个庙里是八魔的徒弟、追魂侍者邓连芳的。邵华风众人来到藏珍寺，邓连芳不在庙内，邵华风一查点人数，五殿真人、八卦真人、众绿林人都来了，就不见黑虎真人陆天霖。邵华风说："众位弟兄，现在济颠和尚苦苦跟你我做对，咱们走到哪里，他追到哪里。他欺负你我太甚，我决不能跟他善罢干休，我总得报仇。众位在这庙里等候，我到陆阳山莲花坞去，请我拜弟花面如来法洪，再请他师父金风和尚。再说我师父马道玄，也在陆阳山后吕公堂。我把他们请来，连你等一同助我一膀之力，大反常州府，杀官抢印，我自立常州王。然后再拿济颠和尚，报仇雪恨。哪位跟了我去？"旁边前殿真人长乐天说："我跟祖师爷去一趟。"邵华风说："好，众位在这里住着，听我的回信罢。"大众点头，邵华风同长乐天出了藏珍寺，驾起趁脚风，来到陆阳山。往里一通禀，法洪迎到山门。一见邵华风，法洪连忙行礼，说："邵大哥，你一向可好？"邵华风说："贤弟了不得了，我乃两世为人，几乎你我见不着了。”法洪说：“怎么？”邵华风说：“此时我上天无路，入地无门，把慈云观也没了。只因我派人采取婴胎紫河车，在江阴县破的案，有一个济颠和尚把我手下人玉面狐狸崔玉拿去，后来又拿了鬼头刀郑天寿，解到常州府。济颠和尚先使八卦山坎离真人鲁修真诓去我的子午混元钵，然后济颠和尚勾串常州府官兵，把我的慈云观查抄入官。我要到灵隐寺去报仇，没想到济颠和尚早在灵隐寺，我回常州府要劫牢反狱，济颠他又追到常州府，此时闹得我无地可投。”法洪说：“济颠和尚方才被我拿住了。”邵华风说：“真的吗？”法洪说：“可不是。他来无故帮黄云跟我做对，被我用子午三才神火坎离照胆镜将他治住。不信，你来看。”邵华风说：“既是如此，这可活该，该当我报仇。”

说着话，众人往里走，陆通正扛着济公往外走。邵华风一看，伸手拉宝剑就要砍。法洪赶紧拦住说：“兄长不可，我师父说过，不叫我害人。我的宝贝只许治人，不许伤人，你我是出家人，也不可杀害人命。”邵华风说：“你别拦我，我跟他仇深似海，非要他的命不可。”法洪说：“你要打算要他的命也可，我要叫他死，他就得死，非得我念咒他才能活。我冲着兄长你，不叫他活就是了，你叫他落个全尸首就完了。”邵华风说：“也罢，既是如是，便宜他。”法洪说：“兄长请屋里坐罢。”众人来到屋中落座，法洪说：“兄长是从哪里来？”邵华风说：“我从藏珍坞，这个济颠和尚实在把我追赶苦了。”法洪说：“我看济颠和尚也没什么能为，兄长何必怕他？”邵华风说：“不对，他的能为大了，你不知道。”法洪说：“你说他能为大，现在被我治住。兄长你也不好，我常听人说，你在慈云观发卖薰香蒙汗药，招集绿林贼人，你我已然出了家，何必如此？你还打算怎么样？我是没工夫，要有工夫，我早就要劝劝你，也不至落到这番光景。”邵华风说：“我告诉你，我要大反常州府，自立常州王。我来约兄弟你帮我共成大事。我还要约你师父金风长老，连我师父马道玄，一同助我一膀之力。”法洪一听，说：“兄长你别胡闹了，我师父焉能帮你去造反？你岂不是白碰钉子？我也不能去。我师父早说过，叫我不准害人。既出了家，跳出三戒外，不在五行中，不修今世修来世，了一身之孽冤。依我劝你也算了罢，找个深山幽僻之处，正务参修好不好？”邵华风道：“贤弟此言差矣！将来我有九五之分。”正说着话，就听东跨院一阵大乱。法洪一愣，问：“什么事？”有手下人回禀说：“厨房里有一个穷和尚，把预备的酒菜全给偷了吃了。”邵华风一听，就一哆嗦，就听外面有人一声喊嚷：“好，邵华风你来了，我和尚等待多时。”邵华风一听，吓的惊伤六叶连肝肺，吓坏了三毛七孔心，立刻同长乐天二人踹后窗户逃走。

花面如来法洪一看，是济颠僧来了。法洪口中喊嚷：“怪道，怪道！”济公说：“一点不错，我只打算你这子午三才神火坎离照胆镜有多大的奥妙，我到里头溜达溜达没什么，我这才出来了。”法洪一见，气往上撞说：“好颠僧你别走！”伸手又要掏照胆镜，济公用手一挥，口念：“唵嘛呢叭㖀吽！”法洪一摸兜囊，宝贝没了，焉想到早被和尚用搬运法搬了去。法洪暗想：“怪道！方才用宝贝将他治死，怎么会活了？”他并不知济公故意装死。陆通把济公扛到后院放下，陆通他去找棺材去，济公爬起来奔前面来，先到厨房偷菜偷酒。厨子瞧见一嚷，和尚这才跑到前面来。法洪还打算用照胆镜拿和尚，一摸兜囊没了。正在一愣，济公哈哈一笑，说：“在我这里了，我该照照你了。”法洪、法缘、法静、法空吓的拨头就跑。跑出了后门，法洪说：“咱们找师父去。”立刻四个人来到镇坞龙王庙。一拍门，童子把门开开，法洪说：“师弟，师父可在庙内？”童子说：“没在，上吕公堂找马老道下棋去了。”法洪四个人立刻又奔吕公堂。来到吕公堂一拍门，道童出来把门开开，法洪说：“金风罗汉在这没有？”道童说：“跟我家祖师爷下棋哪！”四个人同着道童，来到里面一看，金风和尚正同马道玄下棋，一僧一道，坐在那里很透着清高。法洪等上前行礼，金风和尚说：“徒弟你等做什么来了？”法洪说：“我等被济颠僧赶出来了，不是他的对手，栽一筋斗，师父你老人家去罢！”金风和尚说：“因为什么？”法洪就把方才之事，如此如此学说一遍，金风和尚说：“好，我去看看济颠是何许人也。”马道玄说：“你我一同前往。”僧道立刻罢局，同法洪等出了吕公堂，直奔宝光寺而来。

书中交代：济公见法洪等一跑，济公先把黄云救起来，叫黄云把镖起了走，“不用管我”。黄云谢过济公，竟自去了。万里飞来陆通搭了棺材来，见济公活了，陆通赶紧行礼说：“师父没死？”和尚说：“没死。”陆通说：“师父咱们喝酒罢。”和尚说：“好！”立刻摆上酒菜，陆通陪着喝酒，问：“济公，法洪他们哪去了？”和尚说：“他们勾兵去了，少时就来。”陆通说：“勾谁去了？”济公说：“他找他师父金风和尚去。”陆通说：“哎呀！那个和尚可利害，我练金钟罩就是跟他炼的。”和尚说：“利害也不要紧。”正说着话，只听外面一阵喊嚷：“阿弥陀佛！”声音洪亮，又有人喊嚷：“无量佛！”陆通说：“了不得了！”济公来到外面一看，见来了一僧一道。头里站定一个僧人，身高九尺以外，猛威威足够一丈，身躯高大，形状魁伟，颈短脖粗，脑膀大胸，肩宽臂膀厚，肚大腰圆，披散着头发，打着一道金箍，面似乌金纸，黑中透亮，粗眉大眼，直鼻阔口，身穿一件黄僧袍，腰系丝绦，白袜僧鞋，背后背着一口戒刀，手拿萤刷。后面站定一个老道，也在身高八尺，头挽牛心发髻，身穿古铜色道袍，腰系丝绦，白袜云鞋，面如三秋古月，发如三冬雪，鬓似九秋霜，一部银髯，真是仙风道骨，手拿拂尘，背背一口宝剑。这两个人一见济公是个疯颠和尚，褴褛不堪，金风和尚说：“这就是济颠么？”法洪说：“就是他。”僧道哈哈一笑，看济公乃是凡夫俗子，心说：“闻名不如见面，见面胜似闻名。”济公说：“好法洪，你勾了兵来，这倒不错。我和尚倒要试试，谁行谁不行。”金风和尚说：“济颠僧，你可认得洒家？我乃西方十八尊大罗汉降世人间，所为普济群迷，教化众生而来。你也敢来到这里猖狂？”济公说：“你真把我们罗汉骂苦了，你打算我不知道你是怎么变的呢？我破个闷你猜罢，你本是：‘有头又有尾，周围四条腿。见了拿叉人，噗咚跳下水。’这四句你可知道？”金风和尚说：“不知道，待洒家来拿你。”马道玄说：“谅此无名小辈，待我来拿他，不费吹灰之力。”伸手掏宝贝要拿济公。不知后事如何，且看下回分解。

第二〇五回

收悟缘派捉邵华风　遇兰弟诉说被害事

话说马道玄由兜囊掏出一宗宝贝来，名叫“振魂牌”，要当啷啷一响，勿论有多少人，能把三魂七魄振去。老道今天一拿出来，法洪众人知道这宝贝利害，赶紧都躲开。老道把牌一振，只听当啷啷一声，焉想道济公把脑袋一晃，并未躺下。和尚说：“你这宝贝不行，再换别的，这宝贝我不怕。”马道玄一见，气往上撞，说：“好颠僧，气死我也！”立刻又掏出一宗宝贝，名曰“避光火神罩”。其形似罩蟋蟀的罩子，要罩上人，内有三才真火，能把人烧个皮焦肉烂。今天把罩子一抖，老道口中念念有词，刷啦啦一道金光，照和尚罩下。济公哈哈一笑，用手一指，这个罩子奔老道去了。马道玄口中一念咒，用手一指，又奔了和尚去。和尚用手一指，口念六字真言：“唵嘛呢叭谜吽！唵，敕令赫！”这罩子回来，就把老道罩上。金风和尚一看，气往上撞，见老道拿宝贝罩人，没罩了，反把自己罩上。金风和尚立刻把避光神火罩拿起来，见老道衣裳都着了，要不是念护身咒，连人都烧了，老道臊的面红耳赤。金风和尚说：“待我来拿他。”济公说：“你也是白给。”金风和尚立刻一张嘴，喷出一口黑气，这是他九千多年的内丹，打算要把济公喷倒，焉想到还是不行。济公说：“好东西，你会吹气，你冒炮我也不怕。”金风和尚暗想怪道，虽然他是凡夫俗子，倒有点利害。立刻掏出一根捆仙绳，往空中一摔，一道金光奔济公去了，就听济公口中喊嚷：“了不得了，快救人哪！”眼瞧着把济公捆上。金风和尚哈哈大笑，说：“我只打算济颠有多大能为，原来就是这样。”法洪等过来说：“师父，你把济颠拿住了？”金风和尚说：“被我拿捆仙绳将他捆上，我把他交给你们，不准要他的命，羞辱羞辱他，叫他知道我的利害就得了。”法洪说：“师父别先忙，我想济颠神通广大，未必把他捆上的，别是假的罢。”这一句话说破了，再一看捆的并不是和尚，把马道玄捆上了。金风和尚一看，大吃一惊，说：“了不得，这叫五行挪移大搬运，大概济颠的能为不小。”过来赶紧把马道玄放开。马道玄说：“你怎么把我捆上？”金风和尚说：“我也不知道！”

正说着话，只见济公由外面来了。济公哈哈一笑，说：“你们还有什么好宝贝没有了？你们要没有，我有宝贝。”和尚把草鞋脱下来，照金风和尚打来。金风和尚方一闪身，济公用手一指，说：“拐弯。”草鞋正打在金风和尚脸上，济公一伸手，说：“回来。”草鞋立刻回去。济公说：“我还有法宝。”立刻把僧帽摘下来一摔，刷啦啦金光缭绕，瑞气千条，金风和尚一瞧不好，打算跑，不行了，如同泰山一般压下来。只听山崩地裂一声响，金风和尚现了原形，有桌子大的一个大驼龙，居居直叫，他本来有九千多年的道行。济公说：“法洪你瞧，这是你师父。”法洪众人都愣了。济公说：“大概你们也不知道我的来历，我叫你们瞧瞧。”和尚用手一摸脑袋，露出金光、佛光、灵光三光。众人再一看，和尚身高六丈，头如麦斗，面如獬盖，身穿直缀，光着两只腿，乃是一位知觉罗汉。马道玄口念无量佛，众人跪倒磕头，求圣僧饶命。济公知道金风和尚有九千多年的道行，并没害过人，罗汉爷把僧帽收回去。众人见金风和尚就地一阵风，又变和尚，向济公磕头。金风和尚说：“圣僧，你老人家慈悲慈悲罢！收我做个徒弟罢！”

济公说："不行，我们和尚里没有王八当和尚的。"金风和尚说："成佛做祖的，自古以来什么出身的都有，求圣僧慈悲慈悲罢！"济公一听，口念："阿弥陀佛，善哉，善哉！你既愿意认我和尚，好好好！"用手一拍金风和尚天灵盖，济公禅师信口说道：

实心来拜我，贫僧结善缘。修行莲花坞，道德数千年。参练归正道，出家陆阳山。拜在贫僧面，赐名叫悟缘。

赐了名字，金风和尚悟缘给济公行礼。济公说："悟缘，我派你点事，你同马道玄两个人去把邵华风给我拿来。你要不去，我和尚还是不收你做徒弟。马道玄你也得去帮着，邵华风是你的徒弟。现在他在藏珍坞聚众绿林人，要大反常州府，你两个人去把他拿来，杀恶人即是善念。"马道玄同金风和尚说："谨遵师父之命。"叫法洪等给济公预备酒，好生伺候，众人答应。一僧一道立刻起身，够奔藏珍坞。

书中交代，邵华风同长乐天由宝光寺被济颠和尚惊走，两个人由后山逃出去，绕道够奔前山。长乐天说："祖师爷，咱们上哪去？"邵华风说："你我到哪里，济颠追到哪里，山人我跟他是冤家对头。你我回藏珍坞，我约请万花山圣教堂八魔祖师爷，非是跟济颠和尚一死相拼，将他拿住，方出我胸中的恶气。将他碎尸万段，然后到灵隐寺，把庙放火一烧。非得先把济公杀了，然后你我再大反常州府，不把他除了是不行。"说着话往前走，又怕济颠追赶下来。方一下陆阳山，只见由对面来了主天主地两个大旋风，走石飞沙起来，有两三丈高。长乐天一看，说："祖师爷，你看这两个旋风，是神是鬼，是妖是怪？我的法力小，看不出来。"邵华风睁眼一看："也不是妖，也不是怪，是我的朋友来了，这可活。"长乐天说："谁呀？"邵华风说："你来看！"立刻口中念念有词，"噗"喷了一口法气，立刻旋风往两旁一闪，闪出两个人来。头前这人身高八尺，头戴紫缎色四棱逍遥巾，身穿紫缎色箭袖袍，周身走金线掐金边，上绣金牡丹花，腰系丝鸾带，单衬袄，薄底靴子，闪披一件紫缎色团花大氅，面如紫玉，两道浓眉，一双金睛，叠抱押耳黑毫，海下一部刚髯，根根见肉，犹如钢针，轧似铁线，手中拿着一把蛍刷。后面跟定一人，头戴蓝缎色四棱逍遥巾，身穿蓝缎色箭袖袍，腰系丝鸾带，外罩翠蓝色逍遥氅，周身绣金莲花，面如白纸，脸上一点血气没有，两道细眉，一双三角眼，鹦鼻子，裂腮额。书中交代，头里这人叫追魂侍者邓连芳，后面这个人叫神术士韩祺。这两个人是万花山圣教堂八魔的徒弟，邓连芳是天河钓叟杨明远的徒弟，韩祺是桂林樵夫王九峰的徒弟。这两个人奉八魔之命，到东海瀛洲去取灵芝草。八魔每人有一根子母阴魂绦，最利害无比，连西方大路金仙都能捆上，把金光捆散了。韩祺把他师父的子母阴魂绦偷出来。今天碰见邵华风，邓连芳一见，连忙行礼。

原本邵华风同邓连芳、花面如来法洪是拜兄弟，邵华风是大爷，法洪行二，邓连芳行三。今天一见，连忙行礼，说："大哥一向可好？"邵华风说："贤弟别提了，我此时闹的走投无路。"邓连芳说："怎么？"邵华风说："只因我派人出去盗取婴胎紫河车，在江阴县犯了案，有一个济颠和尚跟我为仇做对，他使出鲁修真诓去我的乾坤子午混元钵，他率领常州府的官兵把我慈云观抄了。我到灵隐寺去打算报仇，他在灵隐寺等着我，回到常州府劫牢反狱，他又追到常州府。我到藏珍坞去找你，你也没在庙里，我今天找你二哥来，请他帮我大反常州府，焉想到济颠又追来了。贤弟你上哪去？"邓连芳说："我奉我师父之命，到东海瀛洲去取灵芝草。"邵华风说："你先别去了，要等你回来，我就许没了命了。"邓连芳说："既然如是，你我一同回藏珍坞，我先把济颠和尚给你拿了，报仇雪恨。"邵华风说："甚好。"四个人驾起趁脚风，这才奔藏珍坞。来到庙内一看人多了，大众给邵华风、邓连芳行礼。众人才落座，只见由外面有人进来回禀："山门外来了一个和尚，堵着门口直骂。"众人一听，全都愣了，不知来者是谁，且看下回分解。

第二〇六回

众妖道聚会藏珍坞　神术士魔法胜金风

话说赤发灵官邵华风同追魂侍者邓连芳、神术士韩祺，来到藏珍坞。群贼一看，心中喜悦，说："这可活该！"众人行礼既毕，邵华风说："众位，这就是我拜弟邓连芳，他乃是万花山圣教堂八魔祖师爷天魔天河钓叟杨明远的徒弟。这位韩祺，他乃是人魔桂林樵夫王九峰的徒弟。要拿济颠僧，易如反掌，不费吹灰之力。"神术士韩祺说："邵大哥，我告诉你，我得了我师父一根子母阴魂绦，就是大路金仙，西方罗汉，都能捆上。这个子母阴魂绦，可与众不同，经过几个甲子，别人有也不真。"正说着话，有人进来回禀："外面来了一个和尚，堵着山门大骂，点名叫邵祖师爷出去。"邵华风一听，说："定是济颠来了。"手下人说："不是，是一个大眉黑脸和尚。"邵华风说："待我出去看看。"话言未了，旁边有巡山仙长李文通说："道师爷且慢，谅来此无名小辈，何必你老人家前往？有事弟子服其劳，割鸡焉用牛刀，待我出去，把他拿来，不费吹灰之力。"邵华风说："你须要小心留神。"那李文通说："料也无妨。"说罢大摇大摆，来到山门以外。

藏珍坞这座山，是坐北冲南，山口里庙前头是一片空宽平坦之地，可以做战场，操兵演阵都行，甚为宽阔，李文通出来一看，对面站定一僧一道，正是金风和尚悟缘同马道玄。李文通一看，说："原来是金风和尚，你来此何干？"金风和尚说道："我奉我师父之命，前来拿你们这伙妖人。"李文通说："你师父是谁？"金风和尚说："你要问，是济公长老。"李文通叹了一声，说："你怎么也来胡闹，随了济颠和尚？依我说，你趁此回去。休要前来多管闲事。我山人以慈悲为门，善念为本，存一分好生之德，不忍伤害你的性命。你要不听我的良言相劝，可别说我将你拿住，悔之晚矣。"金风和尚哈哈大笑，说："好孽障！谅尔有多大能为，也敢说此朗朗狂言大话？我和尚将你结果了性命，杀恶人即是善念。"老道一听，气往上撞，伸手拉出宝剑，往东南上巽为风一站，用宝剑就地一画，口中念念有词，立刻狂风大作，走石飞沙，直奔金风和尚打去。金风和尚悟缘哈哈一笑，伸手由兜囊掏出一宗宝贝，名曰"避风珠"，往空中一摔，立刻风定尘息。李文通一看，大吃一惊，金风和尚把避风珠收回去，又由兜囊掏出一颗珠子，其红似火，口中念念有词，照定李文通打来。只听"呱啦"一声响，一道火光，竟将李文通烧了个皮焦肉烂。这一颗珠子，名曰"雷火珠"。金风和尚劈了老道，将宝贝收回去，早有人报进藏珍坞，说："回禀祖师爷，可了不得了，方才李道爷出去一问和尚，他说叫金风和尚。李道爷一施展法术，狂风大作，走石飞沙，那和尚掏出一宗宝贝摔去，就风定尘息。和尚又拿出一颗珠子，其红似火，一道光'呱啦'一响，竟把李道爷烧了个皮焦肉烂。"邵华风一听，气得哇哇呀怪叫如雷。旁边有人一声喊嚷，说："师父不必动怒，待我去给李大哥报仇，把和尚拿来。"邵华风一看说话这人，是他二徒弟叫妙道真人吴法兴。这个老道跟前者七星观的吴法通是师兄弟，在邵华风手下任意胡为，也会怪术妖邪，立刻拉宝剑来到山门以外。见金风和尚正然破口大骂，吴法兴说："好和尚，真乃大胆！你可知道你家祖师爷的利害？”金风和尚说：“你是何人？”吴法兴说：“你要问，我告诉你，你家祖师爷姓吴名法兴，人称妙道真人。今天你既是飞蛾投火，自送其死，放着天堂有路你不走，地狱无门自找寻，休怨我山人将你结果了性命。”说着话由兜囊掏出一根捆仙绳，祭在空中，口中念念有词，说声：“敕令！”刷啦啦一道金光，直奔金风和尚。和尚一张嘴，“噗”喷出一口黑气，这是九千多年的内丹，立刻捆仙绳坠落于地。和尚随着一抖手，将他雷火珠打出来，只听呱啦一声响，将吴法兴烧死。这小子一辈子没做好事，今天遭了恶报。又有人报进庙去。

邵华风一听徒弟死了，气得三尸神暴跳，五灵豪气腾空，说：“好好好，我山人出去，跟他一死相拼。”旁边神术士韩祺说：“邵大哥不用你去，你瞧瞧我的宝贝，你我一同前往。”大众随后来到外面一看，邵华风说：“金风和尚你敢伤我徒弟？我山人焉能跟你善罢干休！”这边马道玄一看，说：“邵华风你是我的徒弟，你不可任意胡为。已然出了家，就应该晨昏三叩首，早晚一炉香，侍奉三清教主。决不该结交绿林人，在尘世杀男掳女，聚众叛反国家。大宋国自定鼎以来，君王有道家家乐，天地无私处处同，皇上家洪福齐天，邪不能侵正，你休要执迷不悟。已然出了家，就应该修福做善，了一身之孽冤，不修今生修来世。你要听山人良言相劝，自己知非改过，从此跟我归山修心。你要不听，自己强暴抗横，天作孽犹可违，自作孽不可活，获罪于天，无所祷也。”邵华风不但不听，反把眼一瞪，说：“马道玄，你休要多管闲事，满口胡说，跟我嚼舌鼓唇。我要不念你我是师徒，今天连你一齐拿住，结果你性命，你趁此快走。”马道玄口念：“无量佛！善哉，善哉！邵华风真乃无父无君。人生世上，须知道三纲四大五常。三纲者，君为臣纲，父为子纲，夫为妻纲；四大者，乃天地亲师，受天地覆载之恩，受国家水土之恩，受父母生育之恩，受师父传授教训之恩；五常乃仁、义、礼、智、信。为人子不孝，为臣定然不忠，交友必然不信。师徒情如父子，你就敢叫我的名字，跟我反目？罢了，罢了！”邵华风说：“你任凭有苏秦、张仪、陆贾、萧何之口，说得天花乱坠，地生金莲，海枯石烂，也难渡山人铁石之心。我跟济颠和尚仇深似海，他无故欺负我，闹得我上天无路，入地无门，我焉能跟他干休善罢？马道玄你要多说，我先拿你。”金风和尚一听，气往上撞，说：“邵华风你过来，洒家跟你分个强存弱死，真在假亡。”

邵华风尚未答言，神术士韩祺早定了主意：“我给他个先下手的为强，后下手的遭殃。”立刻把子母阴魂绦一抖，照定金风和尚抛来，口中念念有词，说声：“敕令！”金风和尚一看，只见子母阴魂绦奔他来了，真是霞光万道，瑞气千条，如同泰山一般。金风和尚就知道不好，念护身也来不及了。慢说金风和尚这点来历，就是大路金仙也能捆上的，捆上能把白气化没了，西方的罗汉要被这子母阴魂绦捆上，能把金光捆去，勿论什么妖精捆上，就得现原形。这原本是八魔的宝贝，八魔每人有一根，神术士韩祺是偷他师父的。今天悟缘一看，打算要跑，被金光罩住，焉能跑的了？就听山崩地裂一声响，金风和尚现了原形。众老道一看，原来是一个驼龙。神术士韩祺说：“你等可曾看见了，慢说是他，就是西方的罗汉也逃不了。”众老道一看，鼓掌大笑说：“还是你老人家神通广大，法术无边。原来济颠和尚徒弟，就是这个。”神术士韩祺说：“邵大哥，我已然拿住，任凭你发落罢。你愿意怎么办，或杀或剐或烧？”邵华风说：“他把我徒弟用火烧了，我也把他烧死，方出我胸中之恶气。大概把他置死，济颠和尚也就快来了。”韩祺哈哈一笑，说：“济颠不来便罢，他要来了，叫你等看着我略施小术，就把他拿住。”

正说着话，只听山坡一声喊嚷：“好，邓连芳，韩祺，胆敢害人！待我来。”大众睁眼一看，飞也似来了一人。头带粉绫缎武生公子巾，绣团花分五彩，身穿粉绫缎色箭袖袍，周身走金线，掐金边，腰系鹅黄丝带，黄衬衫，薄底靴子，闪披一件粉绫缎英雄大氅，上绣三蓝富贵花，背一口宝剑，手拿萤刷，面如白玉，眉似春山，目如秋水，准头端正，唇似涂朱。众人一看，大吃一惊。不知来者是谁，且看下回分解。

第二〇七回

飞天鬼误入万花山　石成瑞招赘人魔女

话说神术士韩祺用子母阴魂绦将金风和尚拿住，正要结果性命，只见由山坡来了一位武生公子。书中交代，来者这人，乃是人魔桂林樵夫王九峰的门婿。此人姓石名成瑞，外号人称飞天鬼。原籍镇江人，也在玉山县三十六友之内，学会一身工夫，长拳短打，刀枪棍棒，样样精通，飞檐走壁之能。天生来的秉性，好游山玩景，勿论哪里有名山胜境，非身临切近去看看不可。这天他带着干粮去游山，一看山连连，山套山，不知套出有多远去。石成瑞自己一想："倒要找找这座山哪里是到头。"脚程又快，直走了十几天，还是乱山环绕之中，大峰俯视小峰，前岭高接后岭。自己带着吃食也吃完了，还思到要找找这山有头没有，没吃的在山里吃果子草根，见有果子就吃果子。又走了数天，自身觉得身体不爽，要染病。石成瑞一想："可了不得了，只要一病，也回不去了。要死山里，就作他乡的怨鬼，异地的孤魂，死尸被虎狼所食。"自己也走不动了，心中难过。见眼前有一道涧沟，沟里的水澄清，石成瑞爬着喝了两口水，就觉着喝下去神清气爽。又往前走，见眼前有许多的果子树，树上长的果子，其形似苹果。石成瑞摘了一个吃，清香无比，就觉着身上的病减去了大半，心中暗喜，怪道也不知这是什么所在。又往前走，只见果子树多了，树上结的梨，真有海碗大，苹果也大。石成瑞心里说："这树是谁家的呢？"

正在观看之际，只见那边有一位女子，手拿小花篮采苹果，长得十分美貌，衣服鲜明。石成瑞隐在树后观看多时，见那女子把树上的果子摘了大半，摘了就往花篮里放，花篮老没装满。石成瑞暗想："怪道，怎么这花篮能装这许多的果子呢？"正在发愣之际，那女子一回头，瞧见石成瑞，女子"呦"了一声，说："哪里来的凡人，前来窥探？"石成瑞一愣，并未回言，那女子用手帕一抖，石成瑞就迷糊过去，跟着那女子来到一所院落。到了屋中，女子又用手帕一抖，石成瑞明白过来，睁眼一看，这座屋中金碧辉煌，屋中的摆设都是世间罕有之物，眼前坐定一位如花似玉的女子。石成瑞说："哎呀！这是哪里？"那女子说："这是玉府宫阙，凡夫俗子来不到这里。"书中交代，这就是万花山下，叫隐魔山。八魔之中就是人魔桂林樵夫王九峰有家眷，也有妻子，跟前一个女儿，叫银屏小姐，精通法术，这就是王九峰住家眷的。这女子乃是银屏小姐。问石成瑞尊姓，石成瑞说："我叫石成瑞，游山玩景，来至此地。这是天堂，还是人间？"银屏小姐说："这是玉府宫阙，我父亲乃是魔师爷。"正说着话，只听外面有脚步声音，说："女儿可在屋里？"银屏小姐说："爹爹来罢。"石成瑞一看，由外面进来一位老者，头戴鹅黄色四棱逍遥巾，身穿淡黄色逍遥氅，白袜云鞋，面如冠玉，发如三冬雪，须赛九秋霜，带着仙风道骨，来者正是桂林樵夫王九峰。来到屋中一看，见石成瑞，王九峰问道："女儿，这是何人？"银屏说："方才女儿到仙果山摘果子，看见他在那里游山，我将他带进来的。"王九峰说："这就是了，尊驾贵姓？"石成瑞说了名姓，王九峰说："你跟我到前面谈话。"石成瑞就跟着来到前面书房落座。

王九峰说："你是哪里人氏？因何来至此处？"石成瑞说："我是镇

江府人氏，皆因好游山，走迷了来至此地。这是什么地名？”王九峰说：“这是万花山，我住的这叫隐魔村，北边那座山叫隐魔山。每逢千年，这果子才摘一回，我在这里看守此山。原先是我徒弟看着，现在我徒弟没在这里，这果子人要吃了，凡夫俗子吃一个，能饱一个月，久吃能断去烟火食。有病的人吃了，能化去百病。”石成瑞说：“不错，我本来是游山，没有吃的，带的干粮都吃完了，净吃松子草根，吃了两天，吃出病来。方才吃了一个果子，觉着清香，清气上升，浊气下降。未领教老丈怎么称呼？”王九峰说：“我姓王双名九峰，人称桂林樵夫。我这地方，凡夫俗子也轻易到不了。你家中可有什么人呢？”石成瑞说：“家里还有老娘，有妻子。”王九峰一听，点了点头说：“这也是活该，你既来了，应当跟我女儿有一段俗缘。你也不必走了，我把我女儿给你就是了。”本来王九峰就这一个女儿，爱如掌上之珍珠，闹的高不成低不就，给凡夫俗子，他又不肯，给真是做大官的人家，又不能跟他家做亲，总是个外道天魔，许配神仙，神仙又不要媳妇，未免难找婆家，故此耽误住了。今天王九峰跟石成瑞一谈，见石成瑞一位武士，品貌端方，故此要把女儿给他。石成瑞一想：“莫非是做梦了？哪有这样便宜事呢？”想走也不知道路了，只可随口应承。果然桂林樵夫王九峰就叫女儿银屏跟石成瑞拜了天地，洞房花烛，石成瑞就在这里住着。

日子长了，石成瑞自己忽然想起家来，家里尚有老娘、妻子，故土难忘。家里要没有亲丁，自然也就不惦了，这个终然是心中难过。想起来回也不能回去，未免就住在那里发烦，愁眉不展。银屏小姐一看，说：“官人你为何发烦？在这里一呼百诺，想吃什么吃什么，诸事无不应心，还有什么可烦的呢？”石成瑞说：“唉！我在我们那地方闷了，找几个知心的好友，吃酒谈心，或弹或唱，或讲文，或论武，心中多许爽快。这个除了你就是我，也没什么可说的。”银屏小姐说：“你要同朋友作乐，那容易。来人，去把边先生郑先生请来！”手下伺候人答应。工夫不大，只见由外面来了两个人。头一位是四棱逍遥巾，蓝绸子大氅，白袜云鞋，有三十多岁，净白面皮，儒儒雅雅。后跟着一位，也是这样打扮，淡黄的脸膛，有二十多岁。来到里面，一抱拳说：“郡马请了！我二人要早过来给郡马请安，不敢莽撞，怕郡马好清静，不敢前来渎烦精神。今知郡马好消遣，我二人特来奉陪。”石成瑞一见，说：“请坐！二位贵姓？”头前这位说：“我姓边，字学文。这位姓郑名珍，字隐言。我二人在魔师爷这里当清书，写写来往书札等类。”石成瑞跟这两人一谈，愿意下棋，这两个人就陪着下棋。说弹唱，这两个人就会弹唱。说练武，这两个人就陪着打拳。说什么，这两个人就会什么。又混了个月，石成瑞又烦了。这两个人也不来了。

银屏小姐说：“郡马你别烦，你喜爱什么只管说话。”石成瑞说：“我总想我们那街市上的热闹，来往车马成群，愿意听戏就听戏，这个地方，出去就是荒山野岭，多见树木少见人烟，回来就是你一个人。”银屏“噗吱”一笑，说：“那容易，你早不说？我带你逛逛大街。这里也有戏，你跟我听去。”立刻夫妻携手揽腕，来到花园子正北上，有三间楼房。银屏同石成瑞上了楼，把后窗户一开，石成瑞一看，这外头原是一道长街，热闹非常，买卖铺户都有，来往行人车马，男女老少，拥挤不动。正西上一座戏台，正然锣鼓喧天，新排新彩开了戏。石成瑞一看，心中快乐。自己一想说：“我不知道有这么热闹的街道，要知道我早就逛去了。”银屏说：“郡马你看戏罢。”石成瑞说：“这叫什么地方？”银屏说：“这叫海市蜃楼。”抬头一看，这出戏是四郎探母，上来杨四郎一道引子，被困幽州思老母，常挂心头。这出唱完了，又接着一出秋胡戏妻，唱的是秋胡打马奔家乡，行人路上马蹄忙，稳坐雕鞍朝前望。石成瑞一想：“自古来母子夫妻都有团圆，人家荣耀归家，我只要回家也不行。”心里一烦不听了，夫妻回家。次日石成瑞一想：“我何不到海市蜃楼街上打听打听，离我家多远？我又有银子，偷着回家瞧瞧。”想罢奔花园子，来到楼房旁边，窜上界墙一看，石成瑞“呀”了一声，有一宗岔事惊人。不知后事如何，且看下回分解。

第二〇八回

想故乡夫妻谈肺腑　点妙法戏耍同床人

话说石成瑞自己想要到海市蜃楼去逛逛，来到这花园子，窜上界墙一看，外面并没有热闹大街，还是荒山野岭。自己一想："这可怪了，我再到楼上，开开楼窗瞧瞧。"想罢复反跳下来，来到楼上，开开楼窗一瞧，还是荒山野岭，并没一人。自己愣了半天，无奈又回来。到了自己屋中，银屏小姐说："郡马哪去了？"石成瑞说："我到楼上要去逛海市蜃楼，不想全都没了，我还想要听昨天那戏。"银屏小姐说："那容易，咱们家里有戏，你跟我听去。"石成瑞说："我不信。"立刻跟着来到花园一瞧，忽然那边锣鼓喧天，唱上戏了。石成瑞自己终然还惦念家乡故土，银屏小姐百般哄他，石成瑞想吃什么就有什么，想怎么样就怎么样。石成瑞一想："我要什么她就有什么，我倒要把她为难住。"这天石成瑞说："我想一宗东西吃。"银屏说："你想罢，想什么我给你预备。"石成瑞说："这里没有，非得我们那本地才能有呢。浙江出一宗鲥鱼，其味最美，别的地方那里也没有。"银屏小姐道："那容易，我们花园子月牙河里就有。"石成瑞说："你这可是胡说，这种东西别处决没有。"银屏说："不信，你跟我来，我钓上鱼来你瞧是不是。"石成瑞说："走。"二人来到花园子，银屏拿竹竿线绳拴上钓鱼钩，放下去工夫不大，把鱼钓上来，石成瑞一看，果然是鲥鱼。心中一想：“这可真怪。虽有鱼，大概他们这里没有紫芽的姜，做鲥鱼非得要紫芽姜不可，别的姜做出来不鲜。”想罢，说：“娘子，我们那老家做鲥鱼，单出一种紫芽姜做作料，其味透鲜，这里哪找紫芽姜去？”银屏说：“有，这花盆里种着紫芽姜，专为做鲥鱼的。”伸手一刨，果然刨出紫芽姜来。石成瑞心中纳闷，叫厨子做得了，果然好吃。石成瑞说：“娘子，听说山海八珍，有龙肝凤髓豹胎熊掌最好吃，我要吃龙肝行不行？”银屏说：“行。”立刻拿笔在粉壁墙上画了一条龙。石成瑞说：“这是画的不能吃。”银屏小姐口中念念有词，用手一指，这条龙就活了，张牙舞爪就要走。银屏小姐过去一宝剑，把龙开了膛，取出龙肝来，给石成瑞煮好吃了。

百般哄着，石成瑞他老不喜欢，银屏小姐说：“郡马你为何总不喜欢么？”石成瑞说：“我实对你说罢，我是想念家中尚有老娘，还有原配的妻子，此时是不知音信。听戏听四郎探母，秋胡戏妻，人家出外都有回家之日，我就不能回去？心中总不得放心，也不知我老娘妻子是死是活？”银屏小姐说：“你要回去也行，我送你回去好不好？”石成瑞一听喜欢了，说：“你要能叫我回去，我到家里看看，我再来也就放心了。”银屏说：“既然如是，我送你走。你闭上眼，可别睁眼，听不见风响，你再睁眼，你就到了家了。”石成瑞说：“就是。”立刻把眼一闭，耳轮中就听呼呼风响，好容易听不见风响了，自己睁眼一看，已然到了自己的村庄，相离家门口不远。石成瑞心中大快，赶紧往前走，来到门首一叫门，只见他妻子出来，把门开了一看，说：“你回来了？老娘都想坏了。”石成瑞看见自己结发之妻，心中不由的难过，说：“老娘可好？”他妻子刘氏说：“好。”石成瑞立刻来到里面，一瞧他老娘屋里坐着，倒也没见老迈。石成瑞赶紧上前行礼，说：“娘亲，你老人家好呀！”老太太一看，说：“儿呀！你回来了。”刘氏说：“官人这二年上哪里去的，为何永不回来？叫家人不放心。”石成瑞说：

“唉！别提了，一言难尽。我皆因好游山玩景，闹出事来。我在山里也走迷了，吃的也没有了，却有了病，四脚无力，步履艰难，我想着要死在山里，决回不来了。我瞧有许多的果子树，我摘了一个吃，就仿佛立刻神清气爽。忽遇见一个女子，我就迷糊了，把我带到隐魔山。有一位魔师爷，叫桂林樵夫王九峰，他说他女儿跟我有一段仙缘，叫银屏小姐，我就招了亲。吃穿倒是无不应心，要什么有什么，我夫妻倒也和美，她待我也不错。我日子长了，我总想家里有老娘，你我总是结发夫妻，焉能忘的了？我就是自己回不来，这倒是我那妻子好处，她用法术把我送回来的。我一睁眼，已然是离家不远了，我故此回来了。”他妻子说：“原来是你在外面招了亲了，你这还想回去不回去呢？”石成瑞说：“我倒不想回去了，再说我要回去，也不识得道路。”他妻子说：“人家待你这么好，一日夫妻百日恩，你为何不回去呢？”石成瑞说：“我不回去了。”他妻子说：“当真你不回去了？”石成瑞说：“当真。”他妻子“噗吱”一笑，石成瑞再一看，也不是他的家里，还是在银屏小姐屋里，他老娘也不见了，他妻子刘氏也不见了，所说的话都是银屏小姐。石成瑞也愣了，还是没出屋子。银屏小姐说：“我真要把你送回家去，你回家去你是不来了。”石成瑞说：“你怎么冤我？”银屏小姐说：“我因为试试你的心。”石成瑞说：“娘子你也不便试探我，真要回去，到了家就是我想来也是来不了，我哪里走得回来呢？”银屏小姐说：“你打算回去，我真送你走。我教给你点法术，我给你这块手帕，哪时你要回来，你有急难之时，掏出绢帕，双眼一闭，双足一跺，就能回来。”银屏小姐教给石成瑞练驾趁脚风，五行挪移大搬运护身咒，这些法术教会了石成瑞。

这天石成瑞要走，银屏小姐眼泪汪汪说：“郡马，我要送你走，可别把我忘了。”石成瑞说：“娘子只管万安，我决不能丧尽天良，你我一日夫妻百日恩，我焉能绝情断意？只要我能回的来，我哪时想你，我哪时回来，这回你可别冤我。”银屏小姐说：“我不冤你，你闭上眼睛罢。”石成瑞果然闭上眼睛，耳轮中只听风声响，身子直仿佛忽忽悠悠，驾云一般。听着风声响住了，银屏小姐说：“你睁眼罢！”石成瑞一睁眼，已然到了浙江地面。银屏小姐说：“郡马，这此地离你家不远了，我可要回去了。我所说的话，你要谨记在心，绢帕千万不可遗失。你我夫妻一场，任凭郡马的心罢。”说着话，夫妻二人携手揽腕，银屏小姐二目垂泪。石成瑞说：“娘子，你跟我家去好不好？”银屏小姐说：“我不能，我要回去了。”石成瑞也不忍分别。人非草木，谁能无情？至亲者莫过父子，至近者莫过夫妻。石成瑞说：“娘子你回去罢，我决不能负心就是了。”银屏小姐哭的说不出话来，夫妻含泪分别。石成瑞见银屏小姐去远了，自己叹了一口气，这才扑奔故土家乡。

来到村庄里一看，见家家关门闭户，冷冷清清。来到自己门首一看，也关着门。石成瑞一拍门，工夫不大，刘氏出来开门，石成瑞一看就愣了，见刘氏妻子身穿重孝，石成瑞就问：“娘子给谁穿孝？”刘氏说：“给老娘穿孝。”石成瑞一听娘亲已死，心中不由的一惨，落下泪来，母子连心。刘氏见丈夫回来，也是一惨，也哭了。夫妻来到里面，放声痛哭，哭了半天，刘氏这才问道：“官人这一向上哪去了？”石成瑞就把游山招亲之故，从头至尾，细述一遍。问他妻子：“老娘几时死的？什么病症？”刘氏说：“老病复发，死了有一个多月。”石成瑞次日到老娘坟墓前，奠了一番，又痛哭了一场。在家中住了一个多月，凡事该着，刘氏也一病身亡。石成瑞无法，置买棺木，办理白事，将他妻子葬埋了。事完之后，自己心中甚烦，家中也没了人，自己打算要上玉山县，看望看望众朋友，开开心。这天来到沙市镇，自己觉着身体不爽，就找了一座客店住下，焉想到次日更觉病体沉重了。过了四五天，这天自己正在发烦，店里伙计进来说：“石爷，外面现有济颠和尚来找你。”石成瑞一想：“我虽没见过这位济公，听我的朋友提说，乃是一位得道的高僧。”赶紧叫伙计出来有请。和尚由外面进来，石成瑞说：“圣僧从哪里来？”和尚说：“我由陆阳山来，找你给我办点事。现在藏珍坞金风和尚被神术士韩祺拿住，非你去救不行。”石成瑞说：“我病着呢。”和尚说：“我给你一块药吃。”石成瑞吃了药，立刻病体好了。和尚告诉明白道路，石成瑞这才够奔藏珍坞，前来搭救金风和尚。不知后事如何，且看下回分解。

第二〇九回

说韩祺释放悟缘僧　斗济公暗施阴魂绦

话说飞天鬼石成瑞受济公之托，赶紧来到藏珍坞。刚到这里，正赶上神术士韩祺用子母阴魂绦方把金风和尚捆上，正要结果性命。石成瑞赶奔上前，说："邓连芳，邓祺，你二人快把金风和尚放了，万事皆休。"韩祺一看，认识是他师父的门婿，赶紧说："郡马你从哪来？"石成瑞说："你把金风和尚放开，他跟我有交情。"韩祺一想，冲着师父的面子，不肯得罪石成瑞。韩祺说："郡马是跟金风和尚认识？我冲着你把他放了，这倒是小事一段，便宜他。"说完，随即把子母阴魂绦收回去。只见驼龙爬了半天，由平地起了一阵怪风，金风和尚竟自逃走了。马道玄一看不好，也忙驾起趁脚风，竟自去了。群贼一看，鼓掌大笑。邵华风就问："韩祺，这个武生公子是谁？"韩祺说："这是我师父的门婿。"石成瑞说："韩祺你在这里为非做恶，这是何必？要听我良言相劝，你趁此走罢。"韩祺说："郡马你休要多管闲事，你趁此走。我受的朋友之托，必当己身之事，我要替朋友捉拿济颠僧，报仇雪恨。"石成瑞说："我劝你为好。你要不听，任意胡为，造下弥天大罪，善恶到头终有报，只争来早与来迟。获罪于天，无所祷也。天作孽，犹可违，自作孽，不可活。那济公禅师，乃是一位得道的高僧，你要跟济公做对，不但你自己找出祸来，你给魔师爷惹了祸了。”韩祺一听说：“我告诉你，你休要饶唇鼓舌，我看在师父面上，把金风和尚放了。冲着你，我并不认识你，你别打算我怕你，我是有一分关照。你要自找无趣，可别说我拿子母阴魂绦把你捆上。”石成瑞一听，勃然大怒，说：“韩祺你真不要脸，我先将你拿住。”说着话伸手拉出宝剑。方要过去，韩祺立刻把子母阴魂绦祭起来，口中念念有词，说的是：

子母阴魂绦一根，阴阳二气紧绕身。练成左道先天数，罗汉金仙俱被擒。

石成瑞一看子母阴魂绦奔他来了，金光缭绕。石成瑞一想：“我真要被他捆上，岂不丢人？”心中一急，想起银屏小姐给他的那块绢帕，“告诉我说遇有急难之事，二目一闭，一抖绢帕，双足一跺，就能回到隐魔山来”。石成瑞今天真急了，由怀中掏出绢帕一抖，韩祺眼瞧着一片白光大作，再找石成瑞踪迹不见，子母阴魂绦坠落于地。韩祺说：“真有的，罢了，罢了，他会走了，真有点能为。走了便宜他，就是我拿住他，也不能要他的命。他是我师父的门婿，我无非是羞辱羞辱他。”大众说：“咱们回去罢。”邵华风说：“我想金风和尚一走，必给颠僧去送信，大概济颠必来。”韩祺哈哈大笑，说：“邵大哥你把心放开了，你我等候济颠三天，他如来了，我必把他拿住，他如不来，我同你找他去。我说到那里，就到那里，倒叫你等瞧瞧我的法宝拿人。”

正说着话，就听山坡一声喊嚷“无量佛”，大众睁眼一看，来了一位羽士黄冠玄门道教。头戴青缎子九梁道巾，身穿蓝缎色道袍，青护领相衬，腰系杏黄丝绦，白袜云鞋，面如淡金，细眉圆眼，三绺黑胡须，飘洒胸前，手拿蝇刷，肋佩宝剑。来者老道非别，乃是本观的观主浪游仙长李妙清，他到白云岭去找白云仙长野鹤真人去下棋，今天才回来。邵华风一见，说：“李道兄久违少见！我等在这庙里搅扰了多日，你也没在家。”李妙清说：“贤弟说哪里话来，我的庙如同你的庙一样，何必说搅扰二字。”大众赶上前彼此行礼。邵华风说：“我告诉你，我的慈云观入了官了，此时我闹的有家难奔，有国难投。”李妙清说：“怎么？”邵华风说：“只因我派人盗取婴胎紫河车，在江阴县犯了案，有一个济颠和尚，无故跟我作对。我来约你助我一膀之力，大反常州府，自立常州王，捉拿济颠和尚，报仇雪恨。”李妙清说：“哎呀，不易罢？我听说济颠和尚神通广大，法术无边。咱们三清教的，有头有脸的老道，都被他给制服了。可有一节，他不找寻好人，为非做恶的人，他才找寻呢。”邵华风说：“什么叫好人坏人？我约请这二位是万花山圣教堂八魔祖师爷的门徒，非得把济颠拿了，也叫他知道知道咱们三清教有能人没有，也给三清教下转转脸。”李妙清说：“众位不在庙里，都在外头，这是为什么？”邵华风说：“方才有济颠主使金风和尚、马道玄前来找我做对，都说金风和尚是一位罗汉，谁知他是一个大驼龙。方才被我韩贤弟用子母阴魂绦将他捆上，现了原形，本来打算要杀他，有魔师爷的姑爷来讲情，把他放了。”浪游仙长李妙清说：“就是了，我可听说济颠和尚可不好惹，我倒没见过。”韩祺说：“我哪时拿住他，叫你瞧瞧。”

正说着话，就听正南上一声喊嚷：“好一群杂毛老道，我和尚来了！瞧瞧你们有什么刀山油锅。”大众一看，是一个穷和尚。罗汉爷早把三光闭住，一溜歪斜，酒醉疯癫，脚步踉狂，由山口往前够奔。邵华风说：“韩贤弟，你看济颠僧来了。要没有你们二位在这里，我等瞧瞧就得跑，其利害无比。”韩祺哈哈一笑，说：“我去拿他。”浪游仙长李妙清一看和尚是肉体凡夫，说：“邵大哥，这就是济颠呀？”邵华风说：“就是他。”李妙清说：“谅其丐僧，何必你等众位拿他？我也不是说句大话，不用你们，我略施小术就可以把他拿住。不费吹灰之力，易如反掌，叫你们众位瞧瞧我的法力。”邵华风说：“李大哥既能拿他，那更好了。”浪游仙长李妙清自己也是艺高人胆大，本来老道也真有点法术。立刻往前够奔，伸手拉出宝剑一点指，说：“来者你就是济颠僧么？”和尚说：“然也，正是，你来打算怎么样？”李妙清说：“我听说你无故欺负三清教的人，跟我等做对，今天我看你有多大的能为？你可认识山人？”济公说：“我认识你是杂毛老道，你姓什么叫什么？”李妙清说：“山人我姓李，叫李妙清，道号人称浪游仙长，我乃是藏珍坞的观主山人。我前知五百年，后知五百年，善晓过去未来之事，善会呼风唤雨，撒豆成兵，搬山移海，五行变化，有摘星换斗之能，拘鬼遣神之法。仰面知天文，俯察知地理，伴变化，观气色；排兵布阵，斗引埋伏，样样精通。你要知道我的利害，趁此认罪服输，跪倒给山人磕头，叫我三声祖师爷。山人出家人以慈悲为门，善念为本，有一分好生之德，饶尔不死。如若不然，我当时将你拿住，你悔之晚矣。”和尚哈哈一笑，说：“好孽畜！你休要说此朗朗狂言大话。大概你也不知道我和尚老爷有多大的来历，今天你跪倒给我磕头，叫我三声祖师爷祖宗尖，我也不能饶你。”李妙清一听，气往上撞，伸手由兜囊掏了一宗法宝，名曰“打仙砖”，祭起，口中念念有词，这砖能大能小，起在半悬空，照和尚头顶压下来，如同泰山一般。和尚哈哈一笑，口念六字真言：“唵嘛呢叭谜吽！唵，敕令赫！”立刻打仙砖现了一道黄光，坠落于地。和尚说：“这就是你的宝贝呀？这不行，我和尚老爷不怕。你还有好的没有了？”李妙清一听，气往上冲，说：“好颠僧！竟敢破我的法术？待我再来拿你！”一伸手由兜囊掏出捆仙索，祭在空中，口中念念有词，随风而长，照和尚锁来。和尚用手一指，口念六字真言，捆仙索也坠落于地。李妙清一看就愣了，旁边神术士韩祺微然一笑，说：“济颠僧虽是凡夫俗子，倒有点来历，你们拿不了他。”就伸手拿出子母阴魂绦，赶奔上前，说：“李道兄闪开了。”立刻李妙清一闪身躲开了，韩祺说：“济颠，这是你自来找死，休怨我来拿你。”说着话把子母阴魂绦一抖，口中念念有词。不知济公如何抵挡，且看下回分解。

第二一〇回

八卦炉佛法炼韩祺　庆生辰佳人逢匪棍

话说神术士韩祺把子母阴魂绦祭起，口中念念有词，说：“子母阴魂绦一根，阴阳二气紧绕身。练成左道先天数，罗汉金仙俱被擒。”立刻金光一片，照和尚奔去，就听济公口中直嚷：“了不得！快救人哪！”展眼之际，把和尚捆倒在地。众妖道一见，鼓掌大笑。神术士韩祺说：“众位你等可曾看见了？我只打算济颠有多大的能为，原来就是这样，闻名不如见面。邵大哥，我已把他拿住，任凭你等自便罢。”邵华风说：“把他杀了就得了。”这个说：“杀了岂不便宜他？还是把他剐了。”那个说：“把他开膛摘心。”这个说：“把他剥皮。”大众乱嚷。韩祺说：“众位的主意不好，要依我把他搭到里面去，搁在香池子里一烧，火化金身倒不错。”众人说：“倒也好。”韩祺说：“济颠，这是你自来找死，休怨我意狠心毒。”和尚说：“你当真要烧我？”韩祺说：“这还是假的？”说着话，吩咐手下人将和尚搭着，来到里面，就捺在香池子里。立刻搬了许多的柴草，往香池子一堆，将和尚压在底下，点起火来。展眼之际，烈焰腾空。大众闻着腥臭之气，烧的难闻，众老道眼见济公和尚烧了，一个个欢喜非常。邵华风说：“众位今天把济颠和尚一烧死，我从此没有人可怕了。众位助我一膀之力，够奔常州府报仇雪恨。将和尚一害了，你我从此海阔天空，哪个敢惹？”话言未了，就听外面哈哈一笑：“好孽畜！要烧我和尚，哪里能够？”大众睁眼一看，见济公由外面一溜歪斜往里走，子母阴魂绦在和尚手中拿着。众人再一看，神术士韩祺没有了。众老道一干群贼吓的连魂都没有了，拨头就跑。出了藏珍坞庙后门，邓连芳说：“众位咱们够奔万花山圣教堂去，给八魔师爷送信，给韩祺贤弟报仇。”大众群贼直奔，并不答言，只顾逃跑，恐怕和尚追上。群贼四散奔逃，真是急急如丧家之犬，忙忙似漏网之鱼，恨不能肋生双翅，飞上天去。

和尚走出庙门，偶然打了一个冷战，罗汉爷一按灵光，早知觉明白，口念：“阿弥陀佛！善哉，善哉！你说不管，我和尚焉有不管之理？真是一事不了，又接一事。”说着话，连忙往前行走。罗汉爷有未到先知之能，算出来此时雷鸣、陈亮有难。书中交代，怎么一段事？原本陈亮家中有叔叔婶婶，有一个妹子名叫玉梅，他叔父名叫陈广泰，本是一位忠厚人。陈亮总不在家的时候多，他家里并不指陈亮做绿林的买卖度日。先前陈广泰只打算陈亮在绿林，非为好事，寻花买柳，后来才知道陈亮行侠仗义，偷富济贫。虽然这样，总是在绿林为贼，陈广泰也劝不改他。家里又有房屋，又有铺子，在陈家堡总算是财主。陈广泰整六十岁，家里做生日，在村口外高搭戏台，看台唱戏。这天许多亲友都来给陈广泰祝寿，妇女都到了看台上看戏。自然玉梅姑娘也得陪着张罗，应酬亲友，也在看台上坐着看戏。本来，玉梅小姐今年二十二岁，长得花容月貌，称得起眉舒柳叶，唇绽樱桃，杏眼含情，香腮带笑，蓉花面，杏蕊腮，瑶池仙子、月殿嫦娥不过如此。这位姑娘素常养的最娇，自幼父母双亡，跟着叔婶长大成人，也就叫爹娘，陈广泰爱如掌上明珠一般。天生来的聪明伶俐，知三从，晓四德，明七贞，懂九烈，多读圣贤书，广览烈女文。直到现今，尚未说定婆家，皆因高不成，低不就。做官为宦的人家，又攀配不起，小户人家，陈广泰又不肯给。素常姑娘无事，并不出大门，今天陪亲友听戏，在看台上坐着。台下男男女女，本村的人来瞧看热闹，拥挤不动。偏巧内中有一个泥腿，也在这里看热闹，人家都往戏台上瞧，这小子目不转睛，只看台上瞧着姑娘。

在本地有一个皮员外，他当初本是破落户出身，姓皮名绪昌。他家中有一个妹子，长得有几分姿色，时常勾引本处的少年、浪荡公子常来住宿，名为暗娼。皮绪昌装作不知道，在外面还充好人，回家来有吃的就吃，有喝的就喝，有钱就使，他也不问哪来的。偏巧活该他发财，在本处有一位金公子，上辈做过一任知府，家里有钱，就把他妹子半买半娶弄了家去，给了皮绪昌几千银子。皮绪昌居然就阔起来了，他也买了房子，也使奴唤婢，他妻子就是大奶奶了，他有一个儿子叫皮老虎，众人皆以大爷呼之。后来金公子他正夫人死了，就把他妹妹扶了正，居然当家过日子，俱归她经手料理。皮绪昌更得了倚靠，他妹子就把娘家供用足了。皮绪昌有了钱，一富遮三丑，众人就以员外称呼。他也好交友，眼皮也宽，勿论哪等人，他都认识，三教九流俱跟他有来往。他也走动衙门，书班皂隶都跟他交朋友。在本地时常倚势利欺压人，他儿子皮老虎结交了些本地的泥腿，在外面寻花买柳，抢夺良家妇女，无所不为。有几个人捧着皮老虎，跟他有交情的，一个姓游名手，一个姓郝名闲，一个姓车名丹，一个姓管名世宽。这些人都是无业的游民，在外面净讲究帮嫖凑赌，替买看吃，狐假虎威。每逢皮老虎一出来，总有十个八个打手跟着他，在本地也没人敢惹他，真有势利的人家，他也不敢惹寻。今天皮老虎带着这些人，也来看戏，这小子就瞧见姑娘陈玉梅，二目不转睛往台上瞧。本来这小子长的就不够尺寸，拱肩梭背，兔头蛇眼，歪戴着帽子，闪披着大氅，看了半天，说：“众位。”大众说：“大爷做什么？”皮老虎说：“我瞧着台上这个女子，长的怪好的，我真爱她，你们给我抢她，勿论她是谁家的。不答应，我跟他打官司。”旁边游手、郝闲、车丹、管世宽说：“大爷你看这个姑娘，可惹不起。她是开白布铺陈广泰的女儿，听说她有一个哥哥在镖行里会把式。再说今天陈广泰做生日，亲友甚多，如何能抢的了？论势利也未必惹的了人家，大爷你死了心罢。”皮老虎说：“我怪爱她的。”众人说：“爱也不行，咱们走罢。”众人一同皮老虎回了家。

焉想到皮老虎自从瞧见陈玉梅姑娘，就仿佛失了魂一般，回到家中，茶思饭想，也不想吃东西，得了单思病。一连三四天，越病越没精神。皮绪昌一见儿子病了，心中着急，就问游手众人，道：“你们跟我儿行坐不离，可知他无故为什么病的？”管世宽说：“老员外要问公子大爷，只因那天陈广泰唱戏，公子爷瞧见陈广泰的女儿在看台上，长的美貌，他夸了半天，回来就病了。”皮绪昌一听，说：“原来这么一段事，那好办。我叫人去见见陈广泰，跟他提提，大概凭我家的财主，也配得过他，他也没什么不愿意。只要他愿意把女儿给我儿，我择日子就娶，要什么东西我都给。”管世宽说：“既然如是，我到陈广泰家去提亲，你听候我的回信。”皮绪昌说：“也好，你去罢。”

管世宽立刻来到陈广泰的门首，一道辛苦，老管家陈福一瞧，认识他。管世宽说：“我要见你们员外有话说。”老管家进去一回禀，说：“管世宽要见员外。”陈广泰一听，说：“他来干什么？叫他进来。”管世宽来到里面一行礼。陈广泰说：“你来此何干？”管世宽说：“我来给令爱千金提亲。”陈广泰说：“提谁家？”管世宽说：“皮员外的公子，称得起门当户对。皮公子又是文武双全，满腹经纶，论武弓刀石马步箭均好，将来必成大器。”陈广泰本是口快心直，说：“你满嘴里胡说，我家里根本人家，焉能把女儿给他？我嫌他腥臭之气，怕沾染了我。”焉想到这句话不要紧，惹出一场大祸。不知后事如何，且看下回分解。

第二一一回

皮绪昌助逆子行凶　陈广泰丹阳县遇害

话说陈广泰这一句话，把管世宽拒绝了，说：“你趁此去罢，休要叫皮绪昌妄想贪心！”管世宽碰了钉子，自己回来，一见皮绪昌，皮绪昌说：“你去提亲怎么样了？”管世宽说：“别提了，我去提亲，陈广泰不但不给，反出口不逊，骂的员外那些话，我真不敢直说了，怕你老人家生气。”这小子添枝添叶，又蛊惑是非。皮绪昌一听，勃然大怒，说：“好陈广泰，竟敢这样无礼，背地里骂我，我焉能跟他善罢干休。我非得把他女儿弄过来不可。我还得叫他跟我来说，认罪服输，自相情愿把女儿给我。你等大家可有什么高明主意？”管世宽说：“老员外要打算跟他赌气，我倒有主意。员外不是跟村外庙里的当家的相好么？那庙里和尚有能为，你把他请来，跟他商量，径直去把陈广泰的女儿抢来，跟大爷一入洞房，生米煮成熟饭，他也没了法子。要打官司就跟他打官司。”皮绪昌一想，说：“就是这个主意甚好，你就去把通天和尚法雷请来。”书中交代，通天和尚法雷，自从弥勒院逃走，这里一座小庙是他的下院，他就来到这庙里住着。皮绪昌正要打发人去请，偏巧有家人进来回禀，现有通天和尚前来禀见。皮绪昌赶紧吩咐有请。把法雷让到客厅，彼此行礼，皮绪昌说：“我正要去请你，你来的甚巧。现在我有一件为难事。”法雷说：“皮大哥，你有什么为难事，只管说，我能替你办得了，我万死不辞！”皮绪昌说：“你我兄弟知己，我也不能瞒你。皆因你侄男他那一天瞧见陈广泰的女儿，长的十分美貌，你侄男得了单思病。我打发人去提亲，陈广泰不但不给，把我骂的话难听，我这口气不出。我打算要把他女儿抢来，先跟我儿成亲，然后就跟他打官司。听说陈广泰有个侄儿叫陈亮，在镖行里可有能为，可不定在家没在家，我要求贤弟给抢亲，一来替我转转脸，二来搭救你侄儿。”

通天和尚法雷一听，说：“要抢人容易，这乃小事一段。我庙里住着两位西川路的朋友，一位叫赛云龙黄庆，一位叫小丧门谢广，这两个人都是能为武艺出众，本领高强，把他二人约来帮着。”皮绪昌说：“好，赶紧就派人到庙里，就提法师父请谢爷、黄爷，到我家里来。”手下人答应去了。来到村外庙门一叫门，小沙弥出来说：“找谁？”手下人说：“我是皮员外家的，法师父叫来请谢爷、黄爷，同我到我们员外家去，有要紧的事。”小沙弥进去回禀，赛云龙黄庆、小丧门谢广，二人随同手下人来到皮绪昌家。往里一回禀，皮绪昌同法雷迎接出来，抬头一看，来者两个人，头里这人，身高七尺以外，细腰扎背，头上戴粉绫缎色软扎巾，勒着金抹额，身穿粉绫缎色箭袖袍，周身绣三监花朵，腰系丝鸾带，单衬袄，薄底靴子，面似油粉，白中透青，一脸的斑点，两道细眉，一双三角眼，鹦鼻子，裂腮额，闪披一件粉绫缎色英雄大氅，上绣三蓝牡丹花，这个就是赛云龙黄庆。后面跟定一人，穿青色褂，紫黑的脸膛，两道丧门眉，往下搭拉着，一双吊客眼，黑眼珠朔朔放光，白眼珠一睁，突出眶外，就像活吊死鬼一般，这个就是小丧门谢广。皮绪昌一见，赶紧上前行礼。法雷说：“二位贤弟，我给你们引见引见，这就是皮员外。”说时往里让，彼此行礼，来到屋中落座。黄庆、谢广说：“法兄呼唤我二人有什么事？”法雷说：“特约二位贤弟来帮忙。”黄庆说：“什么事？”通天和尚就把要抢亲之故，细述一遍。谢广、黄庆说：“这乃小事一段，我二人协力相帮。”法雷说：“皮大哥，你先叫人去给陈广泰家送一百银子、两匹彩缎，硬给他留下，就说今天晚上拿花轿抬人。”皮绪昌就问：“你们谁去？”车丹、管世宽说：“我二人去。”皮绪昌立刻就给拿出一百银子、两匹彩缎来。

管世宽、车丹二人来到陈广泰家，叫管家进去一回禀，陈广泰说：“这两个东西又做什么来了？把他叫进来我问问。”管家出来把管世宽二人带进书房，陈广泰说：“管世宽，你来做什么？”管世宽说：“我来送定礼，一百银子，彩缎两匹，我们员外说的，今天晚上，花轿就来抬人。”陈广泰一听这话一愣，说：“谁答应你们的，就来送定礼，满嘴胡说，还不快拿回去！”管世宽说：“不是老员外你亲口说的吗？就要一百银子、两匹彩缎，现在如数拿来，你怎么又不认了？那可不行，今天晚上就娶人，你听信罢。”说着话往外就跑了，把两匹彩缎、一百银子，硬给放下了。陈广泰一听说晚上就要娶人这话，气得颜色更变，说：“皮绪昌真要造反！光天化日，朗朗乾坤，竟敢这样无礼，见真是要抢夺民家妇女，我去告他去！”立刻到里面告诉安人，叫从人外面备马。老家人陈福跟着陈广泰备了两匹坐骑，陈广泰气哼哼上马，直奔丹阳县衙门。焉想到早有人给皮绪昌去送信，说：“陈广泰骑马走了，大概是去上丹阳县告你去。”皮绪昌一听说：“法师兄，你同他们二位在家里等着，我得到丹阳县先去托好了。”吩咐叫家人给法雷等预备酒。皮绪昌带了五百银子，备了两匹快马，带着一个恶奴，抄小道先来到丹阳县。十二里地，马又快，此时陈广泰还没到。

皮绪昌来到衙门口翻身下马。一道辛苦，衙门的班头都认识。说：“皮员外来此何干？”皮绪昌说：“我来找狗先生，烦劳众位给通禀一声。”这衙门有一位刑民师爷姓狗，叫狗子贤，跟皮绪昌素有旧识。今天值日班进来一回禀，现有陈家堡皮绪昌皮员外前来求见。狗子贤一听，赶紧吩咐有请。皮绪昌来到里面，一见狗先生，二人彼此行礼。狗先生说："皮员外，今天为何这样闲在？"皮绪昌说："我今天来托老兄一件事。回头有一个姓陈的，他是开白布店的叫陈广泰，他要来告我。我求你把他给押起来三天，过三天之后，我到案跟他打官司。我这里有五百银子送给你买双鞋穿，这件事完了，我还有一份人情。"狗子贤说："那容易，这是手里变的事。他来了我把他押三天，不叫他见官，你回去罢，这件事交给我办了。"皮绪昌立刻告辞。狗子贤出来，一见稿案门值日班说："方才有我一个朋友来见我，说有一个姓陈的来喊冤，叫我给押三天，送我一百银子。我也不能独吞，你我都在一个衙门当差找饭吃，我分给你们众位五十两。回头姓陈的来喊冤，可千万别叫他击鼓，就说他搅闹官署重地，妄告不实，就把他押起来。"稿案门说："是了，既是先生被朋友所托，就是不给我们钱，说句话我们也得给办。"狗子贤说："好好。"

正说着话，外面陈广泰才来投到。老头子翻身下马，口中喊嚷："冤枉哪，青天大老爷给小人明冤！"方要打算击鼓，值日班头来把陈广泰揪住说："你这老头子无故前来搅闹官署，来把他押起来！"立刻把陈广泰揪到班房。陈广泰说："我来告皮绪昌，他强要抢夺我女儿，他托人说媒，我不给他，硬下彩缎银两。说今天晚上就要用轿子抢人，故此我来告他。怎么你们拦我喊冤？"众官人说："由不了你，不能放你走，等我们老爷哪时过堂，才放你呢！"陈广泰急的暴跳如雷，什么也不行，直不放他出来。老家人吓得跑回家去，一回禀安人，说："可恨不得了，老员外到衙门一喊冤，不想衙门官人把老员外扣住不放，吓得我也不敢进去。大概是皮绪昌有人情买通了，先把老员外押住，今天晚上来抢姑娘。老安人快想主意罢。"安人、姑娘一听就哭了。玉梅说："娘亲不必为难，孩儿我也不能落到恶霸手里。莫若我一死，万事皆休。"正说着话，外面打门，老管家出来开门一看，"呀"了一声。不知来者是谁，且看下回分解。

第二一二回

闻凶信雷陈找恶霸　买大盗陷害二英雄

话说老管家出来开门一看，外面来者非是别人，正是雷鸣、陈亮。书中交代，这两个人打哪来呢？原来前者济公在弥勒院，赶走了通天和尚法雷、赤发灵官邵华风一干群贼，和尚救了雷鸣、陈亮、飞天火祖秦元亮、立地瘟神马兆熊四个人，告诉秦元亮也不必上灵隐寺去道谢，叫雷鸣、陈亮二人急速回家。和尚带领何兰庆、陶万春走后，秦元亮同马兆熊二人单走，雷鸣、陈亮这才回家。今天老管家一瞧少主人回来，心中甚为喜悦，说："大爷回来了，甚好，家里正盼想，恨不能你一时回来。现在家里出了塌天大祸！"雷鸣、陈亮听这话一愣，说："什么事？"管家说："二位大爷进来再说。"陈亮同雷鸣来到厅房，老管家先给倒过茶来。陈亮说："有什么事，你说说。"老管家说："只因那一天老员外生日做寿，在村外搭台唱戏，有本村的泥腿皮老虎，瞧见姑娘长的好，皮绪昌叫管世宽来提亲。老员外口快心直说不给，说皮绪昌根底不清。焉想到管世宽回去，今天管世宽拿着一百银子、两匹彩缎，硬来下花红彩礼。不管答应不答应，说是今天晚上轿子就来抢亲。老员外同小人备了两匹马，去到丹阳县告他，不想皮绪昌有人情，衙门的官人不问青红皂白，把老员外押起来。大概是今天晚上要来抢人，我跑回来跟安人说，安人直哭，姑娘要寻死，大家正在束手无策，你回来甚好。”陈亮听这话，气得三尸神暴跳，五灵豪气腾空，尚未答言；雷鸣把眼一瞪，说：“好囚囊的！”用手往桌上一拍，茶碗也碎了，吓的老管家一哆嗦。雷鸣说：“好小辈，竟敢太岁头上动土，老虎嘴边拔须，找在你我兄弟的头上。好好好，老三，你我去找他去，把这小子先杀了他的狗头，你我出出气！”陈亮说：“陈福，你到里面告诉安人、姑娘，不必害怕，就提我回来了，我同雷二哥去找他去。”

说着话，雷鸣、陈亮二人，由家中出来，一直来到皮绪昌的门首。雷鸣一声喊嚷：“呔！皮绪昌，你趁此出来！无故我弟兄不在家，你竟敢欺负到我们头上，你真是吃了熊心，喝了豹胆，太岁头上动土，老虎嘴边拔须，你错翻了眼睛！你也不打听打听大太爷我等是何如人也！”陈亮也指着门口破口大骂。此时早有人报进来，皮绪昌刚由丹阳县回来，正在书房同通天和尚法雷、赛云龙黄庆、小丧门谢广，在一处谈话。外面有手下人进来说：“员外可了不得了，门口有陈广泰的侄儿陈亮，同着一个雷鸣，来堵着门口大骂，点名叫你老人家出去。”旁边管世宽说：“员外这可糟了！这两个人，可惹不起，听说杀人不眨眼，这便如何是好？”皮绪昌一听，吓的颜色更变。法雷说：“这两个人自不好惹，员外你别出去，我有主意。管世宽你附耳过来，如此如此，你快出去。”管世宽点头答应，赶紧来到外面一看，雷鸣、陈亮正在骂不绝声。管世宽笑嘻嘻的出来说：“二位大太爷先别骂。”雷鸣、陈亮说：“你快叫姓皮的出来见我们。”管世宽说：“我家员外没在家，二位大叔先别生气，听我把话说明白了。”雷鸣、陈亮说：“你姓什么？”管世宽说：“我姓管。咱们都是老街坊，论起来都不远，陈大叔，你老人家别骂，这件事你别听一面之词。我们皮员外并没叫人去提亲。方才我们员外也听见说这件事了，这是有小人蛊惑是非，硬说我们员外要抢亲。我们员外还要找个来人，是谁到你家里去下花红彩礼，找着这个人，不用你老人家不答应，我们员外也不能答应。这必是跟陈家、皮家两家有仇，给咱们两家拢对，叫咱们两家打起来他瞧热闹。二位大叔先请回去，我们员外此时实没在家，听说陈老员外在丹阳县没回来，我们员外去托人，把陈老员外请回来，要见陈老员外细细盘问盘问，这是谁做的事。二位大太爷先请回去听信罢，我们员外回来必过去。”陈亮一听这片语，说：“二哥，他这里既不敢承认，你我可先回去，看我叔叔回来不回来再说。”雷鸣、陈亮这才回到家中，陈亮到里面见了婶母，把这话一学说，老太太见陈亮回来，心中也畅快些。当日晚间也并没有轿子来抬人，陈广泰也没回来。陈亮同雷鸣在前面安歇，夜间小心防范，也并没有动作。

次日早晨起来净面吃茶，陈亮正要打发人去到丹阳县打听打听，忽听外面打门。陈亮同雷鸣出来开门一看，门口站着丹阳县的两位班头，一位姓刘，一位姓杜，带着八个伙计，一辆坐车。陈亮一看认识，说：“二位头儿什么事？”刘头、杜头说：“二位在家里甚好，你们二位的事犯了，跟我们去打官司罢。咱们彼此都有个认识，在家门口给你们二位带家伙，算我们不懂交情。给你们二位留面子，你们二位上车罢。”雷鸣、陈亮听这话一愣，说：“什么事犯了？”刘头说：“你们二位的事，还用问我们，纸里还包的火？你们二位有什么话，上车罢，到衙门说去罢。”雷鸣、陈亮也不知道什么事，不能不去。当时叫管家给里面安人送信，这两个人上车。一同来到丹阳县衙门下车，来到班房，刘头、杜头说：“二位屈尊点罢。”说着话，哗啦一抖铁链，把雷鸣、陈亮锁上。有伙计看着两个人，官人进去一回话，把雷鸣、陈亮带到知县署内。传壮皂快三班伺候升堂，知县吩咐带差事，原办出来拉着铁链带雷鸣、陈亮上堂。威武二字吓喊堂威，说：“七里铺打劫卸任官长，刀伤三条人命，劫衣物首饰银两，贼首雷鸣、陈亮告进！”这二人一听这话，吓的惊魂千里。来到公堂一跪，二人报名说：“小的雷鸣，小的陈亮，给老爷磕头。”知县在上面一拍惊堂木说：“雷鸣、陈亮，你两个人在我地面上，西门外七里铺打劫去任官长，刀伤三条人命，劫衣物、首饰、银两，同手办事共有几个人？讲！”雷鸣、陈亮跪爬半步，向上叩礼。陈亮说：“回老爷，我住家在陈家堡，世居有年，原系商贾传家。我二人是帮兄弟，在镖行生理，新近从外面回来，并没做过犯法之事。老爷地面有这样案，明火执仗，路劫伤人，我二人一概不知。求老爷格外施恩！”知县一听说：“你两个人，已来到本县公堂之上，还敢狡展不承认？等本县三推六问，用刑具拷，你们皮肉受苦，那时再承招，悔之晚矣。同手做案倒是几个人？趁此实说！”雷鸣、陈亮说：“小人实在冤屈，求大老爷明镜高悬。”知县勃然大怒，说：“你们这两个人分明是惯贼，竟敢在本县跟前这样狡展。大概抄手问事，万不能应。来，拉下去给我每人重打四十大板再问！”陈亮说：“老爷暂息雷霆之怒，且慢动刑，小人我有下情上禀。”

本县的官人马快，素常都认识陈亮，知道陈亮是绿林人，在本地住居好几辈了，知道陈亮在本地没案。现在奉老爷签票，急拘锁带雷鸣、陈亮，马快在旁边说：“你们两个人实说罢，省得老爷动刑。”陈亮说：“老爷明鉴，小人等在这丹阳县陈家堡，住居好几辈了，家里我叔叔在本地开白布店，素常老爷台下的官人也有个耳闻。雷鸣他是龙泉雾的人，我二人自幼结拜，我两个人现在镖行保镖，昨天才回来，今天老爷派官人将我二人传来。老爷说我二人在七里铺明火执仗，我二人实在不知。老爷要用严刑苦拷，我二人受刑不过，老爷就叫我二人认谋反大逆，我二人也得认。何为凭据？哪为考证？老爷这辈为官，要辈辈为官。”知县一听说：“你两个人，还说本县断屈了你们。不给你见证，你还要狡展。”立刻标监牌提差事。少时就听铁链声响，带上一个犯人来。陈亮睁眼一看，几伶伶打一寒战，就知道这场官司难逃活命。不知见证是谁，且看下回分解。

第二一三回

记前仇贼人咬雷陈　审口供豪杰受官刑

话说雷鸣、陈亮，见把贼人带上堂来，陈亮一看，几伶伶打一寒战，就知道这场官司难逃性命。贼咬一口，入骨三分，陈亮认识这个贼人，叫宋八仙。当初雷鸣、陈亮、杨明奉济公禅师之命，给马家湖去送信，陈亮蹲着出恭，宋八仙冒充圣手白猿陈亮打劫人，被陈亮将他拿住。依着雷鸣、陈亮当时要杀他，威震八方杨明，乃是一位诚笃仁厚之人，大有君子之风，不但劝着陈亮没杀他，还周济宋八仙五两银子，叫他改行做小本经营。焉想到这小子恶习不改，在本地七里铺明火路劫，杀死家丁，抢劫衣服、首饰、银两。同手路劫有五六个人，别人分了赃都走了，这小子没走，犯了案被丹阳县马快将他拿获。到衙门一过堂，宋八仙全招了。知县问他，同手办事共有几个人？宋八仙说："有通天和尚法雷，小丧门谢广，赛云龙黄庆，还有几个人，都是西川路上的人。在七里铺抢劫卸任职官，杀死三个家丁，得赃均分，他等都远走了，我也不知去向。我分了几十两银子，连嫖带赌也都花了。"知县一听，先把他钉镣入狱。宋八仙倒没打算拉雷鸣、陈亮。皆因雷鸣、陈亮，堵着皮绪昌门首一骂，通天和尚法雷先叫管世宽出来，用好言安慰，用计把雷鸣、陈亮支走了。法雷说：

“皮员外，这两个人可不好惹，素常无故，这两个人在外面尽讲究杀人。你跟他家结了仇，这两个人更不能善罢干休了。”皮绪昌说：“贤弟，你有什么高明主意？”法雷说：“不要紧，我有一个绝妙的主意，非得把他两个人治死，给他个一狠二毒三绝计。量小非君子，无毒不丈夫。你要不治他，他绝不能饶你，这个后患可就大了。不用多，你花几百银子，就可以要他两个人的命。”皮绪昌说：“几百银子倒现成，怎么样呢？”法雷说：“现在丹阳县狱里收着一个宋八仙，乃是本地七里铺明火执仗，杀死三条人命。这案是我们一同做的，他可不知道我在这本地有庙的。到狱里花钱买通了，叫宋八仙当堂将雷鸣、陈亮一口咬定，就把他两个人拿了去。用刑具一拷，他两个受刑不过，就得招认。他二人身受国法，一来也除了后患，再说要抢陈广泰的女儿也行，非这样办不可。你见了宋八仙，可别提见着我们三个人。”皮绪昌说：“甚好，我这就到丹阳县去。”

立刻到里面，带上五百银子，叫家人备两匹马，带着一从人，从家中起身，来到丹阳县，翻身下马。众官人一瞧认识，说：“皮员外来此何干？”皮绪昌说：“我到狱里瞧个朋友。”叫家人拉着马，皮绪昌拿着十封银子，来到狱门，一招呼，管狱的出来问：“找谁？”皮绪昌说：“尊驾姓什么？”管狱的说：“我姓钱。”皮绪昌说：“我这里有二百银子，送你买包茶叶喝。我要跟宋八仙说几句话，行不行？”管狱的听说有银子，财能通神，连说：“行，行。”立刻把狱门开开，放皮绪昌进去。皮绪昌把二百银子送给管狱的，钱头把皮绪昌让到他住的屋子里坐着，这才叫宋八仙过来，管狱的躲出去了。宋八仙并不认识皮绪昌，来到屋中说：“尊驾找我么？”皮绪昌说：“不错。你就叫宋八仙吗？”宋八仙说：“是。”皮绪昌说：“我姓皮，我来托你一件事。你现在官司画了供没有？”宋八仙说：“没有，刚过了一堂，还没定案。五六股差事，现在就是我一个人破了案。”皮绪昌说：“既然如是，我有两个仇人，你过堂给牵拉出来，一口咬定，说他为首。我先给你留下二百银子，给你立折子，饭馆子爱吃什么要什么，然后我花一千银子，给你打点官司。”宋八仙本来是个苦小子，手里又没钱，又没朋友，来到狱里，也没人照应，吃一碗官饭，也吃不饱。一听这话，又有银子，又有吃的，反正官司大概是活不了，乐一时算一时，先不用受罪，心中很愿意，说：“皮大爷你说罢，叫我拉姓什么的？”皮绪昌说：“在本地陈家堡，有个雷鸣、陈亮，家里开白布店。雷鸣在陈亮家住着。”宋八仙一听，说：“雷鸣、陈亮这两个人我认得，而且前者我们还有点仇，我被陈亮拿住过，这件事交给我办了，只要你照应我点。”皮绪昌立刻给宋八仙留下二百银子。由狱里出来，又一见值堂的，托值堂的今天晚上开堂单，先把宋八仙案开在头里，给值堂的五十两银子。老爷问案，先问后问，全在值堂的身上。他要开堂单，把谁开在手里先问谁。皮绪昌在衙门都见好了，到饭馆子给宋八仙送信，立了折子，送到狱里去。告诉饭铺掌柜的，县衙门狱里宋八仙吃多少钱，到我家去取。掌柜的答应，素常交买卖，知道皮员外是财主错不了。皮绪昌把事情办完便回去了。知县晚上升堂，看堂单头一案就是七里铺路劫宋八仙。知县吩咐提宋八仙。原办把宋八仙带上堂一跪。知县说：“宋八仙，你在七里铺抢劫，杀死三条人命，同手办事倒是几个人？”宋八仙说：“小人不敢招老爷生气，一共六个人。有三个人都回了西川，有两人为首，倒在这本地陈家堡住家，一个姓陈叫圣手白猿陈亮，一个叫风里云烟雷鸣。当初是他两个人起的意，我等听从。抢劫了八百银子，给我八十两，他们使七百多两。这是真情实话，并无半句虚言。”知县一听，这才出票，急拘锁带雷鸣、陈亮。今天一过堂，雷鸣、陈亮问知县何为凭据，哪为见证，知县这才把宋八仙提上来当堂对质。

宋八仙上堂来在公堂一跪，向上磕头。知县说：“宋八仙，你可认识他二人？”宋八仙一看说：“雷大哥，陈大哥，你们二个人这场官司认了罢。当初你们两个人起的意，在七里铺打劫卸任官长，杀死三个家丁，得了八百银子。你们二位说我是小伙计，不能多给我。我使一成，你们使九成。现在我犯了案打了官司，你们两个人不管我了，作为不知道。现在我实在受刑不过，假使我要受的了，也不肯把你们二位拉出来，谁叫咱们有交情呢？总算一处吃过，一处花过、乐过。虽然犯了案，也不算短，咱们一同画供罢。”雷鸣、陈亮一听，气得颜色更变。知县在上面把惊堂木一拍说：“雷鸣、陈亮，你两个人这还不招吗？再还狡展，等本县三推六问，那时你等皮肉受苦也得招！”陈亮说：“宋八仙，你这小辈满嘴胡说。当堂可有神，我姓陈的哪时跟你一处路劫？谁认识你？你无故在外面做案，冒充我姓陈的名姓，前者我没肯杀你，我慈心倒生了祸害。”宋八仙说：“你们哥俩不必狡展了，我已然是真情实话都招了，你再不招也不行了。”雷鸣气得三尸神暴跳，五灵豪气腾空，把眼一瞪说：“好囚囊的，我二人跟你远日无冤，近日无仇，你这小子血口喷人！”知县见雷鸣、陈亮一发气，立刻把惊堂木一拍说：“吠！好大胆雷鸣、陈亮，这是本县的公堂，也是你等发威的地方么？大概你等是目无王法，咆哮我的公堂。来，拉下去给我打！”陈亮说：“老爷暂且息怒，小人我有下情上禀。”知县说：“有什么下情？讲。”陈亮说：“我等跟宋八仙有仇。前者我二人同朋友上马家湖送信，我走在半路肚子痛，在树林子出恭。宋八仙持刀由我身后头过来要砍我，被我瞧见，将他拿住。一问他，他冒充我的名姓，我要将他送到当官治罪，他央求我把他放了。不想他记恨前仇，路劫犯案，牵拉我二人。”老爷一听说：“你满嘴胡说，拉下去给我打！”立刻把雷鸣、陈亮拉下去，每人打了四十大板。打完了，知县又问，雷鸣、陈亮口中叫冤。知县吩咐用夹棍夹起来再问。三根棒为五刑之祖，人心似铁非似铁，官法如炉果是炉，立刻将雷鸣、陈亮上了夹棍。刚要使刑，只听外面一声喊嚷：“大老爷冤枉！”来者乃是济公禅师，要搭救雷鸣、陈亮。且看下回分解。

第二一四回

济禅师丹阳救雷陈　海潮县僧道见县主

话说丹阳县知县正要用夹棍夹雷鸣、陈亮，忽听外面一声喊嚷："大老爷冤枉！"来者乃是济公禅师。书中交代，和尚从哪来呢？原来济公由藏珍坞八卦炉火烧了神术士韩祺，赤发灵官邵华风一干群贼四散奔逃，和尚并不深为追赶。罗汉爷打了一个冷战，按灵光一算，早已觉察明白，知道雷鸣、陈亮有难。和尚不能不管，由藏珍坞这才顺大路径奔丹阳县而来。这天走在海潮县地面，眼前流水，南北有一道桥，和尚正走到这座镇店，旁边过来一人说："和尚你别走，我们这本地有一件新闻事。"和尚说："什么新闻事？"这人说："我们这地方叫石佛镇，南村口外路北有一座石佛院，多年坍塌失修，也没有和尚老道。头三天石佛显圣，石像由庙里自己出来，站在石桥上，过路人就得给钱，不论多少。要不给钱，石佛就不叫过去，吓的人多了。石像会化缘，你说这事新鲜不新鲜？有和尚老道化缘，或钉钉或拉锁，没听见说石佛会化缘的！"济公一听，用手一按灵光，早已明白，说："要比如不给钱，由桥上走行不行呢？"这人说："不行，多少总得给钱，要不然过不去。现在我们村庄内众会首大众给石佛烧香许愿，帮助化缘修庙，求石佛别吓唬人。给佛脖子上挂着一个黄口袋，上写募化十方，在桥上搁着一个大簸箩，过路人走在那里，就得摔钱。这三天见了钱不少了，不信你瞧瞧去。”

和尚迈步往前走，来到南村口一看，果然南北一道桥，桥上站着一位大石佛。和尚眼见着村口路东有一座酒馆，和尚进去要酒要菜，自斟自饮，就听酒饭座大家谈论这件事。和尚吃完了一算帐，伙计说：“二百六十钱。”和尚说：“给我写上罢。”伙计说：“不行，柜上没账。”和尚说：“不写账，跟我拿去。”伙计说：“上哪拿去？”和尚说：“到大桥上石佛跟前那大簸箩里拿去。”伙计说：“那可不敢。我们本地有不信服的人，过去抓钱，立时就有灵验，不是脑袋痛，站不起来；再不然就是一弯腰，腰直不起来。”和尚说：“我拿钱你瞧着。”伙计说：“就是，我就跟你去。”和尚出了酒馆。来到大桥上，伸手由簸箩抓了钱，数了二百六十钱，给了酒铺伙计。大众见和尚也没怎么样，众人说：“真怪，别人要一抓钱，立刻就报应。石佛化缘给和尚化，也不显应了。这倒不错。”

正说着话，只听北边一声无量佛，说：“道济，这乃佛祖的善缘，也是你乱动的么？”众人一看，由石佛院庙里出来一个老道，头戴青布道冠，身穿蓝布道袍，青护领相衬，腰系杏黄丝绦，白袜云鞋，面如三秋古月，发如三冬雪，鬓赛九秋霜，一部银须，洒满胸前。左手提着小花篮，右手拿着萤刷，身背后背定乾坤奥妙大葫芦。来者非别，乃是天台山上清宫东方太悦老仙翁昆仑子。原本老翁闲暇无事，下了天台山，闲游三山，闷踏五岳。前者，到临安去访济公没见着，这天走在这石佛镇，瞧见这座石佛院，众墙坍塌，殿宇歪斜，多年失修，并无主持。老翁口念：“无量佛，善哉，善哉。”自己一想，徒弟夜行鬼小昆仑郭顺没有庙。自己一想，有心把这座庙修盖起来给郭顺，又可以做上清宫的下院。无奈工程浩大，独力难成。有心在本处钉钉化缘，见本处居民人等，住户不多，恐没有善男信女出头。这道桥倒是一条大路，来往行人甚多。老仙翁一想，我莫若到庙里施展法术，叫石佛出去化缘，可以轰动了人。他这才来到庙后面，大殿甚宽阔，在里面一坐，掐诀念咒，能把石佛用搬运法到桥上截人。老仙翁在大殿里盘膝打坐，闭目养神，外面如有人过桥，老仙翁在庙里能知道。打算用一百天工夫，把钱化够了，再动工。今天刚三天，焉想到济公禅师来了，在簸箩里一拿钱，老仙翁在那里面知道。这才出来一声无量佛，来到近前说："道济，这是佛门善缘，也是你妄动的么？"

和尚哈哈一笑，说："久违少见。"老仙翁赶上打稽首，说："圣僧从哪里来？"和尚说："我由常州府，只因赤发灵官邵华风聚众叛反，常州府知府求我帮助捉拿贼人。老仙翁你在那里功德不小。"老仙翁说："圣僧既来了，我求圣僧慈悲，帮着我化缘修道。圣僧功德功德罢。"和尚说："阿弥陀佛！善哉，善哉！这座庙工程浩大，独力难成。仙翁要叫我和尚化缘，帮你修庙容易，我和尚还要上丹阳县去，没有工夫。我同仙翁你到本县去，叫本地知县给你约请本处的绅衿富户，帮你修庙。"老仙翁说："那如何能行呢？知县大老爷焉能管这件事！"和尚说："我说行就行。"旁边瞧热闹人见和尚同老道说话，大众看着发愣。和尚说："众位借光，本地属哪里所管？"众人说："海潮县所管。"和尚说："你们哪位劳驾，去把本村的会首找来，先把这簸箩交给会首，以备修庙工用。"有人去立刻把村中会首找了十几位来，大众来问和尚什么事？在哪庙里？和尚说："我乃灵隐寺济颠僧是也，这位道爷乃是天台山上清宫东方太悦老仙翁。我二人要修造这石佛院，先把簸箩这钱交给你们众位，以备动工时花用。"众人一听，知道济公名头高大，众人说："原来是圣僧长老。"赶紧给和尚行礼。

和尚把簸箩的钱交与众会首，这才同老仙翁够奔海潮县衙门门首。和尚说："众位辛苦辛苦。"当差人等说："大师父什么事？"和尚说："烦劳众位到里面通禀县太爷，就提我和尚乃西湖灵隐寺济颠，前来禀见。"差人到里面一通禀，知县正在书房闲坐，差人上前请安。说："回禀老爷，现有灵隐寺济颠僧在外面求见。"知县一听是济公来了，喜出望外。书中交代，这位老爷原本是龙游县的人，姓张名文魁，前者济公救过他的命。后来连登科甲，榜下即用知县，在这海潮县已到任一年多了。今天听说济公来了，赶紧亲身往外迎接。来到外面，一见说："圣僧，你老人家一向可好？久违少见。弟子正在想念你老人家。这位道爷贵姓？"和尚说："这是东方太悦老仙翁。"张文魁赶紧行礼，举手往里让，一同来到书房落座，有家人献上茶来。张文魁说："圣僧，这是从哪来？"和尚说："我由常州府来。只因慈云观有贼人啸聚，常州府太守约我和尚帮着拿贼。"

正说着话，有本衙门的三班都头姓安，叫安天寿，由外面进来。此人最孝母，家中母亲病体沉重，请人调治无效。今天听说济公来了，知道罗汉爷素日名头高大，妙药灵丹，普救众人，安天寿来到书房给和尚磕头，说："求圣僧长老大发慈悲，我母亲今年六十五岁，素常就有痰喘咳嗽的病根，现在我母亲旧病复发，这次太利害了，卧床不起，有五六天了。求圣僧长老赏给我一点药给我母亲吃，我给圣僧磕头。"和尚说："不要紧，我给你一块药，拿了给你母亲吃了就好了。"和尚掏了一块药，给了安天寿。安天寿谢过和尚，竟自去了。和尚说："老爷，今天我来此非为别故，我来求你一件事。"张文魁说："只要我行的事，圣僧只管吩咐，我万死不辞。"和尚说："在你这地面石佛镇，有一座石佛院，多年失修，群墙坍塌。这位道爷他要重修这座庙，无奈工程浩大，独力难成。打算自己化缘，未必准能化的出来。求老爷功德功德，约请本地面的富户缙绅会首，你帮助这位道爷重修石佛院，也算你是一件善事。"张文魁说："圣僧既是吩咐，这件事我必尽力而为。弟子现在我这里正有一件为难事，求圣僧得给我办办。"和尚说："什么事？"张文魁这才从头至尾一说，和尚当时要大施法力，僧道捉妖。不知后事如何，且听下回分解。

第二一五回

捉妖怪法宝成奇功　辨曲直济公救徒弟

话说济公禅师问张文魁有什么事，张文魁说：“弟子这衙门里自到任以来，小妹就被妖精纠缠住，从前我并不信服这些攻乎异端、怪力乱神之事，我只说是我小妹疯闹。后来越闹越利害，现在我小妹人也改了样子，也不正经吃东西。天天晚上一到二更天，妖精就来，居然就在我妹妹屋里说话，外面听的真真切切，吓得众人也都不敢到后面去。圣僧你老人家可以慈悲慈悲，给我捉妖净宅，退鬼治病，搭救我小妹再生。”和尚一按灵光，早已察觉明白。说：“好办，不要紧。今天晚上你把姑娘住的屋子腾出来，叫姑娘搬到别的屋里去，我同老仙翁到那屋里去等妖精。”张文魁说：“甚好。圣僧捉妖用什么不用？”和尚说：“一概不用。”张文魁当时叫家人给内宅送信，叫姑娘搬到老太太屋里去，家人答应。张文魁吩咐在书房摆酒，家人擦抹桌案，杯盘错落，把酒菜摆上，张文魁陪着僧道一处开怀畅饮。老仙翁说：“圣僧明天上哪去？”和尚说：“我明天得赶紧趋奔丹阳县。现在我的徒弟雷鸣、陈亮有难，我不去不行。仙翁你这座庙就求着县太爷办，叫老爷多给为难点，分分神。”张文魁说：“仙长只管放心，明天我就派人把绅士会首请来，大家商量，共成善举。”说着话，喝完毕，天已掌灯。和尚说："后面屋子腾出来，我二人就到后面去等。我们把妖精捉住，再叫你等瞧。"张文魁立刻叫家人掌灯光，头前带路，共同来到后面小姐屋中。这院中是四合房，姑娘住北上房东里间，张文魁同僧道来到房中。和尚说："老爷你出去罢，等我叫你，你们再来。"张文魁这才转身出去。

济公同老仙翁在屋中盘膝打坐，闭目养神，直候至天交二鼓，听外面风响。和尚说："来了。"老仙翁说："不用圣僧拿他，小小的妖魔，何用你老人家分神。待我将他捉住。"和尚说："也好。"老仙翁立刻把乾坤奥妙大葫芦在手中一托，就听外面一声喊嚷："吾神来也。""呵"了一声，说："屋中哪里来的生人气，好大胆量，竟敢搅扰吾神的卧室！"老仙翁同和尚并不答言。只见由外面这妖精迈步进来，是一个文生公子打扮，头戴粉绫缎色文生公子巾，双飘绣带，上绣八宝云罗伞盖花缸金鱼。身穿粉绫缎色文生氅，绣三蓝花朵，腰系丝绦，白绫高腰袜子，厚底竹履鞋，面似银盆，雅如美玉，长得眉清目秀。老仙翁一看，说："好一个大胆的妖魔，竟敢搅乱人间，待山人拿你。"立刻把乾坤奥妙大葫芦嘴一拔，放出五彩的光华。这妖精打算要逃命，就地一转，焉想到这乾坤奥妙大葫芦，勿论多大道行的妖精，休想逃走。当时光华一卷，竟将妖精卷在葫芦之内。老仙翁口中念念有词，把葫芦往外一倒，将妖精倒出来。妖精已现露了原形，被老仙翁用咒语治住，不能动转，原来是一条大黑鳅鱼。这条鱼有三千多年的道行，只因前者张文魁上任的时节，坐着船过西湖，本来姑娘长的貌美，在船舱里支着窗户坐着，黑鳅鱼精看见她，变了一位文生公子，来缠绕姑娘，自己不知正务参修。今天被老仙翁将他拿住，立刻叫人来看。外面早有家人回禀了张文魁，众人来到后面一看，原来是一条大鳅鱼。老仙翁说："你这孽畜搅闹人间，实属可恨。"说着话手起剑落，竟将黑鱼斩为两段。和尚见老仙翁把鳅鱼杀了，和尚口念："阿弥陀佛！善哉，善哉！"罗汉爷有未到先知，今天老仙翁把这鱼一杀，下文书这才有八怪闹临安要给黑鱼报仇。这是后话不提。老仙翁把这鱼杀了，张文魁给老仙翁行礼，说：“多蒙仙长老大发慈悲，把妖精除了。这一来我小妹也就好了。”张文魁立刻吩咐叫摆酒，同和尚老道开怀畅饮。

少时天光亮了，和尚说：“我还有要紧事，我要告辞。老仙翁这件事，老爷你多分心罢，改天我和尚再给你道谢。”张文魁说：“圣僧何必这样客套。你老人家有事，弟子也不强留，你老人家哪时有工夫，千万到我衙来住着。”和尚说：“就是罢。”老仙翁说：“圣僧有事请罢，我改日再给圣僧道谢。”和尚说：“岂敢。”这才告辞。张文魁同老仙翁送到衙门以外。和尚拱手作别，顺大路来到丹阳县。刚一到衙门门首，正赶上知县要用夹棍夹雷鸣、陈亮，和尚由外面一声喊嚷：“大老爷冤枉！”知县抬头一看，来者是济公禅师。老爷赶紧站起来，举手抱拳说：“圣僧来了。”这位知县姓郑名元龙，原来由开化县调升这丹阳县，济公在开化县铁佛寺拿过姜天理，故此郑太爷认识济公，知道和尚乃是道高德重之人。连忙站起身来，举手抱拳说：“圣僧久违少见。从哪里来？”和尚说：“老爷先把公事退下去，我和尚跟老爷有话说。”

知县吩咐先把宋八仙、雷鸣、陈亮带下去。立时退堂，把和尚让进了花厅落座。郑元龙说：“圣僧由哪来？”和尚说：“我来此非为别故，我所为救我两个徒弟。”知县说：“谁是圣僧的徒弟？”和尚说：“这就是雷鸣、陈亮两个人，原本是保镖的，这场官司遭屈含冤。七里铺路劫，明火执仗，杀死三条人命的贼人，我和尚知道，现在这本地居住并没走，老爷要是不信，我带人去就把贼人拿来。”知县说：“圣僧既能办这件事甚好，弟子是求之不得的。”和尚说：“老爷在本地为官，声名如何？”郑元龙说：“我自己也不知道。”和尚说：“老爷倒是公正廉明，惟有你手下人专权私弊太大。现在有一个开白布店的陈广泰，前来喊冤告状，你为何不分皂白，给押起来，并不过堂？”知县说：“没有这案，并没见有这么一个姓陈的来喊冤。”和尚说：“不信，你传手下人问。”知县郑元龙立刻传外面值日班稿案门把众人全都叫到。一问，说：“现在有一个陈广泰来喊冤告状，你们谁给押起来不回禀我，在谁手里，趁此实说，不然我要重办你们。”众人一听，老爷已知道有陈广泰这个人，众人也瞒不住了，稿案门郑玉说：“老爷暂息雷霆之怒，倒是有一个陈广泰来喊冤。只因他在大堂上喧哗，小人才把他押起来。”郑元龙一听，气往上冲，说：“你满嘴胡说，实在可恶。大概你等不定做了多少弊端。”立刻传伺候升堂。和尚说：“老爷升堂把宋八仙带上来问问他，雷鸣、陈亮本是好人，宋八仙被人主托，攀拉好人，雷鸣、陈亮并未做过犯法之事，求老爷给分析才好。”

知县立刻升了堂，吩咐带陈广泰。手下人把陈广泰带上来，在堂下一跪，知县一看，就知道陈广泰是个老成人。做官的人讲究聆音察理，鉴貌辨色，见陈广泰五官端正，带着纯厚。圣人有云：“君子诚于中，形于外。”这话定然不差。知县问道：“你姓什么？叫什么？因何前来鸣冤？”陈广泰说：“小人姓陈叫陈广泰，家中开白布店，我有一个侄女今年十九岁，尚未许配人家。那一天我家中做寿唱戏，有本地一个恶霸，姓皮叫皮绪昌，看见我侄女长得美貌，先托一个姓管的叫管世宽，来给皮绪昌之子提亲。我家中原系根本人家，我说不给他，他后来叫管世宽到我家，硬下花红彩礼，说当天晚上就要用轿子抬人。我一想这简直是要抢夺良家妇女，我赶紧来到老爷这里鸣冤。不想被老爷台下官人将我押下，求老爷给小人明冤。”知县吩咐把陈广泰带下去，提宋八仙。原办立刻把宋八仙提上来。老爷把惊堂木一拍，说：“宋八仙，你在七里铺路劫，是有雷鸣、陈亮没有？”宋八仙说：“有。”知县吩咐拉下去打，立刻打了四十大板，打得鲜血直流。打完带上来又问：“宋八仙你要说实话，倒是有雷鸣、陈亮没有？”宋八仙说：“有。”老爷又吩咐打，一连打了三次，宋八仙实在支架不住了，说:“老爷不必动怒，我实说。”知县说:“讲。”宋八仙这才从头至尾，如此如此一招。老爷一听，勃然大怒，这才立刻出签票急拘锁拿皮绪昌。不知后事如何，且看下回分解。

第二一六回

捉法雷细讯从前事　斩贼人雷陈谢济公

话说知县用刑一拷宋八仙，贼人实在支架不住了，这才说：“老爷不要动刑，并没有雷鸣、陈亮。”知县说：“既没有雷鸣、陈亮，你为何要攀拉好人？”宋八仙说：“倒不是我要拉雷鸣、陈亮，原本是皮绪昌他给我二百银子，他叫我拉雷鸣、陈亮。”老爷一听，心中就明白了，这必是因为谋算陈广泰的侄女，先买盗攀贼害雷鸣、陈亮。老爷这才立刻出签票，急拘锁带皮绪昌。值日班领堂谕，带领手下伙计，去少时，把皮绪昌传到，带上堂来。皮绪昌给知县一叩头，郑元龙一见，勃然大怒，说：“皮绪昌你这厮好大胆量，在我地面上，硬下花红彩礼，谋算良家妇女，买盗攀贼，诬良为盗，你所作所为，还不从实招来！”皮绪昌吓得战战兢兢，此时悔之晚矣。人心似铁非似铁，官法如炉真是炉。皮绪昌还打算不招，说：“老爷在上，小人务本度日，并不敢买盗攀赃，谋算良家妇女，求老爷恩典。”知县气往上冲，说：“皮绪昌好大胆量，见了本县还敢狡展，用夹棍把他夹起来！”皮绪昌一想：“不招大概是不行。”这才说：“老爷不必动怒，小人有招。”当时把已往真情实话全皆招认，当堂画了供。知县吩咐将皮绪昌钉镣入狱，当堂将雷鸣、陈亮、陈广泰开放回家，安分度日。书吏稿案贪赃受贿，同谋作弊，革去差事，永不准更名复充。

老爷暂且退堂，同济公来到书房，天色已晚，吩咐摆酒，同和尚开怀欢饮，直喝到天有初鼓以后。和尚偶然打了一个冷战，罗汉爷一按灵光，心中明白，和尚说："阿弥陀佛，善哉，善哉！好东西。"知县说："圣僧什么事？"和尚说："你不知道，咱们这么喝闷酒没趣味。"知县说："圣僧想开心，叫几个唱曲的，可以解闷，或者猜拳行令也好。"和尚说："我想变个戏法看看。"郑元龙说："谁会变戏法，叫他们出去找去。"和尚说："我会变戏法。"郑元龙说："圣僧会变戏法？"和尚说："你瞧我变。"用手往外一指，口念："唵嘛呢叭咪吽！唵，敕令赫！"就听外面咕唠哗噗冬，由房中掉下一个贼人，落下好几块瓦来。家人立刻喊嚷："有贼！"赶过去将贼人按住捆上。郑元龙倒大吃一惊。手下人说："回禀老爷，拿住贼人。"和尚说："你瞧这戏法变的好不好？"郑元龙吩咐将贼人带进来。手下人把贼人带进来，郑元龙一看，原本是一个大托头和尚，黑脸膛，粗眉大眼，怪肉横生，披散着发髻，打着一道金箍，穿着一身夜行衣，身背后背着戒刀。

书中交代，拿住这个和尚非是别人，正是通天和尚法雷。只因丹阳县官人去把皮绪昌拿来，法雷正同赛云龙黄庆、小丧门谢广，在皮绪昌家里。见皮绪昌打了官司，法雷一想，既为朋友，就得为到了，焉能袖手旁观呢？法雷说："谢贤弟、黄贤弟，现在皮员外被官人拿去，这件事你我不能不管，二位贤弟可有什么高明主意，搭救皮大哥？"赛云龙黄庆、小丧门谢广说："我二人没有什么主意搭救皮大哥，依兄长怎么办呢？"法雷说："我打算今天晚上奔知县衙门去，一不做二不休，把知县一杀，劫牢反狱，将皮绪昌救出来，你我一同远走高飞。我先去，二位贤弟在此等候，大概知县衙门也没有什么能人。倘若我去有了差错，二位贤弟再设法救我。"赛云龙黄庆、小丧门谢广，二人说："就是罢。"三个人商量好了，在皮绪昌家吃完了晚饭，天有初鼓，通天和尚法雷这才背上戒刀，由皮绪昌家中出来，一直够奔知县衙门来，施展飞檐走壁，窜房越脊，进了衙门。各处哨探，见书房内灯光闪闪，法雷来到前房边一个珍珠倒挂帘，夜叉探海式，往房中一看，见知县正同着济公，用手往外一指，就是一愣，就听济公说，要变戏法。济公用手往外一指，就仿佛有人把法雷一把推下来，济公用定神法将他定住。法雷想跑不能动转，被手下人将法雷捆上，带进书房。

知县郑元龙一看，说："好大胆贼人，竟敢来到本县的衙署，来此何干？"济公说："老爷你问他。这个贼人跟宋八仙一案，在七里铺打劫卸任官长，杀死三条命案有他。"知县这才问道："好贼人你姓什么？叫什么？来此何干？在七里铺打劫卸任官长，杀死三个家丁，共有几个人？趁此实说，免得本县动刑。"法雷一听，吓的颜色更变，料想不说也是不行，这才说："老爷不必动怒，我叫通天和尚法雷，在这二郎庙住，来此所为搭救皮绪昌，劫牢反狱行刺。七里铺打劫卸任官长，我们共有六个人，有赛云龙黄庆、小丧门谢广，这两个人现在皮绪昌家，有宋八仙。还有两个人，已经远遁不知去向。这是已往真情实话。"知县吩咐将法雷钉镣入狱，派手下马快班头，即速到皮绪昌家，捉拿赛云龙黄庆、小丧门谢广。快马班头领堂谕出来，挑了二十名快手，带上家伙，即到皮绪昌家一打门，有家人把门开开，众人往里走，闯进院中，正把谢广、黄庆堵在书房。众人喊嚷拿，焉想到赛云龙黄庆、小丧门谢广，二人各摆兵刃，窜出来摆刀照官人就砍。众马快一闪身，两个贼人拧身上房，竟自逃走。众马快无法，回到衙门，一见知县，说："我等奉老爷堂谕，到皮家捉拿黄庆、谢广，两个贼人竟敢拒捕，上房逃走。"知县点头，天色已晚，叫人伺候济公在书房安歇，郑元龙归内宅去。次日起来，行文上宪，将通天和尚法雷就地正法。皮绪昌窝藏江洋大盗，买盗攀赃，一同出斩。把事情办理完毕，济公要告辞。知县说："圣僧何妨住几天。"和尚说："我还要奔常州府各处访拿赤发灵官邵华风。我和尚受人之托，必当忠人之事，你我改日再会。”和尚这才告辞，出了丹阳县衙门，顺大路往前走。

这天和尚正往前走，见大道旁边摆着一个茶摊，上面有一个大茶壶，有几个茶碗，还搁着一个炉子，里面有烧饼麻花。旁边坐着一位老道，头戴青布道冠。身穿旧蓝布道袍，白袜云鞋，有五十多岁，长得慈眉善目，花白胡须。这位老道原本姓王，叫王道元，就在北边有一座小庙。庙里有两个徒弟，师徒很寒苦，庙里又没香火地，就指着化小缘，在这里摆这个茶摊，所为赚个一百八十钱，添着吃饭。今天由早晨摆上，并没开张，老道正坐着发愁。和尚正走这里，济公说：“辛苦辛苦。”老道一看，说：“大师父来了。”和尚说：“你摆这茶摊，是做什么的？”老道说：“卖的。”和尚说：“怎么你一个出家人，还做买卖呢？”老道说：“唉，没法子，庙里寒苦，做个小买卖，一天也许找几十钱。”和尚说：“道爷贵姓？”老道说：“我姓王叫王道元。未领教大师父在哪庙里？贵上下怎样称呼？”和尚说：“我在干水桶胡同，毛房大院，黏痰寺，我师父叫不净，我叫好脏。我有点渴了，正想喝水，我又没有钱，我白喝你一碗行不行？”老道是一个好人，又一想和尚也是出家人，虽说没开张，一碗茶不算什么，说：“大师父，你喝罢。”和尚拿起碗来喝了一碗，说：“这茶倒不错，我再喝一碗。”又喝了一碗，说：“道爷，我有点饿了，你把你这烧饼麻花赊给我一套吃。”老道一想：“大概和尚是饿急了，要不然他也不能跟我张嘴。”说道：“大师父，你何必只说赊给你，我可是一天没卖钱。你我总算有缘，你吃一套罢，不用给我钱。”和尚说：“敢情好。”拿起来就吃，吃完了一套，和尚说：“道爷，我再吃一套罢。”老道也不好说不叫吃，只得说：“吃罢。”和尚又吃了一套。吃完了，和尚说：“这倒不错，饿了吃，渴了喝，我就不走了，我今天跟你到庙里住下行不行？”王道元说：“那有什么不行呢，我也要收了。”和尚说：“我帮你扛板凳拿茶碗。”当时一同老道拿着东西，来到北边有一座小庙，进到里面，和尚也不问，把东西放下，素日茶壶搁到哪里，和尚就搁到哪里。老道心里说：“真怪。”两个道童儿说：“师父粥有了。”老道要吃，焉有不让的道理，说：“和尚，你吃粥罢。”和尚说：“敢情好。”自己拿碗就吃。小道童就有些不愿意，也不好说。吃完了，和尚就住在这里。次日一早起来，王道元说：“和尚，你跟我去领馒头领钱去。”和尚这才要施佛法，治病化缘，周济老道。不知后事如何，且看下回分解。

第二一七回

遇王道济公施恻隐　治哑巴圣僧结善缘

话说王道元早晨起来，说：“和尚，你跟我去领馒头领钱去。”和尚说：“上哪领去？”老道说：“在这北边赵家庄，有一位赵好善，每逢初一十五，斋僧布道，一个人给一个大馒头，给一百钱，你也去领一份，好不好？”和尚说：“好。这位赵善人因为什么斋僧布道呢？”王道元说：“唉，别提了。赵好善有一个儿子，今年十二岁，先前念书说话，很聪明伶俐。忽然由上半年，也没疾也没病，就哑巴了，你说这事怪不怪？按说赵好善家最是善人，在这方是首户，真是济困扶危，有求必应，冬施棉衣，夏施药水，这样的善人不应该遭这样恶报。上天无眼，会叫他的孩子哑巴了。现在赵善人就为是积福作德，斋僧布道，只要他儿子好了。无奈本处名医都请遍了，就是治不好。”和尚说：“既然如是，我跟你去。”老道是好人，见和尚这寒苦，为是叫和尚领一个馒头好吃，又得一百钱，他焉知道罗汉爷的来历。同和尚由庙中出来，扑奔赵家庄，来到赵宅门首，一看人家早放完了。王道元知道，就是来晚了，赶不上，门房也给他师徒留出三份来，他在这本处庙里多年了，这都认识王道元。今天老道同和尚来到赵宅一打门，门房管家出来一看，说：“道爷，你来晚了，我们给你留下来了。”王道元说："费心费心，这里还有一位和尚，求管家大爷多给拿一份罢。"管家说："可以。"立刻由里面拿出四个馒头，四百钱来，递给和尚一个馒头，一百钱，递给老道三份。和尚说："我也一个人，他也一个人，怎么给他三份，给我一份？"管家说："他庙里还有两个徒弟，故此给三份。"和尚说："我们庙里连我十个和尚，庙里还有两个徒弟，要给我十份罢。"管家说："那不行，你说庙里有十个和尚，谁人知道呢？王道爷他的庙离我们这里近，我们这里素日都知道他庙里有两个徒弟。你的庙在哪里？"和尚说："我的庙远点。"管家说："你一个人净为来化缘么？"和尚说："我倒不是净为化缘，你们村里有人请我来治病，我来了我也没找着这个人。"管家说："你还会瞧病么？"和尚说："会。内外两科，大小方脉，都能瞧，专治哑巴。"管家一听说："这话当真么？"和尚说："当真。"管家说："你要真能治哑巴，我到里面回禀我们庄主去，我们公子爷是哑巴，你要能给治好了，我们庄主准得重谢你。"和尚说："你回禀去罢。"管家立刻转身进去。王道元说："和尚，你当真会治哑巴么？"和尚说："没准，先蒙一顿饭吃再说。"王道元一想："这倒不错，昨天在我庙里蒙我一顿粥吃，今天又来蒙人家。"

正在思想之际，管家出来说："我家庄主有请。"和尚说："道爷跟我进去。"老道又不好不跟着，一同和尚往里走。进了大门，迎面是影壁，往西拐是四扇屏门，开着两扇，关着两扇，贴着四个斗方，上写"斋庄中正"四字。一进屏门是南倒坐房五间，有二道垂户门，东西各有配房两间。管家一倒南打坐厅房的帘子，僧道二人来到屋中，是两明两暗，迎面一张俏头案，头前一张八仙桌，两边有太师椅子。屋中摆设，一概都是花梨紫檀楠木雕刻桌椅。墙上挂着名人字画，条幅对联，工笔写意花卉翎毛，桌上摆着都是商彝周鼎秦砖汉玉，上谱的古玩。家中颇有些大势派。和尚同老道落了座，管家倒过茶来。工夫不大，只听外面有脚步声音，管家说："我家庄主出来了。"说着话，只见帘板一起，由外面进来一位老者，有五十多岁，身穿蓝绸子长衫，白袜云鞋，长得慈眉善目，海下花白胡须，精神百倍。由外面进来一抱拳说："大师父、道爷请坐。"和尚说："请坐请坐。尊驾就是赵善人么？"赵老头说："岂敢，岂敢！小老儿姓赵。我方才听见家人说，大师父会治哑巴。我跟前有一个小犬，今年十二岁，自幼儿很聪明，忽然由二月间无缘无故，就哑巴了，也不知是怎么一段缘故。大师父可能给治好了，老汉必当重报。"和尚说："那容易，你把小孩叫来我瞧瞧。"赵员外叫家人去把公子叫来。

管家立刻进去，工夫不大，将小孩带进来。和尚一看这个小孩，长得眉清目秀。赵员外说："你过去叫大师父瞧瞧。"和尚把小孩拉过来说："瞧你长的倒很好，无缘无故你会哑巴了，我和尚越看越有气。"说着话，照小孩就是一个嘴巴，打得小孩拨头就往外跑。赵员外一看急了，本来就是这一个儿子，和尚倘若吓着，更不得了啦。正要不答应和尚，焉想到这小孩跑在院中，一张嘴就哭了，说："好和尚，我没招你，没惹你，你打我！"赵员外一听，这可真怪，半年多说不出话来了，倒被和尚打好了。老员外赶紧上前给和尚行礼，说："圣僧真乃佛法无边，未领教宝刹在哪里？上下怎么称呼？"和尚说："员外要问，我乃灵隐寺济颠是也。"赵员外一听说："就是了，原来是济公长老，小老儿我实在不知。"王道元在旁边一听，心中这才明白，说："原来是圣僧，小道失敬了。"赵员外这才把公子叫进来，叫他快给圣僧磕头。小孩立刻进来给和尚行礼。

赵员外说："儿呀，我且问你，因为什么你忽然会哑巴了？"小孩说："我由那一天到花园玩去，瞧见楼上有一个老头，两个姑娘，我都不认识。我说，你们哪来的？他们也不知怎么一指我，我就说不出话来了。"赵员外说："这是怎么一段情节？"和尚说："原本你这花园子楼上住着狐仙，他冲撞狐仙了。现在他虽然好了，还恐怕有反复。我和尚今天晚上把狐仙请出来，劝他叫他走，省得他在你家里住着，婆子丫环不定哪时冲撞了，也是不好。”赵员外说：“圣僧这样慈悲更好了。”赶紧先吩咐家人，立刻擦抹桌案，少时摆设杯盘，把酒菜摆上。老员外喜不自胜，立刻拿酒壶给和尚、老道斟酒，一同开怀畅饮。吃完了早饭，赵员外陪着和尚、王道元谈话。晚半天又预备上等高摆海味席。和尚说：“老员外，叫你家人预备一份香烛纸马，回头在后面花园子摆上桌案，我去请狐仙。”老员外吩咐叫家人照样预备，仍然陪着同桌而食。和尚大把抓菜，满脸抹油，吃完了晚饭。

天有初鼓以后，和尚说：“东西预备齐了没有？”家人说：“早预备齐了。”和尚说：“道爷你也跟来。”王道元点头答应。赵员外叫家人掌上灯光，一同和尚来到后面花园子。众人在旁边一站，和尚一瞧桌案香烛五供，都预备齐了。和尚过去把烛点着，香烧上，和尚口中念道：“我乃非别，灵隐寺济颠僧是也。”和尚连说了三遍，说：“狐仙不到，等待何时？”大众眼瞧着楼门一开，出来一位年迈的老者，须发皆白。赵员外一看一愣，准知道这楼上并没有人住着，果然见楼上出来人了，真是奇怪。就见这老丈冲着和尚一抱拳，说：“圣僧呼唤我有什么事？”和尚说：“你既是修道的人，就应该找深山僻静之处，参修暗炼，何必在这尘世上居住？再说本家赵员外，他原本是个善人，你何必跟他等凡夫俗子作对，一般见识？”老头说：“圣僧有所不知，只因他等这些婆子丫环，常常糟塌我这地方；弟子并不是在他家搅闹，无非是借居。”和尚说：“我知道，要依我，你还是归深山去修隐倒好。”老头说：“既是圣僧吩咐，弟子必当遵命。”和尚说：“就是罢。”狐仙这才转身进去，和尚也同众人回归前面。赵员外说：“圣僧这样慈悲，小老儿我实在感恩不尽。明天我送给圣僧几千银子，替我烧烧香罢。”和尚说：“我不要银子，你把你的地给王道元两顷做香火地，他庙里太寒苦，你给他就算给我了。”赵员外说：“圣僧既然吩咐，弟子遵命。”王道元一听乐了，赶紧谢过和尚，没想到两碗粥换出两顷地来，老道千恩万谢。次日和尚告辞，赵员外送出大门，王道元告辞回庙。

和尚拱手作别，出了赵家庄正往前走，忽见对面来了一阵旋风，和尚机伶伶打一寒战，来者乃是追魂侍者邓连芳，正要找济公报仇。狭路相逢，不知后事如何，且看下回分解。

第二一八回

邵华风逃归万花山　邓连芳为友找济公

话说济公禅师由赵家庄出来，正往前走，只见由对面来了一阵旋风。和尚机伶伶打一寒战，往对面一看，来者乃是追魂侍者邓连芳，还同着一个人。邓连芳一见济公，邓连芳说：“好济颠，我找你如同钻冰取火，轧沙求油。这可活该，找没找着碰上了，我看你今天往哪里走？”和尚说：“呦，你不叫我走怎么样呢？”邓连芳说：“我将你拿住，给我师弟报仇。”书中交代，邓连芳打哪来呢？只因前者在藏珍坞，和尚施佛法火炼了韩祺，赤发灵官邵华风群贼逃出了藏珍坞，一个个四散奔逃。赤发灵官邵华风无地可投，追魂侍者邓连芳说：“邵大哥，你上哪去？”邵华风说：“贤弟你要问我，我在方才就仿佛坐如痴立如痴，如同雷轰顶上时，饥不知，饱不知，热锅蝼蚁似。真是上天无路，入地无门。”邓连芳说：“邵大哥，你既没有地方去，跟我回万花山圣教堂，见见魔师爷，下山捉拿济颠和尚，给韩祺贤弟报仇。”赤发灵官邵华风叹了一口气说：“贤弟你我弟兄知己，你要助我一臂之力，庇护我才好。你看此时我的事情一落败，众宾朋一个个各奔他乡，真是时来谁不来，时不来谁来。正是万两黄金容易得，一个知心最难求。不但此时我报不了仇，再要遇见济颠和尚，我就得被获遭擒，九死一生。”邓连芳说：“兄长不必说了，跟小弟到万花山圣教堂去罢。要一提韩祺死在济颠和尚之手，大概魔师爷必给韩祺报仇，何用你拿济颠？”邵华风无法，这才跟着邓连芳驾起趁脚风，来到万花山。

到了山上，止住脚步，睁眼一看，这座圣教堂真似一座仙府，金碧辉煌，凤阁龙楼，这山上凡夫俗子也到不了。在极高山顶上，野兽成群，凡俗人也不能来。邓连芳同邵华风来到大门，一拍门，工夫不大，由里面出来一个童子。开开门一看，这童子年有十六岁，头挽双髻，长得眉清目秀，面如白玉。身穿蓝绸宽领阔袍子，足下白袜无忧履，手拿萤刷，真是仙风道骨。一见邓连芳，童子说：“师兄你上东海瀛洲采灵芝草回来了，真快呀。”邓连芳说：“我且问你，魔师爷都在圣教堂么？”小童儿说：“没有，就是掌教祖师爷卧云居士灵霄祖师爷一个人在教堂里。”邓连芳说：“好，我要去见祖师爷，有要紧事。邵大哥同进去。”二人说着话，往里走。邵华风一看，院中栽松种竹，清气飘然，别有一番雅致。北上房大厅是九间九龙厅，正当中上面有一块匾，上写“圣教堂”三个大字。两旁有对联，上写：“遵先天之造化；渡后世之愚顽。”大厅里面一排是四张八仙桌，有八把椅子。由东数第二张八仙桌子，上手里椅子上坐定一人，大概站起来身有八尺以外的身躯，膀阔三停，头上是鹅黄缎四楞逍遥巾，绣团花双飘秀带，身穿一件鹅黄绣团花的逍遥氅，足下无忧履，身背后背定一把混元魔火幡，肋下佩着一口丧门剑。再往脸上一看，面似淡金，粗眉环目，押耳黑毫，满部的黑胡子，长的凶恶之极。

邵华风看罢，不敢进来，在门外站着。邓连芳先进来双膝跪倒，口称：“掌教魔师爷在上，弟子邓连芳给祖师爷磕头。”卧云居士灵霄一翻二目，说：“邓连芳，你同韩祺去到东海瀛洲去采灵芝草，可曾采来了？”邓连芳说：“祖师爷有所不知，弟子同我师弟韩祺奉祖师爷之命下山，走在半路之上，碰见我一个故友，叫赤发灵官邵华风。乃是三清教的门人，在常州府平水江卧牛矶慈云观出家。尘世上出了一个济颠和尚，兴三宝灭三清，无故蛊惑常州府，调官兵把慈云观抄了。济颠僧追的邵华风无投无奔，上天无路，入地无门。邵华风见了弟子苦苦哀求我，说的可惨，叫弟子助他一膀之力，给他报仇。我同韩祺二人当时答应了，同邵华风一同够奔藏珍坞。刚到藏珍坞，焉想到济颠和尚就找了去，我师弟拿子母阴魂绦，要捆济颠和尚没捆成，被济颠和尚把我师弟韩祺搁在八卦炉里给烧死了，把子母阴魂绦也拿了去，现在我同我这朋友邵华风，一同跑回来，也没得上东海瀛洲去采灵芝草，求魔师爷你老人家下山，捉拿济颠和尚，给我师弟报仇。”卧云居士一听这话，勃然大怒说：“好邓连芳，无故多管闲事，给我这万花山现眼，受济颠和尚的欺辱，谁敢惹我这圣教堂的人！你给伤损我的威名，真乃可恼！金棍侍者何在？”外面一声答应，进来八位掌刑的术士说：“伺候魔师爷。”灵霄说：“把邓连芳给我拉下去重打四十金棍，罚在后山采药一百天。”金棍术士沈瑞，立刻把邓连芳拉下去，打了四十棍，打完了，邓连芳竟自奔后山去了。

赤发灵官邵华风在外面站着，吓得战战兢兢，正在无可如何，灵霄吩咐将邵华风带进来，手下人立刻将邵华风带进来。邵华风跪倒磕头，口称：“掌教祖师爷在上，弟子邵华风给你老人家磕头。”灵霄说：“好孽障，你在慈云观行凶作恶，无所不为，你打算我不知道呢。现在你还蛊惑别人，帮你造反，我师侄韩祺因为你把命丧了。我也不打你，来人，给我把邵华风吊起来，吊到后山吊四十九天，然后我把你火化了，就算完了。”邵华风一听这个罪更难受，倒不如被官兵拿了去，虽说剐了，倒死的快点。自己吓的连动也不敢动，就被人把他捆起来，搭在后山，吊在树上。邓连芳瞧着，也不敢救。

过了两天，这天金棍术士沈瑞到后山巡山，他本是灵霄的徒弟，素日跟邓连芳两个人最好。沈瑞见了邓连芳，沈瑞就问：“邓大哥，你的棍伤好了么？”邓连芳说：“好点了。”沈瑞说：“邓大哥，你本来也是爱管闲事之过。”邓连芳说：“贤弟你这话不对，谁没有三个好的两个厚的？你我素日如同亲手足弟兄一般，譬如我要有人欺负，你管不管？”沈瑞说：“那是自然，我也不能袖手旁观。”邓连芳说：“我还要跟你商量一件事。”沈瑞说：“什么事，你说罢，只要我能行的，我万死不辞。”邓连芳说：“我总得找济颠和尚报仇雪恨，我这口气不出，贤弟你得助我一膀之力。”沈瑞说：“那我同你偷着下山找济颠和尚去。”邓连芳说：“你就这么去不行，连韩祺被他烧死，还有子母阴魂绦，还不是济颠的对手，你我赤手空拳，那如何能行？你得偷魔师爷的法宝，在随身带着。”沈瑞说：“怎么偷呢？”邓连芳说：“贤弟，你总得设法帮我办这件事，把济颠和尚只要除了，我决忘不了贤弟你的好处。”沈瑞说：“我想起来，六合童子悚海祖师爷有一颗六合珠，在花厅搁着，我当面瞧见，没在六合童子悚海祖师爷身上带着。那六合珠要用也不用念咒，打出去山崩地裂，如雷一般有一道白光，勿论什么妖精，打上就得现原形，最利害无比。我去把它偷来，你我下山要拿济颠和尚，易如反掌，不费吹灰之力。”邓连芳说：“甚好，贤弟你去罢。”沈瑞立刻到花厅去，工夫不大，就把六合珠拿来。

邓连芳一看，甚为喜悦，二人当时驾起趁脚风，偷着下了山。先到常州府一打听，有人说济公上丹阳县去了，二人要奔丹阳县去寻找济公，偏巧走在半路正碰到了。一见，真是仇人见面，分外眼红。说：“好颠僧，你往哪里走？”和尚说：“我上常州府。”邓连芳说：“你先等等走罢，我正要找你，这可活该碰上了。”和尚说：“碰上又该怎么样？”邓连芳说：“怎么样，我把你拿住照样把你烧死，给我师弟韩祺报仇。”和尚说：“好，你当真要跟我和尚分个高低上下，咱们前面蟠桃岭上去，那里清静。”邓连芳说：“好，你还跑得了！”当时一同往前走，方来到蟠桃岭，只听对面一声喊嚷，怪叫如雷说：“阿弥陀佛，好颠僧，你往哪里走！”济公大吃一惊，不知来者是谁，且看下回分解。

第二一九回

蟠桃岭绿袍僧斗法　脱身计邓连芳吃惊

话说济公禅师同追魂侍者邓连芳、金棍术士沈瑞，方来到蟠桃岭，只听对面一声喊嚷："好颠僧，往哪里走，洒家我正要找你，如同钻冰取火，轧沙求油。"邓连芳抬头一看，见来者这个和尚形同鬼怪，身高一丈，膀阔三停；头上披散着发髻，打着一道金箍；面如铜绿，两道金眉毛，一双金睛叠暴，突出眶外，押耳红毫，满部的红胡子；身穿绿袍，手拿萤刷，背背戒刀。长得凶如瘟神，形同鬼怪。邓连芳一瞧就一愣，说："和尚，你来此何干？"这和尚说："我要捉拿济颠和尚，报仇雪耻。"邓连芳说："和尚不用你拿他，我二人会替你拿他。"和尚说："你二人未必拿的了他罢。"邓连芳说："你不认识我，大概你也不知道我的来历。"和尚哈哈一笑，说："洒家前知五百年，后知五百年，善晓过去未来，我怎么就不认识？你虽未见过，你的来历瞒不了我。你原本是万花山圣教堂八魔的门人，你叫邓连芳。你不认识洒家，你回去见了你师父，就提蟠桃岭有一个绿袍和尚，大概他等就告诉你了。你两个人既要拿济颠，有什么能为？"邓连芳说："我这里有法宝。"绿袍和尚说："好，你既有法宝，先让你拿他。你拿不了，洒家我再拿他。"邓连芳一听这和尚口气不小，不知道那和尚是谁。沈瑞说："济颠，你可认得我？"济公说："我怎么不认得你，你是魔崽子。"沈瑞一听勃然大怒，说："好颠僧，你敢出口不逊，待我来结果你的性命。"济公说："你要结果我和尚，你怎么配。"

沈瑞立刻将六合珠掏出来，照定济公打去，只见一道白光扑奔和尚，就听和尚喊嚷："可了不得了，救人哪。"话言未了，就听这六合珠山崩地裂一声响，见济公翻身栽倒在地，人事不知。沈瑞哈哈一笑说："邓大哥，你可是瞧见了，我打算怎么个济颠和尚，原来平平无奇，被六合珠将他镇住。你们将他扛回山上，将他用火烧死，给韩贤弟报仇。"邓连芳说："绿袍和尚你也回去罢。我二人将济颠拿回山去，也算给你报了仇了。"绿袍和尚说："也罢，便宜他，你二人把他扛了走罢。"邓连芳这才扛起济颠和尚，同沈瑞二人，驾起趁脚风，来到万花山圣教堂。来到大厅，正赶上卧云居士灵霄同天河钓叟杨明远、桂林樵夫王九峰、六合童子悚海，在一处谈话。邓连芳同沈瑞二人来到客厅，六合童子悚海说："你二人哪里去来？"邓连芳说："实不瞒众位祖师爷，我二人下山去把济颠和尚拿来了，给我韩贤弟报仇。"六合童子悚海说："你这两个孽畜，真实在现眼，叫济颠和尚这样耍笑，你们真给万花山丢人！"邓连芳说："怎么现眼？"六合童子说："你看看扛的是济颠和尚么？"一句话说破了，邓连芳、沈瑞一看，扛的原本是一块石头，这两个人气得两眼都直了。六合童子悚海说："你两个人要当真找济颠和尚报仇，暂且别忙。你等也拿不了他，我等商量着设法。把我的六合珠拿来罢，不准你们胡闹。"沈瑞无法，把六合珠交还六合童子悚海。

众人正在说话之际，忽然外面有人进来回禀，说："魔师爷，现在大门外来了一个穷和尚，堵着门口大骂。说叫魔师爷趁早把邵华风送出去，万事皆休。如要不然，杀进圣教堂杀个鸡犬不留。"众魔师一听，气得哇呀呀怪叫如雷，说："好济颠，真乃大胆，竟敢找到我这圣教堂来，这样无礼。待我等亲身前去拿他。"说着话，众魔师立刻往外够奔。书中交代：怎么一段事呢？只因追魂侍者邓连芳扛起石头一走，罗汉爷施展幻术，早隐在树后。绿袍和尚见邓连芳把济颠扛了走，绿袍和尚哈哈大笑，自言自语说："我打算济颠和尚项长三头，肩生六臂，怎么样的利害，原来闻名不如见面，见面胜似闻名，不是出奇之人。今天便宜他，我要拿这济颠也不费吹灰之力。"说着话，自己转身刚要走，济公由树后头转过来哈哈一笑，说："孽畜，你也要拿我，你怎么配！"绿袍和尚一看，呵了一声，说："好颠僧。"济公说："好孽畜。"绿袍和尚一张嘴，照定济公就是一口绿气。济公用手一指，口念"唵嘛呢叭谜吽"，这口绿气四散了。绿袍和尚一看，气往上冲说："颠僧，你敢破我的法气，待洒家用法宝取你。"说着话伸手由兜囊掏出一颗珠子，其形有鸭蛋大小，名叫如意珠。这颗珠子最利害无比，打出来勿论什么妖精，就得现原形。要是凡夫俗子能把三魂七魄打去。立刻照定济公打来，济公一伸手，口念六字真言，把这颗如意珠接在手内。绿袍和尚一看，大吃一惊。济公把僧帽摘下来，说："好孽畜，你也不知道我和尚是谁，我叫你瞧瞧。"立刻用手一摸脑袋，现露出金光、佛光、灵光三光。绿袍和尚一看，吓的亡魂皆冒。济公说："好孽畜，你没有宝贝了，待我和尚来拿你。"绿袍和尚吓的一阵怪风，竟自逃走。书中交代：他这一走，就逃到五云山五云洞，邀请五云老祖，晃动聚妖幡，怒摆群妖五云阵，跟济公作对。这是后话，暂且不必细表。

济公也并不追赶绿袍和尚，罗汉爷这才够奔常州府来。到常州府衙门，差人进去回禀知府顾国章，顾国章赶紧吩咐有请。和尚进来，知府降阶相迎，举手抱拳说："圣僧久违，弟子正在渴想，要派人去寻访请圣僧，不想圣僧今天来了。"和尚说："老爷一向可好？"知府说："托福。"和尚同知府进了书房落座，有家人献上茶来。知府说："我这里也不知邵华风现在哪里窝藏，正在盼想圣僧。只因上宪前者来文书催捉邵华风，我就急了，哪知道贼人的下落？手下的快班都是凡夫俗子，也拿不了他。我现在要出告示张贴四门，只要有人能拿邵华风，必有重赏。”和尚说：“什么告示？你拿来我瞧瞧。”知府立刻把告示底子拿出来，给济公一看，上面写的是：

四品顶戴前任绍兴府正堂调补常州府正堂顾：本为除奸逐祟，以救民生事。照得光天化日，难容魍魅公行。化日之中，岂容魑魍弄术？是以律有明条，师巫犹将禁止，矧显为民害者耶？近者本府不得不能正己化民，竟有慈云观妖道邵华风，兴妖作祟，以害民生。具虎狼之姿，恃妖人之术。心如毒蝎，遇之者家败身亡；胆若豺狼，逢之者难逃生命。若不早为驱除，势必尽遭毒害。为此示仰阖郡军民人等一体知悉：或有斩邪之术，或有除妖之法，或自己不能转引他人，或此地无有求之别郡，果然除去民害，本府不惜重赏，务期合力奉行，慎勿瞻前顾后。特示。

右仰知悉。

下面写着年月日。实贴某处。

和尚看罢哈哈一笑说：“老爷这张告示，就是贴上，也未必准有人出首。”知府说：“我想也是，不如还是求圣僧给占算占算，邵华风在哪里。求圣僧慈悲，将妖道拿获才好。”和尚说：“我倒知道邵华风现在万花山圣教堂。我和尚不去，是我虎头蛇尾。我和尚要去，必要惹出一场魔难。这也是天数当然。”

正说着话，只见手下差人带着小悟禅进来了。悟禅原本奉济公之命，同金毛海马孙得亮弟兄、韩龙、韩庆在灵隐寺看庙，防妖道上灵隐寺暗害众僧。果然妖道等去了，悟禅等把妖道群贼赶走，金毛海马孙得亮众人告辞，回归陆阳山。悟禅在庙里多日，不见济公回来，也不知常州府慈云观的事完了没有，悟禅把庙中托付师弟悟真，他要来瞧济公。一晃脑袋来到常州府门首，一问当差人等，差人这才带悟禅进来。知府说：“少师父来了。”悟禅进来先给济公行礼，见过知府。济公说：“悟禅，你来做什么？”悟禅说：“我不放心，来瞧师父，不知慈云观的事完了没有？”知府说：“别提了，现在邵华风还没拿着，圣僧说在万花山圣教堂，不好去拿，正在为难。”悟禅说：“那算什么，不用师父，我去万花山拿他。”济公说：“你别去，你要一去，就惹出大祸。”悟禅不听，站起来就走。济公一把手没揪住。悟禅一晃脑袋，竟自够奔圣教堂，焉想到惹出一场大祸。不知后事如何，且看下回分解。

第二二〇回

悟禅大闹万花山　八魔捉拿飞龙僧

话说小悟禅要上万花山去拿邵华风。济公知道他一去，必惹出一场大祸，一把手没揪住。小悟禅一晃脑袋，出了常州府，来到万花山下。脚着实地，堵着山前，破口大骂，说："趁早把邵华风送出来，万事皆休。如不送出来，和尚老爷杀上山去，把你们这些个外道天魔全皆结果了性命。大概你们这些魔崽子，也不是四造所生。"正说着话，巡山侍者过来说："穷和尚，你无故在这里骂谁呢？"悟禅说："你趁早去告诉八魔，把邵华风送出来，万事皆休。如要不然，我和尚杀上山去，全皆刀刀斩尽，剑剑诛绝。"巡山侍者说："和尚，你是哪里的，这样大胆，敢来到万花山这样无礼？"悟禅说："好小子，你大概也不知道和尚老爷的来历。玉皇大帝是我拜兄，二郎杨戬是跟我住在一处，金吒、木吒、哪吒见我都要行礼。你告诉八魔叫他们出来，我和尚也不跟你们这些无名小辈较量。"巡山侍者一听和尚这话大了，这才跑上山去，来到圣教堂。八魔卧云居士灵霄，正同天河钓叟杨明远、桂林樵夫王九峰、六合童子悚海，在一处讲论，要找济公报仇。巡山侍者进来说："回禀众位魔师爷，山下来了一个穷和尚，堵着山下破口大骂，叫众位魔师爷快将邵华风送出来，万事皆休。如若不然，杀上山来杀个鸡犬不留。”四位魔师一听，气得哇呀呀怪叫如雷，说：“好济颠僧，这样大胆，竟敢这样无礼，找到我的门上来，真欺我太甚！”正说着话，仙云居士朱长元，白云居士聘啸，搬倒乾坤党燕，登翻宇宙洪韬，四魔师也来了，问：“什么事？”巡山侍者、沈瑞等又一述说，八位立刻各拉丧门剑，各背混元魔火幡，一跳出圣教堂，驾起风，下了万花山。到山下一看，并没有穷和尚。众魔师口中喊嚷：“好颠僧，哪里去了！”找了半天，踪迹皆无。

书中交代：小悟禅并不是不知道八魔的利害，虽知道八魔的名气，闻其人未见其面，可不准知道怎么个利害法。悟禅也是初生的犊儿不怕虎，长出犄角反怕狼。慢说是他，连济公长老都惹不起八魔。小悟禅骂了半天，见巡山侍者进去回禀，悟禅一想：“我何不暗中偷看看八魔是何许人也。别等他们下来见了我，倘若我要不行，不是他等的对手就晚了。”想罢摇身一变，变了一个鸟儿飞上树去，在暗中偷看，他见八魔一个个长的神头鬼脸，凶恶无比。惟有六合童子头挽双髻，是一个小孩的打扮。众魔师都是四楞逍遥巾，身穿道遥氅，各亮丧门剑。悟禅一想：“万万敌不过他们，不如且到庙中看看。”既到庙中，见邵华风在东廓下吊着。悟禅由上面下来说：“好妖道，邵华风，前者和尚老爷几乎死在你的乾坤子午混元钵之内。我只打算今生不能报仇，敢情你也有今日之事。”说着话过去一张嘴，把邵华风的鼻子咬下来。邵华风吊着又不能动，鲜血直流，老道痛的怪叫。悟禅把绳子解开，攒着邵华风两条腿腕一抡，抡来抡去，邵华风昏迷过去，甩的四处地下净是血。小悟禅正在耍的高兴之际，八魔回来了。原来八魔下了山找穷和尚没有，卧云居士：“怪呀，哪里去了？”巡山侍者说：“方才就在这里骂来着。”卧云居士灵霄立刻袖占一卦，说：“好孽畜，真乃大胆，他上了山了，你我兄弟赶紧快上山。”众人立刻驾起风上了山。八魔分为四面，天河钓叟杨明远、桂林樵夫王九峰二人由东面进去；仙云居士朱长元、白云居士聘啸，由南面进去；搬倒乾坤党燕、登翻宇宙洪韬，由北面进去；卧云居士灵霄、六合童子二人由西面进去。见悟禅正要处置邵华风，八魔说："好孽畜，真乃大胆！"小悟禅一瞧一愣，说："好一群魔崽子，今天和尚老爷跟你们分个弱死强存，真在假亡。"这句话尚未说完，六合童子悚海，由囊兜掏出六合珠，一抖手照定悟禅打去，一道白光，只听天崩地裂一声响，当时悟禅把邵华风也摔了，六合珠一震，悟禅现了原形，十二条腿，两个翅膀，一条大飞龙，不能动转。六合童子悚海说："众位兄弟，此事该当如何？"掌教魔师灵霄说："这孽畜实在可恼。他乃是济颠的恶徒。济颠把你我的徒侄韩祺用卦炉烧死，你我也不用留他，也把他照样的烧死，就算给韩祺报仇了。"众人说也好。

八魔各拉混元魔火幡方要晃幡，只听外面一声"无量佛"，说："众位魔师且慢，山人来了。"众魔师一看由外面来了一位羽士黄冠，玄门道教，头戴鹅黄色莲花道冠，身穿淡黄色道袍，腰系丝绦，白袜云鞋，面如三秋古月，发如三冬雪，须赛九秋霜，海下一部银须，布满前胸，身背后背着分光剑，来者老道，正是广法真人沈妙亮。众魔师一看认识，说："沈道友，你来此何干？"沈妙亮说："我先来给众位送信。我师父紫霞真人同灵空长老，前来查山。"八魔就怕万松山云霞观紫霞真人李涵龄，九松山松泉寺灵空长老长眉罗汉这两个人。八魔一听这句话，说："我等赶紧去迎接。"立刻把混元魔火幡卷起来，也顾不得烧悟禅了，先把圣教堂这块匾翻过来。每逢这僧道要来查山，他们不敢挂"圣教堂"的三个字，翻过后面是"野人窝"三字。八魔立刻出去迎接紫霞真人、灵空长老。

书中交代：并不是紫霞真人、灵空长老真来查山，还没到查山的年头。原本沈妙亮受济公长老之托，前来搭救悟禅。原本小悟禅由常州府跑出来，济公一把没揪住，罗汉爷追出衙门，早不见了悟禅。罗汉爷一算，有未到先知，说："可了不得了，这孩子不听话，这一去要把五千年的道行糟塌了。"济公正在着急，只听背后一声无量佛，和尚回头一看是沈妙亮。济公说：“沈道爷，你来了好，活该悟禅还许有命。”沈妙亮说：“圣僧久违少见，在此做甚？”和尚说：“我正在为难之际，只因常州府慈云观有一个赤发灵官邵华风，他为非作恶，陷害黎民，招聚贼党，兴妖害人，拒捕官兵，现在知府派人各处拿他。邵华风现在万花山，方才我徒弟悟禅不听话，他上万花山去，他这一去就要惹出一场杀身之祸。我和尚也救不了他，非你救不了，求你辛苦一场，慈悲慈悲罢。”沈妙亮说：“我也惹不起八魔，我焉能救的了令徒呢？”济颠说：“你快去，我和尚改日再谢。”沈妙亮这才驾起风，够奔万花山。他走的慢，方才来到圣教堂，正赶上要烧悟禅。沈妙亮一使诈语，是济公教给他的主意。就说紫霞灵空僧查山，果把八魔蒙住，往外就跑。

沈妙亮急忙过去拍了悟禅天灵盖一掌，口中念归魂咒，悟禅站起来。沈妙亮说：“你这孩子好大胆量！你师父叫我来救你，连我都得快走，你快逃命罢。”悟禅说：“我感谢。”沈妙亮立刻驾起趁脚风先逃走。悟禅扛起邵华风方要走，一想不甘心，我把圣教堂给烧了再走。悟禅立刻放起火来，烈焰腾空。悟禅扛起邵华风，这才一晃脑袋逃走。来到常州府有差人看见，先把邵华风接过去。悟禅来到里面一见济公，悟禅说：“师父，我把邵华风拿来。”济公说：“你怎么回来的？”悟禅说：“好险，好险！沈妙亮念归魂咒把我救了，要不然，我就被他们烧死。这些外道天魔真可恨，我决不能跟他善罢干休。”济公叹了一声说：“好孩子，你这个乱惹大了。我不叫你去，你偏要去，你这不是自找其祸？这一来八魔就跟我为仇，你快走罢，你不用管了。”悟禅说：“我不走，我上哪去？”济公说：“你回九松山松泉寺罢。”悟禅说：“我虽被他们拿住，我倒没死。我也没饶他，我把圣教堂放火烧毁了。”济公一听说：“好孩子，你这胆子真不小！这一烧圣教堂，更给我惹出一场大祸。”悟禅说：“什么大祸？”济公这才如此如此一说，把悟禅吓的目瞪痴呆。不知济公说出何等言辞，且看下回分解。

第二二一回

沈妙亮智救悟禅　常州府出斩妖道

话说济公禅师听悟禅烧了圣教堂，这罗汉爷有未到先知，就说："悟禅，你给我惹出一场魔火之灾，这也是天数当然。悟禅，你快走罢，你要再不听我的话，你不算是我徒弟。"悟禅听这语无法，不敢违背师父，这才告辞，回九松山松泉寺，竟自去了。知府顾国章这才传伺候升堂，壮快皂三班吓喊堂威，顾国章升了官座坐堂，吩咐将邵华风带上堂来，即刻将邵华风带上公堂。此时邵华风自己心中难受，后悔晚矣。知府把惊堂木一拍，说："邵华风，你在我本地面招聚贼众，使人采花，陷害黎民，拒捕官兵，率众劫牢反狱，所作所为，还不从实招来，免得皮肉受苦。"邵华风事到如今，自己一想，不招也是不行，莫若从实招认，省受严刑。这才说："大人不必动怒，我有招，只求大人开恩，我只求速死。"知府叫招房先生给邵华风写了亲供，当堂画押。顾国章吩咐将邵华风钉镣入狱，这才退堂，在书房陪着济公吃酒。次日一早给上司行文，晚间上宪札饬下来，将邵华风就地凌迟处死。知府说："圣僧暂且别走，明天在西门外斩邵华风，求圣僧给护决，恐贼人有余党抢劫法场。"和尚说："就是罢。"次日知府调本地面城守营官兵二百名，护押差事，请济公一同押解邵华风，赶奔西门外法场。来到西门以外，在北面搭着监斩棚，摆着公案桌，知府同济公在棚里一坐，瞧热闹人拥挤不动。

刚要剐邵华风，只见正南上来了两个人，和尚一看说："了不得了，我的仇人来了！"知府大吃一惊，只说有人来劫法场呢。抬头一看，见来者两个人，头里走的这人，头戴绿绫缎四楞巾，身穿绿绫缎逍遥氅，周身绣团花朵朵，足下白袜云履鞋，面如三秋古月，发如三冬雪，须赛九秋霜，海下一部银髯。后面跟定一人，穿蓝长褂，也是这样的服色。来者非是别人，头里是天河钓叟杨明远，后面是桂林樵夫王九峰。书中交代，那天小悟禅把圣教堂放着火，他也跑了，沈妙亮也跑了。八魔下山并没见着紫霞真人、灵空长老，卧云居士灵霄袖占一卦，说："了不得了，众位弟兄赶紧回山。"众人到了山上一看，烈焰腾空。灵霄赶紧用宝剑望空一指，立刻一阵暴雨，把火浇灭了。灵霄说："好一个济颠僧，竟敢使恶徒烧毁我这圣教堂，我必要报仇雪恨。"当时拘六丁六甲，照旧把圣教堂照样修好。今天灵霄下山找济颠和尚，天河钓叟杨明远、桂林樵夫王九峰说："掌教大哥，不用你亲身前去。有事弟子服其劳，割鸡焉用牛刀，待我二人前去。"灵霄说："你二人要去也好。"天河钓叟、桂林樵夫这才由万花山驾云下了山，方来到常州府，正赶上济公在法场护决。济公一见，连忙上前说："二位来了。"杨明远一看，说："好颠僧，我来找你！"和尚说："二位有什么事，把邵华风杀了，你我到知府衙门去说。"杨明远说："也可。"这才立时先把邵华风剐完了。

济公同杨明远二人连知府等，一同回归常州府衙门，把杨明远让进花厅。济公叫知府派手下人先给摆一桌酒席，济公同杨明远、王九峰落座吃酒。酒过三巡，和尚说："二位来找我，打算怎么样呢？"王九峰说："只因我徒弟被你烧死，你又使你徒弟烧我们的圣教堂，我来找你报仇。咱们也不用这里说，你跟我们二人上万花山去，有什么话再说。你要不跟我们去，可别说我等把你拿了去。"和尚说："你二位先不用忙，我和尚今天也不用跟你们上万花山。我现在还有点事，等我把手里的事办完了，咱们本月十五在金山寺见罢。”杨明远一听说：“就是，谅你也跑不了，既然如是，十五在金山寺见，我二人这就告辞。”济公把二人送出衙门，二人驾起祥云，竟自去了。和尚回到衙门，知府顾国章说：“圣僧定规十五金山寺见，怎么样？”和尚叹了一声，说：“你也不用问，非你可知。是福不是祸，是祸躲不过。我和尚还要回灵隐寺见见老方丈，请请安，你我再会罢。”知府说：“圣僧要走，我这里谢谢，给圣僧带点盘费。”和尚说：“我不要盘费。”说着话，和尚立刻告辞，知府送出衙门，拱手作别。

和尚刚走后，外面有夜行鬼小昆仑郭顺，来到常州府找济颠。书中交代：郭顺由天台山上清宫下山，朝金山、钟山、焦山，路过常州府，找铺户化斋，听本地有人纷纷传言，在西门外出斩邵华风，济公监斩。要不是灵隐寺济公禅师，谁能拿的了邵华风。小昆仑一听，济公现在常州府，我何不去望看望看济公。想罢，郭顺这才来到常州府门首，一声无量佛，说：“烦劳众位班头，到里面回禀一声，山人我姓郭名顺，我乃天台山上清宫的，前来拜访济公。”当差人等一听，说：“道爷，你来晚了，济公今天刚走，已回了灵隐寺。”郭顺说：“这就是了，我就告辞。”这才自己够奔镇江府金山寺。这天来到金山寺，山下一看，见庙前山下一道买卖街，热闹非常。江内来往渔船不少，烧香进山人等男男女女，拥挤不动。小昆仑郭顺方来到庙门以外，只听庙内人声鼎沸，一阵喧哗。郭顺一听一愣。

书中交代：怎么一段事呢？金山寺这座庙，原本是一座大丛林，庙内有三百站堂僧，老方丈叫元彻长老，跟灵隐寺远害堂元空长老是师兄弟。庙里香火甚旺，常有贵官长者夫人小姐来烧香。进山那一天，忽然来了一位和尚，身高一丈，膀阔三停，面如刀铁，粗眉环眼，长的凶恶无比，也不知从哪里来的，迈步往庙里就走。门头僧赶紧拦阻，说：“和尚，你是哪里的？”这黑脸和尚说：“好孽障，你敢拦我！只因你们这庙中僧人不守清规，无故生货利之心，洒家特意前来管教你等。我乃万年永寿是也，你们这些东西该打。”用手一指说：“给我打。”门头僧吓的拨头就往里跑，立刻身不由己，两个人自己每人打了自己十个嘴巴，跑进去了。这和尚一直赶奔大殿，用手一指，大殿门就开了，这僧人进去就在佛爷头里供桌上一坐。门头僧先回禀监寺说：“现在外面来了一个和尚，黑脸膛，往庙里走，我们一拦，他说他是万年永寿是也，说咱们庙里众僧不法该打，用手一指，我们不由的自己就打了自己十个嘴巴，他到大殿供桌上坐着了。”监寺僧人一听，来到外面一看，果然在大殿供桌上，坐着一个和尚，黑脸膛，一双金睛突暴。监寺的说：“好大胆的僧人！竟敢无故来搅闹佛门善地，你是何人？”那黑脸和尚说：“我乃万年永寿是也。皆因你等无故生货利之心，陷害我的子子孙孙，我等来报仇。你这恶僧该打。”立刻用手一指，说：“给我打。”监寺的不由的自己伸手打自己的嘴巴。吓的监寺的拨头往后就跑，回禀老方丈元彻长老。元彻长老一听，说：“阿弥陀佛，善哉善哉。好孽障大胆，待我去看看。”老方丈来到前面一看，说：“你这僧人为何无故前来搅闹佛门善地？”这黑脸和尚说：“你这和尚生货利之心，不守清规，不安本分，糟塌生灵，我特意前来将你逐出庙去。”用手一指说：“打。”老方丈不由己，自己打了自己二十个嘴巴。老方丈臊的面红耳赤，归到后面，也不知这黑脸膛和尚，是怎么一段情节。天天要打老方丈三遍。今天已然第七天，正然又打老方丈，小昆仑郭顺一看，说：“无量佛。上面僧人你为何施展法术打他？你也是和尚，彼此僧赞僧，佛法兴，道中道，玄中玄，红花白藕青莲叶，三教归真是一家，你打他你也不好看。依我说，看在山人的面上，饶了他罢，不必跟他做对。”黑脸和尚说：“你是哪来的老道？胆敢多管闲事！你要多嘴，我照样打你。”郭顺一听，气往上撞，当时要跟和尚翻脸。不知后事如何，且看下回分解。

第二二二回

金山寺永寿施妙法　小昆仑赌气找济公

话说小昆仑郭顺听和尚说话不通情理，自己有心要翻脸。后又一想，是非只因多开口，烦恼皆因强出头，我何必跟他为仇做对？想罢，这才说：“和尚，你不必跟我动怒，山人我解劝你为好。再说这庙中方丈乃是凡夫俗子，你何必欺负他？你要找和尚，总找那找得的，和尚又怕你不敢找。”黑脸和尚说：“哪个我不敢找，你只管说！”郭顺一想，现在济公大概回了庙，我叫他去找济公，济公必把他治了，叫他碰个钉子，省得他大肆横行。想罢说：“和尚，你敢到西湖灵隐寺去找济颠么？”黑脸和尚哈哈一笑说：“你既说叫我找济颠和尚，那容易。”说着立刻一点首说：“来。”只见由外面又进来一个黑脸和尚，也不知道是哪来的这样快。这和尚进来一声喊嚷说：“我乃千载长修是也。”说着话，来到大殿以前，说：“师父，差我哪旁使用？”万年永寿说：“徒弟，我派你到西湖灵隐寺把济颠给我拿来。”这千载长修和尚一声答应，说：“遵法旨。”立刻滋溜一晃脑袋没了。少时来到灵隐寺门首，迈步就往里走。两个门头僧说：“找谁？”黑脸和尚说：“打。”门头僧身不由己，自己就打嘴巴，往里就跑。千载长修也是来到大雄宝殿，往供桌上一坐，门头僧吓得到里面去回禀广亮。广亮一听胆子小，不敢出来，赶紧回禀老和尚元空长老。广亮先跪倒行礼说：“回禀老方丈，外面来了一个黑脸和尚，口称叫千载长修，把门头僧打了，他上了大殿的供桌。”老方丈乃是九世比邱，说：“好孽畜大胆，无故前来搅闹佛门善地。你去叫道济的徒弟悟真去拿他。”广亮立刻找孙道全，把这件事一说，孙道全说：“我去。”这才立刻来到前面大雄宝殿一看，果然是一个黑脸和尚在供桌上坐着，头上有一股黑气。孙道全一看赶奔上前，举剑照定和尚脖颈就是一剑。和尚就闭着眼，没留神这剑真砍上了，砍的这黑和尚一伸脖子，一道白印。孙道全说：“好孽畜，无故前来搅闹佛门净地，还不退去！”黑脸和尚张嘴照定孙道全喷出一口黑气，孙道全赶紧念护身咒，拨头往外就跑，说：“好利害！”话言未了，只听山门里一声喊嚷：“无量佛！”

孙道全一看，来者乃是神童子褚道缘，说：“好孽畜大胆，待山人来拿你。”伸手由兜囊掏出八宝装仙云光袋，照定妖僧一打，手中掐诀，口中念念有词，立刻把这黑脸和尚装到里面。褚道缘说：“倒出他来瞧瞧，是什么东西。”往外一倒，众人一看，现了原形，是一个大驼龙。褚道缘一看，说：“你真把和尚糟塌苦了。”书中交代：他师父原本也是一个大师，却为什么到金山寺去闹呢？这内中有一段原故。原本这山寺山下，当初没有这道买卖街。金山寺老丈想庙里有三百站堂僧，无所事业，素日净吃闲饭，日用太大，老方丈拿出银钱来修盖房子，赁给人开买卖。所为有烧香进庙人等，也可以作乐；又造了四十只渔船，赁给打鱼的，一天要一两银子。在他这山卖鱼，得给他庙里拿鱼税，每月多进钱若干。这个万年永寿奉龙王之令，在这里把守江口，有这些打鱼的，终日伤了他的子子孙孙不少，故此他一恼，才来到金山寺跟和尚做对。焉想到郭顺用话一激他，他这才派他徒弟来到灵隐寺搅闹，不想被褚道缘用装仙袋将他拿住，倒出来已然现了原形。褚道缘不忍伤害他，这才说：“孽畜，你无故前来搅闹，理应将你结果了性命。山人有一分好生之德，饶你这条性命。还不快去。”这驼龙慢慢爬出了山门，好容易驾起风来，竟自去了。

他刚走，济公由外面脚步踉跄回来了。书中交代：济公怎么倒后来呢？这内中有一段隐情。原本济公由常州府出来，和尚顺大路饥餐渴饮，晓行夜宿，这天走到金家庄。猛然抬头一看，有一股妖气直冲霄汉。和尚一按灵光，口念：“南无阿弥陀佛，善哉善哉！你说不管，我和尚焉有不管之理！”罗汉爷本是佛心的人，既知道，就要管。和尚有未到先知之能，这里住着金好善，家中大财主，最好做善事，无故把儿丢了。老员外各处贴告白条，如有人给送信必有重谢。今天罗汉爷正走在这里，总算行善的人家，该当逢凶化吉，遇难呈祥。和尚来到金好善门首一打门，管家出来，和尚说：“辛苦辛苦。”管家说：“和尚，你来此何干？”和尚说：“烦劳管家，你到里面就提我和尚乃西湖灵隐寺济颠僧，前来拜访。”管家叹了一声，说：“和尚，你趁早去罢。你要头半个月来，我家员外，必有一番的应酬。我家员外最好斋僧布道，人称叫金好善，你必是慕着名来的。这几天你来得不凑巧，我们员外愁的连饭都不吃了，你想你这不是白碰钉子？”和尚说：“有什么愁事呢？”管家说：“和尚你要问，我告诉你，这件事真新鲜。我们员外跟前就是一位公子，今年十八岁，原本是个文秀才，在我们这北边庄子有花园子，在那里念书。无缘无故，把我家公子丢了不知去向。我们员外各处贴告白条，直到如今音信皆无，各处都找遍了。我们员外愁的了不得，这样的善家按说不应当出这样逆事，你想我们员外哪里还有别的心思。”和尚说：“这个事不要紧，我就为这样事来的，你回禀你家员外，就提我和尚知道你家公子的下落，保准把你家公子给找回来。”管家一听说：“这话当真么？”和尚说：“真的。”管家半信半疑，这才赶奔里面。

老员外正在书房坐着发愁，管家进来说：“回禀老员外，外面来了一个穷和尚，他说他是西湖灵隐寺济颠，特意前来拜访老员外，他说他知道公子爷的下落。”老员外正在无计可施，一听这话，求之不得，赶紧往外就跑。来到外面一看，见和尚褴褛不堪，穷脏之极，这才说：“和尚，请里面坐。”济公一看这位老员外长得慈眉善目，头戴逍遥员外巾，身穿宝蓝缎员外氅，白袜云鞋，面如三秋古月，花白胡须，精神百倍。和尚这才往里走，来到南倒坐厅房一看，屋中很款式，所有摆设不俗，一概都是花梨紫檀楠木雕刻桌椅，名人字画，条山对联，工笔写意花卉翎毛。金好善说：“和尚请坐。未领教和尚贵宝刹在哪里？上下怎么称呼？”和尚说：“我乃西湖灵隐寺，上一字道，下一字济，讹言传说济颠僧就是我。”金好善一听，知道济公名头高大，连忙施礼，说：“原来是济公活佛长老来了。这可是活该，求圣僧大发慈悲救我罢。我跟前就是一个小犬，今年十八岁，尚未成家，考取了一个童生，素日就知道念书，并无别的外务。在我这北边我有一座庄子，那里有花园子最清净，他在那里攻书，有几个书童伺候。忽然那一日把我儿丢了。我派人到处找遍了，并无下落，素日他并没有歪邪之道，现在会没了，我各处贴告白条，直到如今音信皆无，求圣僧慈悲慈悲，给占算占算，倒是怎么一段情节？”和尚说：“你不用着急，我知道，今天三更至五更，我准把你儿找回来，叫你父子团圆。你先摆酒咱们吃饭。”金好善一听，心中甚为喜悦，赶紧吩咐摆酒。家中擦抹桌案，把酒摆上，老员外陪着和尚吃饭。和尚吃着饭，偶然一打冷战，和尚说：“好东西，少时我就找你去。”金好善说：“圣僧上哪找去？”和尚说：“你不用管，我必给你把儿子找回来。”吃饭完毕，和尚这才告辞，要去搭救金公子。不知后事如何，且看下回分解。

第二二三回

金公子心迷美妖妇　济长老慈心救好人

话说济公禅师由金好善家中出来，一直往北，走了有五六里之遥，来到一座石洞门首。和尚说：“开门来。”叫了两声，里面并无人说话。书中交代，这石洞内原本住着一个精灵。原本金公子在庄上念书用功，他本是一个书呆子，就知道念书，别无所好，每天念完了书，就在花园子看看花散散闷，活动活动。这天金公子在花园子游玩，见天上星斗满天，皓月当空，自己出了庄子，就在庄子左右闲步，也不敢往远处去。这天忽然心里一迷，往北走出来有一里多地，自己止住脚步。正在发愣，忽然由对面来了一个四十多岁的仆妇，来至切近说：“金公子，我家主人叫我来请你来了。”金公子一看并不认识这仆妇，连忙问道：“你家主人是谁呀？”仆妇说：“你跟我去，一见就知道了，不是外人是故友，都到齐了，净等候金公子你了。”金公子一想，也不知道是谁，跟着这仆妇就走。往前走了不远，只见一座广亮大门，门内有几个家人，就问仆妇说：“金公子来了么？”仆妇说：“来了。”立刻带领金公子往里就走。金公子一看这所房子甚为齐整，颇有大户人家的样子，金公子心中甚为纳闷。仆妇带着来到上面一打帘子，金公子一看，这屋中靠北墙有一张俏头案，摆设着各样玩物，头前一张八仙桌，两边有椅子，上手椅子上坐着一位千娇百媚的女子，长得够十成人才。头上乌云巧挽盘龙髻，耳坠竹叶梅的钳子，戴着赤金的首饰，鬓边斜戴一朵桃红海棠花。真称得起眉舒柳叶，唇绽樱桃，杏眼含情，香腮带笑，梨花面，杏蕊腮，瑶池仙子，月殿嫦娥，不如也。身上穿着银红色的女汗衫，周身走金线掐金边，上绣三蓝的花朵，品蓝绉绸的中衣，青缎子镶裤脚，织金的花朵，淡青绉绸的汗巾，上绣三蓝的五福捧寿。足下真是窄小金莲，二寸有余，不到三寸。大红缎子花鞋，上绣金线斗翅蜂，月白裹脚，绿紫腿带，真是头上脚下无一不好。两旁一边站着四个丫环。金公子一看一愣。仆妇说："这就是我家主人。"这女子说："金公子请坐，奴家乃玉皇大帝的女儿，我乃九天仙女。奉玉皇大帝之命，跟你有一段姻缘之分，我故此把你请来。"金公子一听这话，他本是个书呆子，心中渺渺茫茫，如醉如痴一般，说："姑娘，你跟我有金玉良缘，我得回去禀知母亲。"姑娘说："公子不必禀知母亲，你就在我这里住着罢。"立刻吩咐仆妇摆酒，陪着金公子二人开怀畅饮。

酒到十分，二人彼此俱有爱慕之心。金公子本是一个书生，家中并未娶过亲事。见姑娘十分美貌，人非草木，谁能无情？不由春心已动。女子斜眯杏眼，慢闪秋波，见金公子果然长得面如傅粉，脸似桃花，目如朗星，眉似漆刷，鼻梁高耸，唇若丹霞，双眉抱拢，玉面银牙，正是俏丽的英雄，令人可爱。姑娘一伸手拉住公子，二人眉目传情，彼此携手揽腕，进到里面屋中。仆妇丫环早把卧具放开，二人上床宽衣解带，共入罗帏。金公子如获至宝一般，软玉温香抱怀中，正是：携手揽腕入罗帏，含羞带笑把灯吹。金针刺破桃花蕊，不敢高声暗皱眉。二人成其百年之好，夫妻二人千恩万爱，金公子如醉如痴。云雨已毕，夫妻安寝。金公子乐而忘返，终日夫妻二人食则同桌，寝则同榻，时刻行坐不离。过了几天，金公子忽想起家来了，自己一想："大约相离我家不远，我何不到家瞧瞧我父母，再回来呢？"想罢，自己由屋中出来，打算要回家。看看各门户全都关着出不来，金公子就问手下从人说："我怎么出不去呀？我打算了回家瞧瞧再来。"手下人说："你要回家，得告诉我家主人，把你送回去，你自己不能回去。"金公子这天就说："娘子，你叫我回家去瞧瞧行不行？"女子说："行，过两天，我送你回去，你先别忙。"金公子被这女子迷住，也不能回家。

今天外面和尚来了，济公叫石洞门叫了两声，里面没人答话。和尚用手一指，石门就开了。和尚一直来到里面说："借光借光，金公子在这里没有？他父亲叫我找他来了。"金公子正同这女子一处吃酒，忽听外面有人说话，声音不熟。当时夫妻二人，出来一看，原来是一个穷和尚。女子一瞧说："好僧人，你来此何干？"和尚说："好孽畜，你无故兴妖作怪，迷住人家的公子，盗取真阳，不知正务参修，拆散人家的父子。你快把金公子交给我带回去，我和尚有一分好生之德，饶你不死。如若不然，我和尚定要结果你的性命。"这女子一听，气往上冲，说："好一个穷和尚，你敢前来拆散我的金玉良缘。"说着话，一张嘴就是一口黑气，照定和尚喷来，打算要用三千多年的内丹，将和尚喷倒。焉想到和尚用手一指，这股气就散了。女子一看，勃然大怒说："好和尚，焉敢破仙姑的法气，待我用法宝取你！"立刻由兜囊掏出一把小宝剑，也不过一寸多长，能大能小，祭起来要斩和尚。和尚用手一指，这宝剑一道黄光坠落于地。女子一看真急了，当时由屋中拉出一口宝剑，奔过来照定和尚劈头就砍，要跟和尚一死相拼。和尚说："好孽畜，大概你也不知道我和尚是谁！"伸手摘下僧帽，照她打去。金光缭绕，瑞气千条，当时将她罩住。现了原形，乃是一个大黄鼠狼。她原本有三千五百年道行，就在金公子那花园子里住着，常见金公子在花前月下闲步，她早有爱慕之心。这天把金公子引到这洞里来把公子迷住，今天被济公将她拿住，现了原形。

和尚说："金公子你看看，这就是你的令正夫人！"金公子豁然大悟，叹了一声，从前恩爱，至此成空；昔日风流，而今安在？凡人生在世，至亲者莫如父子，至近者莫过夫妻。细思想芙蓉白面，尽是带肉骷髅；美艳红妆，即是杀人利刃。瓦砚玉笔，难写空梦苦海；苦口良言，难解深思遐想。云雨时，不顾身躯；醒悟时，才知父母。金公子此时方才恍然明白过来。那黄鼠狼嗷嗷直叫，人有人言，兽有兽语，求圣僧长老饶命。和尚说："我和尚有一分好生之德，饶了你，你改不改？"黄鼠狼说："这样一来，打去了我百五年道行，我从此再不敢了。"和尚说："你既是改了，自己找深山去修炼，我和尚饶了你。"这才把僧帽拿起来，黄鼠狼驾起风逃命去了。她这一走，要赶奔五云山找五云老祖，下文书晃动聚妖幡，摆群妖五云阵，要报今日之仇。这是后话不表。济公把她放了，这些丫环也都是小妖变的，和尚说："我也不肯伤害你等，既能变化人身，都有几百年的道行，不容易。你等从此务正参修，后来方可以成正果，不可跟她学这样胡闹。"

和尚把群妖赶散，这才带领金公子出了山洞，回归金家庄。来到家中，金好善一见，说："圣僧真救了我一家人的命了！"父子见了面，金好善说："儿呀，你上哪去了？"金公子就把从头至尾的话一学说，金员外一听说："圣僧真乃活佛，要不是你老人家来救他，我儿必被妖精害了。我夫妇一心疼儿子，大略也活不成。总算你老人家救了我一家人的性命。"和尚说："不要紧，小事一段。总算你家里有德行，你叫你儿好好的用功读书，将来必可以上进，显名扬姓。"金好善说："儿呀，你快到后面见见你娘去罢。"金公子这才赶奔后面去，母子相见。金好善这里吩咐摆酒。家人点头，立刻摆上酒菜。金员外陪着和尚吃酒。吃完了，和尚就在厅房安歇。次日和尚起来，老员外又给和尚摆酒，正吃着饭，偶然和尚打了一个冷战。和尚一按灵光，早已知晓，和尚说："我要告辞，我有要紧的事。"老员外要送和尚银子，和尚不要。立刻出了金家庄，和尚施展验法，赶奔灵隐寺而来。不知后事如何，且看下回分解。

第二二四回

归灵隐师徒会面　四英雄无故遭屈

话说济公禅师方来到灵隐寺，这里方把千载长修放走，褚道缘正同孙道全师兄弟见面谈话，各叙离别。只见济公由外面进来，二人一见说:“师父来了。”赶紧上前行礼。和尚说:“你两个人起来。”褚道缘说:“师父要早来一步，正赶上一个驼龙，在这里搅闹，已被我用云光袋将他拿住，我不忍伤害他，又将他放了。”和尚说:“我知道。”孙道全说:“师父从哪里回来?”和尚说:“我由常州府回来，我还有要紧的事，你两个人在庙里住着罢。我来所为见见老和尚，我还得走。”褚道缘说:“师父有什么要紧的事，这样忙?”和尚叹了一声，说:“别提了，只因你小师兄悟禅到万花山去拿邵华风，把圣教堂放火给烧了，惹下八魔跟我作对。我跟八魔定下约会，本月十五日，在金山寺见。八魔必摆魔火金光阵，我和尚这一场魔火之灾，不能不去。我要见老和尚还有要紧事，你两个人给我在庙里看庙，千万不可远离。”孙道全、褚道缘二人点头答应。和尚这才来到后面，一见老方丈，口称:“师父在上，弟子道济参见师父。”老方丈元空长老一看，口念:“南无阿弥陀佛。善哉，善哉。道济你回来了，甚好。你我师徒一场，我有一件事要托付你。”和尚点头说:“我知道，我就为这件事来的，你老人家只管放心。我现在可还得走，我跟八魔定下约会，十五在金山寺见，我这场魔难，是脱不过的。完了事，是日我必到，决误不了事。”老方丈说：“甚好，现在这里还有一件因果，你也得办。”济公点头说：“我知道。我走了。我要到临安城去，顺便访几个朋友。”说着话，济公转身往外赶奔，又嘱咐孙道全二人好生看庙，不可远去。褚道缘说：“师父不须再三嘱咐。”济公这才出了灵隐寺下山，进了钱塘关。

正往前走，只见许多官人，押解着四辆囚车，往前走。里面四个犯人，正是风里云烟雷鸣，圣手白猿陈亮，飞天火祖秦元亮，立地瘟神马兆熊，都带着三大件手铐脚镣。和尚一看见，机伶伶打一寒战，伸手一按灵光，早已察觉明白，口念：“南无阿弥陀佛，善哉，善哉。”和尚看见，赶紧隐在一旁，这四个人并没看见济公。书中交代，这四个人因为什么遭这样的官司呢？这内中有一段缘故，正是天有不测风云之象，人有旦夕祸福之事。只因当朝右班丞相罗本，有一个儿子名叫罗声远，在云南昭通府做知府。他有两个爱妾，一个叫无双女杜彩秋，一个叫赛杨妃李丽娘，两个人都是生得千娇百媚，万种风流，罗声远爱如掌上明珠一般。他本是酒色之徒，在昭通府自到任以来，刮尽地皮，做了六年知府，俸满手中钱也够足了，告了终养。他父亲在当朝做丞相，一人之下，万万人之上，也是个贪官，家里也不指他在外面做官。罗声远打算要回家纳福，带领手下从人仆妇丫环侍妾等，吩咐收拾驼轮骡驼子车辆，带着保镖人满载而归，携眷起程。道路上饥餐渴饮，晓行夜宿，这天来到镇江府金沙岭打了公馆，住在店内。晚上天有三更时候，罗声远正同两个爱妾刚吃完了酒要安歇，忽由房上跳下几个贼人，各持钢刀，一声喊嚷说：“我乃飞天火祖秦元亮、立地瘟神马兆熊、风里云烟雷鸣、圣手白猿陈亮是也！我等在外面行仁做义，杀贪官，斩恶霸，剪暴安良，偷不义之财，济贫寒之家。只因你在昭通府刮尽地皮银钱，也不是好来的，我等特来抢你。”说着话把赛杨妃李丽娘、无双女杜彩秋两个爱妾抢出来，背着就走。家丁一拦，把家丁保镖人砍伤，抢去金银衣服首饰珍珠细软不少。罗声远把两个心上的爱妾一丢，如同摘去了心肝，急得如疯如痴，遣家人就在镇江府，呈报了劫财抢人，叫知府赶紧给办这案。罗声远叫家人在这里守候。他骑上快马就奔了京都，来到相府，一见他父亲罗本，罗声远放声痛哭。罗本就问："儿呀，有什么事，就这样悲痛？"罗声远就把两个侍妾被贼人夜内抢去，贼人自道名姓的话，说了一遍："爹爹要不叫镇江府把两个爱妾找回来，我也活不成了。"罗丞相一听，气得颜色更变，说："这还了得，好贼人，真乃大胆，竟敢欺负到我的头上。"连忙办文书，札饬镇江府赶紧给拿贼人，找侍妾。镇江府接着这套文书，自己一想这案要办不着，大概纱帽保不住，焉能惹得起罗丞相？知府真急了，张贴告示，如有人知道秦元亮这等四个贼人的下落，送信者赏银二百两，如有人拿住送到当官，赏银五百两。

飞天火祖秦元亮、立地瘟神马兆熊，二人自从前者由弥勒院回了家，永没出来，自己看破了绿林道，打算在家里安闲度岁月。秦元亮有一个内弟姓苗名配，原先家里很有钱，由他父母一死，他在外面吃喝嫖赌，无所不为，把一分家业财产全花完了。后来找秦元亮借三十两二十两，秦元亮念其至亲，一借就给，给一回，劝一回，说他一回。后来他自己就不肯张口多要了。十两八两，秦元亮还给。后来再要就是三两二两，直抽到三两吊钱，拿了去就输了，自己实没脸常来了。雷鸣、陈亮自从完了官司，这天就去找秦元亮、马兆熊，弟兄四个人在一处盘桓，也无以为事。偏巧苗配又来找他姐丈要借银钱，马兆熊前者就替秦元亮也给过好几十两银子，他说拿银去做买卖，永不再来。今天见苗配又来了，马兆熊本是个直心人。说："苗配，你真不要脸，我头一次给你十五两，第二次又是十两，第三次又是十五两，第四次又是五两。你说，自今以后改邪归正，现在你又来借钱了。就是你姐丈也不能尽着你输去，今天我非得管教管教你。"

秦元亮也要打他，只雷鸣、陈亮在旁边劝着。说好说歹的，又给他两吊钱叫他走了。

焉想到这小子生起坏心，恩将仇报，自己一想：“现在镇江府贴赏格告示，拿秦元亮、马兆熊、雷鸣、陈亮四人，如有人送信，赏银二百两，我何不去送信得二百银子呢？”这小子哪管什么伤天害理，只要钱到手就得，立刻来到镇江府门首说：“辛苦。哪位该班？”值日班刘来说：“什么事？”苗配说：“我来送信。秦元亮、马兆熊、雷鸣、陈亮，我知道这四个人的下落。”值日班说：“这话当真？”苗配说：“这还能假？”值日班叫人先看着苗配，刘来进去回话。当真知府这件事愁的了不得，刘来说：“禀大人，外面来了一个送信人，知道秦元亮等四个人下落。”老爷一听说：“好。”立刻升堂，吩咐将送信人带上来。苗配来到公堂一跪，老爷说：“你姓什么？”苗配说：“小人姓苗叫苗配，我知道秦元亮、马兆熊、雷鸣、陈亮这四个人，在金沙岭做的案。我跟秦元亮是亲戚，我可跟他们素日并无冤仇，皆因老爷贴告示，小人我恐怕他们犯了案，说我知情不举，纵贼逃脱之罪，小人故此前来送信。”知府说：“好，只要这话是真，现在哪里，我派人将他四个人拿来，我必赏你二百银子。”苗配说：“老爷要派人拿去，须多调官兵。这四个人现在秦家庄路北大门，恐怕人少拿不了。”这小子把四个人告发了，秦元亮众人要知道他卖的，岂能饶他！苗配一想，莫如一狠二毒三绝计，叫他们打了官司，我得二百银子包个美人，吃喝玩乐，故此说叫老爷多派人。知府说：“怎么还得多派人呢？”苗配说：“这四个人能为很大，人少决拿不了，拿漏了再拿可就难了。”知府一听说：“好。”吩咐暂把苗配押起来，立刻调城守营二百官兵，本衙门一百快手，大班头陈永、李泰带领三百人，当时来到秦元亮门首，把宅子就围上。上前一打门，家人出来一看说：“找谁？”陈头说：“找秦爷、马爷、雷爷、陈爷四位，面见有话说。”家人进去回禀，这四个人尚在睡里梦里，居心无愧，立刻一齐出来。秦元亮说：“众班头什么事？”陈永说：“你们四位的事犯了。”四个人一惊，说：“什么事犯了？”陈永说：“你们自己做的事还用问！”哗啰一抖铁链，就把四个人锁上。不知四个人这场官司性命如何，且看下回分解。

第二二五回

辨曲直忠良施恻隐　派镖丁私访被害情

话说镇江府的班头将秦元亮、马兆熊、雷鸣、陈亮四个人锁上，这四个人也不敢拒捕，只可跟着，一同来到镇江府衙门。先把四个人押在班房。原办进去一回话，知府立刻升堂，壮皂快三班喝喊堂威，知府吩咐："将贼人带上来。"官人押着四个人往里走，说："金沙岭店中明火执仗，抢夺财物，杀死家丁，抢去卸任官长的侍妾，秦元亮、马兆熊、雷鸣、陈亮四个人告进。"这四个人一听这话，吓的颜色更变。四个人在堂下一跪，知府一拍惊堂木说："你四个人姓什么？叫什么？"秦元亮等各自回话报名。知府说："秦元亮，你等在金沙岭店中抢去罗大老爷的侍妾，杀死家丁，抢去金银财物，同伙办事共有几个人？快说实话！免得本府三推六问，那时你等皮肉受苦，也得招认。"秦元亮四人跪上半步，向上叩头说："老爷在上，小人等原系安善良民，守分度日，素日以保镖为业。老爷说金沙岭明火执仗杀人，这些事小人等一概不知。我等从来并未做过犯法之事，求老爷笔下超生，小人等实在冤屈。"知府一听说："你们这些人，必是久惯做贼，在本府公堂之上，尚敢狡展。大概抄手问事，万不肯应，来，给我拉下去打！"秦元亮说："老爷暂息雷霆之怒，小人等有下情告禀。说小人等明火执仗，何为凭据？老爷要用严刑苦拷，叫我等认谋反大逆，我等受刑不过，也得招认。求老爷明镜高悬。”知府说：“你等在店中抢劫，罗老爷报告，说你等自道的姓名，此时你等还敢狡展？”陈亮说：“老爷明见。小人等要真在金沙岭做案，我等焉能还自道名姓？老爷想情，这必是贼人跟我等有仇，冒充我等的姓名。小人在镇江府住居多年，老爷不信，问台下官人，我等要在本地有案，老爷台下官人早就把我们办了。”知府一想这件事，莫若先行文书报与罗相，听罗相的回文，再作道理。想罢，这才吩咐：“把四个人先钉镣入狱。”一面赏了苗配二百银子发放，即派师爷办了一套文书，咨送到京，说明现在办着了四个人，尚未取供，请示相爷的回谕。罗相一想管他是与不是，叫知府派人押进京来，就地正法，可以振作振作，以后省得再有贼人欺负我儿子。想罢立刻给知府一套文书，叫镇江府将四个贼人押到京来，交刑部按律治罪。知府接着文书，立刻派人传两个解差，十个打手，打造四辆木笼囚车，将秦元亮、马兆熊、雷鸣、陈亮解到京来，有一套咨文，一并交到刑部。方才来到临安城，正遇见济公，济公旁边一闪，看了半天，和尚这才过去。雷鸣、陈亮一看见济公，陈亮说：“师父，你老人家得想法子救我们。”和尚说：“你等遭这样大祸，我和尚暂时也没工夫。你等几个人不用害怕，到了刑部再说，吉人自有天相。”和尚说罢，竟自去了。

众解差押解四人来到刑部，把文书差事交到。值日班把差事留下，将文书递上去，刑部正堂陆大人一看，立刻升堂，官人把雷鸣、陈亮带上去，陆大人一问，这四个人仍然实话实说。陆大人一看，这文书与四个人的口供不符。这位陆大人本是一位清官，自为官以来，两袖清风，爱民如子。一问雷鸣、陈亮四个人，在金沙岭抢罗老爷的侍妾财物，杀死家丁，同伙办事共有几个人，陈亮说：“回禀大人，小人等在镇江府住居有年，原系安分守己，并未做犯法之事。金沙岭的事，小人等一概不知，求大人这辈为官，辈辈为官。大人想情，我等要去抢劫，焉能自道名姓，留下祸根？这必是贼人跟我等有仇，他等做案陷害我等。求大人笔下超生。”陆大人一想，这其中定有缘故。立刻吩咐先把四个人入了狱，随后坐轿去拜罗丞相请见。罗声远把陆大人请进来，坐下一谈话。陆大人说：“现在镇江府解了四个贼来，我一讯供，看这几个人大概不实。少大人当初在金沙岭被抢的那一天，可曾记得贼人的模样？”罗声远说：“我也记不甚清。有一个穿青皂褂黑脸的，有一个穿白带素白脸的，有一个黄脸的，余者我就渺茫了。”陆大人一听说：“这就不对了，这四个人没有黑脸的。秦元亮是红脸，马兆熊是青脸，雷鸣是蓝脸红胡子，陈亮是白脸，大概这四个人必屈枉。”罗声远说：“谁管他屈枉不屈枉，他等情屈命不屈。大人把他们正了法，振作振作，以惊贼人之胆。要不然大员子弟在外省做官，有钱就不用回来了。”陆大人一听，话有点不通情理，也不肯深往下说，自己告辞，回来坐在书房，思想此事。真要用严刑苦拷，叫这四个人招了，就是四条人命，做官者关乎德行阴骘，放是不能无故的放了，官事办不下去。越思越想，沉吟了半晌，忽然想起了主意，立刻吩咐家人去把二位看家护院的请来。家人点头，去不多时，把二位护院的师父带到书房。

这二位护院的，原本是江北贺兰山的人，在九杰八雄之内很有能为，在陆大人家多年，一位姓华名元志，绰号燕子风飞腿华元志，一位叫乐九州神行武定芳。两个人来到书房行礼，说：“大人呼唤我二人有什么事？”陆大人说：“二位教师，素日本部院待你等如何？”华元志说：“大人待我等甚厚，大人有什么事，只管吩咐，我二人万死不辞。”陆大人说：“既然如是，我这里现在收了四般差事，在金沙岭抢了罗公子的侍妾金银，贼人秦元亮、马兆熊、雷鸣、陈亮，现在这四个人据我看冤屈，罗相要把这几个人糊里糊涂的杀了，本部院我不能做这亏心事。放又不能，此时也不能再给镇江府行文书，叫他办这案，已然他算把这案的人交来。我这衙门专管刑事，手下人也没有久惯办案之人，我派你二人到镇江府去觅访此案。如能把真盗犯访着，我给你二人办一套公文，不拘哪州府县，可以会合本地面文武官员，帮你等捉拿贼人。如能把贼人办来，头一则救这四个人的命，再说本部堂也有名，也是一件德行事。给你二人一百银子盘费，就烦你二人辛苦一场。”华元志、武定芳说：“大人既是吩咐，我二人遵命，明天就起身。”陆大人立刻给办了一角文书，用了关防。

次日二位英雄领了一百银子，换上衣服，各带兵器。华元志是穿蓝翠褂壮士打扮，武定芳穿白素缎，二人衣服鲜明，各带夜行衣包。在陆大人跟前告辞，出了京都，顺大路赶奔镇江府。道路上寻踪探迹，饥餐渴饮，晓行夜宿，这天已到镇江府地面。偏巧错过了镇店，天已黑了，上不靠村，下不靠店，二人往前走进了一座山口，见远远的一片松林，似有住户人家，来至切近一看，原来是一座古庙。这座庙还不小，二人一想庵观寺院过路的茶园，找不着镇店，可以庙中借宿一宵，讨点斋饭，临走多给香资，亦未为不可。武定芳说：“大哥，你我就在这庙里借宿罢。”华元志说：“也好。”二人这才上前叫门。工夫不大，只见由里面出来一个人，有三十多岁，两道粗眉毛，一双圆眼睛，鹦鼻子，尖下巴，两腮无肉，身穿白布褂裤，白袜青鞋，仿佛像火工道人的样子。华元志赶紧举手抱拳，说：“辛苦辛苦。”这人说：“二人找谁？”华元志说：“我二人原本是远方来的，今天越过了镇店，行到此处，也不知这座庙内是和尚是老道，望乞尊驾给回禀一声，我二人要在此借宿一宵。庙中有斋饭，我二人叨扰一顿，明天香资多付。”这人说：“原来二位是远方来的要借宿，这件事我可不敢自主，我得到里面回禀我家方丈去。”华元志说：“好。”这人转身进去，工夫不大，由里面出来说：“二位请罢。”华元志、武定芳二人，这才往里赶奔。焉想到今天一进这座庙，身入龙潭虎穴中。不知后事如何，且看下回分解。

第二二六回

因访案误入藏珍寺　识奸计冒险捉群贼

话说华元志、武定芳二人跟着进了庙，这人带着由大殿往西一拐，来到西跨院。这院中是四合房，北上房三间，南房三间，东西配房各三间。把二位英雄让到北上房，这屋中是一明两暗，屋中倒很干净。二人来到屋中，这人给点上灯，倒过茶来。华元志说："尊驾贵姓？"这人说："我姓孙叫孙九如，未领教二位贵姓？"华元志说："我姓华。这庙中几位当家的？"孙九如说："就是一位老方丈，有点老病根，可不能出来见你二位。"华元志说："不敢劳动老方丈，你这庙中要有吃的，给我俩拿一点来，明天多给香资。"孙九如说："施主说哪里话来，此乃是十方门地，十方来，十方去，十方钱粮应酬十方事，我给二位收拾去。"说着遂转身出去。工夫大了，好容易才拿油盘来了，端进四样素菜来，一壶酒，一盘炸面筋，一盘炒豆腐，一盘炒白菜，一盘拌豆腐丝。杯筷碟，都给拿来。说："二位施主被屈点罢，这庙中可没有什么好吃的，有馒首有粥，二位随便用罢。"说完了话，转身出去。武定芳拿起筷子方要吃，华元志说："贤弟，你先等等吃。"武定芳说："怎么？"华元志说："我看这个孙九如，方才说话，眼珠儿滴溜溜乱转，恐其中有诈。再说这座庙，又不靠村庄，又不靠大道，每逢庵观寺院，乃是藏贼的窝巢。出门在外，不得不留神。我看他说话伶牙俐齿，二眸子乱转，圣人有云，胸中正，则眸子瞭焉，胸中不正，则眸子眊焉。我看其中有缘故，先等等吃罢。”说完了话，工夫不大，孙九如由外面进来，说：“二位酒够不够？”华元志把酒斟出来一看，酒发浑，在酒杯子里直转，华元志更生了疑心，说：“孙九如，你喝一盅。”孙九如一听，连连摇头说：“我不会喝。”华元志见孙九如转身就要往外走，华元志过去一伸手，将孙九如揪住。一个黄鹂拿嗉，一捏嘴把这盅酒灌下去。立刻就见孙九如蹬蹬腿裂裂嘴，翻身栽倒，人事不知。华元志说：“贤弟，你看如何？”武定芳说：“总还是兄长细心，今天要是我就上了当了。兄长既把这厮拿住，打算怎么样？”华元志说：“你我先里面听听风再说。”武定芳说：“既然这厮施展毒计，陷害你我，大概这庙中必有贼人窝藏。你我还等什么，简直咱们到各处探探去。”华元志一听，说：“也好。”二人这才把孙九如捆好，口堵上，往底下一搁。

二人把灯吹灭出来，将门倒带，立刻蹿房越脊，探来探去，探到东跨院一看，北上房屋中灯光闪朔。二人一看有后窗户，来到后窗户，将窗纸湿了一个小窟窿，往屋中一看，靠北面冲南坐着两个大脱头和尚，可看不见脸膛。在东边坐定一人，头上带紫色壮士帽，身穿青布衫，黑脸膛，凶眉恶眼。靠西边坐定一人，穿蓝翠褂，白脸膛，细眉圆眼。在南面坐定一人面冲北，头上紫色壮士帽，紫箭袖，面如紫玉，两道丧门眉，一双吊客眼，双睛暴露于外。华元志二人在暗中瞧看，见这五个贼人在一处吃酒，就听东边坐着这个黑脸的说：“今天来者这两个人，大概是翅子窑的鹦爪孙。”就听西边那白脸的说：“别管他是不是，把他等拿住，亮字字把瓢给摘了，总算他情屈命不屈。”就听和尚说：“怎么孙九如去这半天还不来呢，莫非有什么变故不成？高二弟你去瞧瞧去。”这黑脸的站起来，一声答应，往外就走。华元志一拉武定芳，二人在后面蹿房越脊跟随。华元志说：“先把这个贼人拿住，问问底里根由。”二人见贼人来到东跨院，华元志由上面蹿下来，过去一腿，就把贼人踢倒，贼人方要嚷，华元志一掐贼人的脖子，拉出刀来一擎，说：“你要嚷，我当时结果你的性命。你说了真情实话，饶你不死。这庙中是怎么一段情节？”贼人吓的魂不附体，说：“大太爷你别杀我，我实说。”华元志说：“你说罢。”贼人这才从头至尾一述说。

书中交代，这座庙叫藏珍寺，老和尚名叫法长。这两个和尚，一个叫月明，一个叫月朗，是老和尚的门徒，前者由打白鱼寺漏网。只因为抢花花太岁王胜仙的侍妾，把庙也入了官了。这两个人就逃到他师父这里来，提说把一座白鱼寺抛了，老和尚劝了这两个人半天，后来老和尚上三更岗去，把这座庙就给徒弟。临走还谆谆嘱咐，叫两个人务本分。这两个人本是酒色之徒，焉能改的了。在庙中又修出夹壁墙地窖子，打算弄将两个妇女来终日作乐。这天外面来了几个绿林的朋友，正是黑毛蚕高顺、红毛吼魏英、白脸狼贾虎、恨地无环李猛、低头看塔陈清、赛云龙黄庆、小丧门谢广。这些人由打藏珍坞逃走，跟邵华风分了手，各奔他乡，谁也顾不了谁。这几个人投在藏珍寺来，一见月明、月朗，本系旧日的朋友，月明说：“众位从哪来？”众人说：“别提了，我等在慈云观住着，打算帮赤发灵官邵华风共成大事，不想被官兵把庙也抄了，被济颠和尚追的我等上天无路，入地无门。知道二位当家的在这里，我等来到这里，暂为借住几天，再想主意。”月明说：“那有何妨。众位只管住着，有吃有喝的。”众人在庙里住了几天。这天大众谈起话来，黑毛蚕高顺说：“常州府官兵抄慈云观，济颠和尚帮着都不恼，惟有雷鸣、陈亮、秦元亮、马兆熊这四个人可恨。他们也是绿林人，反帮助官兵跟绿林中做对，我哥哥高珍死在他四人之手，我早晚总得报仇。”那边白脸狼贾虎说：“高二哥，你要打算报仇，害雷鸣、陈亮这四个人容易，我倒有个主意。咱们也别在庙里，白吃当家的，我出去采采盘子。要有了好买卖，我给你们众位送信。咱们做下案，留下雷鸣、陈亮他们四个人的姓名，叫官人把他们办了，你我又得了财，又报了仇，好不好？”众人说：“好，还是贾贤弟这个主意高明。”

白脸狼贾虎立刻由庙中出来，到四处访查。这天听说云南昭通府罗声远卸任，带着两个美妾，一个叫无双女杜彩秋，一个赛杨妃李丽娘。驼轿车辆，金银细软不少，有四镖丁护送回家，住在金沙岭万成店打了公馆。贾虎打听明白，回到藏珍寺一学说，两个和尚本是酒色之徒，一听说有两个美人，不但有银钱，还有这样的美妾，和尚说：“众位一同去！”群贼晚间各带兵刃，换上夜行衣，扑奔金沙岭万成店而来。各施展飞檐走壁之能，进去一探，探到东跨院，见罗声远正同两个美人在北上房喝酒，果然长得千娇百媚，万种风流。李猛、陈清先下去，进上房就把美人抢出来。高顺砍了罗声远一刀，说：“我乃风里云烟雷鸣。”李猛说：“我乃圣手白猿陈亮。”黄庆说：“我乃飞天火祖秦元亮。”谢广说：“我乃立地瘟神马兆熊。只因你是赃官，剥尽地皮，我等行侠做义，特来抢你。”镖丁出来一拦，砍死两个镖丁，抢了金银珠宝不少，群贼背着两个美人满载而归。回到庙里，见两个妇人十分美貌，群贼都是酒色之徒，大家争论，这个也要要，那个也要要。月明、月朗说：“你们众位都不能要，在我庙里犯事，我耽沉重，我二人每人一个。”硬强霸下，众贼人又不敢翻脸，和尚都会法术。银钱细软，和尚拣好的留多一半，众人分少一半。众人心中俱皆不悦。因此分赃不匀，李猛、陈清、贾虎、魏英四个人皆气走了。高顺、黄庆、谢广三个人无地可投，在这庙里住着，也没听说雷鸣、陈亮等四个人死了没有，就听说打了官司。今天华元志、武定芳一来，群贼疑惑不是官人，就是玉山县雷鸣、陈亮的朋友，故此叫孙九如拿蒙汗药酒，打算要害这两个人。不想被华元志看出来，先把孙九如拿住。这又把高顺拿住，高顺说了真情实话。二位英雄要想拿贼，不想惹出一场大祸，且看下回分解。

第二二七回

月明月朗施妖法　济公班头捉凶贼

话说黑毛蚕高顺被二位英雄拿住，不能不说实话了，这才说："二位大太爷饶命，要问这座庙，叫藏珍寺。两个和尚，叫月明、月朗，我叫黑毛蚕高顺。这里还有一个赛云龙黄庆，一个小丧门谢广，我等是由慈云观逃在这庙里来的。"华元志说："大概金沙岭杀死镖丁，抢劫财物和罗声远两个侍妾杜彩秋、李丽娘，必是你们做的，冒充雷鸣、陈亮。你说实话，饶你不死。"高顺说："不错，是我们连和尚一共九个人去的，现在走了四个，因为和尚把两个侍妾霸下，现在夹壁墙搁着。金银他要多一半，故此分赃不匀，气走了四个人。一个叫恨地无环李猛，一个叫低头看塔陈清，还有红毛吼魏英、白脸狼贾虎。这是已往真情实话，二位大太爷要是绿林人，饶我这条命，我日后必有一分人心。"华元志听明白，这才把高顺捆上，嘴堵上，搁在北上房屋里，将门带上，说："武贤弟，随我到东院去捉拿那四个人。"武定芳点头答应。这二位也是艺高人胆大，立刻各拉兵刃来到东跨院。堵着北上房一声喊嚷，说："好贼人，你等趁此出来，你家大太爷乃是堂堂英雄，你等施展这样诡计，焉能瞒的了你家二位大太爷？今天你等休想逃走！"屋中两个和尚月明、月朗同黄庆、谢广正在吃酒，四个贼人一听，当时往外赶奔。抬头一看，见院中站定两个人，一位穿蓝翠褂，一位穿白爱素，俊品人物，各擎着钢刀，威风凛凛。月明、月朗一看，说：“好小辈，大胆，也敢来到洒家这庙中这样发威。你也不打听打听，洒家有多大能为。你两个人姓什么？叫什么？”华元志说：“贼人，你要问，大太爷姓华名叫华元志，人称叫燕子风飞腿华元志。”武定芳也道了名姓。二人方要往前赶奔，月明、月朗立刻一念咒，用手一指，说声“敕令”，当时用定神法将华元志、武定芳二人定住，不能动转。月明说：“这两个人，岂不是飞蛾扑火，自来送死。来人，把他两个人捆上。”赛云龙黄庆说：“当家的，何必捆他们，我过去手起刀落，把他二人杀了就完了。”月明、月朗说：“也好。”赛云龙黄庆立刻伸手拉刀，方要往前赶奔，忽听四外人声呐喊说拿，四个贼人大吃一惊。书中交代：怎么一段事呢？

凡事要想人不知，除非己莫为。只因济公看见雷鸣、陈亮、秦元亮、马兆熊四个人囚车押解赶奔刑部，和尚一想，这件事焉能袖手旁观呢，自己一想要办这件事，非得如此这般，这等这样。想罢，和尚往前走，忽见一人要跳河寻死。见此人有三十多岁，淡黄的脸膛，穿着月白裤褂，白袜青鞋，像买卖人的打扮。刚要跳河，和尚过去一伸手，将这人揪住。和尚说：“朋友，你为什么要跳河？你跟我说说。”这人叹了一声，说：“大师父，你管不了。我告诉你罢，我原本姓杨，名文彬，在钱塘关外开小器作，字号巧艺斋。在莫丞相府应了点活，我在府里做活。莫丞相有一位公子名叫莫文魁，最好养蟋蟀。他有一条蟋蟀原本是虫王，当初花五百银子买来的，偏巧我一多手，把蟋蟀罐子碰倒了，把他蟋蟀也跑了。莫公子打了我四十军棍，叫我赔一千银子。不赔不行。大师父你想，我卖个家产尽绝，也没有一千银子。我莫若一死，也就算完了。”和尚说：“这个事不要紧，你别死，你回小器作铺子等我，听我的话，我管保你没事，你想好不好？”杨文彬说：“和尚，这话当真？”和尚说：“不假。”杨文彬说：“大师父，贵上下在哪庙里？”和尚说：“我乃西湖灵隐寺济颠僧是也。”杨文彬一听，说：“原来是圣僧。”赶紧跪倒叩头，知道济公名头高大，乃当世活佛，说：“圣僧长老，你救我罢，我家有老母妻子，但有一线之路，我也不能寻死。”和尚说：“你回头回铺子听信罢。”杨文彬这才自己告辞。

和尚往前走，来到大街，花一百钱买了三个蟋蟀，装在僧帽里，往头上一戴，够奔路北一座酒馆。迈步进去，找了一张桌，要了酒菜，自斟自饮。这雅座里正是莫公子在这里吃饭，外面有十几位蟋蟀把式，挑着蟋蟀罐子，打算吃完了饭，要上莫相府跟二公子秦桓去斗蟋蟀。和尚喝着酒，蟋蟀在帽子里面一叫，旁边众把式说：“和尚，你还带着蟋蟀吗？”和尚说：“是呀，你们上哪去？”众人说：“我们吃完了饭，上莫相府跟莫公子去斗蟋蟀去。”和尚说：“你们有多少蟋蟀？”众人说：“有四十八条。”和尚说：“你们那蟋蟀是斗蟋蟀，我说那不算为奇，我这蟋蟀能斗鸡。”大众说：“真的吗？”和尚说：“我有三个虫王，一个叫金头大王，一个叫银头大王，一个叫镇山五彩大将军。”众人一吵嚷，莫公子由里面出来，众把式说：“公子，你看这位和尚有三个蟋蟀虫王，说能斗鸡。”莫公子说：“大师父这话当真？你斗斗我们瞧瞧，行不行？”和尚说：“行。”立刻把饭铺鸡笼里小花鸡拿出一只来，和尚用手一指，把帽子摘下来。莫公子一看，果然这三条蟋蟀，都有一分重一个，真是出号的大虫。和尚把蟋蟀搁在地下，一个小鸡子本都是饿急了的，瞧见蟋蟀过去就要吃。那蟋蟀一蹦，跳在鸡脑袋上，咬的小鸡子直叫直跑。和尚把蟋蟀拿起来说：“别把我的宝贝伤了。”莫公子一看，说：“和尚，你卖给我罢，要多少银子我给多少银子。”和尚说：“不卖，我这好容易由南省找来的，本地没有。我不能卖这三个蟋蟀，还不定赢多少银子呢！”莫公子说：“你卖给我两个，再不然卖给我一个。”和尚说：“一个也不卖。”莫公子说：“大师父你在哪庙里？”和尚说：“我乃西湖灵隐寺济公。”莫公子一听说：“这更不是外人了，你是秦相的替僧，圣僧总得卖给我。”和尚还不卖。莫公子又托出人来见和尚，一定要买。和尚说：“莫公子要买，我跟你商量。钱塘关外巧艺斋小器作，有个杨文彬，他给你丢了一个蟋蟀，我作为赔你一个，他跟我有点牵连。这三个都给你，你再给我一千银子，少了可不卖。”莫公子说：“那行。杨文彬我也不找他，我就给圣僧一千银子。”当时给了和尚一千银子的银票。和尚拿着出了酒馆，来到钱塘关巧艺斋，见了杨文彬。和尚说：“你的事已完了，莫公子也不能再找你，我给你五百银子，你好好的度日。”杨文彬千恩万谢，给和尚叩头。

和尚告辞，出了巧艺斋，正碰见柴元禄、杜振英、雷四远、马安杰四位班头。一见和尚，四个人上前行礼。和尚说：“四位头儿哪去？”柴头说：“别提了，现在这位老爷到任未久，地面上连出了好几件盗案，昨天偷到京营殿帅府去，把夫人的凤冠霞佩偷去，还有一匣子家藏的珍珠细软。今天京营殿帅下来令，给六天限要破案，要办不着这案，连我们老爷的纱帽都戴不住。我们心里别提多急了。”和尚说：“不要紧，我这里有五百银子，烦你到刑部去托托人情，现在那位雷鸣、陈亮爷，还有一位马兆熊，一位秦元亮，四个人打了官司，你给托托里外多照应，别叫他们受屈。我在这醉露居等着你们回来。我带你们去办案，管保伸手可得。”柴元禄说：“行。”叫雷头、马头陪着和尚喝酒，他同杜头赶奔刑部。一见门班、皂班、牢头、禁卒花钱一托，有人带着二位班头，去见雷鸣、陈亮、秦元亮、马兆熊。柴头说：“我奉济公之命，拿五百银子来上下里外都托了，你们四位只管放心，也不能受私刑上鞭床，要吃有吃的，都有人照应，官司必有出头之日。”雷鸣、陈亮说：“劳二位驾，改日再谢，先给济公代问好。”柴杜二人说：“是。”这才告辞出了刑部，来到醉露居。一见济公，柴头说：“都托好了，也见了他们四位，师父你替我们辛苦辛苦罢。”和尚这才要带领四位班头，前去拿贼。不知后事如何，且看下回分解。

第二二八回

勾栏院耍笑捉贼寇　太守徇二贼供实情

话说柴元禄、杜振英来到醉露居一见济公，和尚说：“二位辛苦。”柴元禄说：“圣僧放心罢，刑部里全都托置好了。”和尚说：“甚好，二位坐下喝酒罢。”柴元禄、杜振英坐下，喝了几盅酒，说：“圣僧，咱们哪去办案去？”和尚说：“先喝酒，别忙，少时我自有道理。”柴杜雷马四位班头，是心急似箭，恨不能一时把贼人拿住好交差。和尚也不着急，左一壶，右一壶，杯杯净，盏盏干。四位班头又问说：“圣僧，你老人家慈悲慈悲罢。”和尚说：“有什么事，先喝完了酒再办。”四个人干着急无法，喝来喝去直喝到掌灯以后，和尚这才说：“咱们走罢。”四位班头给了酒饭账，柴头说：“圣僧，方才到刑部去托人情，里外共用了二百两，给雷爷陈爷他们四位留下一百两，还剩下二百两，交给你老人家罢。”和尚说：“我不要，给你们四位分罢，可以随便置点衣裳。”四位班头不肯要，和尚一定要给，四个人这才谢过了济公。大众一同出了酒馆，和尚说：“四位班头跟我走。”柴头说：“上哪去？”和尚说：“你们别管，我和尚自有地方去，管保到那里伸手可得。”

四位班头知道济公有未到先知之能，随后跟着和尚，来到一条胡同，乃是勾栏院门首，见里面挂着大门灯。和尚说："四位，这是哪里？"柴头说："师父这不是明知故问吗？这是御勾栏院。"怎么叫御勾栏院呢？原本宋朝年间，勾栏院的妓女，都是大官宦人家犯了罪抄了家，把姑娘小姐打在勾栏院，奉旨为娼，故此叫御勾栏院，如同御前当差一般。和尚来到勾栏院门首，故意问柴元禄等四位班头这是哪里。柴头说，这是勾栏院。和尚说："四位头里走，我和尚今天开开眼。"柴头说："上这里做什么？"和尚说："你不用问。"四位班头一听有些明白，这才往里走。和尚看大门上有副对联，上写道："初鼓更消，推杯换盏多欢乐；鸡鸣三唱，人离财散落场空。"这副对联原本是一位阔大爷花钱花落了品写的。横批是"金情银意"四字。和尚随着四位班头进了大门，见迎面是影壁，白石灰画的棋盘心，上面有人题着四句诗，写的是：下界神仙上界无，贱人须用贵人扶。兰房夜夜迎新客，斗转星移换丈夫。

影壁头里有一架荷花鱼缸，栽着荷叶莲花。四位班头同和尚一进来，门房众伙计一看认识，说："众位头儿，今天怎么这样闲在，有什么事么？"柴头说："没事，到里头坐坐。"说着话，往里走。这院中是四合房，北上房五间，南倒坐五间，东西配房各三间。刚到院中，见老板由上屋里出来，和尚一看这位老板有三十多岁，打扮的俊俏，正是：云鬓半偏飞凤翅，耳环双坠宝珠排。脂粉半施自由美，风流仍带少年才。

老板一看说："呦，众位头儿从哪来？请上房坐罢。"当时打起帘子，一同来到屋中。和尚睁眼一看，正当中挂着半截身的一幅美人图，上面有人题着四句诗，写的是：百般体态百般姣，不画全身画半腰。可恨丹青无妙笔，动人情处未曾描。下面写着惜花主人题。屋中极其干净，都是花梨紫檀楠木雕刻桌椅。众人落了座，有老婆子倒过茶来。老板说："众位头儿，今天怎么样闲在？"柴头说："没事。到这里搅个座。"老板说："众位头儿说哪里话来，请都请不到的。这位大师父你是一位出家人，怎么也到我们这地方来？”和尚说：“出家按一口锅，也跟在家差不多。”老板说：“大师父在哪庙里？”和尚说：“我在取马莱胡同黄连寺，我叫苦合。”柴头等众人嘻嘻的笑。

正说着话，外面门房喊嚷：“二位大爷来了。”老板一声答应，往外赶奔，说：“二位大爷来了，到西院里坐罢。”众班头往外一看，只见头前进来这人，头带粉绫缎六瓣壮士巾，上按六颗明镜，迎门一朵素绒球，秃秃乱晃。身穿粉绫缎色箭袖袍，周身绣三蓝牡丹花，走金线掐金边。腰系五彩丝鸾带，单衬袄，薄底靴子，外罩一件粉绫缎英雄大氅，周身绣团花。面如白纸，两道剑眉，一双三角眼，裂腮额吊脚口。后面跟定一人，穿蓝翠褂，壮士打扮，面如淡金，粗眉圆眼。二人衣服鲜明。就听这二人说：“方才我在酒馆叫人来接，怎么会竟敢不去？”老板说：“二位大爷别生气，方才轿子来接，正赶上没在家，船上有一位金公子叫了去。要在家焉有不去之理？二位大爷也不是外人，多包涵罢。”这两个人刚要往后院走，和尚说：“四位班头，别叫这两个贼人走。”四位班头赶紧往外赶奔。书中交代：这两个贼人非是别人，头前这个穿白的，乃是白脸狼贾虎。后面跟定乃是红毛吼魏英。这两个贼人自打藏珍寺因分赃不匀赌气，二人够奔京都来了，住在钱塘关天竺街万隆店内。晚上由店中出来窃盗，在这临安城做了有十几案，昨天到京营殿帅府去偷了一分凤冠霞帔，一匣子珍珠细软。终日在外面寻花买柳，在这家勾栏院认识一个妓女，名叫翠香，天天在这里取乐。今天方来到这里，不想济公在这里等候。四位班头听和尚说别放这两个人走，四位班头立刻由上房出来，各拉铁尺。柴元禄一声喊嚷：“朋友，你的事犯了！”贾虎、魏英两个贼人一听，大吃一惊，打算要走。和尚在上房门首用手一指，把两个贼人定住。四位班头抖铁链，把两个人锁上，吓的勾栏院老板战战兢兢，说：“众位头儿什么事？”柴元禄说：“你们少管闲事，我们也不能连累你们。”老板说：“四位头儿多经心罢，我们可并不知道这位贾爷、魏爷是做什么的。”柴头说：“你们不用害怕，我们带着走了。”和尚说：“走罢。”这才拉着两个贼人一同赶奔钱塘关衙门。

柴头先到里面去回禀老爷，这位知县姓杨名文禄。柴头说：“回禀老爷，现在有灵隐寺济公帮着拿住了两个贼人，请老爷升堂讯供。”知县一听，赶紧吩咐有请济公，传伺候升堂。当时传壮皂快三班吓喊堂威，知县杨大老爷升了堂。和尚上了公堂，知县举手抱拳，说：“久仰圣僧大名，今幸得会，真乃三生有幸。”和尚说：“老爷办公，少时再谈。”知县叫人给和尚搬了一个座，在旁边落座，这才吩咐将贼人带上来。柴元禄、杜振英将贼人带到公堂一跪，知县说：“你两个人姓什么？叫什么？”贾虎、魏英各说了姓名。知县说：“你两个人趁此实说，在我这地面做了多少案？昨天在京营殿帅府窃盗，共有几个人？从实招来，以免皮肉受苦。”贾虎说：“回禀老爷，我二人原是西川人，来到京都闲游，并未做过犯法之事，也不知今天老爷的公差因为什么将我二人锁来，求老爷格外开恩。”知县一听，勃然大怒说：“大概抄手问事，万不肯应。来到本县公堂还敢不招，来，拉下去给我打！”立刻把两个贼人拉下去，每人打了四十大板，打的鲜血直流。打完了，知县一拍惊堂木，说：“你两个人招不招？如不招，本县我活活把你打死！”两个贼人还打算忍刑不招，每人又打了四十。贼人料想不招不行，这才从头至尾，说了真情实话。不知说出何等言词，且看下回分解。

第二二九回

请圣僧捕贼藏珍寺　完巨案暗救四门生

话说白脸狼贾虎、红毛吼魏英，二人受刑不过，这才说：“老爷不须用刑，小人招。我二人原本是西川路的人，来在这临安，住在天竺街万隆店，在本地做了十三案。偷了些银钱首饰衣服，已然都花完了。昨天在京营殿帅府得了一分凤冠霞帔，一匣子珍珠细软，现在勾栏院。我二人认识两个妓女，一个叫碧桃，这东西在碧桃手里存着，她等不知我的东西是偷来的。这是已往真情实话。”知府一听，立刻吩咐柴元禄等，带领贼人去起赃。和尚在旁边说：“老爷先别忙，这两个贼人在本地窃盗倒事小。在镇江府金沙岭抢罗丞相的公子罗声远的侍妾杜彩秋、李丽娘，砍死镖丁，抢去金银，明火执仗，有他两个人。冒充雷鸣、陈亮、秦元亮、马兆熊，这四个人被屈含冤，现在刑部。这件事我和尚被人所托，老爷问他二人好圆这案。”知县一听说：“贾虎、魏英，在金沙岭明火执仗抢罗声远的侍妾，杀伤人命，你等共有多少人？”贾虎、魏英一听，吓的颜色更变，说：“这件事小人实在不知。”老爷吩咐：“给我打！”立刻又打了每人四十大板。两个贼人这叫恶贯满盈，还不肯招。知县吩咐看夹棍伺候。三棍棒为五刑之祖，人心似铁非似铁，官法如炉果是炉，当时把两个贼人夹起来，用了八成刑，贾虎、魏英受不了，这才说：“老爷松刑，我二人有招。”知县说：“趁此实说。”贾虎说：“原本我等先在镇江府藏珍寺庙里，两个和尚叫月明、月朗，也是绿林人。那一天只因为有一个黑毛蚤高顺，他跟雷鸣、陈亮、秦元亮、马兆熊有仇，我们到金沙岭去抢罗声远的两个侍妾，我们一共九个人，还有西川路的赛云龙黄庆、小丧门谢广、恨地无环李猛、低头看塔陈清，连和尚一共九个人，砍死镖丁，留下雷鸣他们四个人的名姓。这两个侍妾，和尚每人留下一人，我们分赃不均，我二人出来的，李猛、陈清单走了，黄庆、谢广、高顺还在庙里。”知县听罢，说：“圣僧，这件事怎么办？”和尚说：“老爷给一套文书，我和尚带柴、杜、雷、马四位班头，会同镇江府本地方官兵，前去到藏珍寺捉拿这伙恶贼。老爷这里起了赃，暂把这两个贼人入狱，等候把众贼拿来一同定案。”知县说：“圣僧肯其这样分心甚好。”吩咐柴元禄等，带贼人去起了赃来，将贾虎、魏英钉镣入狱，四位班头答应。知县退堂，请和尚书房摆酒，谈心叙话。少时柴元禄等进来回话，将赃起来，交与知县。和尚喝完了酒，就书房安歇。次日一早，知县早把文书办好。

和尚带着四位班头告辞，出了钱塘关，顺大路赶奔镇江府。这天来到镇江府一挂号，调本地面城守营二百官兵，各执兵刃来到藏珍寺，把庙就围了。柴元禄、杜振英、雷四远、马安杰各擎铁尺，先进去。方找到东跨院，见赛云龙黄庆正要拉刀杀华元志、武定芳。四位班头一声喊嚷：“好贼人，哪里走！”官兵在外面呐喊，赛云龙黄庆、小丧门谢广，就要拉刀拒捕，月明、月朗哈哈一笑，说：“二位贤弟闪开，不用你们，勿论他等来多少人，洒家略施小术，就把他等拿住。你等这些小辈，岂不是飞蛾投火，自来送死！放着天堂有路你不走，地狱无门自找寻，待洒家今天全把你等结果了性命。”柴元禄众人各摆铁尺，方要往前赶奔，月明口中念念有词，用手一指，说声：“敕令！”竟把四位班头用定神法定住。月明伸手拉戒刀，就要动手，只听角门一声喊嚷："好孽畜，真乃大胆！光天化日，朗朗乾坤，竟敢在这里害人！待我和尚来拿你。"月明、月朗等众人一看，由角门进来一个穷僧，短头发有二寸多长，一脸的油泥，破僧衣，短袖缺领，腰系绒绦，疙里疙瘩，褴褛不堪，肮脏之甚。月明、月朗哪里瞧得起，自以为艺高人胆大，当时一声喊嚷："哪里来的穷僧，胆敢前来多管闲事！"济公哈哈一笑说："大概你也不知道我老人家是谁。"月明立刻口中念念有词，用手一指，说声："敕令！"打算要把济公用定神法定住。焉想到济公用手一指，反把两个定住。赛云龙黄庆、小丧门谢广一看，打算要跑，济公用手一指，也把两个贼人定住。和尚先过去把四位班头，连华元志、武定芳的定神法撤了，四位班头这才过去抖铁链，把四个贼人锁套脖颈。华元志、武定芳说："多亏大师父前来搭救，不然我二人丧在贼人之手。未领教大师父贵宝刹在哪里？上下怎么称呼？"和尚说："我乃西湖灵隐寺济颠僧是也。"华元志、武定芳一听，说："原来是圣僧长老，我二人久仰久仰。"和尚说："二人来此何干？"华元志说："我二人奉刑部正堂陆大人之谕，前来探访金沙岭这案，不想在此遇害。方才我二人已拿住一个孙九如，一个黑毛蛋高顺，现在西跨院捆着。"和尚说："好，众位头儿去把那两个贼人扛过来，一并解了走。把这庙中搜搜，罗声远的那两个侍妾杜彩秋、李丽娘，现在庙中夹壁墙藏着，一并找出来带回临安。"众官兵也都进来，大众一搜，把两位妇人搜出来，抄出贼人的金珠细软不少，一概都抄写清单。藏珍寺交本地面官人看守，入官另招住持。

等候天光亮了，和尚带领众班头押解六个贼人，来到镇江府打造木笼囚车，两位侍妾雇了驼轿，押着够奔京都。道路上饥餐渴饮，晓行夜宿。这天方来到临安城，见对面来了十几匹坐骑，骑马的正是莫公子带领手下从人。一见济公，莫公子赶紧翻身下马，赶过来说："圣僧哪去？"和尚说："上钱塘县。"莫公子说："圣僧还有好蟋蟀没有？再卖给我几个。前者那三个，一个金头大王，一个银头大王，一个镇山五彩大将军，果然是真好。我到秦相府去，那镇山五彩大将军，赢了二公子秦桓三千银子。焉想到我回家一掀罐子跑出来，我一找，听着在前厅叫，我叫人把前厅拆了，也没找着。又听在书房里叫，我又拆书房，一连拆了二十多间房，也没找着。圣僧再有好的，卖给我几个。”和尚说：“等我再得着好的，我给你送了来。”莫公子说：“就是。”这才告辞上马。

和尚押解差事来到钱塘县，往里一回禀，知县吩咐有请济公。和尚来到书房，知县说：“圣僧多有辛苦了。”和尚说：“现在拿了六个贼来，老爷吩咐先派人把罗公子的两位侍妾送了去。”知县点头，先派人把两位妇人送去。随后升堂，壮皂快三班吓喊堂威，将月明、月朗、黄庆、谢广、高顺、孙九如六个贼人，一并带上堂来。知县把惊堂木一拍说：“你等姓什么？叫什么？”六个贼人各自报名。知县说：“你等在金沙岭冒充雷鸣、陈亮、秦元亮、马兆熊，抢罗老爷的侍妾，明火执仗，杀死镖丁，共有多少人？”六个贼人料想不招是不行，已然赃证均实，月明这才说：“老爷要问，我等原本是一共九个人，不算孙九如。有我们五个人，还有四个人叫李猛、陈清、贾虎、魏英。贾魏在狱里收着，就短李猛、陈清不知去向。”知县一听，心中明白，当时叫众人画了供，随即办了文书，派手下人连原办同华元志、武定芳，将这六个贼人连贾虎、魏英一并解送刑部。知县退堂，请济公来到书房摆上酒款待。圣僧自斟自饮，大把抓菜，满脸抹油。知县说：“这件事若非是圣僧，这案实不好办。”和尚说：“这也是贼人恶贯满盈。”知县说：“圣僧没事，可以多在我衙门住几天。”和尚说：“我还有事，等了闲暇无事我必来。”说着话，和尚打了一个冷战，当时一按灵光，和尚说：“我赶紧得走。”慌慌张张立刻告辞。不知和尚所因何故，且看下回分解。

第二三〇回

元空僧功满归莲径　印铁牛行贿入灵隐

话说济公禅师在钱塘县衙门喝着酒，忽然想起事来，立刻告辞。知县说："圣僧忙什么？"和尚说："我还有事，你我改日再谈。"说着话，和尚站起来往外走，知县亲自送出来。和尚拱手作别，一直出了钱塘关，来到灵隐寺。方到庙中，由外面雷鸣、陈亮、秦元亮、马兆熊四个人进来。书中交代，钱塘县派官人将白脸狼贾虎，红毛吼魏英，赛云龙黄庆，小丧门谢广，黑毛蚤高顺，孙九如、月明、月朗，这八个贼人，解到刑部，把文书投上去。华元志、武定芳二人一见刑部正堂陆大人，把藏珍寺的事，从头至尾一述说，陆大人方才明白，立刻会同左堂右堂升堂，吩咐将贼人带上来。手下人将众贼带上大堂，群贼跪倒，各自报名叩头。陆大人一拍惊堂木，说："你等在镇江府金沙岭抢劫罗声远的家眷，杀死镖丁，抢去财物，共有多少人？因何冒充雷鸣、陈亮他等四人？从实说来，免得皮肉受苦。"众贼已然在钱塘县画了供，料想不招也是不行，这才从头至尾一说。陆大人看来有钱塘县送来的供底，与众贼的口供相符，这才吩咐将众贼钉镣入狱，不分首从，均拟斩立决。案后访拿李猛、陈清。随后标监牌提雷鸣、陈亮、秦元亮、马兆熊上堂，四个人给大人叩头。陆大人说："雷鸣、陈亮你等四个人，这场官司被屈含冤，要不是遇见本部堂，你等性命休矣。现在我已把原案真赃实犯的贼人拿住，将你四个人当堂释放。你等赶紧回家，安分度日，不准在途中逗留。如再闯出祸来，本部堂必定重重的办你。”雷鸣、陈亮等，立刻给陆大人叩头说：“谢谢大人恩典，我等铭感于五中。但愿大人公侯万代，禄位高升。”大人吩咐将雷鸣、陈亮、秦元亮、马兆熊四人铁链撤去。四个人具了安分结，立刻下堂。华元志、武定芳赶过来，跟四个人一谈话，把藏珍寺拿贼的情由，对四个人一说。雷鸣、陈亮等说：“多谢二位兄台辛苦，你我兄弟后会有期。我等还要到灵隐寺谢谢济公，我等就要回家了。”华元志说：“四位请罢。”四个人这才告辞出了衙门，直奔灵隐寺而来。到了庙门首，一问门头僧，济公可在庙里？门头僧说：“刚巧回来了。四位进去罢。”雷鸣、陈亮、秦元亮、马兆熊四个人来到里面，一见济公，和尚说：“你四个人事情完了？”雷鸣等立刻给和尚行礼说：“要不是圣僧帮着拿贼，我等性命休矣。我等特意前来给师父道谢。”和尚说：“你四个人不用谢，赶紧回家罢，在家中安分度日，总是少管闲事为妙。”雷鸣、陈亮等，这才告辞，竟自去了。

济公来到后面远害堂，一见元空长老。老方丈一看，说：“南无阿弥陀佛，善哉，善哉。道济你回来，我这里正在盼想你，恨不能你一时快来，你要送我走一遍。”济公说：“师父不用嘱付，弟子理应该送你老人家。”老方丈当时叫手下人把新僧衣、僧帽、僧袜、僧鞋拿出来，自己沐浴净身，把衣服换好，少时双睛一闭着，老方丈圆寂了。手下人给外面众僧送信，立刻众僧俱来到后面，见老和尚已死，众人放声痛哭。济公跳着脚哭，口中喊嚷说：“老和尚你可死了！”旁边知客德辉说：“道济，你怎么说老方丈你可死了呢，你莫非说你愿意老和尚死？”说着话，用手一推济公，当时济公翻身栽倒，气绝身亡。众人说：“可了不得了，又死了一个，犯重丧。”德辉说：“我就一推他，也没用力，他就躺下了。”见德辉也吓痴了，赶紧叫众人呼唤道济，好容易有一个多时辰，见济公才还醒来。德辉说："道济，你好了。"济公说："不要紧，我好了。"这才叫人拿大皮缸来，把老和尚抬到里面，搭到后面花园去。众僧人大家披袈裟打法器，给老和尚念大慈咒往生咒。众人超度完了，这才把老和尚遗留下的东西都给济公，应该济公承受。

过了两天，众人一商量，庙里得请老方丈。监寺的广亮他拿主意，有海棠寺的当家老方丈名叫宗印，在家姓郑，乳名铁牛，他暗中给了广亮五千银子，所为得这个方丈。广亮跟庙中众僧一商量，要请海棠寺的宗印，大主意总算他拿，众人也不能驳。派人去请，择了日期，宗印进庙，众僧全都披袈裟打法器，迎接老和尚。惟有济公也不披袈裟，也不迎接。旁边就有人说："道济，你为何不接老和尚？"济公说："帽儿戴正不可歪，捡起麻绳捆破鞋。大鬼二鬼门前站，招惹铁牛进庙来。"众人说："你别胡说，叫老和尚听见，怪下罪来。"说着话，把老和尚接到大雄宝殿。郑铁牛带着两个徒弟，一个侄儿叫郑虎。众僧参拜老方丈。济公在旁边说："众位，今天现有老和尚给我遗留下的东西，我不要。老和尚有一百单八个珍珠的念珠。"济公又说："我破个闷，谁猜着给谁，念书的叫做灯谜。"大众知道济公疯疯癫癫，有东西说给谁就给谁，众人都说："你说罢。"郑铁牛自己不好意思亲身过来，叫两个徒弟来听着，听明白我给你们猜，小和尚来听着。济公说："一物生来太不堪，四蹄八瓣牿粗圆，尾巴好似一条线，走动须用麻绳拴。"众人听罢都要猜，小和尚去告诉郑铁牛，郑铁牛问小和尚，小和尚照样一学说，郑铁牛一想："四蹄八瓣牿粗圆，必是个牛。"小和尚过来方要说，济公说："你们猜不着，这是个牛。"他自己喧了。济公说："我再说一个：一个瓣儿，里外都是毛儿。"众僧人一听，都说这是什么物件呢？两个小和尚去到方丈那里去问方丈宗印，宗印说："这可不好猜，你要说是活物件，他说是死物件，无凭无据不猜好。你二人去听听还说些什么东西。"两个小僧又到西院之中，听济公说：“这是个牛耳朵。我说一个新鲜的，你大众猜罢。”众喧说：“济颠，你要说个新鲜的，你先别猜了，候我们猜不着你再说是什么。方才这个我方要说牛耳朵，你先说出来了。”济公说：“这一回我先不告诉你等，先容你等慢慢猜。”众僧说：“你说罢。”济公说：“子女相逢可并肩，立心旁边艮无山。凤到禾下飞去鸟，干字出头一撇在旁边。我这是四个字，你们想罢。”宗印两个小徒弟法聪、法明，二人记住了到了他师父近前一学说，宗印他也读过书，自己由先那两个，他就知道是济公要笑他，知道我叫铁牛宗印，他才说牛合牛耳朵。今一听这四句，他想：“子女相逢可并肩，必是一个好字。”第二句“立心旁边艮无山”，他自己用笔写了半天，“哦”了一声，说：“是了，立心一旁艮字，是个恨。”那三句“凤到禾下飞去鸟”，凑成是一个“秃”字，末句“干字出头一撇在旁边”明是一个“牛”字。凑成四字是“好恨秃牛”。宗印心中有气，无法可治，叫两个小和尚去见济公，说：“是好恨秃牛。合他要谢礼。”两个小和尚到了西院一说，大众僧人都笑了。济公说：“也罢，我把珍珠手串给你二人拿去，我还说一个好的，你等再猜。”两个小和尚过去接过珍珠手串，果然光彩可爱。大众都说：“济公是个疯子，可惜这样宝物说送人就送人。”济公哈哈只笑，说：“出家人讲究一尘不染，四大皆空。你等说那是宝物，要我看那是无用之物。只可惹祸招灾，不能长生不老。古人常说有几句：‘一不积财，二不结怨，睡也安然，走也方便。’”众僧一听都笑了，说：“你也该说了，我等也猜赢一个好的。”济公说：“好好。”不知圣僧又说出何等话语，且看下回分解。

第二三一回

说灯谜戏耍宗印　圣罗汉驾离灵隐

话说济公禅师把手串给了郑铁牛的徒弟，济公说：“我再说一个好猜的你们猜罢。”大众说：“你说罢。”济公说：“虫入凤窝飞去鸟，七人头上长青草，大雨下在横山上，半个朋友不见了。这也是四个字，你们谁猜着，我把老和尚这件僧袍给谁。”众人一想：“虫入凤窝飞去鸟，这是个风字。七人头上长青草，乃是个花字。大雨下在横山上，是个雪字。半个朋友不见了，是个月字。”有好几个人都猜着，惟有广亮嘴快说出来，这是“风花雪月”四个字，济公说：“对了。”果然就把僧袍给了广亮。济公又说：“东门以外失火，内里烧死二人，留下一儿一女，烧到酉时三更。这四句话也猜四个字。”旁边有人猜着，这是“烂肉好酒”四个字，济公又给了一床被褥。济公又说：“三人同日去观花，百友原来是一家。禾火二人同相坐，夕阳西下两枝瓜。”旁边又有人猜着。这是“春夏秋冬”四字，济公把老和尚所有留下的这些东西，俱皆分散了。他自己一件也没留。

过了两天，郑铁牛听说济公在临安城认识绅士富户、贵官长者不少，宗印他本是个势利和尚，跟广亮商量，要叫济公给请请人，庙里办善会。广亮说：“行。”准知道济公在临安城认识大财主不少，这一办善会，就许剩几两银子，连忙找济公。广亮说："师弟，我跟你商量商量。老和尚进庙来，理应该惊动惊动人。我打算庙里得办一回善会。所有你认识的人，可都是大财主，要办善会，你给把帖撒到了，都请请行不行？"济公说："行倒行，可有一节，我认识的人，可都是绅士富户，既办善会，得须备上等高摆海味席，得八两银子一桌的燕翅席，来一个人摆一桌。善会香资可不定多少，也许一个主就舍几万两。你知道当初化大悲楼的时节，一个人就施舍一万两。这要办善会，所有来的人，不论出香资多少，带来跟人每人开一吊钱赏钱，坐轿来每人带轿夫，也是一个人一吊。要依我这样办我就给请，不然我不管，别叫人家瞧不起。"广亮一想，反正赔不了，说："就是全依着你办，你要多少帖子呢？"济公说："我要一百帖子罢。"广亮一听甚为喜悦。择于本月初十日子，他先拿出宗印给他那五千银子来作本钱，拿二千银子置办酒席，二千银子预备赏钱零用，一千银子搭棚办事、买东西零用，一概都安排停妥。焉想到济公要了一百分帖子封的时节，也没叫人瞧。里面写的是："本月初十日，因老和尚宗印进庙开贺设坛，是日恭请台驾光临，早降拈香。住持僧宗印、广亮、道济同拜。席设灵隐寺庙内，每位善会，不准多带，只封二十四文钱，如多带有重罚。"济公把帖子撒出去。到了这天，灵隐寺车马轿拥门，临安城大财主周半城、苏北山、赵文会等全来了。也有带两班轿夫的，都是六个跟人，八个跟人，至少的四个。每人全都开了赏钱。把善会封套交在账房，打开一看，全都是二十四文钱，来一位摆一桌席，坐了二百余桌。晚上施主都走净了，账房一算帐，共收二十余吊钱，连广亮认识的人均在其内。这一来把五千银子也赔出去，宗印、广亮把济公恨疯了。次日广亮叫济公说："你这简直是存心害我们，这庙里不能要你，你趁早走，从此再不准你进灵隐寺。"济公说："走就走，那很不算什么。"

正说着话，由外面杨猛、陈孝来了，那一天善会没赶上，这两个人在外面保镖没在家，今天才回来。听家里说，灵隐寺办善会，来了帖子，这两个人赶来了，要来写点香资。一见济公，杨猛说："师父那天办善会，我二人没在家，今天我二人特意前来，师父要用银子，我二人有。"和尚说："他们已然要往外赶我，不叫我在庙里，你二人不必施舍了。"正说着话，铁面天王郑雄也来了。郑雄只因昨天来出善会，也是封了二十四文钱。带了八个轿夫，八个跟人，回去一问，十六个人，每人得一吊赏钱。郑雄一个人吃了一桌上等高摆海味席，自己觉着心里过意不去，不知庙中这是怎么一段缘故，带着五百银子，来见济公，要打听打听。来到庙中，见济公正同杨猛、陈孝说话。郑雄先把五百银子叫家人拿过来说："师父，我昨天来出善会封了二十四文钱，庙里倒给了底下人十几吊，我想没有这道理。今天我带来五百银子，作为香资，师父要用，我再叫人去取。"济公说："你不用施舍了，他们不叫我在庙里，我这就要走了，这庙我算除名不算。"广亮瞧见有银子，又不好答话。郑雄一听济公这话，说："既是他们不叫圣僧在这庙里，师父上我的家庙去。那座三教寺也没人看着，我送给师父。"和尚说："甚好。"立领褚道缘、孙道全，同郑雄一同够奔三教寺。杨猛、陈孝告辞回家。

济公走后，这天灵隐寺门口来了两个人，都是壮士打扮，一位穿白爱素，一位穿蓝挂翠，衣服鲜明。来到庙门口说："济颠僧可在庙里？"门头僧说："二位找济公有什么事？贵姓尊名？哪里人氏？"二人说："我等乃是夔州府人，以保镖为业。久仰圣僧之名，特意来拜访。我姓王，他姓李。"门头僧说："二位在此少待，我到里边看看，济公不定在不在。"说着立刻到里边一回监寺广亮。广亮自打算是来的施主，告诉看门的和尚："别说济颠已然赶出去，就说济公出门办事去了，三五日必回来。"他自己迎出来，见那山门外站立二人，衣帽鲜明，都有三十以外年纪，壮士装束，五官不俗。他一见连忙打问心说："二位施主请庙里吃茶。济公今日有事，未在庙中，大概早晚必回来。二位贵姓？”那穿蓝壮士说：“我姓王，他是我义弟姓李。”广亮说：“二位施主请。”二人跟着进庙。到了客厅，知客僧接见献茶。二人要拜老方丈，知客带二人到后院禅堂之内。一见方丈，铁牛宗印让坐。二人问：“方丈，济公是老和尚徒弟？”宗印心想：“这二人衣帽不俗，必是给济颠送礼来的，莫若我说合济颠是师徒，这二人该孝敬我些银钱。”想罢，说：“不错，那是我的徒弟。”二人点了点头，问：“济公哪里去了？”宗印说：“他哪里有准，不定在哪里住着，也许今口回来。二位有话留下，再不然今日在我这里屈住一夜。”那姓王的说：“也好。”见方丈手中拿着那挂念珠，是一百单八颗珍珠。二人正看，只见从外面进来一人，年约二十以外，头戴蓝绸子四楞巾，身穿蓝绸大氅，面皮微黑，短眉毛，三角眼，这人乃是宗印俗家侄儿郑虎。为人奸诈，贪淫好色，倚仗他叔父当和尚赚的钱，他任性胡为。他一进来，看这二人，问是哪里来的。那二人提说：“找济公。”郑虎不悦，方要发话，广亮拉他到外面把话都合他说了，他复又进来合那二人要交谈，让至外面客房摆饭。郑虎陪着说话，有些狂傲无知，也喝醉了酒，小人胆壮，满嘴胡言乱语，留二人安歇。次日监寺的方起来，听里边一片声喧。到里面一看，吓的亡魂皆冒，出了塌天大祸一宗。要知后事如何，且看下回分解。

第二三二回

二贼人错杀郑虎　济长老治井化缘

话说广亮来到后面一看，见郑虎被人杀死，那两个施主踪迹不见。再一看在桌上有一字柬，上面写着八句，上写道：

因为闲气到灵隐，要找济颠把命拼。
济颠今朝若在庙，我等将他刀碎身。
杀死郑虎仇未报，盗去手串志未伸。
若问英雄名合姓，逍遥自在我二人。

书中交代，来者这两个贼人，原是西川路的贼人，一个叫逍遥居士王栋，一个叫自在散仙李梁。这两个人跟小丧门谢广、赛云龙黄庆，都是拜兄弟，来此所为给朋友报仇。郑虎这小子也是一辈子没做好事，报应循环，情屈命不屈。宗印要不说跟济颠是师徒，王栋、李梁还许不杀他，这也是该着。广亮等一看，赶紧回禀了宗印。宗印一听，放声大哭说："这必是济颠主使出来杀我侄儿，非告他不可。"立刻叫广亮奔钱塘县报官。广亮来到钱塘县一喊冤，值日班问："什么事？"广亮说："我是西湖灵隐寺监寺的，名叫广亮。昨天庙内老方丈的俗家侄儿郑虎被杀，贼人逃跑，盗去珍珠手串，留下八句诗。这乃是济颠和尚主使出来，求老爷给明冤。”值日班到里面一回禀，老爷立刻升堂，吩咐将告状和尚带上来。广亮来到堂上一跪，老爷说：“你叫什么名字？在哪庙里？”广亮说：“我在灵隐寺，名叫广亮。昨天来了两个施主，口称找济颠。今把济颠赶出庙门，除名不算，他现在三教寺住着。这两个人，一个姓王，一个姓李，在我们庙里住下，夜间把老方丈的侄儿郑虎杀死，盗去珍珠手串，留下字柬。这必是济颠因为赶出他去，他记恨在心，他使人前来杀人。”知县把字柬要过来一看，说：“这明明写的是跟济僧有仇来报仇，谁叫你们把他让在庙里住下？济颠乃得道高僧，你反要诬赖好人！你趁此回去把郑虎成殓起来，候本县给你捉拿凶手。”广亮说：“求老爷恩典，这是济颠使出来的人，求老爷拿他治罪。”知县一拍惊堂木，说：“你满嘴胡说，趁此下去，我不瞧你是一个出家人，我要重办你！”官人立刻把广亮赶下公堂。广亮无法，自己回去。知县派人请济公。手下人到三教寺一见济公说：“我们老爷请圣僧到衙门去有话说。”济公跟着来到县衙门，知县降阶相迎，说：“圣僧久违。”和尚说：“彼此。”让着来到书房落座，家人献上茶来。和尚说：“老爷约我和尚什么事？”知县说：“只因灵隐寺宗印和尚侄儿郑虎被两个贼人所杀，广亮来到衙门喊告，他诬赖圣僧主使，本县我将他轰下堂去。这个贼人必是飞贼，求圣僧慈悲慈悲，帮我手下差役给办办这案。”和尚说：“这件事他既赖我，我不能管，再说我自己还有要紧事。”知县说：“圣僧冲着我慈悲慈悲。”和尚一定不管，知县也无法，留和尚吃了晚饭，济公告辞，回了三教寺。

次日，有静慈寺的众僧前来邀请济公。这座静慈寺在灵隐寺的西南，在天竺山上。这座庙在山头上，到山下有二十里，也是大丛林。山上有一眼井，井泉不进水，山上浇花吃水，都得小和尚下山挑水，费事的了不得。庙里也有一百多名站堂僧。听说济公出了灵隐寺，知道济公名头高大，乃得道高僧，静慈寺老方丈青山，跟监寺的德辉一商量，要请济公当长头。僧里当长头，是有挂单的和尚都归长头管。派了庙中数人，到三教寺请济公，济公推辞不去。后来监寺的德辉亲身来到三教寺见了济公，德辉说：“我奉老方丈之命，前来请济师兄跟我上山当长头，千万不可推辞。”再三说，济公这才答应了，把三教寺庙中之事，派悟真、悟缘二人照应。济公到了静慈寺见过方丈，就在庙中管理长头。所有挂单，住在这里，都先见过长头。这座庙势派很大，本庙站堂僧有四十六位，就是吃水不便，这座庙就是吃水太难。众小和尚天天下山挑水，累的苦不可言。济公见大雄宝殿后有枯井一圆，讯问本庙僧人，都说，先年有水，干了有二十余年。济公说：“今日晚子时，我自已祝泉求水。咱们这庙中要该转运，自有清泉。”众僧都说：“济公要祝泉，真要出水，咱们免受无限跋涉之苦。”济公派人预备香案，候至三更之时，济公亲手拈香，心中祷告，叩下头去，自己请九江八河主，五湖四海神。就听井内水声响，少时水长至井口。济公自回禅堂之内。

次日早晨，老方丈知道济公治井出水，心中甚为感念，阖庙众僧都知道长头僧道济有道德来历。老方丈这日请济公吃斋，提说这座庙年久失修，工程浩大，要化缘甚不容易。济公说：“好，老和尚请放宽心。我自有化缘之法。”方丈说：“咱们这是公事，可无戏言。”济公说：“不要多说，一个月之内，定然见我化缘之妙。”自这日济公在方丈屋中说了化缘，所有众僧俱皆知道济公要修庙，也不见济公出庙，每日吃酒醉的昏天黑地。他还说：“但得醉中趣，勿向醒人传。”众僧猜不透化缘之法。

光阴似箭，不知不觉，到了二十七天，差三天一个月，也没见济公出庙。到了次日早饭后，忽然有京营殿帅张士达，带着五百兵，连临安府县全都到庙中来，叫知客僧方丈说：“今日太后圣驾来庙降香，赶紧都收拾干净，伺候迎接圣驾。”吓得众僧都战战兢兢，连忙收拾大殿，各处房屋，有兵丁等帮同办理。方收拾好了，外面凤驾已到，带着秦相莫相太监宫女人等，前呼后拥，来到静慈寺。老方丈率领众僧跪接凤驾，来到大雄宝殿。太后拈完了香，来到禅堂落座，问：“这庙中有多少僧人？”老方丈说：“这庙中有四十多名站堂僧。连挂单来的和尚，共有百余人。”太后吩咐：“将众僧的花名册拿来我看。”老方丈赶紧这才把花名册拿来，递与秦相，秦相递与太后，太后翻开看。看来看去，直看到临完，见上面写着长头道济。太后点点头说：“原来在这里。”立刻传旨：“叫老方丈把道济给我叫来。”老方丈众人一听也不知什么事，知道济颠疯疯癫癫，恐怕冲撞了凤驾，那如何耽得起？太后传旨又不敢抗旨，赶紧这才派监寺的德辉去寻找济颠。

书中交代，太后因何来到静慈寺降香呢？这内中有一段隐情。原来太后前者病体沉重，多少名医开了药方子，调经无效。这天太后正在睡梦之际，见外面站定一个穷和尚，短头发有二寸多长，一脸的油污，破僧衣短袖缺领，腰系绒绦，疙里疙瘩，光着两只脚，穿着两只草鞋，冲着太后龇着牙直笑。太后说：“你这穷僧来此何干？”和尚说：“西湖有座天竺山，长头和尚叫济颠。我今来此非别故，特与太后结善缘。”太后说：“你跟哀家结什么善缘呢？”和尚说：“我这里有妙药灵丹，太后吃了，管保立刻病体痊愈。”太后把药接过来吃了，觉着清香异常，当时醒了，原是一梦。还觉着口中香气犹在，身上如失泰山。心中暗想奇怪，方一闭眼，又只见和尚仍在眼前站着。太后问道：“和尚又来做什么？”和尚说：“我来化缘，重修静慈寺，请太后到天竺山前去降香。”太后说：“我病好了，我必要去降香还愿。”如是者三次。太后次日清晨，果然病体痊愈。这才传旨，叫京营殿帅打道到天竺山静慈寺拈香。今日一看花名册，果然有个长头道济，太后传旨要见济颠。不知济公禅师见了太后之后，该当如何，且看下回分解。

第二三三回

钦赐字诏旨加封　会群魔初到金山

话说太后传旨，要召见长头道济，监寺的德辉赶紧各处寻找济公。找到庙后，只见济公在庙后正同几个孩童一处玩耍。这庙后面住着几家住户，有几个小孩都爱跟济公说笑。德辉来至切近说：“济师弟，太后来拈香来了。”济公说：“太后拈香来了，与我何干？”德辉说：“太后传你去哪！”济公说：“叫我去做什么？”德辉说：“我不知道。”济公说：“既然如是，我去瞧瞧。”德辉说：“你别这个样子去呀，先到庙里洗洗脸，换上衣服，带上僧帽再去。恭恭敬敬的。倘若冲撞了太后，那如何耽得起！”济公说：“不要紧，我就这样去，我也不洗脸，我恐怕风大把脸吹了。”德辉说他不听，这才带领济公来到前面，先见了秦相。济公本是秦相的替僧，素日秦相知道济公有些疯疯癫癫。秦相先到太后驾前行礼，说：“启禀太后，长头道济有些疯疯癫癫，衣服褴褛不堪，恐冲撞了凤驾。”太后说：“不要紧，我不怪他，只管叫他前来见我。”秦相下来说：“圣僧恭敬些，千万不可怠懈。”济公哈哈一笑，跟着来到太后驾前。

太后一看，果然跟梦中见的和尚一般。济公一打问讯，太后说：“你是长头道济？”和尚说：“西湖有座天竺山，长头和尚叫济颠。我今来此非别故，特与太后结善缘。”太后一听，乃梦中数语，连连点头，说：“是是，我来与你结善缘。我且问你，哀家来世比这世如何？”济公一听，口中连说：“不知道，不知道。”说着话，济公冲着太后，揭起破烂袈裟，露出破裤子中衣，把下身全露出来。众人一见，全吓的惊魂千里。当着太后这样撒野，这还了得！武侍卫就要打。太后一见，说：“你等不用打，哀家我明白了，下世我必要转女为男。”立刻把金棍武士喝退，这才问道：“长头道济，你在这庙里出家多少年了？”济公说：“我新来，日子不多。我看此庙日久未修，工程浩大，求太后娘娘慈悲慈悲，重修此庙。”太后立刻传旨，叫秦相、莫相：“派你二人监工，把我的俸饷胭脂粉帑银，发来十万两，重修静慈寺。”秦相、莫相说：“遵旨。”济公谢过太后，太后吩咐就道：“回宫。”回到宫内，把此事奏明皇上。皇上知道济公乃得道高僧，敕封为护国散禅师。钦派上书房写十六块斗方，皇上赐字：

疯癫劝善，以酒度人，普度群迷，教化众生。

连帑银一并发到静慈寺，择日兴工。五层大殿，罗汉堂、客堂、禅堂、钟鼓楼、藏经楼，一并满拆满盖。直到如今，古迹犹存。每年四月间，天竺山静慈寺的庙会，热闹非常。庙中老方丈甚感念济公的好处，众僧要给济公开贺办善会，济公说：“不用，我还要上金山寺有约会。”

这天济公下了山，来到三教寺，褚道缘、孙道全二人给师父行礼，济公说：“你二人好好的看庙，我要上金山寺去会八魔。”褚道缘说：“师父去不得。”济公说：“不去不行，我总得去，这是你小师兄给我惹的祸，我不去八魔也不能善罢干休。这也是天数当然。”悟真、悟缘拦不了，济公出了三教寺，直奔金山寺而来。书中交代，金山寺万年永寿，由前者在金山寺搅闹，他本是镇守瓜州一带长江的大元帅，奉东海龙王敖广所派。只因金山寺老方丈设立打鱼船要鱼税，伤了他子子孙孙不少，他本是一个大驼龙，有万年的道行，来到金山寺天天打老方丈。这天他正要打老方丈，忽然一阵怪风，由外面进来八个人，面分青、红、黄、黑、白、紫、绿、蓝，来者正是卧云居士灵霄、六合童子悚海、天河钓叟杨明远、桂林樵夫王九峰、仙云居士朱长元、白云居士聘啸、搬倒乾坤党燕、登翻宇宙洪韬。八魔各带混元魔幡、丧门剑、子母阴魂绦，前来等济颠。方一进金山寺，见大殿上坐着一个黑脸和尚，八魔说："你是什么人，敢在这里搅闹！"和尚说："我乃万年永寿是也。"八魔就要晃魔火幡，六合童子悚海掏出六合珠一抖手，只听山崩地裂一声响，当时万年永寿滚下供桌，现了原形，是一个大驼龙。八魔也没肯伤他，他自己爬出庙外，滚下江去。八魔进了大殿，把众神像全都摔出来，这八个人在上面一坐。庙里和尚也不敢惹了，也不知是哪里来的这八个野人。

这天八魔掐指一算，知道济公来了，立刻众人下了供桌，来到庙外，见济公驾着一只小舟船，来到金山寺。和尚给了船家一块银子下了船。济公也不能闭三光，虽然佛光、金光、灵光三光露着，八魔也不放在心上。八魔说："济颠你来此甚好，我等在这里久候多时。"和尚说："八位，找我打算怎么样？"八魔说："只因你施展妖术，八卦炉烧死我们徒弟韩祺，戏耍邓连芳，还算小事；你决不该主使你徒弟悟禅，大闹万花山，火烧圣教堂，你实在欺我太甚。我等特来找你给韩祺报仇。"和尚说："好，咱们进庙去再说。"八魔说："走。"一同来到金山寺。和尚说："你等要跟我比较，先别忙，这庙里的方丈也不是外人。我先去见见老方丈。"八魔说："你见去罢，我等不拦你。"

正说着话，只听后面一声"无量佛"，众人回头一看，来了两位老道，头里这位老道，面如三秋古月，须发皆白，背后背定乾坤奥妙大葫芦，来者正是天台山上清宫东方太悦老仙翁，后面跟定乃是神童子褚道缘。书中交代，济公由三教寺出来，褚道缘不放心，随后驾起趁脚风追赶下来。走到石佛镇，正碰见东方太悦老仙翁。老仙翁由前者跟济公分手，本处知县邀请绅董富户，共成善举，重修石佛院，工程浩大，好容易修齐了。老仙翁见褚道缘忙忙张张，赶紧问道："褚道缘你上哪去？"褚道缘连忙给老仙翁行礼，说："我追我师父济公上金山寺，只因我小师兄悟禅惹的祸，前者火烧了圣教堂，现在八魔在金山寺要摆魔火金光阵炼我师父，我要追了去给解和。"老仙翁一听，说："既然如是，你我一同去给解和。"褚道缘说："甚好。"立刻老仙翁带上乾坤奥妙大葫芦，同褚道缘驾起趁脚风，往下追赶来了。追到瓜州，雇了一只船，赶到金山寺。方下了船，只见济公正同八魔讲话。老仙翁口念无量佛，说："众位魔师请了。"

八魔一看认识老仙翁，跟着紫霞真人李涵龄查过山。八魔抬头一看，说："道友，你来此何干？"老仙翁说："我听说你等跟济公为仇，我特来给你等讲和。众位不可，济公他这点来历也不容易，十世的比邱，才能转罗汉。众位要摆魔火金光阵伤害他，看在我的面上，众位不必。"卧云居士灵霄说："道友，你别管，我等原与济颠远日无冤，近日无仇，只因他火烧我徒弟韩祺，戏耍邓连芳，这都算小节。决不该他主使他徒弟火烧了我们圣教堂，大闹万花山。我等非得结果他的性命不可。"老仙翁说："众位依我说，冤家宜解不宜结。"八魔说："道友，你趁此快走，不要跟我等在此嚼唇鼓舌，再要多说，可别说我等翻脸无情。"老仙翁一听，勃然大怒，说："你们这几个人休要不知事物！"六合童子悚海说："你这老道管事，这叫一头沉莫死，他应当烧死我等门徒，应当火烧圣教堂，应当欺负我们？你要不叫我们摆魔火阵也行，叫济颠给我们跪倒叩头，认罪服输，我等就饶他。"济公说："你满嘴胡说。你给我叩头也不能饶你。"老仙翁说："你等这些孽障，有多大能为，也敢这样无礼？待山人拿法宝取你，全把你们装起来，叫你等知道我的利害。"说着，老仙翁伸手拉乾坤奥妙大葫芦。老仙翁这葫芦有天地人三昧真火，经过四个甲子，勿论什么妖魔鬼怪，魑魅魍魉，山精海怪，装到里面，一时三刻化为脓血。今天老仙翁把葫芦盖一拔，掌中一托，口中念念有词，要捉拿八魔。不知后事如何，且看下回分解。

第二三四回

因讲和仙翁斗八魔　施仙术童子炸葫芦

话说老仙翁把乾坤奥妙大葫芦打开，口中念念有词，说声：“吾奉太上老君，急急如律令敕。”刷啦啦由葫芦里出来五彩光华，扑奔六合童子悚海。只见六合童子悚海，被光华卷来卷去，被老仙翁卷进葫芦之内。老仙翁立刻先把葫芦一盖。卧云居士灵霄等一见说：“好老道，你敢伤我等兄弟！”众人各拉混元魔火幡，跟老仙翁拼命。老仙翁实指望要把八魔全皆拿住，焉想到六合童子悚海成心要伤损老仙翁的宝贝。六合童子悚海他能大能小，要小他能变似苍蝇，要大能有几丈大。他到了葫芦之内，一施展法术，往大了一长，就听葫芦内咕噜噜一响，叭的一响，把葫芦炸了三四瓣。老仙翁吓的亡魂皆冒，捡起半片瓢，拨头就跑，吓的褚道缘跟着就跑，幸喜八魔没追赶。老仙翁离了金山寺，心痛自己的宝贝，不由的放声痛哭。褚道缘看着老仙翁可惨，又怕济公被八魔所害，不由的也哭起来了。

正哭着，只听对面一声：“无量佛。善哉，善哉。道友何必如此？”褚道缘抬头一看，见对面来了两位老道，面如紫玉，浓眉大眼，花白胡须，头上紫缎色道巾，身穿紫缎色道袍，腰系杏黄丝绦，白袜云鞋，背背宝剑，手拿蝇刷。后面跟定这位老道，头戴青缎色九梁道巾，身穿蓝缎色道袍，腰系黄丝绦，白袜云鞋，面如三秋古月，发如三冬雪，须赛九秋霜，一部银髯扇满了前胸，手拿蚩刷。真是仙风飘洒，好似太白李金星降世。头前这位乃是白云仙长徐长静，后头跟着野鹤真人吕洞明。这两位老道，原本是由焦山来，要逛逛金山寺。走在这里，正遇见老仙翁手拿着破瓢，同褚道缘在就地面坐，放声大哭。徐长静、吕洞明二人赶奔上前，说："仙翁何至如此？"老仙翁叹了一声，说："二位道友有所不知，只因济公长老的徒弟火烧万花山，惹下众外道天魔在金山寺要摆魔火金光阵，火烧济颠。我与济公素有相识，再说济公乃一位得道高僧，我去给解劝，八魔跟我翻了脸。我用乾坤奥妙大葫芦要装八魔，不想六合童子悚海把我的葫芦炸了。"徐长静一听说："可惜可惜！这葫芦乃蓬莱子给你留下的宝贝，不想今天被八魔给毁坏了，着实可恼！"老仙翁说："二位道友既来了，可以帮我去报仇，捉拿八魔行不行？"徐长静一听，连连摇头说："你我三人焉是八魔的对手？你在这里哭也是枉然。宝贝已然是伤了，你二人何不去请人捉拿八魔？"仙翁说："请谁去？"徐长静说："我指你二人两条明路，一位去到万松山云霞观去，找紫霞真人李涵龄，借斩魔剑；一位去到九松山松泉寺，找长眉罗汉灵空长老，借降魔杵。非这两种宝贝拿不了八魔。头一则也可以搭救济公长老，听说济公乃是一位正人，普度群迷，到处济困扶危，遭这样大难，你我也不能不救。再说也可以报葫芦之仇。"老仙翁一听，如梦方醒，说："多蒙二位指教，我是当局者迷，把这二人忘了。"老仙翁又说："褚道缘你赶紧驾趁脚风，急不如快，找你师爷爷紫霞真人借斩魔剑，你上万松山。我上九松山，去找灵空长老。谁拿来的快，谁捉拿八魔。你也救救你师父。"褚道缘立刻点头，众人分手，暂且不表。

单说济公见六合童子悚海伤了老仙翁的葫芦，济公说："你等也不要跟老道做对，冤各有头，债各有主，咱们进庙去。我可先到庙里，到后面见见老和尚说两句话，回头你我再分个高低上下。"八魔说："你见去罢，反正你还跑的了么？"济公这才来到庙里，到了禅堂一见老方丈元彻长老。元彻与远害堂元空长老是师兄弟，乃是济公的师叔。济公见了老方丈一行礼，元彻说："道济你来了，甚好，现在我这庙中闹的不得了局。前者万年永寿在这里闹，现在这八个人，你可知道是怎么一段情节？"济公说："老方丈不知道，这八个人乃是外道天魔，不懂得敬佛。只因我徒弟火烧了圣教堂，这八个人是来找我报仇，要摆魔火金光阵火炼我。你老人家也管不了，我来请一个能人帮着我。"老方丈说："哪里有能人？"济公说："这庙里住着一个大能人。"老方丈说："没有没有。"济公说："有，须得我亲身去请他，我不去是不行。这个人能为来历大了。"

说着话，济公来到后院。这庙中挂单僧站堂僧好几百名，济公一看有一位黑脸膛的和尚在那里坐着，低头不语。济公说："你在这里，我找你找不着你。"众僧说："道济你找他做什么？他是个哑巴，又聋，人家说话他也听不见。他来到这庙里挂单二三年了，他不会说话。"济公说："他不是哑巴。"大众说："他在这庙里二三年，永没说过话。你哪有我们知道，他实在是个哑巴子，又是聋子。"济公过去照定这和尚天灵盖一连就是三巴掌，说："我来找你来了。"这和尚一抬头，说："道济，你无故惹下这一场魔难，找我做什么？"大众一听，说："这可怪，现在他会说话了，二年多来在这庙里也没说过话，今天怪不怪？"内中有人说："也许济师父打他三下，把哑巴治好了。"都知道济公会治病，大众纷纷议论。书中交代，这个和尚名叫普妙，原本是西方伏虎罗汉降世，奉佛祖派他普度众僧。普妙到处装哑巴，都知道他是傻和尚，也没人知道他的来历，他也不好管闲事。每逢大丛林他去挂单，见真有正务参修的和尚，他在暗中渡脱，也不宣明。今天济公苦苦的挤他，伏虎罗汉这才说出话来，说："道济，你惹下一场魔难，来找我做什么？"济公说："我来找你帮着我办这件事。你要不帮着我是不行。"伏虎罗汉普妙说："既然如是，我同你去就是了，谁叫你我都是西方大雷音寺一处来的，奉我佛如来的敕旨，降世人间，普度群迷。你既来找我，我焉能袖手旁观。”说着话，这才同济公一同来到前面。

八魔都在大殿坐着，见济公同着一个黑脸膛和尚。卧云居士灵霄说：“济颠，你还有事没有？”济公说：“没事了，你等打算怎么样罢？”卧云居士灵霄说：“济颠，你也能掐会算，你的劫数到了，你还在睡里梦里。”和尚说：“我不懂什么叫劫数，今天我倒要分个强存弱死，真在假亡，各施所能。我看你等这些孽障有什么能为！”说着话，六合童子悚海由兜囊掏出六合珠，抖手打来，济公哈哈一笑，说：“这也算法宝！”一伸手把六合珠接了去。卧云居士灵霄一看，气往上撞，伸手拿出冲天矢，照定济公射去。这弓箭是符咒修炼的宝贝，勿论什么精灵，一射能现原形。要是人能射去三魂七魄，最利害无比。照定济公一射，被伏虎罗汉接去。八魔一看，立刻各按方位，各拉混元魔火幡，口中念念有词，说声急，道声快，四面魔火高有千丈，由外面看直仿佛下雾一样。知觉罗汉道济，伏虎罗汉普妙，赶紧在当中打坐，头上放出三丈高的金光、佛光、灵光。济颠同普妙二人口念真言，有金光护体，不敢闭眼。你要一闭眼，八魔的法术有幻境，人要闭上眼，想什么就瞧见什么。好喝酒就有酒，想怎么样就能够怎么样，人要一入幻境，就得被魔火烧死。总算济公同伏虎罗汉道德深远，不能上他们的当。但只一见金光被魔火炼来炼去，六个时辰，把金光矮下来三尺。一昼夜去六尺，要有五天的工夫，能把罗汉的金光炼没了，死后过不去伽蓝山。书也要减断，一连就是三天。济公同普妙的金光剩了一丈多。忽然外面一声“无量佛”，八魔一看，吓的亡魂皆冒。不知来者是谁，且看下回分解。

第二三五回

群魔怒摆金光阵　道缘偷盗斩魔剑

话说八魔摆下魔火金光阵，把两位罗汉炼在当中。忽听外面一声无量佛，来者乃是神童子褚道缘，怀中抱定斩魔剑。八魔一看，吓的惊魂千里。书中交代，褚道缘由江口跟老仙翁分手，老仙翁上九松山松泉寺去找长眉罗汉借降魔杵。褚道缘够奔万松山云霞观，在道路上急似箭头，恨不能肋生双翅，驾起趁脚风，一天赶到万松山。这座山极高，每逢下过雨后，由山缝里冒出白烟就是云。这座山原是一座宝山，当初褚道缘在这庙里当道童，人也聪明，李涵龄也甚喜爱他。今天褚道缘来到庙门首，自己一想我先别进去，我已然拜了济公，我要明说要斩魔剑，许我师爷爷不肯给我。我到里面必须见机而作。自己想罢，到了角门拍了两下，只听里面说："来了。"哗唠把门开放，褚道缘一看，认识是紫霞真人李涵龄的徒弟道童清风。这庙中有两个童子，一名清风，一名明月，合褚道缘都算是同门师兄弟。今日一见褚道缘，连忙施礼说："师兄你从哪里来？我听你说归了三宝佛门，是有这样一件事吗？"褚道缘把拜济公之故一说，二人往里走了。道缘问："师爷爷他老人家在庙中吗？"清风说："未在庙中，走了有十数日，去朝北海去了，留我二人看庙。师兄到此有什么事吗？”褚道缘说：“到屋中我慢慢告诉你。”

到了东院北上房，明月接见行礼已毕，三人落座。清风叫明月倒茶去，褚道缘本是心中有事着急，说：“师弟，我今来是为我师父济公。他老人家本是西方罗汉，因为多管闲事，在常州地方有一座慈云观，有一个老道叫赤发灵官邵华风，招军买马，聚草屯粮，陷害黎民百姓。济公帮着常州府兵败慈云观。邵华风逃在万花山圣教堂，我有个小师兄叫悟禅，到万花山圣教堂去拿邵华风，惹了八魔。悟禅放火烧了圣教堂，跟八魔结下了冤仇。八魔现在金山寺摆魔火金光阵，把济公炼到阵内，要一过四五天，把罗汉的金光炼散了，济公就得没命。他老人家本是一位务正参修的人，可惜要丧在八魔之手。我同老仙翁给解劝，老仙翁跟八魔翻了脸，把老仙翁的乾坤奥妙大葫芦给炸了。现在老仙翁去上九松山松泉寺找灵空长老求降魔宝杵，我来找师爷爷借斩魔剑，非得这两种宝贝，拿不了八魔。既是真人没在家，二位师弟慈悲慈悲，把斩魔剑借给我使一使。我去救了济公长老，我赶紧就给送回来，我也不能要祖师爷的宝贝。”清风、明月一听，说：“这件事我们两个人可没有这么大胆子，祖师爷知道，我们耽不了。前者皆因你偷了八宝云光装仙袋去，祖师爷打了我二人一顿，说我二人不留神，这件事我们更不敢了。”褚道缘说：“二位师弟行点好罢，济公原来是一位罗汉，要没有这斩魔剑，就得死在八魔之手。出家人也讲究积福做德，我去救了济公，急速就送回来，决不能叫二位师弟受责。再说就即便祖师爷知道，这是一件好事，祖师爷也不能怪。”清风、明月说：“师兄你说什么，我二人也不敢做主意。”褚道缘说：“你二人知道斩魔剑在哪里放着不知道？”清风说：“知道可知道，我二人不敢告诉你。”褚道缘说：“当初我在这庙里当道童，我可知道这口剑在五层殿的悬龛里供着，此时我可不知道挪了地方没有？”清风、明月说：“你既知道地方，你自己找去，我二人也不敢管你。祖师爷爷问，我二人就说不知道，我二人也不耽这沉重，总不是由我二人嘴里告诉你的。”褚道缘说：“既然如是，二位师弟既不管，我自己找去。二位师弟不拦我，我就感念二位师弟的好处。”清风说：“你是我们大师兄，我二人也不敢拦你呀。你要瞪眼，我二人也不敢惹你。”褚道缘说：“我也不敢跟二位师弟瞪眼，我去找去。”

立刻来到后面，到五层殿悬龛上一找并没有，褚道缘一想，怪呀，怎么会没有呢？愣了半天，自己一想，反正在这庙里，我慢慢找，不能找不着。想罢自己各处寻找，直找了一夜。至次日早饭时，找到最后殿悬龛上一看，正是斩魔剑。上面有一块象牙牌子，写的明白。褚道缘一看，有黄缎套丝沙鱼皮鞘，赤金什件黄绒穗头，黄绒挽手。褚道缘当初在这庙里当过道童，见过这口剑，果然不错。褚道缘一见，心中甚为喜悦。先拜了八拜，口中祝告已毕，这才伸手将此剑请下来。到了跨院，说：“二位师弟，多耐点烦罢，我三两天就送回来，要是祖师爷不回来更好了。”清风、明月说：“我二人全不管，任凭你的量办。你在这庙里各处翻寻，我二人也拦不了，但愿祖师爷不回来，你赶回来。”褚道缘说：“就是。”

说罢，即告辞出了云霞观，驾起趁脚风，心急似箭，恨不能肋生双翅，一步赶到金山寺。好容易赶到了江口，远远一看，只见金山寺里面魔火千丈，庙门关着，那烧香逛庙的人也来不了，看着金山寺如同下雾一般，也不知庙里有什么事。褚道缘来到庙前用手一指，庙门开了。褚道缘直看不见里面的金光，褚道缘一声喊嚷，说：“好孽障，大胆，山人来也！”正南方正是天河钓叟杨明远，桂林樵夫王九峰，二人回头一看，吓的惊魂千里。知道褚道缘是紫霞真人李涵龄的徒孙，手中抱定一口宝剑像斩魔剑。杨明远说：“你我远日无冤，近日无仇，你何必因为济颠跟我等做对？”褚道缘说：“你知道济颠是我什么人？”杨明远说：“你是老道，他是和尚，他是你什么人？”褚道缘说：“他是我师父。你等既跟我师父为仇，你我就是冤家对头。”杨明远、王九峰一听，说：“济颠既是你师父，我等冲得你，不炼他就是了。我们万花山圣教堂，冲你算白烧了。我们回万花山，叫他回那灵隐寺，从此两罢干戈，你看怎么样？”

褚道缘这个时节要答应了，倒是一件正事。褚道缘当时恨不能把八魔剐了，方出胸中之气，立刻说：“不行，我今天非杀你们不可。”说着话，伸手拉宝剑。书中交代，这口剑有什么好处呢？原来这口剑要一出鞘，有一片白光，专能将魔火赶散，最利害无比，名曰斩魔剑。当初八魔乃是六合童子悚海为尊，只因他在外面无所不为，常常害人，紫霞真人李涵龄查山，用这口剑斩过他，把八魔制服的，故此八魔就怕李涵龄同长眉罗汉这一僧一道，余者别无惧怕之人。焉想到今天褚道缘盗来这口剑，并非是真斩魔剑。真的他如何拿得了来？紫霞真人恐怕有精灵到庙中去盗斩魔剑，故此预备这口剑。今天褚道缘自以为是真的，伸手一拉剑，并无白光，褚道缘就一愣。八魔早看出来不是斩魔剑，杨明远一想，先下手为强，伸手拉丧门剑一晃，天火地火人火三昧真火，扑奔褚道缘。褚道缘想跑，如何跑的了？被火烧的连人带剑烧的皮焦肉烂。济公此时也顾不了救他，口念：“阿弥陀佛，善哉，善哉。”王九峰说：“杨大哥，你这个乱可惹大了。他是紫霞真人的徒孙，你把他烧死，倘如紫霞真人要来了给他报仇，该当如何？”杨明远说：“已就烧死了，就是李涵龄来，你我也可以跟他一死相拼。莫非永远老怕他，何时是个了局？”正说着话，只听外面一声喊嚷：“道缘呀，你死的好苦。”不知来者是谁，且看下回分解。

第二三六回

神童子身逢魔火劫　请佛仙杵剑镇群魔

话说杨明远把褚道缘烧死，只听外面有人放声大哭，说：“道缘，没想到你死的好苦！罢了，罢了，老夫白去了一回，也未能将宝贝请来，竭了完了，连济公、伏虎罗汉都完了，这就是你我修道的人下场头。”杨明远一看，来者是东方太悦老仙翁，那半片破瓢拿着，没舍得摔。书中交代，老仙翁跟褚道缘分手，实指望找长眉罗汉借降魔宝杵，可以救济公报葫芦之仇，焉想到来到九松山正碰见悟禅，悟禅连忙行礼，说：“仙翁从哪来？”老仙翁说：“悟禅，可了不得了，皆因你火烧了万花山，现在八魔在金山寺摆魔火金光阵炼你师父。我去怎么劝，八魔怎么不答应。我打算拿乾坤奥妙大葫芦，要把八魔装起来，焉想到六合童子悚海神通广大，他把我的葫芦炸碎了。我正同褚道缘放声痛哭，幸遇白云仙长徐长静，野鹤真人吕洞明，二人指我一条明路，叫褚道缘找他师爷爷李涵龄借斩魔剑，我来找长眉罗汉借降魔杵，去救济公。要不然，八魔把你师父炼死，也必来找你。不用说八魔都来，就来一个一晃魔火幡，你就得现原形。你这五千年的道行也算完了，你也活不了。”悟禅一听叹了一声，说：“事已至此，也无法。我去瞧瞧我师父去。”老仙翁说：“你这孩子胡说，你如何去得？你是祸头，八魔正找你找不着，你去岂不是自投罗网？你跟我见见长眉罗汉，你给你这个师父磕头，连我求他双关着，可以求他救你那个师父。”悟禅说：“我这个师父没在庙里，要在家，我还不同你进去。”老仙翁说：“哪去了？”悟禅说：“走了几十天了，被紫霞真人约了去朝北海，留下我跟通臂猿猴看庙。”老仙翁一听这话，愣了半天，说：“我到庙里等一天，倘如你师父回来，也未可定。如不回来，那可就没法了。”悟禅说：“也好。”同老仙翁来到松泉寺庙里，让到东跨院北上房屋中，悟禅给老仙翁烹过茶来。

正说着话，只见由外面进来一个大白猴，浑身白毛，两只红眼，手提一个小篮，摘了一篮果子。见了老仙翁，趴在地下，给老仙翁磕了一个头。悟禅说：“这就是通臂猿猴，每逢摘了好果子，就给老方丈送来。”老仙翁点了点头，说：“无量佛，善哉，善哉。畜类也知道修道，怪不得人家说，叩户苍猿时献果，守门老鹤夜听经，这话一点不错。”老仙翁在庙中住了一天，心似油烹，次日长眉罗汉也没回来。悟禅说：“仙翁你不用等了，我求你到金山寺去瞧瞧。要是我师父济公死了，求你给我一口缸，把他成殓起来。我听你回信，我在这庙里大概八魔不敢来找我。我这个师父回来，我跪着给他老人家叩头，求他给我替师父报仇，到万花山去拿八魔，也跑不了。你老人家瞧瞧去，我不放心。”

老仙翁无奈，垂头丧气，出了松泉寺。驾趁脚风，方来到金山寺，只见一片火光，把褚道缘烧的皮焦肉烂骨头酥。老仙翁放声大哭，说：“道缘，你死的好苦。”杨明远听老仙翁又哭又说，杨明远说：“你这老道，前者饶你不死，你就该远遁他乡，今天还敢来说说道道！你再不走，我等当时结果你的性命。”老仙翁一听说：“好好，我正不愿意活着，我等要死，死在一处倒好。你来用魔火幡把我烧了罢，我倒甘心。”杨明远说：“烧你也不难。”老仙翁说：“来。”立刻把眼一闭，净等一死，把心横了。

杨明远、王九峰方要到离方位晃魔火幡，忽听正东上一声“阿弥陀佛”，来了一僧一道，头前走的那道人口唱山歌，唱的是：

贪利营谋满世间，不如破衲道人闲。笼鸡有食汤锅近，野鹤无粮天地宽。富贵百年难保守，轮回六道任循环。而今看破虚幻里，学作深山不老仙。

唱罢，后边那个和尚口中说：

为人不必逞英雄，万事无非一理通。虎豹常愁逢獬豸，蛟龙又怕遇蜈蚣。小人行险终须险，君子固穷未必穷。万斛楼船沉海底，皆因使尽十番风。

二人各歌一词。老仙翁一看，那道人身高八尺，头戴莲花道冠，身披鹅黄缎子道袍，腰系丝绦，足下高底云鞋，背后斜插一口宝剑，绿沙鱼皮鞘，黄绒穗头，黄绒挽手，面如银盆，眉分八彩，目如朗星，准头端正，一部银髯，根根飘洒胸前，手中拿着一把萤刷。后跟那僧人身高九尺，头戴青僧帽，身穿黄缎僧袍，足下白袜云鞋，赤红脸，长眉朗目，怀抱降魔宝杵，像貌惊人。

书中交代，来者这二位非是别人，乃是灵空长老合紫霞真人。这二位本是带禄活神仙，只因二人朝北海，这日正观玩北海名山胜境，忽然间见一股煞气由西往东，直冲霄汉斗牛之间。灵空长老看罢，说：“善哉，善哉！道兄你看。”紫霞真人口念：“无量佛，善哉，善哉！原来降龙、伏虎二位罗汉有难。好孽畜，胆敢这样兴妖作怪！你我这件事不能不管，如不管，恐怕我佛如来见怪。”灵空长老说：“我早就有心把这几个外道天魔除了，我又不肯，他等在万花山修道，我也不肯无故杀害生灵。现今既是他等兴妖作怪，你我赶紧回去。”紫霞真人说：“你我快走！”僧道二人借遁光往回走，尚未到金山，紫霞真人打了一个冷战，口念：“无量佛，善哉，善哉！道缘这孽障遭此劫数，可惜可惜！”灵空长老说：“你我还得快去，若慢一点，稍迟一刻，东方太悦老仙翁有性命之忧。”僧道急来到金山寺，正赶上杨明远、王九峰正要用魔火幡伤害老仙翁。紫霞真人一声喊嚷：“好孽畜，真乃大胆！”老仙翁睁眼一看，说：“真人、罗汉快来！”

八魔见紫霞真人同灵空长老一来，众人皆是一愣。紫霞真人伸手拉出斩魔剑一指，一片白光，竟将魔火闭住。灵空长老又用降魔宝杵一指，一片金光，那魔火已化为飞灰四散。济公同普妙这才出来道谢。八魔焉敢跟僧道斗法，吓得八个人跪倒在地，卧云居士灵霄说：“真人、罗汉，休要动怒，并非我等无故跟济颠做对。只因他火烧了我徒弟韩祺，戏耍邓连芳，他又主使徒弟悟禅，火烧了万花山，故此我等找他报仇雪恨。”紫霞真人说：“好孽障，你还以为着有理。你徒弟韩祺同邓连芳上东海瀛洲采灵芝草，就不该多管闲事。赤发灵官邵华风，既是修道的人，就不应该相与绿林贼人发卖薰香蒙汗药，使人盗取婴胎紫河车，摆阴魂阵伤了多少性命？杀害生灵，荼毒百姓，官兵拿他，他拒捕官兵，情同叛逆。你徒弟帮着他助纣为恶，即是自己为恶，死之不屈。你等在万花山隐藏邵华风，悟禅去要，你就该把邵华风给他。你们不但不给，还要施展魔火要他的命。他也有五千年的道行，也不容易，再说他在松泉寺灵空长老庙里，你等也该有些关照。你等要害他，他焉能不恨你？烧你的万花山，这是你等自找，现在两位罗汉，乃西方大雷音寺奉我佛如来敕旨，降世渡人，你等胆大用魔火炼他二人，真乃胆大妄为。是你等自作孽不可活！”灵空长老说：“你等跟我走罢，咱们回松泉寺说去。”八魔不敢不跟着。三位罗汉，两位老道，这才带领八魔，够奔松泉寺而来。不知后事如何，且看下回分解。

第二三七回

收八魔符咒封洞口　办善会福善集金山

话说长眉罗汉同紫霞真人、东方太悦老仙翁、济公长老、伏虎罗汉，带领八魔，来到九松山松泉寺。这山上有一座子午风雷藏魔洞，长眉罗汉用降魔宝杵，口中念念有词，用法术将八魔置到子午风雷藏魔洞内，立刻将洞门一关，用咒语封锁。灵空长老说："这八个魔怪，把你们收起来，免生祸端。这洞内到子时有风雷可以镇住八魔。恐其有人来救他们出去，又生是非，洞门口得派人看守。"正说着话，小悟禅来了，给众人行礼。灵空长老说："悟禅，你速去把灵猿化给我找来，叫他看守此洞。"悟禅答应，去不多时，同梅花真人灵猿化来了。灵猿化给众人行完了礼，说："罗汉呼唤我有何吩咐？"灵空长老说："命你看守此洞，将斩魔剑、降魔杵挂在洞门，八魔哪时出来，你用斩魔剑斩他。"灵猿化点头答应，在这里看守八魔，自己修道。灵空这才把众人让到庙中落座。济公说："多蒙罗汉、真人搭救。我得把悟禅带了去，我要办善会，重修金山寺。要不然，因为我，八魔拆毁金山寺，我这孽造大了。"伏虎罗汉也告辞，往他方前去度人。济公先带领悟禅告了辞，来到金山寺，写了帖子，遣悟禅去请人。所有是济公的徒弟到过的地方，幽州府、龙游县、海潮县、余杭县、石杭县、常州府、镇江府、丹阳县、开化县、临安城、钱塘县、仁和县等处，所有济公认识的都请，上至秦相官宦人家，绅董富户，举监生员，下至庶民，悟禅都给送了帖子，在金山寺八月初一日早降拈香。临安城都吵嚷动了。

花花太岁王胜仙一想："济公敕封护国散禅师，乃得道高僧。在金山寺办善会，连我哥哥秦丞相都请，怎么会不请我呢？"这天有风月公子马明来拜王胜仙。二人谈起这件事，王胜仙说："现在济颠在金山寺办善会，请秦丞相，怎么不请我呢？"马明说："也没请我。"王胜仙说："他不请咱们，咱们倒要去带一千银子香资，到金山寺去一趟。"马明说："也好。"立刻雇了一只大船，带着二十个家人，船上写着一杆大旗，上写"金山寺进香，施助白银一千两"，由临安城起身，够奔镇江府金山寺。这天正往前走，见前面一只船上写着"海潮县正堂"的旗子，支着船窗，里面坐着两个丫环，一位小姐。这位小姐长的真是千娇百媚，万种风流，梨花面，杏蕊腮，瑶池仙子月殿嫦娥不如也，可称绝世美人。王胜仙、马明二人一看，眼就直了。这两个人本都是临安城的恶霸，素常净讲究抢人。王胜仙自前番白狗闹洞房，把鼻子咬下去，这小子又派人请名医调治好了，落了疤子。仍然恶习不改，一见美色就动了心，贪淫好色的人全不顾。王胜仙的船在后面跟着，来到镇江口了，相离金山寺还有四十里地。人家靠了船，王胜仙也吩咐靠船。两只船靠着。王胜仙临近一看，这位小姐果然真正美貌。这小子目不转睛一看，这位小姐果然真正美貌极了。王胜仙真是色胆大如天，当时吩咐管船的，把跳板搭在那只船上。风月公子马明说："你做什么？"王胜仙说："我到那只船上去会会这个美人。我自打生人以来，没见过这样绝色的美人，我今天非去找她不可。"风月公子马明说："那如何使得？你准知道人家是谁家的姑娘，你硬要去，岂不惹出乱子来？"王胜仙说："不要紧，我哥哥乃当朝宰相，我乃大理寺正卿，谁敢惹我？也别管她是谁家的姑娘，我今天非得弄到手，方趁我的心。”说着话，王胜仙叫管船的把跳板搭上，他大摇大摆就上了那只船。

书中交代，这船上小姐，乃是海潮县正堂张文魁的妹妹，名叫金娘。只因济公请善会，张文魁施助香资五百两，姑娘带着婆子丫环，有三班都头独角蛟安天寿，这位班头水旱两路武艺精通，人也老成，带着十数个班头，保着姑娘金山寺进香。由海潮县要的官船，走在这江口，姑娘叫安天寿买点鲜果，带到金山寺好上供，故此把船靠住。安天寿下船去买东西，偏巧这个时节，王胜仙到这边船上来，大摇大摆，就要进船舱。这里有十几位散役，见王胜仙头戴四楞巾，绣团花，身穿大红宽领阔袖袍，足下粉底官靴，手拿一把折扇，长的梭肩拱背，黄尖尖的脸膛，真是兔头蛇眼，龟背驼腰，一直就要进舱门。当差人一看，连忙阻住，说：“你是做什么的？”王胜仙说：“我看这女子长得美貌，老爷到里面逛逛。”当差人说：“你是什么东西，满嘴放屁！这是我家小姐，你敢这样无礼，你也不打听打听！”王胜仙说：“也别管她是什么官的小姐，今天你家大人要找她作乐，哪个敢不答应？”正说着话，偏巧安天寿买东西回来了。见众差役正同王胜仙吵嚷，安天寿说：“什么事？”众人说：“这厮他硬要进船舱，我问他做什么，他说见小姐长得美貌，他要进去逛逛。安都头，你看世界上，哪有这样不通情理的人？我们告诉他说是小姐，他说不论是谁家的小姐，他也要进去作乐。”安天寿一听，把肺都气炸了，立刻把两只怪眼一瞪，说：“你还不滚开！如要不然，我结果你的性命。”王胜仙一看安天寿身高八尺，紫脸，在脑门子上有一个大肉瘤子，满部的钢髯，犹如钢针，轧似铁线，根根见肉。头戴缨翎帽，身穿青布靠衫，腰扎皮挺带，薄底鹰脑窄腰快靴，是个班头的打扮。王胜仙自以为是当朝宰相的兄弟，有势利，谁人敢惹，说：“哪个敢拦我，我把你们发了！”焉想到安天寿也不管他是谁，先讲动手，当时举手照定王胜仙脸上就是一个嘴巴，底下一腿踢在王胜仙肚子上。王胜仙呀呀呸，王胜仙往后一仰，翻身掉在大江之内。大江里水真有几百丈深，王胜仙手下家人一看说："你们胆子真不小，我家大人乃是当朝秦相的兄弟，花花太岁王胜仙，你敢给踢在江里！"安天寿说："王胜仙又该怎么样？踢在江里喂王八！反正先叫他死了。拼出一身剐，敢把皇帝打。"

正说着话，只见对面铜锣响亮，来了一只大船，船上有大轿，旗上写着"镇江府正堂"。来者正是本地面知府赵翰章赵大老爷。只因济公在金山寺办善会，赵大老爷亲身带领壮皂快三班，来到金山寺给照料照料，方由金山寺告辞。济公亲身送出庙外，在知府耳边说了几句话，知府点头答应。船到江口方要下船，王胜仙手下家人，一看是镇江府，立刻喊冤。知府吩咐带过来，问什么事。家人等说："我家大人花花太岁王胜仙，乃当朝秦相的兄弟，被他们踢下江去。"正说着话，只见王胜仙仿佛由江里有人给托上岸来，众家人一看也愣了。王胜仙喝了两口水也不要紧，少时还醒过来。众人俱皆纳闷，不知道这是怎么一段缘故。书中交代，原本济公办善会，早吩咐万年永寿，所有烧香来的船，不准在江里伤一个人，如要伤了人，济公说："我告诉龙王定要斩你。托你给照应。"万年永寿答应，吩咐手下子孙孙孙，虾兵蟹将，各处巡查。今天见王胜仙掉在江里，故此小王八用脑袋把王胜仙一烘托上来。王胜仙还醒过来，一看镇江府来了，王胜仙说："知府来了好，我要找你。"知府先问："安天寿，这边因为什么？"安天寿说："下役在海潮县当差，我家小姐上金山寺降香，在这里靠船买果供，这个男子他硬要进船舱，说我家小姐长得美貌，他要作乐。拦他他不听，一定要进去。"知府说："你是什么人？"王胜仙说："我是秦丞相的兄弟，我乃大理寺正卿王胜仙。"知府说："你满嘴胡说，王大人焉能做这事，分明是你冒充官长。来人，给我打。"立刻官人将王胜仙按倒，打了四十大板，皮开肉绽，鲜血直流。不知后事如何，且看下回分解。

第二三八回

花太岁淫心贪欢报　独角蛟夜探葵花庄

话说知府赵翰章说王胜仙冒充官长，打了他四十大板。知府说：“我应该重办你，便宜你放你走，哪时再不安分，遇见本府，我定然治罪于你。”说完了，吩咐叫安天寿同小姐开船走，知府也坐着轿走了。王胜仙疼的龇牙咧嘴，真想不到今天受这样苦，只气得眼泪汪汪，说：“好一个镇江府，我不要他的命，不算报仇。”自己也不能上金山寺去了，吩咐开船往回走。离此四十里之遥，就是葵花庄，乃是秦丞相的老家。秦丞相家里有一个儿子，名叫秦魁，人称蓝面天王，也是无所不为，时常抢夺良家少妇长女。王胜仙一想，我先找找侄儿去商量商量，设法报仇雪恨。不言讲王胜仙，单说安天寿同姑娘到金山寺去降香。金山寺出善会的人多了，本来济公在外面治的病救人多了，都欠济公的人情，济公从来没要过谢礼，这一办善会，重修金山寺，又是一件善事，众人没有不愿意为的。至少的香资一百两，五十两算顶少的，所有跟济公至近的人，没有不到的。大众还不走，问济公：“所收的香资够用不够？如其不够，我等大家再给凑。”济公说：“众位不必费心了，富富有余。”

安天寿同小姐交了五百两香资，烧完了香，吃了素斋，这才告辞，坐船往回走。方走到葵花庄的江岸，忽然起了一阵怪风，刮的对面不见人，几乎把船翻了。这阵风过去，再一看丫环婆子被杀，小姐也不见了。丫环婆子都杀死，要说有截江贼，怎么连人影儿没看见呢？这件事怎么办？回去见了老爷，怎么对得起？有一位老管家，也是在张宅多年的人，叫张福。张福说："安都头不要着急，先在附近访查访查。如访着便罢，如访查不着，你我回金山寺去找济公，求他老人家给找找小姐。反正找不着小姐，你我不能回去。"安天寿无法，靠了船弃舟登岸，顺着江岸往前走了不远，见有一只小打鱼船。安天寿说："借光，管船的，这眼前的村庄叫什么地名儿？"这打鱼的说："这是葵花庄。"安天寿说："这庄子里住着都是做什么的人家？"打鱼的说："你是外乡人罢，你不知道这是当朝秦丞相的大少爷秦魁在这里住？"安天寿一听，心中一动，说："这位秦魁，素日为人是好人是歹人？"打鱼的说："唉，别提了，别提了。你是外乡人，不知道，我跟你说说。这位秦魁在我们本地，倚仗着势利欺人，常抢夺良家少妇长女，我们这方没人敢惹。"

安天寿道："我何不进村庄探探去？这件事来得奇怪，令人难测。"说罢，安天寿进村庄探访。见路北有一座大门，门中八字影壁，有上马石，有四棵龙爪槐，拴着幌绳，有十几匹骡马。安天寿一看，大约这必是秦相府，这必是宅院房子不少。路南里有一座小铺，挂着酒幌子，上写："闻香下马，知味停车。"安天寿迈步进去，也没有多少酒座。安天寿找了一张桌坐下。伙计过来说："大爷要几壶酒？"安天寿说："来两壶酒，来两碟菜罢。"伙计擦抹桌案，把酒菜摆上，天已黑了，屋中掌上灯了。安天寿心里好似万把钢刀扎心，酒也喝不下去。正在烦的了不得，忽见由外面进来两个人，都是紫花布的裤褂，都有三十多岁，长得凶眉恶目，一脸的横肉。两个人晃晃悠悠的说话，舌头都僵了，大概是喝醉了的样子。这个说："二哥，咱们庄主不是说，每人赏二两银子吗？怎么又不赏呢？"那个说："庄主说话没准，说过了就忘了，也许明天赏，今天只顾喝喜酒了。”旁边酒铺掌柜的说：“你们庄主有什么喜事？”这个说：“今天我们庄主的叔叔王胜仙王大人来了，提说上金山寺去烧香，因为一个美人，被镇江府知府打了四十大板。他来找我们庄主，派人去把这个美人得来，今天总算是喜事。”那人说：“老二，你别说了，这事也是在外头说的？”这个说：“不要紧，咱们这方谁敢坏咱们庄主的事？”焉想到旁边安天寿听的明白，自己一想，他们用什么妖术邪法，把我家小姐抢来的？我去他家探探去，再作道理。

想罢，给了酒钱，由酒铺出来，绕到西北角上，回头四顾无人，拧身跳上墙去，见里面黑洞洞，一无人声，二无犬吠。安天寿蹿房越脊，如履平地相仿，探来探去，来到前厅。这院中是大四合房，北上房五间，南房五间，东西配房各三间。北上房屋中灯光闪烁，安天寿在暗中一探，见里面正面上坐定一人，黄脸膛，头带四楞巾，身穿宽领阔袖大红袍白护领，正是王胜仙。上手一位浪荡公子打扮，乃是风月公子马明。还有一个蓝脸的，两道朱砂眉，一双金睛叠暴，突出眶外，头带四楞逍遥巾，双飘秀带，身穿宽领阔袖大红袍，这就是蓝面天王秦魁。下手里坐着一个老道，头带青缎子九梁道巾，穿蓝缎色道袍，青护领相衬，白袜云鞋，面似姜黄，浓眉大眼，花白胡须，众人正在一处吃酒。安天寿看够多时，就听老道说：“王大人，你今天依我说，先别跟她入洞房，叫婆子慢慢劝解她，总是她自己依从应答才好。再说这一件事，虽然办的严密，可有一节，据我想他等必要去找济颠，都瞒得了，可瞒不了济颠。大概人家也不能善罢干休。可是我也不怕济颠，他也未必准是山人的对手，可就怕这件事，吵嚷出去，可就不好办了。他那船上可有一个能人，如要到这里哨探倒好，我将他拿住，可以斩草除根。”王胜仙说：“济颠来也不要紧，他要讲交情，他是我哥哥的替僧，他就不应当管我的事，帮着人家。他如不讲交情，道爷你只要将他拿住，就把他杀了，有什么祸，都有我呢。惟可恨镇江府赵翰章，他竟敢打我四十大板子，这个仇非得报不可！”

安天寿在暗中听的明白，自己一想：“我先救我家小姐要紧，倘若我家小姐有点差错，我拿什么脸去见我家老爷？”想罢，自己蹿房越脊，各院寻找，找到东跨院。这院中是北房三间，南房三间，东西配房各三间。北上房东里间灯影儿朔朔，人影儿摇摇。安天寿蹿下来，把窗纸湿了一个小窟窿，往里一看，屋中顺后墙一张床，地下有椅桌条凳，床上坐着正是金娘小姐。地下有四个仆妇，都在三十多岁，一个个伶牙俐齿，这个说：“姑娘你就别哭了，你别想不开，你已然来了，反正你也走不了。这也不是地狱，你这算到了天堂了。你要好好的从了我们大人，享不尽的荣华，受不尽的富贵，一呼百诺。你要不依从，把我们大人招恼了，用皮鞭子笞你，也不能一时打死；你到哪时答应，哪时不打你，但是你后悔可就晚了。”这个说完了，那个老婆子就说：“姑娘你别哭，我告诉你，男大当婚，女大当嫁，早晚姑娘你也得出聘，还不定给什么人家，就许受了罪。这个我们大人，乃是当朝秦丞相的兄弟，大人本人是大理寺正卿，你跟了我们大人就是夫人。妇人女子一辈子，也无非就是吃喝穿带。这个主儿，找都找不着，你还哭。要依我说，你洗洗脸，搽点粉，换换衣裳，把大人哄乐了，你要一奉十。”

这个说一套，那个说一套，都是伶牙俐齿。安天寿在外面听着，把肺都气炸了。有心进去杀这四个仆妇，又怕吓得小姐，莫若叫出来杀。想罢，说：“老姐姐们出来，庄主叫我来问劝得怎么样了。”仆妇一听说：“谁呀？”安天寿说：“我。”说着话，由里面出来两个仆妇，被安天寿一刀一个杀了。里面两个仆妇听外面咕冬咕冬，赶紧问：“王姐姐你摔躺了？”安天寿说：“你们来瞧瞧。”这两个人出来，也被安天寿杀了。安天寿进到屋中要救小姐，抬头一看，小姐踪迹不见，把安天寿吓的亡魂皆冒。不知后事如何，且看下回分解。

第二三九回

因救千金被贼获　为吓贼人装鬼神

话说安天寿把四个贼婆子杀死，到屋中要救小姐，焉想到踪迹不见，安天寿一看愣了。自己正在发愣之际，忽听外面有人喊嚷：“拿贼！”书中交代：王胜仙自从镇江府打了他四十板子，他来找秦魁。同风月公子马明，带领家人来到门首。往里面一回禀，秦魁一听叔叔来了，赶忙往外迎接。来到外面给王胜仙行礼，王胜仙给风月公子马明一引见，大众往里够奔。来到大厅，王胜仙一看，这里坐着一个老道。王胜仙就问：“贤侄，这位道爷是谁？”秦魁说：“这是我师父混天老祖，教给我炼金钟罩铁布衫。”这个老道会妖法，说在这里住着，他会配各样的耍药，金枪不倒，美女自脱衣等药。秦魁虽爱炼，可也是酒色之徒，故此拿老道敬如上宾，立刻给王胜仙一引见，说：“这是我师父，他老人家善会呼风唤雨，撒豆成兵，搬山倒海，五行变化，前知五百年，后知五百年，能掐会算，善晓过去未来之事。”王胜仙说：“这就是了。”秦魁说：“叔叔今天从哪来？”王胜仙说：“别提了，我原本要上金山寺去出善会，走在江口，碰着一个美貌的女子，船上插着海潮县正堂的旗子。我要到她船上去，不想被她手下一个能人，将我踢下江去，幸亏我命长，也不知怎么会上来了。镇江府知府赵翰章赶上这件事，我跟他一道名姓，他倒反打了我四十板子。我这口气不出，美人也没得到手。这个美人我真爱的了不得。我来找你给我想个主意。”旁边混天老祖哈哈一笑，说：“这乃小事一段。大人打算要这个美人容易，我去施展法术，将她带来，不费吹灰之力。”王胜仙一听，喜出望外，说：“祖师爷要真能把这女子给我得来，我必有重谢。”老道说：“既然如是，大人等着，我去去就来。”

老道出了葵花庄，在江口一等，工夫不大，见海潮县这只船来了。老道口中念念有词，立刻一阵狂风大作，老道上船将婆子丫环杀死，在小姐天灵盖上打了一迷魂掌，小姐糊里糊涂，老道施展法术，风裹着把小姐带回来，交与婆子，叫婆子给烧了一道符灌下去，等小姐明白过来，慢慢劝解。老道来到大厅说：“王大人，我山人已将美人给你得来。”王胜仙千恩万谢，在大厅摆酒，大家开怀畅饮。依着老道，今天先不叫王胜仙跟小姐入洞房。王胜仙喝醉了，一定要入洞房。如其那女子不依从，今天叫人把她捆上，也别管她答应不答应。老道说：“既是王大人今天要入洞房，如果她不从，我给你一粒药给她吃了，管保叫她自厢情愿。”王胜仙乐的了不得，赶紧叫家人先去问问婆子劝的怎么样，答应没答应？家人来到这院中方要说话，见地下四个婆子被杀。家人连忙跑到大厅，说：“可了不得了，那院里四个婆子都死在院里，被人杀了，有一个进了屋子。”秦魁一听，说：“赶紧叫二位护院的拿贼，别放贼走了。”

他这家中两个护院的原是西川路的两个贼，一个叫鸡鸣鬼全得亮，一个叫造月鹏程智远。家人给一送信，二人各拉兵刃，吩咐鸣锣聚众，一直来到东跨院。安天寿在屋中找小姐没有了，找了半天，方转身出来。全得亮一声喊嚷：“好贼，你往哪里走！”安天寿一看，见全得亮头戴翠蓝色六瓣壮士巾，上按六颗明镜，身穿蓝箭袖袍，腰系丝鸾带，单衬袄，薄底靴子，面似姜黄，两道短眉毛，一双三角眼，鹦鼻子，两腮无肉，手擎一条花枪。后面跟定一人，头上紫缎色壮士帽，身穿紫箭袖单衬袄，薄底靴子，手擎一把钢刀，紫脸膛，一脸的花斑，凶眉恶眼，怪肉横生。安天寿见小姐没了真急了，当时一顺手中刀说：“好贼人，你等施展什么妖术邪法，把我家小姐抢来？今天安大太爷把尔等刀刀斩尽，剑剑诛绝。”全得亮赶上前，抖花枪照定安天寿哽嗓咽喉就扎。安天寿用刀往外一拨，贼人往回一撤枪，反枪照定胸前刺来。这条枪三花九摆，金鸡乱点头。安天寿刀法纯熟，门路精通，急架相还。程智远摆刀过来协力相帮，手下恶奴各掌灯球火把，齐声喊嚷。安天寿一看人多势众，打算要走。秦魁同老道赶到，老道见全得亮、程智远两个人拿不了安天寿，老道说：“二位闪开。好小辈，放着天堂有路你不走，地狱无门自找寻，待山人来拿你。”全得亮二人往旁边一闪，老道口中念念有词，说声“敕令”，用手一指，将安天寿定住。程智远摆刀要杀，老道说：“别杀，捆上他带到前面，细细的审问审问。”他这才立刻将安天寿捆上，搭着来到大厅。王胜仙、秦魁、马明，同老道在上面坐定，老道说：“你姓什么？叫什么？来此何干？趁此实说。”安天寿把眼一瞪，说：“你家大太爷行不更名，住不改姓，我姓安名叫安天寿，绰号人称独角蛟。我乃是海潮县三班都头。只因你等为非作恶，施展妖术邪法，抢我家小姐。我奉我们老爷堂谕，前来寻找我家小姐。大太爷既被你拿住，杀剐你给我快行。”秦魁说：“祖师爷何必还细问他，把他杀了就完了。”

正说着话，忽听后宅啲啲啲点响一阵。秦魁一听一愣，每逢宅内有紧要事才打点。正在一愣，婆子来到前面大厅，慌慌张张说：“庄主可不得了，后宅闹大鬼，把大姨奶奶二姨奶奶全吓死了，你快去瞧瞧罢。”秦魁一听说：“这事奇怪，你我同去瞧瞧去。”全得亮、程智远说：“这必是绿林人装神弄鬼。”秦魁立刻叫两个家人在大厅看守安天寿，秦魁同王胜仙、风月公子马明、老道混天老祖，带领鸡鸣鬼全得亮、造月鹏程智远，大众一同够奔内宅。秦魁自己到屋中一看，众姨奶奶全都死过去了，人事不知。秦魁叫了几个大胆婆子，把大姨奶奶、二姨奶奶搀扶起来，慢慢的呼唤，好容易才还醒过来。老道交给秦魁几丸定神药，拿阴阳水化开，给众位姨奶奶喝下去，定了定神。秦魁说："众位姨奶奶是怎么一段事，全都给吓死过去？"大姨奶奶说："我等在灯下跟婆子丫环说着话。等候公子爷过来安歇，忽然间由外面进来一个大鬼，身高有一丈，五色脸大脑袋，冲着我们一晃，吓的我们全糊涂了，也不知这鬼哪里去了。"秦魁一听，气得哇呀呀怪叫如雷，说："好鬼，胆敢搅闹我的家宅不安，尔等赶紧给我寻找，找着把他碎尸万段。"众家人点上灯笼，各处寻找，前前后后院中都找遍了，并无踪迹。这才来到后面，说："庄主爷，我等都找遍了，并没有。"

鸡鸣鬼全得亮、造月鹏程智远，两个人本是绿林人，什么事瞒不了他们，这两个人在绿林中什么事都做过，蹲到水坑里就装龙，抹一脸锅烟子就装灶王。哪行人知道哪行事，程智远说："庄主爷，你老人家不知道，这决不是鬼，必是安天寿的余党。"秦魁说："我也明白，光天化日，朗朗乾坤，哪里来的鬼。这乃是无名的小辈装神弄鬼，要是好朋友就不该跑。好鬼狗娘养的，吓坏我的爱妾！"秦魁站在院中破口大骂，焉想到英雄侠义，就是不听人骂。忽然房上答了话，一声喊嚷，声音洪亮，说："好囚囊的，你先别骂，大太爷本不是鬼。只因你等为非作恶，无故抢掳良家的妇女，大太爷乃侠义英雄，专杀土豪恶霸，赃官佞党，搭救义夫节妇，孝子贤孙。今天特意前来结果尔等的性命。"鸡鸣鬼全得亮、造月鹏程智远说："你下来。"当时由房上跳下二位惊天动地的大英雄。不知来者是谁，且看下回分解。

第二四〇回

雷陈奉命救良善　济公功满归静慈

话说蓝面天王秦魁破口一骂，由房上答了话，跳下两个人来，一位头戴紫壮帽，紫箭袖，腰系鸾带，单衬袄，薄底靴子，面如蓝靛，发似朱砂，押耳红毫。一位穿蓝翠褂，壮士打扮，白脸膛，俊品人物。各擎钢刀，来者非别，正是风里云烟雷鸣，圣手白猿陈亮。这二位自从前者由京都完了官司，同马兆熊、秦元亮各自回家。雷鸣、陈亮在家中闭门度日，不肯出来，看破了绿林道。前者接着济公请帖，济公在金山寺办善会，这两个人不能不来。二人备了二百两香资，来到金山寺给济公帮着应酬施主。济公把雷鸣、陈亮叫在一旁，说："你二人给我办点事。"雷鸣、陈亮说："师父有什么吩咐？"济公说："你二人不用在庙里帮我张罗，你二人赶紧到葵花庄去。现在秦相的儿子秦魁，把海潮县知县的妹妹张金娘抢了去，有一个三班都头安天寿去救他们小姐，你二人去帮着，把小姐救出龙潭虎穴。只要把人救出来，可千万别招惹秦魁他等，他那里有个老道，你二人可不是他的对手，千万不可跟他交手。倘如你二人闯出祸来，我这里甚忙，可救不了你们。"雷鸣、陈亮点头，二人出了金山寺，坐船到了葵花庄来。上岸天已黑了。二人上了岸，施展飞檐走壁，到秦魁家中一瞧，探见大厅里众人喝酒谈话。雷鸣、陈亮都听明白了，二人各处一寻找小姐，找到东跨院北上房，屋中婆子正劝解姑娘。雷鸣、陈亮在房坡爬着，往下瞧见安天寿正使调虎离山计，往外叫婆子，把四个婆子都杀了。雷鸣、陈亮有心进去救小姐，又一想男女授受不亲，人家是未出阁的女儿。二人正在心中犹疑，见安天寿进了屋中，呵了一声说："小姐哪里去了？"雷鸣、陈亮一想："这是什么人，走在我们头里！"二人赶紧就追，直追出庄子也没赶上，就听庄内人齐呐喊，二人后又回来。雷鸣、陈亮赶紧到前面来要救安天寿，急至来到前面一看，见安天寿跟全得亮、程智远动了手，杀在一处。少时见安天寿被老道拿住。依着雷鸣就要下去，陈亮说："二哥别莽撞，师父告诉不叫你我下去动手，不是老道的对手，你我别碰钉子。"陈亮把雷鸣拦住，见众人把安天寿搭在大厅去，雷鸣说："你我要不救他，他准得死在恶霸之手，咱们使调虎离山计救他。"这才把隔面具掏出来带上，雷鸣到宅内满屋里一串，把众姨奶奶俱都吓死。

二人在房上看着，见婆子给前面送信，少时秦魁同老道等，都到后面来。雷鸣、陈亮赶紧到前面来救安天寿，急至来到前面一看见两个家人已被人杀死，安天寿踪迹不见。雷鸣一看就愣了，陈亮说："罢了，真是夜眠清晨起，路上又有早行人。"二人愣了半天，又到后面一探听，秦魁一骂，雷鸣恼了，当时答了话，跳在院内，陈亮也说不上不算来了。二人方一下来，鸡鸣鬼全得亮赶过来照定雷鸣就是一枪，雷鸣摆刀急架相还。程智远摆刀照定陈亮劈头就剁，陈亮用手中刀海底捞月，往上就迎；贼人撤刀分心就刺，陈亮用刀往下就盖。动手走了五六个照面，雷鸣、陈亮本来能为武艺出众，本领高强，刀法纯熟，全得亮、程智远二人不是雷鸣、陈亮的对手。二人尽有招架之功，并无还手之力。老道混天老祖口念"无量佛"，说："好小辈，放着天堂有路你不走，地狱无门自找寻，真是飞蛾投火，自来送死，待山人结果你的性命。"说着话，用手一指，一声"敕令"，用定神法将雷鸣、陈亮定住。秦魁吩咐绑，立刻将雷鸣、陈亮搭到大厅。秦魁一看两个家人俱被杀，安天寿踪迹不见，气得颜色更变。这才问道："你两个人姓什么？叫什么？因何来到我家中搅闹？"雷鸣、陈亮说："大太爷行不更名，住不改姓，我叫雷鸣，人称风里云烟。他叫圣手白猿陈亮。我二人由金山寺，奉我师父济公长老之命前来，只因你等抢夺烧香的良家小姐，派我二人特来救她。"秦魁一听，自己一想，济公是我父亲的替僧，这件事要声张出去，彻底根究，我抢夺良家妇女，被我父亲知道，决不能饶我。要不把这两个人送到当官去，这家中六条命案也不好办。秦魁说："你两个人既是济公叫你们来的，我跟济颠远日无冤，近日无仇，我这婆子家人是你们谁杀的？"雷鸣说："你要问谁杀的人，我二人不知道。"秦魁说："大概这么问你，你二人也不实说。来人，把他两个人吊起来给我打！"手下家人答应，正要打雷鸣、陈亮，忽听后宅一阵大乱，家人喊嚷："可了不得，宅内着了火了！"秦魁众人一听，吓的惊魂千里，众人连忙往后跑。幸喜家人多，把火扑灭。气得秦魁哇呀呀怪叫如雷。再到前面一看，雷鸣、陈亮踪迹不见。天也快亮了。秦魁说："尔等跟我追放火的人！"大众一同追出院子，扑奔村头。

方一出村，只见由对面济公带着镇江府的二十个班头来了。风月公子马明伶俐，见事不好，带着自己的从人竟自逃了，老道一看见济颠眼就红了。书中交代：这个老道本是慈云观漏网的贼人，乃是右殿真人李华山。前者由藏珍坞逃走，各奔他乡。他来到秦魁这里，自称混天老祖，在这里避难。按说就应该改过自新，他还是恶习不改，也是该当遭报。原本济公昨天在金山寺应酬众施主，不能分身，收了有七八万银子。今天一早带领本地面二十名班头，特为来拿老道。老道打算要跑，那如何能行，被济公用手一指，口念"唵嘛呢叭噉吽"，老道已然不能动转，济公派官人把他捆上。秦魁一见不好，先逃进家中，闭门不出。王胜仙连急带吓，逃走到家中，卧病不起，只见有无数冤鬼在床前要命，病了有一个多月，自己就呜呼死矣。临安城人人啐骂，都说是就该死，这也是他一生不做好事之报，在阳世杀男掳女，欺压良善，今朝一死，这也是恶报临头。

单表济公拿获妖道，见秦魁逃走，也未追赶。只见从正南来了几个人，内中有安天寿同着雷鸣、陈亮。书中交代：安天寿是从哪里来？被何人救去？只因安天寿被人捉住，绑在大厅之上，秦魁带着群寇妖道要杀。雷鸣、陈亮使调虎离山计，后面装鬼。秦魁等奔后面去。只见从房上跳下来一位英雄，身穿夜行衣靠，面如白玉，粉脸如银，长眉阔目，准头端正，唇似涂朱，看年岁二十以外，俊品人物，手执钢刀，先把安天寿绳扣解开说："朋友，跟我来，我特意来救你。"说罢，一飞身蹿上房去。安天寿说："恩公慢走，我还要救我家小姐要紧。"那人说："你不必狐疑，我已然把小姐救上船去，咱二人先到外边，你等候于我，我再去看葵花庄内是何人使调虎离山计。"二人到了外边，那人说："安都头，你在此等我。"说罢翻身进了庄院，正见雷、陈二人被捉。他到西院之中放了一把火，烈焰腾空，那边众人急忙来救火，趁此，那人把雷鸣、陈亮救出来。到了外边，一见安天寿会合一处，安天寿说："兄台救我性命，未领教贵姓高名，仙乡何赴？"雷、陈也过去问那人名姓。那人说："我姓彭名恒，乃江北黑狼山彭家集的人，江湖上人称八臂膀飞行太保九杰彭恒。只因我寻访我师父叶德芳，走在此地，听人说葵花庄险恶无常，无人敢惹，欺压良善，无所不为，我想结果恶人性命，扰乱他家宅不安。不想到那里，正遇安头儿在那里救姑娘。我一见动了一点恻隐之心，我先把小姐救出来。我也不顾避嫌疑，把小姐背至外面，一问方知是张小姐。我送至船上，二次来到秦宅，原要杀他满门家眷，不想我到那里看见安都头被捉，雷、陈二位使调虎离山计，我便把你救出来。复又到里边一看，见雷、陈二位被捉，我放火把他调开，我便把你二人救出来。这是已往之事。"说罢四人共到船上，此时张小姐要寻死，丫环奶娘解劝好了。安天寿四人到船，各说各人之事，天色已亮，听见正北人声一片。雷鸣、陈亮四人同下船，到庄外一看，只见济公提了妖道，秦魁逃走，济公告诉雷、陈："到金山寺帮我办事。"安天寿谢了济公等，彭恒告辞，自己去了。

济公同官人到镇江府衙署，见知府把妖道按律议罪，解交常州府完案，把妖道就地正法。济公到金山寺先派人把徒儿全都叫来，先给孙道全落发，就在金山寺充当知客僧。悟禅仍回九松山松泉寺庙中。济公择日开工，重修金山寺。不到半年，工程告竣，塑像一新，诸事完毕，雷、陈二人回家。济公自回临安城，到天竺山静慈寺庙中。众僧接见，方丈德辉说："济公你来此甚好，老僧我正盼之际。现在咱们下院报花寺，年久失修。重修那庙，工程甚大，非汝不能募化。此乃是一件好事，功德无量。"济公点头答应，在报花寺募化十方，京都在朝文武官绅富户，都来给济公书写缘簿，未到半载之久，化了有数万两白银，从此兴工起造，把那庙塑像一新。开光之日，来了四山五岳之善男信女，不计其数。诸事完毕，从此济公仍是走游天下，到处舍药，救济贫人。